本书获河北大学红色文学与文化研究项目资助

红色文化研究丛书

《李自成》再经典化与姚雪垠研究新收获

（下册）

阎浩岗　主编

河北大学出版社
·保定·

下　　册

文学生命之始

——姚雪垠在河南大学

刘增杰[1]

我这一生的成就很小，但是论起这一点点微不足道的成就，我不能忘记在河大预科两年的学生生活。这是我一生道路开始的地方……

姚雪垠

1929年春天，不满19岁的姚雪垠，从风气闭塞的河南邓县，来到了当时的河南省省会开封，开始了一生中具有决定意义的学习和追求。用他自己的话来说，就是“离开了一年到头（鸦片）烟灯昏黄，哭声与吵骂声不绝于耳的家”，“结束了浑浑噩噩的少年生活，开始有意识的学习道路，也有了自己的追求。”在初到开封的几个月里，为了准备功课，投考河南大学，姚雪垠废寝忘食，历尽辛苦，经过了被他称作“饥饿与苦斗的春天”之后，姚雪垠终于实现了自己最初的理想，考上了河大法学院预科。

姚雪垠，这个当时还没有见过世面的农村青年，一踏进河南大学这所古朴而庄严的河南省最高学府，就不停地在校园内走着，看着，审视着，稚气的脸上带着兴奋和激动，展现在他面前的，是一个自己完全陌生的世界。

打开了新的视野

河南大学给予姚雪垠的，是一个全新的视野。河大的教师，主要由三部分人组成，一部分是受到过五四新文化运动哺育，具有新思想的从北京等地毕业

① 刘增杰（1934—2022），河南大学文学院文学研究所原所长，教授，博士生导师。

的大学生，一部分是从国外学成归来的洋博士，还有一部分则是古文学根底深厚的旧派学人。前两部分人占据着主导地位。这些教师的做派，传授的知识，倡导的学说，对姚雪垠来说，几乎闻所未闻，新奇而具有诱惑力；在国内小有名气的开封书店街，大小书店林立，京沪等大城市出版的新书，书店老板总能用最快的速度送到本地读者手里；在河大图书馆阅览室，各种新书籍、新报刊，更是琳琅满目，让人目不暇接。在河大提供的这个浓烈的文化氛围里，姚雪垠整天聚精会神地聆听着，贪婪地潜心阅读着，兴趣盎然地和同学们交谈着、争辩着。他被浸泡在新知识的海洋里，乐而忘返。姚雪垠的思维被激活，他的自信心在增强，新的思想充实着他的思想、学养。

据姚雪垠回忆，河大两年，他在以下诸方面获益不浅：

一、阅读了介绍马克思主义的书籍，初步掌握了一些关于历史唯物主义、辩证唯物主义的理论知识。

二、阅读了“五四”以后的新文学作品、苏联作品和文学理论。姚雪垠认为：五四新文学运动给了他第一次思想启蒙，而大革命失败后的革命文学运动又给了他第二次思想启蒙。

三、在河大期间，读了梁启超的《清代学术概论》等晚清学者的著作，清代朴学家的治学精神、方法和态度，给他以极大的影响。这些，为他以后从事理论研究和创作，打下较为坚实的基础。

河大赐给姚雪垠的，当然不仅仅是书本知识。姚雪垠在河大就读的年代，是国内阶级冲突最为激烈的年代。国民党政治上的高压，使得民生凋敝，民怨鼎沸。全国学生的抗议浪潮此起彼伏。具有光荣传统的河大学生，对反动当局的倒行逆施表达了他们的愤慨和抗议。少年时期就养成了敢于反抗邪恶势力的姚雪垠，此时和同学们一起，积极参加学潮委员会组织的活动，经受着社会风雨的敲打和锤炼。1930 年，反动当局以“共党嫌疑”为由将姚雪垠逮捕，因查无实据，四天后取保释放。1931 年暑假，姚雪垠又因参加政治斗争和学潮，被学校以“思想错误，言行荒谬”的罪名开除学籍，大学的学习生活至此结束。虽然姚雪垠在河大只度过了两年的学习生活，但这却是他一生中的关键时期。他说：“我永远不能忘记这短短的两年时间中给我的深刻政治思想教育和人格锻炼，对我以后的学习起了启蒙和引路作用。”

两年的教诲、两年的努力，一个未来有成就的文学家从河南大学悄然走出。

处女作问世

在河大期间，对于姚雪垠的文学生涯来说，最具有意义的是处女作短篇小说《两个孤坟》的发表。

80年代初，姚雪垠给笔者的来信中曾经多次谈到，1929年春天，他曾写了一篇小说，发表在当时的《河南日报》副刊上。年代的久远使他的记忆不免有误。经过笔者多方查寻，终于在1929年9月9日、10日《河南民报》副刊第29、30期上，发现了姚雪垠的处女作《两个孤坟》。作品篇末署“1929.8.22开封”。

《两个孤坟》虽然留有初学写作者在艺术上的粗疏和直露，但应该说，作者创作的起点还是相当高的。在作品里，作者以凄婉的笔调，生动地描写了长工王材和婢女雪香的悲惨故事。寨主姚泽民无恶不作。他虐待雪香，逼得雪香投河自尽；随后又以莫须有的罪名，将王材活活打死。作品从一个侧面，反映了20年代中原地区地主对农民进行残酷压迫和剥削的社会现实。作品发表时署名雪痕。笔名出自苏东坡的诗句：“人生到处知何似，应似飞鸿踏雪泥。”

同年9月至10月，姚雪垠还发表有如下作品：

《强儿》，短篇小说，9月20日《河南民报》副刊第39期，署名雪痕。

《致灵涛信》，通讯，9月23日《河南民报》副刊第42期，署名雪垠，这是作者首次使用雪垠作为自己的名字。①

《秋季的郊原》，短诗，10月12日《河南民报》副刊第81期，署名雪痕。这是作者发表的第一首新诗。

在《两个孤坟》和上述作品中，作者把他的同情投给了弱者，而把他的根射向了罪恶的旧社会。这一直面现实的创作倾向，贯穿于作者早期的全部创作中。从河大时期开始作者就坚持的这一现实主义的创作原则，不仅来自他的直接的生活感受，也来自河大所给予他的理论武装。他当时阅读的大量社会科学

① 姚雪垠告诉笔者：在河大期间，因为思想起了变化，才抛弃了带有悲观厌世色彩的旧笔名雪痕，易名雪垠。

著作，有助于他创作思想的形成。关于这一点，他在表达自己文学见解的通讯《致灵涛信》中，有着明确的自白。该文认为，文学创作应该作为“大众的留声机”，把受压迫者的“哀号与呻吟传送出来，把社会的种种坏现象，全盘地呈露出来”。该文要求在创作上清除鸳鸯蝴蝶派的思想影响，反对色情描写。姚雪垠的现实主义理论，有着左翼文学运动的明显烙印。当时姚雪垠对文学单纯而又过分简单的理解，不论从积极方面还是消极方面，对其文学思想的发展，影响都是巨大的，直至伴随着他长达70年的文学行程。

姚雪垠很看重他的处女作《两个孤坟》。当笔者把发现的《两个孤坟》复印件呈送给他时，他欣喜地说：“你的工作有意义，你把我的创作时间向前推了两年!”由《两个孤坟》，姚雪垠当时向我讲述了一件至今难以忘怀的故事：当他到报馆领到了《两个孤坟》的稿酬——五毛钱时，他的眼睛顿时发亮了。五毛钱，这是一个最不起眼的数字，可是，对处于生活困境中的姚雪垠来说，却是一笔不小的收入，意外的恩赐。五毛钱，他可在地摊上美美地喝几碗热气腾腾的绿豆面丸子汤；五毛钱，他可以买几个大个的甜瓜，跑回宿舍，带着欣喜的心情连皮吃下；五毛钱，这是他几天的生活费呀。五毛钱带给他的，不只是经济上的接济，更重要的是对他从事文学创作及时的鼓励，精神的安慰。① 写作给姚雪垠带来了灵魂的愉悦，精神的富足，《两个孤坟》中安放着他的生命和梦想。在特定的时刻，一个孤立无援的青年学子，哪怕得到的是最为微不足道的支援，在他内心深处掀起的感情涟漪，竟长达50年奔腾不息。

河大两年，事实上为姚雪垠以后的创作作了初步的准备。读姚雪垠的作品，特别是读长篇巨著《李自成》，我们都为作者深厚的传统文化修养所折服。这实际上得力于姚雪垠这一时期的刻苦攻读。他说：“随着我读书日多，写作能力在继续提高，而且与我以后在文学道路上的发展有一定的关系。我喜欢中国古文学，读的多了，使用文言写作的能力有所提高。……因为我在早期这点基础，使我到中年时代突然开始写《李自成》才具备必要条件。”

其实，开封和河大带给姚雪垠的，还不仅仅是创作《李自成》的知识准

---

① 姚雪垠在《学习追求五十年》中回忆：“家中没有钱，我在开封也没有亲戚，生活十分困难。我经常蹲在街边买一碗绿豆面丸子充饥。甜瓜上市的时候，我买一个甜瓜，舍不得削皮，连皮吃下去作为一餐”，“第一次投稿，居然发表了，下月通知我去领取五毛钱稿费。那时候使用银元，物价很低，五毛钱可以生活几天。”

备，而且最早地为他提供了接触李自成材料的机遇。1931年暑假离开河大后，姚雪垠仍然不断往来北京、开封之间。利用寒假，回开封探亲，看望住在岳父王庚先家中的妻子。其间，姚雪垠经常到河南省图书馆读书。设在开封二曾祠的河南省图书馆（今开封市图书馆），地处龙亭湖南岸，风光宜人，环境幽雅。正是在这里，姚雪垠意外地发现了记载李自成三次进攻开封的两本书，一是李光壁的《守汴日志》，一是周在浚的《大梁守城记》。这两本书，是作者接触明末农民战争史料之始。在姚雪垠的《〈李自成〉创作余墨》一文中，我们感受到，正是从这里开始，作者已经隐约地出现了创作《李自成》的意识萌动。

或者可以作这样的判断：河大两年，姚雪垠称得上是双喜临门。如果说《两个孤坟》点燃起了姚雪垠文学生命的火焰，那么，他和王梅彩女士的喜结良缘，又可以说是保证他的文学生命之火永不熄灭的一个关键。

姚雪垠漫长的文学之路，崎岖而艰险，苦多乐少，坎坎坷坷，他时常心存高远而不被理解。姚雪垠所承受的经济压力、精神痛苦，是常人所无法想象的。多亏有了这位贤惠善良的妻子默默地体贴，支持、鼓励、安慰，相濡以沫，日夜相伴，这棵文学之树才能够顽强地扎根于生活的沃野，而没有被时代的风雨所折断，终于枝繁叶茂，躯干挺拔，直刺青天。

姚雪垠和王梅彩的婚姻带有某种传奇色彩。1930年，当姚雪垠因“共党嫌疑”被捕后，反动当局既没有证据、又迫于舆论压力，最后只得以交保释放的方式将姚雪垠放出。请谁来作保人呢？姚雪垠想到了自己的同乡王庚先先生。王先生是河南省辛亥革命的元老之一，遇害的河南辛亥11烈士是他的同事，他因为自己的革命经历而受到了人们的尊敬，当时在开封担任一个商店经理。经过王庚先的营救，姚雪垠最后获释出狱。从此，姚雪垠结识了王庚先，并在交往中和王庚先的爱女王梅彩相识。王梅彩当时在开封艺术学校上学，学习绘画。两人由相识而相互倾慕，并于1931年5月结婚，开始了患难与共的近70年生活。①

---

① 1984年3月30日刘增杰、王梅彩谈话记录。

创办《风雨》，走进风雨人生

姚雪垠虽然1931年暑假以后就离开了河南大学，然而，他和河大仍然保持着时断时续的联系。1937年之前，河大教授王毅斋曾经给予过他多方面的帮助。[①] 抗日战争爆发后，姚雪垠又和河大教授嵇文甫等人合作，共同主编救亡刊物《风雨》。后来，他还以嵇文甫领导的、以河大学生为主体的抗战训练团为素材，创作了长篇小说《春暖花开的时候》。这里只着重描述在创办《风雨》时期姚雪垠在救亡文艺理论方面进行的探索。

《风雨》周刊创刊于1937年秋，由嵇文甫、姚雪垠、王阑西主编，初为周刊，第15期起改为5日刊，主编又增加范文澜、方天逸两人。该刊虽然是一个综合性的刊物，但刊登的文艺作品、抗日救亡文艺理论、文学思潮研究方面的论文却相当多。由于《风雨》周刊内容充实，形式活泼，从而使它很快成为在全国具有较大影响的刊物，吸引了相当大的一批作者和读者。许多著名作家、戏剧家、音乐家都先后应约撰稿，及时地反映了抗战初期我国许多地区救亡运动的某些侧面。作家沈起予的报告文学《前线归来记》、碧野反映华北农村生活的作品《流亡途中》《在行唐——前线速写》、刘白羽的通讯《海上》《弟弟走了以后》，都真实地反映了当时中国人的处境和精神风貌，产生过较大的影响。

在《风雨》周刊上，姚雪垠以书信的形式，对抗日救亡文艺理论进行过较为系统的研究。

抗日救亡文艺应该描写什么？

姚雪垠在关于救亡文艺的第二封信《兴奋的日子开始了》（主题论之二）中指出：抗战开始后，全国人民激发起了空前的抗日热情：小商人不管生意怎样萧条，自动地集钱买食物买茶水，慰问从前线受伤下来的士兵；一些被青年人看成人间废物的老太婆，也拿着西瓜慰问伤兵；连那些光着屁股的小孩子，也努力争取为抗日救亡做点事。他认为："如今从绥远到广东……哪一处，你看不到这些令人兴奋的事象，和听不到奴隶们的震天吼声？时代本身就是一部

① 王毅斋教授在家乡杞县（今属开封市）创办大同中学，姚雪垠曾多次到大同中学借宿、养病。

惊心动魄的悲喜剧，一首可歌可泣的大史诗”。因此，救亡文艺要描写这些“全民抗战的热情”，“这主题既积极，又鲜明，既容易叫作者把握，又容易叫读者感动”。在谈到如何描写人物时，作者特别强调要正确地描写农民。他说，有的文章讽刺农民愚蠢，这种对大众加以讽刺的做法，是很不对的。在谈到如何描写敌人时，姚雪垠说：“对敌人谩骂侮辱并不能长自己的志气，灭他人的威风，还是把敌人的暴行多多暴露出倒能发生积极的作用。”

作者在关于救亡文艺的第四封信《是否还要反帝反封建——主题论之四》中，对当时文艺战线的反帝反封建任务，阐述了自己的观点：“反封建是对内的，反帝是对外的，目前和帝国主义对立是一个大矛盾，和封建的对立是一个小矛盾，我们应该缓和了内部的小对立，加强了外部的大对立。”

姚雪垠关于救亡文艺的五封信，主要探讨了救亡文艺应该“写什么”，从第六封信《论大众文学的风格》（上）开始，他又扼要论述了写作方法方面的一些问题。他认为，一个作家，应该时刻了解大众的需要，写出大众所拥护的作品。他说：“一个前进的作家必须时时刻刻地注意着自己的作品对时代会发生什么影响，假如他不能深刻地了解政治，就证明他对于他的时代和周围的大众生活隔阂，就可以断定他决写不出为时代所需要，为大众所拥护的作品。”他认为：“救亡是一切不愿做亡国奴的人们的责任，所以救亡文艺的读者对象也是无所不包的。”“救亡文艺从它的社会基础上说，是大众的；从形式上说，是通俗的；从时代的使命上说，是启蒙的，而在现阶段启蒙和救亡是决不能分开的。”在论述风格问题时，他指出，在阶级社会里，人们的生活条件不同，对艺术的趣味就不一样。每个作家的作品都有自己的风格，但同一时代同一阶层作家的作品又有一种共同的风格。①

在当时的条件下，姚雪垠的这些理论探讨是具有积极意义的。仅就姚雪垠个人的文学道路而言，由于他坚持创作实践与理论研究并重，理论来自自己的创作实践，而又善于把自己的创作实践及时地上升到理论高度加以总结、升华，这就使他的创作能够不断地攀登到一个新的境界。从 1929 年创作《两个孤坟》始，至 1938 年轰动文坛的短篇小说《差半车麦秸》的发表，前后历时

---

① 刘增杰：《救亡文学大潮下的一朵浪花》，《文学的潮汐》，河南人民出版社 1992 年版，第 166 页。

近十年。在此基础上，他的代表作《春暖花开的时候》《长夜》等陆续与读者见面，奠定了他在现代文学史上的历史地位。坚持创作与理论并重，使姚雪垠的创作得以永葆青春。又经过 50 年的不懈追求，《李自成》才终于奇迹般地降生。《李自成》，随着 20 世纪的渐渐远去，将化为我国文学中一道诱人的文学风景，成为读者久远谈论的话题。

从 1929 年到 1999 年，漫漫 70 年，姚雪垠和河南大学，一直有着割舍不断的亲情。最初是他在河大读书；以后，为了抗日民族解放事业，他和河大师生又共同呼号呐喊。近 20 年来，作为河南大学顾问，姚雪垠对河大的建设，更是魂牵梦萦，悬悬在念。在回忆录里，在讲学的会场，在各种场合，他一次又一次地倾吐着自己对河大的感激。他深情地说："在来河大以前，我在家乡，也想学习，但对于学习什么，走什么道路，心中是糊涂的，混沌未开，而且也没有学习条件。从这以后，我好比混沌初开，开始有了追求、理想，并开始从事有目的的努力。而且有了读书的环境和得到书籍的条件。总之一句话，对我这一生具有决定性的日子开始了。"河南大学的万千学子，总以能够在著名作家姚雪垠读过书的地方学习而感到自豪。姚雪垠是一面旗帜，一面召唤中原学子前进的旗帜，一面鼓舞河大人为开创未来奋斗不息的旗帜。

虽然姚老一年前已经离我们而去，可是，他那深邃博大的人格魅力，他那灿烂晚霞般的皇皇巨著，却会永远和我们同行相伴。

（《河南大学学报（社会科学版）》2000 年第 2 期）

胡风清算姚雪垠始末

吴永平①

1949年7月，全国第一次文代会在北平隆重召开，来自解放区的与来自国统区的进步作家胜利会师了。此时，新中国尚未宣告成立，党中央率先召开这次文艺盛会，显示了新政权对文艺的高度重视，与会代表都把能参加这次盛会当作毕生的政治荣耀。

与会的文艺界代表824人，可以说，除了极个别政治上有严重问题的作家之外，稍有点儿名气的作家都得到了邀请。然而，一度被认为是抗战时期成长起来的青年作家中最为杰出的一个的姚雪垠却不在其列。显然，这不是出于一般的原因。

几十年后，有位作家在回忆录中透露，当年姚雪垠搅进了一桩"公案"，"以致上海当时文艺界的一切公开活动都不邀请他参加"。

什么了不得的"公案"，竟从政治上宣告了作家姚雪垠的"死刑"？为什么事隔这么多年，没有一个人站出来澄清事情的真相？这堪称是现代文学史上的一个谜！

为了解开这个谜，笔者钻进图书馆，在堆积如山的故纸堆中翻拣，"上穷碧落下黄泉，动手动脚找东西"。结果发现，这桩"公案"与20世纪40年代胡风发动的"整肃"运动有着直接的关系。

"默杀"

1946年，中华文协广州分会会刊《文艺新闻》第4期上发表了一篇署名

---

① 吴永平（1951—），湖北省社会科学院研究员，姚雪垠研究专家。

“辛冰”的文章——《我所知道的姚雪垠》，向读者透露出姚雪垠已遭“清算”的消息：

> 姚雪垠的名字，大家谅不会生疏吧，他是一个“作家”，曾经以“进步”的招牌出现，现在终被清算，在近十年中，我亲眼看见他成名，但，也看见他没落，人世浮沉，真不堪想象呵！

那时，有哪个读者不知道姚雪垠呢？他的《差半车麦秸》得到文坛巨擘郭沫若、茅盾等的全力推荐，蜚声海内外；《牛全德与红萝卜》得到国共两党评论家的齐声叫好，甚至有人建议军委会印刷数十万册下发各战区；《春暖花开的时候》第一卷问世当年即再版三次，销行数万册。如今抗战刚刚“惨胜”，其创作被誉为“抗战文学里程碑”的作家却遭到了“清算”。这变化真让人弄不明白。

“清算”运动并不是中华文协组织的，而是文协领导之一的胡风独立发动的。胡风决定清算姚雪垠并非出于个人私怨，而是出自某种历史原因，其发展也有一个由缓而峻的过程。

1943年以前，他们就像是两颗方向相同而轨迹平行的流星，没有碰撞的机会。

姚雪垠1943年以前的文章中提到胡风的只有一篇《谈论争》（1940年），是探讨新文学运动历次论争中的“战略”和“战术”问题的。在谈及“默杀”这一战术时，他提到胡风在“两个口号的论争”中“犯了宗派主义的错误”。1942年8月，姚雪垠在《〈创作论初集〉后记》中不点名地批评胡风的文风，批评他“不肯通俗化”。

胡风在此前的作品中也从来没有提到过姚雪垠的名字，但，这并不是说，胡风没有注意到姚雪垠的作品，尤其是颇负盛名的《差半车麦秸》。作为抗战文协的理论部负责人，胡风有责任关注抗战文坛上的新动向，评价与推荐佳作。他确实在这样做，但他绕开了姚雪垠的作品。

姚雪垠并不知道他的短篇小说《差半车麦秸》已经牵涉到文坛上的历史恩怨，更不知道一场风暴将要来临，直到胡风“清算”的大棒打到了头上，才恍然大悟胡风当年的态度正是他熟知的论争战术——“默杀”。

“天才”

1938年底至1942年底，姚雪垠一直在第五战区体验生活。《春暖花开的时候》《牛全德与红萝卜》《戎马恋》，都创作于这个时期。

胡风从未去过战区，抗战初期他曾宽容地赞扬过那些战区作家，说他们是在“努力地用自己的方法向民众突进”（1939年）。抗战中期，他却这样写道：“战争初期，有些作家忽然到了前线，又忽然跑回后方，不几天又跑上前线，……他们是把上前线去当作从前的进咖啡馆了。这样的作家当然不能写出好的战争作品来。”（1942年）

姚雪垠并不是胡风所指的“忽然”作家，他在抗日前线呆了四年之久，直到抗战的第六个年头，才来到大后方，受到抗战文艺界的欢迎，国共两党的报刊都争着发表他的文章。当年，文协改选，姚雪垠当选理事并任理论部副部长。胡风时任理论部部长，两人成为同事。奇怪的是，我们在姚胡二人的回忆录中找不到关于此段经历的片言只语。联想到胡风此时对战区作家的轻蔑态度，姚雪垠受到胡风等的冷遇，也不足为怪的。

姚雪垠性格耿直，郁积心中的对胡风等批评家“默杀”态度的不满，日久自然也会流露。1943年初，他在《新华日报》上发表了一篇题为《需要批评》的文章：“目前文坛上只见创作，不见批评，不管作品好也好，歹也好，大家默然。从表面上看，文坛上风平浪静，一团和气。但是这种现象的骨子里却很坏，它会使这文坛荒芜起来。好的作品没人提到，没人注意，往往使有前程的作者在悠长而艰辛的旅途上感到寂寞，甚至也许会感到疲倦。”

党的文艺工作者弥补了姚雪垠的遗憾，安慰了姚雪垠的“寂寞”。这一年里，《新华日报》组织了三篇文章，称赞姚雪垠为“最肯花费匠心来使用中国大众语文的作家”，“在文学语言创造上，有了灿烂的新成就”。可见，至少在这一年，中共文艺核心对姚雪垠是充分信任和肯定的。

姚雪垠任职文协期间，是否与胡风有过冲突，这里不敢臆测。他曾在文协“辞年恳谈会”上宣读过一份年度工作报告，题目叫《论目前小说的创作》（1944年初），高度评价了抗战小说界的现状：

今日要期望早一点有天才出现，就必须给天才以成长条件；要期望早一天有伟大作品，就必须给伟大作品的出现以便利。

胡风主持会议，对姚雪垠的总结未置一词。早在 1942 年底，他便认为抗战文坛到了“逆流”期，而姚雪垠的评价却相反；姚雪垠在报告中为天才所进行的呼吁，更引起他心中的反感。于是，他写了一篇题为《天才》（1944 年 9 月）的杂文，对姚雪垠加以嘲讽：“自信是天才，也可以的，但不能老是‘怀才不遇’地喊着我是天才呀，你们不优待我呀……对于敌人，这不算是什么战法，对于友人呢，恐怕只能算是市侩主义了：我是天才呀，与众不同呀，你们为什么不出高一点的价钱呢?”

胡风文中虽未点名道姓，但，“重庆文艺界一提起‘天才’来，无人不知就是雪垠!”陈纪滢在回忆录中饶有风趣地描写过姚雪垠的“天才”表现：

雪垠有才则唯恐人不知，如后来回到重庆，每逢大小会议，他必发言，发言往往不中肯綮，只卖弄他的能言善道。有一阵子，他往往以《易经》上的几句话开讲，……“写作技巧”，又与《易经》何干？但雪垠往往就这样云山雾罩，几乎要从开天辟地、钻木取火、茹毛饮血讲起，你说他不是发疯吗?

至于胡风在文中挖苦的索要高价的“天才”，却另有故事。1943 年下半年，文协联合作家呼吁提高稿费，据说开会商议时，姚雪垠曾附议尊重出版界按不同标准支付稿酬的惯例，最后，会议还是决定提出“千字斗米”的斗争口号，而姚雪垠的附议也传出去了，引起某些人的反感，于是谣诼随之而来。作家孙陵记录了这样一则传闻：

重庆文协为了稿费问题曾经开会讨论，文协底口号是“千字斗米”，而雪垠则主张应有分别，并且为了加强他的主张，他提出“妓女”为例。在开会时提出这种比较，诚然荒谬，而且不伦不类，他这样说道：“譬如逛窑子吧，红姑娘底价格，就要比年老色衰的窑姐儿高几倍!”（《我熟识的三十年代作家》）

这则传闻不太可信。但姚雪垠提出应有区别地提高稿费确有其事。

“整肃”

1944年初，毛泽东《在延安文艺座谈会上的讲话》被介绍到国统区。5月，何其芳、刘白羽受中共派遣来到大后方，宣传延安整风和“讲话”精神，重庆文艺界整风开始。进步文艺界以“读书小组”为组织形式进行学习，每组若干作家由党的文艺领导召集，批评和自我批评相结合，气氛和风细雨。

姚雪垠参加了“读书小组”，经受了批评。他在回忆文章中写道：“1944年的春天，《牛全德与红萝卜》遇到了一次最深刻、最公正、最严肃、最使我感激难忘的批评。这次批评是采取讨论会的形式，并没有文章发表，至今我珍贵地保存着当时在几张纸片上记下的批评要点。参加这次讨论会的有茅盾先生，冯乃超先生，以群兄，克家兄，SY兄。”

胡风也参加过类似的“读书小组”。他在《再返重庆》中写道：“乃超在乡下召开了一次小型的座谈会，是为了学习毛主席《在延安文艺座谈会上的讲话》……乃超约了十来个人，除他和我外，记得有蔡仪，其他人就不清楚了。”由于胡风的态度颇不合作，此后他便与读书小组无缘，更没有进行过自我批评。

在中共组织国统区进步作家整风期间，胡风出于他的责任感，独立发动和组织了文坛的“整肃”运动，向他所认为的进步文艺战线内部的“反现实主义逆流”宣战，这个运动造成了严重的后果，若干年以后甚至成为导致他也遭受“整肃”的重要原因之一。4月，胡风在文协第六届年会上宣读了一篇论文，题为《文艺工作底发展及其努力方向》，在这篇影响很大的文协总会的文件里，他总结了六年来抗战文艺的历史和现状，并对文协未来的工作提出设想。他认定各种“反现实主义的倾向”从“两三年前开始了强烈的生长，现在正达到了繁盛的时期”，他把“反现实主义的倾向”归纳为三类：其一，“对于生活的追随的态度”；其二，“对于生活的作假的态度”；其三，“对于生活的卖笑的态度”。胡风认为“要胜利就得发动斗争，发动在明确的斗争形式上的文艺批评”。这篇论文后来被认为是他号召抗战文坛内部开展“整肃”运动的动员令。

他通过路翎联系北碚的青年学生，其中包括石怀池及后来被称为“胡风派”的一些青年；他指示要清算的作家及作品，有时还指示清算的方法和要点。在他与路翎等人的来往信件中，被点名清算的作家有郭沫若、茅盾、巴金、曹禺、沙汀、姚雪垠、臧克家、碧野、严文井等，后来又增加了朱光潜、马凡陀、陈白尘、许杰……

1944年7月24日，石怀池批评姚雪垠和碧野的文章在《新华日报》发表。石怀池把他们的作品圈定为胡风所指的第三类，批评他们描写了“带有抒情意味的知识分子的绯色恋爱故事”。更有甚者，把沙汀的《困兽记》称作“禽兽记”，把臧克家的《感情的野马》说成“色情的瘦马”等。其后，众多蜂拥而至的批评便把胡风文章中所谓“对生活的卖笑态度”和石文中所称“带有抒情意味的知识分子的绯色恋爱故事”，干脆地诠释为“娼妓文学”或“色情文学”了。从此，姚雪垠便被某些人轻蔑地称为“娼妓作家”或“色情作家”。

这些不负责任的批评激起了文坛强烈的反弹情绪，茅盾率先指出姚雪垠的《春暖花开的时候》“毛病主要不在内容而在结构上”，而且越写越好，“第二、三分册——特别第三分册——在小鸟啾啁之中有金戈铁马之声，甚至不妨说金戈铁马之声终于成为基本的音调了”。

第一轮攻势受挫，胡风并不灰心。1944年底，《希望》创刊，他又推出《置身在为民主的斗争里面》和《论主观》等论文，高扬起“反对客观主义”的大旗，把“整肃”运动提高到与“机械——教条主义”作斗争的哲学的高度。这种煞有介事的姿态引起了进步文坛的惶惑。黄药眠等纷纷提出质疑。

正在领导国统区整风运动的中共文艺领导也警觉到胡风对整风运动的干扰，1945年初，冯乃超组织了两次会议，与胡风讨论关于“客观主义”及《论主观》问题，胡风“没有被说服”。问题闹到周恩来那里，集体会议与单独谈话双管齐下，胡风仍然不服，但私下里却调整了斗争策略。他在给路翎的信中写道：

> 书评，好的。应该这样，也非这样不可。但我在踌躇，至少第二期暂不能出现，我不愿意说，不管他们口头上的恭维，在文坛上，我们是绝对孤立的。到今天为止，官方保持着沉默。而近半年来，官方是以争取巴、曹为最大的事。这一发表，就大有陷于许褚战法的可能，让金圣叹之流做

眉批冷笑当然无所谓，怕还会弄出别的问题。——恐怕管兄又已引起一些官僚在切齿了。所以，暂找别的典型的东西罢。《戎马恋》《幼年》都可以，可能时，望赶写一两则来。

此信的写作时间正处在冯乃超与周恩来召集的会议之间。胡风可以无惧于“绝对孤立”的处境，但他不能不顾及党的态度。经过深思熟虑，胡风决定对战术目标作微小的调整，饶过巴金和曹禺，重点打击姚雪垠等。

“小偷”与“色情”

在胡风的授意下，打击范围从姚雪垠的《戎马恋》《春暖花开的时候》逐渐扩大到《差半车麦秸》。胡风在给路翎的信中指出新的攻击点：

信、稿都收到。能弄两三则书评么？或者把春暖花开先生追击一下，赏给他一点分析。但这得追到什么《半车》去，那是穿着客观主义的投机主义，而且是从《八月的乡村》偷来的。（1945 年 6 月 12 日）

路翎马上动笔，写成《市侩主义的路线》，化名未民，赶在《希望》第 3 期发表。他极力演绎胡风信中所指出的要点，毫不顾及论证之荒谬。为了证明《半车》是从萧军那里“偷”来的，他说萧军笔下有个喜欢“吸烟袋”的农民，而姚雪垠笔下的农民也喜欢“吸烟袋”，这不是“偷”是什么？为了证明姚雪垠的作品是“穿着客观主义的投机主义”，路翎挖苦地说政坛号召“描写农民的转变”，姚便创作《差半车麦秸》；政坛又号召表现“抗战与进步”，姚便创作《戎马恋》和《春暖花开的时候》。路翎质问：这不是“投机主义”又是什么？

路翎鄙视姚雪垠，还因为他从《春暖花开的时候》中看到了“色情描写”，他从小说中摘录了下面这段文字：

假如把罗兰比做李商隐的诗，把小林比做达文西的画，从王淑芬的身上就不容易使我们感觉到艺术趣味。不过当少女们刚刚发育成熟，纵然生得不美，只要不过分丑，对青年男性都有一种神秘的诱惑力量。何况王淑芬同人说话时两只眼睛懒洋洋的，半睁不睁，带着三分睡意，二分媚态，自然也相当的能招人爱。

从此，胡风派便派定姚雪垠为“色情作家”。

“硬骨头”

1944年底，姚雪垠写了一篇随感，题目叫《硬骨头》，文中慷慨激昂地表示：“想做一个文学家，必须有一把硬骨头，吃得苦，耐得穷，受得种种打击。”算是对关心他的读者朋友的答复，也是对胡风等的攻击的回应。

姚雪垠的确有一把“硬骨头”，胡风等的批评，如果说对他有所刺激，也不在那些吓人的政治大帽子，而是对他的创作能力和潜力的轻视。路翎曾嘲笑他笔下的农民形象雷同。于是，姚雪垠放下了未完成的《春暖花开的时候》，开始创作《长夜》，他要证明给路翎看，他还能写出具有新的性格的豫西农民。从某种意义上说，《长夜》是姚雪垠的“发愤之作”。

胡风等对姚雪垠等作家的“清算”，激起了强烈的不满情绪，进步文坛议论纷纷，国民党袖手旁观。中共文艺领导觉得进步文坛打内战，不利于集中力量打击国民党的文化专制主义，派乔冠华居中调解，却遭胡风的拒绝。胡风在回忆录中写道：

我看他（指乔冠华）还基本上是凭人事关系决定态度的。例如，他对姚雪垠是抱有好感的（我当时没有设想过姚雪垠是共产党员），向我提过打算约姚雪垠一道谈谈文艺问题，但我没有回答他，还在《希望》第一期上发表了尖锐批评姚雪垠的文章。等于给他吃了闭门羹。（胡风《文稿三篇》）

作为一个特立独行的文艺评论家，胡风在理论的坚持和一贯性方面是令人钦佩的，但他在实施文艺批评时注重于评估批评对象的“人事关系”，并以此来决定批评对象的选择以及批评的力度，这是他的一大弱点。后来，他之所以放弃对郭沫若、茅盾、巴金和曹禺的批评，重点打击姚雪垠等，也是出自“人事关系”的考虑。却不料，姚雪垠骨头太硬，胡风欲退不得，只得硬着头皮干到底。

流　言

1945年底，重庆文艺界突然传出流言，说姚雪垠是国民党特务。作家孙陵在回忆文章中谈到此事：

> 有一次，他忽然一定要留下来，要和我作彻夜长谈。我便留他住下来。那次谈话最重要的一点，还是始终苦恼着他的特务问题。他很忿慨地说：“从立煌回到重庆，周恩来请咱吃饭，当然是看得起咱。后来不知为什么，忽然开始打击，连我在别的刊物上发表的稿子，那个刊物到新华日报去登广告。结果广告登出来了，咱写的文章连题目带名字，却一笔勾掉了。既然收了广告费，为何可以随便改动别人的广告？这本来是可以打官司的。”“你为何不告发呢？”我问道。他却说：“我到新华日报找徐冰，质问他究竟是什么原因？徐冰说：‘听说你是特务！’当时我的眼泪刷的流了下来！”（《我熟识的三十年代作家》）

这桩飞来横祸对姚雪垠的情绪有很大影响。11月，姚雪垠在一篇文章写道：

> 我的唯一的武器是一支笔，我的最高希望是做释迦牟尼，而不是当强盗“杀人放火”。我希望人们不要以猜疑的眼睛看我……那种猜疑的眼睛我害怕，那种离奇的谣言我害怕，所以单为着我的文学事业，让我也大呼着要民主，求自由！（《自省小记》）

流言是从延安抢救运动中传出来的，当年陕北抓特务成风，不堪刑讯的人便乱攀乱咬，累及国统区的许多进步人士。姚雪垠1946年5月出川，途经重庆，曾面见徐冰要求澄清，徐冰当然知道姚雪垠不是特务，但他也没有澄清的责任。

胡风当然知道这个流言，他不会放过再一次痛击姚雪垠的机会。胡风回到上海后，继续重庆未完成的“清算”工作。清算运动再起高潮。

1946 年 3 月，《联合特刊》发表《骑士的坠马——评姚雪垠著中篇小说〈戎马恋〉》，对姚雪垠穷追猛打，这个刊物是左派刊物的大本营。远在广州的《文艺生活》发表《评姚雪垠的〈出山〉》，质疑姚雪垠在战区的表现；《文艺新闻》更是连篇累牍地发表文章攻击姚雪垠，其中最令人不堪卒读的是辛冰的《我所知道的姚雪垠》，从姚雪垠的“私德”着眼，试图挖出姚雪垠“机会主义的本质”。

挑　战

1947 年初，姚雪垠带着《长夜》和《记卢镕轩》的书稿，从河南来到上海，这两部作品是他反击胡风派的武器。上海是战后的文化中心，姚雪垠想在这里重振旗鼓。就在这时，“怀正文化社”的老板刘以鬯伸出了援手，不但为他提供住处，而且答应给他出选集。刘以鬯是后来的香港著名作家，他开的这家出版社定名“怀正”是为了纪念他的父亲，与“蒋中正”没有关系。此后一年多，姚雪垠就住在出版社，安心写作。很快，《雪垠创作集》共四种顺利出版。姚雪垠在《雪垠创作集》的跋中，把几年来蒙受胡风等攻击的委屈情绪一股脑儿地发泄了出来：

> 继这个集子之后，我还有许多作品将陆续的，一部一部地拿出来，毫不犹豫地拿出来。善意的批评我绝对接受，恶意的诋毁也“悉听尊便”。我没有别的希望，我只希望这些表面革命而血管里带有法西斯细菌的批评家及其党徒能拿出更坚实的作品来，不要专在这苦难的时代对不能自由呼吸的朋友摆擂。

这篇文章又名《论胡风的宗派主义》，载北平《雪风》第 3 期。据笔者所知，这是现代文学史上公开地系统地批评胡风派宗派主义的第一篇文章。

姚雪垠的挑战，引起胡风等人的震怒。阿垅的文章不久就写出来了，题目叫《从“飞碟”说到姚雪垠的歇斯底里》（1947 年 9 月）。文章发表后，阿垅把载有此文的《泥土》寄给胡风。胡风 9 月 22 日给阿垅的回信中写道：

信和论四则都收到了。信，刚才斟酌了一下，日内和另一文同时发出，这个公案算是告一段落，由他着慌去。当然，还可以在别的地方爆发的。——这么一来，他底生活关系完全弄清楚了。

请注意信中“公案”二字，姚雪垠当年的“公案”到此处已揭开谜底；还请注意“生活关系”四字，当年指的是党派关系。胡风信中赞同阿垅在文章中暗示姚雪垠是“国民党特务”，且让我们从阿垅文章中摘引两段：

姚雪垠的杰作又是在什么出版机关出版呢？又住着什么人的屋子呢？

姚雪垠，简单得很，一条毒蛇，一只骚狐，加一只癞皮狗罢了，拖着尾巴，发出骚味，露了牙齿罢了。他的歇斯底里，就是他“刻画”了他自己的“性格”和“穷窘”。

不需要再加注释，此时，胡风等人已认定“怀正文化社”是国民党的文化机关，已认定姚雪垠是国民党特务。

从一桩“莫须有”的流言，到铁板钉钉般的宣判，姚雪垠危殆冤哉。

两面夹攻

上海滩胡、姚“内战”正酣，却不料香港正酝酿着一场风暴，那里聚集着一批有组织的文化人，他们正准备以“整肃”回击“整肃”，以“清算”回击“清算”，彻底批判胡风的文艺思想。

1948 年，《大众文艺丛刊》在香港创刊，编辑班子里都是当年重庆党的文艺领导，如乔冠华、邵荃麟、胡绳等。我们特别注意到胡绳在《大众文艺丛刊》上发表的两篇文艺批评：一篇批评胡风最赞赏的作家路翎；另一篇批评茅盾最欣赏的作家姚雪垠。这两篇文章可以说是刊物最有分量的文艺评论。胡绳在丛刊第一辑中批评路翎“一面批判着知识分子，一面又用浮夸的自欺来迷糊知识分子真正向前进的道路”；但他在丛刊第二辑中更严厉地批评了姚雪垠，他认为《牛全德与红萝卜》是一部“失败”的作品，《春暖花开的时候》应该“受到最严厉的批判”，而《长夜》则充斥着“地主少爷的‘浪漫’情调”。

胡绳是姚雪垠的老朋友，交往甚密，他不但了解《春暖花开的时候》的创作过程，这部小说最初也是在他主编的刊物《读书月报》上连载的。胡绳如此严厉地批评姚雪垠，其中不无自我批评或自我洗刷的因素存在。胡绳批评路、姚，好像是各打五十大板。其实，在胡绳等已接受毛泽东文艺理论的人们心中，“内战”双方的理论与创作都是要不得的，他们只是五十步笑一百步罢了。

在这些执有“新式武器”的对手面前，胡风难以招架，他觉得“跑到一个沼泽里面，芦苇和污泥绊住我，我跌倒了，我看见我的血在地上流成了一个湖”。

1948年末，胡风极不情愿地离开上海，从香港绕道华北。

被抛弃的姚雪垠留在上海，欣喜地聆听着解放军越来越近的炮声。

幸与不幸

抗战后期，胡风所发动的“整肃”运动是一把双刃剑，既严重地伤害了姚雪垠等进步作家；更暴露出他的文艺理论与批评实践的偏颇之处。他对姚雪垠等的清算只是他推上山的第一块“西绪福斯之石”，而他与主流文艺思潮山崩地裂般诀别的底线就埋在这里。

从1949年到1954年，党和政府给予胡风相当高的政治待遇——全国政协委员，全国文联委员，中国作协常委，华东文委会委员，全国人大代表——却没有一个实职。而姚雪垠只享有普通公民的权利——上海大夏大学兼职教授，代理文学院院长并兼任副教务长，后调回河南文联当专业创作员——没有一个虚衔。

此刻的胡风是幸运的，姚雪垠是不幸的。然而，幸运的人有幸运人的烦恼，不幸运的人有不幸运人的追求。幸与不幸，天知道？

（原载《炎黄春秋》2003年第1期，原文5万字，原刊发表时有删节）

也谈胡风“清算”姚雪垠的旧案

姜 弘[①]

《炎黄春秋》2003年第一期有一篇《胡风清算姚雪垠始末》。说的是当年路翎批评姚雪垠的旧事，把一两篇批评文章说成是胡风“清算”姚雪垠的“运动”，并把这说成是几年后姚雪垠未能参加第一次全国文代大会的原因。这些奇怪的说法引起人们的注意，作为和当事人直接谈论过这两件事的人，把我所知道的真实情况说清楚。

这里有两个问题：一是路翎为什么批评姚雪垠；二是姚雪垠为什么未能参加第一次全国文代大会。前者是文艺问题，后者则与政治有关。

第一个问题是姚雪垠主动向我提起的。1982年秋天，他和我谈到出版旧作的计划，并谈到了当年在重庆挨批评的旧事，说那时胡风很左，宗派主义严重，在文坛上很有势力，他们在《希望》上发表文章，大骂《春暖花开的时候》是市侩主义、色情文学。其实，这些话他早已写进回忆录并公开发表了。接着，他向我透露回忆录里没有写的重要内容，即当年他挨批评的真正原因。他说：“我告诉你一个秘密，也就是这件事的内幕：当时胡风他们要批茅盾，说茅盾的创作是客观主义的，色情。周总理不同意，出面制止。他们没有办法就骂我出气，因为茅盾和我的关系很好，充分肯定我的创作。这事牵涉到茅盾和总理，我不好说，背了几十年的黑锅。你是研究现代文学的，以后写文章的时候可以把我说的这些写进去……”

从姚家出来，我就近去看望胡风，谈话间很自然地提到刚才姚雪垠所说的“秘密”“内幕”。胡风一口否定，说根本没有那回事，在文艺问题上周总理从不下命令发指示，总是以商量的口吻提建议。他曾建议胡风把“客观主义”的

① 姜弘（1932—2018），江汉大学人文学院教授。

提法改为“旁观主义”，那是为了避免哲学上的误解，与批评茅盾的事无关；他知道胡风所说的“客观主义”包括茅盾，却并未阻止对茅盾的批评。事实上有人指名道姓地批评茅盾，而批评者也是路翎。胡风说，那是文学思想上的原则分歧，他发表路翎的文章，是为了坚持文学上的鲁迅道路，坚持五四新文学的现实主义传统，抵制当时正在泛滥的客观主义倾向；把路翎的作品和茅盾的作品对照着研究，就会明白什么是现实主义、什么是客观主义。

几天以后，我到团结湖去看路翎，自然免不了要谈到姚雪垠。当时的路翎的思想还有些迟钝，记忆却并不差，他还记得当年重庆的论争，记得他写文章批评四个正走红的作家——茅盾、沙汀、姚雪垠、碧野。他的看法和胡风一样，说那是文艺观点上的分歧，他并不认识这几个人，更没有私人之间的交往，完全是从文学创作的角度出发，批评他们所代表的那种客观主义倾向。他也承认，那时年轻（22 岁）气盛，文字上或有过分尖刻之处，但基本态度和基本观点是正确的。那种客观主义倾向是抗战期间文学上的一股逆流，也就是所谓的“抗战＋恋爱”——标语口号＋低级趣味，姚雪垠的几部小说都有这种倾向。

当然，把茅盾和姚雪垠的作品笼统地称为“色情文学”，是不恰当的。虽然他们在这方面也确实有可议之处。

这本来是一次正常的文艺批评，可是，到了《炎黄春秋》上，路翎的两篇批评和阿垅的一篇杂文，竟变成了胡风有意发动的“清算”“整肃”姚雪垠的“运动”，而且导致了 1949 年姚雪垠未能参加第一次全国文代大会的后果。

现在就来说第二个问题，即姚雪垠为什么没有参加第一次全国文代大会。简单说来，就是上海解放前夕，姚雪垠卷进了一个中共地下市委接收上海的活动，后来这个地下市委被取缔了，盛怒之下的领导要处置姚雪垠，是夏衍出面说情，才交由文艺界把他送回了河南。当时具体处理这件事的是章靳以，他在写给河南省委的信里提出了四点意见：一、姚回去不要开欢迎会；二、不要给予特殊待遇；三、不要让他到处做报告；四、让他到生活中、群众中去好好改造思想。在这种情况下，上海和河南文艺界怎么可能推举他去出席文代大会呢？进入 80 年代以后，姚雪垠多次提到当年在河南所受极左势力的迫害，而且不点名地提到当时任河南省文联副主席的李蕤。李蕤则不同意把当年的一切，包括姚雪垠从上海回来所受待遇，统统说成是极左。为此，二人在《新文学史料》上打起笔墨官司。《新文学史料》主编楼适夷老人，曾向我了解姚李二人交恶的情况。楼适夷当年曾与章靳以一起参与上海文艺界的领导工作，对姚雪垠的情况十分清楚，包括他从上海被送回河南的过程。当时，楼老还要我转告姚李二人：不要扯旧账，那样对两人都不好，《史料》也不会再发这种文章。我转达了，此后他们也都没有再提这回事。

（《炎黄春秋》2004 年第 10 期）

姚雪垠的《璇宫感旧诗》

李遇春[1]

古人云："士穷乃见节义。"越是在灾难袭来的时刻，越是在时乖命蹇之时，知识分子之间的交往就越要经受考验。背信弃义、落井下石者固然可憎，明哲保身、断绝往来者亦属可鄙。韩愈之所以推崇柳宗元，除政见相同外，主要是柳宗元的士人节义感动了他。当年刘禹锡被贬播州刺史，子厚泣曰："播州非人所居，而梦得亲在堂，吾不忍梦得之穷，无辞以白其大人；且万无母子俱往理。"于是上疏朝廷，"愿以柳易播，虽重得罪，死不恨。"（韩愈：《柳子厚墓志铭》）这种患难与共的知识分子情谊，自是历史佳话。韩愈正是有感于此，才感叹"士穷乃见节义"。在中国古代诗史上，诗人们在流放或遭贬中写的赠答诗往往比他们在养尊处优期间写的赠答诗更能够打动人心。姚雪垠似乎也不例外，他在20世纪六七十年代写的赠答诗显然比八九十年代写的赠答诗更加情深义重，更加意味深长。其中最有代表性的赠答诗，自然非《璇宫感旧诗（三十四首）》莫属。

姚雪垠在这组七绝的小序中说："一九六二年一月，接克家问候短札，如见故人。一时缅怀往昔，感情汹涌，于一天多时间内写成七绝三十首。时住汉口璇宫饭店，故题名《璇宫感旧诗》。后十年，至七三年九月，找出旧稿，补写数首，共得三十四首。自写出该诗至今已满三十春秋，世事沧桑，旧雨凋零，幸我与克家都仍健在，笔耕不止。今将旧稿抄出，略加小注，公之于世，不仅反映老友间真挚友情，亦留下当年的生活鸿爪。"不难想见，在那个政治上的多事之秋，姚雪垠以戴罪之身埋头创作长篇历史小说《李自成》，旧交零

---

① 李遇春（1972—），武汉大学文学院教授、博士生导师。中国新文学学会常务副会长兼秘书长。

落故人疏，忽然接到老友臧克家的问候短札，不禁心潮汹涌，感慨系之。诚如第一首所云："一封短札含深意，四句题词有妙诠。不用重温文帝简，纷纷往事涌春泉。"所谓"文帝简"，指曹丕的《与吴质书》，臧克家在来信中援引了《与吴质书》中"浮甘瓜于清泉，沉朱李于寒水"等数句，使姚雪垠不禁浮想联翩，诗兴大发，遂用诗的形式回顾了他们昔年携手同游的乐趣和交谊。这种借回顾美好往昔时光所作之诗，其实是一种心理补偿，因为现实中故交零落，诗人政治处境严峻，所以只有依靠回忆往事来弥补心灵的情感缺憾。姚雪垠之所以诗情汹涌，一连写了三十首七绝，这正是由他内心中过度的政治压抑和心理焦虑所导致的。长期的心理压抑，一旦遇到适当的机会可以排解，诗人的情感激流便会一泻无余。这就是姚雪垠写《璇宫感旧诗》的心灵秘密。

《璇宫感旧诗》属回忆之作，虽是抒情诗，但写实性亦强，特别是把三十四首连缀起来读，颇有些长篇纪事诗的味道。从这组七绝中，我们能够比较清晰地看到抗战烽火中姚雪垠和臧克家之间患难与共的流亡生涯和人生侧面。其中许多生活细节和情感涟漪，更是历史的存照和心灵的证词。读这组诗，印象最强烈的莫过于姚臧二人的患难之交，可谓莫逆。从诗中来看，当年二人"鼙鼓声中汉皋会"，大武汉陷落后，"称帝公孙据巴蜀，救亡儿女会襄樊"。在襄樊，"春云初展文工会"，二人投入第五战区文化工作委员会的救亡运动之中。他们经常一同到鄂北和豫南前线采访，亲历抗战兵燹，"青春作伴到前方"。其间有一年小别，二人"雾锁山城重聚首，同窗连榻倍情亲"，又在重庆的歌乐山下一同度过了愉快的时光。姚雪垠的回忆是深情的，虽然战争年代充满了生命之虞和奔波之苦，但他们的心情是快乐的、昂扬的，而新中国成立后的和平时期，在没有硝烟的政治运动中，姚雪垠在精神上明显有些压抑，他陷入了创作苦闷之中。这种压抑和苦闷让他不吐不快，然而，在1957年的反右运动中，他的快人快语，如《谈打破清规戒律》《打开窗户说亮话》，使他很快陷入政治漩涡中，成了湖北文坛的"极右分子"。在频繁的政治批判和世人的妒忌打击中，姚雪垠私下创作《李自成》，只有沉浸在艺术创作的灵境，他才能避开世俗的聒噪与冷酷。同样，在写《璇宫感旧诗（三十四首）》的深情回忆和情感宣泄中，姚雪垠也体会到了文艺创作的心理补偿和救赎功能，他是颇有些"乐在其中"了。

第十四至十八首，相当真切地记述了当年姚臧二人亲历战乱的情景：

机枪如水炮声稠，日寇来攻夜未休。师长花前催客饮，匆匆话别不多留。（十四）

漫夸月色送归人，炮击春冈起暗尘。错把惊魂作笑料，回思始觉死生亲。（十五）

三年共饮襄江水，几度偕飞向武当。霸上棘门真儿戏，仓皇犹记过枣阳。（十六）

黄昏避寇苍台镇，月夜逃离新野城。举国宣传鄂北捷，曾无细柳驻军营！（十七）

淮上迢迢路两千，风尘溽暑共车船。笑君每忘旅行苦，一路吟诗入大山。（十八）

虽然这几首诗写到了战乱中的颠沛流离和死里逃生，还谴责了国民党军纪的松弛懈怠，但总体上看，诗中洋溢的还是姚臧二人情同手足、历经战乱的乐观情怀。正是这种患难情谊让新中国成立后陷入阶级斗争暗礁的姚雪垠充满了怀念。他不禁在诗中问道："寒舍临街君记否？衡门南向架阁楼。草铺楼板款徐穉，一样情亲任去留。"（二十）徐穉乃后汉高士，太守陈蕃对他十分器重，设专榻款待，去则悬之。姚雪垠用这个典故来表明他和臧克家的特殊情谊，充满谐趣。在河南邓县的老家，姚雪垠还专门款待了老友臧克家，虽然简陋，倒也其乐融融。有诗为证："大蒜大葱兼大饼，故乡风味赛山珍。花生白酒凭君醉，寒夜高谈小屋春。"（二十一）沉浸在回忆中的姚雪垠，现实的孤独让他对昔日与臧克家把酒论文的点滴记忆犹新。在襄樊东郊的茅屋中，他们"慷慨激昂空懵懂，况多宿酒带微醺。樊城城外麦苗绿，茅屋青灯枉论文。"（九）更有聚众畅谈的时刻："蜗居酝酿花开暖，对酒纵横快剧谈。难记当时精彩语，典型性格共深探。"（十）还有重庆的天池庭院，两人闲坐谈心："寂寞山村喧鸟语，四方小院绕芳林。良宵坐对双知己，一片清辉照素心。"（三十一）知己贵在神交，心有灵犀，连兴趣爱好都相仿，甚至在生活习惯上也近似，姚臧二人的友情于此可见一斑。如第三十三首所云："自许平生常起早，喜君如我爱熹微。沱茶泡好隔窗觑，催去庭前赏翠晖。"

有意思的是，姚雪垠在这组诗中还写到了他和臧克家之间的悄悄话、私房话。用当下的时尚说法，还真有点“私人化写作”的味道。但姚雪垠这样写并非为了出卖朋友的私人秘密，而是为了表明两人之间无话不谈的深厚友谊。夸张一点说，我们从姚雪垠的诗中几乎可以清理出诗人臧克家的一部“情史”来。第十九首和第二十六首是写的王蕙兰，王是臧克家的第一个妻子，系王统照的侄女，性格豪爽，与臧克家性情不同。第十九首云：“征尘带酒潢川上，旧梦新诗忆去年。历历游踪指与我，闲情深处有哀弦。”在第五战区的潢川桥上，臧克家历历指点昔日与王蕙兰的游踪，虽然已离婚，但依然充满怀旧之情。“闲情深处有哀弦”写出了臧克家心中的隐痛。第二十六首云：“心事悲欢常共语，惊看未语泪盈眶。叹君难写十八拍，一拍回头已断肠。”有一天臧克家情绪激动，眼含热泪，原来是邂逅了前妻王蕙兰。再婚的王蕙兰从背后赶来，向他拍了一下，含笑点头，但无语。姚雪垠在诗中用了蔡琰《胡笳十八拍》的典故，把臧克家的伤心事写得情意深婉动人。第八首和第二十七首是写的臧克家的第二任妻子郑桂文。第八首云：“我爱襄阳孟夫子，风流何苦住鹿门？春风沉醉花开少，夜半歌声动旅魂。”郑桂文喜唱《夜半歌声》的主题歌，慷慨悲愤，莫非她有难言的苦闷么？第二十七首云：“闻道长安曾寄语，凄然犹望镜重圆。至今每忆烽烟日，不忍重听雨后蝉。”当年郑桂文在西安托人捎话给姚雪垠，希望能同臧克家破镜重圆，但此时臧克家已和郑曼结为夫妻，姚雪垠无能为力，故有“不忍重听雨后蝉”之语。第二十二首写的臧克家的一次无果而苦涩的婚外恋情。诗云：“堪羡感情奔野马，愧杀病后支离身。更深频用拳击我，只怕昏昏听不真。”那时郑桂文回老家生孩子，臧克家同三十军政工队的一个队员产生了爱情。虽然年龄相差较大，但感情浓烈。有一天晚上，臧克家在姚雪垠的病床边谈到这次爱情的荒唐，情绪蓬勃，话如喷泉。姚雪垠因刚出过天花，身体尚未复原，不免昏昏欲睡。臧克家于是频频挥拳打他的腿，执意要他听下去。“更深频用拳击我，只怕昏昏听不真”，就是指的这件事情。诗写得谐趣横生，把臧克家的性格点染得跃然纸上。还有第三十二首，写的也是二人的私密谈话。诗云：“已插篱笆花觉远，春风入座意苍茫。白衣人去斜阳路，握别空余半袖香。”白衣人是指臧克家的一个女学生，她在歌乐山护士学校读书，皮肤白皙，身材颀长，十分漂亮。女学生常来看望臧克家，每次臧克家同姚雪垠一道送她出村很远才回。臧克家对姚雪垠说过：“人一结婚，看见美女，如同隔着篱笆赏花。”首句“已插篱笆花觉远”，就是指的臧克家的妙语，充满谐趣。回忆是美好的，尤其是回忆往日的欢声笑语和所谓“风流韵事”，无奈书生老去，能不伤感乎？诚如第二十三首所云：“琐事回思别有趣，可怜老友无几人。风流难向后生说，尚待私谈展笑唇。”

值得注意的是，姚雪垠在写给臧克家的诗中还真诚地剖析了自己的性格弱点。能够在老朋友面前坦诚相见，自我反思，可见姚雪垠与臧克家之间确属知交。第二十八首云：“飞扬跋扈为谁雄？深愧无聊醉梦中。聚铁九州成大错，故人期许淡烟空。”首句出自杜甫的《赠李白》：“痛饮狂歌空度日，飞扬跋扈为谁雄？”姚雪垠借用杜诗成句，并非是以李白自炫，而是表达了对早年轻狂的悔恨。姚雪垠给这首诗加注说：“我在青年时代，一方面确有我的特点，另一方面自恃虚假的所谓才华和对文史方面具有较多的常识，骄傲狂妄，不可一世，铸成大错，留下半生悔恨，当然也辜负了朋友们的期望。”这种自我反思和忏悔意识，在他的一首七律《平生》中抒发得更加真切、痛楚、有力。诗云：

平生最富前车鉴，无计回头挽逝川。愎性难移比罪鲧，雄心不死似刑天。

飞扬跋扈惭前事，狂妄浮夸悔晚年。白首征途春渐暖，偷将新曲付朱弦。

（《名作欣赏》2009 年第 13 期）

“文革”中姚雪垠对“三突出”的质疑

程涛平[①]

1972年夏天，我接到通知，到汉口饭店参加武汉市文艺创作会议，与老作家们编在一个小组。我看见一个满头银发的老人，觉得很面熟，轮到他发言时，声情并茂，绘声绘色，也就特别喜欢听。开会间隙，我们几个业余作者同他攀谈，老人突然问我们，有一本书叫《李自成》的，有谁看过？我抢着说，我读过！老人眼睛马上一亮，紧接着便不停地盘问书的内容，问我喜欢书中的哪几个人物。他这一问反倒提醒了我，我仔细端详他，突然哈哈大笑起来，说，我认出你来了，你就是《李自成》的作者姚雪垠！见老人发愣，我赶紧解释，说还是在1967年下半年，我发现解放电影院对面有个叫“文艺新军”的造反派组织大字报的漫画水平很高，每次换新内容就总是凑上去看。有一次漫画上画的是一个人的脑袋，有意将鼻子画得特别大，眉毛特别长，脑袋下面是一个蛇的身子，从一本破书中钻出来，书名就叫《李自成》。漫画是彩色的，红鼻子，白头发，白眉毛，非常传神，惟妙惟肖，每次从画前走过，总忍不住要多看几眼，故对此画的印象特别深。也正是因为看了这幅漫画，我才知道有《李自成》这部书，赶紧找自己最崇敬的中学语文老师涂光晖打听，涂老师想了不少办法才帮我借到，我一口气读完，觉得非常过瘾，知道作者是武汉的，可惜无缘相见，不想这次有幸见到了作者，跟漫画上的人物像得不得了。姚雪垠听我说完，也禁不住哈哈大笑起来，连声说，那幅漫画的确是画得很像。

当时会议气氛之严肃，我至今都难以忘怀。小组讨论会上，每个人都是正襟危坐，发起言来字斟句酌，滴水不漏。我偷偷地问姚雪垠，这是怎么回事。他小声告诉我，这是“文革”以来武汉市文艺界第一次召开的官方会议，参加

---

① 程涛平（1950—），武汉市发展和改革委员会委员，楚文化研究专家，研究员。

会议的这些老作家都是刚从“牛棚”里出来的，能够参加会议，象征着政治上的“解放”，是多少年从未有过的荣耀，每一个人这几年都被整怕了，所以大家发言个个都是谨小慎微，害怕又犯错误，再次挨整。我再仔细观察，果然如此。但我感觉姚雪垠例外，因为只有他在小组会上的发言比较生动，诙谐，没有别人那种小心谨慎的样子。

这一天，又是小组讨论，议题是文艺创作的三突出原则。大家一个接一个地讲话，每一个人的发言都似乎经过了充分的准备，以最美好的语言，对“三突出”的创作原则给予高得不能再高的评价。有一位老作家甚至认为，由革命样板戏创立的“三突出”原则，即文艺创作中要做到一般人物中突出正面人物、正面人物中突出英雄人物、英雄人物中突出主要英雄人物的原则，如同马克思列宁主义毛泽东思想一样，是放之四海而皆准的真理，不光写小说、写剧本要遵行，就连杂技团叠椅子这样的节目，也要体现“三突出”的原则。发言的老作家说得振振有词，在场的每一个人好像也都默认，我也认为这个结论早已是天经地义，不容置疑，因为样板戏已做出了榜样，样板戏的最主要的经验就是“三突出”原则，这是谁都承认的，所以，这是个不需要讨论的、不成问题的问题。谁知大出我的意料，姚雪垠发言，也不转弯抹角，矛头直接指向“三突出”原则，说，“三突出”原则固然有一定道理，但只适用于一定领域，不是放之四海而皆准的。例如杂技团叠椅子节目，非常简单，没有剧情，人物也少，“三突出”原则就不适用。姚雪垠说话时，态度从容，声音嘹亮，似乎在说明一个非常简单的道理，简单得没有必要再议论下去。他的话刚完，一位老作家发言，同意姚的说法，也认为杂技团叠椅子节目不适用“三突出”原则。我观察到，姚雪垠见有人附和自己的观点，面露微笑，好似有几分得意。

姚雪垠的发言，使原本波澜不惊的讨论，从此掀起轩然大波。先是主张叠椅子也适用“三突出”原则的那位，怒不可遏，说姚雪垠的发言直接攻击革命的“三突出”原则，是典型的文艺黑线回潮，号召每一个人在这大是大非的问题上，都要旗帜鲜明，誓死捍卫毛主席的革命文艺路线。我见这位先生说话时青筋暴起，脸涨得通红，大有一口吞掉姚雪垠之势，心里不由得一紧，暗想不好，姚一定要吃亏的。紧接着，一个接一个的发言，都显得十分革命，一致谴责怀疑“三突出”原则的人。会场上弥漫着浓重的火药味。我心里着急，也抢着发言，说了不少替姚雪垠解释的话，想借自己“工农兵业余作者”的身份，帮姚解一点围，但作用不大。姚雪垠明显处于劣势。我暗中看姚雪垠，虽略显尴尬，仍是十分镇静，不慌不忙。我巴不得事情早一点完结，不想散会的时候，会议工作人员要他将在小组的发言整理成文字的材料，说是要发会议简报。我赶紧劝他不要写，因为会上说过的话，说完也就过去了，别人也抓不着什么把柄，如果写成文字资料，岂不是授人以柄，自讨苦吃？但姚雪垠不听，说，“三突出”原则是不能到处套用的，我就是要写成文字材料，让更多的人看到。说完就趴在桌上认真地写起来。

第二天是大会，会议还没有开始，就听见有人说今天的会议有好戏看。我们几个参加会议的工农兵业余作者，被特意安排在前排中间的位子就座，以示尊重。会议主持人宣布，今天的内容是大会自由发言；听说作家组的姚雪垠同志对“三突出”原则有不同看法，现在请他上台发言，如果有人不同意他的看法，也可以上台。会场上顿时热闹起来。只见姚雪垠健步登上讲台，毫不客气，揽过话筒就讲。我看见会场场面很大，实在为他捏一把汗，不想他比小组会的发言还要放得开，嘹亮的河南话，旁若无人，顾盼有神，口若悬河，滔滔不绝，完全是一副理直气壮的神气。他讲完的时候，我分明听见下面有人喝彩，只是声音不大。此后的大会发言，情况就很不妙了，上台发言的人几乎都把姚雪垠当成活靶子，万炮齐轰，不少人好像是立功的机会来了似的，争先恐后地对公然攻击“三突出”原则的行为表示极大的愤慨，讨论会完全成了不折不扣的批判会。我的心一阵紧缩，一方面觉得他真有点自讨苦吃，另一方面也确实佩服他的勇气。

会后，我本以为姚雪垠在大会上被批判得狗血淋头，一定情绪不佳，不想他满不在乎，说这过去见得多了，能够把想说的话说出来，值得高兴。看他那神情，反倒像一个得胜的将军。

市创作会议就要结束了，我和姚雪垠即将分别，彼此难舍难分，和我一起参加会议的几位“工农兵业余作者”，不知怎的，和我一样，在与几位老作家的相处中，都和姚雪垠的感情最深，于是不约而同地想到照相。可当时会议没有安排合影，大家便公推我张罗此事。

受众人之托，我就忙乎起来。七十年代初，流行的是120双镜头相机，使用的是黑白胶卷。我因有个妹妹在武汉照相机厂工作，送了我一部该厂生产的友谊牌双镜头相机，这次派上用场了。我兴冲冲地将相机拿到汉口饭店，招呼众人到饭店的顶层平台与姚雪垠合影。

我的举动引起了市文化局一位干部的注意，他问我准备同谁照相，我不经意的回答："同姚雪垠呀。"没有想到，这位干部非常严肃地把我叫到一边，要我马上停止，说："姚雪垠有很多问题，你知道吗？他这次能参加创作会议，是组织上对他的宽大，实际上以他存在的问题而言，是没有资格参加这次会议的。而且，这次会议，他的表现很不好，你们这些业余作者要有政治头脑，注意不要受他的影响，要与他划清界限。因此，你们要同他照相，我不能同意。"这位干部的话，一下子把我给搞糊涂了，因一点思想准备也没有，我一时不知道该怎么办才好。看着这位干部严肃的面孔，我的心一阵悲哀。我为姚雪垠难过，我为姚雪垠不平！一个老作家，如果知道自己竟然连同人合影的权利都没有，这将在心灵中留下多大的阴影？

我当然不愿意这次照相就这么流产，更何况我早已告诉了他，他也兴致勃勃地作了准备。于是，我着急了，耐着性子，向这位干部反复说明照这个相没有什么关系，而且大家都已知道，不能照相，岂不让大家扫兴？我百般说明，到后来，几乎是百般哀求了。好不容易，这位干部松了口，提出个折中方案，让作家组的全体人员都来照相，"这样，可避免同姚雪垠一个人照相造成政治影响"，我一听，觉得也找不出其他更好的办法，只好同意。于是，我们参加创作会议作家组的全体人员约二十余人，相继登上汉口饭店顶层的大平台，老作家们坐在前排，我们业余作者站在后面，摆好姿势，相机快门一响，总算了了这合影的心愿。我连夜动手冲洗胶卷，不知是时间掌握不当，还是药粉配比不当，冲出的胶卷有些厚，洗印出的像，颜色偏淡，人物略显模糊，但第二天抢在会议结束之前送到每一个人手中时，大家都非常满意。这张极其珍贵的照片，收录于 2001 年出版的《雪垠世界》，当时情景，尽在其中。

难忘的创作会议曲尽人散，到会的人大多在不长的时间内忘却了这个会，而我却终身不忘。我感谢这次会议，它使我在人生的道路上有了姚雪垠这位值得尊敬的师长和朋友，任何力量也不能使我同他划清"界限"，而只能使我俩的感情更深。

创作会议一结束，我就成为姚雪垠家的常客，基本上每星期去一次。我不久被调到公共汽车公司宣传科工作，只有星期天有时间。考虑到姚雪垠每天凌晨和上午写作，故去的时间以星期天下午为多，但有时接到他的信，临时要我办什么事，我就在接信的当天晚上赶去，接受任务。武汉市文化界不少人都知道我和姚雪垠的关系特别好，加上姚雪垠也常在别人面前谈论我，使得我在人们的心目中，完全与姚雪垠融为一体。我对人们的这种看法，感到高兴，言谈中以这种关系为荣。不想，这给我带来了麻烦。

记得是创作会议半年以后，我突然接到文化局的通知，说是要开一个文艺创作座谈会，会议地点在市群众艺术馆。我按时赶去，进入会场，见到会的以上次参加创作会议的工农兵业余作者居多，就感觉不对头。会议开始，主持人、市文化局领导讲明，这次会议的目的是反击文艺黑线回潮，具体就是清算半年前召开的文艺创作会议存在的问题。据说，有人向上面反映，这个创作会议公开与革命样板戏唱反调，为姚雪垠反对“三突出”创作原则提供讲台，问题很多，希望参加会议的知情人仔细回想一下当时开会时文艺黑线回潮的情景，大胆地揭发直接攻击“三突出”原则的首要人物姚雪垠。主持人这么一宣布不打紧，所有到会的人不约而同地把目光投到我的身上，说，程涛平和姚雪垠的关系最好，情况最清楚，请程涛平先说。主持人很快走到我的身边，劝我说，我们文化局的同志们都知道你和姚雪垠的关系不一般，担心你这样的年轻人容易受到姚雪垠的毒害，现在国家反击文艺黑线回潮，你应该积极配合，反映姚雪垠的问题，与姚雪垠划清界限，和我们一起坚持毛主席的革命文艺路线。一席话，阴森森，冷飕飕，使我一下子感受到与姚雪垠交朋友的巨大压力。在那个“座谈会”上，我沉默良久，还是发了言，大意是，我在与姚雪垠平时的接触中，除了听他说过不同意“三突出”原则的话外，没有发现他有与毛主席革命文艺路线背道而驰的言论和行为，如果要我与姚雪垠划清界限，请相信我在与姚雪垠的交往中有自己的观察力和判断力。这个座谈会没有什么结果就散了会，散会之后，我曾一度担心市文化局向我的单位告状，强迫我断绝与姚雪垠的来往，但一直过了好长时间，没见单位领导找我说这件事，我一颗悬着的心才放了下来。事后，我把这事讲给姚雪垠听，姚雪垠连说：“小程，我连累你了。”我看得出来，他的心情是更沉重了。

1974 年，全国掀起“评法批儒”的热潮，我作为一个爱好史学的青年，自然积极投身其中，对报刊上发表的所有“评法批儒”的文章，都仔细阅读，借以学习和了解中国历史的发展脉络。由于同姚雪垠接触频繁，当然也免不了经常向他请教，听听他的看法。在同姚雪垠的多次交谈中，我明显感到他对当时的批孔持保留态度，只是碍于这是以党中央的名义进行的，他担心反对的话说得太多，会给我造成负面影响，故回答我的问题时，一般都是就事论事，婉转陈述，不正面对“评法批儒”发表看法。但当我问到他在《李自成》中是否考虑安排李自成批判孔子时，他十分认真地告诉我，大量的资料证明，李自成不仅不批孔，反而是尊孔的，因此，在《李自成》中，他不可能赶批孔的时髦，而只能老老实实按历史的本来面目写。在我帮他抄的给茅盾先生的信中，他也多次系统地表明了不同意有的人要求他在《李自成》中写批孔的态度，我知道他的这个看法，也就不去为难他，不向他提太多“评法批儒”的问题。

但是，有一次例外。当时，我接到《长江日报》理论版的约稿，要求我写一篇关于秦始皇的文章，从秦始皇厚今薄古的角度，论证秦始皇对儒家的严峻态度有推动历史前进的进步的一面。我接受任务后，花了不少工夫，查了不少资料，写了一篇约有一万字的名为《秦始皇是厚今薄古的专家》的文章。文章写好后，送报社之前，我觉得把握不足，想征求有关人士的意见。这一年夏天，我在中共武汉市委党校学习，内容就是儒法斗争史，市委党校正在姚雪垠家的对面，我到姚雪垠的家中去，更加方便。一天，我约了同我一起在市委党校学习的王庆元（现武汉大学中文系教授），到姚雪垠家，向姚雪垠详细讲述了自己写作《秦始皇是厚今薄古的专家》的情况，请教他的看法。

以前姚雪垠谈到“评法批儒”，总是含糊其辞，这一次，他在认真听了我的介绍后，一改平时的做法，力劝我不要把文章发表。当时他谈了不应发表的若干理由，谈得很认真，我被他说服了，当场答应不发表，事后也没有将文章送报社，这篇文章至今还静静地放在柜子里，昭示着当年的思想轨迹。这件事，给姚雪垠的印象很深，在到北京以后，依然经常同人谈起。新华社记者杨建业在《姚雪垠传》242页基本真实地记录了姚雪垠告诉他的这件事：

> 还有一次，也是在那个时候，武汉市委办的儒法斗争骨干学习班上，有两位青年来找姚雪垠，谈到他们要用儒法斗争的观点，写有关秦朝灭亡的文章，并征求他的意见。
>
> “这类文章，为要出风头可以写，要为捍卫真理，就先不要写。因为，现在写了，以后会后悔的。”姚雪垠毫不隐瞒自己的观点说。
>
> “为什么?”

“因为秦朝灭亡的原因很多，决不是因为李斯被杀。李的被杀只是引起了混乱。你们说李是法家，也可以这样说。但说赵高是儒家有什么根据？秦始皇如不死，可能形势会变，最后能否亡国不一定。秦二世是糊涂蛋，主宰不了这个国家。”这两位青年听完姚雪垠同他们分析秦朝灭亡的原因后，觉得很有道理，决定不再写这篇歪曲历史，赶时髦的文章。①

（《新文学史料》2010 年第 3 期）

① 杨建业：《姚雪垠传》，北岳文艺出版社 1990 年，第 242 页。

上海解放前夕姚雪垠的革命活动

姚海天[①] 辑录

1948年初，姚雪垠应聘到上海浦东农业学校任教，至1949年5月上海解放。在姚雪垠逝世后，有人发表文章对这段历史颠倒黑白，大肆污蔑。他当年的两名知情学生于敏和刘光杰闻讯十分愤慨，如实撰文，追忆这段历史，为老师“平反昭雪”。兹辑录于下：

一、余敏：怀念恩师姚雪垠

一九四八年初我就读于上海高行农业学校，当时我们的班主任是姚雪垠先生，讲授国文课，我们全班同学对先生渊博的学识，深入浅出铿锵有力的讲课，无不敬佩不已，当讲到激动时绘声绘色，他那炯炯有神的目光把整个学生的心都吸引住了，极富感染力，非常生动，教室里鸦雀无声，同学们都很热爱先生。听先生讲课是种美的享受，他把人们带入了高尚的思想境界。

当他讲到杜甫的《茅屋为秋风所破歌》时告诉我们山那边有个好地方（解放区）没有剥削，没有压迫，人人平等，过着丰衣足食的幸福生活，对我们进行了革命的启蒙教育。

由于先生崇高的人格魅力，他不但对我们进行了“授业、解惑”的教育，而且还引导我们如何做一个正直、无私、品德高尚的人。这一切都深受农校师生们的赞誉和尊重。

高行农校位居上海浦东，是一个偏僻的农村；校长周增英是民主人士，老师石小平（当时化名方志高）是中共地下党员，还有很多进步老师如诗人臧克家的女儿臧瑞珠等，校风较为开放民主；当时徐慧眉是学生会主席，刘光杰是

① 姚海天（1941—），姚雪垠之子，中国青年出版社编审。长期从事其父遗著的收集、整理、编辑与出版工作。

学习委员，我是文娱委员。先生白天授课晚上在家中写作，我们常去先生家中，先生非常热情，亲如家人。他常对我们讲革命形势的发展，如何迎接解放。他说：这是黎明前的黑暗，曙光就在前面。

记得在一九四八年底，圣诞节，学校举行了盛大的文娱演出，先生写了活报剧，内容是“反饥饿，反压迫，要民主，要自由”，还有诗朗诵及歌舞等。排戏搞活动没有钱，先生给了我一块银元。观看演出的有农校全体师生和当地群众，这是一次革命的宣传活动，同学们都受到了革命的洗礼和熏陶，思想境界得到升华，产生了对革命的向往和热爱，致使在上海解放后学校有三分之一以上的学生参了军，投身于伟大的革命洪流中。

上海解放前夕，在白色恐怖下，不知先生从哪里弄来的上海地下组织印发的《告上海市民书》，传单中宣传了：解放军在各大战役中取得胜利，国民党兵败如山倒，上海即将解放的大好形势，号召群众护厂护校，保护国家重要设施，严防敌人破坏。同时又印发了《安定上海市民书》。在夜深人静时我们这些要求进步的学生把传单塞进各商店和居民家中，我还将传单塞进了警察局，如此等等。我们在先生的指导下做了大量的迎接上海解放的工作。

在进行各种革命活动中，我们常在一起开碰头会，主要成员有：姚雪垠先生、石小平、徐慧眉、余敏（在校时我的名字叫赵敏）等人。先生常对我说石小平青年有为，很有才华。由于我对先生无限崇拜，言听计从，因此对石小平产生了好感。一九四九年六月我参加了中国人民解放军三野九兵团政治部文工团，担任演员，石小平在上海警备司令部军法处工作，经组织同意我们结了婚（主婚人是军法处刘步洲）。那时石小平、姚雪垠等人在上海解放前夕从事的地下工作，上海党组织是认可的。

一九五八年石小平在西北电力建设局电建四公司工作时被划为右派分子，我在帮石小平抄写交待材料时才知道——张松和、石小平是“前苏中一地委联络部”派出到上海的地下工作者，主要搞敌区的情报和策反工作，并做好迎接上海解放的准备工作。直接受苏中联络部部长姚远、秘书长蔡辛的领导。高行农校只是地下工作的一个点，姚雪垠先生负责宣传，《告上海市民书》就是先生起草的。姚先生还负责联络上海文艺界如电影演员朱苏等人，对他们讲述革命大好形势，让他们留下来不要跟着国民党逃跑，为革命做了大量的工作。然而，在一九五八年后的历次运动中都被说成是政治投机，说他们这个组织里的成员都是投机分子、叛徒、特务、政治骗子等乌合之众，极尽歪曲污蔑之能事。天何不公？如此颠倒黑白？

据我知道这个地下活动组织直到一九八一年前后才被甄别为革命的进步组织，随之我的爱人石小平也得到彻底平反，再见曙光，沉冤得雪。遗憾的是，石小平已经折磨得病入膏肓，于一九八二年去世。

后来我才知道雪垠先生为此也受到牵连，在先生的自传中从不提及在高行农校领导学生的革命活动，事实岂容抹煞?！我和徐慧君、刘光杰等人都能作证。

先生逝世后我从报纸上看到还有别有用心的人对先生的一九四八年的这段经历进行污蔑和攻击，及姚海天同志的反驳文章，我才意识到先生对这个地下组织已平反的事还并不知情，而促成终身憾事。

别梦依稀咒逝川，转瞬六十年过去，忆往事心潮澎湃，历历在目，令人感慨万千，特作七律一首以记情怀。

历尽坎坷只等闲，风霜何奈松柏坚。含辛茹苦成巨著，往事一笑化云烟。朴素文章秋水净，清新诗句露珠圆。至今后学亦白头，难忘瑶华哺稚年。

于2010年3月20日敬上

余敏给姚海天的信

海天：你好。

忆起往事夜不能寐，觉得有些事还需补充说明。

一九四八年先生在高行农校参加地下活动是由张松和、石小平领导，单线联系，而他们均已去世。现在知道四八年先生在高行农业学校领导学生参加革命活动的政治背景只有我一人了。

一九八三年张松和在上海曾对我说：“凡参加此组织进行过革命活动的人，都算参加了革命工作。”据我知道，原上海毛麻公司总经理兼职工大学校长陈关然同志就因参加了解放前张、石所领导的地下活动而办了离休，他的证明材料是我和张松和写的。

你说先生一九四八年在高行农校的这段活动成了历史悬案，先生为此背了几十年黑锅，一直是先生沉重的包袱，为此我十分疚心，也十分愤慨。当年先生在我们学生心目中的印象是一个革命的激情豪放的深受全校师生所敬佩的好老师。

我已年逾古稀，写东西有些杂乱无章，不知我的赘述能否说明问题，不足之处，请见谅。

余敏

2010 年 3 月 23 日

附寄照片十四张

二、刘光杰：高行农校的姚雪垠老师

中外闻名的大作家，恩师姚雪垠先生，离开我们虽然已经八个冬春了。然而，他那炯炯目光，激情言谈，仍然萦绕在我脑际。尤其是一九四九年上海解放前后，化名“冬白”的姚老师对我和同学们，政治思想上的启蒙，革命斗争的指引和为人处世的言传身教，仍常常清晰地展现在我的眼前。

我本是一个先失学（只上了小学）后失业（当过学徒、店员）的苦孩子。经过自学和旁听，为了就业糊口，由胞兄资助，只身由青岛到上海浦东高行农校应试，插班二年级学习。当时的高行农校，只是一幢孤楼，楼前是操场，没有围墙，操场边是坟地。为谋生计，入学后勤学苦读。放学后，我仍坐在小坟头上学习。对外边形势，漠不关心。看到的是市区灯红酒绿，歌舞升平，听到的是反动宣传，警车吼叫。教国文的姚雪垠老师，当时还很年轻，只有三十多岁。他听说我是河南同乡，就多次找我谈话，告诉我，学习要劳逸结合，要关心国家大事和当前局势。切勿听信“上海是国际城市，共军打上海，就要发生第三次世界大战”等屁话。有困难，可以找他。姚老师亲切的关怀，使我感到十分温暖。就经常在晚上到他屋里聆听他的教诲。姚老师住在镇中街北面东的两间房子。内为卧室，外为书房。思想进步的同学，都是他的住室常客。老师无学者架子，他的床上，可坐可躺，书籍可翻可阅，只求放回原处。凡有所问，他都耐心解惑释疑。我问：大街上基督教徒沿街高呼：“世界末日到了！天国近了！”什么意思？他幽默地说：就是“半封建半殖民地旧中国末日到了！天堂般的新社会新中国近了！”他告诉我们淮海战役我军取得巨大胜利。解放军渡江和解放京、沪，指日可待。他室内墙上有张地图，他用大头针做成小红旗，解放军打到哪里，他就插到哪里。我们看到国统区越来越小，都十分高兴。老师藏有革命书籍，在进步同学中秘密传阅。我看的有赵树理写的小说《李家庄的变迁》，毛主席的《新民主主义论》等。在他那里我首次听到许多新名词、新知识。如“马列主义”“社会主义阵营”“东欧民主国家”以及“阶级剥削、阶级斗争”，如何提防国民党、三青团特务的迫害等。我仿佛在黑暗的房中，忽然打开了一个很大的窗口，看到了一个崭新的世界。当时的高行农校，有地下党员和进步教师，为迎接解放，都做了不少工作。但是，在白色恐怖条件下，置生死于不顾，对学生进行大量的深刻的政治思想教育的，仍属姚雪垠老师。

姚老师的启蒙教育，使我和同学们产生了投身革命，早日摧毁蒋家王朝，使新中国早日到来的强烈愿望，同学们推举我为《晨光》墙报编辑，我多次写文章揭露国民党反动统治的罪行，登在《晨光》报上。如我写的《“金元券”你怎么会有今天》。一九四八年三月份，解放军横渡长江，南京国民党反动政府军警开枪镇压“反饥饿、反失业、要民主”的游行学生，酿成“3·12”惨案。农校进步学生，要求罢课抗议，但被学校控制的“学生自治会”却无动于衷。姚雪垠老师支持进步学生，要求取消“学生自治会”，成立“学生联合会”。一次，我在操场上捡到一个纸团，打开一看，是一张用铅笔写成的，开除进步学生孙丹的草稿，大意是：查学生孙丹，思想不正，品行不端，教育无效，着予开除学籍。我看后大吃一惊，立即交姚老师观看。老师非常气愤地说：“这是先开除，后逮捕。看来他们要先从进步学生身上开刀了，你们必须立即发动学生，团结起来，向学校当局作斗争。否则，一盘散沙，后果不堪设想。”我们立即行动，很快团结四十多人，并迅速扩大，建立进步学生团体，我为主要负责人之一。由于怕学生缺乏经验，不善言辩，姚老师便在其他进步老师的支持下，代表师生，向学校当局进行交涉，并提出以下要求：一、取消开除学生的决定。二、改选学生自治会为学生联合会。三、允许学生参加学生运动并保证学生安全。四、由刘光杰同学代表学生参加校务会议。五、凡重大决定必须经学生代表同意，方能生效。学校领导除不同意取消学生自治会外，其余条款全部同意。斗争的初步胜利，在全校师生中引起很大震动，我负责的《晨光》墙报刊登了大量揭露国民党黑暗统治的文章，得到了师生的广泛支持。四月初，姚老师应邀到高桥中学做了《关于反对专制，争取民主》的演讲，痛斥国民党反动政府专制独裁、横征暴敛，致使通货膨胀民不聊生。讲到激情处，顿足挥拳；讲到悲愤时，泪流满面，在听众中引起了强烈的反响。

南京解放后，我解放大军包围上海。我和徐慧眉等同学收到了来自不同渠道的传单和地下党的报纸《新教育》等，传单内容是地下党组织印发的《告上海市民书》，传单中宣传我解放军在各大战役中的胜利和上海即将解放的大好形势，号召群众反对和揭露国民党反动派的残暴统治，护厂护校，保护重要设施，迎接我军解放上海。传单散发完了，我们就连夜刻板油印，在夜深人静时，把传单塞进各商店和居民的门缝中。高行镇外，遍地油菜，黄花飘香，一望无际，地下宣传品的交接、发送就在半人多深的油菜地里进行。我负责编的《晨光》墙报除同学投稿外，其他内容大都从党的地下报刊和传单中改变形式后抄录的。有一次，由于过于疲劳，竟将“国民党反动政府”“中国人民解放军”等主语，抄写在墙报上，引起学生轰动。次日是星期天，几名带枪的警察向学校奔来，幸亏被学校做饭的老大娘发现，告诉了我，情急之中，我扯下墙报，折叠起来，藏在了一年级教室悬挂的大黑板下，使警察扑了空。

五月份，上海解放了。我和同学们沉浸在欢乐幸福之中，不久，军管会接管了学校，取消了“学生自治会”，成立了“学生联合会”，我被选为“学联”主席。作为学生代表，我参加了上海市学联召开的会议，发动学生参军、报考华东军政大学。我动员了孙丹、金耀权、程承基、张六桂（女）等同学和我一道参加报考，姚老师请学校领导给我写了“保送信”。通过考试、体检，皆被录取。名单登在上海《解放日报》上。一九四九年七月十五日，姚老师亲自送我们入学。同年十月我和其他同学首批参加了新民主主义青年团，我曾被选为中队团支部书记。不久，姚老师到上海大夏大学任教，曾来信要我们刻苦学习、认真锻炼，早日成为合格的军政干部。

姚老师对我们在为人处世方面，言传身教，要求我们堂堂正正做人，光明磊落做事。他要我们独立思考，用辩证唯物主义的思想方法分析问题。以是否对人民有利为准绳，判断善恶，决不人云亦云。以历史唯物主义的观点看待历史中的人和事。对英雄人物决不妄加批判、求全责备。在大是大非面前，他要求我们立场坚定，旗帜鲜明，直言不讳，切勿模棱两可，言不由衷。他苦口婆心、不厌其烦地要求我们趁年轻多读书、读好书，一生会受用无穷。他在教学和写作上，要求学生严谨求实，反对捕风捉影、哗众猎奇……

五十九年过去了，人事沧桑，作为一般基层领导干部的我，虽经曲折、坎坷、沉浮升降，但姚老师的教诲刻骨铭心，至今还激励着我这个满头华发的学生，老有所学，老有所为。

2007年9月

刘光杰给姚海天的信

海天同志：

您好！寄来的书、信、照片均收到，深为感谢！材料以记叙文形式写成，除作旁证材料外，也可在有关杂志上发表，或在其它报刊上登载，以正视听。不知可否？

上海解放前夕，地下党的活动，可能因渠道不同，各自为战，互不联系，难免发生误会，主动参战者更多被人猜忌。当时，我就看到一些蛛丝马迹。尽管从没有人对我提起过，这只是我的直觉。因此写材料要慎之又慎，免被居心不良的人作为中伤的口实。恩师当时带领和教诲我们冒死斗争，敌友分明，矛头所向，大方向始终正确，即便有美中不足，仍是令人敬重的英勇斗士。绝非"完美"的懦夫可比。不像有的人在白色恐怖下，胆小如鼠，什么事也不敢做；解放了，却出来对在"前线"战斗的人评头品足，求全责备。甚至节外生枝，诬友为敌。运动来了，以整人为快。致使好同志腹背受敌，伤痕累累。"文革"中，我在沪的一段历史，曾被诬为"隐藏在三门峡市委内很深的定时炸弹"批斗。去内查外调，原上海市军管会、公安局竟有我的档案。结论是：刘光杰系自发组织进步团体中的中坚。这才画了句号。我名不见经传，何以有立案侦察的档案？不难理解，在解放初，就有人诬告。我已参军入华东军大，调查和结果自己不知而已。当时有人对情况不明，提出质疑情有可原，但如今那段历史是非黑白，早有定论。姚老师同黑暗恶势力顽强斗争的一生。早被党、政肯定。如今半个多世纪已经过去，仍有人妒贤嫉能，出于不可告人的目的，妄图使历史沉渣再浮起，制造混乱，混水摸鱼。不惜中伤他人，误导广大青年。真是无聊之极，无耻之极！这样的所谓"朋友""至交"，良知全无。最终只能搬起石头砸自己的脚，受到人们的谴责。

遥祝

国庆愉快，合家幸福

刘光杰
2007 年 9 月 12 日

相关链接

姚雪垠是全国作协会员，作协武汉分会理事、创作委员会副主任，市政协委员。揭开姚雪垠的“进步”外衣，暴露在人民面前的却是一颗彻头彻尾的反动资产阶级的丑恶灵魂。……一九四八年上海解放前夕，姚竟与叛党分子张松和、石小平以及一些国民党特务分子等纠集在一起，组织地下组织“中共中央华东局江南工作委员会”，由姚担任所谓“宣传部长”。在上海解放前夕，进行了一次骇人听闻的大规模的政治投机活动。上海解放后，即被取缔。

——《姚雪垠的历史简介》，原载 1957 年 8 月 31 日《长江日报》

本报讯 中国作家协会武汉分会从 8 月 5 日至 29 日召开了七次座谈会，揭发和批判了姚雪垠一贯反共反社会主义的言行。姚雪垠一贯以“进步作家”自居，剥开其外衣来看，却是一个彻头彻尾的资产阶级的丑恶的灵魂。……上海解放前夕，他又和叛党分子张松和、石小平以及一些特务组成伪地下组织“中共中央华东局江南工作委员会”，他自任“宣传部长”，进行了骇人听闻的政治投机活动，最后被党取缔。

——《资产阶级文艺复辟的道路不通 姚雪垠的狂想破灭 作协武汉分会揭穿了这个右派分子的一贯反动本质》，原载 1957 年 9 月 3 日《人民日报》

一九四八年我搬到浦东高行去。在这个乡间小镇上，有一所新办的农业学校，我去教一班语文，开始为写《李自成》这部小说做一些准备工作。在这期间，我在大型左翼学术刊物《建设》上发表了两篇历史论文，但是谈不上学术价值。一篇是《论石敬瑭式的政权》，是用借古讽今的办法将投靠美国以求生存的蒋介石比做石敬瑭。另一篇是《明代的锦衣卫》，借论述的锦衣卫影射蒋介石的特务政治。这个刊物很快被查禁了，我没有再发表这类论文。

——姚雪垠：《我的道路》（1980 年 1 月作，未刊稿）

一九四九年全国第一次文代大会，姚雪垠同志没有被邀请参加。已经“誉满全国”的作家，在那样一次从解放区来的和在国统区的革命进步作家大会师中，怎么会被大会漏掉了呢？原来这里有一件公案。姚雪垠同志既在回忆录中自行回避，到今天也不必由别人来予以公开揭露。但三十年代和五十年代的文艺界人士，大半是知道的，总之，在这件事发生后，文艺界舆论哗然，传闻纷纷，以致上海当时文艺界的一切公开活动都不邀请他参加。后来事情告一段落后，他就到大夏任教。

——李蕤：《对姚雪垠同志〈学习追求五十年〉中的一章的声明》，原载《新文学史料》1984 年第 4 期

现在就来说第二个问题，即姚雪垠为什么没有参加第一次全国文代大会。简单说来，就是上海解放前夕，姚雪垠卷进了一个中共地下市委接收上海的活动，后来这个地下市委被取缔了，盛怒之下的领导要处置姚雪垠，是夏衍出面说情，才交由文艺界把他送回了河南。

——姜弘：《也谈胡风“清算”姚雪垠的旧案》，原载《炎黄春秋》2004 年第 10 期

（《新文学史料》2010 年 3 期）

关于姚雪垠解放初在上海的档案资料

吴永平　姚海天

2003年初，笔者在《炎黄春秋》上发表了《胡风“清算”姚雪垠始末》，文中谈到抗战后期胡风错误地发起了一场“整肃”（也叫“清算”）运动，批判打击了许多进步作家，其中姚雪垠受祸最深，被诬为“色情小说家”。由于受这件公案的牵累，他未能参加第一次文代会。

2004年10月，姜弘先生发表《也谈胡风“清算”姚雪垠的旧案》（载《炎黄春秋》2004年第10期），声称要以“作为和当事人直接谈论过这两件事的人”的身份来与笔者争鸣。他且揭发道：

> 姚雪垠为什么没有参加第一次全国文代大会。简单说来，就是上海解放前夕，姚雪垠卷进了一个中共地下市委接收上海的活动，后来这个地下市委被取缔了，盛怒之下的领导要处置姚雪垠，是夏衍出面说情，才交由文艺界把他送回了河南。①

简言之，姜弘先生认为姚雪垠解放初因政治错误而被当地政府遣返！

笔者从事现代文学研究多年，对形诸文字的史料较为熟悉，当然知道姜弘先生的“揭发”并不是他的发明，而是源自反右期间的造谣诽谤文章，他只是在综合的基础上进行了再创造，又糅入了文坛上的一些飞短流长，遂变成了这副模样。

姚雪垠是极左路线的受害者，他的所谓“政治历史问题”在20世纪70年代末已由中共湖北省委彻底平反。把反右期间的造谣文字及姜弘先生的“揭

① 姜弘：《也谈胡风“清算”姚雪垠的旧案》，《炎黄春秋》2004年第10期。

发”与组织上的平反结论进行对照是很容易的，但可能产生的负面影响无异于再次向姚雪垠身上泼脏水，笔者当然不能那样做。

在这种情况下，最好的办法便是展示有关姚雪垠当年在上海的档案材料。俗话说，口说无凭。于是，笔者与姚海天于2004年11月赶赴上海，先后在华东师范大学档案馆和上海档案馆调阅档案，终于找到了足以推翻姜弘“揭发”的铁证。

一、在华东师范大学档案馆查阅到的教学档案

姚雪垠回忆录载，上海解放后他一直在私立大夏大学任教，任教授并兼任文学院代院长和学校副教务长；1951年7月为实现“农村三部曲”的创作计划，坚辞大夏大学的各项职务，应河南省文联的邀请返回家乡。只要这些史实能得到档案资料的证实，姜弘先生的“揭发”也就不攻自破了。

我们在华东师范大学（其前身之一为大夏大学）档案馆查阅了当年的教学档案，详录如下：

“大夏大学各院系教员课程名册”中（案卷顺序号249，分类号K，目录号81-3-248)，收有“卅八年（1949）秋季教员课程名册”，姚雪垠担任课程为“中国现代文艺思潮、西洋现代文艺思潮”。

“1950年春季各院系教授课程名册”（顺序号251，分类号K，目录号81-3-250)，姚雪垠课程为“中国现代文艺思潮、西洋现代文艺思潮”。

“各院系教授课程名册”（顺序号283，分类号K，目录号81-3-282)，收有“1950年9月秋季学期各院系教授课程名册”，姚雪垠课程为“中国现代文艺思潮、文艺习作、文艺学”。

“课程草案，课程索引以及各系科课程改革的总结报告”（案卷顺序号78，分类号K，目录号81-3-78)，收有“1951年春季课程索引”，姚雪垠课程为“中国现代文艺思潮、文艺写作”。

从以上档案可以看得很清楚：上海解放（1949年5月27日）以后，姚雪垠便在大夏大学任教，自1949年秋至1951年秋，长达两年。

除此之外，笔者还查到了与姚雪垠有关的其他重要档案。如：“大夏大学关于发动教授参加土改工作的档案”（秘书类，顺序号47，分类号K，目录号81-3-47)，收有“大夏大学给华东军政委员会教育部的公文”（1951年4月2日），其中载有“本校工会响应上教工会发动部分教授参加土改工作的号召，现有志愿参加土改者计邵家麟、姚雪垠正副教务长及王绍唐、刘焕文、许公鉴、夏炎、李贤瑗、宋成志、史守谟等教授共九人，即于日内出发”。又如：“大夏大学教务委员会会议记录”（顺序号47，分类号K，目录号81-3-47），收有在第十五次教务会议上“姚雪垠副教务长关于教学计划的报告”（1951年3月22日）的全文。

由此可以作出明确的判断：姜弘先生对姚雪垠的“揭发”完全失实。道理很简单，如果姚雪垠当年真的被卷进了什么政治事件，军管会至少应对他“隔离审查”，不会让他在大学里逍遥法外；而且，即便领导“盛怒”并非臆想妄言，“遣返”也应该马上执行，绝不会拖到1951年仍未实施，两年何其漫长，“盛怒”能持续如此长的时间吗？

遗憾的是，当时华东师范大学档案馆正在重新分编，我们没有查到姚雪垠担任文学院代院长的任职档案。

所幸的是，姚海天返回北京后，在家中找到了姚雪垠受聘上海大夏大学的三份聘书，全录如下：

私立大夏大学聘书

同字第五七二号

兹聘

姚雪垠先生为本大学文学院中国文学系兼任教授

聘约时限自一九四九年八月起至一九五〇年七月底止

此聘

校长欧元怀
副校长王毓祥
一九四九年九月

私立大夏大学聘书

教字第〇一一号

兹聘

姚雪垠先生为本大学文学院专任教授

聘约时限自一九五〇年八月起至一九五一年七月底止

此聘

校长欧元怀

一九五〇年八月九日

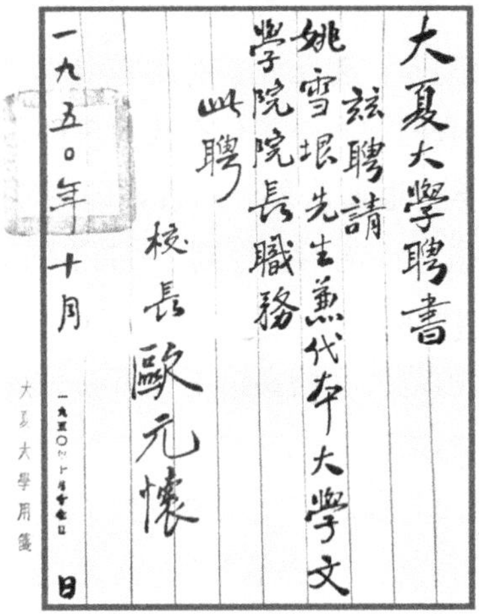
大夏大學聘書
茲聘請
姚雪垠先生兼代本大學文學院院長職務
此聘
校長歐元懷
一九五〇年十月　日

上海大夏聘书

大夏大学聘书

兹聘请

姚雪垠先生兼代本大学文学院院长职务

此聘

校长欧元怀

一九五〇年十月

从上可见：聘书任职时间连续，未有中断；所任职务由兼任教授而专任教授而代（理）文学院院长，轨迹清晰；与在华东师范大学查到的教学档案完全吻合。

二、在上海档案馆查阅到的有关姚雪垠任大夏大学副教务长的档案

上海解放后，各私立高校都由华东军政委员会教育部管理，各校重要的人事任免都要经过呈报、审批及任命的程序。大夏大学副教务长是比较高级的职务（院校级），也要经过这样的程序。华东军政委员会教育部的档案现藏于上海档案馆，我们推测，姚雪垠在大夏大学的任职档案应该可以在那里查到。

11 月 24 日，我们在上海档案馆五楼如愿地查阅到了华东军政委员会教育部之关于“大夏大学聘请邵家麟、姚雪垠为正副教务长问题之履历表来往文件”（上海市档案馆全宗号 E44，目录号 1，案卷号 195，自 1951 年 2 月 10 日起至 1951 年 5 月 13 日止）。

文件 1：大夏大学“为本校吴泽教授辞卸教务长兼职另聘邵家麟教授继任并聘姚雪垠教授兼任副教务长”呈华东军政委员会教育部的“代电”（民字第 483 号，1951 年 2 月 17 日）。电文全文如下：

本校教务长一职自 1949 年冬季起聘定吴泽教授兼任惟自 1950 年 10 月起吴教授因病请假在假期内兼教务长职务由欧元怀校长暂为兼代最近吴教授因病况尚鲜显著进步需要继续疗养决定辞卸教务长兼职经由欧校长提出本校教务委员会扩大会议决议聘请邵家麟教授继任（原任本校理工学院院长）并为加强教学行政领导自本学期起设置副教务长一席聘请姚雪垠教授兼任（原任本校文学院代理院长）理合电请鉴核备查（原文无标点）

文件 2：姚雪垠亲笔填写的“呈请备案干部简历表”（1951 年 3 月 8 日）一式三份。

文件 3、4、5 均为华东军政委员会教育部审核公文。文件 3（签发时间 2 月 21 日）提出姚雪垠“仅系河南大学肄业，现尚为文学院代理院长，按其资历似不够担任大学副教务长之职”；文件 4（签发时间 3 月 10 日）提到将姚雪垠履历“谨呈中央人民政府教育部转呈鉴核备案”；文件 5（签发时间 3 月 10 日）写道：

一，一九五一年二月十七日民字第 483 号代电悉。二，所请聘邵家麟为教务长，姚雪垠为副教务长，应予照准，并经转呈中央人民政府教育部备案，复希知照！

文件 6：中央人民政府教育部批复（人字第 1077 号），全文为：

华东军政委员会教育部：

一九五一年三月十九日教高行字第 002155 号呈悉，私立大夏大学请以邵家麟为教务长，姚雪垠为副教务长，准予备案。

中央人民政府教育部部长马叙伦

1951 年 4 月 2 日中央人民政府教育部印

文件 7：华东军政委员会教育部通知大夏大学公文。全文为：

中央教育部批复，所请邵家麟为教务长姚雪垠为副教务长事准予备案特知照由。

读罢上述档案，我们对姚雪垠解放初在大夏大学的处境已洞若观火。如果姚雪垠当年仅仅只是一名普通教授，或许姜弘先生的“揭发”还能有立锥之地，然而他偏偏于 1951 年初被任命为大夏大学的校级领导，而且经历了如此繁复的呈报和审批手续，其间还因“资历似不够”几被驳回，后又“应予照准”，最终由教育部部长一锤定音。如果姚雪垠果真有过政治错误，能通得过华东军政委员会及教育部的政治审查吗？

姚海天在家中也找到了姚雪垠受聘“副教务长”的相关聘书，录如下：

大夏大学聘书

兹聘请

姚雪垠先生为本大学副教务长任期自一九五一年二月起至七月止

此聘

校长欧元怀

公元一九五一年二月

大夏大学聘书

本校为加强教学行政领导经由校务委员会扩大会议决定自本学期起设置副教务长一职聘请台端兼任敬备奉聘书一份至请察照惠允即日莅职无任企幸

此致

姚雪垠　先生

校长室　敬启

上海大夏大学校长室印

一九五一年二月十二日

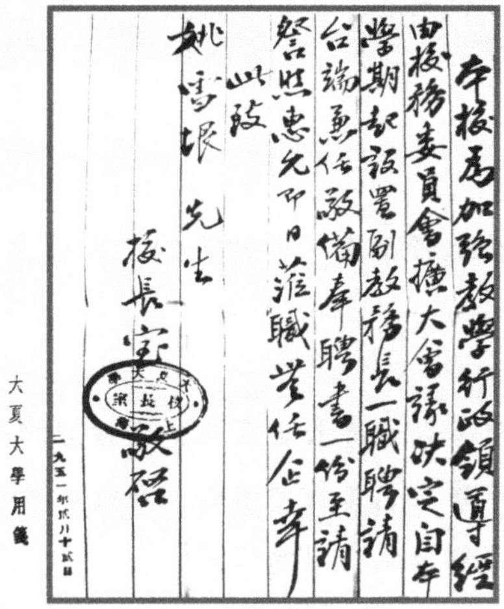

本校為加強教學行政領導經由校務委員會擴大會議決定自本學期起設置副教務長一職聘請台端惠任藉備奉聘書一份至請察照惠允即日蒞職並任企幸

此致

姚雪垠　先生

校長室　敬啓

大夏大學用箋

上海大夏聘书

三、在上海档案馆查阅到的有关姚雪垠辞职回河南的档案

能在上海档案馆里查到如上档案，我们已经心满意足了，未想到还能看到更令人震惊的材料。在同档中，我们惊喜地看到了有关姚雪垠辞去副教务长职务的来往公文。

第一件是“大夏大学为姚雪垠辞职事呈报华东军政委员会教育部公文”（大夏大学代电，民字第 0731 号，1951 年 7 月 19 日）。全文如下：

事由：本校副教务长姚雪垠辞职报请鉴核备查由。华东军政委员会教育部钧鉴，本校文学系教授兼副教务长姚雪垠先生近因河南省文艺工作者联合会邀约前往河南从事文艺工作，坚请辞卸在校所任职务，本校已予同意。敬以报请鉴核备查。

私立大夏大学午皓

第二件是“华东军政委员会教育部批复”（文号 007381，1951 年 8 月 2 日）。全文如下：

事由：为你校副教务长姚雪垠辞职准予备案由。一，一九五一年七月十九日民字第 731 号代电悉。二，你校文学系教授兼副教务长姚雪垠坚请辞职，准予备案。

部长吴

海天返回北京后，给笔者寄来了他找到的“大夏大学离职证明书”，可供参看：

本校文学系主任兼副教务长姚雪垠先生兹应河南省文学艺术工作者联合会之邀前往河南从事文艺工作申请辞卸在校职务业已照准并经呈报华东教育部备查特给予离职证明书以资证明。

校长欧元怀

公元一九五一年七月

将如上原始档案与姜弘先生的“揭发”对照，不能不令人感到震惊。姜先生在武汉文艺界工作有年，20 世纪 50 年代中期一度与姚雪垠交厚，有“学生”“同事”“朋友”和“难友”等多重身份。他竟一口咬定姚雪垠是因犯了政治错误被“遣返”的，真不知出自何种动机。

然而，“内情”现在就摆在我们面前，其中并没有丝毫有关“政治错误”和“遣返”的影子。试想，如果姚雪垠真因姜先生所说的政治错误而被迫返乡，大夏大学的“代电”有必要为他编造假话吗？即便大夏大学碍于“前副教务长”的情面而说了违心的话，华东军政委员会教育部的“批复”有必要替姚雪垠掩饰吗？至此，真相终于大白！

（《新文学史料》2010 年第 3 期）

姚雪垠往事

——告别东西湖农场

周 勃[①]

春节过罢，人们怀着沉重的心情和渺茫的期待三三两两地回归队里。有的收拾床铺，有的拾掇工具，也有的坐在小板凳上吃着从家里带来的东西，眼睛呆滞地凝视着前方，回想着假期在家里的生活，有苦涩、有伤痛、有冷漠，也有慰藉。不幸的家庭各有所异。

晚上开大会，布置生产任务，大部分人搞春播，少数人进行田园化工程的收尾。姚雪垠和我仍旧栽树，要求清明节前将两条支沟的沟岸和路边的树全部栽完。杨副大队长趁出工前找到我们，手里扶着一根挺直的白杨树苗说："这根树苗是5元钱买来的，如果你们能在清明节前栽下去，你们就为行路人撑开一把遮阳伞，我买来的这些树苗，希望你们都能撑起来。"去年冬至那天，也是这位杨副大队长，拉着一车柳树桩交给我们，要我们按30米株距栽在五支沟临水处，他对姚雪垠说："老先生，'瞒春扦柳'，你不觉得这'瞒'字很有诗意吗?"姚雪垠高兴地回答："小杨，对劳动你保持着诗的敏感，难怪你喜欢文学。"时间已过去快两个月了，抬眼望去，过去那一片片油绿的菜畦，一丛丛低矮的树丛，经过严冬肃杀，霜露凋残，北风摇落，冰雪摧颓，都呈现出衰朽灰暗之色。只有我们亲手栽的五支沟临水的柳桩不同，垂得很低的枝条，绽出浅绿色芽叶，那些待绽的芽蕾，则长着鹅黄色绒毛，这些微春意，使你觉得在寒冬的严酷封杀之中，春的脚步不可阻挡。姚雪垠兴致勃勃地说："绛侯[②]，'春江水暖鸭先知'，看来，'柳也先知吧'。"他一说，我倒联想到他的那篇讳

---

① 周勃（1929—2022），湖北大学行政管理系教授，著名文学批评家。

② 西汉时名将周勃封绛侯，因其与本文作者同名，姚雪垠有此戏称。——本书编者注

莫如深的文章，于是打趣地答道，“怎只说鸭，鹅也先知，一切水鸟都知，这有什么本质意义呢?”他马上意识到了，“你读了我的《读〈带经堂诗话〉有感》了，你怎么没有揭发我?”我说：“还不是等待着你自我交代批判。”他慧黠地一笑，“我估计是他们搜集材料时疏忽了，漏掉了，我后来想有这篇文章和没有这篇文章，对给我定罪影响不大。‘虱多不痒，债多不愁’嘛。1956 年的秋天，《文汇报》一位朋友来信索要文章，手头正好有这一篇，就寄给他了。因为《文汇报》是紧贴现实的报纸，这一类文章未必适合他们需要，所以在附信中特别作了说明，没有想到他们不久就分两期发了。因为是读后感，谈的问题只是蜻蜓点水，不深不透，而他们又认为我接触的是文艺上极富现实性的重要问题，就约我另写专文论述，于是我就写了《创作问题杂谈》。因涉及问题多，内容拉杂，就定名为‘杂谈’。全文约七千字，说两个问题，一是作家下生活问题，二是作家的知识结构和生活经验问题。”

“你的文章一出来我就拜读了，虽然你许多观点我是赞同的，但你说得太直白，口无遮拦，离经叛道，对许多人而言，会觉得有排他性。”

“一时间围攻文章出来了，成了四面楚歌了，上面认可的只有姚文元的一篇，他的题目叫《教条和原则》。文章不长，架势不小，惟我独革，惟我正确，这个人就是这篇文章崭露头角了。后来他将批我的文章，收入一个集子，集子名叫《论文学上的修正主义思潮》。好像批判你的《论现实主义及其在社会主义时代的发展》与何直的《现实主义——广阔的道路》的文章，也收在这个集子里。”姚雪垠望着我说。

“姚文元批判我和何直的文章，题目是《社会主义现实主义文学是无产阶级时代的新文学——同何直、周勃辩论》，初发于《人民文学》1957 年 9 月号，大概也收入这个集子中。我原想找来读一读的，后来也没这个兴趣了。一场学术讨论变成了政治讨伐，我和何直都由文艺争鸣的一方逐渐成为政治上敌人，还能说什么，还允许我们说什么?”姚雪垠叹息一声，默然颔首。过了一会儿，姚又谈起 1957 年写文章的情况，他说，“我一共写了 7 篇文章，总主题是坚持现实主义，反对教条主义和狭隘的政治功利主义，这些文章字里行间，都充溢着我的激愤和郁闷情绪，语言上刻薄挖苦，使我犯了大错误，但这里面有两个非常重要的背景。

“第一，是我的思想性格背景。在我的思想性格中狂妄占着很重要的一面。

我不是轻狂、清狂、癫狂、疏狂，而是一种……”

“而是‘进取狂’。孔老夫子说的‘狂者进取，狷者有所不为也’，你属于进取一类。”

“对，你这是知人之论。我从小没有读多少书，后来考入河南大学预科，读了两年被开除了，就到了北京，靠图书馆自学。每到冬夜，我从图书馆回沙滩，走过金鳌玉栋桥，身穿单薄的青布衫，北风吹来，瑟瑟发抖，在路边的粥棚，和洋车夫挤在一起，喝一碗稀粥，就算是夜餐了。箪食瓢饮，攻苦食淡，我是靠个人奋斗起来的，因此特别自信，好高骛远，从青年时代起，我就立志做历史参与者，要对社会对人民作出贡献，因此总是以持之以恒、百折不挠自勉，不达目的，决不罢休。在我心中，很少迷信名人，也不迷信名言。对许多文艺问题，喜爱发表不同意见，特别是有独特见解的意见，决不随声附和，人云亦云，有时也不为权者讳、尊者讳，故常开罪于人，被斥为狂妄。在我的性格中也有一大弱点就是意气用事，师心自用，常常因这个脾气吃亏，追悔莫及。”

“第二个背景是我的遭遇背景。解放初期我在上海大夏大学教书，主讲小说创作原理，任中文系副教授并兼任副教务长和代理文学院长。当时正开始高校院系调整，我辞去大夏大学职务，回河南当专业作家，上海一些朋友挽留我，希望我继续在高校执教，路过南京，南京大学的老朋友，也劝我到南京大学教书，我都婉谢了，毅然回河南。结果于 1951 年秋天到了河南。我回河南的目的，是想将我酝酿多时的几部长篇写出来。这是反映河南农村变化小说，可以叫《农村三部曲》吧。第一部定名《黄昏》，写清末到民国初年，旧的农村社会如何变化和崩溃。第二部定名为《长夜》，写农村经济崩溃后农民没有出路，土匪蜂起，许多农民去当蹚将，但也不是出路，在漫长漆黑的长夜中挣扎。第三部定名为《黎明》，写北伐战争前夕到战争期间，我的故乡发生的新的变化。尽管仍旧黑暗，被新式的封建势力所统治，但革命火种在暗暗传过来，而外地的革命声浪一阵阵影响到我的闭塞而落后的家乡。我对《长夜》中人物很熟，故先写了《长夜》。1945 年动笔，1946 年便写成了，先在一个朋友主编的晚报上连载，没有载完便停下了，1947 年由上海怀正文化社出版。虽只印了两千册，影响不大，但文坛朋友读了后都很重视，认为题材很新，反映了民国年间中国北方农村一个侧面。《长夜》写出来了，我着手写《黄昏》和

《黎明》。河南省文联当时正在抓文艺的普及运动，《翻身文艺》《说说唱唱》这类普及性刊物如雨后春笋般兴办起来。省文联的几个领导也是我的老朋友，他们动员我参加普及运动，我告诉他们我有长篇的写作计划，希望我专心搞自己创作计划，他们坚持不同意。1953 年我调到中南作协，而在河南领导我的那位朋友也调来了，于是我们之间常有争论。我的意见是按照《在延安文艺座谈会上的讲话》的精神，普及和提高是不可分割的整体，普及是提高指导下的普及，而提高则是普及基础上的提高。随着全国的解放，随着经济建设高潮的到来，一个文化建设高潮一定要到来。我们既需要大量的普及性作品，也需要有质量的提高性作品。而且随着广大人民文化的提高，对提高性作品的要求也会与日俱增。衡量一个国家、一个民族、一个时代文学艺术水平，成为它们的标志的，往往是高水平的优秀作品。他们还用鲁迅的话来说服我，鲁迅说过连环画里也可以产生托尔斯泰。”

我接着说，“托尔斯泰是长篇小说的教父，用托尔斯泰作连环画的最高追求，正说明这个领域没有自己的托尔斯泰。鲁迅只是在强调通俗文艺海阔天空，有英雄用武之地，连环画同样可产生成功作品和优秀画家。”

我们继续说着，姚雪垠有点伤感地谈到他的夭折的长篇小说《白杨树》。我不是第一次听他谈《白杨树》，但都没有这次那样深情和惋惜。他说：

“我在 1956 年以前三次下新乡通丰面粉厂生活，前后共达两年之久，我走访了许多工人家庭，结识老、中、青三代工人中具有典型代表意义的工人师傅，逐渐地产生了强烈创作欲望。我是想写一部近现代题材的历史长篇小说，写第一次世界大战期间，给中国民族轻工业造成了发展的机会，一部分官僚地主家族向轻工业投资，向民族资本转化。我以安徽寿州孙家鼐由官僚地主向民族资本转化发展为蓝本。”

我说：“孙家鼐是咸丰时期的状元，历任尚书，文渊阁大学士，与翁同龢同为光绪师傅，戊戌变法时主办京师大学堂，因受慈禧信任，未被罢免。八国联军攻陷北京，他到了西安，任管学大臣，与人合伙创办了纱厂。据说此公为人谦和，生活上很简约，这样有口碑的高官，居然有钱投资，真应验了一句话：‘三年清知府，十万雪花银’。”

姚雪垠：“孙家投资办厂主要是孙家鼐的儿子，叫孙多森，上海阜丰面粉厂、启新洋灰公司、北京自来水厂、井径矿务局等，都是他投资的。他受西方新思潮影响，比其父孙家鼐要深。豫北是重要的小麦产区，新乡又有水陆交通之便，所以他们选定新乡，靠近京汉铁路，在卫河北岸建立面粉厂。工厂的管理，完全搬来衙门那一套，连管账先生都称老爷，经理、协理出门坐轿，听差在后面跟着。他们经常拜客、请宴，周旋于官绅与地方军阀之间，封建官僚色彩很浓，工人连见他们一面都很难。工人多从豫北农村招来，与寿州老家来的同乡形成客主两派，这中间有许多矛盾斗争。既有地域因素，也有宗族关系。这个工厂经历了多次军阀混战，军阀势力，地方封建势力，都直接或间接给工厂带来破坏，阻碍了工厂发展，特别是1930年前后，资本主义世界经济大萧条，美国面粉在中国廉价大倾销，使内地面粉业遭受沉重打击，工厂停工，工人解散。我从一个三代工人家庭的历史反映出中国内地民族工业步履之艰难。祖父是逃荒的农民，活不下去了，只好卖儿鬻女才被招进工厂，成了第一代面粉工人。京汉铁路1921年工人大罢工，天津的工人运动，都对面粉厂工人产生影响，工人们起来斗争，由经济要求逐渐变成了有阶级自觉意识的政治斗争。日本侵华以后，新乡通丰面粉厂由日本人接管，工人们有的跑到天津做工，有的到太行山参加抗日游击队，大部分继续留在厂里，地下党组织建立起来了，工人们在地下党领导下同日本人进行斗争。抗日战争胜利后，新乡通丰面粉厂被国民党接管，工人们逐渐认识到国民党统治和日本人统治差别无多，于是地下党领导工人们继续进行斗争，直到新中国成立，新乡通丰面粉厂才解放了，工人们才真正做了主人，在《咱们工人有力量》歌声中恢复生产，建设新的新乡通丰面粉厂。你请我在武大讲演时说过为什么书名叫《白杨树》，是因为在卫河岸上埋葬了许多工人，有死于贫病，有死于革命斗争，有死于生产事故，总之这片乱坟场与新乡通丰面粉厂有着各种各样联系，而随着岁月的流逝，时代的变迁，栽种在乱坟场上那一排排白杨都长成大树了，直指苍穹，挺拔俊秀，人们看到这高高的白杨，会想到新乡通丰面粉厂的峥嵘往昔，想到咱工人阶级壮志豪情。”

姚雪垠沉浸在他的创作激情之中，我接着说：

“清朝末年，产生了许多中国民族资本家，有买办出身的，也有从事洋务运动出身，还有一些是状元及第、御赐高官，然后转型为工业资本家，如陆润庠，中了状元，历任内阁学士、国子监祭酒，同时利用政府借资，在苏州创建苏纶纱厂。又如张謇，也是状元出身，以官商合办形式办起了纱厂，后来扩展到办轮船公司、面粉公司等。孙家鼐也属这一类。茅盾写的吴荪甫、赵伯韬是30年代工业资本家，《白杨树》则是写的由封建官僚转型的民族工业资本家，这在中国近代史上是一种特殊社会现象，用文学来描写和反映他们，有着重要的历史认识价值。当然我现在听到的是你对小说的理性梳理，还没有感受到人物形象和情感魅力，但可以听出你对这个题材的孕育已相当成熟了。”

“我已经将《白杨树》写了二十多万字了！我对中国近现代史下过工夫，对几代工人的生活比较了解，对生产的流程和要求有些了解，我是住在通丰面粉厂写的，写作时常为人物的命运和故事的悲怆而落泪。我从上海坚定地回河南，原先的计划是写《长夜》姊妹篇《黄昏》和《黎明》，结果我到新乡通丰面粉厂下生活，新的生活现实撞击着我，工人们痛苦与欢乐使我感同身受，我只好将“农村三部曲”先压下去，全副精力都放在《白杨树》上。一个忠诚对待生活的作家，常常被现实生活巨大磁力所吸引、所激励、所撞击，从而改变写作计划是常有的事，果戈理、屠格涅夫、托尔斯泰都有这样的经历。我写了二十多万字，篇幅上快过半了。有一天，作协领导通知我汇报写作计划，我兴致勃勃地向他们汇报《白杨树》，从主题到内容，从人物到故事，我都详细地介绍。哪知他们一听，根本不赞成我写，而且态度十分坚决。理由是写几十年工人生活，没有写党的领导怎么可以？虽然抗日时期成立了地下党组织，但你没有搞过地下党的工作，没有这方面生活经验，肯定不可能写好。我请他们看看稿子再说，他们不看，我介绍了我下面粉厂生活的情况和写作时得心应手的情况，想请他们加深对我创作的了解，但他们仍然不同意我写下去。对于这样执掌作品生杀大权的领导，我简直毫无办法。我愤愤地回到房间，官僚主义使我非常激恼，好几天解不开压抑的痛苦心情，我的意气用事的坏毛病这时主宰着我的行动，有一天，我一怒之下，将二十多万字的《白杨树》的手稿一把火烧掉了。以后每想及此事，都悔恨得无地自容。我烧毁自己作品，《白杨树》并非唯一。1946年，我曾以别廷芳为主人公，写一部小说《小独裁者》，大约写了10万字，停下了，后来我烧掉了。《白杨树》是我自己最得意的小说之一，它有独特的探索性主题，在题材上是个新的领域，而在艺术表现上不落俗套，有它独到之处，特别是创作过程中，情感融入到人物和事件之中，富于感染力。它像躁动于母亲腹中的胎儿，发育健全，只待孕期成熟，就可以分娩，结果被活活扼杀了。这是无知的官僚主义和僵硬的教条主义所造成的，损失并非只是我个人，当然抱憾终身就只有我自己了。”说着眼睛潮红，脸色铁青，稀疏的白发在微风中轻轻抖动。

看得出已触到他的伤痛处，我不能再往下说了，谈话暂时停下来。

我们挖的树坑都栽完了，需要重新挖坑。我们喝了一点水，稍稍休息一下，继续挖坑，这次因树苗小些，坑就挖得浅一点。姚雪垠换了个话题继续说：

“我认为生活积累，对于一个作家来说，不论是新时代或者旧时代，都不是包袱，而应是财富。这个观点没有错。1934 年，我才十几岁，被土匪绑票了，在土匪窝里呆了整整一百天，对这段传奇色彩很浓的生活，我当时只能感知它，不能认识它，准确地说，只是模糊的认识。一直到进了河南大学预科，阅读了许多新的观点的书籍，使我大大地开了窍。后来我常常回忆我在杆子中那段生活，我的认识才逐渐清楚起来，可以这样来认识《长夜》的创作过程，首先是有了少年时代亲身生活的积累和模糊的认识，到青年时代有逐渐清楚的认识，到了中年对生活有了成熟的思考和把握，才写出小说。我小说中写的土匪，和解放初期‘清匪反霸’的土匪是不同的概念。20 年代是一个大动乱年代，军阀混战，帝国主义侵略，世界经济大崩溃，加上天灾频仍，大批农民逃荒流浪，年轻的或当兵，或当匪。穿上军装是兵，打了败仗又变成匪。总之一句话，生活逼农民成匪，所以民、匪、兵，在一定环境下，无法分清。”

我告诉他我也遭遇到这样时代。那是抗战后期，我们家乡属薛岳掌控的第九战区，国军与日寇在湘北进行了几次大会战。有一支叫昆山部队的国军，在我家门前与日寇发生了遭遇战，为抢夺制高点，昆山部队的两个弟兄牺牲了，子弹都是从胸膛穿过去，饮弹即毙。我的父亲和伯父将他们抬到地势最高的山巅上埋了，说是让他们能望到自己家乡。我的私塾老师，因他的独生子也是在抗日中殉国的，他以同仇同悲之心写下了祭阵亡烈士文，椎心泣血，凄恻感人。在国军与日寇拉锯战的空隙，我家乡一带，就变为真空地带。土匪出没，横行乡里，有个夏天深夜，突然一声枪响，我家大门上被贴上一张索款的条。索要现金 15 万，于七日后的三更二点，以竹篮摆放雄鸡花酒为标志，送到周家桥上。条子上落款是“尹部”。父亲找人打点，以 7 万元了结。不久，又有“苏部”贴了一条，索款 30 万。那时最可怕的是绑架，特别是独子。家里商量着躲到亲戚家去，土匪却派人将索款条子送来亲戚家。我家的姓与“沙洲”的

“洲”谐音，他们的黑话叫我家为“沙河”。我们被逼得没法，只好住到日军管制下的县城。“小乱住乡，大乱住城”，死里求生吧。我有两个同学被绑，通知他家里某月某日点火生蒸，家里将钱和金银首饰送去，才免一蒸。土匪打的旗号都是抗日救国，抗日卫民，其实都是奸杀掳掠，无恶不作，土改中这些匪首都被镇压了。我曾参加过清匪反霸斗争，在调查中我才发现匪患之烈，匪性之残，远比我当年亲见亲闻亲历，要厉害得多。不像你百日被掳所见到的杆子，在暴戾恣睢的外壳中包裸着善良的人性。

“我写的土匪和你遭遇的土匪完全不同，我写的20年代的杆子基本上是无衣无食，活不下去的北方农民，善良的人性才是他们的本质，而你说的土匪则是兵痞流氓这类社会渣滓，本质就不同。我在少年时代这些生活体验，一直到年龄和知识都成熟了，才能消化掉。作家的生活积累就像仓库，捡到的东西都往里面堆放，哪一种能做什么用？什么时候能用？当时都说不清楚。只有到了用的时候，用得最奇妙的时候，才会觉得那些堆放的东西，不是包袱，而是财富。我记得曾和你谈过‘义送摇旗’是从《长夜》中李水沫化来的。我在《李自成》中写了许多‘黑话’‘行话’，在《长夜》可以找到，写高夫人带小股骑兵佯攻灵宝，有一义兵用顺口溜形式‘自报家门’那段话，在《长夜》可找到原型。一百天的杆子生活，是在惶悚中度过的，但毕竟是以少年的眼睛看世界，在《长夜》中写出的，只是很少的一部分，《长夜》中没有写的生活，有的写入《李自成》，有相当一部分还在我记忆的仓库中存放着，我说的旧的生活经验是财富，不是包袱，错在哪里？我们讲生活经验，是个大题目，其中有具阶级性的，也有不具阶级性的，不能一概而论。作家以社会生活为自己反映对象，经常说的是要观察、体验、研究、分析一切人、一切阶级、一切群众、一切生动的生活形式和斗争形式，几个‘一切’，覆盖了生活的全部，如果作家知识不广泛、不渊博、不全面，怎么能了解、理解并表现这一切呢？我强调作家应该是杂家，要朝杂学努力就是这个意思。”

“如果说我的这些观点是错误的，也只能是思想认识问题，属于资产阶级文艺思想、学术思想，属于资产阶级世界观、人生观没有得到彻底改造，有机会就表现出来了。应该全面地看待我在鸣放中的文章和言论，我没有对抗党的领导，没有涉及党在政治、外交、经济方面的问题，而且我一贯都是拥护的。对文艺方面的意见是对具体措施的意见。在新中国成立前，我没有做过有损于党的事，在我最困难时刻，我都保持着与党的联系，我写过‘铸成大错千斤铁’那样诗句表明自己长期忽视了思想改造，造成了许多错误，我还在一次会上表示请党用鞭子抽我，狠狠地抽，就是表明自己愿意接受党的批评和教育，但是决不能将我推向敌人。我在《卢沟桥礼赞》写了一段话，说抗战初期，蒋介石毕竟是主张抗战的，所以他在人民中间的声望、威信，比过去任何时候都高。如果后来不背弃人民，难道今天不是还有他应有的声望和地位么？就凭着这句话，说我对社会主义今天怀有刻骨仇恨，恬不知耻歌颂蒋介石，并且欢迎他回大陆。这样上纲上线，岂不悖于实际。又如我在《谈打破清规戒律》中，用‘文学界大大小小的孔代表们’来比喻教条主义，用‘背诵去年的皇历’比喻保守的思想，就凭着这几句话，他们说我大大小小孔代表，是攻击文艺界领导人，说‘皇历’是影射《在延安文艺座谈会上的讲话》，其恶毒超过比为‘图腾’的胡风集团。这样的推断，毫无根据，完全是曲解引申嘛。当然，对我来说，这是非常深刻的教训，写文章的目的，既是帮助党整风，反对教条主义、官僚主义、宗派主义，就应该秉着与人为善的初衷，不应该下笔尖刻，取譬失当。特别是用比喻，词义并不确定，多义可以多解，极容易引起歧义，产生附会曲解。但是，无论怎么说，我的错误还应该是思想认识问题，属于资产阶级文艺思想或资产阶级学术思想，怎么能上纲上线到政治立场或政治野心上去。还有那些揭发材料，无中生有，道听途说，断章取义，掐头去尾，我都一一进行申辩和澄清，他们说我顽固，我仍然坚持实事求是。你的结论见面情况怎样？揭发材料有没有诬枉构陷这一类的？”

我告诉他揭发我的材料，也有很多是不切实际的，一共约 20 份，其中有一份竟是千帆先生写的，他说鸣放期间，我常去他家，有时是组稿，有时讨教，并常将文艺界和编辑部内部的情况告诉他，具体的记不清了，都属自由主义这一类的东西。程先生写的时间是 1957 年 8 月 14 日。专案组的人对我说，“你这个右派老师够顽固的了，第一次找他，不肯写。我们找来他们单位的专案人员狠狠训斥了一顿，才写了这么个东西。”我听了心里非常难过，忍不住流下泪水来。1957 年 8 月，正是千帆师遭受最狠的批斗，有时一天数场，就是写材料的几天之前，武汉文艺界开大会批判他，我被指定发了言，虽然内容一般，但总是朝先生身上扔了一块石头，而他却用自己伤痕累累的身体为我挡着滚木镭石，还给我定性为“自由主义”。两相比照，愧悔之心，无地自容。

姚雪垠连忙说："了不起，了不起，在运动中这样的老师真是凤毛麟角。武大的教授，我认识的有好几位，但和我最好的是千帆，他是一位博学多才的学者，能师从这样的老师，乃一大幸事。"

又布置搞鉴定了。过去搞过，很多人不在乎，如有人借鉴定冷嘲热讽骂自己，仔细一听，是反面话正面听。又如有人列出的问题正经严肃，讲述时玩世不恭，令听者啼笑皆非。这次在乎的人多了，有人晚上睡不着辗转反侧，思想斗争，有人找同伴交谈，交流思想。第一天开会，第一个举手发言的是李厉，她清一清嗓子说："我先给我们会议提点意见，我们都是搞文化工作的，语言应该讲求文明，我们有些习惯用语不太文明，希望这次开会有所改变。比如我们叫别人彻底交待问题是'倒马桶'，反词是'挤牙膏'，更难听的还有'脱掉裤子割尾巴''屁股不干净'，互相批评叫'一起洗澡，互相擦背'。比这更难听的还有'他娘''他妈'以及男女生殖器都成为表述的常用语。我这个意见如果有错误，请大家批判。"会议一片哑静，后来还是姚雪垠先说，他很赞同李厉建议，并且特别肯定李厉提这个建议表明她的进步，她的改造态度的新变化。话音刚落，有人紧接着说："我们都是严重的政治罪人，亟待改造的是政治立场和政治态度，而不是习惯用语之类。'什么山上打什么锣，什么阶级唱什么歌'，下放几年，我学习了许多生动形象的语言，是农民教给我的，我以此为骄傲，希望李厉尽快转变立场，站到工农大众立场上，莫看他们身上有牛屎，但立场比我们坚定，灵魂比我们干净。"宏论一出，众皆哑然。

晚上，姚雪垠约我交换思想，他认为形势现在很好，《北京周报》上常刊登有关知识分子问题的文章和消息，就我们这里来说，和过去比较，有很多改变。他停下脚步扭头望着我："你没感觉到吗?"

"你继续往下说吧。"

"我想在此次鉴定会上全面地谈谈我的资产阶级思想的错误表现，包括世界观、人生观、文艺观、学术观等，青年时代我就学习马克思主义，但主要是用来指导创作，观察生活，没有想到用来改造主观世界……"

我一听就想到他最近的情绪和思想动向，我和他接触中，听他的谈话，他只承认思想结论，而不愿承认政治结论。在结论签字时，他虽然表示投降服输，但并未从思想上真正接受，现在他的意思很明白，就是利用鉴定机会表明自己对结论看法。我打断了他的话，直接问道：

“你是不是要在鉴定中表示不同意原有的政治结论，而只接受资产阶级思想，包括表现于各方面的。”

“对，对，但我不是申辩，而是从正面作自我反省和批判。”他说得很直爽。

“我认为不可以。这个结论是机关以群众运动的方式作出的，下来监督劳动改造思想是让你对这个结论认罪服罪，也就是有罪认定，管理组无权，也不可能改变结论。”

“你对形势的估计，往往过于乐观，不论大环境、小环境，你都只看好的一面，以至于你的自我感觉总处在最佳状态。”

他未回应，只是以等待的目光望着我。

“你对自己写的文章和发言，只强调主观意图是良好的，只强调某些词语的尖刻过火，而没有考虑当时的影响和客观效果，特别是那些领导者的感受。”

姚雪垠仍旧不回应我。

“给你定案，不仅看你的文章和发言，还要看文章和发言在当时的影响和全国形势和背景下的作用。”

姚雪垠陷入沉默，我们一直漫步在田间小路上近半小时。还是我打破沉寂。

“我们已经下来三个年头了，原来的结论如何，并不十分重要，关键有两点，一是自己的表现，不须突出，但要不出新问题。二是全国大的形势怎样，这是关键所在。我知道你的一切都为《李自成》创作考虑，《李自成》是你晚年的最重要的事业，你想早一天走出麦城，好全身心投入进去。这个想法是很好的，但切不可在前途还充满荆棘的时候，盲目地前行。”

姚雪垠连忙说，你说的好，很贴切我的实际，容我再想一想吧。

鉴定期间，插入一项活动，参观城市人民公社。我和姚雪垠仍如旧贯，搭车去，步行回。我们参观了公社的敬老院、托儿所、武汉市某街道糊纸盒的工厂等。处处有条不紊，干净整洁。最后参观食堂的“双蒸饭”。在一只大箩筐里装着大米饭。饭粒大如蚕豆，上插小勺供参观者品尝。讲解员说将大米泡一晚上，晾干，连蒸两次即成。效果据说是“一碗吃饱，两碗吃撑”。姚轻轻对我说，这是哄肚皮的嘛。我们出来，弄堂口摆有小桌纸笔，两位衣着整洁的居民干部彬彬有礼地请参观者留言，“接受教育，接受教育”，我们来的人都说着这句话从签名桌边低头走过。

每次进城，必到书店逛逛。姚雪垠虽囊中羞涩，但还是在古旧书店购了几本书，然后上路步行回东西湖。走过宝丰路，姚雪垠提议我们步行到罗家墩吃午饭，那里靠汉江有个茶馆，吃罢饭可以在茶馆略事休息，我知道他平常有个习惯，爱好坐茶馆，也许这是他观察生活的好机会吧。我很尊重他这个职业特殊兴趣，每当他提出，我都愿意奉陪。我说罗家墩是我们全程的三分之二，行百里，半九十，我们在这里休息一下非常合适。

姚雪垠的话题，从他最近修改完卢象升这个单元开始。

“卢象升的故事，在小说第一卷中只是一个插曲，通过这个插曲写出明朝末年与农民战争交织进行的民族战争乃至整个历史形势的基本走向。卢象升是作为一个悲剧人物来写的，通过他的悲剧进一步揭露崇祯政权的反动性和必亡的命运。卢象升在崇祯九年冬天以前，大约有七年的时间参与对农民起义的军事镇压活动，崇祯九年冬天清兵入塞，他奉命到北京勤王，被任命为宣大山西总督，开始了他一生中的新阶段，在抗清战场上最终成全了他的晚节。小说没有必要写他的一生，他镇压农民起义的问题，只以批判的笔墨略加点出。”

“他的死写得壮烈和豪气吗?”

“他是战死的。他中了箭伤，血流如注。他仍然声嘶力竭，边喊边杀，这时一小股敌军包围着他，喝令他投降，他吼着说‘堂堂大明，只有断头将军，没有投降将军’。敌军又砍了他几刀，他突然站立起来，大吼一声，颓然倒下。《李自成》第一卷将来如果出版，最有争议的两个人物，一个是卢象升，一个是崇祯皇帝。但我仍然要坚持历史唯物主义和现实主义，这是绝不动摇的。”气氛变得有点严肃起来，我将话题赶忙换一换。

“我读《三国演义》，觉得白帝城托孤写刘备的死比较好。在《三国志》里只用了二百多字，而《三国演义》加了关羽和张飞的幻觉形象，加了对马谡的评价，而‘托孤’的情节，铺陈更为细致和真实。特别是刘备弥留时的气氛烘托，显示出汉室日以陵夷，不可复振了。”

“这样的虚构，还比较合理，对关、张二人幻觉，意在深化忠义题旨，而批评马谡，乃为失街亭埋下伏笔。刘备在夷陵战败，逃到白帝城，改白帝城为永安，直到病死。东吴军队从未跨过巴东，《三国演义》说东吴军队到了夔关，陆逊去看鱼腹浦上的八阵图，迷困于阵中。鱼腹就是白帝城，鱼腹浦就是白帝城下的长江江滩。东吴军队如果到了夔关，吴、蜀战争局势就完全改观了。这是根本不可能的事。说明虚构切不可违背历史。”

“我最近因第一卷已基本改完，并且着手第二卷的撰写，就不能不考虑全书的内容，一共写几卷，每卷大致的内容和篇幅；全书总主题，各卷分主题，主要人物安排，重要情节的发展等。这是一项巨大的系统工程，要驾驭好还是不容易的事。最近我重新读了一些史传作品，很受启发，特别是《史记》，司马迁不仅对历史材料和传说的辨析独具慧眼，而且对传主的叙述，都抱着明确的目的。他对史料使用，有选择，有取舍，并非客观的罗列，他是透过叙述提升一种精神，突现出一种道德力量和思想力量……”

我们已到了罗家墩，这是汉江下游的重要码头，附近地区农产品集散地，此时正熙来攘往，摩肩击毂。茶馆在市的尽头，被一片防浪林拥簇着，太阳从林间射下来，斑斓陆离，苍翠欲滴。我们找一个有浓阴的茶座坐下来，要了两杯茶，杯盖上套着印有“已消毒”的纸圈。茶馆的另一头，竖着茶旗，上有“义茶”两个大字，微风吹来，茶旗轻轻飘动，似在招手迎客。我告诉姚雪垠这一带多次查出钉螺，定为血吸虫疫区，江边上竖有牌子，上面写着“防止血吸虫病，禁止在此用水”。这个“义茶”是为在这里的搬运工、船工、拉纤工无偿提供的，我们茶杯上的消毒圈，是让茶客放心喝茶。

“想得周到，想得周到。你怎么了解这么清楚呢?”

“你们 1958 年下放到东西湖荷包湖农场，我就下放在距此处不远的舵落口。我们队除了种蔬菜，还在汉江边上扛码头搞运输。一是队上劳力有余，二是搞运输收入高，社员分值高。”

“你到汉江边扛过码头吗?”

“有文件规定，下放干部都不允许参加搞运输，只能搞农业劳动。我到汉江边上挑过大粪，粪是从城里公厕运来的，天刚破晓，船就到了江边，我们依次上船打满挑上来，到了太阳升起，船又返回城里，很紧张。从江边走上堤，约六十米，非常费力气。打粪的农民很好，照顾我们，总少打一些。”

肚子有些饿了，姚雪垠提议我们吃午餐，我到面食店买了两份面点，就在茶馆里吃起来了，吃罢午餐，姚雪垠谈兴尚浓，未作休息又听他谈起来了。

“刚才我谈到司马迁，他笔下的英雄，并非以成败兴亡持论，而是着意于历史人物的品格、人性、情感等诸多方面，从历史的人物和事件的蕴藉中突现出一种道德力量和思想力量。我现在以项羽的垓下之围为例，项王军壁垓下以后，司马迁写了几件事，一件是美人骏马。项王听到四面楚歌，就起身饮于帐中，悲歌慷慨：‘力拔山兮气盖世，时不利兮骓不逝，骓不逝兮可奈何，虞兮虞兮奈若何!’一边唱一边痛哭。项王唱，虞姬和之。四面楚歌，积薪厝火，生离死别，长歌当哭，在壮美大悲，深沉大爱中，项王与虞姬生命已融为一体。司马迁没有写虞姬自刎，‘事贵详，情贵隐’，司马迁是让读者于蓄意之中得之。《楚汉春秋》载有虞姬的和歌：‘汉兵已略地，四方楚歌声，大王意气尽，贱妾何聊生’，这是后人借托之作，与司马迁笔墨精神，相距十万八千里了。第二件是项羽只剩二十八骑，为证明自己‘非战之罪’，使属下获得速胜的快意，他指挥这二十八骑快取‘三胜’：一突围，二斩敌将，三砍倒敌旗。在汉军重重围困之中，再显霸王盖世神勇。第三件事是东渡乌江。亭长驾船在江边迎候项羽，说江东虽小，地方千里，人口有数十万，足可以东山再起。现在只有这条船了，汉军追来，没有办法渡过去。项羽笑一笑说，天欲亡我，我还渡江干什么？我与江东八千子弟渡江而西，如今没有一个人回来，都战死了。纵是江东父老怜惜我，推举我为王，我有什么面目见他们，纵使他们不说我什么，我难道不愧疚于心吗？于是项羽将骓赠给了亭长，将头颅许给吕马童，然后自刎而死。项羽是那样珍惜和尊重八千子弟的生命，项羽是那样对江东父老重然诺、负责任，以至于负疚之心，一定用头颅来赎取；忏悔之念，一定用鲜血来补偿。我们读司马迁写的项王与亭长的答对，寥寥数语，如见其人，如闻其声，情致深远，品格高尚，我们读了不能不对项羽起肃然之心。司马迁说过，人固有一死，或重于泰山，或轻于鸿毛。项羽之死，气逾霄汉，义薄云天。人们往往重视生离死别，良马美人所蕴含的浪漫精神，或者从‘力拔山兮气盖世’体现的勇武之美，其实，司马迁在垓下之围故事中，最着力提升的是仁爱之心，忠恕之道，项羽就是这样一种美德的典型。”

我们从茶馆起身继续步行。我们没有从大马路走，而是改走江堤，可以避开汽车的扬尘和嘈杂，虽然堤面较窄，沙石路面有些坑洼，但很安静。汉江上的帆船，顺风顺水，快如飞矢。我们迎着江上的微风，堤边的野花香，沁人心脾，特别惬意。姚雪垠走走停停，贪看着汉江景色：“水天一色，帆影幢幢；绿草萋萋，花香扑鼻，这条江堤让我们走进诗情画意之中，绛侯呀，你为什么不早领我来，我们每次步行进城，都是走的大马路，摩肩继踵，稠人广众，像这样的清净出处，为什么放着不走呀！”

“走这条江堤要远一些，路面坑坑洼洼，也不好走，只要你有兴趣，今后步行都走这条路。”

他微笑点头，然后说：“项羽生于前 232 年，司马迁生于前 145 年，相隔不到一个世纪，司马迁写楚汉之争，几乎就是当代史，而且司马迁在漫游全国时，特别到了楚汉战争中许多重要人物和事件的地方。他先到淮阴，听了许多韩信的故事，后来到了彭城，这是西楚霸王的都城，也是楚汉战争的必争之地，传说就更多了。之后又到了沛县，刘邦、曹参、萧何、樊哙都是此地人。刘邦就在这里得到曹参、萧何的支持起义的。司马迁实地察看战争遗址，听到许多重要人物的遗闻逸事以及民俗民情等，关于垓下之围，生动的传说，更是丰富无比。但他在项羽自杀前，只选择了我讲的三件事，沙里淘金，真正是金啊！”

“李自成的失败是从一个巅峰上陡然跌落到低谷，山海关一战是这个跌落的起点，他以约十万之众的疲惫之师与锋芒崭露的清军大战于山海关的石河滩上，战斗开始不久便全线溃败。李自成身中箭伤，且战且逃，原来在山西、河北、畿辅各地草草建立的地方政权，迅速瓦解，李自成由山西而陕西，败退河南，从河南逃往襄阳，襄阳逃往武昌，武昌再逃往九江，沿途受到清兵追赶，发生过多次战斗，总吃败仗。牛金星父子在离开襄阳后逃离了，刘宗敏和宋献策在武昌被俘，刘宗敏被清兵用弓弦勒死。此时李自成大概还剩下两万人，在富池口被清兵追上，遭受最后一次溃败，他的叔父和总兵左光斗以及眷属都被清兵俘虏，在仓皇中，李自成将他的三个妃子投入江中，然后和一部分将士继续逃往九江，遭清兵截击，又一次溃败。李自成将剩下的人马分成数股，他自己只带少数人马转入湖北，后来李自成逃到九宫山，就只剩下单人独骑了。最后被乡勇杀死在九宫山北麓的牛迹岭下。”

“李自成是怎么死的呢？就我见到的史料可以分为两种，一种说法是说李自成上吊自缢而死。当时奉命追剿李自成的是多尔衮的同父同母的哥哥阿济格，即靖远大将军和英亲王。乙酉年闰六月初四日，清廷收到阿济格自江西来的报告，说贼兵窜进九宫山，被村民所困，不能脱，遂自缢死。”

“另一种说法是李自成被村民所杀，李自成余部郝摇旗、刘体纯、袁宗第等受招降时都证实了这一说法。”

"'自缢'说是康熙朝的张玉书写的《纪灭闯献二贼事》和孟森写的《明清史讲义》所采用的说法，而'被村民所杀'说的著作就更多了。如吴伟业的《绥寇纪略》、查继佐的《罪惟录》、王夫之《永历实录》、费密的《荒书》、徐鼎的《小腆纪年附考》等。"

"李自成是怎么死的，死前都有什么表现，有什么情节和细节，史实中很少，偶然见到一点也很不合理，要达到真正了解实情的要求，必须作实地的较长时间的考察，我知道就我目前处境是一种奢望了。"说着，面色戚然。

1976年，粉碎了"四人帮"。1978年，十一届三中全会召开，中国从此进入了改革开放新时代，姚雪垠的《李自成》创作受到支持。他于1978年以后，几次到李自成牺牲的地方湖北通山县九宫山进行实地调查和勘察。他在一篇凭吊李自成的文章中写道：

> 相隔三百三十八年，我特意从北京来到通山，凭吊李自成墓，正如我在前边提到的，一方面多年来对他怀着尊敬，也怀着深深同情和惋惜；另一方面，我快要写他的悲剧下场，需要对九宫山下的地理环境有清楚的认识，也需要通过亲自访问来丰富我的艺术构思。从后一方面说，我的访问收获是不小的，应该说不虚此行！
>
> 我倚在枕上，想象着我的小说的主人公李自成，不禁神游于三百多年前的九宫山下。黑夜沉沉，高山寂静。我听不到鸡啼，听不到一点人声。这样的静夜，更使人容易陷于沉思，越沉思越感到心头沉重。啊，闯王，我的英雄，你原来是那样叱咤风云，所向无敌，怎么临到你'英雄末路'，一年来连战皆败，最后在富池口一战，溃不成军，又竟然在李家铺同小股敌人突然遭遇，你的人马就马上溃败。当你在艰苦建业时候，虽然屡经风险，可是从来没有像这样脆弱啊！
>
> 李家铺与小股清兵遭遇之后，相传你的身边还剩下二十个步兵，又传说你的身边剩下的是二十八骑。两种说法都有文字记载，我倒是认为后一说也许近实。据说又遇到一股乡勇，这二十八骑死的死，逃的逃，一下完了，只剩下你单人独骑逃脱。此刻我忽然想起，项羽从垓下突围，曾经迷路，陷于大泽，等到了东城时候，身边也剩下二十八骑。这是多么巧合！在李家铺同你遭遇的清兵只是小股，而项羽逃到东城的时候，追上来的汉

兵有数千骑，两种情况大不相同。当时项羽知道不可能逃脱了，鼓勇一战，竟使敌骑披靡，然后对身边的骑兵说："吾起兵至今八岁矣，身七十余战，所当者破，所击者服，未尝败北，遂霸有天下。然今卒困于此，此天之亡我，非战之罪也。"闯王，我的小说的主人公！当你在李家铺遭遇战之后，可曾对你身边的二十八骑说了什么话？你可能只是惊魂未定，颓丧默然，什么话也没有说。那么，你可曾在心中对自己说："此天亡我，非战之罪也？"啊，我的主人公，你起兵不是像项羽只有八年，而是已经十六年多了，落到如此下场，你可曾反复想过，究竟是"天亡我也"还是人谋不臧？是偶然不幸还是必然结果？

这是姚雪垠写于 1983 年的文章，激情喷发，思接古人。在《项羽本纪》里，那位"力拔山兮气盖世"的英雄，在他身陷绝地之时，仍然如此充满霸气、豪气、侠气、神气，足以万代千秋令人景仰。姚雪垠是多么希望他的英雄的主人公也能如此，姚雪垠在牛迹岭下踏着山间羊肠小道，叩开一扇一扇柴扉，询问山耆村媪，想收集到李自成牺牲前后的传说和材料，可惜少有收获。凭着眼前那个李自成曾经藏身的黄土洞，凭着那个杀死李自成的乡勇程八百、程九百留下的遗物，当然可以虚构出动人心魄的情节和凛然浩气的语言，但是这不是一个忠实于历史的现实主义作家所能做的。于是只有在闯王陵旁的招待所里，漫漫长夜，寂寂林崖，姚雪垠倚枕难眠，任凭怀古情思在三百八十余年的历史苍穹中翱翔了。

我们绕江堤远道回队，虽感疲惫，却精神爽快。姚雪垠倒在地铺上，不一会便发出鼾声。我写完日记便去洗澡洗衣，管理组将参观和放假联在一起，也是照顾大家多有半天假。我和姚雪垠无家可回，便趁这几天清闲日子做点事。特别是他，非常珍惜这个时光，除了白天伏在箱子上做事，晚上还点着灯抄抄写写。几天过去了，又该忙于农事了。有天中午，我们收拾好工具回队，突然看到队里一片仓皇景象，人们在奔跑，在呼叫……我说大概发生什么祸事了，姚雪垠说，人都往团支部试验地跑，该不会是试验地出事吧。我们三步并两步赶到试验地，青年们都聚拢成一堆一堆，有的在议论，有的在哭泣，我们走过去打听，原来是杨副大队长，在试验地触电了，现在已抬到大队部进行抢救，我们赶往大队部，姚雪垠边走边叨念着，这是个好青年，是一代新农民，要是抢救不过来就太可惜啦。说着用手擦拭泪水。抢救就在我们宿舍前的草坪上进行，杨副大队长平直躺在一块木板床上，脸和身上皮肤呈浅黑色，嘴唇发绀，右手的拇指和食指被烧焦了，除了胸部露着做人工呼吸，身上用一床白布单子盖着。农场医院的医生在指导着做人工呼吸，草坪上站着几十号人，大家都凝神静气，几十双眼睛都望着氧气瓶胶管里不断涌动的气泡，希望这些小气泡有从伤者肺里呼出的，哪怕就一个也是好的。但是，事与愿违，生命体征渐渐地消失了。医生用听筒在寻找心脏的搏动，又不时用手指切着腕脉，一丝失望情绪在医生眼神里悄悄掠过。大略抢救到下午四点，医生又仔细认真地作生命体征的寻觅，毫无信息。死亡，这个谁都不愿听到的可怕字眼，终究从医生口里说了出来。经过队部与医院交涉，遗体暂时存放医院太平间，共青团员们用手抬着他们心爱的团支书缓缓前行，他是为蔬菜种植做试验而牺牲的。他忠实、质朴、热情，对工作倾力，对同志倾心，他走了，这是不可弥补的损失。跟着后面的有队里干部和农工中的乡亲，一路哀思，一路悲声，而哭得呼天抢地，让闻者撕肝裂肺的是小杨今天早上从火车站接来的妻子小闵。姚雪垠流着泪轻声告诉我，这是个苦命的女人。她和小杨结婚两年了，去年生了个娃儿。小闵在河南老家是大队妇女主任、副大队长，小杨今年春节回家动员她到东西湖农场来，并且将家永久安在农场，相约天气转暖就实施这个计划，今天早上天刚刚亮小杨就到车站接了妻子和娃，回到队里他到食堂买了稀饭馒头送给妻子，就到试验地里去了。试验地种了大面积番茄，为了加速作物的生长，夜晚用电灯照亮加快光合作用。因买不到新电线，就用旧的电线替代，加上昨夜大雨，旧电线到处漏电，小杨站在潮湿的地上，用手触摸了电线，引起电击。姚雪垠说，我对搞试验地十分赞成，这是培养新农民普及科学种田知识的重大实践，但教育和学习必须跟上，比如电的使用知识、机械操作知识、化肥农药的使用知识，可以开办各种培训班，教农民实际操作。像今天这样的悲剧，完全可以避免。忽视了这一环，就酿成悲剧，好端端的幸福新家，几秒钟便毁掉了，太可惜了。

大约过了个把月，分管我们植树的李技术员告诉我们，小闵已经回河南去了，农场按因公殉职给她发了抚恤金，还发给小杨因公殉职的证书。姚雪垠告诉我，他在小闵临走前送给她八元钱，这数目太少，但也是兜里的全部，表示一点心意而已。我说你为什么不告诉我，凑个整数吧。姚雪垠说你现在度日维艰，就不要考虑了，实事求是吧。

我突然接到开会通知，走进房一看，几乎全是搞文艺的，有演员、导演、化妆师、舞美、编剧。我们作协三人，都来了。彼此互相看着，不知是开什么会。一会儿管理组的领导来了，他们开始讲话，先讲我们的社会主义教育运动的成绩，次说我们精神面貌的变化，然后渐渐转入正题，搞一个大型多幕话剧，写自己、演自己，进行自我教育。会上的情绪开始活跃起来，管理组领导又谈到戏的主题思想和人物、矛盾、冲突等的设计，虽然他们并非搞专业的人，但考虑得非常细致和成熟了。在当时的文艺界，正时兴着领导、群众、作家三结合创作模式，业内人说得很透底，就是领导出思想，群众出生活，作家出技巧。我们不可能逾越这种路子。先定下一个四人的编写班子，姚雪垠、老李、老戴和我，规模为四幕十二场的大型话剧。姚负责第一幕，戴第二幕，李第三幕，我则是第四幕带尾声。在定下全剧框架的基础上，各自写出详细提纲，然后进行交流。贯串全剧主要人物有二，一是转变人物，此人对下来改造抵触很大，不认罪，不服输，并用写诗、编顺口溜方式诅咒现实。在社会主义教育运动中受到触动，主动交心，严厉批判自己，并有揭发他人违法行为的表现。其次是抗拒改造人物，不仅有大量反动言论，还有惯偷惯骗行为，虽经多次批判教育，仍毫无悔改，最后送去劳教。姚雪垠认为人物设计起点太低，缺乏鼓舞精神，他建议增加一个高级知识分子类型的人物，因为这个阶层知识分子受旧时代影响较深，不仅人生观、价值观都以自我为中心，而且其学术思想受资产阶级影响也很深，他们在社会上有名气有影响，写这样的人物通过劳动改造世界观，走与工农相结合的道路，在社会上影响大，效果好。姚雪垠又讲了他的设计是一个医生。曾就读于德国莱比锡医科大学，毕业后参加二战，因创伤手术精良，在反法西斯战争前线，累获盛名，回国后在抗美援朝战争中，继续到前线做创伤手术，救治中朝伤员。停战以后，转业到地方医院，因恃才傲上，加上对肃反中对他的审查不满，划为右派。名字叫陶省三，用孔子“吾日三省吾身”的意思。下到农场后，第一次劳动是到棉花地里整枝打杈。队长反复叮咛要公枝母枝分清楚，公枝只长叶不结棉桃，母枝是结桃的枝，一定要看准了再打。结果他打了一个上午，全打的是母枝；技术员批评他不服，有个农工气愤地说他是有意搞破坏。他非常委屈，和农工吵了起来，他大声吼着，我在枪林弹雨中做手术，子弹在脑袋上飞，伤员在我手里，只要碰断一根神经，就可以使这个战士终身残疾，只要延误几分钟，就会失去一条生命，我怎么没有搞破坏？我怎么抢救这么多性命？又有一次挑堤，年轻的女干部在后面追他，喊着陶省三快走，陶省三快走，他被追得气喘吁吁。放下担子说，你们不要和我比力气，要比就比贡献！看谁对社会贡献大！老戴笑着说，老姚，你这是把你在荷包湖的经历都搬过来了呀！大家都笑了起来。姚雪垠自己也笑了。他说，文学创作从来就不排斥写自己，何况我们这次演出就是写自己，演自己，教育自己。

过了几天，我们将初稿互相传阅，都认为彼此差距不大，人物性格脉络，故事发展线索，基本可以衔接。唯独老戴写的部分没有完成，大家不免有些诧异。戴是资深的专业编剧，他年轻时做学徒工，每日店铺打烊，就溜到隔壁戏园子看残戏，没有座位，背贴着墙，俗称“贴烧饼”，日子久了，他由戏迷成了票友。新中国成立后搞戏改，吸收他参加，有几个糟粕剧目，经他一改，面目全新，化腐朽为神奇，成了常演的保留剧目，他也成了正式的打本子先生。1957年受了“启发”鸣了几声，划为右派。从此他变得惴栗恂惧，谨言慎行。有天吃了晚饭，他找我聊天，老戴绕了几个弯子，才道出他的剧本拿不出来的隐情：“转变人物和顽固抗拒人物都是在我写的这一幕中显现出来，那些发泄、那些诅咒，都由我亲自一笔一笔写出来，一旦出现某种温度湿度，说这是我的心声，我跳到黄河都洗不清啊！”说着他站立在路边望着我，听他一说，我也瞠乎其后了。人们从交心材料中将冰清玉洁的忠诚挑出来加以抹黑和扭曲的事难道还少吗？但是现在这种顾虑怎么能说出口呢？戴见我陷入苦思之中，便又说：“我倒是想了个办法，在接触这些敏感语言时，我在剧本中不用代言，而用描写和叙述，这个空白留待排练时大家一起临场发挥，即兴创作。”

“俗话说‘一字入公门，九牛拖不出’，你是想不留笔迹，你一句我一句，大家一起凑，有事大家扛。”

戴点头称是。第二天戴的部分写好了，大家一看，甚为称赞。他的用叙事取代代言，大家都没有异议。只有我看得出来他的良苦用心。又过了几天，正式彩排，主题明确，脉络清楚，人物还多少有点层次，基本达到预定目标，大家也都认可。老戴说，我们走的“活报”路子，有这个水平就很不错了。

80年代中期，姚雪垠来武汉开会，有天他忽然想到老戴，要我去联系，请他来叙叙旧，一打听，才知此公已驾鹤西行了。据说他是在伏案写作时，突发脑溢血，头就磕在稿纸上面，手里还紧捏着那支笔。姚雪垠听了喟然叹道："这是我们搞创作的马革裹尸，也是一种悲壮吧。"

1960年10月18日，我们召开全体大会，共约800人，管理组宣布摘掉18人的帽子，其中有姚雪垠、李蕤和我。不久，市文联来信，祝贺我们三人"回到人民的队伍"。随之又捎信说，机关汽油紧张，弄不到汽车，叫我们搭乘公共汽车回文联。10月24日，天空下着小雨，北风吹得落叶满地翻滚，秋意已是很深了。我们从大队借了一辆胶轮板车，由我驾辕，姚、李二人各在车一边拴根绳子帮助拉车。边走边聊，倒不寂寞。只是谈兴一浓，两根拉绳都弯曲了。李蕤的安排定了，他到东西湖修场史，市文联和东西湖农场洽商好了，只待回文联办好报到手续，就到东西湖开始工作。我还是想教书，中学、职校都可以。我向管理组提过，他们劝我先报到再说。姚和李劝我打消此想法，有岗位先做了再说。他们还叮咛我回到文联，他们会恢复过去的待遇，要我切不可和他们攀比。报到以后，就安排住处，我分配在一间14平米的房子，用钥匙打开门，里面已住了两人，二床一桌，留下门边一块空地给我，我将床放下去正合适，衣箱和面盆就搿床下了。管机关事务的老朱来了，他看看说，蛮好，蛮好，现在提倡工作朝前看，生活向后看嘛，晚上看书什么的，就到办公室，那里清静。这番开茅塞的话，使我受益不浅。下楼遇见姚雪垠，他正从仓库往新分配的住房搬东西，我帮他扛一只书箱，一起到他的住房去，他分配的是一个套房的保姆间，套房两大主间住一位青年作家，来往的过道就在保姆间的门口。

"而且他家有几个孩子，又是木板地，共鸣效果特别好。"姚雪垠面带愠色地说。

晚餐后，我们去散步，文联大楼的四周全是菜地，品种和我们在农场种的差不多，但管理比我们精细。瓜架、番茄架扎的整齐，累累瓜果一层一层，井然有序，简直像花园一样。姚雪垠问我跟我谈话没有，我告诉他，只给我作了暂时安排。《武汉文艺》停刊了，但许多来稿尚未处理，要我做这件事。虽然有印刷好了的退稿信，但约来的和有质量的稿件，用手写退稿信。这件事做完了再干什么就没说了。姚雪垠说，组织上跟他说了，要他到豫剧团当编剧，过几天就去报到。我是河南人，对家乡剧种并不熟，我是搞新文艺的，干一辈子新文艺，现在要搞地方戏曲，真是半路出家不知从哪本经念起。忽听得有人叫我们名字，正是老朱。他说省里给了我们一批藕，在湖北剧场门口领取，老姚搭乘公共汽车先去守候，我到食堂取麻袋绳子用自行车拖运。朱说这是省里领导关注我们的生活，我们没有汽车，只有大家克服困难吧。我们有七八个年轻人拖，拖了两三趟才弄完，此时已没有公共汽车了。我扶着最后的一车藕，陪着姚雪垠聊着走着回文联。他说除了年轻的同志，今天年岁大一点就是我了。我现在真被看成劳动力了，神色有些黯然。我说，这里用得上你常说的两句话：上帝都知道，面包会有的。

他扭头望着我苦笑了一下。昏黄的街灯照着寂静的路，我们继续走着。

（《新文学史料》2010 年第 3 期）

姚雪垠与当代文学批评

熊元义[1]

一、当代中国美学转型的前奏

从 1974 年 7 月到 1980 年 2 月，在这七年时间里，姚雪垠为长篇历史小说《李自成》的创作问题和茅盾通信 88 封，而《茅盾　姚雪垠谈艺书简》收入了他们围绕长篇历史小说《李自成》的创作问题和其他重要文艺理论问题的通信 73 封。茅盾和姚雪垠这些信中的美学思想曾经极大地推动了 20 世纪 70 年代末和 80 年代初中国文艺界的思想解放。其实，当代中国美学转型从 20 世纪 70 年代中期就开始了，绝不是始于 20 世纪 70 年代末期。而茅盾和姚雪垠的这些美学思想就是当代中国美学转型的前奏。

茅盾和姚雪垠至少从两个非常重要的方面推动了当代中国美学的转型。

（一）推动了中国当代文学评论的深入

茅盾和姚雪垠在通信中不但有力地抵制了当时文艺批评不谈艺术的不良倾向，而且尖锐地批评了当时文学创作的简单化、公式化、表面化的现象。姚雪垠认为茅盾关于长篇小说艺术方面的探讨“正是我们文艺评论界多年来所忽略了的或回避不谈的”。[2] 而“许多年来，没有人能细谈艺术，文学作品的欣赏和评论，只剩了几条筋，影响很坏”。[3] 姚雪垠反对的简单化、公式化、表面化，“不论小说或电影，看了开头就大体知道结局，好人和坏人都可以一眼看清，连儿童都立刻知道刚出现的是好人或是坏人。满足于将敌人从表面上加以丑化，千篇一律，千人一面，而不肯写人物的深处，不追求写典型环境的典型

---

① 熊元义（1964—2015），原《文艺报》理论部主任，编审。

② 姚海天编：《茅盾　姚雪垠谈艺书简》，人民文学出版社 2006 年版，第 67 页。

③ 姚海天编：《茅盾　姚雪垠谈艺书简》，人民文学出版社 2006 年版，第 91 页。

性格”。[1] 追求“艺术的完美和深度”。姚雪垠关于人物描写的美学思想直接影响了后来的朱光潜和刘再复。不过，朱光潜在 1980 年的《谈美书简》中反对描写见不出冲突发展的“平板人物”，提倡描写见出冲突发展的“圆整人物”，刘再复在 1984 年提出“人物性格的二重组合原理”，虽然和姚雪垠关于人物描写的美学思想一脉相承，但比姚雪垠的文艺思想僵化得多。

“为什么我们读有的作品除得到思想教育之外同时也得到较多的美学享受，而读另外的作品，尽管它反映的内容很不错，却得不到美学享受？为什么《红楼梦》在艺术上那么感人，具有魅力？”[2] 姚雪垠在提出这个尖锐的问题时正确地指出，“一部长篇小说应该给读者积极的思想教育，也应该给读者丰富健康的美学享受。忽略了后者，小说就不能感人深刻，更不能使读者百看不厌”。[3] 姚雪垠在写《李自成》的过程中有意识地探索长篇小说的美学问题，包括民族传统问题。姚雪垠认为：“写历史小说毕竟不等于历史。先研究历史，做到处处心中有数，然后去组织小说细节，烘托人物，表现主题思想。这是历史真实与艺术虚构的关系，也就是既要深入历史，也要跳出历史。深入与跳出是辩证的，而基础是在深入。”[4] 姚雪垠在致茅盾的信中提出了“长篇小说的美学问题”。

茅盾和姚雪垠的通信从《李自成》的创作实际出发，除内容方面的问题之外，集中探索了一些艺术上的问题，包括如何追求语言的丰富多彩，写人物和场景如何将现实主义手法和浪漫主义手法并用，细节描写应如何穿插变化、铺垫和埋伏，有虚有实，各种人物应如何搭配，各单元应如何大开大阖，大起大落，有张有弛，忽断忽续，波诡云谲……姚雪垠把这些要在文学创作实践中探索的艺术技巧问题统称“长篇小说的美学问题”，茅盾则用“艺术技巧”概称。姚雪垠非常重视茅盾的文艺评论，认为茅盾“具有十分丰富的创作经验与学力，总是从小说创作的角度看小说作品，而不同于从干枯死板的条条框框出发”。[5] 茅盾的这些文字，是茅盾晚年留下的重要文献，会引起后代的重视。

---

① 姚海天编：《茅盾　姚雪垠谈艺书简》，人民文学出版社 2006 年版，第 85 页。
② 姚海天编：《茅盾　姚雪垠谈艺书简》，人民文学出版社 2006 年版，第 141 页。
③ 姚海天编：《茅盾　姚雪垠谈艺书简》，人民文学出版社 2006 年版，第 70 页。
④ 姚海天编：《茅盾　姚雪垠谈艺书简》，人民文学出版社 2006 年版，第 18 页。
⑤ 姚海天编：《茅盾　姚雪垠谈艺书简》，人民文学出版社 2006 年版，第 69 页。

它们之所以能为后人重视，不仅因为茅盾是“五四”新文学运动以来很有贡献的老作家，而且因为它提供了不少关于长篇小说艺术方面的精辟意见。

1977年，《光明日报》发表了茅盾致姚雪垠的主要谈论小说艺术技巧的书信摘抄，极大地提高了人们对艺术的认识。[①] 茅盾和姚雪垠的这种文学研究在20世纪80年代中期形成了潮流。1985年，有人提出，近年来文学研究的重心已转移到内部规律，即研究文学本身的审美特点，文学内部各要素的相互关系，文学各种门类自身的结构方式和运动规律等，总之，是回复到自身。只是茅盾和姚雪垠的文学研究没有后起潮流的片面。因此，茅盾和姚雪垠提出的很多深刻的美学思想，至今仍然没有过时。

（二）推动了中国现代文学史写作的深入

茅盾和姚雪垠推动了中国现代文学史写作的深入，提出中国现代文学史的两种编写方法。1980年1月15日，姚雪垠在致茅盾的信中认为中国现代文学史应对“五四”前夜的文学历史潮流给予充分论述。“我们论述‘五四’新文学运动的时候应该设立专章论述清末的风气变化和一些曾起过重要间接作用的前驱者。梁任公、黄遵宪等人的新运动（新小说运动和所谓的‘诗界革命’），已经在动摇着旧文学的阵脚，同时在一定程度上替‘五四’新文学准备条件。至于清末的翻译西方文学和各地出现的白话小报，都是‘五四’新文学运动的前驱，这是大家都比较重视的，现代文学史的前边也应有篇幅论述。”[②] 接着，姚雪垠提出了关于中国现代文学史的两种编写方法。一种是目前通行的编写方法，只论述“五四”新文学以来的白话体文学作品。另外有一种编写方法，打破这个流行的框框，论述的作品、作家、流派要广阔得多，故名之曰“大文学史”的编写方法。姚雪垠所说的“大文学史”，第一，要包括“五四”新文学运动以来的旧体诗、词。还有民国初年和“五四”以后的章回体小说家，也应该将其中较有成就的在新文学史中加以论述。“以上是对中国现代文学史考虑的另一种编写方法，仍以‘五四’以来的文学主流为骨架，旁及主流以外的各派作家和诗人，决不混淆主次之分。”[③] 姚雪垠着重提了与新文学运动对抗的流派“礼拜六派”。在发表此信所加的《跋》中，姚雪垠又提了这样几个作家：

---

① 姚海天编：《茅盾　姚雪垠谈艺书简》，人民文学出版社2006年版，第106—115页。

② 姚海天编：《茅盾　姚雪垠谈艺书简》，人民文学出版社2006年版，第129页。

③ 姚海天编：《茅盾　姚雪垠谈艺书简》，人民文学出版社2006年版，第131页。

从“礼拜六派”分化出去，为“五四”新文学运动做出过贡献的作家刘半农，在包笑天和张恨水这一部分作家中起过较大影响的徐枕亚，抗战末期和大陆解放前夕应该提一提徐訏，当时上海的女作家应该提到张爱玲。另外，有些住在海外的华籍作家，只要具有一定影响，当然也应该写进中国现代文学史中。这种“大文学史”就是对当时通行的中国现代文学史的“重写”。而茅盾和姚雪垠这种独特的贡献被那些仅为改变价值观的“重写文学史”的人埋没了。在这种埋没的同时，还有忽略和遗忘。

茅盾和姚雪垠重视对历史运动规律的认识和反映。长篇历史小说《李自成》就深刻地揭示了李自成失败的历史命运，“英雄人物在事业发展和有巨大成就时，他同广大群众（甚至旧日战友）之间的关系发生变化，有时是自觉的，有时是不自觉的，往往是二者相兼具。随着身份地位的改变，总会有一批人由于各种原因在领袖人物周围筑起一道墙，甚至几道墙”。[①] 这是《李自成》在历史哲学上对历史上的长篇历史小说的根本超越。而20世纪80年代中期兴起的“重写文学史”潮流恰恰引导当前中国文学回避对历史运动规律的认识和把握。姚雪垠提出的“大文学史”一方面要求尊重客观的文学事实，另一方面坚决反对无原则的兼容并收，即没有主次的分别。而有人扩大中国现当代文学研究范围，认为不能停留在形式上，最根本的是要转变文学观念，修正文学批评尺度，即坚决否认为鲁迅、茅盾、张恨水、程小青、王度庐、还珠楼主、周瘦鹃等作家的文学作品存在价值高下的分别。[②] 可见，茅盾和姚雪垠与这些鼓吹“重写文学史”的人是根本不同的。因此，这些鼓吹“重写文学史”的人埋没、忽略和遗忘茅盾和姚雪垠的独特贡献就不是偶然的了。

二、作家应有接受批评的雅量

当前有些作家抵制文学批评的气势很盛，以至于真正优秀的文学批评家的生存处境变得空前艰难。有的作家在受到一些文学批评家的批评后就不和这些文学批评家来往，甚至断交。即使不得不来往，也是面和心不和。作家和文学批评家成为诤友的几乎闻所未闻。这种现象在20世纪70年代末期以来开始抬头，并逐渐形成当代文学界的一种暗流。1983年，胡乔木针对文学创作达到

---

① 姚海天编：《茅盾　姚雪垠谈艺书简》，人民文学出版社2006年版，第123页。

② 高玉：《放宽评价尺度，扩大研究范围》，《文艺争鸣》2008年版，第3期。

了繁荣的地步而文学批评却远没有达到繁荣的地步的现状指出："在整个新文学运动的历史上，文学批评从来是比较薄弱的一个方面。"① 认为这是因为批评家的产生总比作家的产生困难得多。因此，胡乔木提出，我们更需要努力培养批评家，更需要爱护良好的文学批评，而这就要求有一种健康的批评空气。可惜，将近三十年过去了，这种健康的批评空气仍然没有出现。而这种健康的批评空气之所以难以出现，主要是因为一些作家缺乏接受文学批评的雅量。

其实，当前有些作家并不是完全厌恶文学批评。他们只是拒绝"说坏处"的文学批评，还是接受"说好处"的文学批评的。可见，当前有些作家厌恶文学批评，不是或者至少不完全是对历史上曾经出现过简单化的、幼稚而粗暴的批评心有余悸，恐怕是过于计较个人的得失。这种现象一是反映了有些作家缺乏应有的自省，不能自觉地主动地优化自身的精神结构。"流水不腐，户枢不蠹。"人的精神世界也是一样，一旦失去了自我调节，必然要导致贫困和腐败。这在文学创作上表现为审美感知力的消解，是非辨别力的异化，与人民群众离心力的增大。因此，进步的作家总是将自我净化作为一种贯穿艺术生命始终的自觉行动。在这个过程中，文学批评无疑可以发挥促进作用。而有些作家固步自封，缺乏应有的自省，很难自觉自愿地接受帮助他们进步的文学批评。二是反映了有些作家缺乏必要的自信，不能与外部世界进行广泛的交流。其实，一部文学作品如果经不起批评，或者一批就倒，那么，这部文学作品的价值是值得怀疑的，甚至可以说是没有价值的。反而，不少优秀的文学作品都是在文学批评中日益完善起来的。在世界文艺史上，大多数成功的文学作品都是在反复修改中出世的。而这个不断修改过程就是批评和自我批评的过程。因此，只有那些缺乏自信的作家，才拒绝接受各种文学批评。

在 20 世纪 70 年代后期推动中国当代美学转型的先驱茅盾、姚雪垠等大家在自觉地推动中国当代文学批评的科学发展上既是清醒的，即能够认识到自身局限是不可避免的，也是自信的。因此，他们在文学批评上成为真正的诤友。姚雪垠对茅盾虽然充满了敬意，但绝不是盲目的。姚雪垠认为："每个历史运动中的有功之士，都是历史的产儿，即参与对历史的缔造，也不能摆脱历史的

---

① 胡乔木：《胡乔木谈文学艺术》，人民出版社 1999 版，第 291 页。

局限。他们是在历史的局限中做了历史前驱的战士。"① 姚雪垠就是这样对待伟大作家茅盾的。而茅盾也是清醒的，认为"彼时眼光短浅，而胆大敢为，所谓箭在弦上不得不发。及今思之，常自汗颜"。② 茅盾没有文过饰非，而是在接受批评的基础上进行了自我批评。姚雪垠在文学创作上做到了"生命不止探索和追求不止。"③ 而在文学批评上，他是闻过则喜，闻过必改。阿英批评长篇历史小说《李自成》在融化西洋长篇小说同中国章回体长篇小说的手法的过程中还存在不统一的地方。姚雪垠很快就在文字风格上重新推敲一遍，修改的地方很多。④ 吴晗指出长篇历史小说《李自成》在作家叙述部分，连"满清"一词也要避免使用。不要无意中流露出大汉族主义思想。姚雪垠马上仔细检查了全书并改正了一些地方。而姚雪垠主动倾听茅盾的批评更是一种典范。姚雪垠认为茅盾对长篇历史小说《李自成》的分析和评论"实为文艺评论的典范"。⑤ 茅盾对长篇历史小说《李自成》的分析和评论有什么特点呢？姚雪垠指出，茅盾"具有十分丰富的创作经验与学力，总是从小说创作的角度看小说作品，而不同于从干枯死板的条条框框出发"。⑥ 茅盾"对《李自成》第一卷和第二卷稿子所作的分析和评论有许多是关于长篇小说的艺术技巧的共同问题"，认为"五四"以来，人们极少谈论这些问题。姚雪垠认为茅盾这些分析和评论深切了解作家的创作意图和艺术匠心，对作家特别有用。⑦

姚雪垠不仅是重视茅盾的文学批评，而且努力推动这种科学的文学批评成为中国文学批评的发展方向。姚雪垠反对简单化的文学批评，认为"简单化是目前文艺批评与创作的大病"。⑧ 提倡茅盾式的文学批评。姚雪垠将茅盾关于《李自成》的所有来信，包括对第二卷各单元的意见，用厚道林纸粘贴，装成一册（以后的信件将陆续汇集装册）。姚雪垠认为这些茅盾晚年留下的重要文献，会引起后代的重视。它们之所以能为后人重视，不仅因为茅盾是"五四"

---

① 姚海天编：《茅盾　姚雪垠谈艺书简》，人民文学出版社 2006 年版，第 13 页。
② 姚海天编：《茅盾　姚雪垠谈艺书简》，人民文学出版社 2006 年版，第 15 页。
③ 姚海天编：《茅盾　姚雪垠谈艺书简》，人民文学出版社 2006 年版，第 71 页。
④ 姚海天编：《茅盾　姚雪垠谈艺书简》，人民文学出版社 2006 年版，第 67 页。
⑤ 姚海天编：《茅盾　姚雪垠谈艺书简》，人民文学出版社 2006 年版，第 57 页。
⑥ 姚海天编：《茅盾　姚雪垠谈艺书简》，人民文学出版社 2006 年版，第 69 页。
⑦ 姚海天编：《茅盾　姚雪垠谈艺书简》，人民文学出版社 2006 年版，第 58 页。
⑧ 姚海天编：《茅盾　姚雪垠谈艺书简》，人民文学出版社 2006 年版，第 84 页。

新文学运动以来很有贡献的老作家，而且因为它提供了不少关于长篇小说艺术方面的精辟意见，而这种探讨正是文艺评论界多年来所忽略了的或回避不谈的。① 后来，姚雪垠从茅盾的信中将谈论小说艺术的部分抄出来发表，“推动重视艺术性的文艺风气”。②

而姚雪垠和茅盾之所以能够推动文学批评的科学发展，是因为他们不计个人得失，不断追求真理，不断追求进步。姚雪垠追求真理，认为他对历史“翻案的目的必须仅限于弄清历史真相，而不能是为着追求个人有所创获而标新立异”。③ 不断追求进步，姚雪垠创作长篇历史小说《李自成》没有匆忙完成，而是必须在艺术上有比较显著的新探索，方才脱手。

当前中国文学界迟迟没有出现伟大的作家作品，批评和自我批评开展不起来恐怕是主要原因之一。从俄国文学批评家别林斯基对俄国作家果戈理晚年文学创作的批评中，我们可以看到 19 世纪俄国文艺批评激烈和尖锐的程度。别林斯基从三个方面对果戈理晚年文学创作进行了批评。一是深刻地批评了果戈理晚年文学创作发生的可怕癌变。果戈理曾经藉优美绝伦，无限真诚的作品，如此强有力地促进俄国的自觉，使她能够像在镜子里一样地看到自己，而现在却凭着基督和教会之名，教导野蛮的地主榨取农民更多的血汗，更厉害地辱骂他们。二是透彻地把握了果戈理的声名迅速衰落的根本原因。在 19 世纪俄国社会中，新生的力量沸腾着，要冲出来，但被深重的压迫紧压着，找不出出路。只有在文学里面，还显示出生命和进步的运动。在我们这儿，每一个拥有所谓自由倾向的人，纵然才能如何贫弱，都受到普遍的注意；那些诚意或非诚意地献身于正教、专制政治、国粹主义的伟大才能，声名迅速地在衰落。著名诗人普希金只写了两三首忠君的诗，穿上了宫廷侍从的制服，立刻就失去了人民的宠爱。著名作家果戈理对自己以前的作品表示不满，声言只有当沙皇满意时，才会满意。作为一个作家，尤其是作为一个人，降低了身价，这还有什么可奇怪的吗？三是尖锐地挖掘了果戈理创作反动的《与友人书信选集》的现实动机。果戈理写成《与友人书信选集》不是一天，一星期，一月之功，也许却是在一年、两年或三年里写成的；这之间有着前后呼应的联系；在随意的抒写

---

① 姚海天编：《茅盾　姚雪垠谈艺书简》，人民文学出版社 2006 年版，第 67 页。
② 姚海天编：《茅盾　姚雪垠谈艺书简》，人民文学出版社 2006 年版，第 91 页。
③ 姚海天编：《茅盾　姚雪垠谈艺书简》，人民文学出版社 2006 年版，第 17—18 页。

中可以看出深思熟虑、对最高权力的歌颂圆满地解决了果戈理在地上的境遇。这种批评的尖锐程度似乎是当代中国作家没有感受过的。在这个文艺批评中，别林斯基提出了文学批评应该坚守的的根本原则。这就是别林斯基在《给果戈理的一封信》中指出的："自尊心受到凌辱，还可以忍受，如果问题仅仅在此，我还有默尔而息的雅量；可是真理和人的尊严遭受凌辱，是不能够忍受的；在宗教的荫庇和鞭笞的保护下，把谎言和不义当作真理和美德来宣扬，是不能够缄默的。"而19世纪俄国文学之所以能够出现伟大的文艺批评家、作家和文艺作品，别林斯基的这种不留情面、入木三分的文学批评在19世纪俄国能够存在并发生重要作用不能不说是一个重要原因。在中国文学界，别林斯基这种尖锐的文学批评是很难出现的。即使偶尔出现这种文艺批评的萌芽，也会遭到围攻，甚至被指责为是恶意的。

当前中国文学批评不景气，原因是很多的，但有一个不可忽视的原因，就是很多作家缺乏接受文学批评的雅量。而没有这种雅量，就不但没有文学批评的发展和繁荣，也没有文学创作的发展和繁荣。

（《平顶山学院学报》2010年第4期）

永葆创作活力的中原智者

——关于作家姚雪垠的片段回忆

刘增杰

从20世纪50年代初开始，我对姚雪垠先生的认识，经历了三个阶段：五十年代初，主要表现为对一位有才华作家的认同与崇拜；六十年代初期，则是对作家遭到厄运的困惑夹杂着同情的茫然；七十年代后期，初步读懂了先生的人生，开始从文学史的角度试图对他的作品进行理性审视。由于诸种因素，研究至今并未有实质性的开展。打开已经远去的封存的记忆，这里写下的只是自己亲历的几段故事，以此来纪念这位20世纪中国文学界具有独异个性的天才智者。智者的卓见睿识总是时出意外，与众不同，萌生着寻找异端声音的冲动。姚雪垠以《李自成》为代表的作品所具有多义性的思维空间和多向度的审美畛域，将有可能为后人留下饶有兴味的不断叙说的话题。

一

我和姚雪垠先生的第一次接触是1953年春天。那时候，我正在河南省新乡一所地方高校读书。一天，风度翩翩的任课老师徐士年先生，神色兴奋地走进教室宣布："报告大家一个好消息，明天，著名作家姚雪垠先生应邀来学校作讲演。"他的话音未落，课堂上就响起了一片欢呼声。接着，徐老师当场就分析起姚先生的作品来。已经过去了半个多世纪，徐老师讲课的具体内容已经变得模糊了，可他关于《差半车麦秸》小说主人公绰号的介绍却仍然历历在目。班里的学生一多半是河南人，大家对差半车麦秸这个土得掉渣儿的绰号当然心领神会，课堂上的气氛轻松热烈。第二天，姚先生的讲演果然精彩。他说的是普通话，可是乡音很重。姚先生左右逢源，谈笑风生，富有幽默感的讲演，一下子就征服了到场的听众。讲演结束了，同学们像今天的追星族一样，熙熙攘攘，蜂拥着姚先生走出礼堂。讲演主持人高一声低一声地劝阻了好一阵子，姚先生乘坐的车子才得以渐渐远去。

到了星期天，我和班上几个同学一合计，就径自风风火火，从学校所在地的郊区，步行十几里路，来到姚先生体验生活的新乡通丰面粉厂，天真地想和作家会见。我们不切实际的要求，理所当然地遭到了工厂领导的拒绝。在厂领导拒绝了我们的要求后，依仗着年轻气盛，我们相互挤挤眼，配合默契地和他们玩起了软磨硬抗战术。被缠得无法脱身的厂领导，终于和我们达成妥协："作家很忙，你们见见面就回去，不要影响他工作。"这位领导边说边指使身边的工作人员把我们送到了姚先生的住所。对于我们这几位不速之客，姚先生先是一楞，但听到我们的诉说后，随即友好地笑着说，"欢迎，欢迎"，同时用眼睛示意我们坐下来说话。姚先生这间位于一座小楼二层的简陋住房里，除了一张书桌和一个单人床铺外，剩下的空间已经很小。初次和作家近距离接触，我们挤坐在一起，竟有了几分拘谨，以至于提不出任何有意义的话题，只是喃喃地重复着怎样才能成为一个作家这类自认为重要却幼稚得可笑的问题。姚先生机智地翻了一下眼睛，轻声说，："大家想当作家，很好很好。可眼前要好好读书。长大了，慢慢就明白了。"接着，他转了话题，问了一些学校发生的大事小事。这时候，我们的话匣子才打开了。大家你一言，我一语，说了许多学校最近发生的趣事。姚先生听得很认真，谈话的气氛轻松了起来。

姚先生告诉我们，目前他正在写一部反映面粉厂工人生活的小说，写好了大家可以先看看，提提意见。还说，班里哪位同学的字写得好，可以帮帮忙，抄点稿子。我们爽快地答应了下来。此后，我们又去过面粉厂几次，把抄写好的稿子送过去。姚先生反映面粉厂工人生活的小说，我们后来没有看见杂志上刊登出来。几十年后，读到姚先生的回忆录才得知：对付解放初期文艺创作中存在的题材狭窄，作品情节大同小异，创作走进死胡同的手段，姚先生"采取了一个十分天真的办法，即不经过领导批准，秘密地按照自己选好的题材进行创作"。可是，这条路同样走不通。他秘密创作的反映面粉厂工人生活的小说《白杨树》（就是我动员几位同学帮助抄写过的那部作品），还是遭遇到了无可挽回的厄运。姚先生回忆说：

大概写到将近二十万字时，被领导知道了。一天晚上，一位领导同志派人请我到他的房间里谈话。虽然是领导和被领导关系，但也是老朋友。他问我是不是正在写一部长篇小说，题目叫做《白杨树》。我当然很高兴地告诉他说，我是在写，而且已经写了十几万字。我将故事梗概和主题思想都告诉了他。我原以为他听了会很高兴，给我打气，没料到适得其反，他反对我继续写下去，语气十分肯定。他的理由有两条，大意是：

第一，你写工人，一是没有写党的领导。我们目前强调写党的领导你的长篇小说不写党的领导，这一点就不能通过。

第二，你的小说中虽然后面写到了党的领导，例如在日军占领期间，工人们开始同地下党发生了联系，在豫北解放时，在地下党的领导下进行护厂斗争。但是你不是地下党员，没有领导地下斗争的经验，如何能写得好？

……

他坚持他的意见。我坚持我的意见，互不相让，争吵起来。

……

这一次事件发生之后，我确实十分痛心和愤慨。我想不通，一怒之下，噙着眼泪将稿子撕毁，烧了。这是在暴怒之下，做出了一大错事，永留后悔。①

对长篇小说《白杨树》撕毁烧掉这件事，姚先生还曾说过："我一生吃了性格倔强的大亏，至今已经暮年，秉性难移，悔也不及!"这话确实是他经历过无数次劫难之后发自内心深处的感叹！性格倔强，使姚先生吃了大亏，蒙受过大难。从20世纪30年代在河南大学上学期间因思想进步被地方军警逮捕，到20世纪50年代又因为对种种清规戒律扼杀创作的放胆直言，都是他"性格倔强"惹来的横祸。

姚雪垠在回忆录里，从来没有正面阐发过"性格倔强"的另一面，即这样的性格怎样成全了他，使他能够成为20世纪中国屈指可数的文学大家——一

① 姚雪垠：《我的前半生》，《姚雪垠书系》第16卷，中国青年出版社2000年版，第336—337页。文中凡未注明出处的引文，均引自《姚雪垠书系》。

位极具创作个性的作家。事实是，“秉性难移”的倔强，才使他在创作中没有犯下软骨病。人们才能从他那宁折不弯，一身正气的性格中读出感动，读出高尚。文学大美，尽在独立。此时，我忆起了先生1956—1957年发表的几篇评论文字，并从中找到了“性格倔强”“秉性难移”真正的内在魅力。

1956年《长江文艺》第8期，他发表的《谈打破清规与戒律》中说：“清规与戒律之所以为害很大，是因为它可以迷惑许多人，在广大群众中散布影响。我们常看见，当某种片面性的意见形成社会舆论，形成相当流行的风气的时候，除非少数水平特别高的人，我们大家很难不受其影响。即让有些水平较高的人看出来这种流行的舆论未必对，但也往往不敢挺起胸来独抒己见，力排众议。一种论调既然形成了舆论和风气，它毕竟是一种巨大的、沉重的社会力量。”

1957年5月初，他应《文艺报》编辑之约，在所撰《打开窗户说亮话》（《文艺报》1957年第7期）中说：“在过去几年中，确实有些同志因为好提意见，好‘争鸣’受到打击，在运动中成为‘重点’，给他们的帽子是‘一贯反领导’，甚至‘反党情绪严重’。当然，这些被整的同志们的身上也有其他或大或小的缺点，但是在挨整的时候，人们并不是实事求是地分清是非，对待他们的真正毛病来整，而是深文周纳，借题发挥，把他们喜欢‘争鸣’的积极方面也当做严重的罪款之一。即让平常他所‘争鸣’的仅是文艺理论问题，而且确实打中了某些领导同志文艺思想和理论的弱点，但是在运动来时，原来是正确的批评也会一变而为‘反领导’的罪款。这好像封建时代，臣不能议其君，子不能议其父。在新社会，同领导同志作理论争鸣也会给戴一个‘无组织，无纪律，对抗领导’的帽子，怎么能使大家毫无疑讳，畅所欲言?”

姚雪垠在当时文艺界人士的一次座谈会上的书面发言（编辑加上题目：《要广开言路》，载《文艺报》1957年第8期）中又说：“这几年确实存在着粉饰现实的严重现象。大家不是没看见人民内部的矛盾，但是不敢谈，更不敢写。如果多谈，别人会说你故意夸大阴暗面，有反党情绪。他们认为一切内部矛盾都是非本质的，或都是有敌人活动的结果。这样怎么能叫作家大胆地揭露内部矛盾?”

为了繁荣创作，两年内，姚雪垠顶风呼唤：要打破清规戒律，要广开言路，要打开窗户说亮话。三篇文章，三个问题，观点鲜明，分析问题又心平气和。作者自觉要求掌握自己的创作话语权，不愿陷入于某种框架废墟里的努力显而易见。三篇文章中的文字，今天读来并不刺眼。可是，当时并没有多少人有胆量讲出来。仅此而论，作者五十多年前发表的这些文字，在中国当代文学史上的理论价值应该得到应有的彰显。

姚雪垠的文章来自作者对文学发展中存在问题的深刻思考，来自他对新中国文学健康发展的急切心情。同时，也和他的"性格倔强"有关。从气质心理学的角度看，倔强性格，认死理，不服输，处事态度有些生硬执拗，并非完美的个体性格。但在特定情境下，却是一种积极的人生态度，进取性格。倔强性格的个体，当心理上受到压抑，受到强烈刺激，往往行为上就会表现出高强度的反应，如姚雪垠暴怒之下的将书稿撕毁烧掉；在不适宜说话只应缄默的特殊环境下，他却要不计后果地打开窗户说亮话。这些，都使他为此付出了沉重的代价，但也成全了他的人格，成全了他的创作。具体地说，在创作中使他在两个方面都有所收获：

一是在禁忌诸多的年代能够较好地坚持独立的创作思想，自觉地走自己的路。姚先生创作的实绩在，此点不说自明。

二是"性格倔强"碰壁之后的反思，有利于使其对自己的创作及时做出适度的调适。像新中国成立后许多老作家一样，姚雪垠在新中国成立初期，怀着相当高的热情，真心诚意地下工厂，住农村，改造思想，期望写出反映工农兵新生活的作品，但他的努力却屡屡受挫。和姚雪垠有着同样经历的河南作家还有师陀。新中国成立初期，师陀奉命，一下山东富裕的农业社，二下贫困的河南农村，与农民同甘共苦。师陀想写出农村的新变化，但他看到却是五风盛行时的荒凉与破败。他无法在现实面前欺骗自己，蒙骗读者，终于被迫改写历史题材作品，创作出了被西渭（李健吾）誉为"笔墨干净，口语犀利，笔头有花，逸趣横生"的优秀历史喜剧《伐竹记》。① 姚雪垠的境遇和师陀近似。上级规定的写现实题材的路行不通，他用烧掉稿子这样激烈的行动与之抗争。写历史题材作品，几乎成了他唯一的选择。《李自成》应运而生，实乃姚氏创作内在运行逻辑使然。这两位河南作家的实践告诉我们，创作永远是一种个人化的、自发的、创造性的心灵感悟，它源于生活实践，又超越现实生活。谁如果

① 西渭：《读师陀同志的〈伐竹记〉》，《人民日报》1979年7月25日。

先入为主地为自己设定创作题材，规定创作主题，或靠什么人下达创作计划或指令，失败就肯定等待着他们。艺术实践还证明，任何文献、指示都不是金科玉律，无法点石成金。命题作文创作出来的作品，不过是流行观念的演绎，某种时效性政策的图解与说明，它是宣传而非撼人心魄的文学。

概而言之，具有真知灼见的思想深度，进取的倔强性格，以及艺术上的日臻成熟，是一个作家成功的关键。姚雪垠 50 年代的三篇文章以及作者发表的其他理论文字所显示的思想境界，为他日后《李自成》创作的成功奠定了思想基础。

二

记忆里，第二次和姚雪垠先生的接触已经到了 60 年代初。那时候，姚先生正身处逆境，住在开封市中山路南段路西一个居民杂院里。夫人王梅彩在街道小厂做工。她的微薄收入是当时家庭经济生活的重要来源。我从友人处觅得了姚先生的地址后，带着忧郁的心情和压抑感到小院拜访了姚先生。出乎我的意料，交谈中他依然神情泰然，兴致勃勃地谈着自己正在做的事情和未来的打算，没有流露出被生活压垮的沉重。我在心里虽然暗自替先生高兴，可排遣不掉的，却仍然是这次见面心灵深处留下的苦涩伤痛。

1978 年以后，我和姚雪垠先生的交往开始增多。除了陪同他访问河南大学、河大附中等处外，在北京见面的机会也很多。为了编出中国社会科学院文学所主持的国家六五重点社科项目的子项目《姚雪垠研究资料》，根据姚先生提供的线索，我遍访了河南、北京等地相关的图书馆，相继发掘出了一批他早期文学活动的史料。当时，姚雪垠给我的来信中多次谈到，1929 年春天，他曾写了一篇小说，发表在《河南民报》副刊上。年代的久远使他的记忆不免有误。经过笔者多方查寻，终于在 1929 年 9 月 9 日、10 日《河南民报》副刊第 29、30 期上，发现了姚雪垠的处女作《两个孤坟》。作品篇末署“1929.8.22 开封”。《两个孤坟》虽然留有初学写作者在艺术上的粗疏和直露，但应该说，作者创作的起点还是相当高的。在作品里，作者以凄婉的笔调，生动地描写了长工王材和婢女雪香的悲惨故事：寨主姚泽民无恶不作。他虐待雪香，逼得雪香投河自尽，随后又以莫须有的罪名，将王材活活打死。作品从一个侧面，反映了 20 年代中原地区的社会现实。作品发表时署名雪痕。笔名出自苏东坡的诗句："人生到处知何似，应似飞鸿踏雪泥。"同年 9 月至 10 月，姚雪垠还发表有如下作品：《强儿》，短篇小说，9 月 20 日《河南民报》副刊第 39 期，署名雪痕。《致灵涛信》，通讯，9 月 23 日《河南民报》副刊第 42 期，署名雪垠，这是作家首次使用雪垠作为自己的名字。《秋季的郊原》，短诗，10 月 12 日《河南民报》副刊第 81 期，署名雪痕。这是作者发表第一首新诗。[①] 姚雪垠特别看重他的第一篇小说《两个孤坟》。《两个孤坟》收入《姚雪垠书系》前，他用红颜色钢笔对我女儿刘瑜手抄的小说底稿在文字上做了小的修改，并把修改稿专门寄还我作为纪念。他在来信中高兴地说："你的工作有意义，你把我的创作时间向前推了两年!"

经过几年的努力搜寻，姚雪垠早年创办的文学刊物、主编的报纸文艺副刊，如《大陆文艺》《平野》《风雨》周刊、[②]《中原文化》等，我都先后找到，并为姚先生复印了一批他的作品。姚先生对这些记录自己文学活动的史料十分珍惜。他在给我的几十封信（其中 10 封收入《绿窗书简》）中多次谈到这件事。在 1983 年 6 月 2 日的来信中说："你复制的几页《大陆文艺》是很难得的资料，两篇杂文都是我写的。总题目为《风马随笔》什么意思，我现在也想不起来了，可能当时意思是指这些杂文与政治'风马牛不相及，借以避免国民党的注意？但现在说不清了。"又说："有两件事拜托你：(1) 请你将《风雨》创刊的日期查查，告诉我。(2)《风雨》某期有一篇文章，全是摘录八路军将领的抗日言论。《风雨》本是一个国统区鼓吹抗日民族统一战线的刊物，忽然发表这样文章，反映当时某些同志们的极左思想和态度，这内幕对我以后受排斥，走曲折道路有密切关系。这个历史问题我从来不谈，社会上完全不知。请你将这篇文章替我复制一份，作为重要资料。我的《学习追求五十年》已经发表的部分将于今秋大加修改，补充，明年出版第一册。关于写到《风雨》部分，也要作适当补充。还有印有编委全体名字的某期封面，请费心拍个照片给我，以便插印书中。"

---

① 刘增杰：《文学生命之始——姚雪垠在河南大学》，《河南大学学报》2000 年第 2 期。

② 目前所知，仅《平野》副刊上，就发表有署名姚雪痕的历史剧《洛滨梦》、散文《"各自不同"的三个画展》以及《编后记》等。《风雨》周刊上作者发表有《论大众文学的风格》等论文、通信近 20 篇，《中原文化》上也有作者的各类文字十余篇。

姚先生寄给我的这批信件，大多谈的虽然是他本人作品的具体问题，但也涉及了当年文坛的一些较为重要的问题。如：来信中所说，《风雨》周刊内部的斗争，“这个历史问题我从来不谈，社会上完全不知”；来信中又说，“你问在大别山中主编《中原文化》时为什么把住处称做‘半幽轩’我未回答，因非一二句可以说清”；来信中还说，“在河大预科被捕的情况，非常能反映我的性格，气质，我在《学习追求五十年》中也未写一字。但是这段真实故事很能够说明我后来的作家道路以及《李自成》的写作与我的气质的关系。诸如此类，还有一些我不愿谈的事，但作为对我的深入研究，似乎你应该知道”。

当时姚先生不愿向社会披露的这几个问题，后来，他践行了“似乎你应该知道”的承诺。在几次接受我专访的录音谈话中，他分别对这些问题做了具体的说明。在适当时机，我也许会对这些谈话录音作初步整理，以对推进姚雪垠研究的深入开展有所裨益。

事实上，姚雪垠一直生活于思考中，一直生活在创作状态中。《李自成》中不仅有着民族命脉的绵延，也是作者个人气质、品德的展示。作者质疑思维中所孕育着的创新和突破，是姚雪垠永葆创作活力的源泉，也是他人生价值的真正体现。

（《平顶山学院学报》2010 年第 12 期）

姚雪垠与刘再复论争的回顾与反思

周志雄[①]

姚雪垠和刘再复的那一场争论在20世纪80年代沸沸扬扬，时过境迁，当今还有多少人会记得呢？姚雪垠于10年前去世了，刘再复于20年前去国离乡，二人论争的结局被香港一家报纸戏讽为“左派与右派同归于尽了”。今天回顾这场论争的意义无疑在于，随着时间的流逝，我们获得了历史观照的距离，可以更清晰地看到这场论争的价值与得失。

刘再复于1985、1986年在《文学评论》分两期发表《论文学的主体性》一文，认为“我国文学在相当长的一个时期，普遍地发生主体性失落的现象，为此，我们需要探讨一下文学主体性的回归、肯定和实现的途径。”对此，刘再复提出文学创作和文学研究要重视文学的主体性，“文学的主体包括作为对象主体的人物形象，作为创造主体的作家和作为接受主体的读者和批评家。”在文学创作上，强调把笔下的人物“看成人”，“注意人的精神世界的能动性、自主性和创造性”，反对“把人变成任人摆布的玩物和没有血肉的偶像”，创作主体应肩负历史使命，实现“对世俗观念、时空界限及‘封闭性自我’的超越”，并“升华到自我实现”的境界，表现“人道”的精神追求。刘再复的文章发表后，老一辈的评论家陈涌、陆梅林、敏泽、程代熙、杨柄、郑伯农、丁振海、李准、[②] 陈燊等人对刘再复的文章提出批评。另有一批活跃在文坛的中、青年批评家王春元、何西来、杜书瀛、陈辽、徐俊西、林兴宅、孙绍振、董子竹、梁志诚、程麻、杨春时等对刘再复的观点进行了支持。在这场论争中，姚雪垠发表了论文《创作实践和创作理论——与刘再复同志商榷》[③] 和

① 周志雄（1973—），安徽大学文学院教授、博士生导师。

② 丁振海、李准当时为中年评论家——本书编者注

③ 姚雪垠：《创作实践和创作理论—与刘再复同志的商榷》，《红旗》1986年第21期。

《继承和发扬祖国文学史的光辉传统：再与刘再复同志商榷》① 对刘再复的理论提出批评。姚雪垠批评刘再复的观点是：1. 刘再复的文学主体论不符合马列主义的原理，文学的“外部规律”和“内部规律”是一个不可分割的整体，刘再复人为地将文学“内部规律”和“外部规律”隔开，将研究文学的“内部规律”看作是“回复到自身”是不对的。2. 刘再复对“作家的主观能动性”作了无限的夸大，是“主观唯心主义”。3. 结合自己的创作经验，对刘再复提出的文学创作中“写活的人物是不受创作主体控制的”提出了质疑。4. 刘再复对中国文学史存在错误认识，否认祖国文学史的光辉传统，简单地认为古代文学是消灭个性的文学。

姚雪垠对刘再复的批评为文学的主体性论争添了一把火，一些文章对姚雪垠提出了反批评，比较有代表性的有李乃声的《只有开拓与创造，才会有历史—向姚雪垠先生请教》②，这篇文章认为姚雪垠对古代文学传统的态度过于保守，只谈继承，不谈发展创新。1988 年，刘再复发表了《刘再复谈文学研究与文学论争》③《近十年的文学精神和文学道路》④《刘再复谈姚雪垠现象》⑤等文章对姚雪垠的批评进行了回应。刘再复文章的主要观点是：1. 刘再复认为《李自成》是“表现高大完美的农民英雄的历史小说”，是“伪浪漫主义最猖獗”时代的产物。2. 姚雪垠以自己的经验来证明自己符合马克思主义，陷入了“我证我”的“怪圈”，其推理和论证充满悖论。3. 姚雪垠对传统文化的态度需要反思，姚雪垠的观点不利于我们民族的生存与发展。4.《李自成》“一卷不如一卷”，原因在于：“姚先生坚持了‘三突出’‘高大完美’等文学观念。按这种理论精心设计自己的人物，人物就不能不成为抽象的寓言品和简单的时代精神的号筒。李自成、高夫人这些主要人物，都成了这种号筒。人为地把古人现代化，甚至把古人经典化，就显得不伦不类。”5. 姚雪垠对主体性的批判是对“新的文学潮流的不满和对新一代作家学人的强烈排拒”，他的痛苦

---

① 姚雪垠：《继承和发扬祖国文学史的光辉传统—再与刘再复同志商榷》，《红旗》1987 年第 8、9 期。

② 李乃声：《只有开拓与创造，才会有历史—向姚雪垠先生请教》，《文学评论》1987 年第 5 期。

③ 刘再复、刘旭源：《刘再复谈文学研究与文学论争》，《文汇》1988 年第 2 期。

④ 刘再复：《近十年的中国文学精神和文学道路》，《人民文学》1988 年第 2 期。

⑤ 刘再复：《刘再复谈姚雪垠现象》，《镜报》1988 年第 3 期。

是“与时代大潮相背离的逆向性的苦闷”。

针对刘再复的批评，姚雪垠相继发表《〈刘再复谈文学研究与文学论争〉一文读后》①、《不要用诽谤代替争鸣—答刘再复君》② 进行反批评。姚雪垠文章的主要观点是：1. 刘再复对《李自成》的评价是“肆意诽谤”，列举《中国大百科全书》的评价、严家炎的评论反证刘再复的观点错误。2. 回顾《李自成》的创作历史，说明《李自成》的创作是反“三突出”的。3. 刘再复的“辱骂和诽谤太过火了”，拟用法律手段控诉刘再复“侮辱和诽谤罪”。4. 刘再复的反批评文章回避所争议的“是非问题”，也缺乏“治学态度”的反思，而是“放暗箭、泼脏水，千方百计地搞臭论敌”。5. 刘再复的“怪圈说”不符合事实。6. 刘再复丑化姚雪垠对新时期文艺的态度。7. 刘再复丑化姚雪垠写批评文章的写作动机是“对新一代作家学人的强烈排拒”。

对比以上二人的言论可以看出，双方争论涉及的问题很多，其焦点问题是：如何对待文学传统，如何看待“主体性”问题，如何评价《李自成》，应以一种什么样的方式进行文学批评。下面就这些问题详细展开讨论。

一

刘再复与姚雪垠的论争是有学术意义的，这场论争反映的是两代学人对文艺理论问题基本看法的不同。姚雪垠和刘再复是两代不同的作家、学者，二者所倚重的理论资源是根本不同的。姚雪垠是一个深受革命现实主义文学影响的作家，在《〈李自成〉第一卷前言》中他说：“随着我在新的条件下不断地学习马克思列宁主义、毛泽东思想，我对接触过的历史资料获得了新的认识，从而形成了《李自成》的主体思想。”③ 姚雪垠强调用辩证唯物主义的历史观来写历史小说，《李自成》是遵守革命现实主义与革命浪漫主义相结合的创作方法的结晶。在具体的创作中，姚雪垠积极致力于创造有中国作风和中国气派的历史小说，一方面积极借鉴外国优秀小说的传统，“为了写《李自成》，他借鉴过

---

① 姚雪垠：《〈刘再复谈文学研究与文学论争〉一文读后》，《文汇》1988 年第 6 期。

② 姚雪垠：《不要用诽谤代替争鸣—答刘再复君》，《文艺理论与批评》1988 年第 5 期。

③ 姚雪垠：《〈李自成〉第一卷前言》，见《姚雪垠研究专集》，姚北桦、贺国璋、俞润生编，黄河文艺出版社 1985 年版，第 287 页。

意大利人写的《斯巴达克斯》；苏联描写农民起义领袖普加乔夫和拉辛，以及关于成吉思汗、库图佐夫、巴格拉齐昂的一些作品。他经常研读托尔斯泰的《战争与和平》……”[①] 另一方面广泛研究中国古典文学，大量涉猎古代诗词、古代神话、民间文学、古典小说、历史著作等，重视史料的爬梳，写作《李自成》做了两万多张卡片，前后耗费心血四十余年。

“姚雪垠是在三十年代我国的抗日和争取人民民主的斗争中开始创作，以文艺为武器，加入到社会变革运动中的作家。”[②] 姚雪垠在谈其成名作《差半车麦秸》时说：“正是在大众文学的口号讨论之下，在一九三八年冬天写出来的。”[③] 姚雪垠对革命现实主义文学的捍卫是其文学理念的反映。《李自成》创作的过程也充满了革命的政治色彩，是在毛泽东的保护下才得以顺利进行的。对于姚雪垠来说，根深蒂固的政治情结是不可避免的。理解这些基本的创作背景，我们就能比较准确地理解姚雪垠对刘再复的批判。在姚雪垠批驳刘再复之前，陈涌等文学批评家对刘再复的批评的出发点是对以意识形态为核心的马列主义文艺观的捍卫：“这不是一个小问题，这是一个关系到马克思主义在中国的命运，关系到社会主义文艺在中国的命运的问题。”[④] 姚雪垠的批判以自己的写作经验对刘再复发问，认为“文学主体性”理论不符合“马列主义的原理”，是“唯心主义”的，刘再复否认祖国伟大的文学传统是不对的。可以说姚雪垠着眼的是总结继承，一是对革命文学传统的继承，一是对古典文学传统的继承，其核心是对革命现实主义文学的继承。

刘再复的“文学主体性”理论在根本上是对革命现实主义文学的颠覆，是对文学现实问题的个人式确诊：“新中国成立以来，我们的文学思想、理论，总的来说，对理性原则强调得过多，而这种绝对性的强调就导致许多作家创作时从原则、定义出发，图解政治，甚至误解掌握了历史唯物主义的一般规律就等于掌握了文学艺术的特殊规律，以世界观代替创作方法。而在强调理性原则时又全盘排斥生命原则，即在承认文学是一种社会现象时，却否认它也是一种

① 段景轩、李兴盛：《成功者的足迹—姚雪垠访问漫记》，《姚雪垠研究专集》，黄河文艺出版社1985年版，第40页。

② 王之平：《姚雪垠的创作道路》，《姚雪垠研究专集》，黄河文艺出版社1985年版，第400页。

③ 姚雪垠：《谈小说创作的中国风格和中国气派问题》，《姚雪垠研究专集》，黄河文艺出版社1985年版，第167页。

④ 陈涌：《文艺学方法论问题》，《红旗》1986年第8期。

生命现象，这就否认灵感、生命冲动、潜意识、天才等重要现象，否认非理性部分在创作中的作用。我在近年中提出来的一些美学观念，正是注意到这几种偏差，积极地正视和肯定生命原则在文学中的地位。”① 刘再复着眼的是建设新的文学理论，包含着对现实的批判态度和怀疑精神。刘再复坚持人道主义的马克思主义，以主体论代替反映论，积极吸收马斯洛、康德等人的人本主义学说，更强调实践主体自身的艺术身份，一切以人为思维的中心，弘扬人自身的价值，实现创作主体有个性的文学表达。正因为此，刘再复动摇的是革命现实主义文学的根基，受到陈涌等老一辈文学批评家的批评是不可避免的。

姚刘之争反映的是中国当代文论系统转换中的必然冲突，一面是社会主义时代文学批评的政治化现实，一面是冲破政治化思维束缚的文论创新冲动。姚雪垠的文学观是以革命现实主义文论系统为主的，面对新的文论话语，他曾说："尤其在文艺理论方面，不仅我的认识赶不上，甚至有些理论文章我读不懂，或似懂非懂，但觉玄妙艰深。……我不禁为自己的落后一叹。”② 姚雪垠这样的反应是不足为奇的，因为他在革命文学的语境中浸泡了几十年。“按照马克思主义的观点，文学与经济、文学与政治、文学与生活、作家世界观与创作方法等诸种关系，都规定着文学的本质……”③ 这样的文学理论观点强调作家的马克思主义世界观和现实主义方法，在姚雪垠的观点中还清晰可见政治化时代文学理论的印迹：“在当前处于改革时代号召写改革生活和改革中的先进人物；对军事文学号召写战斗英雄，塑造爱国主义的英雄典型。对文学提出这些要求都是正确的。”④ 严家炎认为姚刘的冲突是“异元批评”或“跨元批评”的冲突，是文学批评的百慕大三角。刘再复的主体性“依据的不仅是传统的现实主义理论，也吸收并体现了现代主义文学、浪漫主义文学的某些要求”，“不是单纯用现实主义理论所能解释得了的”，姚雪垠的批评“无意中跨入了‘异元批评’或‘跨元批评”的区域”⑤。因此二人之争是观念之争，不是一个简单的谁是谁非的问题。

---

① 刘再复：《我的文学小传》，《当代作家评论》1988 年第 5 期。

② 姚雪垠：《创作实践和创作理论——与刘再复同志商榷》，《红旗》1986 年第 21 期。

③ 姚雪垠：《创作实践和创作理论——与刘再复同志商榷》，《红旗》1986 年第 21 期。

④ 姚雪垠：《创作实践和创作理论——与刘再复同志商榷》，《红旗》1986 年第 21 期。

⑤ 严家炎：《走出百慕大三角区—谈二十世纪文艺批评的一点教训》，《文学自由谈》，1989 年第 3 期。

二

姚刘之争还涉及一个关键的问题，这就是如何评价《李自成》?

《李自成》是否如刘再复所批评的“一卷不如一卷”? 姚雪垠的创作是否如刘再复所说坚持了“三突出”?《李自成》是否属于刘再复所说的“八个样板戏和两部小说”之列?

刘再复对《李自成》“一卷不如一卷”的评价不完全是空穴来风。早在1977年姚雪垠致茅盾的信《〈李自成〉的一个创作意图》[①] 中就提到类似的说法：“有人说《李自成》第二卷不如第一卷，您不必感到奇怪。这个意见有一定的代表性。”接着，姚雪垠对此种说法的原因进行了分析，认为很多读者并不理解他“通过再现历史的广阔生活场景和各种代表人物描绘出复杂多彩的历史画卷”的创作意图，“有些读者习惯于看单线发展的长篇小说，特别是在‘四人帮’影响之下，这种情况更为严重。”在姚雪垠看来，“一卷不如一卷”是很多人的阅读感受，是一种对故事欣赏的失望。同样的说法，在刘再复看来却是因为《李自成》是坚持“三突出”的作品。对于《李自成》是否是坚持了“三突出”，姚雪垠在《〈刘再复谈文学研究与文学论争〉一文读后》中已进行了反驳。可以肯定的是，刘再复将《李自成》与八个样板戏归为一类是不够准确的，刘再复反感的不过是“人为地把古人现代化，甚至把古人经典化，就显得不伦不类”。这样的说法来自于姚雪垠用革命的眼光去写作农民革命的写作观念。对此，姚雪垠在《关于〈李自成〉的探索和追求——致胡德培同志》一文中也曾作过说明：“关于小说中的李自成的形象塑造，有人赞成，有人不赞成。不赞成的人们分为两派：一派责备我将李自成写得太进步，现代化了；一派责备我将李自成写得不够革命，有封建思想，甚至说我歪曲和诬蔑了农民革命形象。关于李自成的形象塑造出现了各种不同议论，使我的心中感到欣慰。”[②] 这表明《李自成》的写作一直处在政治的夹缝之中，一方面，姚雪垠

① 姚雪垠：《〈李自成〉的一个创作意图——致茅盾同志》，《姚雪垠研究专集》，黄河文艺出版社1985年版，第340页。

② 姚雪垠：《关于〈李自成〉的探索和追求—致胡德培同志》，《姚雪垠研究专集》，黄河文艺出版社1985年版，第345页。

不得不按照时代的要求，以革命现实主义眼光去表现农民革命的阶级性，将李自成写成高大的农民革命英雄；另一方面他又必须尊重历史事实把李自成写成一个失败的革命者，李自成有自己的阶级局限，李自成有帝王思想，有天命观以及孔孟思想，“他只是三百年前的农民英雄，却不是二十世纪的无产阶级英雄”。① 刘再复抓住的只是李自成形象高大的一面，忽略了李自成形象的复杂性，在李自成身上高大是主要的，缺点是次要的，但却是可以用刘再复的性格组合论来分析的。刘再复对《李自成》的分析评价基本上是片断印象的，而不是分析论证的，是“为我所用”式的片面化看法。这样的随印象贴标签的做法也体现在将《李自成》与“八个样板戏”和《艳阳天》归为一类的看法上。“八个样板戏，一个作家”本是1978年批判“文艺黑线专政论”时散文作家秦牧的一种说法，后来广为流传，经过刘再复的随性发挥，变成“八个样板戏和两部小说”。

刘再复对《李自成》的批评虽然是片面的印象式的评价，但也让人看到了《李自成》的时代局限性。诚如魏明伦所调侃的：“《李自成》仍不失为当代文学史上较有价值的佳作，凡写崇祯、洪承畴、张献忠等篇章不愧精彩笔墨，但主角李自成确有‘高大全’之弊，老八队亦近似‘老八路’矣!”② 如今，这样的看法几乎已成为学界的共识。洪子诚在评价《李自成》时认为：“李自成在作品中，以有高度智慧、才干和崇高品德的起义军英雄和领袖的形象出现，他不仅是传统意义上的英雄豪杰，而且是有着政治家和军事家才干的领袖。姚雪垠对于这一人物（以及高夫人等）和起义军的描写，明显地是以20世纪以井冈山为根据地的农民武装为参照。李自成对革命事业的耿耿忠心，他的卓越的军事才能，他的严以责己、宽以待人，以及他的天命观、流寇思想等弱点；起义军从小到大、由弱到强的原因，军队与百姓之间的‘鱼水关系’，政治路线的正确和组织上的巩固对军队发展的重要性—所有这一切，都来自于对20世纪工农红军的经验教训的总结。这是作者考察明末那支起义军的思想基点。”③

《李自成》的局限性不是个别现象，是作家所处的时代造成的，对《李自

---

① 姚雪垠：《〈李自成〉第一卷前言》，《姚雪垠研究专集》，黄河文艺出版社1985年版，第297页。

② 魏明伦：《仿姚雪垠法致姚雪垠书》，《文汇》1988年第8期。

③ 洪子诚：《中国当代文学史》，北京大学出版社1999年版，第122页。

成》的评价如同今天对“三红一创”等红色经典文学的评价一样。王彬彬认为《李自成》“不能当作‘人学’来读”，“反映历史的本质和规律”的创作意图是错误的[①]。这样的批评是不足取的，体现的不过是以今天的认知去苛求历史上的作家。诚如一代有一代的文学，红色经典文学的价值就在于，它的不可复制性，它鲜明的时代特色是多元文学中的一元。当然《李自成》的意义不仅仅在于其类型的代表性，也体现在特定的政治年代，《李自成》以社会主义的文化想象重构农民革命的历史，广泛吸收中外文学的创作经验，创造了人民群众喜闻乐见的中国风格，在艺术上取得了成功。茅盾对《李自成》的评价很高，他认为：“用历史唯物主义和辩证唯物主义来解剖这个封建社会，并再现其复杂变幻的矛盾的本相，‘五四’以后也没有人尝试过，作者是填补空白的第一人。”[②] 严家炎认为《李自成》是一部百科全书式的小说，作品在历史与小说的关系处理，人物的塑造，艺术结构的处理，语言的运用，民族传统叙事手法等方面都取得了很高的艺术成就，具有鲜明的民族风格和民族气派。[③] 对照新时期以来的历史小说，姚雪垠将历史小说的创作方法总结为“深入历史、跳出历史”，历史小说要向读者传授历史知识；但必须艺术地反映历史，在具体的历史资料的处理上，“应该在历史唯物主义思想指导下，通过错综复杂的历史现象，认识历史现象的本质和真正意义，认识历史运动（事件和事变的发展变化）的深刻的内在规律”[④] 姚雪垠创造了一种有“中国特色”的历史小说写作观，对新时期以来的历史小说创作产生了巨大的影响，凌力、刘斯奋、唐浩明、二月河、熊召政等作者的创作无不受其影响，在《李自成》的影响下出现了凌力的《少年天子》、刘斯奋的《白门柳》、蒋和森的《风萧萧》、萧军的《吴越春秋史话》等历史小说力作。

对照后来莫言、叶兆言、刘震云、苏童、格非等“新历史主义”的小说观，小说家在历史中自由展开想象的空间空前地扩大，姚雪垠所倡导的“历史现实主义”写法已成为文学遗产。吴秀明认为姚雪垠的历史小说是一种“历史

---

① 王彬彬：《在功利与唯美之间》，学林出版社 1996 年版，第 230 页。

② 茅盾：《关于长篇历史小说〈李自成〉》，《文学评论》1978 年第 2 期。

③ 严家炎：《〈李自成〉初探》，《北京大学学报》，1978 年第 3 期。

④ 姚雪垠：《创作体会漫笔——〈李自成〉第五卷创作情况汇报》，《文艺理论与批评》1990 年第 2 期。

主义的典型化手法”，“《李自成》后两卷的历史主义典型化的民族关系描写远未臻理想，它还存在着一些明显的不足。其中较为突出的，是在艺术向度上重‘大历史’的政治生活而轻‘小历史’的日常生活”①。在这样的批评中，以“小历史”否认“大历史”，显然也有“跨元批评”的意味，这样的视野中所作的分析无疑也清晰地呈现了《李自成》在“生活化写作”上的不足。这个问题姚雪垠是意识到了的，他认为《三国演义》《水浒传》“不懂得或不重视写日常生活，还不善于细致地描写人物心理，也不重视描写风景”②。在《李自成》中姚雪垠有意识地注重对“日常生活”的描写，但其本身的写作理念决定了他必然以“大历史”覆盖“小历史”，这也证实了刘再复的印象式论断中虽有几分合理性，但并不比姚雪垠高明。

三

姚刘之争在论争过程中所采用的论争方式是值得反思的。这首先表现在他们的论争中留有鲜明的政治化时代的印迹。姚雪垠将刘再复的理论问题上纲上线到政治“主义”之争上，认为刘再复的理论，“在这些玄妙的、貌似新颖的论点中，包含着主观唯心主义的实质”③。“否定文学传统的论调是和所谓的社会主义思想方面出现的‘全盘西化’论密切联系，彼此呼应的……”④ 在这样的批评言词中那种大批判时代的思维模式清晰可见。这样的评价也不幸言中了刘再复后来的命运，刘再复后来去国离乡漂泊海外，不能不说与学术让位给政治的历史语境有直接关系。《红旗》杂志的一位领导官员在谈到刘再复的主体性理论时说：“这是一种从西方各种非理性主义和神秘主义吮吸奶汁而在社会主义中国这块土地上生长起来的怪物；每当我看到、听到、读到、接触到这一切，就像做着一场恶梦一样，只是既感到惊诧，又感到寂寞，因为几乎听不到马克思主义的声音。”⑤ 在这样的政治性评价中，刘再复的理论一无是处，当学术之争上升为路

① 吴秀明、蒋青林：《走向最后的历史主义典型化写作》，《河南大学学报》2006 年第 3 期。

② 姚雪垠：《〈歧路灯〉序》，见《姚雪垠研究专集》，黄河文艺出版社 1985 年版，第 352 页。

③ 姚雪垠：《创作实践和创作理论——与刘再复同志商榷》，《红旗》1986 第 21 期。

④ 姚雪垠：《继承和发扬祖国文学史的光辉传统：再与刘再复同志商榷》，《红旗》1987 第 8、9 期。

⑤ 熊复：《疾风中的呐喊》，黑龙江人民出版社 1990 年版，第 291 页。

线斗争，学术已失去了自身的独立性，必然成为政治斗争的牺牲品。

刘再复对姚雪垠的批判也是政治化的，他没有就《李自成》的具体写作展开分析，而是简单地将其看作是“三突出”的产物，这当然是极不准确的，这一点上文已有分析。针对这样的批评思路，戚方先生一针见血地指出：“把《李自成》和‘八个样板戏’等量齐观，就意味着从根本上否定《李自成》的思想、艺术价值和成就，否定它在当代文学史上的地位。……意味着把姚雪垠同志划为‘帮文艺’的代表人物，作为一个反面形象而加载史册。在当代中国文坛上，能有什么罪名会比这个更大呢？有什么样的评价和裁决，能比这对一部作品、一个作家造成更大、更致命的损害呢？”① 在20世纪的文学史上，文学论争很多是路线之争，是政治上正确与否之争，最后的结果，只能使文学让路给政治，真正的文学问题也会因此而被遮蔽。

姚刘之争另一需要反思的地方在于二人在论争中所采用的武断的谩骂式语言上。刘再复对姚雪垠的批评中使用了“幼稚”“荒谬”“古怪”“浮躁”等词汇，认为姚雪垠“与时代的隔膜是很深的”，有“怨恨”“忌恨”情绪，这自然引起了姚雪垠的极度不满。姚雪垠的反批评中运用的语言是：“无知加武断”，“这种态度何其傲慢、何其虚伪！”“不但在国内制造流言蜚语，还要把对我的诽谤散布到全世界去”“因无知产生的狂妄，又因狂妄而促成他的无知”“一味侮辱诽谤”“他的文章放在‘文革’期间红卫兵的大字报中也是下乘之作”。鲁迅先生曾说“辱骂和恐吓”决不是战斗，“批评就是批评，不要进行人身攻击或造谣中伤。文学批评原属文学与艺术的范畴，发展到文艺、文学之外就不正常”②。姚刘之争由学术问题变成意气之争的谩骂，姚雪垠甚至要求诉诸法庭，无疑偏离了正常的学术争鸣之路。有意思的是，这样的学术之争仍然时时发生，20世纪90年代韩少功曾把批评家张颐武告上法庭，新世纪初余秋雨与古远清对簿公堂；但法庭根本无法（也不应该）评判文学的是是非非，最终的结果只能是平添一段文坛趣闻而已。2006年的“韩白之争”本是不同代际的批评家和作家的文学论争，但通过网络媒体的炒作，这场学术的“遭遇战”变成了谩骂的“口水战”，最终失去了文学争鸣的意义。“批评的力量取决于态度的

---

① 戚方：《评刘再复对姚雪垠及〈李自成〉的新评价》，《文艺理论与批评》1988年第4期。

② 严家炎：《批评规范小议》，见《学术规范读本》，河南大学出版社2004年版，第262页。

实事求是和说理的严密透辟，并不取决于摆出唬人的声势或抛出几顶可怕的帽子。”[①] 对照以上文学论争的实际情况，我们仍然需要重申批评家和作家的“雅量”，需要维护文学批评的正常原则，需要净化文学批评的空气。

在文学的意义上，没有绝对正确的命题，一个看似正确的命题总是以其反命题的存在而得以显现的。当历史的脚步进入新的千年，回顾刘再复与姚雪垠的论争，我们发现，姚雪垠的历史小说和刘再复的文学主体性理论都是我们当代文学史上的重要文学资源。前者的影响上文已有说明。刘再复的文学主体性理论对建构中国当代的文学理论无疑具有重要的影响，它导致了新的文艺观念的探索，为新的文论建构创造了契机，在文学的本质论上，“审美论”代替机械、消极的反映论，在创作论上，肯定“灵感”“直觉”的心理作用等，是刘再复文学主体性文学观的贡献。对照今天的文论现实，我们广泛吸收了西方的文论资源，却少有自己的理论概念创造，刘再复的文学主体性、性格组合论等所表现出的理论创造勇气是令人敬重的。另外，就姚雪垠所批判的刘再复所说的“作家对人物无能为力”的现象，其实在姚雪垠写于 1942 年的《创作漫谈》中就有类似性的论述：“虽然作家创造他的人物，但人物自己也会在纸上活起来，依照他自己应走的路线发展。人物既经作家给予生命以后，就不是完全被动的东西，他时时迫使作家不得不放弃或修正原来的写作计划。”[②] 姚雪垠之所以批判刘再复的观点，做出违背文学常理的判断，说到根本还是“唯物主义反映论”在作怪。从历史的过程来看，真正的文学名作不是几篇批评文章所能诋毁的，1999 年，王朔对金庸的小说发难，金庸先生所表现出的宽容大度是值得作家们学习的。金庸的小说并没有因为王朔的诋毁而失去读者，也没有因为王朔的批评而失去分量。从这样的角度上看，姚雪垠和刘再复的相互攻击并不能影响历史对他们的公正评判。

（《艺术广角》2010 年第 05 期）

---

① 严家炎：《批评规范小议》，《学术规范读本》，河南大学出版社 2004 年版，第 260 页。

② 姚雪垠：《创作漫谈》，《姚雪垠研究专集》，黄河文艺出版社 1985 年版，第 92 页。

中国当代文艺思想解放的先驱

——从姚雪垠与刘再复的论战说开去

邓树强[①] 熊元义

1986年至1988年，作家姚雪垠与刘再复进行了一场文艺论战。这场文艺论战在一定程度上深刻地反映了姚雪垠与刘再复在文艺理论上的分歧。本来，文艺理论的分歧应在理论上解决。但是，刘再复等人不是在文艺理论上解决理论的是非，而是用政治判断代替文艺理论的是非判断，甚至进行政治讨伐。这严重地影响了中国当代文艺理论的发展。为了中国当代文艺理论的科学发展，为了中国当代文艺界更好地开展文艺争鸣，我们需要辨清姚雪垠与刘再复在这场文艺论战中没来得及辨清的理论是非，拨开笼罩在这场文艺论战上的层层迷雾。

有人认为，姚雪垠在这场与刘再复的文艺论战中败得一塌糊涂，扣在他头上的极“左”帽子再难摘下[②]。其实，这种帽子是掩盖不住姚雪垠的光辉的。在反对极“左”文艺思想的斗争中，姚雪垠绝不逊色于刘再复，甚至作用更大。至少在“文化大革命”结束前后，姚雪垠积极参与并推动了中国文艺界的思想解放运动。从1974年7月到1980年2月，在这六年时间里，姚雪垠为长篇历史小说《李自成》的创作问题和作家茅盾通信88封。《茅盾 姚雪垠谈艺书简》收入了他们围绕长篇历史小说《李自成》的创作问题和其他重要文艺理论问题的通信73封。姚雪垠和茅盾这些信中的美学思想曾经极大地推动了20世纪70年代末和80年代初中国文艺界的思想解放。1977年6月25日，姚雪垠摘抄茅盾关于《李自成》第二卷的评论在《光明日报》发表，认为这是一个

---

① 邓树强（1974—），齐齐哈尔大学文学与历史文化学院副院长、副教授。

② 许建辉：《姚雪垠传》，湖北人民出版社2007年版，第337页。

新的历史时代开始的标志。可以说，姚雪垠（包括茅盾）是中国当代文艺思想解放运动的先驱。

姚雪垠和茅盾在通信中不但有力地抵制了当时文艺批评不谈艺术的不良倾向，而且尖锐地批评了当时文学创作的简单化、公式化、表面化的现象。姚雪垠认为茅盾关于长篇小说艺术方面的探讨“正是我们文艺评论界多年来所忽略了的或回避不谈的”①，而“许多年来，没有人能细谈艺术，文学作品的欣赏和评论，只剩了几条筋，影响很坏”。姚雪垠坚决反对文艺创作的简单化、公式化、表面化，而追求“艺术的完美和深度”。姚雪垠关于人物描写的美学思想直接影响了后来的朱光潜和刘再复。不过，朱光潜在1980年的《谈美书简》中反对描写见不出冲突发展的“平板人物”，提倡描写见出冲突发展的“圆整人物”；刘再复在1984年提出“人物性格的二重组合原理”，虽然和姚雪垠关于人物描写的美学思想近似，但比姚雪垠的文艺思想要僵化得多。

在这个基础上，姚雪垠认为：“一部长篇小说应该给读者积极的思想教育，也应该给读者丰富健康的美学享受。忽略了后者，小说就不能感人深刻，更不能使读者多看不厌。”姚雪垠在写《李自成》的过程中有意识地探索了长篇小说的美学问题。姚雪垠和茅盾的通信从《李自成》的创作实际出发，除内容方面的问题之外，集中探索了一些艺术上的问题，包括如何追求语言的丰富多彩，写人物和场景如何将现实主义手法和浪漫主义手法并用，细节描写应如何穿插变化，铺垫和埋伏，有虚有实，各种人物应如何搭配，各单元应如何大开大阖，大起大落，有张有弛，忽断忽续，波诡云谲……姚雪垠把这些要在文学创作实践中探索的艺术技巧问题统称为“长篇小说的美学问题”，茅盾则用“艺术技巧”概称。姚雪垠高度肯定了茅盾的文艺评论，认为茅盾“具有十分丰富的创作经验与学力，总是从小说创作的角度看小说作品，而不同于从干枯死板的条条框框出发”。茅盾的这些文字，是茅盾晚年留下的重要文献，会引起后代的重视。这不仅因为茅盾是“五四”新文学运动以来很有贡献的老作家，而且因为他提供了不少关于长篇小说艺术方面的精辟意见。姚雪垠反对简单化的文学批评，认为“简单化是目前文艺批评与创作的大病”，而提倡茅盾的文学批评。

---

① 《茅盾　姚雪垠谈艺书简》，人民文学出版社2006年版，第67页。

姚雪垠还积极推动了中国当代红学界的思想解放。为了纠正中国当代文学在人物刻画上的概念化、公式化、简单化、不感人的倾向，姚雪垠总结了《红楼梦》的创作经验，认为："曹雪芹如果考虑的不是写栩栩如生的人物个性，而是考虑如何写出同一阶级的共性，便写不出那么多有血有肉的典型人物。"① 1980年姚雪垠要求《红楼梦》研究要从《红楼梦》本身出发，竭力避免将我们现代人的政治感情、思想觉悟强加在曹雪芹和《红楼梦》的人物身上，"彻底摆脱从政治出发给学术研究所定的调子或框框，也摆脱从政治概念和历史概念出发，对《红楼梦》做些不实事求是的比拟或解释"。1993年姚雪垠还批评了中国当代红学界的新迷信：一是认为"从美学上（或艺术上）分析《红楼梦》的成败得失就不能算是学问"；二是将《红楼梦》看成十全十美，无法逾越的里程碑②。姚雪垠在积极推动中国当代红学界思想解放的基础上致力扭转中国当代红学的发展方向，反对《红楼梦》研究重思想轻艺术的倾向。而且，姚雪垠推动中国当代红学的发展没有停留在红学上，而是要求通过对《红楼梦》的研究，总结和探索"产生一个伟大作家或伟大作品的若干规律"。这些规律既指出了历史经验，也对中国当代文学的发展起到启发和指导作用。

1985年中国当代文艺界出现了一种片面强调"内部规律"的文艺潮流。有人提出，近年来文学研究的重心已转移到内部规律，即研究文学本身的审美特点，文学内部各要素的相互关系，文学各种门类自身的结构方式和运动规律等，总之，是回复到自身。在这种片面强调"内部规律"的文艺潮流中，姚雪垠的这种文学研究的科学方法遭到遮蔽就不可避免了。但是，中国当代文艺经过25年的发展，伟大的文艺作品却仍然难觅。因此，我们很有必要重提姚雪垠提出的这些深刻的美学思想。

姚雪垠提出中国现代文学史的两种编写方法，推动了中国现代文学史写作的深入。1980年1月15日，姚雪垠在致茅盾的信中认为中国现代文学史应对"五四"前夜的文学历史潮流给予充分论述，并提出了关于中国现代文学史的两种编写方法：一种是目前通行的编写方法，只论述"五四"新文学以来的白话体文学作品；另外有一种编写方法，打破这个流行的框框，论述的作品、作

---

① 姚雪垠：《致上海师范大学中文系》，《姚雪垠书系》第21卷，中国青年出版社2000年版，第571页。

② 姚雪垠：《致张国光》，《姚雪垠书系》第20卷，中国青年出版社2000年版，第510—511页。

家、流派要广阔得多，故名之曰“大文学史”的编写方法①。姚雪垠所说的“大文学史”，包括“五四”新文学运动以来的旧体诗、词，还有民国初年和“五四”以后的章回体小说。姚雪垠着重提出了与新文学运动对抗的流派“礼拜六派”。在发表此信所加的《钹》中，姚雪垠又提了这样几个作家：从“礼拜六派”分化出去，为“五四”新文学运动做出过贡献的作家刘半农，在包笑天和张恨水这一部分作家中起过较大影响的徐枕亚，抗战末期和大陆解放前夕应该提一提徐舒，当时上海的女作家应该提到张爱玲。另外，有些住在海外的华裔作家，只要具有一定影响，当然也应该写进中国现代文学史中。而这种“大文学史”观就是对当时通行的中国现代文学史的“重写”。1980 年 7 月 19 日姚雪垠提出了宏伟的红学史观。姚雪垠所构想的研究《红楼梦》的学术史既包括索隐派，也包括王国维，带有总结性质。台湾的、港澳的、日本和欧美的“红学”研究也包括进去。重新评价胡适和俞平伯，还历史的本来面目。极左思想的影响，教条主义的干扰，都要写进去。这部红学史既要反映“红学”的研究成就，也要反映历史进程中的某些弯路②。姚雪垠提出的这种红学史观是姚雪垠的“大文学史”观的一个有机组成部分。姚雪垠的这种“大文学史”观是他推进中国当代文学评论深入的结果。1980 年 9 月 28 日姚雪垠提出了编写中国现当代文学史的两个原则，一是编写文学史，必须从具体作品出发，尽可能做到实事求是；二是编写现代和当代文学史要站在中华民族的立脚点进行工作，放眼各个流派，各个方面。姚雪垠坚决反对文学史编写的“关门主义”倾向，即一部文学史成为宗派文学史，认为“文学派别不等于政治派别。尤其在中国近代史上，知识分子不断分化，不断重新组合。所以现代文学史应以分析作品为主要任务，不应该轻视作家的具体作品而偏重政治倾向。政治倾向应该注意，但对作家说，最应该重视的还是他们的作品。作品是作家的主要的社会实践”③。那些“重写文学史”的人不但埋没姚雪垠这种独特的贡献，而且在重写文学史中少提甚至不提姚雪垠。

姚雪垠虽然在 20 世纪 80 年代初率先提出“重写”中国现代文学史，但是

① 《茅盾　姚雪垠谈艺书简》，人民文学出版社 2006 年版，第 129 页。

② 姚雪垠：《致〈红楼梦〉学术讨论会》，《姚雪垠书系》第 21 卷，中国青年出版社 2000 年版，第 591—592 页。

③ 姚雪垠：《致吴小如》，《姚雪垠书系》第 20 卷，中国青年出版社 2000 年版，第 439—440 页。

他的这种中国现代文学史的“重写”观与那些“重写文学史”的人的“重写”观是根本不同的。第一，姚雪垠重视对历史运动规律的认识和反映。长篇历史小说《李自成》就深刻地揭示了李自成失败的历史命运，“英雄人物在事业发展和有巨大成就时，他同广大群众（甚至旧日战友）之间的关系发生变化，有时是自觉的，有时是不自觉的，往往是二者相兼具。随着身份地位的改变，总会有一批人由于各种原因在领袖人物周围筑起一道墙，甚至几道墙”①。这是《李自成》在历史哲学上对历史上的长篇历史小说的根本超越。而 20 世纪 80 年代中期兴起的“重写文学史”潮流恰恰引导中国当代文学回避对历史运动规律的认识和把握。第二，姚雪垠提出的“大文学史”一方面要求尊重客观的文学事实，另一方面坚决反对无原则的兼容并收，即没有主次的分别。而有人扩大中国现当代文学研究范围，认为不能停留在形式上，最根本的是要转变文学观念，修正文学批评尺度，即坚决否认鲁迅、茅盾、张恨水、程小青、王度庐、还珠楼主、周瘦鹃等作家的文学作品存在价值高下的分别②。因此，那些鼓吹改变价值观的“重写文学史”的人忽略、遗忘甚至遮蔽姚雪垠的独特贡献就不是偶然的了。

姚雪垠不仅在“文化大革命”结束前后积极参与并推动了中国文艺界的思想解放运动，而且从 20 世纪 50 年代起就同“左”的教条主义进行了斗争。1956 年姚雪垠尖锐地指出：“创作题材的狭隘，内容的千篇一律，风格的单调，正面人物形象的四平八稳，如泥塑木雕，都同清规与戒律的作祟有关。由于清规与戒律太多，恐怕有不少作家的潜力不能够很好的发挥。”③ 他认为“只有不断地打破清规与戒律，文学的园地里才能够开满大小不同、形状各异、色彩千变万化、无限鲜艳和灿烂的花朵”。可以说，姚雪垠提出不断地打破清规与戒律，就是反对各种各样的教条主义。1957 年初姚雪垠坚决反对轻视甚至忽视老作家独具的生活经验的“左”的思想倾向，认为：“如果说旧的生活经验完全无用，或轻视旧的生活经验，显然也是十分错误的。这是机械地把生活经验划分新旧，割断了生活的纵的关系，不承认生活永远是历史的运动过

① 《茅盾　姚雪垠谈艺书简》，人民文学出版社 2006 年版，第 123 页。

② 高玉：《放宽评价尺度，扩大研究范围》，《文艺争鸣》2008 年第 3 期。

③ 姚雪垠：《谈打破清规与戒律》，《姚雪垠书系》第 17 卷，中国青年出版社 2000 年版，第 465 页。

程，前后承接。”① 尤其在“文化大革命”中，姚雪垠不但在公开场合同庸俗社会学和“左”的教条主义进行斗争，而且在长篇历史小说《李自成》的创作中进行抵制。姚雪垠在创作长篇历史小说《李自成》第二卷的过程中蔑视所谓“三突出”的创作经验，公开质疑“三突出”的原则，认为“三突出”的原则固然有一定道理，但只适用于一定领域，不是放之四海而皆准。对于山水画、抒情诗、小歌曲等等这些不写人物的文艺作品，不以“三突出”原则去硬套，将有利于文艺事业的发展，否则就会妨碍其发展②。姚雪垠亲身感受和经历了中国当代文艺思想发展史正确的和比较正确的马克思主义文艺思想同错误的文艺思想的斗争过程。

因此，姚雪垠指出：中国“现、当代文学运动中虽然受过庸俗社会学和‘左’的教条主义的干扰。甚至在某些时期泛滥成灾，但是始终有正确的和比较正确的马克思主义文艺思想同错误的思想在进行抵制和斗争，从来不是一面倒。……在某些历史阶段，虽然庸俗社会学和‘左’的教条主义甚嚣尘上，甚至用组织和政治手段推行这种错误思想，但它是不科学的，是不符合发展文学艺术的创作规律的，是不得人心的，所以是没有生命力的。真正的马克思主义文艺思想尽管在某些时候受压抑，受打击，坚持的人不是多数，但它是有生命力的，而且是中国文学运动史的主旋律”③。可以说，姚雪垠对中国现当代文艺思想发展史的这种把握是比较符合历史事实的。

如果说姚雪垠认为中国现当代文艺思想史始终存在着两种思想的斗争，而真正的马克思主义文艺思想是中国文艺运动史的主旋律，那么，刘再复则抹杀了中国现当代文艺思想史始终存在着两种思想的斗争，没有看到真正的马克思主义文艺思想的发展。而刘再复在中国现当代文艺思想发展史中看不到真正的马克思主义文艺思想的发展，是由他的文艺理论的根本缺陷所造成的。

首先，刘再复的“人物性格的二重组合原理”就是建立在流沙上的狭隘人物形象理论，阉割了人物形象在历史发展过程中的丰富形态。刘再复在《性格

---

① 姚雪垠：《创作问题杂谈》，《姚雪垠书系》第17卷，中国青年出版社2000年版，第477页。

② 参见许建辉《姚雪垠传》，湖北人民出版社2007年版，第230—231页；程涛平《“文革”中姚雪垠对“三突出”的质疑》，《新文学史料》2010年第3期。

③ 姚雪垠：《创作实践和创作理论》，《姚雪垠书系》第18卷，中国青年出版社2000年版，第218—219页。

组合论》中认为："在反对斯宾诺莎的机械论时，黑格尔的巨大贡献，正是阐明了这种正确的辩证内容，道破偶然性就是双向可能性，必然性与偶然性正是统一在这种双向可能性的矛盾运动之中。"① 黑格尔在把握必然与偶然的辩证法时提出的最重要的观点就是，凡是偶然的东西，总是既具有这样的可能性，也具有那样的可能性。刘再复以黑格尔的论断为前提提出："所谓偶然性正是双向可能性。就是说，凡是偶然的东西，总是既有这样的可能性，也有那样的可能性。这种偶然性的见解是非常重要的，它正是我们打开必然与偶然这对哲学范畴之门的钥匙，也是我们理解二重组合原理哲学基础的关键。"刘再复指出："偶然性的真正含义在于双向可能性，也就是说，偶然性包含着可能性的两极，而这两极的最终统一，就是必然性。人物性格的二重组合的深刻根源就是事物的必然性与偶然性的矛盾运动，就是这种可能性两极的对立统一运动。在哲学科学里，个性与共性、现象与本质、偶然与必然、差异与同一都是统一序列的概念。在典型塑造中，必然性就是人物性格的共性，偶然性则是人物的个性。必然性是抽象的存在，偶然性才是具体的存在。必然性总是寓于偶然性之中，共性总是寓于个性之中。这里问题的关键在于偶然性是双向的可能性，即既可能这样又可能那样，既可能是善的，又可能是恶的，既可能是美的，又可能是丑的，既可能是圣洁的，又可能是鄙俗的，等等。因此，偶然性本身是二极的必然性。这就是必然性与偶然性的内在矛盾，因此，任何事物都是必然性规定下的双向可能性的统一。就一个人来说，每个人的性格都是在性格核心规定下的两种性格可能性的统一，这就是二重组合原理的哲学根据。"② 刘再复的这些论断涉及可能性、偶然性和必然性这样三个范畴。对这三个范畴，黑格尔在《小逻辑》中分别对它们及其关系作了深刻的把握。刘再复想当然地认为："事物的必然性表现为无限的可能性，但这种可能性并不是朝着同一逻辑方向运动，而是双向逆反运动。只有这种双向的可能性才是真正的偶然性。也就是说，必然性正是通过双向可能性的矛盾运动才与偶然性构成一对辩证范畴。"这种幻想不但歪曲了黑格尔关于可能性的思想，而且割裂了黑格尔关于必然性的思想。黑格尔明确地指出："凡认为是可能的，也有同样的理由可以

① 刘再复：《性格组合论》，上海文艺出版社 1986 年版，第 346 页。

② 刘再复：《性格组合论》，上海文艺出版社 1986 年版，第 348 页。

认为是不可能的。因为每一内容（内容总是具体的）不仅包含不同的规定，而且也包含相反的规定。”但是，“一切都是可能的，但不能说，凡是可能的因而也是现实的”。这就是说，一个事物是可能的或是不可能的，不都是现实的。因为“一个事物是可能的还是不可能的，取决于内容，这就是说，取决于现实性的各个环节的全部总合，而现实性在它的开展中表明它自己是必然性”，“发展了的现实性，作为内与外合而为一的更替，作为内与外的两个相反的运动联合成为一个运动的更替，就是必然性”①。幻想无限的可能性的刘再复可以说就是黑格尔所讥笑的这种缺乏教育的人。黑格尔认为：“偶然的事物系指这一事物能存在或不能存在，能这样存在或能那样存在，并指这一事物存在或不存在，这样存在或那样存在，均不取决于自己，而以他物为根据。”② 刘再复在引用这段话的时候，把“或”曲解为“和”了。黑格尔关于偶然的事物的思想是丰富的，“或”存在三种现实情形：一是不可同假但可同真，一是一真一假，一是一假一真。而“和”只有一种情形：可以同真。这样，刘再复就阉割了黑格尔丰富的辩证思想。显然，刘再复建立在对黑格尔关于偶然性的思想的阉割的基础上的“人物性格的二重组合原理”是片面的和狭隘的。

其次，刘再复的文学的主体性理论不是建立在现实世界中，而是建立在理想世界里，并且这个理想世界是彻底否定和排斥现实世界的。也就是说，刘再复的《论文学的主体性》所说的艺术活动是发生在理想社会里，而不是植根在现实世界中。刘再复认为：“社会历史的运动是从人类诞生的那一天开始的，经历了‘人的否定’这一曲折的痛苦的历程，最后又回到人自身。当理想社会实现时，人不仅是调节外部自然的强大力量，而且是调节自身内部自然的强大力量，唯其在那时，人的价值才充分获得实现，人类的‘正史时代’才开始。”而当今人类社会“仍然处于‘前史’时代，这种社会总是有缺陷的。处于这种社会总体状态中的人，还不能充分地全面地占有自己的自由本质，作为客体的世界，还不是真正的人的对象，它对于人还只具有有限的价值和意义，它还不能把人应有的东西归还给人”。在刘再复看来，“在现实生活中，人由于受制于各种自然力量和社会力量的束缚，因此，往往自我得不到实现，自己不能占有

---

① ［德］黑格尔：《小逻辑》，贺麟译，商务印书馆 1982 年版，第 301 页。

② ［德］黑格尔：《小逻辑》，贺麟译，商务印书馆 1982 年版，第 301 页。

自己的本质，自身变成非自身”。而在艺术活动中，主体和客体不再处于片面的对立之中，客体成为真正的人的对象，并使人的全面发展的本质力量对象化；在艺术活动中，人自身复归为全面的完整的人。也就是说，“人总要受到社会和自然的限制，总是要感受到受限制的痛苦，因此，人总是要想办法来调节自己的认识和感情，超越这种限制。于是，他们就把审美活动作为一种超越手段，并通过它实现在现实世界不可能实现的一切”。刘再复这种文学的主体性理论将艺术世界和现实世界完全对立起来了。马克思曾经深刻地指出：劳动为富人生产了奇迹般的东西，但是为工人生产了赤贫；劳动生产了宫殿，但是给工人生产了棚舍。劳动生产了美，但是使工人变成畸形。劳动用机器代替了手工劳动，但是使一部分工人回到野蛮的劳动，并使另一部分工人变成机器。劳动生产了智慧，但是给工人生产了愚钝和痴呆。在这种残酷的异化劳动中，虽然工人自身异化了，但是人类仍然在发展。虽然异化劳动生产了赤贫、棚舍、畸形、愚钝和痴呆，但奇迹般的东西、宫殿、美和智慧也在异化劳动中生产出来了。因此，在现实生活中，如果只是看到人的异化，而看不到人的发展，就是片面的。显然，刘再复这种文学的主体性理论只看到了人在艺术世界里的发展，而没有看到人在现实世界中的发展，以及这二者的联系。因此，刘再复这种建立在理想社会里的文学的主体性理论片面地突出了作家艺术家的主观建构能力和批判能力，而忽视了人在现实世界里的建构能力和批判能力。

与刘再复侧重强调作家艺术家的主观建构能力和批判能力不同，姚雪垠则强调了作家艺术家对现实生活的艺术反映，反对离开现实单纯强调理想，认为脱离现实生活基础的“革命理想”是架空的①。在这个基础上，姚雪垠提出了“深入”与“跳出”的文学理论，认为“写历史小说毕竟不等于历史。先研究历史，做到处处心中有数，然后去组织小说细节，烘托人物，表现主题思想。这是历史真实与艺术虚构的关系，也就是既要深入历史，也要跳出历史。深入与跳出是辩证的，而基础是在深入”。姚雪垠深刻地指出：“凡是有重大成就的长篇小说作家，除应有丰富的生活阅历外，还必须是思想家、语言艺术家、学问家。这三个条件，对写长篇历史小说的作家来说，尤为重要。不重视这些条

---

① 姚雪垠：《文学创作问题答问》，《姚雪垠书系》第18卷，中国青年出版社2000年版，第459—460页。

件恐怕是不行的。"[1] 而作为思想家的作家是"需要知道许多历史的规律，写出历史事件的本质和成败关键的一些规律，人物发展的规律"。可见，姚雪垠偏重人在现实世界里的建构能力与批判能力和作家艺术家对这种建构能力与批判能力的艺术反映。因此，姚雪垠和刘再复在文艺理论上的思想冲突是不可避免的。而姚雪垠和刘再复在文艺理论上的这种分歧不是中国当代文论系统的转换，而是中国当代文艺理论发展的两个极端。正如在伟大的文艺作品中作家艺术家的主观批判和历史的客观批判是有机结合的，中国当代文艺理论必须在解决姚雪垠和刘再复的文艺理论分歧的基础上得到发展。

1989 年严家炎认为姚雪垠对刘再复的《论文学的主体性》的批评中，"包含着某些属于'异元批评'的问题"；刘再复的《论文学的主体性》"依据的不仅是传统的现实主义理论，也吸收并体现了现代主义文学、浪漫主义文学的某些要求"，这些"都不是单纯用现实主义理论所能解释得了的"；姚雪垠的批评"无意中跨入了'异元批评'或'跨元批评'的区域"[2]。这是极不准确的。如果刘再复在遭到姚雪垠的批评后能够和姚雪垠从文艺理论层面上继续进行争辩，就可以更好地发现他们各自的优势和不足，并在更高的层次上超越彼此的局限，共同推进中国当代文艺理论的发展。但是，刘再复不是认真辨清这种文艺理论的是非，而是从政治上对姚雪垠进行猛烈的讨伐，大有置对方于死地之势。刘再复在《刘再复谈文学研究与文学论争》《近十年的文学精神和文学道路》等文中认为姚雪垠对中国 20 世纪 70 年代末以来的文学创作和文艺批评不满，甚至抵触，"对新的文学潮流不满和对新一代作家学人强烈排拒"。这是荒谬的。首先，中国 20 世纪 70 年代末以来的文学创作和文艺批评既包括刘再复等作家和批评家的文学创作和文艺批评，也包括姚雪垠等作家和批评家的文学创作和文艺批评。刘再复竟然将姚雪垠等作家和批评家的文学创作和文艺批评排斥在中国 20 世纪 70 年代末以来的文学创作和文艺批评以外，认为姚雪垠批评刘再复的文艺观就是对中国 20 世纪 70 年代末以来的文学创作和文艺批评不满，甚至抵触。显然这是站不住脚的。其次，新一代作家学人并不是铁板一

---

① 姚雪垠：《关于当代长篇小说的一些认识》，《姚雪垠书系》第 18 卷，中国青年出版社 2000 年版，第 103 页。

② 严家炎：《走出百慕大三角区——谈二十世纪文艺批评的一点教训》，《文学自由谈》1989 年第 3 期。

块，并不都是姚雪垠的对立面。这么显然的历史事实，刘再复却不愿看到。因此，刘再复这种不辨理论是非的政治批判对中国当代文艺理论的发展所造成的负面效应是无法估量的，不说严重地阻碍了中国当代文艺理论的发展，至少在一定程度上迟滞了中国当代文艺理论的发展。

有人在严家炎这种批评的基础上认为姚雪垠和刘再复所倚重的理论资源是根本不同的，姚雪垠是一个深受革命现实主义文学影响的作家；刘再复的“文学的主体性”理论在根本上是对革命现实主义文学的颠覆，因而，姚雪垠和刘再复的文艺论战是观念之争，而不是一个简单的谁是谁非的问题①。显然，这种放弃是非判断的“亦此亦彼”的思维方式是一种典型的形而上学的思维方式。

20 世纪 80 年代以来，我们在思维方式上不是辩证的，而是形而上学的，这就是用“亦此亦彼”的思维方式代替“非此即彼”的思维方式。有些人将辩证法和“亦此亦彼”的思维方式混同，认为唯物辩证法就是“亦此亦彼”的思维方式，是绝对排斥“非此即彼”的。有人提出：“如果把辩证法，把对立统一理解为非此即彼，一方吃掉一方，当然有些不妥；但若理解为亦此亦彼，理解通过辩证思维，可以取别人之长，补自己之短，使自己的认识更加全面、完整、减少片面性，并且使之不断地有所超越，有所前进，这不是很好吗?”②这是严重违背唯物辩证法的。恩格斯明确地界定了唯物辩证法：辩证法不知道什么绝对分明的和固定不变的界限，不知道什么无条件的普遍有效的“非此即彼”！它使固定的形而上学的差异互相过渡，除了“非此即彼”，又在适当的地方承认“亦此亦彼”，并且使对立互为中介；辩证法是惟一的、最高度地适合于自然观的这一发展阶段的思维方式。显然，“亦此亦彼”的思维方式不是真正的唯物辩证法。这种“亦此亦彼”的思维方式在逻辑上表现为将形式逻辑和辩证逻辑对立起来，甚至排斥形式逻辑。它只讲矛盾的双方共存和互补，否认矛盾的双方相互过渡和转化；看到了事物相互间的联系，忘记了它们的相对静止；它只见森林，不见树木，仍然是一种形而上学的思维方式。因此，我们不但要从“非此即彼”这种形而上学的思维方式中挣脱出来，也要摆脱“亦此亦

---

① 参见周志雄《刘再复与姚雪垠论争的回顾与反思》，《艺术广角》2010 年第 5 期。

② 王元骧：《审美超越与艺术精神》，浙江大学出版社 2006 年版，第 329 页。

彼”这种形而上学的思维方式的束缚，真正坚持唯物辩证法。由于我们在思维方式上走入了误区，所以不能科学地把握中国当代文艺发展史上真正的理论创新。这严重地挫伤和打压了那些追求真理、捍卫真理和弘扬正气的人，严重地遮蔽和遗忘了那些真正的理论创新。尤其是在这个重视炒作的时代，那些制造“理论泡沫”的人不但控制了一些重要核心期刊和核心期刊的不少版面，而且大多窃据了显赫的位置。这就造成了一个很大的错觉：似乎历史主要是这些人创造的。因此，没有大浪淘沙的过程，就不可能给予那些追求真理、捍卫真理和弘扬正气的人应有的公正的历史地位。我们宽容犯错误，但绝不能宽容错误。在追求真理的过程中，人们难免出现偏差和失误。我们可以容许犯错，甚至宽容犯错。但是，对于各种错误，我们就不应当宽容，就应当坚决地毫不妥协地批判和打倒。如果对各种错误的泛滥听之任之，就不但是有害的，而且将极大地妨碍真理的传播。否则，今后还有谁执著地追求真理、捍卫真理和弘扬正气？

（《江汉论坛》2011 年第 1 期）

姚雪垠与刘再复论争的反思

孙德喜[①]

1985年，时任中国社会科学院文学研究所所长的刘再复在《文学评论》《读书》等期刊上发表系列论文《论文学的主体性》[②]《文学研究思维空间的拓展——近年来我国文学研究的若干发展动态》[③]《文学研究应以人为思维中心》[④]《文学的反思和自我的超越》[⑤]等，提出了文学主体性等文学理论新观点。刘再复的这些文章的发表很快引起了激烈的争论。最早提出与刘再复商榷的是董子竹的《文学研究的思维中心是人与历史的联系——与刘再复同志商榷》[⑥]，随即陈涌发表文章《文艺学方法论问题》[⑦]，对刘再复提出的文学主体性理论进行猛烈批评。于是，围绕着文学主体性的激烈争论爆发了。当时正忙于修改《春暖花开的时候》并继续创作长篇小说《李自成》的姚雪垠应邀参加了这场争论。最初他以一股英雄豪情和顽强斗志投入这场战斗，但是他怎么也没有想到最后竟然惨遭失败。按照曾经担任过他的助手的许建辉的说法，姚雪垠“却真是败得一塌糊涂”[⑧]。姚雪垠不仅一贯以治学严谨而著称，而且还“既是‘老作家’又‘有威望’”[⑨]，然而却令人意想不到地遭到了失败，这也

---

① 孙德喜（1960—），扬州大学文学院副教授。

② 刘再复：《论文学的主体性》，《文学评论》1985年第6期，1986年第1期。

③ 刘再复：《文学研究思维空间的拓展—近年来我国文学研究的若干发展动态》，《读书》1985年第2、3期。

④ 刘再复：《文学研究应以人为思维中心》，《文汇报》1985年7月8日。

⑤ 刘再复：《文学的反思》前言，福建教育出版社2010年版。

⑥ 董子竹：《文学研究的思维中心是人与历史的联系—与刘再复同志商榷》，《文汇报》1985年第11期第18页。

⑦ 陈涌：《文艺学方法论问题》，《红旗》1986年第8期。

⑧ 许建辉：《姚雪垠传》，湖北人民出版社2007年版，第331页。

⑨ 刘炎生：《中国现代文学论争史》，广东人民出版社1999年版，第325页。

是他自己始料未及的。当初，雄赳赳气昂昂奔赴战斗第一线的姚雪垠为什么会遭如此惨败呢？本文试图就此进行探讨，以便吸取经验教训，推动将来的学术争鸣步上健康之路。

本来，姚雪垠没打算参与这场争论，但是陈涌在争论中“招致众多白眼”①，似乎有些招架不住。这时，《红旗》杂志编辑陆荣春想到了颇有名望的姚雪垠，于是将他拉进来为陈涌助阵。姚雪垠最初对这个问题的争论并不感兴趣，然而陆荣春却紧追不舍，一连向姚雪垠发了三封信，恳求他出马助战。本来“害怕参与论争”② 的姚雪垠经不住人家的再三恳求，只好匆忙上阵，狠批刘再复“不是偶然写一篇两篇论文，而是建立了一套违反马克思主义的理论体系”③。写作这篇批判文章的时候，姚雪垠虽然已是七八十岁的老人，但是却精神抖擞，意气风发，斗志昂扬，他的“热血沸腾起来”了，胸腔中涌动着“思想文化界澄清玉宇舍我其谁”的豪情壮志。随后，陆荣春会同林文山、丁振海、《红旗》副总编马仲扬等人拜访姚雪垠，他们在“一场热烈的交谈之后”“立即进入了战斗状态”④。此时的他们，与其说是一群作家、理论家和学者，倒不如说是即将出征的英雄战士，非常豪迈。实事求是讲，姚雪垠参与这次争论基本上是意气用事，是凭着一股激情投入“斗争”的，而且姚雪垠是以助战的姿态参与论争的。这就决定了他不仅带着情绪写那些“商榷”文章，而且在写作之前就已经预设了文章的主要观点——他得站在陈涌这一阵营说话，也就是说他得与陈涌的观点基本保持一致，替陈涌辩护。这种先入为主的写作争论文章不可避免地偏离客观科学性和学术理性。其实，这在 20 世纪中国的文学论争中是很普遍的现象，早在上个世纪初，白话文与文言文的论争中就夹杂着某些过激的情绪，20 年代初的文学研究会与创造社的争论非常情绪化，20 年代末郭沫若、成仿吾等创造社、太阳社作家对鲁迅的批评简直是人身攻击，给鲁迅扣上“‘封建余孽’‘对于社会主义是二重性反革命人物’‘资产阶级最良代言人’‘戴着白手套的法斯蒂’‘中国的唐·吉诃德’”⑤ 等一顶顶吓人的大

---

① 许建辉：《姚雪垠传》，湖北人民出版社 2007 年版，第 329 页。
② 许建辉：《姚雪垠传》，湖北人民出版社 2007 年版，第 329 页。
③ 许建辉：《姚雪垠传》，湖北人民出版社 2007 年版，第 329 页。
④ 许建辉：《姚雪垠传》，湖北人民出版社 2007 年版，第 330 页。
⑤ 刘炎生：《中国现代文学论争史》，广东人民出版社 1999 年版，第 242 页。

帽子。新中国成立以后，直到“文革”时期，政治大批判代替了文学争鸣和学术理论论争，所有的学术问题和理论问题都上升到政治的高度，批判方首先占领政治高地，以马克思列宁主义、毛泽东思想自居，将对方的思想观点无限上纲上线，必欲在政治上置对方于死地。因而，当时的批判文章往往杀气腾腾，充满着浓烈的火药味，文章中除了空洞的马克思主义词汇就是恐吓和谩骂。进入 80 年代，政治环境虽然有所宽松，文学方面的不同意见的碰撞也逐渐由政治批判向学术争鸣回归，学术理性也才开始恢复，其中的情绪化往往是难免的，就是刘再复的文章也存在着情绪化的问题。即便到了新世纪的今天，学术争鸣中的情绪化问题也没有消失。在当时刚刚走出“文革”阴影的时代，姚雪垠以比较强烈的情绪化投入到论争中来虽然不妥，但也是时代的局限。

在强烈的情绪化的心理作用下，姚雪垠与刘再复等人都为了保护自己，迅速占领政治高地，将学术论争政治化，都在不知不觉间将问题上升到政治高度，从政治上打击对方。他们虽然都突出自己的马克思主义和社会主义色彩，然而他们所持的政治利器却不同，前者所持的是比较正统的意识形态，而后者所持的则是改革开放时代的政治意识。刘再复最先推出《文学研究思维空间的拓展——近年来我国文学研究的若干发展动态》时首先打出“党的十一届三中全会以来思想解放运动”[①] 的旗帜。他的《文学研究应以人为中心》一开始就提出要“以社会主义人道主义的观念代替‘以阶级斗争为纲’的观念”[②]，他的《论文学的主体性》在讨论学术问题时也没有脱离政治，在引用了马克思的一些语录的同时，反对“用抽象的阶级性代替人物活生生的个性”[③]，批判机械反映论。刘再复当初的这些文章虽然涉及政治，但是并没有仅仅停留在政治层面上，而是回到学术上面来，基本上是在学术层面上讨论问题。然而，当刘再复的文章引起争论之后，政治气息在双方的文章中越来越浓厚，同时离学术越来越远。这里姑且不论其他参与论战的人士的文章的政治问题，仅讨论姚雪垠与刘再复二人的文章，姚雪垠在当初上阵之时，就带有很大的意气，一下子

① 刘再复：《文学研究思维空间的拓展—近年来我国文学研究的若干发展动态》。何火任编《当前文学主体性问题论争》，海峡文艺出版社 1986 年版，第 3 页。

② 刘再复：《文学研究以人为中心》，何火任编《当前文学主体性问题论争》，海峡文艺出版社 1986 年版，第 39 页

③ 刘再复：《论文学的主体性》，何火任编《当前文学主体性问题论争》海峡文艺出版社 1986 年版，第 63 页

就想从政治上将对方击垮，而不是从学理上驳倒对方。他在没有读懂刘再复文章，没有对刘再复的理论观点作深入思考和辨析的情况下，一开始就认定陈涌与刘再复的论争是“许多年来思想战线上一次最深刻和特别值得重视的理论斗争”，并且站在陈涌一边认定刘再复“建立了一套违反马克思主义的理论体系”①，将学术之争上纲上线，猛然上升到政治的高度，正如许建辉所言，“先从政治角度宣判了”对手的“死刑”，从而剥夺对手的“商榷权”②。可见，姚雪垠对待刘再复并不客气。既然姚雪垠已经将刘再复的问题提升到政治上来批评，那么刘再复也就毫不客气，他在短暂沉默之后，出其不意地对姚雪垠进行政治反击。他利用姚雪垠的《李自成》在“十七年”和“文革”中的走红，将他的这部呕心沥血创作的历史小说与当年的极左政治下的帮文艺“样板戏”和“三突出”的代表作《金光大道》联系在一起，严厉指责姚雪垠的《李自成》描写的是古代阶级斗争，是极左政治的产物，而且批评这部融注了姚雪垠几十年心血的长篇小说“后来一卷不如一卷，一卷比一卷粗糙，愈写愈差”，最后将其原因归结为“坚持了‘三突出’‘高大完美’等文学观念”③。刘再复的反击虽然将话题引到学术问题之外，偏离了文学主体性这一论争核心问题，而且有夸大的嫌疑，并不完全符合事实，但是准确地击中了姚雪垠的要害，令姚雪垠十分愤怒，使他一时乱了方寸，不知所措。接着，姚雪垠一方面写了《〈刘再复谈文学研究与文学论争〉一文读后》继续批驳刘再复，一方面声言要委托律师控告其诽谤。就刘再复的攻击来说，虽然有过火的地方，但是并不构成侮辱、诽谤或者谩骂。过了一段时间，或许是意识到了这一点，姚雪垠“从盛怒回归冷静，没有去追究对方搞人身攻击的法律责任”④，他只写了《不要以诽谤代替争鸣——答刘再复君》《深入健康地发展文艺界的百家争鸣》两篇文章，算是回应，而且语调变得比较温和。值得注意的是，过去文章中称刘再复为“同志”这一具有政治意味的称谓，现在改成了只是表示尊重的“君”。这一微妙的改变，不仅体现了姚雪垠此时心理的某种变化，而且暗示着论争从政治上

① 许建辉：《姚雪垠传》，湖北人民出版社 2007 年版，第 329 页

② 许建辉：《姚雪垠传》，湖北人民出版社 2007 年版，第 334 页

③ 许建辉：《姚雪垠传》，湖北人民出版社 2007 年版，第 334 页。

④ 许建辉：《姚雪垠传》，湖北人民出版社 2007 年版，第 336 页。

退了下来。从许建辉的《姚雪垠传》所引的文章内容来看①，姚雪垠基本上不再从政治的角度谈问题了。后来，刘再复也就没有再作回应。这样，姚雪垠与刘再复的争论终告结束。就是后来刘再复在政治风波后出走海外，姚雪垠也没有再“痛打‘落水狗’”，显示出“剑侠风度”②。但是，这并不意味着姚雪垠在这场论争中改变了以惨败告终的结局。

从论争过程来看，姚雪垠的上阵是非常匆忙的。从《红旗》杂志编辑陆荣春1986年五六月间再三邀请姚雪垠出山参战，到他“一九八六年九月”③ 写成批评文章《创作实践与创作理论——与刘再复同志商榷》也不过三四个月时间。从他“1986年9月5日”④ 决定参加这次争鸣，到他当月写成这篇批评长文，时间就更短了。如果是青年人心无旁顾地写一篇学术文章，三四个月时间也许不算太短，然而对于年过七旬的姚雪垠来说则无疑非常短促，然而他当月答应的事当月就写成了文章，实在是速度太快了。况且他在那段时间里“的确太忙”⑤。按照一般参加争鸣的程序，首先得将对方的有关文章找来好好地读一读，既要熟悉对方的主要思想观点和基本理论，又要研究其主要论据材料和论证的逻辑思路，然后找到对方存在的问题作为自己的批评对象，进而查找资料或者做调查研究，为自己的论证寻找得力的论据，最后写成文章。在20世纪80年代中期的时候，一般人还用不上电脑，写文章绝大多数人还是手写，姚雪垠虽然已经是著名作家，但是他那时候写作还是靠手写，有时靠助手帮助，但要很快写成一篇文章也不容易。然而他在不到一个月的时间里，写成一篇有分量的批评文章，确实太快了一些。而这一快，就必然使他的文章存在某些先天不足，因此他在《创作实践与创作理论——与刘再复同志商榷》的开头部分写道：“面对文艺界的目前情况，我既感到心情振奋，也感到自己落后。尤其在文艺理论方面，不仅我的认识赶不上，甚至有些理论文章我读不懂，或似懂非懂，但觉玄妙艰深。”⑥ 在这篇文章的结尾部分，姚雪垠再次重申：“我

---

① 许建辉：《姚雪垠传》，湖北人民出版社2007年版，第336页。
② 许建辉：《姚雪垠传》，湖北人民出版社2007年版，第336页。
③ 姚雪垠：《创作实践与创作理论》，红旗出版社1987年版，第28页。
④ 姚雪垠：《创作实践与创作理论》，红旗出版社1987年版，第129页。
⑤ 许建辉：《姚雪垠传》，湖北人民出版社2007年版，第329页。
⑥ 姚雪垠：《创作实践与创作理论》，红旗出版社1987年版，第1页。

本来不是搞理论工作的，而且年事已高，……”[①] 姚雪垠的这番话固然有谦虚的成分，但也道出了一些问题：既然投入到论争当中，读者不会因为你不是搞理论的，年岁大，就会认同你的观点和主张，读者阅读你的文章只看论证是否严密，文章是否具有说服力。更糟糕的是，姚雪垠连对方的文章都没有读懂，有些“似懂非懂”，甚至感到人家的文章“玄妙艰深”，就来与人家进行争论。既然没有读懂对方的文章，就指责人家“只能依靠一堆非科学的名词术语来建立他的理论体系”[②]，那么到底根据什么判断人家的那一堆名词术语是“非科学”的呢？既然没有读懂人家的文章就不可能准确理解人家的意思，在争论中就可能歪曲和误解人家的意思，就不可能建立对话的平台，也就没办法让论争进行下去，而且在没有读懂对方文章的情况下就去与人家论争，批评人家，显然是对对方的不够尊重。

在对刘再复进行批评的同时，姚雪垠还把矛头指向“许多中青年”，扩大批评和论争对象，指责他们“极厌倦多次的政治运动和十年内乱，对真正的马克思主义并不认识，所以一提起马克思主义和毛泽东思想就产生简单的逆反心理”，批评“中青年中许多人的基础知识不多，又无较多的文艺创作方面的实践知识”，说他们“没有免疫力”，容易患上“八十年代的‘时代病’”等等。[③] 如果将学术争鸣与战争进行类比，其基本战术应该是集中优势兵力。一旦将争鸣对象扩大了，就不可能“集中优势兵力”，就会因敌手众多而导致精力分散，最终疲于应付。姚雪垠在与刘再复的论争中恰恰犯了这一兵家大忌，这样，他就不再是批评刘再复一人，还把矛头指向剧作家魏明伦及其川剧《潘金莲》，指向包括谢冕、孙绍振和徐敬亚等人在内的“崛起”派中青年学者，当然会引起众多中青年人的反感。而且，姚雪垠对于中青年的批评并不在具体的学术上面，也就不具有学理，只是政治上的否定和简单化的判断，其结果只能造成中青年人与姚雪垠情感上的对立。

此外，姚雪垠在与刘再复争鸣前后，对于现实的一些情况产生了严重的误判，而这些误判则直接关系到他写的文章存在着立论和思想观点的科学性的问

---

① 姚雪垠：《创作实践与创作理论》，红旗出版社 1987 年版，第 27 页。
② 许建辉：《姚雪垠传》湖北人民出版社 2007 年版，第 330 页。
③ 姚雪垠：《创作实践与创作理论》，红旗出版社 1987 年版，第 137 页。

题。1984 年，中国作协召开第四次全国代表大会期间，中央提出了“创作自由”问题，决定抛弃过去文化专制的那一套做法，努力营造宽松自由的创作环境，同时鼓励作家解放思想，大胆探索，创作出优秀的文学作品。本来饱受文化专制之苦的姚雪垠理应表示欢迎，但是他却表示“忧虑”。他担心创作自由会带来严重的问题。他由通俗文学出现的某些问题，进而全面否定，认为它“实质上是新文学运动史上出现的逆流”，“集合起封建的、资本主义的、粗制滥造的，甚至沉渣泛起的货色，形成一股浪潮，向着社会主义文艺阵地猛烈攻击。”[①] 并由对通俗文学的否定进而怀疑“创作自由”的口号。固然，通俗文学存在着这样那样的问题，但也不能全盘否定，熟稔古代文学的姚雪垠应该知道，古代文学中的不少经典之作本来都很通俗，比如《诗经》中的“国风”，两汉的乐府诗，明清的《三国演义》《水浒传》和《西游记》等，本来都是通俗文学，然而流传千古，成为我国古代文学宝库中不可多得的精品。那些非通俗文学也决非都没问题，“四人帮”治下的文艺特别是样板戏，虽然十分精致，但是鼓噪阶级斗争，鼓吹个人崇拜，煽动阶级仇恨，宣扬血腥暴力，存在的问题非常严重。更让人难以接受的是，姚雪垠在这里将通俗文学存在的某些问题加以夸大并且上升到政治高度。在这个问题上，姚雪垠的忧国情怀是值得肯定的，问题是他没有看到通俗文学的盛行不是靠行政命令推销，不是靠官方的大力宣传，而是因为读者的欢迎，借用过去的一句话，是人民群众“喜闻乐见”的作品。因为这些读者绝大部分都是经过几十年社会主义教育的人民群众，不是反动派，不是封建势力，也不是资本主义势力。如果通俗文学真正是“封建的、资本主义的、粗制滥造的”，虽然会得到一些人的追捧，但是必然会遭到绝大多数人民的抵制和唾弃，是没有市场的。毛泽东当年说过：“群众的眼睛是雪亮的。”姚雪垠应该相信人民群众不是随意可以哄骗的，他们具有一定的判断力。通俗文学虽然不能说没有缺陷，虽然可能存在着这样那样的问题，但就凭其受到读者普遍欢迎这一点就可以肯定它具有人民性。因而，姚雪垠在否定通俗文学之时，就已经将自己置于人民群众的对立面，极容易给人以错觉：他在为“创作自由”担忧就是在维护过去的文化专制，具有极左的色彩。而姚雪垠偏偏没有意识到。与此同时，姚雪垠“非常坦率地批评了十一届三中全会

---

① 许建辉：《姚雪垠传》，湖北人民出版社 2007 年版，第 324 页。

以后的思想文化战线的混乱局面"①，这一批评源于他对现实的严重误判。中共十一届三中全会的召开，过去的阶级斗争与极左政治被否定了，党中央推行改革开放，不仅为作家、理论家营造了比较宽松的政治环境，而且大大推动了思想解放，推动了对于造成民族灾难和浩劫的极左政治的深刻反思。与此同时，西方思想文化也被引进国门，与我们的传统文化发生碰撞和融合，促进了思想文化的繁荣，打破了过去文化专制下大一统的局面，推动着文学的发展兴旺。作家和理论家们也可以积极探索，形成自己的观点和主张，不同的观点和主张在碰撞和交融，初步形成了人们多年来所期盼的"百花齐放，百家争鸣"的局面。这些不同的思想、观念和主张虽然可能存在某些错误和缺陷，但是通过争鸣和商榷，人们可以看得更清楚，最后，错误终究会被认清和抛弃，缺陷最终会得到修补。无论如何，出现不同的思想观念和观点主张总比万马齐暗要好。可是，姚雪垠却将这样的状况视为"混乱"，难免不让人想到"文革"时代的思想钳制，难免不让经过"文革"时代饱受文化专制之苦的人们极为反感。正是由于姚雪垠对于现实的误判导致他的批评让人产生误解，将他与极左挂上钩，这样，当刘再复批评姚雪垠极左时，人们很容易联想到他的"混乱"论，自然也就认同刘再复的攻击了。

此外，无论是姚雪垠本人的文章，还是在姚雪垠与刘再复争论中为姚雪垠助战的文章，都存在一些失误。姚雪垠在《论当前的通俗文学》的开头就写道："近几年，一种被叫做'通俗文学'的流派突然兴起"②，在这里，姚雪垠将"通俗文学"称为一种"流派"无疑是个明显的失误。"通俗文学"只是一类文学，与"高雅文学"相对，根本不是文学"流派"。出现这样的失误就容易给人们造成一种错觉：姚雪垠的文章不够严谨。就在姚雪垠受到刘再复反击之时，他的朋友江晓天和戚方等人出来替他辩护。非常遗憾的是戚方的文章在批驳刘再复时竟然也出了差错。他认为刘再复给姚雪垠扣上"传统犬儒主义"的大帽子是"犯了常识性错误"③。在戚方看来，犬儒主义并"无贬损之意"④，刘再复用它来指称姚雪垠是无知的表现。其实他没有注意到现在人们运用"犬

① 许建辉：《姚雪垠传》，湖北人民出版社 2007 年版，第 326 页。
② 姚雪垠：《创作实践与创作理论》，红旗出版社 1987 年版，第 75 页。
③ 许建辉：《姚雪垠传》，湖北人民出版社 2007 年版，第 335 页。
④ 许建辉：《姚雪垠传》，湖北人民出版社 2007 年版，第 336 页。

儒”一词已经不再是最初的语义，而是发生了根本性的变化的语义。早在1957年，著名作家黄秋耘就写了一篇著名的杂文《犬儒的刺》，对“犬儒”现象进行了讽刺和批评，然而，戚方究竟是没有读到，还是忘记了，竟然对这个词语语义的变迁一无所知，怎不给人留下笑话！这些瑕疵虽然都算不了什么大的问题，却不利于人们对他们的理解和认同。

平心而论，姚雪垠是一位有着强烈的历史责任感和社会使命感的作家，他为人梗直，作风正派，令人敬佩。正如许建辉所言：他在“任何时候都敢说真话，不说假话。他把一副‘社会责任’的担子揹在自己肩上，所以，他对历史、对社会、对人生都敢于直面，有所为，有所不为；肝胆示人真诚对天。是者是之，非者非之。他始终不渝地坚守着个人的信仰与追求”①。他以极大的热情和极其认真负责的态度，投入到与刘再复的争论中来，其精神非常可嘉。特别可贵的是，在20世纪八九十年代的社会转型期，姚雪垠毕竟是为数不多的有理想有信念的人。正是根据自己的理想信念，他不顾年迈，努力根据他所理解的马克思主义基本原理，勇敢地捍卫他心目中的社会主义文学事业，他身体力行地大力推动社会主义文学事业朝着他认为的健康方向发展。尽管他与刘再复的争论的结果令人遗憾，但是他在这场争论中显示出了英雄的悲壮感。而他那不畏艰难，敢于捍卫他心目中的真理的斗争精神还是弥足珍贵的。

（《宁夏师范学院学报》2011年第04期）

---

① 许建辉：《姚雪垠传》，湖北人民出版社2007年版，第336页。

沈从文致姚雪垠信

俞汝捷[1] 按

沈从文先生与姚雪垠先生的文字交往始于20世纪30年代前期。那时沈主持《大公报》副刊，姚向该报投稿，有过书信往还，却从未谋面。直到1962年秋，姚为《李自成》第一卷出版事宜赴京听取专家意见，才在责编江晓天陪同下前往拜访。当时沈拉着姚的手高兴地说："我们是三十年的老朋友，今天第一次见面!""文革"中二人均受冲击。姚在困境中坚持创作，而沈是他希望保持联系的朋友之一。1975年姚移寓北京后，又曾晤沈，并就《李自成》创作中的史料、服装等问题相互切磋。

这里发表的是20世纪70年代沈致姚的两封信。

第一封写于1973年6月25日。信中提及的徐盈，是姚的多年好友，五十年代同被划为"右派"后，仍然彼此关切。在姚的书信集《绿窗书简》中，收有一封1973年4月25日致徐及其妻彭子冈的信，信中谈到历史小说创作的细节考证问题，并未提及沈。推想起来，可能是徐、彭收信后曾有回复；姚又写一信，谈到欲向沈请益之事，徐向沈转达后，沈写了此信。

收到沈信后，姚曾复一长信，但未留底稿。而《绿窗书简》中，收有一封1974年9月14日致端木蕻良的信及1979年12月16日为该信写的跋语。信和跋语都提到当年复沈的长信，原文如下——

一年前，忽接沈从文兄来信，劝我专搞历史研究，而将写小说作为副业。他是出自好心，且感于目前中年人和青年人能够掌握大量文献资料，

---

① 俞汝捷（1943—），湖北省社会科学院文学所研究员，姚雪垠先生工作助手。

能够随便看懂古代文献的人还不能适应需要，所以才向我作如此建议。我告他说，年岁已晚，而且我搞《李》已经是骑虎难下了。(《信》)

给端木同志的这封信中提到我给沈从文同志的那封回信，实际写得很长，感慨很多。我在信中谈了从五四新文化运动以来几十年间史学界的两种学风，说到披着马列主义外衣的海派学风如何是反科学的。认真严肃的史学家，纵然不懂马列主义，也能做出科学成绩；倘若掌握了马列主义，更加能做出成绩。这封信未留底稿，也没有问是否仍在从文同志手中。当时我担心这样信传出去会替我惹祸；如今倘能找到，也可以公之于世。直到今天，我们学术界在健康的主流中仍不免有少数人惯于买空卖空，不懂装懂，凭借自己的一点名望而不负责任地随心发表意见，贻误青年读者。(《跋》)

可以顺便一提的是，沈信中“特别”推崇的明史专家谢国桢（字刚主)，后来也成为姚的朋友和咨询对象。

沈信有一附录，题为《明代重要图象，可供参考、能得启发的》。姚于 1975 年迁居北京后便一直想找机会看一下沈所介绍的这些图像。大约在 1977 年冬或 1978 年春，我曾随姚一起去中国历史博物馆和故宫博物院参观，主要目的是浏览相关图卷。对方接待很热情，不过提供的藏品与沈所介绍的似乎并不完全相同。留有印象的，是在历史博物馆曾获睹一幅描写王守仁率军出征的长卷，至于出征是为镇压农民起义还是平定“宸濠之乱”，现已记忆模糊。

沈的第二封信写于 1977 年 5 月 16 日。从中可知前信附录中介绍的《满洲实录》，沈本人即曾购藏，而后来又曾出借给姚参考。

以上两信均系毛笔竖式写就。现除改为横式外，段落、标点都一仍其旧。惟附录中提到的作品，未标符号，现为方便读者起见，加上书名符号。个别缺字则填补后用括号标出。

第一封信
1973年6月25日

雪垠吾兄：七二年在京晤及冰心时，即闻尊作有关李自成革命故事，包罗宏富，气魄伟大。某一部分已在审阅中，决定后即将付印。（冰心或即审稿人之一?）可惜当时匆匆一面，未及详问一切。日昨徐盈兄相过，承示尊信中兼问及弟有关明代可供参考比较重要资料事。盛意可感。弟对于明事无发言权，因为史部学底子极差。熟人中谢刚主与王毓铨二先生，治明史有年，各有不同成就。（故去之吴晗和王崇武两位也是专治明史各有成就的。）四人中特别是谢先生，曾任职北图多年，转科学院史语所又二十多年，接触明季杂著极多，闻见广博。又南开之郑天挺先生，则专治清史，于明清间稀见史料，收集亦多。吾兄如有待解决疑难问题，去函一一提出商请指教，必可得益不少也。弟之常识，多限于物质文化史成就各部门，且始终停顿于一般常识阶段，无一事够得上深入专精。过手实物虽动以万计，求进一步接合文献作综合分析，提出新解，所得殊有限。且不甚明白兄之鸿章巨著中所待解决者为某一点。因此只从个人主观估计出发，试就两馆中有关图象部分，为一般人未及见部分，另写出个草目，供作参考。如还有用，来京时想看看，大致将来可由文学出版社特别来信向二馆介绍，才有希望从库房中提出。因大多数已作为重要文物看待，商洽收藏单位领导同意后，还得保管组有人力可用，才能够提出一一过目。（手续虽稍麻烦，大多数还是值得看看!）

尊作闻将扩充至五百万言，篇章鸿伟，正反映涉及范围之广大，值得深深钦佩。弟已离开学校文史系二十余年，对于同学读书消化力，缺少应有理解。但据经常因业务关系接触约二十位、四十将近、文史考古少壮同事印象而言，一般大学生已不大能直读旧书，并且求知欲亦不大旺盛。多以读读时人编的小册子为已足，不少人因之搞文物一二十年，经常虽看看“考古”“文物”，并且或已负责作某一历史阶段陈列多年，文献知识，始终不脱离范、郭二老通史提纲和结论。不仅正史传记读不下，史中诸志，涉及制度衍变等，更不易感兴趣。近廿年出土文物达数百万件，不多久还将以千万件计，不少分段陈列负责人，却对于每部门文物本身历史，多近于无知。因此对吾兄廿年努力从事之作，出版后，即专习“明末农民革命史”少壮同志而言，恐怕亦难消化得了。此书即或并不求“争取这个多数”着眼，只是为今后廿年有历史专业底子的读者作计，一面不妨照原计划作去，另一面还盼望能对于这部分中学教师、或文物工作者一般消化力实际情况，在可能情形下，抽出部分时间，另写一字数不超过十万的同样故事。这建议或许不免近于“俗气”，但不考虑今后读者水平，工作即得上面支持，仍易致精力白费结果。而真正“成功”，或且有待于搞连环画同志（为吾兄意料不及），将尊著作为依据，胡乱把文字删节到二万字以下，且胡乱配上数百插图，才可望转入多数读者手中也。以弟私见，并初步与徐盈兄谈及，吾兄既对于此历史阶段重大事件，比较全面理解，且具有充沛热情，与其搞创作，不如和文井、其芳一商，设法将工作转入科学院史语所，搞专题研究，如同过去罗尔纲搞太平天国，可以充分利用北大、北图、故宫档案馆及科学院图书文献，另一面又还有机会充分利用故宫、历博、北京市文物组图象及有关实物材料，将来即作一史料性长编，也够得上空前工作（不至于受时间淘汰而具永久性）。其次，则尚可利用余暇，写百十个带试验性亦可具示范性现代主题短篇创作。因直到目前为止，说“文艺大丰收”实近于政治上对外一种提法。事实上就短篇言，不仅质不及应有水平，量亦相当贫乏。万千人都感到这部门歉收到无书可读情形，求纪录突破，不少人总还寄托希望于近四十年执笔从事这一工作，各有不同成就的十来同道。吾兄工作既尚不脱离本行，如能打起精神，恢复信心，不以一时得失为意，继续下去，从大处远处言，对社会、对国家，以及对个人本业，一定到另外不久将来，会感觉到个人生命和社会发展，还能密切结合，并能充分发挥个人所长。且对于沉闷现状，亦可望注入一分新鲜空气，使之突破。因文学进展，求真正“丰收”，总不能仅凭少数人善于运用“务虚”方式，即可取得世界认可。在务虚之外，还得不少能打硬仗的大量专业作家，来共同努力十年八年，才会有真货色落实也。弟因和写作隔绝已廿多年，对这一工作已少发言权。在新工作中，又因系半路出家，始终不脱离“玩票”身份，工作既不易取得真正进展自然亦不易得专家权威认可。只是副产品中之花花朵朵坛坛罐罐常识，在新的“古为今用”求落实、争外贸的号召下，主观以为这部分零星常识或许还可协助国内工艺各部门老师傅和万千年轻美工设计同志，有点用处，所以在作“垫脚石”意下，学习“为人民服务”，过的日子虽相当沉闷，远不如若干四十年善于务虚同道，日子过得热闹辉煌，（生活居住差距，大有入渊升天之别）也还心安理得。今年虽已七十二岁，情绪体力似乎还在五十左右，若身体不出意外故障，或许还可支持数年。一切学习老子说的“为而不争”，能在时代大动荡中，少出意外差错，即大好矣。（与吾兄之雄心壮志比，不免近于俗气之至！）闻碧野、徐迟诸位均尚在武汉作协系统工作，晤及时均望便中致问候意。

并候著安。

弟沈从文

六月廿五日北京

［附］

明代重要图象，可供参考、能得启发的

一、《宪宗行乐图》彩绘长卷，历博藏。写宫中过年种种，部分和刘若愚《酌中志》相合，部分不同。内有各种杂伎的演出，特为仿于民间的货郎担，有仅见之明式鳌山灯棚，有在行进中之三战吕布、百蛮进贡灯戏，有各式灯。

二、《宣宗行乐图》彩绘长卷，故宫藏。内容不明白。闻同事言，极好，不少场面为板画中少见。

三、《吴三桂斗鹌鹑图》只一短幅，载于《故宫周刊》。似从《宣宗行乐图》中摘出，作便服帝王，面前搁一小方凳，上绘一竹篾圈，二鹌鹑在圈内相斗。另有宫监数人，作明代平民装扮（系有意作平民装束，《酌中志》即有相类叙述），手中各持一鹌鹑袋子。背景为宫墙转角处。旧题为吴三桂，当不可靠，因主角像貌衣着均明帝王样子。

四、明人绘《皇都积盛图》彩绘长卷，历博藏。绘宫外街景直达外城。前门市容与前门内一带小摊贩作主题。平民多头戴“六合一统”瓜皮帽，士绅戴“四方平顶”巾，符合制度。且有后门小部分景物。天安门一带接近写实。

五、明人绘《金陵繁华图》彩绘长卷，历博藏。仿宋《清明上河图》，市容为主，有不少店铺，画得还具体，部分反映南京晚明景况。

六、《明×宗琴会图》特大长卷，故宫藏。作者似为商喜，十分写实。人多著巾子便装，人马约真身一半大。每一骑后必有一琴童跟随。曾印过一小部分，不如原画动人。

七、《岐阳王李家各代写真》，及一彩绘长卷《平播图》，似册子，作战由点将、行军、烧教、献俘，画得十分详尽，行军制度具体。

八、《明代官僚政绩图》历博藏数种。如内中《王琼行迹图》，即相当有用。画笔一般不甚高，但十分写实。由科举入考场（考场景象即难见到!）、升官、南北转迁、入京任大官（如典库藏，即有西什库某库场面，也稀见!）如作武官作战，火铳的应用位置，以及不用时如何搁置于军帐衙署兵器架上（也是少见材料!）。这种政绩图过去不值钱，无人过问，新中国成立后各省市博物馆均有收藏，值得多看看。历博不多，闻北市文物组收藏比较多。

九、定陵出土文物及万历七妃子墓出土文物，前者整匹锦缎即达百七十匹，（部分当时还有黄纸封裹织处织工与名目。）衣百七十多件。后者多金银器。结合《天（水）冰山录》特别是此书所载及钱宁、江彬、王振等抄家记载同观互证，对于当时大臣官僚贪污财富、名称、数字，等等，即可得一比较明确印象。如再用《金瓶梅》及《燕寝怡情图》叙述起居服用及诸图反映，则晚明中层统治阶级生活形象，亦可得一明确而深刻印象。

十、元人绘《芦沟桥图》彩绘条幅，历博藏。虽系元代画，用桥作主题，但两岸衙（门）寺庙市容或许到明代还相差不甚多。

十一、《潞河督运图》彩绘长卷，历博藏。虽属晚清人作，却十分写实。如运粮船和官

船的式样，如两岸市容，如粮仓粮食堆积情况。记得文献记载，元代海运通后，每年还有南粮北运到四百万石。明代则叙于谦守城时，通州还存粮五百万石，本拟焚毁，后出计允许军民随意搬入京师，因之城中民食才得救济。明末事通州夺粮亦一大事，看看此图，大致还有助于尊作。

十二、《康熙南巡图》彩绘大如牛腰长卷，似在十大卷以上，由王石谷领衔绘成。十分写实。清初北京种种，有描写。南方各省如南京、苏州、扬州、杭州，均有反映。最重要是运河船支行动，用闸门调整水平，船支如何通过种种，画得十分好，也十分重要。

十三、近年四川、山东、江西各省出土明代诸藩王陵墓报告及墓中文物种种，也极重要，一部分已调历博陈列。比如仪卫中的仆从，一部分穿戴系宋金官僚冠带，一部分穿戴系元代官僚冠带，《仪卫志》中或未提得仔细，或未明确提出，于出土仪卫俑中，则反映十分具体。

十四、至于上中层官僚地主衣著首饰，除出土文物报告外，尚有不少明代写影图象，可供参考。各省市文物机构均有收藏，不一一列举。

十五、《满洲实录》，东北博影印旧图，文图兼备，不到十元，四大册，函琉璃厂中国书店内部供应部，可商购。写清兵入关作战各个重要战役场面，画面虽比较简单，但图象情景还是极重要。例如两方装备与攻城防守方法，及虎蹲炮、抬枪、三眼铳使用情况，都画得极准确，可得启发。因记得清初板画还有相似场面可见。至于较后之平大小金川、平回部、平准咯［噶］尔，意大利传教师所绘诸图，虽复杂多方，有关手中火器，应用部署也大不相同。但《实录》所反映，却比较接近明末战况。

十六、此外还有些《明代官僚雅会图卷》，（多仿自宋代人作《文会图》《西园雅集图》等，也值得看看，《文物》曾刊载过些。）还有清初作《北征纪行》册子，是清初出征、运粮、宿营等等场面，极写实。扎营景象特别好。描写明行军远征，可得极多启发，比别的图象好。

第二封信

1977年5月16日

雪垠兄：月前函书，不曾作复，歉仄之至。因弟手中所有零星丝绢（明清二代），均分散于熟人处，无从集中。又先后编选几本丝绸图录，也通通为人借去，尚未归还，所以不便作复。材料近日已送还弟处，兄若还要看看，盼来示告一时间，（信寄东城小羊宜宾胡同五号，我在赶改服装说明）弟即可在指定时间内去东堂子胡同工作室相候。尊著听不少熟人均谈及内容丰富。且称新中国成立以来鸿章巨制。可贺可贺。

出版社上次退还的《满洲实录》一函，内中缺少一册，盼能为问下落，此书并不是什么值钱的复印本，但对弟搞的工作，却相当有用。并且还得供别的熟人大家使用。能“原璧归赵”，十分感谢。或有必要，即由弟出一点钱，给出版社保管这份材料的人，作为找回报酬，也不妨事。（错处或责任不在他们，或许是另有“爱好”者借去，责任或应在弟，同类事是经常发生，用如上方法找回。）主要还是便于以后别的朋友借用，因为弟所有图书，多从大家便利着想。（每书前必附写上“此书可借，使用后盼能见还，望莫冻结在私人手中，便于供大家使用。”此书恰恰忘记在书头写上。）从来不看作个人私有物，所以缺本能设法补足，即花点钱也十分平常，甚至于可说是应该的。麻烦出版社同志，一并致谢！

并候佳好。

弟沈从文五月十六

（《新文学史料》2010年第3期）

不宜忽视的姚雪垠致陈纪滢信

陈学勇[①]

《新文学史料》推出一期“姚雪垠专辑”，计七篇文稿。它们视角不同、内容丰富，对于了解、研究姚雪垠大有裨益。尤其是吴永平先生的《姚雪垠创作年谱》，更是研究者不可或缺的资料。由于吴先生所撰系“创作”的年谱，因此“生平年谱”通常所谱入的信函一般未予采纳。不过，与创作相关而又公开发表了的信函，此年谱还是多有收载。

循吴先生撰写年谱则例，有一封姚雪垠致陈纪滢的长信似乎不应略过的，它既关系姚雪垠的创作，又是公开刊布了的。此信发表在台北《传记文学》第59卷第5期（1991年11月），与写给陈纪滢的另一短笺一并刊出，故该刊用的标题是《姚雪垠寄陈纪滢的两封信》，又按以副题《缕述大陆近年来文艺界的状况及其写作情形》，并且列为该刊“特稿”。信（一）仅寥寥二百余字，与信（二）的日期署于同一天，它其实是信（二）写成后再作简单的说明：信（二）“谈了两件事，一是关于弟访问台湾的事，一是拙著《李自成》在台湾出版的事，都很重要”。可见，不宜忽视的乃是六千多言的信（二）。

这封长信，似信非信，不如说是作为文章来写的；但毕竟还是信，内容及行文都较为放松随意。譬如写到婚事：“我结婚早，老伴名王梅彩，同我结婚时才十八岁。我们风雨同舟，甘苦共尝，至今已历六十春秋。她年轻时相当美，河南朋友中曾有‘娶妻当如王梅彩’的话。”

又如说到“文革”结束后他的住房待遇：

> 国务院分给我一套房子，四室一厅，另外有餐间、厨房等附属房间，

---

① 陈学勇（1942—），男，江苏阜宁人，南通大学文学院教授。

连同阳台、走廊，大概有一百平方米以上。在十多年前，这是北京的高级公寓，只分配给中央的部长、副部长以及少数地位较高的文化人士，所以俗称“部长楼”。这公寓是按照中央部长一级“高干”的生活需要设计的，对他们比较适合。我是被许多人认为“学者型的作家”，书多，到处是书，没有专门书库，这住宅就不适合。但是在北京，知识分子能分配到这样住宅，很不容易，我没有别的奢望了。

信里自夸其口才：“每次应邀作报告（讲演），我从来不带稿子，甚至连一张纸也不带，只要事先告我题目，我坐下就讲，可以广征博引，条理清楚，在一两个钟头内使会场中鸦雀无声。高龄人能够如此，在大陆作家中并不多。”此类自诩的话，有意无意地散落在多处：“在大陆像我这样作家，每到一地，总受到优礼招待，然而我因为太忙，国内的名城胜景，我去的地方很少。”“中国是一个泱泱大国，人们在几十年来几经文化沧桑，到今日给我如此评价，必有一些道理。”还有一段说得忘了顾忌：

虽然我吃了大半辈子苦，大陆解放后所受挫折、打击更大，曾经有人担心我会自杀，但是我负着一种历史责任感（请看《八十愧言》），不自杀，也不颓丧，在艰难困苦中一边哭，一边偷偷地开始写《李自成》，结果不但在创作上做出了成绩，而且可以说是惊人成绩。

又说：

一般历史小说，获得普通读者喜好容易，获得较高的知识分子、尤其很有学问的专家学者予以称赏，才能够证明它的成就。

信里不只就《李自成》这一部作品，乃至对于自己的创作整体，同样自视甚高：

我是从长期为你所不知道的挫折中站起来的，逐渐在大陆确立了不能动摇的地位。不靠拉拉扯扯，全靠我的作品成就和为人正派，被人们认为是“德高望重”的很少数的老作家之一，又被认为是“学者型的作家”。

言语间充溢着自信、自豪，伴着一点自负，也不乏一丝坦白的可爱。这样的信，较之他的文章尤能见出作者的心态、情绪。不妨说，此信之重要，其流露的情绪要甚于表达的内容（内容多已在他文章里有表述），颇有助深入认识这位卓有成就的作家。

陈纪滢是30年代大陆作家，抗战时期尤为活跃，正是那时结识了姚雪垠。新中国成立之际，陈纪滢移居台岛，并有新的发展，很具影响。姚雪垠向陈纪滢表达了赴台访问的意愿：“我希望能够有机会到台湾访问。”“台湾是我的祖国的一部分，至今未去台湾看看，十分遗憾!”姚雪垠希望访台有没有政治背景，或本人是否另怀想法，均不得其详，但他的愿望十分强烈。信的话题以访台始、访台终，可以说越过海峡是长信的中心点所在。与此相随的是想在台湾出版《李自成》。

信里说，“这件事在‘文化大革命’是个别现象，在中国当代文学史上却是一件重要而少有的事件。”何以有这样的个别现象，确实是个值得探究的问题。不过姚雪垠解释得实在简单，他说：“如今事隔二十五年，我们可以冷静分析此事：假若《李自成》是平庸之作，不能深深地震撼领导的心灵，引起领导特别重视，领导不会赶快下指示保护我，让我将书写完。”分析未能彻底，或者说，止于表象。可追问的是：《李自成》何以震撼了大人物的心灵？大有深意焉，伟人指示常常事关战略部署的。姚雪垠说，“这件事很快传开，成为不见报章的轰动新闻，也使不少处在劫难中的高级知识分子们产生了希望。”确实如此，水深火热里的文化名人们欣欣然喜色相告的激动之状不难想见，然而姚雪垠没有说清楚，那希望旋即化为泡影了。

《李自成》自有其成就，但评价也仍然存在分歧。究竟怎样判定属恰当，尚待历史衡定。而著者自己倒很是自诩，毫不掩饰地流露在他和吴晗见面的记叙里。姚雪垠列数了吴晗的北京市副市长等多项官衔、学衔、兼职，特别说明，吴“是一个十分活跃的大忙人。而在筹备国庆期间，更为忙碌。他拿到打印稿后一看就不能释手，一气读完，十分兴奋……希望我赶快到北京和他面谈”。姚雪垠告诉陈纪滢那天见面的情景：

吴晗又盛赞《李自成》超过了《三国演义》。我虽然刚受到致命打击，但是我的刚强的个性依旧，没有说虚伪圆滑的谦辞，而是回答说："我比罗贯中大约晚生六百年，我所掌握的历史哲学他没有，我所掌握的长篇小说美学他没有，历史总在进化，超过《三国演义》是历史进化的结果，并非由于个人比古人聪明。"

下面这段话，写得相当理性、严密、全面：

《李自成》以其本身的激动人心的艺术魅力，和它所反映的作者的史学修养以及文学修养，使我在长久泛滥大陆、居于统治地位的极左教条主义思潮中披荆斩棘，杀开一条血路，不仅写出了一部波澜壮阔的历史长篇小说，而且建立了我自己的关于写历史小说的新理论，同时建立了关于大部头长篇小说的美学思想。至于专家学者们如何评价，广大群众如何重视，如何家喻户晓，种种动人情况，我不必在这封信中详陈。

姚雪垠的长信还提及一个并非一定要提到的作家：

武汉市的"文革"群众运动一开始，L就立刻贴出大字报，对《李自成》发动了疯狂进攻，随后又连续贴出几张大字报，还在群众会上控诉市委前两三年不允许他发表为保卫毛泽东思想而写的批判《李自成》的论文，是市委保护姚雪垠这一面"黑旗"，保护"资产阶级反动权威"。

另一处又说到：

武汉文艺界中如所谓三十年代老作家L及其一些附和者，不可能随意打倒我，但是他们出于不学无术和疯狂的嫉妒心理利用混乱局势，给予我各种干扰，使我没办法继续写作。

L显然指李蕤，文学理论家。他也是河南人，与姚雪垠属大同乡，50年代两人一同由河南调往武汉，都担任了文学界领导。姚为湖北省文联副主席，[①] 李则当了武汉市作家协会副主席，一在省里，一居市级；再后来都戴上了“右派”帽子。乡情也好，同病相怜也罢，他俩本该关系不错，至少该平平常常。其实不然，姚雪垠追述：十几年过去了，那场“革命”已成为历史，姚雪垠仍念念不忘此段纠葛。埋在心里犹可，这般说到海峡对岸，而且言词仍十分激烈，难免授人以微词。无疑姚雪垠是位重要作家，将载入史册也没有多大疑问吧，那么有理由苛求这位大作家宽容一点。

姚雪垠作此信的出发点在促成台湾之行，并谋求《李自成》的台湾版，所以，他尽量拉开与当政的距离，一再强调：“我的《李自成》不属于中国大陆，而属于整个中国，属于中华民族。”他实在低估了台湾对他的成见，更低估了两岸关系融解的艰难。虽发此长信，但人的成行和书的出版，皆不了了之，他最终未得踏上宝岛。如今徒留一则史料而已，从了解姚雪垠的性格和那时某类文人心态，这封长信倒不失为一个研究的文本。

（《博览群书》2011 年第 6 期）

---

① 姚雪垠当时并无行政职务——本书编者注

姚雪垠与上海解放前夕的“京沪密工站”

许建辉

姚雪垠为什么没有参加第一次全国文代会？

这个问题，新中国之初曾在文坛漫惹关注。由于一直没有公开透明的答案，以至于五十多年后又被人重新提起，而持论者的观点竟还是当年茶余饭后的老调重谈：“简单说来，就是上海解放前夕，姚雪垠卷进了一个中共地下市委接收上海的活动，后来这个地下市委被取缔了……”① 这里提到的“中共地下市委”，就是导致姚雪垠成为疑似“军统特务”的所谓“京沪秘密工作站”。因为缺少证据支撑，持此论者被姚雪垠之子姚海天以“名誉侵权”案由告上法庭，最终被判向原告姚海天公开道歉。

那么，事实的真相与来龙去脉究竟怎样？笔者曾带着这个问题，借因工作需要而获准借阅姚雪垠人事档案之机，认真研读了其中与该案相关的所有资料，特别是有关知情人在接受调查时专门为此案而写的旁证材料。经过一番比较、鉴别、梳理，将相关一手资料组合成下面这篇文字，旨在追溯事件过程，回到历史现场，最大限度接近事实真相。

姚雪垠对此事的“自我鉴定”

1952年7月，河南省文联的“三反”运动结束，姚雪垠按要求写了一份《“三反”运动自我鉴定》。他以“检讨”的口吻，在“自我鉴定”中谈到了这件事：

---

① 姜弘：《也谈胡风“清算”姚雪垠的旧案》，《炎黄春秋》2004年第10期。

1948年上半年我没有什么活动，仅写了几篇稍有积极意义的文章发表在《时与文》等刊物上。暑假中，我与农职校长周增英同志决定在浦东乡下做一点有进步意义的农民教育工作，由我负责物色教员，充实农职阵容。臧克家和柳倩两同志介绍柴文石同志（解放后在南京新华日报工作）来，柴又介绍石小平来，石又介绍女教员臧＊＊来。石小平和臧＊＊当时都假充是党员，所以我当时很感激组织上对我信任。在解放军渡江前石小平和臧＊＊去苏北一趟，回来后夸大的传达苏北军事领导方面的指示，要在京沪一带成立密工站，加紧活动，迎接京沪解放战争。并传达上海地下组织决定，叫我立刻进入市内，负责宣传工作。我于四月二十二日回上海市内，同石小平们一起工作。五月二十六日上海解放，文化界忽然哄传我所参加的是一个大规模的特务组织，故意拿左的活动来掩护。夏衍同志负责解决了这个问题，所以后来上海渐渐的没人提了。

原来事情内幕是这样的：石小平们有一个秘密组织，领导人是张松和，工作关系在常州。解放前常州伪公安局长姚远是共产党员，解放后是常州军管会负责同志之一。张松和在上海工作，关系没有介绍给上海地下党组织，直到上海解放几天后才由常州转来。关于张松和所领导的这一部分工作的全面情况，上海市委是很清楚的，我所知道的只是大体轮廓……”①

事情起于高行农校

1948年3月初，姚雪垠从上海市区移居浦东高行镇。在朋友帮助下，以“姚冬白”之名受聘为上海市高行农校国文教员。高行农校时任校长周增英为之证明：

高行农校成立在47年秋，当时很小，仅有二个班级80学生，10个教职员中，有一个语文教师叫王照慈的，是个戏剧工作者……就在这年的八月间，王告诉我他有个朋友叫姚雪垠，是一个进步作家。因为住在上海

① 《“三反”运动自我鉴定》，中国作家协会藏姚雪垠干部档案正本（一）-三-4。

市区遭到麻烦，想搬到乡下居住，但无正当职业，怕引起人家怀疑，故问我可否代为设法。我听到是个受反动派逼迫的进步作家，且是我们在抗战初期所喜爱的中篇小说《差半车麦秸》的作者时，即向王表示欢迎他来我校做兼课教员。这样姚即化名为“姚冬白”，以高行农校教员名义迁居到高行镇来了，住在高行南镇陈济生医生那宅房子中，在学校中教几个钟点语文。①

在农校学生刘光杰的记忆中，“当时的高行农校，只是一幢孤楼，楼前是操场，没有围墙，操场边是坟地”。学校没有教工宿舍，“姚老师住在镇中街北面东的两间房内，有里外两室，内为卧室，外为书房”。房主是高行南镇的陈济生医生。在刘光杰的记忆中，“姚老师无学者架子，他的床上，可坐可躺，书籍可翻可阅，只求放回原处。凡有所问，他都耐心解惑释疑”，因而很快便赢得了学生们的信任与尊重。② 一个学期过去，学校放了暑假，姚雪垠一直宅在校园里，趁假期整理资料，为创作历史小说做准备。周校长几次找他聊天，研究扩大学校规模事宜，最后商定办一个“农民补习学校”，目的是在浦东做一点有进步意义的农民教育工作。周增英校长证明：

姚来高行后，教师们都很尊敬他。我对他的历史虽不了解，但因为对各种问题的看法还比较接近，所以也很合得来。相处时间稍久后，也就常谈些学校的事务。我和他都感到这学校的条件很好，但是没有利用这些条件来好好地做些工作，学生与教师的情况都不能使人满意……因此我们就商议，乘1948年秋季添聘新教员时应好好的选择一下。特别是需要添聘一个思想进步、有领导学生经验的人来做训育员，以代替原来的训育主任工作。这个任务由姚去完成，他就托他的一些文化界的朋友。后由姚的朋友臧克家呢还是柳倩记不清了，介绍了一个叫柴文石的，来担任训育员。③

---

① 《周增英写的证明材料》，中国作家协会藏姚雪垠干部档案正本（二）-五-22。

② 刘光杰：《忆上海解放前后在高行农校的姚雪垠大师》，《南阳人物》2007年第9期。

③ 《周增英写的证明材料》，中国作家协会藏姚雪垠干部档案正本（二）-五-22。

柴文石自谓：

四八年，秋，诗人臧克家介绍我到上海高行农校教书，当时姚雪垠也在那里教书。臧克家给我写的介绍信就是给他的，这样我们就认识了。由于姚雪垠过去是个文学作家和教授，当然我对他就有些权威上的尊重，屡屡表示应当向他学习。在学校他担任语文课，我担任生物课。在业务上谈不在一起，但当时都有个共同的要求：在中国人民解放的伟大斗争洪流里出点汗。他很能海阔天空地谈，他告诉我共同办农民夜校，推行小先生制。因为我是新教员，他是老教员，对学校的情况熟悉，因此学生的情况与教员的情况，都是他向我介绍。①

柴文石与石小平

1948 年 10 月，柴文石入职农校，名义是英语和生物教员，但主要工作在“训育”，即与学生打交道。他人年轻，又热情高，干劲大，办法也多。由于他的努力，农民补习学校也很快开课，同时还办起了一个儿童补习班。缺少师资，柴便发动本校学生参加教学，美其名曰“小先生制”；又请了几个戏曲学校的学生，课余到校教唱歌跳舞，既活跃了学校气氛，又密切了师生关系。柴的这些成绩把姚、周二人喜欢得昏头错脑，于是他们开始在农校中进行阶级意识的启蒙，对个别较有觉悟者则若明若暗地讲述解放区土改后农民的幸福，甚至谈到了如何争取早日翻身的问题。随着这些工作的开展，又渐渐萌生了同上海中共地下党组织发生联系以获得正确领导的想法。柴文石证明：

后来他（指姚雪垠——笔者注）问我，在上海城里有无认识的地下共产党，当时我的回答是：“除认识一些作家外，别的没有什么进步的朋友。”后来我到上海城里见了石小平（因石告诉过我他是共产党员），把姚

① 《柴文石写的证明材料》，中国作家协会藏姚雪垠干部档案正本（二）-五-26。

的动机告诉了他。他说“可以团结他，争取他”。①

这时，石小平常到我这里来，有时拿几个钱花。有时带些进步的朋友来玩，男男女女都像青年学生，名字都记不起来了，仅记得有两个姓张的，即张瑞修和张洛；两个女的姓李、姓康，总之，大家都是见了面很亲热。由于石小平到我这里来，姚雪垠也注意起来了。问石是干什么的……后和石小平研究，要争取姚雪垠，后来石小平要我介绍他们认识。他们认识了，姚也知道了石是组织上的。姚如何知道的，我想是石小平告诉他的，因为姚问我时，我曾经说过：他是个进步的学生呢！②

恰在这时，因为戏曲学校学生常在农校进进出出而发生了一些政治性谣言，对学校颇为不利。这种情况虽然吓不倒姚雪垠与周增英，但为长久考虑，他们还是决定再请一位思想进步的正式教员来，专门负责学校的音体课程及学生的课外文娱活动。物色人选的工作仍由姚负责。柴文石得知消息，立刻向姚推荐了石小平。周校长说：

柴有些搞学生工作的经验。做了一个时期，是有成绩的。但是他不会文娱活动，所以，他请了他认识的几个戏曲学校的学生，在课外来教唱歌、舞蹈及戏剧。这样来了几次活动后，我们感到不是长久之计，由此又有了些谣言。所以就请柴和他的这几个朋友商量，请他们那一个到我们学校中作教员，教体育、音乐及负责学生课外活动。商量结果由石小平（化名方志高）来担任。③

石小平来校是在1948年11月左右，他和姚雪垠原不认识的，柴文石原和姚雪垠也是不认识的，但是因为柴是姚的朋友介绍来的，石又是由柴的关系来高行的，而且主要的他那二个人都是我们想改善学校工作而请来的年青教师，各方面表现也比较进步，因此姚和柴、石的关系是比较密切的。”④“石来校不久即向姚表示他是个地下党员，且通过姚告诉我预备在

① 《柴文石写的证明材料》，中国作家协会藏姚雪垠干部档案正本（二）-五-26。
② 《柴文石材料的摘抄》，中国作家协会藏姚雪垠干部档案正本（二）-五-14。
③ 《周增英写的证明材料》，中国作家协会藏姚雪垠干部档案正本（二）-五-22。
④ 《周增英写的证明材料》，中国作家协会藏姚雪垠干部档案正本（二）-五-22。

这里开展工作，要我支持他、帮助他。”①

姚雪垠找到了“组织”

关于姚与石的关系，柴文石说：“1948年底，石小平经我和姚雪垠的介绍，也到浦东高行农校担任体育、音乐课。② “姚同石小平认识后，他们一些事情谈起来很长。有时在我上课去，他们两个如何谈法，谈的什么，我不能知道，也不便去问。总之，他们的感情，一天天好起来了。姚雪垠把石小平当作宝贝了。究竟石小平向姚雪垠吹嘘些什么东西，我不知道。根据他的特点，总不外乎是他如何搞地下工作，如何（神）通强大之类的话。”③ “姚和石小平的关系日益密切起来，他也很尊重石小平的意见和看法。因为他仿佛把石小平当作惟一可靠的一个革命关系了……”④

这里不妨大胆想象一下：姚雪垠与石小平的第一次正式接触，俨然谍战大片中的地下党接头：柴文石把石小平领进了姚家，没顾上说几句话，就急匆匆到学校上课去了。房间里只剩下姚、石二人，石小平忽然压低声音叫了一声“姚雪垠同志”。姚闻声怔住，怀疑听错了。石却一脸的凝重庄严，用真诚的目光直视着姚说道：“姚雪垠同志，我是组织上派来的。”“组织上？”睽违已久的三个字，让姚雪垠一时不知所措。自从离开《风雨》周刊，他就离开了“组织”；就开始在“未随群鹤去”的悔愧中煎熬；就一直在承受“入党又脱党”后的被误解被冷落。如今他已习惯了离断“组织”的孤独，“组织”却又突如其来，而且是这般直截了当！

石读懂了姚的疑惧与困惑，也看出了他的激动与惊喜，于是顺势而为再做解释：他之所以见面就敢公开身份，是因为相信姚是位经长期考验证明可以信赖的“同志”。来此之前组织上开会讨论过，认为对自己人以“真”相待，有利于工作的迅速开展；反之虽较安全，但时间的浪费本身就是革命的损失。而

---

① 《周增英写的证明材料》，中国作家协会藏姚雪垠干部档案正本（二）-五-22。
② 《柴文石材料的摘抄》，中国作家协会藏姚雪垠干部档案正本（二）-五-14。
③ 《柴文石材料的摘抄》，中国作家协会藏姚雪垠干部档案正本（二）-五-14。
④ 《柴文石写的证明材料》，中国作家协会藏姚雪垠干部档案正本（二）-五-26。

他此次前来的目的，就是请姚先帮他在浦东站住脚，而后再协助他开展工作。

“同志”“组织”“自己人”，这些特殊年代里有着特别意义的字眼，从石口中一个一个蹦出来，石破天惊般震撼着姚雪垠敏感的神经，让他倏忽间就找回了久违的信任与温暖，仿佛走失的孩子终于回到了母亲的怀抱一样。于是他不再质疑不再犹豫，代之而起的是责任是忠诚：既然“组织”认他是“同志”是“自己人”，他说话办事就得让组织放心。石能推心置腹，他就能肝胆相照。于是姚对石保证：组织交下的任务他一定会完成！姚还向石郑重承诺，说他与这个小镇上的绝大部分人处得都很好，只要他自己不出意外，就一定能保证石的安全。

遗憾的是石小平对教学业务全不在乎，只把一门心思全部投注在政治活动上。姚有一个无线电收音机，原来每到夜深人静时候，便与房东陈医生一起收听延安广播。石小平到校后，就组织柴文石、王照慈等一起听，听完以后还要谈感想。他还把《新民主主义论》《论联合政府》带到学校，先让姚雪垠学习，然后再让姚组织王照慈等学习。所有这些活动，每一样都在唤醒姚雪垠曾经“在党”的记忆，每一样都能为他重新注入革命的激情。

工作和生活都有了意义

1948 年秋天，人民解放战争已进入夺取全国胜利的决定性阶段。国统区的政治、经济、文化……一切的一切都已显露出崩溃征象。眼看又成“孤岛”的上海，刚刚聚拢的文化人又都匆匆疏散——或组织安排，或自由行动。大变革带来了大分化大重组，每一个人都面临着何去何从的选择，姚雪垠当然也不例外。暑假期间他的老朋友李蕤曾给他写过两封信，告知其将携全家奔赴解放区，劝说姚同他们一起走，当时姚还曾有些心动。可是自从见到石小平，他就下定决心哪里都不去了，就留在浦东，就留在农校，因为这里同样有“党”，所以他在这里的工作和生活同样很有意义。

黎明的曙光里，姚雪垠的思想状态在迅速发展变化着：重庆风波之后那个消极遁世的“我”在日渐消弥，《风雨》时代那种火热的斗争精神在日渐恢复。作为一介文人，最能证明他的当然是他的文字。1948 年的 9 至 12 月，姚雪垠相继撰写并发表了或针砭时弊或以古讽今的一批文章，如《论石敬塘式的政权》(《时与文》周刊)、《崇祯皇帝传》(《幸福》月刊)、《明初的锦衣卫》(《中国建设》月刊)等。后者在刊出之前,《中国建设》的编者还曾致姚一封信,一面告诉他“稿已付排”,一面告诉他“这样的文章太触时忌,以后不要再寄来”。而姚非但毫不退缩,反而编辑出版了《现代史料丛刊》之第一册——张西曼著《历史回忆》。该书搜集“同盟会以来最忠实的革命史料”38篇,内容绝大部分是在直接揭露国民党反动统治集团的丑恶内幕。

周增英证明:为迎接上海解放,姚雪垠既写文章,又搞活动。他与石在高行至少做了以下几项实实在在的工作:(一)成立了“高行农校新民主主义青年团支部”。(二)策反了国民党上海市警察局高桥分局副局长李某三。(三)通过李某三策反了国民党上海市警察局高桥分局第二股股长王某帮。(四)通过王某帮团结了高桥中学历史教员黄某寿,从而建立了“高桥区民主堡垒”。

张松和的出现和姚雪垠的实绩

就在共同开展工作的过程中,姚雪垠发现了石小平“背后空虚”的秘密而对其“组织”产生了怀疑,故而坚决要求必“见上级领导”不可。“当时的情况是:我们的所谓组织,其实是我和张沛两个人的自发组织,没有找到党的领导和支持。”① 这是上海解放初期接受政治审查时石小平所写“交待材料”中的内容。为了安抚姚、周二人,他只好请张沛出山,以“领导”身份到高行走了一趟,所幸效果不错,信任危机暂时得以解除。但以后呢?石小平在其“检查”中实话实说:“随着活动范围的不断扩大,也越加感到我们政治上的空虚无力,缺乏具体的斗争任务。因此,积极寻找领导关系的问题,提到了全部活动的第一位。”② 好在功夫不负有心人,一个名叫张松和的“地下工作者”被他们找到了。

张松和自谓:“我是1948年1月来上海的,当时与王平在杨树浦搞地下工作。1948年冬碰到张洛(我的同乡,南京剧专学生),由张洛介绍认识了石小平。”③“当时石在高行农校教书,以共产党员的身份与该校校长周增英、教师

---

① 《石小平写的证明材料》,中国作家协会藏姚雪垠干部档案正本(二)-五-33。
② 《石小平写的证明材料》,中国作家协会藏姚雪垠干部档案正本(二)-五-33。
③ 《张松和专案材料摘抄》,中国作家协会藏姚雪垠干部档案正本(二)-五-27。

姚雪垠等已经自发性的开展了地下活动……1949 年 1 月底，我去苏北一地委联络部向蔡辛同志汇报了石小平的情况，蔡辛同志指示：‘回上海仍以灰色面目出现，搜集政治情况，控制反革命特务活动，保护工厂，保护档案。对石小平后面的人，因为政治情况复杂，要通过石小平慎重、警惕地利用……’1949 年 2 月，我由苏北回上海，与石小平正式建立了地下工作关系。为了掌握石后面的这批人，即与石小平、张沛、张瑞修、张洛等成立了五人中心工作组，我与石小平分任正副小组长……”①

那么，姚雪垠呢？张松和说：

> 姚雪垠不参加中心组，他是在张洛的直接领导下，参加搞反蒋宣传工作。那时姚雪垠在宣传工作上确实出了大力，起了作用。我们宣传用的文件，大多数是姚雪垠拟稿；中共中央陕北电台向蒋匪广播的文件，以及党对城市发出的“约法八章”等，都由姚雪垠设法利用印刷厂秘密印刷，再由姚雪垠等负责运出来，分发给下面到各地区散发或张贴……此外，姚雪垠还帮助策反了一些匪蒋警察人员，如卢湾分局的副局长王某帮，在解放前和解放初替我们做了些工作：卢湾分局的整个档案、枪支及其工作人员除少数逃走外，其余人员都原封不动的待命等我们来接管；也争取到不少文教界人员……②

1949 年 3 月，国民党特务头子毛人凤之侄毛森就任上海市警察局局长，到职不足两个月，就先后逮捕中共党员与爱国志士三千多人，其中三百多人已惨遭杀害……血染的上海滩，正笼罩在一片白色恐怖中。姚雪垠却我行我素，该做做，该写写，好像一点儿也没把随时都会光顾的死神当回事儿。作为一介书生，他最得心应手的武器还是笔墨，所以他一边认真负责地完成着“组织”交办的上述工作，一边又自发地担负舆论宣传任务，以投枪匕首呼应着长江北岸的隆隆炮声。

2 月 26 日，他撰政论《战争与和平》，旗帜鲜明地拥护“中共领袖毛泽东

---

① 《张松和专案材料摘抄》，中国作家协会藏姚雪垠干部档案正本（二）-五-27。

② 《张松和专案材料摘抄》，中国作家协会藏姚雪垠干部档案正本（二）-五-27。

先生”提出的八项条件，指斥蒋介石政府是“又要和平又要巩固其既得利益，不惜同人民作战的顽固集团”。3 月 5 日，他与朋友联手创办《报告》周刊。“该刊以站在人民的立场，忠实的批判现实，反映现实为宗旨”，“集合了一群进步文化工作人士的力量从事文化的宣传战，在国民党乞和阴谋发动的时期，撰文攻击国民党乞和的政策，直接担负起暴露伪国民党黑暗政治的工作，并且报道解放区各种真实的情形以引起国民党治下人民对于解放区的向往”。①

在“京沪绝密工作站”重任在肩

1949 年 4 月 17 日，被张松和派往苏北解放区一地委联络部汇报和请示工作的石小平回到上海，向姚、周等人传达上级指示：成立“京沪绝密工作站”，“上海中心组”在工作站领导下，全力以赴配合解放京沪展开工作。调姚雪垠进市区，充分利用他在文化界的关系，把报纸、传单、电影等都搞起来。一应经费由其“设法在上海朋友间借用，等上海解放后由组织归还”。“当时，人们在宣传工作上考虑的几个主要方面，是报纸和解放战争纪录片，还有传单，但是这些只是初步计划，想找姚雪垠商量后进行，看他有没有这个条件发动。”②

事情说起来真是简单：石小平不过随口那么一说，“京沪绝密工作站”就成了，就有了。至于姚雪垠的工作，张沛证明：“姚本来没有什么职务和名义，后来在 1949 年 4 月间，因为需要明确分工，由石小平提议，叫姚担任宣传工作，并给以宣传部长的名义。但是没有多久，考虑到这样不妥，于是就取消了这种作法，只是让谁负责什么而已，无任何名义头衔。”③

好在姚雪垠并不计较自己当什么官领什么衔，这些对他来说似乎都不重要，重要的是他已被承认被接纳被编入了正式的战斗序列并且重任在肩，长期压抑心底的英雄情结找到了释放契机，“不做历史的旁观者要做历史的参与者与推动者”的人生夙愿有望变现。毛森血淋淋的屠刀下，多少仁人志士已经倒下去了，再添上他这一个又怕什么！自从与党接上关系，他就做好了被抓被杀的准备。被伟大的革命形势鼓舞着，姚雪垠无所畏惧，觉得若能为革命牺牲，

① 姚雪垠：《战争与和平》，《报告》周刊创刊号（1949 年 3 月 5 日）。
② 《石小平写的证明材料》，中国作家协会藏姚雪垠干部档案正本（二）-五-33。
③ 《张沛写的证明材料》，中国作家协会藏姚雪垠干部档案正本（二）-五-32。

正是求仁得仁，庶几无愧。

4月22日，姚雪垠遵从党的指示，丢下他的学生他的书籍他的教学任务他的历史研究，背负着沉重的使命，义无返顾地离开了学校，离开了高行。他负责的政治活动（主要是护校）委托给了周增英校长，地方工作委托给了陈济生医生，他在农校的教学任务则由他推荐了朋友张履贤承担。张履贤证明：

> 我和姚雪垠会面是一九四九年四月里，由东方书社申庄经理王畹芗介绍的……因为王畹芗对姚、对我的情况和政治态度都相当了解，在我和姚未见面之前，王已向双方谈过，所以见面几次就可以畅谈一切，姚在急于离开学校的时候就对我说了实话，请我代课，我也毅然答应了。后来他写了一封信，交我亲自带到高行，见周增英校长。我于五月一日到了高行，三日就开始代课。①

苦斗在黎明之前

姚雪垠回到上海市区，借住在朋友徐昌霖家中，倾心倾力投入艰苦的工作。综合张松和、张沛、石小平等多人的“证明材料”，可知在短短一个月里，姚雪垠就组织领导发动了以下多项活动：

（一）起草了《告上海市民书》《告上海工人书》《告伪军官兵书》《告伪警察书》《告伪警官书》。号召市民贮藏粮食，奋起自卫。号召工人组织起来保卫工厂，反对迁移，警惕反动派破坏。号召伪军官兵认清前途，放下武器。号召国民党警察在和平解放时维持秩序，保护公共财物。警告国民党警官立即停止镇压人民的罪恶行为，为自己留条后路。（二）组织拍摄“上海解放新闻记录片”。上海几个电影制片厂的导演和主要负责人都是他的老朋友，都曾接受他的劝说留在了大陆。解放战斗刚在郊区打响，徐昌霖、周伯勋、徐树林即各自带领一辆摄影车，投入“上海解放新闻记录片”的拍摄工作……（三）主持出版《群众报》。初为油印，后改铅印。姚雪垠亲自主笔报纸“社论”……

---

① 《张履贤写的证明材料》，中国作家协会藏姚雪垠干部档案正本（二）-五-28。

然而，由于种种原因，这些工作有的完成了，有的则不然。好在成或未成，都有相关“证明”在：

（一）关于姚在上海的联络地。姚奔说：“上海解放前夕，姚雪垠突来英国新闻处找我，在下班后时间，和我在图书馆谈迎接解放的工作问题……我没有参加姚的活动，只是提供条件，把英国新闻处的图书馆作为他们的联系站。”①

（二）关于传单。告市民书计划印10万份，告工人书印了5千份，告伪军官兵书、告伪警察书和告伪警官书各印了1千份。石小平说，是姚动用个人关系，由正中书局印刷厂的邢宜梅，动员了9个工人夜里偷着干的。

（三）关于“上海解放新闻记录片”事。徐昌霖讲：“他（指姚雪垠）叫我设法让一些私营影片厂不要将器材运到台湾去，并设法在解放军进城时拍一点接近解放军的新闻影片镜头。我听了姚的话，约国泰影片公司厂长周伯勋、‘中电二厂’厂长徐苏灵与姚见了面。”② 姚雪垠还在姚奔陪同下找过电影导演郑君里；在徐昌霖陪同下找过清华影片公司制片李畏……石小平说：“姚雪垠完全负责进行（在他的活动过程中，我没有参与谈话）。在5月25号前全部准备工作都已做好，机器、胶片、摄影车、摄影技师、导演，均由各厂秘密动员组成。为了通告问题，发给了几张临时通行证……5月25号，解放战斗进入上海郊区时，记得是三部摄影车由徐昌霖、周伯勋、徐树林领导出厂拍摄。拍至上午，遇到上海人民保安队的盘查，出示通行证无效，劝解回厂。”③

（四）关于《群众报》。丰村讲：“解放前夕，姚跑到我家去，说要办报纸。我问他怎么办？他说在浦东有一个从苏北来的同志约他搞，什么都不成问题。我问他和谁办？他说有姚奔……”④ 姚奔讲：“上海解放那天早上，姚雪垠到家中找我，要我参加工作，说要出一张报纸，人手不够，请我临时帮忙……报纸临时在小沙度路正中书局印刷厂出版。印刷经理姓万，工人们都很热情，帮助排字、出版……”⑤ 石小平说：“编辑部的主要负责人是姚雪垠，参与的有李束丝、王造慈，还有国强中学的教务主任。编辑部设在国强中学……我看过

① 《姚奔写的证明材料》，中国作家协会藏姚雪垠干部档案正本（二）-五-31。
② 《徐昌霖写的证明材料》，中国作家协会藏姚雪垠干部档案正本（二）-五-19。
③ 《石小平写的证明材料》，中国作家协会藏姚雪垠干部档案正本（二）-五-33。
④ 《丰村写的证明材料》，中国作家协会藏姚雪垠干部档案正本（二）-五-7。
⑤ 《姚奔写的证明材料》，中国作家协会藏姚雪垠干部档案正本（二）-五-31。

姚雪垠执笔写的第一期社论，题目是《祝上海解放》……”① 张履贤讲：“上海解放的第二天，刘光杰（和姚同乡并很接近的同学）拿了一份报纸，报名是《群众报》或是《大众报》，我记不清——说：‘这是姚先生奔走酝酿的结果，我们的报纸出版了！’”②

又被卷进了政治漩涡

但《群众报》只出两期（或三期）就被叫停，据说是因为“名义用得太大”。石小平为之检讨：“在姚雪垠起草这份东西时，提出以什么名义什么语气问题，我当时和张洛研究（张洛是中心组负责宣传工作的），随便编造了一个解放江南的部队名义（全名已忘记），主要思想是‘响亮、有力、具有号召性’。当时错误地认为，只要内容不错，没有毛病，利用这个名义不是什么原则性的问题。”③

5 月 25 日，“京沪密工站上海中心组”成员同解放军取得了联系。随后张松和便穿上了军装，石小平等其他 4 名成员则都安置到上海警备司令部军法处。唯有姚雪垠及其策反的伪警察伪公职等一干人马，需要交由上海警备司令部军法处，“先审查后再安排工作”。为什么会这样？张松和的解释是：“上海解放后，我们由原组织（前苏北一地委联络部）介绍转关系到上海警备司令部军法处工作，中心组成员都向军法处报到。经军法处审查后，中心组成员由军法处统一安排工作。对于下面的工作关系，经军法处审查一部分由军法处决定继续利用为军法处特情；一部份回原单位继续工作。中心组的形式于解放后结束。”④

5 月 29 日，姚雪垠找到上海警备司令部军法处，理直气壮地提出了三点要求：①解决他的党籍问题；②安排他参加工作；③给予由他发动参加工作的电影界人士以一定的政治地位与名义。军法处肯定了姚雪垠在上海解放前夕的工作，说明当下正在审查由他主笔的《群众报》，承诺《群众报》一旦审查通

---

① 《石小平写的证明材料》，中国作家协会藏姚雪垠干部档案正本（二）-五-33。

② 《张履贤写的证明材料》，中国作家协会藏姚雪垠干部档案正本（二）-五-28。

③ 《石小平写的证明材料》，中国作家协会藏姚雪垠干部档案正本（二）-五-33。

④ 《张松和专案材料摘抄》，中国作家协会藏姚雪垠干部档案正本（二）-五-27。

过，就研究解决他提出的要求。

可是，在石小平已主动承担起了“名义太大”的错误责任后，《群众报》还需要审查什么呢？既已无可审查，又何来“审查通过”？所以，“一旦审查通过”的说法，不过是一个无奈的借口，一种好心的欺骗而已。其背后的真正原因，却是姚雪垠的所谓“历史问题”。这一点，有张松和“证明”：“解放前地下工作，组织庞大人员复杂，工作做得很大，宣传工作是有成绩的，但名义用得太大，这是一个错误。”“对于姚雪垠的看法，经审查，肯定了他解放前地下工作的成绩，但对他的历史问题军法处不很清楚。仅根据他本人所说的，那时军法处也无空专门对他的政治历史进行审查……”①

据了解，具体负责审查《群众报》者，是上海市军管会新闻局的沈某。工作刚开始，“姚雪垠有历史问题”的传言就像一阵风般刮过来；待要做深追细究，却又没人能说出个子丑寅卯。就像一个似真似幻的魔影，一时既不能被证实，又不能被推翻，除了“挂起来”以待来日，还能如何？问题糟就糟在这里：越是说不清楚，就越需说清楚；官方不以“结论”占领之处，便是坊间恣情言说空间。于是乎猜测、推演、联想、创作，各种各样的脑力运动相矛盾又相统一的结果，便是“历史问题”一波未平，“军统特务”一波又起，经历了1944年“延安来电”、1945年“色情文学”、1947年“飞碟事件”等一次次打击的姚雪垠，又一次陷入了“莫须有”的政治漩涡中。

终于有了结论

如此这般，姚雪垠及其经他“洗脑”而后自新的一干人马，只能被捆绑成一串，在无限期晾晒中等待着。这种结果看似无情却实出无奈，因为新政之初，泥沙俱下，敌特遍地潜伏，活动十分猖獗，稍有不慎便会造成巨大损失，想即时解决又缺少人力物力。这种情况下，对于个人的遭际，姚雪垠能理解却难接受，因为“解放前冒险做了许多工作”，却落得如此结果，觉得“威信扫地，没有面子见人”。② 所以他找军法处找张松和又拉军法处张松和一起找上

---

① 《张松和专案材料摘抄》，中国作家协会藏姚雪垠干部档案正本（二）-五-27。

② 《张松和专案材料摘抄》，中国作家协会藏姚雪垠干部档案正本（二）-五-27。

海市军管会找相关负责人夏衍……一次又一次，百折不挠，锲而不舍。那段日子里所受的煎熬，徐昌霖可为之作证：

> 不久，姚来找我，要我代他送一封信给当时军管会文教方面负责人夏衍。信的内容大意是，对夏衍说他是受警备部石某做的地下工作，石某在渡江之前是属于解放军某部第二十一军分区，现有人怀疑他是假冒地下工作者，请查清。如查出属于假冒，愿依法就捕。我将信送给夏衍。夏衍看完信对我说，姚雪垠的事他已知道，而且他已问过陈毅同志。陈毅同志也不知道有第二十一军分区这一番号，所以事情难于查明。夏衍又叫我转告姚，事情既然是姓石的委（托）他的，姚本人无责任。叫姚安心工作，不会抓他的。我将夏衍的话告诉了姚，姚快快而去。①

终于，在上海解放近两月的 1949 年 7 月，在姚雪垠第三次找到夏衍之时，他得到了上海市总工会的一个“干事”职位，参与张松和、石小平领导的“上海中心组”一事，以新生的人民政权为他安排工作而实际上宣告了他的清白——不说有功，起码无过。但他的“历史问题”依旧在“挂着”；又终于，在他的“历史问题”被“挂”了 25 年后的 1974 年 5 月，中共武汉市委组织部对他因“京沪密工站”而被疑似“军统特务”一事做出结论称：

> 经向上海市公安局政保二处查阅档案，该处并于一九七四年一月十一日来函证明：“我局不掌握姚雪垠是军统特务的材料，我们从上海警备区保卫处掌握的张松和材料中，有一份张松和关系示意图，说张成立有反动组织（据了解不是反动组织），下设有高行农校小组。姚雪垠系高行农校教师、作家，与姚雪垠名单放在一起的有×××、×××、×××等多人，这些人是军统特务。因此，我局原侦察二处提供姚雪垠军统嫌疑材料，可能是工作人员误写成的，其依据是不足的……综上所述，对姚雪垠的军统嫌疑问题，其依据是不足的，应予否定。”②

① 《徐昌霖写的证明材料》，中国作家协会藏姚雪垠干部档案正本（二）-五-19。

② 《干部政治历史问题调查报告表》，中国作家协会藏姚雪垠干部档案副本（一）-五-1。

结论，迟到的结论！当它出现的时候，第一届文代大会已远去近三十五年矣！姚雪垠纵有天大本事，又如何赶得去当年的会场呢？好在有了这个结论，疑似“军统特务”的帽子就从姚雪垠的头上永远摘掉了。可是，那个与“军统特务”有着近亲关系的所谓“历史问题”，却像早被雨打风吹去般再无人提起，唯有被其吞噬的时间和被其改写的人生，把一声悠长的叹息留在了历史深处。

（《档案春秋》2011 年第 9 期。此次重发，文字有重要补充或改动）

附记：

由于工作关系，我曾两次获批读过姚雪垠先生的人事档案。

第一次在 1999 年 4 月底。姚雪垠先生鹤归，为起草《姚雪垠先生生平》而需校核姚老的履历，经作协党组翟泰丰书记特批，我翻看了姚老的档案。因为我要写的只是初稿，后面还有俞汝捷兄审读姚海天先生把关，所以潜意识里便不免生出些有恃无恐的随意，“翻看”档案也因此而成了名副其实的“翻看”——一翻一看一过而已。

第二次在 2010 年 9 月底。姚雪垠先生百年诞辰，为起草中国作家协会领导《在纪念姚雪垠先生诞辰 100 周年大会上的讲话》，经我的顶头上司——时任中国现代文学馆馆长吴义勤（或是陈建功馆长？记不清了。）同作协人事部先行电话联系通融，我得以再次走进了作协档案室。但由于这一次是孤军作战，故因无“恃”而有“恐”，而加倍小心谨慎认真负责，不仅把申请报备要阅读的内容都一一读过，而且还做贼一般把未经报备的个别档案材料悄悄拍了照片——主要是旁人的“证明材料”，本文中的大量引文即来源于此。

“证明材料”从形式到内容都呈现纷繁样态，使用时需要一番认真细致地分析比较鉴别取舍。好在 1950 年代的“证明”自带其政治特色，就是每份文件的最后都钤有证明人所在单位的公章一枚，还有单位党组织负责人关于证明人政治思想表现与品德操行的评语，以及对其所写“证明”之可信程度的评估。这些附加性文字虽都属于题外话，却能给“证明”的使用者以很大帮助。故此写此小“跋”，向那些不知姓名的默默付出者们致以衷心感谢！

2023 年 4 月 26 日

论姚雪垠建国后的旧体诗创作

李遇春

新时期以来，姚雪垠是最早呼吁现代文学界重视旧体诗词文学史地位的作家之一。1980 年 1 月 15 日，姚雪垠在致茅盾信中倡导并阐述了一种“大文学史”的编写方法。这种“大文学史”不仅要包括主流的新文学，还要涵盖被新文学放逐的旧体诗词。他说“新文学作家也有许多擅长写旧体诗、词，不管从内容看，从艺术技巧看，都达到较高的造诣。因为这些作家有新思想、新感情，往往是真正有感而发，偶一为之，故能反映作家深沉的现实感触和时代精神。”① 今天重读姚雪垠当年致茅盾的信，仍能感觉到其文学史眼光的敏锐和宏阔。实际上，姚雪垠也是一位擅写旧体诗的新文学作家，他的旧体诗作也达到了很高的思想和艺术造诣。尤其是他写于新中国成立后 60、70 年代的旧体诗，更是具有难得的文学史价值，值得后人珍视。

一

姚雪垠新中国成立后的旧体诗主要包括谈艺诗、赠答诗、感事诗，还有相对独立的“干校诗”四种类型。他的谈艺诗主要是创作长篇历史小说《李自成》的副产品，这里姑且存而不论。就赠答诗和感事诗而言，通常，赠答诗属于私人话语，感事诗属于公共话语，两者之间存在“小我”与“大我”之别。但这仅是相对而言，实际上在姚雪垠的旧体诗中，赠答诗里交织着公共话语，感事诗中也渗透了私人话语。如果说赠答诗主要是私人化的抒情，那么感事诗主要就是公共化的抒情。两类诗作的共性在于，它们都抒发了姚雪垠在那个复

① 姚海天编：《茅盾 姚雪垠谈艺书简》，人民文学出版社 2006 年版，第 129—130 页。

杂的政治年代的特别情怀。如果一定要给一个命名的话，这两类诗作都属于古人所谓的咏怀诗。当然，这样说并不意味着姚雪垠的谈艺诗和“干校诗”与咏怀无涉，这种粗略的分类只是为了便于问题的阐明而已。先看赠答诗。在那个政治化的年代里，友人间的私人酬唱无疑是他们之间重要的精神慰藉。翻看姚雪垠60、70年代的旧体诗，可以发现姚雪垠在当时与友朋之间交往的心灵记录。古人云：“士穷乃见节义。”越是在灾难袭来的时刻，越是在时乖命蹇之时，知识分子之间的交往就越要经受考验。背信弃义、落井下石者固然可憎，明哲保身、断绝往来者亦属可鄙。韩愈之所以推崇柳宗元，除政见相同外，主要是柳宗元的士人节义感动了他。当年刘禹锡被贬播州刺史，子厚泣曰：“播州非人所居，而梦得亲在堂，吾不忍梦得之穷，无辞以白其大人，且万无母子俱往理。”于是上疏朝廷，“愿以柳易播，虽重得罪，死不恨。”（韩愈《柳子厚墓志铭》）这种患难与共的知识分子情谊，自是历史佳话。在中国古代诗史上，诗人们在流放或遭贬中写的赠答诗往往比他们在养尊处优期间写的赠答诗更能打动人心。姚雪垠也不例外，他在60、70年代写的赠答诗显然比80、90年代写的赠答诗更加情深意重，意味深长。姚雪垠在患难期间与茅盾、臧克家、荒芜等人的诗歌交往，构成了他旧体诗创作中的一道精神和艺术的风景。如赠臧克家的《璇宫感旧诗（三十四首）》（1962）、赠荒芜的《暮年（二首）》（1972）、赠茅盾的《咏史（五首）》（1974）等。尽管这些赠答诗的内涵也许是多方面的、复杂的，但它们都不同程度地表现了姚雪垠与故友之间的患难情谊。

至于最有代表性的赠答诗，自然非《璇宫感旧诗（三十四首）》莫属。这组诗属回忆之作，虽是抒情诗，但写实性亦强，特别是把三十四首连缀起来读，颇有些长篇纪事诗的味道。从这组七绝中，我们能够比较清晰地看到抗战烽火中姚雪垠和臧克家之间患难与共的流亡生涯和人生侧面。其中许多生活细节和情感涟漪，更是历史的存照和心灵的证词。读这组诗，印象最强烈的莫过于姚臧二人的患难之交。从诗中来看，当年二人“鼙鼓声中汉皋会”，大武汉陷落后，“称帝公孙据巴蜀，救亡儿女会襄樊”。在襄樊，“春云初展文工会”，二人投入第五战区文化工作委员会的救亡运动之中。他们经常一同到鄂北和豫南前线采访，亲历抗战兵燹，“青春作伴到前方”。其间有一年小别，二人“雾锁山城重聚首，同窗连榻倍情亲”，又在重庆的歌乐山下一同度过了愉快的时光。姚雪垠的回忆是深情的，虽然战争年代充满了生命之虞和奔波之苦，但他们的心情是快乐的，昂扬的，而新中国成立后的和平时期，在没有硝烟的政治运动中，姚雪垠在精神上明显有些压抑，他陷入了创作苦闷之中。这种压抑和苦闷让他不吐不快，然而，在1957年的反右运动中，他的快人快语——《惠泉吃茶记》《谈打破清规戒律》《打开窗户说亮话》《谈作协工作的不足与希望》《要广开言路》等，使他很快陷入政治漩涡中，成了湖北文学界的“极右分子”。在频繁的政治批判和世人的妒嫉打击中，姚雪垠私下创作长篇历史小说《李自成》，只有沉浸在艺术创作的灵境，他才能避开世俗的聒噪与冷酷。同样，在写《璇宫感旧诗（三十四首）》的深情回忆和情感宣泄中，姚雪垠也体会到了文艺创作的心理补偿和救赎功能，他是颇有些“乐在其中”了。

有意思的是，姚雪垠在这组诗中还写到了他和臧克家之间的悄悄话、私房话。用当下的时尚说法，还真有点“私人化写作”的味道。但姚雪垠这样写并非为了出卖朋友的私人秘密，而是为了表明两人之间无话不谈的深厚友谊。夸张一点说，我们从姚雪垠的诗中几乎可以清理出诗人臧克家的一部“情史”来。第十九首和第二十六首是写的王蕙兰，王系王统照的侄女，是臧克家的第一个妻子，性格豪爽，与臧克家性情不同，这也导致了两人的分手。第十九首云：“征尘带酒潢川上，旧梦新诗忆去年。历历游踪指与我，闲情深处有哀弦。”在第五战区的潢川桥上，臧克家历历指点昔日与王蕙兰的游踪，虽然已离婚，但依然充满怀旧之情。“闲情深处有哀弦”写出了臧克家心中的隐痛。第二十六首云：“心事悲欢常共语，惊看未语泪盈眶。叹君难写十八拍，一拍回头已断肠。”有一天臧克家情绪激动，眼含热泪，原来是邂逅了前妻王蕙兰。再婚的王蕙兰从背后赶来，向他拍了一下，含笑点头，但无语。姚雪垠在诗中用了蔡琰《胡笳十八拍》的典故，把臧克家的伤心事写得情意深婉动人。第八首和第二十七首写的是臧克家的第二任妻子郑桂文，但由于种种原因，郑与臧亦未能长相厮守。第八首云：“我爱襄阳孟夫子，风流何苦住鹿门？春风沉醉花开少，夜半歌声动旅魂。”郑桂文喜唱《夜半歌声》的主题歌，慷慨悲愤，莫非她有难言的苦闷么？第二十七首云：“闻道长安曾寄语，凄然犹望镜重圆。至今每忆烽烟日，不忍重听雨后蝉。”当年郑桂文在西安托人捎话给姚雪垠，希望能同臧克家破镜重圆，但此时臧克家已和郑曼结为夫妻，姚雪垠无能为力，故有“不忍重听雨后蝉”之语。此外，这组诗还透露了臧克家一些鲜为人知的所谓“风流韵事”，可惜作诗之际，书生已然老去，怎不叫人伤感？诚如第二十三首所云："琐事回思别有趣，可怜老友无几人。风流难向后生说，尚待私谈展笑唇。"

值得注意的是，姚雪垠在写给臧克家的诗中还真诚地剖析了自己的性格弱点。能够在老朋友面前坦诚相见，自我反思，可见姚雪垠与臧克家之间确属知交。第二十八首云："飞扬跋扈为谁雄？深愧无聊醉梦中。聚铁九州成大错，故人期许淡烟空。"首句出自杜甫的《赠李白》："痛饮狂歌空度日，飞扬跋扈为谁雄？"姚雪垠借用杜诗成句，并非是以李白自炫，而是表达了自己对早年轻狂的悔恨。姚雪垠给这首诗加注说："我在青年时代，一方面确有我的特点，另一方面自恃虚假的所谓才华和对文史方面具有较多的常识，骄傲狂妄，不可一世，铸成大错，留下半生悔恨，当然也辜负了朋友们的期望。"① 所谓铸成大错，不仅是指 20 世纪 40 年代姚雪垠曾因浮躁狂妄，差点被国民党特务所诬陷，② 也应含有新中国成立后的"右派"经历。姚雪垠的这种自我反思和忏悔意识，在他作于 1970 年的一首七律《平生》中抒发得更加真切、痛楚、有力。诗云："平生最富前车鉴，无计回头挽逝川。愎性难移比罪鲧，雄心不死似刑天。飞扬跋扈惭前事，狂妄浮夸悔晚年。白首征途春渐暖，偷将新曲付朱弦。"

除了赠友诗外，姚雪垠写给亲人的诗同样是他在那个灾难年代里的精神慰藉。这类诗虽不多见，但作于 1970 年的七律《欢聚》二首，还是格外感人。它们写出了阶级斗争扩大化的年月里，一个普通家庭里的离合悲欢和人情冷暖。这两首诗是写给姚雪垠的女儿和两个外孙女的。姚雪垠的女儿名叫海燕，在部队工作。1961 年春节，姚雪垠回开封老家与亲人团聚，但海燕受极左思潮影响，与父亲划清了"阶级界限"。③ 十年后，1970 年，海燕让两个外孙女（小东和小青）自甘肃张掖来武汉看望外祖父母，故有"万里双归陇西雁，十年一见海东青"之句，"海东青"本是东北鸟类，姚雪垠此处巧妙地嵌入了女儿和外孙女的名字，与"陇西雁"对仗十分妥帖，天然浑成，让人叹服。两诗均以白描见长，无不状亲人相聚之景如在眼前，含不尽之意见于言外。结句"江城十月才秋意，忽见窗前草更青"，以景语作结，把诗人内心郁勃的诗情化

---

① 姚雪垠：《无止境斋诗抄》，《姚雪垠书系》第 15 卷，中国青年出版社 2000 年版，第 21 页。

② 参阅杨建业：《姚雪垠传》，北岳文艺出版社 1994 年版，第 91—99 页。

③ 姚雪垠：《无止境斋诗抄》，《姚雪垠书系》第 15 卷，中国青年出版社 2000 年版，第 35—37 页。

为亲切温馨的画面，笔力遒劲清新。

二

在那个泛政治化的时代里，在主流新诗坛盛行“政治抒情诗”的时候，作为一个革命作家，姚雪垠用旧体诗的形式也写了不少政治性的感事诗。作于1963年的一组七律《欢呼》（七首），就是比较典型的政治诗，它与新诗坛流行的政治抒情诗在内涵上别无二致，姚雪垠写这组旧体诗，是为人民空军再次击落美蒋间谍机而“欢呼”，全诗洋溢着强烈的革命政治激情，不过在艺术上直露了一些。作于1967年的《江城纪事诗》具有较高的文学史料价值。这组诗涉及了1967年在武汉发生的震惊全国的“七二〇事件”。其时谢富治和王力来武汉负责解决“武斗”问题，但王力被保守派组织“百万雄师”劫持，事后中央认为这是一起反革命暴乱，“百万雄师”是反革命组织。“文革”结束后，“七二〇事件”得以平反。据1982年姚雪垠给这组诗写的跋里说：“在当时，我同多数的武汉人民一样，盲目地同情造反派，憎恶保守派。对于毛主席的任何一句话都不敢怀疑。怀着这样的思想感情，我在一九六七年七月二十日以后，追忆所谓七二〇事件的经过，写了一组七律，共三十多首，题为《江城纪事诗》。九一三事件发生之前，我对所谓‘造反派’和‘保守派’已经有一些新的认识，但对七二〇事件的性质尚不清楚，用满腔热情歌颂所谓‘造反派’和所谓‘无产阶级司令部’，而对所谓‘走资派’和当时的所谓保守派组织‘百万雄师’持反对态度。《江城纪事诗》是站在当时所谓‘造反派’的立场上写的，完全歪曲了那一段历史的真实面貌。近来整理历年所作七律诗稿，将这组《江城纪事诗》找出，除留下第一首‘叙诗’外，全部撕毁。原‘叙诗’的尾联要过渡到下边的诗篇，作为单独的一首诗，意思不够完整。如今的尾联是新改的，是我在党的十一届三中全会以后的新认识。”① 姚雪垠是坦诚的，他没有为自己文过饰非，没有虚伪地拔高自己；但遗憾的是，他把那题名《江城纪事诗》的三十多首七律几乎全都撕毁了，作为第一时间写的旧体长篇政治纪事诗，这组诗具有不可替代的文学史价值，可惜今天无法见到了。不过从姚雪

---

① 姚雪垠：《无止境斋诗抄》，《姚雪垠书系》第15卷，中国青年出版社2000年版，第29页。

垠保留下来的唯一一首叙诗来看，这组七律还是比较真实地记述了当时作者耳闻目睹的历史事件的真相。当年的《叙诗》如今题名《眼前》："眼前历历刀枪影，心上沉沉雾雨天。曾记旌旗蔽日月，犹闻歌哭动山川。三层楼外残墟在，六渡桥边血海干。忍看万民成草狗，圣人不喜太平年。"此诗真实地记载了1967年春天武汉发生的"武斗"的真实历史场景，堪称诗史。腹联中的"三层楼"和"六渡桥"分别是武汉的两处繁华地段，也是当时武斗最激烈的地方之一。姚雪垠在诗中把"文革"时期的血腥暴力场景用旧体诗的形式保留下来了，弥足珍贵。尾联是新改的，取意于老子的话："天地不仁，以万物为刍狗。圣人不仁，以百姓为刍狗。"可以推想，原来的尾联不可能达到后来这种否定"文革"的新的历史高度，这也是姚雪垠的《江城纪事诗》（七律）让人遗憾的地方。

其实，姚雪垠在1967年以《江城纪事诗》为题还写过一组七绝，虽然没有像七律那样完全毁弃，但也只保留了12首，且对原稿作了整理，① 因此亦不复历史的真相了。从保留的12首来看，抒情成分多，写实性弱，但到底还是留下了时代的"左"的刻痕。如第八首："春风三月意难平，莠草欺苗逐日生。淫雨偏教萧艾长，黄鹂寂寂老鸦鸣。"如果脱离了当时的历史语境，此诗的象征意蕴还不易索解。但"文革"语境中的"莠草""萧艾""老鸦"之类的意象，明显就是指的所谓"反革命"分子，而"苗""黄鹂"之类的意象自然就是所谓"革命"的红卫兵小将们了。至于"金戈铁马南冠客，旭日红旗夜夜心"（之十）这样的诗句，分明美化了"七二〇事件"中的王力，确实暴露了姚雪垠那一代作家当时思想的历史局限性。

"四人帮"垮台后，一切昭然若揭，那种思想的历史局限性没有了。但这并不意味着作家就一定能写出优秀的政治诗。和当时的许多诗人一样，姚雪垠在1976至1979年间也写了不少政治抒情诗，其中就有直接批判或讽刺"四人帮"的，如作于1976年的《都门即事》（四首）和《讽事》（二首），把江青比作武则天、吕后和慈禧太后，揭穿她"本应好莱坞里见，偏生梦入帝王图"的政治图谋，表达了对那个"城狐社鼠登台舞，共逞狂想主沉浮"的黑暗时代的批判。但这些典故的运用在当时已经流于老套，诗的题旨也一览无余，诗味不

① 姚雪垠：《无止境斋诗抄》，《姚雪垠书系》第15卷，中国青年出版社2000年版，第27—28页。

足。因此在当时众多的政治诗，包括旧体诗词和新诗里，还体现不出姚雪垠的创作个性来。但是，作于1977年的一组七律《咏怀杂诗》，还是显示出了姚雪垠政治感事诗的过人之处。这组杂诗由八首七律组成，不仅保持了姚雪垠旧体诗一贯的用典深切和格律精工的艺术长处，而且贯穿了深刻的历史反思意识。该组诗视野宏阔，梳理了从“反右”到“文革”二十年来的历史事件，堪称一部具体而微的当代历史反思的史诗。要知道，1977年的时候，新时期文学界还甚少有人在创作中揭示出“反右”至“文革”的历史关联性。甫兴的“伤痕文学”还停留在对“文革”就事论事的政治批判上，只有到1979年后“反思文学”的勃兴，中国作家的历史反思视野才穿越“文革”进入到50、60年代的政治经济运动，深入地挖掘新中国成立后“左”的思想根源背后的“封建性流毒”。需要指出的是，这组诗虽有诗史的品格，但其间也凝结了姚雪垠个人的人生遭际和生命体验，充满了血和泪的体验痛切骨髓，它充当了精神粘合剂，把姚雪垠个人的命运反思与民族的历史反思粘合了起来。因此，这组诗比《讽事》那种纯粹的“公共政治话语”相比，显然不可同日而语。

1979年，姚雪垠并没有沉浸在自己“平反”的喜悦中，他不仅为自己的政治坎坷而感慨万端，而且为政治蒙难的张志新烈士长歌当哭，掬一把辛酸泪，化作一组悲歌慷慨的诗篇。与雷抒雁的政治抒情诗《小草在歌唱》和韩瀚的朦胧诗《重量》等新诗名作不同，姚雪垠用旧体诗的形式表达了他对一代女杰的崇敬与哀挽。《吊张志新烈士》七律三首诗语沉痛，寄慨良深，情动于中而形于言，是当代旧体诗中不可多得的佳作：“我欲哭君诗百首，满怀悲愤忽凝神”“和泪写诗心似煮，冷风犹自乱朱弦”，这个诗人的形象是多么的动人心弦，真正是跃然纸上了。“稳步刑场冤死地，伤心祖国好河山”，诗语质朴遒劲，感情浓烈深沉，读之足以撼人心魄。

三

1970年3月，像当年许多的知识分子一样，姚雪垠也被下放到“五七干校”劳动改造。他所在的“五七干校”在湖北省蒲圻县，工作主要是放牛和管理仓库，有时也参加农业劳动。姚雪垠在“干校”待的时间并不长，前后大约三年时光。但“干校”生活在姚雪垠的创作历程中也留下了深刻的艺术印痕，他写了近二十首“干校诗”，大部分是在“干校”劳动期间写的，也有少数是对“干校”的回忆之作。今天重读姚雪垠的“干校诗”，应该充分注意到这批“干校诗”内涵的复杂性和矛盾性。对于“五七干校”这场政治运动或历史事件究竟应该怎么看，如果我们回到历史的原初语境，就会发现，姚雪垠在“文革”期间对待“五七干校”的态度是复杂的，具有二重性。这和“文革”结束以后，姚雪垠对“五七干校”持强烈否定的立场是不完全一样的。

还是从他的《赴五七干校》（1970）开始。诗云：“老妻送我破晓天，行李肩挑挂笑颜。到死方休填大海，有情不忘攀高山。白头渐似苏卿节，岁月原非邓氏钱。梦里据鞍人尚健，立功犹望趁衰年。”这是姚雪垠写的第一首“干校诗”。首联“老妻送我破晓天，行李肩挑挂笑颜”，明显洋溢着乐观的政治情怀，流露了姚雪垠当年对“干校”的政治认同立场。对于姚雪垠来说，去“干校”劳动改造似乎并不是一件苦差事，如同知青上山下乡运动一样，农村的天地非常广阔，知识分子文化人去农村是为了“接受贫下中农的再教育”，有利于实现“知识分子与工农兵相结合”的历史使命。但他在乐观之中又有对个人命运和创作宏图的担忧，这说明他对“五七干校”还是充满疑虑的。他用精卫填海的典故，表明自己创作《李自成》的坚强决心；他用苏武牧羊的典故，除表明自己的政治赤诚之外，也流露了自己的艺术赤诚；他用汉代邓通开铜山铸钱的典故，暗示他对时不我待的忧虑。毕竟姚雪垠当时已经是六十岁的人了，要想完成《李自成》的创作宏愿，只能“立功犹望趁衰年”。虽然赴“五七干校”从事体力劳动有政治意义上的合理性，但作为脑力劳动的作家，姚雪垠内心还是有抵触的。从一开始，姚雪垠对待“五七干校”的态度就是矛盾的，既有表面的政治认同，也有深层的个人隐忧。由此形成了姚雪垠两种类型的“干校诗”，一种是政治认同类型的政治牧歌，一种是个人隐忧类型的反牧歌写作。

属于政治牧歌的“干校诗”主要有《羊楼洞初晴》（1970）、《放牧抒情》（1972）、《忆干校种菜》（1975）等。这类诗作几乎被当时主流的革命情绪所鼓动，诗中充满了战天斗地的豪情，以及“到处莺歌燕舞，更有潺潺流水”的诗意描绘。与上面这种政治牧歌相反，《五七干校值夜（二首）》（1970）和《感怀（二首）》（1972）则直接地抒发了诗人在干校期间内心的抑郁与牢骚。无论表意还是言辞，诗人内心的隐忧在这两组诗里得到了明显的宣泄，从而解构了那种政治牧歌式的“干校诗”。解读《五七干校值夜（二首）》第一首的关键在于颔联："万里遐思横海陆"即自由地驰骋想象，"百年方寸乱依违"指独自反思历史和人生。姚雪垠后来专门为这句诗加了注，注中说到："……又加上不断的政治运动和片面地强调阶级斗争，使我简直难分是非，不知所从。'百年方寸乱依违'一句诗，写的是我在新中国成立以后到'文化大革命'期间的思想矛盾和精神苦闷。"① 对于向来有棱角、有个性且壮心不已的姚雪垠来说，在那个历史的暗夜里出现这种思想矛盾和精神苦闷是完全可能的，但要他当时公开地质疑"文革"也不现实，毕竟不是每个作家都能超越自己的时代局限。在"干校"劳动改造的姚雪垠，只是从自己的切身体验出发，很朴素地流露了对那个荒唐时代的不满。

相对而言，《感怀（二首）》的意旨更趋激烈。姚雪垠后来专门为《感怀》写跋，交待了此诗的写作背景和缘起。这首诗作于1972年2月，距离1971年的"九一三事件"不久。当年林彪叛逃的事件传到"五七干校"以后，人们难以置信，姚雪垠在小组会发言时引用了白居易的四句诗："周公恐惧流言日，王莽谦恭下士时；向使当年身便死，一生真伪复谁知？"没曾想，小组主持人认为姚雪垠的引诗大有问题：既然把林彪比作王莽，那么汉平帝是谁呢？认为有影射和诬蔑伟大领袖之嫌。于是在"干校"里对姚雪垠发动了一场声势严厉的批斗会。这两首诗即写于这次批斗会后的三个多月，过春节的期间写的。姚雪垠在"跋"中明确表示："我今天回思林彪和'四人帮'搅得暗无天日时期的五七干校，心中犹有痛苦，所以极不同意有的朋友竟然对当时的五七干校生活加以美化和歌颂。我认为美化林彪、'四人帮'时期五七干校生活的诗违背历史真实，也违背人心党心。"② 姚雪垠在这里说的"有的朋友"，是指老友臧克家，他对臧克家的"干校诗集"《忆向阳》的出版不以为然。从这两首《感怀》来看，姚雪垠对"干校"完全持的是反对态度。

总的来看，姚雪垠的"干校诗"是复杂的，矛盾的，既有显在的政治认同，也有潜在的个人觉醒，惟其如此，它才是一个富有意味的历史存在，这给后人提供了足够的凭吊和思索的空间。

（《福建论坛·人文社会科学版》2011年第4期）

---

① 姚雪垠：《无止境斋诗抄》，《姚雪垠书系》第15卷，中国青年出版社2000年版，第34页。

② 姚雪垠：《无止境斋诗抄》，《姚雪垠书系》第15卷，中国青年出版社2000年版，第42页。

姚雪垠《长夜》对江湖世界的想象方式论

赵小琪①

在作家的内在悟性及其创造性的想象力日趋消减的今天，姚雪垠的《长夜》的美学意义日趋凸显并显得重要起来。这部小说充满着各式各样的想象，而一切想象都与个人记忆有关。经由个人记忆，作家带着非同寻常的生命体验和近乎痴狂的理想情怀，自由自在地游走在一个被主流话语妖魔化的江湖世界。经由个人记忆，他拨开了主流话语遮蔽在江湖世界之上的迷雾，将潜伏的江湖世界的秘密揭露出来，蜕掉了土匪毫无人性的单一、片面的外衣，重新激活了人们对于江湖世界和土匪的浪漫想象，阅读就会陶醉于这种对江湖世界的浪漫想象中，领略到了作家对现实生活永不满足的灵魂飞升的姿态，感受到作家努力建构理想化生命形态的诗性气质。而在《长夜》的整个艺术想象系统中，最值得我们关注的是再现、类比和变异三种想象方式。这三种想象方式从记忆形象、象征形象和理想形象上将姚雪垠的江湖世界打造得色彩斑斓而又别具一格。可以说，在中国现代文学史上，还没有哪个作家能像姚雪垠这样在长篇小说中以建构在个人经验之上的想象力为人们提供一个如此完整、集中、系统化的江湖世界。

一

在中国现代文学史上，写江湖世界的作品并不鲜见，像萧军等人的作品就对江湖世界进行过描绘。然而，与这些描绘江湖世界的作品相比，姚雪垠的《长夜》仍然表现出了极大的独特性。放眼中国现代文学史上描绘江湖世界的

① 赵小琪（1962—），武汉大学文学院教授，博士生导师。

文学作品，没有哪一部作品像姚雪垠的《长夜》这样以个人性的经历对江湖世界进行了如此集中、如此深入的展现。在记忆的指引下，姚雪垠开启了一扇通往被主流话语遮蔽的江湖世界的门扉，为读者呈示出了独特的个人心路历程。姚雪垠指出："这是一部带有自传性质的小说。虽然也有虚构，但是虚构的成分很少。小说的主人公陶菊生就是我自己。我是农历九月间生的，九月俗称菊月，所以我将主人公起名菊生。这故事发生在一九二四年的冬天到次年春天，大约一百天的时间。"① 心理学认为，存留于记忆中的感知表象的再现，是再现式想象。从这个角度上看，《长夜》中的一个最为基本的想象就是再现式想象，它的想象是作者姚雪垠将个人的已有经验进行加工改造建构出来的新形象的过程。如果不再用旧的和孤立的眼光看待《长夜》，就会发现，正是借助于这种再现性想象，姚雪垠潜入了与现实社会世界回异的江湖世界的隐秘地带，撕开了种种遮蔽江湖世界及其人性真实的帷幕，并通过自身的努力重新建构了一种真实的个体生存形态。正如姚雪垠自己所言："它深深地将我带回到二十年代河南农村生活的历史气氛中。这部小说中描写的不是一般的农村生活，而是土匪生活，是通过写一支土匪的活动反映二十年代历史条件下的中原和北方的农村生活。如今重读时候，它唤起我关于当时那种奇特的历史生活和一群绿林人物的回忆。总之，它是半个世纪以前的现实生活，不是凭空瞎写。我就是在那样的历史环境与历史气氛中进入社会生活！"② 我们说姚雪垠的江湖世界具有一种超常性，在很大程度上，这种超常性是建构在《长夜》既为我们展示了一个不同于主流话语中的江湖世界，也让我们走入了作者姚雪垠丰富而又独特的内心世界。

在主流话语的伦理判断中，土匪就是一群杀人越货、打家劫舍、奸人妻女的犯上作乱者。像"教匪"（指白莲教徒）、"回匪"（指起义的回民）、"粤匪"（指太平天国将士）等，就都是主流话语用来指称那些非法的社会类群的习惯用语。即使到了现代，一些作家受这种主流话语的影响，仍然将土匪视为祸国殃民的大恶人。像同为河南人的作家徐玉诺，在他的《一个可怕的恶梦》《在摇篮里》《到何处去》等作品中，就极力渲染了土匪的残暴和匪祸带给河南农

---

① 姚雪垠：《为重印〈长夜〉致读者的一封信》，《长夜》，人民文学出版社，1981年版，第2页。
② 姚雪垠：《为重印〈长夜〉致读者的一封信》，《长夜》，人民文学出版社，1981年版，第4页。

村、城镇的毁灭性灾难。然而，姚雪垠的《长夜》却超越了主流话语的控制，他对于土匪的叙述，不是像徐玉诺那样采取自上而下的道德批判态度，也不是像20世纪50、60年代的曲波、梁斌那样站在敌对的政治立场上去否定土匪，而是以一个“在场者”的身份存在于故事当中，并借助于在场者的所见所闻为我们展现了一个以土匪为主体的交织着野蛮和激荡的江湖世界。在这个江湖世界中，大多数土匪并不是生来就是恶人，他们之所以当土匪，用在场者陶菊生的话来说，很大的一个原因是“被逼下水”。对王成山等土匪被“逼上梁山”故事的叙述，由于都是借助于陶菊生的所见所闻来展开的，因而小说叙事的现场感很强，让人觉得作家姚雪垠不是在写故事，而是对自己难得的经历的原生态的再现。在这种原生态的再现中，看到的不再是被主流话语妖魔化、漫画化的土匪，而是有着极为复杂、丰繁人性的土匪。一方面，他们作为土匪杀人越货，另一方面，他们又都是被迫离开土地的农民。因而，只要有可能，他们都愿意重新回到熟悉的土地，做一个安分守己的种田人。因而，这些土匪之所以为匪，责任不在于他们个人，而在于当时黑暗的社会和腐败、无能的政府。作为失去了土地的农民，丧失了物质家园的流浪者，他们也不应该成为我们单纯批判的对象，而应该成为我们同情与理解的对象。

如果说，《长夜》中的个人记忆对于主流话语中的土匪形象主要是一种解构，那么，它对主流话语中的土匪题材中的“我”形象则主要表现为重构。一般土匪题材的文学作品中，“我”一般是土匪世界的旁观者，作为旁观者的“我”在面对土匪时，或是慌乱与恐惧，或是悲伤与愤怒，呈现出较为强烈的悲凉情绪。然而，与之不同的是，《长夜》中的“我”既是土匪世界的观察者，又是参与者，“我”在感受着陌生的江湖世界时，也创造了带有浪漫化色彩的土匪世界的生活，因而，我的个人记忆，就不是悲凉的而是带有较为强烈的浪漫色彩。作为观察者和参加者的陶菊生，也就没有像徐玉诺的《一个可怕的恶梦》《在摇篮里》《到何处去》中的旁观者那样，将江湖世界视为邪恶的世界而对其充满敌意，而是充满惊喜地将江湖世界纳入到了自己的视野中。对于陶菊生而言，脱离正常社会安全企的保护进入江湖世界可能是紧张和不安的，但这种令人紧张和不安的江湖世界又在很大的程度上切合了他对于人类生命的浪漫化想象。

小说一开始，陶菊生就处于被土匪扣押作为肉票处理的生存困境，土匪对其他肉票的杀戮，对其兄长的打骂，对他自己的威胁，都造成了叙述的内在紧张性。然而，就是在这种困窘的处境下，陶菊生仍然对自己在土匪世界的生活保持着一种幻想的自由。他“把冒险当做游戏和英雄事业，死的威胁只能引起他一种漠然的害怕。土匪捉住他们时，大人们都胆颤心惊，作为少年的他却“极其大方，孩子气的脸颊上一直带着笑。”以至于连麻脸的土匪在内心里称赞他道：“好，好，怪有种的!”他们被扣作肉票后，土匪威胁说，如果没有人来赎他们，就叫他们“吃洋点心”，其他人质吓得面如土色，“但菊生的不切实际的浪漫性格，和他从故乡的野蛮社会与旧日小说上所获得的那一种‘英雄’思想，使他依然竭力保持着脸上的微笑。”很明显，陶菊生有着追寻英雄的浪漫气质，充满风险、充满不测的江湖世界不仅没有消减他的这种浪漫气质，而且为他个人化的英雄体验和想象提供了更为广阔的想象空间。在现实社会循规蹈矩备受抑制的少年在挣脱传统观念的束缚后，日渐迷醉于红火热闹、缤纷华丽的江湖世界。他像土匪一样笑傲江湖，点着鞭炮当机关枪向敌对方示威；他像土匪一样视凶险为常事，面对着在自己身边飞舞的弹雨，诙谐地调侃道：“乖乖儿，怪不客气哩”他像土匪一样率性而为，用火把点燃了老乡家的茅屋。在江湖世界待的时间越长，陶菊生对道德的蔑视就越是强烈，对土匪未被文明所驯化的强悍生命力的肯定就越是坚决。他认为李水沫等土匪像黄巢、李闯王一样，都是“弱者里面的强者”，“要是没有这类有本领的人物出头，弱者就没有人出来领头，也不会结合成很大的反抗力量。”将土匪视为强者可以看出陶菊生的评判标准依据的不是道德而是生命力，这一独特观念的生成与当时的战乱纷争有密切的联系。社会动荡得越严重，民众受到的生存威胁越大，民众对土匪的肯定程度就会越高。在许多民众的眼里，做土匪不过是人生出路的一种，土匪的匪性也是一种原始生命强力的张扬，是一种以恶制恶的破坏力量淋漓尽致的释放。小说中有一个场面的描述就充分地印证了这一点。土匪小头目薛正礼一回到家里，许多青年就纷纷涌进房间，强烈要求加入土匪团伙。薛正礼婉言谢绝，这些青年却毫不退缩，坚持要当匪。而坚持的理由就是：“这年头谁下力气谁饿肚子，年轻人为啥不想下水?”“反正在家里迟早是饿死，不如当膛将死个痛快。”显然，当土匪已经成为这些青年改变自己命运的必然选择。此外，陶菊生的这一独特观念生成也与作家姚雪垠的价值观有联系。姚雪垠曾强调指出：“我是北方人，爱北方的豪爽性格。这性格虽然粗野，但却率真；虽然任性，但却硬爽；虽然有时候对人不客气，但却能见义舍身，济人之急，决不会落井下石或锦上添花。”① 可以说，李水沫团伙以自己野性的力量反抗着强大的中心力量的勇气，李水沫团伙生生死死都透射出的热气活力，李水沫团伙大碗喝酒、大块吃肉的豪爽开朗，都暗合了姚雪垠对英雄的要求。作者的这种价值观，显然大大回异于传统土匪观对土匪身份的评判，使土匪从政治上的被否定的层面上升到了文化上的被肯定的层面。当然，作者在肯定土匪的反抗精神的同时，也看到了江湖世界存在的某些问题。姚雪垠强调指出，土匪们“没有清楚的政治目的，仅是为着不饿死，为着报仇”的反抗行为，充其量“只算低级形态的武装叛乱”。② 因而，这种“低级形态的武装叛乱”，可以局部地改变土匪的生存处境，却不可能完善土匪的精神世界；可以局部地改变个体民众的命运和社会的现状，却不可能对国民精神的重塑和民族的命运产生建设性的影响。

二

在《长夜》中。我们还可以经常发现一种想象，它是根据“类似律”“相似律”“接近律”原则，将两种具有某种类似点的表象叠加为一体，从而综合生成出一种新的形象的想象方式。根据心理学理论，这就是类比式想象。

在《长夜》的类比想象中，以现实为基础的象征性类比随处可见。从想象的运动过程看，这些象征性类比总是以某种表达特殊意义的媒介物去代表另一与它具有相似性的事物。这些象征性类比的大量运用，为姚雪垠的江湖世界赋予了深层特征。

《长夜》中的象征性类比首先值得关注的是整体性象征。所谓整体性缘征，是指象征不是仅仅作为一种艺术手法而出现，而是作为一种对对象进行整体把握的思维方式而呈现，在作品中，整体象征既是整部作品构思的基石，又是作品观念与主题的综合与概括性表现。《长夜》的篇名，就是一个整体性象征。姚雪垠交代：“我在小说中所描写的土匪生活没有清楚的政治目的，这是二十

---

① 姚雪垠：《〈牛全德与红萝卜〉的写作过程及其他》，《牛全德与红萝卜》，怀正文化社 1947 年版。

② 姚雪垠：《为重印〈长夜〉致读者的一封信》，《长夜》，人民文学出版社，1981 年版，第 6 页。

年代前期从汉水流域、淮河流域、黄河流域……直到关外，大半个中国相当普遍的社会现象。中国共产党尚在幼年。在北中国的茫茫大地上，社会主义的思想在很少数知识分子、大城市产业工人和铁路工人中间传播，没有同农民结合。所以对广大农村来说，当时还处在漫漫长夜的黑暗时代。不过，黎明也临近了。”① 显然，作者选择了自然界的“长夜”现象作为原型结构，赋予了这一自然现象以深刻而又广泛的含义，作为“客观对应物”的“黑暗”“恐怖”“压抑”的“长夜”形象，既是当时作者所写的河南农村破败的社会的缩影，也是当时整个黑暗的中国社会的总体性象征。小说中其他的局部象征，都与这个总体象征有着紧密的联系，它们是这个总体象征的分体化、具体化和重复化。

指示性象征是《长夜》中非常独特的一种类比性象征。指示性象征不像整体象征那样，以一个统一的形式对作品的主题与观念加以整合与凝聚，而是主要通过特定的媒介物传达信息。这类象征在姚雪垠的江湖世界中普遍存在，且出现得非常频繁。

俗话说，人在江湖飘，哪能不挨刀？生活在一个与世隔绝、奇崛神秘的江湖世界里，既是一件激动人心的事情，又是一件充满风险、充满不测的事情。在这样一个流动的世界里，几乎很少有什么东西是被先在地决定了的，也没有什么事情可以被先在地预见。因而，为了自我保护，江湖中的集团为避免局外人的了解而制造了大量的黑话。这种黑话的一个非常重要的特点，就是经常隐其事而假以他辞进行表达，由于象征体所表达的意义是江湖中帮会与集团内部成员约定俗成的，因而，这些黑话传达的信息，也就只有内部成员才能理解其意义。在《长夜》中，这种江湖黑话的内容非常广泛，它们通常被赋予某种特定的意义，用于江湖世界中的土匪集团内部成员在日常生活中的沟通与交流。例如，向寨墙进攻，土匪黑话中将之称为“灌”，表示向瓶子里灌水的意义。绑架勒索人，土匪黑话中将之“绑票”，表示拉人的目的在换取钞票之义。未出嫁的姑娘，土匪称之为“黑脊梁沟子”，这是因为20世纪20年代豫西和豫南一带未出嫁的姑娘都在背后拖着一个大发辫。

规范性象征也是《长夜》中值得关注的一种类比性象征。所谓规范性象

① 姚雪垠：《为重印〈长夜〉致读者的一封信》，《长夜》，人民文学出版社，1981年版，第6页。

征，是指一种对人们的言语和行为进行规范的象征。应该说，任何一个社会群体，为了群体的生存与发展，都设定了一些限制群体成员言语和行为的价值规范。只不过，与正常社会的群体相比，处于正常社会秩序外的土匪群体的价值规范更为严格。这是因为，江湖世界是一个巴赫金所说的与官方统治相对立的"第二世界"。"这个世界是作为'颠倒的世界'而建立的"①，它时时刻刻面临着被官方世界颠覆的危险，在这个危机四伏的江湖世界中，价值规范作为一种禁忌，它是江湖中人们对衰老、病痛、死亡的恐惧和对良好的生存环境的心理的表现，它的根本目的在于尽量使江湖中的人们回避危险和伤害。正如弗洛伊德所说"塔布（禁忌），就我们来看，它代表了两种不同方面的意义。首先，是'神秘的''危险的''禁止的''不洁的'……"所以禁忌的产生既包括人们对于由于科学发展水平局限而产生的对自然界的畏惧，也是对于客观存在的危险的一种自我保护。②

在《长夜》中，土匪集团的"忌讳"多种多样。有对死亡的避讳。例如。玩耍的时候，土匪忌讳作跪的姿势，因为这种姿势与被砍头的情景类似。吃饭的时候，不能将筷子架在碗沿上，因为它与人遭受某种酷刑或死的姿势非常相似。也有对凶祸的避讳。站立或走路时，土匪忌讳背抄手，因为背抄手与被人背绑着的姿势非常类似。吃馍时，土匪不允许将掰开的馍口对着别人，这是因为"对口极易使人想到对口供"。土匪称吃饭为"填瓤子"。这是因为"犯"和"饭"同音，有"犯人"之嫌，而肚子里装有饭与瓜皮里有瓤子相似，故将饭称为"瓤子"。

三

在《长夜》中，存在着大量对现实事物的形状、程度、规模、性质等方面着意扩大或缩小的变异式形象。这些形象与其说是客观事实的记录，不如说是作者主观情感的产物。主观情感的指向与程度的不同，决定着形象的变异程度与性质。从心理学的理论来看，这种建基于超想作用，对大脑中的感觉表象进

① ［苏］巴赫金：《巴赫金全集》第6卷，河北教育出版社1998年版，第13页。

② ［奥］弗洛伊德：《图腾与禁忌》，杨庸一译，中国民间文艺出版社1986年版，第89页。

行“扩张”或“缩小”的想象方式，就是变异式想象。这样看来，《长夜》中的变异式想象就不只是一种修辞方式，而是作者对人类与世界的一种认知思维与方式的表现。借助于变异式想象生成的形象，作者在认知江湖世界与其中的江湖人的同时，也在表达着自己深邃的思想。大致而言，《长夜》中的变异式形象主要表现为理想化形象。

变异式想象是对经验事实的超越，它带有作者非常强烈的主观情感色彩。《长夜》中的理想化形象就是在作者姚雪垠审美情感的积极参与、推动下的产物。身处于一个与现实社会完全不同的陌生化的江湖世界中，作者感觉到不仅一切事物的本身在走向流动和变异，而且一切事物的对立面也处于流动不定之中。这种流动和变异，使作家的情感也变得丰富而又复杂。一般而言，当作家对这个奇异的江湖世界中的对象产生一种喜爱的感情时，他总是有一种美化这个对象的冲动。在《长夜》中，这种冲动驱使他或者以一种夸张手法赋予江湖世界一种理想化色彩，或者赋予人物一种超越现实之上的浪漫气质与情感。

无庸讳言，姚雪垠写作《长夜》的20世纪40年代，远不是一个充满浪漫情调的时期。连年的战争给中国社会带来的是贫富的分化、道德的沦丧、人性的裂变。具有强烈责任感的姚雪垠难以抑制自己对这种黑暗社会的厌恶，更无法接受黑暗社会催生的人与人、人与自然日趋强烈的疏离。为了缓解这种厌恶之情，姚雪垠将目光转移到了与现实社会对立的江湖世界，将这个江湖世界打造成了一个令人怦然心动的与现实社会截然相反的侠义之邦。

那么，什么是义呢？孟子认为“义，人之正路也。”（《孟子·离娄上》显然，儒家将义当成了一种道德化的东西进行了处理。在儒家这里，义与“仁、礼、智、信”构成了儒家推崇的“五德”之一。而与儒家不同，墨家则将人们互利互爱的“兼爱”看成“义”，并将这种义视为高于一切的东西，墨子在《贵义》篇中就强调指出：“万事莫贵于义”。由于各家对“义”的定义不同，义的含义也就变得丰富而又复杂。

而从《长夜》来看，李水沫团伙所推崇的“义”，既不是宋江追求的“全忠仗义，辅国安民”的道义，也不是鲁智深追求的“路见不平、拔刀相助”的正义，而是指好汉们“忠难相挟，吉凶相救”的兄弟之间的“义气”。对此，姚雪垠有较为明确的交代：“农民在接受无产阶级政党的领导以前，一代代都有为生存而斗争的武装叛乱，但不能成为自觉的阶级斗争。有的武装斗争具有一定的政治目的，例如希望推到旧江山，建立新江山，但也不是阶级的自觉。至于那种没有清楚的政治目的，仅是为为着不饿死，为着报仇，从事抢劫，奸淫，过一天算一天，便只算低级形态的武装叛乱，不能算作起义。我在《长夜》所写的武装斗争，就是低级形态的武装叛乱。"① 从这个角度上看，我们认为这种义气是墨家侠义理想的较低层面的体现。之所以说它是墨家侠义理想的较低层面的体现，是由于李水沫团伙"兼相爱"的行为是具有非常明显的条件性的："有福同享，有难同当"的利他主义行为是建构在虚拟血亲兄弟关系下的责任和以德报德、以怨报怨这一民间生活逻辑基础之上的，这种利他主义行为并不涉及李水沫团伙以外的团体和个人。由此，对于李水沫等人来说，所谓的"聚义"，就是突破血缘关系界限的"义兄义弟"的同心同德、众志成城，而面对城外的世界，他们则奉行一种"以牙还牙""血债血还"的无情对抗的原则。

这样看来"义气"既是李水沫团伙的精神支柱，又是他们为人处事的基本准则。具体而言，它在李水沫团伙又主要表现为两个方面。首先，是团伙首领的讲义气。作为团伙的组织者，团伙的首领李水沫利用种种方法加强了自己在手下兄弟心目中的讲义气的高大形象。方法之一，是以超人的更气与胆识影响手下的兄弟。无论是儒家还是墨家，都认为义与勇有着非常紧密的联系。《论语·为政》说："见义不为，无勇也"。而墨子认为，互利互爱的"兼爱"，是必须以"强"与"力"为基础的。明乎此，在建构自我威权形象的过程中，李水沫所践行的江湖义气始终与"勇""强"相关联。团伙中一个流传非常广泛的故事是，有一次，首领李水沫"过足了烟瘾，右手提着手仗，左手拿着电筒"孤身深入敌人的前哨阵地。在敌人前哨阵地观察了一段时间后，李水沫正要转移时，没想到被敌人一个暗藏的哨兵发现了。哨兵将枪口瞄准他，大声喊道：口令!"此时，李水沫与哨兵之间的距离只有十多步远，形势非常危急。然而，李水沫没有惊慌失措，他一边打开电筒，将电光直射哨兵的眼睛，一边大步向哨兵走去。走到哨兵面前时，说时急，那时快，李水沫扬起手杖打落了哨兵手上的枪，压低声音骂道："混蛋！连问口令的方法也不懂！假若真有敌人来，你用那么大的声音一问，他一枪就会把你干掉了！你叫什么名字!"等

① 弗洛伊德：《图腾与禁忌》，中国民间文艺出版社 1986 年版，第 87 页。

到以为冒犯了自己一方长官的哨兵哆嗦着报出自己的名字时，李水沫已扬长而去。李水沫就这样借助自己超人的胆识与勇气，完成了一次极具浪漫主义色彩的壮举，在团伙兄弟面前树立起了一个临危不惧的带有传奇色彩的英雄形象。方法之二，是以情感打动手下兄弟。江湖团伙的一个主要目目标，就是千方百计去获取最大化的经济利益。因而，一个团伙首领要想团伙成员对团伙领导产生依赖感，他就必须以心换心，将兄弟的麻烦当作自己的麻烦，将兄弟的困难当作自己的困难。团伙中流传着的另外一个李水沫在军阀部队当团长的故事，充分说明了李水沫是一个善于利用情义凝聚人心的高超的江湖团队管理者。李水沫被军阀招安做了团长，然而，过了一年多，上面也没给李水沫部队发饷。李水沫手下一个姓崔的连长坚持不住了。准备拉着自己一连人再去当土匪。临走之前，有感于李水沫对自己的厚爱，崔连长特来报告李水沫。没想到，李水沫不仅没有举起权力的杀威棒惩罚他，反而担忧崔连长出去后的命运。他出人意料地命令军需官拿出二十支步枪、五支手枪、一挺轻机枪给崔连长作为送别的礼物，并和蔼地对崔连长说："出去痛痛快快玩几个月，遇着挨打的时候快派人来报个信儿。"俗话说，人非草木，孰能无情?！李水沫施放得情义信息弹，远比他给予崔连长的步枪、机枪更有杀伤力。崔连长在李水沫的宽容和大度中感觉到了人对人的理解、体贴和信任，感觉到了这种理解、体贴和信任支撑起来的情义的博大精深。在这种博大精深的情义的震撼下，他不能不屈服，不能不痛哭流涕，他除了死心塌地拥戴李水沫，已经别无选择。于是，他蹲下向李水沫发誓："宁肯困死在这里，也不能离开团长"。李水沫就这样以情义为武器，办到了以枪炮难以办到的事，达到了依靠枪炮难以达到的目的，使他的手下对自己感恩戴德，自觉自愿为他赴汤蹈火。

其次，是团伙其他成员的讲义气。江湖世界既然是一个与官方世界相对抗的世界，它就时时刻刻有被官方侵入、剿杀的危险。外在的压力与威胁越大，李水沫团伙的成员对兄弟义气的信任感就越强。因为，只有成员们"齐心协力""团结互助"他们抗击外在压力与威胁的能力才会更加强大，他们获取的利益才会更多。因而，在团伙内部，成员之间集结的一个根本的原则就是要讲兄弟之"义"。菊生的第二个义父薛正礼就是一个很讲义气的人。他是团伙中的一个重要干将，然而，他却严于律己，宽以待人。他自己"没有任何嗜好，连一根纸烟也不肯抽"。对待团伙内部的兄弟，他却以"患难相挟，吉凶相救"

为宗旨，能够将“兄弟”的事看成自己的事，处处以自己的言语和行为形象地阐释着兄弟情义的可贵。他尽量满足周围兄弟物质上的要求，在他这个小圈子里营造了浓厚的有福同享的义气氛围，他也总是在兄弟有难时挺身而出，给予兄弟及他们的家人以帮助，在他这个小圈子里营造了一股很有强烈的“有难同当”的气氛。像团伙成员丁国宝战死后，他马上就派人给丁国宝家里送去五十块钱。在这个团伙中，兄弟之间的情义不是一场表演，不是表演给寻求娱乐的观众看的，而是一种团伙的精神文化支撑和价值向导。它是厚重的，厚重得需要人为它付出，为它牺牲。团伙成员刘老义就为兄弟情义作出了牺牲。刘老义是一个长相不讨人喜欢的光棍，经历枪林弹雨抢来了一个中意的姑娘当作自己的老婆。没想到，这姑娘竟是他换帖大哥的亲表妹子。当情欲冲动与兄弟之义发生冲突时，刘老义选择了后者。他认为，“为人不能不讲义气”，事实上，这是他作为一个江湖人的无法逃避的必然的宿命。从心理学角度上看，如果说他对女人的需要属于“丰富性动机”，是一种对他感情生活的完善，那么，他对兄弟之义的需要就属于“缺乏性动机”，离开了它，刘老义就不再被团伙成员看成兄弟，他作为团伙成员的资格也就会成为问题。

由此看来，在以兄弟情义至上的江湖世界，所有的成员都要讲兄弟义气，兄弟的情义是不可违背的，谁违背了它，谁就会受到惩罚。菊生的第一个干爹王三少是团伙中的一个小头目，后来之所以被李水沫从团伙中赶走，就是因为被人举报“黑过朋友”。显然，这个团伙中的兄弟义气是具有强制性特性的，它以暴力为后盾，明确规定了团伙成员应该做什么和不应该做什么的界限。

从《长夜》中，我们可以非常清楚地发现，正是借助于再现式想象、类比式想象和变异式想象，姚雪垠才使得他的江湖世界既真实而又不乏浪漫。说它是真实的，是因为作家并不是像同年代的其他作家一样以某种先在的观念代替经验，而是将想象建构在个人经验基础之上，以再现式想象揭示了被主流话语遮蔽的另一种存在，证明了经验对于认识江湖世界的无可替代的作用。说它是浪漫的，是因为作家并没有满足于从个人经验中获取想象的资源，而是抓住熟悉的经验世界给他的暗示，以一种未来意识照亮过去的记忆，沟通在理性视野下分裂的江湖世界与正常社会以及无数表面上相互隔离的历史事件的联系。这样看来，在《长夜》中，现式想象、类比式想象和变异式想象并不是截然对立、没有联系的，而是交错庞杂、彼此交融的。在这里，回忆过去并不是想固守过去的时光，而是想借对江湖世界的再现表达对人关原始性、自然性生命形式的追求；想象未来也不是要完全抛弃现实，而是想借未来的神奇之棒化现实之腐朽为神奇，使现实中萎靡不振的生命重新激情澎湃，重新灵动飞扬。

（《贵州社会科学》2011 年第 4 期）

冯玉祥邀姚雪垠讲学书信四札

吴永平

笔者曾参加中国青年出版社《姚雪垠书系》（共22卷）的编辑工作，有机会看到作家姚雪垠珍藏的一批名人书信，其中冯玉祥邀姚雪垠讲学相关书信四札尤为珍贵。

1943年初，姚雪垠从中原第五战区来到大后方重庆，不久便被推举为中华全国文艺界抗敌协会研究部副部长，其表现战地生活的小说也络绎问世，俨然成为文坛新星。其时，国府副委员长冯玉祥也在重庆。他素来有志向学，喜欢结交进步文化人，作家吴组缃、老舍、老向、何容、田涛，画师赵望云、郝石林都曾为其座上客，且自创“丘八”诗体，别具一格，遐迩传诵。冯将军获知“战地作家”姚雪垠来渝后，便托陶行知代为邀请来家讲学。陶先生为此多次致函姚雪垠，终于玉成此事。现存相关信件四札，冯玉祥致陶行知及姚雪垠各一札，陶行知致姚雪垠两札。

鉴于此文坛佳话尚少人知，也未见于相关人士的回忆录，特将相关信件四札一并整理，略加说明，以广知闻。

其　一

行知先生道鉴：

雪垠先生允讲甚为感激　日期拟请于本月十六日起每日讲二三小时先打算半个月不知可否　如在作短篇小文或短篇小说上入手则更好了

请　费神

转达

姚先生为祷　此颂

文祺

弟冯玉祥 敬启 三二、九、七

（原信无标点，有空格——笔者注）

此信是冯玉祥寄给陶行知的，写于 1943 年 9 月 7 日。陶先生将此信转给姚雪垠，为的是让对方感受冯将军盛邀的诚意。

从此信可以见出，冯将军对邀请姚雪垠讲学事非常在意，他不仅预先计划好听（授）课时间，还对听（授）课内容有具体要求。

冯将军能诗能文，这是大家知道的。但冯将军对“（创）作……短篇小说”也有兴趣，知道这事的人恐怕不会太多。联想到他在歇台子“抗倭楼”侧后石壁上的题诗“人愿为主宰，勤学是救星。事事重实干，时时讲维新”，令人不得不感佩其“勤学”和“维新”的热忱如此执着。

姚雪垠是成名小说家，抗战初期即以短篇小说《差半车麦秸》轰动文坛；他也是成名理论家，这年 6 月刚在商务印书馆出版了一本论文集《小说是怎样写成的》。显然，冯将军对姚雪垠的创作情况有所了解，或许读过他的作品也未可知，他邀请姚雪垠来家讲授“（如何创）作短篇小文或短篇小说”，当是经过慎重考虑的。遗憾的是，冯玉祥当年托陶行知代邀姚雪垠讲学的信函、陶行知向姚雪垠转达冯玉祥诚邀的信函及姚雪垠给陶行知允邀的复函都尚未面世。

其　二

雪垠先生大鉴：

奉书至感，当即转致焕老。昨日又晤商，知其期望甚切，景仰甚深，且谓城中人多分心可虑，拟于十六日早（何时最佳请示知）派汽车接先生到歇台子，一面休息，一面讲学，并望先生酌带参考书，俾可印证，除小说外，对于诗之发展，彼亦感需要。原函附上，如何，尚希卓裁示复，敬祝

康健

弟行知 卅二，九，九

此信是陶行知收到姚雪垠允邀信（“奉书”）后的回复，作于 1943 年 9 月 9

日。信中所言“焕老”，指的是冯将军。冯将军字焕章，1882 年生，时年 61 岁；陶行知 1891 年生，时年 52 岁；故陶行知尊称冯将军为“焕老”或“焕公”。

从该信可知，冯将军于 9 月 7 日致信陶行知后，又曾于 9 月 8 日与其面商讲学细节，陶行知称冯对姚“期望甚切，景仰甚深”，当不是客套话。由于如此重视其人其课，冯将军考虑得更加细密：虽然他在重庆市区也有寓所，但考虑到城中嘈杂难免分心，不如去乡下取其僻静而聚神，于是决定把听（授）课地点安排在城郊歇台子；听（授）课时间长达半个月，授课人需要旁征博引，听课人期望触类旁通，于是便嘱其把参考书一并带来，免得两地奔波；考虑到只听（授）“（如何）作短篇小文或短篇小说”或许有点单调，于是又嘱其对自己更需要的“诗之发展（史）”也作些准备。

这里有一个疑问，姚雪垠当年以文名，不以诗名，冯将军为何要请他讲诗歌史，陶先生又何以放心让他给冯将军讲这个专题呢？其实很好理解，这年 6 月，姚雪垠刚出版了一本理论集《小说是怎样写成的》，其中的《屈原的文学遗产》谈的正是诗歌发展史，同月姚还发表了一篇论文《中国作风与叙事诗》，也是谈诗歌发展史。陶行知博学多闻，或许曾就此向冯将军介绍，也未可知。

遗憾的是，随该信附寄的冯将军“原函”似已佚。

其　三

雪垠先生大鉴：

奉到由小朋友转来口信，业已转达焕公。彼对隔一天讲一次表示赞同并致谢忱。十六日早八至九时光景，冯府派汽车来接。专此奉达，敬颂

康健

弟陶行知启　卅二，九，十三

此信作于 1943 年 9 月 13 日，是陶行知接到姚雪垠口信后的回复。

姚雪垠的口信是托育才学校的小学生带去的。育才学校位于合川市草街古圣寺，距重庆 57 公里。陶先生于 1939 年 7 月创办该校，专门招收来自沦陷区的失学儿童，他自己就住在距古圣寺约 200 米的一座茅草房里，室号曰“逸少斋”。陶先生曾邀请许多专家、学者来该校讲学，姚雪垠也应邀来过，因此认

识了该校的学生。陶先生不称小学生为“小孩子”而称“小朋友”，是尊重儿童人格的表现，这在当年便传为美谈。

姚雪垠提议隔一天讲一次，是经过深思熟虑的：隔天讲，老师有备课的时间，学生有消化的工夫，此其一；隔天讲，可以留出创作的时间，此其二。当时，他正在创作长篇小说《春暖花开的时候》(第一部)，时间对他来说是很宝贵的。

启程的时间定在 9 月 16 日。那天一大早，姚雪垠便在张家花园的居所里静候，却不料人车皆杳，于是又引出了下面这封信。

其　四

雪垠先生：

日前约　先生昨日（十六日）上午九时赴歇台子赐教，临时因事不克如约，今日特派人往接，请来康庄一同往歇台子，如何之处，请赐回音，即祝

文祺！

冯玉祥敬启　三二、九、十七

此信写于 1943 年 9 月 17 日，有信封，却未贴邮票，由此推断，当是冯府的司机带来面交的。

细读冯将军的这封信，不无耐人寻味处：“临时因事”四字，已将“不克如约”的原因说清，但他似乎觉得尚不足以表达歉意，于是再一次征询姚雪垠对行程安排的意见，“如何之处，请赐回音”八字，含意隽永。意即：我曾因事爽约，心里非常过意不去；如果你今天也因事不能来，我是能够体谅的；你觉得什么时间方便出行，请告诉来人。

冯将军如此谦恭下士，姚雪垠自然也不会要“大腕”，于是欣然就道。

姚雪垠为冯将军讲学的具体内容，可参看他于次年在杂志上发表的两篇文章，一篇题为《小说结构原理》（载 1944 年 1 月《文艺先锋》4 卷 1 期），另一篇题为《写长篇与写短篇——小说写作经验谈》（载 1944 年 2 月 15 日《文学修养》2 卷 3 期）。这两篇文章都是写给初学小说创作者看的。

（《博览群书》2011 年第 12 期）

千古生辉的文坛厚谊
——初论茅盾与姚雪垠的交往

万树玉[①]

茅盾与姚雪垠，一位是伟大的革命文学家，生于1896年，一位是历史小说大师，生于1910年。他们于1974年7月开始直接联系和交往，自那时至1980年2月将近六年时间里，双方往来通信88封，姚雪垠还登门访谒过茅盾一次。以前他们虽仅于1943—1944年间在重庆有过几次偶尔接触，但有3件事曾多少牵近过他们的思想感情。一是1938年2月在香港自己主编的《文艺阵地》上，茅盾发表了姚雪垠寄自武昌、在当地遭到退稿的小说《差半车麦秸》，并于同年8月在该刊荐介这篇小说描绘了抗战文艺中"新的典型"。二是在1938年11月出版的《文艺阵地》和1945年5月出版的《文哨》上，茅盾分别对姚雪垠的中篇报告文学《战地书简》与中篇小说《戎马恋》和长篇小说《春暖花开的时候》作了评介，道出了它们的成败得失和改进方向。三是20世纪40年代初，姚雪垠的中篇小说《牛全德与红萝卜》在重庆受到了宗派主义"党同伐异"的无情打击，被扣上了"色情"帽子，茅盾挺身而出，一面给予公正的批评，一面替姚雪垠作了抵挡与保护。

茅盾与姚雪垠1974年至1980年的6年交往有哪些引人注目之处？

首先，姚雪垠将茅盾视为"恩师"，诚恳虚心地向茅盾求教，茅盾则尽心细致地加以指点。

姚雪垠认为自己是"五四"后第二代作家，第二代作家应"师承"像茅盾那样的第一代"五四"前辈。现在自己已步入老年，"五四"前辈更已"陆续

① 万树玉（1937—），中国茅盾研究会原代会长。

凋谢，渐如晨星”①，现在世的已达高龄，时不待我，应抓紧时间向他们讨教；而茅盾具备“学识渊博、创作经验丰富、思虑细密、一贯认真帮助后学”这四大“长处”②，所以姚雪垠就确定茅盾为“五四”前辈中主要讨教对象。20世纪70年代中期，姚雪垠正在创作长篇历史小说《李自成》，为使小说写得精益求精、尽善尽美，他将业已出版准备再版时修改的第一卷和已经脱手的第二卷初稿寄给茅盾征求意见。为表明诚意，切实达到请救目的，姚雪垠采取了以下一些做法：（1）考虑到茅盾的年龄（此时已近80岁）和目疾，凡请茅盾过目的稿子，包括油印稿、打印稿、撰写稿，都使用较大字体；（2）《李自成》第一卷是不分单元且无标题的，为使茅盾检阅方便，第二卷原稿特地分了单元，每个单元前加题目，所以嗣后各卷都沿用了这一体例，与第一卷明显有别；（3）特地向茅盾提出了第二卷中有些感到棘手需要着重斟酌推敲的地方，如《商洛壮歌》单元字数过多，《伏牛冬日》中如何删削过多情节，《张献忠在鄂西》（后改为《张献忠与左良玉》）单元中对玛瑙山之战及对张献忠的描述是否应加细笔墨，《紫禁城内外》中对周后的处理是否过得去，周后接受母亲朝贺的细节有无副作用，《李岩起义》中是否将汤夫人写得太高了，等等；（4）在第三、四、五卷尚未出台情况下，为让茅盾了解全书的结构布局和对重要历史事件、历史资料的处理意向，原拟给茅盾写一个数千字的5卷内容提要，后觉这样做实难让茅盾提出意见，于是就改写了一个8万字的《李自成内容概要》，奉寄茅盾；（5）在征求意见过程中，他除由衷地表示“受益很大”“得到很大鼓励”，准备修改时“认真采纳”，特地强调欢迎茅盾多提意见，多指出毛病、缺点，甚至请茅盾亲自修改。在读了茅盾对第二卷的品评后，他感激之余，惋惜地表示“但恨太少”③。倘能稍多一点，幸何如之。在征求《前言》意见时，他对茅盾说：“请您推敲推敲，将论点不准确的地方，措词有毛病的

① 姚雪垠1974年7月10日致茅盾函。《茅盾　姚雪垠谈艺书简》，人民文学出版社2006年版，第1页。

② 姚雪垠1974年10月16日致茅盾函。《茅盾　姚雪垠谈艺书简》，人民文学出版社2006年版，第16页。

③ 姚雪垠1975年7月14日致茅盾函。《茅盾　姚雪垠谈艺书简》，人民文学出版社2006年版，第63页。

地方赐信指明，以便修改后付排。倘蒙您直接斧削润色，尤为感激。”①

对于姚雪垠的虚心求教，茅盾则十分在心尽心，所议务求切中肯綮。1974—75年时，茅盾虽已是七十八九岁高龄的耄耋老人，身体羸弱，而且目疾严重，右眼视力仅0.3—0.4，左眼患老年性黄斑盘状变形，视力一尺外不辨五指，但在接到《李自成》第一第二卷八九十万字的书稿后，他不惜劳心耗神，抓紧在四五个月内阅完并记下感想。对已出版的第一卷，从结构、战争描写、人物、对话等几方面作了概评；对第二卷原稿，除按单元（共10单元）共写了近万字的精辟评析，还作了众多边批。从以下一些具体评论中，我们不难看出茅盾思考的精心和周密以及它们所起的启迪作用：（1）具有明确具体的针对性，着重涉及各单元的构思、内容及姚雪垠所提出的一些难点，不作空洞的泛论。如指出《商洛壮歌》单元第一章与第三章有几处显得文字“松弛”，可以“紧缩”；对作者提出的玛瑙山之战是否需详写，汤夫人是否写得过高，周后受母朝贺有无副作用等问题，均作了阐释。（2）既有肯定，又指出不足。如表示对第一卷“竞举不出何处应当改削”②。在第二卷中，指出《伏牛冬日》虽在总体上调正了全书节奏，但邵时信痛诉三代血仇、红霞述说红娘子身世、红娘子教射等段落文字可以精简；肯定《离间左良玉》（后改为《张献忠与左良玉》）单元加强对张献忠的刻画同时，提出可压缩张献忠对阿谀者态度一节内容。（3）对一些瑕疵和疏阔之处不限于点到为止，而是提出了具体补缀意见。如为示免平铺直叙，删减赘余字句，对《商洛壮歌》单元开头义军加强防务以备官军进攻一段，进行了代拟改写；对《紫禁城内外》单元黄道周廷争一节内容，提出增补老百姓对廷杖黄道周的反应，同时虚构一给事中之流的言官附和崇祯斥责黄道周，但写他在谏言后也受了廷杖之罚。（4）不仅剖析内容，也探究艺术手法。例如，对《宋献策开封救金星》（后改为《汴梁秋色》）单元，从内容上指出，此单元“妙在只从侧面写‘救金星’，而正面文字却是宋献策与李信的‘合传’”，并阐述了宋献策和李信的思想性格特点，又点出了它“紧凑中见从容，富于抒情味”的艺术风格，并进一步表示“在艺术形象方

① 姚雪垠1976年12月17日致茅盾函。《茅盾　姚雪垠谈艺书简》，人民文学出版社2006年版，第81页。

② 茅盾1974年12月23日致姚雪垠函。《茅盾　姚雪垠谈艺书简》，人民文学出版社2006年版，第23页。

面，这一章（按：指本单元）是很完整的，跌宕多姿，没有一笔是多余的。”①对《李自成突围到鄂西》单元，除概括李自成的发展成熟，还着重分析了它的艺术构思布局特点有“结束上文、展开新页的作用”，新页应是义军的大发展，但作者却“另起波澜”，“笔锋从义军转向没落王朝的内外交困”，“这种横云断峰的布局，书中屡见，这构成了全书的一弛一张的节奏。”② 对于茅盾的艺术分析，姚雪垠感触尤深。他说：“您对《李自成》第一卷和第二卷稿子所作的分析和评论，有许多是关于长篇小说的艺术技巧的共同问题。‘五四’以来，谈这些问题的文章却极少，故您的见解弥足珍贵。”③ 茅盾还郑重地建议姚雪垠借鉴外国历史小说的创作技巧，诸如列夫·托尔斯泰的《战争与和平》。他不厌其祥地细心地推荐董秋斯根据毛特英译本翻译的中译本。因毛特是托翁多年老友，他的英译本是托翁审定的；同时董氏精通英文，又有中文修养。所以此译本比直接评自俄文者为佳。

其次，不计辈分、资历，以平等态度进行学术交流。

双方通过书简，着重讨论交流了以下几方面的学术问题。

（一）关于批儒批孔问题。

1974年，茅盾在读了《李自成》第一卷和《〈李自成〉内容概要》后指出，“现在展开历史上儒法斗争的研究，凡分析农民起义全都着重突出其反儒反孔”，建议姚雪垠在写作时“可以正面点出”李自成“反儒反孔的一面”④。姚雪垠坦率地表示了不同看法：“李自成是农民革命的杰出英雄”，但“他受了儒家思想的腐蚀”，这是他“历史的局限性”，也是造成“他失败的原因之一”⑤。他说，第一卷出版后，李尔重同志（时任中共中南局农办主任）给他写了一信，说他在第一卷中“埋伏了李自成失败的一个原因”：“问道于孔孟，

---

① 茅盾1975年6月17日记。《茅盾　姚雪垠谈艺书简》，人民文学出版社2006年版，第48页。

② 茅盾1975年6月记。《茅盾　姚雪垠谈艺书简》，人民文学出版社2006年版，第50—51页。

③ 姚雪垠1975年6月28日致茅盾函。《茅盾　姚雪垠谈艺书简》，人民文学出版社2006年版，第58页。

④ 茅盾1974年12月23日致姚雪垠函。《茅盾　姚雪垠谈艺书简》，人民文学出版社2006年版，第24页。

⑤ 姚雪垠1974年12月29日致茅盾函。《茅盾　姚雪垠谈艺书简》，人民文学出版社2006年版，第25页。

求教于牛金星。”① 姚雪垠在例举李自成受儒家思想毒害后进一步向茅盾阐释了没能写李自成反儒反孔的原因：一是“根据现存的，经得起推敲和复查的文献资料，李自成没有过反孔政策和措施，倒是相反的资料不少”；二是“受封建社会的经济基础所决定，而两三千年的传统旧思想在当时还起着支配作用。”同时，当时中国的资本主义因素仅在长江下游有萌芽，新的市民思想在江南也很微弱，只能作为儒家思想的“附庸”，“故出生在北方农民中的李自成不可能是一个有崭新思想的人物，不可能制定有意识的反孔政策和措施，而只能相反地受到孔孟思想的消极影响。”② 他还不同意以儒法斗争的框框来诠释拘囿一切斗争。他表示，批孔问题需重视，但历史运动现象虽脱离不了阶级斗争的总规律，不一定都处于儒法斗争的范畴之内，写农民起义不能“强拉硬凑”。茅盾虽同意不能“强拉硬凑”，但从理论上强调历史人物的性格发展过程“是复杂而曲折的”，意即对儒孔的态度会有两面，所以，他以为“第一卷中虽写了‘问道于孔孟，求教于牛金星’，仍然可以写李自成有其反孔、儒的法家思想及其措施。”同时，他认为，“农民起义领袖之所以能号召广大农民，就在于反孔反儒”，因为“封建皇朝镇压农民、麻醉农民的法宝就是孔孟之道”③。他还认为，“领导农民造反，虽无反儒言论，实质上就是反儒，因为儒家是反对‘犯上作乱’的。但不等于说，这个农民起义领袖就已在思想上肃清了儒家思想的流毒。”④ 1976 年 12 月在寄给茅盾征求意见的《李自成·前言》中，姚雪垠针对茅盾的上述议论指出，儒家思想是我国封建时代的“统治思想”。中国封建社会的农民战争对孔、孟也是加以“利用”的，因为它们“是封建社会内部的阶级斗争，不但客观上不可能而且主观上也不会觉悟到需要改变封建社会的性质，所以迷信孔、孟就毫不奇怪”。他还进一步具体指出，有些同志“认为农民起义本身就是背叛忠君之道，因而就是反孔。”“我认为：第一，农民起义的

① 姚雪垠 1974 年 12 月 29 日致茅盾函。《茅盾　姚雪垠谈艺书简》，人民文学出版社 2006 年版，第 25 页。

② 姚雪垠 1975 年 3 月 7 日致茅盾函。《茅盾　姚雪垠谈艺书简》，人民文学出版社 2006 年版，第 34 页。

③ 茅盾 1975 年 1 月 6 日致姚雪垠函。《茅盾　姚雪垠谈艺书简》，人民文学出版社 2006 年版，第 30 页。

④ 茅盾 1975 年 7 月 1 日致姚雪垠函。《茅盾　姚雪垠谈艺书简》，人民文学出版社 2006 年版，第 60 页。

实质与反孔没有必然联系……第二，农民起义领袖一面反抗朝廷，一面却要求他的部下对他绝对效忠，并非一般地反对忠君思想。第三，忠君思想既非儒家所发明，也非儒家所独有。第四，忠君思想是一种历史产物，是在一定经济基础上产生的意识形态。”最后，也许是被姚雪垠所说服，也许是出于求同存异的考虑，茅盾赞同地说：“二年前儒法斗争史的研究，给‘四人帮’别有用心地搅乱了一些问题”，“您就李自成之例辨明农民起义领袖之非必反孔，也打倒了一个公式”①。

（二）关于小说的章回体例问题。

茅盾建议，《李自成》原五卷的格局可以抛弃，将新拟的单元格局也拆散，全书只有章，共若干章，分册出版；“每章拟一个对联作为每章内容提要，此即章目，仿旧章回体之回目”；“对联可长可短，每联格式可以变化多端”②。姚雪垠回答说，在开始写第一卷的时候，曾经试拟了一批回目，但没有使用，随即烧了。“我不用回目那种形式”，是考虑到这“是一个完全旧的传统”，《李自成》意在创新，“倘若使用回目，就会首先给读者一个陈旧的印象，好像作者是在走回头路，而且它和此书所追求的艺术目标很难谐和，反而受了章回体那种回目形式的局限和破坏。”另外，全书写成将有两百多章，无论用双句对仗回目，或几个字的题目，都“够烦琐了” “所以我考虑只能为单元立题目”③。但茅盾认为，“旧传统不妨以‘古为今用’的方法而化为神奇，回目的造句格式是旧传统，属于形式方面的；但回目的内容，可出奇制胜，不落窠臼。例如鲁迅的杂文集《伪自由书》《淮风月谈》，就形式而言是旧传统，但读来新鲜有味；《补天》《出关》《理水》等篇名也如此。”④ 至于全书两百多章使用回目不胜繁琐，可将两章并为一章而用一个回目，每章字数长短，不必拘泥。姚雪垠表示，茅盾再次谈到使用回目问题他“十分重视”，准备将来用排

---

① 茅盾 1976 年 12 月 19 日致姚雪垠函。《茅盾　姚雪垠谈艺书简》，人民文学出版社 2006 年版，第 82 页。

② 茅盾 1975 年 6 月 18 日致姚雪垠函。《茅盾　姚雪垠谈艺书简》，人民文学出版社 2006 年版，第 47 页。

③ 姚雪垠 1975 年 7 月 14 日致茅盾函。《茅盾　姚雪垠谈艺书简》，人民文学出版社 2006 年版，第 64 页。

④ 茅盾 1975 年 8 月 14 日致姚雪垠函。《茅盾　姚雪垠谈艺书简》，人民文学出版社 2006 年版，第 65 页。

印本征求意见后再作最后决定。他说，1957年他曾拟的一批回目是按传统使用对仗工整的偶句。将来如决定用回目，可以作点新变化，既可以对仗工整，也可以不用对仗，加重文学味道，使诗句本身与小说正文大致“浑然一体”“打破”旧回目“常犯的形式主义”①。

（三）关于历史题材的创作和评论问题。

1975年4月，姚雪垠作《无题》诗6首寄茅盾，内容涉及对三部古典文学作品的评论。他在诗中对这些古典作品有所挑剔，如针对《红楼梦》，他说“可惜只逢乌进孝，荒村点滴漏哀音”；针对《水浒》，他说“耐庵未必英雄多”；针对《三国演义》，他说“陆逊游魂迷石阵，仲达蠢物惧空城”，“七实三虚非信语，不耐推敲漏洞生”。茅盾指出，《无题》对中国古典文学的评价“甚为公允”，经他指出，始知罗书于地理史实，“漏洞甚多”，“空城计之不合理，常人不易觉察”，一经指点，“洞若观火”；“鄙意以为罗书最大缺点是把孔明写成一个有点‘妖气’的道士，把刘备写得近于无能，不知尊兄以为如何？……《水浒》中人物写成功的不多”②。

姚雪垠显然感到茅盾读了自己的诗后对三书的缺陷看得过重，所以又特地表示，《无题》六诗“只批评了《三国演义》的某些缺点，对它在艺术上的辉煌成功之处和其他重要缺点都未涉及。关于它的成功之处，值得学习的很多。例如，写诸葛亮出山，就极精彩。孔明的身份，几个有关人物的性格，十分突出。徐庶‘走马荐诸葛’极富于抒情味道，而又文笔摇曳，一波三折。还有对我启发很大的是徐庶为孔明让路和用虚构的情节烘托孔明的不凡。……写长篇小说，主要英雄应如何出场，《三国演义》这地方颇值学习。”③ 姚雪垠还与茅盾讨论了当时文艺批评与创作的“大病”“简单化”问题。他以《红楼梦》为例，认为“评论此书的路子弄得很窄，不免简单化和流入形而上学。”“把贾府的没落看成反映中国封建社会的没落，便是形而上学之一例。”封建社会的没落和贾府的没落是两个不同的范畴，具有不同的规律。有些人因知道清代是处

---

① 姚雪垠1975年8月22日致茅盾函。《茅盾 姚雪垠谈艺书简》，人民文学出版社2006年版，第67页。

② 茅盾1975年5月4日致姚雪垠函。《茅盾 姚雪垠谈艺书简》，人民文学出版社2006年版，第41页。

③ 姚雪垠1975年5月25日致茅盾函。《茅盾 姚雪垠谈艺书简》，人民文学出版社2006年版，第42—43页。

在我国封建社会的后期，正好没落，于是将贾府这个世家的没落“附会上去”；“贾府是清朝皇室斗争中的牺牲品，而不是新的社会转变中的牺牲品。”他进一步指出，评论《红楼梦》中的人物“也犯了同样的毛病”。有人说，林黛玉是苏州人，苏州在明末清初有资本主义萌芽，林追求真正的爱情具有反封建性质，是新兴市民思想的反映。林的思想中确有一些反封建成分，但不一定就是市民思想的反映。倘若说《卖油郎独占花魁》和《蒋兴哥重会珍珠衫》等作品稍稍带有市民阶级的道德观念，那完全可以说得通，然而说林黛玉身上也有市民阶级思想，未免是牵强附会。我国文学史上自《国风》以来，《孔雀东南飞》《西厢记》《倩女离魂》《牡丹亭》等在爱情上具有对礼教反抗性的作品，与市民阶级有什么关系？“细读《红楼梦》，从林黛玉所生活的典型环境到她的典型性格，我看不出来她的某些反抗性是来自市民阶级。”① 茅盾表示，“来函论目前文艺评论、文艺创作上一些积重难返的弊病，概乎言之，实有同感”。论《红楼梦》一段话，正是‘四人帮’歪曲主席原意的又一个例证。把曹雪芹当初脑子里一点影子也没有的资产阶级上升时期的意识形态和封建地主阶级灭亡期的意识形态，两者之间的斗争，硬套上大观园里的痴嗔爱憎，真是集公式化、概念化之大成，非形而上学而何？“尊论封建社会女性对恋爱自由的向往，对婚姻不自由的反抗，自《国风》以来便已有之，与市民意识无涉，这对美化林黛玉太甚者是一声断喝。”② 针对历史剧和历史电影的创作，姚雪垠指出，“写现实首先要作家深入现实，写历史当然也要深入历史。不少作家不肯深入历史，而着眼于借题发挥，以古喻今，所以严格说来，不是现实主义的创作道路。”“写历史不尊重历史，硬以作家自己的思想、感情、语言等放到历史人物身上，在过去几十年中我们看见的笑话真是不少。”③ 茅盾接着说，“尊论过去写的历史剧、电影等缺点，很中要害。它们的作者实未完全掌握史料是其毛病之一，而若干历史剧写作时即有借古事以强调当时之政治需要，就顾不得委曲古人或夸大其历史作用了，此病二。深盼《李自成》之出版，将在此等方面开

① 姚雪垠1976年12月26日致茅盾函。《茅盾　姚雪垠谈艺书简》，人民文学出版社2006年版，第84—85页。

② 茅盾1976年12月29日致姚雪垠函。《茅盾　姚雪垠谈艺书简》，人民文学出版社2006年版，第88页。

③ 姚雪垠1977年1月7日致茅盾函。《茅盾　姚雪垠谈艺书简》，人民文学出版社2006年版，第90页。

一新径”①。

（四）关于现代文学史的编写问题。

1979年10月，茅盾在第四届文代会的讲话中谈到了柳亚子和南社诗人的问题。姚雪垠听后，引起了对中国现代文学史编写的想法。他对茅盾说，中国现代文学史应该有两种编写方法：“一种是目前通行的编写方法，只论述‘五四’新文学运动以来的白话体文学作品，供广大读者阅读，也作为大学中文系的教材或补充教材”；另一种“姑名之曰‘大文学史’”，不是对一般读者写的。所谓“大文学史”，第一，“要包括‘五四’新文学运动以来的旧体诗、词”；其二，应将“民国初年和‘五四’以后”较有成就的章回体小说家“加以论述”。这种编写法“仍以‘五四’以来的文学主流为骨架，旁及主流之外的各派作家和诗人，决不混淆主次之分。”② 茅盾表示，“对于文学史的写法，我也有点感想，但目前没有时间写，我的绝大部分时间都为了写回忆录而占去。”③

在学术讨论中常常会听到“学术民主”这一概念。究竟什么是“学术民主”？笔者以为可作如下界定：①以平等地位讨论问题，不计辈分、年龄、资历、身份、职务；②以理服人，摆事实、讲道理，不以势压人，不扣帽子；③亮明观点，不强求一致，允许求同存异。现看来，茅盾与姚雪垠的学术交流中就恰恰恪守了这些准则。茅盾比姚雪垠长14岁，属“五四”后第一代作家，而姚则属第二代作家，在他们的讨论中，我们完全可以感到，茅盾绝不以前辈、权威自居，让姚非听他不可；姚雪垠也并未在前辈恩师面前畏畏缩缩，掩饰自己的观点、见解。他们在批儒批孔、章回体例等问题上显然有分歧、有交锋，但他们坦诚相见，据理力争，言之有物，决非胡搅蛮缠、较劲抬扛。最后，或是双方相持不下，求同存异，停止争议，或是一方说服另方，另方改变看法，不再固执一端。在这里，我们既看到了姚雪垠坚持真理的坦荡胸怀和无

---

① 茅盾1977年1月23日致姚雪垠函。《茅盾　姚雪垠谈艺书简》，人民文学出版社2006年版，第92页。

② 姚雪垠1980年1月15日致茅盾函。《茅盾　姚雪垠谈艺书简》，人民文学出版社2006年版，第129—131页。

③ 茅盾1980年1月19日致姚雪垠函。《茅盾　姚雪垠谈艺书简》，人民文学出版社2006年版，第133页。

畏勇气，也领略了茅盾海纳百川、虚怀若谷的胸襟和涵养。

再次，他们还就一些心事私事进行了交流。

在这方面，主要是姚雪垠，他就创作生活上产生的一些下述问题和想法向茅盾倾诉衷肠，交心交底，争取理解和支持。

（一）小说进度问题。

1975 年 2 月间，姚雪垠向茅盾表示，《李自成》全书在出版上不急于问世；“近两三年，有些熟人看见我已进入老年，向我建议，不妨赶快将全书写完，以后有时间，再去精雕细琢。我不同意这种好心建议。我认为能完成全书当然最好，否则能多完成一卷就应该在质量上完成，而不单在数量上完成。”① 茅盾持不同看法。他回复说，我以为你现在不管其他问题，应“集中精力，先完成三卷、四卷以至第五卷的初稿”，“假定年内能完成第三卷的初稿，明年能完成第四、五卷的初稿，那真是太好了。那就比琢磨好了第二、第三卷，而第四、第五卷尚无初稿好得多”；“曹雪芹写《红楼梦》，大概写成了一百二十回的初稿，然后再琢磨前八十回，可惜后四十回初稿遗失了。《李自成》规模比《红楼梦》大得多，你年纪也不小了，倘使只有前二卷的定稿，而没有后三卷的初稿，那真是一大憾事！”② 在茅盾的说服下，姚雪垠终于改变主意。他对茅盾说，您就曹雪芹写《红楼梦》情况指出，“倘使只有前二卷的定稿，而没有后三卷的初稿，那真一大憾事！”“这几句话解决了近几年我心上的一个矛盾问题，为今后的工作确定了方针。”他进一步说，我原主张“稳扎稳打，写成一卷算一卷。理由是：假使我写成两卷或三卷而不幸早死，会给后人留下一部分大体成熟的艺术品，这样会比后拿到粗糙的全书好一些……您的意见，使我的想法改变了。”③

（二）小说的出版问题和创作条件问题。

1975 年 9 月，姚雪垠开始校改茅盾提过意见的《李自成》第二卷。但接踵而至的问题是，原出版单位中国青年出版社尚未复业，何时复业，希望“渺

---

① 姚雪垠 1975 年 2 月 9 日致茅盾函。《茅盾　姚雪垠谈艺书简》，人民文学出版社 2006 年版，第 32 页。

② 茅盾 1975 年 10 月 23 日致姚雪垠函。《茅盾　姚雪垠谈艺书简》，人民文学出版社 2006 年版，第 74—75 页。

③ 姚雪垠 1975 年 11 月 6 日致茅盾函。《茅盾　姚雪垠谈艺书简》，人民文学出版社 2006 年版，第 76 页。

茫”。目前根本无法进行审稿和排印。同时，中青社文学编辑室的负责人江晓天给姚雪垠一信，在谈到出版社复业问题时，对主管上级团中央改选后产生的新领导是否“放不放手”表示顾虑，并提到自己“早想离中青”的想法。他建议姚雪垠向毛主席写报告，汇报《李自成》的写作情况和自己的心愿。姚雪垠阅后更是焦虑，他对中青社过去的工作作风较为赞赏，对该社的江晓天同志也充分信任，但想到万一中青社复不了业，或复业后团中央领导“改变作风”，就准备采取交别处出版的这“最后不得已的一着”。他很快将这些问题和想法告知了茅盾。茅盾立即回复，安慰他暂将一切问题置之度外，先“集中精力”完成三至五卷的初稿，并说“世事的变化，未可逆料”，也许二三年后有出版社要出版此书了，那时便可一齐交出。至于给毛主席写报告，他建议现在“不宜贸然为之”，而等将来全书写成而又无出版社接受时再“诉诸主席”，时机更好。但出于某种考虑，姚雪垠不久还是给毛主席写了信。毛主席立即在 11 月 2 日作了批示：“印发政治局各同志。我同意他写《李自成》小说二卷、三卷至五卷。”姚雪垠于是月 7 日得到批示通知后，当天即将这一喜讯告知茅盾。茅盾虽曾劝其晚些驰书报告毛主席，但接信后立即表示“我真为兄感到高兴。”① 毛主席指示后，不仅解决了中青社的复业问题和《李自成》的出版问题，而且也解决了创作条件问题，——主要是住房和配备助手问题。出版问题落实后，姚雪垠还向茅盾汇报了自己确定的 1977 年下半年至 1980 年完成《李自成》全书后 3 卷初稿的“三年半规划”。为了有个较好的创作环境，并便于与出版社联系，先是中青社为姚雪垠在北京安排了一套住房，嗣后（1978 年初）姚雪垠又给了小平同志写了一封申请在北京长久安家的信，小平同志批后，他举家迁入北京，在北京安了新家。姚雪垠将向小平同志写信以及何时办妥迁京户口手续，何时迁入北京，何时分到新房，何时搬入新房、新房的地址等，全都告知了茅盾。同时，姚雪垠还与茅盾谈了武汉市委同意提供两名创作助手名额以及他对选择这两名助手的具体要求。茅盾还曾替他考虑在京物色创作《李自成》的助手，未果。

---

① 茅盾 1975 年 11 月 9 日致姚雪垠函。《茅盾　姚雪垠谈艺书简》，人民文学出版社 2006 年版，第 79 页。

（三）创作上的压力及身体问题。

姚雪垠向茅盾倾吐不少创作上的苦闷。先是政治压力。他对茅盾说，从第一卷出版后，在武汉就有人写文章说它是“大毒草”，因市委不同意未曾发表。“但在‘文化大革命’开始后，这一斗争就公开爆发了。”1974—1975年间，“四人帮气焰熏天”，“我的日子很不好过。”批林批孔开始后，在武汉又有人鼓捣着要批判《李自成》是“大毒草”，而且摆出了批判的架势。大概是因为市委不同意，鼓捣一阵后悄悄收场。“许多年来，我在沉重的压力下顶住，只要有一点机会就埋头继续往下写”，“倘若我是软弱的人，那就糟了。”① 后来又是文艺思想上的压力。1977年《李自成》第二卷出版后，据不少读者反应，认为第二卷不如第一卷。实际上是对《李自成》准备大规模地描写明清之际社会生活情景的史诗般写法不理解。姚与茅盾就此反应交换意见。姚对茅盾谈意图说：“我写此书，原想写出明清之际各阶段、阶层的相互关系，动态，通过再现历史的广阔生活场景和各种代表人物描绘出复杂多彩的历史画卷。这种写作意图只同极少数朋友流露过”②。茅盾完全理解、赞同这种写法，他对第二卷不如第一卷的反应，在给姚的信中用了“真怪”两字表明否定态度。姚希望《光明日报》在发表茅盾的书信摘要时，能附加几句话“简单地点明应如何看待此书”③，茅盾回答说，“鄙意几句话是不够的，应充分发挥”，但不附注在书信摘要上，“不如俟此摘录注销后另写通信专谈一、二卷之优点各有所在”④。茅盾原拟针对《李自成》人物评论中高夫人“过高”、红娘子“过红”等议论，就历史人物之现实性与虚构性之合理的结合“写短文数则”，“以破一般对尊作之形而上学的议论。”⑤ 后因忙于写回忆录而作罢。在生活身体上，他们互相关照。1978年4月间，姚雪垠对茅盾谈到写作第三卷遇到新困难时，

① 姚雪垠1977年3月22日致茅盾函。《茅盾 姚雪垠谈艺书简》，人民文学出版社2006年版，第103—104页。

② 姚雪垠1977年6月16日致茅盾函。《茅盾 姚雪垠谈艺书简》，人民文学出版社2006年版，第109页。

③ 姚雪垠1977年6月16日致茅盾函。《茅盾 姚雪垠谈艺书简》，人民文学出版社2006年版，第109页。

④ 茅盾1977年6月21日致姚雪垠函。《茅盾 姚雪垠谈艺书简》，人民文学出版社2006年版，第112—113页。

⑤ 茅盾1977年9月24日致姚雪垠函。《茅盾 姚雪垠谈艺书简》，人民文学出版社2006年版，第115页。

提到“每日写作研究问题，常在十个小时以上，往往许多天不出去。但毕竟是快将七十的人，劳累稍过，便感头昏。所以每天下午就放松一点，晚上早早就寝。”① 茅盾对他用脑过度，便感头昏，“深为忧虑”②。1978 年 6 月间，茅盾半夜不慎摔了一跤，姚闻讯后，即致函慰问：“最近听说您曾跌了一跤，幸而尚不要紧。望以后晚上行动多加小心，最好有人照料，避免单独行动，以防万一。”③

中国文人素有交往习惯。但交往有泛交、深交、心交三种不同层次。泛交主要指应酬性礼节性来往，或是保持一般音讯；深交系挚友间有了思想观点交流，遇有难处或会相互关照；心交属最高层次交往，表现为在深交基础上双方已可谈心交心，甚至成为各自的知音。古时文人或互通鸿音，或相叙于宅园，或约游山水，或聚首茂林，内容无非是互赠诗画，酣饮赋吟，博弈操琴，纵论玄谈，多半属泛交之举。即使是杜甫与李白，两人虽信仰贴近、趣味相投，均耽迷于神仙丹药，沉缅于嗜酒赋诗，热衷于揽胜畋猎，并曾于两年内同游洛阳、开封、商丘、齐鲁四地，分别后又曾互赠诗札，但他们之间也只能说建立了一些深厚感情，还谈不上什么心交。茅盾与姚雪垠不仅有了真正意义上的深交，而且有了心交。姚雪垠对茅盾可谓毫无保留地敞开了心扉，茅盾对姚雪垠也完全是吐露了肺腑之言。中国人文史上常闻的“恩师”，实际上只有上司赏识、提携下属有“恩”于下属的含义，如李鸿章之称曾国藩为“恩师”；有时则纯系是下级对上级的一种尊称，如曾国藩之称祁隽藻为“恩师”。而姚雪垠将茅盾称为“恩师”，不仅因茅盾 1938 年发表推荐了他的小说《差半车麦秸》，1974—75 年又帮他审阅了《李自成》第一、二卷，认为有恩于他，还因他在一些创作和学术问题上求教于茅盾，茅盾不吝赐教，起了“师”诲作用。所以，茅盾这位“恩师”确实是完整意义上的实至名归的恩师。同时，他俩都成了各自的知音。姚雪垠承认，通过对《李自成》的讨论，茅盾对他的创作意图、构思，洞若观火，是他的真心“知音”。而姚雪垠通过这一段交往则更加

---

① 姚雪垠 1978 年 4 月 30 日致茅盾函。《茅盾　姚雪垠谈艺书简》，人民文学出版社 2006 年版，第 119 页。

② 茅盾 1978 年 5 月 3 日致姚雪垠函。《茅盾　姚雪垠谈艺书简》，人民文学出版社 2006 年版，第 120 页。

③ 姚雪垠 1978 年 7 月 26 日致茅盾函。《茅盾　姚雪垠谈艺书简》，人民文学出版社 2006 年版，第 121—122 页。

深了对茅盾的认识，对茅盾形成了总的确有见地的评估，而且服膺之至。这主要见之于他1991年的《茅公十年祭》一文所归纳的三点：（1）茅盾是“中国现实主义的缔造人”；（2）茅盾是“真正的作家兼战士”，他有“明确的思想性，思想伟大”；（3）茅盾是“一个文艺教育家”，不仅在自己二十多岁时“他是我的恩师”，在自己老年的时候，“他仍然是我的恩师”①。所以，我们可以说，茅盾与姚雪垠的交往达到了一种旷古未闻的高度。这将记录在中国文学史上，千古不朽，永放异彩。

2010年10月14日初稿，11月14日—17日改毕

（《茅盾研究》第11辑）

---

① 见《茅盾逝世十周年座谈纪实》，《茅盾研究》第6辑，北京师范大学出版社，1995年2月版。

吴组缃致姚雪垠书信三札考

吴永平

多年前，笔者受姚雪垠公子海天之邀赴郑州，协助一家公司进行“姚雪垠文学馆”的展板设计。“姚雪垠文学馆”设在姚老的家乡河南省邓州市花州书院内。为了展示姚老的文坛交往，姚海天带来了其先父珍藏的许多名人信札。笔者从中有幸得见迄未面世的作家吴组缃致姚雪垠信札若干件。现将这批书信整理如下，并作必要的考证。

其　一

雪垠兄：

前星期回家过年，吃多了，生了一次小病；今日才回学校。您的回信摆在我桌上已多天，实在对不起！

兹绍介中大国文系文艺晚会负责人刘甲华、牛沧仙同学专诚前来奉邀，至祈拨冗光临。耽误您宝贵的时间，但许多热忱的青年朋友得与您见面，想必您也会欢喜的。

所寄新书告白已代张贴。承赠大作《新苗》已拜读，若是碰巧，您到沙坪坝时，我也许可来欢迎您，那时当面谈。匆匆，祝

撰安

弟组缃顿首　十二日

此信由“国立中央大学柏溪”寄往“重庆张家花园65号文艺协会”。抗战时期中央大学由南京迁往四川，校本部位于重庆西郊沙坪坝松林坡，“柏溪”是该校的一年级分部所在地。1942年吴组缃任该校国文系副教授，往返两地

授课。姚雪垠1943年初从第五战区来到重庆后，暂住在中华文协所在地张家花园内，与臧克家共居一室。原信未记年月，根据信中“承赠大作《新苗》”及“前星期回家过年”二语，推断该信写作时间为1944年2月12日。因姚雪垠长篇小说《新苗》出版于1943年11月，次年农历大年初一为公历1月25日，吴组缃度完春假（两个星期）后返回分校，正好是2月12日。

吴组缃此信为邀请姚雪垠来该校校本部演讲，所派两位学生代表都是国文系大二学生，是他指导的一个学生文艺社团的成员，且都与中共南方局青年组有联系，其中牛沧仙（李煜）曾主持过该校颇有影响的刊物《大学新闻》。姚雪垠从战区来到重庆后不久（1943年4月）即被推举为中华文协研究部副部长，又接连出版了几部长篇小说，是非常“走红”的战区青年作家，故而经常应邀到各大学演讲。

1944年2月，姚雪垠的长篇小说《春暖花开的时候》第一部即将脱稿，现代出版社为此印发了“预订广告”以作宣传，此广告即吴信中所提到的“新书告白”。又据报载，姚雪垠此次在中央大学校本部演讲的题目是“小说诸问题”，演讲长达6小时，学生反应甚为热烈。

其　二

克家、雪垠兄：

《文史杂志》张克宽先生带来示书，奉诵至快。上月廿日匆匆一晤，龙门阵未摆的过瘾，实可怅惘。弟在此间星期四五六有课，这两周须改文卷，最近期间恐尚不能进城。城中花钱太可怕，住家太困难，柏渝间交通太不便，以此总是懒懒的。弟心中有许多疑问号，独自胡思乱想，常感气闷，若能与兄等正式座谈一下，大家抬抬杠，讨论讨论，不惟有益，亦且有趣。想兄等亦愿意也，以群处不另，匆祝

健康

弟组缃顿首　四、四

此信仍由“国立中央大学柏溪”寄往“重庆张家花园65号文艺协会”，写作时间为1944年4月4日。因臧克家与姚雪垠在中华文协同居一室，作家以

群当时也住在文协，吴组缃遂在此信中一并问候。

信中提到的《文史杂志》创刊于 1941 年 1 月，创刊时主编为卢逮曾，半年后即由顾颉刚接任。顾颉刚笃信“文与史是民族文化的结晶，是唤起民族意识的利器”，刊物办得有特色，深受各界读者欢迎。由于柏溪离重庆较远，刊物出版后不能及时得到，吴组缃遂委托朋友代购。

1944 年是大后方最为艰苦的时期，物质匮乏，物价飞涨，人民生活痛苦，高等学府的教授们也深感困顿。柏溪分校临嘉陵江，陆路不便，但从水路可直达重庆。船行江上，青山列屏，江水如蓝。该校国文系教授汪辟疆曾有诗赞曰：“嘉陵水色女儿肤，比似春莼碧不殊。”然而到了这一年，诗人的雅兴全没了。

自姚雪垠、臧克家住进文协处所后，吴组缃常来常往，是他们的座上客。寒夜客来茶当酒，妙语时出可解颐。他们无所不谈，也时有争议。吴组缃儒雅平和，臧克家旷达随和，而姚雪垠则喜欢“抬杠”，吴组缃曾戏称其为“杠兄”。几日不见，吴组缃便觉得“气闷”，于是驰函约谈，他们之间的情谊之深由此可见一斑。

其　三

雪垠兄：

忽然接到你的信，实在又欢喜又感激。并且将你的信立刻转给克家去看。他近来身体不好，是肺部的病，在医院住了一个时期，已经回到寓所，但仍躺着。他的工作，是在人民出版社编辑《新华月报》的文艺稿，他的通讯处是：北京建国门笔管胡同七号。我想他已经有信给你了。

你信上的每句话，都“与我心有戚戚焉”。教书与写作的矛盾我已多年难解难分。你说我“炉火纯青”，在我看来很有讽刺意味（不是说你），即使是“炉火纯青”的我，尚且一日也不能宁贴，何况你的勤勉努力与创作欲之炽旺，都是不能与我同日而语的。因此，你的苦恼，我格外了解。我极力主张你用最坚决的意志，最周到的办法，摆脱教书岗位，去实现写作计划。这事拖不得，拖上三二年，就拔脚不出了。严格地说，在大学教文学，实在不易有什么收获。新中国成立后我读到你一篇《小说月刊》上发表的描写工人生活作品，你的笔力还是相当充实的，手法已经非常圆通老到。你若回河南住上些时候，一定有个新的姚雪垠叫人大吃一惊。我敢写包票。

我在教书，业务倒不忙，只是弄了十多个其他工作在身，成天忙得昏头昏脑。有时，简直有点闹情绪。但现实局面只允许如此做，就只好如此做。我也正在打算着暑假后翻个门子，因为若不离开教书岗位，那十多个工作就摆不脱。我倒不一定要写小说，但文艺工作却死也不愿放弃。

我最近要离北京一行，等回来后再和你笔谈。希望你现在就布置离大夏的事。并且给我们好消息。敬礼！

吴组缃　三月十八日

此信从“北京清华大学”寄往“上海大夏大学”，时为 1951 年 3 月 18 日。当时吴组缃在清华大学任教，姚雪垠在上海大夏大学任教。吴组缃称“忽然”得信，想必是新中国成立后第一次接到对方的来信。

姚雪垠自 1947 年初居上海，1948 年初为避祸化名“姚冬白”去上海市郊高行农业职业学校任兼任教员。上海解放后，受聘私立大夏大学，颇受重用，职务不断擢升。1949 年 8 月任该校文学院中国文学系兼任教授，1950 年 8 月任专任教授，同年 10 月代理文学院院长，1951 年 2 月又兼任该校副教务长。然而对他来说，越是受到校方的重视和学生的爱戴，越是感到内心“教书与写作”的矛盾难以解除。他酷爱写作，视小说创作为生命，尽管教务繁忙，仍要抽空写作。1949 年 12 月他在协助申新一厂组建工会期间，创作了表现工人运动的短篇小说《因为我也是工人》，发表在《小说月刊》3 卷 3 期。吴组缃信中称赞的就是这篇小说。

抗战时期姚雪垠因擅长表现中原农村生活而得名，《因为我也是工人》所表现的却是江南大都会的工人生活，其中还大量使用了上海方言。对于作家姚雪垠来说，这是他力图融入上海人文环境、实现创作转型的最初的尝试。他本来还想沿着这条道路走得更远，却因到浙东参加土改时深感不懂当地民众口语的困窘而中辍，遂萌离沪返豫之念。

1951 年初，上海各大学将实行院系调整，大夏大学拟与其他院校合并为华东师范学院。是留下继续任教，还是返回河南从事专业创作，姚雪垠面临着两条人生道路的抉择。就是在这当口上，他从报上得知老朋友吴组缃的近况，遂去信一吐心中的积郁。

吴组缃比姚雪垠年长三岁，早年也是以小说成名，中年也是因身处高校环境而痛感“教书与写作”矛盾而无法解除者，复信中所谓“与我心有戚戚焉”，是出自肺腑之语。新中国成立后，他更得到重用，担任清华大学教授及中文系主任，还担任了“十多个”社会职务，比姚雪垠更忙，更无暇重温写作的旧梦。正是由于感同身受、惺惺相惜的缘故，吴组缃遂极力主张他“用最坚决的意志，最周到的办法，摆脱教书岗位，去实现写作计划”。

姚雪垠于1951年8月坚决地辞去了大夏大学的所有职务，接受河南省文联的邀请，返回家乡当了专业创作员，重新踏上文学创作这条荆棘丛生的道路。而吴组缃“翻个门子”的计划却未能实现，1952年他从清华大学“翻”到了北京大学，仍是当教授。

（《博览群书》2012年第4期）

重读姚雪垠的现代土匪题材小说《长夜》

罗 维[①]

一 “还历史本来面目”

《长夜》是中国现代文学史上最具有典型性的一部描写土匪世相的作品。学者杨义这样评价《长夜》：“从审美角度发现‘真实的土匪’上，《长夜》可以和萧军的《第三代》并列为中国现代小说史上两部奇特的书。”[②] 这部长篇小说写于抗日战争末期，一九四七年在上海怀正文化社出版，当时只印了两千本，没有引起读者注意。但它却是姚雪垠新中国成立后创作长篇历史小说《李自成》的出发点。新时期重印《长夜》时，姚雪垠强调：“我还要告诉你们《长夜》和《李自成》有密切关系，读《长夜》是打开《李自成》的创作问题的钥匙之一。”[③] 重新阅读这部小说，笔者感到它具有独特的历史价值和文学价值。很少有人注意到这部深刻反映了民国土匪这一社会边缘人物形象的作品所具有的文学人类学意义，并由此忽略了小说所体现出的现代历史意识和审美观。这部小说精微地呈现了民国时期的土匪亚文化和乡土中国普遍存在的匪性文化心理。

小说描写了少年菊生在与哥哥回家的路途上被土匪绑票之后的经历。他们在土匪队伍中生活了大半年，菊生被其中的一个土匪首领认为义子，因此在队伍中得到宽待，并逐渐获得土匪们的信任和喜爱，土匪的生存世界给他留下了深刻的印象，他对于土匪的认识和感情也在发生不可思议的变化。这是一部借少年之眼对民国土匪世界进行全景式描写的小说。小说没有将土匪描绘成传统

---

① 罗维（1974—），湖南警察学院教授。

② 杨义：《中国现代小说史》，人民文学出版社1991年版，第93页。

③ 姚雪垠：《为重印〈长夜〉致读者的一封信》，《姚雪垠书系》第12卷，中国青年出版社2000年版，第299页。

历史演义中瓦岗寨式的好汉，也没有将土匪写成纯粹的来自地狱的凶残恶魔，在文体上也没有让小说走向通常民间章回小说的传奇体式。而是从普通人的角度来观照土匪生活，从被绑架的天真未泯、缺乏历史成见的少年视角来看待这些在世人眼中极端异类和边缘化的土匪。更可贵的是，无论是它对于土匪形象的审美塑造，还是对土匪整体的生存观照所体现的历史思考都是十分现代的。

这种现代性首先体现在姚雪垠站在平民的立场来叙述“人的历史”，他笔下的土匪世界因此具有了历史原生态的意义。作者郑重地说：“忠实地反映二十年代河南农村生活的重要侧面和生活在那样历史条件下的人物的精神面貌，是我要写这部小说的中心目的。小说中当然反映了我的世界观和我的思想感情，但是我决不背离历史生活的真实，故意加进去某些思想宣传。”① 拒绝意识形态的干预，拒绝某种合逻辑的历史话语，坚守反映“历史生活的真实”的写作原则，这是写《长夜》时的姚雪垠非常明晰的个人化历史观，也从而使《长夜》具有别具一格的艺术面貌。土匪第一次作为历史的存在物被描述，这使被言说的土匪进入了历史之中并具有了作为人存在的历史合理性——即土匪在《长夜》中既不是恶魔，也不是道德完美的好汉英雄，他们更接近于历史的真相，是一群缺乏内在自我，缺乏主体意识，但却顽强地以恶的方式争取着生存权利的人。

二“农民英雄”的群像刻画

> 这个故事在我肚里藏了二十年了，其中的英雄们早已死光了。每次想起来这个故事，我的眼前就展现了那无边忧郁的、萧条的、冬天的北国原野，而同时我的心就带着无限凄惘，无限同情，怀念着那些前一个时代的不幸的农民英雄。（《〈长夜〉后记》）

姚雪垠称土匪们为“农民英雄”，并站在历史的高度为他们的选择进行辩护。这是一种什么样的英雄观呢？

对于英雄的认识，梁启超作出了极为独到的论断。他分析了英雄与文明的

---

① 姚雪垠：《为重印〈长夜〉致读者的一封信》，《姚雪垠书系》第12卷，中国青年出版社2000年版，第303页。

关系，还论述了无名之英雄与有名的伟人化英雄的关系，强调无名之英雄对于社会发展同样重要。更一度预言："今后之历史，殆将以大多数劳动者或全民为主体。"① 英雄不再是高高在上的伟人，或是道德完美的圣人，而是下移到民众。上至陈胜、吴广，下到李自成、洪秀全，这些曾被封建皇权视为流寇的农民起义首领，也得到五四以来社会文化精英们的肯定和赞颂。而"人民群众是历史的主人，是推动历史前进的力量，不是英雄主宰一切"② 的马克思主义历史观也渐渐为人们所认识。随着近代以来政治制度的变迁，民众开始走向历史舞台。

姚雪垠谈到了土匪与农民的关系："历史上数次农民起义，也只是成为改朝换代的工具而已。而低级形态的武装叛乱就是拉杆子，当蹚将，通常的贬词是土匪。"③ 尽管在过去农民起义只能成为改朝换代的工具。但在新的历史契机下，这些农民中的勇于叛逆者如果有正确的领导却有可能改变历史，成为推动历史发展的力量。正是在这样的历史意识中，出于对土匪与农民之间关系的深刻理解，姚雪垠才称这些笔下的土匪们为"农民英雄"。

事实上，现代作家从沈从文到艾芜、李劼人、端木蕻良、萧军以及姚雪垠，对于土匪的认识都没有道德上简单的善恶区分。但姚雪垠冠之以"农民英雄"的称号却具有和其他作家不同的历史认识。他不仅仅是像沈从文那样以人道主义的立场表现作为人而存在的土匪，也不是像端木和萧军那样将匪性作为民族精神的希望而将土匪英雄化，他对于土匪的看法最具历史文化的纵深感，接触到了土匪与农民、历史、革命等宏大社会命题之间的关系，更揭示了土匪命运的悲剧性根源——他们走的是叛徒的路，却缺乏正确的革命引导，受到历史规定的局限。《长夜》后记中明白地说过：

当他们活着的时候，中国的农民还没有发现他们应走的革命道路，至

---

① 梁启超：《中国历史研究方法》，《饮冰室合集·专集之七十三》，中华书局1996年版，第113页。

② 姚雪垠：《谈李自成的若干创作思想》，《文艺理论研究》1984年第1期。

③ 姚雪垠：《长夜·后记》，《长夜》，人民出版社1981年版，第304—306、303—306页。原刊这段引文及出处均有误。《长夜》并无人民出版社版本，人民文学出版社1981年版全书仅232页。这段引文应出自姚雪垠《为重印〈长夜〉致读者的一封信》，《姚雪垠书系》第12卷，中国青年出版社2000年版，第304页。但并非原文照引，而是摘引重编。——本书编者注

少在北方农村中还没有出现像摩西那样人物。因此，我的这些朋友虽然不顾一切的要做叛徒，却只能走那条在两千年中被尸首堆满的，被鲜血浸红的，为大家熟悉的古旧道路，这条路只能够带向毁灭。但这是历史的限制，我们不能够错怪他们！

在《长夜》中有着最集中、最细微的对于游民匪盗的审美表现，以文学的方式反映了这一社会现象的问题，确实是一部值得重视的现代《水浒》。小说中的土匪主要有以下四类典型形象，每一类的人物个性都非常生动。

首先是匪首李水沫所代表的匪首类型。“杆子”首领李水沫是个充满传奇色彩的人物，这个貌似书生的首领，之所以能在“杆子”中享有威望，靠的是他的传奇式经历，他的智慧、机敏、镇定和江湖义气符合所有传奇故事中的英雄特质。他十六岁下水当“蹚将”，二十五岁受招安当团长，参加过河南的军阀战争。他作战机智勇敢，曾只身摸到敌军前哨，被发现后巧妙地化险为夷。他本不愿再做土匪，终于还是沦为匪首。可是小说并不因此就把他刻画成完美的侠匪。土匪凶残的一面在他身上也很突出，他曾下令将掳掠来的妇女全部关在寺庙里一把火烧死，而旋即又改变主意，在一念之间，就轻率地决定许多人的生死。这样的人是游民中的佼佼者，符合侠义英雄的性格，但却根本不能成为农民寻找出路的希望。正是在对李水沫这一匪首形象的刻画上，作者深刻揭示了土匪的历史局限性和命运悲剧的必然性。

第二类是以薛正礼为代表的义匪类型。这是个讲仁义而又有一定头脑的土匪头目，虽然他也身在土匪队伍中，却明显地保有善良的品质。薛正礼为人正直、忠厚，打仗勇敢，关心手下，身为强人却对残害无辜百姓者非常痛恨，他是一个仁厚的很有人情味的土匪形象，虽然身在江湖，可本质上却是一个未泯灭良知的、受传统道德熏染的农民。所以受到他保护的菊生在他这里找到了胜似父子的情感。像他这样善良的土匪在队伍中还有不少，刘老义、王成山都是不得已当上土匪的农民。但他们决定不了自身的命运，只能在土匪队伍中随波逐流。

第三类是具有独特个性的类型化土匪，比如赵狮子和陈老五。赵狮子枪法很好，是土匪中的得力干将，在他身上体现了土匪凶狠、强悍、暴力的特点。他是个身世极苦的人。父亲死得早，没留下家产。母亲只好带着他回娘家住。

他的舅舅们因为没钱抽大烟，把他的母亲卖了。他的母亲哭了三天三夜，撇下五岁的狮子跳了井，这大概也是赵狮子格外暴力和凶残的原因，后来他为了报仇杀了舅舅全家。在这类土匪身上我们可以看到土匪所具有的强大的原始生命力量。

陈老五则很类似于姚雪垠在《差半车麦秸》里面描写的农民形象。他保有农民节俭、爱惜物品的性格，对于抢劫的财物哪怕是一条裹脚布都十分看重，当受到同伴的讥笑时，他说："你们这些败家子……全不知道东西中用！我要不捡几样拿出来，烧了还不是烧了?"虽然做了土匪，但小农意识的节俭、勤劳乃至悭吝依然是这些人的本色。这个形象最典型地反映了土匪与农民的关系。

这些土匪显然都是为生活所逼而"下水"的，他们身上既有人性扭曲的一面，又有善良、可敬的一面，他们既杀人放火，胡作非为，又很讲义气，很重感情。他们是弱者中的强者，乱世中本能的反叛者。小说用菊生的话表达了作者对土匪的认识："从前我以为当蹚将的都是坏人，现在我才知道当蹚将的差不多都是好人。""你们都是被逼下水的，并不是天生的坏人。"小说将这些土匪的个性刻画得十分生动和细腻，土匪们作为人的存在被刻画得饱满而丰富，使读者无法以简单的善恶是非来对他们作道德判断，从而体现了人性、匪性交织的复杂性。

三、独特的少年叙事视角

小说是以一个很特殊的视角来进行叙述的，那就是被绑架的少年陶菊生的视角。被土匪绑架的人自然是受害者。但这个受害者在和土匪的共同生活中，他的观念和他自身都发生了奇妙的转化。

> 在写作时候，为忠实于现实主义，我决定不将主人公陶菊生的觉悟水平故意拔高，也不将贫雇农出身的"绿林豪杰"们的觉悟水平和行为准则拔高。我写了几个本质上不坏的人，但他们有各自的弱点，而且有时杀人放火，奸淫妇女。他们有可爱的和值得同情的地方，但他们毕竟是土匪。我是从他们杀人放火、奸淫掳掠的生活中看出来他们若干被埋藏的或被扭曲的善良品性。当然，并非在所有的土匪身上我都毫无例外地发现了善良

品性。①

菊生是一个具有浪漫英雄主义情结的十四岁孩子，即使在那些饱受摧残的肉票眼里他也是一个让人同情的受害者。开始他被王三少收为义子，却险些成为娈童。后三少被匪内部的内讧逼走，菊生转而成为二当家薛正礼的义子，受到土匪们的礼遇和信任。土匪队伍的生活全是从这个孩子的视角去观察的，而最后菊生却作出了“你们都是被逼下水的，并不是天生的坏人”这样的评断。这评判是相当有力的，它的力量来自于孩子的天真无邪和不带历史成见。并且随着菊生在土匪队伍里的所见所闻，他的内心世界对土匪印象的变化和感情的矛盾十分真实而有力地反映了这一特殊的社会类群作为人的复杂内涵。

首先菊生是个有浪漫气质和英雄情结的孩子。这使他对于土匪匪性强悍的一面有天生的亲近感。尤其在和土匪们有了更多的接近后，他对于他们发生了更深的感情和兴趣。

> 他本是一个带有浪漫气质的孩子，在小学读书时代，他常在下课后站立在说评书的面前，聚精会神的听绿林英雄故事，连饭也不愿去吃，如今的绿林生活更发展了他的浪漫性格和英雄主义。他非常喜欢刘老义和赵狮子，因为他们豪爽、勇敢，枪法熟练。假使不是他的二哥过着凄惨的肉票生活而且时时有被杀害的危险，让他永远留在匪中他也不会感到什么痛苦。（《长夜》）

小说还以菊生自身人格发生的变异来说明人性在特殊的环境下是可以变成匪性的，表达了在人们眼中十恶不赦的土匪暴行的客观认识。没有人逼菊生这样做，但他却极力违背自己的良心做伤天害理的事情以达到土匪们所具有的那种强悍——“有种”，那种被《水浒》《说唐》孕育的英雄情结在现实中获得了土壤，这充分说明了在中国人的文化心理结构中，传统民间强人文化所浸润的匪性人格是实实在在存在的。

---

① 姚雪垠：《为重印〈长夜〉致读者的一封信》，《姚雪垠书系》第12卷，中国青年出版社2000年版，第303页。

> 菊生的心越来越野，所想的越发不切实际了。他热切地希望自己能参加打仗，甚至他希望随着干老子这群人打一次围门风。人们都晓得他是个有种的孩子，但不知道他竟有这一些奇怪的想头。（《长夜》）

接下来他在一次和土匪外出的玩耍中，第一次参加了对善良农民的战斗，“在一种矛盾的心情中亲自烧毁了农民的草房，而他的勇敢也被事实证明了”。在土匪攻打刘胡庄的过程中：

> 老头子用力在地上挣扎，发出来痛苦的呻吟。二驾的护驾的照他的身上补了一枪，他立刻安静下来，颤抖着四肢。二驾把他向路边踢了一脚。“嗨，你看，”张明才拉一下菊生说，“他还没有死讫咧!”为要向二驾表示自己勇敢，菊生浑身紧张地从地上拾起来一根木杠，照着老头子的头上打了下去。（《长夜》）

从引用的这些文字中，我们看到菊生人性向匪性转化的过程。处身于一个视暴力为常态、视残忍为有种的群体中，人受到压抑的非理性意识被畸形释放出来。菊生的压抑主要来自于目睹哥哥和那些被绑架者受到的痛苦以及对自身命运的茫然，压抑的情感在狂暴中释放，他认同了土匪群体，在精神上极力逃避自身的困境，渴望成为一个有种的、强悍的强人。以暴行来证明自己的有种、强悍，这恰恰是匪性萌发的体现。

法国社会学家古斯塔夫·勒庞在《乌合之众——大众心理研究》中谈到了个性在环境突变中走向极端的问题：“一切精神结构都包含着各种性格的可能性，环境的突变就会使这种可能性表现出来。这解释了法国国民公会中最野蛮的成员为何原来都是些谦和的公民。在正常环境下，他们会是一些平和的公证人或善良的官员。风暴过后，他们又恢复了平常的性格，成为安静而守法的公民。”① 姚雪垠毫不避讳地说过，菊生就是少年时候被绑架的我。而对于菊生匪性的萌发以及具体施暴行为的真实表现体现了作者对于文学责任勇于直面和担当的胆魄。

① ［法］古斯塔夫·勒庞：《乌合之众》，冯克利译，中央编译出版社 2005 年版，第 13 页。

四、土匪暴力叙事的方式以及意义阐释

暴力是土匪形象中不可缺少的部分，对于土匪世界的审美刻画必然绕不开土匪的暴力。《长夜》中，作者便精微细致地描写了许多暴力场面。

> 大门外边的小小的水池中，横七竖八的躺着许多小孩的尸体。薄冰全被踏破了，池水都被染红了。……一个提着杀猪刀的甩手子从附近的一间草棚里跑出来，……“我一口气砍了十二个，”甩手子带着夸耀和讨好的神气说，“这里边就有七个。要不是薛二哥拦挡一下，那个小女孩也早就‘回老家’啦。”

靠近水池东北角的草棚前边，围拢着一群汤将。二驾和菊生们走了过去，发现瓢子九正在草棚中强奸姑娘。一群汤将欢呼着，吵闹着，在他的周围观看……

《长夜》对土匪暴力的表现显然和传统游民匪盗的经典小说《水浒》中对暴力的表现有区别。《水浒》中对于好汉强人暴力行为的表现最突出的体现在李逵身上。以他为代表体现的是整个梁山好汉群体的强人文化中非理性的破坏力。然而包括李逵在内的梁山好汉不会有强奸妇女这样的暴力，因为这损害到对于侠义精神的好汉形象的塑造。那些极为血腥的暴力渲染是为了体现一种蕴含丰富的游民价值观，诸如推崇侠义精神和武力、反抗社会不公、释放受压抑的自由意志与生命力等——即所谓“匪魂”。但《长夜》中的暴力描写则不然，它是写实性的，不具有浪漫化色彩，土匪们针对村民的暴力是如此残酷，视残害百姓的行为为常态，施暴甚至成了土匪们取乐狂欢的节目。这一土匪暴力叙事从形式到内容都具有不同于传统暴力叙事的现代色彩。

首先从叙述方式上看，作者没有从道德角度干预文本的叙事，而是有意识地与叙述内容保持距离，不动声色地展现土匪世界的原生态。作者不是“融入”叙述之中而是坚持小说自身的客观性，以类似于新闻直陈的方式将叙事对象予以呈现。罗兰·巴特称这种“中性”的叙述为零度写作。零度写作的意义在于作者的“不在”令语言不包含任何意义的隐蔽之处，从而使语言所具有的社会性或是意识形态性得以消除，“思想仍保持着它的全部职责，而并不在一

种不属于它的历史中承担一种附带的形式的约束”。[①]

从《长夜》土匪暴力叙事的意义上看，这种叙述对于姚雪垠所坚持的刻画土匪的现代历史意识和审美立场非常重要。由于这种叙述语言的中性化，不依赖于任何社会意识，不受到某种意识形态的干扰，小说便具有了思想的开放性，让读者在阅读时能够不受拘制地获得更多关于土匪生存和暴行的历史感受和哲学审思。土匪过的是刀尖上舔血的日子，对于死亡有最直接的直观感受，这使他们对于自身命运充满了恐惧，并在潜意识中借对他人的伤害转嫁和释放这种恐惧，上面所举强奸民女的例子即是典型。所以若从精神和心理层面上看，《长夜》中的暴力叙事表达了土匪的复仇和破坏旧秩序的欲望，具有一定的社会反抗意义，但暴力的泛滥更源于土匪的恐惧。[②] 社会动荡下农民处境的恶劣和不稳定导致恐惧逐渐升级，而恐惧则导致暴力。且残酷无情的暴力倾向作为匪性的一个典型特征已经严重影响着那个时代中国人的精神无意识。

因此，对于土匪暴力的零度叙述使《长夜》摆脱了意识形态的束缚，却并非没有作者的立场，它不言自明地说明了作者的观点——即土匪这一社会现象是历史的存在，他们对于暴力的无所约束地盲目滥用注定了他们将没有出路，只能成为社会的破坏力量。

《长夜》历史地思考了社会历史变迁是如何体现在那些具体而微的土匪个体生存之中的。菊生这个读过书，对于中国历史和民间匪性文化有模糊认知的少年以一种特殊的身份，游走在土匪与农村之间，借他的视角我们可以感到历史转型期骚动在社会底部的中国农民的真实状态。

看到刘胡庄上被土匪杀害了全家的小姑娘，“陶菊生不知为什么满心难过，只想到没人的地方放声哭一场。噙着满眶泪，最后望一眼可怜的小姑娘，他于是咬紧牙根，默默地从屋里走了出去。没有人问他要到什么地方去，连他自己也不知道要到什么地方去。走出院外，在麦田边徘徊一阵，随后又倚着一棵树，久久地望着远方的云天出神。当听到赵狮子在门屋口呼唤时，他不觉吃了一惊，因为旷野已经是一片苍茫了”。[③] 菊生和土匪们自在自为的生存状态不

---

① ［法］罗兰·巴特：《写作的零度》，李幼蒸译，中国人民大学出版社 2008 年版。

② ［美］菲尔·比林斯利：《民国时期的土匪》，王贤知等译，中国青年出版社 1991 年版，第 243 页。

③ 姚雪垠：《长夜》，《中国现代文学百家》，华夏出版社 1998 年版，第 108 页。

同，他对于自己和周遭的事物有主体性认识。一方面身处其中的菊生充满对受害百姓的同情；另一方面他也模糊地意识到土匪们虽然在对不公平的社会和命运进行抗争，但那只是自发的、朦胧的、原始的反抗。土匪的悲剧性命运是必然的，因为他们本身的盲目性和破坏性注定了他们无法创造自己的将来，无法把握自身命运，他们终将走入没有光的所在。

菊生的悲伤不由自主地感染着读者。生存的恐惧、文明的毁灭、乱世的荒凉、个体身处其中的无助都融入了这一片旷野的苍茫之中。也正是在这种苍茫的历史意识之中，读者会感到必须要改变这一切的必要性。《长夜》虽然只是客观忠实地描绘出民国时期中国凋敝农村一隅的土匪世相，但其主题蕴含却惊人地与这个时代的呼唤变革的要求相契合，这就是经典之所以为经典的奥秘所在。

（《中国现代文学研究丛刊》2012 年第 6 期）

该有一部姚雪垠心态史传记

赵焕亭[①]

黄修己在他的《中国现代文学研究史》（广东人民出版社，2008年）中，借鉴西方新史学的观点，把传记分为“事件史传记”和“心态史传记”。“事件史传记”主要记述传主是什么样的人，做了什么样的事，基本不考察为什么如此，而“心态史传记”则深入到传主的心灵世界，考察传主行为的深层原因，探究传主的思想和心理。“心态史传记”就是人们通常所讲的精神传记。孙德喜对精神传记作过较为全面的阐述：“所谓精神传记，就是为传主的精神面貌和思想脉络造型立传。它根据传主的各种作品与著述，结合其人生经历和所处政治文化语境，探究传主的精神演变，进而揭示传主灵魂的裂变、精神的矛盾以及思想的局限。”因此说，心态史传记对于传主生平、生活的记述退居其次，而写作的重点是抓住传主的精神，剖析传主人生历程中各个阶段重要思想的起源、呈现、变化及其作用等，从而揭示传主复杂的性格特征，树立饱满的传主形象。

写作姚雪垠心态史传记是必要的。对于姚雪垠这位在二十世纪中国文坛留下深深足印的作家，目前关于他的传记只有两部：一部是杨建业的《姚雪垠传》（北岳文艺出版社，1990年），另一部是许建辉的《姚雪垠传》（湖北人民出版社，2007年）。从传记种类上来说，这两部传记都属于事件史传记，对姚雪垠心灵史的开掘还很不够。杨建业的《姚雪垠传》基本上是关于姚雪垠生平及创作材料的汇聚，缺乏对传主心理的透彻分析；许建辉由于做过晚年姚雪垠的秘书，对姚雪垠的资料较为熟悉，所以她的《姚雪垠传》在基本史料的开掘上做出了一定贡献，如关于姚雪垠被诬为‘特务’的公案、关于姚雪垠被开除

---

① 赵焕亭（1967—），平顶山学院文学院教授。

预备党员的前因后果等，叙述都较为详尽，但是，该传对姚雪垠人生几个重要阶段心态的分析较为薄弱。此外，杨建业的《姚雪垠传》距今已经二十四年，许建辉的《姚雪垠传》距今已经七年，在这两部传记出版之后，特别是在姚雪垠百年诞辰的2010年前后，出现了一批姚雪垠研究的新材料和新成果，这些材料和成果集中编撰于《百年雪垠》（中国青年出版社，2010年）一书中，其中有很多内容是熟知姚雪垠的人所写，对姚雪垠的性格、心态都有生动的描绘和揭示。如果能够把这些新的成果，特别是其中能够反映姚雪垠心态方面的成果运用于姚雪垠传记的写作中，将使姚雪垠的形象更加丰富、生动和完善。

其他作家心态史传记的存在可以为姚雪垠心态史传记的写作提供一定的借鉴。目前以现代作家为传主的心态史传记已经有一批，王晓明《无法直面的人生——鲁迅传》钱理群的《周作人传》、陈思和的《人格的发展——巴金传》张耀杰的《曹禺：戏里戏外》等都取得了成功的经验。这些传记都超越了单纯的事件史写作，而转到了对传主心态史的探究上。这些传记使用大量笔墨来展示传主的内心世界，充分剖析传主言行的原因和苦衷等。这些传记的成功经验可以借鉴到姚雪垠传记的写作中。

姚雪垠心态史传记构建要处理好关键问题。关于姚雪垠心态史传记写作，应特别注意的问题是不能架空分析，妄加评判。对姚雪垠心态的分析务必从详实的材料出发，有理有据；从细节着手，见微知著。下面以姚雪垠评《甲申三百年祭》和姚雪垠、刘再复论争过程中姚雪垠心态的分析为例，来说明如何基于扎实的史料而呈现传主的心态和精神。

例一，姚雪垠质疑郭沫若《甲申三百年祭》的心态。

1977年，当姚雪垠写完《李自成》第一卷修订本《前言》之后，因为《前言》中提出了与郭沫若《甲申三百年祭》不同的观点。具体说来就是，姚雪垠对刘宗敏和李信的评价，与郭沫若相违。所以，他给郭沫若去了一封信，说明自己“吾爱吾师，吾更爱真理”的态度，去信言辞恳切，恭敬有加。郭沫若很快回信称：“《前言》我一口气读完了，我完全赞成您的观点，祝贺您成功，感谢您改正了我的错误。”对此，有人称好，例如杨建民在《姚雪垠“叫阵”到郭“门”》一文中，充分肯定了两位大学者之间的坦荡、宽容；也有人认为，姚雪垠是借否定名人来抬高自己；特别是在李复威、杨鹏整理的《姚雪垠希望身后发表的谈话》一文刊登之后，上述观点更是激烈。例如王锦厚在

《评〈姚雪垠希望身后发表的谈话〉》一文中认为姚雪垠在郭沫若去世后发表“我最不佩服郭沫若，郭是五四诗人，不是历史学家”的观点，这是借打击郭老来抬高自己。该文并进一步以姚雪垠曾经给日本的市川市“郭沫若故居”题诗赞誉为证据，说明姚雪垠对郭沫若的态度前恭后倨。文章指出，姚雪垠在郭沫若生前企图推翻《甲申三百年祭》而没有实现，所以不甘心，就在郭沫若去世之后，又加以批判，意欲打到郭沫若，这是一种十足的阿Q精神。

笔者认为，王锦厚的这种观点值得商榷。因为根据姚雪垠的秉性，他是敢做敢当之人。他之所以希望身后发表这些言论，主要原因恐怕还是晚年不愿意再介入纷争。这种处理问题的方式正符合姚雪垠的执拗和率性。当然，姚雪垠的谈话稿难免有疏漏之处。对此，他早年的秘书俞汝捷及时发表《对“姚雪垠谈话”的若干订正和补充》一文，对其中的失误、失实和片面之处一一做了说明，这是一种对读者也是对作者负责的态度。

姚雪垠否定郭沫若史学家的称谓，主要原因是他与郭沫若的史学观、文学观的确有很大不同。姚雪垠在写历史小说时，追求历史细节的真实，郭沫若在写历史剧时，遵循“失事求似”的创作原则，强调历史服务当下，更注重作品的现实意义。可见，二人在文艺审美标准、创作哲学上的分歧是姚雪垠否定郭沫若的根本原因。其实，最早质疑郭沫若史学家称谓的人是吴晗。在1962年国庆节期间姚雪垠与吴晗会面时，吴晗说“要说郭老是文学家，是‘五四’时代的伟大诗人，我五体投地；说他是伟大的史学家，我不敢苟同!”吴晗指的是郭沫若的历史剧《蔡文姬》出现了范仲淹的话——“先天下之忧而忧，后天下之乐而乐”。姚雪垠与吴晗的观点一致，他们只是表明自己的文学观，对郭沫若未必有恶意的讥讽意味。因此，姚雪垠质疑郭沫若《甲申三百年祭》及郭沫若史学家地位时，其心态主要表现为一种对真理的执著追求精神，即“吾爱吾师，吾更爱真理”。

例二，姚雪垠与刘再复进行文学论争过程中的心态。

20世纪80年代中期，刘再复推出《性格组合论》专著，发表《论文学的主体性》《文学研究思维空间的拓展——近年来我国文学研究的若干发展动态》等系列论文，从审美角度考察了小说人物性格的二重性与多重性，提出了文学主体性等理论。刘再复的这些观点引起了激烈的争论。董子竹、陈涌等人对刘再复的文学主体性理论进行了批评，姚雪垠也参与了这次论争。他在1987年首先发表了《创作实践与创作理论——与刘再复同志商榷》，以自己的创作实践和阅读体验来质疑刘再复的文学内部规律说。随后，姚雪垠又发表《继承和发扬祖国文学史的光辉传统——再与刘再复同志商榷》，指出刘再复体系化的新理论基本上是背离马克思主义的，并指出以刘再复为代表的新崛起的文艺理论家们的四项不足。他的商榷引发了刘再复对《李自成》的发难。刘再复连续发表《谈文学研究与文学争论》《近十年中国文学精神和文学道路》《刘再复谈姚雪垠现象》等文章，把《李自成》第一卷归入"文革"文学，提出了重评《李自成》的严峻问题，认为姚雪垠否定十一届三中全会以来的文艺思想和文艺创作。对此，姚雪垠发表了《〈刘再复谈文学研究与文学论争〉一文读后——给〈文汇月刊〉编辑部》，声明要控告刘再复诽谤罪。他的文章又引发魏明伦发表《仿姚雪垠法，致姚雪垠书》，规劝姚雪垠不必打官司。最终，姚雪垠并没有诉诸法律，而是发表了《不要用诽谤代替争鸣——答刘再复君》。随后，这场轰轰烈烈的论争才得以结束。

2008年，当年的当事人刘再复对《经济观察报》记者表达了对姚雪垠的歉意："本来我是不准备响应的，恰好《文汇月刊》的刘绪源先生来访问我，我就谈了，谈到姚雪垠的心态，说他有一种失落感，还谈到了他的小说《李自成》一卷不如一卷，尤其是后来几卷受了'四人帮''高大全'理念的影响。老先生很不高兴，说我是故意诽谤他，声称要控告我，闹得沸沸扬扬的。但后来还是不了了之。马克思和恩格斯是政治经济学家，是伟大的思想家，但不是文学家。我们讨论问题应尊重马克思的意见，但也可以有自己的文学见解，姚先生认为我反马克思主义，把问题看得太严重。我反批评时，也太激动，也不必扯到'四人帮'的文艺上去。……我现在想起来，觉得当年自己毕竟年轻气盛。其实，如果不刺激姚老的伤痛处，纯粹谈理论就好了。姚雪垠也是反右斗争的受害者，如果他思想开放的话，《李自成》后几卷可能会写得更好。"2011年刘再复再次谈到他与姚雪垠之间的论争时说道："姚先生开始对我也是尊重的，他曾委托一位朋友，交给我一封用毛笔写的信。信中要求我支持他在武汉即将成立的中国当代文学研究会，可是我没有答应。因为北京已有一个当代文学研究会，而且已挂靠在文学研究所了，如果再成立一个研究会，就会形成南北对峙的两个'山寨'。我的谢绝可能让姚先生生气了。之后他在《红旗》杂志连发几篇文章'炮轰'我，认定我'反马克思主义'，这才逼得我接受《文汇月刊》记者刘绪源先生的采访，谈论‘姚雪垠现象’。”刘再复的回顾和反思说明了当年两人在论争过程中，都有过激之处。

后人对姚、刘这场论争的评价，也是见仁见智。笔者无意评判其论争的结果，而更关注论争本身的意义。今天，姚雪垠的《李自成》和刘再复的文学主体性理论都已经成为文学史、文学理论史上的经典资源，就其论争的本身来说，无论是对于论争双方还是对文艺理论的发展来说，都是有价值的。特别是由于姚雪垠与刘再复都是拒绝平庸、张扬个性、以天下为己任的文坛主将，因此二人的论争相当激烈，在较高的理论层面展开了针锋相对的辩论，都以极其认真的态度探讨了文艺的本质问题。

笔者认为在整个论争过程中，姚雪垠是光明磊落、心怀坦荡的，表现了高度的历史责任感和社会使命感。另一方面，姚雪垠过多地称赞了自己的作品，这势必会招来读者的抵触。这正是他对自己的要求：“人无铁骨，安身不牢；人不自负，难图大计。”了解姚雪垠的俞汝捷说他只在自己熟悉的领域里“自负”。

总之，姚雪垠是一个性格相当复杂、内涵十分丰富、个性非常突出的特立独行的作家，他一生的经历丰富而奇特，特别是在历次文坛论争中，他常常置身于漩涡的中心，他经常公开地批评他人，他也经常被人批评。对于这样一个成就显著、争议颇多的传主，从心态史的角度进行开掘，展现其精神内核，是必要的，也是可行的。姚雪垠心态史传记既要展示其优秀品格，又要分析其性格的缺陷，并追踪其屡遭诟病的原因，塑造生动、真实、立体的姚雪垠形象。我们有理由期盼一部具有心态史特征的姚雪垠传记问世。

（《书屋》2014 年第 10 期）

姚雪垠在大别山区的文化抗战活动

吴永平

1941年初，在第五战区司令部所在地老河口从事救亡工作的姚雪垠被长官部借故免职，在《阵中日报》总编尹冰彦的帮助下，化名以记者的身份潜入大别山，借桂系的关系暂且栖身；当年4月，姚雪垠来到安徽省政府所在地——大别山腹心小镇立煌。却没有料到，此时大别山的政治文化形势已与他两年前来到时发生了很大的变化，原二十一集团军总司令兼省府主席廖磊已故，十一集团军总司令李品仙继任，群众救亡组织多遭解散或解组。曾经一度高涨的抗日救亡运动已陷入低潮；不过，此地毕竟距离国民党中央政权较远，桂系军队原与蒋介石集团存在着一些矛盾，因而当地统治集团中仍有同情支持救亡工作的人在，加之原襄阳文协分会的成员黎嘉、刘芳松、白克、山莓，国新社特约记者王门，进步文艺团体抗建艺术社、青年剧社以及原文委会的成员长期在这里工作，团结了一批爱国青年，所以，救亡工作的开展和再度兴起也还存在一定的政治和群众基础。

姚雪垠来到这里以后，很快便与这些进步文化人、爱国青年联合起来，以他所主编的刊物《中原副刊》（后改名《中原文化》）为主要阵地，组成了一支“散兵线”。在反动统治的缝隙中，进行合法的政治和文化斗争。为了扫除衰颓低迷的文化空气，姚雪垠对《中原副刊》进行了大刀阔斧的改革。

改革途径之一为“消毒”。这个刊物原为安徽民政厅长韦永成的妹夫萧大镛主编，稿件质量良莠不齐，有些文章不明是非，跟着国民党宣传机构的口径人云亦云，如第二期吴广略《洪深自杀感言》一文，竟对洪深的政治立场与个人人格滥施攻击，嘲骂“这是洪深一生的大错，是他生命史上的污点”，影响极为恶劣。姚雪垠从第三期接手主编后，选载田汉《慰洪深五首》，以示针锋相对。其一为：“好活不能宁恶死，桥头何心苦张罗？过桥名士今如鲫，犹是先生勇气多!"

改革途径之二是打破"自给自足"的文化封闭格局。"战地文化自给自足"这个口号原是抗战初期进步文化工作者提出的，在一定的时期，它鼓励了当地进步文化工作者奋发努力，自力更生，推动抗日救亡宣传运动，然而到了抗战中期，地方当局已篡改了这个口号的原来意义，反对和抵制外界的进步文化传入，造成当地刊物循循相因互相唱和的沉滞局面。姚雪垠接手后大量采用外稿，或直接约稿或采取"文选"的形式，仅《中原副刊》后四期，就刊载有老舍、欧阳山、田汉、茅盾等名家的有强烈战斗精神的作品多篇。《中原副刊》办完六期后，改名为《中原文化》，更以全新的姿态出现在山城的读者面前，外稿更多，臧克家、碧野、田涛等的约稿不断涌来，大后方进步作家的"文选"接连转载，姚雪垠还坚定地重申，"本刊园地绝对公开，凡合乎本刊性质之稿件无不竭诚欢迎，如文章性质不合，或写得不好，纵出自至亲厚友手笔，亦不采用"，即使是约稿，也要看质量，"本来，我们曾约两位朋友写关于七七事变的回忆，但写成后却全没发表，原因是都不够我们十分满意。我们要尽量不辜负读者，在选稿上抱着'包黑'的严正态度"①。彻底打破人情观念，只看稿件质量，保证了刊物的品位。

改革途径之三是突出刊物特点。原《中原副刊》是一个兼及文史政哲经的综合性的刊物，没有自己的特色，改成《中原文化》后突出了文学刊物的特点，增加了"新文学发展史"的栏目，邀请李春舫撰写《文学革命的发难》《传统文学的没落》等论文，以反击复古主义潮流；增加了外国文学理论专栏，每期一篇外国作家介绍，以开拓文学青年的眼界；增加了"抗战文学名篇选载"的专栏，重新刊载张天翼《华威先生》、姚雪垠《差半车麦秸》、郭沫若《我怎样写〈棠棣之花〉》、方殷《平凡的夜话》等已有定评的优秀抗战文学作品，使大后方进步文学潮流奔涌进来；该刊还积极扶持鼓励当地文学青年作者创作反映抗战现实的作品，李育仁、王门、林克拓、卜乃等的诗歌，熊纬书、黎嘉、李春舫的小说，李春舫、阮华等的文艺理论，程南秋、黎嘉的戏剧创作在刊物上都占据了很大的篇幅。在他的主持下，这个刊物成了"茫茫中原，茫

① 1942年《中原文化》创刊号《编后记》。

茫战地，茫茫江淮之间，唯一的文艺刊物，唯一的不含毒汁的菌蕈”①。

姚雪垠还与当地爱国人士联合起来促进和推动了1942年安徽省文化界要求提高稿费运动、抗战史料征辑活动、第二届诗人节前后的鼓吹爱国主义精神的活动，其中尤以第二届诗人节的纪念活动引人注目。诗人西罕给我们留下了当时的盛况，文中写到，爱国青年们在山城要道两侧布置了诗廊——

> 从绵长的一条大道走来，在这路树旁侧耸立着的，是诗人为纪念屈原为纪念第二届诗人节而出版的街头壁报。这是山城的诗人们主办的。他们自己写诗，自己写壁报，自己贴板墙。里边除了艾青的《诗论》和任钧的《诗散谈》外，其余的都是诗篇。有：吕剑的《大队的人马回来了》，及林克拓的《咱们总得活》《新官僚颂》两篇，年青的只有十七岁的琳琪的《给诗人》，这是专为纪念诗人节而写的短诗。诗壁报的字迹的秀丽，和排版的优美，都吸引着这泥泞道上的行人。尤其，在报眉上的那一排横标着的“第二届诗人节纪念特刊”的大红字，是更显惹眼了。②

在“诗人节纪念晚会”上，青年诗人孙岳军主持，大别山诗歌社理事长林克拓、著名诗人钟鼎文发表了热情洋溢的演讲；在纪念会上朗诵了钟鼎文的新作《屈原》、林克拓的《我们的日子》、艾青的《大堰河——我的保姆》、知之的《这是什么灾星》、王门的《握手，朝鲜义勇队的兄弟》和《芦笛行》、吕剑的《大队的人马回来了》、王亚平的《鸭绿江水向东流》等抗战诗作；姚雪垠的演讲是最吸引人的，他演讲的题目是《论屈原的文学遗产》，其实他讲的并不只是屈原，而是针对现实借题发挥，他号召青年作者学习屈原关心现实的战斗精神，他说：“在理想社会实现之前，每个有良心的真正作家，同他所属的社会都有矛盾……（这些矛盾）有的带有社会性，有的不带社会性，政治的矛盾和思想的矛盾，是带有政治性的……优秀的文学作品，都是作家内部矛盾与外部矛盾的反映；这些矛盾愈带有社会性，愈能使作品有价值。”他鼓励青年

---

① 姚雪垠：《大别山中的文艺孤军》，《姚雪垠书系》第14卷，中国青年出版社2000年版，第81页。

② 西罕：《诗人节在大别山》，《中原文化》，1942年8月第2卷第5期。

积极投入现实斗争，“一个文学家如果没有积极的入世精神，没有改造社会的热情，永远不会写出伟大的作品”，他热烈讴歌屈原不妥协、不隐逸、不逐流的高尚人格，“(屈原为什么不出国呢?)，因为他抱有自己的政治理想，对于祖国具有热爱，不是抱的做官主义、混世主义。(屈原为什么不妥协呢?)，因为屈原有一把硬骨头，宁死也不向敌人低头。(屈原为什么不隐逸呢?) 他要同奸人斗争到底”。西罕记录下来了当时的情景，“在他把话轻悄地转入了正题以后，笑声掌声息止了。一百多张嘴，都笑裂裂地静静地听着他口若悬河滔滔不绝的演讲，有的伏在案子上在忙碌着记录，有的也在瞪着眼睛细味着，而他却在摆着手势，作着兴高采烈的演讲。这中间无形中消失了瓜子和喝茶的声音。这中间除了他的话语的声音以外，是汽油灯的‘呼呼’地响声。然而，也间或的泛起笑声的波纹。呵！这是多么富有诗意的一个场面呵！这是多么优美的一幅图画呵！这更是多么生动的景象呵!”大别山中的爱国青年被压抑得够久了，够重了，这样的聚会使他们回到了抗战初期的火红日子，这是一次山城青年爱国主义精神大发煌的盛会，这是一次反投降反倒退的群众示威，这是一次在险恶政治环境中的特殊战斗。许多当年的老同志在回顾当年艰难奋斗的经历时，都与笔者津津乐道那次盛会，足见影响之巨。

姚雪垠还利用《中原副刊》(后改名《中原文化》) 这块阵地声援其他进步文艺团体所开展的文艺活动。大别山诗歌社是当地一群进步文艺青年自发组织的同人团体，他们身陷这块沉滞的山城而心怀郁闷，向往驰骋于抗日救国的疆场而身不由己，他们的诗风或缠绵低回或昂扬奋进，抒发出了当时当地进步青年的共同心声，姚雪垠和这群青年交往甚密，有意进行诱导，鼓励他们以诗作为武器，投入与黑暗势力的抗争，他曾多次选载他们最有代表性的诗作在刊物的显著位置上发表，如李育仁的《船与舵手的故事》是讴歌抗战初期三厅所领导的一支平津学生流亡宣传队的，舵手便象征着宣传队中发挥着先锋和模范作用的共产党员，姚雪垠看稿后大加赞赏，破例在刊物头条位置上发表。青年诗人王门很有才华，他的诗作《芦笛行》为人所颂，“从芦苇丛中，拾起这根芦管，伴着黄昏，我吹响它，向长空的云夜，诉说自己的寂寞……”姚雪垠让他担任刊物的助编，与他切磋诗艺，鼓励他创作更多更好的诗歌。1941 年 5 月刘芳松领导的抗建艺术社有意推出曹禺的抗战名剧《蜕变》，姚雪垠此时刚接手《中原副刊》，他深知此剧在大后方被禁演，却毅然大力支持，他在刊物上发表李春舫的《曹禺的写作态度》及李岱思的《丁大夫和她的儿子》等文章以促成此事。茅盾先生在《抗战文艺运动概略》一文中曾指出，在国民党苛刻的检查制度下，“一九四一年后，像《蜕变》那样现实性的作品根本就少有出世的可能”，然而，在群山环抱的大别山中，在国统区政治最黑暗的年代里，经过广大进步文艺工作者的共同努力，这出抗战名剧终于轰轰烈烈地上演了。

石瑛同志给笔者的信中回忆道：“当时，在立煌的文化界，有一个以进步作家姚雪垠为中心的小圈子。”在这个进步的小圈子里，有刘芳松、程南秋领导的抗建艺术社和青年剧团的青年演员，有抗战史料征辑委员会的一些成员，有林克拓、李育仁、孙岳军、卜乃等大别山诗歌社的同人，有黎嘉、李春舫、熊纬书等青年文学工作者；在这个孤悬于敌后、远离大后方的特殊政治环境中，他们组成了一支“有力的孤军”，他们的进步政治文化活动在一定程度上打击和揭露了国民党的黑暗统治和投降卖国阴谋，鼓舞了人民的抗日热情。

蛰居于这种特殊环境之中，姚雪垠关心政治的一贯态度和强烈的革命热情通过另一种文化形式——撰写国际政治军事评论——充分表现出来。1941 年是国统区政治最黑暗的年代，皖南事变以后，国共两党的第二次合作濒于破裂的边缘；随着德国法西斯悍然入侵苏联，日本军国主义发动太平洋战争，轴心国的侵略狂焰到了顶峰；国统区涌动着一股投降主义的暗流，消极悲观的论调笼罩着国民党的官方报刊。就在这个时候，姚雪垠通过《大公报》《密勒氏评论报》以及由于国民党特务系统的漏检秘密投递过来的《新华日报》等窗口透过重重迷雾观察世界政治趋向，撰写了大量的政论时论文章，积极宣传以苏联为首的世界反法西斯阵营必胜的真理，驳斥某些人“抗战悲观”的短视观点。1941 年 6 月，德国法西斯悍然入侵苏联，国民党极右分子幸灾乐祸，鼓噪着共产主义的毁灭，姚雪垠创作了著名的《希特拉的最后一张牌》，文中大义凛然地宣布，“纳粹主义和社会主义在本质上是绝对对立的……苏联的危机即人类文明的危机……全世界所有的被侵略者都变成苏联的同情者和知心朋友，不可避免的要共患难，同生死”，断言希特勒失败的命运“是注定的”①；同年年底在《德苏开战后的世界新局势》一文中，驳斥那种认为苏联已经面临最后崩溃的论调，更加深入地分析道，“苏德战争，不管纳粹联军的攻势是怎样猛烈，

① 姚雪垠：《希特拉的最后一张牌》，《中原副刊》1941 年 7 月第 4 期，署名冰天。

苏联的阵地是怎样变化，希特勒速战速决的梦想却永远不能实现。这不仅是由于苏联的人力物力的优越条件，而且由于它的政治领导与社会组织。英美的种种援助，与纳粹欧洲局势的动荡不安，都给苏联持久战以实际的保证。苏联的战线上不同纳粹军队决一死战，而是怎样使战争持久下去，拖住希特勒在东欧玩马戏，一直到苏联红军胜利的内外条件成熟为止”，继而痛斥失败投降的滥调，“但无论如何，中国的坚持抗战在今后世界局势中更具有着重要意义。它是反侵略阵线的有力的一个环节，特别是牵制轴心国东方伙伴的一个主力”①。姚雪垠的时事论文得到了读者的嘉许，编辑部约稿不断，尽管他不大愿意写这些“不擅长的”文章，但每月仍要“固定的写五篇”左右；“珍珠港事件”爆发后他又写了《反侵略统一作战的明确化》《日本行动方向之谜》《苏联前线三元帅》《封存日本资金与上海贸易》《罗斯福是否会牺牲中国》《德苏开战后的世界新局势》《中国不会败》《急风骤雨的太平洋》《扩大的世界战争》《反侵略统一作战的明确化》《太平洋战局》《长沙三捷》《印度问题》《土耳其的危机》《欧洲现势与远东》《一九四二年国际局势展望》和《新加坡沦陷后的远东情势》等关于国际问题的论文，分析敌方政治军事经济形势，阐明世界反法西斯阵线的光明前途，痛斥消极抗战、投降卖国的黑潮。这些文章都以立论精警，擘析入理、迅速准确，得到读者的称赞，其中一些名篇不胫而走，流传到其他战区乃至大后方，具有广泛的影响。

姚雪垠这一时期仅创作两部小说《戎马恋》（1941 年）、《孩子的故事》（1942 年）。前者是他刚到山中的作品，取材于抗战中期某部“钟秘书”的恋爱故事，在创作过程中进行了较大的改造，“主题改变了”，他意在表现在 1941 年国内政治形势逆转时，救亡青年们的思想状况及其对不同的生活道路的选择，并力图指示出如何正确地处理他们中理论与实践的分离的倾向，感情纠葛与时代革命的关系，具有强烈的现实意义。从某种意义上讲，可视为《春暖花开的时候》的续作，小说中流露出对抗战初期“梦一般过去”的真诚惋惜，但并未停留在这一点上低回咏叹徘徊无依，小说中的主人翁张惠凤终于“冲破了这重重精神上的藩篱和恋爱束缚，毅然地舍弃了她一向所崇拜的神和

① 姚雪垠：《德苏开战后的世界新局势》，立煌《编译月报》，1941 年 12 月第 2 卷第 6 期，署名冰天。

人，而走向民族解放的大道”，故事在昂扬的“我们在大别山上”的战歌声中结束，体现出作者对时代的深刻感应与敏捷的反映。《孩子的故事》创作稍晚，取材于抗战初期的经历，在写作过程中有意地以“爱的哲学”来贯穿这部小说，以表现宣传爱国主义、反对法西斯主义战争的主题，这部小说所表现的主题与当时的政治环境的限制有很大关系，也许他只能采取这个角度，只能表现这样的题材，才能逃脱书刊检查的天罗地网。即使是这样，这两部作品战斗的锋芒也是遮掩不住的，渴望战斗、渴望自由、渴望进步、渴望民主的呼唤掩卷可闻，《戎马恋》的一章“江边”及《孩子的故事》的一章“母爱”很快传到大后方，为进步刊物所转载。

姚雪垠在大别山中所进行的另一项卓有成就的工作是文艺理论研究，这个时期他撰写了大量的文艺理论文章，如《文艺反映论》《创作漫谈》《论写作的学习过程》《小说是怎样写成的》《我怎样学习文学语言》《抗战文学的语言问题》和《怎样写人物个性》等十数篇，他将过去朦胧不清的理论进行了过滤，确定了自己追求的艺术目标，简言之：一，他将“写生活”的信条理论化，认为“写生活”的实质就是描写人物本身，人物之间及人物与环境之间的矛盾，认为小说情节的发展就是上述矛盾的运动过程，并且循着从量变到质变的规律。从这个理论出发，初步形成了他的细腻的描写倾向；二，他接受了欧洲旧现实主义作家“将作家人格渗透进作品人物”中所用的主要方式，即“按照自己的一部分影子创造典型人物”的方法，并认为只要掌握了新现实主义的“科学的观察和体验方法”就可以克服“旧现实主义作家的世界观与创作方法”的矛盾现象，于是他在创作中开始大量地直接地将自己的经历、思想和情感，用于作品典型人物的塑造。三，语言观基本成熟，他认为文学语言“应该是以知识分子通用的口语为基础，克服不必要的欧化语法肃清不良的文言残渣，提炼民众的土语俗语而使它的语汇无限的丰富起来”，并提出文学语言的审美标准“应该是自然的，素朴的，切实的，而不是离开活的口语以故意求美的”，从此他的作品不再是以豫西农村地方方言为唯一特色，语言风格变得更加清澈透明。可以说大别山时期是姚雪垠创作生涯中重要的理论建设期，其理论核心是战斗的科学的新现实主义精神。1943 年初他来到大后方，旋即被推举为中华全国文协研究部的副部长，也可以看出当时进步文坛对他的文艺理论建树的评价。

姚雪垠在大别山中的进步文化活动终不为反动统治阶级所容，1942 年 9 月，《中原文化》刚出满两卷之时，国民党军统特务组织阴谋对他进行迫害，幸为一同情者所知，转告他立即逃离立煌。姚雪垠怀着惆怅和自豪走出了大别山。翌年初，当他回顾两年来的战斗历程时，曾意味深长地写道：

> 在街市外，在昏暗的稻田里和山径旁边，春夏两季到处有青色的萤火飘飞，一直到深秋后才慢慢绝迹。它们高高地飞到屋檐上、树梢上，有时又沉落到幽深的谷底。据说它们虽是从腐草中生出来，虽然是十分渺小，然而它们毕竟是光，而且敢以它们的微光同黑暗战斗。因此，我在山中也爱那暗夜中的点点萤火。①

随同姚雪垠一起遭受迫害的还有王门、李育仁、卜乃等一大批进步文化人，他们也先后逃离了大别山。不久，大别山中进步文化人遭到了越来越深重的压迫，1943 年底，一批共产党员、进步人士竟被特务秘密活埋。然而，星星之火还在，大别山中的进步文化事业仍然在顽强地挣扎着，坚持着，直到反法西斯战争最后胜利的来临。

（《新文学史料》2016 年第 1 期）

① 姚雪垠：《出山》，《文化先锋》，1943 年 4 月 1 日第 2 卷第 2 期。

河南抗日救亡运动的历史写真

——论姚雪垠《春暖花开的时候》的史料价值

赵焕亭

姚雪垠的《春暖花开的时候》围绕1938年春河南境内大别山下某县城“抗战救亡工作讲习班”的活动展开，记述了青年学子的抗战热情、恋爱心理以及讲习班工作所遇到的种种困难与挫折，表达了抗战必胜的坚定信念。作品塑造了投身抗战的一批优秀共产党员如吴寄萍、罗明、方中允、郭心清、陶春冰等的光彩形象，同时还塑造了一批党的外围中间力量如黄梅、罗兰、杨琦、林梦云等人物形象。

关于《春暖花开的时候》这部小说的出版史和研究史，主要陈述如下：

小说最初于1940年在胡绳主编的重庆的《读书月报》上连载一年，约10万字。1943年，姚雪垠到重庆之后，将原稿扩充改为三分册，约30万字，由现代出版社出版，直到1944年三分册才出齐。小说单行本轰动一时，年内三次再版，发行数万册。1946年，现代出版社再版。新中国成立后，这部小说在大陆一直没有再版，直到1999年11月，它作为姚雪垠书系中的一本，由中国青年出版社出版。2015年8月，《春暖花开的时候（上下册）》又作为“姚雪垠抗战作品选”套书中的一种，由中州古籍出版社出版。

1944年，《春暖花开的时候》出版不久，就受到胡风、石怀池、路翎等人的否定和批判。在胡风的指示下，1944年，石怀池写了《评〈春暖花开的时候〉》，路翎写了《意在急就》，他们都从根本上否定了这部小说，认为它过多描写了青年人的恋爱，是色情加恋爱、抗战八股，进而把姚雪垠打成色情作家、娼妓作家。

茅盾认为胡风等人对姚雪垠的批评有失偏颇，于是写《读书杂记》，发表于1945年5月《文哨》第一卷第一期。茅盾在指出《春暖花开的时候》第一分册“的确太多了小儿女的私情蜜意”的同时，充分肯定了第二、三分册对第一分册的挽救之功：“特别是第三分册——在小鸟啾啁之中有金戈铁马之声，甚至不妨说金戈铁马之声终于成为基本的音调了”。

看到茅盾为姚雪垠抱不平，路翎于1945年6月在《希望》第3期上发表《市侩主义的路线》(署名未民)，进一步指责姚雪垠为“客观主义”和“投机主义”的典型代表，《春暖花开的时候》多色情描写，并举例证明其中小说对王淑芬的描写（“同人说话时两只眼睛懒洋洋的，半睁不睁，带着三分睡意，二分媚态，自然也相当的能招人爱”）就属于这一类色情描写。1945年12月，邵荃麟在《新华日报》上发表《略论文艺的政治倾向》，赞同胡风等人对姚雪垠作品“色情”和“抗战八股”的批评。

针对这些批判，姚雪垠于1947年5月，在北平《雪风》第3期上发表《论胡风的宗派主义——〈牛全德与红萝卜序〉》，系统批评了“胡风派”的文章。姚雪垠的反批判受到了胡风、阿垅等人更猛烈的反击，也引发了其他一些评论者如胡绳的批评。1947年9月17日，胡风支持阿垅在《泥土》第4期发表《从“飞碟”说到姚雪垠的歇斯底里》，暗示姚雪垠是国民党特务。1948年，胡绳在《大众文艺丛刊》上发表《评姚雪垠的几本小说》，也对《春暖花开的时候》提出了批评意见。

新中国成立后，姚雪垠在《学习追求五十年》一书中，专门就《春暖花开的时候》在40年代所受到的批评做了回顾，并谈了这部小说创作的背景、素材来源、成就与不足等。

由以上评论者以及姚雪垠本人对《春暖花开的时候》的评价可以看出，截至目前，这些评论文章主要是立足于当时的抗战形势，从内容描写、结构安排上进行研究评述的，还没有人从史料学价值的角度进行研究。从1940年这部小说诞生至今，70余年过去了，当历史拉开这段时间的距离，我们再来阅读这部作品的时候，它的史料价值就更为突出。因此，本文主要就这部小说的史料价值进行探讨。

《春暖花开的时候》虽然是一部小说，但是其中包含了作者的诸多亲身经历，许多章节所记述的人物、事件等都有历史依据，在很大程度上是抗战初期河南抗日救亡运动的历史写真。因此，考察该作品所记述的一些历史现象，如青年学生在抗日救亡运动中所遇到的种种困境、国共两党合作过程中的复杂纠葛、人民饱受兵役劳役之灾的痛苦等，有助于了解当年河南抗战的真实状态，从而更加深入研究历史和认识历史。本文抽取作品所写到的“《同舟》发行萎缩”“战教团被驱赶”“抗战时期的征兵征役”这三件事来分析这部小说的史料价值。

一、“《同舟》发行萎缩”对应“《风雨》停刊”

在小说中，吴寄萍询问陶春冰：“你在开封主编的《同舟》旬刊，去年秋天创刊后在中原读者很多，对宣传抗战起了很大影响。为什么你不再编了，离开了那个刊物?”① 虽然陶春冰无法直接向她泄露党内的事务，但吴寄萍的真挚关怀引起了他关于自己离开《同舟》前后经过的回忆。离开的主要原因是他与一些刊物同仁在办刊方针方面有所抵牾。陶春冰因为对刊物越来越浓的“左倾”倾向有意见而被排挤出刊物的主编岗位。小说写到：“他和同志所办的救亡刊物，本来是一个抗日统一战线性质刊物，可是后来在一部分同志的主张下，刊物愈办愈左，几乎成了地下共产党的宣传刊物，而且它的面貌愈来愈显著，有时用大量篇幅辑录共产党中央领导人和八路军将领的抗日言论。在这样的编辑方针下，撰稿人的圈子大大缩小，原来统一战线性质的编辑委员会不再同刊物发生关系了，刊物的发型范围也很快缩小，各县的书店不敢代售。……”② 这里写出了刊物发行逐渐萎缩的内部原因。

美国小说家托马斯·沃尔夫认为：“一切严肃的作品说到底必然都是自传性质的。”③ 姚雪垠常常以自己的生活经历为蓝本进行文学创作，他的作品有较强的自传性质，这一特点最明显地体现在他的土匪题材小说《长夜》中。《春暖花开的时候》同样有这样的特点。正如姚雪垠本人在《在沸腾的日子里》一文里所说：“抗战爆发后，我亲身参加了抗战斗争，置身于抗日救亡的历史洪流中，直接感受，所见所闻，都为我后来写《春暖花开的时候》打了基础。”④《春暖花开的时候》这部小说中陶春冰的生活原型就是姚雪垠本人。小说中陶春冰关于《同舟》杂志的一段回忆实际就是姚雪垠本人 1937 年在开封

---

① 姚雪垠：《春暖花开的时候》，中州古籍出版社 2015 年版，第 146 页。

② 姚雪垠：《春暖花开的时候》，中州古籍出版社 2015 年版，第 148 页。

③ ［美］托马斯·沃尔夫：《一位美国小说家的自传》，黄雨石译，上海人民出版社 2008 版，第 3 页。

④ 中共河南省党委党史工作委员会：《中共河南党史资料丛书·抗战初期河南救亡运动》，河南人民出版社 1988 版，第 229—230 页。

参与编辑《风雨》周刊的经历。这一论断的主要依据是小说所描述的时代背景、事件发生的时间与姚雪垠本人的经历有极大吻合。作为主编之一的姚雪垠在《风雨》周刊前 14 期的几乎每一期上都发表有文章，这一点可以从吴永平的《姚雪垠创作年谱》(《新文学史料》2010 年第 3 期) 一文中明显看出。另外一个依据是小说中《同舟》这个刊物的名字脱胎于现实中《风雨》周刊刊名的寓意“风雨同舟”。显然，小说中的刊名截取了“风雨同舟”这一词语的后两个字。还有一个证据就是当年《风雨》周刊的编委之一吴强在《开封两年杂忆》中的记述：“《风雨》周刊是由作家姚雪垠和河南大学教授郑若谷发起，得到嵇文甫、范文澜、冯新宇以及从日本归来的留学生王阑西等的积极支持而创办起来的。姚雪垠、郑若谷在开封青年会谈话，倡议创办这个刊物的时候，我也在场。”①

《风雨》周刊创办于 1937 年 9 月 12 日，1938 年 1 月 21 日改为日刊（从第 15 期改为日刊）。姚雪垠在《风雨》周刊的第十七期上曾发表《对于保卫河南的几项紧急建议》，号召各党派精诚合作，保卫河南，并具体提出四条方案。杂志初刊便受到读者的欢迎，并成为中共河南省委机关刊物，王阑西、嵇文甫、姚雪垠、范文澜等先后担任主编。该刊在全国各地公开发行，曾达到 1 万多份，并流传到大后方兰州、重庆、延安等地。对于抗战初期发动河南省的民众抗战以及开展敌后游击战的准备工作，起了极大的指导和推动作用。很可惜的是，《风雨》仅仅出版了 30 期，就停刊了。

一般的史料上只讲《风雨》在 1938 年 6 月开封沦陷前夕被迫停刊，而对于停刊的内部原因、具体细节则语焉不详。根据姚雪垠在《春暖花开的时候》中关于对《同舟》(实际上的《风雨》) 的分析，基本可以推测，《风雨》停刊，除了开封沦陷的外部原因之外，还与刊物的发行量大大缩小有直接关系，而发行量缩小的主要原因是刊物的左翼色彩太浓，导致许多人恐慌、躲避。按照初为周刊、从第 15 期改为日刊、共出 30 期所需要的时间推算，《风雨》大约在 1938 年 2 月就不再出版了。《春暖花开的时候》借小说中的人物陶春冰之口讲述了《同舟》发行萎缩的状况，实际上无意间揭示了《风雨》停刊的内部

---

① 中共河南省党委党史工作委员会：《中共河南党史资料丛书·抗战初期河南救亡运动》，河南人民出版社 1988 版，第 240 页。

原因，这对于深入研究抗战初期在河南影响颇大的左翼文学刊物《风雨》具有史料价值。关于《风雨》由统一战线性质的刊物逐渐转变成中共河南省委党刊的具体过程，王阑西在《急风暴雨的时刻——关于抗战初期〈风雨〉周刊的回忆》[①] 一文中记述得非常详尽。王阑西指出，在1838年的1至3月，《风雨》连续发表了《中共对时局的宣言》《保卫河南宣言》以及毛泽东与美国合众社记者王公达在延安的谈话。王阑西把这三次发表称为惊人的壮举。这种惊人的壮举使得《风雨》具有了明确的政治背景和抗日立场。它逐渐公开化为党刊，也就是中共河南省委的机关刊物。王阑西的回忆部分印证了小说《春暖花开的时候》关于《风雨》政治倾向的描述。

二、“战教团被驱赶”对应“服务团的舞阳遭遇”

七七卢沟桥事变之后，民族危亡在即，国共实现第二次合作。当时中共中央提出：“共产党员应实际上成为各地救亡运动的发起人、宣传者、组织者……”在这样的号召下，许多地方成立了主要由共产党组织领导的抗日群众团体，如青年军团、学生表演剧队、抗战讲习班、同学会、妇救会等。河南的抗日团体也应运而生，特别是在1937年7月之后，北平、天津相继沦陷，大批平津流亡学生回到家乡，以青年学生为主体的抗日宣传团体深入到广大城乡地区，动员组织民众进行抗日。《春暖花开的时候》所写的讲习班、战教团就是这样的抗战团体。

在抗战救国的共同纲领下，这些救亡团体迎来了发展的最好时期。这就是小说中讲习班的领导人郭心清所讲的当时的形势：“在这个落后的山野县份，新生的力量正在迅速发展起来，这在一年前是连做梦也想不到的。……如果一年前我们回故乡来做救亡工作，早就该被抓起来啦。”[②] 郭心清还分析了讲习班能够开展工作的外部原因：周边地区的抗日团体如潢川青年军团已经回到地方上，打进了地方政治机构；地方驻军援助并领导青年的抗战工作；地方绅士中也有大部分同情进步青年，站在抗战方面，真正顽固的是少数，多数随大流。这些都说明一个时期内（1937年七七事变爆发至1938年年底），抗日团体工作的客观环境是比较有利的。因为，到1939年春，许多抗日团体就被政

---

① 中共河南省党委党史工作委员会：《中共河南党史资料丛书·抗战初期河南救亡运动》，河南人民出版社1988版，第213—228页。

② 姚雪垠：《春暖花开的时候》，中州古籍出版社2015年版，第233页。

府取消了。作品写了战教团的影响及其遭遇。关于战教团的到来，作品使用大量的笔墨进行了铺衬性的叙述，讲述了讲习班如何准备迎接、跑到几十里外去迎接、迎来战教团之后的共同工作等。后来，随着形势的发展，战教团被驱赶。对此，团员青年展开了一些抵制，但最终还是没能够使战教团留下来。

作品所写的战教团及其领导人物，在河南抗战史上，确有其事其人。这一论断的主要依据是小说中战教团的组织名称、工作内容、主要人物的相貌特征等都与现实生活对应。战教团是抗日战争初期，以开封爱国青年与平津流亡学生为主体成立的抗日救亡团体，全称是“河南大学战时农村工作服务团”，1938 年 2 月更名为“河南战时教育工作促进团”。这是一个由河南大学教授领衔、以河南大学、开封女师、北仓女中、开封女中等校学生为主体的抗日救亡组织。关于战教团在中原大地撒播抗日火种的历史贡献，学者贺明洲指出：“它在中共河南省委直接领导下，奔走呐喊，唤起千百万人民与万恶的日本侵略者斗争，迅速掀起河南抗日救亡运动的高潮，在新文化运动史上写下了灿烂的一页。”① 小说所描绘的战教团正是这样的：战教团所开展的演讲、演剧、唱歌等文艺宣传的形式受到爱国群众的欢迎。在服务下乡的一路上，战教团受到其他许多抗日团体的邀请。讲习班就是在这种情况下迎来了战教团。

河南“战教团”当年还曾与第五战区战时文化工作团一起在大别山地区演出。这一点在臧小平的《为父亲臧克家百岁诞辰而作》一文中有明确记录：“随后，1938 年 7 月 1 日，第五战区战时文化工作团在潢川成立，团员 14 人，父亲任团长。他率团深入河南、湖北、安徽农村和大别山区，进行抗日救亡宣传和文学创作活动，直到 1939 年春文化工作团被迫解散。”② 另外，这篇文章还配发了相关照片。其中一幅照片的题名是“1938 年，臧克家率领的第五战区战时文化工作团与河南‘战教团’联合演出后的合影，站立者右六臧克家。”这幅照片从另一面说明河南“战教团”在当时的影响。1938 年冬，姚雪垠应钱俊瑞函邀，到湖北襄樊国民党第五战区司令部，参加文化工作委员会。第五战区文化工作委员会是一个抗日统一战线性质的文化工作组织。姚雪垠与臧克家、胡绳等曾一起参与该组织的领导工作，因此，他对河南“战教团”的这些

---

① 贺明洲：《抗战初期的河南战教团》，《新文化史料》2000 年第 2 期。

② 臧小平：《为父亲臧克家百岁诞辰而作》，《人物》2005 年第 10 期。

活动十分熟悉。这些经历都成为他《春暖花开的时候》的写作源泉。

小说写到，战教团的前身是游击训练班，游击训练班的主持人是当时河南大学文学院院长姬非武和方中允教授。根据小说关于人物特征的描写，可以推断小说中姬非武的生活原型就是嵇文甫，而小说着墨较多的人物方中允教授的生活原型就是范文澜。以下仅以方中允这个人物形象为例来说明《春暖花开的时候》的写实性。

小说对方中允的描述是："方中允有四十多岁，高瘦个子，白净面皮，戴着近视眼镜，操着带有绍兴土音的官话。他是一位有名的学者，自幼就钻研着中国的古书本子像蠹鱼一样，立志要追踪乾嘉学者的后尘。十几年来他一直在平津各大学过教授生活，被青年们看做是国学大师。"① 范文澜于1893年11月15日出生于浙江绍兴城内锦麟桥范家台门，1938年那一年45岁。这与小说中"方中允有四十多岁"相对应。范文澜"高瘦个子，白净面皮，戴着近视眼镜"这一相貌特征从他留下的几张照片中可以明显看出。范文澜五岁至十三岁入私塾并受教于父，十四岁入县高等小学堂。这与小说中"自幼就钻研着中国的古书本子像蠹鱼一样"相对应。范文澜史学造诣很深，这与"他是一位有名的学者"相对应。范文澜在1936年之前，曾在在北京大学、北京师范大学、中国大学、朝阳大学、中法大学、辅仁大学任教，1936年，在河南大学任教。七七事变后，范文澜创办抗战讲习班，他还曾任战教团副团长，是当年战教团的灵魂人物。关于上述范文澜的身世经历、学术造诣，诸多材料都有记载。这里仅举陈其泰《范文澜学术思想评传》中《范文澜颂》中的诗句作为佐证：

> 苦读于北京最高学府，以"追踪乾嘉诸老"为志愿，
> 成绩优异，被名儒耆宿视为衣钵传人。
> 以后执教于天津、北京各大学，
> 辛勤著述，在经、史、子、集各个领域都有作品问世。
> ……
> 他脱下教授的长衫，穿上抗日战士的军装，
> 与民族共命运，与群众同呼吸，

① 姚雪垠：《春暖花开的时候》，中州古籍出版社2015年版，第369页。

从中原游击战场，来到延安宝塔山下。①

由诗句的内容可以看出，方中允身上确实有许多范文澜的影子。

小说写到了战教团被驱赶的情况，这也是有现实根据的。邓高峰在《从抗训班到战教团，开封学子的青春之歌》中写道："1938年春节，服务团来到舞阳，划分为小分队深入城镇农村，访贫问苦，搞宣传，办夜校，组织农救会，开办识字班，挨家挨户宣传抗日，同时协同舞阳青年救国会开展救亡活动。一时间，舞阳成为河南抗日救亡活动的中心……当时的舞阳，有国民党嫡系关麟征部驻守，他们消极抗战，积极反共。因为参加过李大钊的出殡游行而被关的部下逮捕过的范文澜的到来，自然是冤家路窄。但由于抗日民族统一战线已经建立，关麟征不敢贸然动手，只好使出阴谋，在舞阳县国民党党部设宴'欢送'范老及服务团一行，想以此手段将服务团赶出舞阳。范文澜带着服务团成员勇赴'鸿门宴'，酒席上，范老高举酒杯，高呼'打倒日本帝国主义'……"② 关于这一情况，范文澜本人的记述是这样的：

在河南大学教着书，芦沟桥大炮响了。尽管你老先生紧掩双耳，却掩不住敌人的大炮口，终于不得不承认中日战争的事实。……不久成立了一个河南大学抗敌工作训练班。……那时候我们的预定计划是挑选一部分学生沿平汉线（重要城市）办短期训练班，兼做民运工作，联合当地青年，广播救亡种子，最后目的到信阳去打游击。

训练班一个月毕业，我们决定从开封步行到许昌，路程二百四十里，作为毕业考试的试题。这在住惯城市的人看来，确是一个颇难的"试题"，可是应试的几乎是学生全体（约二百人）。我们经费经验都很缺乏，只能允许七十几个学生"应试"，名称改为河大抗训班服务团。团长稽文甫先生留开封做统一战线工作，免得顽固分子造谣捣乱。我们在许昌办了一个两星期的训练班，收获不坏，虽然也有不少想破坏我们人，但当地官绅教育界以及驻军某军团长却给了我们许多帮助。正当阴历年底，九十个人的

---

① 陈其泰：《卷首题词》，《范文澜学术思想评传》，北京图书馆出版社2000版，第1页。

② 邓高峰：《从抗训班到战教团，开封学子的青春之歌》，《开封日报》2011年9月16日。

服务团，浩浩荡荡向舞阳县进行了。

……

我们大队到了舞阳，驻军某师长表示欢迎。师部参谋政治工作人员更相处很好。某夜服务团内话剧团在城内演剧，（团员大部分在乡间工作），公安局长请我到剧台后面讲话。他说，县长奉某军长面谕，限贵团明天离舞阳境，我说，好，明天再见。演剧完了。我们回到寓所，我向团员报告，大家不由得愤怒起来，我说“我们应该有在中华民国土地上作救亡工作的自由，舞阳难道不是中国土地么？我决计不走，我决计到舞阳县监狱里找中国土地去。”团员们叫起来，“我们一起去”。第二天清早，（不等公安局来），我先去请教某军长，什么理由要我们走。某军长完全否认，说那是县长传话错误，师部人员办了几桌酒席来慰劳我们，我用坦白豪爽态度，同他们痛饮酬酢，宾主都醉了，而我尤其醉得凶，倒在床上呻吟。在断断继继，激励团员们的言语中，几乎全体哭泣，不能仰视。师部人员也陪着愤慨，某参谋拔出手枪，声称去县政府枪毙那个狗头县长。团员们拉住他，他还对空连放了几枪，表示义愤。我第二天醒来，团员们告诉我，“好事者”还把这一场闹酒起个名，叫做“范先生大闹舞阳城”。

我很惭愧，不敢再喝酒。我们决计办训练班，舞阳青年救国会会员二三千人，愿意轮流进城受训。某军长出面阻止，某校长暗中捣鬼，使我们无法进行。我去武汉想找人疏通，却被某某顽固机关压迫我上鸡公山——河南大学新迁的校址所在。我考虑轻重利害，只好上山重当“教书匠”；服务团改称战时教育工作团，依然不顾困难环境，继续活动。①

这段范文澜本人的记述与邓高峰所记服务团的舞阳遭遇互相印证。

姚雪垠对于舞阳县抗日救亡团体的活动情况是比较了解的，所以小说中写的战教团被驱赶的事件主要是以服务团的舞阳遭遇为故事原型的。1938 年前后，姚雪垠参加了河南多地的抗日救亡团体的活动，其中，1938 年 6 月 5 日，他与袁宝华、谢邦治、丁法善、刘玉柱、赵梅生等 20 多人出席了中共河南省

① 范文澜：《从烦恼到快乐》，《中国青年》第 3 卷第 3 期，1941 年 1 月 5 日（民国三十年一月五日）。

委青年工作委员会在舞阳召开的“河南省青年救亡协会成立大会”，大会讨论通过由姚雪垠起草的《河南青年救亡协会成立宣言》。该宣言从成立河南青年救亡协会的意义谈到今后的工作任务，号召广大中原青年团结起来，保卫河南，解放祖国。宣言指出：“敌人的疯狂进攻已深入中原了。河南是中华民族的发祥地，拥有三千万忠勇的黄帝儿女和广漠的平原，它根据战局的发展已经成了今后抗战的军事支点。敌人的毒辣企图在这三千万黄帝儿女的家乡涂上腥血，蹂躏它，占据它，进而攻取武汉，攫夺西北，以动摇我们抗战的力量和决心。因而，我们胜利的保卫河南，也就是保卫武汉，粉碎敌人第二期作战企图。在目前的紧急形势下，中原千万万优秀的青年男女必须携起手来，英勇的保卫大河南，使河南变成中华民族的钢铁堡垒和日本法西斯强盗的坟墓，埋葬的他们尸骨与妄想。”① 该宣言指出了在抗日战争中河南重要的战略地位以及保卫河南的军事意义。阅读宣言的内容，仿佛可以看到宣言起草者姚雪垠当年投身抗日宣传的身影，感受到他当年积极参加抗战的极端热忱！

姚雪垠参加抗日救亡团体的亲身经历，成为他小说中关于战教团描述的现实依据和基础，因此，《春暖花开的时候》关于战教团的叙述对研究 30 年代“河南战时教育工作促进团”的诞生过程、发展历程等都有重要的史料价值。

三、“材娃被抓壮丁”对应“战时的兵役制”

《春暖花开的时候》的第二十二章“在残酷的现实面前”写了国民党抓壮丁补充兵源、摊派劳役扒毁城墙的情况。小说中，罗兰奶妈的儿子赵德魁向罗照求情让他想办法免除自己被抓壮丁去当兵打仗。赵德魁说：“乡下的事情都是讲面子，看人情，谁同谁讲过正理？只要跟保长——别说是联保主任——沾亲带故，或是在乡下稍有面子，在城里有一家半家好亲戚，自来都不出壮丁。我出壮丁不打紧，掏钱买个替身，全当是传瘟疫死掉一只牛。可是，这对你们罗府上未免丢脸面。”这件事情一方面反映了民众的不觉悟，另一方面更暴露了当时抓壮丁的弊端。类似的，小说还设置了黄梅的舅舅王富有托黄梅给被抓去当壮丁的儿子材娃送鞋送钱的情节、郑家奶奶看望被抓去当壮丁的孙子郑铁锁的情形等。

小说的这些情节安排显示了作者的匠心独具，乍一看这些是可有可无的闲

---

① 姚雪垠：《四月交响曲》，中州古籍出版社 2015 年版，第 197—198 页。

笔，其实却深刻反映了国民党军队、地方政权借征兵敲诈勒索广大农民的丑恶现实，揭示了国民党在抗战时期不思救国，与地方贪官沆瀣一气，欺压贫苦百姓的历史事实。多数农民对抓壮丁极为反感，对于征兵怨声载道。郑家奶奶的哭诉是："没想到你刚刚长到十八岁，半夜里把你抓来。多少人家弟兄好几个都不出壮丁，偏抓你这一棵无钱无势的独苗儿。"① 这一幕很像是杜甫《石壕吏》中的情景。在这民怨沸腾的情况下，老百姓自愿参军打仗的人很少，甚至出现被抓的壮丁逃跑、暴动的现象。为了恐吓新兵，兵役当局就对新兵捆绑、打骂、凌辱等，这就是小说中所写到的罗明、罗兰、黄梅等人去慰劳新兵时所见到的场景。"这些将要为国家流血拼命的青年农民，仍然几十个一起的用一条麻绳拴着。他们有些人背着一卷破棉袄以防备夜间寒冷；有许多光着脚板，把一双布鞋珍惜地挂在肩上；有许多在区公所或乡公所拘囚了几天，因为饥饿和精神折磨，脸孔憔悴得像病人一样。全体壮丁被关在靠城墙的一座小小的院落里，拥挤在潮湿的稻草上，多的使人不敢相信的跳蚤吮吸着他们的血液，扰乱着他们的安静。"

小说写赵德魁向罗照求情逃避被抓壮丁一事，看似表现了民众的不觉悟，实际上背后包含了许多关于民国新的兵役制度弊端的深度思考。正像黄梅的舅舅王富有所抱怨的："救国是应该的，这道理我也明白。我不是不愿意让材娃去当兵，我是怕他到不了火线就让人折磨死了。"事实上就是这样的："这一群跑来慰劳的代表刚走到关闭壮丁的院子附近，就碰见从院子里抬出来一个麻杆箔卷的死尸，翻过拆毁的城墙缺口向荒郊抬去，后边跟着两条吃惯死人的黄狗。"这景象令人惨不忍睹。罗明、罗兰虽然极力力争，获得了向壮丁当面慰劳，并报告慰劳品与现款的具体数目的机会，但是，看押壮丁的排长很不高兴。这就预示着那些慰劳品与捐款难以如数发送到壮丁手中。这就是罗兰慰劳壮丁之后的感受："一群火热的心，蔓延冷酷的现实。"② 这就是抗战期间国民党征兵的真实情况。小说通过一个个生动的故事、一幅幅惨不忍睹的场面再现了真实的历史。

"抓壮丁"是民国时期国民党强征兵役的一种方法。特别是抗战全面爆发

---

① 姚雪垠：《春暖花开的时候》，中州古籍出版社 2015 年版，第 455 页。

② 姚雪垠：《春暖花开的时候》，中州古籍出版社 2015 年版，第 459 页。

后，中国军队损失巨大，遭遇兵源危机。因此他们常常使用强制的手段、绑架青壮年男子入伍参战。为适应形势需要，1939 年“中华民国”实行新的兵役法。兵役法第三条规定：“男子年满十八岁至四十五岁，……战时以国民政府之命令征集之。”根据这样的征兵制，有钱的人家就寻找各种门路逃避兵役，而被征走的多是贫穷的普通百姓之子。同时，地方贪官往往借此向百姓勒索壮丁费。当时，这种状况在全国较为普遍。如《91 岁远征军老兵岳子云：炸腾冲城墙　子弹从我头顶擦过》一文就反映了这一现象。该文主要记述了原国民党东北军 53 军 130 师工兵营士兵岳子云回忆当年自己的入伍经历及抗战事迹。其中，涉及了抗战时期四川地区国民党征兵征役的状况：

> 但在肯定抗战时期四川壮丁征集成绩的同时，也应看到其中存在的问题。由于急需兵源补充部队，时任政府竟将征集壮丁作为考核地方长官业绩标准之一，不少县长和保甲长疯狂地拉壮丁。加之军队下级长官对待壮丁的态度极为恶劣，壮丁被虐待至死的事情屡见不鲜，导致老百姓无不“谈兵色变”。
>
> 据史料记载，国民党军队在抗战开始后的抓壮丁中，确实允许有钱人家以赎买的方式获得免役证，从而“合法”地逃避兵役。也就是说，有钱人家可以花钱购买贫困人家的壮丁，顶替自家人去服兵役。在成都，一个黑市的壮丁可以卖 5—10 万法币，相当于 5 石白米或 3 头猪的价格。
>
> 岳子云说他以 4 石大米卖作壮丁的事情，可作为历史的一个实证。①

不管是四川，还是河南，国民党抓壮丁的情况大致一样。

关于服劳役，作品充分展现了下层人民的苦难，深刻揭示了国民党愚民政策的根深蒂固。小说对参加扒城的农民的描写是这样的：“在这个集团中，虽然人的成色非常不齐，但是单看看这些人们所穿的破烂衣服，单看看他们的结着茧皮的双手，就知道他们是从乡下来的真正的劳苦大众。在乡下，绅士们、地主们，跟乡保长有一点瓜葛的人们，在一定程度上被看做略有身份的人们，

---

① 解华福：《91 岁远征军老兵岳子云：炸腾冲城墙　子弹从我头顶擦过》，《华西都市报》2014 年 11 月 29 日第 a13 版。

都从来不参加政府所号召的任何劳役，不出壮丁，甚至还可以不负担苛捐杂税，而是由乡保长把他身上的苛捐杂税转嫁到一般的老百姓身上。……”① 不仅仅是摊派劳役的不合理，而且更有蔑视老百姓、愚弄老百姓的思想在一些官员那里盛行。小说中有一段关于余新之、罗明与县长秘书的对话：

> “是关于工作问题的，”余新之沉着不迫地说，“我们想趁着扒城的机会，对民众做一点宣传教育工作，比如当他们休息的时候……”
>
> “是不是要演戏？”刘秘书截住问。
>
> 罗明说：“不一定要演戏，主要的是趁他们每天休息的时候向他们讲一些军民合作，帮助政府抗日啦，踊跃参军啦一类问题。”
>
> “同时让他们知道政府为什么要他们来扒城。”余新之补充一句。
>
> 刘秘书耸耸肩膀说：“你们两位的意见当然都是很好的，不过中国的老百姓一向习惯了，要他们出钱他们出钱，要他们出力他们出力，用不着对他们宣传解释。况且，有时宣传的多了反而会出毛病，所以说‘民可使由之，不可使知之’。况且，上面命令叫扒城是一种军事秘密，更不必向他们解释道理。况且，总理的‘行易知难’的学说正是领导民众的最高原理，只要民众能依照政府的命令去行就可以了。况且如果要他们先知而后行，起码还得等候一百年！”刘秘书用食指敲敲烟灰，很满足他自己的这套理论，望着客人们笑了。②

刘秘书的观点代表了当时国民党多数地方官员的为政方针：把老百姓看作愚昧无知的人而任意驱使。这番话实际上是为国民党的愚民政策做理论注解。“民可使由之，不可使知之”这句话出自孔子的《论语·泰伯篇》，“行易知难”出自孙中山的《民权主义》第二讲：“天下的事情，的确是行易知难。”国民党政府各级官员有他们一整套的颇为自得的愚民理论，因此，他们对人民的愚弄和压榨就更加残酷！由此可见，这部小说揭示问题的深度和广度。

抓壮丁补充兵源以抵抗日军的疯狂进攻，拆毁城垣以免资敌，同时疏散人

---

① 姚雪垠：《春暖花开的时候》，中州古籍出版社 2015 年版，第 436 页。

② 姚雪垠：《春暖花开的时候》，中州古籍出版社 2015 年版，第 439—440 页。

口以备空袭，这些措施在当时来说，可能是合理的甚至是必要的，但是，由于政府的相关宣传不深入、不到位，特别是地方官员的渎职贪腐、营私舞弊、假公济私等恶习，导致了民怨沸腾：“反正老百姓肚皮是私的，人是官的，一年四季都不得安生!”[①] 如小说中所写罗明在动委会（抗战动员委员会）看到的情景：“动委会的办公室里充满着麻将牌声和笑语声，和平日的冷清恰成对照。罗明先跑到程西昌的秘书室去，看见一个醉汉横卧在床上，向床边的一个痰盂里呕吐着东西，弄的满屋子酒气熏人。……罗明认识这位喝醉的是县政府的刘秘书，他没有说话，赶快向打牌的屋子跑去……办公室中灯烛辉煌，热闹非常。办公室里有两张牌桌正在打麻将。另外还有几个看牌的人，谈天的人，纸烟的烟雾笼罩全屋。”[②] 据罗明的同学程西昌解释：这是进城开行政会议的一帮朋友，这帮人的思想就是“抗战有委员长领导，咱是小人物，当天和尚撞天钟。”[③] 这就是当时地方政府的公务员的代表！由这样的人来做人民的父母官，人民的日子能好过吗？这帮人中就包括了一批地方顽固势力如罗明的哥哥罗照等。这些鱼肉百姓的官员害怕共产党的势力借抗日运动而壮大，所以百般阻挠。这正是罗明、方中允所领导的讲习班、战教团遭遇困境的主要原因。

《春暖花开的时候》对于抗战初期国民政府征发兵役劳役的弊端、龌龊进行了深刻的揭露，是研究民国兵役制、吏治状况的重要史料。

结　语

通读《春暖花开的时候》可以知道，这部作品在 20 世纪 40 年代被胡风、路翎等人批判为“色情文学”“娼妓文学”是没有道理的。作品在前半部分虽然较多描写了青年人的恋爱心理，但都属于正常的文学描写，只是篇幅显得过长，这与作者原本设想要创作成一个长篇的三部曲的布局安排有关，也与当时作者正值 29 岁的青春创作年龄以及第一次创作长篇小说经验不足有关。值得强调的是：作品在后半部分，格局充分打开，描述了当时抗战救亡运动的蓬勃发展以及运动所遇到的种种困境，并深入揭示了造成这种困境的种种原因。正

① 姚雪垠：《春暖花开的时候》，中州古籍出版社 2015 年版，第 435 页。
② 姚雪垠：《春暖花开的时候》，中州古籍出版社 2015 年版，第 461 页。
③ 姚雪垠：《春暖花开的时候》，中州古籍出版社 2015 年版，第 462 页。

如研究抗战文学史的专家所评："《春暖花开的时候》是抗战初期第一部真正反映国共合作时期救亡团体内外矛盾的现实主义的作品，也是第一部表现中国共产党在抗日救亡团体中的领导地位的杰作。"①

笔者认为，这部作品最重要的价值在于为读者感性了解那段峥嵘岁月提供了艺术写真，它既是艺术的，又是历史的。除了把它看成小说来评价之外，我们还可以把它作为一个社会历史学的文本来阅读，它除了写到抗战刊物、抗战团体、兵役劳役，还写到了抗战初期的许多重大历史事件如七七卢沟桥事变、北平沦陷、八一三淞沪抗战、南京大屠杀、台儿庄大捷等，这些都作为小说故事情节发展、人物命运形成的时代背景而出现，从而大大增强了作品的历史感和真实感。因此说，这部作品是研究河南抗战史，研究民国兵役制、吏治状况等问题难得的文献材料，具有重要的史料价值。

（《平顶山学院学报》2016 年第 1 期）

① 海滨：《以笔为枪　投身抗战——记姚雪垠抗战作品座谈会》，http://www.hbzjw.org.cn/article.php? act=view&id=4607,2015-09-08。

姚雪垠手稿管窥

李继凯

从“中华民国”进入中华人民共和国的作家有一大批，其中有不少人弱化甚至放弃了自己的创作，但几乎经历了整个20世纪的姚雪垠却是一位越写越投入、越难越要写的作家。尤其难能可贵的是，即使被粗暴地定为“极右分子”之后，他还是能够坚持执笔而又娴熟地驾驭着硬笔、软笔进行书写，他将执笔书写行为视为文人生命或“活着”的基本形态和价值所在。众所周知，姚雪垠著述甚丰，在历史小说创作方面取得了杰出成就，尤其是长篇历史小说《李自成》曾经轰动文坛。他不仅在艰难时世中既写出了三百余万字五卷12册的《李自成》，而且还写出了其他许多作品，包括各种散文、诗歌、书信等，总量已达千万余字，有不少文稿、手札和各种形态的书法作品还有待整理出版。

姚雪垠小时候上过私塾和教会办的高等小学，不仅背诵过大量古文并习作文言，而且受过较为严格的毛笔书法训练。这使他拥有了书写者应有的自信。尤其是在晚年，他更是频繁挥毫书写，留下了许多名副其实的墨宝。据友人回忆：进入晚年的姚雪垠更是喜爱书写自己的诗作馈赠亲友。如他曾一口气书写了自己创作的四首七律，并将这幅书作于70年代送给了作家好友碧野，以此见证彼此的深情厚谊。他还自撰并书写小诗赠友：“著书倦后思名酒，小饮芳醪诗兴回。梦想长篇完稿日，知交欢会醉茅台。”将诗、书、梦、酒、友等文人雅士的美妙人生元素给予了诗意的翰墨表达，直抒胸臆，醉人心脾。在国际交流中姚雪垠也会穿插“书法外交”，如他在访问日本期间自带墨盒、毛笔和宣纸信笺，多次书写墨宝馈赠日本友人，其书法深受国际友人珍爱。以字会友，亦必有回馈。姚雪垠的书房和客厅里也常悬挂一些作家好友赠他的字画，其中就有茅盾的行书诗轴，叶圣陶的诗笺条幅，其书作内容也往往是彼此唱和的诗作。而要比较集中地考察姚雪垠书写文化景观，自然非姚雪垠文学馆（河南邓州）莫属了。这里的墨香味很重，其手稿及书法作品成为重要的风景。除了姚雪垠本人的手稿和书法，仅就馆中楹联匾额而言，也彰显了极高品位的中华楹联文化。该馆前门匾额“姚雪垠文学馆”为周而复所书；正房匾额“文坛飞将”为茅盾书写；楹联为当代书法家张志和撰书：“瑞雪无垠，得晴日自成气象；姚黄有约，与桃李共沐春风”；西厢房楹联为魏巍撰书：“名满千载传后世，文星百代照南阳”；东厢房楹联为穆青撰书：“笔底风雷传闯史，胸中浩气贯嵩云”。这里既有墨香，也有诗意，将文学和书法紧密结合，创造了令人目迷神移的意境。此外，观赏者还能够从姚雪垠题写书名、题字书联、笔记手札等秀雅的墨迹中见出其笔墨功夫和结体美妙。墨迹有生命，手稿有心跳。在墨迹中永生，这也可谓“文人梦”，且是大梦。当然，姚雪垠先生也有此梦。在他书写的所有手稿和印制的文本中，他将不朽；在辽河碑林镌刻姚雪垠书法的碑石上，后人也可以久久领略到他的生命气息。

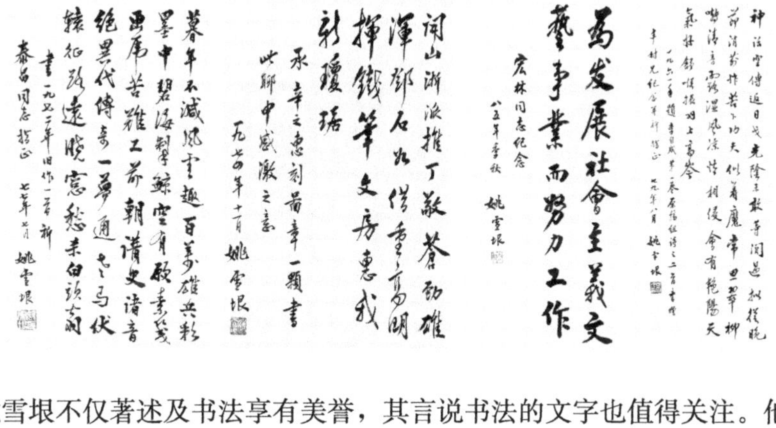

姚雪垠不仅著述及书法享有美誉，其言说书法的文字也值得关注。他曾与老朋友、著名书家姜东舒论书。尤其对文学和书法的关系进行了深入的讨论，不仅强调“书法家必须具有文学修养”，而且也积极倡导作家文人应不断提升书法水平。他在 1980 年《书法》杂志上发表了《书法门外谈》一文，集中表述了姚氏“书法三原则”：第一原则是从实用出发，第二原则是讲究功力，第三原则是赞成追求朴素，不要故意求奇。这样质朴简明的书法三原则，对当今绝大多数书写者而言也是适用的。

姚雪垠和其他优秀作家文人一样通过毕生的努力，既传承了优秀的民族文化，也为其时代文化奉献了智慧和才华，因此后人总会纪念他。姚雪垠生前为自己的书房（书房内笔架、端砚、笔筒、印章等一应俱全）题名为“无止境斋”，相信热爱文墨生涯、热爱书法文化的人们对他的纪念也是“无止境”的。为此，笔者也想为姚雪垠家乡南阳曾举行的“纪念文学大师姚雪垠诞辰100周年庚寅中秋书法名家创作笔会”继续点个赞，窃以为此类雅集和纪念活动值得适度推广。

（《小说评论》2017年第4期）

最后的“史官”[①]

——姚雪垠论

李丹梦[②]

二、中原的“历史化”奋斗

姚雪垠1910年出生于河南邓县姚营寨一个破落地主家庭。他的回忆录曾反复渲染故乡地理闭塞，匪祸横行且文风不盛，“有功名的很少，出外做官的人也很少”。胆大倔强的姚雪垠于此深感落寞痛苦。故乡的压抑、“无名”让他在青年时代即形成了自己的人生观：人活着，“应该是推动历史前进的参与者而不是消极的旁观者”。姚把写作视为参与创造历史的实践，亦是走出河南的凭借。一个河南现代文人或作家的抱负，由此可见。姚认为，只要能写出一部较好的作品，就算对人民做出了贡献。在《一部伟大作品的提议》（1936）中，他写道：“生活将要逼着我们创造出光芒万丈的好作品……历史也给我们安排下好工作，我们应该起来做，而且马上就起来做。因为如今做还有机会，再迟些日子就晚了。”

关于姚雪垠的地方认同与奋斗意识有许多例证。青少年时期，姚雪垠曾多次赴北平。他在北平图书馆自学历史、博览群籍，却从未想过学北平话。姚的理由是为人要保持本色，学“大地方”的话纵非“东施效颦”，也有点装腔作态。至死，姚雪垠都是一口浓重的河南腔。1934年夏天，姚编了本《南阳语

① 本篇原文43000字，此处为节选。

② 李丹梦（1974—），华东师范大学中文系教授，博士生导师。

汇》，作为对国内文坛方兴未艾的“大众语运动”①的独立思考与即时呼应。其时姚正在故乡养病，他一边读世界语，一边拾掇家乡话（邓县属南阳市）。同时摄入、学习两种旨趣与功能迥异（甚至可说彼此抵牾）的语言，姚的行为很耐人寻味。显然，他对故乡话的搜集、研究并非基于狭隘的地方立场，其背后闪烁着主体浪漫激情的冲决“中原”、闯荡“世界”的气度与憧憬。《南阳语汇》的工作虽然因故半途而废，但姚自称从中获益良多。他真正认识了故乡口语的文学美，例如它的真切恰当、素朴生动及表达现实的深刻性、趣味性等。②刨去为创作汲取语言的动因，这亦可视为姚之“中原认同与崛起”的公开发言。我们早已知晓，语言绝非单纯可控的交流工具，其中凝聚着特有的文化符码、逻辑与记忆。

半个世纪后（1984年），姚雪垠的《长夜》（初版于1947年），一部叙述他童年在故乡土匪营的冒险经历、与《李自成》有密切关联的自传长篇，热销法国。《世界报》《文学半月刊》等法国报刊都发表了评介文章，称“《长夜》是一部历史性、真实性很强的书”，“一部最写实而惊险的小说”，“真正反映了中国二三十年代的社会生活的风貌”。姚雪垠因此荣获了“马赛市荣誉勋章”。这也算是对他当初“世界”构想的印证与报偿吧。用今天的话说，愈是地方的，便愈是世界的。但姚雪垠彼时应该并无如此远见。所谓“世界”，在他内心其实是地方（中原）孤独与历史焦虑情绪的空间赋形、转化与落实；那大体是个在故乡之“外”、跟闭塞混乱的河南并峙分立、截然不同的维度与格局。“世界”的显现与命名，让中原之“现代落伍”（或曰被历史遗忘甩脱）的地方危机感暴露无遗。

在姚雪垠闯荡“世界”及对“世界”的揣摩想象里，“中国”一直居于核心。对他来说，地方的历史化与现代化、中国化及世界化，基本同义；无论历史化现代化还是世界化，“中国”都是最迫切的需要（地方）个体主动去关联、

---

① 1934年，在南京国民党政府报刊上，接连出现多篇反对白话文、建议复兴文言、提倡小学读经的文章，这成为大众语运动的导火索。它由陈望道、陈子展、胡愈之等人发起，他们在《申报》副刊上开设“大众语”讨论专栏，得到鲁迅的支持。“大众语运动”是五四白话文运动在新的社会语境下合乎逻辑的发展，其结果是打击瓦解了复兴文言、废止白话的风气，对抗战期间中国文艺大众化的深入探讨起了积极的促进作用。

② 姚雪垠：《我怎样学习文学语言》，《中原文化》1941年第1卷第1期。

应对的主题与价值。这也是《李自成》为代表的姚雪垠创作跟当下文学（特别是历史书写）的最大分野。不管姚的地方意志再强悍，这“地方”也不可能自说自话，它的追求、权益及品位必须跟正向、必然的现代中国通连兼容。《李自成》的尾声有个让人动容的细节。高夫人与李来亨的残部被清军围困在川鄂边界的茅庐山。因敌众我寡，有人提议投降，说大顺国没了，南明也完了，我们还为谁守土呢？——这话在军中引发了内讧。它不但点破了高夫人等的存在窘境，亦直指姚雪垠对地方历史化追求的“源始”驱动：那是对中国的仰仗信赖；中国成为介于虚空与实在的界碑，一个意义的挣扎与指认。没有它，什么都没了。姚雪垠在此写到了自己的虚弱与痛处，他以高夫人深明大义的一段话悲壮收官：“大家不要记着这一时的翻脸，要想到我们多少年来在一起共患难共苦乐，多少人在我们周围死去了。想着这一点，要降的，不愿降的，就不会互相怨恨了。”而在现实生活中，姚雪垠至死都是“磐石无转移”的“爱国派”。他说：“只要地球上还有国家存在，爱国主义就永远是至高无上的操守。”①

在去世前三年（1996年），姚雪垠向助手许建辉吐露了一段肺腑之言，这对我们理解他的地方奋斗颇有助益。当时许建辉说，别人都讲你太狂、太傲。姚听后笑容倏然消逝，他用极低沉的声音说：“你不懂，世人也不懂，我不‘狂’，也不‘傲’，是自信，自强。你知道，现代文坛上，从英法美留学回来的一大批，组成了一个‘民主作家’阵营。从日本和苏联留学回来的一大批，组成了一个‘革命作家’阵营。还有一部分作家虽然没有留学，但也多为科班出身，或者是有家学渊源。可我什么都没有——既没有正经上过学，又不是书香门第，要不靠这点儿自信自强，我至今也走不出河南那个小村庄呀！”② 话到此处，他眼圈一红，再也说不下去了。

姚雪垠所描述的那种孤军奋战、了不依凭的窘境不正是现代河南在中国的处境吗？丁玲曾送给姚雪垠文坛“独立大队”的绰号，姚闻之大喜，认为它一语中的地道出了他的创作风格与人格，尤其是对自己战斗力的至佳肯定。“知我者，丁玲也。”③ 纵观姚雪垠那备受侮蔑、坎坷跌宕的一生（包括创作与生

① 许建辉：《姚雪垠传》，湖北人民出版社2007年版，第389页。
② 许建辉：《姚雪垠传》，湖北人民出版社2007年版，第360页。
③ 许建辉：《丁玲与姚雪垠的晚年交往》，《文艺报》2011年3月11日。

活），仿佛是“弃儿”[1] 河南挺进“中国”的现代博弈的缩影；姚雪垠就像他笔下的李自成，从四面楚歌的潼关南原冲出一条进驻“中国”的文化去路。多少悲欣，几许豪迈，几多泡影。

1941年，姚雪垠在大别山区接手主编了一个叫《中原副刊》的杂志，他将其更名为《中原文化》。虽然仅改动两个字，却别有意味。寒碜委屈的“副刊”二字被抠掉，“中原文化”堂堂正正地现身了。此后两年，姚以《中原文化》为阵地，发表了多篇文艺理论长文。这在小说家里实属罕见。如《我怎样学习文学语言》《论创作的学习过程》《抗战文学的语言问题》《创作漫谈》《小说是怎样写成的》，等等。这些文章，一个贯彻始终的主题是探讨中国抗战文学的走向，并由此辐射到民族形式、现实主义、文艺大众化等多个问题。作者的口吻，全然是一副中原人想象现代中国、“中原”向“中国”进言的语调。“中原文化”的刊物名称，连同杂志主编的身份，进一步强化了上述感觉。他才思奔涌，恳切热忱与笃定自信溢于言表。在《我怎样学习文学语言》中，姚写道：“将来的中国话不是拿北平话来强制统一，而是各地方言的自行净化与互相沟通的发展结果……任何语汇只要是优秀的，便都是合理的……经过无数人用在生活中千锤百炼的，没写入文章时是方言，写入文章以后便不是方言了……迟早它必会变成全国的共同语。由文学作品的成功而促进国民语言的改造，这是西洋各国许多前代的大文学家留下的好例子，中国的国民语言不也正迫切地需要着改造和建设吗？”从方言到“全国的共同语”，以至“国民语言的改造”，地方河南参与中国现代进程的激情、它对话语权重（俗曰“话份儿”）及大众承认的公共身份的希冀与争取，不言而喻。

据陈纪滢回忆，20世纪40年代的重庆文艺界，姚雪垠是锋芒毕露的人物，他有才唯恐人不知。每逢大小会议，姚必发言，且常以《易经》上的几句话开讲：“易有太极，是生两仪，两仪生四象，四象生八卦，八卦定吉凶，吉凶生大业。”如此云山雾罩一番后，方切入正题。陈认定这全系故弄玄虚，恃

---

① 河南地方意志中的弃儿意识，来自中原由盛转衰的创伤记忆。河南号称中原，曾是中国的文化与政治中心，自南宋迁都后，地位开始衰落，近现代以来更是一落千丈。天灾、战争频频光顾这片土地，各路人马逐鹿中原，却只把河南当作棋子、战场或临时补给地。河南就像一个“中国弃儿”，一个既笼统又深刻的记忆结晶，这亦可作为现代豫籍作家集体身份的命名，弃儿意识渗透在他们的文学想象与主体建构中。参见李丹梦《文学“乡土”的地方精神》，《当代文坛》2013年第5期。

才逞气；但在我看来，它更像是主体旨在公开表达地方认同与提升的话语设计与应对造型。作为中原文化重要内容的《易经》① 于此充当了地方的借代与标志，它成为各类问题的阐释“源头”，一种放诸四海（中国）皆有效的标准或“真理”。

三、“史官”的现代依止与践行

由以上梳理，重新审视姚雪垠与毛泽东之间那未曾谋面的互动（包括1975年的“告御状”② ），不难发觉，它跟姚雪垠早年的中国化追求一脉相承，这是同类性质的“构思”与驱策。质言之，姚与毛的“神交”，是河南历史化的一方面，一个经由地方文化沿袭而来的“险招”。在《漫谈历史的经验》（1979）一文中，姚雪垠探讨了杰出诗人产生的历史根源与创作的经典化问题（这也是力图以创作推动地方历史化的姚雪垠的追求鹄的）：为什么有的诗人才华既高、功力又深，却不能在文学史上留下真正重要的作品？姚雪垠以为，政治意识形态是绕不过的因素，而于此首先要处理的就是帝王与文人的关系问题。如果文人和封建帝王能建立起朋友式的良好沟通，它会促进文学的繁荣发展，经典化的几率亦大大提高。建安时代的文艺成就便是证明……

毫无疑问，姚雪垠对毛泽东是有感情的，毛的形象跟姚对现代中国的想象、地方（中原）前途的企盼设计天然缠绕、彼此映射：一个国家领袖、杰出诗人与潜在知音的混合。姚雪垠暮年时仍然说：“毛泽东在他几十年的革命生涯中，表现出了多方面的伟大天才，做出了永不磨灭的伟大贡献，他理应受到全国人民乃至全世界人民的仰慕和尊崇。虽然他晚年出现了各种失误……但是我们谁也无法否认，他是人类历史上最伟大的人物之一，是属于我们中华民族的一位旷世英雄……对他的任何诋毁和诽谤，最后都只能是搬起石头砸自己的脚。”姚雪垠坚称这是“运用唯物辩证法，实事求是分析”的结果。③

……在所谓“告御状”的信中，姚自言是“毛泽东时代的作家”，《李自成》将为“无产阶级专政的利益占领历史题材这一角文学阵地，填补起五四文

---

① 《易经》是儒家文化发源于中原的主要标志，上古易经被儒家尊为儒学六经之首。

② 1975年，因极“左”人士阻挠，《李自成》第二卷的写作一度搁浅。姚雪垠无奈之下写信向毛泽东求助，此举后被谑称为“告御状”。姚的信件经胡乔木转呈给病中的毛泽东，毛在信上批复：“印发政治局各同志。我同意他写李自成小说二卷、三卷至五卷。”落款是1975年11月2日。毛泽东再次保护了姚雪垠。《李自成》第二卷最终在1977年春出版，其时毛已于半年前去世。

③ 许建辉：《姚雪垠传》，湖北人民出版社2007年版，第362页。

学运动以来长篇历史小说的空白”；他决意以此成果“报答主席”。这不是谀辞、借口，而是忠诚的起点与告白。整封信以毛笔在宣纸上写就。信末，姚雪垠还特意附了首题为《抒怀（赠老友）》的七律诗来总结全文、表白心迹：

> 堪笑文通留恨赋，耻将意气化寒灰。
> 凝眸春日千潮涌，挥笔秋风万马来。
> 愿共云霞共驰骋，岂容杯酒持徘徊。
> 鲁阳时晚戈尤奋，弃杖成林亦壮哉！
> 谨抄旧作七律一首，呈敬爱的毛主席

题中的“老友”称谓，颇耐人寻味。

……

《李自成》实际的写作效果远远超出了姚雪垠当初忠诚告白的所指，但忠诚的气场贯彻始终。整部著作如全面浩瀚的明史报告，涉及民俗风情、典章制度、农民起义、华夷矛盾、君臣关系等，足以引作领袖安邦治国及探索中国现代路径的知识参照与前车之鉴。一种煞费苦心的文学化的循循善诱、推心置腹、肝胆相照。……某种程度上，可以说史官系河南作家姚雪垠在地方历史化、中国化奋斗中自然择定、依止的高尚身份与操守轨仪。在共通的求真公正、借古鉴今的书写目标与责任下，中原现代作家与传统史官出现了宛若斗转星移的形象叠影与精神呼应。这是文化记忆的潜在运作与河南作家对中国化合法身份想象的奇妙契合。

史官阶层虽然在现代结构中消失了，但它的幽灵（诸如立身抱负、忠君爱国及对历史的担当责任等）仍旧以各种方式盘桓萦绕在现代文人身上，姚雪垠便是一例。在他内心，忠于领袖与爱国是天然连带的。对现代中国的想象与投入，必要有个对象化、人格化的寄托与落实，这样爱国的手脚才能施展开。简言之，忠君即爱国。想到二月河（1945—），这位以帝王系列闻名的当代豫籍作家，当被问及为何写《康熙大帝》时，他响当当地回答：“爱国主义！”道理跟姚雪垠如出一辙。

某种程度上，《李自成》就像巨幅的现代王道之书。它展现了大量的帝王政治。崇祯、李自成、张献忠、皇太极、多尔衮都是帝王或准帝王的身份，按照《史记》的体例归类，这里写的大都是“本纪”。周而复曾戏称姚雪垠是身兼数职的要员，时而当崇祯的“秘书长”，时而做李自成的“参谋长”。这自是夸赞姚逼真细腻的叙述功夫，但其中何尝没有主体对参政议政、劝诫进谏角色的希冀、投射与补偿？一提到参谋长、秘书长的绰号，姚就兴奋不已。它们跟我们说的史官功能有些接近。从史官的起源发展看，它的设立最初和巫（神职）有关。随着王权的强势崛起，神权衰落了，史官的职能开始朝我们熟知的方向明朗、独立。这是王权筹划经营的结果，后者需要史官在王权的利益范畴内记录君主的言行，以正视听垂范千古。然而，史官的职业道德、独立意识也在同时增强。不仅如此，“书法无隐”“务从实录”的史权意识还和士的“以道自任”精神密切结合，对王权形成了规范制约的潜能。一些帝王为了在史上留下美名，不得不检点自己的言行。

《李自成》里的崇祯就是个极其在意名声的皇帝。他立志做明朝的中兴之主，再不济，也要在身后留个英明国君的形象。名声如悬在崇祯头上的“达摩克利斯之剑”，影响到他的时局判断、政策推行与君臣关系。譬如，崇祯明明想和满清议和，却不肯主动挑明，而要臣下提出。好不容易和某个臣子说开了，却又要对方严守秘密。一旦发现走漏风声，则毫不犹豫地将其杀掉，投降的罪责污点亦一并推卸，陈新甲等大臣就这样做了崇祯名声的祭鬼。最有意思的是崇祯给洪承畴的“活祭”。其时洪承畴已然降清，但崇祯得到的军情汇报却是洪阵前尽节，壮烈殉国。为了显示皇上体恤忠臣殊恩浩荡，他给洪承畴亲拟祭文，写得文采焕然，感情真挚。这自是“秘书长”虚构的杰作，他把崇祯对历史声名既争取又畏惧的心理写透写活了。以往史料提到崇祯要么说他节俭清廉，要么说他凶狠专断，像姚雪垠这样从“历史声名之累”切入分析崇祯性格的，实属凤毛麟角。在这个意义上，说姚是崇祯的“史官”要比“秘书长”的称谓合适得多。从史官的立场看，“历史声名的顾忌”应该是他观察和揣摩皇上最敏感也最自然的角度。

须说明的是，现代王道并不仅限于帝王政治。按照孔子的界定，王道是个包含礼乐教化、君臣纲常等多方面内容的复杂概念，其核心系仁民爱物的德治精神。我用“现代王道”一词，是想指示和概括姚雪垠在《李自成》中流露出的对未来中国之强力整合与人性化治理的企盼、设计与呼唤。它当然也要凝聚在某个君或领袖身上，按照忠君即爱国的思路。

《李自成》字里行间弥漫的战争悲壮的旋律格调说明，作者期待的现代中国应该是个强力英雄主导的政体，此即“强力整合”。至于“人性化治理”，姚雪垠是不大谈“人性”的，在强调集体行动与阶级性的社会氛围里，这属于敏感而危险的个人、小资语汇。他忌谈“趣味”，而更愿选择相对中性化的同义词“艺术魅力”，道理与此相通。涉及“人性”时，姚雪垠的常用说法叫“保卫现实主义”，而现实主义未曾言明的宗旨和趋向就是“像个人”，一个完整自然的人。左派没那么左，右派没那么右；反面人物有正与可爱的地方，正面人物也有反与黑暗之处。姚雪垠创作中一贯讲求的性格刻画，即是有力的证明。在长篇《春暖花开的时候》（1940）中，姚雪垠借陶春冰之口说道：“不同人物的出现、存在，具有各种不同的内心世界，也是社会现象。倘若认为用简单化的阶级分析方法，好像用一种框框去套在人物身上，可以弄清楚各种人物的思想、感情的极其复杂的情况或各种人物性格的形成过程，那就是古人的胶柱鼓瑟或削趾适履。”

念及姚雪垠写作时的右派身份，《李自成》的写法与追求明显具有政治进谏与针砭的意义。姚雪垠说《李自成》第一卷能够获得毛泽东的肯定，证明了他“运用‘历史现实主义’创作方法的胜利”。这话应当并非拘于文学层面的成功感慨，毋宁说它是史官笔法与王道政治的获胜。

能够证明姚雪垠史官自觉与冲动的，有许多例子。姚很早就自称是杜甫的“私淑弟子”。20 世纪 80 年代初，功成名就的他回故乡河南，最想看的就是巩县的杜甫祠堂。如何在河南纪念杜甫，是他多年来的一桩心事。抗战后期，他本想写部《杜甫传》，后因忙碌放下了。杜甫在姚雪垠心里绝非一个单纯的名人传主，他代表了一种融入中国的创作抉择与个体生存。晚唐孟棨在《本事诗》里提及杜甫时写道：“杜甫逢禄山之难，流离陇蜀，毕陈于诗，推见至隐，殆无遗事，故当时号为诗史。”对杜甫创作的“诗史”称谓，大体由此而来。我相信这也是姚雪垠对杜甫的心仪之处。姚早年写就的名篇，如《差半车麦秸》（1938）、《春暖花开的时候》（1940）、《戎马恋》（1941）、《牛德全与胡萝卜》（1941）等，无不以自身在抗战期间的战斗、流浪生活为底本，显露了与中国同甘苦共命运的创作态度。套用孟棨评价杜甫的话，亦可说是“浪迹中国，毕陈于诗”吧。姚雪垠后来和茅盾结为至交，道理与他对杜甫的心仪相通：茅盾的创作有鲜明的史诗诉求，他是自觉要做“中国历史的书记员”的。

而早在1936年，姚雪垠就想编一部《现代中国志》，他认为那将会是“伟大的作品”①。如此，茅、姚相遇，岂能不惺惺相惜?②

对杜甫这位在故乡诞生的大诗人，姚雪垠有三点评价。其一，杜甫写出了人民的呼声；其二，杜的“诗史”创作把“维护政权”与“批判政权”结合起来，敢于触及时弊；其三，杜甫在诗艺上有创造性的发展，为“新乐府体”开辟了道路。这三点均被他沿用到《李自成》的书写中。一部新时代的“诗史”。只是“新乐府体”的开辟，换做了对具有现代“中国风格和中国气派”的“长篇历史小说美学”的探讨与尝试。和姚的早期作品相比，《李自成》写的虽系古事、历史，但“古为今用”的现实指涉，不逊于彼（这是一脉贯通的）。至于对中国现代前途的想象设计与历史参与，《李自成》显露的深度广度、责任抱负，则远远超越了早期。

特别值得一提的是，尾声里老神仙尚炯的身份突然变了。尚炯早年追随李自成南征北战，充当队中军医，因医术高明，被称老神仙。其时他已入暮年，唯一的心愿就是给大顺朝留部信史。很明显，这是个不折不扣的史官形象，实有作者现身或自喻的意味（身份转变的突兀设计透露了这点）。医生原是治病救人的，将医生和写史结合起来，凸显了史官的政治疗救与针砭天职。尚炯，应该就是作者内心期待依止的“理想型”的史官吧？须发尽白的老神仙跟经历过戎马生涯、鹤发童颜、目光炯炯的姚雪垠，叠合在一起。尚炯对大顺朝语重心长的梳理总结是在李自成殉难数年后写就的，而当姚雪垠“完成”这部明史巨著时，毛泽东亦已谢世多年，连姚本人也未及看到最终的出版成书便撒手人寰。③ 在《李自成》这样的大悲剧结尾，陡然出现一个史官，着实让人心动。

---

① 姚雪垠：《一部伟大作品的提议》，《光明》1936年第2卷5号。

② 姚雪垠把茅盾称为“恩师与知音”。姚的成名作《差半车麦秸》当初就是刊发在茅盾主编的《文艺阵地》上的。茅在作品后加了按语，说“差半车麦秸”（主人公的诨名）是抗战文学的“新的典型”。自此姚雪垠一炮而红。1974年10月，姚把《李自成》一卷上下册通过叶圣陶转寄给茅，请他提意见。是年茅盾已入高龄，身体不好且视力极差，他借助放大镜把《李自成》看了一遍，写出详细的意见。此后二人有多封书信往返，探讨长篇小说的艺术技巧与美学思想。

③ 姚雪垠的《李自成》是由中国青年出版社分卷出版的，前后跨越36年方才出齐。这在现代出版史、文学史上可谓绝无仅有。如果从1957年作者动笔算起，时间更长（42年）。《李自成》第一卷出版于1963年6月，第二卷是1977年1月，第三卷是1981年8月，第四卷第五卷都是在1999年8月。而姚雪垠1999年4月就去世了，他生前没有看到四、五卷的成书。由于生病等原因，四、五卷姚雪垠并未真正完成。我们看到的四、五卷，是姚的助手许建辉对其残稿整理润饰的结果。

感觉就像在历史行将崩溃消逝的地方，树起了一个铭写着抵抗与拒绝、牵系与忠诚的肉身盾牌。就此而言，它不啻为惊天地泣鬼神的浪漫笔法。姚雪垠把史官写成了中原信仰的图腾，这是对“中国弃儿”屈辱记忆及地位的根本扭转与翻身，称得上是“千年等一回”的河南现代性的特有表达。

就在姚雪垠写作《李自成》四、五卷的同期，他的同乡柏杨①亦在海峡对岸的台湾奋笔疾书着《柏杨版资治通鉴》。全书一千万字，耗时十年（1983—1993）。柏杨把编年体古史《资治通鉴》用白话文改写，并加入自己的观点。他还仿用司马光的“臣光曰”，插入自己的议论“柏杨曰”——又是一个史官的主体建构。这不期的巧合让我们再度领略了“弃儿”河南重返中国的现代执着与韧性。某种程度上，可以说史官系河南（主体）与现代中国相遇时的原型思维与本能策略。

四、《李自成》的历史“公正”

本章的“公正”涉及两个方面：一是在《李自成》的构思创作中，姚雪垠对历史“公正”的追求、建构；二是如何给予《李自成》一个恰当、“公正”的历史位置与评价。

姚雪垠是在1957年被打成右派、极度孤立的情况下开始写作《李自成》的。他常以《报任安书》中的名句——“盖文王拘而演《周易》；仲尼厄而作《春秋》；屈原放逐，乃赋《离骚》；左丘失明，厥有《国语》；孙子膑脚，《兵法》修列……此人皆意有所郁结，不得通其道，故述往事、思来者”——来激励自己，一个活脱脱的现代司马迁。姚雪垠当时料想《李自成》在他生前可能不会出版，但他不在乎，决意写出来，死后稿子由子孙献给党和人民，是非成败自有公论。这孤注一掷的行为，又让人联想到司马迁，后者受了宫刑的奇耻大辱，仍念念不忘《史记》的书写：“所以隐忍苟活，幽于粪土之中而不辞者，

---

① 柏杨（1920—2008）：著名作家，出生于河南开封通许县。1949年去台湾，后因翻译漫画“大力水手”触怒台湾当局，被定以“侮辱‘元首’”“通匪”罪人狱九年，身心受到严重摧残。1983年起，柏杨开始专注于《柏杨版资治通鉴》的写作。柏杨与姚雪垠有许多相似之处，如出身寒微，有行伍生涯，自学成才，桀骜不驯等。柏杨一生念过很多学校，却没有拿到一张文凭。为上大学他数次使用假学历证件，被“‘教育部’永远开除学籍”。而姚雪垠亦是凭借一张伪造的初中文凭，才考取河南大学预科，两年后因参加中共开封地下党活动，被学校以“思想错误言行荒谬”的罪名挂牌开除。另外，姚雪垠和柏杨都有强烈的政治情结与历史癖，姚雪垠被打成右派后开始创作《李自成》，柏杨在狱中完成了《中国人史纲》《中国历代帝王皇后亲王公主世系》《中国历史年表》三部书稿。二人的历史著作都篇幅浩瀚，在书写上，他们打的都是费时费力的“持久战”。

恨私心有所不尽，鄙陋没世，而文采不表于后也。”

在姚雪垠秘密写作《李自成》的过程中发生了一件事。有次会餐，上面规定给每人增加一个馒头，一碗猪肉土豆。在以瓜菜充饥的岁月，这着实是个诱惑。打饭时，姚雪垠排在一位下放干部后面。后者领到饭菜时发现里面有只死苍蝇，就退回窗口另换了一碗。轮到姚雪垠了，给他的正是退回去的那碗肉，死苍蝇原封不动地躺着。姚也想退，伙房班长却说：“你是右派，你不吃谁吃?”“谁说右派就该吃苍蝇?”“熊！给你吃就不错了，倒嫌脏！不给了!”“你不要骂人。不吃就不吃。”姚拿起馒头扭身就走，他的宿舍室友周勃担心他想不开，回房间找他，见馒头撂在铺上，人没了。周在离队部二百米左右的小溪边找到姚雪垠，他蹲在那儿洗衣服。看见周走近了，姚将手中的衣裳拧干抖开，举过头顶大声说：“你看，我的衬衣洗得白不白呀？真是如‘白羽之白，白雪之白，白马之白’啊!”他像朗诵一样，说得字韵铿锵，然后呵呵笑了起来。①

把“苍蝇肉—洗衣”事件与同期进行的《李自成》创作联系起来看，不难体悟，《李自成》的文本里，寄寓着姚雪垠自我洗脱、雪耻的诉求，它们跟作者对历史公正、原始正义的建构、表达结合起来。在姚看来，一切社会活动都是历史的过程，反右也不例外。只要个体的工作符合人民的利益，他会有前途的，历史终会还他清白。这种“过程论”的人人公正的信念亦被运用到《李自成》的构思行文中：姚对事件因果的全面究诘周到探讨，对错综复杂的因果链条的细致营构（生恐错漏了一点），就是突出的表现。

《李自成》五卷中围绕崇祯太子身份的真伪审判，姚雪垠写得那么动情，和他在社会转型变动期间（尤其是反右“文革”中）的屈辱经历不无干系。明明是真太子，别人却能信口雌黄、随意编派他的“出身”，这场面“文革”里多了去了。太子没变，真伪的判别取决于直面相对那一刻的人心、良心。这悬置了政治性阶级性，悬置了进步退步人我利益的认同迷茫与情绪跌宕，成为《李自成》中最耐咀嚼的部分，它触及政治信条、阶级法则的基础：是什么使得政治信条、阶级法则化作了普遍有效的真理、公理？“对”“是”“公正”这些东西，最初是由什么赋予的？我们又是怎么“认出”和选择它们的？

① 周勃：《姚雪垠下放东西湖琐忆》，河南大学出版社2010年版，第31—32页。

想起20世纪40年代姚雪垠对史学家黎东方的批评："黎教授对记者说：'围攻南京，是曾国藩的杰作。'……请问黎教授是用什么观点来研究历史？是站在什么立场说话？如果南京的被围攻是'杰作'，那么'扬州十日'，'嘉定三屠'，以及和嘉定人民表现得同样壮烈的同样被屠，但不像扬州和嘉定那样出名的'江阴突破'，不也是洪承畴之流的'杰作'么？"① 对"杰作"的挑剔，对说话"立场"的追问，即是对"公"的拷问。在文学表述（小说）与历史之间，应该有种"公"的敬畏与虔诚。我以为，姚雪垠是把国家、民族视为识别"公正"的本能依据的，不管它是我国彼国、强国弱国、本民族他民族，都应该平等视之，如若己出。《李自成》五卷里的崇祯太子当时就是一个弱国、亡国之君的太子。换言之，忠君爱国、民族情感与姚雪垠的良心并不相悖；它们已和良心水乳交融，成为其生命的经纬。爱国的生发，亦是良心的启动。姚对失势国君崇祯及其太子的同情，跟他晚年对毛泽东的捍卫式评说，道理相通。它们不单是忠诚爱国的行止，更是良心自律、公正公平的显露。凭良心讲，姚雪垠在《李自成》中是实现了他个体限度内对"历史公正"表达的极致的，这也是他跟历代史官最贴合以致心心相印的地方。

在《李自成》中出没的几百号人物，除了福王朱常洵等极个别的外，几乎找不到纯粹的恶人或坏人。这不仅是作者现实主义功力深厚的表现，亦是克己公正的修持与构建。从人物塑造的结果来看，姚雪垠是远远逸出了他当初对毛泽东承诺的无产阶级立场、阈限的。一个突突颤动、广大包容的同情心或公心，系《李自成》作者给人留下的印象结晶。对所谓"异类"或不同"道路"的人物，姚雪垠给予了最大的文学尊重与生命爱惜（对此，除"保卫现实主义"外，姚还有个说法叫"历史的科学"）。这也算以身示范的王道设计与教化吧？虽然他做得不尽完美，尽管看得出"公心"里闪动着"地方"的私情，但这全然无损他的魅力。

陈纪滢说时代限制了姚雪垠天才的发挥，《李自成》就是这样一部"残品"。我的感觉恰恰相反，正是时代的诸多限令成就了姚雪垠。文学也好，历史也罢，其实质与诱人处不就是对限令或限度的感知、自觉与挣扎吗？没有限度的接受体察，何来历史的延续，又何谓历史的态度？人类发展的任何段落乃

---

① 姚雪垠：《历史的悲哀》，《前锋报》1944年12月16日。

至个体感觉的任何瞬间，都是限度的组合，舍此限度的感悟，文学、历史还有什么用武作为之地？

其实，包括我们渴望的人际间忠诚、信任等美好情感，亦是对历史限令、限度体认下的个体印象与赋值。譬如，永恒的爱情，很大程度上是建立在男女对夫妇伦常之内化遵循的连续印象；而个体对历史规限的君臣行为轨仪的恪守，则导致了“此系忠诚”的信赖感观。就此而言，过分强调自我个性的文学书写，不仅是轻浮“自私”的，亦是“反历史”的。而历史的书写，其核心是对限度、规则（尤其是那种与自我利益趣味相抵的所谓过时、落后的因素）的对话、承受与责任。一种广义博大、无条件的人性牵系、悲悯与“爱情”。

在《李自成》第一卷出版前，有朋友建议姚雪垠用《明末英雄谱》作书名，姚虽未采用，但我们不得不承认此人慧眼独具。他道出了《李自成》的文学特质或异禀。从存在的角度言，这里没有失败者，每个人都在他的限度内活得生动恣肆，活成了英雄与“所是”。一言以蔽之，“英雄谱”的感觉与提名，是响应现代史官之历史公正建构及公心表达的由衷激赏与共鸣。

如果承认文学均系“限度”下的抒写与感知，那么将作品的高下归结于“时代的限制”就是明显偏颇的误断。它除了证明言说者对某个特定时代的反感以致恨屋及乌外，很难再有别的解释。这跟 1980 年代末刘再复（1941—）等对姚雪垠的批评挖苦，逻辑相近（刘把《李自成》说成是坚持“三突出”“高大完美”观念的“文革”文学）。就姚来说，对“时代限制”的接受领悟，是他置身历史、介入中国的行动与方式。在《学习追求五十年》中，姚写道：“在我‘可塑性’较大的时候，我接受了中国共产党所领导的政治斗争的深刻影响”，“接受了马克思主义的理论影响”，“接受了从‘五四’到三十年代新文学运动的现实主义传统”，对历史科学和我国古典文学也发生了浓厚的兴趣。

以上开列的诸多“影响”（限度）连同“弃儿”的地方无意识（亦为限度一种），共同塑造了《李自成》。后者的不同凡响在于，它在今天看来决计难以忍受的诸多掣肘、限定中实现了宛若天时地利人和的“沟通”绝响。冥冥中似有神灵护佑，一曲元气丰沛的生命交响从诸多限制中迸发出来。那不仅是地方博弈奋斗的奇迹，亦是中国在经历了百转千折磨难后的现代呐喊与传奇。

要给《李自成》一个确切、公正的历史“位置”，相当不易。因为它的写作时间跨度实在太大，这已不是编年体例的文学史分期、分类能容纳概括的了。如果从1941年姚雪垠开始搜集资料、萌生写作念头算起，直到他1999年去世，《李自成》的创作持续了近六十年。活了八十九岁的姚雪垠，竟把三分之二的生命都用来写《李自成》，他的最初驱动在哪里？每当别人问他为什么要写《李自成》，姚总说这个问题太大太复杂。尽管他透露了大量关于《李自成》的创作细节与追求，都无法直接切入"最初"或"起源"的部分。我以为，这问题已逾出了他惯用的分析语汇（如现实主义、唯物主义辩证法等）所能应对的范畴。在阐释历史现象的来龙去脉上，姚雪垠很有一套；而在分析自我方面，他却一直显得懵懂游移。

1978年，聂华苓、安格尔夫妇探访姚雪垠，安格尔劈头就问："你在《李自成》第一卷写李自成全军覆没，并不灰心，顽强斗争，十分动人，是不是写你自己在1957年的命运?"姚雪垠笑言："你讲对了一半。"[①] 那另一半又是什么呢?

纵观《李自成》六十年的创作岁月，姚雪垠经历了抗日战争、解放战争、"十七年""文革""新时期"等大的中国变迁，我们在《李自成》里均能找到与上述时段中文学观念或流派的呼应、纠葛。如20世纪30年代的左翼文学与抗战文学，解放战争中的大众文艺与对"中国作风与中国气派"的探讨，"十七年"与"文革"中的革命现实主义及"左倾"思潮等，这显示了《李自成》之历史书写对中国现代进程、去路的关注与包容。《李自成》前三卷出版时老少咸宜的热读场面跟它的包容性有很大关系，不同年龄的人群都能在此找到与自身记忆、情感、趣味相通的部分。上述左翼文学、大众文艺等还只是大的类型勾勒，若细细数落，《李自成》里还有农民文学、民间风俗曲艺，有章回小说的语调、《三国演义》的影子及类似托尔斯泰长篇的场面把握、战争叙述等。可谓古今融汇，中西合璧，雅俗共赏。尤其是那悲壮浪漫的战争美学、英雄主义，给人冲击极大。

20世纪30年代以来，发生在中华大地上的连绵战火，让"战争"一词烙进了每个中国人的心坎。战争牵带出的不仅是苦难痛楚的经验，还有二元对立的思维、"破坏—重建"的粗暴理路、对英雄的呼唤信仰等。有种说法，中国当代文学的起点应该上溯至抗战而不是现在政治卡定的1949年，从抗战到

---

① 姚雪垠：《姚雪垠文集》第16卷，人民文学出版社2010年版，第137页。

"文革"构成了当代文学史的第一阶段，一个有机联系的整体。我对此深以为是。在"十七年"与"文革"的文学理念与论争里，弥漫着浓重紧张的战争逻辑，俯拾皆是的军事语汇即为直观的证明：拔白旗、插红旗、锋芒直指、猖狂进攻、重大胜利等等。至于对阶级身份、形象塑造的纯粹化规定，亦如敌我二元思维的登峰造极，荒谬里闪动着自我牺牲的奉献与崇高。这一切表明，"十七年""文革"与抗战间存在斩不断的历史血缘。从炮火硝烟中甫一走出的人们，在和平建设时期的文学想象里保留了战争思维的形态。

由于抗战的爆发，中国文学的本土化、民族化诉求空前高涨，这也是通过文学团结、动员大众的必然结果。跟五四时期的文学相比，"传统"不再是被简单否定或毋庸多虑的部分，它作为一种必备的战略资源进入了当代文学想象的视野。姚雪垠的地方历史化奋斗、他对具有中国气派的长篇小说美学的追求探索，可嵌入到这一大的民族情绪的背景当中。

姚雪垠自称是"20世纪30年代作家群"中的一分子，属于新文学运动的第二代（鲁迅是第一代）。[①] 他认为这一代凡有突出成就的作家，都是"热情关心政治的人"，是"作家兼战士"。可见抗战在他人生走向中的重要地位与影响。他的成名作、前期代表作无不与抗战有关。考察姚雪垠与毛泽东之间未曾谋面的心有灵犀，包括他史官的身份定位，抗战是不可或缺的因缘，它为"河南"跻身"中国"提供了难得的契机……姚的一生连同《李自成》，就像当代文学第一阶段的"活化石"（还不止于此）。他以史官的责任气魄、想象胆识，把方方面面的矛盾诉求容纳到《李自成》中整理组合，疏通布局，绘就了一幅气韵流动、瑰奇壮丽的"中国"。

由于《李自成》的存在，中国当代文学史上的"30年代"以至"新时期"连成了一体。所谓"当代文学史的第一阶段"，只是描述文学史的方便说、简单说。没有清晰决绝的"阶段"，亦无绝然的"新时期"，所有的"新"都是"旧"的，一种"似是故人来"的相遇指认、放大命名。这是姚雪垠的历史书写对我们"科学"而温暖的启示。《金刚经》劝人"于法不说断灭相"，讲的亦是这个道理。然而，"断灭""断裂"的执取了结，一直是现代思维（包括历史

---

① 姚雪垠说他们这一代作家的特点是"重视吸收西洋现实主义文学遗产，重视马克思主义和进步的文艺理论，是跟随着中国现代革命的主潮，在尖锐复杂的思想斗争中成长起来的。"参见姚雪垠《感激与惭愧》，《姚雪垠文集》第16卷，第333页。

考察、价值判断等）的痼疾。

姚雪垠在《李自成》里显露的对人性、生命的尊重与守护，跟“新时期”讲求的个性与主体性不无相通之处，用后来跟姚雪垠发生激烈论战的刘再复的话讲：“作家给笔下的人物以主体的地位，赋予人物以主体的形象，归结为一句通俗的话，就是把人当成人——把笔下的人物当成独立的个性，当作具有自主意识和自身价值的活生生的人，即按照自己的灵魂和逻辑行动着、实践着的人，而不是任人摆布的玩物与偶像。不管是所谓‘正面人物’还是‘反面人物’，都承认他们是作为实践主体和精神主体而存在的。”① 在这些方面，姚雪垠原本可以和刘再复结成思想上的同志，结果却针锋相对争执不下。这戏剧性的走向让“新时期”与抗战以来的文学分开了。换言之，“新时期”的凸显，与其说是由于它跟之前文学有了实质理路的分野，不如说源于人心的隔断与概念（名相）的自我执持、区划。

1988 年，刘再复把《李自成》划归为执行“三突出”的“帮文艺”代表，孰料 25 年后，他因一篇《驳顾彬》竟被人点评为显露了“文革斗士的恶相”，“年逾七旬的‘中国学者’刘再复，虽然去国二十四年，‘文革风骨’之健，绝令当年的红卫兵低眉折腰”②。顾彬亦设问反驳：“80 年代重要的文学家批评我，用的都是“文革”时候的语言。这是为什么?”③ 请注意，顾彬用的是“文学家”而不是“批评者”“理论家”来指称刘再复。此时此刻，不知刘再复是否会想起当初被他彻底打趴下的老作家姚雪垠？想起他对姚雪垠及其《李自成》的“文革归档”?“驳顾彬”事件，从若干年后旁观者的角度再度证实了刘再复与姚雪垠以及“新时期”（尤其是 20 世纪 80 年代）与抗战文学间“本系同根生”的一体性。

另外，姚雪垠就长篇小说美学的探索也逾出了 20 世纪 30 年代以来积蓄膨胀的战争思维。胡绳曾把《李自成》誉为“中国封建社会的‘百科全书’”，于此能看到经济学术、风俗人情、三教九流，似乎历史的每个细部隐含着文学的潜能，伸张着小说的毛孔。姚在回复胡绳的信中说：“我在《李自成》二卷下册中写了一些学术性问题。如明代的土地集中状况、封王制度与土地集中的

① 刘再复：《论文学的主体性》，《文学评论》1985 年第 6 期。

② 肖鹰：《刘再复的“文革风骨”》，http://blog. sina. com. cn/s/blog_4cb5bc470102e2ua. html。

③ 《顾彬疑问：刘再复为何对我发动“文革”》，http://cul. qq. com/a/20140921/001404. htm。

关系、田赋积弊还有炮火的发展历史等。有人认为小说中不该写这样文字，另有人很支持我。我坚决一句不删。我认为像《李自成》这样的大部头历史小说，包含一些与主题思想密切相关的学术性对话是不应该回避的。我竭力使土地和田赋问题融化进故事细节中，至于融化到什么地步，是否破坏了艺术性，那是受我的写作本领所限，不敢说已经写好了。"① 虽然仍牵挂着主题的"中心"地位，但四面游动、关切绽放的笔触，已显露出现代多元的趣味建构。它不仅事关长篇小说的美学与叙事动力，亦带有民主、公正、人性化的政治进谏与启发意义。如同巴赫金的对话狂欢说绝非单纯的美学理论一样，姚雪垠将笔墨展开扩大，实有对"'四人帮'的唯心论、形而上学历史观和文艺思想"流毒的抵抗纠正意味……②

在《李自成》里，我们恍然看到一个勤勉的史官主体，他不避枯燥，事无巨细；他要呈现一个全息真实、充满人声、涵容有量的中国。后来的学者小说、民间写作及日常审美均能在此找到它们的"旧相识"。对沉浸在战争叙述与审美模式的读者，应该也不无震撼反拨的教益吧。当年讲"《李自成》一卷不如一卷"的人，有相当部分是出于战争审美惯性的不适：为什么不多写写李自成？怎么话头岔开了？写这鸡毛蒜皮的东西有啥意思？他们喜欢的是线条简练、冲突交叠、激烈推进的叙述模式。就此而言，第一卷最爽，第二卷差强人意，越到后来越没劲……我并非说姚雪垠的表现就十全十美，但他对长篇小说多重笔墨节奏趣味的探索，确实具有先锋开拓的色彩。这是现代史官的耿介执拗尽责之处，他不再充当"老百姓喜闻乐见"的"文学和事佬"了。

五、最后的"史官"

关于《李自成》的接受是个相当复杂的问题。我们今天谈《李自成》，大多把五卷本看成一个上下连续的整体，却忽略了当初《李自成》分册推出的事实。从 1963 年中国青年出版社推出《李自成》第一卷，到 1999 年四、五卷出齐，相隔三十六年。这意味着《李自成》至少经受了四代读者阅读趣味的检验。1982 年，《李自成》第二卷（1977）获得首届茅盾文学奖，但在那时已出现对《李自成》的评价参差。我们在姚雪垠与胡绳的通信里可以感觉到。据姚

① 姚雪垠：《姚雪垠文集》第 19 卷，人民文学出版社 2010 年版，第 472—473 页。

② 姚雪垠：《姚雪垠文集》第 19 卷，人民文学出版社 2010 年版，第 473 页。

说，有人曾向他转达邓小平对前两卷的评价，大意是："《李自成》第一卷十分精彩，可以说无懈可击。第二卷虽然不如第一卷，但能够写到目前这样水平，也十分难得。"① 话讲得很客气，这恐怕也是一般读者的感觉。但茅盾、胡绳、秦牧、朱光潜等人的感觉却是味道愈来愈浓厚了。胡绳甚至说"对第二卷的满意程度远远超过第一卷"，"我原来颇有点怀疑：你计划写五卷是否有点太大，这样大的篇幅是否必要。但读过第二卷后，这种怀疑完全消失了"②。显然，这是阅读趣味分化、读者分流、作品趋于小众的征兆。从本质上讲，《李自成》更接近于文人小说。

我在前文是把《李自成》前三卷纳入一个相对统一的阅读评价系统的（第三卷在 1981 年出版），它们大体属于一个时代即：由抗战而来的当代文学的第一阶段。可以肯定地说，倘若 1981 年《李自成》五卷能全部推出，对《李自成》的评价绝不至于像今天这么惨淡。在第三卷与第四、五卷之间，隔了整整十八年！姚雪垠白白蹉跎了自己经典化的最佳时段。他的读者已然老去；文学的评价与趣味，时移世易。史官赶不上历史的趟了……随着 20 世纪 80 年代初"方法论"热的来临，1985 年左右现代派与先锋文学的兴起，以至新武侠及言情小说的风起云涌，《李自成》曾引以为傲的"雅俗共赏"全然失效。它的"雅"不够"现代"，一派老朽的文人趣味；"俗"不够尽兴：既缺乏爱情（高夫人和李自成之间哪像夫妻呀，简直就是革命同志），权力斗争亦嫌稀松（各地电台拍大型历史剧纷纷弃《李自成》而首选《太平天国》，这是重要的原因）。

不仅如此，在"方法论"者的眼里，《李自成》中历史得以建构的地基，它对中国发展必然性的探索，连同作者致力追求的"长篇小说美学"，都是不屑一提的"古董"或政治观念的附庸。至末一点，跟姚雪垠一直通信的茅盾倒是早有预感："来信言及，要在创作实践中探索的技巧问题统目之为'长篇小说的美学问题'，是否预备将来写论文？我对于《李自成》第一、二卷原稿的读后琐记，谈技巧方面多，实因对史实无贡献的意见，而技巧问题谈的也是老生常谈，以视今日谈构造艺术形象之论点之新颖惊人，望尘莫及。鄙论不足

① 姚雪垠：《姚雪垠文集》第 16 卷，人民文学出版社 2010 年版，第 392 页。
② 姚北桦等编《姚雪垠研究专集》，黄河文艺出版社 1985 年版，第 499 页。

道也。”①

然而，姚雪垠却浑然不觉。自“文革”结束，他就像只蓬勃健硕的老刺猬，到处挑衅论战。先是拿好友徐迟、臧克家开刀，在《红旗》与《上海文学》上发表示范文章，为大破“四人帮”文风余毒做“表率”；1980年，姚雪垠在《文学遗产》上刊登《论〈圆圆曲〉》，剑指郭沫若的《甲申三百年祭》，这是他第三次公开批评郭沫若治学随意、让刘宗敏蒙受“不白之冤”了②；然后又批评《苦恋》，非议通俗文学，抨击赤裸裸的性书写，诘难荒诞派创作手法，批川剧《潘金莲》，驳刘再复的“文学主体性”，等等。诸多论争不仅耗费了姚雪垠大量的精力，还招致了对其人品的负面评价：臧克家当时即认定姚是为“争名”而“争鸣”，而他对郭沫若的穷追猛打则给人“得志猖狂”之感。更糟糕的是，他的极“左”帽子，似乎戴定了。《李自成》后来的苛评冷遇，于此埋下深深的伏笔。

理解姚雪垠的论争动机与心理，史官情结及其身份自觉是核心与关键，这跟他20世纪30年代开始的对地方“话份”的争取、奋斗一脉贯通，只是此时他的气魄、底气更足了。史官意志的旺盛，和《李自成》第二、三卷的热销、盛誉有直接关系。1977年《李自成》第二卷出版后不久，《大公报》便以大标题的形式抢先挂出：“《李自成》开辟了中国历史小说新道路。”秦牧为姚雪垠题诗喝彩：“膏腴大地生花笔，三百万言写史诗。”朱光潜断言：“《红楼梦》以来，还少见这样好的长篇历史小说。”这一切都在鼓励着姚雪垠“我系现代史官”的主体认知与定位。1978年2月，姚当选为湖北省文联主席，1980年夏，他又担任了中国当代文学学会的会长。姚雪垠应该感觉是到了自己施展抱负的时候了，此时不出手，更待何时？1978年6月9日，他与聂华苓、安格尔会面时说了一句话——“党让我做湖北省文联主席，这是个政治待遇。这在过去

---

① 姚雪垠：《读旧信追怀哲人》，《解放日报》1981年4月19日。

② 前两次分别是在1964年春的《羊城晚报》和《李自成》第一卷修订本《前言》中。姚雪垠1977年曾给郭沫若去信，写道：“我爱我师，我更爱真理。这也算学生同老师的争鸣吧。不妥之处，也请赐教，以便改正。”信发出三天，姚即接到郭沫若的回复：看了“《李自成》第一卷修订本《前言》，真是喜出望外……我完全赞成您的观点，祝贺您的成功，感谢您改正了我的错误……《前言》退还您，在文字上似乎还有三两处错误，我看了用红笔顺便改了，希望校对注意。”1978年6月，郭沫若因病去世。

是不能想象的"① ——即透露了他跃跃欲试的心思。而不久后他对故乡杜甫祠堂的参拜亦能说明问题。纪念杜甫，不仅是为了了心愿，同时也是史官身份与情愫明晰化炽热化的过程。及至 1984 年姚雪垠因《长夜》热销海外而出访法国时，他的史官身份已全然明朗。访法期间，姚思维敏捷妙语连珠，显示了出色的外交潜质。事后，他将访法成功及自己受到尊重的原因归结为三点，除了中国地位的提高和自己有作品外，更重要的是，在异国他乡，他“被看作史学家”。②

用一句话来概括姚雪垠此间的抱负，就是为书写“‘文革’后的中国大历史”立法，包括设立框架与规则两部分。这在他对中国当代文学学会工作任务的制定、规划中表现得最显著。姚一直想编纂一部“大文学史”。在给茅盾的信中，他写道：“解放后写的现代文学史很少对‘五四’前夜的文学历史给予充分论述，私心常以为憾。目前正在陆续出版的《中国现代文学史》（唐弢主编）第一册前边，也未重视这个问题。我认为我们论述五四新文学运动的时候应该专章论述清末的风气变化和一些起过重要间接作用的前驱者。”③ 此观点今天看是相当新派、现代的，它让人想到王德威的“没有晚清，何来五四?”。而这跟姚雪垠文学创作，尤其是《李自成》里对传统的注重、借鉴与领悟，一脉相通。

“大文学史”的构想，打破了现代文学史只论述白话文学作品的惯例，明确提出要将五四新文学运动以来的旧体诗词及“民国初年和‘五四’以后的章回体小说家”一并纳入研究视野，前者如毛泽东、郁达夫、柳亚子、苏曼殊等人的旧体诗作，后者如张恨水、“礼拜六派”等。姚雪垠还专门提到“国民党中也不乏诗人，除非是人民公敌，也不应遗弃”。如于右任就有不少好的七律作品。“倘若这一类作品在现代文学史上适当论述，不仅使文学史丰富了内容，也会在海外产生积极的作用。”这是何等的“中国风格与中国气派”！在史官姚雪垠对中国未来的现代构想设计里，以旧体诗词、章回小说借代表征的“传统”绝非边角配料，它跟“现代”和谐融汇。这种民族主义情绪本能而热烈的

① 聂华苓：《七十年代的故事——姚雪垠与〈李自成〉》，香港《七十年代》1978 年 12 月号。
② 姚雪垠：《姚雪垠文集》第 14 卷，人民文学出版社 2010 年版，第 519 页。
③ 姚雪垠：《姚雪垠文集》第 19 卷，人民文学出版社 2010 年版，第 448 页。

闪灼，让我们见识了抗战文化思维的延续与升华：除了共通的另眼看待传统外，姚对国民党诗人、“礼拜六派”的关注理由，其言辞语调活脱系抗日文化统一战线的回响、翻版。

关于“大文学史”，姚雪垠还去信向任访秋征询意见。后者指出他遗忘了两个人，一是从“礼拜六”派分化出来、为五四新文学做出过贡献的刘半农，一是在包天笑、张恨水等作家中起过较大影响的徐枕亚。经任访秋的提醒，姚雪垠的“大文学史”疆域进一步扩大了。他立刻想到，“抗战末期和大陆解放前夕应该提一提徐訏，当时上海的女作家应该提到张爱玲。另外，有些住在海外的华裔作家，只要具有一定影响，当然也应该写进中国现代文学史中。”

1985年初，姚雪垠赴新加坡参加华文文学会议，与豫籍台湾作家痖弦（1932—）一见如故。两人都是南阳人，痖弦称姚雪垠为“乡长”。姚十分赞同痖弦的说法：“世界华文文学堪称一盘棋，那就是互相促进，互相帮助。”姚提出举办国际华文文学奖，“也是一盘棋的意思”①。这种“世界华文文学”的提法，跟目下基于后现代理论、鼓励多元并立的同名说法看似重合，但境界不同。前者带有抚纳世界、公心“天下”的文化统筹气象，具含“有朋自远方来，不亦乐乎”的气度；而后者大体是私立计较的，一个事关全球化语境下的权力分配制衡、却又无奈了局收场的描述性概念。

在跟痖弦的交往中，姚雪垠若有所悟。他提出：“人在阶级社会里除具有阶级感情外，还具有民族感情、乡土感情等等。要实行‘一国两制’，就必须看重民族感情、乡土感情、朋友感情等等。无疑的，民族感情在搞好民族团结的大事上要高于阶级感情。”② 现代史官的爱国热忱及协调周边的胸襟大略，跃然纸上。

跟“大文学史”一样，姚雪垠的四处论战亦属于其抱负筹划中的“‘文革’后中国大历史”（以下简称“大历史”）的有机部分。“大文学史”侧重为“大历史”划定版图、设置框架，四处论战则从“大历史”内部对书写的原则方法、价值态度予以纠偏。姚雪垠之所以向刘再复发难，就是因为他认定刘再复违背了马克思主义理论，对中国文学史（尤其是传统部分）采取了虚无主义态

---

① 姚雪垠：《姚雪垠文集》第14卷，人民文学出版社2010年版，第558页。
② 姚雪垠：《姚雪垠文集》第19卷，人民文学出版社2010年版，第588页。

度和主观唯心主义的方法。刘再复居然“将完成于12世纪的‘天理人欲’说当作贯穿整个中国封建社会的统治思想”，这是常识性错误！1986年、1987年，姚雪垠驳斥刘再复的两篇文章——《创作实践与创作理论》《继承和发扬祖国文学史的光辉传统——再与刘再复同志商榷》——均发表在《红旗》杂志上。这种党刊的支持和“点名”对刘再复的压力可想而知，他沉默两年方在《文汇月刊》上以对谈的形式集中“炮轰”姚雪垠，我以为跟刘再复对《红旗》的顾忌不无关系，而他将姚及其《李自成》纳入“三突出”“帮文艺”的体系，亦带有应对《红旗》的政治策略意味。所谓“以其人之道还治其人之身”，你讲我“右”，我点你“左”，看谁正确?！在此，文学本身的评判已所剩无几，我们看到的是“如出一辙”的“文革—战争”思维与外交辞令。

从事情发生的契机来看，这是《红旗》几番邀约、组稿的结果。[①]《红旗》的热情点燃了史官的激情与使命感：为中国思想文化界澄清玉宇，舍我其谁?当初姚雪垠向好友徐迟和臧克家开刀，亦由《红旗》邀约“写示范文章”而起。事实上，姚雪垠“文革”后的四面出击，四处树敌，除了其自身的因素外，跟媒介的鼓动有很大关系。

除了向刘再复发难外，姚雪垠对郭沫若的批评亦是规则纠偏的证明：郭的治史态度太轻率写意了。在考据的顶真方面，姚颇得乾嘉学派的“真髓”。《李自成》的书写，常因“一事需要研究，一个地名需要查清”，或“因翻阅图书资料”而“中断一个细节或一段对话的写作”。他对川剧《潘金莲》的批驳与批郭相似：“作者异想天开，竟然将古代人、现代人、中国人、外国人，都纷乱地在舞台上出现，使一个戏失去了完整和统一，既不能反映历史，也不能反映现实；没有写出来典型环境，当然就写不出典型人物”，“这个戏根本不是艺术，而是既无艺术性又无思想性的十八扯，河南话叫‘胡闹台’”[②]。

姚雪垠认为，人对历史应保持虔敬的态度。他虽主张古为今用，却绝非“以历史注我”。历史的呈现结果应是复杂精严的序列，与中国的现代前途、进程彼此映射参照。要抵达此境，需要长期钻研、精益求精。他曾以诗句表达他

---

① 据《红旗》编辑陆荣椿回忆，当年他曾就驳刘再复一事向姚雪垠发过三封组稿信，前两封如泥牛入海，第三封信得到了姚雪垠拒绝的回复。姚说自己要赶写作品，没有时间。后来，陆荣椿陪同《红旗》副总编马仲扬亲往姚雪垠在木樨地的家中拜访，方敲定此事。

② 许建辉：《姚雪垠传》，湖北人民出版社2007年版，第332页。

写史（亦即《李自成》）的立场："独临碧海朝精卫，遍借金针绣凤凰。"这不仅显示了精卫填海的持久韧性，亦透露出古祭司般的宗教献身与虔诚意味。"活一天干一天，只要不死，总在追求的道路上前进，如同夸父那样。"[①] 许建辉说他太认真，"认真得有些拗，有些'迂'"，这是造成《李自成》进度慢的主要原因。比如五卷中的《兵败山海关》单元，早在十多年前就写出来了。只因对吴三桂的形象不满意，姚雪垠就把十万字的稿子全部作废，另起炉灶，重头写起。[②] 就此而言，姚雪垠跟拼贴任性、毫无章法的后现代艺术似是无缘对话了，一个标准板正的现代史官。

姚雪垠不明白，时代变了，当战争渐行渐远，由战争激发逼迫的"中国凝聚"与"中国认同"也趋于平缓。加上轰轰烈烈的"文革"反思热及"新时期"思路的促动，个体恩怨、权益的诉求，纷纷浮出水面。导致的严重后果就是人与国家的间离，以及人心涣散、各自为政……

……

姚雪垠曾说，书写历史要具备史识史德，史德就是爱国主义，是对"祖国和人民负责的态度"[③]。爱国主义不仅是他"大文学史"的构思精魂与驱动，亦是他论战的基本立场。看下 20 世纪 80 年代初他对电影《苦恋》（其时尚为"内部放映"）的评价，应有所悟。姚明确表示不喜欢《苦恋》，尤其不满影片的主题思想。"作者和导演不该拘于愤怒和控诉，使观众看后只有压抑感；更不该丧失爱国的崇高情操。至于离开朴素的现实主义，不讲求人物和情节的真实感以及故事的连贯性，我也不能同意。"[④]

多么"老派""落伍"的评论！其中既有价值（丧失爱国主义）的针砭，又有方法（"离开朴素的现实主义"）的批判。评论建立在姚雪垠以身作则的经验上：虽受了不少委屈压抑，但他对国对民的眷恋信心，不改初衷。《李自成》的写作正是上述信心意念的结果："如果要问我，是什么力量推动我在一九五七年秋天开始文学上雄心勃勃的新长征？首要的精神力量就来自爱国主义

① 段景轩、李兴盛：《成功者的足迹——姚雪垠访问漫记》，《黑龙江青年》1981 年第 4 期。

② 蒋晔、武京予：《姚雪垠》，河北人民出版社 2008 年版，第 83 页。许建辉的这番话是在 1999 年《李自成》全书发行之前说的。

③ 姚雪垠：《向母校师生汇报》，《河南师范大学学报》1982 年第 5 期。

④ 许建辉：《姚雪垠传》，湖北人民出版社 2007 年版，第 301 页。

思想和对祖国文学事业的强烈责任感。”① 然而，这种忍辱负重的爱国心理与行为模式如何在当下推而广之？怎样让毫无战争体验或淡忘了战争生活的人感受正向爱国的必要性，以至探索“中国前途”的紧迫性？姚显然没考虑过。他是把爱国主义作为不证自明的思维前提、做人底线来对待的，殊不知爱国的集体热忱亦有历史的起落浮沉、因缘际会。他还未察觉，曾经崇高的爱国呼吁与宏大书写，正逐步丧失对公众的感召力。集体认同的“国”之不存，“史官”焉附？姚注定要退出历史场域了，他的四方挑衅加速了他的退场与“消逝”。

2003 年，由姚雪垠捐赠稿酬设立的“姚雪垠长篇历史小说奖”首度颁奖，二月河榜上有名。倘若史官在天有灵，这恐怕是莫大的讽刺，以喜剧大团圆的形式。姚生前一直认为二月河不够写历史小说的资格，不仅史识与艺术才能储备不够，对康熙施以“大帝”的名号亦不妥当。他的帝王系列只是在讲“历史故事”，却看不到历史对中国建设、变革的现代意义与参照价值。这是从历史中寻找趣味，消遣历史！颁奖的结果，再度证实了姚雪垠的历史孤独与异质性。他的创作理念和态度后继无人，一个现代文学史上最后的“史官”。《李自成》成为他拼尽一生的“绝唱”，亦是史官文学留存人间的“绝响”。

在姚雪垠的论辩对手看来，姚的存在就像历史的“误置”，一个挣扎好笑的“文革”“古董”。如果说姚雪垠的论战是史官为了纠正历史书写领域的价值偏误，那么他从 1980 年开始撰写的回忆录《学习追求五十年》（未完）则是史官正面的价值示范，一种现身说法的总结（与同期参拜杜甫祠堂的行为彼此呼应）：《李自成》为什么会成功？自己是怎样走到这一步的？就此而言，刘再复对他的反击可谓打蛇七寸、正中要害：“姚雪垠以自己创作时的心得体会来代替普遍的创作论，这就显得片面，缺乏说服力……他用自己创作的《李自成》证明他的观点是‘马克思主义’的，又用他的理论即自我先验鉴定的‘马克思主义’，来证明《李自成》是‘伟大’的。这种从自身到自身的循环证明，这种‘我证我’的滑稽方式，使他陷入‘怪圈’而不能自拔，使他的推理和论证充满了悖论，充满无休止的自我纠缠。”②

这大概是对姚雪垠最具逻辑力的讽刺奚落。刘再复还说，姚雪垠不满新的

---

① 姚雪垠：《姚雪垠文集》第 16 卷，人民文学出版社 2010 年版，第 127 页。
② 刘再复、刘绪源：《刘再复谈文学研究与文学论争》，《文汇月刊》1988 年第 6 期。

文学潮流，排斥新一代作家学人，这是他心态失落失衡、怨恨嫉恨的表现——现象似有，结论却非。在他笔下，姚成了个唯恐丧失既得“位置”“知名度”而仇恨“新时期”的糟老头。真是有效而“时尚”的解构策略！“我证我”说的提出，直指姚雪垠史官身份与书写的合法性、有效性。说白了，你在那儿自吹自擂个什么劲呀？你以为你是谁？从“史官”的虚拟身份与自我陶醉里醒醒吧！

面对刘再复的质疑反击，姚雪垠的表现可谓手足无措、方寸大乱。先是声称要诉诸法律，控告刘再复的侮辱与诽谤，随后又长篇累牍地逐条申辩，我没有“三突出”，我没有“自证自”，我没有嫉恨新学人，我没有……完全陷落在对方的逻辑圈套里，愈辩愈污，一副老朽无能的样子。一般讲，论辩文章宜短小精悍，攻其一点不及其余。而姚的写法完全相反，老太婆的裹脚又臭又长。这说明了两点，一是他太委屈了，一定要全部说清楚；二是他太老实太原则了，论辩的技巧策略与史家讲求的全面公正负责的德行不符。姚雪垠，老了！

讲姚雪垠是“自证自”不错，但从根底而言，所有的推理不都是“自证自”吗？所谓普遍性、普泛性，不过是逻辑的幻觉，其出发点只能也必然是自我的体验。在姚雪垠的逻辑漏洞处，颤栗着史官的责任与激情，智慧与荣誉，犹似一朵虚妄的自作多情的玫瑰。他永远无法“逻辑”地清理和展现自己；中原文化意志的“自行”运作与控制，由此可见。

后来，姚雪垠又写了《不要用诽谤代替争鸣——答刘再复君》和《深入健康地发展文艺界的百家争鸣》两篇文章，从之前的“刘再复同志”到“刘再复君”的称谓变化里，能感觉到姚雪垠微妙的心理波澜，他似乎要退阵了。与之相应的是，文中的语调明显趋缓，他开始循循善诱地讲述学术讨论所应遵守的规则，这又是他构建“大历史”书写原则的一部分吧。浏览其文，最多的字眼就是“负责”与“责任”：如参加争鸣的人必须对争鸣的问题负责，对所探讨的学术或理论的是非负责，对与你争鸣的对方负责，对你自己负责，必须牢记对社会负有不可推卸的责任……这是末代史官的谆谆教诲、行为惯性，然而有几人能听得进？它们就像不及物的史官梦呓与独语。

毋庸讳言，刘再复的反击给姚雪垠造成了重创——也算他“罪”有应得——这是对他文学理想、价值体系的整体质疑与颠覆。此后短短几年间姚的身体与智力迅速衰老，脑梗、语塞、失忆、行动障碍……那不仅是病症，恐怕亦是郁闷纠结怅惘动摇的身体表征。目前所知的情况，从1995年初开始，《李自成》的字数就停止繁衍了，每日仅看到姚在书房里端然静坐岿然不动的身影，他以此述说着自己的不屈与无奈。姚雪垠是否后悔过与刘再复的论争？一次多么无谓的“露头”与“牺牲”。他的自传《学习追求五十年》原打算写到80年代末，最终付诸空白，显然是追求难以为继的表现。

和刘再复的论辩，让姚雪垠在新一代学人心目中的形象一落千丈：一个“左派怪物”，《红旗》“枪手”，“御用文人”。论辩期间，正是刘再复年富力强、如日中天的岁月，他时任中国社科院文学所所长，《文学评论》主编，其“性格组合论”“文学主体性”等新派理论在年轻学人里颇具人气和影响。有段时间，姚雪垠完全陷入中青年学人的口诛笔伐，对方用笔之尖刻霸道，让他毫无招架之功，姚雪垠所受的精神刺激与伤害可想而知。例如，当时跟刘再复言论呼应的两篇文章这样写道：“姚雪垠写的不是一群农民起义的领袖，而是一群神”，《李自成》是“‘三突出’这个产婆催生出来的畸形儿”，“‘十年动乱’时期的文学是造神文学”，“姚雪垠才是这一文学造神运动的真正主将”①。“如果说李自成尚有‘白璧微瑕’（如他对慧梅婚事的态度），那么高桂英则通体澄澈，没有丝毫缺憾，这大概可以叫做‘在中心人物中突出女中心人物’——《李自成》不仅是‘三突出’，已经是‘四突出’了！然而它不能不逗人顿生联想——一个女人所操纵的‘样板戏’中的女主角……这真的是某种偶然的巧合？”因名声印象不佳，新一代学人里有不少甚至在根本没有阅读作品的情况下就已否决了姚雪垠，或者把其人其作干脆从研究视野里删除。《李自成》今日的惨淡光景，与此有密不可分的联系。在目下通行的高校文学史教材中，姚雪垠与《李自成》的名字难得一见。“史官”（文学）基本被排挤出了历史。

这是“新时期”对“末代史官”的成见、误读与拒绝。它不仅是姚雪垠的性格悲剧，也是地方河南的文化悲剧，是现代中国进化偏执的悲剧，是文学史排斥异己、迥不宽容的悲剧。姚雪垠有句座右铭：“生前马拉松，死后马拉松。”意思是判定文学作品的高下，不单要看生前的荣誉，更要看死后的评价。岂知他的《李自成》竟蹉跌在“死后马拉松”的起跑线上。

姚雪垠去世后，助手在他的一本书里发现一封他写给丁玲老伴陈明的信，

① 李陀：《也谈“伪现代派”及其批评》，《北京文学》1988年第4期。

落款是1993年3月21日凌晨，其时丁玲已去世七年。信末这样写道："五四以后，新文学阵营中出现的作家很多，我最佩服的是作家兼战士类型。丁玲是这一类型的杰出代表。虽然今日的社会风气与从前不同了，但是抚今追昔，为着中国社会主义文学事业的健康发展，丁玲的形象是不该被淡忘的。在文艺思想混乱的时代，不仅她的文学事业值得继承，她的人格和精神也值得继承。总之一句话：丁玲是不朽的！"① 助手很奇怪，为什么老姚没有寄出这封信呢？在我看来，这和"负责""责任"的独语相似。姚雪垠在信中追忆抚摸的是他书写历史、文学的态度价值、人格精神。用一个词概括，即"作家兼战士"，他认为这应该是"不朽的"，然而社会风气变了，没人要听，遑论继承？而且，"刘再复们"不是奉劝他不要老是标榜自己是"作家兼战士"吗？这是以"自己为中心，通过苦闷的发泄去损害别人"的虚伪头衔，是鼓吹阶级斗争的精神劣迹！

"作家兼战士"，一个多么腐朽却又难以忘怀的沉甸甸的神圣字眼！它凝聚着姚雪垠的抗战记忆，指向他对自己的历史定位："20世纪30年代作家群"的一分子，"新文学运动的第二代"。在凌晨写这封信，可以想见当时的姚雪垠多么感伤、落寞与孤苦！依照姚雪垠的作息惯例，每天凌晨从三点开始，正是他写《李自成》的时间，铁打不动风雨无阻。写信、读书和处理杂事等，则分配到下午。然而，1993年3月21日，这个惯例打破了。与其说这封信是写给陈明的，不如说他是写给在天的"知音"丁玲的："老丁，走了七年了，还记得'独立大队'姚雪垠吗？我现在还这样……"一封注定无法投递、无人接收的信函。经由对"同志"丁玲的追怀，现代史官的末路感知与自我凭吊，呼之欲出。

1997年2月24日下午3时许，许建辉走进姚雪垠家。客厅没人，但电视开着。身着黑色礼服的播音员正在播报有关邓小平逝世的消息。姚雪垠一边听电视，一边看报头已换成黑色的《北京晚报》。许建辉和他说话，他显得心不在焉，人也恹恹的没精神。许建议他上床休息，他扶着椅背努力站起来正要举步，却身子一歪栽了下去……姚雪垠病倒了！医院诊断结果是退行性脑软化，双侧广泛性脑栓塞。据他的儿子姚海天说，自邓小平去世后，中央电视台连续

① 许建辉：《丁玲与姚雪垠的晚年交往》，《文艺报》2011年3月11日。

播邓的生平纪录片，姚雪垠则一集不落地看，每天都捱到十一点以后才睡觉，凌晨3点又起来写作，一天睡眠不足四小时，生活规律全乱套了，讲他又不听。

显然，邓小平的去世对姚雪垠打击极大，突然罹病就是不胜打击的表现……某种程度上讲，姚雪垠的病跟王国维的自尽有相通之处，它们都是文人在遭遇其钟爱的文化衰落或断裂时的生命呼应与抗争，王国维以“命断”应和了“文化的断”，姚雪垠则以思维的凝滞、“退行”拒绝了现世，他试图抓住那正在消逝的文化时空的吉光片羽，与之一道陷落、沉沦。

……从1957年开始写《李自成》，到1999年姚雪垠离世，整整四十二年，那是一个中原作家力图“现代”的一枕黄粱。醒来后，哪里有什么“中国史官”，他还是讨嫌凄苦的“中国弃儿”!

据姚海天说，父亲住院的第一天，半夜里海天突然被惊醒了。只见父亲穿着睡衣躺在地上，海天把他扶起来，问他是不是想上洗手间，老人说：“快3点了，我要起来写《李自成》，写不完对不起国家对不起读者。”而那时他实际早已失去了创作力……1999年4月29日，姚雪垠终于逝去了。这本该是解脱的，可他至死都睁着眼，大张着嘴。想起姚雪垠在“文革”中因慨叹不能写《李自成》而作的一首诗：“一床青简悲司马，半部红楼哭雪芹。寒夜犹恋精卫海，沧波渺渺待朝曛。”实如自身的谶语。

姚雪垠原名姚冠三，少年时代他给自己起了一个“雪痕”的笔名，那是从苏轼的《和子由渑池怀旧》中化来的：“人生到处知何似，/应似飞鸿踏雪泥。/泥上偶然留指爪，/鸿飞哪复计东西。”可父亲却说“雪痕”不吉利，要将“痕”字改为“垠”字才好。今天看，还是“雪痕”适切些。那曾让万人热血沸腾的《李自成》不就像雪上的痕迹吗?辉煌不再，踪迹难觅。而“垠”为边、岸之意，皑皑白雪，何处是岸?从“雪痕”到“雪垠”的更动，显露了“中国弃儿”生生不息的入世精神、政治执着，与作家口口声声宣说自励的“精卫填海”“夸父逐日”一脉相承。

然而，“雪痕”又哪里不吉利、哪里消极了呢?那是坦然接受并洞视了人生无常后的洒脱与智慧。姚雪垠倘若有一点“泥上偶然留指爪，/鸿飞哪复计东西”的自觉，他的晚年当不致如此剑拔弩张，痛苦纠结。对“雪痕”表征的空性智慧的回避与消极性领悟，不单是姚雪垠的个人问题，它亦直指中原文化人格尤其是河南现代变革中的缺憾与偏颇。可叹可悲，可歌可泣!

六、“失踪”的第四卷

许建辉在《〈李自成〉的遗憾》中透露了一个秘密：我们今天看到的《李自成》第四、五卷竟是由原先设计的第五卷拆分而来，姚雪垠计划中的第四卷“失踪”了。从诸多迹象来看，他可能根本就没写第四卷。自 1981 年第三卷书稿交付出版社后，姚雪垠做了一次重大的写作调整：即跳过第四卷，径直进入第五卷的录音创作（从第三卷开始，姚采取了口述录音、由助手记录整理、自己再校订更改的写作方式）。对自己的“反常规”书写，他给出的理由是第四卷要描写的江南生活他不熟悉，驾驭起来难度大，耗时亦长；而第五卷作为《李自成》的最后内容，在 1957 年动笔时就已反复斟酌过，对主要人物的命运他成竹在胸，先写第五卷可节省时间。但这一解释并不充分。

把姚雪垠 1974 年写就的《〈李自成〉内容概要》与他 1996 年重新录制的第四卷内容提要对照参看，二者差别不大。规划中的第四卷分五个单元：1. 汝南徘徊。因久攻开封不下，李自成的既定战略方针被打乱，他一时茫然，只得暂驻汝南，养精蓄锐。2. 襄阳称王。李自成迫不及待地建立了新朝，自称“新顺王”。他在起义军中鹤立鸡群，骄傲情绪陡涨。3. 诛杀曹操（明末农民军领袖罗汝才的绰号）。李自成的“称王”加剧了各路义军间的钩心斗角。他杀了曹操，也“杀”掉了自己的威望，反明统一战线就此瓦解。4. 大战潼关。这是大顺军与明朝军队的最后一次大战役，既斗智也斗勇。5. 回乡祭祖。李自成衣锦还乡，他自以为大功告成，于是建行宫，修祖坟，劳民伤财。从内容提要看，第四卷的难点绝非江南生活，而是李自成性格弱点（在第三卷中已有萌芽）的暴露与放大。对于坚持和信奉“历史过程论”的姚雪垠来说，他应该知道，这一卷是李自成起义由盛转衰、承上启下的重要一环，写好了它，李自成后来的错杀李岩及进京后一系列一意孤行的举动，就不会给人突兀跳脱之感。而如今的四、五卷里，李自成形象的陡转突变，已成叙述的“常态”，似乎本该如此。

其实，早在第一、二卷出版后，就有许多人向姚雪垠提出质疑：“你把李自成写这么高。既然那么好，他将来怎么会失败？我在替你担心。”对此，姚雪垠于 1979 年特意写了篇《李自成为什么失败——兼论〈李自成〉的主题思想》统一作答。他说：“我的创作意图是要塑造一个封建社会后期农民革命的杰出的英雄人物，而不是一般的英雄人物。”李自成的失败是多重因素的结果，如流寇主义，丧失民心，低估满清，北伐战略错误，粮饷困难，兵力不足，中央领导层薄弱等等。而李自成的个人品质，虽有一定作用，“但不起最终极的决定性作用”——最关键的就是至末这句。换言之，李自成的失败无损他“杰出英雄”的形象，这是历史综合考证、科学探究的结果。然而，就原计划的第四卷内容来看，它明显逾出了姚雪垠历史、科学的研究预设。李自成的个人品质或曰性格弱点，在此成为不可回避的导致失败的决定因素；李自成的“英雄贞洁”是必破不可了。

但这却是姚雪垠无法承受的。他寻找、塑造英雄的内在情致与冲动，跟农民起义军的失败走向与必然结局，存在不可调谐的矛盾。这是导致第四卷“失踪”或“未写”的重要根源。1962年，老作家魏金枝在审读《李自成》第一卷时，就已含蓄而尖锐地“预言”了这点：“照第一集看来，李自成这个人物，几乎没有缺点可以指出。把英雄人物写得好一点，这是毫无问题的。只是他是古人，而且后来必须以失败告终，这就必须要有一些分寸，先下一些伏笔。至于失败的原因，可以分两个方面，一是环境的关系，一是人物自身的缺点。当然人物自身的缺点也可以由环境促成，但到李自成这样的年龄，而且经历已相当曲折，性格应该已经确立。当然还可以有变动，却不会有大的变动，更不会有相反的大变动。这就应该在下笔时注意到日后的变化。自然，缺点也往往和优点一同而来，一时很难确定，但作者必须心中有数。”① 在魏金枝看来，依照日常经验，第一卷里已是中年汉子的李自成，性格应该已经定型，没有多少趋向失败发展的“转机”与空间。至于说“缺点往往和优点一同而来”，那简直就像礼节性的寒暄了，因为写作实践中这属于极难把握的“天趣”。

对此，姚雪垠自然心中有数，但他似乎低估了矛盾的尖锐性，或者说他在不自觉地回避、延宕这点。《李自成》分卷出版的操作规程，让他也只能走一步看一步。从《〈李自成〉内容概要》（1974）看，姚那时还在现实主义地理性规划李自成的失败命运，其中包括李自成的性格变化，这着重体现在第四卷；到写作《李自成为什么失败》（1979）时，他的立场已起变化，不再是信心满满、不打折扣的理性设计与规划了，他希望能够“现实主义”地“和平”解决

① 许建辉：《姚雪垠传》，湖北人民出版社2007年版，第185页。

英雄情结与失败走向的矛盾，以历史、科学的方式。就实际功能和效果而言，历史、科学的外围考察、全面探究，形同李自成“英雄贞洁”的盾牌或保护套。史官姚雪垠的感情、“私情”于此渗透出来。及至 1981 年，他对《李自成》创作流程的重大改变，又是一个避重就轻的延宕动作。把略过第四卷、先写第五卷的写作调整归结于不熟悉江南生活，明显是站不住脚的借口，因为江南生活实非第四卷的重点，完全可以暂时放置。他的第五卷录制就是如此：没有照前后次序录音，哪个单元构思成熟了，口述的欲望最高，就先行录制。

第五卷他先录制的是尾声，这也是第五卷给人印象最深的部分。前文曾提到高夫人与李来亨残部被困时高夫人的一段话，亦在尾声。这个细节让全书都提色不少，似乎四十二年山重水复的长篇跋涉，就是为了走到和“歆享”这一步的。最终高夫人等在激战后投火海自焚，这是“英雄的失败”，而非“失败的英雄”，失败成为英雄的至尊勋章与辨识，一种完美谐和的结合方式。除此之外，结尾部分的李自成之死，也是预先录制的单元，1985 年 3 月它就在《小说》上刊出了。饥寒交迫、众叛亲离的大顺帝李自成在深山老林被乡勇所害，他的坐骑乌龙驹不忘旧主，每日在落霞中萧萧悲鸣。又是一个“英雄的失败”。质言之，结尾部分“英雄”与“失败”之间是没有矛盾的。从姚雪垠在《李自成为什么失败》中宣称的创作意图（塑造杰出的农民英雄）看，这当是主体最渴望表达与归宿的部分。就此而言，他先行录制尾声、结尾并预先进入第五卷的创作，就不难理解了。而一旦涉及英雄如何走向失败结局（结尾）的“过程”，那真是叫人头痛的事。

另外，“英雄”与“失败”间的矛盾彰显、激化，与“新时期”的质疑讥嘲干系密切。当李自成的形象与“三突出”“高大全”扯在一处时，姚雪垠的英雄塑造就变得敏感、棘手而难堪了。如果他继续写李自成的英雄史，则无异于自送口实，这不正是“三突出”“高大全”吗？据姚的首任助手俞汝捷日记所载，20 世纪 80 年代后期，姚突然提出放弃口述录音，第四卷由他自己亲自动笔。这让第四卷的书写蒙上了一层私密、郑重的色彩。他的朋友里不止一人说老姚跟我讲过，他正在写第四卷，或是他写完了第四卷……然而第四卷还是无可置疑地神秘“失踪”了。我以为，这是四面楚歌的压力与老作家挣扎彷徨及自我坚持，撕扯拉锯的结果。一种“不写之写”。较之诉诸文字的呈现，“失踪”的表达更意味深长。它就像一个空白的凝聚：历史的书写与场外正在进行的现实，乃至书写行为本身，全被“失踪”涵括了。

从平复众议的角度看，第四卷应该是浓墨重彩地书写的。它把李自成从“神位”拉向了“人位”，而且还有尔虞我诈、残酷血腥的权力斗争，多好看！倘若第四卷存在，各地电视台在选拍大型历史剧时，《李自成》应该和《太平天国》有得一拼吧？① 但这与姚雪垠历史创作的主题诉求明显抵牾。仍是在80年代后期，姚雪垠写信给俞汝捷，说他打算略去第四卷的江南单元，并准备把第五卷的部分内容调进第四卷。这表明姚雪垠已明白地意识到“英雄”与“失败”的矛盾是不可调和的，他萌生了压缩第四卷的念头。从“压缩”到最后的“失踪”，这里是否存在逻辑的联系？然而，看他1996年重新录制的第四卷内容提要，姚雪垠似乎又想回到之前的规划中，这是对非议者的自我表白、澄清吗？最终他一字未写。那时，他的大脑、思维已经开始“退行”了。

1997年4月，患脑梗入院的姚雪垠在病床前把整理出版《李自成》第五卷的任务委托给助手许建辉。他振作起所有残存的意识，断断续续地说出了整理方案：1. 尽力保持作品原貌，能不动处绝不妄动。2. 宁删百字，不增一语。3. 根据多年前写就的《〈李自成〉内容概要》，写出第四卷的故事梗概，以“楔子”之名插在前后内容（即前三卷与第五卷）之间。4. 把现有的第五卷内容一分为二，前者接在楔子后，与楔子合为第四卷；后者则列为第五卷。5. 出版时搞一个《后记》，把整理工作全程记录下来，给读者一个明确的交代。于是，原先设想的第四卷就剩了一个“楔子”。

把《李自成》讽为“三突出”“高大全”的“帮文艺”，是武断浅薄的风凉话。言说者忽略了一个基本事实：“三突出”是江青等人在“文革”期间制定的创作原则，最早由于会泳在1968年5月23日的《文汇报》上撰文提出（《让文艺界永远成为宣传毛泽东思想的阵地》），而《李自成》第一卷动笔于1957年，第二卷也大体脱稿于“文革”开始之前。那时，江氏“理论”还不知在哪呢……

---

① 可补充的是，就姚雪垠来说，他不排斥写权力斗争，但绝不沉溺，更不会借此故求刺激。《李自成》中的权力书写便是如此，它跟1990年代后的官场小说、古代宫廷叙事迥乎不同。这不仅是理想主义气质的表露，亦是史德的自律与彰显。权力斗争的述说绝非单纯的故事把玩与赏鉴，它必须融入到对历史必然律的探索中，进而对现代中国的演进有所裨益。姚雪垠在1980年代对通俗文学的批评，与其史德的强悍及排他性有密切关系。

……

姚雪垠在1935年写过一篇《英雄非典型》的杂文，是我们理解其英雄书写、构思的重要文献。姚在文中写道："把典型与英雄连结在一起，这实在是一个错误。""所谓英雄，是带有几分超人的特质的，是和平凡相对立的东西，因为他超人与不平凡，所以必然的又带有几分神秘气味。""自现实主义勃兴以来，凡多少带有非人间性的事物，都摈而弃之。人间，经作家们冷静的观察之后，便看出来尽是平凡与丑恶……同时英雄这个名词，已被伟人二字代替了。"但伟人"并不神秘，也不超人，不过比普通人多作出一点伟大的事业而已"。实在不必给他们加上"英雄的头衔"。"在现实主义作品中，可以找着典型，却找不出英雄来；反之在浪漫主义作品中，英雄和典型才往往结合在一起。""据我看来，英雄不必是典型人物，而典型人物也不必要是英雄。"①

显然，在姚雪垠心里，英雄与伟人是有严格区分的。质言之，李自成的塑造并非现实主义的路数，这是姚雪垠极不愿面对和承认的，但事实如此。李自成一出场即是个完成的英雄，不需要起承转合，发展变化。这种起笔明显属于浪漫传奇、神话叙述的模式，就像我们在阅读《圣经》时经常看到上帝发怒、却从不会想到去批判上帝或追问他的心理过程一样。李自成后来的变化、沦落、失败亦有类似的意味，或者说姚雪垠想达到并力图"保护"这样的"任意"效果。他说："现实主义作品中，事件与人物被看得并重，所以主人公不必个个都成为典型。"言下之意，对于非典型的英雄人物来说，只要直陈其事件或故事就行了。成书四、五卷中的李自成叙述就有这样的意味。我们眼见他不停地办傻事荒唐事，却无法把握他的心。这种感受有点像老兵王长顺看李自成，他觉得闯王变了，却说不出理由，转变的"过程"是丢失的。王长顺没法走近李自成，更无从交流，因为后者是皇上，是英雄，是上帝。这是英雄传奇、神话叙事的做派，你要换种阅读理解的模式：别奇怪，别探究，看下去即可。

即使如此，还是感觉这跟姚雪垠整体谨严、步步推进的历史叙述不够协调。更要命的是，如果要保证李自成拥有"过程监察"的豁免权，将直接危及、损害姚雪垠的史官公正，而这是姚无论如何都不肯触及的底线。"楔子"

① 姚雪垠：《英雄非典型》，《华北日报》1935年2月6日。

的作用于此显露出来，它是史官公正的自律与自裁。姚在楔子里交代了人物转变的原委，捅破了英雄人格的贞操，却也把自己的虚弱无力暴露出来，一贯的优雅才情、娴熟把控、文学辞令等，在此化为乌有。真是丢尽了“颜面”！这是史官对自我偏袒的惩戒“公示”。很可惜，楔子的形式提议最终未被出版社采纳，他们认为加入楔子会破坏文体的统一，于是尽力弥合前三卷与第五卷之间的裂隙。岂知好心办坏事，这成了《李自成》出版中的最大败笔。

对英雄的呼唤、皈依，原是战争年代的集体共通心理，就姚雪垠而言，他的英雄冲动与信仰很大程度上来自抗战的激发与启示。《英雄非典型》一文就写于抗战前期。事实上，感觉李自成的塑造有“高大全”之弊，并非因为作家尊奉了“文革”“帮文艺”的律条，而是由于它们（包括英雄冲动、“三突出”“高大全”、姚对“长篇历史小说美学”的探索等）都是从抗战以来的文化语境与规范中生长出来的，这是它们相关的渊源。在“三突出”“高大全”里，不也能感觉到集体一致强烈的英雄渴望吗？当然，讲它们“相关”，绝不意味着等同、尊奉或抄袭。此间的互动，彰显了抗战文化体系内部复杂的矛盾运作与变异。“文革”中，姚雪垠曾被要求按照“反孔标兵”的形象来修改李自成，姚以“不合历史真实、人物真实”为由坚决抵制与反抗，就是一例。长篇《李自成》是从抗战文化土壤中绽放出的一朵奇葩，虽然带着战争的“土气”，但其内涵、美学却大大挣脱了“战争—英雄”的拘束，为和平年代的历史建构、小说可能，提供了多方有益的示范。

姚雪垠坦言，自己的个性带有极强的浪漫特质。这种性格是接受时代英雄启示与召唤的良好媒介。但实际情况要复杂些。导致姚雪垠英雄冲动与信仰的原因，绝非单纯的性格喜好选择；换言之，它不是一个仅发生在作家个体与现代中国（或曰抗战中国）之间的“激发—响应”事件，其中还沉淀着现代河南对地方出路的探索、诉求。这点往往为人忽视，而它恰是姚雪垠“偏袒”李自成的“私情”重点所在。英雄之于河南，不仅是超人的偶像，还预设了一种凝聚人心、力挽狂澜、强力统一的地方前途与希冀。对当时“烂摊子”的河南来说，这是极为自然的自救想象。在姚的豫西家乡，由于土匪横行，对侠客、英雄的指望渴念，尤其本能。姚雪垠自己就是个颇具侠情的人……

在自传长篇《长夜》[①]（1947）的后记里，姚雪垠这样写道："这故事在我肚子里藏了二十年了，其中的英雄们早已死光了。每次想起这个故事，我的眼前就展现了无边忧郁的、萧条的、冬天的北国原野，而同时我的心就带着无限凄惘，无限同情，怀念着那些前一个时代的不幸的农民英雄。我了解他们的生活，也了解他们的心。当他们活着的时候，中国的农民还没有发现他们应走的革命的道路，至少在北方农村中还没有出现摩西那样的人物。"充斥着战争、天灾、匪祸的中原大地，多么企盼能出现一个摩西式的英雄啊。"这里的农民英雄们全没有'新生'，看不见一点光明。"姚雪垠之所以对李自成采用宛然"反历史""违过程"的传奇神话的叙述模式，道理在此地。

姚雪垠曾说，《长夜》与《李自成》存在着"特殊关系"。"《长夜》是带有浓厚乡土色彩的作品；《李自成》虽然是历史小说，绝大多数主要人物都是陕西人，但是也含着独具的河南乡土色彩。"[②]《李自成》中许多故事情节和人物均能在《长夜》中找到影子或原型。第一卷里的黑话，也都见于《长夜》。另外，《长夜》中述及的匪营冒险与生活经历，为姚雪垠写《李自成》增加了感性知识与经验，明末农民起义的历史书写由此变得亲切可触了。

我是把《长夜》和《李自成》视为一个创作整体的，原因除了姚雪垠提到的"特殊关系"外，《长夜》中流露的寻找地方"光明"、农民英雄渴望"新生"的情绪，跟《李自成》"塑造农民革命杰出英雄"的创作意图，恰好一脉相承。据姚雪垠讲，写《长夜》的过程中，他曾在成都待过三个月。其间他突然对天象发生了兴趣，说来那就像"一个荒唐的梦"："我对于天文学可以说毫无常识"，却奇怪地充满了热情与幻想，企图凭借肉眼，"从渺茫的碧空中发现出一颗新星。这和传说的李白向水中捞月是同样的痴，同样的不易被人理解，而且同样的要为着所追求的空幻的对象牺牲……这样的不切实际，也正是知识分子在生活中常有的毛病"[③]。姚雪垠还说，他的私生活与写作是不能分开的。倘若将来要写自传的话，创作《长夜》时的生活体验特别重要，大概可单独写

---

① 《长夜》写的是被蹚将（土匪）绑票的少年菊生（即姚雪垠）在匪营中的一段生活经历。因意外被土匪头目看中，菊生成了他的"义子"。这一特殊身份让他接触了大大小小的蹚将。以下引文中的农民英雄就是指豫西农村的土匪。

② 姚雪垠：《姚雪垠文集》第12卷，人民文学出版社2010年版，第280页。

③ 姚雪垠：《姚雪垠文集》第12卷，人民文学出版社2010年版，第507页。

成一卷。

我以为，寻找“新星”的“荒唐”举动，正是渴求地方光明前途、企盼英雄之情在姚雪垠体内焦灼涌动的结果。《长夜》对童年时代匪营冒险经历的回顾激发了它，却无法让它从“可感”化为“可见”。因为作者已“绝望”地意识到：“土匪并不是农民的出路，而是社会的破坏力量。”①《长夜》1947 年出版，1995 年再版，当中 48 年，姚雪垠没有再看过它一次。是因为感觉《长夜》太憋闷吗？他原本计划《长夜》之后，还有《黄昏》与《黎明》，以这三个姊妹长篇来表现中国北方农村近代化的三个阶段。《黄昏》写农村怎样开始崩溃并沦落为半殖民地，《黎明》则写农村在崩溃后由混乱走到觉醒，虽然“风雨如晦”，但已“鸡鸣不已”。由于种种原因，《黄昏》与《黎明》均未写成。从内容的象征性延续及情感的积蓄、释放来看，《李自成》所起的功能与《长夜》后的《黎明》大致相当，一个近乎完美顺接、呼应的序列。

依照姚雪垠的创作意图与初衷，李自成是被设定为农民革命的杰出英雄的，但他的出身与实际作为（如采纳流寇政策、对社会生产的实质性破坏等），让人很难把他和土匪区分开来。在姚雪垠对李自成人格品质的评判推避与叙事保护里，闪烁着现代河南孤注一掷的希望指认，以及“中国弃儿”的自我辩白与赋值（土匪、流民等都属于不折不扣的弃儿类型）。就像《长夜》里的菊生在即将离开匪营时对土匪老张的深情告白：“我相信你是好人!”“当蹚将的差不多都是好人!”无论如何，李自成就是北方农村的摩西，是农民英雄的复古再造与“新生”。在那个披荆斩棘、从潼关南原冲杀突围的身影上，现代中原看到了一个无与伦比的“是”与“应该”，那是出路、“黎明”与“新星”。

其实，早在写《牛德全与红萝卜》（1941）的时候，姚雪垠就已在酝酿他的英雄形象了。关于这部中篇的写作动机，姚雪垠这样说：“我是北方人，爱北方的豪放性格。这性格虽然粗野，但却率真，虽然任性，但却硬爽；虽然有时候对人很不客气，但却能见义舍身，济人之急，绝不会落井下石或锦上添花。因为有这种偏爱，我在无聊的旅途上，寂寞的马背上，总想着写一部描写这种典型的小说出来。”② 对此，胡绳一针见血地指出：“作者建立他的作品不

① 姚雪垠：《姚雪垠文集》第 12 卷，人民文学出版社 2010 年版，第 274 页。
② 姚雪垠：《姚雪垠文集》第 12 卷，人民文学出版社 2010 年版，第 143 页。

是从把握具体的生活，具体的人民斗争的历史现象出发，他的出发点是对某种抽象性格的憧憬”，即“北方的豪放性格”，一种英雄的雏形。作者“全力描画的人物性格并不是从历史现实中概括、提炼出来的；相反的，他只是欣赏着，描画着抽象的人物性格，而把他所描出的画装置在历史现实的框子中。不从具体的历史现实中抽演出来的‘典型’，其实只是抽象性格的剪影，不能成为现实主义文艺创作中的典型”①。言辞虽然机械刻板了点，但的确点到了姚雪垠的创作软肋与要害。在胡绳看来，作者憧憬偏爱的英雄人格与现实主义、历史叙述是不兼容的，这也正是小说《李自成》的症结所在。如果姚雪垠能即时反驳的话，想必他会对胡绳说：“英雄不必是典型。”但就《李自成》，姚雪垠却说不出口，这里有太多太重的史官抱负与责任。

《长夜》的末尾，和蹚将们已结下感情、行将离开匪营的菊生突然想起去年读过的一篇小说，“写的是一个疯子：那疯子翻开了中国历史，看见书上写的尽都是‘吃人’”，这明显是指《狂人日记》。他又想到国文课上老师提到的俄国十月革命，朦胧地觉得那应该是穷人（包括自己和这帮土匪朋友）的出路。上述两个细节透露了姚雪垠对自我（创作）的历史化定位与追求：他是继承亦有别于鲁迅的五四第二代作家，系“20 世纪 30 年代作家群”中的一分子。其实，想到十月革命及阶级穷人解放的细节本身，即是 20 世纪 30 年代（抗战）思维侵入并改造故事（童年冒险经历）的结果。姚雪垠被土匪绑票的时间发生在 1924 年，那年他十四岁。如果说“狂人”是五四第一代作家（以鲁迅为代表）文化抉择的象征，那么“李自成”或可称为“20 世纪 30 年代作家群”构想抗战中国之现代去路的一种文化原型。

《李自成》第四卷的“失踪”，是姚雪垠浪漫气质与现实主义创作宗旨抵牾的结果。换个角度看，它亦可说是中原的坚执、信仰与现代中国叙事隔阂的产物。英雄的地方信仰只有在抗战中国的语境中才会如鱼得水，引发共鸣。这是连锁的文化反应，大致如下：

战争→中国危机与中国凝聚→寻找中国出路→英雄的集体呼唤→领袖崇拜→史官的宏大书写与身份定位

就此而言，那篇挣扎的“楔子”可视为英雄叙事（包括与之连带的宏大场

---

① 胡绳：《评姚雪垠的几本小说》，《大众文艺丛刊》1948 年第二辑《人民与文艺》。

面、史诗叙述）在“新时期”难以为继的“命定”表征。

20世纪80年代末90年代初，姚雪垠在给书法家姜东舒的信中写道：“收到你元旦写赠的‘仁者寿’三个隶书大字，十分欣感……许多年前，我暗中希望在《李自成》的创作中体现‘博、大、精、深’四字。博是指它是百科全书式的历史长篇小说，必须反映历史的生活面广、要求作者的知识广博。大是指它人物众多，故事头绪复杂，场面大、气派大、部头庞大，要学会善于驾驭这样过去不曾有过的‘长篇小说’。精是指必须对书中的艺术情节和细节写得精彩，不能一般化。深是指表现在认识历史问题的思想深度和表现人物性格的深度。第五卷是全书大悲剧的结束部分。全书的思想性和艺术性能达到什么水平，这一卷关系重大。”“争取第五卷从前三卷达到的中途营地出发，再攀登一座险峰。因为追求者高，所以工作艰苦，进度甚慢。”① 据许建辉说，第五卷的主要内容，在20世纪80年代初就已写好，但姚雪垠不满意，“他一遍一遍修改着写出的内容，于是同样的内容便有了不同的版本——手抄稿、打印稿、剪贴稿、在发表文本上勾勾划划的修改稿……成堆成摞”②。看来，自1981年推出《李自成》第三卷到1997年患病，十六年的漫漫光阴，姚雪垠对《李自成》所做的就是重写与修改。显然，他很想接续上前三卷的史诗情境与英雄气场，但结果并不尽如人意。其中原因，除了高龄、疾病之外，社会阅读氛围的变化特别是文化界的隔膜敌意，对他的影响干扰不容小觑。这种干扰经由史官主动的“四面论战”内化了，姚的反复重写与修改即为“内化”的证明。重写的动作不仅是坚持不懈、精益求精的表现，亦是动摇凝滞（“同样的内容”）、不知所是、何以为继的心绪显露。他在给姜东舒的信中谈及以往“博大精深”的创作追求时，用了“许多年前”的时间状语，亦透出“曾经沧海难为水”的苦涩意味。

据说《李自成》的伯乐、编辑家江晓天在得知中国青年出版社对第五卷的处理时瞠目裂眦怒发冲冠：“《李自成》是经典著作，任何人都不能随便动的，这是起码的规矩！怎么连这个都不懂！”笔者的感觉与之近似。第五卷整理的最大失误就是试图把它和前三卷连成一体，这是根本曲解的方案！据此的修补

① 姚雪垠：《姚雪垠文集》第19卷，人民文学出版社2010年版，第501页。

② 许建辉：《〈李自成〉的遗憾》，《新文学史料》2010年第3期。

穿插，形同丑化。如果按照姚雪垠当初的设计，保留楔子，并附上一个详细明确的整理后记，情况可能迥乎不同。

那是种脱弦断裂、反常触目的形式，楔子以此将封闭井然的历史文本冲撞开了。我们看到的不仅是叙述后的明末农民起义，还有叙述行为本身。那是史官的世界，他的热忱与痛楚、坚执与放弃、信念与茫然，一个巨大的精神文本！很难想到，那么追求谨严完美的姚雪垠竟会把自己的失败与无力在后记中和盘托出。没有了自尊与矜持，放下了话份与权威，他从“唯物”写进了“唯心”。《李自成》由此变成了一个颇具现代乃至后现代张力的历史文本。我们很容易觉出楔子的拼贴意味，这后现代的手法姚雪垠玩得相当生涩，别人灵机一动或依凭个概念就拼好了，他拼贴的竟是十六年的重复与焦虑，以至肉身与生命。一座生命的“断桥”！连不上，就，就不连了……

楔子，原是从古代戏曲、小说里借来的形式语汇，又称“引子”“入话”等。金圣叹删改《水浒传》，将原本的引首和第一回合并，改称“楔子”。并解释说：“楔子者，以物出物之谓也。”就是以甲事引出乙事之意。李渔《闲情偶寄·词曲上·格局》有云：“元词开场，止有冒头数语，谓之‘正名’，又曰‘楔子’。”可是《李自成》五卷前的楔子，它究竟从何引起，又在为谁“正名”呢？世事沧桑、风云变幻、物是人非、史官涕泪，透过楔子的欲言又止、硬性转调弥漫出来。

由于“楔子”一词的传统渊源与特别色彩，可以断定启用“楔子”的名目，绝非1997年作者在嘱托助手时随口布置的结果，此间存在一个深思熟虑、权衡反复的过程。姚雪垠以前拒绝茅盾等大家为《李自成》拟就的章回题目的往事①，愈发证明了这点。从他写给姜东舒的话——“争取第五卷从前三卷达到的中途营地出发，再攀登一座险峰”来看，也许从那时起，他已在考虑把第四卷“楔子化”。如果推测不错，可以肯定，姚雪垠是犹豫而痛苦的。对他来说，这不单是叙述的问题、文学的问题，还牵涉到当初对毛泽东的诺言践行，对“历史现实主义”事业的忠诚。就在姚雪垠发病的两周前，姚海天当着中国

① 拒绝章回体式，跟姚雪垠对“长篇历史小说美学”的现代设想有关。在如何汲取中国传统文学的遗产、经验方面，姚雪垠向来慎重。他认为古代章回小说的精华不在章回，那是“故意卖关子”的“死程式”。现代历史长篇应该按照生活的逻辑和人物命运发展的情况自然展开。参见杜渐《姚雪垠先生谈历史小说〈李自成〉的创作》，香港《开卷》1979年第3期。

青年出版社总编陈浩曾的面问他，“爸爸，第四卷你到底写了没有?”众目睽睽下，窝在沙发里的姚雪垠眼中蓦地浮起两片云翳，嘴唇抿成一条坚毅的直线。他站起来，嗫嚅道：“能写完，我能写!”

我觉得，姚雪垠可能早就意识到，“楔子”与后记的实行无可避免。如果真是这样，他从 20 世纪 80 年代初即开始的反复重写与涂抹，就带有自我惩罚与折磨的赎罪意味。特别是当他发觉，楔子的拼贴手法，居然跟他批判的《潘金莲》类的现代艺术有相通之处时，他内心的动荡、惶惑与恐惧不难想象。在他看来，这不是什么文学的创新，而是取巧、自私与背叛……

毫无疑问，《李自成》第五卷原本是部极具现代品味的历史小说。那拼贴的楔子，自我剖白的后记，连同结尾部分依托军医尚炯陡然现身的“史官”，构成了贯通浑然的现代理路。如果再附上些重写修改的章节，感觉会更加震撼。史官通过自我的敞露、（叙事）权威的放弃，开放引爆了文本。明史与当代史，现实与浪漫，历史与传奇，科学与人情，传统与先锋，抗战与新时期，它们的界限统统打破了。谁也没有想到三卷过后，《李自成》会以这样的方式出棋、收尾。这是姚雪垠遵循着他一贯的“土八路”的应该、伦理和责任抵达的“境界”，是山穷水尽的史官凭借愚笨与良心给出的最后的“神”来之笔与现代方案。

在此，我们宛然看到了一个前所未有、多维互涉、时时迁化流转的空间、世界，那是活泼的历史，是颤动的真实，是诚实的心念。“我能深入于未来，尽一切劫为一念，三世所有一切劫，为一念际我皆入。”这四句佛偈，把真纯的心念与三世历史之呈现的关系揭示得再明白不过。历史是什么?怎样才能写出博大精深的史诗?说到底，就是尽量全部地包容，全部地放下，当你没有了自我，三世的历史就在你真纯的一念心中显现了。

《李自成》第五卷，一部无与伦比的历史著作，原本是可作为姚雪垠“长篇历史小说美学”的绝顶示范的，竟被出成如此暮气老朽的腔调，这恐怕也是天数。想起 1963 年《李自成》第一卷出版时的情景。虽然连新书广告都没有，却销售火爆。数年后，评论家雷达在回顾自己初读《李自成》第一卷时这样说：“写得真好，就是把人置于那么一种情景之中，那种情景叫什么情景呢?我不知道，就是被剥夺了很多很多东西，只有一支笔自己拿着，自己能够回到历史里面去，深入到历史里面去，写出一种文学的精品，了不起。”[①] 这大概就是英雄的精神与出路吧。

接着安格尔的提问：“你在《李自成》第一卷写李自成全军覆没，并不灰心，顽强斗争，十分动人，是不是写你自己在1957年的命运?”我们现在可以代替姚雪垠回答了，那是个人的郁积、中原地方的郁积、民族的郁积，在农民革命的杰出英雄李自成身上找到了宣泄口，亦找到了宣泄的方式。

（《中国现代文学研究丛刊》2018年第6期　有删节）

① 许建辉：《姚雪垠传》，湖北人民出版社2007年版，第195页。

被“冷藏”的青年代表作及其改写
——姚雪垠小说《春暖花开的时候》之版本考释

吕彦霖[①]

姚雪垠的小说《春暖花开的时候》创作于1939年秋，是作者构想的长达百万字的“三部曲”中的第一部。小说当时以边写、边载的方式刊登在由胡绳主持，重庆生活书店出版的《读书月报》上[②]。与此同时写就的以书中人物口述的小说《红灯笼的故事》，分期刊登在《文艺新闻》上[③]，后又合为一篇，以《红灯笼故事——一部长篇小说中的断片》为名发表在《抗战文艺》第4卷第2期。以上两部分，构成了小说的初刊本。遗憾的是，姚氏以“三部曲”刻画抗战期间临近战地的内地救亡青年生活与精神嬗变的宏愿，囿于多重原因最终未能实现[④]。作者于1943年春节后到重庆，将“停顿了两年多的《春暖花开的时候》又接下去写，一边写一边分册出版”[⑤]，修改后的小说于1944年9

① 吕彦霖（1988—），杭州师范大学人文学院讲师，文学博士。

② 《春暖花开的时候》在《读书月报》上共刊载10期，从1940年第2卷第1期开始连载，至1941年第2卷第11期结束。

③ 该作品以《红灯笼的故事：一部长篇小说中的断片》，分五期刊登在《文艺新闻》上，从1939年第3期开始，至1939年第7期结束。《文艺新闻》对该作很重视，于1939年第3期刊发《姚雪垠驰驱战地——差半车麦秸的作者，最近将有长篇发表》一文，介绍其以往成就，向读者推荐他的新作。

④ 《读书月报》1941年第2卷第11期，在结束小说连载时，在文末加附记一篇，称停刊原因是：“著者姚雪垠先生在前方生病，只好停止写作，据他在去年十二月十九日的来信说，‘卧病多日，几濒于死，现回故乡休养，仍难起床。’要到今年春暖花开的时候，才可能再提起笔续写。所以在本刊上的连载也只能到此为止了。”其后又转述作者的话，称“第一卷的单行本一时还不能出版，将大大地修改一下”，且“将来第二卷第三卷都要以单行本和读者们络续相见的”。在附文中，编者还透露了作者对“第二卷第三卷某些情节的提要”，如“故事的真正发展是在第二卷，高潮是在第三卷的中间或下部”，以及“罗香斋‘落水’成为汉奸”，“叶露去世”，“张克非在爱人罗兰面前辞世”，“黄梅和罗明发生爱情”等主要人物的结局。

⑤ 姚雪垠：《学习追求五十年（三）——六、关于〈春暖花开的时候〉》，《新文学史料》1981年第1期。

月由重庆现代出版社分为上中下三册出版，之后合为一册，是为初版本。从1944年9月到1946年3月，初版本共印行四次，是颇受读者欢迎的畅销书①，且小说中的“三典型、三女性”也迅速成为大后方读者所热议的话题。然而好景不长，小说在1946年和1948年先后遭到胡风派和编辑者胡绳的批判，被迫进入“冷藏”状态。但是这部在大陆被“冷藏”的作品，不仅在香港被翻印多次，且在新加坡广有读者②。改革开放后，姚雪垠开始着手文集编选，首先想到的便是让这部被“冷藏”的小说重见天日。他在1982年致信助手，提出大致的修改构想③，在1986年和1987年两次对小说初版本进行大改，改定稿最初于1999年作为“姚雪垠书系”的一本由中国青年出版社出版，后又编入人民文学出版社的《姚雪垠文集》第11卷，是为再版本。

一

作为跨越了“现代”与“当代”的著名作家，对姚雪垠及其作品的研究已颇为丰富，唯独对这部小说关注极少④，这恐怕与它被“冷藏”四十余载的“命运”有关。与这种冷淡形成鲜明对比的，则是作者对这部作品的热情。通览姚雪垠的笔谈文字，这部小说的“曝光度”可说是仅次于《李自成》。作者

---

① 据姚雪垠回忆：“解放以前，新小说出版一般只印二千册。《春暖》第一部出版时，国统区已经大大缩小，而且各大小城市之间的交通十分不便，在这样的发行条件下，《春暖》第一版印了一万部，不到两星期销售一空，赶快重印。”姚雪垠：《我的前半生》，《姚雪垠文集》第16卷，人民文学出版社2011年版，第269页。

② 姚雪垠回忆称：“一九八五年一月上旬，我应邀访问新加坡。东道主安排负责采访我的是《南洋·星洲联合早报》的记者兼小说作家张曦娜女士。在汽车上，她不停地向我询问有关《春暖》的各种问题。从新加坡回国时，应三联书店之邀，我在香港停留了一个星期，知道香港读者读过《春暖》的人很多。”《姚雪垠文集》第11卷，人民文学出版社2011年版，第6页。

③ 姚雪垠：《我准备怎么修订〈春暖花开的时候〉——致王维玲、俞汝捷同志》，《姚雪垠研究专集》，黄河文艺出版社1985年版，第248页。

④ 据笔者所见，关于该作的评论基本出现在1945—1948年，有李长之发表在1944年《时与潮文艺》上的《春暖花开的时候（第一部）》（第3卷第5期）、《春暖花开的时候（第二部）》（第3卷第6期）；茅盾发表于1945年《文哨》的《〈春暖花开的时候〉简评》（第1卷第1期）；署名未民，发表于1946年《希望》的《市侩主义的路线》（第1卷第3期）；1948年署名莲湖发表于《浙赣路讯》（第四版）的《咀华随笔——春暖花开的时候》及胡绳同年5月发表于《大众文艺丛书》第2辑的《评姚雪垠的几本小说》。近年以来的专门研究仅有赵焕亭的《河南抗日救亡运动的历史写真——论〈春暖花开的时候〉的史料价值》一篇。

一方面不吝笔墨地回忆小说在当年引起的轰动，借小说在香港和南洋华文读者中的广泛影响，来佐证作品“持续的生命力”。另一方面又历数小说中所包含的种种亲身经历和创作过程的艰辛①。另外，他还频繁论及这部作品对于自己的特殊意义，在他看来这部长篇处女作“不仅是我青年时期的一部代表作，而且相当真实地反映了抗战初期内地救亡青年的斗争生活。我关于长篇小说的部分美学思想也由此开始萌发”②。正是这部小说，让他从为自己带来文坛声名的中短篇写作，彻底地转向了对长篇小说的探索，进而创作出了《长夜》和《李自成》。

一部曾经拥有如许影响力，饱含作者亲身经历，对他具有如此特殊意义的小说，无论对于姚雪垠研究，抑或对于其所在时段的文学研究，显然都有相当的价值。因为作者的大幅度改写，小说从初刊本到初版本再到再版本，文本形态改变颇大。尤其是初版本到再版本的修改，发生在作者即将以《文集》形式总结人生的晚年时期。较之文学史中习见的，新中国成立后作家们的作品修改模式，这种独特历史、人生情境下的改写，无疑具有别样的代表性。基于此，文章首先将结合历史语境与初版本内容，探究小说被“冷藏”的原因，梳理再版本生成的“前史”。其次将通过初刊本、初版本、再版本的对校，考释文本形态演变及版本本性变化。最后总结作者的修改意向，对其改写心理略作探讨。

《春暖花开的时候》初版本所描写的，是抗战初期内地救亡青年的斗争与生活。作者将故事安置在大别山地区一个经历革命风暴洗礼的县城，虚构了一个曾担任地方民团领袖的封建豪绅罗香斋，长子罗照是唯利是图的国民党员，次子罗明则加入地下党参与救亡运动，爱女罗兰也追求进步。县城因为战时教

---

① 小说中的很多桥段，是作者在第五战区均县留守处抗日文化工作讲习班中所经历的真实场景。而在创作过程中经常空袭，作者和妻子携带稿纸在郊外边躲、边写作，“倘若飞机群朝着我们坐的方向飞来，已经临近，便赶快伏倒地上”。参见姚雪垠《学习追求五十年》，《姚雪垠文集》第16卷，人民文学出版社2011年版，第36—39页。

② 姚雪垠：《前言》，《姚雪垠文集》第11卷，人民文学出版社2011年版，第1页。另外，姚雪垠在与茅盾的信件中感叹由于之前的作品没有重印，读者认为他是直接从“《差半车麦秸》跳到《李自成》”，因此深感再次推出这部“青年时期代表作”的必要性。他原拟“在《李自成》第四、五卷录音完毕之后，抽出半年以上时间，将《春暖》修订、补完”，但据其子姚海天回忆，他实际上是“放下《李自成》第四、五卷的紧张写作，花了数月时间，对原书先后两次修订”，可见其对该作品的重视。姚海天：《出版说明》，《四月交响曲——姚雪垠抗战作品选》，中州古籍出版社2015年版，第3页。

育工作团的到来，创建了战时讲习班，会集了大批进步青年男女。小说里最知名的“三典型”黄梅、林梦云、罗兰在讲习班结识。他们在罗明和张克非、陶春冰等人的教育和领导下，下乡宣传抗战，与地方反动势力斗争，还突破了守旧家庭的羁绊。讲习班虽最终被迫解散，他们却也从中获得了时代的洗礼与精神的成长。

作者的这部长篇处女作在重庆甫一出版，就成为“近来销行最广的一部小说”①。在国统区范围已经大大缩小，从重庆到各地交通十分不便的情况下，“《春暖》第一次印刷是一万册，而且不到两星期销售一空，不得不赶快重印”②。之所以能产生如此影响，首先是因为小说植根于亲历战区抗日救亡工作的作者的亲身经验，以生动的笔致摹写投身救亡工作的少男少女的精神气质。正如李长之所言：“人物都有着明晰的个性，都写得十分刻画，颇有雕塑性的美……本书在人读完后，仿佛听得一群少女的笑声。”③ 小说中对战区生活情态的鲜活还原，特别是对青年男女感情生活的细致刻画，使“大后方青年很羡慕那种生活，觉得既新奇又很有意义。曾经过过那种生活的读者，好像重温旧梦，又思念起那一段活泼生动的日子”④，其“畅销”可说是情理之中。其次，这部小说也是该时段里为数不多的，以抗战初期国统区内地小城市爱国青年的救亡生活为主题的长篇创作。小说所揭示的“乡土中国”中根深蒂固的封建宗法势力对民众抗战热情的阻挠与破坏，在当时的社会历史情境下无疑具有相当的代表性，颇能引发读者的共鸣。最后，这部小说所呈现出的艺术风格也值得重视，向读者推介该小说的《文摘》杂志称：“作者所用的语言是极美的语言，到处都像诗一样，让人回味。”⑤ 较之先前的《差半车麦秸》，作者的创作风格产生了不小的“转变”。在创作该小说时，正值作者醉心于从《诗经》中汲取审美经验，锻造自身“散文诗手法”的“习艺”阶段。作者因此展现出了融合小说、散文、诗歌三种体裁于一体，追求唯美诗性的语言风格的创作倾向。

---

① 姚雪垠：《春暖花开的时候》，《书摘》1945 年第 1 期。

② 姚雪垠：《前言》，《姚雪垠文集》第 11 卷，人民文学出版社 2011 年版，第 2 页

③ 李长之：《春暖花开的时候》（第一部），《时与潮文艺》1944 年第 3 卷第 5 期。

④ 严晖：《姚雪垠及其〈春暖花开的时候〉》，《星洲日报》1979 年 12 月 6 日。

⑤ 姚雪垠：《春暖花开的时候》，《书摘》1945 年第 1 期。

照理来说，这部小说从内容到题材均可称“正面”，初版本中更大幅删改了初刊本中的少年男女间的感情纠葛，使得文本更为“洁净”，实在难以将之与被轮番批判最终遭“冷藏”的命运联系起来。然而返归历史现场，不难发现小说传播和接受的时段，正是抗战后期到新中国成立前，政治空间与历史语境急剧裂变的时期，昨日之所“是”，难免成今日之所“非”①，评价标准的切换，也使得小说中原来“合规”的内容转为“异端”。回看小说所受到的两次批判，批判者虽然都来自左翼阵营内部，却在同一部小说中找到了截然相反的“病灶”。胡风派的末民（路翎）认为：“目前的腐败的封建，商业的社会需要色情的货色——姚雪垠先生制造了他底‘三种典型的女性’，并且装做风雅。”② 在他看来，这部小说是一部暴露姚氏“市侩主义本色”，充满“客观主义”和“公式主义”的“抗战八股”。姚氏只是在流行的话语范式中填充了空洞内容，并未以真正的热情刻写救亡青年的面目与心灵。与前者对该作的“客观主义”定位相反，胡绳反而认为作品的问题是作者过度的“主观主义”，致使其无法“用忠实于客观的历史现实的态度来进行创作”③。他举“三典型”中分别出身佃农和豪绅的黄梅和罗兰为例，批评作者将她们塑造得过分相似，全然忽视二人巨大的阶级差异，指出这种“不从具体的历史现实中抽演出来的‘典型’，其实只是抽象性格的剪影”④。胡绳因此对这部作品下了非常重的“断语”，认为小说“断然是对救亡运动的歪曲和侮辱”，“彻头彻尾地歪曲了历史现实”⑤。在文本批判后胡绳更进一步，将姚雪垠作为反例，强调在新的政治形势下，小资产阶级知识分子的自我思想改造虽相当艰辛，却极端必要，像作者那样“沉溺于自我欣赏的情怀中”，结果只能是“断绝了自我改造的道路”⑥。

值得特别注意的是，面对前后两次批判，姚氏的态度却大相径庭。对于胡

① 《文艺复兴》第1卷第5期刊有梅林的《关于“抗战八年文艺检讨”——记一个文艺座谈会》一文，系左翼阵营于1946年在重庆召开的一个关于抗战八年文艺反思的会议，主要参会人员有郭沫若、田汉、阳翰笙、冯乃超等人。他们认为新形势下，必须反思自身在抗战期间所执行的文艺政策，认为自己在抗战中为了“团结”一定程度上失掉了“立场”，认定其后坚定立场之必要性。

② 末民：《市侩主义的路线》，《希望》（上海）1946年第1卷第3期。

③ 胡绳：《评姚雪垠的几本小说》，《大众文艺丛书》1948年第2辑。

④ 胡绳：《评姚雪垠的几本小说》，《大众文艺丛书》1948年第2辑。

⑤ 胡绳：《评姚雪垠的几本小说》，《大众文艺丛书》1948年第2辑。

⑥ 胡绳：《评姚雪垠的几本小说》，《大众文艺丛书》1948年第2辑。

风派的批判，他当即坚决反击，认为这种污蔑乃是该派领袖胡风一贯秉持的“狭隘的宗派主义，刚愎的英雄主义和主观主义”造成的，奉劝他们“不再以污蔑的态度对付文化战线上的患难朋友”。① 而且在其后姚氏但凡谈及此书，必然会提到胡风派武断地污蔑其为“色情文学”一事，似乎在他看来，正是“《春暖》所受的诬蔑性‘批判’，影响到新中国成立以后，使我背了将近四十年的黑锅”②。然而对于胡绳用语颇重的批判，作者却始终未置一词。不仅如此，他还在回忆录中屡次提及胡绳催促创作和刊发小说的功劳，感谢他对“三典型”塑造的宝贵建议。作者的这种“厚此薄彼”的姿态颇可玩味。较之胡风派言辞激烈的“污蔑”，胡绳对小说价值取向及其美学理念的彻底否定，恐怕才是该作遭遇“冷藏”的根本诱因。作者之所以对两者如此区别对待，推其原因首先是对胡风派“处处树立小宗派，要关闭起现实主义的大门，要破坏文化界的联合战线”③，将自己视为敌人的怨怒。同时他也明白，胡风派对这部小说及他个人的猛烈抨击并非“无端发难”，而是意欲借此打击长期支持和帮助自己的茅盾。因此在《论胡风的宗派主义——“牛全德与红萝卜”序》一文中，姚雪垠特意将胡风派的非难与茅盾的关怀进行比对——“特别使我感激的是茅盾先生。他的眼力是那么不佳，这部小说初版本印刷的那么一塌糊涂，为了要批评这部书他竟耐心的细致读两遍，请想一想这态度是多么认真，对一个后进是多么诚恳!”④ 其次是由于与胡绳的友谊，这部小说的写作与发表均得益于他的推动，即使在批判姚氏的文章里，胡绳也特意在附记中检讨了自己对朋友的失察之过，强调自己“在这里批评了雪垠的《春暖》这部小说，同时也是批评着自己”。“当时我不但没有能看出朋友的缺点，反而无形中支持了这一倾向。”⑤ 从这个角度来看，胡绳的批判虽然严厉，其情感内核依然是“治病救人”的同志式逻辑。除此之外，姚雪垠对于胡绳此举的内在动机及其背后力

① 姚雪垠：《论胡风的宗派主义——〈牛全德与红萝卜〉序》，《雪风》1947年第3卷。
② 姚雪垠：《前言》，《姚雪垠文集》第11卷，人民文学出版社2011年版，第4页。
③ 姚雪垠：《论胡风的宗派主义——〈牛全德与红萝卜〉序》，《雪风》1947年第3卷。
④ 姚雪垠：《论胡风的宗派主义——〈牛全德与红萝卜〉序》，《雪风》1947年第3卷。
⑤ 胡绳：《评姚雪垠的几本小说》，《大众文艺丛书》1948年第2辑。

量的深刻认知和真心认同，也是他有如此表现的重要原因①。

二

1944年为出版小说，作者对初刊本进行了相当程度的改写。在1982年确定该小说值得再版后，又于1986年、1987年两次修订初版本。据作者说，两次修改花费了极大的精力，“从艺术着眼，将全书推敲一遍，或在字句上作了修改，或在细节上作了修改。有的地方改动很大，近于重写”②。当时作者已届八十高龄，能够如此努力，除去对小说价值的笃信，也是为了弥补小说未能展现“全貌”的历史遗憾。正如他自己所说：“历史的命运决定了《春暖》只能以三分之一的面貌留在人间。我只能作一些小的补救。例如本来要留在第二部或第三部让读者明白的，如今在第一部写明或暗示出来。总之，我通过这次修订，尽可能使读者感到这是一部完整的长篇小说。”③ 然而这寥寥数段的自述，根本不足以反映三个版本在改写后产生的众多变化及其所造成的版本本性嬗变。基于此，笔者对小说的三个版本进行了对校，发现较之初版本，初刊本还只是一个具备基本框架的故事“雏形”。据笔者统计，初版本对初刊本的明显改写共38处，增补了大量人物和故事情节，还将独立发表的《红灯笼的故事》并入小说。而在比较再版本与初版本时，则发现明显的改写达到了105处，补写超过14万字，可说规模“惊人”，形同“再造”。如此数量的改写和增补，倘若以初版本分别与其他两版本对校，难免有繁冗与分散之弊，不易呈现作者的修改意向。因此本文拟通过主要人物塑造、重要事件描写、文本形态呈现三个维度，对三个版本间的变化进行考释。

小说中的主要人物有“反面人物”罗香斋，在讲习班任教的进步青年和地下党员罗明、陶春冰、张克非、郭心清，小说中的“女性三典型”罗兰、黄梅、林梦云，以及罗兰的表姐吴寄萍。

---

① 正如《大众文艺丛刊》同人所言：“一个新的形势快将到来了，为了迎接这即将到来的新形势，觉得有必要强调文艺上为工农兵基本方向和无产阶级思想领导的问题。”该刊所采取的一系列批判活动，都服务于这一根本的政治目标。

② 姚雪垠：《前言》，《姚雪垠文集》第11卷，人民文学出版社2011年版，第14页。

③ 姚雪垠：《前言》，《姚雪垠文集》第11卷，人民文学出版社2011年版，第13页。

罗香斋：在文中罗家是县城大户，罗香斋是前民团领袖和地方豪绅，是小说中“反面人物”的典型。在初刊本中罗氏有一儿一女，“罗明是罗香斋唯一的儿子”①。初版本中罗家则增加了长子罗照，罗照后娶妻李惠芳且育有一女。罗照在文中是国民党员，道德败坏的政治投机分子，而李惠芳则是弱势贤妻，孝敬公公，关爱吴寄萍、罗兰，是个颇使人爱怜的悲剧人物，再版本中与此保持一致。由于罗香斋的身份，如何对其“定性”是个需注意的问题。在初刊本和初版本中，均为比较中性的“典型的封建地主和绅士”②，到了再版本则变为“可恶的封建地主和绅士”③。与对罗氏“定性”中政治性强化相呼应，对其行为的解读也发生变化。典型的例子是在初版本中，罗香斋对家中多人参与革命的黄梅母女不予加害的原因，是“几代的东佃关系”带来的“恻隐之心”，再版本中则变为“罗香斋在‘剿共’中杀的无辜农民过多，退隐后开始念佛”④，因为罪感才对她们有了“恻隐之心”。另外，如果说初版本中对其道德状况持有相对中性的态度，称之为“是一位老派绅士，操守廉洁，做事情很有魄力”⑤。再版本中则更倾向于突出其强势、守旧、顽固的一面，再版本的第十一章《罗宅风波》中重新补入的一大段景物描写，值得特别注意。作者借罗兰之眼还原了自家陈设——清帝逊位多年，屏风旁仍供奉着“天地君亲师之神位”⑥，神位旁是作为父亲“剿共”奖励的蒋介石戎装照。而内堂的各种陈设，“从晚清到现在没有变化”⑦。这是罗兰祖父的意思，他是一个辛亥革命后依然“时刻不忘先朝”的遗民。作者意在通过这段描写，凸显罗宅的守旧和顽固不化，且追根溯源，将这种气质呈现为一种“家族传统”。这种家庭气氛在渴望进步的新人罗兰看来，当然会“在心中起一种阴暗和凄凉之感”⑧。除此之外，作者还重点刻画了罗香斋和追求进步的子女的冲突，格外值得注意的是他与爱子罗明的一段对话，在初版本中这段父子冲突被处理得相当简短，罗香斋与儿

① 姚雪垠：《春暖花开的时候》，《读书月报》1940年第2卷第1期。
② 姚雪垠：《春暖花开的时候》，《读书月报》1940年第2卷第1期。
③ 姚雪垠：《前言》，《姚雪垠文集》第11卷，人民文学出版社2011年版，第6页。
④ 姚雪垠：《前言》，《姚雪垠文集》第11卷，人民文学出版社2011年版，第5页。
⑤ 姚雪垠：《春暖花开的时候》，现代出版社1944年版，第6页。
⑥ 姚雪垠：《姚雪垠文集》第11卷，人民文学出版社2011年版，第171页。
⑦ 姚雪垠：《姚雪垠文集》第11卷，人民文学出版社2011年版，第172页。
⑧ 姚雪垠：《姚雪垠文集》第11卷，人民文学出版社2011年版，第173页。

子意见相左，直呼“不孝的畜生”，将其轰走。再版本中作者则让父子展开辩论，罗香斋在辩难过程中以苏区的“左”倾错误，组织的内部斗争和太平天国“洪杨之乱”来警告罗明。如果这段话仅出自一个“反面人物”之口，或许可以视为作者塑造角色的需要。然而翻检文本，书中正面人物陶春冰也表达过极为类似的言论。基于此，就不能不考虑作者补写这段颇具“历史感”的言论的内在动机。

黄梅：作为全书着力刻画的“女性三典型”之一，出身革命佃农家庭的她可说是“正面人物”的代表。如何塑造这样一个具有先天“阶级优势”的人物，很能体现作者的用心。比较三个版本，不难发现黄梅的形象变化颇大，在人物谱系中的比重不断加强。黄梅是被罗明拉进抗战讲习班的，与兼具“少东家”和引导者身份的罗氏兄妹初次见面，黄梅的表现在三个版本中差异颇多。在初刊本中，在罗明邀请她参与救亡工作时，她“非常受窘，涨红了脸孔，不知如何回答是好了。想不到一个佃户的女儿会有资格参加罗明和他的朋友所做的工作”①。随后罗明又对她的“阶级论”予以批评，告诉她“民族利害应该高于阶级利害”。整个过程中，黄梅始终是被启蒙者，原有的信念动摇了，她感到“非常的空虚和悲哀”②。到了初版本，虽然在黄梅看来，“他们所从事的是一种新鲜的英雄事业，暗暗的对他们的活动发生了羡慕和崇拜”③。但初刊本中那种完全被动的姿态已被弱化。到了再版本作者进一步弱化了这种“差距”，将“英雄事业”改为“爱国事业”，“崇拜”改为“崇敬”。除了弱化“差距”，还在初版本和再版本中新增了黄梅对罗氏兄妹的回应，展现其思想、阶级觉悟。在初版本中，谈及救国工作需全民参与的问题，黄梅回应道：“穷人们连饭都没有吃的，没工夫管别的事情。”④ 到了再版本，她则回复道：“从中央到州县，到乡镇，各级各样的大小衙门都是替有钱人设置的，各处军队都是镇压老百姓使用的。国家！国家！国家对穷百姓有什么好处？穷人连饭都没有吃的，哪有工夫管别的事情！”⑤ 黄梅的一番议论使她反客为主，竟使罗明觉

① 姚雪垠：《春暖花开的时候》，《读书月报》1940年第2卷第1期。
② 姚雪垠：《春暖花开的时候》，《读书月报》1940年第2卷第1期。
③ 姚雪垠：《春暖花开的时候》，现代出版社1944年版，第8页。
④ 姚雪垠：《春暖花开的时候》，现代出版社1944年版，第9页。
⑤ 姚雪垠：《姚雪垠文集》第11卷，人民文学出版社2011年版，第7页。

得“在他所接触的众多从事救亡活动的青年学生中，还没有听到一个人能够一针见血地将半殖民地半封建国家的基本性质批评得这样深刻”①。从懵懂到高屋建瓴，黄梅的形象越发高大，前两版中那种逐渐“觉悟”的过程被省略。作者将这种“突变”归因为黄梅的阶级出身的先天赋予，而非后天学习。再版本中黄梅改变了原来的娇憨莽撞，越发接近正统的“革命接班人”形象，在日常生活中随时可以化身为理论联系实际“政治宣导员”，无论是看到城下卖唱的爷孙，还是发生过渡河作战的浮桥，黄梅均能以颇为政治化的语言慷慨陈词，道出现象背后的本质。与政治意识膨胀相伴生的，是恋爱意识的缩减。初刊本中黄梅对恋爱问题如此表态：“我的意见是只要不妨碍工作，尽可以随便恋爱，因为恋爱也是人生的需要。”② 这段颇具“五四”风的“恋爱宣言”虽然在初版本中被作者删除，但作者仍写出了她在得知小林对陶先生的爱慕时，“也觉得心头上和眼睛里有一点燃烧的样子。心绪不宁，说烦恼不像烦恼，说空虚不像空虚”③。到了再版本中，黄梅看到日记后，虽然“面前浮现出罗明的影子”，却硬生生地以“现在是抗战第一，谈这事儿就有点无聊”结束话题。④她成了一个对男同学的殷勤和其他女孩子的恋爱困扰，均以“无聊”回应的“恋爱绝缘体”，日常用语也越发粗豪。如果说初刊本中，作者有意将其塑造为追求进步的“巾帼英雄”，再版本中“英雄”的成分则彻底压制“巾帼”，加之作者删去了大量描写黄梅少女姿态的片段，使之越发“去性别化”，更加贴近正统革命叙事中的女性正面典型的标准。

林梦云：小林是“三典型”中的“月亮”，形象、性格居中，中产教员家庭背景较之佃农出身的黄梅和豪绅出身的罗兰也是“中间态”。她温柔且善演唱，小说的名字与她擅长的《春暖花开曲》也有联系。在初刊本中，她爱恋的对象是一位“姓项的游击队员”（被黄梅翻日记），到了初版本和再版本则始终以陶春冰的爱慕者和崇拜者出现，在陶临走前，还拉小陈一起向陶深情道别。另外，在初刊本中作者还写她在与罗兰独处时，唱了一首“盼郎思归”的艳曲，这种“轻浮”的表现在初版本和再版本则被删除。

---

① 姚雪垠：《姚雪垠文集》第 11 卷，人民文学出版社 2011 年版，第 7 页。
② 姚雪垠：《春暖花开的时候》，《读书月报》1940 年第 2 卷第 6 期。
③ 姚雪垠：《春暖花开的时候》，现代出版社 1944 年版，第 191 页。
④ 姚雪垠：《姚雪垠文集》第 11 卷，人民文学出版社 2011 年版，第 166 页。

罗兰：罗兰是“三典型”中的“星星”，也是最富诗情的一个，在李长之看来是“已经写得相当成功的人物”①。比较三个版本，作者的改写主要集中在罗兰与父亲的关系及罗兰的感情问题。作为出身豪绅的进步女青年，如何与封建家庭“切割”，在集体中获得革命意识的升华，向来是此类描写中的重点。在初刊本中作者花费了相当笔墨刻画她与父亲“决裂”后的痛悔心情：“她心里不觉也难过起来，后悔着刚才不该像报复多年的冤仇似的对待她的父亲。”进而追忆起家里的万般好处，觉得“家里，一盆花，一株树，一块石，一个角落。如今在回忆中也觉得非常美丽了……”② 这种悔恨甚至影响到了她的工作，即使面对热烈的集会，“她往往会突然间感到空虚和寂寞”③。其后，父亲让丫鬟给她带来爱吃的小食，她又一次感念父亲，希望和解，最终因父亲怒斥她“走邪路”而放弃，坚定了进步的决心。初刊本希望通过刻画罗兰反复游移的心态，展现她进步的艰难。而在初版本和再版本中，这种游移心态的刻画越来越少，再版本中与父亲冲突后冲出家门，她不再有无尽留恋，而是认为“自己又胜利了”。与此同时，作者在再版本中花费了更多的笔墨，展现罗兰在现实生活中的“诗情画意”。这种“诗情画意”一方面服务于才女形象的塑造，更重要的是用来被黄梅批评为“不合实际”，突出被改造的必要。罗兰身兼豪门小姐和革命青年的内在复杂性被逐渐削弱，人物变得更为“单向”和“纯粹”。另外是罗兰的感情问题，在初刊本中，她单恋讲习班辅导员张克非。到了其后两个版本，她则倾心于讲习班多才多艺的“画家”杨琦，又不能忘记身在延安的表弟吴寄芸。

罗明：他在救亡团体中的领导者身份，使他比同为自身阶级“背叛者”的妹妹，更有信息承载力和阐释空间。在初刊本中，罗明是“大别山战时教育工作队队长”和讲习班的主持人。他初见黄梅时姿态颇高，教育她要以“民族利益为重”。到了再版本则被黄梅“冲口而出”的回应所教育。初刊本中罗明在教育妹妹时，反省自己“个性太强，爱动感情，自由主义的色彩浓厚……”④还多次感叹他和妹妹这种出身的人走上革命道路之难，这种“自我改造”的体

① 李长之：《春暖花开的时候》（第二部），《时与潮文艺》1944 年第 3 卷第 6 期。
② 姚雪垠：《春暖花开的时候》，《读书月报》1940 年第 2 卷第 4 期。
③ 姚雪垠：《春暖花开的时候》，《读书月报》1940 年第 2 卷第 4 期。
④ 姚雪垠：《春暖花开的时候》，《读书月报》1941 年第 2 卷第 7 期。

会，在其后两个版本中被移除，罗明由“自我反省”，转为被组织领导者张克非批评。另外后两个版本还添加了罗明率团看望壮丁及与县政府秘书程化昌斗智斗勇等具体行动。特别值得注意的，还有初刊本中罗明对“集体”生活的一段表述，他深深地感动于集体生活的幸福，对张克非道：“团体就好像一个贤良的母亲，我是一个愿意听话的孩子。”[①] 张克非称赞了他对集体的印象的转变，终于从“束缚”转向“依赖”。这段对话在其后两版中被删去，到底是因为作者认为这种态度乃是不证自明的真理，还是别有用意，值得探究。初刊本中还写到了罗明对黄梅和小林的爱慕，以至于“他感觉到他的心已经不能被救国工作全部占有了”[②]，谈到了他过往的罗曼史。在他的心中，身份观念使得出身中产之家的小林比黄梅更吸引他。他的异常也被同事张克非发现，提醒他“春暖花开的时候了”（喻春心）。这段之后看来相当政治不正确的描写，是初刊本中男女情感刻画较多的典例，可说是该作“畅销”的原因，也是时人将该书讥为“抗战红楼梦”的根由。

张克非、郭心清：张克非是初刊本中的另一男性，组织的领导者及罗兰的单恋对象。在初版本中，他和罗兰的关系被作者抹去，以踏实稳重的地下组织领导人形象示人。同为地下党员的郭心清则是初版本中新增的人物，在再版本中取代张克非成为作者着力突出的人物。再版本中，借陶春冰之口，夸奖他分析和解决问题的能力，协调地方事务的手段，还强调他在生活中克己奉公，仗义疏财，他无疑是作者理想的“为党生活者”。作者还借与方中允教授的谈话，突出了郭高尚的精神境界，当方教授大赞他为“未来中国的希望”时，郭却冷静地表示自己只是“做着铺路的工作”，所不同的是“以自己的鲜血和尸体铺路”[③]。并且告诉方，自己倘若活到胜利之时，梦想只是“每天有一包烟抽，好坏不论，于愿足矣”[④]。出色的工作能力，高尚的道德情操，富于牺牲精神，却又“功成不居”，这样的典范党员郭心清，成为再版本后半段讲习班能在波诡云谲的地方局势中安然无恙的定海神针，也是革命先进性的鲜活“人证”。

陶春冰：陶春冰是初版本中添加，在后两个版本中极为重要的人物。初刊

① 姚雪垠：《春暖花开的时候》，《读书月报》1941 年第 2 卷第 7 期。
② 姚雪垠：《春暖花开的时候》，《读书月报》1941 年第 2 卷第 7 期。
③ 姚雪垠：《姚雪垠文集》第 11 卷，人民文学出版社 2011 年版，第 462 页。
④ 姚雪垠：《姚雪垠文集》第 11 卷，人民文学出版社 2011 年版，第 462 页。

本中在告别晚会上讲话的是“以写小说知名的白原先生”①，独立刊发的《红灯笼的故事》中讲故事的叫“白野”，到了后两版则均改为陶春冰。陶春冰是以进步文化人和诗人的身份回到家乡，负责战教团和讲习班的通俗文学课程，颇受欢迎。因为受到地方顽固派的攻击，计划奔赴武汉，最终未能成行。通观初版本和再版本，陶春冰是作者格外垂注的人物，两个版本中的改写主要是围绕他展开的，而熟悉作者生平者不难发现人物与作者之间的种种“重合”。对他的改写，堪称是两个版本内在结构演变的“题眼”。

修改之一是陶春冰与吴寄萍的关系。吴寄萍也是初版本新增的人物，罗兰的表姐，在初版本中陶吴二人无任何交集，吴与罗明共赴北平上学，后遇到革命青年胡天长，二人不顾家庭反对，相爱生子。到了再版本中，作者却特意补写《清明节的一天》《分手之前》两章，讲述二人的前尘往事，吴寄萍早就听说过陶的才华，知道他“在河南大学读书时候被国民党逮捕一次”，后被学校以“‘思想错误，言行荒谬’开除”，逃到北京从事写作。② 陶素负文名，十几岁就在“本省报纸的副刊上发表过小说和诗歌”③。吴寄萍和罗明在开封第一次见到他时，她觉得陶“相貌英俊，极其聪明，他的一双大眼睛炯炯有神，光彩照人”④。他还涉猎广泛，“知识远较别人丰富，社会问题，政治问题，文学理论问题、历史问题，都很留心”，“已经熟练地掌握了辩证法和唯物论的思想方法”⑤。后来赴北平读书的吴寄萍见到了已经成名的青年作家陶春冰，并成为他的崇拜者，拿着自己名为《退谷游踪》的散文请他指导，陶春冰对这位美丽的才女早有耳闻，对她的散文更是爱不释手。几次接触让“她对他的爱慕与敬重之情与日俱增”⑥，两人终于同游北海公园，谈笑间发现彼此志趣投合，陶春冰遂借苏东坡的“明月几时有”吐露爱意，而吴寄萍也陷入甜蜜的慌乱，后来两人相互倚靠地站到很晚方才告别。互诉衷情不到两周，陶即肺痨复发，只能返乡静养，担心命不久矣的他压抑自己的感情，只给她写了一封泛泛的告

① 姚雪垠：《春暖花开的时候》，《读书月报》1941 年第 2 卷第 9 期。
② 姚雪垠：《春暖花开的时候》，现代出版社 1944 年版，第 539 页。
③ 姚雪垠：《春暖花开的时候》，现代出版社 1944 年版，第 139 页。
④ 姚雪垠：《春暖花开的时候》，现代出版社 1944 年版，第 560 页。
⑤ 姚雪垠：《春暖花开的时候》，现代出版社 1944 年版，第 65 页。
⑥ 姚雪垠：《姚雪垠文集》第 11 卷，人民文学出版社 2011 年版，第 536 页。

别信。后来吴参加一·二九运动，与胡天长相恋。两人再见面，“都竭力保持一种比较疏远的关系……那些曾经铭刻在心上的种种往事，好像被完全忘却一样，谁也不再提了”①。比这段被增补的“前罗曼史”更吸引人的，是这段叙述中出现的事件和场景与作者自身经历和体貌特征的惊人吻合。根据作者的回忆录，1929年春天，19岁的他就有“白话短篇小说《两座孤坟》投给《河南日报》副刊发表”②，1929—1931年作者就读于河南大学预科，初次接触马克思主义思想。1930年暑假首次被捕，1931年暑假“被学校以‘思想错误，言行荒谬’的罪名挂牌开除”③。为了躲避追捕，逃往北平。如此看来陶春冰的命运，简直是作者的翻版！不仅如此，吴寄萍对陶面貌的印象、陶寄身的蓬莱公寓，学习的北平图书馆，陶的肺结核症候，曾在杞县大同中学养病的经历④，也全部复制自作者的私人经历。作为一部与作者生命体验关系紧密，具有浓厚“自叙传”情调的作品，不仅人物与作者形象、经历高度重合，事件也来自对作者真实经验的“艺术化”处理。如在《清明节的一天》中，陶春冰与吴寄萍谈到自己在编辑《同舟》期刊时的遭遇，《同舟》所对应的正是作者和王阑西共同编辑的进步杂志《风雨》。作者1938年春离开杂志，转赴武汉，也和小说中的陶春冰的行程相同。小说中的讲习班，其原型正是以“河大教授嵇文甫、范文澜所推动的‘抗日游击战争讲习班’”为基础的“河南战时教育工作团”⑤，小说中的方中允教授，正是以范文澜为原型的。在小说结尾，战教团撤出县城，对应的也是“蒋介石就下令撤销第五战区文化工作委员会”的历史事实。小说中县城的学生点燃火把，将河水两岸照彻，呼喊口号送行的动人场景，也完全是作者撤离均县，转向襄樊时，“讲习班的学员，均县城内的进步青年团体打着很多火把，呼着口号，为我们送行”⑥ 场面的实录。

修改之二，是陶春冰关于个人与集体关系的两次表述，第一次是聚会后和吴寄萍喝茶叙旧时，谈到自己对革命阵营内部的看法。谈到因有所坚持而屡遭非议，以及编辑《同舟》杂志时被激进的同事诬为“右倾”逐出编辑部的事

① 姚雪垠：《姚雪垠文集》第11卷，人民文学出版社2011年版，第439页。
② 姚雪垠：《姚雪垠文集》第16卷，人民文学出版社2011年版，第226页。
③ 姚雪垠：《姚雪垠文集》第16卷，人民文学出版社2011年版，第230页。
④ 姚雪垠：《姚雪垠文集》第16卷，人民文学出版社2011年版，第266页。
⑤ 姚雪垠：《姚雪垠文集》第16卷，人民文学出版社2011年版，第29页。
⑥ 姚雪垠：《姚雪垠文集》第16卷，人民文学出版社2011年版，第36页。

情，抨击“不少人将私心杂念，争名利争权位的非无产阶级思想带进了革命事业”[1]。第二次是删去了一段陶春冰将要离开战教团时，回顾战斗生活、袒露个人心迹的文字：“他被地方当局看成了有政治背景的重要人物，但实际上他只是一个信仰真理的自由人。是一棵没有在泥土上扎根的浮萍，一个有方向而没有轨道的流星。半年来他在各地方飘来飘去，到处受青年敬爱，到处又不能深入到青年群中，有时候像刻苦的文化战士，有时又像革命的观光者。”[2] 虽然作者在后来强调，借陶春冰之口批判革命阵营内部问题，是创作这部小说时一直都有的想法[3]。但是，无论是批判革命阵营内部的不良现象的“显”，还是在再版本中删除作为“革命的文化人”的自己[4]与集体生活和组织意志的无形“隔膜”的“隐”，都从不同侧面印证了作者在小说文本中注入了相当数量的个人经验。作为再版本“题眼”的陶春冰，似乎已经突破了“自叙传”主人公的界限，不仅是吐露内在世界的“虚化的我”，更因为作者源于具体历史经验的“后见之明”而成为“实在化的我”。作者对陶春冰的改写，进一步强化了小说的个人色彩，提升了文本精神内质的复杂性。

修改之三，陶春冰即将离开县城，爱慕他的林梦云前去送行，顺便还给他之前借的《母亲》，他选择以自己心爱的《苏联版画选》相赠，并在扉页留下临别赠言：“这是一本很美的书，从南方我把它带到北方。从北方带回到大别山下，我爱它正像爱我自己的心。为纪念故乡的明月和流水，我把它赠送给更爱它的人。大别山下，黎明之前。”[5] “明月和流水”是前文陶春冰对小林的形容，这段赠言堪称诗情画意，别有寄托。到了再版本中，陶春冰所送的书则变为高尔基的《母亲》，并且格外强调了这本书的政治意义，同时把扉页上的赠言改为：“这是一本鼓舞人为崇高理想而团结斗争的书，也是我心爱的书。我

---

① 姚雪垠：《姚雪垠文集》第11卷，人民文学出版社2011年版，第439页。

② 姚雪垠：《春暖花开的时候》，现代出版社1944年版，第596—597页。

③ 作者称：“关于共产党内部的某些不健康现象，不但在当时不能写出，在解放后同样也不能说一句，只有到了今天才可以在修订《春暖》时通过陶春冰这个虚构人物写出一点。”《姚雪垠文集》第11卷，人民文学出版社2011年版，第14页。

④ 陶春冰对自身革命经验的总结及其行止，与姚雪垠在1945年写作的《自省小记》中对自我的反思是极为相似的，姚氏认为：“这几年来，我的生活无形中助长了旧的一面的发展，于是我一方面渴望自己永远进步，一方面发展了知识分子的旧意识，成了一个带有若干‘名士气’和‘才子气’的‘革命文化人’。”《姚雪垠全集》第14卷，人民文学出版社2011年版，第245页。

⑤ 姚雪垠：《春暖花开的时候》，现代出版社1944年版，第604页。

将它从北平带到开封，从开封带回故乡。如今我将它留下来，莫以为我是赠给故乡的明月和流水，我是珍重地赠给一位开始走上斗争生活的年轻人。”① 较之初版本的赠言，再版本以政治性清除了暧昧的隐喻和弥散的才子气，变得更为“积极向上”，两人之间原来含糊暧昧的师生关系也变得更为纯粹和清晰。

吴寄萍：也是初版本才加入的人物。如前所述，陶、吴二人在初版本中并无交集，到了再版本中增加了曾经的情侣关系。关于吴寄萍的改写，除了之前两人的感情纠葛，比较重要的是吴寄萍怀孕后的遭遇。在初版本中吴寄萍怀孕后，胡天长被捕，又和家中断绝关系，求告无门，吃奎宁打胎也未能成功，唯有依靠罗明兄妹和弟弟吴寄芸“每月撙节下一点钱来供给她在北平生活”②。到了再版本，陷于困苦的吴寄萍在组织的关怀下，境遇则全然不同：“男女同学知道了她的情况以后，不但没有一个人歧视或嘲笑她，反而都很同情她，愿意给她帮助。还有许多熟识的民先队员，尤其是女同志，都对她十分关怀。民先组织的负责同志也对她做思想工作，帮助她很快地明白了应该将反封建家庭的控制同她所从事的民族解放斗争联系起来看。她的思想坚强起来了。”③

小说中进行改写的重要事件主要有：罗明率讲习班下乡抗日和慰问壮丁；赵大婶找杨琦询问儿子下落；讲习班与县长谈判；陶春冰讲《红灯笼的故事》。

讲习班下乡宣传抗日在初刊本就存在，但却遭遇了不和谐的一幕：“当学生们正向群众讲解着老百姓要帮助政府抗战的时候，老年人就把头轻轻地摇了几摇，这暗示也很能够影响别人，尤其是女人们得了这种暗示，就有许多立刻对宣传队冷淡起来。”④ 这段文字有指涉群众“觉悟低下”嫌疑的描写，在其后两个版本均被删除，代之以群情激奋的共鸣场面。慰问壮丁的场景是初版本后加入的，但初版本和再版本所呈现出的场景却完全不同。初版本中罗明们的鼓动相当有效，“壮丁们用心地听着他的话，大部分对他的话都深深地受了感动，并且感激着他的同情”⑤。到再版本罗明们的鼓动却失效了，“罗明的宣传讲话草草结束，本来大家还准备了许多节目，因为看到壮丁们没有心思听唱

① 姚雪垠：《姚雪垠文集》第 11 卷，人民文学出版社 2011 年版，第 14 页。

② 姚雪垠：《春暖花开的时候》，现代出版社 1944 年版，第 83 页。

③ 姚雪垠：《姚雪垠文集》第 11 卷，人民文学出版社 2011 年版，第 14 页。

④ 姚雪垠：《春暖花开的时候》，《读书月报》1940 年第 2 卷第 3 期。

⑤ 姚雪垠：《春暖花开的时候》，现代出版社 1944 年版，第 515 页。

歌，罗明决定不让同志们继续唱下去”[①]。从学生与壮丁同仇敌忾，到学生与壮丁深刻隔阂，这种改变，是否是以主流历史叙事对学生在救亡运动中地位的定性取代原有认知的结果？

在初版本中，赵大婶向杨琦询问儿子的下落，抱怨他搞革命却抛下自己，思想进步的杨琦对她很不耐烦，杨琦的母亲劝解：“救国是正经事，我们的两个小东西不是也跑到前线了？”赵大婶并不领情，抱怨说：“你们有田有地，我哪能同你们比！”她心里说：“我要指望我的孩子吃饭呵！”[②] 这段“政治不正确”的小冲突，在其后两个版本也被删除。质实而言，这类具有一定现实性的人物和事件，是有利于增强文本的写实性的。然而作者在再版本中将其一一清除，不能不说暴露了其在修改过程中过于严苛的整一化倾向。

在初版本中方中允被县长请去谈判，方得知讲习班将被强制解散的消息，与县长大吵一架，决定不顾县内顽固势力阻挠，发动青年参加最后的座谈会。消息传开“整个学校都沸腾起来，像一阵突起的暴风在海中卷起狂涛”[③]，官方也准备弹压，危机一触即发。再版本中学生在知道讲习班将被强制解散的消息后，同样怒不可遏，“幸而罗明及时将他知道的底细告诉了教员和学生中的几位核心骨干，阻止了一场由讲习班问题引发的抗议风潮，不给县长和反进步的士绅们抓到借口”[④]。讲习班处置方式的改变，使得故事的结尾呈现出不同的氛围，战教团的撤离，从初版本中的被迫撤退变为再版本中的主动出击，以退为进。

讲“红灯笼的故事”的桥段，在三个版本中均有出现。就初刊本来看，这是一个富于传奇色彩的“创世”神话，讲述了大陆上的一个文明部落如何崛起，他们骑着白马的骁勇酋长为部落创下辉煌时代，却又盛极而衰，遭到外族侵略。在生死关头，他告诉两位王子，自己将在悬崖上挂起红灯笼，等待他们归来。过了十年，他又遭遇外敌围攻，决定为尊严拼死作战。看到红灯笼的两位王子各自率领军队归来，却发生冲突，最终相认共同杀敌。故事以老酋长攀登绝壁，手中枯草逐一断裂戛然而止。这个文辞优美，想象力奇崛的故事，无

---

① 姚雪垠：《姚雪垠文集》第11卷，人民文学出版社2011年版，第510页。
② 姚雪垠：《春暖花开的时候》，现代出版社1944年版，第459—460。
③ 姚雪垠：《春暖花开的时候》，现代出版社1944年版，第546页。
④ 姚雪垠：《姚雪垠文集》第11卷，人民文学出版社2011年版，第10页。

疑具有鲜明的象征色彩：大陆部落由盛转衰，又在绝地迎来希望的故事，恰是抗战时期的中国的写照。暴雨中的不灭的红灯笼，正象征着民族不屈的灵魂。初版本延续了初刊本的简洁风格，故事改动极少，只是增加了一些细节，体现了作者“追求故事的精炼和集中”[①] 的意图。到了再版本作者则转而“从增加故事容量和艺术趣味的丰富性着眼”[②]，大力扩充故事。首先按照华夏民族上古传说的顺序，讲述了从共工触天、女娲补天、大禹治水、后羿射日等故事，补写了部落生成的“前史”，试图联结起一套从古至今的民族象征话语。其次通过添加特征鲜明的象征物，变暗喻为明喻，强化文本的现实指向性，如以“红灯笼上画着一条昂首腾飞的龙”[③] 喻指“龙的传人”，以“太阳之子”喻指日本侵略者，以兄弟冲突、和解共同对敌喻指抗战中的国共双方等。再版本中的故事无论是结构还是修辞，都更具民族文化自觉，作者的大幅度扩写，体现了打通“寓言”与“现实”界限的努力，使得故事具有更为强烈的“第三世界民族寓言”（Fredric Jameson）色彩。

小说的文本形态呈现的改写主要体现在两处，首先是再版本大量删减了初版本中的“景语”和“情语”。本来“运用大段抒情和写景的部分”[④] 构造小说，是该作的一大特点。这种写作手法与小说中山明水静的县城生活和清新昂扬的少男少女相得益彰。然而再版本中却出于文章整饬和补充内容的需要，大量删除了诸如黄梅和林梦云在庭中嬉戏漫步等众多抒情、写景段落，一定程度上伤害了作品的美学水准。其次是将初刊本和再版本中，限于当时书报检查制度而不得不回避的情节和人物的真实身份还原过来。如“老××党员——老共产党员”“××大学——河南大学”“第×战区——第五战区”“白××先生——白健生先生”等，这当然有利于读者更加了解作者的意图。

三

通过对小说三个版本的细致对校，不难还原作者的修改意向。从文本的整

① 姚雪垠：《姚雪垠文集》第 11 卷，人民文学出版社 2011 年版，第 140 页。
② 姚雪垠：《姚雪垠文集》第 11 卷，人民文学出版社 2011 年版，第 140 页。
③ 姚雪垠：《姚雪垠文集》第 11 卷，人民文学出版社 2011 年版，第 140 页。
④ 姚雪垠：《姚雪垠文集》第 11 卷，人民文学出版社 2011 年版，第 140 页。

体层面来说，再版本确实克服了之前松散零碎的弊病，展现出清晰的叙事脉络，在原计划的“三部曲”后两部缺失的情况下，最大限度地提升了小说的完成度。如前所述，小说叙事结构散乱是批评者集中提到的问题[①]，也是作者的心病。他认为这是由于“心中只有一些酝酿成熟的和尚未成熟的人物和一个明确的主题思想。故事呢，只是大体有一条发展的‘线’，很不完整”[②]。写作时只能让故事情节跟着主要人物性格发展行进，不能像《李自成》的写作那样有周密的计划。然而再版本的这种“提升”并非有益无害，维系故事主干的强势，意味着必须以清理“景语”“情语”等支脉，牺牲作品的审美维度为代价。不仅如此，再版本中还清理了不少与故事主题思想有所冲突，却颇具真实性的“闲笔”，虽然获得了主题的“贯通”，却相当程度上弱化了作品对现实丰富性与人性复杂性的揭示。正如帕克所言“每一个故事中最有持久价值的成分就是对生活的具体描写”[③]。作者也认为，这部小说能够在抗战文学序列中拥有一席之地，是因为“写出了国统区抗日现实的复杂侧面”“给读者真实的生活感”[④]。然而再版本的修改却使文本有放弃多维视角，返归概念化、公式化的趋势，不能不说是一种遗憾。具体到对人物形象的改造，除去作者代言人的陶春冰外，作者试图削减原有人物的复杂性，根据其阶级出身和思想立场重新定性，据此将人物形象“典型化”。比较突出的是对黄梅的塑造，李长之认为初版本中黄梅思想境界的提升过于迅速，缺乏一个必要的过程，因而“在她个性的演化之上却有些突兀而不自然之感”[⑤]。作者的处理方法不是去弥补逐渐进步的“心路历程”，而是开篇就让黄梅拥有得自出身的“先天的觉悟”。这种以“艺术真实”取代“生活真实”的修改逻辑，与新中国成立后成为主流的社会主义现实主义“典型论”颇为类似。

由于历史语境的转换，产生于“现代”的文学作品进入“当代”，一般都

---

① 被作者视为恩师的茅盾就认为：“似乎作者下笔之前，对于本书故事只想好了一个粗疏的轮廓，未及把转弯抹角，起伏呼应的详细节目都具体计划好，若干人物的相互关系不是从故事发展的有机性上生发出的，只是用一根带子（比如说同在讲习班，同做某一项工作，或为亲戚之类）联结起来。”

② 茅盾：《〈春暖花开的时候〉简评》，《文哨》1945 年第 1 卷第 1 期。

③ ［美］帕克：《美学原理》，广西师范大学出版社 2001 年版，第 203 页。

④ 姚雪垠：《我准备怎么修订〈春暖花开的时候〉——致王维玲、俞汝捷同志》，《姚雪垠研究专集》，黄河文艺出版社 1985 年版，第 249 页。

⑤ 李长之：《春暖花开的时候》（第一部），《时与潮文艺》1944 年第 3 卷第 5 期。

须依照新的评价标准进行修改，以重新获得传播的合法性，这是 20 世纪 50 年代作家修改旧作的普遍历史背景。由于重获合法性的压力，作家无论是自愿还是被迫，都必须对作品中不符合主流意识形态的部分进行修正。而当历史语境变得宽松后，他们往往又会选择以修改前的原作示人，这是习见的作家修改模式。然而姚雪垠对《春暖花开的时候》改写的情境却完全与之不同。首先四十余年的“冷藏”使小说跨越了严峻的历史语境，直接面对改革开放后多元宽容的文化环境，卸去了作者的意识形态压力。其次这部小说对作者意义特殊，作者曾想将它列为文集的首卷，而且姚氏年事已高，认为这次修改可能是自己“最后的机会”①，当系主动为之，应无被迫成分。最后作者修改时已恢复身份及名誉，身处环境绝佳的疗养胜地大连棒槌岛，“坐在写字台前，抬头便看见海天无边”②，还有家人陪伴在侧，可说是内心安定平和，是能够从容地构思修改思路和目标的。据此而言，再版本所呈现出的版本本性并非外力所致，基本上来自作者的主观意志。

然而我们又很难不注意到，作者借助文本修改所传达的主观意志与所在时代的强烈冲突。在“重新确立个体生命的价值，重新建构个体经验语言”③ 恢复文学“主体性”的 20 世纪 80 年代，姚氏的这种文学表达姿态，定然会被视为“保守”且“落后”的，而对他敢于“逆历史潮流而动”的内在动因的探究，则必须回到他的全部文化思想实践，尤其是他在整个 20 世纪 80 年代所展现出的“晚年姿态”之中去寻找了。

（《中国现代文学研究丛刊》，2020 年第 7 期）

---

① 姚雪垠表示：“趁着《春暖》收入《文集》时作一次修改，偿我宿愿，以后大概不会再有修改的机会了。”《姚雪垠文集》第 11 卷，人民文学出版社 2011 年版，第 13 页。

② 姚雪垠：《我准备怎么修订〈春暖花开的时候〉——致王维玲、俞汝捷同志》，《姚雪垠研究专集》，黄河文艺出版社 1985 年版，第 248 页。

③ 刘再复、黄平：《回望八十年代——刘再复教授访谈录》，《现代中文学刊》2010 年第 5 期。

姚雪垠知识青年抗战题材小说的文学史意义

李玉杰[①]

姚雪垠的抗战题材小说可以分为两类：一类“写的是农村人物”，用的是“经过提炼的河南农民大众的生动口语”。一类“写的是青年知识分子”，用的是“知识分子的语言，或者叫做传统的白话文”[②]。前类作品因“捕捉萌芽状态中的民族新性格的高度敏锐”和“运用群众口语的生动性，浓郁的乡土气息”，一直被视作抗战文艺的成功范例[③]。后者获得的关注却少得多，评价也低得多，而且由于经常采用“抗战加恋爱”的叙事模式，还曾被指责为“色情文学”，此事令作家长期不悦。事实上，姚雪垠这类叙述战时知识青年命运沉浮和心路历程的创作自有文学史意义，其价值至今也没有完全磨灭[④]。

一、为战火中的知识青春唱赞歌

此类作品最常被认可之处，就是开创了青春抗战叙事的先河，“与以往的知识分子题材小说不同，它们不仅具有浓郁的硝烟味，充溢着对战争前途与民族命运的热切关注，更有着激昂的青春气息和浪漫情绪，呈现出这个时代所独有的青春特色”[⑤]。或者说，姚雪垠塑造了一大批可敬可重、可爱可亲、可歌可泣的知识青年形象，为他们唱响了战火中的青春之歌，在一定程度上反拨、

---

① 李玉杰（1985—），南阳师范学院文学院副教授。

② 姚雪垠：《〈戎马恋〉重新发表弁言》，《牛全德与红萝卜》，中州古籍出版社2018年版，第2页—第3页。

③ 钱理群，温儒敏，吴福辉：《中国现代文学三十年（修订本）》，北京大学出版社2016年版，第424页—第425页。

④ 本论文所论述的姚雪垠作品，有长篇小说《春暖花开的时候》（中州古籍出版社2015年版），中短篇小说《戎马恋》《重逢》《母爱》《伴侣》《白龙港》《人性的恢复》——皆收入姚氏小说集《牛全德与红萝卜》（中州古籍出版社2015年版）。行文中凡摘引以上作品处，不再繁琐标注。

⑤ 房福贤：《姚雪垠对抗战文学的贡献》，《纪念姚雪垠百年诞辰学术研讨会暨中国新文学学会第26届年会论文集》，第114—118页。

冲击、改变了人们对于这一群体以及在其他方面存在的某些偏见。

长期以来，只要提及抗战，很多人都有一种不约而同地看法："在这场关系中华民族生死存亡的战争中，农民是最为深厚的抗日力量，没有农民的合作与广泛参与，就不可能打赢这场战争。"[①] 这当然符合历史事实，毕竟，"从基层上看去，中国社会是乡土性的"[②]，绝大多数抗战官兵都是穿上军装的农民。但抗日战争毕竟是一场全民族战争，除了农民之外，其他群体也都没有置身事外，这其中就包括知识青年。据统计，仅仅在 1937—1938 年，就有约 4 万名知识分子奔赴延安[③]。而到了抗战后期，仅仅从 1944 年 11 月到 1945 年 3 月，即有多达 161602 名知识青年报名从军，经检查合格者 92340 人，此即著名的"一寸河山一寸血，十万青年十万军"[④]。毫不夸张地说，在 14 年中，无数知识青年怀抱"宁为百夫长，胜作一书生"的激情投笔从戎，未负青春，未负时代，未负民族国家，而且由于他们的加入，还极大提高了中国军队的综合素质。但在新文学史上，由于种种非文学原因，知识青年的抗战并未得到充分书写，姚雪垠的此类作品因之显得弥足珍贵。像《白龙港》，就以真实事件为原型，叙述了毕业于清华大学的空军飞行员沈崇诲驾机与敌舰共存亡的悲壮故事。在对日舰执行轰炸任务时，沈崇诲的战机发生了机械故障。面对嚣张的敌舰，沈崇诲被"激怒得疯狂起来"，"他把牙一咬"，驾驶飞机"以无比的速度直向舰上冲去"。沈崇诲的事迹当年曾引起极大轰动。不过现在出现的另一种说法是，沈崇诲很可能并不是撞舰牺牲，而是坠机牺牲，只是出于鼓舞抗战士气的考虑，当时才宣传了第一种版本。但这丝毫不影响《白龙港》"以文释史"的价值，因为在抗战中，中国空军确实付出了巨大的牺牲，很多飞行员血洒长空。而由于军种特殊，这些牺牲者基本都是具有较高文化素养的知识青年。因此，无论现实中沈崇诲有没有驾机冲舰，当姚雪垠以文学的方式叙述出来之后，这种情节就超越具体人事，成为一种象征符号，为成千上万献身战火的青春知识者建构了一座丰碑。无论任何时候，"文学创作的真实不等于历史考订的事实，因此不能机械地把考据来测验文学作品的真实，恰像不能天真地靠文

---

① 秦兴洪，廖树芳，武岩：《论抗日战争中的中国农民》，《学术研究》2005 第 8 期。

② 费孝通：《乡土中国》，凤凰文艺出版社 2020 年版，第 1 页。

③ 王永强：《抗战时期知识青年从军运动研究》，西北师范大学 2011 年硕士论文，第 6 页。

④ 徐一鸣：《抗战后期知识青年从军运动研究》，南京大学 2014 年硕士论文，第 42 页。

学作品来供给历史的事实”[①]。

即便对于不像沈崇诲式的英雄，姚雪垠也没有像后来很多主流文学那样，将知识青年塑造成需要被“改造”的形象。像《母爱》中的少校医官王济仁，毕业于齐鲁大学，“年轻活泼，诚恳和谦恭，热心服务，无论怎样忙碌都没有露出过一点厌烦”。政治部干事苗华，是个书不离手的“十八岁的大孩子”，不仅自己“读了好多书，并且经常用心的帮助同志们学习理论，使队里永远保持着浓厚的学习空气”。《重逢》中的林淑梅，具有“纯洁灵魂、进步思想”，加入妇救会后，“又是演戏，又是编壁报，又是组织歌咏队，又是举办妇女识字班，工作迅速的而且顺利的开展起来”。《人性的恢复》中的陶姓战地记者，谦和、善良、宽容，明知身边的勤务兵是上级派来监督自己的，依旧言传身教感化他，不厌其烦帮助他，终于使其幡然悔悟走上了正途。《春暖花开的时候》中的几位知识青年，或像“太阳、瀑布、散文”，或像“月亮、溪流、韵文”，或像“星星、寒泉、情诗”，让人由衷赞叹：“青年男女是纯真可爱的，青春之歌是让人难忘的。”[②]《母爱》中的主人公认为，“知识可以武装我们的头脑”“武装很多很多的革命战士”。姚雪垠显然赞同这种观点。在他笔下，知识至少不是什么“原罪”，青年人投身战争之后，不应该因他们拥有知识而被矮化、丑化。

但姚雪垠并没有美化知识青年。很多时候，知识青年往往兼具文人的性格弱点和青年的性格弱点，诸如敏感、多幻想、爱自怜、优柔寡断、追求完美、激情有余理性不足，等等，在姚雪垠小说中都有反映。有些人甚至还不乏幼稚的战争浪漫主义，像《重逢》中的林淑梅，隔着三十里听到几声炮响，“便兴奋得欢呼着，跳跃着，眼眶里滚着热泪”。后来偶尔去阵地参观访问一次，恰逢无战事发生，只能在战壕里用望远镜遥望一下敌人，顿生“空虚之感”：“我没有眼福看见那种激烈的冲锋，肉搏，铁与血的交流。”殊不知真正的战争绝无她所想象的“美丽”和“诗意”，而是你死我活，非生即死。《母爱》更是用简短的对话写出了知识者危机处理能力的匮乏。当时，据说日军要发动进攻，王济仁去村里通知在此养伤的夏太太撤离，小说是这样描写王济仁的表现的：

---

① 钱钟书：《宋诗选注》，生活·读书·新知三联书店 2011 年版，第 3 页。

② 郑一奇：《阅读四重奏》，首都师范大学出版社 2018 年版，第 267 页。

王医官慌慌忙忙的从医院跑来，冲进屋子里吃吃叫着："夏太太，夏太太，我们马上就要出……"他喘一口气，"出发了！你们怎么办？怎么办呢？你的伤还没有好！"……"我马上就跟着医院突围，你们怎么办？怎么办？"他焦急的抓着头发，"唉！怎么办呀?!"……王医官用哭声说："我马上就动身，你们怎么办呢？唉，唉！"他等待着夏太太回答，不住的顿着脚，咂嘴唇。……又搔搔头发，咂咂嘴唇。

王济仁虽然是一名医生，但毕竟是少校军官，然而面对敌情，除了搔头、顿脚、咂嘴唇，只会惊慌失措地问"怎么办"，而且连问了六次。他身为军人都不知道"怎么办"，病弱的妇孺又能"怎么办"呢？此时的夏太太枪伤尚未痊愈，还带着一个孩子。不过王济仁的表现又确实是普通人的表现，知识青年置身战火并不必然就能变成超人。即便对于捐躯赴难的沈崇诲，姚雪垠也详细叙述了其凡俗性的一面。例如小说写到，飞机出现故障后，依旧能够维持飞行，如果镇定情绪，并不难找出问题所在。但沈崇诲时而"慌慌张张"，时而"出了一身冷汗"，时而"愤愤的咒骂"，时而"非常难过"，时而"哭泣似的笑了几声"，时而"像要发狂"，时而羡慕其他飞行员"得意成功"，时而痛心自己将要成为"不幸英雄"……但姚雪垠丝毫没有求全责备沈崇诲，而是明确为之辩护："在八千尺的高空，在一刹那之间，就有被烧成黑炭或跌成肉酱的要命关头，叫一个二十五岁的年青人一点也不慌张的镇定如常，简直是一篇幻想的英雄故事。"那种"从抽象的概念出发宣传抗日的作品"是他不愿做的①。热情礼赞知识青年却又不刻意拔高他们，可以说是姚雪垠对"写真实"这一追求孜孜不倦的实践，而正因为所写的人物真实，为其所唱的赞歌才不至于假大空。

二、对启蒙的冷静反思

不过，如果只是为战火中的青春造像，仍然属于"反映"式的创作，时过境迁，多半都会成为"押韵的社会文件"。姚雪垠的作品却有更复杂内涵，其中尤为引人关注的是对启蒙文化的反思。以代际划分，姚雪垠抗战小说中的知

① 姚雪垠：《学习追求五十年（三）》，《新文学史料》1981 第 1 期。

识青年都是“五四”的儿女：生于“五四”前后，长于“五四”之后。与因“从旧垒中来”而难以彻底挣脱前现代中国“古老的鬼魂”的前辈不同①，这一代青年才是真正由新文化哺育出来的新青年。当年新文化运动所不遗余力倡导的绝大多数思想理念和文化观念，现在都已融入他们的骨髓和灵魂。而在战时新青年所继承、所吸收的诸种“五四”遗产和“五四”营养中，最显要的是什么？窃以为还是启蒙情怀。因为“第一代中国具有现代意识的知识分子，他们承继的都是 18 世纪以来启蒙运动中的价值立场”②，正是这些先觉者以“唤醒民众”为己任，才“开启了中华民族全面觉醒的新阶段”③。因此，姚雪垠笔下那些被“五四”先驱者所启蒙起来的后代，也往往像前辈一样，喜欢以启蒙者作为自我身份定位。对此，《戎马恋》中有一段很有代表性的描写：金千里立志做一名作家，以笔为枪从事抗战，他是这样幻想成名之后的场景的：

> 自己的名字响彻世界，不管在什么地方都有成群的崇拜他的青年追随在他的周围……全国各地都为他举行庆祝，他的故乡的城市改用了他的名字。举国庆祝的这天晚上，他站在上海住宅的阳台上，凭着栏杆下望，看见无数的群众拥挤在马路上，阻塞了交通，仰望着他，向他欢呼。他对着扩音器发表了一段演说，简短而富于情感，谦虚中带着自负。群众的热情的欢呼和掌声使他激动得终于控制不住自己的感情，哽咽着流下泪来。

金千里的幻想看起来幼稚可笑，却是启蒙者心态很形象的写照。因为在启蒙主义逻辑中，启蒙者与被启蒙者之间是不平等的，前者是高高在上的“导师”和“布道者”，后者是匍匐在下的“学生”和“信徒”。根据这种教育、被教育，指引、被指引，启迪、被启迪的二元对立关系式，启蒙者认为被启蒙者并不具有主体性，或者说只有经过启蒙者的启蒙之后才能获得主体性。而“唤醒”蒙昧之人，在启蒙者看来既是一种职责，也是他们存在的价值，唯有如

---

① 鲁迅：《写在〈坟〉后面》，《鲁迅全集》第 1 卷，人民文学出版社第 2005 年版，第 301 页。

② 丁帆：《追问“五四精神”：〈五四运动史〉〈启蒙运动〉〈启蒙观念史〉读札》，《文艺争鸣》2019 第 5 期。

③ 俞祖华：《中华民族“全面觉醒”的开启：五四启蒙运动中的“觉悟”话语》，《广东社会科学》2020 第 1 期。

此，芸芸众生才会顶礼膜拜地“仰望着他，向他欢呼”。在实际生活中，金千里也确实是按这套逻辑行事的。譬如初次与爱恋的护士张慧凤通信，他就教导对方应该从教会医院辞职，“到部队中作一种更有意义的救国工作”，那样才“生活得更有价值”。在以后的交往中，这种教导几乎如影随形。只要有机会，他就不厌其烦向张慧凤灌输“关于抗战的许多道理”，希望她“变成一位民族解放的英雄”。而当张慧凤终于走上革命之路后，金千里不无自得地自喻为伊甸园中的蛇，引领张慧凤吃了善恶果，“于是你就能自己分别善恶，不再受上帝欺骗了”。又将自己比作太阳，将张慧凤比作月亮，“月亮她自己本来没有光，太阳把光给了她，她终于发出了温柔的银光”。总之，救世主般的优越姿态一览无余。

对于金千里式的启蒙者，姚雪垠并不认同。其表达反思、质疑甚至批判的态度的策略之一，就是每当写到金千里的启蒙，使用的都是微讽笔调。这一点，从上述描写金千里对于成名之后的幻想的引段就可以看出来。除此之外，作家还犀利地揭示了这种启蒙中存在的霸权。对于姚雪垠这样的人文主义者来说，任何形式的霸权——无论是政治霸权、思想霸权、文化霸权还是语言霸权，都是难以赞同、接受和容忍的。即以金千里对张慧凤的教导为例，前者认为只有到部队工作，人生才“更有意义”“更有价值”，但这只是从他的立场做出的评判。然而任何事情显然都不可能只有一种评判立场，无论这种立场多么正确，都不应该排除其他立场的合理性。不同立场之间本该是平等共存的“对话”关系，而不是非此即彼的“说服”关系，但在金千里对张慧凤的教导中，却总是只有前者而没有后者。姚雪垠的可贵之处在于，他并没有剥夺张慧凤“说话”的权利，她在金千里面前并不是一个被动的“你说我听”的客体。例如当金千里认为教会医院的医护人员对抗战伟业无甚意义时，张慧凤立即反驳说：“我觉得我一向做的事情都是为上帝服务，为人类服务，不见得不比你的工作有价值。”其实，金千里虽然是军队司令部秘书，但由于总司令为其父执，出于关爱之心，并没有委任他从事任何实际工作，所以金千里只是“每天和同事们谈闲话，下象棋，吃馆子，到野外骑马或到马路上溜达”。相反，倒是张慧凤作为教会医院“工作能力最强，最得病人好感”的“模范护士”，整日“忙个不休”地救死扶伤，而疗治对象中很多都是抗战将士。在这种情况下，当金千里依旧喋喋不休教导张慧凤时，究竟谁的工作才“更有意义”“更有价值”，答案几乎不证自明。

更重要的是，姚雪垠还深刻叙述出了启蒙中的一种悖论：启蒙者为被启蒙者所超越。启蒙者本以“唤醒”他人为追求，但在他人真的被“唤醒”之后，就成了具有独立意志的自由主体，他们的所思所行就不再是启蒙者所能预料和掌控的了。而人类社会经常出现的现象是，觉醒后的被启蒙者往往视先前的启蒙者为落伍者，如此，二者之间就不可避免地发生龃龉、冲突和斗争。举一个广为人知的例子，“五四”时代的那些启蒙者，仅仅过了十来年，就无奈地感慨，后进青年“把我们这班当初努力于文艺革新的人，一挤挤成了三代以上的古人”①。《戎马恋》中的金千里同样遇到了这种困境。在他一而再再而三不无专横的启蒙下，张慧风终于“觉悟”了，辞去了医护工作并与他订了婚。金千里立即把张慧凤介绍进妇救会，“想使她在进步的团体生活中得到改造”，“真正为抗战贡献力量”，他自己则因公返回大后方重庆住了一段时间。但让金千里意想不到的是，在战争前线，张慧凤越来越“进步”，他自己却身不由己地贪恋起了大后方安稳、闲适的生活。至此，二人之间虽然依旧存在启蒙、被启蒙关系，彼此的位置却发生了彻底反转：张慧凤成了启蒙者，金千里成了被启蒙者。在已经成为“真的救亡女性”的张慧凤看来，此时的金千里已经成了应该被时代淘汰的“救亡绅士”“只会说一些漂亮理论”“一天一天的腐化下去”。先前，她是那么崇拜金千里，觉得他“比任何人都懂得多，比任何人的理论都进步而且正确”。如今却对他“一天比一天失望，厌恶他阔绰享乐的生活，厌恶他的高谈革命理论，厌恶他谈结婚后的小家庭计划”，甚至以有这样一个未婚夫为耻。小说结尾，金千里病倒在床上，张慧凤则抛下他继续“进步”，去解放区打游击了。金千里的疾病显然是一种隐喻：启蒙者成了亟待被医治（启蒙）的“病人”。

像《戎马恋》这样的叙事设置并不是反对启蒙，而是反思启蒙。诚如有研究者所说，启蒙文化普遍具有一种共识：“在历史转型的大变革时期”，启蒙者“因了对新知识、新思想、新观念、新视野的拥有”，而认为自己“代表了历史发展的新的未来”②。但问题是由于特殊原因，中国现代社会的“大变革”实

---

① 刘半农：《初期白话诗稿》，书目文献出版社 1984 年，第 5—6 页。

② 刘俊：《对“启蒙者”的反思和除魅：鲁迅〈伤逝〉新论》，《文艺争鸣》2007 第 3 期。

在过于频繁，确切说它一直都被求新、求变、求革命的线性时间观所支配，结果今日之新往往转瞬即成明日黄花。即便启蒙者不断“自我革命”，也不可能在每一次“大变革”中都引领时代潮流，由此也就不可避免地为后来者所抛弃。仍以《戎马恋》为例，公允地说，金千里并没有变质。他希望在大后方从事创作，做一个“献身于革命的文化人”，这不能说错。而决定“写黑暗生活，写打着抗战招牌的人们怎样向民众趁火打劫，荒淫无耻，腐化堕落”，更是未失知识分子的天职，这继承的正是“五四”先驱者的道路。但在张慧风这样置身火线的更“进步”的革命者眼里，“文化抗战”不过是“革命战线上的逃兵”。这既是张慧风的观点，也是姚雪垠的观点，更是当时整个社会的观点。后人如果对此不予赞同，并不能归咎于张慧风或姚雪垠，那毕竟是时代风气使然。

三、警惕“青春精神”的消陨

除了理性反思其启蒙心态，姚雪垠对知识青年还有一层更大的忧虑：他们经常出现“青春精神”消陨现象。新文化运动发轫之时，陈独秀曾语重心长地“敬告青年”：“力排陈腐朽败者以去，视之若仇敌，若洪水猛兽，而不可与为邻，而不为其菌毒所传染。”之所以有此“敬告”，乃是因为在陈独秀看来，“十之九焉”的青年，“其始也未尝不新鲜活泼”“如初春，如朝日，如百卉之萌动，如利刃之新发于硎”。然而往往未几即丧尽锐气，或“为陈腐朽败分子所同化”或“与彼陈腐朽败者为一丘之貉”或“畏陈腐朽败分子势力之庞大”而不敢“作顽狠之抗斗”。① 这种悲剧在抗战中依旧未能避免。抗战时期无疑是一个鲁迅所谓的“大时代”，但身处这样的“大时代”之中，却既“可以由此得生，而也可以由此得死”。② 让姚雪垠痛心的是，青年人的命运往往不是前者而是后者，他们的“死”不是肉体之死，而是精神的幻灭，即像陈独秀所警惕的那样被种种“陈腐朽败”所打败。他们活成了鲁迅小说《在酒楼上》中的吕纬甫：昔日振臂“呐喊”，今日“无非做些无聊的事”，一切都“敷敷衍衍”“模模糊糊”“随随便便”“实在是一个庸人”；活成了鲁迅另一篇小说《孤独者》中的魏连殳：从与一切“陈腐朽败”势不两立的“新党”，到“躬行我

---

① 陈独秀：《敬告青年》，《独秀文存：第一卷》影印版，亚东图书馆 1922 年版，第 1—2 页。

② 鲁迅：《〈尘影〉题辞》，《鲁迅全集》第 3 卷，人民文学出版社 2005 年版，第 571 页。

先前所憎恶，所反对的一切，拒斥我先前所崇仰，所主张的一切”，人生“真的失败”。

如《重逢》中的林淑梅，作为一个“天真的，热情的，倔强的”姑娘，认为抗战时期乃“千载难遇的伟大时代”，于是满怀“灿烂的梦想”“投身于这时代的奔流巨浪”之中，但三年不到就发出了这样的哀鸣：

> 这生活像一池污浊的死水，将落下水中的败叶、枯草、碎木片、破布头……一切的一切，慢慢的腐烂着，连钢铁也会慢慢的生起锈来。……如今我没有兴奋，没有热情，没有希望和失望；虽然我才过了二十二岁，可是我的心情已经苍老了。回想到抗战初期……简直像一个梦，一个梦呵！我时常回味着这个梦。这一段交织着歌与笑，这一段充满着热情与幻想的黄金时代，就像老祖母讲说着她的初嫁生活，令人感觉着是多么的遥远呵。……我好像一只小鸟，被打伤了翅膀，在原野上寂寞的徘徊着，风雨是这样狂暴。虽然我梦想着能飞得高，飞得远，飞向天外，但事实上是不可能了。

借着抗战初始时万象更新的东风，林淑梅曾逃出家庭摆脱了与表哥的包办婚姻。如今她“甚至对爱情也厌倦起来”，又回家与表哥结了婚，做起了“摩登太太”。“过惯了笼子生活”“再也不敢梦想着飞向原野，飞向森林，飞向高山，飞向大海，飞翔在暴风雨中”。林淑梅的转变绝非个案。《戎马恋》中的男主角，“曾经革命过，曾经散布过不能计数的革命种子”，而今却只觉得“人生是空虚的，革命也是空虚的”。回忆起刚参加抗战时的理想和热情，“就像是回忆着一个相隔遥远的梦，遥远得令他自己也感到奇怪”。至于其他同志，则有的杳无音讯，有的已“养得很胖”，娶了妻生了子，有的“摇身一变，做了联保主任，刮了很多钱”。《伴侣》中的郑太太，当初“只要为着一种理想生活”，现在却天天抱怨早知“结婚后是这么倒霉，鬼孙才结婚”。即便《人性的恢复》中做了特务的勤务兵，原来也是一个有为青年，“是一个纯洁的孩子”。

问题是，究竟是什么原因造成了年轻人“青春精神”的消陨？借《戎马恋》中的话说，主要是他们“受的打击太多了”。抗战并没有推动这个古老的民族步步日新月异，而是“一方面是庄严的工作，另一方面却是荒淫与无耻”①。无论知识青年多么有志于前者，如果整个社会都充斥了后者，他们的心路历程必定像茅盾的“三部曲”小说题目所描述的：从《追求》到《动摇》到《幻灭》。举个例子，像《戎马恋》中的军医院，就“内部很黑暗”。院长只会阿谀上峰，还贪污腐化、倒卖医疗物资，医生有的浑水摸鱼，有的消极怠工。伤兵在这里根本得不到任何救治，“不抬进医院也许还不会死，或不致死得那么快”。作者还特意强调，这个医院只是一个缩影，其他地方也都大同小异。“当局害怕青年人做救亡工作”，整个社会“像一座污池”“只有特务和顽固分子有充分自由”。有志青年都不得不像《人性的恢复》中的陶姓记者那样哀叹：“做一个清白的中国人实在太苦。”这里特别值得一提的是《伴侣》。主人公郑天修抗战开始时“有许多伟大计划”，时常“十分兴奋地对朋友大谈着他的希望”。他不仅积极创建剧团、编辑刊物、领导集会，还“赤手空拳的在故乡组织过一支游击队，而成绩并不算坏”。他和妻子原本是人人称道的“美满伴侣”，但结婚成家后，由于生活窘迫，妻子整天嫌弃他没本事，甚至以施行“精神虐待”为乐，三个孩子的吃喝拉撒也都得他照顾，后来一个孩子不幸死去，妻子还流产了一次。郑天修“简直被债务和生活的重担压得不能出气”。而此时的社会风气是“思想限制，言论限制，一切救亡活动全停止，只有腐化堕落不犯法”，人人都在“胡作非为”。在内外交织的苦境中，郑天修只能像阿Q一样，每天靠吹牛、幻想和“精神胜利法”进行自我安慰。最后，郑天修做起了投机生意，“兴别人几百万几百外的贪污，走私，囤积居奇，不兴我做一点小买卖吗?”发了一点小财后，包括妻子在内的所有人立即对他刮目相看。姚雪垠对郑天修的沉沦虽然做了无情的讽刺和批判，但这个人物更像一种隐喻，预示着作家其他小说中多数知识青年的归宿。

其实，有关“青春精神”消陨的书写，在中国新文学史上一直不绝如缕。举其著名者，从20世纪20年代鲁迅的《在酒楼上》《伤逝》《孤独者》，到20世纪40年代丁玲的《在医院中》，到20世纪50年代王蒙的《组织部来了个年轻人》，到20世纪90年代韦君宜的《露沙的路》，到新世纪阎真的《沧浪之

---

① 鲁迅：《田军作〈八月的乡村〉序》，《鲁迅全集》第6卷，人民文学出版社2005年版，第295页。

水》，等等，都或多或少涉及了这一话题。这些小说中的知识青年在参加“革命”或踏入职场不久，即不同程度遭遇了精神幻灭：心情微近中年。姚雪垠的同主题书写，汇入了这一薪尽火传的文学史之中。鲁迅当年有言：“青年又何能一概而论？有醒着的，有睡着的，有昏着的，有躺着的，有玩着的，此外还多。但是，自然也有要前进的。”[①] 这话虽然不错，但怎样才能不使“醒着”“前进”的有志青年重新“睡着”“昏着”“躺着”“玩着”，恐怕才是更值得思索的严峻问题。

多年来，姚雪垠的名字总是与其1949年之后创作的长篇巨著《李自成》捆绑在一起，而且基本是“誉”也《李自成》，“毁”也《李自成》。但抗战之于姚雪垠的意义同样不容忽视。他在一个民族“凤凰涅槃”的时代登上文学舞台，奉献了近200万字的“凤凰涅槃”之歌。这些作品不仅在当时产生了巨大影响，对此后的“抗战再书写”也有一定的借鉴意义。就其中的知识青年题材小说来说，它们诚然“难免幼弱稚嫩”，“思想和艺术上的贫弱”都非常明显，总体上都还有点“浅”。[②] 然而那所谓的“浅”，“却如一条清溪，澄澈见底，纵有多少沉渣和腐草，也不掩其大体的清。倘使装的是烂泥，一时就看不出它的深浅来了；如果是烂泥的深渊呢，那就更不如浅一点的好”[③]。

（《焦作师范高等专科学校学报》，2020年第3期）

① 鲁迅：《导师》，《鲁迅全集》第3卷，人民文学出版社2005版，第58页。
② 戴少瑶：《姚雪垠抗战时期的小说创作》，《重庆师院学报》1983第2期。
③ 鲁迅：《忆刘半农君》，《鲁迅全集》第6卷，人民文学出版社2005年版，第74页。

姚雪垠早期文学思想散论

刘增杰

1938年5月出版的《文艺阵地》上发表的《差半车麦秸》，无疑是姚雪垠的成名之作。《差半车麦秸》的出现，标志着姚雪垠小说创作新阶段的开始。对于整个抗日文坛来说，这篇作品也具有某种开拓性的意义。《差半车麦秸》《华威先生》出，整个抗战小说的面貌开始发生变化，由抗战初期的热烈而又肤浅，逐渐走向深入，特别是在人物性格塑造上，取得了引人注目的成功。无怪乎《差半车麦秸》发表时，《文艺阵地》编者在《编后记》中就立即断言，它是"目前抗战文艺的优秀作品"。《长夜》是继《差半车麦秸》之后姚雪垠创作的另一个高峰。从《差半车麦秸》到《长夜》，作者经历了将近十年的跋涉。而《李自成》，则确立了姚雪垠在中国文坛上的应有地位。探讨从《差半车麦秸》到《李自成》的创作经验，对于姚雪垠研究者来说，其诱惑力是不言而喻的。

可是，本文的兴趣却集中在姚雪垠《差半车麦秸》发表以前的创作上；准确地说，论述的重点将放在对姚雪垠1929—1935年几篇佚文的解读上①，这些作品，虽然还显得十分稚嫩，但它却是作者创作个性最初的种子和萌芽。正是在这里，扎下了姚雪垠文学创作个性最初的根须。

《征途》，熔铸着真切的人生经验和审美体验

在我看来，1932年姚雪垠发表的散文《征途——死后之什一》是一份研

① 据笔者考察，1929年秋，姚雪垠先后在河南报纸上发表过短篇小说《两个孤坟》《强儿》，文学论文《通讯——致灵涛信》，新诗《秋季的郊原》，1932年发表散文《征途》，1935年发表独幕剧《群绅》。这些作品，国内学术界均未作过评论。

究他早期文学思想的重要文献。

这篇千字左右的短文所以值得重视，在于作品中所塑造的“我”——这位不知疲倦的旅人，包含着作者极为深切的人生经验和审美体验；甚至，我们还可以大胆地预测，这位在人生征途中艰难跋涉、决不退却的旅人，也许还具有作者的自画像性质。

《征途》叙述了一个平凡的故事，在凄风冷雨的幽夜，“我”怀着新异的心情向前走去。“我”不觉得疲乏，也不觉得恐怖。因为“我”相信希望和光明在前边等候着。这时，迎面来了一个鬼，带着满身满脸的伤痕，鲜血染尽了他的衣裳，一跛一瘸地匆匆走来，若有什么在后边追逐似的，“我”于是和鬼开始对话——

“我”问鬼：“朋友，你知道前面可有光明和希望在候着么?”

鬼回答说“不知道”，并说：“我只知道恶狗村里的狗是那样可怕，你看我底伤。”

“我”又问鬼：“恶狗村里的狗就能阻住我们向前去寻光明么?”

鬼回答：“光明不晓得，不过狗可以不咬你的，只要你有馒头给他们。”鬼在叙述了自己因为没有馒头送给狗被咬伤的情景后，诚恳地规劝“我”：“我劝你最好还是和我折回去暂找个安身的地方去，你看我这伤。”

“我”斩钉截铁地回答：“我不能折回，前边有希望和光明在候着我。”于是，“我仍旧往前走，在凄风冷雨中，怀着新异的心情，向前走去”。

这篇寓意深长的作品，再现了一个追求希望与光明的旅人的精神风貌。旅人的精神气质，明显地糅进了姚雪垠的生活经历和感受，童年生活留给姚雪垠的记忆是凄楚的。在他出生的这个封闭而又落后的封建家庭里，他的祖父、祖母、父亲，全部染上了吸食鸦片的恶习。他的祖父“披一条小小的发辫，穿一双‘双脸儿’花鞋，带着长指甲，说话时不住地从鼻孔发出来干咳声音。他每天四分之三的时间是躺在床上抽鸦片”①。这些生活片断，几十年后还使姚雪垠记忆犹新，作家的家乡又是土匪的世界。3 岁时，由于家里遭到土匪的烧掠，姚雪垠全家被迫逃到县城居住。所有这些，在姚雪垠幼小的心灵里埋下了

① 《我的老祖母》，原刊 1946 年 1 月《华西晚报》，《姚雪垠书系》第 14 卷，中国青年出版社，2000 年版，第 85 页。

对旧社会的憎恶与仇恨。摆脱这个令人厌恶的环境，在人生旅程中，寻找自己新的途路，成了姚雪垠童年到青年时期生活中的主要追求。出于对新生活的憧憬，他甚至年仅15岁时，竟只身跑到了洛阳，准备进直系军阀吴佩孚的幼年兵营当兵。但是，他的努力却总是极少能够取得成功。挫折给姚雪垠带来了苦难，也磨炼了他的意志，初步养成了他那倔强而又自信的独特个性。在屡屡失败中百折不回的意志力使他经历了千辛万难，终于考取了河南大学预科，在人生道路上迈出了重要的一步。然而好景不长，两年之后，河南大学又以“思想错误，言行荒谬”的名义，将他开除学籍，打碎了他编织了许久的美梦。失学的打击，在短时间内曾经给他带来了无限的懊丧与苦痛，但是他并没有停止自己的追求，在茫茫的人生旅途中，他又踏上了新的征程，开始往来于北平、河南；时而在图书馆潜心苦读，时而跑到中学教书，等待着新的机遇，准备着新的进取。此时创作的《征途》，作品中的我，明显地折射出了作者的面影：这是一位在生活的打击下不知退缩的强者，一位在征途上相信着“希望和光明在前面等候着”的角色。此文发表后，作者58年来的学习与追求，我们固然不能说都受着《征途》的影响，但至少可以说，《征途》反映了他当时勇于进击的风貌，也是他以后思想发展的决定性的一环。

从文学创作本身来看，《征途》也很值得人们体味，“希望和光明在前面等候着”，可以看作是姚雪垠的一次重要的审美体验。在写作《征途》之前，如上所述，姚雪垠有着许多愤然前行、不屈服于命运的反抗，有着许多个人生活、性格、志趣的生动体验，包括经过奋斗，投考河南大学成功的喜悦等，所有这些都一次一次地“内化”在他的头脑中，在记忆的信息储库中累积起来。在写作《征途》时，过去的经验被重新唤醒，又纳入了新的信息——包括几个月前被河南大学无理开除这种沉重打击，从而终于形成了这种完整的审美体验：希望和光明就在前边！这一体验，包括作者过去经验的积累，包括他写作时的现实感受，甚至也包括现在活动的绵延，对未来文学活动的预示。将近60年后，我们再来品味这句名言，可以说，它几乎构成了姚雪垠创作的动力之一；或者说，是他青年时期鞭策自己并给读者留下的最珍贵的创作箴言。这篇在艺术上还算不上成熟的《征途》，实乃是一篇有作者的生命体验之作。

《两个孤坟》：直面现实文学倾向的确立

据笔者考察，1929 年 9 月 9 日、10 日连载于《河南民报》的短篇小说《两个孤坟》，当系姚雪垠的处女作。同月 20 日和 10 月 12 日，姚雪垠分别发表的短篇小说《强儿》和短诗《秋季的郊原》，和《两个孤坟》一起，构成了姚雪垠早期创作的共同格调。

引起我极大注意的是作品题材的选择。在《两个孤坟》中，作者以凄婉的笔调，较为生动地描写了长工王材和婢女雪香的悲惨故事。寨主姚泽民无恶不作，他惨无人道地虐待雪香，逼得雪香投河自尽；接着又以莫须有的罪名，将王材活活打死。两个年轻的生命，在空旷的原野上，化作了两座孤坟。只有旷野里的风号鸟啼，和着坟旁小溪里溅溅的水声，替他们诉说着无尽的幽怨。《强儿》向读者展示的，是发生在农村的另一幅目不忍睹的凄凉画面。强儿的母亲是一个善良的农妇，她的丈夫因为无力养活自己的妻子和孩子，终于被社会逼得发疯，投水自杀。病了半个月的强儿，也因为无钱买药治病，在万籁俱寂的夜里，病死在农妇的怀里。四肢困顿的农妇，望着疏疏的寒星和冷森森的大地哀叹："我的天呀，强儿不好了，我还有什么盼头！一家人都是死在一个穷字上！"

平心而论，这两篇小说分明有着初学写作者在艺术上的粗疏和直露。然而，它却显现了作者贴近生活，力图反映现实的创作倾向。20 年代的中原大地，疮痍满目，风雨如磐，在下层劳动者的枯骨上，剥削者拼命地聚敛着财富，构筑着他们的天堂。富有正义感的姚雪垠，他当时显然无力改变现实，并对造成这一罪恶现实的原因有着几分朦胧，所以作品的格调略嫌低沉和哀伤，就像他在自己创作的第一首诗作中所吟唱的："呵，这秋季没有那仁慈的温和，是凄凉，零落，悲风，征雁主宰着漠漠的广原！"① 然而，姚雪垠在这血淋淋的现实面前并没有闭上眼睛。他在自己创作的开始，就把仇恨射向了罪恶的旧社会，射向了嗜血成性的剥削者，而把同情投给了不幸的弱者。这一直面现实的创作倾向，一直贯穿于 1938 年以前的全部创作中。以这篇小说创作为例，

① 载 1929 年 10 月 31 日《河南民报》副刊第 81 期，署名"姚雪痕"。

他在当时发表的大部分短篇小说，目光都集中关注着现实的阶级斗争，以描写阶级对立为其中心主题。《山上》描写虔诚教徒祖孙两代的思想冲突，《小罗汉》再现了儿童的受难，《碉堡风波》揭露了碉堡委员的罪行，《大选》则以夸张的笔墨，淋漓尽致地勾画了地方上的种种选举丑态。《七月的夜》《援兵》《生死路》，在较为广阔的背景上，展现了农村阶级斗争的风云变幻。独幕剧《群绅》，更把县长、团长以及依附于他们的群绅的嘴脸，暴露于光天化日之下。

姚雪垠早期创作的这一鲜明的思想倾向，不仅来自对生活的直接感受，也有着创作理论的支撑。1929年9月发表的《通讯——致灵涛信》，是我们今天能够看到的最早表达姚雪垠文学见解的理论文字。考虑到这篇文章对于研究姚雪垠创作的重要意义，我在这里将不惜篇幅，对原文作必要的摘录。姚雪垠指出：

> 际此国家方难，民沉苦海之秋，贪污土劣，毒焰横飞……种种现象，不一而足，我们应当把这经济的时间与有限的园地，作一个大众的留声机，把那深深的在压迫之下的穷民的哀号与呻吟传送出来，把社会的种种坏现象，全盘的呈露出来，这才是我们现在文艺界应尽的责任。

姚雪垠还明确地提出，在创作上，要清除鸳鸯蝴蝶派的思想影响，反对色情描写。他说：

> 中国的报纸，真找不出一个有价值的副刊！这是谁也承认的。任我们到阅览室里怎样的翻遍，各份副刊尽都是登着一些无聊的公子少爷们卿卿我我令人讨厌的蝶化作品。要想从那上看出现实社会一般的真相，恐怕是比晨星还要廖廖吧。
>
> ……
>
> 您这几天又载了不少的性欲苦闷的文字。这类的文字，我是十二分的爱读，因为在这里才有真情的存在。但你是站在河南大众方面的，大众的哭声并不是哭着性欲的苦闷。正闹着性欲问题的，还只是少数的生活较为舒适的洋学生们。现在大多数民众，正号痛于水深火热之中，生命尚不能

保，何暇谈性欲？……大众要听的是垂死的痛心话，并不是未沾芳肌的苦闷语。①

可以看出，不论在创作上或理论上，姚雪垠早期文学思想中，都具有直面现实的文学倾向。这一文学倾向的形成并非偶然，这里有着当时左翼文学运动的明显影响。即以致灵涛信为例，其文学思路乃至遣词用语，都有着左翼文学理论的印痕。像当时许多左翼作家一样，刚刚步入文坛的姚雪垠，关心祖国的命运，具有强烈的政治责任感，甚至视文学为大众的“留声机”，这一对文学的单纯而又过分简单的理解，不论从积极方面或消极方面，对其后来文学思想的发展，都有着相当深远的影响。在姚雪垠的创作中，鲁迅的影响也是明显的，《两个孤坟》的结构可能受到过《药》的启发，《强儿》使我们想到了《明天》，而《征途》在精神上又和《过客》一脉相承。《两个孤坟》发表后，姚雪垠经历了 60 年文学风雨的洗礼。《两个孤坟》当然无法和他此后的皇皇巨著相比。可是，就创作倾向而言，我们也不得不承认，此后的成就正来自《两个孤坟》的升华。

《七月的夜》系列：创作视点的转换

姚雪垠早期创作的小说，大致可以分为两类。一类以处女作《两个孤坟》作代表，一类以 1935—1937 年创作的《七月的夜》系列（包括《七月的夜》《援兵》《生死路》三篇连续性的小说）作代表。在创作《两个孤坟》时，作者还涉世不深，对人生的感受也难免肤浅，所以作品所写内容，多为社会的贫富对立，对弱者表现着无可奈何的同情，向社会发出着微弱的抗议。而后者则着力于发掘反抗的力量，把空泛的社会抗议转化为激烈的反抗行动，作品中出现了一批揭竿而起的反抗者。这些被官方诬为“土匪”的造反者成为寄托着作者美学理想的肯定性形象。《七月的夜》虽然还没有正面描写农民的抗争，但通过绰号叫红薯脚的农妇的梦，暗示了反抗的潜流已经在农民心中奔涌。《援兵》中反抗强暴的李国栋临死不惧的英勇行为，在《生死路》中化为推动农民走上

① 载 1929 年 9 月 23 日《河南民报》副刊第 42 期，署名“雪痕”。

反抗之路的鼓舞力量。《七月的夜》和《生死路》中对红薯脚的描写，较为深刻地揭示出农民走上反抗道路的心灵历程。红薯脚和她的婆婆，丈夫一家三口，靠丈夫纸扎匠，替死了人的人家糊纸人、纸马、纸轿、纸房子，艰难度日，但生活仍不放过她。怀着身孕的红薯脚因为遭到李五阎王的毒打，生下的孩子不足月，又没有奶，最后孩子惨死，李五阎王又抢走了家里的老母猪，红薯脚也病得不省人事。红薯脚的遭际，显示了农民反抗压迫的正义性。灾难并没有把红薯脚压倒。在梦里，浮现在她眼前的是反抗的火焰：

> 她看见村里的穷邻居，那些时常被村长和李五阎王欺侮的男女们！慢慢的聚拢来，……起初大家默默的，流着泪；后来不知谁说些不平的，无法无天的话，群众骚动了，狂呼起来，像大河决了岸，海水起了潮。……变成一道澎湃的巨流，向村长和李五阎王的宅子流了去。①

如果说《七月的夜》中红薯脚的这场梦，终究还只是她的反抗意识的萌动，那么，在《生死路》中，反抗变成了现实，红薯脚兴奋地喊着“女将出马”，自豪地汇入拿着长枪和短枪、大刀和杆子健壮的脚②群，开始了向剥削者讨还血债的进军。

《援兵》中另一个值得重视的艺术形象，是李国栋的叔父——一位浪迹山林数十年，专门和官府作对的反叛者老染匠。这是姚雪垠笔下正面描写的第一个“土匪”。这位原先的庄稼人，正骑着不住嘶鸣的瘦红马，无声地狂笑着，指挥着他手下的绿林好汉，出山为李国栋报仇。老染匠的形象，开了作者塑造牛全德、李水沫、李自成这一类艺术形象的先河。

《七月的夜》系列小说的出现，标志着姚雪垠创作视点的调整与转换。新的题材的开拓，新的艺术形象的塑造，代表了他美学追求的新动向。创作视点的转换，有着深刻的历史和现实因素。大革命失败后，阶级冲突的加剧，农民生活的进一步恶化，阶级矛盾、民族矛盾的交织，作者思想的进一步左倾，等等，使他由对现实的朦胧认识而逐渐清醒，从而开始追求一种新的力量，来解

① 《七月的夜》，《文季月刊》，1936年第1卷第5期，《姚雪垠文集》第13卷，人民文学出版社，2010年版，第61—62页。

② “脚”疑误，当为“人”。

决中国社会面临的复杂矛盾。三篇小说中关于共产党领导农民在农村掀起革命风暴的强烈暗示，蕴含着作者对于未来历史进程的热烈憧憬。同时，这一创作视点的转换，也受着读者与时代的审美取向的影响。反抗黑暗现实，是30年代中期知识者的一种广泛的文化心态。姚雪垠的这些小说与叶紫等人的左翼小说取着同一步调。

这里也渗透着姚雪垠所处的具体文化环境的影响和个人的性格因素。姚雪垠的家乡南阳盆地，是中原地区土匪活动最为猖獗的地区之一，这在他的《长夜》中有着生动的描写。“百日土匪生活”更在他的心灵深处留下了长久的记忆。就个人性格来说，姚雪垠在《征途》中所折射出来的带有几分固执的韧性，永不回头的、宁折不弯的个人气质，使他郁积在胸中的烦闷，对旧社会憎恶的情感，常常要求用最激烈的方式宣泄出来，以求得心理平衡。这种情感宣泄方式，化为艺术形象，就成为我们在其早期小说中所见到的李国栋、老染匠。在这些艺术形象身上，燃烧着作者旺盛的艺术生命，并预示了他未来美学追求的路向。

1990年10月于河南大学

附记：

本文是刘增杰先生1990年写就的一篇旧文，由姚海天先生从尘封的资料中无意得之。文章没发表，可能连作者也记不得他的这篇早年文章了。

刘增杰先生是著名的文学史家，在现代文学思潮研究、解放区文学研究、现代文学史料学等领域，皆有开拓性贡献。作为河南人，刘增杰非常关注河南文学的发展和研究，从20世纪70年代后期起，即开始着手于河南现代时期文学文献的系统搜集与研究工作，其中以姚雪垠研究、师陀研究，用力最勤，收获最丰。他曾广泛收集姚雪垠研究文献，辛苦编就《姚雪垠研究资料》，因特殊原因，惜乎功败垂成，此书最终未能面世，留下深深遗憾。在姚雪垠研究方面，刘增杰撰写过系列文章，如《文学生命之始——姚雪垠在河南大学》《姚雪垠前期创作的语言风格》《永葆创作活力的中原智者》《姚雪垠致刘增杰》等。其他与姚雪垠无直接关系的文章，如《风雨五十年——20世纪上半叶的河南文学》《救亡大潮下的文学浪花——河南大学与〈风雨〉周刊》等，对姚雪垠的文学活动与贡献，也多有提及和评介。

刘增杰的姚雪垠研究，聚焦于其前期创作，以独到史料发现和细致精微艺术分析见长，充分展示了河南大学现代文学研究的优良传统和扎实沉稳的学风。在史料发掘方面，刘增杰发掘过姚雪垠早期创作中的多个第一，如第一篇小说《两个孤坟》，第一篇文学批评《通讯——致灵涛信》，第一首现代诗《秋季的郊原》，第一篇散文《征途——死后之什一》，第一个剧本《洛滨梦》，为姚雪垠研究奠定了坚实的文献基础。其中，《两个孤坟》的发现意义重大，把姚雪垠走向文坛的时间整整向前推进了两年，得到过姚雪垠本人的激赏和肯定。刘增杰重视史料，但不止步于史料。他的姚雪垠研究，史料发现与艺术分析互为支撑，相得益彰，具有史家风范。这个特点，在这篇《姚雪垠早期文学思想散论》中，就有很好表现。文章把发掘的几篇佚文，置于姚雪垠整个文学发展历程中，结合其思想艺术发展和时代背景，进行综合考量，使我们深入认识到这些作品在姚雪垠文学创作中所具有的独特价值。文章虽属旧文，但由于尚未刊布，且对姚雪垠研究具有重要价值，故笔者受姚海天先生之托，把它整理发表出来，以供学界朋友切磋研究之用。文章整理遵循如下原则：原文的个别误植径自改正；个别用词是否有误不能确定的，在字后标出；引文皆进行认真核对，并对引文出处作了标注；原文的注释保持原貌。

刘涛，记于 2020 年 9 月 18 日。

（《汉语言文学研究》，2021 年第 1 期）

“成长”与战时主体塑造
——以姚雪垠的《牛全德与红萝卜》为中心

唐小林[1]

一、战时文艺语境与“成长”读法的提出

在重新检讨抗战伊始的文学创作经验时，茅盾就“如何表现我们现在的时代”指出：抗战初期“注重写‘事’而不注重写‘人’”，产生的作品“绝少令人满意”，且“造成了题材的单调与贫乏”，“从‘事’转到‘人’，可说是最近半年来的一大趋势”[2]。战时作家重新关注如何写“人”，其实是在思考如何将“人”组织进“新的现实”，并以此把握历史发展的进程。在这个意义上，周扬也强调：“作家必须在那具体性上去了解生活，而作为文艺作品之基本材料的是活生生的人。要描写抗战，首先就要描写在抗战的具体环境下行动着的一个个的中国人。”[3] 围绕如何写“人”展开的讨论，“一方面是如何创造新的抗日英雄典型的问题，另一方面是如何克服一直为人所诟病的公式化的问题”[4]，关乎文学中的“诗与真”，以及作家如何重建文学与现实的互动关系。

战时中国小说既延续了晚清以来作家（知识分子）对现代主体与民族国家的构想，同时也应对着新的历史挑战。其中，“主体塑造”在战争语境中凸显为“历史中的人”和“人在历史中”这类相互关联的问题。巴赫金通过考察“小说如何把握真实的历史时间和历史的人”[5]，提出“人在历史中成长”这一

---

① 唐小林（1992—），上海大学中文系讲师。

② 茅盾：《八月的感想——抗战文艺一年的回顾》，《文艺阵地》第1卷第9期，1938年8月。

③ 周扬：《新的现实与文学上的新的任务》，《解放》第41期，1938年6月。

④ 旷新年：《典型概念的变迁》，《清华大学学报（哲学社会科学版）》2013年第1期。

⑤ ［苏］巴赫金：《教育小说及其在现实主义历史中的意义》，《小说理论》，白春仁、晓河译，河北教育出版社1998年版，第227页。

阐释范畴，并认为“凡是出色地把握了真实的历史时间的地方，都存在着这种成分”[①]。进入20世纪40年代后，作家开始集中讲述战争将人组织起来、个人走向集体这类“人在历史中成长”的故事，并生成了战时主体塑造的小说叙事模式。

其中，较早开始写这类小说的作家是姚雪垠。他在抗战以后便投身于实际的救亡工作，认为“单单靠军队和官吏决打不了胜战；要胜，就得把民众赶快的发动起来，组织起来”[②]。姚雪垠认为自己的文学实践，“是用文学武器来参加抗战或可说参加改造社会的事业”[③]，因此他在“发动起来”和“组织起来”的基础上进一步提出：现阶段的文学“应该特别强调主题以组织性和教育性”，“写意识落后的人物怎样转变向抗日方面，怎样在工作中把自己锻炼成一个很好的战士”[④]。姚雪垠常年在战地生活与写作，关注游击队中“落后人物”如何“成长”的问题。他曾以《风雨》周刊主编和全民通讯社记者的身份前往徐州采访，并根据与那里的青年游击队员的谈话，用书信体写出了报告文学《战地书简》。茅盾指出这部作品记述“‘一枝封建性非常浓厚的游击队’怎样在矛盾之中挣扎”，这样的主题具有现实意义，其中“有的是典型的事”和“典型的人物”，但“都没有充分发展”[⑤]。

《战地书简》发表不久后，姚雪垠在创造“典型的人物”意义上，“以淮北前线的座谈记录为素材，用豫西方言一气呵成一个短篇”[⑥]，取名为《“差半车麦秸”》，并辗转发表于《文艺阵地》[⑦]。主编茅盾后来回忆说：“当时它引起的哄动不下于《华威先生》。所以，后来人们讲到《文艺阵地》，都要举这两篇

① ［苏］巴赫金：《教育小说及其在现实主义历史中的意义》，《小说理论》，白春仁、晓河译，河北教育出版社1998年版，第233页。

② 姚雪垠：《主题论之五：应该特别强调的两口号——纪念孙中山先生》，《风雨》第10期，1937年11月。

③ 姚雪垠：《创作漫谈》，《小说是怎样写成的》，商务印书馆1943年版，第50页。

④ 姚雪垠：《论现阶段的文学主题》，《抗战文艺》第1卷第2号，1938年5月。

⑤ 玄（茅盾）：《〈战地书简〉》，《文艺阵地》第2卷第2期，1938年11月。

⑥ 许建辉：《姚雪垠传》，湖北人民出版社2007年版，第64页。

⑦ 当时舒群在武汉创办文学刊物《战地》，向姚雪垠约稿。姚雪垠赶写出《“差半车麦秸”》后，舒群因不满意这篇小说而未发表。后来姚雪垠将小说转寄给在香港主编《文艺阵地》的茅盾，并最终发表于《文艺阵地》的创刊号上。参见姚雪垠：《学习追求五十年（二）》，《新文学史料》，1980年第4期。

作品作为代表。"[1] 抗战胜利后，周斯畲就以回顾"检视"的姿态将这两篇小说进行对举，指出《华威先生》"以暴露黑暗为题材，是察照（表现）抗战时期的悲观概念"，而《"差半车麦秸"》"以启示光明为题材，是揭露抗战前途的乐观概念"[2]。鹿地亘在分析战时社会变化时认为："新的人民领导者的典型开始产生了，和过去完全不同的军人性格产生了，肩负着这个时代的阿忒拉斯（Atlas）型的人民的雄姿，在开始逐渐地出现。"[3] 在这个基础上，茅盾也指出，"新的典型，已经（虽然不多）在作家笔下出现"，《差半车麦秸》中的主人公"正是'肩负着这个时代的阿脱拉斯型的人民的雄姿'"[4]。

可以说，《差半车麦秸》"最早的写出了从落后到新生的农民典型"[5]。蓝海在他20世纪40年代所写的《中国抗战文艺史》中，也将《差半车麦秸》《牛全德与红萝卜》等小说的主题归为"阿脱拉斯的创造"，认为他们是由战争而产生的"新时代的英雄"[6]。这种"农而兵"的人物形象在中国现代文学史上具有形象谱系学的意义。其中较早写农民在民族解放战争中"觉醒"的小说，可以追溯到萧红《生死场》与萧军《八月的乡村》中二里半、小红脸等人物。但姚雪垠在《"差半车麦秸"》中所创造的"阿脱拉斯"既有别于二萧小说中的农民群像，也与抗战初期的英雄主义拉开了距离，聚焦的是抗日全面爆发后"游击战中一个农民的成长"[7]，关乎"全民抗战"中新的历史主体如何生成的问题。如老舍在回顾抗战后小说创作的情况时指出："抗战以来小说中生出了一种典型，这不是抗战初年的英雄主义复活，而是写新英雄之如何产生。此种典型给我们现代中国人一个新的估价，如一个农民带着他旧的伦理观念，旧的理想，遇到了战争而发生恐惧，经过种种变动才到了战场，变成全民抗战的一员战士。"[8]

《差半车麦秸》之后，很多作家都开始讲述农民"成长"的故事。如王西

① 茅盾：《在香港编〈文艺阵地〉——回忆录（二十二）》，《新文学史料》1984年第1期。
② 周斯畲：《〈差半车麦秸〉论》，《文坛》第6卷第2、3期合刊，1947年9月。
③ 鹿地亘：《关于"艺术和宣传"的问题》，《抗战文艺》第1卷第6期，1938年5月。
④ 茅盾：《八月的感想——抗战文艺一年的回顾》，《文艺阵地》第1卷第9期，1938年8月。
⑤ 姚雪垠：《长夜》，"后记"，怀正文化社1947年版，第322页。
⑥ 蓝海：《中国抗战文艺史》，现代出版社1947年版，第113页。
⑦ 巴人：《文学初步》，海燕书店1950年版，第108页。
⑧ 老舍：《抗战以来文艺发展的情形（续）》，《国文月刊》第15期，1942年9月。

彦《眷恋土地的人》(1940年)、白朗《老夫妻》(1940年)、穗青《脱缰的马》(1943年)等小说，都试图写出农民如何在战争中发生转变、觉醒，甚至成为“民族英雄”的过程。在解放区，对这一主题的创作也有所关注和讨论。如1941年12月孙犁在冀中《前线报》文艺小组座谈会上特别提出：

> 我们三纵队（即冀中部队）的战士是从农村来的，所以写一个农民如何发展成为战士，就成为冀中区创作题材中的一个重要方面。每一个战士成长的过程都是复杂的。千百万战士成长的过程，便可以看出社会生活的巨大面貌。①

“农民成为英雄”的故事在解放区后来的《洋铁桶的故事》(1944年)、《吕梁英雄传》(1945年)、《新儿女英雄传》(1949年)等小说中得到了继承，并发生着新变。在孙犁这里，农民在战争中成长为“战士”的经历，不仅可以看成是个人走向集体、自我走向民族国家的故事，还可以成为观察战时中国社会结构变动、历史主体生成的重要途径。

文艺理论家黄绳在论及“抗战文艺的典型创作问题”时提出，写“一个人物的转变过程”和“新生过程”，应该成为“抗战文艺的典型创造”中的一个主流。他以姚雪垠的《差半车麦秸》为例，认为这篇小说“描写人物的新生”“是一个优秀的短篇”，但同时也指出这篇小说的“一个漏洞”，即“‘差半车麦秸’从被释放到加入游击队，这一天工夫内的心理上的痛苦的矛盾斗争，作者没有给它描写出来”②。黄绳所指出的“漏洞”，跟短篇小说有限的篇幅有关。同时，“差半车麦秸”的经历和变化是在“我”的叙述中呈现出来的，这种第一人称的回忆性叙事很难提供更有动态感的历史情境，作者因此难以深入把握人物的内心世界。具体历史语境下的“成长”过程，在姚雪垠之后所写的《牛全德与红萝卜》中才被“补齐”，并得到进一步的形式化呈现。《牛全德与红萝卜》是表现“人在历史中成长”的小说，其发表、出版和修改，以及对应的阅读、评论甚至争议，跨越抗战胜利前后两个时期，关联着一系列的文学史事

---

① 孙犁：《论战时的英雄文学——在冀中〈前线报〉文艺小组座谈会上的发言》，《孙犁文集》第4卷，百花文艺出版社1982年版，第335页。

② 黄绳：《抗战文艺的典型创造问题》，《文艺阵地》第3卷第6期，1939年7月。

件，一定意义上展示出战时小说的内部构造，为我们更深入认识作家如何塑造战时主体、探索新的文学形式，以及如何对个人与历史之关系进行把握，提供了一个充满可能性的个案。

二、主体塑造与“散文化”的日常叙事

《牛全德与红萝卜》原稿因印刷厂遭日本飞机轰炸受损，最初以残稿状态发表于《抗战文艺》。1942 年，补上残缺部分的完整单行本由重庆文座出版社出版。这个版本较少有研究者注意。1947 年初，刘以鬯为姚雪垠推出多卷本的《雪垠创作集》，其中经姚雪垠改写的《牛全德与红萝卜》，作为“雪垠创作集之三”出版①。刘以鬯为姚雪垠的书写了宣传广告，其中提到“兹经姚氏精心补充，使此有名佳作，更成完璧”②，指的便是姚雪垠对这部小说的修订和改写。

“改作”版有部分重要删改，且与初版本的历史语境有较大差异，中间涉及与胡风等人的论争和《在延安文艺座谈会上的讲话》的影响。但新中国成立后对《牛全德与红萝卜》及其相关问题的研究，基本上都只围绕 1947 年的“改作”版展开③，既没有对初版本进行过细读，也没有对不同版本之间的差异进行过讨论，不免错失了洞察战时小说在“成长”形式上的可能性探索。因此，本文接下来将主要围绕 1942 年重庆文座出版社的初版本展开分析，同时引入 1947 年怀正文化社的“改作”版进行对读。客观来讲，初版本的《牛全德与红萝卜》在情节上存在着一些“漏洞”，艺术上也略显粗糙。但正是在这个版本中，姚雪垠敏锐地捕捉到了农民在走向战场、适应组织生活过程中的精神情感图景，并将之进行了历史化的表达，在战时语境中具有特别的意义。

姚雪垠在《牛全德与红萝卜》中对人物形象的塑造，延续了《差半车麦秸》中地方口语的运用④。而人物口语之外的叙述语言，则凸显出这部小说独

---

① 关于《雪垠创作集》出版的具体情况，可参见刘以鬯：《关于〈雪垠创作集〉》，《短绠集》，中国友谊出版公司 1985 年版，第 23—29 页。

② 姚雪垠：《牛全德与红萝卜》，怀正文化社 1947 年版，广告页。

③ 对“改作”版的阅读，论者多在“改造完成论”的视野中对这部小说提出批评意见，如杨义认为牛全德身上的“匪气”积重难返，其“改造”并没有完成。见杨义：《中国现代小说史》第 3 卷，中国社会科学出版社 2007 年版，第 59 页。

④ 姚雪垠从 1934 年起就有意识地搜集和研究中原群众的口头语，并尝试将这些口语记录下来，曾汇集成《南阳语汇》一书。参见姚雪垠：《我怎样学习文学语言》，《小说是怎样写成的》，商务印书馆 1943 年版，第 72 页。

特的美学风格。这种风格的生成来源于句式上“俳句、迭句、重沓章法”等“散文诗”手法的使用。许杰曾指出，这种手法造成“前半段太静穆了，没有场面，故事的连结不紧张”，同时会导致“笔触展不开来，老是绕着这两个人的身边，因而看不出另外的人的性格和行动，看不出整个游击队的情形，看不见乡村整个的情形，看不见抗战的情势”①。许杰关注到的是这种美学风格可能会带来的文体限制，关乎卢卡契“叙述与描写”的问题。卢卡契认为是叙述而不是描写能够揭示出“典型形象的丰富发展的内心生活和实践的相互关系”②，并提出“生活的内部的诗，就是斗争着的人们的诗，人们在其实际实践中充满斗争的相互关系的诗”③。按照许杰的观点，《牛全德与红萝卜》中“散文诗”的写法，显然无法展示这种“相互关系”，牛全德的“成长”不仅无法与历史实践相结合，甚至“慢慢会堕入形式追求的魔障中”。④

《牛全德与红萝卜》确实更加偏重语言、修辞和叙事形式等层面，而非展开场面与历史运动过程的描写，小说大部分章节所呈现的也正是一个“散文化”的日常世界。姚雪垠在讲述近代小说的起源时曾表达过这样一种文学观：

> 生活如今是最现实的一种东西，——人不是国王，英雄，巨人，超人，以及象征的道德概念，而是在集团或社会中的一些个人，其希望，失望，胜利，失败，欢喜，苦恼，一切的矛盾和斗争都和我们自己的一样。而且只要能将这些忠实的表现出来，小说的趣味就自然有了。⑤

姚雪垠重视的是“普通人的日常生活”给文学带来的可能性。因此，他在《牛全德与红萝卜》中主要描写的不是战争场景，而是游击队的内部生活，呈现出日常化的叙事特点，正如有论者注意到姚雪垠抗战时期的小说创作常常“以日常生活为探索的‘入口’，由此把握历史进程在人们生活和心理上带来的

---

① 许杰：《论牛全德》，《读书与出版》第2年第11期，1947年11月。

② ［匈］卢卡契：《叙述与描写——为讨论自然主义和形式主义而作》，刘半九译，《卢卡契文学论文集（一）》，中国社会科学出版社1980年版，第53页。

③ ［匈］卢卡契：《叙述与描写——为讨论自然主义和形式主义而作》，刘半九译，《卢卡契文学论文集（一）》，中国社会科学出版社1980年版，第55页。

④ 许杰：《论牛全德》，《读书与出版》第2年第11期，1947年11月

⑤ 姚雪垠：《近代小说的起源》，《益世报》1948年1月18日。

影响，展示那一段历史转折期中人的地位、命运和价值”①。这种叙事方式在“改作”版中也没有发生改变，因此许杰质疑“这小说的故事与结构，都是作者凭空设想出来的一种架空的构想”②。许杰的感受和批评，为我们重新阅读这部小说提出了挑战：《牛全德与红萝卜》中既然“看不出整个游击队的情形，看不见乡村整个的情形，看不见抗战的情势”，那它写出的究竟是什么？这部小说真正关心并呈现的是怎样的图景，这样的图景是否有它的价值和历史意义？

小说的笔触确实“老是绕着这两个人的身边”，并且主要聚焦在牛全德身上。姚雪垠首先通过人物日常口语的描写，来直观地呈现牛全德“成长”的艰难过程。姚雪垠向来关注“作品的语言不仅可以读而且可以听的问题”③，牛全德的形象正是在“语言的活的运用”中凸现出来，正如当年的语言学家林曦认为从《差半车麦秸》《牛全德与红萝卜》这类作品中，“好像听到了从来没听见过的农民士兵大众的新声音”④。值得注意的是，创作《牛全德与红萝卜》前后，姚雪垠写了《我怎样学习文学语言》《抗战文学的语言问题》等文章，对大众口语、文学语言和地方形式等问题进行了讨论，并构成40年代初期“民族形式”论争的组成部分，这也是《牛全德与红萝卜》的重要创作背景⑤。汪晖认为，这场讨论所涉及的主要问题“都绕着‘抗战建国’和如何‘抗战建国’的‘民族’目标。文学及其形式在讨论中成为形成‘民族’认同和进行‘民族’动员的重要方式”⑥。在“抗战建国”的总体目标下，姚雪垠在想象和召唤革命主体时使用地方口语，首先并非一个纯粹内部的文学语言问题，而是与战时农民兵等抗战主体的塑造、民族意识的培养有关。

与《差半车麦秸》一开始就营造回忆的语境有所不同，《牛全德与红萝卜》

① 戴少瑶：《姚雪垠抗战时期的小说创作》，《重庆师院学报（哲学社会科学版）》1983年第2期。

② 许杰：《论牛全德》，《读书与出版》第2年第11期，1947年11月。

③ 姚雪垠：《学习追求五十年（二）》，《新文学史料》，1980年第4期。

④ 林曦：《姚雪垠的文学语言观》，《新华日报》1943年8月23日。

⑤ 姚雪垠认为，“《差半车麦秸》和《牛全德与红萝卜》都是探索如何运用大众口语问题的产物”。参见姚雪垠：《学习追求五十年（二）》，《新文学史料》1980年第4期。

⑥ 汪晖：《地方形式、方言土语与抗日战争时期“民族形式”的论争》，《汪晖自选集》，广西师范大学出版社1997年版，第343页。

直接以生活场景中的对话作为小说的开头，人物在对话描写中展现了独属于自己的语言。大量具有人物个性的对话与声音凸显出主体的“在场感”。比如，当年有读者这样描述自己的阅读感受：“愈读，兴趣就愈浓厚，里面的人物，也就跟着觉得愈生动，亲切，真实，简直就像活在自己的跟前说着，笑着，行动着一样”①；“尤其是对牛全德这条汉子，最生动，最鲜明，最凸出地映现在我们的眼前，我们的脑里，我们的心里”②。在“不仅可以读而且可以听”的意义上，《牛全德与红萝卜》比《差半车麦秸》更进一步地塑造了一个有自己的语言、行动和情感，并发生着改变的主体形象。

从小说情节来看，这种“改变”具体体现在牛全德对“坏女人”家、酒馆、赌场等日常空间所关联着的旧生活方式的“克服”。小说特别关注牛全德在“克服”旧世界的欲望并融入革命队伍过程中，内心世界展开的情感瞬间。《牛全德与红萝卜》的独特性，不仅在于写出了人物政治意识的萌生，更在于捕捉到了人物“成长”过程中的种种精神变动。正因为如此，后来激烈批判这部小说的胡绳，在阅读初版本时仍在这个意义上肯定了姚雪垠对人物的塑造：

> 这本一百页的中篇小说的作者，我们可以看得出来，正是像对于兄弟同胞那样地来写他的人物——“老牛”和“红萝卜”的，他原谅了他们各自具有的缺点，他同情着他们在参加革命队伍过程中所有的苦痛与烦恼，他颂扬着他们各自在革命队伍中坚持下来的努力……③

在《牛全德与红萝卜》中，姚雪垠真正关注的正是胡绳所说的“他们在参加革命队伍过程中所有的苦痛与烦恼”。而为何会生出“苦痛与烦恼”，以及如何走出这种困局，构成了小说内在的叙事动力。正如当年有评论者注意到牛全德身上“旧的残根和新的嫩芽，落后的意识和健全的性格，恶劣的习气和优良的倾向”之间的交锋，并体认到牛全德在新环境中“发展是很困难很艰苦的”④。牛全德由此不断产生出新的空虚和苦闷，这意味着他的情感结构和认

---

① 原流：《〈牛全德与红萝卜〉读后》，《自学》第2卷第2期，1944年5月。
② 克伦斯：《评“牛全德”与“红萝卜”》，《文学评论》第1卷第1期，1943年12月。
③ 友谷（胡绳）：《〈牛全德与红萝卜〉》，《新华日报》1943年2月8日。
④ 阮华：《评〈牛全德与红萝卜〉》，《中原文化》第1卷第6期，1943年3月。

知方式正在发生变化。姚雪垠在讲述自己写小说的过程时曾提出："每一个小情节，我动笔时都要'设身处地'的想一想。我推想在某种情形之下，他或她可能有什么心理变化，而心理变化又怎样表现在行动上面。"① 正是因为这种"设身处地"的姿态，使得叙事者能够以一种"同情"的理解和较低的视角，去探索外部历史变动对人物的内心世界所造成的影响。这正是这部小说意义开始生成的地方，人的"成长"包含在其中，成为一种结构性的内在价值视景。

三、"成长"的形式与"英雄"的诞生

姚雪垠在《牛全德与红萝卜》的大部分章节中，都试图捕捉人物情感意识可能发生新变的时刻，展现了一个抗日与革命主旨下的日常世界，人物的"成长"蕴含在这些看似常态化、实则暗含新变的情感图景之中。许杰所批评的"不能把心理和故事与行动发展配合起来"② 或许并不准确，小说最后所写的战斗，为牛全德提供了一个从"散文化"的日常世界中挣脱出来的实践机会，这也是姚雪垠以此结尾的意义所在。牛全德最终被命名为"英雄"，在情节上是因为他为救他人而牺牲，这固然有着特定的现实教育意义，但在小说"如何写"的层面上，"英雄"的诞生更关乎如何在"散文化"的日常世界中为个体的生命经验赋予价值感，并借助特定时刻使之得到历史的命名。姚雪垠借此生成的是一种有关战时"成长"的文学形式。

小说将一个不断面临"新环境""新道理"与"新规矩"的"个我"重新发掘出来。在这样的自我意识中，牛全德经历了一个从拒绝到主动适应新生活的过程。小说在这个意义上完整地描绘了他心境、情绪和情感上的变化：从被孤立的"无聊"感，到"苦恼""忧郁""说不出来的苦"，再到"新的空虚之感""愧悔的情感"等。可以说，牛全德的"成长"正始于这类"空虚"体验及其带来的主体精神危机："路上，他感到头脑多少清醒了一点，但心里越发空虚起来。那真是没底深的空虚呵……"③

在初刊本所残缺的部分中，写到其他游击队员包围着一个女宣传员，并听她讲"新规矩"与"新生活"的场景，而牛全德终于发现其他人不再关心他和红萝卜的问题："现在，人们的心被新的工作吸引着，被新的生活吸引着，被

---

① 姚雪垠：《创作漫谈》，《小说是怎样写成的》，商务印书馆 1943 年版，第 56 页。
② 许杰：《论牛全德》，《读书与出版》第 2 年第 11 期，1947 年 11 月。
③ 姚雪垠：《牛全德与红萝卜》，文座出版社 1942 年版，第 50 页。

新的希望吸引着……”① 在这里，牛全德开始意识到过去生活规则的失效，发现其中的虚伪、空洞与无意义（如卖樱桃的换帖兄弟背叛了他）。在这样的对照下，他的“成长”才得以发生。巴赫金在阐发“人的成长”时认为：“主人公本身、他的性格，在这一小说的公式中成了变数。主人公本身的变化具有了情节意义；与此相关，小说的情节也从根本上得到了再认识、再构建。时间进入人的内部，进入人物形象本身，极大地改变了人物命运及生活中一切因素所具有的意义。”② 在《牛全德与红萝卜》中，随着困惑的不断产生，牛全德面临着“生活”的再次发现与重新选择，他的“成长”也成了小说意义建构过程中的“变数”。如小说写到宣传队的王队长来了之后，“同他谈的是一些打日本鬼子的大道理，有时也谈到他的私生活；牛全德现在才明白他的私生活同抗日也有密切的关系呢”③。在这样的叙事设置下，姚雪垠得以将牛全德的性格与命运的变化，纳入“抗日”主旨中，他个人的“成长”也由此获得了时代主题的象征意义。

从初版本补齐的部分来看，小说写了牛全德对外部环境变动的感知，以及他所经历的一种有关“破除”与“变化”的“回心时刻”：

> 但从这天起，牛全德感到空虚的悲哀了。他对于一切新鲜的事情同时感到有兴趣。同时又感到毫无意味。他仿佛看见了一线希望，一线光明，但同时又对于一切都感到绝望，感到面前是一片昏黑……④

在这里，牛全德开始将自我内部向历史敞开，重新捕捉一种历史性的生活意义。在初版本的文本语境中，小说结尾时出现的墓碑铭才具有了总结人物“成长”的功能性意义，也因此值得重新进行解读。这个墓碑铭其实是牛全德牺牲后，他的“换帖弟兄老五”为他所做的挽歌，与上述引文相呼应：

---

① 姚雪垠：《牛全德与红萝卜》，文座出版社 1942 年版，第 49 页。

② ［苏］巴赫金：《教育小说及其在现实主义历史中的意义》，《小说理论》，白春仁、晓河译，河北教育出版社 1998 年版，第 230 页。

③ 姚雪垠：《牛全德与红萝卜》，文座出版社 1942 年版，第 42 页。

④ 姚雪垠：《牛全德与红萝卜》，文座出版社 1942 年版，第 49 页。

从黑暗中睁开了睡眼
看见了光明
怀着无限的欢喜和希望
又从光明前闭起了你的眼睛①

李辰冬指出，牛全德之所以被称为“民族英雄”是因为他“由黑暗而光明，由错误而正确，由流氓而英雄，由个人主义而民族主义，由吊儿郎当而‘人应该活得有意思一点’”②。这种基于目的论的“成长”阐释，更加强调自我扬弃和理性提升的价值，但或许并不符合这个“民族英雄”诞生的本意。从西方文类意义上的“成长小说”来看，牛全德并没有真正实现“成长”，同时也与左翼理念意义上的“典型人物”存在着差距，但却“真实地展现了时代生活的丰富性和复杂性”③。小说呈现了自我不断向历史敞开的姿态，这个姿态本身就具有价值。正如挽歌所写的黑暗与光明的辩证位置，表达的是自我主动去理解历史，而不是历史直接介入个我的主体逻辑。牛全德的“心理斗争”与进入历史的努力并非没有意义，这首挽歌写出了他脱离、超越“散文的”世界，而迈入一个“史诗的”领域的内心时刻。姚雪垠通过最后一场战斗以及牛全德死亡的悲剧，将私人性的领域与更广阔的历史结合起来，在某种程度上实现了卢卡契意义上的“真理瞬间”。

在40年代的小说中，自我与历史常常表现为一种相互颉颃与充满张力的关系。姚雪垠通过把握牛全德个体“成长”过程中所生成的战时心灵图景，建立起抗战语境中历史契机所赋予的叙事可能性。他以挽歌形式出现的墓碑铭作为结尾，高度总结了牛全德的“成长”时刻，并赋予其形式意义，小说因此获得了“史诗”的潜质。黑格尔曾以希罗多德在《历史》中载过的一首两行体短诗来阐释碑铭与诗的意义：“碑铭要显得是一种‘制作’（诗），让内容保持它原有的简单面貌，而表达出来的话却是着意制作出来的：这样表达观念的语文着意要使自己有别于寻常的话语，造成了一首两行体短诗，因此就具有较高的

---

① 姚雪垠：《牛全德与红萝卜》，文座出版社1942年版，第100页。
② 李辰冬：《〈牛全德与红萝卜〉》，《文艺先锋》第2卷第3期，1943年3月。
③ 吴永平：《姚雪垠抗战时期小说创作研究》，中州古籍出版社2015年版，第54页。

价值。”① 他试图以此说明“诗的活动是认识性的”。借用黑格尔的阐释思路，这首挽歌的认识性功能正在于将牛全德的“成长”启示传达给旁人，并以此召唤抗日力量的自我更新。由此，小说中“为革命和同志而牺牲的民族英雄”才真正具有了历史现实的意义。

四、主体重造的方式：从“成长”到“改造”

1947年的“改作”版与初版本最大的差别在于提出了明确的“改造”主题。“改造”和“成长”都关乎革命主体塑造的方式，关联着20世纪中国历史、主体与文学形式的核心命题。“改造”是战时社会内部自我更新的方式，如黄绳指出：“抗战毕竟是中国社会改进的动力”“将激起整个中国人的社会的变化，完成整个中国人的社会的改造”②。而在创作中，“改造”是《讲话》之后的“文艺新要求”。抗战结束后，姚雪垠便尝试以这种“新要求”重新“改作”《牛全德与红萝卜》。当时中共南方局为了帮助大后方文艺工作者理解《讲话》精神，经常组建学习小组进行相关问题的研讨③，姚雪垠对《牛全德与红萝卜》的“改作”与之有直接的关系④。尽管姚雪垠最初写《牛全德与红萝卜》也包含了人物转变的诉求，但“改造”则是他在大后方接受《讲话》影响后自觉展开的修改思路。在初版本中，尽管也有外部“政治”的介入，但牛全德的“变”更多的是一种由内而外的自我调整和适应“新环境”的努力；而在“改作”版中，“改造”作为小说的核心话语出现，是一种自上而下的政治实践方式。姚雪垠在“改作”版的序言中突出阶级话语，将牛全德和红萝卜分别归类为“农村流氓无产者”和“相当富裕的自耕农”，并试图以《讲话》精神重新阐释《牛全德与红萝卜》的主题：“表现旧时代的江湖义气向新时代的革命责任感的渐渐移转，伟大的同志爱终于淹没了个人的恩仇”⑤。“改造”由此成

---

① ［德］黑格尔：《美学》第3卷（下），朱光潜译，北京大学出版社2017年版，第503—504页。

② 黄绳：《抗战文艺的典型创造问题》，《文艺阵地》第3卷第6期，1939年7月。

③ 关于《讲话》在重庆的传播情况，可参见近藤龙哉：《〈文艺讲话〉在重庆的传播与胡风——大后方的民主之战与毛泽东思想》，《东洋文论——日本现代文学论》，吴俊编译，浙江人民出版社1998年版，第326—346页。

④ 姚雪垠在1996年回忆当时开会学习的情形，指出有一次“是专为座谈我的一本新出版的中篇小说《牛全德与红萝卜》而开的”。参见姚雪垠：《为纪念茅盾先生诞生一百周年而作》，《文艺理论与批评》1996年第3期。

⑤ 姚雪垠：《论胡风的宗派主义——〈牛全德与红萝卜〉序》，《雪风》第3期，1947年5月。

为小说展开叙事的主要线索和人物克服自我的关键因素。

卢卡契区分“已经成长的价值”和“正在成长本身的价值”①，为我们理解40年代小说中的“成长”提供了一种思路。从某种意义上可以说，初版本的《牛全德与红萝卜》主要展现的是“正在成长本身的价值”，而“改作”版中的“改造”主题则要求明确写出“已经成长的价值”。进言之，“成长”蕴含的是自我主体与外部历史的相互性关系，其中将历史经验赋予形式的过程更为重要；而通过“改造”实现的是“成型”，是一种可以把握的闭合的历史定势，意味着在确定的意识形态召唤中，个人通过自我的不断克服、锻炼可以重造为“新人”。尽管“改作”版的小说调用了更多革命话语与意识形态资源，更加强调具体“政治工作”和思想教育的作用，但细读“改作”版不难发现，姚雪垠通过“改造”所展开的人物主体塑造缺少实践环节，人物政治意识的生成往往停留在观念层面，未能落实为具体的行动，“改作”版也因此与《讲话》所规定的“文艺新要求”有着较大的差距。

胡绳作为姚雪垠的好友，时为中共文委委员，曾为初版本和“改作”版的《牛全德与红萝卜》都写过评论。结合两篇评论的内容和发表时的语境来看，可以更细致地辨别出“成长”到“改造”的历史变奏。对于初版本的《牛全德与红萝卜》，胡绳整体上持肯定的态度，认为“假如完全以知识分子的‘洁癖’来看周围的人物，是不能看出像‘老牛’和‘红萝卜’这样的人身上，也有着颇可爱的性格，也有着值得同情的想法和看法”②。五年后，他的另一篇针对“改作”版的评论文章《评姚雪垠的几本小说》在《大众文艺丛刊》第二辑《人民与文艺》上发表。这篇文章对改写后的《牛全德与红萝卜》进行了全盘否定。需要特别指出的是，《大众文艺丛刊》是邵荃麟、冯乃超等左翼文人于1948年在香港创办的机关刊物。这份刊物对当时的文人及其作品进行“描述和划分”，并最终形成一整套“政治权力话语”，“深刻地影响了四五十年代之交的文学进程”③。钱理群指出胡绳等左翼文人所写的一些文章“所要传达的信息”是：“资产阶级（小资产阶级）出身的作家（知识分子）要想在新的无

---

① ［匈］卢卡奇：《小说理论》，《卢卡奇早期文选》，张亮、吴勇立译，南京大学出版社2004年版，第96页。

② 友谷（胡绳）：《〈牛全德与红萝卜〉》，《新华日报》1943年2月8日。

③ 洪子诚：《中国当代文学史》，北京大学出版社1999年版，第9页。

产阶级的时代继续写作，成为‘我们’中的一员，必须进行脱胎换骨的改造；否则，无论是写工人，农民，还是写知识者自身，都只会是歪曲。”① 作为“文艺新要求”的“改造”，关乎作家（知识分子）如何通过重造自身的“思想和感觉方式”，来写出“新人”的“成型”，而不仅仅是在形式的意义上肯定“正在成长本身的价值”。

在上述批评语境中，通过对“改作”版《牛全德与红萝卜》的解读，胡绳认为作者的“思想情绪”没有实现真正的改造，所以“不能把握住正在展开着的历史现实”，“当现实发生着激烈变化时，就难于在认识上跟上去了”，因此这部小说“失败了”②。改写后的《牛全德与红萝卜》，虽然以“改造”为主线来结构小说，同时删去了初版本中牛全德“幽暗”心理内容的描写，增加了人物对抗日和革命意义更明晰的理解，但在《讲话》所确立的社会主义现实主义的美学原则和政治要求下，如果作家自身没有完成“改造”，无法解决人物内心“新”与“旧”之间的情感矛盾，便不能真正写出人物“艰苦的脱胎换骨的过程”。小说中人物的“转变”，就可能仅在情感到情感、观念到观念中发生，人物的成熟定型也就难以真正落到实处。

抗战时期的姚雪垠在文学资源上既认同“一般性”和“典型性”等左翼理论，也受到过亚历山大·托尔斯泰等俄国作家的影响，强调作家要和作品中的人物“一起过生活”“同他们共同苦恼，生长”③。因此在小说创作过程中，他更加重视作家和描写对象的共情作用，认为“作家之所以为作家，正是因为他能够将自己的生命，灵魂，感情，浸入到所描写的对象之中”④。当姚雪垠以《讲话》的原则来改写这部小说时，却没能意识到作家与描写对象之间的“共情”也是需要被“改造”的部分。在新的创作批评原则中，“改造”不仅是一种创作主题，更是对作家（知识分子）所提出的内在要求和具体实践方式。尽管初版本和“改作”版都未能写出人物充分的转变和“克服”过程，但借助这种“共情”机制，初版本中人物的主体意识、情感结构与外部的现实变动、政治革命话语深刻地纠缠在一起，并映照出了自我和历史的内在深度。从这个意

① 钱理群：《1948：天地玄黄》，山东教育出版社 1998 年版，第 34 页。

② 胡绳：《评姚雪垠的几本小说》，《人民与文艺》，《大众文艺丛刊》第二辑，1948 年 5 月。

③ 姚雪垠：《创作漫谈》，《小说是怎样写成的》，商务印书馆 1943 年版，第 59—60 页。

④ 姚雪垠：《创作漫谈》，《小说是怎样写成的》，商务印书馆 1943 年版，第 57 页。

义上来看，牛全德最后的死亡情节以及“英雄”的命名，在初版本中能够成为一种进入历史的契机和召唤抗日力量的新起点；而在删除了“回心时刻”描写，并自觉以“改造”为主题的“改作”版中，牛全德的死亡则成为“改造”失败的隐喻。小说结尾处的墓碑铭，也因此丧失了洞察历史的启示性功能，并最终成为一种未能完成自我改造，无法为历史赋形的巨大断裂。

余　论

从相关的社会史、革命史研究来看，1937 年至 1949 年间，数以百万计的农民参加共产党的军队，成为中国革命胜利的重要因素。有研究者指出：“由普通农民成长为在战场上手执武器拼杀的战士是一个艰难的历程。新入伍的战士既感兴奋，也对自己的家庭、婚姻、部队生活和即将到来的战斗感到忧虑不安。青年农民固有的散漫、参军动机的复杂、动员方式的偏差，进一步加剧了新战士内心的动荡。”① 因此，需要通过审查、整训与情感教育等方式来巩固新战士的参军思想。在这样的现实需求中，姚雪垠所创作的《差半车麦秸》和《牛全德与红萝卜》这类描写农民兵成长的战时小说，便具有了切实的组织动员与教育功能。当年李辰冬在读完《牛全德与红萝卜》后就呼吁：“我们希望政治部文化劳军委员会将这书翻印数十万部，分散给各游击队，因为这是他们极好的精神食粮。”②

在后来的文学史叙述中，姚雪垠的《差半车麦秸》和《牛全德与红萝卜》被认为“代表了一种新的潮流，即表现人民尤其是农民，在抗战烽火中得到锻炼，改造自己旧有的国民性性格，并生长出新的素质，成为‘新人’”③。“生长出新的素质”，意味着生活在旧有社会结构中的个体，开始重新思考并调整其在世界中的位置，在一种动态的敞开关系中获得新的自我意识和历史认知。这种有关战时“新人”的塑造，不仅是一个如何处理战争经验、展开现实政治主题的问题，也与 40 年代文学的发展与深化有关，正如罗荪所说：“抗日的民

① 齐小林：《当兵：华北根据地农民如何走向战场》，四川人民出版社 2015 年版，第 220 页。

② 李辰冬：《〈牛全德与红萝卜〉》，《文艺先锋》第 2 卷第 3 期，1943 年 3 月。

③ 钱理群、温儒敏、吴福辉：《中国现代文学三十年》（修订本），北京大学出版社 1998 年版，第 493 页。

族解放战争，本身就是一个伟大的革命行动。它影响了，并且变革了几千年来所积累的生活习惯，同样，它影响了，并且变革了作为人的精神的反映与指导的文学运动。”① 这种“变革”在不同的地区呈现出不同的文学取向和实践路径。但不管是在大后方还是解放区，作家都在尝试召唤新的历史主体。其中，姚雪垠就以这种独特的农民兵主体形象，进一步丰富了40年代“新人”的谱系。

茅盾在论及“抗战与文艺”的关系时提出，写“落后农村里一种落后的典型人物性格的发展”，“没有标语口号，没有讲理论，纯粹是故事的描写”，“像这样的作品，才是真实的文艺，才能尽了它教育民众、组织民众的作用”②。“故事描写”关乎“怎么写”“教育”和“组织”则是革命实践的重要环节，但在具体现实中却存在诸多难以顾及和处理的细微面向，需经由特定的形式中介才能得以把握和呈现。40年代小说中的“成长”便是这样一种形式中介，具有认识自我、介入现实的功能，需要在特定的历史语境中不断问题化，或许有可能成为重新讨论战时作家如何认识现实、重塑历史主体的政治文化资源，从而为我们理解战时小说所展开的历史维度及其局限性提供新的思路。

（《文学评论》2021第2期）

---

① 罗荪：《抗战三年来的创作活动》，《中苏文华》抗战三周年纪念特刊，1940年7月。

② 茅盾：《抗战与文艺》，《现代评坛》第4卷第11期，1939年2月。

姚雪垠佚文考释

——兼及作家文献的整理问题

刘 涛[①]

姚雪垠是20世纪文学史上的重要作家，对他的研究已成为20世纪文学研究的重要组成部分。文献整理是研究的基础。在这方面，20卷《姚雪垠文集》（人民文学出版社2010年版）和22卷《姚雪垠书系》（中国青年出版社2000年版），是姚雪垠文献整理的代表性成果，极大地推动了姚雪垠研究的开展。姚雪垠哲嗣、中国青年出版社编审姚海天，作为两书主编，在姚雪垠文献挖掘、搜集、整理和研究方面，做出了巨大贡献。欣闻他正从事《姚雪垠全集》（以下简称《全集》）的编纂工作。笔者不揣浅陋，由自己阅读所及，发掘出姚雪垠的一些佚文，并简要谈谈作家全集的整理问题，以期对《全集》编纂有所补益。

《渡》：短篇小说文体的精彩尝试

短篇小说《渡》，刊北平《华北日报》1934年12月22日第8版《每日文艺》副刊第22期，署名“姚雪痕”。文不长，近1500字，录如下：

渡

姚雪痕

“老二，可一准撑过来把我渡过去呵！”

---

① 刘涛（1971—），河南大学文学院教授，博士生导师。

建唐妈遥遥的摆着手，呼求着，声音中冲塞了悲酸。老二一面摇着橹，一面提高了嗓子答：

"李大婶，一定的，我一准撑过来接你老，你等一等！要不是船上客官多，就泊回岸叫你老挤过去啦。实在没办法：客官多，水太大。"

新涨了的黄河，更见其浩森奔腾。正是黄昏时候，晚霭连结了天根和河岸，四望是无边的一片水色。船在河心颤动着，慢慢的往前爬。但水流是那么急，船就好像是粘着在河心，永远爬不到岸边去。有时船打了个半转，张惶的向后畏缩着，风浪就在周围肆意的嘲笑，威吓。起初，船上是非常的静悄，每个客官都为自己的生命在担忧。有几个在暗地里向佛爷许愿；有的在祷告着金龙四大王；有的不信神，不祷告，恐怖却抓紧了他们的心头。半点钟之后，篙已再探不到河底了，舟子们便把篙放下，大家坐在船尾和船边上闲谈着，让两个年轻的在船头打着锚。

"呃，八斤哥，我们一会儿准得把建唐妈渡过来。"老二将橹往左边一荡，接着叹了一口气："怪可怜的！"

八斤哥和一个坐船的老农夫谈得正起劲，两个人相互的把唾沫星子喷在对面人的脸上。他们论到各种新上市的粮价，大王沟李家小媳妇的上吊，河湾王老八的盗皇陵。一说到盗皇陵，那位深懂世故的老农夫就提起了喉咙，下了这样的一句判语：

"任饿死也不该到宋太祖爷爷陵上去盗宝！他老人家是火帝真君，要不然会能在腊月间有霹雷火闪把他击死吗？"

这判语使八斤哥非常佩服，忙接着道：

"照呵！饿死也不能到火帝真君陵上去盗宝！"

八斤哥一回头，看见老二正等候着什么似的望着他，便不由的问了一声：

"唵？"

"我说，我们一会儿准得空船放过来把建唐妈接过去。"

"好的。"八斤哥慷慨的点了一下头。

"这老婆子仿佛还是昨天过去就没见回来。"塌鼻子老五喃喃的好像是自语。

"她在北滩地里拾了两天麦，昨晚就住在野地里。"老二说着时就向北岸望了望，但入眼的却是一片的苍茫暮色。

“那么大的年纪了，终天在地里忍热耐渴的，拾不了斗而八升，真是受苦!”八斤哥不平的向船外吐了一口浓唾沫。“他妈的，看起来享福受罪都有命！建唐妈以前多勤俭，不能不算是好女人!”

“这年头的事，说那干嘛？好人也不能不卖饿!”

“建堂也是个好孩子，谁想到在兵工厂里就会把腿炸掉一只去!”

“据建唐妈说是因为建堂在家栽树时掘伤了太岁爷的头。”

“靠不住。总之他妈的下力人该倒楣!”

船上你一言，我一语，又热闹了起来。虽然也会自角落里发出过一声深重的叹息，唤起了一刹那的静默，但过后，话语却是更稠了。谈的范围也渐渐的扩大，展开，甚至讨论到许多违犯国法而合乎人情的问题上去。一会儿，船又爬到了浅处，大家又拿起篙来向前撑，船上的话语也跟着稀薄了起来。可是却有一种叫不出名字的什么东西，重重庄①在各人的心坎上。于是除掉舟子们喘气和周围的水声以外，一切都归于寂然了。水，打着漩，掀着花，哗通哗通的响得怕人。老二低声自语说：

“他妈的，水涨得这样猛!”

天色愈暗了，云也愈浓愈低了，闪在邙山头上乱眨眼，雷在远远的山头天际吼叫着。船仍然颤动着，向着南岸灯火渡口爬，爬，艰艰难难的爬。船爬得离灯火渐近时，可以看见灯火下的人影，并听见寥寥的人语声：

“建唐，你爬来了?”

“呵！三伯么？…我来接我妈的，她昨天就没有回来!”

“也许她今晚又在北边了。”

“不会的，她知道我在屋里没有东西吃。”

鱼鳃脸三伯打了一个哈欠，往河边走去：

“又要下雨，水还在尽管涨!”建堂也爬向河边靠船的地方等：

“妈也许跟着这一船过来了。”

可是北风忽地竟呜咽了，开始把稀疏的大雨点洒到地上来。

---

① “庄”字疑误。

风的呜咽中，彷佛还混和着一个女人的哭声。

（姚雪痕：《渡》，北平《华北日报》1934 年 12 月 22 日第 8 版《每日文艺》副刊第 22 期。）

小说篇幅不长，但内容贴近现实，构思巧妙，形象生动，韵味悠长，具有较高艺术价值。小说通过黄河渡船上水手与船客间的对话，寥寥几笔，就表现出乡下拾荒老妇人一家的悲惨命运。青年农民建唐在兵工厂被炸掉一条腿，为养活儿子，勤俭的建唐妈到黄河对岸拾麦子，因无船可渡，晚上只好住野地，建唐则因家里无粮，饥饿中于黄昏爬到河边，急切等母亲回来。建唐与建唐妈这一对母子的悲惨生活，令人触目惊心。小说妙在对建唐母子俩不做正面表现，而由侧面落笔，通过其他人物间漫不经心的闲聊，就很有力地呈现出这一家人生活的艰难及底层农民的善良。这是典型的短篇小说写法，场景集中，人物少，主要由符合人物性格特点的对话来刻画人物、推动情节、表现生活。由于作家在开封生活时间较长，把故事发生的地点设置在黄河及黄河渡船上，这也使小说的故事具有更强的代表性和象征意蕴。因黄河是母亲河，具有中华母亲的象征含义，一位母亲在黄河岸边受难，其实也象征中华大地、农民的受难，表现了中国农村的凋敝和危机。所以，小说篇幅虽短，但由于故事背景选择的典型性和艺术表现的巧妙，故事的思想深度大为增强。

由这篇小说，我们可更深入了解姚雪垠小说创作和艺术探索的历程。据《姚雪垠生平及著作系年（1910—1983）》，1934 年春，姚雪垠把家迁回邓县，自己只身一人去北平，从事写作。“从此时起到一九三七年，在北平、天津、上海的报刊上发表不少短篇小说、散文、杂感之类作品。”① 《渡》应该就是 1934 年写于北平。从时间上讲，《渡》应该是作者发表的第二篇小说。他的处女作《两个孤坟》，写于 1929 年 9 月 6 日，同月发表于《河南民报》副刊第 42 期，署名“雪痕”，这是他发表的第一篇小说。《渡》发表于 1934 年 12 月 22 日，从时间上应属于他第二篇发表的小说。《野祭——幼年生活的一段》写于 1935 年 3 月，发表于《新小说》1935 年第 2 卷第 1 期。《山上》发表于《文学

① 《姚雪垠生平及著作系年（1910—1983）》，《姚雪垠研究专集》，黄河文艺出版社 1985 年版，第 615 页。

季刊》1935年第2卷第4期。1936年发表了《小罗汉》(《国闻周报》第13卷第6期)、《捉肉头》(《群鸥》创刊号）等小说。从最初发表的这些小说，可看出小说家姚雪垠诞生的具体过程。这些小说题材上大致可分为农村、学生与宗教三类，《两个孤坟》《渡》《野祭》《小罗汉》属农村题材，《捉肉头》属第二类，《山上》属第三类。三类题材中，最能见出小说家本色的是第一类，第三类宗教题材则属偶一为之，之后没有得到继续，艺术上也未见精彩。学生题材的《捉肉头》显出作者对学生生活的关注，可看出作者受老舍、张天翼的影响，但讽刺本非作者所长，小说思想深度与艺术水平一般，但这种对知识分子生活的正面关注，在抗战时期创作的《春暖花开的时候》等一系列小说中，得到更大发展，有了更好表现。姚雪垠早期小说创作中，更为得心应手，艺术上更见特色的，尝试最多的，当然是农村题材。他的农村题材小说，得到过鲁迅等左翼作家更多的精神滋养，与鲁迅小说间存在互文关系，从《两个孤坟》《野祭》可看出《药》的影子，从《强儿》可看出《明天》的影子。但模仿是短暂的，更重要的是，作者在农村题材的探索中，逐渐找到了自己擅长的题材和人物，形成了自己的艺术风格。在作者呈现的乡土世界中，诗意是一点也没有了，农民与地主（劣绅）间的矛盾愈发激烈，地主愈加飞扬跋扈、横暴凶残，而农民在日渐无助、软弱与奴颜婢膝之中，其反抗性的一面也逐渐萌芽、发展并得到浓墨重彩的表现。在作者早期的农村题材探索中，《两个孤坟》《野祭》《强儿》《小罗汉》聚焦于农民的贫弱与无告、疯狂与死亡，与萧红的《生死场》呈现的世界是一样的。《七月的夜》的出现是一个转折。乡村底层的愚昧女性“红薯脚”让我们不禁联想到“麻面婆”，在表现底层农民包括女性的无告和挣扎上，这篇小说与之前的小说如出一辙，但小说结尾红薯脚梦中的反抗，预示了农民反抗性格的生成，及此后他创作的转变。这种反抗性在《生死路》中终于得到落实，小说的命题、情节、人物与《生死场》有诸多呼应之处。《援兵》则标志作者对农民反抗性的表现达到新高度，预示着《长夜》的出现。

对作者早期小说创作加以简要回顾，是为了对《渡》这篇小说进行定位。作为第二篇小说，《渡》延续了《两个孤坟》对农村生活现实的关注，与《两个孤坟》《强儿》《野祭》《小罗汉》等小说一样，侧重于表现底层农民生活的贫穷与无告。与中后期主要从事长篇小说创作不同，姚雪垠早期的艺术探索主要以短篇小说的形式进行，因之，短篇小说创作，可视为他为长篇小说创作所作的一种操练和准备。在作者早期创作的短篇小说中，《渡》虽然最短，但对农民底层生活的表现却非常深刻，每一个人物形象皆能给人留下生动印象，口语的使用非常贴切，对塑造人物形象起到重要作用。这说明在创作伊始，姚雪垠对短篇小说文体已经有高度的艺术自觉。方言口语的娴熟使用，说明他对方言口语与人物性格塑造、生活表现之间的关系，也有了较深入的理解。

这篇小说外，姚雪垠在北平《华北日报》《每日文艺》文艺副刊上，还发表《经验、观察与认识》（1935 年 1 月 5 日第 8 版，署名“姚雪痕”）、《写实主义文学与科学》（1935 年 1 月 17 日，署名“姚雪痕”）、独幕剧《洛川之滨》（1935 年 1 月 23、24 日第 8 版，署名“姚雪痕”）、《英雄非典型》（1935 年 2 月 6 日第 6 版，署名“姚雪痕”）、《天地间的开辟、毁灭，及重建》（1935 年 4 月 15、16 日、17 日第 8 版，署名“姚雪痕”）、《女子变物故事举例》（1935 年 7 月 9 日第 8 版，署名“姚雪垠”）、《“文人相轻”》（1935 年 7 月 12 日第 8 版，署名“姚雪垠”）等。这些文章，除《渡》外，《女子变物故事举例》（1935 年 7 月 9 日）、《“文人相轻”》（1935 年 7 月 12 日）亦不见于《文集》《书系》或两书后的“存目”。

两次讲演：《怎样写小说》和《怎样写作》

姚雪垠在小说创作上有高度理论自觉，其中一个体现就是关于小说创作，发表过系列理论文章，做过多次演讲。文章如《小说是怎样写成的》《小说结构原理》《创作漫谈》《怎样写人物个性》《写短篇与写长篇——小说写作经验谈》等，其中部分文章集为《小说是怎样写成的》一书出版。作为知名作家，姚雪垠曾受邀以小说创作为主题作过多次讲演，这些讲演部分被整理发表出版，部分讲演未见收集。笔者在河南报纸上发现姚雪垠的两则讲演文献，一为《怎样写小说》，记录者“丁纬”，刊《民权新闻》1946 年 10 月 9 日、10 月 10 日、10 月 12 日、10 月 14 日、10 月 16 日、10 月 17 日第 2 版《晨曦》副刊。一为逸波的《怎样写作——记姚雪垠先生讲演》，刊《大河日报》1946 年 8 月 18 日第 4 版《奔流》副刊。由文章皆发表于河南开封报纸，可大致推测这两次讲演的地点都应该是河南开封，其中逸波的《怎样写作——记姚雪垠先生讲演》明确提到“沙城”即开封，说明《怎样写作》的讲演地点为开封，而且很有可能是河南大学。从发表时间看，两次讲演一为1946年8月，一为同年10月，可大致推断两次讲演的时间，应该也是1946年8月与10月。现把两篇讲演稿整理如下：

怎样写小说

姚雪垠讲

丁纬 记

今天所谈的问题，是属于创作方法方面的。

现在讲的题目是《怎样写小说》。这是很不易讲的一个问题，我自己，说起来，是一天到晚在写小说，而现在乍然一谈，却是“不识庐山真面目，只缘身在此山中”。大有一部二十四史，不知从何处说起的感觉。

没有好的办法，或者就经验谈吧！而这又有许多不合适，因为经验只是属于自己的，不能代表别人写小说的意见。况且我的经验又十分不够，拿走路说，我只算小孩子学步，还说不上安安稳稳的走，更谈不上跑步了。

所以这问题，要详细讲，一年也说不完，今天就简单扼要的拿一两个钟点的时间约①讲了吧！

首先我们先说什么是小说，小说的定义是什么？这个似乎难说，因为小说自来没有过一个好的定义，因为文学和艺术，不像自然科学，界限清楚，概念容易把握。所以下个定义，十分困难。

勉强的说吧！小说是用形象化的语言，表现人生的故事。

所谓形象化，大体上说，就是描写的手法表现，无非②平铺直叙。

再一方面，为什么小说写的是人生的故事呢，因为历史社会是人构成的，小说是反映历史社会，反映时代的，所以必然得离不开人，必然要写人，而有没有不写人的小说呢？为什么都要写人？当然这也不尽然也有例

① “约”当为“略”。

② 原文如此，疑误。

外如同贾克伦敦①的《野性的呼喊》是专写狗的生活的。其他如《伊索寓言》等西方童话，是大部分写禽兽的，那怎么都一样是好的作品呢？这当然是不错，但我们应该注意，他们所写虽是非人的东西，而其本身却都是“人格化了”的。这就是所谓移情作用。

譬如说吧，庄子游于濠梁之上，见了鱼就说鱼很快乐，庄子不是鱼，怎么能说鱼快乐呢？这就是庄子把自己的感情移到鱼的身上。

还有从前一位诗人说到花，“泪眼问花花不语，乱红飞过秋早②去，”这也是以自己悲哀的情绪，转移给了花，赋予了鱼和花一种人格，我们感觉到鱼和花有灵魂有精神，而且这种精神还和我们是一致的，所以小说也就可以写动物和植物。

不过这只是极少数的，主要的还是写人生，小说还是用表现的手法，形象化的语言写人生的故事。

现在再说“故事”，故事两个字相当重要，诗和散文都是写人生的，而所写的只是人的思想与情感，不着重在故事，只有小说本是写人生的故事的。

再说小说和现实和历史的关系。

小说是现时③，但不和我们平日常看见的现实完全一致。也就是说现实和真实有距离，现实是个别的带有偶然性而确切存在的，现实是真实的概括归纳与提高，是深入真实而又超出真实的。现实是在这个时间空间里有普遍发生的可能性的。

举个例子来说，现在你要写一个小说家，你以我姚雪垠为准来写，说小说家是一个穿咖啡色□袍，浓眉毛，大眼睛，黑皮肤，络腮胡子的人物，这是不好的，因为世界上小说家多得很，这一个描写不能作代表。这就是说，真实是有局限性的，专就真实来写，不够。所以必需从个别的真实中抽出其共同性写出来。这一点是十分要紧的。

再说小说和历史。有人说小说就是历史，历史就是小说。不过小说虚

---

① “贾克伦敦”现通译为“杰克·伦敦”。
② “早”当为“千”。
③ “现时”疑为“现实”。

构的成分多，英文说小说是□，就是这意思，历史则是真实的，比小说更真实。

这一点，说历史比小说真实，这我否认。小说的记载，是比历史真实的。

如同司马迁《史记》上记载的吧！项羽大败于垓下之后，奔至乌江，问农夫路，农夫说左，羽左，结果，项羽和他的随从都死亡了。这件事在项羽和他的十八骑随从都死完时，又有谁告诉□史官，教这样写呢，这不过是根据传说罢了。

又如同今天早上我和两位朋友去吃饭，已经走出房间，迎面又来了一位，这位朋友连屋里也没进去，就被拉着一块去吃饭了。而他却说我屋里有个女人，其实我屋里除去一张床，一床被褥以外，什么也没有，但假若这位朋友传开去，有人要写出印象记一类的又写来，能会真实吗？

再如同报纸吧！按说那上面的东西该是真实的了，而其实，那上边的东西，才是真正的谎言。尤其是自评为正确的中央社消息。

所以我说历史是瞪着眼睛板着面孔说假话，小说则是嬉皮笑脸的说真话。历史如同一个一本正经的老头子，见了小孩便道貌岸然的训示着，说什么读书不用功，一天到晚光顾得谈恋爱，而一转脸到自己房里，便又同姨太太调笑起来了，所以要真想了解以前的事，看历史还不如看小说。

如果读《明史》或者读□□之类的史籍，要想了解张献忠的脾性，可不大容易。但有一个小故事，说张献忠手下有个县官，犯了法，张派人去□查他，不久他又给了个手谕给查□的，上写着“奉天承运皇帝昭曰，回来吧，饶了那个狗知县，钦哉”。我们一听便能想到张献忠原是这么个人物。而这段记载是出于野史的，而且十分富于小说意味。

另外再谈一种浪漫的如《西游记》等小说，这种可以说是超现实的不切合实际的东西了，像这样作品在西洋也有，如同《鲁宾孙漂流记》，《格利佛游记》等就是，但有些人却觉得这也是真实的。其原因是由于虽然所写的不是人，而是从人的生活中抽出来的，《西游记》也便是这样，翻去荒唐的外表，仍不失其真实性。

比方说拿神来比□人，地下有皇帝，天上便有老天爷执掌一切。地下有县长专员，天上便有写隍都城隍，地下有保甲长，天上便有土地。这种神的组织大体上都是模仿人的。天有大神，地有大官，天有小神，地有小官。天上有吕洞宾之类的□□，也就因为地下有教师作家之类的人物，事实是这样，一切都是真实的。

小说包括人物，事件和主题。

说到人物方面，许多人都会说我会看相，成都许多朋友曾经喊我做文艺大相师，实在我也确切会看相，尤其同学们，更且是河南同学们的像。我只要一看人，对这人的过去现在以及将来，能看的十分准，一看就对。

譬如有一次我在燕大讲演，讲毕之后，有一个女同学请我吃点心，喝咖啡，要我给他①看相，我一看就说她家庭很富有，外婆家也富足，另外还知道她最近正失眠，结果，都对。

为什么能看对呢，这是因我对人的看法，有一个哲学的系统，主要的在看人的性格，心理以及心理的转变。

性格，在麻衣相上，也许不在，不过我是在一个卦摊旁边听说的，他说是，“有心无相，相随心生，有相无心，相随心减”。

我是捧②黑格尔辨证法的，这两句话，便很像黑格尔的辨证法。换句话说：心是内容，相是形式，内容是可以决定形式的。

举例说吧，一个人外表不见得十分漂亮，五官配合也平常。而我们对他，却越看越美，越看越可爱，这是因为他的风度动作都好，是一种内形的美。但是这个人若生长在贫穷人家，不让他读书，不受教育，在粗野的环境里生长，那么他内在美就不会发展，若果反过来说，自小就把他放在优良的环境里，受良好的教养，那他的衣裳装饰，姿态动作都自然可爱。这就是相随心生。

再譬如有些人，干枯瘦小，虚弱，而一旦发了大财，做了官，发威发福的，那穷酸气就自然消失，立刻会走成方面大耳，又白又胖一副大官赐福的样子。但若又一旦砸了锅打了瓦，找事不成，谋业不就，那一定是背着锅子走路，满脸烟色，一身晦气，见人湾③腰。这就是所谓“相随心生”。

① “他”当为“她”。
② “捧”当为“奉”。
③ “湾”当为“弯”。

这就是所谓内容决定形式。

一个人物的内容，就是性格，而性格是由心理和生理所构成的。

有一个朋友，在结婚的时候，我曾经去看过，朋友太太很漂亮，各方面都美，但在说话时，往往好拿手巾掩住嘴，后来我才发现，这位朋友的太太，各方面长的都很好，可就嘴上有毛病下牙包上牙。这一定是她在女孩子时期，懂得了美和丑的时候，再有些残酷人们，告诉了她，她的缺点以后她便自觉不自觉地去注意这缺点而企图去掩护住它，这样久了，便构成了她如今的这种性格。这就是生理影响心理，久之构成了性格，也就是说，心理作用，受了外界的或生理上的影响，有条件或无条件的反射，这样长远了，便自然地构成了性格。

再如：我有个朋友，是我们家乡人，外号叫小磨子，有一次我回家，和他一道走路，走的时候，我觉得他老抗我，从路东□[①]的□抗到路西，一会又从路西又抗到路东，后来我注意观察才知道，他所以抗人，是因为个子低的缘故，个子低便希求自己能长高一点，遇见人长个的人，他存一种受威胁的惧怕的，而遇见像我这样不称[②]高的人，便想和我比比个子，到底低好些，这样存心久了，便自然走路好和人贴近。另一方面，由于个子太低，便常爱注意自己的高度，而这种注意，不能看见自己的头，所以只有看肩头，时而抬左肩，时而抬右肩，一耸一耸的，这样久了，再加上比个子的心理，便自然形成一种抗人的性格。这也是生理影响心理，心理构成了性格。

还有一个很要紧之点，就是社会生活影响心理，再进一步构成个性。社会生活对性格之构成是十分重要的。

心理可以说是现象，变化多端，随时随地受了外界的刺激，在内部便临时发出一种反应。而个性则是比较稳定的，变化较缓慢，但也非绝对不变的，这可以说性格近乎□质，是一种内在的。

心理是直接受社会生活影响的，如同北京有一个大成衣匠，在从前时候给许多官们做衣裳，做得十分合适，而且不量尺码，只要和官们的随从

---

① 原文字迹不清，以“□”代替，下同，不再一一注明。

② 原文如此，疑有误。

一谈，就能做成。因之就有人去请教他，到底是什么原因，他就告诉□说，做衣裳的如果是一个小官，或者候差多少日子还没补上缺的人，那给他做时，就一定后边长些，前边短些，这样配上他弯腰拱手的姿态，一定很对称。若要是一个正赫赫得势的天①官，那就要反过来，做得前襟长后襟短，才能对称，因为他一定是挺胸仰脸的神气。

这就是社会生活影响心理，心理构成性格的一个证明。

至于在心理方面，对写作是很值得注意的，如同我是一个男人，写老头子或者可以揣摩，但若写女主角，又是怎么写的呢?

这主要的一个条件就是根据自己的生活经验，去体验别人，就所谓“人同此心，心同此理”，也即“设身处地，将心比心”。

一个人在等待情书的过程中，起初一定是很着急的等着望眼欲穿的，若很久接不到，便埋怨邮政，埋怨交通，怨天尤人，惆怅万分，若一旦接到手，却又有万分的不宁，想一下扯破□皮，但又想保留着，但又等不及去寻硝酸去点破，于是边走边撕，到读时，一定想一气读完，而读后却又怕有遗漏似的，来往返复的读着。

再说有一个人若果在一间接待室里等女朋友，一定起坐不安，时而侧耳听听门外脚步声，时而偷眼窥窥玻璃窗外，现出十分不宁静的样子。

这些都是将心理通过动作，表现出来，从前人作文章，常是平铺直叙，那是最笨拙的，现在写，却如同舞台上一样，用动作行为来表现。

如果写一个人内心的矛盾吧，像偷表这件事，要是说他想偷表又有些怕，这样说出不好。若这样写：说他□进门，便看见了表，心内不由得□动，于是眼便变钉住在表上，而又一时不敢下手，走来走去，心跳脸热，而后才把表拿走，这就好的多了。

表现人物的最重要的部分，是眼睛，鼻子，嘴，头发，这种面部的表情，最可以传神的描写出来。

如同一个正在用功的心，内情很灰心，对别的事都不生兴趣，甚至是由于爱情失败的刺激。那他这时眼睛一定很湛深，眉尖蹙着，头发蓬松，面部显出阴沉的样子。假若有一个人正在有爱的要求，或是爱的萌芽，那

① “天”应为“大”。

他一定头发梳的很光亮，眼睛也射出虎玲玲的光。一举一动都加意修饰，衣服也挺考究。记得是《安哪卡列尼哪①》中说过，“从毛色中我认识酸，从发光的眼睛里，我认识恋爱的年青人”。总之眼睛的表情十分重要。不过有些人写什么眼睛中放射出异样的光彩，这不好，不够形象化。

可是心理也有变动，从心理看性格，从性格也能看出心理。

性格也有它的特殊性与一般性，如同请人讲演，那讲话的人，便由于性格心理的不同，而有不同的表现。

性格受心理的影响很大，等于是本质决定现象，内容决定着形式。

如写一个乡下小土绅，在欢迎一小部分军队的欢迎会上，一定有□推他说，你要②人家人望重，上去讲几句吧，他一定惶恐的拒绝，可是万不得已推不掉时，便扭扭捏捏地走到台上，可是一上台，烟袋朝腰里一插，再也想不起说什么好，那他一定会一转身埋怨人说，你看，我不上来，你要叫我上来。

可要是一个大绅士，欢迎大军队，就气魄不同了，虽然他也不会讲出什么漂亮话来，如果说我们乡一个大绅士欢迎石友三时的情形来说吧！当时石友三说，我的军队就是老百姓的军队，都是替老百姓做事，可是那绅士却上台说，石军长是客气的，他的军队就是他的军队，不是咱们老百姓的。接着又说石军长自到潼关，百战百胜，可称得是个大军阀。

这些是由社会的生活，决定要③他们的性格。

总之文化教养，历史传统的教养，社会生活，生理，心理都是构成性格的重要条件。

（姚雪垠：《怎样写小说》，《民权新闻》1946 年 10 月 9 日、10 月 10 日、10 月 12 日、10 月 14 日、10 月 16 日、10 月 17 日第 2 版《晨曦》副刊。）

① “安哪卡列尼哪”现通译作“安娜·卡列尼娜”。

② “要”当为“老”。

③ “要”疑误。

怎样写作

——记姚雪垠先生讲演

逸 波

虽然是七点钟，清晨的太阳，像一把酷热的火伞，罩着沙城的大地，数百个同学，静静地立在操场上，等待着姚先生宝贵的训示。

一阵热烈的掌声中，姚先生莅临在大众的面前，态度是那样和蔼，面上时常挂着笑容，经过叶主任简短的介绍，姚先生便开始了讲演，以豫南的土语，加了精切的锤炼，是研究通俗文学的本色。首先讲文学并非无用，他说："世界上武力是暂时的，他只能杀其身，而不能服其心，例如希特勒，秦始皇，只能以强大的武力，统制了一时，但如泡影似的消逝了，另有一种人他不动一刀一枪，受尽了人间的苦难，但他却永远统制着人心，如东方的孔子，西方的耶苏，可见武力之不可持。但□假如有人看过了岳传或水浒无人不义愤填膺，甚至读了七侠五义等神奇小说，便想着少林寺出家，峨眉山修道，自己也要飞檐走壁，仗义行侠，这些下流的小说，尚能感动人心如是之深，何况上流的文学作品呢！"

"第二，上古时代的人类，粗劣的陶器绘上五彩，自己的皮肤刻上花纹，如此种种，不外由于爱美心，而有之艺术表现于外①。可知人生与艺术是不可分，而文艺是艺术的最高表现。当你接近一个仪容高雅的人，不由的会引起你的美感，反之，曾②使你讨厌觉得枯燥，呆板。由此可知艺术感人之深了。"

"第三，怎样写作。这里有三个条件，是走向成功之路的。一，多读，二，多写，三，多看。多读，惟有多读才可丰富你的学识，指示你成功之路，所谓：'读书破万卷，下笔如有神'，就是最好的写照，多写，只有多写，才能熟练你的技巧，锻炼你的写作经验，多看，看世界上的一切事物，体验生活的经验，从宇宙间求你写作的材料，最后，我要向大家说：

---

① 原文如此，疑有误。

② "曾"当为"会"。

‘丰富的材料胜过□妙的技巧’，材料□□着大众与事实，立论要正确，堂皇，这样才有高尚作品的产生。”在一阵热烈的掌声中，姚先生结束了他的讲演。

（逸波：《怎样写作——记姚雪垠先生讲演》，《大河日报》1946年8月18日第4版《奔流》副刊。）

现在看来，两篇讲演所谈的可能都属常识性问题，但对研究姚雪垠的小说创作、思想观念及他本人的性格却是宝贵材料。特别引人注意的，是《怎样写小说》中姚雪垠自称被成都文艺界朋友戏称为“文艺大相师”。姚雪垠对此称谓不以为忤，反而相当得意，这一方面显示他自信的性格，另一方面也说明他对人心世相有相当深入体察。他所谓的“看相”，不是“迷信”，而是建立在内容决定形式、物质决定精神这一科学认知基础上。主张尊重生活规律与艺术规律，在洞察人心世相和精准把握人物性格的基础上，塑造出生动、深刻、立得住的人物形象，应该是他小说观念和小说创作中最有价值、最值得珍视的部分。

《怎样写小说》中另一点值得引起注意的，是姚雪垠对《明史》的熟悉，以及对张献忠性格塑造的认识。《李自成》研究中，对该小说写作前史的研究，是一重要内容。有学者认为《李自成》的写作是为投毛泽东所好，为其唱赞歌；有的学者则认为《李自成》并非投机取媚之作，作者为此书写作，做过相当长时间的准备，早年读书生活中，他就曾接触到几部与李自成有关的史料，其表现土匪生活的小说，尤其是《长夜》，在题材和人物塑造上，与《李自成》有紧密的内在关联，可视为《李自成》创作的前期积累和准备。《怎样写小说》这篇讲演的发现，说明姚雪垠1946年已熟悉《明史》，对与明史有关的野史更为熟悉，已关注到张献忠性格的塑造问题。这有力证明在《李自成》创作上，姚雪垠是做过长期准备工作的。

杂文：《“文人相轻”》

《“文人相轻”》，刊《华北日报》1935年7月12日第8版《每日文艺》副刊第217号，署名“姚雪垠”。录如下：

文人相轻

姚雪垠

上月我们曾读到几篇关于“文人相轻”的文章；但“相轻”二字的本意，似乎都没有弄清。“文人相轻”这句话虽出自曹丕的《典论》，不过后来人们所说的“相轻”，和原来的意思就大不相同。在曹丕说这句话的时候，并没有什么恶意。把“轻”字作轻薄解，始自《颜氏家训》：

自古文人多陷轻薄……今世文士，此患弥切：一事惬当，一句精巧，神历九霄，志凌千载，自吟自赏，不觉更有旁人。（《文章》篇）

此后，骂文人轻薄，全是颜氏作俑。其实，因主张不同而互相批评，并不能算是相轻。一切文化，都是在批判和斗争中求发展，真理也不是一成不变的东西。比如：沈约和陆厥关于声律的辩驳，骈文家和散文家的互相非难，性灵派和形式派的争论，都各自有立场，为自己主张作战，不能算是相轻。即近来旧文人与新文人的白话文言之争，语录体派和大众语派的厮骂，也一样是争真理，不是一般人所说的相轻。像两个人互相吹求，纯出自嫉妒，那才是真正的相轻。然而有识的作家中，有这种情形的究竟不多。不惟相轻的不多，反而还互相称扬。

因为文人相轻原发自嫉妒心理，所以相轻的文人多没有伟大的人格。尤其相轻的多是同时同地而地位又相差不多的人。人与人之间，为想压灭人家，显出自己，于是互相倾轧的事情就起来了。有时至亲厚友，也不能免。相传宋之问因其甥刘希夷有“年年岁岁花相似，岁岁年年①不同”之句，遂用土袋压杀希夷。这全是嫉妒做祸。《隋唐嘉话》载：

炀帝善属文，而欲人出其右。司隶校尉薛道衡由是得罪。后因事诛之，曰：“还‘空梁落燕泥’否？”

朝廷嫉妒臣下，宋文帝也是一例。史言文帝雅好文章，自谓人莫能及。鲍照为怕招祸，做起文章来总弄些毛疾②，以表示自己不胜他。至于

---

① “年”后缺“人”字。

② “毛疾”当为“毛病”。

一般朋友间互相倾轧的例子，真是举不胜举。我们读了菊池宽的《无名作家日记》，再回想想我们自己所受同辈的嘲笑，真要掩卷一叹。在巴尔扎克的《无神者之弥撒》中，戴斯布兰对边雄说的一段话，把人与人之间的刻薄无情，说得淋漓尽致。他说：

当一部分人看见你把脚登在镫上的时候，马上便有几个人来抓住你的衣服的后襟，几个人把马鞍上的皮带弄松，让你摔下来把脑袋摔破；这个把你的马掌取下来，那个把你的鞭子偷走；那跑过来用手枪打你一下的还是最不阴险的。我的孩子，以你这样的才分，你不久就会□那些庸俗的人对一个□较高的人所作的那种□的，无尽止的战争了□

在这之后，戴斯布兰又说一些令人读而伤心（如果没有社会经验的人，朋友读了后大概是不会伤心的），比方为节省篇幅起见，我□必全抄了。

在个人主义的社会里，想□人们互相帮助，真不容易。□令互相帮助，也只是各为自□利害而暂时利用，结成狐群□党，互捧互拉。但我们总希□文人们尽可能的往远处看看□尅服了个人主义，不互相嫉妒，也不互捧互吹，大家立场相同的，合作起来，为新的历史尽一点应尽的义务。

（姚雪垠：《"文人相轻"》，《华北日报》1935年7月12日第8版《每日文艺》副刊217号。）

姚雪垠这篇文章与一场文艺论争有关。1935年1月《论语》第57期刊载林语堂《做文与做人》一文，把文艺界的论争都说成是"文人相轻"。于是，围绕"文人相轻"问题，文艺界展开了一场讨论和论争，鲁迅、曹聚仁、孔另境、魏金枝等人都有文章发表，就中以鲁迅发表文章最多，达7篇。这场论争主要发生在上海的报刊上，以《申报·自由谈》和《文学》月刊为主战场。论争表面讨论的是文学论争是否有是非曲直的问题，但实质上，这场论争与先后发生的京海派论争、大众语论争一样，是左翼阵营与自由主义知识分子思想交锋的一个体现。1935年春夏，姚雪垠虽在北平，但却积极投身于上海文坛的思想论争特别是"京海派"论争，写下了一系列辛辣犀利的杂文，如《鸟文人》（《芒种》1935年第3期）、《老马识途》（《芒种》1935年第5期）、《日子倒走》（《芒种》1935年第6期）、《京派与魔道》（《芒种》1935年第8期）、

《苍蝇主义》(《芒种》1935 年第 9、10 期合刊) 等。《“文人相轻”》的发现，说明他当时还参与了上海文坛的另一场论争。《“文人相轻”》与其他杂文的写作，表明姚雪垠年轻时已经具有很敏锐的政治意识和进步的思想观念，通过积极投身于当时最前沿的文学论争，发出自己的声音，参与文学史的建构。

《“文人相轻”》主要辨析性质截然不同的两种“相轻”，一种为纯粹的学术论争，一种则为发自嫉妒心理的彼此倾轧。作者很感慨于文人间的彼此倾轧，列举文学史的此类事例，呼吁文人克服个人主义，彼此团结互助。作者这种想法，当然只不过是一种美好愿望。其实就在左翼思想阵营内部，彼此志同道合的同志间，也存在宗派主义，存在互相倾轧和诬陷。作者自己之后的经历就是一生动例证，吴永平先生对此有详尽的钩沉和研究，[①] 研究者可以参看。

报纸社论：《什么是五四精神》

《什么是五四精神》，刊《前锋报》1946 年 11 月 24 日第 2 版《星期专论》栏与第 3 版，署名“姚雪垠”。文近 5000 字，录如下：

什么是五四精神

姚雪垠

自从司徒雷登大使对之江大学学生发表了“发扬五四精神”的演讲以后，很惹起全国知识青年与文化界人士的注意。以一个外国人对我们提出来这样的启示和号召，又恰当民族前途如此暗淡的时期，我们越发的应该警觉，应该振奋，应该感激。今天每一个愿意中国走上民主道路，向现代化迈进的知识分子，不管担任着什么职业，都应该了解“五四精神”的内容，珍惜这一伟大运动的成果，继续努力，完成历史所给与我们的神圣任务。如果我们忘掉五四，或背离五四的精神，我们就不可能把中国带上一条光明大道，我们的建国工作实际上是盲人瞎马。本文写作的目的，就是要将所谓“五四精神”以及它在今天的意义，向读者扼要的介绍一下。

---

① 吴永平：《隔膜与猜忌：胡风与姚雪垠的世纪纷争》，河南大学出版社 2006 年版。

什么是“五四精神”呢？“五四精神”就是民国八年五四运动所留给我们的精神遗产。要了解这一运动的历史背景和历史任务，我们必须对中国近代史作一个简单的回顾。中国近代史开始于一八四〇年（道光二十年）的鸦片战争。鸦片战争打开了“闭关中国”的门户，从此帝国主义的侵略一天比一天加紧。一八五七年（咸丰五年），有英法联军之役，同英法分别签订了天津条约，加速了中国的衰落。一八五八年，帝俄乘英法联军侵略中国的时候，逼迫满清政府签订立了瑷珲条约，夺取了黑龙江以北兴安岭以南的广大领土。一八六〇年（咸丰十年），帝俄借口调停中国同英法战争有功，要求中国酬劳，逼迫满清政府订立北京条约，扩大帝俄的侵略势力到新疆境内，并使俄帝国在经济上尽量的榨取中国。一八七一年（同治十年），回民作乱，帝俄借口保护边境治安，出兵占领伊犁。一八八一年（光绪七年），逼中国订立伊犁条约，从此帝俄的势力深入内地，和其他帝国主义一样，在中国享有种种的通商特权。一八七六年（光绪二年），英国借口测量队在云南边境被土人所杀，派兵舰入渤海示威，迫满清政府订立烟台条约，扩大了英帝国主义在长江流域的势力，并使她获得了侵略西藏的机会，不久又夺去缅甸。一八八四年（光绪十年），爆发了中法大战，中国海军虽败，陆军却节节胜利。腐败的满清政府在胜利声中向法军屈膝求和，将安南送给法国。以上是从鸦片战争到甲午中日大战前夕，五十多年中的几笔流水。中国的半殖民地命运，在这半个世纪中完全造成，而中国新文化运动的种子也在这半个世纪中渐渐的萌芽成长。因此，要了解“五四精神”，这一阶段的丧权辱国史和思想运动史我们必须要特别注意。

近代史上的思想运动和政治运动是不能分开的。从鸦片战争到“五四”前的辛亥革命，中国人的政治和思想运动可以划分成各四个阶段：第一阶段是洪杨领导的太平天国运动，第二阶段是曾李领导的洋务运动，第三阶段是康梁领导的戊戌运动，第四阶段是孙总理领导的排满运动。这四个阶段的运动各有其不同的内容和特质，以戊戌运动和五四运动的关系最为密切，其内容也最近似。“五四”是戊戌的更进一步的发展，而辛亥革命则是完成了太平天国运动的历史使命。不过五四运动虽然直接承继着戊戌运动，但“五四”的反帝和反封建思想却发源于洪杨时代，领导“五四”的社会力量则诞生于洋务运动。

从鸦片战争的时候起，中国人民就有了强烈的反帝思想。当时广州人民曾发生两次反英运动，民族意识，至为高涨。江宁条约签订后，广州人民又发动反对英国人入城风潮，连官吏也不能制止。鸦片战争的结果既加深了中国社会的危机，也动摇了满清的封建统治，于是一八五〇年（道光三十年），太平天国起事于广西。太平天国的革命除以排满为主要任务外，又带有不彻底的反帝和反封建色彩，太平天国的土地政策是实行均田制，“务使有田同耕，有饭同吃，有衣同穿，有钱同使，无处不均匀，无人不保暖。”（《天王诏书》）这表示太平天国反对封建地主和改善农民生活的决心，太平天国反对蓄婢纳妾，反对妇女缠足，反对买卖奴隶，设置女官，开办女科等，□显示她已经有现代思想的萌芽，或多少接受了西洋的近代文明。太平天国的反满，一方面是自觉的民族运动，一方面又是不自觉或半意识的带有反帝运动的意义。因为鸦片战争以后，满清政府变成了帝国主义侵略中国的工具，所以反满实际上就是反帝的初步，或反帝运动的一部分。我们只要看当时勾结帝国主义扑灭革命的是满清政府，而和帝国主义作战的是太平天国这一事实，就够明白。从太平天国军队占领南京，克服苏常起，帝国主义就感受震惊。一八六一年的冬天，太平天国与英帝国主义为上海问题展开了正面冲突。次年帝国主义的军队即开始协助清军作战，一直到天国覆亡。

太平天国覆亡之后，一部分稍有眼光的官僚地主，为要维护满清政权，拯救中国的贫和弱，同时保卫中国的封建文化，就提倡洋务，呼吁变法。洋务运动的代表人物是曾国藩，李鸿章，和他们的晚辈张之洞。曾国藩以满清中兴柱石地位，提出来“学夷技以制夷”的口号，主张吸收外洋的科学技术，从他的手里派遣过不少官僚地主聪颖子弟到外国留学。李鸿章和洋人发生的关系更密，对洋人的厉害知道的更清。他是当时洋务运动的主脑人物，明确地提出来变法问题。中国早期的官营企业，多成立于曾国藩，李鸿章，左宗棠之手，而李鸿章更是建立新军的元勋。张之洞继承了曾李的思想，提出来“中学为体，西学为用”的口号，是变法图强的最有力的鼓吹者和实行者。但所有洋务运动者都是满清皇室的和封建文化的忠实奴才，所以他们只要西洋的科学技术，而不要西洋的科学思想，自由平等观念和民主政治。洋务运动者在晚清思想史上远不如戊戌运动者的贡献为大，他们对旧的封建官僚地主说是开明份子，对戊戌运动时代的知识份子说是落后的顽固份子，而对中国的民族革命说更是罪人。洋务运动者，在历史上的最大贡献是开始发展了近代产业，使中国出现了领导启蒙运动的社会力量。

戊戌运动，从文化方面说，是中国第一次展开的启蒙运动。一八九四年（光绪二十年）的中日大战，是中国近代史上最惨败的一次战争。由这次战争的失败，使一部分进步的知识分子起来作维新运动。不过因为当时领导这一运动的社会基础还很脆弱，所以他们只可能以改良运动的形式出现，利用皇室的矛盾，企图依赖光绪皇帝的薄弱力量来实现他们的政治主张。结果，他们在政治上遭遇到惨重的打击，而在思想运动上获得了伟大的影响。

戊戌运动的三个代表人物是康有为，谭嗣同和梁启超。康有为领导的有名的“公车上书”是中国近代史上第一次轰轰烈烈的“学生运动”，打破了“一心只读古人书”的传统习气。他拼命打倒八股文，使无数的知识分子从八股文的束缚中解放出来。《新学伪经考》和《孔子改制考》这两部著作，发展了清儒的怀疑精神，鼓舞人抛开了为考证而考证的治学方法，大胆的批评和创作。《大同书》所宣扬的是一种乌托邦的社会理想，在十九世纪的东方要算是一个奇迹。在他的《戊戌奏稿》中一再的提出来立宪，开国会，科学救国等问题，这是科学和民主最早被同样注意。谭嗣同是清末最富于战斗性的启蒙思想家，最能够代表新兴民族资产者的战士风度。《仁学》一书中充满了积极的，浪漫的，对旧文化反抗和解放精神。他鼓吹民主和科学，攻击君主专制；否定满人的统治，鼓吹民主革命。特别在反传统，反礼教方面，他表现了卓越的天才和革命者的坚决态度。梁启超在文化上的活动时间比康谭长得多，又一生不断求进步，所以他对于清末民初的启蒙运动贡献了不朽的劳绩。自一九〇二年《新民丛报》发刊起，至五四运动止，梁任公是中国思想界的最高权威，无数的知识分子受他的影响。他醉心自由和民主，任湖南时务学堂讲席时，“所言皆当时一派之民权论，又多言清代故实，胪举失政，盛倡革命。其论学术，则自荀卿以下，汉唐宋明清学者，掊击无完肤。”（《清代学术概论》）后来他的新民说和自由说，对儒家传统思想激烈攻击，认为束缚人类思想的发展。在社会伦理方面，梁氏既主张自由民主的新人格，所以极力攻击由封建政治统治下产生的奴性，要求人性解放，提倡进取，冒险，自治，合群，权利，义务等新伦理道德。

戊戌运动和洋务运动有很显著的差别。洋务运动者所代表的利害和满清政府的利害是一致的。戊戌运动者所代表的利害和满清政府（当时以慈禧太后集团为代表）的利害是对立的。洋务运动者的目的是维护旧传统，戊戌运动者的目的在打破旧传统。洋务运动者只要科学，不要民主，戊戌运动者则民主和科学都要。所以我们说，戊戌运动才是真正的启蒙运动，而它的精神被五四直接的继承去了。

五四运动虽然爆发于民国八年，但文化方面的攻势却早开始了四年。从戊戌到"五四"中间虽然有辛亥革命，但辛亥革命只推翻了满清政府，却没有打倒了根深蒂固的封建势力。辛亥革命成功之后，只是将政权由满清皇室手里移交到北洋军阀手里，进步势力依然遭受□迫害和摧残。第一次世界大战期间，民族资本暂时的获得了相当的发展，但封建军阀所代表的政权却一直在走着反动的道路，一面投靠日本及其他帝国主义，一面进行着争权夺地的内战，丧权辱国，愈来愈甚。于是，一部分新兴市民和进步的知识分子相结合，展开了反帝反封建的广泛运动。当时进步的知识分子从美国吸收了更多的科学和民主思想，从苏联的十月革命获得了精神鼓励，而从巴黎和会领受了严重教训。假若没有巴黎和会的刺激，这一次新文化运动一样会产生，而且也必然是担负着反封建的历史任务，必然是拥护科学和拥护民主。不过有了巴黎和会的刺激，遂使这一运动不限于文化方面，而配合了爱国的青年运动；不像戊戌一样只限于少数的上层的知识分子，而获得了广大的群众支持；不是细水缓流的形式，而是波澜壮阔的一次革命。

五四新文化运动的主将是陈独秀。陈氏后半生的是非我们不管，在当时却是眼光最锐利，思想最深密，态度最坚决的革命战士。在民国七年他发表了《今日中国之政治问题》一文，对国事提出来三项主张：一，要排斥武力政治；二，要抛弃以一党治国的思想；三，要决定革新的国是。他说："有用的武力必用着对外，不许用着对内"。早在一九一五年（民国四年)《新青年》创刊号上，陈氏就在《法兰西与近世文明》一文中批评私有财产和资本主义，应实行社会主义，这和孙总理的远见可说是不谋而合。在《敬告青年》一文中，对青年希望六事：（一）自主的而非奴隶的；（二）进步的而非保守的；（三）进取的而非退隐的；（四）世界的而非锁国的；（五）实利的而非虚文的；（六）科学的而非想象的。在《新青年》一文中，他认为理想中的新青年：生理上不是“白面书生”，而是“壮健活泼”的；心理上必须斩尽“做官发财”的思想，树立“真实新鲜”的信仰；要“内图个性之发展，外图贡献于其群。”这一些见地和戊戌时代的梁任公的见地有许多相似处，但比较更为深刻，进步和积极。从此，戊戌的光辉暗下去，五四的新光代替她照耀着东方。

戊戌时代的谭嗣同和梁任公都反传统，五四时代的战士们发挥了这一点革命精神。陈独秀在《破坏偶像》① 一文中作如下呼喊：破坏！破坏偶像！② 吾人信仰，当以真实的合理的为标准；宗教上，政治上，道德上，自古相传的虚荣，欺人不合理的信仰，都算是偶像，都应该破坏！此等虚伪的偶像倘不破坏，宇宙间实在的真理和吾人心坎儿里彻底的信仰永远不能合一！

戊戌时代有一个谭嗣同高喊着冲决罗网，“五四”时代有一个李守常也高喊冲突③罗网。前者是浪漫的，空想的，而后者是现实的，科学的，合乎动的逻辑的。戊戌时代的康有为只能空想着大同世界，“五四”时代的陈独秀也希望着一种幸福的新社会，却不是空想的，而是有一定的条件和步骤去实现的。这条件就是民主和科学。他在《本志罪案之答辩书》中说：

西洋人因为拥德（民主）赛（科学）两先生，闹了多少事，留了多少血，德赛两先生才渐渐把他们从黑暗中救出，引到光明世界。我们现在认定只有这两位先生可以救治中国政治上，道德上，学术思想上，一切的黑暗。若因为拥护这两位先生，一切政府的压迫，社会的攻击，笑骂，就是

---

① 当为《破坏偶像论》。
② 原文此处有“破坏虚伪的偶像！”一句。
③ “突”当为“决”。

断头“流血”都不推辞。①

“五四”时代的启蒙运动者既然拥护科学，便不得不反对孔教，礼法，贞洁，旧伦理，旧政治；要拥护民主，便不得不反对旧艺术，旧宗教。要拥护科学和民主，便不得不反对国粹和旧文学。（见陈氏《本志罪案之答辩书》）所以五四思想革命的主要课题之一便是有名的反礼教运动。所谓反礼教，也就是反孔教，反旧伦理和旧道德，也就是反封建传统。在反礼教方面，吴虞、鲁迅、陈独秀、胡适之等，都出了不少力气，而以吴虞对礼教骂的最痛快。既然一方面反对礼教，一方面要解放个性，就不能不承认自己和别人都是同等的人，都有不可侵犯的独立人格。既然发现了自己和别人都是同等的人，就必须主张自己应该把别人当做人，别人也应该说把我们自己当做人，应该同样的享“人的”待遇，这便是人道主义。所有这一切方面，都密切关□，合起来就是所说的“五四精神”，其本质是反帝反封建，其目的在建设一个独立，自由，民主，幸福的新中国。

三十年来，世界情形变化了很多，中国也变化很多。“五四”时代的先觉者有许多思想如今都变成了事实，今日有很多条件在当时都没有出现。虽然“五四”留给我们的创造新中国的基本任务没有改变，但“五四”时代所提出的人道主义和民主，已经不能够满足今日的现实要求。司徒雷登大使亲自看见过北平的五四运动，他深知青年学生的纯洁和力量，所以他所希望我们发扬的“五四精神”着重在继承“五四”青年的爱国精神，要大家关心政治，为和平团结，创造民主中国而努力，这教训是非常宝贵的，我们不要辜负司徒先生，更不要辜负历史！

二十六年十一月于故乡

（姚雪垠：《什么是五四精神》，《前锋报》1946 年 11 月 24 日第 2 版《星期专论》栏。）

文章发表于《前锋报》第 2 版的《星期专论》栏，相当于报纸社论。民国时期的民营报纸有邀请专家学者撰写社论的传统。报纸社论代表报纸的民间立场，也是学者面对官方、社会和民众发言的重要渠道。社论的性质，决定这篇

① 该段引文与原文稍有不同。

文章与作者其他文章，如小说、散文、杂文的不同的接受对象和言说方式。社论一般面对大众，这种比较广泛的接受对象，决定社论的写作追求深入浅出、通俗易懂。具体到这篇文章，其写作指向是向大众宣传、普及“五四精神”的内涵，这从文章的命名“什么是五四精神”就可看出。作者认为“五四精神”是1919年发生的“五四运动”所留给后人的精神遗产，为了让读者了解“五四运动”的历史价值，文章对近代鸦片战争以来中国发生的历次自强革新和革命运动，进行了详细的历史追溯。文章的具体内容和观点，现在已成常识。但这篇文章作为社论所代表的知识分子的发言姿态，却可以给后人以某种启示。

作者另有一文为《中国新文化的源流》，刊开封《山河》半月刊1947年第3期，已收《姚雪垠文集》第17卷[①]。此文是《什么是五四精神》一文的改写，可看作是两篇文章，但之间有紧密关联。《什么是五四精神》以谈“五四精神”为旨归，但作者离开题目，谈起了五四运动的历史由来。可能认识到如此行文有跑题之嫌，作者后来把此文稍作修改，使之成为中规中矩的学术文章，改为《中国新文化的源流》再次发表。

民间故事学论文:《女子变物故事举例》

《女子变物故事举例》，刊北平《华北日报》1935年7月9日第8版《每日文艺》副刊第214号，署名“姚雪垠”。文章约2300字，录如下：

女子变物故事举例

姚雪垠

在各民族的神话和民间传说中，都有不少的人变物的故事，而所变的物多是花草虫鸟，变者也以女人或男人中间美少年为最多。在中国故事中，男人变物的故事绝少。黄石公传说，我不晓得应该说做人变石头呢还是石头变人。清人笔记中记载有人化虎的传说，但这传说并没有传开，所

① 姚雪垠:《中国新文化的源流》，《姚雪垠文集》第17卷，人民文学出版社2010年版，第200—207页。

以在社会上不曾发生过什么影响。在社会上起大影响的，恐怕只有杜宇故事了。至于女子变物，往往是情节凄绝，故事优美，自来便被文人们作为典故使用的。我们一考察女子变物故事的本身，虽然多半是对有①自然界的解释或附会，但出发点总不脱社会上对于女子的同情心理。直接显明的如望夫石，懒妇鱼等等。在林兰女士所编的《民间故事》及《鸟的故事》诸书中，几乎每篇都暴露着社会上对于女子的同情心理。本来女子处于夫权压迫，礼教压迫，“婆权”压迫之下，真是一种不幸的动物；“红颜多薄命”，这句古话差不多等于铁一般的定律。社会上看见女人为情而死，为翁姑逼迫而死，为强暴欺凌而死，在各种各样的不幸中死去，于是就深为同情，展转传说，互相附会，许多美丽的悲剧故事就产生出来了。

几年前，我曾经从一些线装书上抄下来许多女子变物的故事，大概可以分做三类：一是直接变的，一是眼泪变的，一是坟上生出来草不②禽鸟的。关于眼泪变物的例子，如相思草，断肠花，湘妃竹上的斑等都是。从坟上生来草木禽鸟的例子有宫人草的故事：

楚中有宫人草，状如金而色氛氲，花色红翠。俗说：楚灵王时宫人数千，皆多愁旷，有闪③死于宫中者，葬之，后墓上悉生此花。（《述异记》卷下）

同书卷上所记相思木的故事与望夫石的故事很有点相像。说是从前战国的时候，魏国苦于秦国的侵略，有一个人从征到秦，很久不曾回家，他妻子为想念他死掉了。埋葬了以后，坟上生出一株树来，枝叶都向着丈夫所在的方向长。人们就把这棵树叫做相思木。

《艳异编》载女词人王莹卿因父母包办婚姻，忧愤而死。她的情人申纯痛念她，也跟着死了。合葬在擢锦江边，人见有双鸳鸯飞翔其上，遂叫他们的坟做鸳鸯墓。这故事的结局，和《搜神记》中所载相思树的故事又属同型：

宋康王舍人韩凭，娶妻何氏，美。康王夺之。凭自杀，妻投台下而死，里人埋之，塚相望也。宿昔有大梓木生于二塚之端，有鸳鸯各一，恒

① “有”字疑衍。
② “不”误，当为“木”。
③ “闪”字疑误。

栖树上，交颈悲鸣，声音感人。宋人哀之，遂号其树曰相思树。

直接变物的故事，有许多我们是很熟的。帝女化精卫，见于《山海经》和《述异记》。齐女化蝉，见于《陆机诗疏》。望夫石有两种记载：见于《太平御览》者说是在武昌新县北山上；见于《寰宇记》者说是安徽当涂县西北四十里有望夫山。两个故事显然是从一个分化的。舒姑泉的故事也有两种记载，见于《述异记》的如下：

宣城盖山有舒姑泉。俗传有舒女与父折薪，女坐泉处，忽牵挽不动。父遽告家。乃再至其地，惟见清泉湛然。其母曰："女好音乐"，乃作弦歌，泉乃涌流。

叙[①]姑泉也叫做盖泉。刘峻《追答刘秣陵治书》云"盖山之泉，闻弦歌而起"，就是引用的这个典故。不过在《宣城记》里又加上"朱鲤一双"，随水涌出，较《述异记》多了个环节。

梁山伯和祝英台变蝴蝶的故事，与前述鸳鸯墓故事具着同样的社会意义，都是产生于对情死者的同情，对不自由婚姻的反抗。对于做媳妇者表露同情的，则有懒妇鱼的故事：

在南海有懒妇鱼。俗云：昔杨氏家妇为姑所溺而死，化为鱼焉，其脂膏可以燃灯烛。以之照鸣琴博弈，则烂然有光；及照纺绩，则不复鸣焉。（《述异记》卷上）

马头娘的故事，见于《蜀图经》和《搜神记》，以《搜神记》所载者较详而有趣。说是相传古时候有一个人往远方去了，把女儿留在家里；还留下一匹牡马，叫女儿亲自喂着。女儿孤伶伶的住在家里，很想念父亲，就跟马开玩笑说：

"马呀，你要能替我把爸爸迎回来，我就嫁给你。"

马听了这句话，就挣断缰绳跑了，一直跑到父亲那里。父亲瞧见了马，又是诧异，又是喜欢，便抓住骑了上去。马于是望着家乡不停的悲起来。父亲心里说："这马是这个样儿，莫非家里出了什么事啦？"便骑着回来了。

到家后，觉着马很通人情，就喂得特别好起来。谁知马却不肯吃东

① "叙"当为"舒"。

西，每次见女儿出来进去，便有时喜，有时怒，有时愤然踢跳着。父亲觉着很奇怪，悄悄的去问女儿。女儿就把事情原委告诉了父亲，说道：

“必定是为着那个原故。”

父亲：“不准说！多丢咱家里人！看，可别再出去进来的。”

于是父亲用箭把马射死了，剥了马皮，摊在院子里晒起来。

后来父亲出去了，女儿同邻女在院里玩着。她用脚踏着马皮，说道：

“你是一个畜生，可是想娶个人做老婆，叫人家把你皮剥了，何必自找苦吃?”

话还没有说完，马皮忽然从地上起来，把女儿卷了便走。邻女惊惶失措，也不敢去救，忙跑去告诉了父亲。父亲回来找，已经找不着了。经过了好几天，才在一棵大树的枝间找到，女儿跟马皮已经变做了蚕，在树上做着茧呢。

据说直到如今，在四川庙宇里还可以见到披着马皮的女神像，叫做马头娘，也就是蚕神。

对于马头娘这个故事，我们可以看出它是被后人修改了的神话。在原始传说中，人兽同居性交，原很平常。盘瓠故事，便是一例。倘若把各民族起源的神话搜集起来，我们可以看见几乎有对半以上都是这样的荒唐。在一般的原始传说中，并不以人兽同处性交为可耻，所以《搜神记》所载的马头娘故事，无疑的是经了后人的修改。这故事的本来面目，有谁知不是女儿情愿嫁马，以践前言，而为父所阻，最后才发生了惨剧呢?

女子变物的故事实在太多，上边只算是举几个例子罢了。至于关于由眼泪变物故事，我说得很简略，这是因钟敬文已有专文叙述过，不必再说了。

（姚雪垠：《女子变物故事举例》，《华北日报》1935 年 7 月 9 日第 8 版《每日文艺》副刊第 214 号。）

关于“女子变物故事”，姚雪垠写过三篇文章，存在三种版本。《女子变物的故事》刊《河南民国日报》1932 年 3 月 14 日，收《姚雪垠书系》第 17 卷，为《河南民国日报》版。《雪花小品》之一《女子变物的故事举例》刊天津《大公报》1932 年 3 月 22 日，为《大公报》版，未收集。《华北日报》上的

《女子变物故事举例》可称为《华北日报》版。三个版本比较，前两个版本发表时间接近，内容也大致相同，文字有一定差异，但不是很大。《大公报》版文后有“二，十七，楚旺中学”的小注，说明这篇文章可能写于1932年2月17日，地点是“楚旺中学”。《华北日报》版篇幅大大增加，有2200字。姚雪垠非常同情传统社会中女子的不幸命运，对“女子变物故事”很感兴趣，在《大公报》版曾声言“等将来不为饿鬼追逼时，我打算破点功夫把它们都搜集起来”。《华北日报》版的出现，说明作者确实落实了自己的计划。与前两个版本相比，《女子变物故事举例》在内容上大幅扩充，例证增多，尤其突出了马头娘故事。

现代时期曾兴起过研究中国远古神话和民间传说的思潮，许多学者在这方面投入过很大精力。关于这方面，姚雪垠写过多篇文章，这篇文章外，还有《羿射十日——中国神话研究之一》《天地的开辟，毁灭，及重建》《中国产日月的女神》《嫦娥补考》等，其中，《天地的开辟，毁灭，及重建》刊发于《河南民报》1934年8月3日、9月3日，后又刊发于《华北日报》1935年4月15日、16日、17日第8版《每日文艺》。该文的两个版本完全一致，属一文重发。与《天地的开辟，毁灭，及重建》不同，《华北日报》版的《女子变物故事举例》则可看作是在《河南民国日报》版和《大公报》版基础上的扩充和改写。这种扩充和改写，说明作者对民间传说故事的持续关注和兴趣。

报纸文献与作家全集的编纂问题

以上是笔者对自己所见的姚雪垠佚文所作的一点简单考释。由此想再谈一下报纸文献与作家全集编纂之间的关系。

文献可简单分为已整理文献与原始文献，作家已整理出版的别集、选集、文集、全集、年谱等，可大致归入已整理文献的范畴，原始文献包括期刊、报纸、档案、手稿等。从史源上讲，已整理文献来自原始文献，原始文献是源，已整理文献是流。作家全集、文集编纂的完善程度，是否可信和科学，取决于编纂者对原始文献是否熟悉。因此，《姚雪垠全集》的编纂，一定要以原始文献即期刊、报纸、手稿、档案等各类原始文献的爬梳、挖掘、整理为基础，在编辑过程中，既要充分利用《姚雪垠书系》《姚雪垠文集》等已有整理成果，又不能满足于已有成果，而是要时时返回到原始文献的史料源头中去，由原始文献反观、对照已整理文献，在已整理文献与原始文献的反复比较、对勘中发现问题、解决问题，通过原始文献的挖掘来拾遗补缺，修正错误，版本比较（甚至汇校），以有效保证《全集》编纂的科学性，提高《全集》的学术含量。

报纸及报纸副刊，作为原始文献的一种重要形式，包含了大量姚雪垠史料，是姚雪垠文献整理与研究的一座宝库。报纸上的姚雪垠文献，在《全集》编纂中发挥了很大作用，姚海天通过辛勤爬梳，已搜集整理了姚雪垠散见于民国及新中国成立后报刊的大量作品，由于这些文献的补充，《全集》的完整、丰富是可以预期的。笔者通过民国河南报纸所载姚雪垠文献与现有已整理姚雪垠文献的对照，又发现了少量姚雪垠佚文及不同版本，现以这些发现为例，进一步谈谈报纸文献与作家全集编纂的关系。

在作家全集编纂中，报纸文献搜集，可起查漏补缺作用。

首先说“漏”。原始文献是一座丰富宝藏，姚雪垠所发表作品，最初是以期刊文章、报纸文章形式出现的。因此，通过对期刊及报纸的爬梳，发现佚文，可补现有已整理文献之空缺，使最终呈现的姚雪垠文献更为完整。笔者在北平《华北日报》上发现姚雪垠发表的多篇作品，通过对照，发现其中大部分已收入《文集》和《书系》，但有几篇没有收入，亦不见《存目》。这些文章的发掘与整理，就可有效补《文集》和《书系》之“漏”。

其次说“缺”。这里的“缺”主要指“缺失”，即“不完善”或“失误”。作家文献整理过程中，往往存在这样一种现象：报刊的“同题”之作与作者的收集之作，在文字上并不完全一致，存在“题同而内容相异”的情况。依据笔者经验，这种情况并不罕见，例如上文提及的《华北日报》上的《女子变物故事举例》一文。与该文相似名称的文章还有两篇，一篇收集，一篇未收集。《女子变物的故事》刊《河南民国日报》1932 年 3 月 14 日，收入《姚雪垠书系》第 17 卷，《雪花小品》之一《女子变物的故事举例》刊天津《大公报》1932 年 3 月 22 日，未收集。这样以来，三篇同题或似题文章，就构成了复杂的版本关系。通过对比，可发现已收集的《女子变物的故事》是作者最先创作的，《女子变物的故事举例》是在初作基础上改写而成，而《女子变物故事举例》则是在前两文基础上完善与扩充而成。三个版本中，《华北日报》版《女子变物故事举例》明显是“善本”，应将其收入《全集》。这充分说明报纸文献可补已整理文献之“缺失”。当然，报纸文献不但可以为《全集》提供“善本”，还可为《全集》提供已整理文献的原始版本或原初版本，对文献进行还原。例如，笔者发现《前锋报》上的《什么是五四精神》一文，由该文我们可以还原后出的《中国新文化的源流》的原始面目和发表的最初情境，获知该文曾作为报纸《星期专论》发表过，是作者社论写作的一次积极尝试。

这里的“缺失”还包括已整理文献的“副文本”之失，例如文章写作时间与发表时间标记之失。作家文献整理中，往往会出现一个现象：作家在报刊发表的作品正文得到较为完善录入，但其“副文本”如文末标注的写作时间及文章发表时间及作者署名，却出现错误或缺失。例如《文集》第 15 卷收入的《洛川之滨》独幕剧，[①] 出自《华北日报》1935 年 1 月 23、24 日第 8 版《每日文艺》副刊第 51、52 号，文末标注写作日期为“二十一年十月于信阳”，说明该文写作时间为“1932 年 10 月”。该文收入《文集》时，没有标记作者署名情况，文末标注时间为“一九三一年十月于信阳”，出处标注为“原载一九三二年一月二十三、二十四日《华北日报》”[②]。若不拿《文集》本与原始文献相对照，《文集》本写作时间与发表时间之错误就难以得到纠正。

报纸文献补已整理文献之失，还包括报纸文献可以提供作家署名的真实情形，正确把握作者笔名使用的流变情况。这里以《华北日报》上姚雪垠文献为例来加以分析。以下是姚雪垠在北平《华北日报》《每日文艺》文艺副刊上发表文章的时间及署名情况。《渡》，1934 年 12 月 22 日第 8 版，署名“姚雪痕”；《经验、观察与认识》，1935 年 1 月 5 日第 8 版，署名“姚雪痕”；《写实主义文学与科学》，1935 年 1 月 17 日第 8 版，署名“姚雪痕”；独幕剧《洛川之滨》，1935 年 1 月 23、24 日第 8 版，署名“姚雪痕”；《英雄非典型》，1935 年 2 月 6 日第 6 版，署名“姚雪痕”；《天地间的开辟、毁灭，及重建》，1935 年 4 月 15、16、17 日第 8 版，署名“姚雪痕”；《女子变物故事举例》，1935 年 7 月 9 日第 8 版，署名“姚雪垠”；《“文人相轻”》，1935 年 7 月 12 日第 8 版，署名“姚雪垠”。由以上例举可发现，姚雪垠在《华北日报》上使用“姚雪痕”这个笔名一直到 1935 年 4 月，到 1935 年 7 月，不再使用这个名字，而

---

① 姚雪垠：《洛川之滨》，《姚雪垠文集》第 15 卷，人民文学出版社 2010 年版，第 143—149 页。
② 姚雪垠：《洛川之滨》，《姚雪垠文集》第 15 卷，人民文学出版社 2010 年版，第 149 页。

开始使用笔名“姚雪垠”。而《姚雪垠生平及著作系年（1910—1983）》称作者最初发表文章署名带有鸳鸯蝴蝶色彩的“雪痕”，而到1931年在北平随着思想感情变化，抛弃这个名字，易名“雪垠”。[①] 依据《华北日报》上的姚雪垠文献，可证明姚雪垠1935年4月仍然使用“姚雪痕”这个笔名，到了1935年7月，才开始使用“姚雪垠”这个名字。由此可见，姚雪垠1931年抛弃“雪痕”而改名“雪垠”之说是站不住脚的。这又进一步证明，原始文献可补正已整理文献及各种成说的错误与缺失。

（《汉语言文学研究》2021年第2期）

---

① 姚兆桦：《姚雪垠生平及著作系年（1910—1983）》，《姚雪垠研究专集》，黄河文艺出版社1985年版，第615页。

一个“革命文化人”的晚年姿态

——以姚雪垠对小说《春暖花开的时候》的修改为中心

吕彦霖

《春暖花开的时候》（下文简称“《春暖》”）是姚雪垠的长篇处女作，也是他认定的青年时期的代表作。[①] 这部力图以宏阔视野刻画抗战初期内地救亡团体中青年的生活转变、精神成长与道路抉择的长篇小说，虽然未能以全貌呈现在读者面前[②]，却仍以其生动鲜活的笔致吸引了广大青年读者，成为大后方畅销一时的名作。然而短暂的辉煌之后，它却分别在1946年和1948年先后遭到“胡风派”和曾任小说责编的胡绳的批判，两种批评声音着力点虽不相同，但都使得小说从“畅销书”变为“违禁品”，并最终造就了其在文学史视野中消失四十余载的命运。

进入新时期以来，步入暮年并因《李自成》再次闻名的姚雪垠，开始整理出版自己被“强制遗忘”的旧作。如此为之，首先意在为自己那些背负沉重历史包袱的作品“辩诬”，使它们得以重见天日；其次是他认定《李自成》的成功得益于前期创作生涯的积累，整理旧作是为了较为完整地呈现自己的创作理路，使读者更能理解他何以能够“从旧时代到新时代，创作未衰，并继续攀登”[③]。这些作品中，《春暖》最受关注，姚雪垠不仅希望以这部曾背负“色情

① 姚雪垠的墓碑上镌刻了自己选定的三部长篇小说，分别是青年时期的代表作《春暖花开的时候》、中年时期的代表作《长夜》以及晚年时期的代表作《李自成》。《春暖花开的时候》的大量细节取自于亲身经历，具有相当浓厚的“自叙传”意味。

② 作者原拟写作长达百万字的“三部曲”，但因身患重病未能如愿。刊登该小说的《读书月报》于1941年第2卷第11期，在结束小说连载时加附记一篇，表示“著者姚雪垠先生在前方生病，只好停止写作，据他在去年十二月十九日的来信说，‘卧病多日，几濒于死，现回故乡休养，仍难起床。’要到今年春暖花开的时候，才可能再提起笔续写。所以在本刊上的连载也只能到此为止了”。

③ 姚雪垠：《给周勃》，《姚雪垠文集》第19卷，人民文学出版社2011年版，第461页。

文学”骂名的小说作为文集首卷，还一再指出该作是他创作生涯的重要节点——“关于长篇小说的部分美学思想也由此开始萌发”①，并从这部小说开始彻底转向长篇创作，最终写出了《李自成》。小说重新出版前，虽然朋友建议维持初版、不必修改，姚氏还是十分慎重地审读了旧作，最终决定“一两年内，将《春暖》修订，续完，重新出版（可能会恢复在重庆初版时的效果）”②。

然而经过笔者考证，姚氏于1986、1987年两次修改的小说，不仅未如之前提到的那样恢复初版面貌，还因大量改写致使文本在诸多层面上产生巨变，呈现出迥异于前的审美取向与意义结构。那么，他缘何放弃原有的修改计划，小说再版本又有何新变？这与他的艺术理念、现实处境存在着何种内在关联？我们又该如何历史地理解作者借由小说修改而展现出的“晚年姿态”，并对这种姿态之于所在历史时段的独特意义进行估价？对以上问题进行探讨，正是本文的兴趣所在。

一、被放弃的“预想”与《春暖》之新变

如前所述，姚雪垠在1980年初写给友人周勃的信中谈到，对《春暖》的修订，预想会恢复重庆初版时的面貌。但作者并未立即着手修改，因为在当时，继续创作《李自成》仍是他的首要任务，已出版的两卷造成的巨大影响，加之作者一贯的使命感与进取心，都使得他必须高质量地完成剩余三卷。更重要的是，来自两代最高领导人的关照，使得《李自成》的写作“应该看成是政治任务”③。另外，姚氏还有在完成《李自成》后，创作构思已久、反映太平天国历史的小说《天京悲剧》的计划，这就使得他必须先将全部精力投注到《李自成》的创作中。但他心里始终未曾放下《春暖》，先是在1981年10月致信中国青年出版社编辑王维玲，称自己“过了春节重来湖北，专心改《春暖》。《春暖》大概要分上下册出版，拟以较快的速度将上册交出发排”。他还提出拟请著名漫画家丁聪作插画，“争取插图、印刷、装帧都达上乘，以便出口”④。商定大陆地区的出版计划后，他又与尹雪曼通信，接洽该小说在台湾的出版事

① 《本卷说明》，《姚雪垠文集》第11卷，人民文学出版社2011年版，第1页。

② 姚雪垠：《给周勃》，《姚雪垠文集》第19卷，人民文学出版社2011年版，第461页。

③ 姚雪垠：《给王维玲》，《姚雪垠文集》第19卷，人民文学出版社2011年版，第25页。

④ 姚雪垠：《给王维玲》，《姚雪垠文集》第19卷，人民文学出版社2011年版，第27页。

宜。待到他真正抽出时间集中修改小说，已经迟至1986、1987年，据其子回忆“1986—1987年，父亲放下《李自成》第四、五卷的紧张写作，花了数月时间，对原书先后两次修订”①。

令人惊讶的是，这两次修改后的结果完全背离了作者恢复重庆初版时面貌的预想。笔者通过对校小说在不同时期的三个版本，发现“初版本对初刊本的明显改写共38处，增补了大量人物和故事情节，还将独立发表的《红灯笼的故事》并入小说。而比较再版本与初版本，则发现明显改写达105处，补写超过14万字”②。经作者两次修改的再版本不仅改动规模惊人，更是在审美取向与意义结构上产生了巨大裂变。首先，作者在再版本中开始根据人物的阶级出身和思想立场对其重新定性，对其原有的复杂性予以不同程度的削减。与此同时，出身也成为人物能力强弱、出场多寡的判断标准，以“罗明、罗兰兄妹——黄梅”为例，出身县城大户的兄妹二人，在再版本中不再拥有“启蒙者”的地位，而出身革命佃农的黄梅，则被赋予了“先天的觉悟”。在任何场合中，总能以政治化的语词道出现实问题的本质，转而成了二人的“引导者”。其次，初版本中的重要事件，凡是有悖于主流历史叙事的均被改写，典型的如“罗明率讲习班下乡抗日”中删除了文中有指涉群众“觉悟低下”嫌疑的描写，以及“罗明等人慰问壮丁”中将壮丁深受学生感染的桥段，改为因为双方思想的隔膜导致不欢而散。再次，作者出于文风整饬的需要，删除了初版本中相当数量的抒情、写景段落，一定程度上使再版本丧失了原有的清新朗健的美学风格。最后，作者在改写中注入了大量源于现实经历的私人经验，值得注意的是，这些经验并非都是“正面”的。相反，改写增加了不少批评革命阵营内部斗争残酷性，以及指斥“不少人将私心杂念，争名利争权位的非无产阶级思想带进了革命事业”③ 的内容。所有人物中，改写幅度最大的是男主人公陶春冰，其人生经历乃至体貌特征俨然就是作者本人，这就加强了再版本相当浓重的自传色彩。总之，再版本较之初版本最主要的变化是强化了文本的政治性与

① 姚海天：《出版说明》，《四月交响曲——姚雪垠抗战作品选》，中州古籍出版社2015年版，第3页。

② 吕彦霖：《被“冷藏”的青年代表作及其改写——姚雪垠小说〈春暖花开的时候〉之版本考释》，《中国现代文学研究丛刊》2020年第7期。

③ 姚雪垠：《学习追求五十年》，《姚雪垠文集》第16卷，人民文学出版社2011年版，第139页。

自传色彩，在人物塑造上颇有“十七年”盛行的社会主义现实主义“典型论”色彩。

生成于“现代”的作品进入“当代”，基于重获话语合法性的需求，大多要依照新的评价标准进行修改，待到压力减轻，修改者又多会选择以原版示人，这是文学史中习见的作家修改模式。然而姚氏所面临的历史情境却全然不同，不仅小说修改的时段已经远离了严峻的历史语境，而且作者此时年事已高，已经深知“以后大概不会再有修改的机会了”①。因此，再版本的面貌可说在相当程度上反映了作者的主观意愿。然而这种主观意愿又恰恰与所在时代的主流话语——去除文学作品中的政治功利性，恢复文学的“主体性”等相冲突。基于此，我们显然不能将对这种行为内在旨归的理解，单纯地限制在文学层面。而应当回到修改发生的特定时段的历史情境之中，探究作者在该时段的行为逻辑和心态特征，进而以此为基点勾连作者“前、后”思想之承继与变化，最终揭示他放弃原有修改预想，并创造出迥异的文本景观的内在动因。

二、论争漩涡中的“落伍者”：20 世纪 80 年代后期的姚雪垠

对于创作道路坎坷的姚雪垠而言，20 世纪 80 年代前期颇有“苦尽甘来”的意味。此时他终于走上文化舞台的中心，不仅因为《李自成》名满全国，还以中国代表性作家的身份受到世界文坛的注目②。几乎与此同时，自 1986 年展开的对刘再复提出的文学主体性问题的学术争鸣，也聚集了海内外文化界的目光。向来自诩“决不做历史的旁观者”③ 的姚雪垠，此时也以陈涌支持者的身份加入论战，连续发表了多篇与刘再复商榷的文章。在《创作实践与创作理论——与刘再复同志商榷》一文中，他虽然对刘再复的观点在“反对文艺理论上的简单化的经济基础决定论、庸俗社会学和各种左的教条主义”④ 上的贡献表示认同，但是明确反对将整体性的文学规律拆分为“外部”和“内部”，认

---

① 姚雪垠：《前言》，《姚雪垠文集》第 11 卷，人民文学出版社 2011 年版，第 13 页。

② 姚雪垠自 1979 年 5 月随中国作家代表团访日后，多部作品在国外出版并产生影响。如 1982 年 10 月《李自成》第一卷被翻译为《叛旗》由讲谈社在东京出版。1984 年 11 月受邀参加法国马赛玫瑰节世界名作家会议，姚雪垠的《长夜》引起轰动，并因此被授予“马赛市纪念勋章”。1985 年 1 月受邀参加新加坡《南华早报》等联合举办的第二届国际华文文艺营和金狮文学奖颁奖大会并担任评委。1986 年 5 月，与徐迟、碧野一起被尊为湖北省文学界“三老”。

③ 姚雪垠：《七十述略》，《姚雪垠文集》第 16 卷，人民文学出版社 2011 年版，第 244 页。

④ 姚雪垠：《创作实践与创作理论——与刘再复同志商榷》，《姚雪垠文集》第 17 卷，人民文学出版社 2011 年版，第 422 页。

为“文学与经济、文学与政治、文学与生活、作家世界观与创作方法等诸种关系，都规定着文学的本质”，因此“文学的‘外部规律’和‘内部规律’，实际上是一个统一的不可分割的有机整体”[①]。而在《继承和发扬祖国文学史的光荣传统——再与刘再复同志商榷》中，他首先反对将所有传统均质化地视为“封建糟粕”予以摒弃，指出“必须重视祖国文学的历史传统，充分利用极其丰富的文学遗产”[②]。其次，认为绝对化地强调“作家的创作应当充分发挥自己的主体力量，实现主体价值”[③]，却“避而不谈作家应如何提高思想和品格修养，应如何深入生活等等问题”[④]，其实质是对“五四”以来的革命文学传统的背弃。

面对姚雪垠的批评，刘再复于 1988 年给予回应。在他看来，姚氏的所作所为是因为他“与时代的隔膜还是很深的”[⑤]，致使其精神上充满了“与时代大潮相背离的逆向性的苦闷”[⑥]。关于如何看待传统的问题，他认为姚氏“把传统看得‘绝对完善’，以作为阻碍改革的美妙口实”[⑦]。他认为姚氏的论述显示了其思维层面的故步自封，这使得他容易“陷入一种很滑稽的‘怪圈’，即用自身的东西证明自身的东西”[⑧]。随后刘再复推人及文，认为姚氏思想层面的落伍，使其不合时宜地“坚持‘三突出’、‘高大完美’等文学观念，人为地把古人现代化，甚至把古人经典化”[⑨]，才最终造成了《李自成》系列“一卷不如一卷”。

刘再复的回应显然给姚雪垠造成了很大震动，他随即著文予以回击，批判了以刘再复为代表的文化界的“崇西抑中”及对左翼传统不加区别地全盘否定

---

① 姚雪垠：《创作实践与创作理论——与刘再复同志商榷》，《姚雪垠文集》第 17 卷，人民文学出版社 2011 年版，第 418 页。

② 姚雪垠：《继承和发扬祖国文学史的光荣传统——再与刘再复同志商榷》，《红旗》1987 年第 9 期。

③ 刘再复：《论文学的主体性》，何火任编：《当前文学主体性问题论争》，海峡文艺出版社 1986 年版，第 55 页。

④ 姚雪垠：《继承和发扬祖国文学史的光荣传统——再与刘再复同志商榷》，《红旗》1987 年第 9 期。

⑤ 刘再复、刘绪源：《刘再复谈文学研究与文学论争》，《文汇月刊》1988 年第 2 期。

⑥ 刘再复、刘绪源：《刘再复谈文学研究与文学论争》，《文汇月刊》1988 年第 2 期。

⑦ 刘再复、刘绪源：《刘再复谈文学研究与文学论争》，《文汇月刊》1988 年第 2 期。

⑧ 刘再复、刘绪源：《刘再复谈文学研究与文学论争》，《文汇月刊》1988 年第 2 期。

⑨ 刘再复、刘绪源：《刘再复谈文学研究与文学论争》，《文汇月刊》1988 年第 2 期。

的价值取向，强调在清理“左”的错误之前，必须先“实事求是地估计‘左’的影响，怎样把‘左’的东西和正确的东西区别开来”①。还特别指明自己一贯抵制“三突出”理论，“说《李自成》是用‘三突出’的原则写出来的，这就不是正常的批评，而是污蔑”②。了解姚雪垠创作道路的人，是不难理解他何以对刘再复对《李自成》的“定性”有如此激烈的反应的。在写作《李自成》之初，面对如何处理“反面人物”这一在当时颇有风险的原则性问题，他直接选择了“按照革命现实主义的方法处理敌对阵营的内部矛盾和人物性格”③，细致地刻画了崇祯、杨嗣昌等反派人物，这在当时无疑是需要相当勇气的。

然而世殊时异，在掌握时势话语的新人物看来，姚氏却全然一副支持“政治任意干预文学”的顽固的“落伍者”形象，他所服膺的思想，也被认为必然会在与新事物的交锋中“耗尽它最后的生命力，变得僵硬、板结，完全失去它的现实性与合理性”④。掌握时势话语的一方强调“新与旧的全然断裂”，认为“救亡压倒启蒙”的时间过于漫长，当前的任务在于“重拾启蒙”；另一方则以源于亲身领悟的个人经验，特别点出在20世纪之中“政治”与“文学”之间持续处于一种相互内化的联结关系之中，意在构建一种完全跳脱“政治”的“纯文学”观念并不现实。他进而指出自“五四”以降“革命、启蒙”即属同构，试图从既有资源中整理出一种作为健康力量的革命文学传统。此番场景俨然“五四”新旧之争的复现，而结局亦然，虽然在当时对刘再复的理论提出异议者不乏其人，然而姚雪垠因为姿态最为激烈，从此被目为投机主义的“极左”教条卫道士，再一次陷入被“强制遗忘”的境遇之中，其人其文在之后的时间里均遭遇了“集体一致的评论沉默、忽略”，尤其是对于《李自成》第四、五卷“迄今几无正面、具体的论述”⑤。

倘若仅以“姚刘之争”作为切口，确实容易对姚雪垠产生上述的刻板印

① 姚雪垠：《不要用诽谤代替争鸣——答刘再复君》，《文艺理论与批评》1988年第5期。

② 姚雪垠：《不要用诽谤代替争鸣——答刘再复君》，《文艺理论与批评》1988年第5期。

③ 姚雪垠：《关于〈长夜〉是怎样写出来的?》，《姚雪垠文集》第16卷，人民文学出版社2011年版，第164页。

④ 何西来：《前言》，《中国文艺年鉴》编辑部编：《1987：中国文艺年鉴》，文化艺术出版社1988年版，第4页。

⑤ 李丹梦：《最后的“史官”——姚雪垠论》，《中国现代文学研究丛刊》2018年第6期。

象，然而当我们回溯其文艺理念与实践，会发现他在创作生涯中屡次坚持与革命文艺战线内部的官僚主义、宗派主义、教条主义倾向进行斗争，且多次为此付出沉重代价。在抗战前夕，姚雪垠在开封与王阑西共同主编《风雨》期刊，时任文委书记的王阑西决定将这一统一战线性质的综合刊物，改造为单一的政治性的机关刊物，身为预备党员的姚雪垠对这种“关门”主义做法公开提出异议，致使“王阑西批评姚‘右倾’，姚雪垠则指责王‘左倾’，闹得不可开交”①。最终结果是1938年3月上级决定改组《风雨》编辑部，支持王阑西的决定，姚雪垠以调离的方式被逐出编辑部。这段经历后来被姚氏几乎原封不动地写进了再版本的《春暖》之中，不同的只是“姚雪垠”易名“陶春冰”，“《风雨》”变作“《同舟》”而已。新中国成立后的姚雪垠依然故我，1951年8月他辞去大夏大学教职赴河南文联报到，领导希望他多进行通俗文艺创作来支持以刊发民间“小唱本”为主的《翻身文艺》杂志。他却对这种创作形式以及“个别领导同志认为这就是发展文艺的方向”② 很不认同，在他看来“这种错误论调，同一九四零年左右向林冰提出的论调基本相同”③。他所期望的工作实际上是“利用我对河南风土人情的比较熟悉，对群众语言比较熟悉，以及我对中国现代史的知识较多”④，写作以河南农村为背景的大部头作品“农村三部曲”。进入“百花时代”，他又连续发表了《惠泉吃茶记》《打破清规与戒律》《创作问题杂谈》《关于体验生活的一些错误做法》《要广开言路》与《对作品的看法和态度》七篇文章，文中他多从个人创作经验出发，对当时文艺界长期存在的一系列问题予以抨击。例如《惠泉吃茶记》即借由备受陆羽推崇的惠泉茶水实际上很平庸一事，谈“名”与“实”的差距，讽刺了权威崇拜。在《谈打破清规与戒律》中则将文艺作品的乏善可陈归因于教条主义的束缚，强调创作是具有特殊性的工作，因此“不论能不能，每一个有出息的作家都希望

① 吴永平：《姚雪垠抗战时期小说研究》，中州古籍出版社2015年版，第119页。

② 姚雪垠：《关于〈长夜〉是怎样写出来的?》，《姚雪垠文集》第16卷，人民文学出版社2011年版，第83页。

③ 姚雪垠：《关于〈长夜〉是怎样写出来的?》，《姚雪垠文集》第16卷，人民文学出版社2011年版，第83页。

④ 姚雪垠：《关于〈长夜〉是怎样写出来的?》，《姚雪垠文集》第16卷，人民文学出版社2011年版，第81页。

自己的工作带有独创性”[①]。这种理念与刘再复提出的“必须给作家以充分的内在自由，创作自由和评论自由的观念，就是给作家以主体性地位”[②] 实际上颇有相似之处，而且还早了近三十年。在《创作问题杂谈》和《要广开言路》中批判了部分文艺界领导及青年作者囿于政治阐释上的教条和宗派意识，“把生活机械地划分新旧，把解放后的生活从历史的奔流中孤立出来”[③]，不仅不重视老作家关于旧时代生活的宝贵经验，还对他们予以排斥，导致“许多作家，特别是过去在国民党统治区域生活的老作家，有很多人感到情绪抑压”[④]。而《打开窗户说亮话》和《关于体验生活的一些错误做法》则从“如何写”入手，批评当下文艺创作的标准范式的弊端及其内在原因。作者认为过分强调作家“蹲点”是主观主义作祟，“这种指导思想是给作家‘画地为牢’，生活的天地过于狭隘，往往会使人变得孤陋寡闻，目光如豆”[⑤]。

与此同时，姚氏还指出强迫作家专门写作通俗性作品，并且以此为文艺发展的根本方向，认定创作大部头作品是作家“有私心”的观点是完全错误的，其本质是对《在延安文艺座谈会上的讲话》（下简称《讲话》）过于僵化的理解以及官僚主义地“采取行政命令和过于简单化的方法领导创作”[⑥]。同时，他还特别强调“教条主义的‘本质论’是不能理解人民内部矛盾的”[⑦]，相反还会掩盖矛盾本身的复杂性。最后，他在《对作品的看法和态度》中总结了文艺界影响恶劣的“七种偏向”，特别指出“过于求全责备”“乱扣帽子”“禁忌太多”“机械地看待生活”等不良倾向[⑧]对文学创作的伤害。综合来看，以上言论均剑指日益僵化和激进化的文艺体制，目光开阔且富于胆色，他也因此付出了被打成“极右”的沉重代价。进入新时期之后，他依旧不改初心，热烈支持“全国人民重新提出‘五四时代’的民主与科学口号，特别提出来‘五四精

---

① 姚雪垠：《打破清规与戒律》，《姚雪垠文集》第 17 卷，人民文学出版社 2011 年版，第 253 页。

② 刘再复：《文学研究应以人为思维中心》，何火任编：《当前文学主体性问题论争》，第 44 页。

③ 姚雪垠：《创作问题杂谈》，《姚雪垠文集》第 17 卷，人民文学出版社 2011 年版，第 264 页。

④ 姚雪垠：《要广开言路》，《姚雪垠文集》第 17 卷，人民文学出版社 2011 年版，第 286 页。

⑤ 姚雪垠：《关于体验生活的一些错误做法》，《姚雪垠文集》第 17 卷，人民文学出版社 2011 年版，第 266 页。

⑥ 姚雪垠：《打开窗户说亮话》，《姚雪垠文集》第 17 卷，人民文学出版社 2011 年版，第 277 页。

⑦ 姚雪垠：《打开窗户说亮话》，《姚雪垠文集》第 17 卷，人民文学出版社 2011 年版，第 283 页。

⑧ 姚雪垠：《对作品的看法和态度》，《姚雪垠文集》第 17 卷，人民文学出版社 2011 年版，第 267—270 页。

神’”，欢欣鼓舞于“大家提出了解放思想和文艺民主问题，获得广泛的响应”[①] 的崭新思想局面。由此可见，从 20 世纪五十年代到七十年代，反对政治过度干涉文艺创作，呼吁作家的创作自由，与文艺体制内部的官僚主义、教条主义、宗派主义倾向斗争一直是姚雪垠文艺思想实践的核心旨归。从上述的具体历史线索中还原出的姚雪垠，是全然迥异于八十年代后期历史叙述中那个思想“顽固、保守”的“落伍者”和极左教条的卫道士形象的。

事实上在论战发生之前，由于有陈涌的先例，加之许多朋友的劝告，姚雪垠对加入论战后可能带来的风险是有比较清醒的认知的。他在给友人的信件中谈道：“他们也警告我要在思想上做好准备，会受到围攻。这种警告是有道理的，因为有陈涌的前例在。我是无所畏惧的。我对我国的社会主义文学事业有强烈的责任感。”[②] 然而他的这份“强烈的责任感”并非所有人都能理解，同时他在论战之前对文艺体制内部的官僚主义、宗派主义、教条主义倾向多年坚持不懈的批判及付出的沉重代价也未得到正视。他只是因为此次论战中的表现，就在“存在相当普遍地对革命进行反省、批判的思潮”[③] 的八十年代，坐实了极左声名，最终遭到各种被新话语所宰制的历史叙述的排斥。

由此可见“姚刘论战”，正是姚雪垠文学声誉的转折点。然而，当我们细究在八十年代后已经成为一种“知识化”认知的对姚雪垠的定性的时候，却总能发现这种“常识”与具体历史线索存在着诸多抵牾，进而意识到这种“常识”并非纯系自然生长，而是由一定的“认识性装置”建构而成的，而且“一旦成形出现，其起源便被掩盖起来了”[④]。质实而言，对姚雪垠的“定评”实际上是八十年代话语机制生产的众多“常识”之一。姚雪垠的例子，提醒我们在使用某些已被“知识化”了的既有概念之前，必须首先“历史地理解一个时期的知识、权力体制如何将特定的‘知识’塑造为‘真理’”[⑤]。既然“常识”的合法性可以通过建构获得，那种认为历史已经“完成”且实体化的认知心态

---

① 姚雪垠：《漫谈历史的经验》，《姚雪垠文集》第 17 卷，人民文学出版社 2011 年版，第 310 页。

② 姚雪垠：《给胡天风》，《姚雪垠文集》第 19 卷，人民文学出版社 2011 年版，第 476 页。

③ 洪子诚：《问题与方法：中国当代文学史研究讲稿》，北京大学出版社 2011 年版，第 295 页。

④ ［日］柄谷行人：《日本现代文学的起源》，赵京华译，生活·读书·新知三联书店 2003 年版，第 12 页。

⑤ 贺桂梅：《如何继承“80 年代”的思想遗产》，《文艺报》2016 年 9 月 30 日。

也就需要被重新审视。那么从既有历史叙述的路径中越轨，借助探究那些被历史叙述所排斥的人物及其行为动因，我们就有可能更接近“历史现场”的真容，并拓宽既有历史叙述之维度。因此，对该时段姚雪垠何以对作品采取此种修改策略及其背后精神意涵的探究，无疑将为我们重新解读“八十年代”的内在结构提供一种别样的参照。

三、一个“革命文化人”的晚年姿态及其生成

抗战胜利后，姚雪垠写了一篇颇为重要却甚少为人所提及的文章，名为《自省小记》。他在文章里回顾了几年来的战斗生活，袒露了自己的内心世界：

> 这几年，我同我的最接近的朋友们被限制在狭小的天地里，脱离了群众，脱离了工作，高高在上的做文化清客。我自己本来是小资产阶级出身的知识分子，在自己的灵魂中本来就含有两种成分，一种是属于积极方面，即新鲜的，进步的，革命的；另一种是属于消极方面，即陈旧的，小资产阶级的。
>
> 既然有这样的阶级出身，又读了不少旧文学作品，又生长于知识分子的圈子和新旧交替的时代中，灵魂中陈旧的一面自然有很大势力。
>
> 我没有一刻忘下过人民大众，没有一刻不要求自己变为一个十足的人民战士，但同时我也没有一刻摆脱掉我的小资产阶级知识分子气，没有一刻改变过我的生活。
>
> 这几年来，我的生活无形中助长了旧的一面的发展，于是我一方面渴望自己永远进步，一方面发展了知识分子的旧意识，成了一个带有若干“名士气”和“才子气”的“革命文化人”。
>
> 但由于客观的限制和主观的弱点，我始终漂浮于抗战现实之上，游戏于历史主流之外，成为历史的观光者和喝彩者。①

此文之所以重要，是因为作者在文中通过自我剖析，阐释了走向革命的心路历程及“革命文化人”的自我定位。这种体悟并非“灵光乍现”，早在1944年出版的《春暖》初版本中，作者就曾借助陶春冰在即将离开“战教团”时的

① 姚雪垠：《自省小记》，《姚雪垠文集》第14卷，人民文学出版社2011年版，第244—246页。

所思所想，来描述这种独特身份认知所带来的复杂情绪：

> 他被地方当局看成了有政治背景的重要人物，但实际上他只是一个信仰真理的自由人。
>
> 是一棵没有在泥土上扎根的浮萍，一个有方向而没有轨道的流星。半年来他在各地方飘来飘去，到处受青年敬爱，到处又不能深入到青年群中，有时候像刻苦的文化战士，有时又像革命的观光者。①

质实而言，作者所描绘的这种“个人、革命”的复杂关联在当时绝非个例，甚至可以说是具有相当典型意义的。然而在革命即将塑造出崭新历史局面的时刻，这种表述又显然是不合时宜的。小说也因此遭到了当初的“支持者”胡绳的严厉批判，胡绳还由此推文及人，警告作者“如果沉溺于自我欣赏的情怀之中，那就断绝了自我改造的道路，使自己对于人民生活与历史现实视而不见，听而不闻”②。值得注意的是，初版本中这段借虚构人物表述自我心迹的文字，到了再版本居然被作者悉数删除。在笔者看来，将作者的这番作为全然视为对胡绳批判的回应似乎并不恰切，但是有一点却可以肯定，即无论是作者在抗战胜利前后反复申说的“显”，抑或是20世纪八十年代后期改写中悉数删除的“隐”，都印证了这一定位在作者意识层面的重要地位。

更进一步地说，“革命文化人”正是我们理解姚雪垠的文艺理念、实践，尤其是他在八十年代后期一系列行动中展现出的“晚年姿态”的关键。所谓的“革命文化人”，即是以自身文化才能参与革命事业的左翼知识分子。而在革命队伍中的左翼知识分子又大概可以分为两类，一类属于“组织左翼”，在他们的意识里，自己首先是作为组织的一部分而存在的，因而个性必须服从于组织的纪律，个人的文化才能应当服务于组织的宣传需求。革命组织将他们从葛兰西所说的“活跃着‘行会的精神’”，“感觉到自己连续不断的历史继承性，和自己‘特殊的本质’”③ 的传统知识界中分离出来，成为革命政党所需要的“有机知识分子”——有专业职责的职业革命家。另一类则是“精神左翼”，他

① 姚雪垠：《春暖花开的时候》，现代出版社1944年版，第596—597页。

② 胡绳：《评姚雪垠的几本小说》，《大众文艺丛刊》1948年第2辑。

③ ［意］安东尼奥·葛兰西：《狱中札记》，葆煦译，人民出版社1983年版，第420—421页。

们不满于现实的黑暗，服膺于马克思主义对中国历史、现实的强大阐释能力及革命文化的道德感召力，将革命视为民族国家重造的唯一途径。与此同时，无法遵照组织原则收敛个性和让渡主体性，以使自我完全服从于组织集体意志的“缺陷”，使得他们多数只能扮演革命运动“同路人”的角色。

姚雪垠所谓的“革命文化人”显然属于后者。回顾他的个人经历，驱使其走向革命的动力主要来自内、外两个方向，首先是“处在十分闭塞落后的故乡，少年时代常在失学之中，苦闷、悲观、只感到毫无出路”，因而“对当时的社会充满愤恨，所以入学不久就积极参加中共开封地下党领导的政治斗争”①。其次是作为“‘五四’以后成长起来的青年”，在家乡经历了北伐浪潮的强烈影响，求学开封时又受到了“中国共产党的思想影响和革命文化熏陶”②，从此开始广泛阅读马克思主义书籍。不难发现，在谈论自身革命思想生成道路的时候，他始终具备清晰的代际意识。在回忆文章中，他一直强调自己是在后“五四”时期，即“北伐大革命失败后走上写作道路的”③。而作为三十年代走上文坛的“新文学运动的第二代”④，其思想价值体系的生成恰逢马克思主义的广泛传播，唯物史观赋予了他认知世界的崭新视角，革命实践锻造了他的政治热情和坚韧意志。因此即使在被划为“右派”的人生绝境，他也坚持“决不做历史的旁观者，而是历史的参加者和推动者”⑤，最终创作出巨著《李自成》。无怪乎姚氏在七十高龄时仍在强调青年时代（也包括抗战时期第五战区和大别山中的一系列“化笔为枪”的文艺实践）所获得的“进步的思想和革命的人格锻炼”⑥ 的深远意义，认定“如果我不走这条道路”，“我这一生的文学事业必然毫无出息，我这个人大概早就完了”。⑦ 综上可见，“革命”构成了姚雪垠整个青年时代生命实践的核心主题，塑造了他的人生信念，影响了其人生道路，铸成了一生难以磨灭的思想徽记、精神底色。

---

① 姚雪垠：《题记》，《姚雪垠文集》第 16 卷，人民文学出版社 2011 年版，第 1—3 页。

② 姚雪垠：《题记》，《姚雪垠文集》第 16 卷，人民文学出版社 2011 年版，第 18 页。

③ 姚雪垠：《给刘岱》，《姚雪垠文集》第 19 卷，人民文学出版社 2011 年版，第 205 页。

④ 姚雪垠：《我获得首届茅盾文学奖的感言》，《姚雪垠文集》第 16 卷，人民文学出版社 2011 年版，第 333 页。

⑤ 姚雪垠：《七十述略》，《姚雪垠文集》第 16 卷，人民文学出版社 2011 年版，第 244 页。

⑥ 姚雪垠：《七十述略》，《姚雪垠文集》第 16 卷，人民文学出版社 2011 年版，第 239 页。

⑦ 姚雪垠：《七十述略》，《姚雪垠文集》第 16 卷，人民文学出版社 2011 年版，第 243 页。

再看作为“革命文化人”这一彼此敞开的二元结构中另一维度的“文化人”，其特征除去姚雪垠所说的“名士气、才子气”之外，更重要的是对革命个体化且理想主义色彩浓重的认知。因为自身的“文化人”属性，所以在面对激进文化思潮的冲击时，更倾向于从长计议，按照文化的内在规律处理问题——“作品的思想性必须通过它的艺术性才能反映出来。作品思想性决不是仅仅为某种政策服务，为某种运动服务”①。在姚雪垠的创作生涯中，有两次使他付出沉重代价的代际冲突，无论是“百花时代”批判创作中机械地割裂“新、旧”，盲目推重精神质地上更为“纯洁”的青年作者而成为“极右”；还是批判刘再复的“主体论”过分“崇西抑中”忽视传统文化的价值和“五四”以降的革命文学传统而转为极左。从今天回看，姚氏得之于长期文化实践经验的观念，似乎都显得更为理性与稳健。与此同时，对革命的个体化且理想主义的认知，让他始终警惕和敢于直接批判革命阵营内部的不良倾向，不仅在新中国成立后与文艺战线内部的官僚主义、宗派主义、教条主义持续斗争，即使在改革开放后，他也依旧对被某些“归来”作家视为“理想时期”的“十七年”保持批判，认为“我们习惯于称道新中国成立后那十七年我国文学艺术创作繁荣的时代，但是另一方面，也应该看到，当时也存在文艺思想僵化，令人窒息的问题”②。

综上，“革命文化人”可说是对姚雪垠主体辩证法的最佳概括，在这个彼此敞开的二元结构中，“革命”与“文化人”分居两端。在此二元结构中，“革命”无疑居于核心地位，是他生命哲学的主线与生命实践的决定性力量。而“文化人”的精神特质则围绕着这一核心运动，并外化为他的志趣与性情。两者虽属主客关系，然而在特殊的时空条件的催化之下（譬如面对政治形势及文艺机制日益激进化的现实），作为副线的“文化人”特质也会转化为精神世界的主要驱动力。而当激进思潮消退，历史走向另一维度的时刻，在他精神结构中居于核心地位的“革命”，则被重新唤醒并跃升而出，驱使他再次成为充溢着政治热情与坚韧意志的“作家兼战士”，以“孤勇”之姿态加入论战。这也正是作者与友人通信中所谈到的，自己“强烈的责任感”与能够坚持己见“无

---

① 姚雪垠：《我获得首届茅盾文学奖的感言》，《姚雪垠文集》第16卷，人民文学出版社2011年版，第327页。

② 姚雪垠：《给朱子奇》，《姚雪垠文集》第19卷，人民文学出版社2011年版，第186页。

所畏惧”地面对汹涌批判的根源。纵观姚雪垠的创作生涯，此二元结构始终维持着一种因应时代语境而互相转换的动态平衡，由是观之，造成他由极右转换为极左的原因，并非来自他倾向的转变，而是来自不同时代价值取向的异动。从某种程度上说，正是时代转型所带来的断裂性的价值“颠倒”，促成了姚雪垠最终的“命运悲剧”。

回溯20世纪八十年代，姚氏的遭际属于“典型”而非“个例”，类似的现象比较广泛地存在，另一个引人注目的“典型”则是丁玲。有趣的是，之前罕有交集的丁姚二人，不仅在八十年代一见如故，命运的走向也日益趋同，终至引为同道知己。虽然两人所经受的苦难，较之因身受苦难而获得崇高道德地位的“归来作家”们有过之而无不及。但是“流放归来”依旧对革命保持着信念般热情的丁玲，以及写作《李自成》期间戏剧性地获得了最高领袖支持的姚雪垠，最终都无缘置身“重放的鲜花”之行列。姚雪垠认为丁玲送给他的“独立大队”的绰号堪称知心之论，而他对曾被批判的“一本书主义”的赞赏与评价亦使得丁玲为之心折。在丁玲逝世后，姚雪垠专程写信给陈明①，向逝者致以崇高敬意，称赞“丁玲不但是作家，而且是战士。作家兼战士，终身不变，最为可贵”②。然而两人虽同为“作家兼战士”的“革命文化人”，在对待革命上依然多有不同。丁玲对待革命“很少理论性的阶级分析，而是情感性的表白和信念式的执著”③，而姚雪垠虽然始终不乏革命激情，却更偏向于审慎与理性。除去性别因素的影响，更重要的显然是个人志趣偏好与思想生成环境两端。先看个人志趣偏好，“丁玲是一个艺术气质很浓厚的人，她炽热，敏感，好强，争胜，自信，情绪化”④，从本质上来说属于浪漫主义的文人革命家。而姚雪垠则缺乏这种极具爆发力的浪漫主义性格，他走上作家道路更多是迫于生计，他本来的志愿是“希望自己通过若干年埋头图书馆的刻苦努力，能够成为一个马克思主义史学家或中国文学史家”⑤。即便未能如愿，他也始终坚持对马克思主义理论和历史社会科学的学习，渐次形成了一套颇具历史阐释力的话语体

① 然而据曾任姚雪垠秘书的许建辉在《丁玲与姚雪垠的晚年交往》一文中的回忆，这封写好的信，最终并未寄给陈明。

② 姚雪垠：《给陈明》，《姚雪垠文集》第19卷，人民文学出版社2011年版，第316页。

③ 贺桂梅：《丁玲的逻辑》，《读书》2015年第5期。

④ 王蒙：《我心目中的丁玲》，《读书》1997年第2期。

⑤ 姚雪垠：《题记》，《姚雪垠文集》第16卷，人民文学出版社2011年版，第8—9页。

系，《李自成》即是这套话语体系的成果之一。再看思想生成环境，虽然二人早年登上文坛的机缘、起点不同，但都属于游离于革命组织实体之外的左翼知识人。真正的区别产生于丁玲 1936 年 9 月奔赴中央苏区后，由于置身革命组织的内部，并担任西北战地服务团主任、《解放日报》文艺副刊主编等一系列实际职务，长期困扰她心灵的“如何与人民大众结合”的问题，在此时此地以一种常态化的形式（组织生活）得到了解决和落实。因此，亲历延安整风与文艺座谈会的丁玲，也就自然地对《讲话》抱有虔诚的情感，正像她自己所说的，“我虽然没有深入细想，但我是非常愉快地，诚恳地用《讲话》为武器，挖掘自己，以能洗去自己思想上从旧社会沾染的污垢为愉快，我很情愿在整风运动中痛痛快快地洗个澡，然后轻装上阵，以利再战”①。

反观姚雪垠，自“《风雨》事件”之后，虽然他无论是在第五战区参与“集团作战”，还是在大别山中做“文艺孤军”，均是在组织领导之下，实质上却游离于实在的组织生活之外。姚雪垠所处的第五战区组织活动受限，而大别山区则消息闭塞，获取一般信息尚且不易，遑论如丁玲一样在具体的革命工作与组织生活中更新对于革命的认知，改造自我的思想。马克思和恩格斯曾在《共产党宣言》中区分了作为无产阶级“自觉心”的两个阶段——即“自在的”阶级与“自为的”阶级。指出革命政党组织乃是无产阶级“自觉心”之“最高表示”，同时也真正标志着“无产阶级觉悟到了自己的历史使命，于是便成为‘自为’的阶级”②。因此，依靠实在的组织生活“不断改造自身，以‘自觉’的态度遏制‘自发性’”③，便成了思想转化过程中的一条捷径。较之丁玲，姚雪垠对于自己在思想环境上的“劣势”，无疑是具有清醒认知的，正如他在《自省小记》中所谈到的，“如果一个人生活于人民中间，生活于战斗的集团中间，他的改变将是一种自然而然的发展过程。但像我这样过着孤独的书斋生活，要求自己发展，就必须经常不断地作自省工作，宗教徒孤独的祈祷，祈祷的意义主要是诚恳的自省。愈能自省，便愈能解脱内心痛苦，愈能增加生活的

① 丁玲：《延安文艺座谈会的前前后后》，《新文学史料》1982 年第 2 期。

② ［苏］M·罗森塔尔、尤琴：《简明哲学词典》，孙冶方译，华北新华书店 1948 年版，第 37 页。

③ 朱羽：《社会主义与“自然”——1950—1960 年代中国美学论争与文艺实践研究》，北京大学出版社 2018 年版，第 3 页。

希望与勇气”①。然而无论如何强烈的自省意识，实际上都难以解决组织实体的“内、外”差异给认知模式及思想转化效能所造成的深远影响。因此，较之于延安时期后的丁玲，姚雪垠的身上反而因此保留了更多“文化人”特质。具体到对《讲话》的接受，与丁玲“不假思索”奉为圭臬的虔诚不同，他虽然一再强调“《在延安文艺座谈会上的讲话》中的许多基本原则、基本精神，仍然是非常光辉的，在今天并没有失去它的指导意义”②，却也认为“由于历史条件的变化，《讲话》中某些问题的提法，今天还有待于重新认识、重新研究”③。这种持平态度，也印证了前文所分析的姚氏主体辩证法的特征——“革命”与“文化人”两维，始终保持着一种动态平衡。然而必须指出的是，“革命”始终是这一二元结构的绝对核心，任何试图冲撞这一核心的企图，都可能引发精神世界的连锁裂变。

基于此，姚雪垠在该时段对《春暖》的大幅度修改，与他和刘再复的论战之间，可以说存在着明显的内在关联。极大强化了政治性和自传色彩的《春暖》再版本，可说是在特定历史情势下作者固有的文艺思想、个人历史经验以及陷于理论交锋后的应激反应联合作用下的产物。在此需要特别指出的是，笔者对作品修改内在动因的深入探究，并不意味着对这种修改所呈现出的“结果”的全然肯定。

最后需要解决的问题是，在对《春暖》的改写中强化文本的“政治性”和“自传性”为何成为作者的首要选择。强化文本的“政治性”的原因不难理解，作为“跟随着中国现代革命的主潮，在尖锐复杂的思想斗争中成长起来的”④“革命文化人”，在构成自我思想基础的革命文化传统遭遇挑战的时候，确实极有可能本着“矫枉必须过正”的行动原则，借助对小说文本的修改予以回击。那么增强文本的“自传性”又作何理解？如前所述，姚雪垠在再版本中注入的私人经验，相当一部分并不“正面”，反而指向革命阵营的内部斗争，与文本

① 姚雪垠：《自省小记》，《姚雪垠文集》第14卷，人民文学出版社2011年版，第246页。

② 姚雪垠：《作家要重视学习理论——纪念〈在延安文艺座谈会上的讲话〉发表四十周年》，《姚雪垠文集》第17卷，人民文学出版社2011年版，第355页。

③ 姚雪垠：《回顾·思索·期望》，《姚雪垠文集》第17卷，人民文学出版社2011年版，第348页。

④ 姚雪垠：《我获得首届茅盾文学奖的感想》，《姚雪垠文集》第16卷，人民文学出版社2011年版，第333页。

“政治性”的强化并观，似乎会使人产生“自相矛盾”的观感。然而倘若我们熟悉其文艺理念，则会发现这与他对“革命”的信仰并不冲突。因为在他看来，承认错误与坚持方向在实质上是并行不悖的——“只有深入地清算肤浅的形而上学的极左教条主义，将左的教条主义的思想批判工作做好，许多人的眼睛才会猛然一亮，心中服气，宣传‘五四’以来的健康传统才有力量”①。由此可知，再版本中对“政治性”与“自传性”的强化，都服务于作者在特殊历史情势的催动下，对革命理想正义性的重新伸张。从这个角度来看，姚雪垠对这部尘封已久的青年代表作的改写，早已脱离了纯粹的文学创作范畴，而是“一种存在意义的需要”②。他赋予小说再版本浓厚的“政治性”与“自传性”的行为，与其说是为自己艺术趣味张目，毋宁说是希望以这种“六经我注”的晚年姿态，借助重构这部“切肤”之作，来维护和彰显他这一代的“革命文化人”所共同体认的价值观念、人生理想和精神传统。

（《文艺理论与批评》2021 年第 6 期）

① 姚雪垠：《八十愧言》，《姚雪垠文集》第 16 卷，人民文学出版社 2011 年版，第 285 页。

② ［美］叶凯蒂：《文化记忆的负担——晚清上海文人对晚明理想的建构》，陈平原、王德威、商伟编：《历史传承与文化创新》，湖北教育出版社 2002 年版，第 55 页。

《牛全德与红萝卜》版本考释

左安秋[①]

中篇小说《牛全德与红萝卜》是姚雪垠在抗战期间的重要作品，在当时即产生了广泛的影响，“《牛全德与红萝卜》在重庆发表之后，正如当年《差半车麦秸》在香港发表之后的情形差不多，在全国青年中获得了很多读者，几乎到处都在谈论着这部作品”[②]。当前学界尽管都认为《牛全德与红萝卜》是姚雪垠抗战时期的重要作品，但是研究者在讨论这部小说时，其文本依据，却几乎都是1981年河南人民出版社的版本，忽略了《牛全德与红萝卜》的版本变迁。许多论文对《牛全德与红萝卜》中豫西方言的使用大加赞赏，实际上小说中的这些方言，也是在几次修改过程中逐渐形成的。一些论者在讨论《牛全德与红萝卜》的版本时，仅仅用“初版本有些粗糙”而一笔带过，这实际上忽略了姚雪垠修改小说的复杂动因。

一、《牛全德与红萝卜》的版本变迁

（一）初刊本

小说题名《牛全德和红萝卜》，初刊《抗战文艺》第七卷第四、五期，页码从265到293页。姚雪垠将稿子寄到《抗战文艺》后，由于当时印刷所遭到敌机轰炸，小说初稿也随同蒙难。《抗战文艺》的编辑姚蓬子从废墟中找到《牛全德和红萝卜》的残稿，发表时在残缺处刊登了一则声明：

> 雪垠兄此篇小说系《抗战文艺》四五月号被焚时从余烬中检出，其中缺十九至二十二各节，十八节与二十三节亦各缺数行。因作者远在战地，

① 左安秋（1990—），南开大学文学博士，中国社会科学院民族文学研究所助理研究员，博士后。

② 姚雪垠：《这部小说的写作过程及其他》，《牛全德与红萝卜》，怀正文化社1947年版，第4页。

一时未及补来。一角之缺，自为全璧之累。特此，谨向作者读者同致歉意。——蓬子①

（二）初版本

小说题名《牛全德与红萝卜》，1942 年 10 月初版，著作人姚雪垠，主编人郑伯奇，发行人陈君毅，出版者文座出版社。全书 100 页，实价国币六元，首印 3000 册。文座出版社版的《牛全德与红萝卜》是郑伯奇主编的“创作丛书”之二，在全书开篇附有郑伯奇编写的《创作丛书总序》，说明了丛书的缘起：当时郑伯奇正在编辑“每月文库”，但是由于战局的影响，每月文库的计划不得不终止。恰在此时，“文座出版社的主持人却请我主编这部‘创作丛书’。性质既然相同，一切形式方面又可踏袭‘每月文库’的原样，自己在推辞了几番之后，只好接受了”②。重庆文座版的《牛全德与红萝卜》基本以初刊本作为底本，但是补足了《抗战文艺》初刊本所残缺的内容，是《牛全德与红萝卜》最早的完整本。

（三）怀正文化版

小说题名《牛全德与红萝卜》，1947 年 5 月 15 日出版，是“雪垠创作集第三种”。著作者姚雪垠，发行人刘同缜，发行所怀正文化社。全书 218 页，除《牛全德与红萝卜》全文外，还刊登了姚雪垠所写的《这部小说的写作过程及其他》。③ 与重庆文座出版社版本相比，这一版的《牛全德与红萝卜》改动较多，有些地方甚至是重写，呈现了不同的面貌，作者修改的原因也最复杂。此后的诸多版本，基本以此版本作为底本，可以说，这是《牛全德与红萝卜》的定本。

（四）河南人民出版社版

1981 年，河南人民出版社重印了姚雪垠的小说《牛全德与红萝卜》。全书 141 页，首印 49000 册，定价 0. 43 元。河南人民出版社多次派同志到北京看

---

① 姚雪垠：《牛全德和红萝卜》，《抗战文艺》，1941 年第 7 卷第 4—5 期。

② 郑伯奇：《创作丛书总序》，《牛全德与红萝卜》，文座出版社 1942 年版，第 2 页。

③ 姚雪垠曾经在多处发表这篇文章。1947 年，姚雪垠在《雪风》第 3 期发表《论胡风的宗派主义：〈牛全德与红萝卜〉序》，内容与《这部小说的写作过程及其他》完全相同，大概是因为有论战嫌疑，在成书时改换了文章标题。

望姚雪垠，并且希望姚雪垠将作品交给河南出版。作为河南出生、成长的作家，姚雪垠对河南充满感情，决定将《姚雪垠著作小集》交给河南人民出版社，中篇小说《牛全德与红萝卜》即列其中。姚雪垠声称“将《牛全德与红萝卜》拿出付印，作为《小集》的第一本出版，仅仅因为我手头有它的复制本，而其他稿子尚在多方收集中”①。但是，此时距《牛全德与红萝卜》出版已30多年，其间经历过各种社会变迁，姚雪垠自己也经历风风雨雨，仍然保留复制本，可见姚雪垠对这部小说的珍视。河南人民出版社版本的《牛全德与红萝卜》基本以上海怀正文化社1947年版本作为底本，只是对少数字词进行了修改，以适应中华人民共和国成立后语言的发展变化。

（五）人民文学版

2011年，人民文学出版社出版了《姚雪垠文集》，文集共20卷，其中《牛全德与红萝卜》收入第12卷，文集版《牛全德与红萝卜》与1981年版相差不大。

二、《牛全德与红萝卜》主要版本改动

在所有版本中，初刊版是最早的版本，可以窥见小说的最初面貌；重庆文座出版社1942年版是《牛全德与红萝卜》最早的完整版本，是小说的初版本；与初版本相比，上海怀正文化社1947年版改动非常大。因而这三个版本的变迁最为明显，也最值得注意。

（一）从初刊本到初版本

初刊版共36小节，分为上下两部，上部包括1—16节，下部包括17—36节。由于杂志社被敌军轰炸，初刊版《牛全德和红萝卜》上部完整，下部内容缺失。1942年重庆文座版全书有完整的36节，补足了初刊版缺失的内容，但是取消了上下部的划分。姚蓬子所谓“其中缺十九至二十二各节，十八节与二十三节亦各缺数行”，基本反映了大致状况，初刊本第十八节和二十三节内容基本完整，只有个别语句的缺失，并不影响小说情节的展开。缺失的各节中，第十九节到二十一节内容为牛全德两次遇到站岗的红萝卜，展现二者之间的矛盾；第二十二节内容为红萝卜对游击队里的新花样不感兴趣，只想回家种庄稼。这几节内容，是牛全德与红萝卜两人性格展现的重要过程，使《牛全德与

① 姚雪垠：《牛全德与红萝卜》，河南人民出版社1981年版，序言第3页。

红萝卜》内容更加完整，情节也更加合理。

（二）从初版本到怀正文化版

1942 年文座出版社出版《牛全德与红萝卜》后，尽管《牛全德与红萝卜》是畅销书，并且颇受好评，但小说并未再版。直到 1947 年，怀正文化社才出版了《牛全德与红萝卜》的新版本。但怀正文化版《牛全德与红萝卜》并不是重排再版，而是经过了大幅度修改。怀正文化版《牛全德与红萝卜》全书共 38 小节，尽管从表面看只增加了两节，但实际上篇幅却增加了一倍，内容也比文座版丰富得多，在主要人物的情节、军民关系的展现、人物语言等方面都有所改动。

1. 主要人物情节的修改

（1）关于红萝卜的情节改动。在红萝卜的故事中，文座版人物事迹比较简单，红萝卜这样一个胆小怕事的农民为何参加游击队，并未有所交代。怀正文化版的《牛全德与红萝卜》则增加了红萝卜的往事：在家乡遭到敌军轰炸后，红萝卜到处逃难，走投无路之下而不得不参加游击队。这样，红萝卜安土重迁的观念和胆小怕事的性格特点一览无余，人物形象更加丰满。文座版《牛全德与红萝卜》中，红萝卜始终是胆小怕事的农民，一心只想回家种庄稼，红萝卜的性格是扁平的、固定的，缺少发展和变化。而怀正文化版，则增加了红萝卜内心的矛盾冲突和性格转变。尽管他对游击队生活不感兴趣，但是为了不惹队长、班长和指导员不高兴，红萝卜只好拿出一点精神来学习，并逐渐适应了新生活。修改后的小说情节中，经过一系列教育，红萝卜不仅说出打仗是“为着救中国，救同胞，也为着救我们自己”① 这样的心里话，而且自觉遵守游击队的纪律。这些情节都展现了红萝卜的性格变化过程，苦大仇深的胆小农民不仅明白了道理，而且克服了内心的恐惧，逐渐成长为一个战士。

（2）关于牛全德的情节改动。牛全德是小说的第一主人公，因而在怀正文化版中，关于牛全德的修改最多。文座版第十九节原为牛全德因为受到王队长表扬而去小杂货铺子喝酒。怀正文化版中，王队长的作用被指导员所代替。牛全德因为指导员没有第一个找他谈话，而认为受到轻视，因为苦闷而去小杂货铺子喝酒。在这里，牛全德不再是一个沾沾自喜的自大人物，其自尊心强、争

① 姚雪垠：《牛全德与红萝卜》，怀正文化社 1947 年版，第 162 页。

强好胜的性格得到了展现，而这恰恰是他最终成长为一名合格的游击队员的性格基础。

关于放走汉奸的情节，怀正文化版修改最大。文座版情节为牛全德讲朋友义气，明知对方参加了皇协军，但是“看在换帖的情谊上”而私自放走汉奸老七。而怀正文化版，牛全德虽然讲义气，却不肯轻易放过敌人，不仅拒绝汉奸要他加入皇协军的建议，而且义正词严地对老七的汉奸行为进行了反驳，并且在汉奸承诺不带皇协军来打游击队之后才肯将其放走。这样，初版本中牛全德因为讲一时义气而冲动放人，就演变为牛全德拒绝诱惑，反驳敌人的故事，牛全德是因被汉奸欺骗而将其放走，敌人的狡诈显露无遗。

（3）关于“坏女人”的情节改动。关于“坏女人”的主要改动，出现在牛全德第二次看望“坏女人”时。除了牛全德对“坏女人”态度的转变，“坏女人”的转变过程也成为小说的重要内容。在文座版本中，“坏女人”的转变非常简单，只用“坏女人”的几句话就概括了：“自从宣传队来了以后，我就改换生活了”“他们帮助我往好处去，从苦海里把我打救出来。我已经同他们商量好，以后就跟在你们队伍后边，不打仗的时候给你们洗衣服，打仗的时候给你们当看护。现我每天晚上要到关帝庙里上课读书，学习识字跟看护”。[①]“坏女人”的这些变化，不仅太大，而且太快，非常突兀，令人莫名其妙。怀正文化版则改动了“坏女人”转变的原因。“坏女人”的变化虽然仍然和宣传队相关，但是主要原因在于她作为“抗属”，受到了宣传队的特殊照顾，帮助她摆了个纸烟摊子。赵班长又帮助“坏女人”买了纺车，解决了生计问题，不再接客也就在情理之中了。同时，语言的变化也是两个版本的重要内容，在文座版中，“坏女人”不仅学习识字和当看护，而且说出一连串的大道理：“想起来过去的生活，简直是在十八层地狱里混日月。可是那并不能怨我们自己，那全是社会的罪恶。”[②] 这些人物语言，显然并不符合“坏女人”身份，因而在怀正文化版本中，删除了这些大道理。

2. 军民关系的强调与情节的增加

与文座版相比，怀正文化社版本的《牛全德与红萝卜》更加强调军民之间

---

① 姚雪垠：《牛全德与红萝卜》，文座出版社 1942 年版，第 62 页。

② 姚雪垠：《牛全德与红萝卜》，文座出版社 1942 年版，第 62 页。

的关系。在小说开篇，牛全德被队长怀疑偷吃了老百姓的鸡子，分队长就叮嘱牛全德“你知道我们是抗日的游击队”“我们必须依靠老百姓，就好比鱼依靠水一样”，这是文座版不曾强调的内容，分队长的这段训话，也为小说中的军民关系奠定了基调。怀正文化社版本中，分队长的训话多次着重强调了军民关系：“在训话中间，分队长着重在军民的关系一点，指出游击队目前的真正危机不在枪支少、人数少，而在得不到人民的同情和拥护。”① 军民关系成为游击队着力改善的内容。

当然，除了分队长的训话，怀正文化社版本还着重强调了游击队为改善军民关系所作出的努力。在小说中，分队长派陈洪协助开展民众工作，不仅把老百姓组织起来进行训练，而且办民众夜校，帮助百姓接受文化教育；牛全德也主动安排任务，帮助百姓栽红薯秧。在游击队的努力下，军民关系融洽和谐，因而在军队开拔时，大批民众前来送行，赠送慰问品，展现了军爱民、民拥军的景象。

3. 语言的改动

《牛全德与红萝卜》的语言运用，尤其是河南方言的运用为人称道，但是小说并非开始即如此。在文座版本中，人物语言相对较少，也不典型，有些甚至不符合人物的性格。怀正文化版修订了人物的语言，也成为小说成功的重要原因。

除了删除“坏女人”的大段说理外，语言细节的修改，也使人物性格更加鲜明。如在和张有才见面时，文座版中，牛全德和陈洪都称呼“兄弟”，而在怀正文化版中，陈洪对张有才的称呼变成了“张同志”。牛全德称呼张有才“兄弟”，增加了江湖气概，草莽性格一览无余；而陈洪与牛全德性格不同，更为稳重，称呼“张同志”，更像是一个老干部。一个称呼，两个人的性格就截然分开了。

此外，在怀正文化版《牛全德与红萝卜》中，作者还增加了大量的方言和俗语，如“弟兄们”改为“仃们”，“跟在牛屁股后”改为“打牛腿”等。同时，修订版还增加了许多歇后语，如红萝卜害怕牛全德报复他时，“他的心里像被把攒着一样”改为“但实际上真像是一口吞下去二十五个小老鼠——百爪

① 姚雪垠：《牛全德与红萝卜》，怀正文化社1947年版，第71页。

挠心呢”；当陈洪询问牛全德是否真的要离队时，牛全德的回答由“说不定”修改为“小秃头上搁豌豆，不能定”。这些方言俗语以及歇后语的运用，使小说地域气息浓厚，更加真实可信。

三、修改原因探析

时隔多年，姚雪垠多次修订《牛全德与红萝卜》，其原因是多元的，其中既有姚雪垠本人的主观原因，也有复杂的外部因素。

（一）初版本存在缺陷

据姚雪垠回忆，写作《牛全德与红萝卜》不过是由于自己从老河口去鄂北前方路途中的一个简单想法。因为只是附带工作，因而《牛全德与红萝卜》成书时间非常长，一部中篇小说，从1940年2月起笔，直到1941年1月30日才完成，整整持续了一年时间。更为糟糕的是，姚雪垠的写作环境异常恶劣。小说写于1940年，其时敌人的空军活动异常频繁，姚雪垠所在的市镇也不能幸免于难。小说中红萝卜的家乡遭到轰炸的情节，大概是姚雪垠的亲身体会。姚雪垠这样回忆写作《牛全德与红萝卜》的过程：

> 在这些紧张的日子里，白天，我带着很粗劣的一沓稿纸、墨盒和毛笔，恓恓惶惶地躲在郊外……飞机一来，我赶快卷起稿纸，躲进麦地或胡豆地里；飞机一去，我拍一拍身上泥土，继续再写。因为桌子又小，又低，又不平，加之野风不时地吹动稿纸，更增加写作的艰难。《牛全德与红萝卜》的大部分原稿，都是在这样的情形下，一段一段地，断断续续地写出来的。①

除此之外，在写作下半部时，姚雪垠又生了大病，从物质到精神，都处在不安的状态中。这些客观因素导致初版本的《牛全德与红萝卜》，存在诸多漏洞。如在第八节，在小酒馆里喝酒的除了牛全德和陈洪，还有一个“王有才”，但后来的情节中，王有才几乎消失了。怀正文化版中，姚雪垠将人名改为“张有才”，并且增加了张有才的许多事迹，如设计了牛全德派他去探望“坏女人”，并送一元纸币的情节，同时还增加了张有才与红萝卜的交往和谈话，使

---

① 姚雪垠：《这部小说的写作过程及其他》，《牛全德与红萝卜》，怀正文化社1947年版，第2页。

人物事迹有始有终。怀正文化版《牛全德与红萝卜》的许多情节的设计是为了弥补初版本的漏洞，修改使小说情节更加合理可信。

（二）回应茅盾等人提出的修改意见

《牛全德与红萝卜》发表后，获得了广泛的关注。1944 年春天，“《牛全德与红萝卜》遇到了一次最深刻、最公正、最严肃、最使我感激难忘的批评”①。这指的是 1944 年围绕《牛全德与红萝卜》的讨论会，据姚雪垠回忆，“以群兄，乃超先生，茅盾先生，都发表了许多极其使我心服的宝贵意见”②。据姚雪垠自己的说法，“自从这一次批评之后，我就决心依照他们的意见进行修改”。如果按照这个思路，姚雪垠对于《牛全德与红萝卜》的修改应该较早就开始了。但遗憾的是，讨论会是内部进行的，并没有文章发表在报刊上，因而茅盾等人究竟提出了什么意见，我们无法确切得知。如果《牛全德与红萝卜》真的是依照茅盾等人的意见进行修改，根据怀正文化版的修改状况，我们大致可以推测茅盾等人的意见：许多人物语言并不符合人物身份；写“坏女人”的转变过于突兀，缺少一个过程；写红萝卜的心理缺少矛盾冲突，红萝卜的性格缺少发展变化；牛全德的性格转变也缺少推动因素……怀正文化版的修改，大致是从这几个方面出发，对小说进行了完善。

（三）反击胡风等人的批评

除了茅盾等人提出意见之外（姚雪垠称之为“善意的批评”），胡风、路翎等人也给出了批评意见。尽管胡风等人的意见与茅盾等人的意见有相似之处，但姚雪垠对胡风等人的批评极其不满，并一一反驳。《这部小说的写作过程及其他》可以说主要是针对胡风等人的批评进行反击的。姚雪垠声称 1944 年 12 月，“胡风先生所领导的小宗派向我展开了大的攻势”③。多年之后，姚雪垠还念念不忘当年受到批评的旧事，他对前来探望的姜弘透露：

> 我告诉你一个秘密，也就是这件事的内幕：当时胡风他们要批茅盾，说茅盾的创作是客观主义的，色情。周总理不同意，出面制止。他们没有

① 姚雪垠：《这部小说的写作过程及其他》，《牛全德与红萝卜》，怀正文化社 1947 年版，第 5 页。
② 姚雪垠：《这部小说的写作过程及其他》，《牛全德与红萝卜》，怀正文化社 1947 年版，第 5 页。
③ 姚雪垠：《这部小说的写作过程及其他》，《牛全德与红萝卜》，怀正文化社 1947 年版，第 6 页。

办法就骂我出气，因为茅盾和我的关系很好，充分肯定我的创作。[1]

但是对于因为要批评茅盾，所以拿姚雪垠当靶子、“清算”姚雪垠的说法，胡风和路翎都予以否认。胡风和路翎坚持认为批评姚雪垠是因为文学思想的分歧，[2] 姚雪垠则坚持自己受到了不公正待遇，背了黑锅。事实到底如何，通过姚雪垠对路翎的反驳，以及他对《牛全德与红萝卜》的修改，我们大概可以看出一些端倪。

路翎批评姚雪垠的文章，指的是《市侩主义底路线》一文，署名未民。关于这篇文章的写作缘由，吴永平在《胡风清算姚雪垠始末》一文中，给出了详细的考证。路翎写文章批评姚雪垠，确实与胡风有关。姚雪垠将反击的矛头指向胡风，应该说并没有冤枉胡风。

在《市侩主义底路线》一文中，路翎直指《差半车麦秸》的主人公，是抄袭《八月的乡村》小红脸的农民义勇军，因为“差半车麦秸”和“小红脸的农民义勇军”一样，整天吸着烟袋，一样怀念着土地，因而是“僵死的，它底目的和公式观念，是虚伪的”[3]。并且将这种批评延续到姚雪垠的中篇小说《牛全德与红萝卜》：

其后，姚雪垠先生又写了《牛全德和红萝卜》。这是这种写作方式——生活方式底继续。大约是因为受了不负责任的赞美的缘故，姚雪垠先生发展了他底这种道路了。牛全德是兵士，红萝卜是农民，两种性格的刻画，诸如此类。但那农民，仍然是不停地吸着烟袋——技巧，也显得穷囧了[4]。

在怀正文化版《牛全德与红萝卜》序言中，姚雪垠重点对路翎的批评给出了反驳，认为路翎等人对小说的批评是不负责任的。那么，路翎在《市侩主义

① 姜弘：《也谈胡风“清算”姚雪垠的旧案》，《炎黄春秋》，2014 年第 10 期。

② 胡风和路翎的说法，参见姜弘：《也谈胡风“清算”姚雪垠的旧案》，《炎黄春秋》，2014 年第 10 期。

③ 未民：《市侩主义底路线》，《希望》，1946 年第 1 集第 3 期。

④ 未民：《市侩主义底路线》，《希望》，1946 年第 1 集第 3 期。

底路线》中提出的许多问题，是不是“卑污的栽赃”，是为了拿姚雪垠“出气”呢？应该说事实并非如此。路翎提出的问题，在初刊版和初版本《牛全德与红萝卜》中确实存在，路翎的批评实际上直指小说存在的缺陷，并且是切中肯綮的。姚雪垠指责“胡风派”批评家将小说的题目看错了一个字，将题目中的“与”看成了“和”，并且从平仄韵律角度进行了分析，以此说明“胡风派”批评家不负责任。但实际上，小说初刊即署名《牛全德和红萝卜》，《牛全德与红萝卜》是修改后的小说题目。红萝卜的性格和许多表现，诸如胆小怕事、常年吸着旱烟袋、怀念土地、一心想着回家种庄稼等，都和“差半车麦秸”类似，初版本对红萝卜的描写也确实有些僵化，缺少变化。路翎在文章中还指出：“但我想特别提出的是牛全德嫖女人的那一段……大约这是写实主义吧！作者又让那堕落的女人听了宣传队伍底宣传而转变了，说‘女人一向是受压迫的，现在我要过新的生活了！”[①] 尽管事实恰如姚雪垠所说，路翎所引的那句话在原作中找不到，这确实是一个严肃的批评家不应该犯的低级错误。但是路翎对小说的批评却不是如姚雪垠所说是“卑鄙的栽诬”，其批评的方向大致是准确的。《牛全德与红萝卜》初版本中一些情节确实显得有些露骨，并且“坏女人”听了宣传队的话就随即大转变，确实显得突兀且不合情理。尽管姚雪垠不承认路翎指出的问题，并且声称胡风派批评家是造谣和污蔑，但是怀正文化版的一些修改，确实是改正了陆翎指出的缺陷，如增加了红萝卜的心理和性格转化，为了证明红萝卜与“差半车麦秸”不同，姚雪垠甚至在小说中安排红萝卜将旱烟袋藏起来，不在训练和开会时吸烟，只是姚雪垠将这些功绩都归结为茅盾等人的善意批评，对路翎等人的批评则拒不接受。

姚雪垠和路翎等批评家之间，之所以存在如此多的意见分歧，一个重要原因就是二者所依据的小说版本不同。路翎等人的批评，针对的是初刊本和初版本的《牛全德与红萝卜》，指出了其中存在的诸多问题，而姚雪垠的反驳，其文本依据是修改后的怀正文化社版本。因为版本不同，内容有差异，双方的意见自然难以达成一致。

（四）回应社会环境的变化

在考察《牛全德与红萝卜》版本变迁的原因时，不能忽略社会环境的变

① 未民：《市侩主义底路线》，《希望》，1946年第1集第3期。

迁。小说写于1940年，初刊于1941年，初版于1942年，出版地点在重庆。其时正是民族危亡之际，拯救民族危亡，一致对外成为当时的主要社会任务。因而在初版本《牛全德与红萝卜》中，练兵抗日是游击队的主要任务。但是由于侵略势力强大，民众中难免有些悲观情绪，这些情绪体现在红萝卜身上，就是他不知道抗日战争什么时候结束，怀疑究竟是否能够赶走侵略者。到了1947年，怀正文化社出版修订本《牛全德与红萝卜》时，抗日战争取得胜利是既定的事实，悲观情绪不再，因而连红萝卜这样胆小的农民也觉悟到“只要大家心齐”，用不了多久就能赶走侵略者，增加了乐观的情绪。

另一个重要的影响因素是《在延安文艺座谈会上的讲话》（以下简称《讲话》）的发表。1942年5月，毛泽东在延安文艺座谈会上进行了讲话，但是直到1943年10月19日，延安《解放日报》才正式发表《讲话》全文。《牛全德与红萝卜》初版本发表于1942年10月，尽管延安文艺座谈会已经结束，但是姚雪垠不在延安，并不知晓《讲话》的内容。到1947年，《讲话》已经获得了广泛的传播。在怀正文化版《牛全德与红萝卜》中，我们也可以看到《讲话》的影响：

> 人民也有缺点的。……我们应该长期地耐心地教育他们，帮助他们摆脱其背上的包袱，使他们能够大踏步地前进。他们在斗争中已经改造或正在改造自己，我们的文艺应该描写他们的这个改造过程，而不应该只看到片面就去错误地讥笑他们，甚至敌视他们①。

在初版本的《牛全德与红萝卜》中，红萝卜是落后农民的典型代表，是牛全德等人嘲笑与蔑视的对象。但是在怀正文化版本中，作者展现了红萝卜这一落后农民在指导员的教育下，与自己的缺点做斗争，摆脱错误思想，不断进步的过程。姚雪垠写出了普通民众的进步，他们与游击队同心同德，丢掉落后的思想，改造自己，成为抗日战争的重要组成力量。所有这些都与《讲话》的思想和精神相吻合。

姚雪垠不仅补足初版本中的情节缺陷，而且根据自身文学理念和社会现实

---

① 毛泽东：《在延安文艺座谈会上的讲话》，《解放日报》1943年10月19日。

的变迁，不断对旧作进行修订，以适应复杂多变的外部环境，提升作品的文化品格，形成了《牛全德与红萝卜》这一经典小说的最终面貌。

结　　语

不断修改旧作的情况，在现当代作家中普遍存在。中国现代文学作品的版本研究，已经逐渐起步，当代学者对郭沫若、曹禺等作家作品的版本变迁考察，拓宽了现代文学研究的思路，解决了现代文学研究中存在的许多问题。然而，一个普遍的现象是，在现代文学的版本研究中，研究者一般以 1949 年为界限，探讨中华人民共和国成立这一历史语境的变迁对作家创作的影响，以及由此带来的版本改动。诚然，“现代”文学作品进入“当代”，面临不一样的社会现实和政治语境，必然出现许多“水土不服”的现象，因而作家对作品的修改往往较大，这些版本的改动也确实值得关注。但是这样的研究方向，实际上也导致现代文学版本研究过程中思路比较僵化，在总结作品修改的原因时，影响因素也比较单一，政治因素往往成为主要的甚至是唯一的因素，作家个人的主观能动性、文学批评和文学理念的冲突等文化因素被有意无意地忽略了。姚雪垠的例子提供了不一样的个案。与许多现代作家不同，姚雪垠对《牛全德与红萝卜》的修改，并不是在中华人民共和国成立之后才开始的，而是在 1949 年之前就已经大致完成了修改活动，此后基本保持了其大致面貌，这是许多研究者没有注意到的现象。社会政治环境的变迁也不是作家修改作品的唯一影响因素，作家个人生活环境和身体状况的改善、精神状态的变化、文学理念的更新以及不同文学阵营的批评家的意见，都对姚雪垠修改旧作产生了影响。在 1949 年之前就已经开始修改旧作的作家，其数量不在少数，如沈从文、师陀等人的作品，每次结集出版，都会有或大或小的修改，这些作家修改作品的因素就更为复杂。在政治环境变迁之外，只有综合考虑多种影响因素，才能对作家修改作品的原因产生比较深刻的认识，从而更好地理解作家和作品。

（《河南大学学报》2021 年第 4 期）

“念也向阳，怨也向阳”

——“《忆向阳》风波”前后

马 杰[①]

是的，团泊洼是静静的，但时刻都会轰轰爆炸；不，团泊洼是喧腾的，这首诗篇里就充满着嘈杂。不管怎样，且把这矛盾重重的诗篇埋在坝下，

它也许不合你秋天的季节，但到明春准会生根发芽……

——郭小川《团泊洼的秋天》

引 言

臧克家的诗集《忆向阳》是“干校文学”[②] 为数不多的成果之一。自1972年10月被批准从文化部湖北咸宁向阳湖“五七干校”返京后，臧克家于1974年底至1975年接连创作了数十首回忆干校生活的旧体诗。1976年3月起，该组诗陆续在《人民文学》《人民日报》《诗刊》《上海文学》《光明日报》《北京日报》《北京文艺》《广东文艺》等报刊上发表；经不断打磨、推敲，臧克家从该组诗中遴选五十首结集成册，题名为“忆向阳”，并作诗序《高歌忆向阳》于前，附张光年、冯至所作诗跋在后，于1978年3月由人民出版社发行。《忆

① 马杰（1995—），中国人民大学文学院博士生。

② 学界目前对“干校文学”的认识大多为“干校人写干校事”的文学，这一提法尚未概念化和学理化。参见刘保昌：《干校文学论：以向阳湖“五七”干校为中心》，《西南大学学报（社会科学版）》2010年第1期。

向阳》出版后文艺界便相继传来赞誉之声[1]，直至1979年《上海文学》第1期发表了姚雪垠《关于〈忆向阳〉诗集的意见——给臧克家同志的一封信》（以下简称《意见》）一文，打破了这种和谐融洽的氛围。姚雪垠在信中指责臧克家的《忆向阳》美化了"五七干校"生活，为林彪、"四人帮"制造的罪恶历史"涂脂抹粉"，一时将臧克家推到了解放思想、拨乱反正的风口浪尖。此文一出，文坛哗然，众人愕然于姚雪垠竟以如此上纲上线的方式批判老友的新诗集，故姚雪垠的《意见》遭到了一些强烈的质疑与批驳，部分学者也写公开信与之争鸣[2]，但亦不乏为姚雪垠此举"敲边鼓"、叫好的声音[3]。后因当事人臧克家并未正面回应，姚雪垠也并未就此问题继续深究，这场发生在新时期伊始规模不大但颇引人注目的"笔墨官司"很快便偃旗息鼓，不了了之。

公开的争论虽草草收场，但这桩文坛公案所关涉的问题仍在学界诸人的交往、通信、文章甚至是记忆中继续发酵与膨胀，为我们今天重新去考察提供了诸多参照与补充材料。研究界对这场论争及其后续的考察大多作为其他论题的背景材料出现，两位当事人传记[4]中也多站在维护传主的立场论述此事，故多有删繁就简的迹象；学界对此论争进行专题研究的是徐庆全2006年发表的《转型时期的标本：关于臧克家〈忆向阳〉诗作的争论从臧克家一封未刊信谈起》[5]，该文基本上廓清了此事的来龙去脉并提供了新材料，但因偏重于材料的铺排而对论争中一些关键问题未能展开深入的探察，因而留下了诸多疑点与

---

① 据笔者搜寻，在姚雪垠批评文章发表前已公开发表有至少三篇持肯定态度的文章：丁国成：《忆向阳》，《文艺报》1978年第4期，原题为"老诗人的新探索——读诗集《忆向阳》"，发表时改为"忆向阳"；刘征：《说"传神"——〈忆向阳〉读后》，《诗刊》1978年11月号（11月10日）；张章：《真实的心声——读臧克家的诗集〈忆向阳〉》，《北京日报》1978年11月5日。另外据臧克家1977年9月25日致程光锐信，"谢冕同志对《忆向阳》甚喜爱，写了三千字的评介，颇生动、自然"，但据查似乎并未公开发表。

② 参见李国权、汪剑光：《致姚雪垠同志的一封公开信》，《上海文学》1979年第4期；正一：《文艺民主与粗暴批评——给姚雪垠同志的一封信》，《青海湖》1979年第10期；王昌定：《压迫不是批判——姚雪垠先生两封公开信读后感》，《北方文学》1979年第10期。

③ 参见程建汉：《打破情面》，《上海文学》1979年第3期；王仲豪：《有话直说——读〈关于《忆向阳》诗集的意见〉》，《解放日报》1979年2月15日；李怀发：《我们不愿听这样的鼓声》，《奔流》1979年第2期。

④ 参见孙晨：《世纪诗星：臧克家传》，山东大学出版社2000年版；许建辉：《姚雪垠传》，湖北人民出版社2007年版。

⑤ 徐庆全：《转型时期的标本：关于臧克家〈忆向阳〉诗作的争论从臧克家一封未刊信谈起》，《博览群书》2006年第4期。

尚待细究之处。如姚雪垠是否如徐文所言是“前恭后倨”的“两面派”？臧克家又为何“忍气吞声”不愿正面应战？姚雪垠高调批评《忆向阳》是写作之余的不平则鸣还是政治表率诱惑下的争名之举？老友失和的背后与当代文学的历史性转轨又有何关联？

一、“前恭后倨”的“两面派”？

面对昔日老友气势汹汹的批评，臧克家意识到事关重大，当即（1979 年 2 月 14 日）向时任中宣部顾问、文艺界领导周扬写信汇报姚雪垠连批徐迟与自己之举的“不良用心”①，自我辩解的同时也指责姚雪垠此举是出于“争名”“报复”的目的，并请求面谈。② 1979 年 4 月 28 日臧克家在致《河北文学》编辑、诗人尧山壁信中提及此事：“周扬同志约了谈了话。中宣部副部长廖井丹同志到我家谈了一小时半，我极安慰。已写好二文，压下不发了。”③ 作为文艺界领导，周、廖自然希望保持文艺界内部的团结，且此事亦涉及较为敏感的政治问题，故此授意臧克家“冷处理”，不做正面回应；但作为当事人的臧克家虽未选择公开发文予以驳斥，却也不愿让众人偏听姚雪垠的一面之词，故将姚先前“大赞《忆向阳》信十封的打样”随信寄给尧山壁，并请其将这组信件“在《河北文艺》及文联的同志们中间传阅一下，看看姚是一面，还是两面。”④ 臧克家此举可谓“用心良苦”，避而不谈姚文所批驳的核心问题转而采取“以子之矛，攻子之盾”的策略，以自己的宽容和善凸显出姚雪垠“前恭后倨”的“两面派”形象。即便如此，放弃公开论辩的臧克家仍怒气难消，陆续创作了两首七绝《有感》，既有为自己辩解之意（“是非不许半毫移”），亦喟叹世态炎凉而对旧友所为寒心（“咀嚼友谊牙齿崩”）⑤。除此之外，臧克家也在持续关注学界对《忆向阳》的评价及对姚雪垠《意见》一文的讨论，并在与

---

① 姚雪垠发表《意见》一文前，在《诗刊》1978 年 12 月号发表了《对徐迟同志〈关于诗歌的意见〉的意见》，指责徐迟“对毛主席的诗句任意曲解”以及“错误”的诗歌观念。

② 徐庆全：《转型时期的标本：关于臧克家〈忆向阳〉诗作的争论从臧克家一封未刊信谈起》，《博览群书》2006 年第 4 期。

③ 参见《去若浮云没——臧克家书简》［《美文（上半月）》2004 年第 5 期］所发表的臧克家致尧山壁信 39 封，其中“1978.4.28”信落款时间有误，根据该信内容推断此信落款时间应该为“1979.4.28”。因臧克家习惯问题，许多信件落款仅列月份及日期，不注年份，且由于时间太久，记忆模糊，故推测应是尧山壁所注时间有所偏差。

④ 臧克家：《去若浮云没——臧克家书简》，《美文（上半月）》2004 年第 5 期。

⑤ 参见臧克家：《近作二绝句》，《青海湖》1980 年第 9 期。

同人的通信中频繁地打听、交换与此相关的消息。

如1979年9月18日致信诗人许敏歧：

> 你了解我，关于《忆向阳》的争论，你同情我，使我很感动。你的文章，“××文学”我看它不会刊登的，同样的文章，仅据我所知已不下十篇，都被退稿。王昌定同志（原不认得）写了文章。批×，《文艺报》内参发了，见广告，《北方文学》10月号也正式发表了。听说《青海湖》10月号发表了荣正一同志批×文。又传《江城》七八月号合刊发了张惠仁同志肯定《忆向阳》一文，尚未出版①。

1979年10月12日致信作家王昌定：“《北方文学》，众目睽睽，在望着你的文章。”② 1982年9月24日致信文学评论家祝一寰：“这组诗（指《忆向阳》）值得重视——虽然×××别有用心地大骂它。”③ 1984年3月4日致信作家于黑丁：“老姚，会上见面，十分客气了。人间一切事，都时时在变，条件可以使好友成了陌生人。真正好朋友应当知人、知面、知心。主要是思想相同，气味相投。”④ 1996年9月11日再次致信作家于黑丁，抱怨姚雪垠对《忆向阳》的批判：“我对雪垠也十分了解，他的一些行为，人人皆知。我与他徒步三千里去大别山，一道出生入死好几年，他邓县的家，我曾在那里做客。但（他）为文批我，说我歌颂‘干校’，给我上纲上线。”同时也论及他找周扬一事：“他批我，情况较严重，为此，我去找了周扬同志。不少同志写长文反驳他。我原来把所有的材料装在袋中，忍耐又忍耐，没有出面对质，许多同志说

① 臧克家：《臧克家全集》第11卷，时代文艺出版社，2002年版，第558页。张惠仁《试论臧克家的旧体诗集〈忆向阳〉》发表于《江城》文艺月刊1979年7、8月合刊号，此文从臧克家长期诗歌创作道路进行考察，认为《忆向阳》是“我国当代文学史上诗歌园地的新收获，也是我国古典文学史上‘田园诗’传统的继承与革新”。

② 臧克家：《臧克家全集》第11卷，时代文艺出版社，2002年版，第468页。信中所提及的文章指王昌定发表在《北方文学》1979年第10期为臧克家做辩护的《压迫不是批评——姚雪垠先生两封公开信读后感》一文。

③ 臧克家：《臧克家全集》第11卷，时代文艺出版社2002年版，第661—662页。信中隐去的“×××”应指姚雪垠。

④ 臧克家：《臧克家全集》第11卷，时代文艺出版社2002年版，第608页。

我‘宽厚’。现在，彼此不往来，各干各的。”① 翻阅上面这组信件，足见臧克家对姚雪垠批《忆向阳》一事耿耿于怀。

姚雪垠发表《意见》一文后，有数位作家和学者著文或写公开信为臧克家及其诗集《忆向阳》辩护，其中最主要的是对姚雪垠上纲上线的粗暴批评表示不满，并指责姚“前恭后倨”是出于“自我宣传”的动机。对于这些辩护文章以及学界私下议论中流传的“两面派”形象，姚雪垠既未直接回应，亦不以为意。他在 1983 年《无止境斋书信抄》初集序中指出：

> 曾有人说，我原来是捧《忆向阳》的，后来忽然批评了《忆向阳》。这是社会上的误传，克家不会有这个意思。因此，编这本集子时，顺便将有关《忆向阳》的信选入几封，既可作为史料看，也可以反映我对诗的欣赏趣味②。

姚雪垠以轻描淡写的口吻辩解所谓的“社会上的误传”，其中“克家不会有这个意思”一句是意味深长且另有深意的，对照考察姚文发表前后二人间的通信，能清楚看到，姚雪垠对《忆向阳》的批评其来有自，并非“见风使舵”般的“前恭”而“后倨”，而是说姚雪垠的意见有一个逐渐发展与明晰的过程。

对于此事的探讨，不妨从其前史谈起。在“文革”后期，各地“五七干校”的学员陆续返城后，当时的老年文人群中出现了一股“旧体诗热”。臧克家对此回忆道：

> 1972 年，我从湖北干校回到北京，有较长的一段时间赋闲在家。这时，许多“文革”中没有联系的朋友都与我恢复了交往，大家互相拜访，来往十分密切。六七年的时中断了来往，大家都有许多的心里话要说，平日见面的时间有限，常常是朋友走了仍觉意犹未尽。所以，我们就很自然地用书信互诉心声。后来，不知是谁先开头用旧体诗词寄赠朋友，于是一

---

① 臧克家：《臧克家全集》第 11 卷，时代文艺出版社 2002 年版，第 615 页。

② 姚雪垠：《〈无止境斋书信抄〉初集序》，香港《文汇报》1983 年 4 月 17 日。20 世纪 80 年代初姚雪垠曾计划将晚年同朋友们探讨问题的信件整理成集出版，题名为《无止境斋书信抄》初集，并为该集作序，后此集因故未能按原计划出版，姚仅将序言单独发表在香港《文汇报》。

时之间大家就你唱我和，乐此不疲了①。

徐迟亦有同感：

这些年，很多老人都用旧体诗词形式来抒发他们的思想感情，我看是事出有因的。在那样万马齐喑的时候，倒是于无声处有旧诗的。

在先是不约而同，以后就彼此传观，互相赠诗，一唱一和，风行一时了。②

若论新诗，臧克家已在诗坛成名多年，但论旧体诗，姚雪垠则起步较早③，二人有关干校诗的通信始自 1974 年 5 月左右，姚雪垠在一封回信中将自己在干校时所写旧体诗《“五七干校”值勤夜（二首）》④ 抄呈给臧克家。以后设视角看，姚雪垠不但是“《忆向阳》风波”的“始作俑者”，更可能在无意间触动或激发了臧克家用旧体诗表现干校生活的想法。此时姚雪垠正在武汉专注于《李自成》的写作，而臧克家返京后并未安排具体工作，一直赋闲在家，生活较为舒适，但亦有寂之感。故姚雪垠于 1974 年 12 月 25 日致信臧克家，恳劝其“在晚年继续开花结果”：

诗为心声。最近从你的诗中既流露出“闲适”情调，也表现出雄心壮志。我希望你完全摆脱前者，发展后者。但你已经七十岁，快乐养老的思想也不能说不应该有，只是最好不停留在这个人生境界上，还可以更高一点。⑤

---

① 臧克家：《世纪老人的话——臧克家访谈录》，《臧克家全集》第 12 卷，时代文艺出版社 2002 年版，第 624 页。

② 徐迟：《新诗与旧诗》，《诗刊》1978 年第 12 期。

③ 20 世纪 60 年代初姚雪垠为写《李自成》（需为小说中人物代作诗词）开始学写旧体诗，臧克家 30 年代初在大学时曾跟随闻一多学新诗，直至 70 年代初“旧体诗热”中才开始学写旧体诗，故姚雪垠虽为小说家，但评诗析字亦毫不怯场。

④ 参见姚雪垠著，俞汝捷编：《姚雪垠诗抄》，华中师范大学出版社 1999 年版，第 43—44 页。《姚雪垠文集 19 卷绿窗书简》，人民文学出版社 2002 年版，第 560—562 页。姚雪垠曾将这两首诗以《值夜》为题发表于 1978 年 10 月 22 日《文汇报》。

⑤ 姚雪垠：《姚雪垠文集》第 19 卷，人民文学出版社 2010 年版，第 567—568 页。

臧克家则持一种晚年心态或者说处于一种“边缘化”状态，而这种“边缘化带来了某种创作的自由，带来了心态的从容与写作的宽裕”①。故臧克家并未积极回应姚雪垠对他的劝告与期待，回信道：

> 因系天下大势好，社会主义祖国蒸蒸日上，个人生活又极舒适，精神愉快，情绪饱满，故能不计死生，乐观一切。此已大不易。诗为心声，不能隐蔽。此言极是。②

在此种处境与心境之下，臧克家回忆起干校的充实生活，满怀热忱地创作了“忆向阳”组诗，并不断将新作随信寄给姚雪垠品评，进而二人便围绕干校诗展开了长达半年的频繁通信。

为使臧克家更易接受自己的意见，姚雪垠对臧克家所精心营构的干校诗的鉴评极讲求语言策略，如 1975 年 1 月 10 日致臧克家信中第一次对其干校诗做出了初步评析：“回忆“五七干校”生活的小诗，或五绝，或七绝，都不错。《寄雪垠》一诗也好。这些小诗都很自然，清新完整。其所以能写好，主要是有生活体验……”③ 但姚雪垠笔锋一转，直接指出“但你近来的这类小诗，弱点在深度不够或感情的分量较轻”，“作为一种倾向看，须加留意”④。

臧克家诗兴极浓，直至 1975 年 1 月底，姚雪垠一连收到臧克家近二十首“反映干校生活的小诗”。在 1 月 25 日信中姚雪垠表达了自己对这组诗的整体意见，即“肯定这些小诗，但又觉得深度不足”⑤。姚在这封回信开篇仍是先评近来收到的几首诗，直言“颇喜《微雨插秧》二首”，赞其“情意甚佳，清新、自然、圆熟”，但对另外几首皆有不满，如评点《喜奔干校》一诗第四句

---

① 刘增人、刘泉：《中国新诗启示录：臧克家论稿》，中华书局，2006 年版，第 132 页。

② 臧克家：《臧克家全集》第 11 卷，时代文艺出版社 2002 年版，第 608 页，第 615 页，第 590 页，第 596—598 页，第 41 页，第 723—749 页，第 118 页。

③ 姚雪垠：《姚雪垠文集》第 19 卷，人民文学出版社 2010 年版，第 571 页。

④ 姚雪垠：《姚雪垠文集》第 19 卷，人民文学出版社 2010 年版，第 571 页。

⑤ 姚雪垠：《姚雪垠文集》第 19 卷，人民文学出版社 2010 年版，第 572—573 页。这封信后以“《忆向阳》诸诗初议——致臧克家同志”为题公开发表，参见《社会科学战线》1980 年第 2 期《无止境斋书简抄》。

“壮志学农耕”，臧克家在“壮志”与“投笔”两词之间斟酌推敲，姚雪垠则极为锐利地指出了臧克家徘徊于二者间的微妙心理：“我看，‘壮志’不如‘投笔’，目前，‘壮志’用得较熟，反觉空泛。且到“五七干校”去的高级知识分子‘投笔学农耕’是真，说是‘壮志’也不完全真实。”再如评七绝《向阳湖》第四句“荷花换作稻花香”本是作者颇为得意的一句，姚则直指问题的根本：“向阳湖如系荒湖，改作稻田，当然很好。如非荒湖，养鱼种藕，其经济收入大于种稻，‘荷花换作稻花香’，未必值得歌颂。想来必是荒湖，但在诗句中却没有反映出来。你为追求‘荷花’‘稻花香’二词组成一句诗的形象美，反而‘以词害义’了。”姚雪垠虽是从诗艺及修辞的角度指出这些“小诗”的问题所在，但不难推想此时姚或已在揣测、质疑甚至腹诽臧克家的“小诗”对“五七干校”生活的有意“美化”，同时姚亦不愿打击老友的创作热情，只在信中循循善诱，字斟句酌地劝勉臧克家尝试突破自己所营构出的个人化的“闲适情调”与“小趣味”，创作具有“历史深度”的诗歌。

1975 年 6 月初，臧克家将陆续写成的诗稿编成一册分送好友征求修改意见。姚雪垠收到后细读数遍，思忖再三后写了一封语气很重的回信，和盘托出了自己对《忆向阳》诗稿的“根本意见”：“由于你丢掉了五七道路的灵魂，丢掉了“五七干校”生活的实质，不去反映它的深刻内容，所以不管你动机如何，这几十首实际上是当代田园诗。”① 但由于此前二人在围绕干校诗的争论中意见分歧较大，各执一词，互相赌气；而臧克家又十分自信与看重《忆向阳》，加之周围的诗友与战友大都极力鼓动，故而姚雪垠认为臧克家此时已然无法听取“真话和直话”，便放弃继续进言，搁置意见，未曾寄出此信，颇有立此存照留待后观之意。

至此，尽管囿于当时的历史条件以及姚臧二人论争视点的错位，姚多有言不尽意，“半吞半吐”之处，但其对于《忆向阳》组诗的态度已基本明确，即有限的肯定与整体性否定。一方面，姚雪垠常赞其干校诗“自然”“清新”“圆熟”，感情真挚，有“生活体验”；但同时不满臧克家将干校生活中的深刻且复杂的情感体验通过修辞技法与记忆提纯，净化为纯粹的“当代田园诗”。而此问题之实质在姚看来是极为严重的，故不同意臧以此种面目将《忆向阳》公开

① 姚雪垠：《姚雪垠文集》第 19 卷，人民文学出版社 2010 年版，第 583—585 页。

出版。然臧克家并未听从姚雪垠的劝告，将这部诗集以极为高调的方式出版，“不合时宜”则成为后来姚公开撰文批评的“导火索”①。1979 年 11 月 18 日，时隔大半年后二人首次通信，姚主动解释道：“我只是直率地说来我对《忆向阳》的真正看法，不作违心的、廉价的捧场而已。”“我想，日子稍久，你自然会明白我并无打倒老友的意思，仅仅不同意大家正在批判林彪和‘四人帮’流毒的时候，你出版歌颂当年那种‘五七’干校生活的诗集。”②

从姚文发表前后二人的通信与交往来看，姚雪垠对《忆向阳》并非“前恭”亦不曾“后倨”。姚对臧的批判乃是基于其对当时现实政治的认识与亲身的干校生活经验，同时还夹杂着更为复杂的人事纠葛与现实处境等因素。但《忆向阳》诗集的出版仅是这场风波的引子，而学界围绕《忆向阳》及《意见》一文所展开的争论以及姚臧此时的真实且复杂的心态背后实则潜藏着更为丰富的历史信息。

二、公开“意见”与“海派学风”

从姚雪垠的逻辑来看，他公开批《忆向阳》仅是因其不合时宜。但一些文艺界同人（包括臧克家）及后来的研究者显然对姚雪垠作此文的动机另有看法，此中有大量的猜测、误会甚至是以讹传讹的内容，需要逐一厘清，并基于此重新探讨姚雪垠公开批评《忆向阳》的缘由。

姚雪垠的助手许建辉所著《姚雪垠传》曾以“‘表率’之误”来判定姚雪垠批《忆向阳》一事，她给出的解释是：

> 1977 年年底，《红旗》杂志社找到姚雪垠，邀请他写篇示范性文章，内容自定，长短不拘，只要能为大破“四人帮”的文风余毒做出表率就行。姚雪垠欣然领命。他对“四人帮”的笔砚刀俎早已深恶痛疾，更何况“表率”之约的诱惑力是如此巨大，它给亢奋于“《李自成》热”中的姚雪垠又注入了更大的活力更高的追求……
>
> 文章完成时适有《诗刊》登门邀稿，姚雪垠便随手送出，发表在《诗刊》1978 年第 12 期上。

① 姚雪垠曾在信中多次表达不支持臧克家出版“忆向阳”组诗，认为“像这样的诗，目前不必希望出版”。参见姚雪垠：《姚雪垠文集》第 19 卷，人民文学出版社 2010 年版，第 584 页。

② 姚雪垠：《姚雪垠文集》第 19 卷，人民文学出版社，2010 年版，第 596 页。

当《诗刊》再次邀约同样类型的稿件时，他便再次把“枪口”对准了自己的朋友——他最好的朋友臧克家，对准了臧克家的组诗《忆向阳》。①

在许建辉的叙述中，姚雪垠是领《红旗》杂志之命而行，故作表率之文，甚至不惜拿自己的老友徐迟与臧克家“开刀祭旗”，以示自己的大公无私，然事实并非如此。许建辉此处叙述漏洞百出：其一，姚雪垠于1977年底便接到《红旗》杂志稿约，当即停下《李自成》的创作，专作此文，而批徐迟、臧克家二文却拖延至次年11月才作成，时间不符；其二，《红旗》杂志在当时的权威性自然不言而喻，《红旗》约稿对姚雪垠来说更是紧要之事，又怎会在《诗刊》登门邀稿时便“随手送出”呢？这段前后矛盾的叙述显然是率意揣测，有张冠李戴之嫌，似是揭示了姚雪垠的写作动机，实则以政治任务之名掩住其原本意图。

实际上，查阅相关材料便能推断出许建辉此番叙述不实。姚雪垠曾于1977年11月29日分别致信茅盾、龚啸岚提及约稿之事：

《红旗》要我写一篇谈《李自成》创作的文章，说是可以连载两期，提出来要文笔生动活泼，大破“四人帮”的文风余毒。我接受了这个任务，并作为政治任务去做。暂时停下创作②。

当时向姚雪垠约稿的是时任《红旗》杂志文化组组长张炯③，据其回忆：“我还约请过茅盾同志和姚雪垠同志就历史小说《李自成》写过文章。”④“约过姚雪垠，我到他家去过，这篇文章叫《〈李自成〉创作余墨》。”⑤姚雪垠很

① 参见许建辉：《姚雪垠传》，湖北人民出版社2007年版，第279—280页。

② 姚雪垠：《姚雪垠文集》第19卷，人民文学出版社2010年版，第440页、第534页。另参见《茅盾全集第38卷书信三集》（人民文学出版社，1997年版）第211页、第214页，茅盾在1977年12月1日、12日致姚雪垠信中均提及此事。

③ 张炯于1976年11月至1978年12月担任《红旗》杂志文化组组长一职，其工作任务主要是组织批判“四人帮”的文章，后来是鼓吹解放思想。

④ 张炯：《我的文学学术生涯》，中国社会科学网学人自传，http://www.cssn.cn/xr/xr_xszc/201310/t20131029_746792.shtml

⑤ 转引自张炯2015年7月17日访谈稿（未刊），参见毕文君：《党刊与文艺——以〈红旗〉杂志研究为视角》，《山西大学学报（哲学社会科学版）》2016年第9期。

快便完成了这约稿，发表于《红旗》杂志1978年第1期[①]。故此，《红旗》的约稿与姚雪垠1978年11月写作的两篇批评徐迟与臧克家的公开信并无直接关系。

姚雪垠在1979年1月19日致老作家丰村[②]的回信中则透露出自己此举的潜在动机：

> 你来信提到我批评徐迟和克家的事，怕我惹朋友不愉快。我对徐迟的批判，当然难免得罪老朋友，但我想首先要对广大读者负责。我的眼睛要向下看。宁肯得罪个别名人，也要批判那种对读者毫不负责的海派学风。将来在肃清“四人帮”的流毒之后，海派学风就是实事求是的科学学风和马克思主义的大敌[③]。

即姚雪垠实际上是把批判的矛头指向了他所谓的“海派学风”。该词是姚雪垠新时期前后在公开文章与友人书信中的高频词汇，即姚认为在“新的历史条件下”，“学风”犹有“旧影”，“特别是那种唯心主义的影射史学和提倡以论代史的学风带有海派的影子”[④]。对姚雪垠而言，批徐、臧仅是边缘问题，“都是无关紧要的事情，用不着纠缠下去”[⑤]，其此时的“要紧事”是抓紧时间完成《李自成》的创作计划。此举与他自信甚至是自负、心直口快、好与人辩诘

---

① 《红旗》作为国家意识形态的理论主战场，此时主要任务便是“揭批‘四人帮’”。而《李自成》在“文革”结束后的文坛中堪称“一枝独秀”，《红旗》约稿自然是借《李自成》的创作实践来否定“四人帮”所炮制的“文艺黑线专政”。该期发表了文化部批判组应《红旗》杂志约稿而作的理论文章《一场捍卫毛主席革命路线的伟大斗争——批判“四人帮”的“文艺黑线专政”论》，并在该文之下组织了三篇“十七年”文艺作品（《红岩》《李双双》《甲午风云》）的“重评”文章与《李自成》的创作谈，意图从文艺的批评标准与创作实绩两个层面“把被‘四人帮’颠倒了的东西重新颠倒过来”，以期重回“十七年”文艺路线。

② 丰村时任上海文联副秘书长，1977年4月丰村重返文艺界后，参与创办《上海文艺》（后改为《上海文学》），曾任《上海文艺》编辑部副主任。

③ 姚雪垠：《姚雪垠文集》第19卷，人民文学出版社2010年版，第112页。

④ 姚雪垠：《姚雪垠文集》第19卷，人民文学出版社2010年版，第204—209页、第549—551页。

⑤ 参见姚雪垠1980年3月3日致吴组缃信：“关于批评克家的问题，他接受我的有益的意见也好，不接受也好，对我都是无关紧要的事，用不着纠缠下去。”姚雪垠：《姚雪垠文集》第19卷，人民文学出版社2010年版，第294页。

的性格和作风有关，更重要的是其公开批评与《李自成》的写作之间有着深层的内在关联。

姚雪垠自1957年开始创作长篇历史小说《李自成》，绕不开的便是郭沫若的史学论文《甲申三百年祭》①，该文发表后受到中共高层的高度重视并作为整风学习文件在解放区印发，因而在史观与史实层面，《甲申三百年祭》成为政治性与权威性的学术典范，对学界影响颇大。但在《李自成》的创作过程中，姚雪垠逐渐产生了一些与《甲申三百年祭》针锋相对的观点，进而便陆续撰文阐述己见②，直至1981年姚雪垠综前所述，发表《评〈甲申三百年祭〉》一文，言辞凌厉地指出该文的诸多错讹，认为其代表了一种“不足为训”的“不健康的学风”③。姚雪垠对郭沫若的批判，一是由于郭的《甲申三百年祭》对其《李自成》创作的思想规制与政治束缚；二是在1974年中共所发动的“批林批孔，评法批儒”运动中，史学界将两千多年中国史勾勒成“儒法斗争”史，并在“三突出”原则下将李自成塑造成了“反孔英雄”，作为明史研究者，这自然为姚雪垠所不从，因而成为其《李自成》创作的另一大阻碍。在姚雪垠看来，郭沫若的《甲申三百年祭》与“评法批儒”运动在本质上是同构的，都是以现实政治斗争为目的的功利史学。另外，对于郭沫若晚年所著《李白与杜甫》(1971)一书“捧李贬杜”的“风派”嫌疑，姚雪垠也颇有异议。

姚雪垠指责“郭的学术著作，自四十年代以来，往往态度不够严肃和方法

---

① 该文1944年3月19—22日连载于重庆《新华日报》。目前郭沫若研究界对《甲申三百年祭》的看法趋于一致，即认为此文的写作是出于“时代的需要”，作为史学论文来看则价值有限。参见顾诚：《如何正确评价〈甲申三百年祭〉——与姚雪垠同志商榷》，《中国史研究》1981年第4期；李斌：《〈甲申三百年祭〉与郭沫若的隐微心曲》，《首都师范大学学报（社会科学版）》2016年第1期；蔡震：《〈甲申三百年祭〉出版的政治缘》，《〈甲申三百年祭〉70周年展览纪实》，当代中国出版社，2014年版。

② 姚雪垠自1964始便撰文《我所理解的李自成》（《羊城晚报》1963年3月12日）加以批评，1977年1月19日姚将《李自成》第一卷修订版《前言》寄送郭沫若，得到郭沫若的赞肯；后姚雪垠陆续发表了一系列批评文章，如《李信其人》(1978)、《〈李自成〉创作余墨》(1978)、《李自成为什么失败》(1979)、《论〈论圆圆曲〉——〈李自成〉创作余墨》(1980)、《〈李自成〉大悲剧》(1981)等文章都表达了对《甲申三百年祭》的异议。

③ 参见姚雪垠：《评〈甲申三百年祭〉》，《文汇月刊》1981年第1—3期。该文发表后引发了学界争论甚至遭到了郭沫若研究界的“围攻”，姚雪垠“不得已给党中央写了一封万言长信，痛斥这种恶劣学风”，后经胡乔木调停才得以作罢。胡乔木曾就此事约谈姚雪垠，并劝阻姚雪垠不要公开发表这封长信。参见姚雪垠1993年3月21日致吴永平信，《姚雪垠文集》第19卷，人民文学出版社，2010年版，第281页。

不够严谨，可以称之为‘海派学风’”[①]，“他的学风对我国影响很大，应该作认真的全面清算”[②]，而影响最深的便是他的两位老朋友徐迟与臧克家。此二人对郭沫若极为尊崇，面对姚雪垠的批评，他们自然是站在维护郭沫若的立场，故姚对徐、臧二人之学风亦有所不满。如“我没有忘记，正是在‘文化大革命’初期，武汉有一位诗人抓住我平日表示过不同意《甲申三百年祭》，在一次批判会上声色俱厉地指着我说：‘郭老是党的中央委员，《甲申三百年祭》是伟大领袖毛主席肯定的，你批评《甲申三百年祭》就是反党！’”[③] 此处“武汉诗人”似指徐迟，再如“目前还有一些同志不讲究实事求是的起码原则，对郭老胡捧瞎吹。例如徐迟公然发表意见，说中国自古到今有五个最伟大的作家：屈原、司马迁、曹雪芹、鲁迅、郭沫若。”[④] “徐近几年常有常识以外的怪论，不足为奇，但是这也反映了世上有些人对郭的盲目崇拜。”[⑤] “一九七三年秋天，我读了郭的《李白与杜甫》，意不能平，给克家写了一封信评论此书。克家给我潦草地写封回信，说我什么也不懂，根本不懂马克思主义理论，对郭老的著作妄加评论。我非常气愤：哪有朋友间讨论学术问题是这样的态度？”[⑥] 综上姚雪垠在同友人书信中对徐、臧两人的指责与抱怨，可以推论姚雪垠的两篇争鸣文章绝非就事论事，其更为深层的目的是借十一届三中全会前后思想解放的“东风”来清算以郭沫若为代表的“海派学风”及其在学术界的影响，并以此为自己的小说《李自成》增加权重，不仅是强调其史学意义上的合法性，更带有一种引领“新时期”思潮的表率意识。因此，姚雪垠的批评则“蓄谋”采取了一种“哗众取宠”甚至是上纲上线的语言策略[⑦]，有意措辞严厉，语气

① 姚雪垠：《姚雪垠文集》第19卷，人民文学出版社2010年版，第550页。

② 姚雪垠：《姚雪垠文集》第19卷，人民文学出版社2010年版，第550页。

③ 姚雪垠：《姚雪垠文集》第19卷，人民文学出版社2010年版，第293页。

④ 姚雪垠：《姚雪垠文集》第19卷，人民文学出版社2010年版，第115页。

⑤ 姚雪垠：《姚雪垠文集》第19卷，人民文学出版社2010年版，第549页。

⑥ 姚雪垠：《姚雪垠文集》第19卷，人民文学出版社2010年版，第116页。

⑦ 参见姚雪垠1979年1月19日致丰村信，《姚雪垠文集》第19卷，人民文学出版社2010年版，第112页：“至于过于尖锐的措辞，将来收入书简集时可以修改。”关于这场论战参见王毅：《姚老郭老，分歧何在？——环绕〈甲申三百年祭〉的一场论战》，陈浩增主编《雪垠世界》，中国青年出版社，2001年版，第235页：“我那篇文章（指《评〈甲申三百年祭〉》——笔者注），用词尖刻，有偏激情绪，原想就此引起争议，使问题讨论得更加深入。我并不是认为，我说的全是对的。将来有时间，这篇文章的措辞和某些问题的提法，我是还要修改的。”

尖刻，且情绪偏激，以引起学界的关注与争鸣。

姚雪垠对臧克家的锐评关涉着对“五七”干校背后的历史背景与生命体验的不同认知。相较而言，姚雪垠更是以“史”的角度来解读和定位臧克家及其《忆向阳》的创作，认为臧克家“在将来文学史上是可以留下名字的，但怎么留法，我心中也有分寸”①，正如1973年夏姚雪垠寄赠臧克家一首七律中的颈联：“纸上青春留烙印，山头翠霭待丰碑”②，意在鼓励臧克家老而弥坚，在晚年创作出如同他第一部诗集《烙印》般能够留在文学史上的丰碑，这不仅是“为个人怡情抒怀，也要替后人留下一点研究资料。有助于研究你这个具体的诗人，也有助于研究一个特定的时代”③。即姚雪垠认为《忆向阳》的创作绝不能拘泥于臧克家个人真实但有限的干校体验，而是面对这一重大历史题材理应肩负起以诗为史或是著史的职责。面对姚雪垠的批评与规劝，臧克家则显示出其天真纯粹的诗人气质，常以诗作“内蕴丰满”“情感真挚”为由忽视或是回避姚的意见，加之臧克家在讨论中指责姚不懂“中央精神”以及“目前党对文学的要求”等④，这难免让姚雪垠对臧克家的创作意图产生某种怀疑，进而很容易将《忆向阳》归置于他此时所极力批驳的“海派”学风中去。

姚雪垠在《意见》一文开头便解释为何诗集出版数月后才作该文：“大作《忆向阳》收到后即细读一遍，早就想给你写信谈谈我的读后意见，都为每日工作紧张，腾不出写信时间”⑤，除此之外，姚雪垠选择此时公开批评《忆向阳》与文艺界对其一边倒的肯定声音关系甚大。《忆向阳》出版后，文艺界赞誉之声不绝，至姚雪垠写作《意见》一文时（1978年11月25日），已公开发表至少三篇“完全持肯定态度的评论文章”⑥，姚雪垠在《意见》一文中也提

---

① 姚雪垠：《姚雪垠文集》第19卷，人民文学出版社2010年版，第578页。

② 姚雪垠著，俞汝捷编：《姚雪垠诗抄》，华中师范大学出版社1999年版，第63页。

③ 姚雪垠：《姚雪垠文集》第19卷，人民文学出版社2002年版，第578页。这样类似的表述另参见该卷584页：“像这样的诗，目前不必希望出版，应该写深刻一点，为后人研究你这个具体诗人和这个历史时代留下来宝贵资料。”

④ 从地域视角看，姚雪垠远在武汉，臧克家则身处北京，故而臧克家更为贴近政治与文学的“中心”地带，对所谓的“中央精神”也更加敏感，加之其身处党外的身份（民盟盟员）与心态，臧克家对“目前党对文学的要求”也持更为审慎与持重的态度。

⑤ 姚雪垠：《关于〈忆向阳〉诗集的意见——给臧克家同志的一封信》，《上海文学》1979年第1期。

⑥ 姜振昌、王秀红：《臧克家研究综述》，《山东师大学报（社会科学版）》1995年第6期。

及“报刊已经有三篇文章（也许还多）予以好评”[①]，显然他一直在关注文艺界对《忆向阳》的评价，面对学界一边倒的声音，加之他此时正极力抨击那种“庸俗”“无原则的互相吹捧”且“对读者毫不负责的海派学风”，故正中其下怀，给正惬意于自己大作的臧克家泼了一盆冷水。这三篇文章的作者中，丁国成是刚调至《诗刊》不久的青年编辑[②]，刘征是臧克家过从甚密的诗友[③]，而张章则是臧克家的干校战友张天翼的女儿，曾随父母一同下放干校，故此他们的赞誉文章难免有捧场之嫌，却也并非违心之论[④]。但他们异口同声地肯定却客观上发挥了类似于“催化剂”的功效，促使或激发了姚雪垠以书信的方式公开批评臧克家及其诗集《忆向阳》，以示一种有别于既有三文的肯定声音与新的历史意识。

熟悉臧、姚间交往细节的有心之人能够从《意见》一文咄咄逼人的语锋中读出一股怒气与怨气。自1974年围绕干校诗展开讨论始，二人尺素往来间所凸显出的思想坐标的疏离也逐渐导致了他们几十年的友谊出现难以弥合的裂隙，尤其是对于姚雪垠于1975年10月为争取《李自成》创作的便利条件上书

---

① 姚雪垠：《关于〈忆向阳〉诗集的意见——给臧克家同志的一封信》，《上海文学》1979年第1期。

② 当时臧克家任《诗刊》顾问，亲自题签送丁国成《忆向阳》诗集，恰时又有《文艺报》约其撰评，才有了原题为《老诗人的新探索——读诗集〈忆向阳〉》（发表时被改为“忆向阳”）一文。臧克家阅此文后曾三次写信给丁国成，肯定这篇评论文章，认为其“富于诗意，文字隽俊”，“你的文章与我的诗及序言、冯至、光年的诗跋，完全合调，我特别高兴！”甚至还当面对丁国成说：“你的文章、我的诗作、光年的诗跋，堪称‘三绝’！”参见丁国成：《知遇之恩难忘——深切缅怀臧老》，《绿风》2005年第3期。文中提及臧克家1978年10月21日致信丁国成：“昨晚收到《文艺报》，重读了你的文章，写得颇好。”即在文章发表前，臧克家已读过此文。

③ 刘征与臧克家交往始于20世纪60年代初，臧克家时任《诗刊》主编，曾在《诗刊》著文推荐刘征的寓言诗，对其有提携之恩，刘征后任《中华诗词》首任主编；70年代后期，臧克家、刘征及程光锐三人始以旧体诗诗词唱和酬答，切磋诗艺，1980年三人将旧体诗词结集成册，题名为《友声集》公开出版，取“求其友声”之意。臧克家将三人自号为“三友”，故后来研究者将三人的旧体诗创作称为“三友诗派”，参见刘征：《臧老谈“三友”》，《中华诗词》2005年第10期；杨金亭：《臧克家大师与中华诗词文化复兴》，《中华诗词》2005年第2期；片云楼主：《“三友诗派”交游考》，《中华诗词》2015年第9期。

④ 丁国成曾在文化部咸宁向阳湖五七干校“待过五年”，有较长的干校生活经历，因而读臧克家的《忆向阳》“倍感亲切，十分喜爱”；张章则是从孩童视角回忆了自己的干校生活，肯定了《忆向阳》对干校劳动生活与战友情谊的生动且艺术的再现；刘征之文也仅是就诗论诗，肯定《忆向阳》“诗意浓郁，语言清新”，成功运用了古典诗歌“传神”的表现手法。

毛泽东一事[①]，臧克家认为他是为“个人急于出名”而写“通天一信”，故连续写信批姚雪垠并劝阻其来北京继续从事《李自成》的创作，而姚雪垠也全然不能接受老友在自己到京后非但不互诉衷肠，反倒“眼望顶棚，像放机关枪似的教训我二十分钟”[②]。臧克家对姚雪垠到京后的“印象较差”，对姚雪垠“得意忘形”“骄傲狂妄”（臧克家语）的作风极有意见[③]，而姚雪垠的反应更为激烈，不满老大哥臧克家用年龄和文学地位来压自己，试图矫正两人的友谊模式：“你给我写信，常常忘记了我们是平等地位，也忘掉了我也是将近七十岁的人……把我们之间的朋友关系摆错了。你称赞我大有进步，足见我实际上是按照你的话在行。这样说妥当么？你怎么那样摆你自己的地位？你不成了我监护人么？你代替了党对我的教育和领导么？”[④]

有论者多从姚雪垠此时因《李自成》第二卷出版后的“《李自成》热”所催生的骄纵自满来解释老友失和与发表《意见》的原因，这自然在一定程度符合姚雪垠当时的心理状态[⑤]，而导致二人关系进一步恶化的是臧克家对姚雪垠引以为傲的《李自成》所持的保守或是否定的态度。1977 年《李自成》第一、二卷甫一出版，姚雪垠便将其送至臧克家处，但始终未得到臧克家正面的评价，反而是从别人口中得知周振甫在“攻击”《李自成》时常引用、赞成并宣传臧克家对《李自成》的“三点意见”。姚雪垠大为恼火老友竟为他人充当“伴唱”之角色，故写信给臧克家：“希望你注意他的很不正派的小动作，不要被他利用，避免他拉你搞二重唱。至于你对《李自成》一书有什么批评，尽可以直接给我写信或当面告我。”[⑥] 其中的怨怼之意显露无遗，而臧克家也在1979 年致周扬的信中揣测姚文之动机亦是源于旧怨：“姚雪垠同志与我相交卅年，他的作品，我不满意，一再苦心规劝，竟惹得他以此报复。”历数 1974—

---

① 1975 年 10 月 19 日姚雪垠在中国青年出版社编辑江晓天的鼓动下，上书毛泽东，请求对《李自成》的创作予以支持，11 月 2 日毛泽东正式批示，同意姚雪垠的创作计划。参见吴永平：《姚雪垠创作年谱》，《新文学史料》2010 年第 3 期。

② 姚雪垠：《姚雪垠文集》第 19 卷，人民文学出版社 2010 年版，第 592 页。

③ 臧克家：《臧克家全集》第 11 卷，时代文艺出版社 2010 年版，第 596—598 页。

④ 姚雪垠：《姚雪垠文集》第 19 卷，人民文学出版社 2010 年版，第 591—592 页。

⑤ 对于姚雪垠此时的心理状态，周围人都认为姚有骄傲自满的倾向，但姚雪垠在致茅盾、臧克家信中则觉得心情很沉重，认为完成《李自成》的写作计划任务很重，力与心违，并作七绝《春节感怀》抒发此情。

⑥ 姚雪垠：《姚雪垠文集》第 19 卷，人民文学出版社 2010 年版，第 594—595 页。

1978年臧姚交往中的大小事件，这两位老友已然不复当年“蜗居”河南邓县时“白酒花生，小屋高谈”的融洽之境，尤其是在赴京后姚雪垠才逐渐意识到朋友间已然离心离德，两人的“道路不同，追求不同，是好朋友，但非知音”①。姚臧的分道扬镳，不单是两人性情各异，更与两人对历史与现实的理解和反应有关，当臧克家仍留恋于干校的田园生活时，姚雪垠已经尝试用新的眼光来打量、审思共和国三十年的历史。故姚雪垠作《意见》一文时，已然将臧克家视为“另一条道路”上的故人了，在拨乱反正、思想解放的风气下，臧克家及其《忆向阳》显然是一个合格的“标靶”。

三、“老友失和”中的个人心史

《忆向阳》的出版过程本身就颇有意味，约在1977年9月，人民出版社派编辑从臧克家处取走了《忆向阳》诗稿计划出版②；但在出版前，出版社内部对《忆向阳》产生了极大分歧，甚至因“听说文化部五七干校有问题”，竟打算毁版。1978年1月27日出版社编辑邵焱专程拜访张光年，征求《忆向阳》诗集的出版意见。张光年与臧克家是干校时期的亲密战友，对臧克家的人与诗了解颇深，故解释道：“臧的情况不同，看法不同，其诗出于真情实感”③。作为“新文坛的掌门人”④，张光年的意见自然得到重视与采纳，因而《忆向阳》得以于1978年3月顺利出版，但这也为之后的争论埋下了伏笔与隐患。

臧克家对《忆向阳》倾注了极大心血，并自信其是真实且正确的。但姚雪垠的《意见》则将臧克家自认为的“真实”与“正确”尽数取消，指责《忆向阳》“不仅没有唱出人民的心声，也没有唱出你自己的心声。诗中的感情不是真实的，至少说不完全是真实的。有真实的一面，但也是被你化过妆的感情。有更真实的一面你不肯写出，那倒是最宝贵的”⑤。对于臧克家干校诗真实性的质疑，姚雪垠曾在1975年的讨论中代之以“深度不足”向其提出，即““五

---

① 姚雪垠：《姚雪垠文集》第19卷，人民文学出版社2010年版，第590页。

② 臧克家：《臧克家全集》第11卷，时代文艺出版社2002年版，第41页。

③ 参见张光年：《文坛回春纪事上》，海天出版社1998年版，第57页、第94页。

④ 1975年张光年被“解放”后，出任国家出版局顾问，1977年初任复刊后《人民文学》主编，组织并恢复文艺工作，重建文坛秩序，“成为新文坛的掌门人”。参见李洁非：《风雨晚来方定——张光年在“文革”后》，《典型文坛》，湖北人民出版社2008年版，第215—253页。

⑤ 姚雪垠：《关于〈忆向阳〉诗集的意见——给臧克家同志的一封信》，《上海文学》1979年第1期。

七干校”的生活有许多经历是深深触及灵魂的，有痛苦，有后悔，有新的觉悟，有痛苦后诞生的勇气和希望。但你把这一类复杂的感情都在诗中排除了。”① 即姚雪垠认为《忆向阳》的“真实”仅是一种有限的真实，而臧克家诗中彰显与洋溢的那种劳动的愉悦与生活的充实，一是出于“响应毛主席的号召，抱着接受再教育、改造世界观的态度”② 下放干校，“决心在劳动中改造自己”③ 的真实心态，更源于童年的乡村成长环境和经历从而培植于诗人心底那种无法割舍的乡土情结与对田园生活的依恋④，确如臧克家夫人郑曼所言，“这些诗并不是作出来的，确实是从心里流出来的”⑤。《忆向阳》中的真实成分仍可视作臧克家一以贯之的乡土情结的映现。因而在 1969 年底接到下放干校通知时，相较于大多干部及知识分子的不安与慌张，“乡下人”臧克家的心情反倒十分“平静”（臧克家语），甚至不乏对乡村生活的隐秘憧憬。

但姚雪垠的批评仍锐利地剖剥出掩在臧克家浪漫回忆背后的幽微心曲，所谓“化过妆的感情”也并非妄言，除去干校诗具体修辞中的暧昧态度，臧克家在对干校生活的回忆性叙述中也露出“马脚”。如臧克家曾多次描述自己下放干校前后身心之变化，在城里“身体萎弱，精神空虚”，而“干校三年，千锤百炼。思想变了。精神旺了。身体壮了”⑥。“去干校前，我是弱不禁风的病号，上二楼都要坐电梯，从干校回来，我倒步履轻捷，中气十足，越活越年轻了。我想，这恐怕是拜劳动所赐吧?”⑦ 对此姚雪垠在《意见》一文中指责：“我们决不能只看见有的人在劳动中身体得到锻炼，也应看见有许多人死在下边，有许多人得了病，甚至终身残疾。”⑧ 笔者无意质疑或否定（适量）劳动对于臧克家身心的改善，而是臧克家的叙述中无疑模糊了干校中劳动与惩罚的

① 姚雪垠：《姚雪垠文集》第 19 卷，人民文学出版社 2010 年版，第 573 页。

② 李城外：《九十依然忆向阳——老诗翁臧克家访问记》，《写作》1995 年第 12 期。

③ 臧克家：《臧克家全集》第 11 卷，时代文艺出版社 2002 年版，第 723—749 页。

④ 臧克家在 1934 年出版的第二部诗集《罪恶的黑手》序言中便“宣言”：我是乡下人，生性爱乡村。“乡土情结”是臧克家诗歌创作中的一个“母题”。

⑤ 李城外：《九十依然忆向阳——老诗翁臧克家访问记》，《写作》1995 年第 12 期。

⑥ 臧克家：《高歌忆向阳（序）》，《忆向阳》，人民出版社 1978 年版，第 1 页、第 22 页。

⑦ 臧克家：《世纪老人的话——臧克家访谈录》，《臧克家全集》，时代文艺出版社 2002 年版，第 623 页。

⑧ 姚雪垠：《关于〈忆向阳〉诗集的意见——给臧克家同志的一封信》，《上海文学》1979 年第 1 期。

界限，臧克家现身说法，以“惩前毖后，治病救人”的政治伦理规约干校劳动之性质，并隐约以“病的隐喻”达成对五七干校中劳动惩罚的身体伦理的合理性建构，甚至（有意或无意）隐去了自己曾因干校高强度劳动突发心脏病的事实①。有关此事，直至 1999 年的访谈《世纪老人的话》中才有所提及②。从后来的叙述中能清晰感受到诗人回忆的口气较前已大不相同，这自然与诗人历史认识的变化有关③。记忆“它随着不可避免的情感冲击而重现（revivre）”，也“必然会根据赋予它崭新意义的后来的体验而更改、改动与改变”④。在“新时期的记忆术”⑤ 尚未对臧克家的文学化的回忆进行标记与排斥之前，诗人的回忆已然蒙上了一层感恩与闲适的滤镜，并自觉进行了对干校记忆的“剪辑”动作。

姚雪垠的《意见》进一步否定了《忆向阳》的政治正确。在 1975 年姚雪垠与臧克家有关《忆向阳》的通信中，姚指出这些干校诗最大的问题在于“深度不足”，“丢掉了五七干校生活的实质”，并认为“这样的诗如写得好，会更有力地歌颂毛主席所指引的五七道路”，“反映五七道路的伟大意义”⑥。即尽管当时对干校生活的实质有所歧见，但二人讨论仍有着共同的立场与基点：五七干校是在毛主席的指示与号召下的伟大实践。臧克家于 1977 年 10 月所作的诗序《高歌忆向阳》中仍延续了这种程式化的政治表述，而姚雪垠在《意见》中显然有着较为明确的解构意图，即将“毛主席关于五七道路的指示”与“五七干校的罪恶实质”割裂开来，并将后者归结为“林彪和‘四人帮’利用毛主

① 由于病情紧急，臧克家情急中向同住的吴泰昌交代了后事，幸好室友及时请来医生抢救，才得以转危为安。参见李城外：《“向阳湖，深深的人生记忆”——访著名作家吴泰昌》，《话说向阳湖——京城文化名人访谈录》，武汉出版社 2010 年版，第 391 页。

② 参见林祥主编：《世纪老人的话：臧克家卷》，辽宁教育出版社，2000 年版。臧克家后从该访谈中析出《咸宁干校散记》一文并补充了相关细节，收于阎纲编《中国作家协会在干校》，作家出版社 2006 年版，第 292—294 页。

③ 参见赵园：《非常年代：1964—1978》，香港牛津大学出版社 2019 年版，第 705 页。

④ ［法］安托万·普罗斯特著：《历史学十二讲》（增订本），王春华译，北京大学出版社 2018 年版，第 115 页。

⑤ 参见朱明伟：《被剪辑的知识分子记忆——读〈干校六记〉》，《南方文坛》2019 年第 5 期。

⑥ 姚雪垠：《姚雪垠文集》第 19 卷，人民文学出版社 2010 年版，第 573 页、第 584—585 页。

席的五七指示，肆意歪曲，供他们的不可告人的政治阴谋所用”的工具与产物①。姚雪垠的史学家眼光似乎已然从“文革”后“揭批四人帮”“拨乱反正”等一系列社会政治运动和十一届三中全会召开前夕的政治氛围与社会舆论中，敏锐地察觉出政治转轨的迹象并嗅到“新时期”的某种气息。姚雪垠在《意见》一文中果断将五七干校从新的健康的政治肌体中切割出去，同时又辩证地指出“广大干部和知识分子在干校中认真劳动是一回事儿，林彪、‘四人帮’搞的五七干校的实质又是一回事儿，二者要分别开来”②。姚雪垠的言外之意是干校诗只能在前者中得到有限的解释，但《忆向阳》则超出了前者的解释范畴，因而“在不自觉中用你的诗集为被清算的、死去的历史唱赞歌，招回它的亡灵，还使这亡灵披上了迷惑人的彩衣”，“在客观上只能起粉饰林彪、‘四人帮’所制造的罪恶历史的作用”③。有意思的是，置于上纲上线指责之前的诸如“不自觉”“客观上”等限定性修饰语的使用，也给臧克家及其《忆向阳》留有了一丝余地，而这丝余地是姚雪垠留给自己对臧克家诗人本心的体察与感应。

应当指出，姚雪垠对臧克家的批评代表或反映了新时期前后一种汹涌着的抵触性的社会情绪，并联系着臧克家20世纪70年代中后期的文学活动与诗歌创作倾向④。在《意见》一文发表后，《奔流》1979年第2期发表了河南工人

---

① 尽管当时大多“五七干校”已经停办或改为定期“轮训”性质，但中央仍对“五七干校”持一种暧昧保守态度，并未明确定性，直至1979年2月17日才发出《国务院关于停办“五七”干校有关问题的通知》。

② 姚雪垠：《关于〈忆向阳〉诗集的意见——给臧克家同志的一封信》，《上海文学》1979年第1期。

③ 姚雪垠：《关于〈忆向阳〉诗集的意见——给臧克家同志的一封信》，《上海文学》1979年第1期。

④ 程光炜在《读俞平伯干校家书、日记》一文中对新时期臧克家《忆向阳》遭受诟病而格调相同的俞平伯“干校旧诗”却被“传为美谈”的不同境遇而“郁闷不解”，笔者以为，一是因臧克家在“文革”后以过于“高调”的姿态鼓吹自己的《忆向阳》而招致不满；二是臧克家与俞平伯的干校诗格调虽有相近之处，但不同之处在于臧克家的《忆向阳》是带有浓郁“革命”气息与政治激情的“革命田园诗”，而俞平伯、韦君宜、王世襄、刘炳林、顾学颉等人所作的旧体诗虽也描绘了向阳湖的“诗情画意”，但相较而言更有“文人士大夫”的古典气息，尤其是俞平伯的干校旧诗多表现个人日常生活与文人情趣，更容易被“新时期”接纳与认可；三是与臧克家20世纪70年代中后期至80年代初的文学活动（“批邓诗”、批“天安门诗歌”、批“朦胧诗”）给时人的观感和印象不佳有关。参见程光炜：《读俞平伯干校家书、日记》，《文艺争鸣》2022年第10期；李遇春、段玉婷：《俞平伯旧体诗词创作与中国古代诗歌传统》，《人文杂志》2021年第3期；赵园：《非常年代：1964—1978》，香港牛津大学出版社2019年版，第697页；张磊：《历史在这里沉思——湖北咸宁向阳湖“五七”干校研究》，武汉大学2010年博士学位论文。

诗人李怀发的文章《我们不愿听这样的鼓声》，作者在文中抒发了对自己所崇敬的老诗人臧克家这些年陆续发表的“批邓诗”“干校诗”与“文革”后“欢呼诗”的“失望”，并以同期的“天安门诗歌”和郭小川的干校诗《团泊洼的秋天》作为参照，感到“痛苦而又羞愧”，在这位诗歌爱好者心中，“一位自己崇敬的老诗人倾倒了”[①]。李怀发的意见并非个例，在1979年10月14日致信茅盾，提及了当时的一幅漫画，“漫画题目是：《文坛败类，风派诗人》，画了克家和田间同志的像，头上插着风向标，注语中不仅讽刺他们写了‘打倒邓小平’和歌诵镇压天安门群众的诗，而且对田间同志还指出了‘歌德’一文的问题。”[②] 此漫画剑指1976年的“批邓、反击右倾翻案风”运动中《诗刊》五月号所发表的臧克家《八亿人民齐怒吼》（二首），而臧克家卷入这场全国性的政治运动也是因《诗刊》奉命组织“批邓”的文章，副主编葛洛考虑到臧克家“影响大”便亲自“点将”：“葛洛同志来电话，约我写‘批邓’诗。在这种形势下，我不写不行，就写了。”[③] 尽管做的是奉命文章，尽管后来《诗刊》编辑部刊文做了检讨，但后果仍要由诗人自己来承担，因这两首诗，臧克家自言“受压十年”。如今视之，臧克家实际上是那个年代众多知识分子的缩影，在政治斗争极为复杂、变幻莫测的情况下，紧贴政治现实往往意味着进退失据的危险。茅盾在给姚雪垠的回信中论及臧克家及其《忆向阳》，意见极为中肯：“《忆向阳》的看法，我和您一致，人患重名利，无远见，亦不可患得患失，他们之所以进退两难，原因似在于此”，“人孰无过，而况在这复杂的时代。一失足未必即成千古恨”[④]。

《忆向阳》这桩“笔墨官司”酝酿并发生于“文革”末至“新时期”初（1974—1979）中国当代文学过渡转折阶段，无论是姚雪垠夹枪带棒的“公开信”背后的现实意图，还是臧克家天真闲适的“向阳诗”所蕴蓄的个人经验，都源于身处在一个既为现实所规制、为历史所羁绊，亦为回忆所扰动的时代装置之中。阎纲曰：怨也“向阳”，念也“向阳”[⑤]，这可能更贴合大多数“五七

---

① 李怀发：《我们不愿听这样的鼓声》，《奔流》1979年第2期。
② 姚雪垠：《姚雪垠文集》第19卷，人民文学出版社2010年版，第446页。
③ 臧克家：《臧克家全集》第11卷，时代文艺出版社2002年版，第118页。
④ 茅盾：《茅盾全集》第38卷，人民文学出版社1997年版，第375页。
⑤ 阎纲：《怨也向阳，念也向阳》，阎纲等主编《中国作家协会在干校》，作家出版社2006年版。

战士”们在历史稍稍沉淀后对“干校”生活的复杂情感，这紧贴个体，也关涉时代，更昭示着当代文学历史性转轨背后的动力与潜力。

2021 年 4 月 21 日初稿

2021 年 5 月 14 日修改

（《文艺争鸣》2021 年第 8 期）

论姚雪垠自传体小说《长夜》的文本张力

魏 雪[①]

姚雪垠创作于20世纪40年代的自传体长篇小说《长夜》在新时期复出文坛后引起巨大反响，轰动法国文坛享誉世界。《长夜》的艺术魅力何在？其翻译者李治华认为：“《长夜》是用中国传统小说的笔法，写出了中国20世纪二三十年代特定的时代氛围。虽系自传经历，又颇具传奇色彩，故事情节十分动人。”[②] 严家炎先生指出：“像《长夜》这样以写实主义笔法真实描写绿林人物和绿林生活的长篇小说，是‘五四’以后的新文学中绝无仅有的。”[③] 目前的评论者大多将《长夜》的自传性与传奇性看成是构筑其艺术魅力的核心质素。经典文本的艺术魅力构成是复杂多样的，从文本张力的角度切入来探讨《长夜》的成果尚未见到，若从这一角度来解读《长夜》，可以深入地分析小说艺术的构成要素，以此洞察作家姚雪垠复杂的创作心理，探讨文本张力与读者接受的关系，对已有答案的问题作出更加深刻的阐释。

何谓“张力”？张力是指两种以上互相冲突而又相互依存、互相补充的诸因素之间的一种存在方式，也即各种互为抗衡势力之间的某种调和，或曰“矛盾中的稳定模式”[④]。美国新批评理论家艾伦·退特将“张力”这一概念从物理学领域引入文学批评领域，用于阐释诗歌语言中外延与内涵对立统一的现象。退特认为：“我们公认的许多好诗——还有我们忽视的一些好诗——具有某种共同的特点，我们可以为这种单一性质造一个名字，以更加透彻地理解这

---

① 魏雪（1983—），荆楚理工学院副教授，河北大学文学院博士生。

② 许建辉：《姚雪垠致李治华信札解读（之一）》，《传记文学》2017年第10期。

③ 转引自许建辉：《从〈隔膜〉到〈长夜〉》，《文艺报》2012年2月15日。

④ 洪治纲：《叙述的张力——小说叙述技巧漫谈之三》，《山花》1992年第7期。

些诗。这种性质，我称之为‘张力’”①。“退特建议将 extension 与 intension 两词削去前缀，创造一个词，tension。这词在英语中原义为‘紧张关系’，即物理中的‘张力’”②。退特借用逻辑学中概念的外延和内涵两个特征来指称诗歌意象的字面意义和比喻意义，认为一首好诗的特点在于，诗歌意象既要有明确的字面意义，也要有深远的比喻意义，而这两方面是贯通一气的，这就是张力。“张力”这一概念被新批评的其他理论家进一步发展为诗歌内部各矛盾因素对立统一的总称。后来的文学批评家进一步引申和发展“张力”这一术语，将其含义扩展到整个文学批评领域。一般而言，文本中凡是存在着对立而又相互联系的元素、冲动或意义的地方，即被认为是文学文本张力的体现。这些矛盾对立而又统一于文本中的元素构成了文学文本的复杂性和多元性，文本张力的大小与作品的艺术魅力成正比，张力越大作品的魅力愈大，反之亦然。从这一角度来分析《长夜》，笔者发现小说文本中存在着诸多张力，这些因素主要表现在语言、角色、话语三个方面。

一、语言张力

文学是语言的艺术，语言是文学的基本存在形式，也是作家的基本存在形式，成熟的作家往往形成了自己独特的语言风格。姚雪垠即是一位非常注重语言艺术探索的作家，他的创作谈多次涉及文学语言问题上的学习和探索。作家对《长夜》的语言探索颇为满意：“我在《长夜》中的文学语言，有新的发展”③。《长夜》呈现出姚雪垠相对成熟的语言风格，这种独特的语言魅力主要表现在民间语言与现代语言及古典语言杂糅而形成的文学语言张力，生动的方言口语、流畅的白话文，以及洗练的抒情散文相互交织，汇合成了一个充满活力的语言体系。这个语言体系分别对应的是民间、现代与传统，是一个穿越了时空具有历时性和共时性的异质语言和谐统一的张力空间。

阅读《长夜》我们会发现，其文学语言既不是《戎马恋》《春暖花开的时候》那种具有知识分子气息的现代性语言，也不似《差半车麦秸》《牛全德与红萝卜》的充满乡言土语的民间语言，而是现代性与民间性的混合物。《长夜》

① ［美］艾伦·退特著，姚奔译，周六公校：《论诗的张力》，赵毅衡编选：《“新批评”文集》，中国社会科学出版社 1988 年版，第 109 页。

② 赵毅衡：《新批评——一种独特的形式文论》，中国社会科学出版社 1988 年版，第 58 页。

③ 姚雪垠：《学习追求五十年》，《姚雪垠文集》第 16 卷，人民文学出版社 2010 年版，第 63 页。

是姚雪垠语言探索之路上的一个标志性作品，姚雪垠在介绍自己的创作经验时写道："我在《长夜》中的文学语言，有新的发展。在这部作品中，既有农民群众的生动口语，也有流畅的白话文，以及还算得洗练的散文。"①《长夜》中大量写景的语言与屠格涅夫小说的景物描写笔调十分相似，是一种具有现代性的散文化语言，文字洗练干净而又带着凄凉忧伤的笔调，衬托出乡村的一派荒凉景象。与此相对应的描写人物的神态、动作及语言的文字则又活泼生动而鲜明，紧凑而又鲜活的动态描写与舒缓散文化风格的静态景物描写形成鲜明对照。土匪们的生活和人物形象描写中，姚雪垠运用了河南南阳地区的方言、土匪的黑话，对于人物的神态、动作描写则又借鉴了中国传统白话小说的语言特点。方言土语、土匪黑话、古典白话构筑成具有传奇色彩的土匪世界神秘空间，抒情笔调的环境描写又构成了凄凉凋零的现实乡村社会空间，两者相得益彰，形成《长夜》的张力空间。

《长夜》语言上的这一成就与姚雪垠对于小说语言的不懈追求和艰辛探索有着密不可分的关系。姚雪垠是一位对文学语言有着自觉追求的作家，在语言艺术上不断地探索创新，有意识地形成自己独特的语言风格，"古典文学、五四白话和河南群众口语，是我形成自己的文学语言风格的三种来源"②。姚雪垠是成长于五四新文化运动中的知识分子，开始也受到五四欧化风格的影响，在1933年左右的大众语运动的引导下他开始有目的地收集河南口语中的精彩语汇，并按照编词曲的方法把收集到的语汇变成了《南阳语汇》，关于这一学习过程，姚雪垠在《我怎样学习文学语言》一文中记录了当时的详情。《差半车麦秸》和《牛全德与红萝卜》是姚雪垠受到大众语讨论的直接影响在创作实践上的成功尝试，重视运用中原群众口语的写作方式在《长夜》中得到发扬，《长夜》不仅运用普通的方言口语，还使用了大量的黑话，从而形成了小说语言中独具异彩的一道风景线。姚雪垠在《春暖花开的时候》中着重改造少年时期从新文化运动中习得的欧化文风，将古典文学中悟出的美学原理化用到小说语言中，"我要追求的语言风格是：朴素、生动、流畅"③。为实现这六个字的美学目的，姚雪垠注意排除不必要的欧化词汇和欧化的语法结构，向民族化转

---

① 姚雪垠：《学习追求五十年》，《姚雪垠文集》第16卷，人民文学出版社2010年版，第63页。
② 姚雪垠：《学习追求五十年》，《姚雪垠文集》第16卷，人民文学出版社2010年版，第20页。
③ 姚雪垠：《学习追求五十年》，《姚雪垠文集》第16卷，人民文学出版社2010年版，第42页。

移；排除生造词汇，排除矫揉造作的词汇。在运用中原口语和化用古典文学语言的同时，还注意节奏感的散文写法，实现节奏铿锵富于变化的语言节奏美。姚雪垠自述在语言上的学习和追求中，“我在写《春暖花开的时候》《差半车麦秸》《牛全德与红萝卜》等作品中所取得的锻炼，对以后的作品来说，都算是探索的第一阶段，写《长夜》算是第二阶段，写《李自成》算是第三阶段”①。他自己所分析的创作三阶段即是他艰难的语言探索之旅的全貌，也是他追求小说艺术成长成熟的过程。在以往的研究中，学者们往往注重《长夜》中的土匪黑话，认为其体现了独特粗犷的语言魅力。其实，除了黑话口语能够体现语言之张力美之外，《长夜》中与之相对应的还有充满了节奏感的抒情性散文语言，这种语言的形成得益于姚雪垠多年的语言学习和积累，我们从姚雪垠大量的旧体诗词可以看出作家深厚的古典文学修养。作为五四新文化运动欧化语言氛围中成长起来的知识分子，姚雪垠将欧化语言和古典语言逐渐打通，形成了自己富有节奏感的散文句法，这种节奏感的散文句法在新时期复出文坛的汪曾祺的《大淖记事》《受戒》等小说中得到进一步的发展，形成凝练生动富有节奏感的短句。《长夜》的语言成就不仅在姚雪垠的小说创作中具有阶段性的意义，在中国现当代小说语言的发展历程中也具有重要的价值。

古典文学、五四白话、河南群众口语，看似全然不同的三种语言风格，在《长夜》中实现了有机融合，这种融合本身即是小说语言张力的表现。《长夜》的这种语言张力是多层面的，对应了古典与现代、文言与白话、民间与知识分子、欧化与民族化之间的对立统一，其内在是一个充满了历时性与共时性的张力空间。姚雪垠试图在这个多维立体空间中搭建一种和谐统一之美，这在小说语言创作上是一种大胆而艰难的尝试，而《长夜》即是这种尝试成功的例证。

二、角色张力

人物形象是小说的基本要素之一，小说塑造的某一类型的人物形象构成角色，小说故事的中心就是角色。角色张力是小说艺术张力的一大关键要素，“角色张力的形成方式有两种：一是角色与角色之间的张力，二是每个角色自身内部各种因素所形成的张力”。② 多重复杂的角色张力是构成小说艺术价值

---

① 姚雪垠：《学习追求五十年》，《姚雪垠文集》第16卷，人民文学出版社2010年版，第43页。

② 洪治纲：《叙述的张力——小说叙述技巧漫谈之三》，《山花》1992年第7期。

的重要因素。《长夜》中主人公与土匪之间、其他肉票与土匪之间、土匪与农民之间、土匪与军阀之间形成错综复杂的角色与角色之间的张力空间，而角色内部土匪与土匪之间、主人公与亲人之间、肉票与肉票之间也构成了张力。角色与角色之间、角色内部之间共同构筑成一个多声部网状交织的角色张力空间。

《长夜》虽然主要描写的是土匪世界，但透过这个艺术世界反映的是 20 世纪 20 年代中国民不聊生的社会面貌，折射出的是那个时代中与土匪世界相关的农民、军阀等相关的社会角色。这些角色与角色之间的关系不是完全对立的，而是复杂地缠绕在一起。破产的农民变成土匪，土匪也可能回到家中务农；土匪与军阀之间没有绝对的界限，军阀中的官兵可能沦落为土匪，土匪也可能被招安变成军阀；土匪与土匪之间既有豪情义气，也有钩心斗角；肉票可能融入土匪，土匪也可能杀害肉票……这些现象是那个时代特殊社会关系的真实反映。姚雪垠早年对于社会生活的深刻观察和切身体认，形成了他独特的社会视角。

《长夜》中土匪角色内部也形成了匪性与人性的张力空间，土匪们共同的特点是以暴力抢劫或暴力威胁获得财物，杀人越货的匪性是他们的共性。当然，匪性的同时也有人性的一面，比如菊生的义父薛正礼，对村民勒索绑票丝毫不手软，但对自己人却十分义气、忠厚平和，本人没有其他土匪所有的任何不良嗜好。他不仅在土匪中颇有威望，甚至因为其为人正义在自己的乡村也被青年人崇拜。薛正礼疼爱菊生待其不薄，并最终遵从菊生的意愿将其送返家乡，菊生对义父薛正礼也产生了深厚的感情。再如另一个性格鲜明的土匪赵狮子，冲动且残酷，为了给母亲报仇，他不顾同伴的劝阻，亲手杀死了两条腿已经被打断的大舅，枪杀二舅时他也是不顾亲戚邻里的苦苦哀求毫不手软，报仇后心情轻松愉快。但是在残酷的匪性中赵狮子又显露出对人与人之间温情的渴望，当他和菊生在一起时顽皮而快乐，当他面对信赖的大哥薛正礼的母亲和妻子时，又在亲热和调皮中流露出对家庭温暖的渴求。赵狮子讲义气而又盲从，为了兄弟义气牺牲性命在所不惜，他替地主薛七少杀仇人一家，被薛七少当枪使，自己却心甘情愿乐在其中。作者从情节的对比中成功地刻画出赵狮子这个集强悍凶残、愚蠢鲁莽、重感情、讲义气这些矛盾个性于一体的人物，充分地将人物性格的多面性复杂性展现出来，拓展了角色自身的张力空间。此外，土匪刘老义也是一个充满着张力的角色。作为土匪他凶狠残暴杀人如杀鸡，但当他面对抢来的胡姓小姑娘时打心眼里喜欢，想尽办法地讨好她，为了能娶妻生子，让老母亲安享晚年，他对小姑娘低三下四、温顺异常，显出了柔情。当他准备在老母亲面前同小姑娘正正经经地拜天地时，却得知小姑娘原来是自己换帖大哥的表妹，尽管心里万般不舍，但为了兄弟情谊，他毅然忍痛割爱，将小姑娘送还回家。这些情节生动形象地塑造了一个凶残却富有人情味的刘老义形象。姚雪垠笔下的这些典型土匪角色，都不仅具有匪性，更具有人情人性。

土匪角色匪性与人性共存，而主人公菊生由人性逐渐变得具有匪性是小说中对人性更加深刻的表现，深化了小说的角色张力空间。菊生是个具有浪漫气质和英雄情结的孩子，他对土匪的世界充满好奇，与土匪逐渐亲近的过程中，心理渐渐发生着微妙的变化：由开始屈身做土匪义子的耻辱到后来衷心感谢义父的救命之恩，由初为肉票时感觉到的紧张痛苦和人身自由受限到逐渐忘记了自己的肉票身份，幻想着与土匪一起纵横天下。

> 菊生的心越来越野，所想的越发不切实际了。他热切地希望自己能参加打仗，甚至他希望随着干老子这群人打一次围门风。人们都晓得他是个有种的孩子，但不知道他竟有这一些奇怪的想头。……他第一次参加了对善良农民的战斗，在一种矛盾的心情中亲自烧毁了农民的草房，而他的勇敢也被事实证明了。①

再后来，菊生在土匪攻打刘胡庄的过程中，为了显示自己的勇敢亲手打死了一个老头。由此我们看到的是人性向匪性转变的过程，姚雪垠真实地展示给了读者。“处身于一个视暴力为常态、视残忍为有种的群体中，人受到压抑的非理性意识被畸形释放出来。”② 菊生的匪性即是长期处于土匪群体中，目睹二哥和肉票们的悲惨境遇和土匪们的暴力行为，被压抑的非理性恶的一面畸形释放出来。法国社会学家古斯塔夫·勒庞指出了人的个性在环境突变中走向极端的问题：“一切精神结构都包含着各种性格的可能性，环境的突变就会使这

---

① 姚雪垠：《长夜》，人民文学出版社1981年版，第76页。

② 罗维：《重读姚雪垠的现代土匪题材小说〈长夜〉》，《中国现代文学研究丛刊》2012年第6期。

种可能性表现出来。这解释了法国国民公会中最野蛮的成员为何原来都是些谦和的公民。在正常环境下，他们会是一些平和的公证人或善良的官员。风暴过后，他们又恢复了平常的性格，成为安静而守法的公民。"① 姚雪垠的这一描写应该是来自自身曾经被绑票的真实心理体验，对于菊生匪性的萌发以及具体施暴行为的描写深化了小说的角色张力，体现出作者追求艺术真实的同时，也表现了作者对于文学敢于直面现实和勇于担当的魄力。

三、话语张力

话语对应的英文词是 discourse，意思是叙述、演讲、谈话和论述等，又被称为"述说""叙述"和"说法"等。福柯认为话语"是由实际陈述（口头和书面的）的整体在它们的散落和在各自所特有的层次上构成的"②，"我们可以把一组属于同一个话语构成的陈述集合话语。"③ 笔者这里的"话语"涉及的是小说文本的叙事方式，以及由此带来的关于作者创作动机和读者接受方面的问题。《长夜》用特殊的半开放式的叙事结构呈现出多种不同的话语层次，体现了姚雪垠在创作动机上对深层次矛盾心理的整合，由此给读者带来更加丰富的阅读空间。

自传体小说《长夜》采用的是半开放式的叙事结构，不同于一般自传体小说的单一叙事视角，姚雪垠在主人公菊生的叙事视角之外还间或安排了另一个隐形视角，通过不同的叙事视角构成小说丰富多层的叙事空间，折射出多样的话语层次，形成小说内在的张力结构。《长夜》的双重视角交织在小说中，菊生的视角是叙事主线，作者用自己的亲身经历作为故事原型进行叙述，这一视角之下的人物生动、细节真实、心理逼真，对土匪生活怀着深厚的感情，菊生甚至经历了一个由压抑到完全融入土匪生活巨大的心理转变。菊生的视角给读者展现的是丰富离奇充满了理想主义色彩的土匪世界。小说中另一个隐形视角给读者展示的则是更加复杂广阔的现实社会，以及成年姚雪垠对于当时社会现象的批判。小说由此形成了传奇理想与社会现实交织的空间，这种丰富的层次空间根源于姚雪垠内心复杂矛盾的追求，这种复杂心理的形成其实是不同话语

① ［法］古斯塔夫·勒庞著，冯克利译：《乌合之众》，中央编译出版社 2005 年版，第 13 页。

② ［法］米歇尔·福柯著，谢强、马月译：《知识考古学》，生活·读书·新知三联书店 2003 年版，第 27 页。

③ ［法］米歇尔·福柯著，莫伟民译：《词与物》，上海三联书店 2002 年版，第 5 页。

形成的张力。

《长夜》于1981年重印时加入的副文本《为重印〈长夜〉致读者的一封信》，为读者提供了解读小说的翔实资料。“忠实地反映二十年代河南农村生活的重要侧面和生活在那样历史条件下的人物的精神面貌，是我要写这部小说的中心目的。小说中当然反映了我的世界观和我的思想感情，但是我决不背离历史生活的真实，故意加进去某些思想宣传。”① 显然，根据作者的这段自述我们可以看出姚雪垠的创作目的是反映社会真实面貌，进一步分析，姚雪垠这种对20世纪20年代社会生活的深刻认识来源于他所接受的革命思想，如果说80年代小说重印时姚雪垠的思想相对成熟，那么在1947年小说出版后记中就已经可见当时作者这种清晰的认识和规划，“将这部小说题名叫《长夜》，是因为在我的计划中还有《黄昏》和《黎明》。在《黄昏》中要写静静的旧农村是怎样地开始崩溃，怎样地沦落为半殖民地的悲惨形态。在《黎明》中要写农村在崩溃后由混乱走到觉醒，虽然是‘风雨如晦’，但已经‘鸡鸣不已’”②。作者的写作目的是批判社会生活，这构成小说的潜在意识形态话语，而小说中显性的话语空间浮现的是年仅14岁的少年菊生，阅世不深，读过书，充满了浪漫幻想，读者的直接阅读感受虽然作者一再强调“因为这是一部带有自传性质的小说，所以我在进行写作时，不追求惊险离奇的故事情节，不追求浪漫主义的夸张笔墨，而力求写出我少年时代一段生活经历的本来面貌。……你读的时候也许会感到这书中有许多浪漫主义氛围，但是那气氛是生活本身提供的，不是我故意加进去的。浪漫主义的色彩，在我们的现实生活中本来就不少，在有些境遇中显得特别浓厚”③，但是《长夜》毕竟是小说，是来源于事实的虚构，作者在进行艺术构思时依据自己的回忆，作者一再重申小说中所写的就是生活的本来面貌。但是按照心理学解释，回忆本身具有选择性，这种选择是带有作者的主观感情因素的，任何人都无法做到完全还原事件的复杂全貌，一定是在全貌中选择与自己情感联系深刻的部分进行展现。姚雪垠之所以二十年后对这段往事念念不忘，并且将其写成小说，其中掺杂了作者对少年时期这段神奇经历的美好情感记忆，对于土匪的深厚感情，这种来源于现实生活的直接情感体

① 姚雪垠：《为重印〈长夜〉致读者的一封信》，《长夜》，人民文学出版社1981年版，第5页。
② 姚雪垠：《〈长夜〉后记》，《姚雪垠文集》第12卷，人民文学出版社2010年版，第508页。
③ 姚雪垠：《为重印〈长夜〉致读者的一封信》，《长夜》，人民文学出版社1981年版，第4页。

验甚至超越了革命政治意识形态的规训，直接在小说中呈现出来，形成小说吸引读者的重要因素。

《长夜》的这种创作目的与情感体验的复杂性，在更深层面上来源于姚雪垠作为一个成长于五四，随后接受无产阶级思想影响的知识分子的社会责任感与文学艺术真实性追求之间的复杂纠葛。一方面，姚雪垠要批判社会、唤醒民众觉醒；另一方面，作为作家文学创作要追求客观真实和丰富的情感表达。知识分子的社会责任感与小说家的艺术追求形成矛盾，这两方面相互交织，姚雪垠试图在《长夜》中实现一种平衡，而这种平衡恰好构成了文本的话语张力。与“十七年”站在主流意识形态一味否定土匪的《林海雪原》不同，与新时期刻意张扬土匪原始强悍生命力的《红高粱》也不同，《长夜》在两者之间寻求了一种平衡，读者既能够领略到原汁原味富有传奇色彩的生命力和鲜活的生活气息，又能够感受到封建社会给人民生活带来的沉重灾难，这种阅读体验更加真实客观。正因为这种平衡，小说形成强大的话语张力，从而在中国现当代小说史上留下了浓墨重彩而又独特的一笔。

文学经典的艺术魅力是永恒的，充满张力的文本《长夜》饱含了独特的审美价值。在姚雪垠的笔下，古典、现代与民间语言杂糅构架起小说的语言张力；角色与角色之间、角色内部错综复杂的关系构成小说的角色张力；真实的个人情感体验与革命意识形态平衡之下构成了小说的话语张力。这些文本张力的构成与姚雪垠的思想张力、情感张力有着密不可分的关系，是作家长期艺术追求的产物。丰富复杂的文本张力构筑起《长夜》经典永恒的艺术空间。

（《新文学评论》2021 年第 3 期）

《长夜》的写实、虚构与艺术加工问题探析

王金龙[①]

1924年冬，战乱在即，在信阳信义中学正读初二的姚雪垠和他二哥，还有另外两个同学，被迫离校，坐拉煤火车往北到驻马店，又坐手推车往西回老家县（现在的邓州市），在离姚亮镇（现在叫饶良镇，属于南阳的社旗县）不远的地方，被土匪绑票，从此姚雪垠在土匪窝里度过了大约100天的时间，直到1925年春，土匪被军队打散才回到老家，但直到抗日战争末期（据姚雪垠的《〈长夜〉后记》，大概在1945年8月份），姚雪垠才开始根据这段特殊的经历，写作自传体小说《长夜》，小说脱稿于1947年2月12日。姚雪垠在1995年写的《为重印〈长夜〉致读者的一封信》特别提到："这是一部带有自传性质的小说。虽然也有虚构，但是虚构的成分很少。小说的主人公陶菊生就是我自己。[②]"正因为这样的写实手法，才使这段特殊的经历无比真实地呈现于世。可以说，正是题材的独特以及"强人"形象地塑造造就了这篇小说的文学史地位，最典型的评论来自《中国大百科全书·文学卷》中的"姚雪垠"词条："像《长夜》这样以写实主义笔法真实描写绿林人物和绿林生活的长篇小说，是'五四'以后的新文学中绝无仅有的……把一批'强人'形象送进新文学的画廊，发掘和表现强悍的美，是姚雪垠对中国现代文学作出的一个独特贡献[③]。"但这毕竟是一部小说，要确定《长夜》在文学史上的贡献；一方面看其写实的贡献；另一方面则要看其虚构和艺术加工的成就。目前国内外对"自小说"的研究非常重视，《长夜》作为典型的自传体小说，在写实、虚构与艺术加工方面有着复杂的存在形态，笔者希望通过对《长夜》这一问题的探讨，

---

① 王金龙（1976—），南阳师范学院文学院副教授。

② 姚雪垠：《姚雪垠书系》第12卷，中国青年出版社2000年版，第300页。

③ 姚雪垠：《姚雪垠书系》第12卷，中国青年出版社2000年版，第314页。

引起学界对《长夜》艺术成就的重视，以及对“自小说”中写实与虚构加工交织存在的复杂性的重视。

一、《长夜》的写实和虚构问题

虚构和写实相对，虚构既可以完全摆脱作者亲历的真实生活事件来凭空想象，也可以在别人亲历的真实生活事件基础上进行深度艺术加工，以致原来的真实生活事件完全变形，变形到读者不以为是真实生活事件为止，而写实可以把作者亲历的真实生活事件在进行轻度的艺术加工之后，放入小说情节中。严格意义上的自传体小说往往是写实的，但也存在少量的合理虚构和整体的艺术加工，历史小说往往是写实和虚构并存，而某些小说如《狂人日记》《围城》等虽有真人真事的影子，但基本靠虚构。

不管是写实还是虚构，只要是小说创作，都需要艺术加工，那些深度的艺术加工实质上就是虚构，而那些在真实人物和事件基础上的艺术加工，我们习惯上还称作艺术加工，以和虚构相区别，同时也和亲历的真实生活事件相区别。

在界定这几个关键概念之后，我们再聚焦《长夜》这部自传体小说。尽管作者提到这部小说也有虚构成分，但要一一甄别出哪些情节、人物是虚构的，哪些情节、人物是写实的，并不容易，事实上所有的自传体小说研究都面临这个困难。幸运的是，作者告诉我们“虚构的成分很少”，而且作者在1980年写有回忆录《学习追求五十年》。一方面我们可以对照作者的回忆录，和对事件亲历者的相关采访确定小说中的写实成分；另一方面可以从基本情节入手来推断小说中的写实成分。

根据《学习追求五十年》里第六部分《关于〈长夜〉是怎样写出来的》提到的人物，薛正礼、王三少、瓤子九、刘老义、赵狮子、陈老五、王成山（以上人物真有其人，但名字是虚构的）、李水沫、薛七少夫妻、薛二嫂、薛大娘、张明才等，在《长夜》中都有具体的描写，从刚到土匪盘踞的村庄看到土匪审问打死一个青年到最后薛正礼派人把陶菊生送到邓县老家，在《长夜》中都有详细的展开。《长夜》中提到的地点薛岗、茨园（现在也叫薛茨园）、刘胡庄（现在改成刘和庄，因胡姓早已迁出）、林庄（曾叫蔺庄，现在叫楝庄）等依然存在，回龙寺的地点可确定，在泌阳县境内，寺院现在已不存。血洗刘和庄，至今老辈人依然清晰记得当时的惨状，据社旗县苗店镇的刘万营对此事的走访，现年99岁的尚玉坡（楝庄人，楝庄和刘和庄隔条马河）老人说，杆儿打刘和庄那年他三四岁，刚记事。土匪走后的第二天，随大人去刘和庄，庄上的水坑里、墙上、院子里到处是血，路边、麦地里都是死人。全庄二百多口人，就被打死一百零三口。死人太多了，埋人都要附近的乡亲们帮忙。

由于《长夜》高度的纪实性，虽是小说，但它完全可以作为研究民国土匪的第一手材料。笔者屡次见到研究民国土匪的论文专著中引用《长夜》的情节来作为例证。比如王天奖的论文《民国河南时期“土匪”略论》引用王成山的话“这年头谁下力气谁饿肚[1]”来说明农民落草的原因。刘振华、刘平的论文《20世纪二三十年代豫西南的匪祸和民生——姚雪垠小说〈长夜〉的历史学解读》，结合当时豫西南土匪的历史情况重新解读了《长夜》，认为《长夜》反映的土匪情况很大程度上再现了当时社会衰败的基本面貌，即豫西南豪绅、地主、驻军与土匪的勾结恶化了当地的社会生态，加速了社会秩序的崩溃；而豫西南民众因走投无路而沦为土匪，也致使地方匪祸愈加深重[2]。英国学者贝思飞的专著《民国时期的土匪》，也多次提到《长夜》。

那么，《长夜》中有没有虚构的人物和情节呢？在《长夜》第十五章插叙了一段土匪头子李水沫受招安当了团长后的两个故事。一个故事是，因部队一年多没发饷，连长崔二蛋穷得过不下去，想将一连人拉走重干土匪，临走时过意不去，向李水沫辞行不料李水沫不仅不责备，还送给他不少枪支银两。在1957年姚雪垠被打成“右派”后，有一次和同为“右派”的周勃就此有一段对话。周勃就问姚雪垠这个故事情节是不是完全的生活真实，姚雪垠回答：“也不是。崔二蛋集合了队伍，李水沫赶去一看，破破烂烂，不像个队伍，于是给崔二蛋送枪支银两。”周勃又问：“辞行的情节完全是你所虚构？”姚雪垠回答：“不，这个情节是受了孙殿英真实故事的启发。军阀孙殿英部下有个旅长崔二蛋，嫌生活苦，在运城要将部队拉走，临行前向孙殿英辞行，孙殿英为他的行为所感动，于是送了他枪支和钱。我这是从一本书上看到的。我将这些出自不同生活原貌的情节集中起来，用在《李自成》上，就成为塑造李自成性

① 王天奖：《民国河南时期“土匪”略论》，《商丘师专学报》，1988年第4期。

② 刘振华、刘平：《20世纪二三十年代豫西南的匪祸和民生：姚雪垠小说〈长夜〉的历史学解读》，《江苏师范大学学报》，2019年第1期。

格和展现起义军风采的一个重要单元[①]。”可以看出，李水沫向想拉走连队重干土匪的崔二蛋送枪支银两是真事，而《长夜》中写崔二蛋主动向李水沫辞行则出于虚构，而这个虚构却来自孙殿英真实故事的启发。另一个故事是李水沫在做团长时，有一次夜晚独自去最前线视察阵地，被敌人的一个哨兵发现，问他口令，李水沫反而朝哨兵走去，打了哨兵几下，责骂道："混蛋！连问口令的方法也不懂！假若真有敌人来，你用那么大的声音一问，他一枪就会把你干掉了！你叫什么名字[②]?"《长夜》中这个机智脱困的故事其实来自"建国军"总司令樊钟秀。1925 年樊钟秀的部队在河南打败军阀胡景翼之后在南阳驻扎下来招兵买马，姚雪垠逃出家门参了军。四川一个军阀于学忠打着"舍川救吴"的口号进入河南，攻打邓县，与樊钟秀的部队在邓县的白牛镇展开了一场激战。激战前夕樊钟秀去视察敌人阵地，发生了《长夜》里安在李水沫身上的那个故事。

作者之所以把这两个故事放在了李水沫身上，是出于塑造"强人"形象的需要。李水沫作为这一伙土匪的首领，在作者的回忆录中没有正面的介绍，在民间也没有留下任何确切的信息，但作为小说却不能让他"面目模糊"，所以作者借用这两个发生在别人身上的故事塑造了他有勇有谋、有情有义的一面，从而也让《长夜》中的土匪形象充满了正义和非正义交织的复杂性。

《长夜》最后一章即第四十三章，陶菊生被薛三少送到邓县老家，见到母亲后和母亲有一段对话，他母亲提到他大哥二哥的消息，关于他二哥的消息是真事，在姚雪垠发表于 1980 年的《七十述略》也提到："我二哥在军队追赶土匪时得救了。我的义父在被打败后派人将我送回邓县[③]。"关于他大哥的消息则出于虚构。

"我大哥现在在啥子地方?"

"你大哥，他呀"，母亲忽然把菊生拉近一点，放低声音说："他现在在广东，可不要走漏消息!"

---

① 周勃：《姚雪垠下放东西湖琐忆》，河南大学出版社 2010 年版本，第 84—85 页。
② 姚雪垠：《姚雪垠书系》第 12 卷，中国青年出版社 2000 年版，第 396 页。
③ 姚雪垠：《姚雪垠书系》第 16 卷，中国青年出版社 2000 年版，第 270 页。

“怎么到广东了?”

“他后来从天津逃到上海”，母亲小声说：“到一个纱厂里给人家做工。不知为啥子人家把他开除了，他在上海没办法，恰巧碰见几个河南学生要往广东去，他也跟去了。你可千万别告诉人说！你伯说，他是在广东闹革命，叫别人知道了要抄家哩！”

菊生兴奋地说：“我将来也要去，我要找他去①。”

事实上，姚雪垠发表于1946年的回忆散文《大嫂》中提到：“吴佩孚失败之后，我才接到他一封信，说他同第三师在秦皇岛缴械后逃到天津，如今在天津和北京间过着饥寒交迫的流浪生活。他叫我写信告诉父母他没有阵亡，也没有挂彩，却不许我们说出他在讨饭……又过了几天，我同二哥在逃回故乡的旅途上被土匪拉走了。第二年仲春时节，我同二哥先后平安地回到家中。大哥不久也有了下落，但母亲已经病了②。”关于姚雪垠大哥的下落，在姚雪垠长诗《最后的一面》约略有所透露：“三个月后，我们从匪中归来，才知道你已经漂泊山东③。”后来又参军、打仗、挂彩，在泰安住院，当了俘虏后又逃离山东，漂泊江南，在上海的街市被英国的巡捕抢去大洋，之后他的大哥再无音信。也就是说，《长夜》末尾他母亲提到他大哥的消息也是出于虚构。从情节安排上来看，写他大哥走上革命道路，是作者有意识给如长夜般的土匪的世界增添一抹亮色，或者说给迫于生存走上土匪道路的农民指出一条光明道路。事实上，去南方投奔革命的是姚雪垠的二哥，那已是1925年八九月份的事了。在《长夜》第四十二章王成山、陶菊生和强娃有一场关于俄国革命和广东革命的对话。

停了片刻，王成山抬起头问：

“咱们中国也有那样的革命党吗?”

菊生想了一下说：“听说在广东也有革命党。”

“嗨，离咱们这儿还远着哩!”王成山失望地说。“强娃，要是有人来

---

① 姚雪垠：《姚雪垠书系》第12卷，中国青年出版社2000年版，第571—572页。

② 姚雪垠：《姚雪垠书系》第14卷，中国青年出版社2000年版，第122—123页。

③ 姚雪垠：《姚雪垠书系》第15卷，中国青年出版社2000年版，第153页。

咱们这儿把地分给穷人种，你说有人随他吗？”

“包圆儿穷人们都愿意随他”，强娃毫不迟疑地回答说。“成山哥，要是有革命党给你的你要不要呀？”

王成山笑了一下，叹口气说：“可惜没有人来咱们这儿点这一把火！”

菊生对广东的情形知道得更其少，甚至不晓得广东的革命同俄国的革命是否一样。不过好像为了安慰王成山他回答说：

“你别急呀，时候没到呢。”

他们放下了这个问题，随便地闲谈着。因为大家都睡不着觉，只好用闲话打发长夜。但这长夜真是长啊，好像永没有尽头的时候①！

在这儿的“长夜”显然有了双关的意味，而这里关于“革命”的对话显然是为了写作意图的需要而虚构出来的情节。1925 年的暑假后，姚雪垠到湖北樊城的鸿文书院重读初中二年级。有一次，有个叫马游的国文老师在黑板上接二连三地抄写反映俄国“十月革命”的译诗。姚雪垠后来在他的《七十述略》中谈到：“那时候我因一则年纪小，二则对外边形势不清楚，三则是在落后的、宗教气氛浓厚的教会学校中，对于马先生所讲的译诗不完全了解，而他又不曾讲明白，大概是有所顾忌。据我后来回想，这位马先生一定是以在鸿文书院教书掩护革命活动的人，他所介绍的诗中大概有叶赛宁的作品②。”从这段材料可以看出，姚雪垠直到此时才第一次接触俄国“十月革命”。这一学期没学完，由于家里托人捎信说他母亲病危，他不得不离校回家，原来当时北伐大革命已经在南方发动，波及湖南，震动到湖北和河南。姚雪垠的二哥已经离家出走，父母怕他被革命的洪流卷走，才赶紧借故把他召回在家③。所以，姚雪垠对“南方革命”的了解应该在 1925 年，而不是在被土匪绑票的日子里。《长夜》中这段表现出陶菊生对俄国“十月革命”和南方革命的蒙眬认识，虽然是虚构，但是一个合乎情理的虚构，合乎现实主义讲究细节真实的原则，如作者在《为重印〈长夜〉致读者的一封信》中所说：“在写作时候，为忠实于现实主义，我决定不将主人公陶菊生的觉悟水平故意拔高，也不将贫雇农出身的‘绿

① 姚雪垠：《姚雪垠书系》第 12 卷，中国青年出版社 2000 年版，第 567—568 页。
② 姚雪垠：《姚雪垠书系》第 16 卷，中国青年出版社 2000 年版，第 272—273 页。
③ 姚雪垠：《姚雪垠书系》第 16 卷，中国青年出版社 2000 年版：第 312 页。

林豪杰’们的觉悟水平和行为准则拔高[①]。”

诚然，作者虚构陶菊生的大哥在广东闹革命，虚构陶菊生、王成山、强娃等人对广东革命和俄国“十月革命”的向往，是出于作者写作意图的需要，但这样的写作意图，也来自作者当时创作《长夜》时的心境。在《〈长夜〉后记》中作者提到：“每次想起来这个故事，我的眼前就展现了无边忧郁的、萧条的、冬天的北国原野，而同时我的心就带着无限凄惘，无限同情，怀念着那些前一个时代的不幸的农民英雄。我了解他们的生活，也给予了解他们的心。当他们活着的时候，中国的农民还没有发现他们应走的革命道路，至少在北方农村还没有出现像摩西那样人物……但是在这一部小说中，农民英雄全没有‘新生’，看不见一点光明[②]。”可见作者把这部小说定名为“长夜”和他对那个时代深刻的认识分不开，但作者在成都写作的时候，提到“我虽然充满了热情和幻想，凭借着我的肉眼，企图从渺茫的碧空中发现一颗新星”，虽然作者当时处在“寻找星星的烦恼和失望”中，但还是在《长夜》中保留了一点点亮色和希望。因为作者对未来充满着希望，当时他计划中的“农村三部曲”，还要写《黄昏》和《黎明》呢。

综上，《长夜》中的虚构成分不多，都是在真人真事基础上的重新加工。指出这些明显虚构的情节，丝毫无损于《长夜》的史料价值，而是提醒读者，作为小说，虚构是小说家的标识，是让小说区别于自传、回忆录、通讯报道等文体的地方，也是最能体现小说家主体性、创造性的地方。传统的现实主义小说正是“用准确的虚构命中复杂的现实[③]”，《长夜》之所以能展现当时复杂的官、匪、兵、民的关系，除了客观写实之外，就在于具有更高层次的真实性。所谓艺术真实，一定不等于生活真实，一定离不开虚构和艺术加工。

二、《长夜》的艺术加工问题

如果作者不点明《长夜》是自传体小说，我们会误以为《长夜》完全是真实事件的记录。高明的现实主义小说往往给读者造成这种阅读幻觉，可以说，是否让读者具有这样的阅读幻觉，是判断现实主义小说成就高低的一个标志。

---

① 姚雪垠：《姚雪垠书系》第12卷，中国青年出版社2000年版，第303页。

② 姚雪垠：《姚雪垠书系》第12卷，中国青年出版社2000年版，第573页、第576页。

③ 谢有顺：《用准确的虚构命中复杂的现实》，《青年作家》2019年第4期。

广义地看，虚构同样是艺术加工，但我们现在要探讨建立在作者亲身经历基础上的艺术加工。

自传体小说之所以是小说，而不是自传，就在于小说这种文体的种种特征，或者叫行文的叙事风格。如果我们比较作者的回忆录《学习追求五十年》和小说《长夜》中两处相同事情的描述的话，就很容易看出这种文体差别和作者的艺术加工。

回忆录中这样写道：

> 干奶和干娘早就想见我，只是杆子没有来到薛岗，没有机会见到。干娘正在下饺子，她拉住我一只胳膊，在灯下将我看过来看过去，夸赞说："哟，娃儿长得多好看！多大的眼睛！多有神！"赵狮子笑嘻嘻地说："二嫂，我没有骗你吧？我说的都是实话吧？"干奶也笑哈哈地拉我到身边，不住地上下端量，说些夸赞的话。屋门口堵塞了许多半桩孩子和农民青年，有的挤进屋里来。我被看得不好意思，但心中感到很幸福。晚饭后，二伯有事先走，将我留在家里同干娘和干奶说话。赵狮子没有家，留在干娘这里吃水饺。他想到别处看押宝，一吃毕就起身走了。当屋子没有别人时候，干娘小声告我说，我干老子当蹚将不会有好下场，她天天提心吊胆。她说我读书明理，求我在干老子面前劝说他早日洗手，落一个好的结局。我望着她说话时浮着泪花，使我的心中凄然。同干娘说了一阵，我摸着黑路回到我同全股蹚将们住的宅子。

《长夜》对这个事情的描写在第十七章，叙述陶菊生第一次到薛岗；第二十七章叙述陶菊生第二次到薛岗。至于姚雪垠是不是当时去了两次薛岗，则不得而知，但回忆录里叙述地到薛岗的情景，却在《长夜》中分别写到了两章里。比如"下饺子"放在了第二次去薛岗；赵狮子饭后去看押宝的事，《长夜》中却没有叙述；至于干娘小声跟姚雪垠说的一些话，在第十七章却用插叙手法变成了菊生劝薛正礼的话；《长夜》中还通过干奶的口插叙了赵狮子的身世以及为他母亲报仇的原因，在《长夜》的叙述上这是一处重要的情节交代，否则读者会不明白赵狮子为什么会对他两个舅舅家赶尽杀绝。

让我们再比较一处回忆录和《长夜》中都叙述到的情节：干娘和干奶对姚

雪垠的夸赞。在《长夜》中这样写：

> 干娘赶快把灯光儿拨大，眉开眼笑地把菊生通身上下打量一遍，点着头说："果然不错，我以为你们骗我哩！"她随即用围裙擦一下手，拉着菊生的胳膊一转，向跑过来的干奶说："你看，妈，到底是好家孩子，看着多聪明，多排场！"
>
> "叫我看！叫我看！"干奶拉着菊生的另一只胳膊叫。"嗨！好，好，浓眉大眼睛！娃儿，你几岁了？"
>
> 干老子坐在一张小桌旁，不说一句话，但显然心中也十分快活①。

通过比较发现：第一，小说的叙述一定有细节描写。干娘第一次见菊生的动作，"赶快把灯光儿拨大""上下打量""点着头""用围裙擦一下手，拉着菊生的胳膊一转"，见菊生的表情"眉笑颜开"，着重表现干娘的惊喜，表现生活的现场感、生动感，而回忆录、自传只需要大致叙述事情经过，没必要过多描写细节。第二，从人物语言看，回忆录里干娘夸姚雪垠眼大有神，在小说中却安排在干奶的口里，即使同样的夸赞点，人物语言也是不同的。作者在安排干娘的语言时，特别突出语言的方言性以及和人物身份、年龄、性别的契合。"好家孩子""排场"，典型的中原语汇，而且"好家孩子"一词特别符合阶级分化时代贫苦农民的身份。第三，小说更多地用直接引语的方式来引述人物语言，就是让人物间的对话直接呈现，而不是通过作家的转述，而回忆录、自传更多情况下依靠作者的转述。第四，小说可以有叙述视角，分全知叙事视角和限制叙事视角。《长夜》是通过人物陶菊生的视角来展开叙述的，而回忆录、自传则不宜采用人物的视角。小说的叙述者可以隐藏，可以化身为小说中一个人物，而回忆录、自传的叙述者只能是作者。第五，小说从特定人物视角来叙述，可以从人物所见来写人物心理，比如干娘干奶在夸赞陶菊生的时候，也写到了薛正礼的动作和心理，"不说一句话，但显然心中也十分快活"，因为小说特别是全知叙事视角下的小说，总少不了描写人物心理；而回忆录、自传则不宜过多地揣测其他人的心理，更不宜描写对方心理活动如何如何。

① 姚雪垠：《姚雪垠书系》第12卷，中国青年出版社2000年版，第404页。

也就是说，同样是写亲身经历，由于文体不同，行文的叙述风格也不同，长时期形成的文体规范也不同。小说之所以能上升到艺术的高度，就在于作家在处理生活事件、场景、人物等素材时的高度自由性。回忆录、自传、通讯报道等纪实性叙述还不是艺术，只是成为艺术品的素材；自传体小说则是艺术，因为作者要对来源于生活的素材进行虚构和艺术加工。本雅明说："对一位凭记忆写作的作者，要紧的不是他经历了什么，而是他如何组织他的记忆[①]。"姚雪垠 14 岁被土匪绑票这一事件本身即具有传奇性，如果写成回忆录同样可以具有很高的史料价值，但姚雪垠据此经历写成了自传体小说，因为他出色的虚构和艺术加工，使小说同时具有了史料价值和艺术价值。

三、余论

以往在评价《长夜》这部小说的艺术成就时，评论者仅仅强调它题材的创新、塑造强者形象的创新，这是不够的，它的艺术成就还体现在对亲历事件的虚构和艺术加工方面。具体地说，应该体现在情节的安排、叙事的客观冷静、人物对话的地方性和个性化、生活细节的刻画等诸多方面。姚雪垠在《为重印〈长夜〉致读者的一封信》中说："读《长夜》是打开《李自成》的创作问题的钥匙之一。"[②] 尽管姚雪垠在此文中提到《长夜》和《李自成》在运用中原方言方面、在情节安排方面、在塑造人物气质方面有诸多共同点，但笔者以为二者最大的相似点是在艺术加工方面的类似性。《长夜》是自传体小说，素材是作者的真实经历，《李自成》是历史小说，大量素材来自当时的史料，作者都需要在这些真实经历和史料基础上进行艺术加工；不同的是，《长夜》虚构的成分不大，《李自成》虚构的成分大些。所以，要想探索《李自成》的创作成就，探索姚雪垠小说创作的成就，必须首先研究作家对真实经历或史料的虚构和艺术加工问题。

（《南都学坛》2022 年第 2 期）

① 王德威：《现代中国小说十讲》，复旦大学出版社 2003 年版，第 194 页。

② 姚雪垠：《姚雪垠书系》第 12 卷，中国青年出版社 2000 年版，第 299 页。

现代作家“心态史”传记缺失的琐思

——以两部《姚雪垠传》为例

曹转莹[①]

一、《姚雪垠传》出版概况

姚雪垠，原名姚冠三，1910年10月10日出生于河南省南阳邓州市一个破落的地主家庭，卒于1999年4月29日，现代著名作家，曾任中国作家协会名誉副主席、湖北作家协会主席，长篇小说《李自成》（第2卷）于1982年获得首届“茅盾文学奖”。一生历经大革命、抗日战争、解放战争、中华人民共和国成立、改革开放等时期，是跨越中国现当代文学发展的各个历史转折时期的作家，一生经历坎坷，文学创作生命旺盛。在20世纪中国社会转型期，姚雪垠的知识分子心态与史学文化内涵相当具有典型性。

受20世纪80年代“重写文学史”的影响，新时期中国现当代作家传记繁荣发展，呈现出全传、家传、评传以及考据式传记、学术传记等多元化写作趋势。不同于二三十年代现代作家自传书写的繁荣，80年代以来现代作家的“他传”书写更为突出，且呈现出文学快速发展趋势。陈建功从姚雪垠“东方知识分子”的社会价值引出对其历史地位的判断，“我以为他有资格成为审视20世纪中国式成功人生的一个观察点。从这个点上，除了可以窥见一代中国知识分子的命运之外，还应该能够看到传统与现代、东方与西方文化的矛盾，甚至可以看到在坚守与突围中迎接新的人格曙光的东方知识分子的人生范式”[②]。按照正传、评传、别传的传记类型划分，“姚雪垠传”属于正传。姚雪垠的文学创作高峰分为抗战时期与20世纪70年代两个时期。他虽然卒于20

---

① 曹转莹（1987—），海南师范大学文学院讲师。

② 许建辉：《姚雪垠传》，湖北人民出版社2007年版，第2页。

世纪80年代“重写文学史”浪潮影响下的作家传记繁荣期，但却是很少被作传的作家，在现当代作家传记丛书热潮中多被忽视。从消费型传记文学繁荣的角度看，传主的选择一般与其人生经历的传奇性、社会影响力等因素有一定的关联。由于受到新时期新启蒙时代语境的局限，姚雪垠研究与传记写作受到冷落，使得传记作家忽视了对姚雪垠的发掘。作传者不同的出版定位决定了其传记的种类、内容侧重点的不同，同时，作家对传主的选择与当时的文学史定位、学术研究的风潮密切相关，尤其是那些具备消费文化元素的作家，如丁玲、张爱玲、萧红、林徽因等，备受青睐，更是将有着左翼创作倾向的姚雪垠推至边缘。

广义的“姚雪垠传”并不少。例如，2008年蒋晔与武京予著“文化名人人生智慧丛书”系列之《姚雪垠》，简单勾勒了姚雪垠的人生大事年表。而作家人生经历与创作年谱并不属于严格意义上的传记。在2010年姚雪垠100周年诞辰之际，其子姚海天整理出版了《姚雪垠回忆录》；中国青年出版社编撰出版了由许建辉担任主编的《百年雪垠》，内含许多亲友对姚雪垠的人生经历、性格、心态等方面的回忆文章。怀念性文章、传主的生平史料整理，只能算是传记资料或历史文献，也不属于传记文学作品。2018年河南省邓州市政协原主席、关工委主任杨德堂策划的“姚雪垠作文奖”的奖品丛书，由姚海天、蒋晔编著的面向青少年的《一代文学大家姚雪垠》，侧重发挥作家传记对人的启发、教育功能，其中包含姚雪垠传记、采访实录及其师友袁宝华、穆青、许嘉璐等人的回忆录。以上这些关于姚雪垠传、记、评等，为深化对姚雪垠的研究及新的“姚雪垠传”的书写提供了丰富的资料。按照“编”与“著”的行文划分，本文采取“传记文学”与“传记”的概念相对统一的标准，以“杨传”与“许传”作为研究对象。

传记作者的职业特征影响其对传主的人生经历、心理特征、创作角度等方面的书写倾向。由于不同职业素养、不同创作动机，“杨传”与“许传”表现出各自不同的写作风格。传记作者与传主的关系亲疏，直接决定了其传记书写的基调。杨建业曾任新华通讯社记者、中国传记文学学会副会长、中央领导秘书，采访报道过毛泽东、周恩来、邓小平、李鹏等党和国家领导人，以及其他政治、经济、军事、外交等多个领域的知名人士，如黄昆、马寅初等，代表作有《马寅初传》《黄昆传》《姚雪垠传》《风云人物采访集》等，撰写内参50多万字且其中多篇被中央领导做过批示。杨建业自 1976 年开始多次采访姚雪垠，并于 1987 年收到人民文学出版社的写作姚雪垠传的邀约，写作“杨传”时与传主已相识 10 多年。1990 年在姚雪垠文学创作 60 周年学术讨论会召开之际，也是姚雪垠 80 大寿之时，杨建业选择出版《姚雪垠传》，显然表现出新闻记者的敏锐性。杨建业的《姚雪垠传》作为北岳文艺出版社出版的“作家艺术家文学传记丛书系列”之一，且分别于 1993 年改为《姚雪垠传——情系沧桑》和 1994 年、1996 年改为《姚雪垠传——史海文心》多次出版。虽然“杨传”有 1990 年、1993 年、1996 年多个印刷版本，但基本上是“换汤不换药”的改编。1999 年姚雪垠去世，次年，杨建业在原有版本中增加“桑榆暮年”和“尾声”两章，完整记录传主的一生，至此第一部完整的“姚雪垠传”诞生了。传记有自传和他传，传记和“亚传记”不同。早在 1980 年，姚雪垠就开始口录《七十传略》并执笔《学习追求五十年》。而“杨传”也是在此基础上进行写作的，并在行文中多处直接引用其中的文段，属于姚雪垠“他传”的首创，这也正是“杨传”的开创性意义与多次印刷的价值所在。许建辉于 1995 至 1999 年任姚雪垠第三任助手，曾担任中国现代文学馆学术委员会委员，所编著的作品也多与文学相关，其中参与编写的有《中国现代文学馆馆藏经典作家文物文献研究》《中国现代文学珍藏大系》（13 册）（包括闻一多、巴金、冰心、许地山、朱自清、茅盾等作家）及《百年雪垠》，著有《姚雪垠传》《翰墨书香中的追寻》等。从工作经历与编著内容看，许建辉对于现代作家的史料整理的工作经历为其学术性传记写作奠定了良好基础。从作传者的知识结构来看，许建辉对于作家传主的认知与书写显然更具学术性。2007 年许建辉受邀撰写《姚雪垠传》之前，已发表过关于姚雪垠研究的系列文章。

作传者的创作动机、出版定位、与传主的关系等成为传记作者写作的限制性因素，而作传者的主体性，对传记的思想文化价值起引领作用。作传者杨建业、许建辉二人与传主的密切交往，一方面增强了有关传主第一手材料搜集的丰富性与真实性，但另一方面传主史料的充分、翔实也限制了传记作者个人主体性创作的发挥。二人应邀而作的被动写作，一定程度上影响了传记文本对传主的文化、道德、个性等方面的价值评判。传记作者与传主之间必须有“生命的相遇”，传记文本也应传达出作传者的价值判断。两版“姚雪垠传”书写的功能之一是纪念，而以崇敬型认同心态所写的传记难免限制了对传主人格、心理等层面的认知。杨建业的传记书写，保持着新闻工作者重视事件过程的现场感与即时性。1990 年杨建业按照时间的线性顺序为姚雪垠 80 岁献礼作《姚雪垠传》。2000 年的修订版，作为姚雪垠 90 岁诞辰的纪念作品出版。杨建业与传主姚雪垠有着共同的成长经历和信仰追求，在许多方面有着心照不宣的默契。许建辉自担任姚雪垠助手以来，为传主做过多年的资料整理工作，成为姚雪垠人生最后 4 年的工作秘书。“许传”以为“姚雪垠文学创作研讨会”加持力量为目标定位，在史料的选择与书写方式上有所侧重。毕竟，记叙传主的整个人生不可能精准地记录其全貌，甚至就是传主本人也难以完全记录自己人生的枝枝节节。

在现当代文学研究的“史料化倾向”与传记文学心理分析转向的趋势下，作家传记对作家“心态史”的书写尤为突出。透过“杨传”“许传”的对比阅读，分析两位传记作者对传主相关史料的选择与认知的异同，能够对“心态史”传记的意义有较为深切的体会。两版“姚雪垠传”都充分掌握了传主的生平材料，侧重记录姚雪垠作为一名作家的人生事件，具有作家传记的资料性、工具性、可读性等特点，并且存在相互印证、相互补充的承续性关系。然而，两版“姚雪垠传”对传主特殊历史时期的心理特征与文学创作的关联剖析相对薄弱，淡化了心路历程在文学创作中的作用。

二、文学性与学术性：“史料”处理方式的侧重与选择

非虚构传记写作的前提是对传主相关史料充分而准确地把握，但传记文学的真实性却不是史料的简单罗列。“传记真实是丰富的史料和科学的史识的结合，传记作品中出现的历史事实，已经不是简单的史料的堆砌和罗列，它是被观念所研究、选择和建构起来的，其背后是作者对历史的认知和解释”①。传记写作的真实性，是对传主史料的发掘、认知、整理、再创造的过程，是由感性与理性共同作用的结果，传记的“史”与“文”在一定程度上是难以分割的。“杨传”与“许传”在写作风格、细节侧重上有不同。“杨传”侧重传记的文学性，字里行间充盈着饱满而激扬的情感，同时对传主的人生经历多以故事性的非虚构写作进行场景再现，提升了传记的可读性与趣味性。“一个优秀的传记家，他一方面要反映自己时代的精神，也通过传记完成自己，另一方面他

① 杨正润：《现代传记学》，南京大学出版社 2009 年版，第 29 页。

也要忠于历史，他的自我存在于历史材料的背后，否则传记就成为小说而失去读者的信任，传记家也失去了自我”①。“许传”侧重传记的史料性，以历史的眼光将传主置于文学发展的宏大时代之中，对历史背景的交代相当精准，以大量丰富的第一手资料为基础分析传主的功过是非。

胡适指出：“传记的最重要的条件是纪实传真。”② 传记作者对所搜集资料进行加工时的价值立场与传主的立场是否一致，取决于作传者对时代精神指向的理解，以及对传主精神内核与其文学创作关系的把握。中国史传传统强调历史真实，中国现代传记文学在此基础上更加强调内在真实。在面对同一传主的相关资料时，杨建业与许建辉以不同的“组合”方式为传主立传。“杨传”坚持“文学传记”的定位，对姚雪垠文学巅峰时期的部分争议问题发声，以整合采访资料的方式呈现。由于传主“透明”的性情使得“杨传”对于传主的个人创作与人生经历的阐述相当彻底，这也增加了作传者为传主开创性作传与“心态史”探索的难度。一方面，二人对于传主的出生差点被溺死、百日历险、求学经历、北京图书馆自学、《李自成》创作过程始末以及两次得到国家领导人的“庇佑”等重要人生事件的选择多有重叠。另一方面，二人对于传主真实心路历程的把握与呈现又有很大差别。同样书写传主“百日历险”的经历，“许传”以其影响姚雪垠文学创作为重心进行分析，而“杨传”则重在场景还原，详细叙述土匪与姚雪垠之间的对话以及经历过程的戏剧性。即使有《长夜》《李自成》小说创作与此经历的关联阐述，也是由传主的“原话”和盘托出，在很大程度上削弱了传记作品的主体性分析功能。同样论证传主的笔名“浮生”的渊源，许建辉以李白的诗句、沈复的《浮生六记》为论据引出传主与封建社会知识分子的情感共鸣；而杨建业以李白诗句“浮生若梦，为难几何”指出笔名的出处，述而不作，隐匿了主观分析内容。同时，许建辉对作家所阅读的书籍也相当关注，从“文学影响的焦虑”层面分析传主的精神世界。“许传”对姚雪垠阅读史与知识储备、思想理论根基、文学创作的指导原则有较强的梳理分析意识，如对姚雪垠在河南大学预科时期阅读《经济学大纲》所奠定的马克思主义理论基础和唯物史观，为其辩证地看待农民起义与创作历史小说做了

---

① 杨正润：《现代传记学》，南京文学出版社 2009 年版，第 189 页。

② 胡适：《南通张季直先生传序》《胡适文存三集》，亚东图书馆 1930 年版，第 1088 页。

理论准备；大革命失败后对《清代学术概论》《古代社会研究》的阅读与思考成为姚雪垠走上史学研究与历史小说创作的思维起点。

为跨越中国现当代文学史各个历史转折时期的典型作家作传，传记作者必须坚守以史料为本的价值尺度，同时还要摒除传主的时代光环的影响以及政治认同的自我牵制。只有这样，才能更好发挥传记写作的主动性与创造性。尤其传记作者对处于中国近现代历史中传主相关史料的把握，以及与传主精神世界的契合程度，决定了传记作品把握传主思想精神的主动性。“许传”史料详尽且分析深入，在理清传主不同时期人生经历的基础上，明确按照线性时序展开，以童年时代的文学启蒙引出外祖母，以学前的文言教育与思想启发引出父亲，以青年时期出走家庭引出乖张的母亲、苛刻的大嫂。许建辉统摄传主中小学时期的读书以及到外地当兵与求学的经历，从传主的家庭环境、生活经历对其性格、思想的影响出发，逐层向其文学创作与思想情感深入，呈现出流线型的动态感。许建辉结合传主的人生经历，对姚雪垠抗战时期文学作品的时代背景、艺术价值、社会价值进行分析，揭示了《差半车麦秸》《牛全德与红萝卜》《春暖花开的时候》等作品发表过程中的真实细节。相较而言，“杨传”凸显出为文化名人作系列报道的“人物专刊”特质，如对《差半车麦秸》的“约稿”与“拒稿”到“再投稿”，对“约稿人”模糊化，重点突出作品出版后的社会轰动效应以衬托传主的形象。与之相反，“许传”则以严谨史料点出了“约稿人”即为舒群的事实。

两版“姚雪垠传”在叙述中都穿插了大量原始文献，有研究专著、相关文件、书信原稿、图片，以及报纸和相关研究文章等。但在文献的引用规范与篇幅上，二者有着很大差别。许建辉著《姚雪垠传》有着天然的传记写作的资料便利，“许传”在后记中提到了写作《姚雪垠传》的“情绪化”动机，即2003年姚雪垠国际学术研讨会囿于相关研究太少而延期举行。“许传”谦虚地设置了“为后来的研究者铺路搭桥”的文本目标，为难以“撑起台面”的姚雪垠国际学术研讨会做准备，对“传主的性格”挖掘具有开拓性意义。“许传”在很大程度上保持着传记作者史料至上的理性，正如陈建功所言：“这本传记写得很规矩很老实，不拔高溢美不文过饰非不顺情说好话，一切唯史料是瞻，白白黑黑非非是是。”[1] 这也正是对新世纪姚雪垠研究现状的总结。

“杨传”对于传主相关的史料，缺乏细致的整合，多有采访的痕迹与文本互文的应用，有很强的采编风格。文本中除却多处直接引用《学习追求五十年》中的传主言说外，对传主家族成员采取剪影式的“肖像”展示，与传主本人的文章以“互文”形式呈现并未标明引文出处，甚至直接把传主被哥哥规劝不入“幼年兵营”、与王梅彩相亲等人生经历的场景进行还原。相较 20 世纪 90 年代的“杨传”，2007 年的“许传”较好地弥补了“杨传”对引文出处标注不规范的缺陷，对于姚雪垠相关史料的整理与呈现更加理性、客观，避免了大量直接地引用姚雪垠文学作品中的片段，对于传主文学创作的心路历程有更加深切地理解。相比杨建业关于传主的外祖母、父亲、母亲、大嫂等亲人的关联书写，许建辉则以文学启蒙、民主意识、封建旧家庭的伦理观念的逼迫等不同维度，对各个家庭成员进行刻画，更大程度地发挥了作传者的主观能动性。

传记是传记作者与传主二人的生命对话。传记作者的主体性及其在文本中为传主的画像呈现，是现代传记文学关注的核心。“作者主体意识明显的传记未必是优秀的传记，但是优秀的传记，其作者的主体意识一定是突出的”[2]。此观点与杨正润在《现代传记学》中所强调的传记“书写主体”的重要性一致。作为传主史料的重新选择、组织者，作传者的主体性介入对传主的形象塑造起着至关重要的作用。传记作者的主体性既表现出与传主内在精神的相通性，又表现出强烈的个人主观能动性。例如，许建辉对传主内心世界的探索，从与家族外祖母、母亲等亲人的关系入手，导出姚雪垠走上求学、文学创作之路的起因。“许传”对于在政治运动中姚雪垠的人生遭遇与文学创作之间的关系，给予极大地同情并分析了其真实原因，对于传主的某些“负面”人性问题也抛去了“讳言”的顾虑。例如，对姚雪垠和毛主席的通信与《李自成》写作出版的关系、对姚雪垠与陈纪滢的关系转变等都以史料为本还原真相。俞汝捷早在 1977 至 1985 年就担任了姚雪垠的第一任助手，为姚雪垠的《李自成》写作做相关的资料收集与录音整理工作。同样作为昔日姚雪垠助手，俞汝捷为“后来者”许建辉的姚传作序，对其有相对客观的评价，“其一，她对与传主相

---

① 许建辉：《姚雪垠传》，湖北人民出版社 2007 年版，第 2 页。

② 赵焕亭：《中国现代作家传记研究》，中国社会科学出版社 2016 年版，第 31 页。

关的任何人与事、涉及的任何问题都不回避，勇于通过事实的铺陈表达自己的观点和倾向。其二，无溢美之词。由于在以往介绍姚老的各类文字中时有戴高帽的现象，她这种褒贬有据、不作廉价恭维的文风就显得格外可贵”。“它是迄今写得最好的《姚雪垠传》，却未必是最后一部《姚雪垠传》”。而对“许传”主观性与客观性之间的矛盾，也持“宽容”态度，“凡属传记，在客观叙述传主生平的同时，必然有意无意地会带有作者的主观评价，流露出自身的情感倾向和价值取向。特别是涉及某些敏感而带争议性的问题，或述及传主参与的某些论争时，更会有自身的观点与是非标准”①。

“杨传”中关于姚雪垠的访谈材料多是直接呈现出来，甚至部分人生经历也以人物对话的形式呈现出来，极具文学创作的特征。对于传主在动荡年代的内心活动的书写，作传者的想象、分析显然没有传主的自述更加可信。同时，姚雪垠关于个人创作以及心灵世界的剖析文字资料也相当坦荡与翔实。“杨传”与“许传”对传主姚雪垠的自述资料的引用都比较多，而这种引用既有书写的便利，也因书写的困难所致。在“杨传”后记中，杨建业明确道出作传动机、理论准备以及对传主资料的积累过程，“现在的这部《姚雪垠传》，从采访、写作到成书，先后历时 12 年。整个过程，大致可分为两个阶段。从 1976 年冬天开始，到 1985 年 8 月，是第一阶段。在这近 9 年的时间里，作为新华社的记者，我先后共采写播发了十几篇关于姚雪垠的报道：其中有向中央反映情况的内参、有给香港报纸撰写的长篇人物专访，有新闻、长篇通讯、报告文学、也有关于他登上文坛之前的传记文学。这些报道和文章介绍了姚雪垠通过刻苦自学成才的情况，如何进行创作长篇历史小说《李自成》的；透露了他在完成《李自成》后，写太平天国和辛亥革命的宏伟计划，及其具体内容；阐述了他在学术方面的成就和治学经验；回答了广大读者所关心的有关《李自成》的问题等。从 1985 年 9 月至 1988 年 3 月，是我写《姚雪垠传》的第二个阶段……因人民文学出版社的一位编辑在 1987 年初曾约我为该出版社写《姚雪垠传》，这便使我最后下了决心，尽快动手写《姚雪垠传》。为此，在原有材料的基础上，我又用了一年多的业余时间，进一步补充、系统搜集和整理姚雪垠的材料。……从 1986 年 10 月 26 日开始，到 1987 年 12 月 20 日，在一年多的时间

① 许建辉：《姚雪垠传》，湖北人民出版社 2007 年版，第 6 页。

里，在姚雪垠事先有准备的情况下，又同他先后用十五个星期天的下午进行了长谈，而且每次都在三小时以上。仅根据谈话录音整理出来的稿子就有近十万字；与此同时，我还借阅了许多他珍藏的档案材料，阅读了各界人士给他的不少信件，仔细观看了记录他生活、工作和学习的几十本相册……所有这些都大大增进了我对姚雪垠的全面、系统、深入的了解！……从 1987 年的 9 月下旬开始，我便在业余的时间动手进行创作。从这时起，到 1988 年的 3 月中旬，在大约半年多的时间里，……终于完成了这部传记文学《姚雪垠传》”。[①] 由此可见，访谈资料是杨建业写《姚雪垠传》（1990 年版）的第一手材料，创作《姚雪垠传》是对 1976 年以来采写姚雪垠相关通讯稿的延续。这决定了杨建业所著“姚传”的对话性特征，且与姚雪垠自传有着材料的同一性。“杨传”的文学性与“许传”的学术性差异，决定了两位作者对传记材料的“重写”沿着两个不同的方向前行。虽然从文学价值角度看，不同类型的作家传记并无高下之分，但是就文学研究而言，偏重学术性的作家传记显然更有参照意义。“心态史”传记对于作家创作中的“心态”分析必然至关重要，“姚雪垠传”的两个典型文本的推进历程仅是对此趋势的呼应。

三、召唤与超脱：“心态史”传记的必要与适度

考量作家传记的价值，必须对其作品的灵魂投射有精准把握，对其人生历程的文学转化有清晰洞察。数据显示，新时期以来我国长篇传记的出版大约每年为 6000—10000 部。在现当代文学研究“史料化”趋势下，中国现当代作家的传记写作发展迅速，许多作家都呈现“一人多传”的现状，但从总体上来看，仍有“精神性缺失”的问题。在当代传记文学中，不少传记作家没有充分厘清传记与历史的区别，往往在撰写朱德传、赵丹传、曹禺传时，立志要写出一部军事史、电影史、话剧史，“其结果就一直是使传记只探究一个人在某些特殊职能中的行为，而不是对那个个人提供全面的、生动的图像”。[②] 传记作家沈卫威关于传记创作的标准即“一部传记，不是一座人工雕琢、粉饰的纪念牌，应是以传主为中心的个体编年史，是一部灵魂的历史”。杨建业、许建辉作为采访者、助手，受职业、主流意识形态观念等因素的影响，与传主有着精

---

① 杨建业：《姚雪垠传》，北岳文艺出版社 2000 年版，第 346—348 页。

② ［英］崔瑞德著：《中国的传记写作》，张书生译，《史学史研究》1985 年第 3 期。

神相通的情感基础。虽然他们所掌握的传主第一手资料真实且丰富，但是对传主复杂心理和思想状态、人生经历与文学创作关系的分析却相对拘谨。“姚雪垠传”文本多呈现出书写口径相对统一，史料内容整理选择上相互重叠的现象。中国传记“为尊者讳”的传统，在一定程度上影响了作传者对相关史料的认知，阻碍了探究传主“内心症候”的可能性。对照“姚雪垠传”的写作实践，探索作家“心态史”传记的写作规律，可为现代作家传记尤其学术型传记提供一定的写作思路与经验。

作为跨越中国现当代史各个转折时期的作家，姚雪垠的文学创作必然离不开对革命、政治生活的关照。作为传主的姚雪垠，其个人人生经历的苦难必然体现着中国现代知识分子内心世界的分裂、矛盾与不断重建。从姚雪垠所著的《学习追求五十年》来看，个人经历的戏剧化书写是其明显特征，其中对典型事件的记录是不同版本《姚雪垠传》的史料基础。姚雪垠在写给刘增杰的信中说：“在河大预科被捕的情况，非常能反映我的性格、气质，我在《学习追求五十年》中也未写一字。但是这段真实故事很能够说明我后来的作家道路以及《李自成》的写作与我的气质的关系。诸如此类，还有一些我不愿谈的事，但作为对我的深入研究，似乎你应该知道。”① 可见，姚雪垠对自己思想性格之于文学创作研究的“心态史”挖掘也有着“知音难觅”的盼望。无论是从姚雪垠对司马迁《史记》传记文学典范的史传风格的推崇，还是他在人物传记《记卢镕轩》后记中所传达的对传记作品的“个性表现”与“感情成分”的传记创作理念的执着追求，都彰显出姚雪垠对传主“心灵世界”开掘的渴望。

相较“杨传”，“许传”对姚雪垠的“心态”变迁已有自觉意识，但在书写中仍是相当委婉、收敛。中国现代较早写自传的胡适先生，强调作家传记历史意义与文学价值的统一，“给史家做材料，给文学开生路”。② 董炳月认为，现代“作家传记作为一种体裁的独立价值无疑应当充分肯定，不能将它等同于一般的作家作品论、创作心理分析和文学史研究，但它又确实应当包容这三种批评方式的主要因素”。③ 其对作家“理想传记”的深度要求明确为三要素，“作

① 刘增杰：《永葆创作活力的中原智者—关于作家姚雪垠的片断回忆》，《平顶山学院学报》2010年第4期。

② 胡适：《四十自述》，亚东图书馆1941年版，第6页。

③ 董炳月：《从几部现代作家传记谈〈作家传记〉观念》，《文学评论》1992年第1期。

品应当得到正面的、历史评价和美学评价相统一的评述”，“对传主人生道路的叙写，并通过这种叙写揭示传主艺术个性的形成、创作心理的演变，注释作品”，“通过对传主生活和文学活动的描写，展示具体历史时期文坛的某些侧面”。① 在历史文化语境中，传主的心理演变与个性特征是作家传记的落脚点。以“姚雪垠传”传奇性中所潜隐的作家文学创作选择的心路历程为切口，强调传记作者与传主的“生命对话”是对“心灵史”传记的时代召唤与历史参照功能的强调，有助于发掘作家传记之于时代思潮的价值内涵。

作家传记与政治、军事、音乐、哲学等领域的名人传记不同。中国现当代作家的人生经历与创作历程与中国现当代历史发展历程是同步的。理想型作家传记尤其是特殊时期处于创作高峰的作家传记，必然与历史进程有一定呼应。“若要写新的有文学价值的传记，我们应当将他外面的起伏事实与内心的变革过程同时抒写出来”②。在特殊历史事件中作者的创作心灵体验，彰显出其传记的历史价值，对文学研究者具有启发意义，甚至承担一定补充文学史的责任，体现出对传主人生价值的发掘。杨正润先生强调，“精神分析史对传记文学的科学性和艺术性的提高都是有益的”。③ 精神分析法，作为一种文学研究的心理学倾向，在传记文学研究中立足于对传主心灵世界的科学求真，对中国传统的史传书写方式提出巨大的挑战。黄修己在《中国现代文学研究史》中对20世纪30年代现代作家传记写作进行评价认为，“研究作家的成长史、思想经历、生活道路、个人心态乃至性情，研究这些因素对于创作的影响……经由历史中作家的心态层面进入研究的视野，剖析作家个体的群体的心理特征，由此形成对文学的‘深层结构’的多样分析和认知”④，显示出对作家“心态”之于作家传记书写的意义。以此对照“杨传”与“许传”，二者对传主的心态、性格的深层剖析都还有很大空间。正因如此，赵焕亭对“该有一部姚雪垠心态史传记”⑤ 才有所期待。他以姚雪垠对郭沫若《甲申三百年祭》的历史真实的质疑、与刘再复的论争等争议性事件为例，指出“心态史”传记应以史料为本

① 董炳月：《几部现代作家传记谈〈作家传记〉观念》，《文学评论》1992年第1期。

② 郁达夫：《什么是传记文学》，《郁达夫全集》第八卷，浙江大学出版社2007年版，第205页。

③ 杨正润：《西方现代传记文学中的精神分析》，《外国文学研究》1990年，第4期。

④ 黄修己、刘卫国主编：《中国现代文学研究史》（上册），广东人民出版社2008年版，第216—217页。

⑤ 赵焕亭：《该有一部姚雪垠的心态史传记》，《书屋》2014年，第10期。

描绘传主精神面貌和思想脉络的轮廓。而这正是，“根据传主的各种作品与著述，结合其人生经历和所处政治文化语境，探究传主的精神演变，进而揭示传主灵魂的裂变、精神的矛盾以及思想的局限”①。

随着作家传记研究在现当代文学研究中逐渐深入，现当代作家传记出版的繁荣以及消费型作家传记的喷涌，重新思考现代作家传主的选择、评估作家传记的学术价值与社会价值，反思作家传记写作与文学研究之间的互动关系等问题，对于当下传记文学的发展至关重要，对于建构社会人文精神的正向能量意义重大。作为20世纪成长起来的知识分子，姚雪垠的人生道路与文学创作复杂关联，显然“心态史”传记更接近传主真实精神世界的描画，也更具有学术研究的价值。“姚雪垠传”反映出以传主为个体的知识分子作家在动荡的20世纪40年代自身文学发展与时代背景之间的关系、70年代现代知识分子的心路历程与文学呈现方式，对于深入分析老一辈左翼知识分子复杂的思想精神状态具有极高的参照意义。从姚雪垠文学创作的时代价值、思想成长的教育意义、作为传主的知识分子参照价值来看，对其复杂心理的探究，有助于理解“姚雪垠传”对其精神历程的深入探索的艰难性。作为文学创作与社会历史密切相关的作家传主，姚雪垠的生活实践与其人格发展之间的逻辑关系，往往具有以小见大的时代折射功能。因此，学界对其“心态史”传记的学术研究的史料价值会有更高期待。在新世纪姚雪垠研究不断地深入的过程中，“姚雪垠传”的深化也将为其提供更丰富的史料佐证。而就传主而言，姚雪垠对其《春暖花开的时候》《长夜》《李自成》等典型作品的构思过程以及社会评价都有相关研究文章，对个人文学创作的心理矛盾与价值观都有明确说明，这又为“姚传”的“心态史”挖掘的可能性与必要性增加了阐释的空间。然而，分析传主精神世界要因人而异，过度地生发传主的“复杂”心态并不是提升传记水准的必要手段。因此，探索现当代作家传记的传记作者主体性，需要重新审视“心态史”传记召唤的理性价值，思考传主“心态史”发展进程的深度与理性空间。

（《信阳师范学院学报》（哲学社会科学版）2022年第2期）

① 孙德喜：《从〈曹禺：戏里戏外〉看精神传记的写作》，《社会科学论坛》2012年，第8期。

从“北平经验”到“开封《风雨》”

——姚雪垠的30年代创作与心态转移

吕彦霖

一、破灭的“史家梦想”与“文学青年”姚雪垠的诞生

1931年的暑假，长期参与中共领导的学生运动，曾在1930年就被捕并被关押四天的姚雪垠，终于得到了自己被河南大学以“‘思想错误，言行荒谬’的罪名挂牌开除”① 的消息。为了躲避追捕，从同学处借得十几块银元的他，在当天下午即乘火车逃往北平，结束了对他影响深远的省城学生生活。

逃往北平对于姚雪垠来说虽然事出突然，但是翻阅姚雪垠关于此阶段的回忆文字，又不难发现他对此实际上颇有思虑，全然并非心血来潮后的盲目决定。当时的姚雪垠刚与于1930年保释他的辛亥元老王庚先的女儿王梅彩结婚，“妻子和家人为着生活都希望我找一个地方教书，我坚决不考虑，想到北平，走我自己的路”②。对于当时的姚雪垠来说，成为教师一方面违逆自己的“雄心壮志”，一方面又有许多现实的困难。③ 宁可抛下新婚妻子和家庭，来到现实生活困难更为严重的北平，也不愿留守河南获取暂时安稳的生活。姚雪垠的这番“雄心壮志”的背后，潜藏着的正是安东尼·吉登斯所谓的“脱域（dis-

---

① 姚雪垠：《姚雪垠文集》第16卷，人民文学出版社2011年版，第230页。

② 姚雪垠：《姚雪垠文集》第16卷，人民文学出版社2011年版，第232页。

③ 对于中小知识分子而言，能够成师当然颇为理想、稳定的职业。但是姚雪垠对于自己投身教坛其后可面临的问题，实际上有比较清晰的认识。在他看来：“当时河南教育界派系争夺激烈，主要的派系有北师大派、北大派、中大派、河大派。每一派抢几个有名的省立中学和师范。河大不是名牌大学，但它是地头蛇，利用地方各种势力，也拼命争地盘。像我这样的人，缺乏大学毕业，也不属于任何派系，只能到私立中学或县立中学找一个教书饭碗。教员的聘书以一年为一期，甚至有只发年的。每到暑假校倘若不再续，就马上失业了。所以我如果走教书的道路，虽然可以糊口，但那饭碗是随时可以打破的。”同上。

embeding）”[①] 的冲动，而这种空间地点的取舍，其背后推力正是一种抽象的“信任机制”。安东尼·吉登斯由此指出：“空间定位的活动变得越来越与自我的反思连结在一起，至少在青年时期之后，一个人生活的地方就变成了主要依据个人的生活规划来作出选择的事情。”[②] 对于姚雪垠而言，这种抽象的“信任机制”以及自我反思的获得，与他在省城确立的唯物史观与马克思主义信仰密切相关，也与他青年时代即有的“狂妄的性格”密切相连。因此，他才能在明白自己不再有机会进入学校的情况下，仍对未来保持信心，转而意欲通过“埋头于北平图书馆，在十年八年之内能够成为一个有相当成就的马克思主义史学家或文学史家”[③]。另外，姚雪垠选择北平而不是上海作为目的地，也和作为“文化城”的北平可以提供安静、优越的读书环境，且费用较上海远为低廉有着直接关系。

然而，成为学者的梦想需要周密的学术训练、充分的经济基础以及较长的时间周期。这些都是“生活问题没法解决”[④]，是无法长期“坐图书馆”的姚雪垠所不具备的。在为生活所迫回到家乡中学任教一段时间后，1934 年，重回北平的姚雪垠为了生活，终于“将努力的重点放在学习写作上，不再幻想能够通过几年的努力成为一个有造就的‘青年史学家’”[⑤]。将原本作为“志业、兴趣”的文学创作，转化为谋生的“职业”，姚雪垠的这种经历在当时置身大城市的中小知识分子青年中并不少见。对于民国时期寄居大城市的中小[⑥]知识分子来说，能够实现阶层跨越的途径大致有三条，即“读大学”“从军”和“写作”。较之费用高昂，竞争激烈的“读大学”，“写作”被很多不具备接受大学教育条件的青年视为“出奇制胜”的终南捷径。当时在大学旁听的黎锦明就曾投书《京报·副刊》编辑孙伏园，倾诉自己投考北师大再次落榜的苦闷，表示：“现在我没有话说，除开痛苦以外，又何颜负这‘徒空谈文学’的罪名呢？

---

① ［英］安东尼·吉登斯：《现代性的后果》，田禾译，译林出版社 2000 年版，第 18 页。

② ［英］安东尼·吉登斯：《现代性与自我认同——现代晚期的自我与社会》，赵旭东、方文、王铭铭译，生活·读书·新知三联书店 1998 年版，第 172 页。

③ 姚雪垠：《姚雪垠文集》第 16 卷，人民文学出版社 2011 年版，第 230 页。

④ 姚雪垠：《姚雪垠文集》第 16 卷，人民文学出版社 2011 年版，第 9 页。

⑤ 姚雪垠：《姚雪垠文集》第 16 卷，人民文学出版社 2011 年版，第 233 页。

⑥ 黎锦明：《感到痛苦而说的几句公开话》，《京报·副刊》1925 年第 285 期。

今年快二十岁了，还不进大学怎么了得呢?”① 有意思的是，该报其后刊登的一篇题为《劝黎君》的文章，却认为他对“进学”的焦虑完全多余，认为只要能善用自己的创作才能，即可获得更大成功：

> “大学的生活，其中的真情，你还不明瞭吗？况且你的前途又是非常的远大，引你到光明的前途上的明灯早就点在那里了，希望你努力你的作品，专攻你的文学，大学的学生又有几个能步你的后尘？现在的社会，又有甚么公理，你何苦痛心愤慨与悲哀呢!”②

写作可以成为寄身于大城市的知识青年的“职业”，得益于近代以降媒体的兴起，更得力于“五四”新文化运动以来文学刊物的大量出现。正是这些媒体及刊物的存在，为希望以写作为生的人群提供了“工作岗位”。与此同时，文艺创作的特殊性质，也使得他们难得地“可以有能力与新旧上层精英大致在同一起跑线竞争”③。因此，当时缺乏资源支持而困顿社会下层的中小知识分子“大都希望借助‘作家梦’来实现在城市里的安身立命”④

然而，渴望改变命运的青年里，最终能够登上文坛、获得沈从文那样的成功的写作者只是极少数。文坛的“占地”与刊物的数量和版面终究有限，能够登上新文学运动的中心上海或文化城北京的顶尖刊物，从而在文坛中确立自己地位仍然是极为困难的。而文艺创作评价标准的主观性，更使得“爬文坛”（姚雪垠语）的路程愈发艰难。因此，20 世纪 30 年代前期，抵达北平试图以写作改变命运的文学青年“有的住两三年，有的住一年，投稿不顺利，干别的营生去了。也有人开始发表了两三篇稿子，但忍受不了那种没把握的清贫生活，赶快改行了”⑤。攀登文坛如此艰难，物质条件如此艰苦，姚雪垠的成功除了他自身的创作天赋之外，还得益于他极为坚韧的性格，在北平身染肺结核

---

① 浮生：《劝黎君》，《京报·副刊》1925 年第 291 期。

② 罗志田：《权势转移——近代中国的思想、社会与学术》，湖北人民出版社 1999 年版，第 300 页。

③ 唐小兵：《民国时期中小知识青年的聚集与左翼化——以二十世纪二三十年代的上海为中心》，《中共党史研究》2017 年第 11 期。

④ 姚雪垠：《姚雪垠文集》第 16 卷，人民文学出版社 2011 年版，第 16 页。

⑤ 姚雪垠：《姚雪垠文集》第 16 卷，人民文学出版社 2011 年版，第 17 页。

后，他居然在吐血后继续坚持写作。因此，姚雪垠在回忆这段“北平经验”的时候，认为“倘若我没有这种顽强劲，我将熬不过那段日子，一事无成”①。

另外，鉴于当时“文坛”的拥挤，倘若拥有文坛有力人士介绍与推荐，意图攀登“文峰”的青年是可以免去投稿过程中的诸多痛苦的，这就使得不少青年作者将“交际”放在相当重要的地位，以“交际”获得作家名号，又将作家名号用于其后的“交际”。姚雪垠曾经著文猛烈抨击这种“文圈关系学”：

> 从前人们拿文学敲宫廷士大夫的门，如今却拿来敲社会的门。在社会上争碗饭吃得有资格、有名望，真本领倒在其次。在公寓的亭子间从事文章生产的人，大半是没有大学商标的穷青年，倘不兜个作家头衔，恐怕连教学的机会也没有。为兜个作家头衔而从事文艺，并没有把文学当做终身事业，根本就想投机，滥产，千方百计想把原稿变成铅字。万一文章出去后左右碰壁，锋头出不来，便设法办刊物。但办刊物也须自己能够活动，且多少有点地位，才能够办得起来；没有这两条资格的，就只好于千艰万难中，自费印个集子出来，分赠亲友传观。而出集子时央名人题封面，写序文，央朋友写书评：都是必要的工作。有了集子，到外省外县便俨然是个作家，再加上朋友帮忙，找事做往往不成问题。至于拿杂志跟集子去骗女人，去升官发财的，近来已屡见不鲜；但笨一点的只能孤独的去教书糊口。②

在他看来，“伟大的收获，永远只给伟大的努力者，决不是投机取巧者所能获得”③，因此，他选择了一条“孤军奋战”的路线。据他自己回忆，自己在北平期间不仅未曾拜访京派“盟主”知堂老人，而且在曹聚仁的《芒种》中发表题为《鸟文人》的文章，讽刺其“或捕风捉影的‘谈龙’‘谈虎’，或听笼鸟学语，确是雅人雅事”④。就是对于自己颇为欣赏，且曾编发自己文字的沈从文，他在三年北平时光中也始终未去拜见，直到 1962 年，沈从文作为《李

① 姚雪垠：《姚雪垠文集》第 14 卷，人民文学出版社 2011 年版，第 204 页。
② 姚雪垠：《姚雪垠文集》第 14 卷，人民文学出版社 2011 年版，第 204 页。
③ 姚雪垠：《姚雪垠文集》第 14 卷，人民文学出版社 2011 年版，第 207 页。
④ 姚雪垠：《姚雪垠文集》第 19 卷，人民文学出版社 2011 年版，第 330 页。

自成》的“专家读者”，两人才第一次相见。有意思的是，这种“孤军作战”的姿态，是姚雪垠在晚年谈到自身经历非常乐于强调的一点，在与五战区老友陈纪滢的通信中，他表示：“丁玲生前常说我在北京是‘独立大队’，幽默而准确。”① 这种“独立大队”式的创作姿态，意在强调依靠自己的作品，而非个人能力之外的其他因素来完成自我意义的确认。考虑到姚雪垠的思想结构，这种姿态似乎不能纯然视为一种“五四”式的对个体意志的张扬，还要看到其中杂糅的对传统文人的“三不朽”传统的继承。另外，这种姿态的形成，与姚雪垠自己常提到的“狂妄骄傲”② 的性格特征、陈纪滢所说的耕读家庭带来的影响③，以及在从“文化边缘”走向“文化中心”过程中备受刺激所生成的强烈的自我证明欲望④都有相当的关系。而这些颇具“文人”或者“文化人”特征的精神取向，则构成了他在“革命”的精神底色之外的另一种性格/思想维度。

二、发掘“革命潜能”与坚持“国民批判”——姚雪垠30年代的文学实践

经过三年多的艰苦努力，姚雪垠“已经在北京、天津、上海的报纸和刊物上发表过一些短篇小说、散文、杂感之类的作品”⑤，奠定了“作家”的声名。阅读他在该时期陆续发表的《强儿》《小罗汉》《七月的夜》《碉堡风波》《援兵》等短篇小说，不难发现河南的乡土世界始终是作者的主要描写对象，而以启蒙视角对故乡进行刻画与批判则一直是其主要的书写模式。在《强儿》与《小罗汉》中，我们不难看出鲁迅小说对作者叙事笔调和表现主题的深刻影响。在他的笔下，无钱医治病儿的母亲，俨然是鲁迅小说《明天》中的单四嫂子：

> 伊一面哭，一面想，一面静听着病儿的呼吸，好容易度过了漫漫的长夜。在这长夜里，伊也曾希望过有一位神仙下凡，来打救伊的强儿，但一直到窗棂上泛着鱼腹色的曙光时，并没有伊所希望的救星降临。⑥

---

① 陈纪滢：《记姚雪垠（下）——“三十年代作家直接印象记”之十》，（台北）《传记文学》1982第14卷第4期。

② 陈纪滢：《记姚雪垠（上）——“三十年代作家直接印象记”之十》，（台北）《传记文学》1982第14卷第2期。

③ 许建辉：《姚雪垠传》，湖北人民出版社，2007年版，第360页。

④ 姚雪垠：《姚雪垠文集》第16卷，人民文学出版社2011年版，第13页。

⑤ 姚雪垠：《姚雪垠文集》第13卷，人民文学出版社2011年版，第13页。

⑥ 姚雪垠：《姚雪垠文集》第13卷，人民文学出版社2011年版，第48页。

而《小罗汉》则刻画了鲁迅小说中常见的怀着看客心态的“庸众”对血案的围观：

> 咦——咦——好。
>
> 队伍进了城，观众欣赏饱了也慢慢的散开去，只留下太阳灼热的晒着地，晒着两具破碎的死尸和一群狗。①

值得注意的是，作者在触及“我乡我土”时，除了怀着启蒙视角，借用虽然忧愤沉痛却也流畅自然的现实主义笔调，暴露陈腐旧秩序对身处其中的个体的摧残，引起社会疗救的注意之外。还特别关注闭塞沉闷的乡土世界内部地火般暗涌的革命潜能，并数次书写象征意味十足的农民自发的群体性抗争场景。例如，在《七月的夜》中，作者就借“红薯脚”的眼睛，生动地再现了乡村民众的革命暴动：

> 梦，轻飘飘的在红薯脚的心上跳舞着，她看见村里的穷邻居，那些时常被村长和李阎王欺侮的男女们！慢慢地聚拢来，草屋里站不下，大部分站在草屋外。这都是来看她。起初大家是默默的，流着泪，后来不知谁说些不平的，无法无天的话，群众骚动了，狂呼起来，像大河决了岸，海水起了潮。
>
> “我们报仇去！”她叫一声，别人也嗡的应一声，变成一道澎湃的巨流，向村长和李五阎王的宅子流了去。……②

很显然，作者的这种书写方向的偏好，除了与自身的少年时代的生活体验密切相关，在相当程度上，还受到唯物史观对历史发展规律阐释的影响。经历了唯物史观和马克思主义的洗礼，农民在姚雪垠的眼中与笔下，已经不仅是单纯的苦难“承受者”的形象，而是一种随时可能导致历史裂变的现实驱动力的化身。

---

① 姚雪垠：《姚雪垠文集》第13卷，人民文学出版社2011年版，第61页。

② 姚雪垠：《姚雪垠文集》第14卷，人民文学出版社2011年版，第219页。

除了短篇小说创作，作者在这一时段所创作的杂文和戏剧也颇具特色。在该时段创作的杂文中，除去抨击畸形的“文圈交际学”的《文学的别用》，以及批评“当今的文坛名流正跟出版界打成一片”[①]的《苍蝇主义》。作者在北平时期的相当数量的杂文，几乎都涉及当时被视为中国文坛的“南北战争”的“京海论争”。而在这一系列文章之中，对“京”“海”两派，尤其是对“京派”文学主张的强烈批判是其主要倾向。在《鸟文人》中，他对以周作人、林语堂等“京派”文人以及《语丝》《论语》等杂志所展露的“有闲阶级”的文学品味与生活趣味表示不满，认为这种脱离现实的“趣味主义”与“个人主义”较之商业气息浓厚的“海派”对青年更具迷惑性，更应该予以淘汰。而在《京派与魔道》一文中，他先对“京”“海”两派进行总体性批判，称“海派有江湖气，流氓气，娼妓气；京派则有遗老气，绅士气，古物商人气”[②]。随后抨击“京派”盟主“知堂老人”是“介于人鬼之间”的“怪物”；“京派新贵”废名的《莫须有先生传》“文字令人不懂”，“故事架空，撇开现实”[③]。质实而言，姚雪垠对于“京派”持续批判虽然与不满于他们对北平文坛的“垄断”不无关系，但是其根本原因，仍是基于他所持有的左翼立场和现实主义文学理念与“京派”提倡的“为艺术而艺术”“无用之用”等主张之间难以调和的内在矛盾。需要指出的是，这种同时阻击“京派”“海派”，且对“京派”持论更严的态度，自 20 年代末以来便是左翼文化人的共同态度。譬如钱杏邨就在《死去了的阿 Q 时代》中指出：“在几个老作家看来，中国文坛似乎仍然是他们的‘幽默’的势力，‘趣味’的势力，‘个人主义思潮’的势力，实际上，中心的力量早已暗暗的转移了方向。”[④] 而胡风在《南北文学及其他》《再论京派海派及其他》以及曹聚仁在《京派与海派》《续谈“海派”》等文章中，也都曾先后发出过类似的表述，并认定“应当英勇地扫荡了海派，也扫荡了京派，方能开辟新文艺的路来”[⑤]。

再看姚雪垠在该时段创作的戏剧文学作品。他在该时段的戏剧作品共有三

① 姚雪垠：《姚雪垠文集》第 14 卷，人民文学出版社 2011 年版，第 215 页。
② 姚雪垠：《姚雪垠文集》第 14 卷，人民文学出版社 2011 年版，第 217 页。
③ 钱杏邨：《死去了的阿 Q 时代》，《太阳月刊》1928 年第 3 期。
④ 曹聚仁：《京派与海派》，《现代出版界》1934 年第 22 期。
⑤ 钱杏邨：《死去了的阿 Q 时代》，《太阳月刊》1928 年第 3 期。

部，分别是《洛川之滨》《百姓》与《群绅》。较之充溢着浪漫主义气质的《洛川之滨》，刻画乡土人物群像的两部独幕剧《百姓》与《群绅》更值得关注。在《百姓》的《附记》中，作者明确地表达了对20世纪20年代革命文学论争中，声称“阿Q时代”已经“死去”，认定鲁迅“大部分的创作的时代是早已过去了，而且遥远了”[①] 的激进左翼作家的不满。因此，在剧本中试图呈现一群“意识都比阿Q更其朦胧，更其对社会看得模糊不清”[②] 的乡村人物，以再次提醒改造“国民性”之必要。姚雪垠在剧本《百姓》中，有意规避了左翼作家笔下常见的、农民得自“出身”的“先天进步性”，反而从“实情”出发，着力呈现他们的愚昧无知、自私自利的精神弱点：

李叔叔：二模糊才从省里回，对于打仗的事情应该知道一点。

二模糊：谁晓得，一点也没打听。李叔叔：听说前线上打得很紧吗？二模糊：谁晓得。

假斯文：“国家兴亡，匹夫有责。”你为什么一点也不打听？

二模糊：只管吃饱不饥，打听那干吗？假斯文：国亡了呢？

李叔叔：亡了也只该亡了。

假斯文：家亡了呢？

二模糊：亡了亡了罢。

李大婶：你媳妇被日本人抢走了呢？二模糊：抢走了……送给他。

假斯文：慷慨！

花老爹、李叔叔：大方！[③]

如果说充斥着抱怨“民国没有前清好”，认为“谁坐天下，我们就是谁的子民”的“愚民”的《百姓》，揭示的是乡土社会令人窒息的“底层结构”。那么《群绅》则刻画了乡土社会腐朽的“上层建筑”，民团团长和乡绅们沆瀣一气，不仅无视禁烟令，公然表决同意大量种植鸦片，还无端将前来告警的魏金声冤为土匪枪毙：

---

① 姚雪垠：《姚雪垠文集》第15卷，人民文学出版社2011年版，第155页。

② 姚雪垠：《姚雪垠文集》第15卷，人民文学出版社2011年版，第151—152页。

③ 姚雪垠：《姚雪垠文集》第15卷，人民文学出版社2011年版，第173页。

金声（冷笑）：我们早就明白，如今更加清楚了。

团长：你明白什么？

金声：明白团队只管催款讹诈，不管打土匪！还明白……

团长：（忍耐）还明白什么？

金声：还明白老百姓也应该觉悟了。

团长：（拳脚交下）混蛋！混蛋！土匪，共产党！（停打）来，把他绑起来！①

借助于魏金声在临刑前与民团团长的戏剧情节冲突，点出百姓“觉悟”之于乡土世界“重造”的特殊意义。作者又一次回归了自己在小说创作中经常展现的，对乡土世界农民群体心灵深处所蕴藏的“革命潜能”的关注。然而，需要指出的是，虽然作者暴露乡土中国的黑暗与不公的目的与许多左翼作家一样，都是为革命发生的必要性正名，但是从《百姓》的笔调又不难发现，姚雪垠并不像当时相当数量的左翼普罗小说家那样，仅仅美化农民得自阶级出身的“进步性”，却对该群体身上的诸多“国民性”问题视而不见。相反的，姚雪垠仍然坚持以启蒙视角对乡土世界进行呈现，他虽然同样将乡土世界根本性转变的期待寄托于农民，但是他所寄希望于“农民”的又并非普罗小说中习见的作为“阶级符号”的农民，而是在“被启蒙后”获得崭新世界观的农民。进一步说，当我们通览姚雪垠的创作生涯，会发现自 20 世纪 30 年代到 40 年代末，他其实一直是以“启蒙”与“革命”的双重视角来书写农民问题的，这使得他一方面深入发掘农民思想深处“革命性”的反抗质素，另一方面又不吝于暴露他们精神层面上的诸多“国民性”弱点。而这种展示“事实”优于阐释“概念”的书写态度，是由于姚雪垠是以自身切实的生活经验联结革命叙事②，是

① 瞿秋白：《革命的浪漫谛克》，《知识》1947 年第 3 卷 6 期。

② 温儒敏：《新文学现实主义的流变》，北京大学出版社 1988 年版，第 121 页。

倾向于接续以茅盾为代表的源于“五四”的“忠于现实，敢于正视和揭露现实”① 的现实主义创作传统②。

三、遭遇“《风雨》事件”——“名作家”的组织之困

1937年春末，姚雪垠携妻子返回北平，打算以稿费为生，写作一部长篇小说《五月的鲜花》。然而，这时“七七事变”爆发，北平成为前线，姚雪垠只能先送走妻子，自己从天津返回开封。姚雪垠本打算从开封前往延安，但是在与时任河南大学文学院院长的嵇文甫和王阑西会面后，决定“留在开封同他一起办一个刊物，鼓吹抗日救亡”③。据嵇文甫的次子嵇道之回忆，时值日军即将进攻河南之际，嵇文甫在开封文化界救亡协会时事座谈会上“提出了办宣传抗战的刊物问题。大家同意后，就决定刊物的名字为《风雨》周刊”④。《风雨》虽设编委四人，但是实际负责的是嵇文甫、王阑西与姚雪垠三位主编。三位主编各有分工：“嵇文甫负责组织文艺界、教育界人士的稿件，姚雪垠负责文艺界的稿件，王阑西则负责中共方面的稿件。”⑤ 作为抗日统一战线性质的刊物，该刊于1937年9月创刊后，不仅受到了河南各界读者的热烈欢迎，更风行全国，担任《风雨》前14期编辑的姚雪垠也为刊物约集了洪深、碧野、荒煤等多位名家的文稿。然而，在1937年11月后，《风雨》在最后的13期中，几乎突然从一个综合性的文艺刊物彻底转型为政治性刊物。而对于刊物的这次“遽变”，作为主编之一的姚雪垠并未有过多的表述。即使是他在其后回忆自己的抗战经历的时候，也刻意地略过了这次“变故”，直接追忆了自己在进入第五战区之前的行踪——“一九三八年春天，大概是三月中旬，我因为自己的工作问题到武汉住了一个多月，五月初，离开武汉。台儿庄胜利后，我曾用《风雨》周刊主编和全民通讯社特约记者的名义赴徐州采访，并且到了驻扎

---

① 值得指出的是，姚雪垠对于现实主义的认知主要来源于茅盾，而他现实主义创作的主要模板也是茅盾。这构成了姚雪垠与茅盾长期保持紧密互动的思想前提，从在《文艺阵地》上帮助姚雪垠发表《差半车麦秸》开始，到与晚年与姚雪垠探讨其长篇巨著《李自成》的写作，两人的文学“友谊”长达40余年。胡风对姚雪垠《春暖花开的时候》的抨击，实际上也与他与茅盾的竞争关系有着相当的内在关联。而茅盾晚年与姚雪垠的通信，也是我们了解“晚期茅盾”的重要切入点。

② 姚雪垠：《姚雪垠文集》第16卷，人民文学出版社2011年版，第21页。

③ 嵇道之：《回顾抗战初期嵇文甫与范文澜先生在河南的抗日活动》，《河南省国统区革命文化史料选编（一）》，河南省革命文化史料征编室1991年版，第256页。

④ 吴永平：《姚雪垠抗战时期小说研究》，中州古籍出版社2015年版，第117页。

⑤ 姚雪垠：《姚雪垠文集》第16卷，人民文学出版社2011年版，第22页。

在宿县境内的于学忠将军的军部。”① 然而，以姚雪垠的个性，使他完全对自己人生中的一段重要记忆避而不谈是难以做到的。他在1983年的6月和8月给计划写作《姚雪垠评传》的河南大学教师刘增杰的两封信件，为揭开“《风雨》事件”的“内幕”提供了线索：

有两件事拜托你：1. 请你将《风雨》创刊日期查查，告诉我。2.《风雨》某期有一篇文章，全是摘录八路军将领的抗战言论。《风雨》本是一个在国统区鼓吹抗日民族统一战线的刊物，忽然发表这样的文章，反映了当时某些同志们的极左思想和态度，这内幕对我以后受排斥，走曲折道路有密切关系。这个历史问题我从来不谈，社会上完全不知。请你将这篇文章替我复制一份，作为重要材料。②

关于你打算将来写评传事，我是重视的。有一些资料方面的空白，须要补充。例如《风雨》内部是有斗争的。我为照顾朋友关系，在《学习追求五十年》中一字未写。评传中要不要写？……诸如此类，还有一些我不愿谈的事，但作为对我的深入研究，似乎你应该知道。③

有了以上两条线索，再加上嵇道之提供的信息：“河南省政府及一些中学于十一月已南迁，开封的文化界人士基本都走了。《风雨》这个刊物便由王阑西一人主编，成为彻底的共产党刊物了。”④ 相关研究者最终揭开了《风雨》事件的“内幕”：

此时，文委书记王阑西提出要将《风雨》变为省委的公开的机关刊物，预备党员姚雪垠是无权提出质疑的。然而，他偏偏提出了异议。王阑西批评姚“右倾”，姚雪垠则指责王“左倾”，闹得不可开交。

1938年3月初，上级有关领导出席了《风雨》的编委会议，决定改

① 姚雪垠：《姚雪垠文集》第19卷，人民文学出版社2011年版，第222页。

② 姚雪垠：《姚雪垠文集》第19卷，人民文学出版社2011年版，第223页。

③ 嵇道之：《回顾抗战初期嵇文甫与范文澜先生在河南的抗日活动》，《河南省国统区革命文化史料选编（一）》，第257—258页。

④ 吴永平：《姚雪垠抗战时期小说研究》，第120—121页。

组编辑部。经过激烈的争论，作出了最后的决议：支持王阑西将《风雨》改为省委公开机关刊物；将姚雪垠调离编辑部，派往竹沟另行安排工作。

笔者梳理“《风雨》事件”的“内幕”发掘的经过，其志不在证实姚雪垠的“委屈”，进而为之“辩诬”，而在于通过探讨作为“名作家”的姚雪垠在组织内部所遭遇的“困境”对其心理结构进行揭示。姚雪垠虽然在与刘增杰的信中谈到自己为照顾朋友关系，始终未曾提及“《风雨》事件”，然而，却又在1986年、1987年将该事件的详细经过几乎不加涂抹地，添加进了自己的自传体小说《春暖花开的时候》之中：①

寄萍问道：“陶先生，有一个问题我很想知道，可以告诉我么?”

“什么问题”?

你在开封主编的《同舟》旬刊，去年秋天创刊后在中原读者很多，对宣传抗战救亡起了很大影响。为什么你不再编了，离开了那个刊物?

陶春冰明白吴寄萍对他说的这番话都是出于十分真挚的友情，使他的心中感到亲切和温暖，同时不由得想起来一个月前他在开封的一段痛心的经历。

他和同志所创办的救亡刊物，本来是一个抗日统一战线性质的刊物，可是后来在一部分同志的主张下，刊物愈办愈左，几乎成了地下共产党的宣传刊物，而且他的面貌愈来愈显著，有一时用大量篇幅辑录共产党中央领导人和八路军将领的抗日言论。在这样的编辑方针下，撰稿人的圈子大大缩小，原来统一战线性质的编辑委员们不再同刊物发生关系了，刊物的发行范围也很快缩小，各县的书店不敢代售。陶春冰是有自己见解的人，不轻易随波逐流，因此一些同志认为他思想右倾，又不十分听话，非把他排挤出刊物的主编位置不可。一天上午，有几位上级领导出席，开会研究

① 根据笔者对小说的初刊本（1940—1941）、初版本（1944）、再版本（86、87年修改）的细致对校，发现再版本中陶春冰与吴寄萍饮茶夜谈，控诉革命阵营内部的“左倾”思想危害的桥段在初刊本与初版本中从未出现，正是作者在1986、87年的“最后一次修改”中新加的，而陶春冰所代表的正是作者本人，并且作者在这段对话中以稍作改动的方式，还原了“《风雨》事件”的来龙去脉。这部小说的具体修改情况详见吕彦霖：《被“冷藏”的青年代表作及其改写——姚雪垠小说〈春暖花开的时候〉之版本考释》，《中国现代文学研究丛刊》2020年第7期。

刊物的编辑工作，突然宣布组织决定：陶春冰不再参加《同舟》旬刊的主编工作，派往某地去做某种工作。陶说他在城市中做文化工作比较适宜，请组织重新考虑。

一位参加《同舟》旬刊编委会的同志赞同他的请求，并且说："春冰同志的理论和文化修养较好，在读者中较有威望，在社会上较有影响，这都是事实。我们党也需要文化工作，需要培养一批作家、理论家和学者。我希望组织能考虑春冰同志的意见，让他留在城市继续做文化工作，发挥他的长处。"

一位有决定权力的上级同志马上说道："党只能考虑他应该无条件地服从组织决定，不能考虑他的较好的文化和理论修养，也不能考虑他在社会上较有影响。在苏联，布哈林有学问，影响很大，该枪毙还是枪毙！"

陶春冰突然明白，在《同舟》旬刊中有人决心将他排挤出去，经常对某几位上级领导说一些歪曲中伤他的话，使上级对他成见很深，已经没有他陈述意见的余地，尤其拿布哈林同他相比，不伦不类，毫无道理，而且说出枪毙布哈林的事例，意在压服，不许继续申诉。陶春冰一时无话可说，不禁失声痛哭。

在这次会上，陶春冰提出来三个小的要求都被组织答应了。第一个要求是允许到徐州前线看看，做点采访。第二个要求是让他到武汉看看，多了解一些抗战的整个局势。……陶春冰的三个要求都得到同意，于是他以《同舟》旬刊主编和全民抗战通讯社特约记者的名义到了徐州，又南去访问了于学忠将军驻守的淮北前线。①

从这段引文里不难发现，即使已经过了将近半个世纪，姚雪垠对于"《风雨》事件"仍难以释怀，在叙述中仍然对当年的处理结果流露出明显批判态度。在他看来，这次事件代表着"革命阵营"中的不健康倾向，因此，作为作者"代言人"的陶春冰每次想起来，都暗暗地心中难过，好似心灵上的创伤至今仍在流血。对于事件发生的缘由，姚雪垠的着眼点在于组织内部个体对权力的滥用，批评一些人将私心杂念以及争名利争权位的非无产阶级思想带进了革

① 姚雪垠：《姚雪垠文集》第11卷，人民文学出版社2011年版，第141—145页。

命事业。由此可见，颇具理想主义气质的姚雪垠认为“《风雨》事件”的发生是组织原则未能得到正确执行的结果，在理想的组织环境之中，陶春冰（姚雪垠）的悲剧是不可能发生的。

然而，倘若我们从政党组织的角度来看，就会发现作为革命团体一员的姚雪垠对于组织的理解实在是过于的理想化和主观化了。正如专事组织工作的陈云所言：“我们的党是一个战斗的党，我们在斗争中依靠的武器，唯一的就是纪律。”① 革命的意志要靠纪律来实现，政党的运作要靠纪律来维持，纪律（或者说程序）所代表的集体意志，在组织生活中是始终高于个人认知层面的“道德、是非”的存在。革命组织所真正需要的，是具有文化才能却必须服从集体意志，能够自觉让渡主体性，将自身融入组织的“有机知识分子”——“基本上是党员，文化工作只是党内分工”②。而从姚雪垠的表现来看，在当时的他似乎不仅仍然保留了文人意气，而且也没有彻底地完成个人主体性的让渡。对于革命组织“自我改造”的强制性要求，当时的他实际上是抵触甚至“抗拒”的。而他这种心态上的矛盾，正反映了相当一部分“文学青年”在转向“革命者”的途中所面临的艰巨精神考验——“他们不满于现实的黑暗，服膺于马克思主义对中国历史、现实的强大阐释能力及革命文化的道德感召力，将革命视为民族国家重造的唯一途径。与此同时，无法遵照组织原则收敛个性和让渡主体性，以使自我完全服从于组织集体意志的‘缺陷’”③，使得他们只能以“精神左翼”或者“革命同路人”的姿态参与革命运动。而这种在抗战胜利后写就的《自省小记》中被姚雪垠概括为“革命文化人”的矛盾心态，正是他理解其后的一系列革命运动的重要前提。而这种独特的“革命文化人”心态也深刻地影响了他在其后的漫长生命历程中的个人选择与历史命运。

（《汉语言文学研究》2022 年第 2 期）

① 陈云：《关于党的文艺工作者的两个倾向问题》，《文艺理论与批评》1995 年第 3 期。

② 陈云：《关于党的文艺工作者的两个倾向问题》，《文艺理论与批评》1995 年第 3 期。

③ 吕彦霖：《一个“革命文化人”的晚年姿态——以姚雪垠对小说〈春暖花开的时候〉的修改为中心》，《文艺理论与批评》2021 年第 6 期。

姚雪垠集外诗文略说

金传胜　刘文静[①]

由于目前尚无《姚雪垠年谱》问世，若要完整了解姚雪垠一生的撰述，只能借助已编就的著作年表（目录）。最早出现的姚雪垠著述年表是许祖良编的《姚雪垠著作目录》（一九七九年收入南京师范学院中文系编《中国当代文学研究资料·姚雪垠专集》）。一九八三年，俞汝捷发表《姚雪垠生平和著作简表》（后修订为《姚雪垠生平和著作系年（1910—1983）》，收入一九八五年《中国当代文学研究资料·姚雪垠研究专集》）。一九八四年，周勃、吴永平编写了《姚雪垠创作年表》。此后吴永平《姚雪垠创作年谱》（2010）和《姚雪垠作品年表》（收入二〇一七年《姚雪垠研究》一书）对姚雪垠的著译篇目进行了更为翔实、准确的考订，提供了姚雪垠研究的基础文献。笔者在查阅民国报刊的过程中，找到了以上年表遗漏、《姚雪垠文集》亦未收的几篇诗文，现介绍于此，以期对姚雪垠研究有微薄助益。

一

一九三四年六月十八日，天津《庸报》副刊《戏剧周刊》第九期刊有署姚雪痕的《由定县〈牛〉底上演谈到农民剧运》。《戏剧周刊》由张鸣琦编辑，创办于一九三四年四月二十三日，每周一发刊。主要发表戏剧理论、戏剧批评方面的文字，撰稿人有罗庚、刘念渠等。

本文落款“二十三年五月，写于开封”，可知是作者写完此文后寄至天津

① 金传胜（1988—），扬州大学文学院讲师；刘文静，扬州大学文学院研究生。

发表。五月二十八日该刊载有熊佛西的《关于〈牛〉的试演》[①] 一文，主要阐述了传统“隔岸观火”式的戏剧观念与表演程式在大众时代已经不适用，定县本次试演的《牛》就是打破这种传统，让台上台下打成一片，演员观众不再隔离。

姚文主要从中国农民辛苦劳作的生活现状出发，认为三幕以上的长剧并不适合在农村上演，主张将独幕剧或较短的两三幕剧介绍给农民们。农民剧运不是“以农村中的地主或流痞小贩为对象”，大部分的农民没有充裕的时间来欣赏舞台艺术。文章分析了两种土戏——“本头戏”与“抓戏”。其中后者“是以滑稽趣味为主的短剧”，较前者更容易受到农民的欢迎。辛苦耕作后的农夫通过观看这种戏剧来放松“疲倦的筋肉”，舒缓“郁闷的心情”。因为剧本带有滑稽色彩，农民们能够在哈哈大笑中完成情感的宣泄与精神的安慰。此外，独幕剧适合在农村演出，还在于它的排演布景省时省事。《牛》一剧的排演，在陈治策等人的指导下花费了一月有余。在目前的情势下，在农村，话剧很难在短时期内做到职业化。两幕以上的剧本排演起来费时费力，也不经济。作者还提议将简短的街头戏剧搬进农村里去，把太平车搭建成活动的舞台，在傍晚或晚饭后，到各村进行表演。虽然街头剧的艺术性不免浅薄，但是符合农民的趣味。文章总结道：“我们所从事的农民剧运，即是以训练农民自动去演戏，为主要工作的一部。”并申明本文主张只是当前的意见，将来各方面条件成熟，环境允许，农村自然也能排演长剧。

姚雪垠虽以小说创作享誉文坛，但他在戏剧领域也多有耕耘。据《姚雪垠创作年谱》，一九三二年，姚氏在楚旺中学教书，研究中国文学，阅读元曲。本年二月十日，他在《河南民国日报·民众花园》副刊发表《土戏中的滑稽趣味》，这是目前所知他最早的戏剧研究文章。后来他先后发表《元剧录》等论文。一九三三年三月十六日，《土戏中之滑稽趣味》刊于《河南民报·茉莉》周刊，从文末所注“二二，二，二二，删改旧作”可知，该文是《土戏中的滑稽趣味》的修改版。文章主要分析了土戏富于滑稽趣味的原因。因土戏的观众是普通民众，十之八九是终日劳碌文化程度不高的农民，知识阶级所激赏的含有高尚意义的戏剧，并不能为农民阶级所接受。农民大众看戏的最大目的是娱

① 本文初刊1934年5月27日《北平晨报·剧刊》第177期。

乐，如果土戏离开了滑稽趣味，便是忽略了农民观众的要求。随后，文章讨论了“本头戏”与“爪戏”两种土戏的特点。前者主要是农村妇女和不忙的人们去看，后者正是满足从田间忙碌归来的农人们，他们需要这种滑稽俏皮的“解乏剂”，从而得到身心的愉悦与快适。

不难看出，《由定县〈牛〉底上演谈到农民剧运》一文延续了《土戏中之滑稽趣味》的主要观点，肯定了土戏对于满足农民精神趣味与娱乐需求的合理性，尤其看重滑稽短剧（“抓戏”或曰“爪戏”）的价值。在立足于当时广大农民现实需要的基础上，姚雪垠对熊佛西在定县开展的农村演剧活动十分关注，并提出农民剧运在现阶段的主要工作，即通过搬演独幕剧街头短剧，让农民得到训练，从而自动去演戏。反观姚雪垠这一时期的创作，可以发现其话剧剧本正是以独幕剧为主，如《百姓》① 《寡妇及其儿子》等。在此基础上或可断言，早期的独幕剧不仅是姚雪垠初涉话剧体裁时的尝试性写作，同时也与其戏剧观念息息相关。

二

姚雪垠对古代神话有浓厚的兴趣，如一九三四年曾在《河南民报·平野》发表《羿射十日——中国神话研究之一》《天地开辟，毁灭及重建》等文章，对后羿射日、大禹治水、女娲造人等神话进行研究，其中已明确提出“盘古是南方某民族开辟天地的神话”② 的观点。一九三五年七月在《申报·自由谈》连续发表《中国产日月的女神》《嫦娥补考》。

一九三五年七月八日，上海《时事新报·青光》刊出署名姚雪垠的《话说盘古》。本文是姚雪垠看过六月三十日《时事新报·青光》上南父（原名汪普庆）的《神话与历史小品》一文后的商榷文章。在《神话与历史小品》中，作者首先回忆了幼时听大人们讲述的盘古以斧凿开天辟地的故事，继而提到《幼学琼林》中关于盘古的画像。他提出盘古神话“大概是住在中国这块土地上的

① 《姚雪垠创作年谱》说此作载5月28日《河南民报》副刊《艺术周刊》，有误，实际刊于5月4日《河南民报》副刊《茉莉》。

② 姚雪垠：《天地开辟，毁灭及重建（续完）》，《河南民报·平野》1934年9月9日。

人们已经进到农业社会的阶级[1]才产生的，在那时，当作开凿的工具的，除掉榧子凿子，不会再有更进步的东西了”。他赞美盘古神话是可爱的，可爱的地方在于朴实，更在于“它向我们暗示着劳动的伟大的意义”。最后作者还提倡写历史小品的人扩大题材的范围，多注意一些有意义的神话。

姚氏读过汪文后，对一些问题有自己的不同看法。限于篇幅，他主要论述了盘古并非农业社会的神话这一观点。他认为近代关于盘古开天辟地的故事以及《幼学琼林》中的盘古像，与原始的盘古神话已经存在差距。盘古的神话主要见于《三五历纪》《五运历年纪》与《述异记》，三处的记载虽然可能经过方士们的修改，但相对而言最接近盘古神话的原始面貌。他引用《述异记》中的相关记述，认为盘古最初可能是苗族的神话，秦汉间自吴楚传入北方，变成汉族的神话。夏曾佑在《中国历史教科书》中疑盘古就是盘瓠，不无道理。随后又引用《五运历年纪》关于盘古形象的一段记载，指出它虽已经过修改，但看不到一手执斧，一手执凿的描述，说明盘古比斧凿的发明还要古远。

七月十二日、十三日，《青光》登载南父的《关于盘古——答姚雪垠君》，是对姚文的回复。作者认为姚雪垠“盘古既是开天辟地的神，且苗族的嫌疑很重，自然无所谓农业社会”的见解有点武断，同时承认自己文章的结论也并非一定正确。他表示：“我们之间的这段笔墨因缘，似乎是各人对这神话的态度不同引起来的。”即作者是取文学的看法，姚氏“却是以考证的态度来处理的”。

七月十六日《青光》刊登姚雪垠的《文丐》一文。作者把文人分为三种类型：正正经经从事文学创作的“文工”，也就是作家；自己不大写文章而把别人文章收来卖给读者的“文商”，即文学编辑；第三种是“文丐”。文坛上的“文丐”又可分为三类：卖诗的、打莲花落的和打秋风的。文章刻画了三类文丐的形象特征，并予以犀利的讽刺，最后希望文坛多出现新的“文工”和几个优秀的、有良心的“文商”。一九三三年秋至一九三五年，由沈从文最先挑起的“京派与海派之争”成为文坛的热议话题。姚雪垠也卷入其中，先后发表《鸟文人》《京派与魔道》等文对“京派盟主”周作人进行批评。《文丐》虽然不是直接参与“京派与海派之争”的文章，但同样表达了对于文坛不良风气的

---

① 据南父《关于盘古——答姚雪垠君》一文叙述，“级”系“段”之误。

批判和对文学发展的思考。

七月二十八日，《时事新报·青光》登载姚雪垠的《再谈盘古》。原来作者因吐了几天血没有看报，刚从医院出来便读到了南父的《关于盘古——答姚雪垠君》。作者不同意南父关于神话是民族意识的反映的看法，而主张神话反映的是社会意识。文章再次重申之前的观点，强调“盘古故事不是农业社会的产物”。至此，南父、姚雪垠关于盘古神话的讨论画上了句号。

三

一九三七年六月二十五日，上海《国民》周刊第一卷第八期登有姚雪垠的《一种新写作方法的试验报告》。据《姚雪垠创作年谱》，姚氏在一九三七年春末携妻子由邓县到北平，直至抗战爆发后返回开封。据文中“并且在这半月来旅途中所得到的悲剧素材，我也要到北平后一篇一篇的都用这样的手法写出来”的口吻看来，本文大约写于作者奔赴北平的途中。该刊编辑是谢六逸。此前，姚雪垠已给谢氏主持的《立报·言林》撰写过《读史随笔》《酒》两篇散文。

姚雪垠在一九三六年《光明》杂志上先后发表小说《碉堡风波》《M站》。两部作品的副标题分别为“乡村国难曲”“乡村国难曲之二”，题材与手法上相近，运用了报告体的形式。它们发表后，受到了左翼文艺评论家的关注与好评。周立波在一九三六年十二月二十五日《光明》第二卷第二号岁暮特大号发表《一九三六年的小说创作——丰饶的一年间》，对一九三六年的小说进行了一次回顾性的评述。他多次提到姚雪垠及其小说《碉堡风波》，肯定了该作“是国防前线的乡村剥削者们趁火打劫的情景的反映”，在艺术手法上“企图独创新的风格”①。黑丁在《读〈M站〉》中认为：《M站》使用了“新的手法”，“是一篇好的作品”。“作者用着书信式的手法，来表现这一个大的事件，我感觉到这是最聪明而合适不过的，这不但能加强了作品的活泼性，并且更为表达畅快，易于激发。”②

---

① 周立波：《一九三六年的小说创作——丰饶的一年间》，《光明》1936年第2卷第2号。

② 黑丁：《读〈M站〉》，《国民》1937年第1卷第1期。

受黑丁、周立波评论文章的触动，姚雪垠觉得自己“似乎应该坦白的照实供出”，对两部小说的写作方法进行总结，因而写下了这篇《一种新写作方法的试验报告》，“也许可以作为理论家和读者的小小参考”。他把自己的新手法归纳为“介乎严正的创作与报告（re-portage）之间的一种写作方法”，认为它“可以自由的，畅快的，不十分吃力的表达一种悲剧故事，尤其这个故事是复杂的，包含着许多不容易放进一个死板的形式中的断片场面”。如果一个作家生活忙碌，或是想迅速地描述一件动人的事情，比较适合运用此方法。文章最后提到旧时代的许多作品具有一个共同的特色，即“宁愿露出作者面孔，多加说明，牺牲了艺术的完整”①，这种方法容易为普通大众接受、欣赏，在表现形式上暗合了左翼文化界文艺通俗化、大众化的倡议。作者表示将继续使用“介乎新写实主义与报告文学之间”的创作方法，在书信体之外，尝试其他更多的形式。

四

一九四〇年一月十五日，桂林《笔部队》第一卷创刊特大号“作家消息”栏目中载有巴金、靳以、雪垠（即姚雪垠）、铁弦、克家四人写给编者孙陵的书信。姚雪垠、臧克家、孙陵、田涛等人曾是中华全国文艺界抗敌协会（简称“文协”）鄂北分会（亦称襄樊分会）的主要领导人。为响应总会“到战地去”的号召，鄂北分会曾与战区政治部共同组织“笔部队”，于一九三九年先后发起三次“笔征”活动，即发动作家深入前线进行宣传、慰问与采访。孙陵曾与姚雪垠、臧克家参加过四五月间的第一次笔征。一九三九年七月，孙陵随战区政治部主任韦永成赴桂林筹备前线出版社，不仅发行《笔部队》杂志，还出版了姚雪垠、臧克家等作家的抗战作品。同年十月，姚雪垠的报告文学集《四月交响曲》即由前线出版社出版。

根据发信地址，孙陵将姚雪垠的来函题作《寄自南阳》，内容如下：

① 姚雪垠：《一种新写作方法的试验报告》，《国民》1937 年第 1 卷第 8 期。

陵兄：

从河口到南阳，费时半月，秋雨连朝，令人苦闷异常，今日天晴，明日或可由此动身了。

沿准因时时耽搁，继续写长篇，颇感满意，盖不能突破水准，决不轻易问世也。

你还是接眷属来战区吧。

祝好

八，一三。于南阳

从时间上看，此函应写于一九三九年八月十三日，此时姚雪垠已从河口抵达南阳。其中“沿准”疑为“沿淮”之误。信中文字不长，却涉及三桩事情。第一，姚雪垠告知孙陵自己的近况，明日若天气晴好，可能动身启程。第二，姚氏告知孙陵自己在继续创作长篇，并对作品有较高的自我期待。第三，姚雪垠建议孙陵接家属来战区。《姚雪垠创作年谱》显示，一九三九年秋，姚雪垠在老河口写作长篇小说《春暖花开的时候》，冬季，去前线枣阳等地采访。姚雪垠在《大别山中的文艺孤军》一文中说文协鄂北分会组织的笔部队于一九三九年八月下旬到皖北阜阳采访。因此，上函中提到“明日或可由此动身”的目的地大概就是皖北一带，“长篇”应为《春暖花开的时候》，小说一九四〇年一月起连载于重庆《读书月报》，但未终稿。姚雪垠曾在《我在五战区的一段经历》中这样写道：“我在襄阳有两部重要作品，一部是《牛全德与红萝卜》，在老河口写的；另一部是《春暖花开的时候》，构思于襄樊，写于老河口，一九四三年出过单行本，写作时很艰苦，我跑到郊外，坐在地上，趴在小板凳上写稿，日军的飞机经常轰炸、扫射，我写一段，就寄给胡绳在重庆编的《读书》日报社，陆续发表。”① 这段回忆有两处不太准确。第一，“《读书》日报社”应指《读书月报》。第二，小说单行本并非出版于一九四三年，而是一九四四年由重庆现代出版社分三册出版。作者自认为这是“一部未完成的作品”，对其并不满意，曾在该书第三分册《致读者》中坦言其缺点：“且排且就，病在

① 姚雪垠：《我在五战区的一段经历》，中国人民政治协商会议湖北省委员会文史资料委员会编：《湖北文史资料》第13辑，湖北人民出版社1985年版，第6页。

急就。”

同期铁弦给孙陵的《寄自河口》中提到姚雪垠与臧克家：“雪垠克家已去安徽，听说雪垠中途把钱丢了一些，也是不幸。”此信开篇言道：“前天听雪郁说，你已经平安抵桂并开始筹划出版事宜，慰甚。”① 如前所述，孙陵抵达桂林的时间应在一九三九年下半年，所以信末的落款“四，廿”疑似有误，准确时间尚待考证。

五

一九四〇年二月十一日，老河口《阵中日报·笔部队》开拔号（即创刊号）上的《笔部队在前线》一文中抄录了姚雪垠致白克的一封短简。若不仔细批读，此函很容易忽略，兹将其文字略加整理如下：

白克兄：

弟来鄂中已半月，因每到一团即召集官兵开战斗生活座谈会以进行搜集材料工作，所以一师一师工作起来，真费时间也。此次来鄂中，所获材料，既特别丰富，亦深刻切实，生动有趣，只是没有工夫整理耳。韦主任曾决定叫弟将来去后方，故此次抓住工作机会，即作得像样一点，免得住在后方没有东西写。预计这次在前方费时约两月以上，单只募集材料，不加整理，恐亦在十万字左右。

弟雪垠元月二十一日

白克，字明新，福建厦门人。抗战爆发后到第五战区从事抗战文化宣传工作。据落款时间，本函应写于一九四〇年一月二十一日，此时姚雪垠来鄂中已半个月。他在前线的主要工作是搜集材料，了解官兵们的战斗生活。信中的“韦主任”应指国民党第五战区政治部主任韦永成。关于此函，笔者注意到吴永平在《五战区“笔部队”的三次“笔征”》一文中曾部分引用：“姚雪垠在给白克的信中写道：‘每至一团即分营召集官兵开生活座谈会以进行搜集材料

① 铁弦：《寄自河口》，《笔部队》1940 年第 1 期。

工作，所以一师一师工作起来，真费时间也。此次来鄂中，所获材料，既特别丰富，亦深刻切实，生动有趣，只是没有工夫整理耳……’”可能依据的正是《阵中日报》，但文字上略有出入。据吴文所述，这是五战区“笔部队”的第三次“笔征”，姚雪垠、安娥等由京钟路转汉宜路，耗时三个多月。在这次远征中，姚雪垠酝酿成熟了反映抗战的著名小说《牛全德与红萝卜》[①]。一九四〇年发表的这两封“战地书简”记录了姚雪垠从事抗战文化宣传工作的历史足迹，同时也是他与友人孙陵、白克等真挚友情的见证。

六

一九四四年十一月二十六日，重庆《大公报·文艺》第五十四号刊登了姚雪垠的一首新诗《雾中怀北方》。该刊一九四三年十一月七日，每周日在重庆、桂林两版《大公报》同时出版。诗末注“一九四四年十一月脱稿，处女作”，但严格意义上来说，它并非姚雪垠新诗的“处女作”。早在初登文坛的一九二九年，姚雪垠就已有新诗作品发表。已知的第一首自由体诗《秋季的郊原》刊于一九二九年十月三十一日《河南民报》副刊第八十一期，署“雪痕”。此后陆续有《寄》《迷惘之曲》《一封旧信》《登禹山》《最后的一面》《埋怨》《无题》等新诗发表。这些诗作大多已收入人民文学出版社二〇一〇年出版的《姚雪垠文集》“第十五卷”中。一九三五年至一九四四年间，姚雪垠确实没有将主要精力放在诗歌创作上，而是对小说、散文用力较多，此后的新诗作品并不多见。因此，《雾中怀北方》的发现对于新诗创作数量甚少的姚雪垠来说，显得十分珍贵。

这首诗运用对比的手法，描写了一个整日被浓雾笼罩，没有新鲜自由空气的重庆城，表达了作者对北方家乡的向往。那些被祖国抛弃在远方的同胞们往往将重庆想象成“自由中国的心脏和首都”，一切都是美好的景象，但现实是“这儿没有彩虹也没有梦”。随后诗歌选取具有代表性的景物，刻画了北方的四季，反复强调“北方的四季是多么分明，哪像这儿的天气是笔糊涂账”。作者

---

① 吴永平：《五战区“笔部队”的三次“笔征”》，中国人民政治协商会议湖北省委员会文史资料委员会编：《湖北文史资料1995年第1辑》，《湖北文史资料》发行部1995年版，第177页。

并不讳言北方“连年经历着灾荒”，但对北方人们的坚韧与顽强同样给予肯定，并且直抒胸臆地表露自己怀念故乡的感情：“我是北方平原上长大的孩子，我是他们中间长大的孩子，我怎么能不怀念他们？我怎么能不怀念故乡？我怎么能够不怀念北方？”在作者的笔下，“重庆—北方”不仅只是两种地域与气候的差异，还象征了两种不同的文化环境与政治氛围，从而透过两种迥然有异的情感指向，展现出作者对于自由与光明的憧憬。

值得一说的是，一九四五年二月出版的重庆《诗文学》（邱晓崧、魏荒弩主编）第一辑在“作家近况”中对姚雪垠作了如下介绍：“在目前诗坛上，正感到十分萧条和沉闷的时候，专门写小说的姚雪垠，会关心而且热爱起诗来，倒是一件使人高兴的事情。他对于目前诗歌的诸问题，抱有很多的意见，正拟有计划的写出《诗论》若干篇，将在本刊陆续发表。他近来诗兴勃发，曾写出处女作诗《雾中怀北方》一首，已刊于《大公报》最近一期之《文艺》上面。”可见，姚雪垠的新诗作品获得了重庆诗坛的一定关注，并且他当时还有为《诗文学》写若干篇《诗论》的计划。只是《诗文学》不久停刊，姚氏的《诗论》未见刊载。一九四四年六月，姚雪垠曾将自己写给臧克家的一封长函以“现代田园诗”为题发表于桂林《当代文艺》。本文对臧克家的诗集《泥土的歌》进行评价，虽然谦虚地表示“这封信严格说来也不能算是批评”，“我自己不写诗，对于诗的理论也是外行”，① 实际上可以看作一篇以书信形式写成的“诗论”。

七

一九四七年三月十九日，李劼人主编的成都《四川时报·华阳国志》副刊第六十一期刊有姚雪垠的《读〈天堂春梦〉》一文。《天堂春梦》是徐昌霖的电影小说，初以“蜃楼绮梦”为题在一九四六年七月五日至八月九日连载于《中华时报·华国》。一九四七年一月由上海桐叶书屋出版单行本。同年由导演汤晓丹改编成同名电影，蓝马等人主演，三月十二日起在上海皇后、光华两影院公映。不久后，姚雪垠也涉足电影领域，为中央电影企业股份有限公司（简

① 姚雪垠：《现代田园诗》，《当代文艺》1944 年第 1 卷第 5、6 期合刊。

称“中电”）创作了电影剧本《万里哀鸿》。

徐昌霖曾在《刘以鬯和几个上海朋友》中简要回忆过自己与姚雪垠的相识与交往：“但半年还不到，刘以鬯忽然对我说他不吃报馆饭了，因为他和他哥哥刘同缜分得祖产中有一幢坐落在忆定盘路（今江苏路）的花园洋房。他想一方面从事专业写作，一方面自办出版社。他约我写稿，并希望我介绍一些大后方的作家的稿子，正巧姚雪垠从重庆初到上海，人生地不熟。他想把他的《差半车麦稭》《牛全德与红萝卜》和《春暖花开的时候》三本书在上海重印，我就商得姚雪垠的同意，郑重向刘以鬯介绍。以鬯读了之后非常高兴，立即与姚雪垠订了合同，并热情地邀姚雪垠搬到出版社住，以便继续写新作。那时姚雪垠正苦于在上海没有钱顶一间亭子间，便欣然同意。”① 刘以鬯本人在《关于〈雪垠创作集〉》中也有类似的说法。可见，姚雪垠正是在徐昌霖的引见下与刘以鬯结识，从而得以在上海站稳脚跟，借住于怀正文化社，并在刘的支持与帮助下出版了《雪垠创作集》四种。

《读〈天堂春梦〉》主要通过“采取两种生活的对照描写”来分析它的写作手法与思想主旨，认为作品中描绘的景象“是大上海的缩影，也是茫茫中国的缩影”。姚雪垠撰写此文，是对好友的这部电影小说表示赞赏，同时也有为即将上映的影片作宣传的意味。据“这部电影小说已经拍成片子，快要在银幕上与观众见面”，文章应写于三月十二日前。姚雪垠当时身在上海，为什么会在成都发表影评呢？考虑到抗战期间姚雪垠曾居蜀，与成都文艺界交往颇多，不排除一九四七年姚氏与李劼人继续有联系，但《华阳国志》从其他报刊中转载此文的可能性亦较大。

结　语

长期以来，学界关于姚雪垠的研究成果主要集中于长篇小说《李自成》，其一九四九年之前的文学创作尚未得到充分的关注与讨论。以上集外诗文的发现，展示了民国时期姚雪垠在不同文体领域的艰辛探索，反映了其对戏剧、新诗、电影等多方面的兴趣。它们不仅可以为编纂出版《姚雪垠全集》提供可靠

---

① 徐昌霖：《刘以鬯和几个上海朋友》，《上海滩》1991 年第 7 期。

底本，而且有益于学界深化对姚雪垠文学创作、人生道路与文坛交游的认识与研究。

（《人文》2022年第7期）

姚雪垠与大夏大学（1949—1951）

江明明[①]

著名作家姚雪垠曾于1949年8月至1951年8月在大夏大学任教。这一段时间，既是姚雪垠最后一段大学正式任教生涯，也是院系调整前的大夏大学的最后一段历史。此后姚雪垠下定决心全身心投入文学创作，大夏大学则与其他大学合并成为华东师范大学。姚雪垠在大夏大学期间先后担任文学院教授、代理院长、副教务长、社会教育系主任等职务，切实参与大夏大学的教学行政工作。遗憾的是，目前学界对此并无专题研究，不论是姚雪垠自己的回忆，还是他人为姚雪垠所作传记，对姚雪垠在大夏的这段生活，叙述重点皆是突出他于此时下决心告别教学生涯，专心文学创作的心路历程，而于姚雪垠在大夏大学的具体史实则一笔带过。[②] 笔者拟通过检阅史料，描绘出姚雪垠在大夏大学任教的时代背景和具体经过。

一、姚雪垠何以进入大夏大学？

抗战胜利后，姚雪垠于1947年1月抵达上海，1949年8月进入大夏大学担任兼职教授。1947年姚雪垠来到上海后，认识了“怀正文化社”的老板刘以鬯。刘氏对姚雪垠的文才和作品极为佩服，拟为其出版《雪垠创作集》。此后的一年多时间姚雪垠一直住在怀正文化社，为出版《雪垠创作集》工作。“怀正文化社”一名中的“怀正”二字，原是刘以鬯兄弟为纪念其父而命名的。但由于当时姚雪垠已经与“胡风派”结怨，“胡风派”的阿垅便发表文章暗示

---

① 江明明（1992—），安徽大学历史学院讲师，师资博士后。

② 姚雪垠：《姚雪垠回忆录》，中国工人出版社2010年版，第56、115、117页；杨建业：《姚雪垠传》，北岳文艺出版社1990年版，第118—125页。许建辉：《姚雪垠传》，湖北人民出版社2007年版，第131—135页。

"怀正"乃是怀念蒋中正（即蒋介石），姚雪垠住在这种地方进行创作，身份可疑。[①] 再加上此前就有姚雪垠是国民党特务的流言，他的处境一下子尴尬起来。[②]

很快怀正文化社因经济困难而陷入停顿，姚雪垠只能离开，于1948年迁居浦东。[③] 经人介绍，姚雪垠进入位于浦东高行镇的市立农业职业学校任教。而正是在高行农校任教期间，姚雪垠因急于洗刷所谓国民党特务的流言，证明自己的革命与进步，遂热切参加了张松和、石小平等人领导的地下活动，积极为接收上海做暗中准备工作。但等到上海解放，姚雪垠才得知他参加的这个地下组织乃是革命青年的自发行动，并未真正受到中共上级组织领导。尽管事后党组织进行审查时判定他们的地下活动是革命行为，承认姚雪垠的工作"是有成绩的，应予肯定"。但由于他们在地下活动时滥用党的名义，再加上姚雪垠的特务流言，一时之间难以审查清楚，因此他的相关问题被暂时"挂起来"。也正是因为这个"挂起来"，使得相关党组织一时间无法为姚雪垠安排合适的工作。姚雪垠一方面通过夏衍向党组织请求安排工作，一方面也自己努力寻找工作。[④] 正是在这种背景下，出现了进入大夏大学的契机。

刘以鬯抗战时期曾在重庆办过一份《幸福》杂志，作家沈寂复员后在上海也创办了一份《幸福》杂志。二人因为杂志重名差点打官司，却也因此结交为好友。沈寂去怀正文化社拜访刘以鬯时，结识了正住在此处的姚雪垠。[⑤] 后来姚雪垠便和沈寂等人一起创办《报告》周刊，作者中就有大夏大学的教授吴泽。[⑥] 不仅如此，在沈寂和刘以鬯负责的《春秋》杂志上，姚雪垠和吴泽也曾在同一期发表文章。[⑦] 正是因为和沈寂、刘以鬯的关系，姚雪垠得以认识在大

---

① 阿垅：《从"飞碟"说到姚雪垠底歇斯的里》，《泥土》第4辑，第19页；《姚雪垠（自传）》，《中国现代作家传略（第4辑）》，徐州师范学院《中国现代作家传略》编辑组编，四川人民出版社1981年版，第195页。

② 吴亮平：《是非任人评说——胡风猛批姚雪垠的前因后果》，《雪垠世界》，陈浩增编，中国青年出版社2001年版，第204—213页。

③ 《姚雪垠迁居浦东》，《益世报》1948年2月25日，第3版。

④ 许建辉：《姚雪垠与"上海密工站"》，《档案春秋》2011年第9期。

⑤ 沈寂口述，葛坤元撰稿：《沈寂口述历史》，上海书店出版社2015年版，第89页。

⑥ 沈寂口述，葛坤元撰稿：《沈寂口述历史》，上海书店出版社2015年版，第92页。

⑦ 姚雪垠《明代特务重心的移转》和吴泽《李卓吾的文学思想》都发表在1949年3月25日出版的《春秋》第6卷第4期。

夏大学任教的吴泽。

吴泽是中共地下党员，于 1945 年 8 月入职尚在贵州赤水的大夏大学。由于吴泽与大夏校长欧元怀私谊较好，在上海解放前夕，中共方面派其对欧元怀进行统战工作。正是在吴泽的劝说下，欧元怀没有选择赴台，而是和全校师生一起留下来迎接“解放”。① 也正因如此，在大夏大学解放后，吴泽和欧元怀一起作为学校代表出席军管会高教处谈话会。② 由于吴泽的党员身份和组织关系，他成为解放后大夏大学的主要负责人。吴泽于 1949 年 9 月开始担任文学院院长和史社系主任，1949 年冬担任教务长。③

吴泽积极计划开展院务工作，其中最为关键的就是师资聘请，为此“经过了多方面的慎重物色”。而与吴泽相识的姚雪垠此时也正因“历史问题”而在自己找工作，进入私立大学工作对其自然也是较好选择。笔者认为，应是通过吴泽的关系，姚雪垠于 1949 年 8 月进入大夏大学，成为文学院的兼任教授。在吴泽的多方物色下，进入大夏大学文学院的除姚雪垠外，还有李平心、许杰、董秋斯、董每裁、冯契等，都是知名的左派知识人。④ 这表明在新政权成立后，以吴泽为代表的大夏校方，注重聘请进步学人。而姚雪垠能名列其中一起受聘，也反过来说明尽管姚雪垠的问题悬而未决，但其实已经被认为并无大的问题，在政治定位中依然是“进步作家”。

为何姚雪垠最开始只是兼任教授呢？正如上文所言，由于“政治包袱”，姚雪垠是一边在等党组织安排工作，一边也在自己寻找工作，双管齐下。不料，这边通过吴泽寻求大夏大学教职正有头绪之时，另外一边，在夏衍的帮助下，他被党组织通过上海市总工会派驻到申新一厂工作。⑤ 如此一来，在入职

---

① 高振元：《私立大夏大学与近代中国政治（1924—1951）》，华东师范大学硕士学位论文，2017 年，第 99 页。

② 《大夏大学疏散复员大事记血泪的追忆英勇的应付》，《前大夏大学毕业学生给欧元怀的文件等》，华东师范大学档案馆藏，大夏大学档案，档号：81-3-465。

③ 《临时校务委员会第六次会议记录》，《私立大夏大学校务委员会、校务委员会常务委员会会议记录及有关指示文件》，华东师范大学档案馆藏，大夏大学档案，档号：81-3-31；吴永平、姚海天：《关于姚雪垠解放初在上海的档案资料》，《新文学史料》2010 年第 3 期，第 51 页。

④ 《文学院教授新的阵容一斑》，《大夏周报》第 26 卷第 1 期，1949 年 11 月 6 日，第 6 页。

⑤ 许建辉：《姚雪垠与“上海密工站”》，《档案春秋》2011 年第 9 期，第 10 页。

大夏大学之时，他已经在申新一厂有了正式工作，因此在大夏只能是兼职。①巧合的是，此时大夏大学的学生也正在申新一厂举办工人夜校。② 笔者由此推想，姚雪垠在申新一厂工作期间，很有可能和大夏的学生有过接触，并通过学生将其处境反馈给大夏校方，并由此获聘进入大夏。这一推想虽无实据，但却有先例。著名儿童教育家沈百英只有中师学历，但大夏学生在参观其担任校长的小学后，对其治学与治教都十分钦佩。欧元怀校长得知后就亲往听课，最终不拘学历聘沈百英为大夏教授。③ 当然，姚雪垠要想成为文学院的兼任教授，获聘与否，都需要经过吴泽的同意，这也可能是姚雪垠结识吴泽的另一条途径。

其实早在 1947 年 5 月，姚雪垠就曾与大夏大学有过接触。当时姚雪垠受大夏学生邀请前往演讲，题目为“一个小说家所应具备的条件”。《大夏周报》对姚雪垠的此次演讲有所报道。

二、姚雪垠在大夏大学

姚雪垠进入大夏大学以后，承担的第一个任务就是为文学院的文史研究室主持筹备出版文史月刊。大夏大学文学院在战前即设有史地社会学研究室，抗战时期更名为文史研究室。抗战复员以后，虽然牌子还挂着，但因为“备受战事影响的破坏”，基本上处于名存实亡的状态。吴泽出任文学院院长后即与欧元怀校长积极谋划将其“复兴”。并“敦请”姚雪垠等人主持筹备文史月刊。④限于史料，目前难以确知该文史月刊是否出版。但从 1950 年姚雪垠的渑池之行，不难看出其对大夏文史研究室工作的热心。

1950 年秋，姚雪垠赴河南渑池考察，在为文学创作寻找新素材的同时，他还前往仰韶村，费心搜集到不少文物。他搜集这些文物是为了带回大夏，送

① 《姚雪垠（自传）》，徐州师范学院《中国现代作家传略》编辑组编：《中国现代作家传略》第 4 辑，四川人民出版社 1981 年版，第 196 页。

② 《深人群众服务工农民众教育委员会报道》，《大夏周报》第 26 卷第 1 期，1949 年 11 月 6 日，第 7 页。

③ 周子东、黄协安：《回顾大夏的教育学院》，张德龙主编：《大夏大夏建校七十周年》，上海大夏大学校友会 1994 年版，第 77 页。

④ 《文史研究室将以崭新姿态复活继续保持传统光荣》，《大夏周报》第 26 卷第 1 期，1949 年 11 月 6 日，第 6 页。

给吴泽，放到玻璃橱窗中展览。① 吴泽曾于 1947 年在大夏文学院历史社会研究部主办的《历史社会季刊》创刊号上发表过研究仰韶文化的学术论文。② 姚雪垠前往仰韶为吴泽和大夏搜集文物，不仅说明他对吴泽十分了解，另一方面也说明姚雪垠在受命主持筹备文史月刊后，认真研读了此前创办的刊物。

姚雪垠“一边下工厂，一边在私立大夏大学教书”的情形持续了半年，1950 年春即离开申新一厂，专门在大夏教书。③ 但由于此前 1949 年兼任教授的聘书要到 1950 年 7 月底才到期，因此直到 1950 年 8 月，姚雪垠才正式成为大夏大学的专任教授。④ 姚雪垠在大夏大学担任的课程主要有“中国现代文艺思潮”“西洋现代文艺思潮”“文艺习作”“文艺学”“小说创作原理”等。⑤ 这些都是他一直在关注和思考的内容，积累了多年经验。据学生回忆：

> 姚雪垠老师开设多门课程。他上文学写作课时，除介绍名著外，还常讲述一些有意义而又有趣的故事，让同学自由想象，补充加工，写成小说。这虽比不上深入生活进行写作，但在当时条件下，不失为练习写作的一种好方法。他还把同学写得好的习作向大家介绍，鼓舞大家写作兴趣。⑥

1950 年 10 月吴泽因病请假，由姚雪垠兼代大夏大学文学院院长职务。⑦

---

① 寒冰：《忆姚雪垠先生在渑池》，中国人民政治协商会议河南省渑池县委员会、学习文史资料委员会编印：《渑池揽胜》（《渑池文史资料》第 4 辑），无出版单位，2001 年版，第 124—125 页。必须说明的是，本文作者在回忆中，将姚雪垠当时的工作单位“大夏”错记成“复旦”，也错记吴泽为复旦校长。此时吴泽应该是大夏大学教务长，文学院院长。

② 吴泽：《龙山小屯仰韶文化与夏殷民族渊源考：殷代史之一节》，《历史社会季刊》创刊号，1947 年 3 月 1 日，第 11—24 页。

③ 《姚雪垠（自传）》，徐州师范学院《中国现代作家传略》编辑组编：《中国现代作家传略》第 4 辑，第 196 页；姚雪垠：《姚雪垠回忆录》，中国工人出版社 2010 年版，第 56 页。

④ 大夏大学 1949 年、1950 年给姚雪垠的两份聘书，可见吴永平、姚海天：《关于姚雪垠解放初在上海的档案资料》，第 50 页。

⑤ 吴永平、姚海天：《关于姚雪垠解放初在上海的档案资料》，第 50 页；《大夏大学一九五〇年度第一学期教员名册》，汤涛主编：《欧元怀校长与大夏大学》，上海书店出版社，2017 年，第 424 页；周勃：《姚雪垠下放东西湖琐忆》，河南大学出版社，2010 年，第 4 页。

⑥ 种明章：《点滴回忆》，张德龙主编：《大夏大学建校七十周年纪念》，第 79 页。

⑦ 吴泽 1950 年 10 月因病请辞职务和大夏聘姚雪垠代理文学院院长的聘书，可见吴永平、姚海天：《关于姚雪垠解放初在上海的档案资料》，第 51 页。

不仅如此，1950年10月底原本应由吴泽出席的大夏大学校务委员会会议，也由姚雪垠代为出席。① 由于代理了文学院院长之职，自1950年10月起，此后的校务委员会会议，均由姚雪垠出席。1950年12月23日召开的校务委员会第二届第一次会议决定25日召开全校师生员工代表大会，由姚雪垠担任大会秘书处秘书长。② 1951年1月，姚雪垠成为大夏大学春季招生委员会委员，参与了大夏大学的招生工作。③

1951年2月，因为吴泽的病情未能好转，需要进一步治疗，大夏大学开始讨论新的教务长人选问题，最终决定由原来的理工学院院长邵家麟担任教务长，并新设“副教务长”一职，由姚雪垠担任。为何要新设一个副教务长职务？在当时的学校改革中，大夏大学决定废止原有的学院制度，如此一来，原有的教务长（学校）—院长（学院）—系主任（学系）三级制度，就变成了教务长（学校）—系主任（学系）两级制度。各学系直接受学校领导，则教务长工作繁重（由领导各学院院长变成领导所有学系主任）而难以应付，因此“为加强学校行政的领导”，也就“须设副教务长”一职。④ 必须说明的是，既然“学院制”废止，则各学院院长的职位也就不复存在了，因此姚雪垠的代理文学院院长，其实从1950年10月到1951年2月只持续了5个月的时间，并且是院长取消后才兼任副教务长，两个职务并非如他在回忆中所言同时担任。⑤ 1951年3月，姚雪垠副教务长还受学校委托整理了图书馆堆存的旧书。⑥

为何是理工学院院长邵家麟担任教务长，文学院院长姚雪垠担任副教务长？这就涉及大夏大学各学科间的平衡问题。解放前的大夏大学以教育学科著

① 《校务委员会第三十五次会议记录》，《私立大夏大学校务委员会、校务委员会常务委员会会议记录及有关指示文件》，华东师范大学档案馆藏，大夏大学档案，档号：81-3-31。

② 《校务委员会第二届第一次会议》，《私立大夏大学校务会议及校务委员会议记录》，华东师范大学档案馆藏，大夏大学档案，档号：81-3-14。

③ 《校务委员会第三十九次会议记录》《招生委员会第二次会议记录》，《大夏大学校务会议记录》，华东师范大学档案馆藏，大夏大学档案，档号：81-3-418。

④ 《大夏大学一九五一年春季校务委员会扩大会议决案总结》，《私立大夏大学校务会议及校务委员会议记录》，华东师范大学档案馆藏，大夏大学档案，档号：81-3-14。

⑤ 姚雪垠：《姚雪垠回忆录》，中国工人出版社2010年版，第56页。

⑥ 《第十三次行政会报》，《私立大夏大学校行政会议记录》，华东师范大学档案馆藏，大夏大学档案，档号：81-3-18。

名，当时上海周边的高中生报考大学，有学教育首选大夏的说法，① 因此大夏自 1924 年创校到 1949 年，一直都是由与欧元怀并列为大夏教育学科灵魂人物的鲁继曾担任教务长。而在解放后的行政改组中，教务长则改由中共党员、文学院院长、历史学家吴泽担任。吴泽因病请辞，改由理工学院院长邵家麟继任，则是因为新中国成立后，根据国家政策应重点发展理工学科。与此同时，既然新设了副教务长，由原文学院代理院长担任，则可实现文理学科之间的平衡。

不仅如此，由“进步作家”姚雪垠担任副教务长，亦有“政治正确”的考量。解放之初由中共党员吴泽担任教务长，政治考虑即是重要原因。而继任的邵家麟乃纯粹学人。因此，以进步作家姚雪垠担任副教务长，在政治方面则可有所弥补。1951 年 4 月 27 日，大夏大学社会教育系主任许公鉴在镇压反革命运动中被突然抓捕。值此纷乱之际，第二天大夏即任命姚雪垠暂代社会教育系主任之职。② 但很快，1951 年 6 月，奉华东教育部通知，大夏社会教育系停止招生。③ 不过虽然停止招生，但由于还有学生尚未毕业，所以直到姚雪垠 1951 年 8 月 1 日辞职离开大夏前，还兼任了 3 个月的社会教育系主任。此前不论是姚雪垠自己的回忆，还是对姚雪垠的相关研究，均未注意到姚曾在大夏兼任社会教育系主任。

三、姚雪垠离开大夏大学

1951 年 7 月，大夏大学收到指示，中央教育部和华东教育部准备将大夏大学和光华大学合并，筹组华东师范大学。④ 大夏大学的历史即将宣告结束，而姚雪垠也必须对自己的去留做出最后决定，因为一旦华东师大成立，“人事制度确定，教书的车辕架在我的身上，再想离开就困难了”。⑤ 其时，姚雪垠

① 蔡光浦：《怀念群贤堂回忆经济系》，杨鸿训主编：《大夏，大夏：大夏大学建校八十周年》，上海大夏大学校友会 2004 年版，第 97 页。

② 《第十七次行政会报》，《私立大夏大学校行政会议记录》，华东师范大学档案馆藏，大夏大学档案，档号：81-3-18。

③ 《校务委员会常务委员会第三十一次会议记录》，《私立大夏大学校务委员会、校务委员会常务委员会会议记录及有关指示文件》，华东师范大学档案馆藏，大夏大学档案，档号：81-3-31。

④ 《大夏大学校董会一九五一年春季学期第三次会议》，《私立大夏大学有关校董会文件》，华东师范大学档案馆藏，大夏大学档案，档号：81-3-27。

⑤ 姚雪垠：《姚雪垠回忆录》，中国工人出版社 2010 年版，第 115 页。

已经到了四十岁，必须对自己的人生有一个明确定位，“下半生如何才能够更好地发挥我的才能，对国家和人民作出更好的贡献”。而他纠结的则是自己此后是应该潜心治学，成为一个在大学教书的学者，还是脱离大学体制，专事文学创作？

不难看出，大夏大学对姚雪垠非常器重，姚雪垠在大夏的环境中也较为适意。因此，姚雪垠对留在大学教书并不排斥，“我对教书也有兴趣，而且也重视教育工作”。他真正在意的是，假若自己留在大学潜心治学，能否成为一个“真正有创造性的学者”。正如姚雪垠所言，对他来说，留在大学，以后发表学术论文、出版书籍，成为一个合格的学者并不难。但如果要成为真正具有创造性的大学者，则自己因为一未接受过正规学校教育的“学术训练”，二则没有“家学渊源”，“缺少许多必备的条件”，“仅仅依靠浮光掠影的知识是不会有多大出息的”。另一方面，姚雪垠对自己的文学创作能力显然更有自信，认为自己多年来怀有文学创作的远大理想，并且一直在为之探索，打基础，因此如果回头继续写小说，“可能成就会大一些”。①

那留在大学一边教学，一边搞文学创作，是否可行呢？姚雪垠为此专门向自己的老友，也在清华当教授的吴组缃写信请教。吴组湘自己也饱受“教书与写作的矛盾”之苦，并且由于解放后高校中各种运动频仍，“成天忙得昏头昏脑”。吴组缃对姚雪垠的处境感同身受，因此极力劝诫他离开大夏，专心从事文学创作，相信“一定有个新的姚雪垠叫人大吃一惊”。② 吴组湘的回信坚定了姚雪垠离开大夏专事创作的决心。

另一方面，姚雪垠 1951 年春的浙东土改之行也加强了其离沪返豫的决心。当时上海教工会发动部分教授参加土改，大夏的参加者中就有姚雪垠。此次大夏的参加土改者中，亦有上文所述，后因为“反革命”被抓，并由姚雪垠接替其职务的社会教育系主任许公鉴。他们于 1951 年 4 月 2 日出发，③ 去宁波、余姚、慈溪等地参观土改。通过这次浙东之行，姚雪垠发现自己由于不懂当地方言，只能依靠翻译。但“别人翻译只能翻译群众发言的简略大意，而不能也

---

① 姚雪垠：《姚雪垠回忆录》，中国工人出版社 2010 年版，第 56、117 页。

② 吴永平：《吴组湘致姚雪垠书信三札考》，《博览群书》2012 年第 4 期，第 95 页。

③ 《校务委员会常务委员会第二十六次会议记录》，《私立大夏大学校务会员会、校务委员会常务委员会会议记录及有关指示文件》，华东师范大学档案馆藏，大夏大学档案，档号：81-3-31。

不暇译出每个发言者运用当地语言的生动特色、精髓和激情。对于当地的风土人情，历史背景，种种生活情况，我更不能够充分了解。这次浙东之行，更坚定了我回河南故乡的决心。既然要专业写小说，就破釜沉舟地回到家乡去”。①

姚雪垠的教授聘期至 1951 年 7 月底结束，因此 1951 年 8 月 1 日，姚雪垠即离开大夏，踏上了前往家乡河南专事创作的道路。对于姚雪垠的辞职，大夏校方和党组织自然竭力挽留，② 姚雪垠的离开大夏，固然使大学中少了一位杰出教授，但毫无疑问文学界却产生了一位伟大作家。而身处大夏大学的这段时光，则成为姚雪垠心中的一段温暖回忆，在后来的人生中不断给其以慰藉。③

（《新文学史料》2023 年第 1 期）

① 姚雪垠：《姚雪垠回忆录》，中国工人出版社 2010 年版，第 129 页。

② 姚雪垠：《姚雪垠回忆录》，中国工人出版社 2010 年版，第 117 页。

③ 姚雪垠在后来经常回忆和向人谈及在大夏大学的岁月，正如其自言：“虽然我从此离开了教书岗位，感情上对教书还是有留恋的。”见姚雪垠：《姚雪垠回忆录》，第 117 页。

读者声音

真情实感化为诗

——《姚雪垠诗集》读析

陶新初[①]

姚雪垠先生不仅是著名的作家，历史学家、文艺理论家、文学批评家，还是一位热情洋溢的诗人。因校阅《姚雪垠诗集》之缘，海天友嘱我写一篇诗评，以我的学识和水平本难胜任，正如诗集序作者聂振弢先生所言："姚老这些诗作的思想、气魄、文采、声律，不是我这个姚老家乡的晚辈可以评论的"。但拜读诗集，感触颇多，有些话一吐为快，遂成此篇，权作读后感吧。

这篇读后感，不拘泥于姚老诗词的艺术技巧和成就，是想通过对姚老诗词的学习梳理，钩沉诗词中折射的姚老坎坷奋斗的一生和艰难攀登文学之路的心理历程。这是解读姚老精神世界的一把钥匙。

人生磨难铸诗魂

"故天将降大任于是人也，必先苦其心志，劳其筋骨，饿其体肤，空乏其身，行拂乱其所为，所以动心忍性，曾益其所不能。"孟子这段话，可以说是对姚老生平的写照。在最艰难困苦的日子里，姚老也经常用这句话激励自己。诗为心声，姚老的人生和创作轨迹，都有诗词表述。

姚老出身河南邓州一个破落地主家庭，在那个军阀混战，土匪横行，哀鸿遍野，民不聊生的年代，他在饥饿、贫困、疾病、苦难中成长。青年去开封求学，接触马列先进思想，眼明心亮，从此一生追求不辍。他积极参加共产党领

---

① 陶新初（1943—），原牡丹江市政协秘书长。中华诗词学会会员，黑龙江省作家协会会员。

导的学生运动，并创作了处女作《两个孤坟》，开启了漫长而艰辛的文学创作之路。以“共党嫌疑”被捕入狱。出狱后继续从事革命活动，被学校以“思想错误，言行荒谬”开除。为逃避当局追捕，流寓北京。在京期间，阮囊羞涩，以粥充饥，整日泡在图书馆中，阅读了大量的中外书刊，积累了丰厚的文史知识，为走上文坛奠定了基础。“五里愁心凋树路，二更暖腹破糜篷。蓬莱客馆青袍薄，抱病犹攀百丈松”（《逝水》），概括了当时的困窘情境。

“九·一八”事变，日寇的铁蹄踏上东北大地，爱国民众和仁人志士同仇敌忾。在家乡养病的姚老到杞县大同中学代课。据他的学生原新华社社长穆青回忆，当年姚老白天在课堂上宣讲革命道理，晚间同学们聚集在他的小屋里热烈议论时事：“风雨当年路漫漫，中原到处暗如磐。烽烟北望山河碎，兵气南来手足残。国贼难消民意盛，英雄偏有众心坚。乾坤一角弦歌地，私点明灯照夜寒。”“转眼行经五十年，连翩往事记心田。繁星深院传真理，斜月幽窗写短篇。共唱救亡悲下泪，私谈局势愤挥拳。良朋早洒沙场血，留得光辉照后贤。”（《大同中学感旧》）姚老根据一个中共地下党员提供的素材，创作了小说《红灯笼的故事》，还被译成俄文，收入莫斯科出版的《中国短篇小说选》，后又被作者溶入他的长篇小说《春暖花开的时候》。

“七·七”事变后，在开封与范文澜等人创办抗战期刊《风雨》。后与臧克家等同仁一起在鄂豫皖抗日前线从事抗日文化工作。“绿满平岗水满塘，青春结伴到前方”，“机枪如水炮声稠，日寇来攻夜未休”“上游形势今仍重，热血悲歌动九原”（《璇宫感旧诗》）。1943 年，在抗日战争最艰难的时期，到重庆参加中华全国文艺抗敌协会任理事，同茅盾、郭沫若、臧克家、老舍等一起从事抗战文化，以笔作枪，先后创作出版了《差半车麦秸》《牛全德与红萝卜》《春暖花开的时候》等作品，在文坛声名鹊起，独树一帜。但姚老没有沾沾自喜，他始终认为自己是“五四”以来新文化运动的一名战士，是新文化运动培育了他的成长。“十月惊雷明北陆，神州睡眼爽然醒，风收残雾蒙蒙白，日照群山嫩嫩青”“双峰隔海争雄峙，九派分流谁继承？风气先开浮世绘，繁花次第蔚霞蒸。”“旧史斑斓归粪土，心潮汹涌接沧溟，一时彩笔争前路，竞看云天舒健翎”。几首《咏史》总结了“五四”以来，新文化运动在反帝反封建战斗中蓬勃兴起，引领了中国近现代文学发展的正确道路，也批驳了近年来沉渣泛起的那些否定新文学运动的陈词滥调。

新中国成立后，姚老毅然辞去年薪500大洋的教授职位，宁愿拿500斤小米的微薄薪水回河南家乡专事创作计划的《黄昏》《长夜》（《长夜》已出版需修改）《黎明》农村三部曲。但在当时“左”的思想笼罩下，志难伸展。受命下工厂体验生活三年，创作了反映民族工业兴衰史的长篇小说《白杨林下》。因小说前半部未反应地下党的领导遭领导否定，怒焚书稿。在争鸣运动中，姚老诚心献策和秉笔直书，却被打成“极右派分子”。“刖工梦献连城璧，逐客私栽九畹兰，牛鬼蛇神迷黑雾，香花毒草乱朱栏”（《风雨》）。屡遭批判打击，劳动改造，下放劳动，禁言禁笔。在这种天大委屈，以泪洗面，繁重的体力劳动和无尽的精神折磨中，姚老审时度势，结合自己的实际和所长，暗下决心，撰写《李自成》长篇，为祖国的文学事业努力奉献的壮志九死而不悔。“赤县大兴文学狱，捕风罪款漫无凭”（《江城记事》）“到死方休填大海，有情不忘攀高山”（《赴五七干校》）。避开“革命群众”的监督，夜里在被窝中用手电照亮奋笔疾书。“音容想象溶彼我，细节推敲入鬼神”，“激动胸怀先自哭，忽来浅笑挂双唇”，“五更枕上涔涔泪，谁会三春寸草心”，“问我雄图更若何，请君莫笑满头皤。百年世事风雨急，笔底心头感慨多”（《题李自成》第一卷原稿）。不管风急浪湍，姚老决心完成《李自成》，即使生前不能出版，留待后人献给国家和人民。

受到中国青年出版社的青睐和各方努力，《李自成》第一卷终于出版。“楼前尚有低云过，注目遥红赏晚晴”（《夏日》）。在乌云低过的天空中看到一丝阳光。然而，无产阶级文化大革命铺天盖地而来，打倒批臭姚雪垠的大字报刷满街巷，武汉街头画的姚老漫画牛首蛇身，头枕《李自成》书卷，手舞利剑向党进攻。但姚老不是一个向命运低头的人，他说过：“我这个人的特点就是一旦下了决心，就做背水一战，有进无退，不管多么艰难困苦，绝不半途而废。我是打不垮，压不扁，吓不到，拉不弯的人”“老来有愿多悲壮，似火豪情暗自燃。”（《寂寞》），“何时续写英雄谱，万里长空奋秃翎”（《感怀》）。久旱逢甘霖，毛主席在“文化大革命”前和“文化大革命”中两次针对《李自成》的谈话和批示，给《李自成》创作保留了一个较好的空间环境。“白首征途春渐暖，偷将心曲付朱弦”（《平生》）。姚老珍惜这争取来的寸阴，日以继夜，笔耕不辍。

打倒四人帮，姚老喜极而赋：“一举粉碎四人帮，街巷风传喜欲狂”（《都门纪事》）“曲折征途志不违，艰难长夜化朝晖”（《咏怀杂诗》）“风雨崎岖二十载，未将羸马卸征鞍。卷施纵死心犹活，乌桕经霜叶更丹”（《风雨》）。此时姚老精神振奋，喜迎文艺春天的到来。在与茅盾先生的文章讨论、诗词唱和中高吟：“江山喜见鲜花放，百鸟争鸣报早春”。（前韵和沈老《祝文艺之春》）。这时，姚老步入了《李自成》创作的黄金时期。创作之余，姚老率文化代表团访问日本，受法国玫瑰节世界名作家会议的邀请去签名售书和受奖。姚老的作品也走出国门，走向世界。在拜谒日本奈良唐招提寺鉴真和尚塑像后赋诗“我爱奈良都市美，三源水脉通长安。风波九死高僧至，尘劫三番宝象完。两国名城成姐妹，古今文物共斑斓。感人最是传经愿，沧海遥天不怕难”。这首诗在赞赏鉴真和尚的同时，也抒发了自己九死不悔，锐志献身文坛，攀登文学高峰的壮志雄心。

豪情和泪谱新篇

“文章合为时而著，歌诗合为事而作”（白居易《与元九书》）。在姚老的三百多少诗词中，有六分之一的篇幅是围绕《李自成》一书曲折跌宕的命运而作的。

1961 年，姚老将三年多的心血结晶《李自成》第一卷初稿整理完毕，欣然赋诗：“不同流派同千载，白发宁甘输众贤。三百年前悲壮史，豪情和泪著新篇”，“尝思翠柳啭清音，露湿风凉怯相侵。会有艳阳天气好，舒喉振翅上高岑”（题《李自成》第一卷原稿），希望自己的心血著作能有出版的机会。在风雨如磐几乎无望的境遇中，经过多方努力和协助，中国青年出版社顶着压力，终于将《李自成》第一卷付梓出版。当时因姚老摘帽右派的身份，媒体不予宣传，不予评论。但深受读者喜爱，形成新华书店门前排队购书，甚至一书难求的场面。

1966 年，无产阶级“文化大革命”爆发，姚老受到冲击和批判，正当此时，毛泽东主席在一次政治局扩大会议上，对湖北省委第一书记王任重说：“姚雪垠的《李自成》第一卷上册，我已看过了，写得很不错。你告诉武汉市委，要对姚雪垠加以保护，让他把书写完。”虽然为姚老争取了一些宝贵的写作空间，但大的政治气候和姚老摘帽右派的身份，仍使之处于矛盾尴尬的境地。他一方面废寝忘食日以继夜的赶写《李自成》第二卷，一方面担心受到多方干扰难以写完。这时写的诗歌，充分表达了当时复杂苦闷的心情。“一床素简悲司马，半部红楼哭雪芹。老去犹恋精卫海，沧波冷映鬓如银”（《施罗》）；“又是一年辞旧岁，银灯白发醉颜红。幸无每饭三遗矢，尚有平生百练功。手底横斜蝇首字，心头起伏马蹄风。壮怀常伴雄鸡舞，寒夜熟闻关上钟”（《辞岁》）；“暮年不减风云趣，百万雄师彩墨中，碧海掣鲸空有愿，素笺画虎苦难工。前期讲史诸音绝，异代传奇一梦通。老马伏辕征程远，晓窗愁杀白头翁”（《暮年》）。

“文化大革命”中后期，姚老的处境更加困难。偌大的武汉竟然放不下一张平静的书桌，姚老心急如焚，下决心给毛主席写信，请求对他的创作给予支持。并赋诗一首“堪笑文通留恨赋，耻将意气化寒灰。凝眸春日千潮涌，挥笔秋风万马来。欲与云霞共驰骋，岂持杯酒退徘徊。鲁阳时晚戈犹奋，弃杖成林亦壮哉”（《抒怀》）。毛主席在晚年病重之际，亲自批示政治局：“印发政治局各同志，我同意他写李自成小说二卷，三卷至五卷。”伟大领袖两次对一个作家的作品给予批示保护，在中国文学史上绝无仅有。

1977 年 3 月，《李自成》第二卷终于问世。姚老赋诗：“默默送汝初问世，任从读者自评章”（《李自成》第二卷问世），一时出现洛阳纸贵的现象，各地新华书店总是排满了争相购书的长长队伍。第二卷出版了三十万套，很快被抢购一空。十八个省市出版社自行翻印，还被翻译成蒙文，朝鲜文，维吾尔文等少数民族的文字出版，成为当时中国最畅销的书。许多著名作家学者及党政高级干部如秦牧、胡绳、朱光潜，方毅等都写信著文给予高度赞扬和评价。

姚老深谙历史唯物主义和辩证唯物主义的精髓，所以他在创作中有明确的方向和铮铮文骨，“文革”期间有人劝他在书中加入反孔和法家思想，有人劝他文笔应该“粗犷”，在细节上多下功夫是资产阶级文艺思想。姚老一概拒绝，“艺术探求初有悟，自成格调不随人”（题《李自成》第一卷原稿），“丹青欲写风光细，不绘清明上汴河（《无题》）；“工细何曾流纤弱，雄奇未必属粗狂。十年寂寞蓬窗女，羞学江家时样妆”（《李自成》第二卷问世）。姚老欣赏古代名著并从中吸取营养，但也不迷信古人，敢于有所突破。他认为《三国演义》《水浒传》等名著，不足之处是缺少生活情节和人物性格的细微刻画：“讲史武林衣钵旧，总将碱砆杂琼英。阵前苦斗貔貅将，旗下旁观草木兵。故事传奇写入胜，风光生活画不成。贯中尚欠丹青妙，笔墨随心绘世情”（《无题》）；”“百代风流各创新，前贤未必绝无伦。今人自辟康庄路，不拜施罗马后尘”（《李自成》第一卷原稿）。

1975 年，毛主席批示下达之后，姚老调入北京，开始了新的征程。在邓小平同志关怀下，创作环境和条件大为改善。姚老全身心投入到《李自成》三、四、五卷创作之中“舞剑仍来残月外，挥戈惯趁夕阳斜”“任重只愁精力减，杨鞭少看上林花”（《到京次日凌晨写此抒怀》）。“曾经浩劫心犹壮，历经艰难志愈坚。举国投身争四化，青春白发共诗篇”（《元旦放歌》）。姚老写《李自成》既歌颂了农民起义的英雄壮举，又指出了李自成的历史局限和人格缺欠，深刻总结了历史教训。他在《吊李自成墓》）五首中，全面剖析了李自成的成败得失，给后人以历史启迪：“为写英雄悲壮史，三年五拜闯王坟”“江山草创非疆土，百姓流离岂子民”“襄京残梦随流水，鄂渚腥风卷败旌”“苦写史诗三十载，仰天浩叹望长庚”。

四十二年磨一剑，姚老花费四十多年心血，洋洋五卷的《李自成》巨著于一九九九年，由中国青年出版社出版，全国发行，仅前三卷的累计销量就达五百万套四千万册，《李自成》十卷本也发行了两万套。这在中国发行史上，虽不是绝后，却也是空前。随着改革开放的春风，姚老的著作走出了国门，翻译成日文、法文以飨外国读者。

《李自成》是中国现代文学史上一座丰碑，是“五四”以来长篇历史小说的奠基之作，是明代末年一部全景式的生动形象的历史画卷，是留给后人的宝贵文学遗产。姚老曾有创作《天京悲剧》《日夜江流去》的宏愿，可惜天不假年，留下了无尽遗憾。

情深似水流作溪

诗贵抒情。姚老笔下的诗词，每一首都是真情实感的流露，抒发了爱国情怀，亲友情怀，国际情怀，热爱生活之情怀，如溪水涓涓流淌。

姚老自幼就树立了坚定的爱国情怀，他生于战乱，亲眼目睹并亲身感受了在苦海中挣扎的时日，向往推翻罪恶的旧制度，建立一个光明的新社会。他积极参加革命文化运动，向往革命圣地延安：“春云初展文工会，万紫千红付逝波。歌曲忽余如梦会，古城落日照襄河”“痛悔未随群鹤去，九霄迷路落尘埃。徘徊草棘余清唳，翘首云程百感摧”（《旋宫感旧诗》）。1963 年，我空军击落美蒋 U—2 间谍飞机，姚老欢呼：“美蒋连年心不死，谍机再次敢偷临。太空偏少祥云护，一霎逍遥堕地深”“七亿人民磐石结，江山万里固金汤。蛇神牛鬼休恣肆，碧海蓝天赤旆扬”“神州威力春潮涨，敌国西风送夕阳。寸土必将归一统，岂容美帝久猖狂”（《欢呼》）。“文化大革命”期间，武汉两派武斗激烈，姚老心存忧虑：“短兵相接呼声烈，百里沙场萁豆煎。到处鲜花逢毒草，谁知黑白是非颠”“寒潮阵阵偏来急，万里神州多处同。大地浮沉谁是主，中原吹遍落花风”（《江城纪事》）。在干校放牛，也不忘关心国家大事：“鸟鸣杂树空无影，犊饮荒塘静有声。寂寂空山心未寂，五洲形势总关情”（《放牧》）。打倒“四人帮”，举国欢庆，姚老上街和群众一起欢庆：“失尽人心恶满盈，铁拳一击自无情。声讨怒吼惊寰宇，庆祝欢呼动太清”（《都门纪事》）。在为日本朋友《中国之旅》画册题诗中，表达了对祖国欣欣向荣景象的自豪之感：“万里长城横北部，太行秋色照西楹。巍峨宫阙傍金海，灿烂文财满玉京。列树通衢聚锦市，烟春工厂散花垌。景山高处登临望，古貌新颜各动情”。

姚老是一个性情中人。对亲朋好友和人民群众充满了爱心。外孙女不远千里来看望他，老人心情激动：“应念阿爷迟暮景，亦知孙女渐长成”“狂欢扑面迎怀抱，泪壅喉头笑语声”“昨夜灯前看不够，今朝仔细看分明。抚肩摩顶舐犊意，携手偎身慰祖情”（《欢聚》），贻孙之情溢于言表。

姚老忙于写作，无暇交朋会友。但同他在新文化运动中并肩作战的文友感情深厚，鸿雁传书。它与茅盾先生亦师亦友，姚老在文学史上占有一席之地的成名之作《差半车麦秸》，就是茅盾先生发现并发表在他主编的《文艺阵地》上。可以说茅盾先生是姚老的伯乐。他们终生交谊，文章诗词往来。茅盾在年高眼疾的情形下，对《李自成》第二卷原稿和已出版的第一卷仔细阅读，提出了精辟的意见并给予了很高的评价。在茅盾先生八十一岁大寿之际，姚老赋诗：“笔阵驰骋六十载，功重青史仰高岑。平生厚义兼师友，晚岁飞涵论古今。少作虚邀贺监赏，暮琴幸获子期心。手浇桃李千行绿，点缀春光满上林”（《祝茅公八十一岁高寿》）。姚老与臧克家是文坛挚友，青年时曾并肩战斗在抗日文化战线：“廿五年前《烙印》出，如花新作竞飞传。慕名徒有识荆意，风雪沙滩一少年”“雾锁山城重聚首，同窗连榻倍情亲。新诗初就赏佳句，泥土飘香觉味醇”（《璇宫感旧诗》）；“往事犹新发已皤，巴山寒暑对床过。行吟十载声名重，弄笔半生惭愧多”（《往事》）。姚老晚年，和老战友赠诗唱和互相勉励：“行文有意求刚健，出版无从问疾徐。断续春风柔静案，殷勤慰我故人书”（《步原韵答荒芜》）“丹凤翱翔骋彩思，如君老友晓星稀。江山脱尽荒凉貌，笔墨增添豪迈姿”（《寄碧野》）“常同座客鞭林氏，也为芳邻写曲词。尚有廿年君足用，涓埃贡献共襟期”（《寿亚平兄》）。为完成《李自成》巨著，姚老常有时不我待的紧迫感，在宴请欧阳山，关山月的酒宴上，与老友共勉：“旧雨文坛人渐少，风流怀想意纵横。岭南高照关山月，粤海旗飘宿将营”“对酒欢谈珠岛夕，天涯异地各长征。莫言八十年龄老，日暮扬鞭奋晚程”（《在珠海宾馆宴请欧阳山、关山月等老友》）。

姚老晚年走出国门，与日本作家结成深厚情谊，促进了国际文化交流。“莫道扶桑隔海远，碧波如带绾芳邻。缅怀深叹同文古，来往频增友谊新。四座春风知意好，一堂喜气见情真。何时乘兴君西去，自有茅台供洗尘”（《随中国代表团访日，到处受热情接待，因赠日本朋友》）；“堪羡文章早等身，生花健笔总青春。君怀别趣传杨氏，我有激情读鉴真”（《赠井上靖先生》）；“不忘北京数杯频，今年再会我来东。清斋细语携新友，茶道浅尝识旧风”（《赠三好彻先生》）；“访友东邻尝素愿，今来大阪会同仁。太郎巨笔传空海，井上深情写鉴真”（《赠司马辽太郎先生》）。姚老到新加坡开会，巧遇台湾作家三毛，三毛扑到姚老怀中哭诉：“大陆是我的祖国，我的父母之邦，至今我不能回去看看啊!”姚老感动赋诗：“星岛初亲才女面，台湾喜见出琼英。一支彩笔横机趣，万里青春任旅行。大漠荒凉留梦影，神州壮丽负平生。忽然痛洒炎黄泪，碧海苍山无限情”（《星岛返北京怀台湾作家三毛女士》）盛情邀请他到大陆访亲。

山山水水总关情。姚老热爱生活，面对祖国的大好河山，禁不住赋诗歌呕。在干校下放劳动期间，他苦中求乐，面对梯田美景赋诗“春来最苦多风雨，乍喜云开碧海天。列嶂千重消暗雾，梯田百道泄鸣泉”（《羊楼洞初晴》）。干校放牛时他也偷闲乐山乐水：“日丽风和堪放牧，冬含春色引诗情。翠滕红树遮牛背，白水苍山落雁声”（《放牧抒情》）；《重游广州》：“初在羊城开盛会，忽将弹指一周星。十年沿海新风劲，早播芳名动远听”；（《访问中山市》）：“浅山四面天然画，翠岭葱茏水映峦。临别挥毫题胜景，再来何日共凭栏”;《浅访深圳》:“高楼茶话临空转，指点江山眼更明。似景前程新创业，沧桑十载费经营”。访问酒乡杜康村，姚老走笔:“宁夏归来访杜康，微风阵阵散糟香。天生一段甘泉水，巧手于今酿玉浆”;就是看到小巧玲珑的《钧瓷挂盘山水小品》，也欣然题诗:“出窑一幅元人画，落叶寒林泛暮鸦。晚霜微茫潭影静，残阳一抹淡流霞”。《棒棰岛留别》这一首小诗，可以总结姚老笔下的山水深情，:“日日观沧海，豪情欲放歌。潮来笔亦壮，月照绮思多”。

情理交融读好诗

唐诗长情，宋诗长理。情理交融，是为好诗。姚老吸收唐宋诗词的精髓，写出了很多情理丰沛的好诗。既有高度的思想性，又有精湛的艺术性，若全面评析我力所不逮，仅试谈几个特点。

情景融合。以情见景，以景抒情，这样的诗在诗集中俯拾皆是:“群山睡去暗巍巍，夜静流萤到处飞”“远近村鸡声断续，青峰顶上望熹微”(《五七干校值夜》);“冻云匝野山蒸雾，蒙雨连天树结晶。何胜狂风三尺雪，一宵下足到晓晴”(《冬至》);“夹道青苗蒙素被，沿江白瓦望锦城。还家兼喜丰收兆，烫酒敲诗细细倾”(《春节休假还家》);“风吹稻麦波千顷，日暖春墟水一湾。别后三逢春草绿，川原应更锦斑斓”(《忆羊楼司旧街》)。有一首姚老到日本访问时所作《昨来箱根途中为樱家女主人邀留小坐》，仿佛把你带到了这座美丽小院的诗情画意之中:“沿路斜阳照野花，旅车再度驻樱家。四围绿树村居静，一道清流小瀑哗。才访文馆览旧著，又烦女主献新茶。东游处处堪回味，他日凝眸望海霞”。

以史鉴今。姚老有丰厚的历史文化修养。诗中以古鉴今之句信手拈来，更增意境深远。缅怀屈原《登东湖屈原纪念馆》:“碧波棹影传丝管，绿岸涛声杂笑呼。懒咏《离骚》悲愤句，端阳依旧人间殊”。阐述创作理念:“不羡捷思惊骤雨，自甘俯案汗千行。独临碧海朝精卫，遍借金针绣凤凰。骚赋风诗启李杜，墨池笔冢出钟王。才人徒抱凌云志，冥想高谈总渺茫。”借史讽喻挞伐“四人帮”:“半编青史慈禧罪，三载黄粱吕后心。城狐社鼠登台舞，共逞狂想主浮沉”“史称武曌工涂泽，今古风骚各一途”，“本应好莱坞里见，偏生梦入帝王图”“气焰赫赫势熏天，厚禄高官裙带牵。玉殿近臣乘木鹤，金貂新贵伴丝弦。迎风学者登蓬幕，拍水诗人坐彩船。国脉无缘归吕氏，枉教群小抢先鞭”（《都门即事》）。

爱憎分明。姚老诗中没有无病呻吟之词，也没有所谓朦胧派诗人的云山雾罩之句。正如姚老的性格，爱憎分明，直抒胸臆。抨击美帝台蒋挑衅：“世界瘟神肯尼迪，和平战略费筹思。心机用尽皮难画，豺虎空抛橄榄枝”“十四年来徒捣乱，风波孤岛寄游魂。草山云暗金陵梦，大陆难归有泪痕”（《欢呼》）。虎门凭吊：“胸中历历满风云，跨海缘山吊虎门。废碗旁边谈旧史，两眶热泪洒英魂”（《吊虎门》）。拜谒孙中先生先生故居：“素仰先生千古杰，驱车来拜翠亨村。贫民宅院存原貌，无限光辉拥小门”（《访翠亨村孙中山先生故居》）。痛悼张志新烈士：“十年黑雾笼寰宇，一片丹心作罪人。魔手难摇铁石志，囚牢好练金刚身。原知昔有白公馆，宁料今多来俊臣。我欲哭君诗百首，满怀悲愤忽凝神”（《吊张志新烈士》）。满怀深情赞誉豫剧大师常香玉：“驰誉艺坛数十年，沧桑又见艳阳天。木兰老去丹心在，瑶草春回绿叶鲜。感慨悲凉传女将，激昂婉转胜歌仙。精华今日留银幕，仿佛诗人不朽篇”（《赠豫剧表演艺术家常香玉同志》）。

通俗易懂。姚老诗词行乎自然，不假雕饰，很少用典，人人读懂。有时把俚语白话入诗，别具风趣。“淮上迢迢路两千，风尘溽暑共车船。笑君每忘旅行苦，一路吟诗入大山”（《璇宫感旧诗》）；“画像如君臻妙手，前来化我入精神。童颜白发含微笑，豪迈心情笔下春”（《赠刘宇一同志》）；“山径逶迤民俗馆，农家草舍古风真。川边十里樱花树，不卸红妆待远人”（《参观日本北上市民俗博物馆观赏北上川边樱花》）。回忆青年时期与臧克家在敌后开展抗敌文化工作时艰苦斗争环境的诗：“大蒜大葱兼大饼，故乡风味赛山珍。花生白酒任君醉，寒夜高谈小屋村”（《璇宫感旧诗》），那种困苦环境中的乐观向上精神令人读后展颜一笑。

蕴含哲理。姚老诗中常有富含哲理之句，点染诗眼，意境高远：“前路纵横山影峨，笑将秃笔舞婆娑。雄关屡过愁心少，苦战时经快意多。偶减精神尝薄酒，忽来创见欲高歌。长江万里游鳞小，奋力飞腾逐大波”（次韵和克家《抒怀》）；“日日案头挥汗雨，笔端虎啸带雷鸣。经多实践思方壮，勘破浮名意自平。晓色半窗迎鸟语，午荫满院落蝉声。楼前倘有低云过，注目遥红赏晚晴”（《夏日》）；“仰望九宫多意兴，盘山百转上崔嵬。千峰远近分浓淡，万壑纵横有去回。幽谷索桥避日月，悬崖飞瀑携风雷。文章也应同奇境，脱却平庸见妙哉”（《经自然保护区上九宫山》）。有些诗句如“经多实践思方壮，堪破浮名意自平”已成名句，为人传诵引用指导人生。

姚老诗集中还有一点应该提及，就是为《李自成》书中人物代诗代词。如李自成、卢象升、孙廷芳、牛金星、李信等，为塑造人物形象增光添彩。这也是姚老与别的诗人不同的独到之处。

品诗词，悟人生。姚老自谦“为写《李自成》这部历史小说，逼迫我五十岁以后开始学习旧体诗。但也是偶一为之，并未多下功夫，其中甘苦，体会尚浅，惟初窥门径耳”。但通读姚老诗集，体会姚老诗中无论思想性、艺术性都已臻妙境，使读者在阅读欣赏中，被姚老的奋斗人生所感染，为姚老的精神境界所启迪，文品如梅，人品如松，值得后人景仰怀念学习。

《差半车麦秸》《牛全德与红萝卜》运用南阳语汇管窥

陈松峰[①]

本文拟以姚雪垠抗战时期创作的小说《差半车麦秸》《牛全德与红萝卜》为例，就作者如何运用南阳语汇以及南阳语汇在作品中的作用、地位及深远影响，加以探讨。之所以选择这两篇小说来谈，是因它们是最能代表姚雪垠运用南阳语汇风格的早期作品，也是姚雪垠一改之前欧化式语言风格，借鉴运用民族语言的开山之作。

南阳语汇分布在南阳辖区内的各个角落，是人们进行语言交流的重要工具，它带有华北方言普遍的语音特征。南阳语汇和北京话有着密不可分的联

① 陈松峰（1955—），河南中烟工业股份有限公司副处长，河南省作家协会会员。

系，也和北方方言其他亲属方言有着千丝万缕的血缘关系。南阳语汇中既有浓郁的中原韵味，又有鲜活的儒学风采，其生活用语、歇后语幽默风趣，表情达意准确生动。只要少一些“去声”，把声母 j q x 发音标准，其实离普通话最为接近。南阳语汇丰富多彩，表情达意准确生动，是南阳历史、文化、民俗的活化石，极富表现力。

姚雪垠短篇小说《差半车麦秸》和中篇小说《牛全德与红萝卜》中使用了大量的南阳语汇，这些语汇主要包括具有地方特色的歇后语、谚语、习惯用语，有极具地方特色的名词、动词、拟声词、感叹词、形容词等。

笔者粗略地统计了一下，两部小说对南阳语汇的运用，大体有这样几种情形：一是使用歇后语，二是使用地方性谚语。

歇后语如：

> 一口吞下去二十五只小老鼠——百爪抓心：“红萝卜也装作没事的样子笑了笑，但实际真像是一口吞下去二十五只小老鼠，百爪抓心呢!”（《牛全德与红萝卜》）

地方性谚语如：

> 这意外的结果使同志们很觉失望，开始平静下来。有人低声地讥讽说：“原来是一泡鸭子屎。”（《差半车麦秸》）

鸭子屎是稀的，南阳人拿它比喻不强硬，没胆量，没勇气的人。

还有就是运用各种词性的南阳语汇。其中名词如“仃们（儿）”，指的是兄弟，一种表示亲热的说法。“来，咱仃们喝几盅!”牛全德用中指在酒杯里蘸一滴酒，在桌面上点了三点。动词如“蹚”，指在行伍里打发日子、混饭吃：“你这个混蛋玩意儿，老脾气总是不改！你现在既不是蹚土匪，又不是在军阀手下混军队，随随便便的骂同志……”。形容词如“屑来小去”，微不足道的意思：“要说借贷不遂么，屑来小去的事情牛全德自来不挂在心上。”另如“毛焦曲连”，形容心急如焚。“‘连我自己也不晓得要到什么地方去，只觉得毛焦曲连的，高低睡不着，闷得发慌。’牛全德笑着说。”（以上引文见《牛全德与红

萝卜》）

南阳语汇中还有一些习惯的说法，如将吃晚饭为“喝汤”，把蝙蝠叫“夜憋虎”。这些惯用语，在姚雪垠作品中多次出现。这些带有浓厚地方色彩和鲜明文化内涵的语言吸收了中国传统文化形象逼真、幽默风趣、生动通俗、雅俗共赏的特点，填充着普通话话语世界留下的某些意义空白，给读者带来了返璞归真的新鲜感，同时也体现了农耕文化的质朴。

南阳语汇作为地域文化的重要载体，凝结着特定地域的历史文化内涵，反映着某一地域的自然与人文特色，独特的风俗与民情。姚雪垠漫长的文学创作过程中贯穿着他对语言艺术的殚精竭虑的追求。他在刚开始走上写作道路时，因受欧化白话文影响，文章有雕饰造作的缺点。1930 年代初，进步文艺界讨论大众语问题，给姚雪垠以颇大启发。1934 年，他在家乡一边养病，一边搜集家乡口语，按编词典的方法汇编起来，自题为《南阳语汇》，这个工作使他有“重回宝山”之感。作家对生活的探索、运用，是与他以自己的创作对人民生活的贴近，与他对现实主义的执着追求相一致的。《差半车麦秸》和《牛全德与红萝卜》运用南阳语言的成功便是明证。“差半车麦秸”用朴实的南阳话说明自己不是汉奸的根由，既真实、形象、生动，而又表现出了南阳语言的特色。同时，也体现了姚雪垠思想敏锐，及时捕捉萌芽状态中的民族新性格，成功地塑造了王哑吧这个形象，这在新文学创作上是个可贵的开拓和贡献。作品采用传统叙述方式，结构严谨缜密；描写细致生动，风趣幽默，善用群众口语，具有浓郁乡土气息。民间的方言俚语“多是现世相的神髓，随手拈掇，自然使文字分外精神”，姚雪垠自知得其力甚多，多年后总结经验时曾说：“《差半车麦秸》主人公典型性格的塑造，得力于乡土语言”。李广田赞扬差半车麦秸不经意间说出的一句话：“这是一脚踩出油的好地”，体现了“农民所应有的感情和知能”。他赞道：“这是多么活泼而又深刻的一句话呀！这不是从任何书里边可以找得出来的，更不是任何作家可以从脑子里造出来或偶然从作者笔尖上滑了下来的，这是真正的最好的‘活的语言’，这可以说是一句农民的诗”。

在刻画典型人物牛全德和红萝卜时，作者运用南阳语言来塑造其典型人物的典型性格的，还十分重视在环境及社会生活诸方面的运用。我们从《差半车麦秸》到《牛全德与红萝卜》中可以看到，这是一条十分成功而又可喜的创作道路。不论是后来的《长夜》还是《李自成》，都在灵活运用，发扬光大。同时，这也从根本上使他摆脱了作品中欧化的语法，使之文学语言更加走向中国气派、中国风格和朴素自然。姚雪垠在作品中用南阳语汇是适应时代的需要。新文学运动从五四到1930年代中期已有十几年的历史，它一方面已经在战斗中发展壮大，对推动现代历史进步显示了巨大作用，另一方面也暴露它的一些本身弱点，其中一个具有普遍性的弱点是在文体方面，中心问题是语言的偏于欧化，知识分子腔，脱离群众，脱离生活中的日常口语。“大众语”讨论中提出了一个新问题，即普通话与方言土语二者应以何者为重的争执，派生出口头语（实指普通话）和手头字的提倡。姚雪垠先生曾说，1930年代中期的大众语文学讨论给他启发很大。他后来以五四时兴起的白话文为基础，排除了欧化的词汇和语法上的欧化影响，避免了新知识分子中常有的生造词儿，吸收了河南人民群众的日常口语，但在一般时候避免了很粗俗或低级的话，避免了不易懂的方言，也不滥用河南群众口语中常用的“嵌子”（歇后语）。他是有选择地吸收群众口语以丰富和改造五四以来已经用惯了的白话。

《差半车麦秸》和《牛全德与红萝卜》虽发表于毛泽东《在延安文艺座谈会上的讲话》之前，却与《讲话》的精神内核一致。

附：新世纪出版的姚雪垠研究文集、专著及相关硕博论文

（一）文集·专著

1. 陈浩增主编：《雪垠世界》，中国青年出版社 2001 年版。

2. 吴永平：《隔膜与猜忌：胡风与姚雪垠的世纪纷争》，河南大学出版社 2006 年版。

3. 许建辉：《姚雪垠传》，湖北人民出版社 2007 年版。

4. 詹玲：《被规训的历史想象：论长篇历史小说〈李自成〉》，人民文学出版社 2009 年版。

5. 姚雪垠研究会编、许建辉主编：《百年雪垠》，中国青年出版社 2010 年版。

6. 王维玲：《四十二年磨一剑：姚雪垠与〈李自成〉》，中国青年出版社 2010 年版。

7. 周勃：《姚雪垠下放东西湖琐忆》，河南大学出版社 2010 年版。

8. 刘起林主编：《文学"马拉松"：〈李自成〉出版五十年研究文选》，中国青年出版社 2013 年版。

9. 吴永平：《姚雪垠抗战时期小说创作研究》，中州古籍出版社 2015 年版。

10. 禹权恒编著：《姚雪垠研究》，河南大学出版社 2017 年版。

11. 姚海天、蒋晔编著：《一代文学大家姚雪垠》，沈阳出版社 2018 年版。

（二）硕博论文

1. 朱家席：《〈三国演义〉与〈李自成〉比较研究》，安徽师范大学 2005 年硕士学位论文。

2. 权绘绵：《转型与嬗变——中国现代历史小说研究》，武汉大学 2006 年

博士学位论文。

3. 袁红媛：《〈姚雪垠书系〉编纂出版研究》，河南大学 2007 年硕士学位论文。

4. 詹玲：《被规训的历史想像——评五卷本〈李自成〉》，浙江大学 2008 年博士学位论文。

5. 刘阳：《〈李自成〉发生学研究》，河北师范大学 2011 年硕士学位论文。

6. 姚伦：《悖论中的〈李自成〉》，华中师范大学 2012 年硕士学位论文。

7. 丁文厚：《姚雪垠长篇历史小说〈李自成〉的艺术世界》，华中师范大学 2013 年博士学位论文。

8. 宋嵩：《发现与重读：20 世纪 80 年代“被遮蔽”历史小说研究》，山东师范大学 2014 年博士学位论文。

9. 张丽莹：《论姚雪垠小说中的英雄叙事》，山东师范大学 2018 年硕士学位论文。

10. 吕彦霖：《在“集团性”与“个人性”之间：姚雪垠文艺创作与文化实践考辨（1929—1997）》，南开大学 2019 年博士学位论文。

11. 包晓涵：《姚雪垠旧体诗创作论》，华中师范大学 2021 年硕士学位论文。

后　记

新世纪以来出版的姚雪垠研究文集已有多种。这些文集多由姚雪垠先生亲属或助手策划编撰，收录了不同历史时期姚雪垠研究特别是《李自成》研究的代表性成果，也收录了姚雪垠先生亲朋故旧或同乡谈自己与姚雪垠先生交往或阅读姚雪垠先生作品的经历与感受的文章，为普通读者和专业研究者提供了宝贵资料。

本论文集与上述同类文集的不同之处，一是只选 2000 年以后的成果，二是主要收在公开出版发行的期刊或报纸上发表过的论文。此外也个别收录了普及性的文章，以体现新世纪姚雪垠作品接受传播的专业领域以外图景；还附录了几篇非专业的读者谈自己阅读接受姚雪垠作品经历、认识和感受的文章。这几篇文章的作者具有各自的代表性：有的代表《李自成》的最资深读者，有的代表刚刚接触姚雪垠作品的高校学生；有的是基层干部或群众，有的是高级军官。曹灿先生是小说《李自成》在中央人民广播电台的演播者，在这部作品的传播中起过特殊作用；同时，在演播前的准备阶段，他也是《李自成》的众多读者之一。他们几个的文章作为“读者声音”，供研究姚雪垠作品接受传播的专业人员参考。专业研究者有个感受，就是在对作品进行接受史研究时，普通读者的资料很难搜集，特别是关于以往年代普通读者接受情况的资料。希望本书对此有所助益。

总而言之，本论文集的预设读者是大学里中国语言文学专业师生，但也可供社会上爱好姚雪垠作品的读者阅读。

本论文集分上下两册，上册是对姚雪垠主要代表作《李自成》的研究，下册是对《李自成》以外姚雪垠其他作品的研究，以及有关史料的发掘与整理。所收文章，原发刊物级别不同，作者在学术界的资历、名望差异也很大。本书编排时，基本按发表时间先后（个别互相关联、具有对话性的文章放在一起，但它们之间也按发表先后）排序，以体现《李自成》及姚雪垠研究在新世纪发展的历程。按发表时间先后排序，还可见出每篇论文写作时的学术前提或研究背景，为研究者判断评估其学术创新性提供方便。毋庸讳言，本书所收个别论文，其作者也并未认真通读《李自成》全书，下断语仅凭印象或先入之见，所掌握资料也不准确或不全面，这从其行文很容易识别；还有的文章，因原发刊物要求不一、审校不严，时见标注不规范，乃至错误。对于特别明显的错漏，本书以编者注予以指出并纠正，而对非关键处，则保持原貌，以反映学术发展史状况。特别是新世纪之初的文章，这种问题时有所见。以之对照阅读其他比较谨严、持平之作，读者正可在心里匡正谬误处。

尽管本书基本对新世纪以来的姚雪垠研究论文兼收并蓄，使不同学术观点对话争鸣，但极个别明显缺乏学理性的情绪化文章没有收录。

我的在读博士生秦祎、高洁、马笑楠、聂晶晶、魏雪，硕士生崔璐、郭廓清、郭政通、李一朵、刘飞、刘聿秋、杨虹宇、张俊蕊、张紫薇在文章录入编辑中付出了劳动，在此谨表谢意。录入编辑过程，也是一个学术训练过程。

感谢为本书出版提供资助的河北大学燕赵文化高等研究院，感谢河北大学出版社第三编辑室主任、本书策划杨显硕和责任编辑冯博楠先生为本书的编辑出版付出的劳动！

阎浩岗

2023 年 5 月 4 日

本书获河北大学红色文学与文化研究项目资助

红色文化研究丛书

《李自成》再经典化与姚雪垠研究新收获

（上册）

阎浩岗　主编

河北大学出版社
·保定·

出 版 人：朱文富
选题策划：杨显硕
责任编辑：冯博楠
装帧设计：王占梅
责任校对：王亚薇
责任印制：常 凯

图书在版编目（CIP）数据

《李自成》再经典化与姚雪垠研究新收获 / 阎浩岗主编. -- 保定：河北大学出版社，2023.10
ISBN 978-7-5666-2219-8

Ⅰ. ①李… Ⅱ. ①阎… Ⅲ. ①《李自成》-小说研究②姚雪垠（1910-1999）-文学研究 Ⅳ. ①I206.7

中国国家版本馆CIP数据核字(2023)第155868号

出版发行：河北大学出版社
地址：河北省保定市七一东路2666号 邮编：071000
电话：0312-5073003 0312-5073029
网址：www.hbdxcbs.com
邮箱：hbdxcbs818@163.com
经 销：全国新华书店
印 刷：涿州市般润文化传播有限公司
幅面尺寸：170 mm × 240 mm
字 数：843 千字
印 张：62
版 次：2023 年 10 月第 1 版
印 次：2023 年 10 月第 1 次印刷
书 号：ISBN 978-7-5666-2219-8
定 价：360.00 元（上、下册）

如发现印装质量问题，影响阅读，请与本社联系。
电话：0312-5073023

“红色文化研究丛书”总序

本丛书所谓“红色文化”，是指中国共产党直接领导和影响下产生的一切文化产品与文化现象，包括文学、艺术、新闻传播、伦理道德、历史书写、理论建设、社会教育、社会组织与社会动员等各个领域。中国共产党历来重视文化建设，它是与政治斗争、军事斗争和经济建设密切配合的重要一翼。不同时期的红色文化建设都取得了重要成就：十年内战时期大都市的左翼文化、苏区的革命文化是红色文化建设的起步阶段，抗日战争时期红色文化逐步走向成熟，特别是毛泽东《新民主主义论》和《在延安文艺座谈会上的讲话》发表以后，红色文化建设有了理论的升华和行动的共同指针，红色文化明确为“新民主主义文化”。1949 年以后，这种新民主主义文化又发展为社会主义和共产主义文化。

红色文化是此前世界上从未出现过的一种新型文化。它的最早形态是新民主主义文化。新民主主义文化来源于五四，因而作为现代性文化它以对延续几千年的封建传统文化反叛的面貌出现的。20 世纪 30 年代的红色文化分为两大块，即以上海为中心的大都市左翼文化和各个苏区的革命文化。都市左翼文化的影响范围基本限于知识分子和部分市民，苏区文化面对的是农民和士兵，其内容和形式比较质朴。抗日战争时期新民主主义文化在解放区做到了全社会性大普及。在中国共产党及其所领导的军队及文化干部到来之前，不论是陕甘宁还是晋察冀，都基本处于封建落后状态，一些偏僻山区极端贫穷，其生活甚至接近原始生活。红色文化的进入和普及，使得这些地区一下子有了现代文化，这可以说是文化上的大飞跃。红军或八路军的社会动员能力亘古未见，而这种社会动员主要靠的是文化的力量。为了更容易为偏僻落后地区的群众所接受，这种现代文化又很自然地揉进或利用了某些传统文化质素，做到了为人民大众“喜闻乐见”，因而就社会影响面来说，它所取得的成就超过了此前的五四文化和左翼文化，其成熟程度也超过了苏区文化。其成就在人类文化发展史特别是中国文化发展史上是值得大书特书的。

红色文化在建设和发展中有宝贵经验，也有深刻教训。不论是经验还是教训，都是中国革命史的一部分，也是整个中国现代史的重要组成部分，这些都需要专业的研究者予以实事求是、细致深入的学理研究。大致来说，对于红色文化，新时期以前单从政治角度予以研究的较多，从文化与社会层面进行学理性研究的较少；新时期初期，对其教训研究较多，对其经验的学理化研究较少。在今天来说，只有做全面的学理化研究，才能真正利用好红色资源，传承好红色基因。

本丛书是河北大学红色文学与文化研究中心学者们成果的结集。河北大学地处冀中，这里是当年晋察冀边区的腹地，晋察冀边区是被毛泽东主席称赞过的模范抗日根据地，在社会组织与文化建设方面均取得了引人注目的成绩。因此，河北大学红色文学与文化研究中心对于红色文化的研究以晋察冀革命文化的研究为特色。但本中心的研究范围并不仅限于晋察冀。我们下设红色文学研究、马克思主义文艺理论研究、解放区新闻传播研究、红色文化传承研究和红色艺术研究五个主要方向。这五个方向既互相呼应、互有交叉，又有各自的侧重与特色：红色文学研究侧重“史”的梳理与评估；马克思主义文艺理论研究为其他方向研究提供理论指导；解放区新闻传播研究由晋察冀新闻出版研究起步，兼及其他解放区及其他时期红色新闻出版的研究；红色文化传承研究涉及苏区和解放区的社会动员、社会组织、文化建设和文化传承各个方面，红色艺术研究包括红色美术、音乐、戏剧（戏曲）及影视的研究。近十几年来，本中心学者已出版许多重要相关著作，并将陆续有新著面世。十年前出版的旧著，因近些年来学界又有新的发展，作者又有新的资料或观点，这次以修订版方式再版，纳入丛书；本中心学者的新著，也纳入丛书系列，从而展现我们团队的成果与特色，为红色文化研究做出自己的贡献。

阎浩岗

2022 年 5 月 14 日于河北大学

目　录

"红色文化研究丛书"总序 ………………………………………………………… (1)
前言 ……………………………………………………………………… 阎浩岗 (1)

上　册

怀姚雪垠　说《李自成》 ………………………………………… 王维玲 (3)
姚雪垠与高阳的历史小说之比较 …………………………………… 潘峰 (17)
论《李自成》的虚构艺术 ………………………………………… 夏冠洲 (28)
走向最后的历史主义典型化写作
——评《李自成》后两卷的艺术成就兼谈
历史小说的典型观问题 ……………………… 吴秀明　蒋青林 (35)
《三国演义》与《李自成》的战争描写比较…………………… 朱家席 (47)
"史诗性"与"红色经典"的文学价值评估…………………… 阎浩岗 (57)
观念与小说
——关于姚雪垠的五卷本《李自成》 ……………………… 董之林 (68)
农民革命及其叙事
——重读《李自成》 ………………………………………… 詹玲 (89)
在朴学精神与革命立场之间
——对姚雪垠《李自成》创作的解读 …………………… 李从云 (99)
《李自成》与《永昌演义》互见录
——写在姚雪垠百年诞辰之际 …………………………… 蒋守谦 (113)
《李自成》的遗憾………………………………………………… 许建辉 (125)
《李自成》在当代历史小说中的地位………………………………… 张炯 (143)

长篇历史小说《李自成》的艺术贡献 …………………… 严家炎（147）
《李自成》：被曲解遮蔽的当代长篇小说杰作 ………… 阎浩岗（156）
《李自成》对我的创作启迪……………………………… 唐浩明（176）
穿透历史的人性光芒：姚雪垠和他的《李自成》 ……… 詹玲（181）
《李自成》的主题与姚雪垠的立场……………………… 阎浩岗（187）
阶级叙事的建立及其变调
——以《金光大道》和《李自成》为中心 ………… 张霖（193）
姚雪垠思想历程与《李自成》的时代印记 ……………… 余新华（203）
论《李自成》对古典文学传统的继承 ………………… 徐亚东（209）
承续与深化
——从《长夜》到《李自成》 ……………………… 徐亚东（217）
重读《李自成》的意义与方法 ………………………… 董之林（229）
论《李自成》与中国传统文化的表现问题 …………… 高有鹏（253）
由历史小说看“五四”时代的延续
——论《李自成》研究再度兴起 …………………… 董之林（269）
时间·经验·意义
——重读《李自成》 ………………………………… 李从云（279）
《李自成》中的悖论……………………………………… 姚伦（293）
《李自成》研究的现象及其反思………………………… 徐亚东（307）
论历史小说《李自成》的“唯物史观”与
“人学”思想…………………………… 肖向东　孙周年（316）
《李自成》与中国当代现实主义小说的嬗变…………… 陈娇华（328）
《李自成》：用生命铸成的史诗 ……………………… 王庆生（344）
《李自成》在中国现当代文学史上的贡献……………… 王维玲（351）
在“农民战争史诗”和“社会百科全书”之间
——《李自成》历史评价中的“农民战争主题说”质疑 … 刘起林（356）
“两个姚雪垠”：政治时代的艺术创作
——重读创作于十七年中的《李自成》第一卷 ……… 姜玉琴（368）
茅盾与姚雪垠的《李自成》 …………………………… 阎开振（381）

孤本《李自成》
——《李自成》第一、二卷作者修改手迹释读 …………… 许建辉 (389)
《李自成》的经典化、去经典化与再经典化…………………… 阎浩岗 (402)
灾荒的革命寓言
——论《李自成》的灾荒书写 ……………………… 魏瑞 李继凯 (416)
《李自成》内含的多重叙事话语………………………………… 惠雁冰 (427)
严家炎《李自成》研究的学术史意义 ………………………… 汪静茹 (447)

读者声音

我的《李自成》阅读史 ……………………………………… 傅建华 (464)
忆当年演播《李自成》 ………………………………………… 曹灿 (468)
因喜爱《李自成》而结识姚老 ……………………………… 田永清 (471)
相见恨晚
——我读《李自成》 ……………………………………… 聂晶晶 (474)

下 册

文学生命之始
——姚雪垠在河南大学 ……………………………………… 刘增杰 (481)
胡风清算姚雪垠始末 ………………………………………… 吴永平 (489)
也谈胡风"清算"姚雪垠的旧案 ……………………………… 姜弘 (501)
姚雪垠的《璇宫感旧诗》 …………………………………… 李遇春 (504)
"文革"中姚雪垠对"三突出"的质疑…………………………… 程涛平 (509)
上海解放前夕姚雪垠的革命活动 …………………………… 姚海天 (516)
关于姚雪垠解放初在上海的档案资料 …………… 吴永平 姚海天 (525)
姚雪垠往事
——告别东西湖农场 ………………………………………… 周勃 (533)
姚雪垠与当代文学批评 ……………………………………… 熊元义 (555)
永葆创作活力的中原智者
——关于作家姚雪垠的片段回忆 ………………………… 刘增杰 (563)

姚雪垠与刘再复论争的回顾与反思 …………………………………… 周志雄（571）
中国当代文艺思想解放的先驱
——从姚雪垠与刘再复的论战说开去 …………… 邓树强 熊元义（582）
姚雪垠与刘再复论争的反思 ………………………………………… 孙德喜（594）
沈从文致姚雪垠信 ………………………………………………… 俞汝捷（603）
不宜忽视的姚雪垠致陈纪滢信 ………………………………… 陈学勇（611）
姚雪垠与上海解放前夕的“京沪密工站” ……………………… 许建辉（616）
论姚雪垠建国后的旧体诗创作 ………………………………… 李遇春（632）
姚雪垠《长夜》对江湖世界的想象方式论 ……………………… 赵小琪（641）
冯玉祥邀姚雪垠讲学书信四札 ………………………………… 吴永平（653）
千古生辉的文坛厚谊
——初论茅盾与姚雪垠的交往 ………………………………… 万树玉（657）
吴组缃致姚雪垠书信三札考 …………………………………… 吴永平（671）
重读姚雪垠的现代土匪题材小说《长夜》 ……………………… 罗维（676）
该有一部姚雪垠心态史传记 …………………………………… 赵焕亭（686）
姚雪垠在大别山区的文化抗战活动 …………………………… 吴永平（691）
河南抗日救亡运动的历史写真
——论姚雪垠《春暖花开的时候》的史料价值 ………… 赵焕亭（699）
姚雪垠手稿管窥 ………………………………………………… 李继凯（714）
最后的“史官”
——姚雪垠论 ………………………………………………… 李丹梦（717）
被“冷藏”的青年代表作及其改写
——姚雪垠小说《春暖花开的时候》之版本考释 ………… 吕彦霖（758）
姚雪垠知识青年抗战题材小说的文学史意义 ………………… 李玉杰（778）
姚雪垠早期文学思想散论 ……………………………………… 刘增杰（789）
“成长”与战时主体塑造
——以姚雪垠的《牛全德与红萝卜》为中心 ……………… 唐小林（798）
姚雪垠佚文考释
——兼及作家文献的整理问题 ………………………………… 刘涛（814）

一个"革命文化人"的晚年姿态

——以姚雪垠对小说《春暖花开的时候》的修改为中心 … 吕彦霖（846）

《牛全德与红萝卜》版本考释 …………………………… 左安秋（863）

"念也向阳，怨也向阳"

——"《忆向阳》风波"前后 …………………………… 马杰（875）

论姚雪垠自传体小说《长夜》的文本张力 ………………… 魏雪（897）

《长夜》的写实、虚构与艺术加工问题探析 ……………… 王金龙（906）

现代作家"心态史"传记缺失的琐思

——以两部《姚雪垠传》为例 …………………………… 曹转莹（916）

从"北平经验"到"开封《风雨》"

——姚雪垠的30年代创作与心态转移 …………………… 吕彦霖（928）

姚雪垠集外诗文略说 ………………………… 金传胜　刘文静（942）

姚雪垠与大夏大学（1949—1951） ……………………… 江明明（954）

读者声音

真情实感化为诗

——《姚雪垠诗集》读析 ……………………………… 陶新初（963）

《差半车麦秸》《牛全德与红萝卜》运用南阳语汇管窥 ………… 陈松峰（973）

附：新世纪出版的姚雪垠研究文集、专著及相关硕博论文 ……………（977）

后记 ………………………………………………………… 阎浩岗（979）

前　言

阎浩岗

从 1963 年 7 月第一卷初版算起，姚雪垠先生的长篇历史小说《李自成》面世已整整六十年了。小说第一卷正式出版前，在征求文学界和史学界权威专家意见时，即获一致好评；正式出版后，虽然由于特殊历史原因未出现专篇评论文章，但立即在普通读者中树立了良好口碑，印数一增再增，到“文革”前夕已达 30 万册。1976 年第二卷出版、1977 年第一卷修订再版后，《李自成》成为当时全国最受欢迎的小说，而且影响波及境外。专门研究这部作品的论文集或专著就有多种。至 1981 年第三卷出版，当时各种版本的中国当代文学史著作无不给予其突出位置。这样，《李自成》被首次“经典化”。

其实，那时学界并未有将文学特别是小说领域的传世名作称为“经典”的习惯。到 20 世纪 90 年代，以“文学经典”之称代替“文学名作”“文学名著”开始流行，到“红色经典”概念提出，哪些作品可以流传后世、常读常新，哪些流行一时而时过境迁便成过眼烟云，成为文学批评和文学史研究中的热点话题。一时间，研究者开始以莎士比亚戏剧或《红楼梦》标准审视或衡量每一部重要文学作品，预言其不朽，或断言其过时。衡量的尺度，是新时期以后占据主流的“纯文学”标准，或“内容的复杂性”及“人性深度”“私人化叙事”标准。于是乎，正面描写历史上的政治生活、作者对现实社会高度介入、突出强调“文学”与“历史”关系、属于典型的“宏大叙事”的《李自成》，从 20 世纪 80 年代后期到 20 世纪 90 年代末，就进入“去经典化”时期。在中国当代文学史书写中，它要么在被稍作肯定后当成“历史局限性”的分析标本，要么彻底消失。

进入 21 世纪之后，情况有所改观。在《文学评论》《文艺争鸣》《中国现代文学研究丛刊》等重要学术期刊上，开始出现正面评价《李自成》，而且给予其像首次经典化时期一样高度评价的论文。因为拉开了较长的时间距离，新世纪的研究者能以更为理性、更为历史化、学理化的眼光重审这部名作，就像审视《三国演义》《水浒传》一样，既承认其局限，更将其置于历史坐标中肯定其对文学史无可取代的巨大贡献。这些论文的作者，既有严家炎、张炯、王庆生这样在其初次经典化时就为代表性研究者的资深学者名家，也有董之林、吴秀明这样的中生代学人，还有初出茅庐的青年学者，乃至刚毕业或在读的博士生。这样，《李自成》的再经典化就进入一个持续的、正在进行的过程。

《李自成》评价史中有个特殊现象：有些专业研究者在撰写论文时，并未通读《李自成》全书，而仅仅根据读其第一、二两卷的印象，甚至有人连第二卷也不曾读完。这从其行文本身即可明确辨出。这当然与该书篇幅（350 万字）和创作出版周期（42 年）均超长有关。仅仅读了全书不到二分之一就对全书内容予以评论、就对全书文学价值和文学史地位进行评估，不符合作品实际是在所难免的。全书五卷十二册是一个艺术整体，虽然全书篇幅和创作周期超长，但作者创作之先有通盘设计，有内容和结构的整体布局，而且写出了每卷详细提纲；在此前提下，由于各卷创作的具体社会环境、时代语境有重要变化，作者在漫长的创作过程中在保持原先总体布局的同时，对局部构思和内容把握与处理有所微调，甚至重要调整，也在情理之中。前两卷创作于若过多写“工农兵”缺点便会“犯错误”、主流意识形态将农民起义视为推动历史前进力量的历史时期，这两卷所写又是李自成正处于逆境和事业低谷、若无优秀品质和杰出才能便会彻底覆灭的阶段，这两卷里的李自成表现出的基本是其优秀一面，所以，读了这两卷的读者普遍感觉李自成被写得高大完美，专家和读者都疑惑作者接下来如何写其走向失败。1981 年出版的第三卷，其实已经开始较多写李自成的缺点了，但此时《李自成》的接受已过高峰期，继“伤痕文学”之后，“反思文学”“改革文学”“寻根文学”“新潮小说”依次成为阅读或评论的热点，较之前两卷，读完第三卷的读者少了许多。笔者发现，某些专业批评家或文学史书写者，也并未细读甚至根本没有读过第三卷。小说最后两卷出版之时，正是该作被“去经典化”的“收官”阶段，它在某些版本的当代文学史著作中甚至彻底消失了。因此，读《李自成》第四、五卷的读者更少，而这两卷正是正面展开描述李自成致命弱点和一系列失误的部分，这两卷的基本构思虽然在新时期以前即已完成，但具体的写作（包括口述录音）是在新时期，作者的思想比此前解放得多、顾忌少得多，写作环境与所写内容恰好适应。当然，姚雪垠一直坚持唯物史观，他一直将李自成视为失败的英雄，他不可能像“新历史主义”作家那样去解构李自成，而这，也使得全书保持了艺术上的完整性和有机性。作为艺术整体的五卷十二册被许多批评家和文学史家忽略了。因此，当2008年董之林在《文学评论》发表推动《李自成》再经典化的论文时，副标题特别标明所论是“五卷本”；严家炎2010年出版的《二十世纪中国文学史》有关专节强调其“多卷本”规模。

新世纪评论《李自成》的论文，观点也并非都是肯定，有一些作者沿用了以前的阅读经验、延续了“去经典化”时期的主流观点。为反映该作在近二十多年中接受与评价的历史全貌，本论文集将不同观点的文章一并收入，以供研究者参考。笔者认为，《李自成》的“再经典化”也是一个过程，还会有争议，会有反复；但，由于其艺术上的独创性、文体上的开创性、实际影响的不可取代性，这部巨制不会在文学史上消失，是可以确信的。虽然个别新世纪出版的文学史著作只提唐浩明等新时期以后成长起来的历史小说家，不提姚雪垠，但唐浩明本人却亲承姚雪垠对其创作的影响和启迪，即为明证。凌力等的长篇历史小说创作，无疑也受到《李自成》的明显影响。

本论文集所收新世纪姚雪垠研究成果，不仅限于对《李自成》的研究。姚雪垠先生去世以后，关于他1949年以前的生平、思想与创作的研究，成果也越来越多。新史料的提供者，既有姚海天、周勃、许建辉、俞汝捷等姚雪垠先生亲朋或工作助手，也有刘增杰、吴永平等在姚雪垠先生生前即投入专门研究的资深学者，还有新世纪现当代文学研究强调史料发掘和整理中涌现出的中青年学者。对姚雪垠先生思想发展和创作整体风貌予以评价的文章，也体现出新世纪重视文化研究的新特点。新世纪青年学者的研究，由于拉开了时间和心理距离，更加突出历史化、学理化，显示出新世纪姚雪垠研究新风貌。本论文集力图反映出这些新收获、新风貌，以与其他相关专题的论文集相区别。

文学作品的文学史地位，虽直接取决于专家的文学史书写，但又并非单由专家决定，大学中文专业教师和专家直接影响的是中国语言文学专业的本科生和硕博士研究生，但学生阅读所受影响并不仅仅来自课堂与教材；民间阅读或直接或间接、或快或慢地促动专家评估的现象，也时有发生。六十年来，除了专业读者和研究者，《李自成》还拥有大量社会上的读者，这些读者（观众、听众）的阅读接受，既包括《李自成》原著，也包括其艺术衍生物，如连环画、广播剧、电影、电视剧等。普通读者的真实阅读感受，值得专业批评家和文学史书写者参考，因为文学史同时也是文学作品的接受史。本论文集“读者声音”栏目所选六篇文章的作者，都是《李自成》几十年来的老读者，他们有的在姚雪垠先生生前见过姚老，有的从《李自成》第一卷初版本发行时就成为其忠实读者，有的则是刚刚接触《李自成》而被深深吸引的青年学子，还有对姚雪垠作品的语言与乡土描写深有体会的姚雪垠先生家乡人。这也为新世纪姚雪垠研究者提供了新的接受史研究资料。

上　　册

怀姚雪垠　说《李自成》

王维玲[①]

1975 年姚雪垠定居北京，我开始正式参加《李自成》第二卷的编辑工作。从这时起，到 1976 年《李自成》第二卷出版，1981 年第三卷出版，1985 年《小说》第三期刊载“崇祯皇帝之死”，1986 年《小说》第一期刊载“李自成之死”，1990 年《小说》分两期刊载“李自成进北京”，到 1999 年 4 月姚雪垠病逝，我与姚老一直保持着联系。二十多年的交往，我们之间既是和谐融洽的编辑和作者的关系，又是十分亲近的朋友关系。我从一开始接触姚雪垠和《李自成》，便在心中暗自决定，在编辑工作的实践中，用心学习，使自己得到充实和提高。姚老看出我的用心，对我始终是亲近的、关心的，不放过一切可以提高我学识水平的机会。他给我讲文学、讲历史、讲读书、讲他的创作体会，还讲他的奋斗经历，人生体验，处世交友……叫我参加由他主持，或以他的作品为主的各种研讨会。姚老在学术理论上，在文学创作上对自己要求很严格，同样他对别人的要求也很严格。他是一位学识渊博的学者型的作家，又是一位传授知识的严师。回想我和姚老相识相交这二十多年，受教丰富、受益良多。

姚老逝世后，我一直想写篇纪念文章，记述这位硕果累累的文学大家，现在我就围绕《李自成》的写作和构想，围绕《李自成》一书的成败关键——四、五两卷的创作，以及这二十年我与姚老的一些交流作些回顾。对我来说，追忆往事常常使我难以平静，但这又是有意义、有价值的值得记下的沉甸甸的往事。

① 王维玲（1932—2019），原中国青年出版社副总编辑，《李自成》第二、三卷责任编辑。

一

在《李自成》第二卷的编辑过程中，我和姚老接触多了，使我对姚老写《李自成》的动念和他在创作中遵循的一些原则，有了较具体的了解。姚老告诉我，他最早产生写《李自成》的动念是在1941年。“因为我对历史一向感兴趣，读书范围很广，1941年偶然读到一些晚明时期的历史资料，引起了浓厚的兴趣。当时我想，中国是一个历史悠久的大国，单以汉民族来说，从秦朝末年以来，大大小小的农民战争不胜枚举。在中国的新文学中应该有一部写历史上农民战争的小说，而李自成领导的农民大起义就是很好的小说题材，这是最早的写作动念。”姚老还谈到：历史小说在中国源远流长，深受群众喜爱。早在宋朝时，就有专门说三国故事的。南宋以后，陆续出现了许多演义体历史小说，最著名的有《三国演义》《东周列国志》《隋唐演义》《说岳传》等，写农民战争的小说有《水浒传》。姚老觉得，“五四”新文化运动以后，还是这些旧的演义体历史小说，新文学没有占领这个阵地，应该有人作个尝试，给读者写一部新的历史小说。这种小说应是不落旧演义小说陈套的新小说。这是姚老写《李自成》的第二个动念。

虽然姚老从1941年开始就有了写《李自成》的念头，但一直到1949年上海解放前，也没有实现。主要是生活没有保障。当时姚老主要靠教书和写作的收入养家糊口，微薄的收入，不要说当时没有条件收集资料、研究历史，就是维持一家人的温饱也有很大困难。姚老说：“吃饭是第一件大事，研究历史、收集资料，只好就搁置起来了。”还有一个原因，就是写《李自成》这样的小说，必须先把许多复杂的重大历史问题研究透彻。但新中国成立前的八九年里，姚老对有些问题还不很清楚，所以那时还不能动笔。

上海解放后，姚老的经济收入有了保障，生活也安定了。这时他读了毛泽东写的《中国革命和中国共产党》，受到很大启发。姚老说，一是让我认识到：“中国历史上的农民起义和农民战争的规模之大，是世界上仅有的。”二是“在中国封建社会里，农民起义和农民战争，虽然给封建统治阶级沉重打击，甚至改朝换代，但是最后封建的经济关系和封建的政治制度，依然继续下去。”从这时开始，姚老下决心要写一部反映中国历史上农民战争的长篇历史小说，反映农民战争的重大的、历史的、进步的意义和它最后又以失败而告终的惨痛的经验教训。就这样姚老进入了李自成的世界。他日积月累，博采广积，慢慢地创作思想形成了，人物形象也活起来了，主要的故事情节也有了，全书的布局大致也明确了。但在当时还不是作家想写什么，就能写什么。尤其是像姚雪垠这样从旧社会走过来的作家，想写历史小说，谈何容易！所以姚老只能在写反映现实的作品以外，抽暇作一些《李自成》的创作笔记（包括人物性格，细节描写，情节构想，结构安排等），以免日后创作时遗忘。到了 1957 年 10 月动笔之前，这样的笔记已经记下了 30 多万字。为什么姚雪垠能在 1957 年 10 月开始写作，在不到一年的时间里，就写出了《李自成》第一卷初稿，原来他早有酝酿，早有准备。而这酝酿和准备的时间，若从 1941 年算起，已经 16 年！确实到了瓜熟蒂落的时候了。所以在中国青年出版社明确表示接受《李自成》第一卷的出版以后，姚老从 1960 年冬天开始修改，仅仅用了一年时间就定稿了，于 1963 年正式出版。

姚老不止一次地谈到，他在动手写《李自成》之前，就给自己定下了一条原则，这就是一定以严肃的态度对待历史，从广泛收集和研究文献史料入手，不急不躁不走省力道路。就是在进入写作之后，他仍然要坚持不懈地收集和研究史料，使自己的思想和创作源源不断地总有充实，总有提高。姚老说：我一贯认为写历史小说“首先应该深入历史，而后是跳出历史，跳出历史不是脱离历史，深入是掌握历史的必然，跳出是获得创作的自由，所以深入是为着跳出，跳出必先深入。”姚老这里说的“深入”与“跳出”十分重要，在《李自成》的创作中，如果没有这种对待历史的辩证观点和科学态度，就有可能被一些错综复杂的历史现象和封建社会文人留下的不同倾向、不同内容的史料所迷惑，看不清历史的本质和问题的所在，从而在描绘一些历史人物和历史事件时，出现不应该出现的毛病和错误。

小说创作需要虚构，没有虚构就没有创作，也就没有小说艺术。历史小说的创作也不例外，同样需要虚构，只是虚构的情节，一定要给人以历史的真实感。《李自成》在描绘、渲染、铺张、精雕细刻和史实可信的结合上，给我们树立了榜样。姚老在创作中，始终不忘历史的时代特征和历史的具体性，他笔下人物的思想和感情，性格和形象都深深地打着三百年前的历史烙印。至于风俗习惯、服饰器皿、典章制度以及事件发生的时间地点，他都进行严格的考证，决不随便使用。一时弄不清楚的，宁可不用，也决不马虎。对历史题材的创作要求，以及关于历史真实和历史小说的关系，姚老从他的学习体会和创作感受中说过这样一段话：“写历史题材的作品，在其处理的历史范围内应该以历史家要求自己，甚至应该要求比一般历史家的知识更丰富，因为历史小说的创作者除了研究政治、军事、经济等问题外，还必须知道一些无关重要的生活细节、风俗习惯、典章制度等。”“写史学著作必须重视历史的确实性，而写历史小说所重视的除了历史的确实性外，还有历史的可能性。确实性不能虚构，可能性只能是虚构。虚构的基础是作者对历史的认识，然后通过艺术表现的手段，将作家对历史的认识传达给读者，使读者对历史的认识更深刻，感受更强烈。历史小说的一切情节和细节产生于历史科学，归结为历史文学。”姚老的这些话，对我来说不仅是新鲜深刻的，而且是很有启发的。至于小说的艺术风格、艺术手法、艺术技巧，他想的就更多了。姚老过去在大学教书时，他开过“小说研究”这门课程，当时他是作为纯粹艺术技巧问题来讲授的。到了写《李自成》时，情况就完全不同了，他要把多年来自己在理论上探索的一些问题付诸创作实践。姚老多次谈到，《红楼梦》和《战争与和平》对他的影响。他说：“我喜欢《红楼梦》用工笔描写人物，描写生活画面。我喜欢《战争与和平》的气派大，善于描写战争场面，也喜欢它有几章写地主打猎生活的极其生动的画面。这两部小说在艺术上对我有一个共同启发，就是大部头的长篇小说应该包罗的内容相当地丰富，人物和世相要缤纷多彩。我在写《李自成》时，竭力向这方面追求，我希望全书写成时将会展开一幅十七世纪下半叶各种不同的阶级、阶层的生活画面。”姚老追求奋斗的目标，最终在《李自成》中实现了，从帝王后妃到文武大臣，从文人墨客到市井小民，从义军统帅大将到男女战士，他把中国封建社会各阶层的人物，把上层和下层的生活，展示得有声有色，无比丰富，绘出了一幅中国封建社会绚丽多彩的画卷。

《李自成》第一卷出版时，有的人批评姚老写李自成想当皇帝是歪曲了农民革命和农民革命领袖的形象；歌颂牛金星是歌颂姚雪垠自己……这些让姚老又吃惊又出他意料的批评，到了“文革”时，更是猖狂。要不是毛泽东主席及时下达了保护姚雪垠和《李自成》的“最高指示”，《李自成》无疑一定被打成“大毒草”，姚雪垠也一定会被打成“反革命分子”。但无论是在什么形势和环境下，姚老始终坚持己见，没有一丝一毫退让。他说，写不写李自成有皇权思想，牵涉到历史唯物主义。中国从陈胜吴广起义到太平天国起义，两千多年，大大小小几百次农民起义，没有不带皇权色彩的，这是中国封建社会的生产关系决定的，也是千百年来形成的上层建筑、传统的封建法权思想、皇权思想，在人们头脑中起着主导作用的结果。直到 20 世纪在中国无产阶级及其先锋队共产党领导下，广大农民才从这种束缚中解放出来。关于牛金星，姚老说，这是一个复杂人物，在明末农民战争最困难的时候，他参加了李自成的起义部队，当时举人这一级的人物还没有一个参加农民军的，牛金星肯参加，这是很不容易的，同时他确实有实际学问，所以李自成才那么重用他，让他做首相。如果把牛金星写成“碌碌之辈”，不仅道理上说不通，也把李自成写低了。但在刻画牛金星的时候，也写了他怀才不遇的心态，写他有一股士大夫的酸气，这就为牛金星后来的发展变化埋下伏线。尚炯是封建社会的小知识分子，是同牛金星对照的人物，他极其忠于李自成的事业，却没有个人的政治野心，灵魂中也没有士大夫的酸气，所以他一直坚持到最后，与高夫人一起壮烈牺牲。从姚老对牛金星的论述，我们也能体会到，他对《李自成》这部长卷中一些主要人物的性格把握及其发展，不仅有着充分的考虑，而且是反复斟酌的，不是那么简单随意创作出来的。

在和姚老交谈中，他谈得最多的就是李自成为什么会失败。对这个问题姚老想得很深、很细，而且在进入四、五两卷写作后，他原有的一些想法，有的有所发展，有的有所变化。比如，对于李自成进北京后，严刑追赃的行动和后果，分量就比他原来的构思大大加重了。在姚老的笔下，无论是李自成，还是刘宗敏，在当时都没有想到北京和他们占领的其他州县是不同的。北京在政治上、军事上有着特殊的重要地位，进入北京之后，特别需要讲究策略，更何况当时还面临与清兵直接对峙的局面，更需要求得京城的安定。但李自成、刘宗敏和他们的左右都没有看到这一点，一进北京便不加区别的拘捕了明朝大批皇亲、勋臣、上层官吏，严刑追赃。有些人被追了脏，还要处死，结果引起社会上极大的震动，在中下层社会造成恐怖气氛。对于抄没来的大量金银财宝，全部运回西安，没有拿出一部分对北京的贫苦百姓施行救济，没有把追赃的具体行动同群众的切身利益联系起来，结果不仅使李自成失去民心和信任，而且人心惶惶，社会不稳。这样的事情历朝开国皇帝都不会做的，独独出于李自成创业建国之初。姚老在第五卷特别以此与后来的多尔衮进北京作了鲜明的对比。

又比如，李自成进北京以后，他让大顺军驻扎在城内，担起向官吏家室搜索金银的追赃工作，良好的军纪就很难再维持下去，随后奸淫掠劫的事情就发生了，而且愈演愈烈，年轻的妇女跳井、上吊自杀的事屡屡发生，造成人心背向的恶果出现。这时如果李自成果断下旨，严申军纪，把军队迅速撤出北京城内，军纪败坏的现象，完全可以阻止，情况也会有所补救。但李自成采取了放纵态度，将领们也贪恋北京城内的生活，军纪继续败坏，李自成和他的大顺军在北京的政治形象和政治影响迅速下滑。京城的百姓因为感到失望和痛心，由原来兴高采烈地拥护李自成和大顺军进北京，转而怀念明朝，把希望寄托在吴三桂拥护太子即位上。开始，姚老对大顺军军纪败坏的现象和恶果还看得不那么严重，但后来他在写四、五两卷的过程中，越来越感到这问题的发生不是偶然的。因为这时的李自成已不是一名农民起义的领袖，而是一位新朝的皇帝，在他进入北京之后，他的左右或被封侯、或被封伯，都获得了“高爵厚禄”“子女玉帛”之利，已经形成了一个新朝的封建统治集团，这时无论是李自成，还是他的文武大臣也就没有什么顾虑，再考虑什么影响了。姚老也还写到，在李自成败出北京退到山西后，他有所醒悟，曾想严厉整顿军纪，但收效甚微，派出的军队依然纪律不好。军心涣散，军无斗志，这种现象一直持续到李自成最后败亡，也没有扭转过来。

再比如，李自成从北京退到山西时，河南的地方武装纷纷起来反对大顺政权，使河南的局面陷入不可收拾。这时李岩请求给他两万人马回河南收拾动乱的中原局面，李自成起了疑心，下旨将李岩兄弟杀掉。假若李岩不被杀掉，给他两万人马，让他回河南，代表李自成独当一面，也有可能使河南的局面发生一些变化，甚至会有所好转。如果那样清兵就不能毫无牵制地集中力量攻打潼关，只要战争形势稍微有点缓和，陕西暂时松口气，就有可能出现对李自成和大顺军有利的新局面和新变化，所以李自成错杀李岩兄弟的后果关系全局。但最初，对李自成错杀李岩兄弟的严重后果写得并不充分。当时姚老把责任过多地归罪于李自成轻信牛金星的谗言，后来他有所变化，偏重于李自成这方面的责任。首先是李自成对李岩不信任，进而引起疑心，最后给牛金星下旨处死李岩兄弟。牛金星也有不可推脱的责任，但最终他还是个执行李自成错误决定的人，这个变化在五卷中体现出来。姚老说：“我写《李自成》，目的不仅仅是反映历史事件和历史发展的规律，而且还要通过小说的艺术反映，让读者认识历史上的经验和教训，从而对人们认识历史上的重大事件时起积极的作用。”所以在四、五两卷里，姚老既要写出李自成起义的后期，在军事上取得空前胜利的道理，也要写出李自成从胜利的顶峰迅速走向失败深渊的道理。姚老深有体会地说：“历史唯物主义和辩证唯物主义像明灯一样照亮了我的眼睛，照亮了我所掌握的历史资料，让我经过若干年的学习与思考，探索与研究，对李自成失败的原因，逐渐有了清醒的认识。这种认识不是一下形成的，是渐进的，从不全面到全面，从不细致到细致，从不系统到系统，到这时我才有了写好《李自成》的信心和勇气。”确实如姚老所说，从 1957 年他写《李自成》第一卷开始，到 1999 年四、五两卷出版，他一直在边写作、边思考，他的认识也在不断地深化、发展、变化。就是在五卷本全都写完之后，他还计划从头开始再通盘进行一次认真的修改，才算定稿。所以姚老一直把过去已经出版的三卷和现在出版的四、五两卷称之为“未定稿”，就是这个道理。姚老常说，这种边写作，边思考，边修改，边定稿的做法，有无尽的好处，使他的认识水平永不停留在一个水平线上，总是在提高，在发展，这就有可能使《李自成》越来越接近完善。在《李自成》的创作中，姚老的这种追求完美的毅力和精神，实在让人钦佩。

二

从《李自成》第三卷出版，到四、五两卷出版，整整间隔 18 年！人们常常不解地问：为什么四、五两卷花了那么长时间？这是因为四、五两卷在《李自成》全书中占非常重要的位置：不仅是全书的高潮，而且关系全书的成败，是关键的两卷。姚老早在动笔写《李自成》之前就说过这样的话：“我首先考虑和解决的就是李自成为什么会失败？而且又为什么失败得这么快！这是我写这部历史小说首先要解决的一个重大问题。倘若这个问题心中无数，这部小说就没法动笔去写。倘若对这个问题认识错了，小说就会全部失败。”由此可见四、五两卷的重要性，然而要写好四、五两卷又谈何容易！

对姚老来说，第四卷首先碰到的问题就是对李自成进北京如何认识？怎么去写？这是姚老动笔前反复琢磨的一个问题，也是《李自成》碰到的一个禁区。过去一直把李自成进北京说成是农民起义的“光辉的胜利”，而在《李自成》这部小说里，姚老却不这样认为。他认为，李自成进北京是他领导的农民起义从胜利顶峰走向大悲剧深渊的转折点，李自成从这里开始迅速走上了败亡的道路。姚老这么说，是有他的道理的。他说，如果李自成及其周围的文臣武将头脑比较清醒的话，在占领陕西和山西以后，就不应该急着孤军远征北京，而是用上一两年或更多一点时间，经营他已经占领的广大地区，设官理民，恢复农桑，抚辑流亡，让人民有粮食吃饱肚子，有衣蔽体，有屋容身，生儿育女，过上一段时间的安定生活，人民就会继续支持他，拥护他。李自成起义时，人民对明朝不满，人心思乱，所以从者如流；当李自成进入西安取得重大胜利之后，人心思治，希望停止战乱，恢复生产，过上几天安定温饱的生活。但李自成被眼前的胜利冲昏头脑，只想东征成功，攻入北京登基作皇帝。他没有想到不顺从民意，人心就可能动摇，这么简单的道理，李自成没想到，他身边文武大臣也没有想到。李自成迅速失败的原因很多，但与他在困难时期同百姓建立的密切关系，发生了根本性的变化，是他迅速失败的重要原因之一。如果李自成走乱中求治的建国路线，情况就会完全不同，在进入西安之后，先不急于东征，花上一段时间巩固河南、山西、陕西、湖广北部（即今湖北）的广大地区，肃清明朝的旧政权和残余军队，摧毁反动地方武装，团结可争取的地方武装，给人民以恢复生产的时间，让人民有一点“复苏”之乐，人民就会继续拥护李自成和大顺政权，同时李自成也为大顺朝的政治和军事的发展打下点基础。在李自成的新政权稳固了，将士们也得到了休整，生产也有所恢复时，再向北京进军，那时的军事形势就会完全不一样了，再不用怕吴三桂拒降和清兵入侵了。

姚老还谈到，就是孤军东征，如果从西安出发时，李自成考虑到清兵可能入关的危险性，率领的不是六万人马，而是二十万人马，力量的对比就发生了根本性的变化，也许吴三桂就不会降清；即使降清，李自成在山海关不战败，北京不失手，河南、山西等地的反动武装就不敢纷纷叛乱，大顺朝新建立的政权就不会那么快被摧毁，李自成和大顺朝也就不会出现后来的局面。假如还有七八万人马控制在保定的刘芳亮手中，紧急时驰援李自成，假如再有几万人马进驻天津，纵然山海关大战失利，清兵也不敢直向北京，即使向北京发动进攻，碰了钉子就会缩回关外去，大顺朝的命运就不是后来这个样子。还有，假若李自成进北京以后，保持清醒头脑，命令大顺军保持高度戒备，对保卫北京作一些必要的布置。比如，把军队驻扎在城外，保持良好的士气，同时在战略要地通州，积极作防御准备，即使同样在山海关吃了败仗，北京也不至于轻易放弃。如果北京不放弃，对全局就会起很大的积极作用。由于李自成打算建都西安，忽视了北京在政治上和战略上的重要地位和重要影响，所以他进入北京后根本没有采取巩固北京防务的任何有力措施，这是李自成在战略上的又一个重大失误。一连串的失败，使他在山海关大战中本来应该在意料之中发生的情况，在紧急时刻出现时，无法应付，只好溃败，最后匆匆退出北京，造成一步被动，步步被动，全局被动，最后发展到不可收拾的地步。姚老在四、五两卷中，以他的胆识和见解，打破过去的禁区，出色地描写了李自成从进北京到退出北京这个沉重的历史故事。

姚老在谈李自成失败和四、五两卷的写作时，说过不少富有创见、新鲜而又深刻的看法，也说了不少让人感动的话语。他说：对李自成失败的分析，虽然是我今天的认识，但我决不是用今天的认识水平去要求李自成，那样做是反历史唯物论的。但就以三百年前的历史具体条件来说，李自成完全有可能避免失败，也可以改写大顺朝的历史，改变他自身的悲剧结局。正因为这样，我对他的失败才感到痛惜。同时有一个比较全面，比较系统，比较清楚，又符合历史实际的认识，也就会使我比较容易地写出李自成失败的深度了。

从姚老对李自成失败的分析和认识，让我们对老人的严肃认真的治学精神和写作态度不能不感到欣喜和钦佩。就我看到的文章和资料，运用历史唯物主义和辩证唯物主义的思想、观点、方法来分析李自成失败的原因，就其论述之全面、深刻、细致来说，姚雪垠还是第一人！所以我在记述姚老这些论述时，常常停下笔来，深思赞叹不已！我想，就为了认识这些问题，姚老要读多少书，做多少卡片，花多少精力和时间，去分析、研究、比较、查证啊！如果说姚老关于李自成失败的论述是他留给我们的珍贵历史史料的话，那么他的这种坚韧顽强、持之以恒的学习态度和钻研精神，则是留给我们更为宝贵的精神财富！

1985 年《李自成》第四卷“崇祯皇帝之死”和第五卷“李自成之死”这两个单元在《小说》上发表时，已很精彩。但后来姚老通通推翻重写。当 1990 年《小说》第二、三期连载“李自成进北京”（即现在出版的第四卷中的“围城时刻”“崇祯皇帝之死”和“李自成在武英殿”中的第十三章）时，我又一次拜读了这个大单元。我敢说这次修改是相当成功的，给《李自成》第四卷增加了几倍的艺术力量！当时我曾怀着无比兴奋的心情，登门祝贺姚老的成功！姚老说："崇祯皇帝之死"发表后，反应很好，但我并不满意，在写"李自成进北京"这个单元时，又有了新的想法，把"崇祯皇帝之死"中的一些重要情节融入"李自成进北京"这个单元之中，作为第四卷的一个重要内容，使第四卷一下就进入大悲剧的高潮，使四、五两卷的衔接处在故事上一气呵成，结构更加严密完整。围绕崇祯皇帝之死这部分，有的情节重新构思，有的情节精心修改，不称心不如意的宁可弃置，也决不含糊吝惜。姚老对经历了 276 年的明朝灭亡和崇祯皇帝的死，是当作一个社会群体的大悲剧，一个封建阶层的大悲剧，而不仅仅是崇祯个人的悲剧，要写透这一点，就要把崇祯皇帝以身殉国的典型环境写得"满意"，就为这满意二字，姚老写了改，改了写，他不是一万字、二万字地推翻重写，而是几万字几万字的推翻重写，读者如果有兴趣，可以把当年《小说》上发表的"崇祯皇帝之死"与现在出版的《李自成》第四卷放在一起对照比较一下，便可看出姚老付出的心血！现在姚老是把李自成进北京与崇祯皇帝之死交叉在一起来写，写崇祯在李自成进北京之前，从不南逃，不能下决心南逃，到后来明白过来想南逃，又为时过晚，失去了南逃的时机；写崇祯如果南逃了，明朝也有可能避免亡国，然而崇祯的精神已经彻底崩溃，最后身殉社稷，国亡君死，走上了亡国之路；写崇祯在李自成破城前的惶恐、悲愤、幻灭、绝望，错综复杂的心理和李自成破城后，下旨后妃自尽，亲手劈杀公主和幼女，最后偕太监王承恩自缢于煤山脚下。写崇祯、周后虽死，乾清宫、坤宁宫的宫女头儿魏清慧、吴婉容和长平公主的贴身宫女费珍娥，如何各自采取不同的方式为明朝尽忠，为帝后尽节。姚老对费珍娥这个在当时家喻户晓的人物身上花了更多的笔墨，写费珍娥如何被吴汝义发现，献给李自成；写李自成如何被费珍娥的容貌和才华倾倒；写他又如何从自己动心、喜爱到从战争的大局出发，把费珍娥赐给罗虎为妻；写费珍娥如何从一心要刺杀李自成到刺死罗虎而后自尽。这些情节在姚老的笔下，既写得那么生动细腻，又显得是那么深刻重要。

姚老在《李自成》的第四卷，把李自成率领的农民起义军，同以崇祯皇帝为首的明朝政权进行了长达十几年的战争后，在攻克北京的瞬间，便宣布了明朝的历史和崇祯皇帝本人的历史已经结束。虽然崇祯皇帝至死不认输，不甘心承认自己是亡国之君，但明朝确确实实是亡了，他本人也确确实实是亡国之君了。姚老在塑造崇祯“这个”封建帝王中的复杂人物、复杂性格时，一点也没有简单化。他形象地写出崇祯登基以来，宵衣旰食，勤于朝政，一点也不敢懈怠，极想做一个有为的“英明之君”“中兴之王”，力挽狂澜，拯救明朝的灭亡，就是在覆灭的现实面前，他还留下“衣带遗诏”和自缢时以发覆面，表明他“做亡国之君我不甘心!”“失去江山，无面见祖宗于地下。”这些姚老写得愈强烈、愈深刻、愈生动，愈能说明明朝灭亡的社会复杂性和历史多变性。如果姚老笔下的崇祯皇帝，是一个腐朽荒淫，不理朝政的无能昏君，也就没有那么多的遗憾，人们会把明朝灭亡的责任毫无保留地归罪于崇祯，崇祯也就顺理成章地落个“亡国之君”的骂名，这样也就没有什么悲剧可言了。崇祯死，明朝亡，许多人为他痛哭，为他殉节，第四卷虚写了懿安皇后和袁皇贵妃回到娘家自尽和新乐侯刘文炳全家自焚，无论是正面的、还是侧面的描写，都是为了反映明朝灭亡时的“这个”典型环境。在典型环境的创造中，姚老把灭亡前崇祯的思想感情、复杂心理浓浓地、具体地展示出来，把崇祯皇帝个人的悲剧与崇祯皇帝所代表的那个社会群体、封建阶层的悲剧紧密地融合在一起，使明朝的灭亡和崇祯皇帝的死的悲剧气氛、悲剧环境和悲剧效果更加真实和强烈！在这里姚老不仅写出这场历史大悲剧的深刻性，还写出了文学的典型性，这样就把李自成进北京和崇祯皇帝之死的艺术水准推了上去，也使四、五两卷的整体水平得到提高，成为全书的高潮。

《李自成》四、五两卷另一个方面的成就，就是更加深化了李自成的性格。写气势磅礴、踌躇满志的李自成率师势如破竹般攻克北京；写李自成以大顺皇帝的身份进了北京、进了紫金城；写张皇后的贴身宫女窦美仪被李自成收为妃子；写田皇贵妃的贴身宫女王瑞芬成了李自成入宫后的管家婆；写吴三桂拒降，李自成围绕对吴三桂用兵不用兵的决策上的矛盾心理。李自成进入紫金城后，他不想打这仗，也没有准备打这仗，但眼前的事实让他骑虎难下，最后他还是决定御驾亲征……。在这里，姚老对宋献策和李岩这两个人物作了细致入微的描写，他俩始终保持清醒头脑，看到明朝灭亡后，满洲清朝就成了大顺朝的劲敌。李自成如果东征失败，就可能败出北京，影响所及，不堪设想。所以他俩竭力阻止李自成东征，但最终他们发现，与李自成最初保持的“袍泽”亲情已经所剩无几，而今取代的是君臣关系，虽苦口谏阻，也无济于事了。写李自成不听宋李的劝阻，决定亲率六万大军夺占山海关。对当时清兵的行动，对满洲的军事实力，他不清楚，只是猜想清兵可能南来。他只认为此行是同亡明的残余势力作战，不明白现在他的真正可怕的敌人已经不是吴三桂，而是新兴的满洲政权，是建立在沈阳的清朝。对这一点姚老浓墨重染写得无比沉重。由于李自成对清兵入侵的严重性没有认识，其恶果只能是在山海关大战开始以后和他统率的六万大军溃败之后，在形势不断恶化的进程中逐渐加深认识。

我们在研究姚雪垠的悲剧思想和悲剧艺术，悲剧人物和悲剧命运时，不难看出，姚老在悲剧思想和悲剧创作上的贡献。最显著的就是他在写崇祯皇帝悲剧结束的同时，就进入了李自成悲剧的迅速发展，乃至发生大转折的突变。《李自成》全书表现的是一场农民起义由弱小到壮大，又由壮大而败亡毁灭的大悲剧。《李自成》共五卷，在先前已经出版的三卷中，第一卷写李自成处在极端不利的情况下，如何惨淡经营，不折不挠，保住大旗，站稳脚跟；第二卷写李自成继续在艰难中经受考验。在这两卷里，李自成爱惜百姓，礼贤下士，兢兢业业，小心谨慎，处处发挥自己的所长、优点，而他自身的弱点、缺点，几乎都自觉的被克制下去了。但在他破洛阳、杀福王之后，就不同了。闯王的人马发展到几十万，闯王的威望越来越高，闯王的事业走向壮大和成功。这时他自身的缺点、弱点，就开始暴露了。他正式称号定为“奉天倡义文武大元帅”，宣传他的起义是奉上天之命，他自己“乃文乃武乃圣乃神”，这些做法，反映了李自成急于千秋大业告成的帝王思想，反映他的等级观念愈来愈严重，重建一个封建王朝，当一名新朝皇帝的欲望愈来愈强烈，所以李自成并不是在进北京以后变化的。第三卷对李自成思想上、心理上、作风上的这种深刻变化，已经作了充分描写。李自成是封建社会农民起义军中产生的领袖人物，他不可能永远保持像一、二两卷时那样的思想作风。帝王思想，等级观念，随着他的声威和事业的发展而发展，到这时历史造就了李自成，已不再是一位农民领袖，而是一位帝王，这就是《李自成》这部小说展示在我们面前的历史真实。李自成从襄阳到西安，到进入北京，仅用了半年多的时间，这样的胜利大进军，在中国农民起义战争史上也是少见的。遗憾的是这样巨大的胜利，却不是李自成事业的开始和延续，而是他政治上、战略上严重失误的暴露和发展。所以我们在读《李自成》的时候，就有这样一种感受，姚老愈写李自成的空前胜利，愈让人对他突然失败而格外惋惜。山海关一败便不可收拾，先是退出北京，接着又退出山西，退回陕西。潼关战役惨败后，又退出陕西，退向湖广，清兵步步紧逼，接着又放弃了襄阳，退到鄂中地区。在他乘虚进入武昌后，本来可以利用武昌和汉阳的有利地形，抗抵清兵，但他已丧失斗志，当清兵来到时，他继续向东逃亡，在富池口遭清兵夜袭，几乎全军被歼，刘宗敏、宋献策被俘，李自成的眷属有的投江自尽，有的被俘被杀。李自成逃到桑家口，又被清兵追上，又逃入江西境内，清兵穷追不放，又转入湖北通山境内，人困马乏，被乡勇杀害于九宫山北麓牛迹岭下，最终走完了他的败亡道路。姚老在最后这几章，把失败中的李自成的精神状态和心理变化，作了最后一次深化，将李自成的悲剧艺术形象最终塑造完成。

在李自成被害，他的主力部队被清兵歼灭以后，姚老还拿出一定篇幅，写高夫人率余部坚持抗清的武装斗争，甚至不惜放弃大顺旗号，同南明合作，联合抗清，一直坚持了十八年。最后被清兵团团围困在茅庐山中，在清兵攻上山时，所有战士没有一个投降的，高夫人、慧英、李来亨、尚炯、王长顺和他们的亲兵放火自焚，在一片火光中，他们仍然站在屋顶上射杀清兵，最后全部壮烈牺牲。到此姚雪垠才给李自成和他的大顺军划上了一个悲壮的句号。姚老说，他在长篇小说情节上的美学追求是：壮美与优美交互变化，以壮美为主调。在这里充分体现出来了。本来这部长卷到李自成死就可以结束了，为什么后面又写了这么一大段呢？姚老讲过这样的话："在中国的历史上，每当民族危难的时候，真正前赴后继、顽强不屈地反抗异族入侵和异族统治的是人民大众，而不是封建上层社会。上层社会中具有民族气节的爱国分子，也只有和人民大众相结合，才能有所作为，而要做到真正同人民大众相结合，把人民大众作为依靠力量，是十分不容易的。李自成领导的农民武装余部在抗击民族侵略的战争中是艰苦卓绝、可歌可泣的。当他的这些部队流尽最后一滴血时，全中国汉族中的上层社会以及依附于他们的知识分子基本上都已向满族所建立的大清皇朝投降。然而农民起义的火焰是不会因此熄灭的。当高夫人这支部队最后被消灭时，新的农民起义的火种已经开始播种下去。小说中红娘子和红霞云游各地，就是在传播这样的火种。经过几代以后，到嘉庆年间，终于在四川、湖北等地爆发了白莲教农民起义。"

姚老在《李自成》四、五两卷中，把悲剧冲突的核心提高到历史发展的根本上来，把个人性格悲剧提高到社会的阶级、阶层的悲剧上来，把悲剧的美学特征提高到历史唯物主义上来，这样展示在姚雪垠笔下的悲剧人物和悲剧命运，悲剧思想和悲剧艺术的创造和发展就显得很不寻常。可以说，从崇祯皇帝之死到李自成之死，从明朝灭亡到大顺朝败亡，充满了悲壮之美，笔墨变化之美，这就是姚雪垠花在四、五两卷上十八年的心血结出的硕果。

1999年4月29日姚雪垠以他89岁的高龄离我们而去，他既没有看到就要出版的四、五两卷，也没有成为千禧年的老人，这确实是十分遗憾的！但他倾注了大半生心血的320万字的皇皇巨著《李自成》最终完成了。可以说，姚雪垠是在给自己的人生和《李自成》的创作划上了一个圆满的句号之后才远行的。写到此，就让我对老人的去世感到无比的惋惜和怀念，同时也感到庆幸和宽慰。《李自成》这部长篇小说虽然是经历了42年漫漫岁月创作出来的，虽然姚老在创作中一直恪守“不求急功，但求少愧”的准则，但其间仍难免有文思不属之处，诸如：笔墨失之拖沓，繁复而不够精炼，以今推古的现代化感觉等，虽然这些不影响全书的整体水平，但我们在认识《李自成》突出成就的同时，也应当看到事实上存在的一些不足之处，这样才不失为一种文学的、辩证的科学态度。其实姚老生前早有这个思想准备，不然他就不会一再表示全书写完之后，还要统改一遍，才算最后定稿。这里面就包含了听取专家学者和广大读者意见的想法。

（《文艺理论与批评》2000年第2期）

姚雪垠与高阳的历史小说之比较

潘　峰[①]

姚雪垠于1964年[②]发表了历史小说《李自成》（第一卷），这是中国现当代文学史上第一部长篇历史小说，第一次用马克思主义的观点塑造农民起义军的群像，在历史小说中具有开创性意义。《李自成》前三卷销量超过500万册[③]，在文化界产生了巨大的影响。整个作品共有500多万字[④]，全景式地描绘了以李自成为中心的农民起义运动，刻画了明末各阶级集团之间错综复杂的关系，既反映了明末清初的民族战争，又包罗了广泛的社会生活。仅在前三卷中刻画了300多个栩栩如生的人物形象，像李自成、刘宗敏、红娘子等成为农民起义军的典型人物形象，像崇祯、杨嗣昌、洪承畴也是个性鲜明、有血有肉的反面形象。虽然今天看来《李自成》存在某些时代局限性，但是这丝毫不影响《李自成》作为当代文学史上的巨著。至今我们仍能被《李自成》生动曲折、扣人心弦的故事情节所吸引，被金戈铁马、雕龙走凤的历史风云所陶醉。

高阳是台湾著名的历史小说家，也是于1964年发表第一部长篇历史小说《李娃》。他的描绘对象以清代为主、上溯秦汉下至民国初年，塑造了许多性格鲜明的人物形象，营构了一幅幅生动的历史画面，共出版了70多部长篇历史小说。主要代表作有《李娃》《缇萦》《清官册》《慈禧全传》《胡雪岩》《红楼梦断》《曹雪芹别传》《乾隆韵事》等，特别是《胡雪岩》《慈禧全传》是高阳创作历程中的两座杰出的艺术丰碑，奠定了他在文坛上的地位。至于高阳历史小说的影响，不仅在台港及海外华人中一直盛行不衰，而且也备受大陆学者的

① 潘峰（1974—），发表本文时为华南师范大学人文学院中文系助教。
② 《李自成》第一卷出版于1963年7月。——本书编者注
③ 《武汉晨报》1999年9月1日。
④ 《李自成》全书共约330万字。——本书编者注

推崇，被誉为“有饮水处有金庸，有村镇处有高阳”。

姚雪垠与高阳都着眼于源远流长的民族历史，植根于同宗、同根的传统文化，都受到“五四”以来现代新文学的影响。但是两者又有着完全不同的社会背景和人生经历，使两者呈现出完全不同的历史观和文学观，对历史做出不同的阐释。姚雪垠创作时期处在以阶级斗争为纲的时代，人们还沉浸在革命胜利的喜悦之中。对社会主义前途充满了憧憬，但“文化大革命”的噩梦刚刚开始，处于狂热与迷茫交织之中。高阳创作时期则是处在台湾文学已经从国民党鼓吹的“反共”“战争文艺”中清醒过来，大众文学蓬勃兴起。整个社会由工农社会向工商社会转变，经济渗透到社会生活的各个角落。本文试图将高阳与姚雪垠的历史小说放在海峡两岸文学发展的大背景下，以历史观和文学观为切入点，从比较的视野勾勒历史小说创作的轨迹，发掘两者历史小说创作的个性特征。

一、姚雪垠与高阳历史观的异同

1. 反叛与重构

历史小说的对象是历史题材，描绘的是历史生活，品评的是历史人物，所以作家的历史观决定了创作主体对历史的把握。姚雪垠与高阳历史观的差异，使作品中呈现出反叛与重构两种不同的历史观。鸦片战争后中华民族一直面临着民族危机和民主革新的要求，“五四”运动的爆发，是彻底地反封建、反传统的开始，反封建思想可以说是中国史学的基本观念。姚雪垠的历史小说正是继承了这种反传统的历史观，对历史进行重新“叙述”，它的核心就是“否定”“反叛”中国封建社会正统观念。姚雪垠青少年时代只读过三年小学，半年中学，饱受旧社会的颠沛流离之苦，新中国成立使他有了翻身做主人的感觉。正如严家炎所说：“姚雪垠是努力去写农民起义、农民战争，真实地表现出在历史发展中人民群众的作用，把历代剥削阶级颠倒了的历史再颠倒过来。姚雪垠正是站在阶级的立场去审视和评价李自成起义。”① 封建“正史”污蔑为贼的农民起义军，在姚雪垠笔下被塑造成中华民族的脊梁和历史的缔造者。姚雪垠将自己对社会主义革命的火热激情融入小说创作中，倾注在起义军身上，正如他所说：“我写《李自成》第二卷过程中，常常被自己构思的情节感动得热泪

---

① 严家炎：《〈李自成〉初探》，《北京大学学报》1978年第3期。

纵横和哽咽，与农民起义的大小英雄同呼吸、共脉搏，时常为他们痛洒激动之泪。”①

高阳是浙江许氏大家族的后裔，出生于钟鸣鼎食之家，世代簪缨之后，曾祖辈曾经“七子登科”，他的骨子里浸润着强烈的贵族意识，用郡望高阳为笔名便是明证，同时深受传统文化的熏陶，所以他说：“我写历史小说是为了唤起人们对历史的温情。”他试图描绘出安居乐业，民风淳朴的历史画卷，也就是他所云“以小说造史”。②

高阳笔下的历史是对儒家传统某种意义上的认同，试图重铸传统的历史精神和历史价值观，认同封建社会的人伦和道德观。高阳听说台湾作家张大春准备写以太平天国为背景的小说，他表示反对，并说：“历史小说之可贵在于历史人物之可爱，而杨、洪之徒岂有可爱之处？值得入小说的人物大抵不外圣君、贤相、良将、高僧、名士、美人六者。真要是个一流作家，干吗又要去伺候那些个三流人物呢?”③ 在他的眼里洪秀全、杨秀清仅是个“三流人物”，圣君、贤相、良将、高僧、名士、美人才是古代中国社会的支柱和代表，平民仅是这些英雄的奴仆而已，所以他的历史小说更多的是改良“正史”，美化传统人伦道德，站在旧历史观的基础上追述历史事件的来龙去脉。姚雪垠认为农民起义打击了封建王朝的统治，推动了历史的进步发展，但是，高阳在《胡雪岩》中，多次带有贬义地描写太平军将士。胡雪岩从被太平军占领的杭州城中没吃过一顿饱饭，途经太平军占领地，买不到吃的，在浙江嘉兴“长毛”的太平军将士盘问时，一句答不上来，就被砍了一刀，最后逃出了“长毛窝”，可谓九死一生。作品中有意或无意地流露出太平军是造成社会动荡、民不聊生的根源，是一群“乌合之众”。高阳笔下的胡雪岩也是一个众说纷纭的人物，胡雪岩开办了清代最大的阜康钱庄，是清代唯一戴着“红顶子”的商人，拥有12房姨太太，生活奢华，官商勾结，在官场倾轧与洋商的夹击下最终破产。有关胡雪岩传奇的人生经历也有很多记载，大多着眼于胡雪岩投机取巧、挥霍

---

① 姚雪垠：《李自成》(第一卷·前言)，中国青年出版社 1979 年版，第 2 页。

② 张大春：《摇落深知宋玉悲——谈高阳兼其人其书幽愤》，转引自江澄格《历史小说巨擘——高阳》，三思堂出版社 1995 年版，第 106 页。

③ 张大春：《摇落深知宋玉悲——谈高阳兼其人其书幽愤》，转引自江澄格《历史小说巨擘——高阳》，三思堂出版社 1995 年版，第 106 页。

无度、荒淫奢侈落笔。曾纪泽的《使西日记·光绪五年已卯》关于胡雪岩的评价是："病民蠹国。虽籍没其资财，科以汉奸之罪，殆不为枉。"① 而高阳将胡雪岩描绘成急公好义、审时度势、犀利远见、精明强干的近代民族经济的开拓者。不管作家是何种目的，但是美化历史的嫌疑是挥之不去的。

2. 历史真实与艺术虚构

历史真实的内涵有两种理解：一种是史学上的理解，特指历史上曾经有过或发生过的历史人物和历史事件，在历史上有据可查或者有证可考；另一种是文学上的理解，作品中的人和事，在历史上不一定存在，但其人物和事件符合历史时代和历史发展规律，在读者接受过程中产生历史真实感。艺术虚构是指创作主体借助想象，营造引人入胜的故事情节，塑造生动丰满的艺术形象，使作品形成和谐、统一的整体。如何看待历史小说中的历史真实与艺术虚构，可以说是颇有争议的论题，到底应该"七分真实三分虚构"，还是"三分真实七分虚构"？创作实践证明历史真实与艺术虚构所占比重，并不决定作品的优劣。如金圣叹认为《三国演义》是"以文运事"，《水浒传》是"因文生事"。即前者以"正史"为本，由作者"添设敷衍"而成为小说；而后者则是以真实的历史为背景，通过作者虚构而创造出来。所以历史真实与艺术虚构重心的不同并不能决定作品的优劣，关键是如何运用艺术虚构的手法去营造历史真实，使作品达到艺术真实与历史真实的统一。

因此，历史小说家既需要深入研究、把握历史材料，构筑真实的历史背景，又需要有小说家的天赋。姚雪垠认为，"不深入历史就不能达到历史科学，不跳出历史就完不成艺术使命。"② 他从 40 年代起仅摘录有关明史的资料卡片就达 2 万多张，而且在创作之前就发表不少有关研究明史的论文。姚雪垠认为历史小说必须依靠历史真实，他说："有一种写历史小说的办法比较自由和省力，就是抓取古人古事的一点资料，随意编造，以古喻今，借古人杯酒浇自己胸中块垒，让古人说今人的话，想今人之所想。这一种办法我不绝对反对，但

---

① 曾纪泽：《使西日记·光绪五年已卯》，转引自张舜徽：《爱晚庐随笔》，华中师范大学出版社 2005 年版，第 365 页。

② 姚雪垠：《〈李自成〉第一卷修订本前言》，《姚雪垠书系》第 19 卷，中国青年出版社 2000 年版，第 6 页。

决不采取。”①

高阳出身于官宦之家，尤其对清史的研究颇有建树，发表了多篇有分量的学术论文。对《红楼梦》的研究取得很高成就，著有《红楼梦一家言》《高阳说曹雪芹》等史学专著。他强调：“历史必须求真，是一条绝对的法则。”② 总之，具备丰富的历史知识素养是历史小说家的基本要求，追求作品中的历史真实是高阳与姚雪垠共同的倾向。

但是面对千头万绪、杂乱无章的史料，对历史题材如何进行艺术剪辑，如何去挑选、淘洗，怎样处理历史真实与艺术虚构的关系，姚雪垠与高阳表现出明显的差异。姚雪垠在《李自成》前言中写道：“不深入历史就不能达到历史科学，不跳出历史就完不成艺术使命。在深入和跳出的关系上，深入是前提，是基础。不能做到深入历史，就谈不上跳出历史。不能透过历史事件的现象认识它的本质，不能相当准确地认识历史运动的规律、历史事变和当时生活的各个方面，就不可能进行艺术构思，再现历史生活，反映历史运动的基本规律和重大问题的真正意义，也不能对不同的历史人物表现出他们的典型环境中的典型性格。”③

这段话实质上表明了姚雪垠对待历史真实与艺术虚构的倾向，“历史真实”是在遵循“基本规律”下的真实，就是以“马克思主义的历史唯物论和社会发展观去还原历史生活”，可见这种历史真实是作家对历史的事和人做出了某种价值判断，然后去重塑历史。艺术虚构则是以小说的典型论、冲突论去塑造历史人物，企图从兴亡更替、悲欢离合的民族和个人历程中，寻找历史的真谛，塑造民族的脊梁。而高阳是以史述史，沉浸于历史的“温情”，注重细节的考证，“以考证入小说，以小说成考证”，试图还原“原生态”历史，淡化历史价值观和历史道德感。从历史观来说，高阳局囿于历史时代的价值观和人伦观。高阳小说中的艺术虚构则是醉心于小说情趣，强调故事的可读性。高阳在其早期作品《李娃》序言中说：“胡适之先生的‘拿证据来’这句话，支配了我的

① 姚雪垠：《〈李自成〉创作余墨》，《姚雪垠书系》第19卷，中国青年出版社2000年版，第52页。

② 高阳：《历史·小说·历史小说》，《台湾文学选刊》1992年第8期。

③ 姚雪垠：《〈李自成〉第一卷修订本前言》，《姚雪垠书系》第19卷，中国青年出版社2000年版，第6页。

下意识，以至于变得站在没有事实的阶石面前，想象的足步便跨不开去。”①

二、大陆新时期长篇历史小说与高阳历史小说文学观的差异

1. 忧患与优雅

创作主体对人生、社会所持有的态度，即作家文学观的体现。中国现代文学是以“爱国救亡”为发端，继承和张扬了民族忧患意识，这种忧患意识和文学功利观成为后来小说发展的主线。但随着时间的推移、革命营垒的分化，现代文学逐渐形成了两种文学倾向：一部分文人逐渐回避政治斗争和社会矛盾，漠视国家和民族的内忧外患，文学观表现为疏离社会、人民，以表现作家自我为中心的文人文学，代表人物如林语堂、周作人、梁实秋等人，这种文艺观随着国民党一起移植台湾，虽然这种文艺观在60年代的台湾受西方现代派“欧风美雨”的猛烈冲击，但在台湾老一辈作家身上这种文艺观仍然根深蒂固。另一部分文人是将爱国精神和民族忧患意识与在中国逐步成长起来的马克思主义文艺观相融合形成左翼革命文学阵营，后来在毛泽东“延安文艺座谈会讲话”精神影响下发展成以民族化、大众化为核心的社会主义文学，形成中国大陆当代文学观的基石。海峡两岸近半个世纪的阻隔，使两种文学观独立地朝着自己的方向发展。

姚雪垠生于20年代，② 经历过军阀混乱、国民党时期、抗日战争时期，又掉进“文化大革命”的深渊，他曾几度被剥夺了写作的权利。坎坷的人生经历使他很难一下子与社会主义新生活共舞，他仍沉淀于历史、往昔的记忆中，作者试图通过历史来认识新生活。正如他说“我要在作品中深刻地反映历史事变的运动规律和经验教训，以供今人借鉴”。长篇历史小说正好为这种“反思与构建”提供了合适的舞台，时空的跨度、人生的沧桑，更易总结民族经验，作者企图塑造李自成这样的民族英雄，追溯出推动历史与社会进步之源泉，李自成斗争、失败、再斗争、再失败，他不仅仅是为了个人利益，他是将自己作为全体老百姓的主心骨、代言人，以冲突、斗争甚至毁灭的代价换取国家和人民的利益。黑格尔就指出“环境的互相冲突愈众多，愈艰巨，矛盾的破坏力愈

① 高阳：《历史·小说·历史小说》，《台湾文学选刊》1992年第8期。

② 姚雪垠生于1910年。——本书编者注

大而心灵仍能坚持自己的性格，也就愈显出主体性格的深厚和坚强”[①] 虽然今天我们看来，作品具有某些时代的局限，过分拔高了农民起义和起义领袖，烙有明显的阶级观念、阶级斗争的痕迹。难能可贵的是，姚雪垠还将忧患意识注入到反面人物身上，明朝大臣龙象升，[②] 因父病故，重孝在身，受命于危难之际，举兵抗击清军。因皇上听信太监谗言，降职处分、朝廷斥责都没使他气馁。监军逼他出兵，虽然他知道“出兵就是送死”，但他视死如归，说：“将士断头、勇士捐躯，就在此时！”屈死沙场而无怨言，龙象升身上的忧患意识与儒家信仰、生命融为一体。作品将这种忧国忧民的精神作为人物聚核，提炼出维系中华民族生生不息的源泉，随着起义的逐步失败，作品呈现出沉重、悲凉的审美风格。

高阳的历史小说对历史、对社会、对人生，少有历史沉重感和人世的沧桑，着眼于历史生活的古朴、儒雅，超脱于历史人生之上。既不是发掘民族英雄，也不是反思民族历史，悲也好，喜也好，人物悠游其间，顺应历史生活，品味人生百味，很少将民族的前途命运融入自己的现实生活，对生活和历史人物是宽容和欣赏。从题材来说，作者关注是“圣君、贤相、良将、高僧、名士、美人”，这些描写对象本身就蕴含着飘逸、高雅的生活品质，而且作者有意回避历史生活中的冲突，回避阶级矛盾和阶级斗争，淡化悲剧氛围，使展现在读者面前的历史生活画面舒卷自如，富于优雅的生活情趣。这些人物追逐世俗的口腹之欲，企图享尽人间的荣华富贵，但又不失做人的准则，没有超越人世间恩怨，跳出伦理道德的束缚，顺应历史的潮流，乐观悠闲地对待人生。高阳的《金缕鞋》，写的是南唐的后主李煜由一位富贵风流的君主沦为亡国之俘的人生经历。如果读读李煜的《虞美人》《子夜歌》等词，你能感受到刻骨铭心的亡国之悲。但高阳笔下的李煜是一位吟花弄月、迷恋女色、仁德忠厚、迂腐可笑的形象，故事写到李煜出城投降戛然而止，可以说是有意回避李煜悲剧人生的开始。作品前半部集中描写李煜与大、小周后之间的“三角恋爱”，李煜生活得风流自在，且有情致；后半部描写南唐与北宋之间的关系，李煜的迂腐、忠厚而又可笑的一面，冲淡作品仅有的悲剧氛围。《金缕鞋》中有一段李

---

① ［德］黑格尔：《美学》第1卷，朱光潜译，商务印书馆1979年版，第228页。

② 应为卢象升。——本书编者注

煜与小周后嘉敏关于如何处置非法酿酒的对话：

“私酿犯法，不会依法处治吗?”

“唉!”李煜叹口气，无奈地说：“我又不忍。”

见此神态，不知怎么让嘉敏激动了，“皇上，项羽也是重瞳子!”她冷冷地说，“你倒像他!”

李煜愕然：“我何敢望西楚霸王的项背。”

作家笔下的李煜没有高风亮节，也没有雄才大略，他仁德忠厚、迂腐可笑，与其说他是一个帝王，还不如说他是一个“书呆子”。在他的身上没有刻骨铭心的爱，也没有刻骨铭心的恨，社会的动荡、人生的大起大落，都没能改变他的精神人格。

2. 崇高美与人情美

“人物必然居于整个形象体系中心。环境不过为人物而设，情节则是人物性格和心灵发展变化的历史，它都从属于人物形象的创造。”① 人物形象的创造往往决定着一部作品的成败，作品中的主要人物是作家的审美凝聚点。以崇高、悲壮作为历史人物的主要形象和性格特征，对崇高和悲壮的追求，是“五四”以来中国现当代文学的一贯传统，这种现象同我国现当代文学所具有的特定环境有密切关系。现实主义创作方法对生活和文学强烈的使命感，也使作家们把崇高美与悲壮美作为文学追求的最高境界。姚雪垠说：“李自成是小说的中心人物。我在塑造他的英雄形象时，在性格和事迹方面基本上根据他本人原型，但也将古代别的人物优秀品质和才干集中到他的身上。”姚雪垠笔下人物崇高美主要体现在行动和理想上的崇高，《李自成》第一卷中，李自成在高迎祥被俘牺牲以后，被推举为闯王，在两年的奋战中，起义军或降或散，最后李自成在潼关附近陷于明军包围，全军覆没，妻女俱失，突围出来时只剩下十几个人后，李自成与高一功有这样一段对话：

“胜败乃兵家常事，跌倒了爬起来，重新好生干吧。自古打天下都不

① 孙子威主编：《文学原理》，华中师范大学出版社1989年版，第93页。

是一帆风顺!"

……

高一功叹口气说:"虽说胜败乃兵家常事,但不知天意如何?"

自成说:"天意就是民心。只要看看民心背向情形,就知道朱家的江山坐不长了。近几年各地的天灾,有时大旱数月,有时飞蝗蔽天,弄得赤地千里,断绝人烟,就知道明朝的气数已经飞了。自古成大事立大业都不是容易的,哪能象赵匡胤那样就容易黄袍加身?只要咱们弟兄们百折不回,历尽艰难,终会打出一个名堂来。"

正如姚雪垠谈到第一卷的主题时所说的,"对革命胜利的坚强信心和百折不挠精神,贯穿在第一卷中"。

姚雪垠笔下的女性形象,同样体现了这种崇高美。高夫人不仅为李自成出谋划策、协调好义军将领的关系,而且与李自成并肩作战,组建娘子军,几次在危机关头挽救了义军。果断、勇敢和才干,毫不逊于李自成。起义军在潼关陷入数倍于己的敌军时,高夫人执意带领眷属和伤员作为一队吸引敌军,让另一队兵护送李自成突围,大义凛然、公私分明,正如她所说:"只要我和将士们上下一心,奋勇杀敌,总会杀出一条血路冲出。万一冲不出去,不碍大事;只要闯王在,重振起义大业不难。高闯王留下的众多义军只剩下咱们这一股人马了,在目前时候,舍掉我的生命不足惜,只要能保住闯王突围成功。"又如,李自成的义女慧梅,原本与小将张鼎产生了爱情,为了联合袁时中的武装力量,在李自成的劝阻下嫁给了袁时中,就在她怀有袁时中的骨肉之后,袁时中却带领人马挟着她叛逃义军,从此慧梅陷入一边是恩重如山的"义父",一边是事实上的"丈夫"的水火不相容矛盾中,终于她大义灭亲帮闯王打败了袁时中和叛军,然后自刎。被塑造为一个坚强、理智而悲壮的女英雄形象。

高阳曾说:"历史小说是我写作的主要题材,也是我的兴趣。写历史的目的,就是唤起同胞对历史的温情。"① 他笔下的人物怨而不怒,不愠不火,懂生活,懂情感,在生活中游刃有余。作家注重开掘人物的本来的面目,发掘人物复杂的人性,丰富情感世界,即使是悲剧也有意淡化剧氛围。正如鲁迅评价

① 高阳:《历史·小说·历史小说》,《台湾文学选刊》1992 年第 8 期。

《红楼梦》时说："《红楼梦》中的小悲剧，是社会上常有的事，作者又是比较的敢于实写的，而那结果也并不坏。"① 高阳作品中的人物对命运不是抗争而是逆来顺受，改变自我适应环境。作者将世俗化和人性化作为塑造人物性格的基点。胡雪岩发迹的原因是他慷慨地从公款中借五百两银子给穷困潦倒的王有龄，丢掉了诚信和赖以生存的饭碗，当时，胡雪岩并不图什么报答，仅因为与王有龄谈得拢，对读书人的敬重。"世事洞明皆学问，人情皆文章"，高阳正是企图描摹世态人情，刻画渗透人情世故的历史人物。在商言商，在官言官，商人重利，在官揽权，但是高阳作品中的商人获利取之有道，谋官行之有德。这人物不一定具有崇高理想和信念，但也决非猥琐、卑贱，如胡雪岩与王有龄有一段对话："说到我的志向，与众不同，我喜欢钱多，越多越好，他围拢两手，做了个搂钱的姿势，'不过我有钱不是拿银票糊墙壁，我有了钱要用出去！世上顶痛快的一件事，就是看到人家穷途末路，几乎一钱逼死英雄汉，刚好遇到我身上有钱'，他做个挥手斥金资态，仿佛真有其事似地说'拿去用，够不够？'"

在高阳的作品中，女性体现了比男性更为鲜明的人情特征，作家以女性特有的情感作为塑造人物的基点。高阳笔下的女性大致可分为两种类型，一种是以慈禧、震二奶奶为代表，这类女性精明强干，玩弄权术，贪图钱财，希望能在以男权为中心的封建社会分一杯羹。但是作家更偏爱的是女强人身上的另一面，如慈禧时常流露出慈母情和难以言传的伤感，对光绪"哀其不幸、怒其不争"的母亲情怀，常回忆起与"咸丰"在一起的幸福时光。《慈禧前传》描写她夜深人静时触景生情，产生"为什么大家总是羡慕太后的尊严，没有一个人想到寡妇的苦楚，尤其是一位三十岁的太后的哀怨"，她有时对自己万人之上的地位也感到"十二分的厌恶"。另一类女性的善良、贤惠、聪明和真挚，她们是传统女子的化身，为了所喜欢的人，能够抛弃一切，出身贫贱，但世俗化的生活没有使他们成了市侩，而是更懂得生活。青楼女子李娃忍辱负重，从经济和情感上支持沦为乞丐的书生郑徽，经过几年的努力，郑徽终于考中进士，且将李娃视为再生恩人，决心冒着受朝廷处分的危险，将李娃明媒正娶。而明朝法律规定娶妓女为妻的官员，将被处罚，李娃为了郑徽前途，竟在郑徽功成

① 鲁迅：《论睁了眼看》《鲁迅全集》第1卷，人民文学出版社1981年版，第239页。

名就之时，悄悄离去。

作者笔下的女性不仅具有“内在美和独立的个性意识”，而且都具有外在美，不管是贵妇人、小姐，还是丫环、使女、船女都具有自己独特韵味和魅力，要么是“花容月貌”“顾盼连生”，要么是“徐娘风韵，别有动人之处”。

但姚雪垠对女性的描写是着眼于“外柔内刚”的品格，理想与信念毫不逊色于男性。领兵打仗，如高夫人；满腹经纶，如红娘子。她们闪光点都是通过与命运抗争，作为民族脊梁式的巾帼英雄形象。高阳笔下的女子则是强化女性性别意识，着眼于女性身上的封建正统道德，女性只是对男性世界的顺从与依附。如精明强干的震二奶奶管理权限不能出曹家内院，外面是男人的世界。备受作家赞美的女性，朱二嫂、巧姐、芙蓉、彩云等女性都有些相似之处，精于烹调，会做精美的菜肴，家庭布置“朴素且特别温馨，地板纤尘不染，而且发亮”，温柔体贴，有动人的容貌和悦人的风情。这些女性都是现代情爱观与传统贤妻良母融合的形象，而且高阳本能排斥具有男性性格的女子。

高阳与姚雪垠塑造人物基于不同价值观，高阳以人情化、世俗化灌注在历史人物身上，“人间的大学问，无非一个‘情’字，不容易料理”。高阳创作历史小说时期，正是台湾大众文化蓬勃发展，作家受到大众文化影响是必然的。大陆主流文化赋予作家更多的是历史道义感和使命感，作家力图“提示某些规律性的，反映历史本质的东西”。突出农民起义的题材，用马克思主义历史观重新阐释历史，但矫枉过正。正如凌力所说：“由于我把农民英雄理想化，试图把所有起义领袖的美好品质都集中在主人公身上，歌颂他们气壮山河的英雄气概，而不忍去写他们的错误和缺陷。”①

姚雪垠与高阳的历史小说在海峡两岸都产生了巨大影响，本文试图分析两者处于不同政治、经济、文化背景下呈现的差异性，阐释姚雪垠与高阳对历史不同的述说方式，探索历史小说创作的规律。

（《华南师范大学学报（社会科学版）》2001 年第 5 期）

① 凌力：《从〈星星草〉到〈少年天子〉的创作反思》，《凌力文集・文论卷》，经济日报出版社 1998 年版，第 5 页。

论《李自成》的虚构艺术

夏冠洲[①]

姚雪垠先生穷后半生的精力，发愤图强，艰苦奋斗42年，终于生前实现了一个文学宏愿，完成了洋洋5大卷、300余万言的皇皇巨著《李自成》，堪称中外文学史上的奇迹。这部属于“宏大叙事”的多卷本长篇历史小说，无论是对明清之际中国封建社会百科全书式的精彩展示，还是对历史精神的深度开掘；无论是对众多各色人物形象的出色塑造，还是对古代诸多生活场景和战争奇观波澜壮阔的逼真描绘；无论是艺术结构的锐意出新，还是文学语言的匠心独运；无论是对中外长篇历史小说传统和经验的继承与创新，还是对我国历史小说创作自觉的理论总结，都取得了一系列巨大的、开拓性成就。《李自成》填补了我国文学史的一项大空白，成为20世纪中国文学的一部不朽的现实主义巨著杰作。而姚老，也无可争议地成为我国新文学史上长篇历史小说创作的开拓者和奠基人。

成功的虚构是《李自成》最主要的艺术成就

如前所述，长篇历史小说《李自成》所取得的艺术成就是多方面的，但笔者以为其中最突出的成就，不是别的，而是它成功地进行了艺术虚构。

没有虚构就没有小说，艺术虚构是小说创造的关键问题。一般意义的小说无论人物还是故事都是虚构的，因此可以说小说就是虚构。正如阿·托尔斯泰在《论文学》中说：“没有虚构，就不能进行写作，整个文学都是虚构出来的。”虚构可以突破作家个人直接经验的限制，弥补小说叙事空间中所欠缺的

---

① 夏冠洲，(1942—)，新疆师范大学文学院教授。

环节和不够丰满的部分，使所创造的想象世界更加完美充盈，为读者提供更加丰富、更加富于创造性的审美空间，从而大大提升作品的审美素质。但是对于历史小说来讲，由于作品的主要人物和最基本的故事框架，必须是历史上曾经存在并多见诸文字记载的，人们世代相传，比较熟悉，而且形成了相对稳定的印象，这样进行艺术虚构自然要受到种种限制，作家往往有所顾忌。因此不违背历史真实而进行合情合理的艺术虚构，就显得尤为重要，甚至成为一部长篇历史小说创作成败的关键。同时它的难度也显著增加，要求作家具有更充分的生活积累、创作准备和艺术才能，特别是要求拥有更充实的历史文化知识。吴晗先生在谈《历史剧》一文中认为："历史剧必须有历史依据，……人物、事实都是虚构的，绝对不能算历史剧。"他认为这只能叫"历史故事"。但是他又指出，在不违反时代真实性的原则下，作家"有充分的虚构的自由，创造故事，加以渲染，夸张，突出，集中，使之达到艺术上完整的要求"。这些观点对于历史小说也同样适用。茅盾先生也曾说过："写历史小说要有历史依据，又要有虚构，虚构要合情合理，事情必须是那个时代可能发生的。"他强调指出，历史小说的人物"要写成艺术人物，而不是历史人物"。两位文化大师都强调了历史依据与艺术虚构之间既联系又区别的辩证关系。

对此，姚雪垠先生在思想中是非常清楚的，他一直也是按照这个创作原则去进行历史小说《李自成》写作的。他还根据自己的长期的创作经验，总结出了两句相当经典性的话语，叫作"深入历史"和"跳出历史"。其中"深入历史"，是指运用了辩证历史唯物主义精神详尽地占有史料，深入研究历史，把握历史的基本规律，准确地反映历史真实：而"跳出历史"，则是指创作时不应也不能受历史事实框框的限制约束，坚持遵循文学创作的自身规律，充分发挥艺术想象和联想能力，大胆进行艺术虚构，从而达到艺术的真实，使历史科学与艺术科学之间实现完美的结合。在《李自成》中我们看到，老作家为了保证小说的艺术完整性和鲜明性，对小说中与主要人物有关的重大事件，全书的故事情节，以至次要人物和生活细节，都进行了大幅度的虚构，基本实现了历史真实与艺术真实相结合。除了人们常见的去伪存真、删削集中、提炼加工、铺陈渲染之外，姚雪垠先生还创造性地运用了如下几种虚构的艺术手法：

1. 无中生有。即把史料上虽有明确记载，但经作家认真考证分析后却认为实际并无其事，或者纯属子虚乌有的重大事件和比较次要的人物、故事情节有意地去精心编排出来，浓墨泼彩，描绘得煞有介事。例如李自成出场亮相的潼关南原浴血大战和潜伏商洛山待机重树义旗：还有把李自成与高迎祥写成有着“亲上加亲”的血缘关系。作者曾明确表示，这些都是虚构的，其艺术目的也很清楚，就是为了强化对小说主人公的形象塑造。此外，像文献记载极少的大将刘宗敏跃马渡江的传奇故事，还有义军智取宋家寨，慧梅拒婚饮恨自刎以殉情，以及义军基层战士王长顺等多个社会底层普通人物形象，也均属于这类“无中生有”式的艺术虚构。

2. 移花接木。有些较为重大的事件本来是发生在其他人物之间的，在小说中却移植到更主要的人物身上，用来加强主要人物形象的塑造，这种虚构手法可称之为“移花接木”。例如车厢峡诈降脱险的奇谋，不少历史记载都说是顾君恩提出来的，小说却把发明权转让安排给了李自成：再如杨嗣昌奉旨出京督师，实际上本来是要镇压谷城义军张献忠的，但却把其主攻方向改为当时对朝廷威胁并不大的李自成义军。移花接木的另一种表现是：有些故事情节本来是若干年后才发生的，却让其提前出现。例如张献忠在杨嗣昌营中张贴“无头帖子”事，本来是一年多后在重庆发生的事，却移写到现在的谷城了。同样，明大臣黄道周为弹劾杨嗣昌而遭崇祯廷杖下狱一事，时间也提前了两年，并且将几件事集中合并在一起来写。

3. 将错就错。有些记载或传说中的人和事，姚先生明知是无稽之谈，但还是“将错就错，弄假成真”，照样拿来当作确有其事写进了自己的小说。例如，历史上不曾发生的李自成只身冒险到谷城与张献忠谈判的“双雄会”。传说中的人物艺伎红娘子杞县救出同样是虚构人物的世家公子李信，然后一道参加义军就是显例（其后李自成在败亡途中听信牛金星的挑拨杀李信的情节自然也是虚构的）。此外，如作为原本虚构的潼关南原浴血突围大战的余波，顺藤摸瓜写出高夫人在伏牛山中绣闯旗以牵制敌人策应丈夫等故事，也是如此。

4. 捕风捉影。史实或传说中有些蛛丝马迹的事件或者一些生活中可能发生的情节和细节，姚先生只要是小说构思需要，并经过分析推测认为是合情合理的，也往往拿来为己所用，并加以添枝加叶，展开描写。例如，小说中大量人物心理活动的生动刻画：李自成趁手的兵器花马剑的传奇来历；李自成在商洛山中晚归赋诗；牛金星北京游上元节题写扇《子铭》；宋献策向李自成献《推背图》谶文；崇祯帝煤山赴死前杀妻伤女心理变态等情节细节即是如此。

至于牛金星献给李自成的题联，洪承畴死节闹剧中洪的绝命诗，刘子政的词和崇祯帝的祭文，与李自成晚归所吟的两句诗一样，实际都是由姚老代笔，自然纯属虚构。

上述种种艺术虚构的艺术手法，并辅之以虚实相间与穿插闪回结合的叙述技巧，就使《李自成》的创作极尽小说艺术虚构敷衍编排之能事，更重要的是，这些艺术虚构绝不给人揆理悖情、生硬拼凑的感觉，而是那个时代中完全可能发生的，在历史大背景绝对真实的前提下“弄假成真”，变得相当真实可信，成为小说故事情节链中不可或缺的一部分了。这样，我们面前的历史小说《李自成》，就不再是某些特定时期的历史事件、历史人物干巴巴的“评传”式的列叙，也不是粗糙的、破绽百出的《永昌演义》（作者为当年陕北革命根据地著名开明人士李鼎铭的侄子）的翻版改写，而转化成为一幕幕鲜活生动、自然流畅、扣人心弦的故事情节，变成十分逼真、情趣横生的过往生活场景，读来如亲临其境，如睹其人，小说中一系列血肉丰满的艺术形象，也便栩栩如生，呼之欲出，并具有很高的美学价值，从而共同完成了作家的艺术构思，结构成为一部文学精品。因此完全有理由认为，成功地进行合理的虚构是《李自成》最主要的艺术成就。

《李自成》艺术虚构的成功经验

《李自成》在艺术虚构上所取得的成功经验很多，主要有以下几点：

1. 体现小说艺术的总体构思。《李自成》最基本的艺术构思，是通过描绘明末农民起义军领袖李自成前仆后继、由辉煌胜利到迅速败亡的悲壮史诗，艺术地总结历史精神，并从中阐发一种令人感慨万端的崇高的历史悲剧意识。例如虚构的潼关南原大战的故事，改写杨嗣昌奉命督师的主攻方向，其出发点就在于强调作为中国封建社会晚期具有代表性的农民起义军领袖李自成，在推翻明王朝的多路义军中的主导作用，让他一出场就给读者一个鲜明突出的印象。而着意安排慧梅殉情而死，让李自成一路败退，最后战死于湖北九宫山，则是为了表达出小说构思中的历史悲剧意识。

2. 以塑造人物性格为中心。这一点姚雪垠先生心中更是十分明确，小说中所选择的故事情节，都是用来塑造人物性格的，对李自成这一处于中心地位的英雄人物尤为如此。例如，虚构出的李自成与张献忠的谷城“双雄会”，就在于好一箭双雕同时写出两位义军领袖的性格风貌，并在冲突对比的描写中表现出两人品性的差异和高下。亲手酿成慧梅与李闯王养子张乃的爱情悲剧，由于迷信和忌恨而诛杀无辜的李信，还有出于传统文化的天命观笃信宋献策所呈的谶语，立足未稳却急于建号称帝的皇帝梦等，也是为了表现李自成作为一个封建社会农民义军领袖，在思想性格中不可避免的严重缺陷和阶级的、时代的局限，为其后来让人扼腕的必然失败埋下了重重的伏笔。

3. 为展示广阔丰厚的历史生活内容服务。姚雪垠先生是位很有气魄的作家，有意把《李自成》写成一部中国封建社会晚期百科全书式的作品，因此他虚构了大量的情节和细节，以便尽可能地展示不同阶级、阶层、不同民族和地域波澜壮阔的社会文化生活场景。上至不同民族帝王将相的宫廷生活、勾心斗角、韬略权谋，下至山村野民的婚丧嫁娶、求签算卦，京师气象、边塞风光和山野风情尽收笔底。还有义军将士们的日常生活和一幕幕惊心动魄的惨烈战斗，以及文人策士们心计筹画和游乐吟诗，大家闺秀和江湖游医、艺人的世相心态，也都一一作了艺术虚构和精彩描绘，描摹出一幅明清之际的社会文化生活的全景图，显得色彩缤纷，气象万千。

4. 坚持了历史的合情合理性原则。这也是老作家所一贯坚持并很好实现了的。对于《李自成》中手法多变、经得起挑剔的虚构艺术，广大读者是普遍认可的，小说中的李自成就是人们心目中的那个明末农民起义军领袖李闯王。对此，甚至连曾任过北京市副市长、明史研究权威的吴晗教授都十分佩服，称赞说：“真实、合理，写得很好，完全符合历史实际。”并对姚老说：“你不用担心，倘若有人从历史方面批评你，我吴晗站出来替你打笔墨官司!”足见《李自成》的虚构艺术所达到的理想高度。当然，吴先生的话只是他读了《李自成》第一卷的看法，老作家在随后的几卷创作中对李自成等农民领袖有着明显理想化倾向。尽管如此，从艺术整体上看，颇有历史深度和人格魅力、具有复杂思想性格的农民领袖李自成仍不失为不可多得的一个艺术典型，吴晗先生的艺术判断，基本上没有错。

《李自成》艺术虚构获得成功的优势

《李自成》之所以在艺术虚构上获得巨大成功，是与姚雪垠先生拥有众多创作优势分不开的。老作家在谈及自己历史小说创作时曾说："与许多有成就的作家相比，我自愧不如，但把我具有的条件综合起来，就产生了我独有的绝对优势和不同效果，这就是写历史小说。"

首先，善于深入历史并对历史有着真知灼见是姚雪垠先生最大的创作优势。老作家对晚明史有着系统而深邃的研究，甚至研读过不少古代兵书，并亲临许多古战场进行地形的实地考察。早在20世纪40年代，他就撰写过《崇祯皇帝传》《明代的特务政治》等很有见地的史学文章。数十年来他收集阅读了大量有关明清之际的史料，仅分门别类的资料卡片就整理了数万张，钻研历史所下的功夫可见一斑。深入历史，把握了历史的规律，就使得作家在发挥艺术想象进行艺术虚构时，显得左右逢源，挥洒自如，得心应手，游刃有余，为小说成功运用合理的艺术虚构奠定了坚实的基础。

其次，对人物性格设计胸有成竹，是姚雪垠先生进行艺术虚构的另一大优势。正是建立在深入历史的基础上，老作家对明末清初复杂深刻的社会矛盾把握得比较到位，小说主要人物的思想性格特征把握得准确，进行艺术虚构时就显得心中有数，史料取舍运用妥帖，展开想象进行艺术虚构时自然也能做到合情合理，水到渠成。小说对当时诸多社会矛盾处理得当，李自成、崇祯帝等性格丰满、美学价值很高的典型形象之所以符合历史真实，既获得专家学者的首肯赞许，也为绝大多数读者所认可和接受，盖源于此。

再次，熟悉北方农民生活，有"暴民"生活的亲身经历，更属于姚雪垠先生文学创作得天独厚的优势所在。一般历史小说家，在作品中表现得最好的是帝王将相和文人墨客们的生活，对古代下层人民，特别是农民义军的战争生活、艺术表现往往不得要领、差强人意。姚雪垠先生则不然，他生长于豫西南农村，十分熟悉和理解北方农民，他早期的小说创作如（抗战小说名篇《差半车麦秸》等）内容即多以农民生活为主。特别是他少年时曾有一段被土匪杆子掳去的惊险经历，据此他后来还创作了著名长篇《长夜》，此外中篇《戎马恋》《牛全德与胡萝卜》等，也可看出对所表现题材、人物的熟知程度。《李自成》

创作的成功，与作家独有的人生经验关系极大，这是不可预支的精神资源。

最后，批判继承前人长篇历史小说的创作成果，丰富的小说创作经验，也都为《李自成》成功的艺术虚构提供了巨大助力。姚雪垠先生早年立志创作历史小说后，曾研读了许多古今前人创作的长篇历史小说，如《三国演义》《斯巴达克思》《战争与和平》等，并对其艺术的优劣有着清醒的评判和认识，而对其精华部分则予以吸收。转化成为自己的文学资源。另如前述，在正式创作《李自成》之前，老作家已有了20年小说创作的经历，曾创作大量的长、中、短篇小说，积累了丰富的创作经验，磨炼出娴熟的写作技巧，也养成了他运用形象思维进行艺术构思的习惯。正如姚老在总结自己创作经验时说："还有一个原因，就是我是专业写小说的，习惯于小说的构思。一接触到历史，便很容易在心中出现小说的轮廓。"姚老在创作《李自成》中所表现的激情和自信，很大程度就来自于他对自己创作优势的体认。

当然，《李自成》在艺术虚构上并非无懈可击，还存在不少缺陷。例如，多少存在着超越时代、拔高、净化、美化人物的倾向，把封建时代的农民英雄李自成写得过于理想化了，显得文雅而草莽气不足（前两卷尤为如此），这一点常为论者所诟病；还有，过多观照人物的阶级性而限制了人性深度的开掘，以致影响小说艺术所能达到的更高成就；另外篇幅过长，枝蔓过多，造成艺术虚构的顾此失彼和总体上的不平衡感和冗长感，也都留下了艺术遗憾。吴晗先生当年曾建议《李自成》只写3卷就够了，可惜雄心勃勃的姚雪垠先生没有采纳。可以设想，如果最后压缩为3卷、200万字左右的篇幅，小说可能就比现在精粹得多了，更具可读性了。不可讳言的是，同古今中外所有的文学杰作一样，《李自成》受到作家认识的局限和时代文学思潮的制约，因此不可能是无懈可击完美无缺的，也存在着不少创作思想和艺术表现上的缺憾。但它毕竟属于20世纪中国历史小说一座高峰和里程碑，它超越了前人，在长篇历史小说的创作上作出了全方位的突破性贡献，对后人启示很大，这是我们今天评价《李自成》的一个基本认识。

（《新疆师范大学学报（哲学社会科学版）2004年第4期》）

走向最后的历史主义典型化写作

——评《李自成》后两卷的艺术成就兼谈历史小说的典型观问题

吴秀明　蒋青林[①]

姚雪垠的《李自成》自1981年第三卷出版，又经过了风雨坎坷的18年，其后两卷第四、第五卷终于于1999年得以面世。遗憾的是，后两卷至今未有评论，这似乎有失公允。应该说，后两卷是《李自成》全书的有机组成部分，它也具有相当不俗的艺术成就，其中较为突出的就是历史主义典型化。所谓历史主义典型化，就是作家创作主体严格恪守历史的本质规律，其所描写的人事都按照必然性原则进行高度概括和提炼。这也是老作家姚雪垠一种自觉的艺术追求，他曾从创作方法的角度将其《李自成》创作称作"历史现实主义"写作，认为这种"历史现实主义"即我们所说的历史主义典型化，"既遵守一般现实主义创作方法的传统，也有新的特点"，[②] 也就是"通过小说艺术写出历史事变的基本真相，它的运动规律，它所包含的错综复杂的因果关系，以及它向后人提供的历史知识和值得重视的经验教训"。[③]

姚雪垠如上的理念在《李自成》前三卷中曾取得令人瞩目的成就。一般说来，典型化程度愈高，典型观念的透析力就愈强；相应的，典型人物的艺术价值也就愈大。崇祯、洪承畴、皇太极、牛金星、宋献策、刘宗敏、郝摇旗、张献忠、慧梅等一批形象的成功塑造在这方面就是很好的例证。所有这些，在《李自成》后两卷中也较好地得到了贯彻，并且在20世纪90年代文化转型环境中成为一个独特而又相对孤寂的存在。这与同时期中青年作家创作的文化历

---

① 吴秀明（1952—），浙江大学原中文系主任，教授，博士生导师。

② 姚雪垠：《创作体会漫笔》，《文艺理论与批评》1990年第2期。

③ 姚雪垠：《从历史研究到历史小说创作》，《文学评论》1990年第4期。

史小说、新历史小说形成了明显的反差。《李自成》后两卷的此般遭遇，是否意味着历史主义典型化写作已不适应新时代的历史小说创作？它是偶然的还是带有某种深刻的必然？这些问题不仅关系到对《李自成》后两卷乃至全书总体艺术成就的评价，同时也对当下及未来历史小说的整体创作和发展都具有重要的现实意义，因此有必要引起我们的重视。

一

用理性之光烛照农民起义军及其上层领导集团在取得政权之后，如何逐渐偏离原来的运行轨道而走向一意孤行、腐化堕落和失去方寸，最后滑入失败的大悲剧，这是《李自成》后两卷重点探讨的问题，也是该书历史主义典型化写作时必须正视并解决的难点问题。在《李自成》前三卷中，也许是为了强调官逼民反的正义性，姚雪垠为我们更多地展现了李自成及其领导的义军革命造反的合理性与光明面，并由此带来不少歧义。而在后两卷中，这一切随着时势的转移，在作者冷峻之笔的审视下，李自成和他的部属却发生了令人震惊的三次蜕变：

首先是在进京途中，因为以往的流动作战取得了接二连三的胜利，李自成等人不仅未能审时度势，及时采纳李岩的先巩固中原以作进退之据的建议，反而由于太原之战的胜利进一步坚持错误的军事方针。更令人担忧的是他还急于求成，没让饱受战争之苦的百姓休养生息，埋下了后来兵败如山倒的隐患。其次是进入北京以后的剧变，这也是后两卷的重头戏，是作者写得最用力并且最具艺术震撼力的重要篇章之一。此时，农民义军自身的蒙昧、腐败和短视迅速地蔓延开来，从上到下都陶醉在胜利的赞歌声中：李自成在群臣一片劝进声中踌躇满志地演习登基大典；刘宗敏不带兵追击残敌，却盲目地按照既定方针进行拷掠追赃；李过、田见秀等将领都住进了明朝大官僚的豪华府第；大学士牛金星只对教习登基大典和拜客热心，俨然一派太平宰相风度；士兵们不能自律，开始抢掠奸淫，导致北京城内人心思变。更为严重的是，作为义军的最高统帅——李自成在关键时刻也不能保持清醒，采取有效措施扭转危局，反而默许刘宗敏的“拷赃”行为，自己也沉迷于女色不能自拔……总之，从军事、政治到理想、道德，义军及其领袖都出现了大面积的滑坡，所有这一切，都直接导致了大顺军从胜利巅峰向失败深渊迅速坠落。最后是败退北京直至大悲剧的结局，义军在进退失据之际，非但没有及时吸取教训，相反却相互猜忌、攻讦和陷害。李自成在这方面尤甚，逃亡不久，他便偏听谗言，错杀了李岩兄弟，致使军心涣散，士气低落，内部出现严重的分崩离析。其后他更变本加厉，越发偏狭、迷信、多疑，不仅不再自信，同时也对身边的人失去了信任。小说第5卷第24章讲到李自成在走投无路之际，对忠心耿耿保护他的部下白旺也心存芥蒂，原因就是白旺不是延安府一带的人，起义也较晚。这一细节非常逼真地写出了李自成等农民领袖的狭隘，他们不能代表当时的先进文化。

由上可知，尽管姚雪垠不像时下诸多的文化历史小说或新历史小说作家那样对农民起义进行嘲讽与解构，而是对之充满同情与理解，将其视为推动社会前进的根本历史动力；但他并没有一味地对其予以美化，而是按照自己的理解和认识，尽力给予合历史、合目的的展示。随着故事情节的推进，小说后两卷更多地发掘的是农民起义的落后性与破坏性，尤其是在起义军进入北京之后，更是对此作了集中描写。李自成等人迥异于前三卷的表现，发生了惊人的蜕变，他由先前的高大伟岸（应该说小说前三卷在这方面的分寸把握得不甚理想，有颇明显的美化和拔高之弊）变成现在的平庸粗鄙，将我们对农民起义的浪漫幻想拉回到温煦的现实人间。这是作家对历史主义的高度尊重，也是历史主义的艺术力量之所在。因为历史主义文学编码严格遵循理性主义逻辑规范，这就从根本上决定了作家要遵循必然性的悲剧阐释原则，将上述一系列人事凝聚、串联在李自成及其农民起义功败垂成的事理逻辑上。于是，大顺军悲剧的发生就成为必然，李自成注定也只能扮演悲剧英雄的角色，最后在英雄末路上落寞地死去。这是他作为一个小农生产者难以逾越的历史局限。

当然，作为一个历史小说的大家，姚雪垠没有将这场历史大悲剧全都归咎于以李自成为代表的农民阶级，他还放开眼光将知识分子摄入自己的艺术视野，从中挖掘其身上的悲剧内涵。众所周知，农民起义军中的知识分子是一个特殊的群体，他们因拥有治国安邦之术和在民众中享有的威望而成为朝廷与义军争夺的对象；而他们自身的远大抱负与独立的价值取向又让后两者都难以相容。知识分子在更多的时候扮演的是某种工具的角色，兔死狗烹、鸟尽弓藏之际，往往就是他们的悲剧命运降临之时。在《李自成》前三卷中，姚雪垠曾细致入微地向我们展示了宋献策、牛金星、李岩等知识分子在朝廷与义军争夺过程中的艰难选择及其所具有的近乎左右时局的巨大作用。在此基础上，后两卷对他们的悲剧结局进行了叙述，前后对比，就更发人深省，它蕴含了作家对知识分子命运的深刻忧思。与起义军领导集团中的其他人物相比，牛金星、宋献策、李岩等人的眼光更为高远，对时局及个人命运的思考也更具有独立性。如：李岩在义军进军北京以前就提出借鉴朱元璋的经验，“高筑墙，广积粮，缓称王”，用意深远；在义军东征以前，宋献策、李岩主张不可过于冒险，苦劝罢兵；义军退出北京之后，李岩更是想临危受命，力图恢复河南以作进一步打算。然而知识分子毕竟处于依附的地位，他们无法决策天下，甚至连自身的性命也难以保全。宋献策尽管足智多谋，在山海关之战中他也是无力回天；李岩兄弟一片耿耿忠心，换来的竟是杀身之祸；牛金星的宰相也难以为继，最后只好来个金蝉脱壳，一走了之。知识分子的价值何在？他们的出路在哪里？上述这些描写浸透着作家对历史和现实知识分子的生存状态（也包括自己的坎坷命运）的深切体悟，叙述的背后闪烁着作家理性审视的“第三只眼”，历史主义的理性逻辑在这里又一次显示出它的强大的穿透力和概括力。从牛金星、宋献策、李岩等知识分子身上，我们可以聆听到一些历史规律穿越时空发来的不绝如缕的回音。

将研究目光再投向义军的其他人物，《李自成》后两卷还会带给我们许多新的思索。如：高夫人、红娘子两位女性。前者，面对李自成后期的纳妃、偏听、多疑，她自始至终给予宽容忍让，甚至将全军覆灭都归之于“天命”“气数”；后者，也并未因李自成错杀自己的丈夫而颇多微词，相反为完成李岩的遗愿而苦苦奋斗，历尽千难万险去追随高夫人。她们对大顺命运的反思，可谓知天达命。这种抛弃个人恩怨的艺术描写，实则反映了作家从更高的层次去理解和把握历史的思维与观念。这中间，虽然滤去了不少鲜活的人性内容，却向我们展示了历史的另一面和另一种阐释方式，它显得高屋建瓴，大气磅礴。而这，则往往是当下新历史小说所无法比拟的。

如果说《李自成》后两卷对李自成及其义军的描写还存在着一些理念化的倾向，那么对以崇祯为代表的明王朝历史的叙述却达到了很高的典型化的水准。尤其是对崇祯的描写，在前三卷的基础上又有新的拓进。他既是高度本质化了的，又是充分人性化了的，达到了个性与共性的有机统一。这突出表现在他临死前后的有关描写，从中我们看到了一个刚愎自用、色厉内荏的封建专制帝王，随着朝廷的“气数”的渐尽，是怎样痛苦无奈地由穷途末路命赴黄泉的：当大顺军队攻破了北京的外城，他开始异想天开地要御驾亲征，还幻想着吴三桂会来京勤师。这些不切实际的想法，从文化学的角度反映了崇祯作为一个饱受儒家思想教育的皇帝的封建正统思想，国家有难，君主临危受命，扶大厦之将倾；君主有难，正是为臣的舍身报效之时。而当后来局势明朗，一俟得知自己在劫难逃，这时候他反而不再慌乱，十分镇定，先是急急忙忙但也有条不紊地处置关乎朱明王朝声誉和前途的一些大事，包括逼后宫皇妃自尽，砍杀公主，躲匿太子以图东山再起等等；然后在心腹太监王承恩的陪同下，从容而又悲愤地写下“宁毁朕尸，勿伤百姓”的衣带诏，自缢于煤山。这些描写，极大地开拓了人物的内在心理空间，将崇祯作为帝王的人与人的帝王的一面刻画得酣畅淋漓。可以说，他既是一个暴君，同时也是一个家长、丈夫、晚辈乃至一个生不逢时、想有所作为而作困兽斗的年轻弱者；他有着丰富的感情，却无法享受作为人之父、人之夫、人之子理应得到的天伦之乐和亲情温暖；他与李自成一样，同样也是一个悲剧性的人物。作家就是这样，在《李自成》后两卷中，没有因为崇祯是“反面”人物就丑化之，而是从政治、文化、人性、心理等多个维度对其进行描写。这就突破了固有的社会政治化的框范，赋予了人物丰富鲜活的思想内涵，使之成为小说中最璀璨夺目的艺术典型。

当然，类似这样的描写在《李自成》后两卷中不是很多，因而它们并不能改变包括后两卷在内的全书艺术整体坚硬的阶级论框架，也无法扭转其按照必然性事理原则进行叙事的逻辑趋势。这里的原因分析起来自然有与前三卷主题框架和谐一致的实际考虑，否则恐有损于这部史诗性作品的完整性与统一性；同时也跟作家长期信奉并实践的阶级斗争思想观念密切相关。以姚雪垠这样的年龄层次、价值取向和知识结构，要他抛开前三卷的写作套路而另起炉灶，像新历史小说作家那样采用纯人性或纯文化的视角来进行《李自成》后两卷的创作，这显然是强人所难，也似乎没有这个必要。

二

《李自成》后两卷历史主义典型化的另一重要表现是民族关系的处理。作家遵循现实主义原则，一方面如实写出李自成所处时代的满汉之间的民族冲突和斗争，甚至是满族对汉族的掠夺及其给汉族人民带来的灾难；另一方面又理性地显示这种民族矛盾和斗争毕竟是中华民族内部的兄弟阋墙，它虽然是不幸的，但在客观上却为推进中华文化或文明的进一步繁衍发展注入了强大的生命力。现在有种叫“边缘活力说”的文化理论，它就是从中华文化或文明的总体结构的高度，考察少数民族与汉族即游牧文明与农业文明的冲突、互补和融合的：“当中原的正统文化在精密的建构中趋于模式化，甚至僵化的时候，存在于边疆少数民族地区的边缘文化就对之发起新的挑战，注入一种为教条模式难以约束的原始活力和新鲜思维，使整个文明在新的历史台阶上实现新的重组和融合。”① 这是中华文化或文明之所以具有世界上第一流的原创能力、兼容能力和历经数千年生命不竭的一个很重要的原因。在《李自成》后两卷有关民族关系特别是有关满族文化的描写上，虽然在总体上少数民族仍处于劣势，但对他们虚心学习汉族文化，后来居上、积极进取的描写——如：小博尔济吉特氏即庄妃多情而又稳重，处理家国大事恰到好处；幼主福临聪颖好学，是大清未来圣君的希望；豪格虽然居功自傲，但是亦能忍辱负重为大业着想等，其实也涵盖了上述这样一种新思想、新理念。当然，从历史人物典型化的角度看，它突出体现在对多尔衮和吴三桂这两个形象的塑造上。

多尔衮是继皇太极之后大清的实际权力的操纵者，是名副其实的无冕之王。小说后两卷集中叙述了多尔衮的英雄事迹，将其置于大清的中心。作家是从历史人物所起的作用而不是依其所拥有的名号进行定位的。换句话说，他是站在历史和时代的高度来对多尔衮进行评价和把握的。传统经典历史小说受正统的大汉族主义影响，少数民族往往被视为落后和野蛮的代名词，甚至连称谓上都含有轻视的意味，所谓南蛮、北狄、西戎、东夷等，此之谓也。至于具体的描写就更不用说了，什么茹毛饮血、劫掠成性、愚顽无知，一副可憎可怕的样子。这种描写虽然能够在一定程度上描述历史的个别现象，但从根本上说，却是非历史的，它不可能正确反映历史的深层本质，显然属于封建性的糟粕。我们从多尔衮身上却完全看不出上述的迹象，恰恰相反，在《李自成》后两卷中，作家为我们塑造了一位甚为高大的满族青年领袖形象：首先，作为一名政治家，他能够以大局为重，兼听善从。例如：第 4 卷第 4 章讲到多尔衮为避免

① 杨义：《“北方文学”的宏观价值和基本功能》，《南京师大文学院学报》2002 年第 4 期。

争夺皇位的内讧，拥护福临登基，他甘愿和郑亲王做辅政亲王。因为郑亲王无法与之抗衡，所以多尔衮既名正言顺地掌握了实际权力，又维护了清朝的稳定，为后来的成就霸业奠定了基础，可谓一箭双雕，深谋远虑。在处理肃亲王豪格一事上，也可以看出多尔衮不凡的政治家眼光与出色的政治斗争能力。他一方面镇住了肃亲王居功自傲的嚣张气焰；另一方面做事又留有余地，只将豪格废为庶人，并不赶尽杀绝。其次，作为一名将领，他骁勇善战，战功赫赫。夺取山海关一战最能看出多尔衮的军事才华，他巧妙地利用李自成与吴三桂之间的矛盾，以自己强大的军事实力作后盾，居然“不战而屈人之兵”，用一个平西王的空头衔就赚取了吴三桂和他镇守的山海关。最后，作为一名青年英俊的男子，他多情勇敢，爱我所爱，同时又能自我克制，发乎情而止于礼。多尔衮与小博尔济吉特氏之间可谓两情相悦，多尔衮通过各种方式向小博尔济吉特氏表达自己的爱慕之意，对其子福临也异乎寻常地关心，但是这一切基本上都在叔嫂的名分之下进行，并无任何僭越之处。这样大智大勇的少数民族“邦主”入主中原，他当然不能不给趋于僵化的汉文化注入一股前所未有的激情、野性和灵气，使之在相互碰撞以后实现新的重组和融合。作家开放、开阔的现代民族观也由此可见一斑。

与多尔衮不同，吴三桂代表了民族关系的另一种取向。在《李自成》后两卷中，随着北京城被攻破和崇祯自戕，吴三桂实际上充当着明朝的代言人。历史的进程在明末充满了戏剧的意味，任何不经意的变化都可能导致它整体结构的改变，而吴三桂的取向就成了整体结构变化的转捩点。众所周知，吴三桂向来被视为不齿的“民族叛徒”，因此对他降清的描写就显得比较敏感和棘手。作家于此体现的历史观和民族观是很有见地的，他努力按照历史的本质规律进行价值取舍。小说后两卷叙述了吴三桂思想转变的三个阶段：先是迫于崇祯的压力，名为率兵前往北京勤师，实则作壁上观，故意拖延；北京被攻破后，欲学申包胥借兵复国，以期达到既握权柄又得忠名的双赢目的；为对付李自成向多尔衮借兵不成反而落入多尔衮的铁腕之中，最后被迫投降大清。吴三桂的降清当然是极其利己的，但他同时也有民心向背的考虑；至于汉满之分，对他来讲倒是次要的。第 4 卷第 21 章中吴三桂给其父吴襄的信，就很好地揭示了他的这种心态。显然，在这里吴三桂对吴襄的怒骂是针对李自成的，因为李自成此时已经失去民心，他不再是吴的心仪对象。通过上述对吴三桂的简要描述，再来反观明末清初这个充满玄机的转捩点，我们不得不佩服作家在民族关系处理上所体现出来的现代的文化立场与多元的价值取向。他并不把李自成的失败简单归因于吴三桂的降清，也没有因此对吴三桂进行简单的道德鞭挞；而是将其放在当时的历史环境中，给予如同黑格尔所言的“既真实也合乎现代旨趣”的解释。这样，他就有效地跳脱传统小说的巢穴，真正达到对历史深层本质和本真的理性把握和透视。姚雪垠上述的民族观在当代历史小说中具有开创性的意义，它深刻地影响了后来同题材的一大批作家作品。如：徐兴业的《金瓯缺》，凌力的《少年天子》《倾国倾城》等，我们从中可看到其在观念上与姚氏的承续关系。

当然，《李自成》后两卷的历史主义典型化的民族关系描写远未臻理想，它还存在着一些明显的不足。其中较为突出的，是在艺术向度上重“大历史”的政治生活而轻“小历史”的日常生活。由于思维观念的限制和主题思想的规约，与前三卷一样，作家主要从政治生活角度评价、把握李自成及其与关外的大清之间的斗争，以此来揭示李自成的思想性格；至于政治生活之外并与之相连接的日常生活，虽写到一些，如第4卷第15章写李自成进驻北京之后仍不失农民本色，未喝完的茶也要喝掉，三四天没有洗脚等，但却非常有限，而且主要是用来为政治生活服务的。这就不可避免地使小说后两卷有关李自成及其民族关系的描写、处理出现了政治化或泛政治化的倾向，失去了历史和艺术固有的丰富复杂而又鲜活丰润的内涵。特别要指出的是，由于受时代大环境的影响与创作主体自身思想的局限，作家基本还是站在阶级论的立场来评价、把握农民起义的，未能很好地放开手脚去写农民领袖的历史局限，以至不惜牺牲人物的真实性去增强典型性。像李自成内在心理空间的开拓问题，现在看来写得还很不够，甚至比前三卷还要粗疏。对吴三桂、多尔衮的描写也有类似的缺陷。前者突出表现在吴三桂降清的处理上，作家一反“冲冠一怒为红颜”的传统之说，代之以民心向背的选择动机，这种单一的典型化的方式似乎失之简单。后者主要体现在对多尔衮与小博尔济吉特氏暧昧关系的把握上，小说对之强调得有些过分，它不仅不能对多尔衮政治生活描写起到有效的丰富、补充和延伸的作用，相反却对它产生抵牾乃至颠覆、消解的作用。再从满汉民族关系的叙述来看，后两卷也有颇明显的失误之处。如：将民族战争山海关大战的描写与小说首卷的潼关大战作一对比，我们可以发现，这里的人物只是匆匆地走了个过场。按照姚雪垠的文史功力与艺术素养，这样的缺失是不该有的。其中的一个很重要原因，恐与他高龄的身体有关。

附带指出，姚雪垠在创作《李自成》后两卷时，可能已预感到自己不能理想、如愿地实现预定的写作计划。为了给这部“超大河”式的巨著画上句号，他先从第五卷写起，然后倒过来再写第四卷，并对不少内容进行了压缩。所以在第四卷的开头，作家不得已采用“注解”的形式,[①] 将李自成破襄阳、杀罗汝才、建大顺直至回米脂祭祖这样一些极具审美价值的历史内容一笔带过。这就不能不影响和遏制包括民族关系在内的作品艺术整体的审美内化和细化，给我们留下了永远无法弥补的艺术遗憾。

三

姚雪垠的历史主义典型化写作对新时期中国历史题材小说创作产生了很大的影响，不仅传统历史小说，而且革命历史小说或红色经典也均循此例。20世纪40、50年代出生的中青年历史小说作家如凌力、刘斯奋、唐浩明、二月河、熊召政、吴因易、韩静霆、王顺镇、马昭、刘恩铭、张笑天等，也在不同程度上继承了姚雪垠上述的典型观；不同的只是他们在作品中弱化了阶级斗争或政治意识形态，强化了大文化或大人文的观念。到了苏童、格非、叶兆言、刘震云、孙甘露、余华、刘恒、北村等一批更加年轻的、以60年代出生为主体的作家群那里，他们按照“一切历史都是当代史”“一切历史皆文本”的观念，潇洒从容地展开艺术想像，对老一代作家的历史小说的创作路子来了一个釜底抽薪的颠覆，历史主义的典型观在这里似乎再也找不到自己的位置。可以说，从发表《李自成》第四、第五卷的90年代迄今，姚雪垠所崇尚的典型观受冷落已是不争的事实。那么，这是否意味着历史主义的典型观已经过时，它不再具有新的生命力了呢？这个问题，有必要加以辨析。

首先从文学体裁来看，运用历史主义典型观进行创作的多为社会剖析型的历史小说。这种创作体裁具有悠久的历史传统，而且长盛不衰，从《三国演

---

① 采用注解方式概述未及展开描述的内容，并非作者本人决定。参见本书许建辉《〈李自成〉的遗憾》一文。——本书编者注

义》《水浒传》到《两汉演义》《洪秀全演义》，再到《李自成》《星星草》等，它们一直在向我们展示其不竭的生命力。中国作为一个政治色彩非常浓厚的国家，政治历来就是生活中的一件大事，在一些特殊的年代，譬如“文革”，政治是每个人生活中压倒一切的头等大事，古往今来，概莫能外。当下社会转型时期政治的影响力较之以前虽大为削弱，但它作为意识形态领域里的重要的一维，仍然存在并且继续发挥着不可忽视的作用。作为政治的艺术反映的社会剖析型历史小说具有其他历史小说体裁不可代替的功能价值，这不仅在于它所反映的社会政治生活内容，而且也在于它叙事上所具有的独特的美学魅力，这是历史小说领域中的一笔蕴含丰富的艺术资源。就《李自成》来说，皇皇五大卷、三百二十余万字，全景式地反映明末清初的社会政治，这种史诗式的写作本身就显得非常大气。加上有政治强力的介入和帮助，它不仅有助于提高作家理性审视和概括生活的思维及能力，而且还会因此而给作品思想艺术增添许多深度和苍莽。再进一步从社会消费需求来看，社会剖析型历史小说也有相当可观的发展前景。以历史题材电视剧为例，《三国演义》《水浒传》《末代皇帝》《唐明皇》等都有较高的收视率，陕西电视台还准备将《李自成》改编为100集的电视连续剧。这些社会剖析型历史题材影视剧都强调艺术创作与历史原型之间的“异质同构”关系，都带有历史“正剧”的性质，并受到广大观众的欢迎。由此我们可以看出，社会剖析型历史小说由于其强大的历史概括力与透析力，在今天同样需要存在和发展；它对“异质”历史的积极地投入姿态以及由此给作品平添的历史质感，也自有其独特的价值。我们大可不必因为它在典型化方面存在问题，就轻易地对这种形态的创作进行否定。那样，既不符合事实，也不利于历史小说整体的生态平衡。

其次从艺术旨趣来看，历史主义典型观主要强调历史的本质与必然，是一种典型的理性化的创作观。同所有的历史小说一样，它当然也讲艺术虚构和创造，但却将虚构和创造纳入理性认知的范畴：一方面在大关节上遵循历史真实，不作随意更改；另一方面通过因果事理逻辑透视历史真实背后的历史本质规律和必然发展趋势，以便让读者更加清晰地把握历史的主动脉。因此历史主义典型观总是十分强调“深入历史，又跳出历史”，强调作家所应有的史家禀赋和唯物史观的指导。因为借助这种理性思维，作家可以有效穿越真假搀杂、是非相混的历史表象而更能逼近历史本质和本真。如关于李自成悲剧发生的原因，姚雪垠就是这么认为的：历史上旧的因果关系“同新的因果关系互相作用，使中国的历史形势迅速酝酿，不依李自成及其左右群臣的意志为转移，而是依照因与果交互变化的历史规律向前发展，愈发展速度愈快，最后使李自成的大悲剧来一个飞跃发展”。① 这也是衡量一部作品是否典型化以及典型化程度和水平如何的一个重要标准。从文学发展史的角度观照，它那超强的理性思维与思想文化上的反封建的结合，还曾在 20 世纪 70、80 年代的历史小说创作过程中掀起过一个高潮，给我们留下颇丰的创作成果。这一点，只要翻看一下当年从文坛宿将萧军的《吴越春秋史话》到中年主力军蒋和森的《风萧萧》再到后起之秀凌力的《星星草》等作品，就不难得知。当然，理性也绝不是万能的。如果不加分析地认为抽象思辨是认识所有对象惟一最佳的方式，并拿它来规范一切，尤其是规范感性、现象与偶然，那将自觉不自觉地委顿了历史小说的活泼生机，使创作又陷入一个新的误区。在这方面，应该说《李自成》及其新时期之初的不少历史小说是存在一些问题的，甚至有的作品其艺术上应有的立体为一种非文学的理念的纵深所代替。但这不等于说理性就不重要，或像当下某些新历史小说那样，在对理性矫枉过正的同时又不适当地将作家对历史生活的反映看成是一种纯粹的非理性的感性活动。结果面对丰富复杂的历史出现迷茫失语，甚至是非不分、美丑莫辨，走向历史相对主义与虚无主义。

最后从创作实践来看，历史主义典型观也有存在和发展的充分理由，它不可轻易否定，也否定不了。个中的原因，主要在于典型化有较强的艺术概括力，它可以打破时间之维的线性限制和空间之维的立体限制，通过历时性与现时性的移植，将其他种种不同的人事凝聚到某一人事之上，使之如毛泽东所言“比普通的实际生活更高，更强烈，更有集中性，更典型，更理想，因此就更带普遍性”。因而历史主义典型化虽不是惟一的，但长期以来仍被不少作家所信奉，并代有精品力作。凌力、刘斯奋、唐浩明、二月河等中年作家的创作于此就是很好的例证，其他如蒋和森、任光椿、鲍昌、杨书案等稍年长作家的创作也很能说明这个问题。可以这样说，新时期成功或较成功之作都基本遵循历史主义典型观，是历史主义典型观熔铸的产物，至少与之趋近或较为一致。历史小说是小说而不是历史教科书，它当然可以对历史人物或历史事件进行典型

---

① 姚雪垠：《从历史研究到历史小说创作》，《文学评论》1990 年第 4 期。

化的移植、加工和创造，甚至像鲁迅所说的“嘴在浙江，脸在北京，衣服在山西，是一个拼凑起来的脚色”[①]，也无不可。问题是这些典型化要建立在亚里士多德所说的可然性、必然律原则基础之上，而不是作家主观随意的派生物。就《李自成》这样的自觉以“历史现实主义”方法创作而成的作品来说，更应该按照因果事理逻辑进行文本叙述。以茅盾所谓的“人与事虽非真有，但在作品所反映的时代社会条件下，这些人与事的发生是合理的，是有最大的可能性的”[②] 来对它进行评判，应该说是合适的。以此反观《李自成》，我们对它在典型化方面存在的问题便有一个较为客观的认识。显然，这里李自成形象之所以给人以过于高大、完美之感，主要不在作家对他的思想性格作了典型化的集中移植，而是在集中移植时未能很好地实施真实性原则并将它与典型化有机地结合起来。由此可知历史主义典型化并不是纯艺术的活动，它从本质上讲不能不说是历史与文学的“双语写作”。这也许就是姚雪垠所说的“历史小说是历史科学与小说艺术有机统一”的主要缘由之所在吧。

（《河南大学学报（社会科学版）》2006 年第 3 期）

---

① 鲁迅：《我怎么做起小说来》，《鲁迅全集》第 4 卷，人民文学出版社 1981 年版，第 513 页。

② 茅盾：《茅盾文艺评论集》下，文化艺术出版社 1981 年版，第 1013 页。

《三国演义》与《李自成》的战争描写比较

朱家席[1]

《三国演义》描写了东汉末至晋初差不多一百多场战事，揉合了中国古代的兵家理论，始终贯穿着“上兵伐谋”的军事思想，因而写得波澜壮阔，五彩缤纷。罗贯中在战争描写上获得的巨大成功，使《三国演义》得以毫无愧色地屹立于世界军事文学之林，即使把它放在当今世界同题材作品中去，也是当之无愧的典范之作。姚雪垠在《李自成》的创作中，学习、借鉴了罗贯中关于战争描写的手法，同时吸收了以列夫·托尔斯泰的《战争与和平》、赫尔岑[2]的《战争风云》为代表的西方军事题材小说的创作技巧，生动地描绘出明末清初几十场轰轰烈烈的农民起义战争场景，从而开创了“五四”以来新型历史演义及战争体裁小说的新局面。

这两部小说的战争描写既有共性，又各具神采，从二者的比较分析中，我们可以了解作者的世界观、历史观、价值观、军事观及其对文学创作的影响。

一、从“阵前苦斗貔貅将”到人民战争

《三国演义》写战争，千姿百态，穷形尽相，不管是大规模兵团作战，还是小范围的攻坚战，都非常像中国画中的写意，以粗线条勾勒，略貌传神。他没有把战争仅仅局限于两军对垒，驰骋交锋，而是通过各种复杂的矛盾冲突来展现其全过程，把与之有关的政治、军事、外交结合在一起进行描摹，把勇、武、智揉为一体，既淋漓尽致地描绘了丰富多彩的战争场面，又详尽地展示其发生、发展的历程，进而突出了战争的主体——英雄人物的迷人风采。所以，在作者笔下，两军对垒的基本模式是大将之间的纵马搏击，胜负之数完全取决

① 朱家席（1972—），蚌埠学院学报编辑部副编审。

② 应为赫尔曼·沃克——本书编者注

于双方的主将。“阵前苦斗貔貅将，旗下旁观草木兵”①，在作者笔下，百万雄兵只是陪衬，读者很难感受到他们的客观存在。

黄巾起义这场历史上组织严密、准备充分、投入近百万人的农民战争，在罗贯中的笔下，似乎只是刘、关、张与张角、张宝等“贼首”的几番阵前厮杀。史载，南阳黄巾领袖张曼成战死之后，赵弘率领十余万众继续起义，据守宛城。朱儁军转击南阳，围宛城三月不下，战斗异常激烈。而在《三国演义》里只是寥寥数笔，就把战事交待结束。曹魏平定汉中的阳平关一战可谓艰险之至：夏侯渊和张郃作为前军，刚刚抵达就被杨昂、杨任杀了个下马威，久经沙场磨砺的曹操都胆战心惊：“吾若知此处如此险恶，必不起兵来！”描写这样的恶战，作者抓住决定胜负在智谋而不在力战这一因素，借助于大雾隐蔽，双方斗智斗勇，“见重雾垂空，又闻人语马嘶”，渲染了它的波澜壮阔的气势。先写“曹操传令退军”，来麻痹敌人，松懈其斗志，诱惑敌人出关追杀，“然后分轻骑抄袭其后”，两面夹击，取得胜利。同样，在战斗过程中士卒奋勇向前、互相厮杀的场景一概不予着墨，只简要地点出阳平关主将的结局，作为战斗结束的标志。

上述片断显示，罗贯中在描写战争时主要把笔墨用在双方主将的斗智斗勇，而很少涉及普通士卒之间的流血厮杀，只用较为抽象的语言来概括战斗过程。作者对于原本异常残酷的战争作如是处理，基于他对战争本质的把握。在描写具体的战斗时，他以“知己知彼，百战不殆”为基本的军事指导原则，崇尚“斗智优于斗力”，把笔墨集中于大将之间的冲杀，作为对制敌取胜之道的探索。而双方的主将，他们的气质、性格和谋略自然是作者极力渲染的对象。着重描写单打独斗时大将的犷悍、智术、武勇，展现他们的超人特征，而忽略士卒冲锋陷阵的重要性，也体现了作者生活时代的影响，以及他对战争的独特理解与诠释。联系罗贯中的生活环境，元末明初与三国时期相似，都是一个崇尚英雄、渴慕英雄的时代，人们身受无止休的战乱侵扰，内心充满了对和平、安逸生活的向往，他们祈求上天、神灵以及各种宗教能给予自己解脱。在无数次由渴望到失望之后，人们又把目光转向了生活的现实层面，将这种理想寄托在有着超凡脱俗、无所不能品质的英雄人物身上。那些在冲突中战无不胜，谈

① 姚雪垠：《无止境斋诗抄》，《姚雪垠书系》第15卷，中国青年出版社2000年版，第64页。

笑间斩将搴旗的英雄被作者赋予了浓厚的理想色彩，他们是作者以及现实生活中普通大众理想的化身。忽视一般士卒在战斗中的重要作用，源自于作者世界观的局限性。在那样一个落后的封建时代，罗贯中无法认识到民众力量是决定胜负的根本因素，百万士卒只是一个符号，一个用于炫耀、威慑敌人的数字，他们主导了战争的发展方向，却永远不能成为历史镜头下光彩夺目的角色！

与此相对，《李自成》的战争描写几乎是一个相反的模式。尽管它也强调主将临阵决断的关键性，但普通士卒冲锋陷阵的描写同样鲜明生动，跃然纸上。长久以来，由于《左传》《史记》等史传文学在战争描写模式上的潜在影响，以及《三国演义》在此方面的巨大成就，形成了具有民族独特风格的中国古典小说战争模式，沿袭下来，几乎成为定式。从《水浒传》《残唐五代史演义》《扬家府演义》《说岳全传》等小说中，我们可以看出作者对英雄人物在战争中决定地位的推崇和神化。作为生活在新时代的现代作家，姚雪垠继承了《三国演义》等作品关于战争描写的某些优点和手法，却打破了这种传统的划一模式，他认为：

> 长期以来，我国的历史战争小说，主要以《三国演义》为创作模式，往往只写战争双方的主将，单打独斗，却忽略了对其他人物的描写，我是反对这种写法的。我研究过古代的战争，尤其是细读过戚继光的兵书，知道明朝中期以后的战争不是这个打法。因此，我决定突破传统的《三国演义》模式，另创一种写法。我提出来一个思想：战争不是个别武将的事情，而是群体的努力，武将起作用，但兵多又训练精良会起更大的作用。①

作者对战争进行科学的分析、研究，充分肯定了普通士卒在战争中不可忽视的作用，在众多的战斗场景描写中，以热情洋溢之笔刻画了战场上披坚执锐、奋勇杀敌的普通士兵和广大人民群众形象，表明了民众是取得胜利的根本力量这一进步的战争观。

---

① 姚雪垠：《谈小说的中国风格和中国气派》，《姚雪垠书系》第18卷，中国青年出版社2000年版，第455页。

点则穿插进行，从而实现了对历史的有机分割和重新组合，形成了这一形式简单、而又内涵丰富的战争叙事结构。

《李自成》对战争的描写则是多采用平面网状结构，在叙述中不停转换角度，忽敌忽我，纵横交织，令人目不暇接，却又能以内在的逻辑性驾驭整个事件的发展，使叙事的条理十分清晰。例如写商洛大战，官兵从多处合围，李自成则分兵拒之：笔法跳跃不定，形成一幅网式战争态势图。

在叙述时，作者抓住了商洛地区多山谷、少平地的地理特征，以李自成老营所在的麻涧为中心，从东、北、西三个方向的五条山道同时安排战线。而老营和最东端的白羊店之间又设置了智亭山这样一个重要关口，它一旦被官军攻占，明军的进攻路线马上又由五条变为七条；反过来，官军占据了智亭山虽然切断了李自成的统一防线，使之首尾不能相连，自己反过来又可能受到义军的两面夹击。所以，攻守之势十分复杂，扑朔迷离，整个战区就在这种网状结构中分布开来。在这五条或七条战线中，作者并非面面俱到，平均使用力量，而是抓住关键要素，以线代面，以局部带动整体。官军进攻的据点中以射虎口和野人峪最为接近闯王的老营，而其中的射虎口连接着被明王朝收买充当帮凶的宋家寨。由于闯营中的大多数将领都卧病在床，李自成被迫将把守射虎口的重任放在王吉元身上，他是张献忠在谷城聚义时赠送给李自成的，不久之前又曾因挪用公款赌博而受到了闯王的责罚，现在会不会临阵倒戈、变节投敌？这是作者埋伏下来的、牵动读者的一条重要隐线。在商州和麻涧老营之间有马兰峪和野人峪两处重要关隘，是官军主力部队直扑义军心脏的关键所在，在李自成的精密部署下，由刘二虎带领一支人马下白羊店沿着山间羊肠小道绕到马兰峪和商州之间，攻击敌人后部，使之首尾不能相顾。在战斗进行中，东方的重要门户智亭山却在嗜酒如命的郝摇旗手中不慎丢失，使得明军由龙驹寨、武关两个方向顺利通过智亭山和桃花铺把白羊店包围起来，它成为与闯营主力隔绝的孤军，形势最为危急。在描写中，作者从宏观入手，牢牢把握住这“两点七线”之间的关系，以此两点各为中心向四周辐射开去，用跳跃、多变的笔法控制整个战争发展的局面，因而写得摇曳多姿，而又条理清晰！

这两部小说在描写战争方面有一个显著的共同之处，即以点衬面的手法运用，善于抓住看似微小，却在战争中起到重要作用的因素来铺展。如官渡之战中，曹操和袁绍在官渡形成对峙局面，形成一场旷日持久的消耗战，双方谋士不约而同地都把粮草问题摆在重要的位置上来：

> 沮授曰："我军虽众，而勇猛不及彼军；彼军虽精，而粮草不如我军。彼军无粮，利在急战；我军有粮，宜且缓守。若能旷以日月，则彼军不战自败矣。"①
>
> 荀攸曰："绍军虽多，不足惧也。我军俱精锐之士，无不一以当十。但利在急战。若迁延日月，粮草不敷，事可忧矣。"②

沮授和荀攸对这场持久战分析得都十分精当：谁能更好地解决粮草供应问题，谁将有可能赢得最后的胜利。曹操先派徐晃截住韩猛押解的数千辆袁绍的粮草车，"放火焚烧粮车"；接着又采纳许攸之计，亲自领人奇袭乌巢，把袁绍军中"粮草尽行烧绝"，使得袁绍"军心皇皇"，因而取得了这场战斗的胜利。作者写官渡之战，从头到尾紧紧围绕"粮草"二字展开，中间还穿插了曹操和许攸关于曹军余粮的一番趣味对白，突出了粮草这个看似小问题却起着关键作用的因素，把它作为行文的一个线索来叙写，显示出作者的匠心独运。另外，赤壁之战中的"东风"、瓦口隘之战中的"酒"、彝陵之战中的"扎营"，都是罗贯中描摹战争的以小衬大手法的具体体现。

与之相似，姚雪垠在描写山海关大战时，也抓住了"天气"因素，从多尔衮、李自成两个方面进行描写。多尔衮预感到"明日好天气，准能旗开得胜，一战杀败流贼"；宋献策则因为浮云蔽月，看到"白虹贯日"的现象而"感到明日有大风"，可能"对我军不利!"用这种自然现象衬托人物的内心感受，大战伊始，胜负业已决出。另外，姚雪垠还专注于在小说中设计一些毫不起眼的小人物，突出他们对战斗胜利所起到的重要作用。如前面提到的驼背老头杜狗娃，若没有他的正确引路，李自成他们就可能无法走出地形复杂、官军重重围困的潼关南原山区。邵时信本是走街串巷的小贩，利用这种职业的特殊性在战争期间打探敌人消息，后来他又随慧梅去了小袁营，作为闯王安插在其内部的联络人，发挥了非常重要的作用等。

---

① （明）罗贯中：《三国演义毛评本》上海古籍出版社 1989 年版，第 381 页。
② （明）罗贯中：《三国演义毛评本》上海古籍出版社 1989 年版，第 386 页。

三、对战略战术运用的认识

《三国演义》写战争说穿了就是“谋略经营”，洋洋洒洒百万言的一部作品，从头至尾高扬着“上兵伐谋”的军事指导思想。它非常注重对战略战术运用的描写，以大量笔墨展现由于精心谋划、运筹帷幄而引起的战争双方力量的消长转化，使读者从中领略人类智慧伟大而深邃的内涵。小说使用“智”“计”等字样作标题的回目多达二十八回，通篇闪耀着智慧的光华！如“决漳河许攸献计”“玄德用计袭樊城”“孔明智激周瑜”“阚泽密献诈降书，庞统巧授连环计”等，足见作者对于战争中谋略运用的重视。尽管作者注重通过两军对垒来烘托大将的斗智斗勇，但在描写较大的战役时，胜负之机并不完全维系于作战双方的主将。写赤壁之战的文字共十回，真正短兵相接、白刃交加的场景不足一回，余下的大部分笔墨用作战前分析（联合孙刘抗曹），具体战术的运用（采用火攻并为之作准备）。在官渡之战中，也只是安排张辽、张郃“斗了四五十回合，不分胜负”一幕，其余文字还是偏重于写战术运用，写双方“筑土山”“做发石车”“挖地道”，相互用计，曹操最终设法劫乌巢烧了袁绍的粮草取得胜利。

《三国演义》描写的战争种类繁多，但对当时全国格局及鼎足而立的形成产生过重大影响的有三大战役，即官渡之战、赤壁之战和彝陵之战。尽管这三次战役各具特色，却有着共同之处，即交战双方实力悬殊较大，都是中国古代以弱胜强的典型战例。作者从战前双方兵力对比写起，由相持到优劣形势发生转化，最后弱者战胜了强者，以少胜多，显示出战略战术在此过程中起到的重要作用。

曹操之所以能够在官渡以弱克强，首先在于他在战略谋划上高于袁绍，从一开始就把主力部队布置在官渡，而不是沿黄河处处设防。因为官渡地处鸿沟上游，濒临汴河，而鸿沟则西连虎牢关、巩、洛要隘，东接淮河、泗水，是曹操的老巢许昌东、北两面的天然屏障，自然是袁绍的必争之地。曹操守住了官渡，就能扼其咽喉，阻止袁绍南下，退可守，进可攻，为反攻歼敌创造条件。其次，曹操善于听取部下的正确建议，懂得在敌强我弱的情况下灵活变化战术，“凡战者，以正合，以奇胜”，“奇非正，则无所恃；正非奇，则无以取胜”,[1] 奇正并用才能克敌制胜。

罗贯中准确地把握了战争中主将的决定性作用，把人物斗智的描写作为描摹战争的核心，而不以双方热闹的打斗场面和鲜血淋淋的战争惨景来哗众取宠。《孙子兵法》曰：“上兵伐谋，其次伐交，其次伐兵，其下伐城；攻城之法，为不得已”。[2] 小说吸取了儒家思想对“中和之美”的倡导，着重反映战争的历史作用和英雄人物的才智武勇，避免过分渲染战争的残忍与恐怖，体现了作者独特的审美品位。如沈伯俊先生所言：“罗贯中不仅以艺术家的天才，虚构出一个精彩的长坂坡之战的故事，而且按照自己的美学原则，把这一场血雨腥风的厮杀加以净化”。[3]

《李自成》关于战略战术运用的描写明显不如前者，虽然书中也有李过、刘宗敏、高夫人用计的描写，如南阳突围时，闯王和高夫人故意把金银财宝满地丢弃，引得官兵下马争夺，自己趁机冲出重围。在朱仙镇大战中，左良玉统帅十七万大军，与开封城守军内外夹击，企图把前来攻打开封的李自成部一举消灭。经过实地考察和研究后，李自成派部队将位于朱仙镇和水坡集之间的贾鲁河截断，“使河水不向东南流，官军就没有水喝。如此干旱天气，又如此炎热，人马饮水困难，加上我们用大军一压，必然不战自溃。”同时他又派人出其不意俘获了左良玉的养女，作为要挟，并以她为媒介同左良玉达成共识，成功地对敌人进行分化，瓦解了前来援守开封的官军。由于通过谋略，采用了正确的战术，李自成最终达到了“不战而屈人之兵”的目的。

与《三国演义》相比较，姚雪垠写战争对于战略战术的强调是不够的，且仅局限于小范围内的攻城夺寨，大战中涉及较少。在三次围攻开封时，作者只渲染李自成架起云梯、大炮强攻，似乎未见宋献策等人“献策”出奇制胜；山海关大战写了多尔衮、洪承畴对形势的分析，在闯王一方，几乎未见对战争作详细的部署、谋划，就转入战争场景的描写。很显然，作者更着眼于作战双方的实力悬殊，把部队作战能力引为战争核心，从而摒弃了罗贯中的一些主观的、非科学的思想。《三国演义》过分强调人的智力因素，而忽视所有普通士

---

① 杨丙安：《十一家注孙子校理》，中华书局出版社 1999 年版，第 87 页。

② 杨丙安：《十一家注孙子校理》，中华书局出版社 1999 年版，第 46 页。

③ 沈伯俊：《〈赵云单骑救阿斗〉鉴赏》，选自《明清小说鉴赏辞典》浙江古籍出版社 1991 年版，第 39 页。

卒在内的整体作战实力，写诸葛亮等人行军布阵，甚至写八卦图排列石阵强于十万雄兵的作用，未免过于玄虚。姚雪垠从现代科学军事理论出发，把战术运用和军队作战实力相结合，较为客观地对战争进行描摹。然而，如此处理真实有余，却未免失之于文学趣味不足。

从艺术构思上看，《三国演义》"七分实事，三分虚构"的体制，决定了作者在对战争进行描写的过程中拥有更多的创作和虚构的空间，因此，它所描摹的战争更加铺张扬厉，情节更加紧凑细密，叙事更加生动活泼，大量的斗智、斗勇片断的渗透，使战争描写充满了悬念，高潮迭起，惊心动魄。姚雪垠虽然竭力想要"在描写战争方面超越《三国演义》"，在小说的实际创作中，他却固守于自己理解的战争所表现出来的某些现实性特点，不敢作进一步发挥，在艺术上予以生动形象的加工，因而显得枯燥而干瘪，读来乏味。"战争是政治的继续"，结合《李自成》创作所受到的特殊时代的影响，作者笔下的战争过多地展示出人民力量的伟大意义，与他生活的社会最"时尚"的理论合拍。回避敏感的政治问题以免祸，作为艺术作品而言，却是败笔。尽管姚雪垠创作的出发点是要在写战争上超过罗贯中，我们却只能不无遗憾地说，单就战争艺术描写方面而言，还是无法与《三国演义》并提的。

（《乐山师范学院学报》2007 年第 2 期）

“史诗性”与“红色经典”的文学价值评估

阎浩岗[①]

在论及被称作“红色经典”的20世纪50—70年代中国长篇小说时，许多学者指出了其对“史诗性”的追求；还有不少论者谈到了“茅盾文学奖”的史诗情结。当前文学批评界更是将是否具有史诗性、是否称得上真正的史诗，作为评估长篇小说文学价值的重要尺度，即使不是作为首要尺度。关于“红色经典”是否称得上真正的史诗性作品，目前学界否定性意见较多；而当下研究“红色经典”的论著，多从其产生的政治文化机制以及其是否具有现代性方面着眼，从其文学审美价值本身角度研究的较少。因此，从“史诗性”角度来评价所谓“红色经典”，应当还不算一个过时的论题；重新评估其文学价值，也很有必要。先要说明，本文使用“红色经典”这一称谓，指代以“三红一创、青山保林”以及《李自成》《三家巷》《艳阳天》[②] 等为代表的一批一度影响极其巨大的长篇小说，并非意味着已预先肯定或确认了这些作品的“经典”性，而是因它已约定俗成，所指比较明确，使用起来方便。

一、怎样才算真正的“史诗性”作品

虽然将史诗性作为长篇小说评估标准几乎已是学界共识，但究竟怎样才算真正的史诗性作品，却难以取得定论。我们不妨追本求源，看看美学史、文学史上得到普遍认可的史诗理论和创作。谈论小说作品史诗性的文章，理论上一般以黑格尔《美学》为依据，创作上则通常拿列夫·托尔斯泰《战争与和平》、肖洛霍夫《静静的顿河》等作品为样本。黑格尔在提及“史诗”这一概念时，

---

① 阎浩岗（1963—），河北大学文学院教授，博士生导师。中国新文学学会姚雪垠研究分会第一副会长兼学术委员会主任。

② 《李自成》《艳阳天》在创作原则、审美风格与“三红一创、青山保林”并无二致，在社会影响方面甚至超过了《保卫延安》《红日》《山乡巨变》，不应被排除在“红色经典”之外。

是作为与“抒情诗”和“戏剧体诗”并列的一种文学类型来理解的。如朱光潜所言，黑格尔“对小说显然没有下过工夫”，[①] 他主要是将荷马史诗作为“正式的史诗”，作为叙事类文学的最高范本来界定其性质与特征的。概括起来，他认为“真正的史诗”应具备如下特性：

1. 以对民族和时代意义深远的事迹及其过程为对象，通过描述社会的“政治生活、家庭生活乃至物质生活的方式，需要和满足需要的手段”，“显示出民族精神的全貌”。

2. 史诗反映的时代，民族信仰与个人信仰，以及个人的意志和情感还未分裂。

3. 对于作者来说，史诗所反映的时代可能已成为过去，但相隔不远。作者对那种生活及其观照方式和信仰完全熟悉，作者所处时代的信仰、观念、意识与之是一致的。

4. 作者在创作时未受外来强势文化的奴役，也不受固定的政治和道德教条桎梏，他在创作上自由独立，对所描述的世界了如指掌，他自己的全副心思和精神都显现在作品里，使人读后感到亲切、心情舒畅。

5. 读者能从史诗中领会到“英雄人物的荣誉，思想和情感，计谋和行动”，欣赏到“既高尚而又生动鲜明的人物形象”。史诗人物“表现出多方面的人性和民族性”，却又是完整的人。不应只表现人物的单一特征或欲望。[②] 主要英雄人物“把民族性格中分散在许多人身上的品质光辉地集中在自己身上，使自己成为伟大，自由，显出人性美的人物”。

6. 史诗的创作主体的因素完全退到后台，“人们从这些史诗里看不出诗人自己的主体的思想和情感”，作者不在作品中露面，“作品仿佛是在自歌唱，自出现”。但作者已“把他自己的整个灵魂和精神都放进去了”；作品表现的是“全民族的大事”“全民族的客观的观照方式”，却是由一个具体作者来完成的。

7. 最适宜史诗表现的题材是战争，“因为在战争中整个民族都被动员起来，在集体情况中经历着一种新鲜的激情和活动，因为这里的动因是全民族作

① ［德］黑格尔：《美学》第 3 卷下册，朱光潜泽，商务印书馆 1981 年版，第 168 页注释。以下凡引该书均据此版本。

② 黑格尔认为中世纪某些史诗在描绘人物性格方面比较抽象，其中的英雄只为骑士阶层利益而奋斗，脱离真正带有实体性民族内容的生活理想。

为整体去保卫自己”。

8. 用战争做情节基础，“就有广阔丰富的题材出现，有许多引人入胜的事迹都可以描述，其中起主要作用的是英勇，而环境和偶然事故的力量也还有它的地位，不致削弱。”而不同民族之间的战争是最理想的史诗情境。

9. 史诗在结构上应是有机的整体。①

在黑格尔之后，人们把某些具有史诗特征的散文体叙事作品（主要是长篇小说），也称为“史诗”或“史诗性作品”。以这种标尺衡量，《战争与和平》当之无愧，《静静的顿河》虽然写的不是不同民族之间的战争，也是公认的史诗性长篇小说。但说司汤达的《红与黑》、左拉的《卢贡？马卡尔家族》也属史诗型，就有些牵强。

这里需要辨析目前学界的一个误区：史诗性虽是对长篇小说的一种褒扬性评价，却并非衡量长篇小说是否优秀的唯一尺度。它只是长篇小说中一个类型的标准。比如，最优秀的中国古典小说《红楼梦》就不属史诗型，因为它的题材不是时代的重大政治或军事事件，不着力展示广阔的社会生活画面，主人公也不是英雄；它是以细腻描述日常生活琐事取胜的。《三国演义》属“史诗性”长篇，《儒林外史》却不能算，尽管它写了众多的形形色色的儒林中人。我们说苏联电影《莫斯科保卫战》《解放》是史诗性作品，美国电影《拯救大兵瑞恩》《克莱默夫妇》不是，并不意味着后者的思想艺术水平就比前者低。

但，无论如何，史诗性作品特有的审美价值、艺术震撼力，是决定长篇小说文学价值的一种重要因。“红色经典”中，《青春之歌》《山乡巨变》不属于史诗型，《红岩》虽然写的是英雄，似乎也不能算。虽然《红旗谱》《创业史》《保卫延安》《红日》《三家巷》都具有一定的史诗性，但最合乎“史诗性”标准的，首推姚雪垠的《李自成》。

二、《李自成》是“红色经典”中最具史诗性品格者

《李自成》的史诗性并非学界公认。肯定的观点不少，1987 年刘再复与姚雪垠论争之前持此论点者占多数，之后也有。② 否定性观点，当以王彬彬《论

---

① 参见黑格尔《美学》第 3 卷下册，第 107—138 页。

② 胡良桂：《从取材的角度看〈李自成〉的史诗特性》，《中国文学研究》1991 年第 3 期；《〈李自成〉的史诗艺术》，《文艺理论与批评》1992 年第 2 期。古耜：《史诗意识与 20 世纪中国长篇小说》，《广播电视大学学报（哲学社会科学版）》2002 年第 3 期。

作为“人学”的〈李自成〉》① 为代表。概括起来，王文否定《李自成》史诗性品格的理由是：1. 作者不是全力写人，人物基本淹没在事件中；2.《李自成》写人有欠缺：人物性格没有发展，没有深度，缺乏对人物心灵的洞察和灵魂的开掘，没有写出人物“心灵的搏战”；3. 全书结构支离破碎；4. “再现历史生活的风貌”“反映历史的本质和规律”的创作意图是错误的，是导致全书“支离破碎”的原因；5. 作者意图过于直白，不耐人咀嚼，无法形成“李学”。

《李自成》作者在写人方面是不是尽“全力”了，这个只有他自己最清楚。一般读者和评论家，对于其中的人物形象，还是留下了深刻印象，并未感觉人物被“淹没”在事件中。且撇开有争议的李自成、高夫人等形象，起码刘宗敏、郝摇旗、牛金星、宋献策、张献忠性格鲜明，崇祯、洪承畴、杨嗣昌、卢象升等明朝君臣的形象没有脸谱化，作者把他们当做“人”来写，比较细腻地剖析了其内心世界。崇祯借饷、杨嗣昌督师、洪承畴降清、卢象升殉国等单元应当说在中国现代小说里属于精彩篇章。至于说“人物性格没有发展”，这种判断并不客观。通读全书，不难发现主人公李自成从第一、二卷的处逆境而不气馁，到第三卷事业鼎盛时逐渐暴露缺点，再到第四、五卷“其兴也勃焉，其亡也忽焉”过程中自信发展为刚愎，对个人情欲从克制到逐渐放开而又并不特别放纵，与下属的关系从平等亲近到逐步拉开距离等明显变化。即使性格没有发展，也不影响其为史诗——《伊利亚特》《三国演义》里的人物性格有几多发展？对怎样判定作品“灵魂开掘的深度”，不同的读者和批评家各有自己的理解。新时期以来似乎有一种倾向，似乎只有写出人的潜意识或突出人物灵魂的分裂才算有人性深度。确实，弗洛伊德理论产生后，现代主义、后现代主义的作品发现了以往小说不曾触及的领域，算是将心理描写深入了一步。但我们不能反过来说，写了潜意识的作品肯定比没有写的深，不能说福克纳《喧哗与骚动》就肯定比司汤达《红与黑》深刻，施蛰存《石秀》就肯定比施耐庵《水浒传》高明。再说，不一定非要写了“心灵的搏战”才能算史诗性作品，恰恰相反，按黑格尔的理解，由于史诗反映的时代，民族信仰与个人信仰、个人的意志和情感还未分裂，古典史诗中的英雄人物，如阿喀琉斯、阿伽门农，并没有特别强烈的“心灵的搏战”，他们很坚定地按自己的既定信念行事，“他本来

---

① 王彬彬：《在功利与唯美之间》，学林出版社 1996 年版。

是那样人，就做那样人”[1]。《李自成》全书的结构经过作者精心设计，并不“支离破碎”，在40多年的创作过程中不断修改完善，其美学成就已被许多批评家肯定，即使否定《李自成》主人公形象的塑造与作者历史观念的，对这一点似乎也没有太多异议。先写第五卷再写第四卷，恰恰说明作者已成竹在胸。有意追求“再现历史生活的风貌”“反映历史的本质和规律”，这几乎是史诗型作品的共同特点，与塑造人物并不矛盾。至于该书未能形成“李学”问题，容下文论及。

还有论者认为，“红色经典”难称真正的史诗性作品，是因其依据主流意识形态，对正面人物的描写过于理想化，“缺乏对所表现历史的超越性把握”。[2] 那个年代的作品都受主流意识形态的框范，是不争的事实。我们理解那个年代的作家，但文学史是无情的，后世读者是无情的，他们判定作品是否具有文学价值、是否优秀之作，当然不会因理解体谅而给“感情分”；作品能否传世，还得凭自身。那么，我们就用“史”的眼光检验一下“红色经典”对人物的理想化描写，研究其“对所表现历史的超越性把握”问题。

先谈理想化。《李自成》在人物塑造方面的“现代化”与正面人物形象的完美化一直是其受到诟病的主要因素，有所谓“李自成太成熟、高夫人太高、红娘子太红、老神仙太神、老八队像老八路”之说。笔者以为，单论“现代化”，须得区分两种情况：如果是让古代人物具有只有现代人才有的思想（比如阶级观点），说出只有现代人才能说的话，如果不是像鲁迅《故事新编》那样有意“油滑”或如现今某些“戏说”之作那样“恶搞”，无疑当属败笔；但如果是指从古代题材作品那里看到某些现代气息，则属正常。如克罗齐所言，“一切历史都是当代史”，当代人看历史，必然会站在今天高度“重读”，历史小说的作者虽然写的历史，却必会将自己的现实生命体验融汇进去。这不仅不是缺憾，反能给作品带来活力。中外文学史上此类例证很多：莎士比亚的哈姆雷特是12世纪的丹麦人，我们却能从中感受到16—17世纪之交英国的现实；《三国演义》《水浒传》创作情况与之相似。至于正面人物的理想化，不只《李

① ［德］黑格尔：《美学》第3卷下册，第137页。

② 凌云岚：《百年中国文学“史诗性”的个例分析与重估》，《中国现代文学研究丛刊》2000年第3期。

自成》，其他“红色经典”也普遍存在；不只“红色经典”，文学史上的名著以及当今某些文艺作品也有：《三国演义》中的诸葛亮，《悲惨世界》中的米里哀、冉阿让，《还珠格格》中的紫薇，不都属于这种形象吗？那些有明显缺点的人物可能更具真实感、给人印象更深刻，但塑造理想化人物，也并不一定导致艺术上的失败。现实主义与浪漫主义是文学史上两股主要潮流，因为人类既要认识现实真相，又要追求比既存现实更美好的东西；现实不完美，人们就借助艺术，在幻想中塑造这种完美，把它作为追求的目标或现实缺憾的虚拟补偿。现在青年人喜欢看“青春偶像剧”，正是出于这种需求：现实中有漂亮的男女，也有心灵美好、善良、崇高的青年，但将出众的英俊漂亮与极致的善良、聪明、脱俗综合于一身的情况，一般只能在艺术世界中见到。现实中有阶级斗争，有爱情，有练功习武的人，但他们一般不会终生只搞阶级斗争，一辈子只追求爱情或练功比武。某些“红色经典”单突出阶级斗争与革命，是对现实的高度“提纯”，正如琼瑶小说里的人物毕生追求爱情、金庸小说里的人物只知练功习武一样。这类完美人物艺术上是否成功，取决于他的思想、语言、行为是否基本合乎情理，是否能从情感上打动人。如果真实反映了作者的审美理想，这类人物也自有其不可取代的认识价值。

再看“红色经典”与主流意识形态的关系，以及作品的“超越性”问题。“红色经典”对主要人物的理想化无疑基本符合主流意识形态的要求①。这里需要辨析的是，作者的“具体感受的世界观”与主流意识形态的“理论观点”② 是否一致。也就是说，作者本人本然的生命体验或人生见解与这种意识形态是吻合还是游离乃至对立；如果吻合，是在多大程度上吻合。“红色经典”的作者大多 1949 年以前就参加了中共的军事或文化斗争，成为革命队伍的成员，浩然是新中国培养的作家。主流意识形态已内化为他们自己的世界观。姚雪垠是抗战期间成名的作家，后来经过思想改造，也逐步接受了主流意识形态。可以说，对于 1949 年以前“民主革命”阶段的历史，他们“具体感受的世界观”与主流意识形态的“理论观点”是基本一致的。这种一致性的取得，

---

① 作者个性造成的不完全符合，或主流意识形态本身发展变化造成的不完全符合，使其受到代表当时正统主流意识形态的“红色批评”的指责。

② 见［苏］波斯彼洛夫：《文学原理》，王忠琪等译，生活·读书·新知三联书店 1985 年版，第 103—109 页。

或因作者与那时的主流意识形态观点都代表了农民和农村知识分子的理想，或因作者本身原有的“五四”个性主义精神远不及要求政治进步、紧跟时代主流的欲望强烈，使其自愿对自己本然的精神世界进行改造，他们已经形成了以主流意识形态观点看人观物的习惯。因此，与茅盾、叶圣陶、沈从文等老作家不同，主流意识形态并没有对他们的创作思维形成太大阻碍，反使他们感到在把握历史时顿开茅塞，获得了他们自认为的“深度”。这正合乎黑格尔论史诗时说的“民族信仰和个人信仰还未分裂，意志和情感也还未分裂”① 的情况。但是，优秀作家不可能没有自己独特的生命体验和不同程度的独立见解。这些独特之处，使得某些“红色经典”每每有溢出主流意识形态之处。例如《红旗谱》对朱严两家关系的描写，对冯家父子关系的描写，《红日》《李自成》对“反面人物”的描写，《林海雪原》对少剑波形象及其与白茹关系的描写，《青春之歌》对林道静爱情心理的描写等等。究竟“红色经典”是否“缺乏对所表现历史的超越性把握”，那要看对“超越性”如何理解。参照系不同，理解也会不同。比如，相对于普通的农民意识、相对于以往的农业题材作品，我们可以说《创业史》的思想观念具有明显地超越性；而若按新时期以后的意识形态，它就没有超越性，甚至明显“落伍”。那么史诗性作品是否必须与所表现的历史时期的观念拉开较大距离，乃至对之进行否定性反思批判呢？不见得！黑格尔的见解恰恰相反：

> 如果当前现实强加于诗人的那种正起作用的信仰、生活和习惯观念和诗人以史诗方式去描述的事迹之间毫无亲切的联系，他的作品就必然是支离破碎的。因为一方面是诗人所要描述的内容，即史诗的世界，另一方面是原来离开这内容而独立的诗人自己的时代意识和观念的世界，这两方面虽然都是精神性的，却依据不同时代的原则而有不同的特征。
>
> 如果诗人自己的精神和他所描述的民族生活和事迹所由产生的那种精神根本不同，就会产生一种分裂现象，使人感到不合式乃至不耐烦。②

---

① ［德］黑格尔：《美学》第3卷下册，第109页。我认为，中国的“新民主主义革命”能够成功，根本原因就在于它符合当时的“民族信仰”。

② ［德］黑格尔：《美学》第3卷下册，第110—111页。

“红色经典”作者的“信仰、生活和习惯观念”正是与其“所描述的民族生活和事迹所由产生的那种精神”是相通的。当然，黑格尔针对的是古典史诗：荷马倾情歌颂希腊英雄们的英勇智慧，并未反思战争的残酷。我们引证黑格尔的论述，并非要以之作为金科玉律，衡量一切作品的史诗性品格，现代史诗型作品可以具有不同的审美选择。肖洛霍夫《静静的顿河》就属于具有历史反思意识的杰出现代史诗。笔者也并非认为《创业史》就是最典型的古典型史诗，因为它写的是和平年代的日常生活，没有特别尖锐激烈的冲突或战争、暴力场面。但上面的引述，起码说明否定性反思并非史诗性作品的必要条件。

笔者认为《李自成》是中国当代小说中最具史诗品格者，是因它具备了古典型史诗作品的几乎所有特征。它选取的是明清之际对历史影响深远的最重大的社会政治及军事斗争事件，就反映生活之广阔、人物形象之众多、矛盾冲突之复杂尖锐、篇幅之宏伟而言，几乎无可匹敌；其人物性格之鲜明、人物语言之个性化、情节之曲折生动、结构之严谨、节奏之张弛相间富于变化，是普通读者和专家们都有体会的；全书既洋溢着英雄主义主旋律，又涂抹着浓重的悲剧色彩；既写了金戈铁马的战场厮杀，又不乏饶有趣味的日常风俗画面。作者对历史的成败得失进行了认真反思研究，既看出某种必然趋向，又没有排除偶然事件对历史进程的影响；作者重点突出了人的社会属性，对于生理本能因素没有过多渲染，但并非没有相关描写，例如对洪承畴降清前剃头时生理感觉的描写，就堪称精彩。《李自成》在新时期以后受到冷落，有多种原因，比如“宏大叙事”被“私人化叙事”代替，成为社会审美心理主流，文学界、史学界对以往正统历史观的反思，使其显得有些不合时宜。也不排除与作者本人性格的自负狂傲惹人反感，以及某些权威批评家为推出自己新的美学主张而以之为标靶进行贬低有关。1980 年后出生的读者大多没有认真读过包括《李自成》在内的“红色经典”作品，他们的阅读选择主要受传媒影响，即使是中文系的学生，也大多先接受教科书与课堂教学结论的影响；而以前读过《李自成》第一、二卷的年纪较大的读者，又大多由于种种原因没有读完其余三卷，在出版物铺天盖地令人目不暇接、读者又追新逐异的今天，这也是正常现象。但是，我们不能因此而否定《李自成》的文学价值和文学史地位，正如我们“发现”了张爱玲之后不能反过来否定或抹杀茅盾一样。新时期历史小说的历史观有了新的发展，但若拉开时间距离审视，它们的总体思想艺术成就，未必就能超越

《李自成》。那些做历史翻案文章的作品能给人耳目一新之感，但用历史眼光看，所谓“新”也是相对而言——谁能保证在它们不再显得“新”的时候仍然让读者关注而不被遗忘呢？要知道，《李自成》作者当年也是以挑战以往明史研究结论，以在当时看来属于“新”的历史观、美学观处理历史人物形象的！比如对崇祯形象的塑造、对李自成帝王思想的描写，在当时就需要很大的勇气！君不见《红日》就因对敌师长张灵甫没有完全漫画化，被诬为“为蒋匪帮招魂”①。《李自成》在这方面也许可算“红色经典”中的特例，因为它的写作得到了最高领导人的支持。② 且不论《李自成》的文学价值如何，作为曾经为文学史提供了新的因素的作品，文学史地位应当是没有疑问的。③ 历史在发展，在前进，后代的人当然要有反思超越前代的意识。不过，别忘了，我们也会成为后人眼中的“前人”，与我们自己的“前人”一同接受历史的检验。历史常常以否定之否定的方式发展，今天宣布“过时”的，以后未必不会“复活”。关键还在于作品本身的价值。

三、构成“红色经典”文学价值的其他因素

如前所述，史诗型作品只是长篇小说中的一个类型，它并非衡量长篇小说是否优秀的唯一尺度。那些非史诗型的长篇小说，其文学价值从其他方面体现出来。

“红色经典”主题明确单纯，虽然个别作品近年也被一些学者读出了表层主题之下的另外含义，但无论如何，其文学价值毕竟不是体现在内涵深奥、丰富、复杂、可作无穷解读方面。我这里要特别指出，并非所有文学名著都是内涵深奥、丰富、复杂的，文学史上还有大量内涵并不复杂，甚至比较简单的经典。诗歌里面这类经典不少，比如《诗经》，比如贺知章的《回乡偶书》，比如李白的《静夜思》，更遑论白居易的“新乐府”。这些诗可以让你展开丰富想象，每次阅读都可能有所共鸣，但并不需要专家们不断写出专著进行无穷阐释。小说中也有内涵相对简单的经典。《欧也尼·葛朗台》不就是揭示了金钱

① 长城：《吴强“塑造人物”就是为蒋匪帮招魂》，《解放日报》1968年8月25日。

② 这与没有丑化哥萨克，也没有美化红军的《静静的顿河》得到斯大林支持而成为苏联“社会主义现实主义”作品中的特例有些类似。

③ 我认为，文学史应当是每个时代文学发展状况与水平的记载描述；“潜在写作”当然也能反映这种水平，但反映第一时代文学发展状况和水平的，主要还是当时曾产生巨大而广泛的社会影响的作品。

对人性的腐蚀、对人伦关系的破坏吗?《安娜·卡列尼娜》有两条情节线索,似乎复杂些,但也不太可能形成像“红学”那样的“安学”。以萨克·辛格指出:“在我看来,好的文学给人以教育的同时又给人以娱乐。你不必坐着唉声叹气读那些不合你心意的作品,一个真正的作家会叫人着迷,让你感到要读他的书,他的作品就像百吃不厌的可口佳肴。高明的作家无须大费笔墨去渲染、解释,所以研究托尔斯泰、契诃夫、莫泊桑的学者寥若晨星。”① 笔者当然决不认为需要“大费笔墨去渲染、解释”的作品就不是“好的文学”,但觉得现在有必要强调并不复杂艰深的作品也自有其文学价值与文学史价值。中国现代小说中,你可以说废名、沈从文、孙犁、汪曾祺的作品别具一格,但它们的内涵究竟有多复杂?是“说不完”、发掘阐释不尽的吗?你能总结出《竹林的故事》或《荷花淀》的七种八种主题吗?不属于说不完、阐释不尽的作品,不等于不值得反复阅读。反复阅读有时只是为了品味,品味其中的韵味、趣味、情调,或感受那种情感、氛围。马克思对古希腊艺术的叹赏早已是众所周知,可希腊神话并不艰深复杂。相反,它体现的是一种童趣。

由于主客观原因,“红色经典”在人性开掘的深度方面有明显局限。但,这并不意味着它缺乏人情美。“人性”和“人情”是两个不同的概念,它是指各种人伦情感、生命感受。“文革”时期的文艺作品被新时期批评界指为普遍概念化、缺乏“人情味”。确实,这一时期作品中的正面主人公都是高度意识形态化的。就小说而言,《金光大道》里的人物除了阶级感情,人伦情感已经淡而又淡:《艳阳天》中的萧长春还有与焦淑红的爱情线索、有韩百仲与焦二菊的夫妻情,而高大泉与妻子之间,已看不出多少自然的爱情因素,高二林也更主要是他的“阶级兄弟”。但,这并不是说那时期的作品都不能以情动人。京剧《红灯记》就每每催人泪下,因为它在“样板戏”中是少有的表现了感人的人伦情感的作品。尽管李玉和一家没有血缘关系,可观众从感性层面上感受到的,也并非单纯的阶级关系,他们一家三口三代之间体现了一种类似血缘亲情又高于血缘亲情的“义”——将与自己没有血缘关系的幼儿含辛茹苦养大成人,这比普通的父爱母爱更动人!产生于“十七年”的“红色经典”,更不乏人情描写。《创业史》中表现梁生宝与养父梁三关系的片段,也是比较动人的

---

① 转引自崔道怡等编《“冰山”理论:对话与潜对话》,工人出版社1987年版,第126—127页。

篇章。《红旗谱》的作者对朱老忠的夫妻情、父子情、朋友情浓墨重彩予以表现；而运涛与春兰、江涛与严萍，以及《青春之歌》中林道静与余永泽、卢嘉川、江华，《林海雪原》中少剑波与白茹，《三家巷》中周炳与几位青年女性，《红日》中梁波与华静，《创业史》中梁生宝与改霞爱情关系的描写，成为那一时期读书界的沙漠甘泉。

重视作品的故事性与情节设计，是“红色经典”吸引读者的又一个原因。《林海雪原》《红岩》《李自成》在这方面都很突出，它们在那个特定时期既发挥了政治教化功能或传播了主流意识形态的观念，又起到了优秀通俗小说所能给予普通读者的审美娱乐的作用。《艳阳天》矛盾冲突紧张激烈、环环相扣，假使读者对其中的意识形态观念不是特别反感拒斥，① 一旦读进去、进入小说的特定情境，也有可能被深深吸引，手不释卷。由于题材的原因，《青春之歌》在传奇性方面弱于《林海雪原》《红岩》和《李自成》，由于创作观念的差异，《创业史》在矛盾冲突的剧烈紧张程度上不及《艳阳天》，但都还是有一个能吸引读者的故事，使读者关心人物的命运，与人物产生某种程度的共鸣。《红旗谱》则介乎情节小说与生活化小说之间，兼备两者之长。我赞同王蒙的观点：“一般认为故事起的是两个作用：载体作用与结构（主线）作用。这些看法并不错，确实故事是有这样的作用。但仅仅如此讲，实际上忽视了乃至抹杀了故事本身的文学价值。”他认为“故事本身就是审美的对象。故事就是故事，而好故事就值得一看，就有文学价值。”好的故事可以吸引读者，使之产生审美愉悦，使作者对人生与社会的感受理解以文学的审美的方式表现出来。

《红旗谱》《三家巷》以及《李自成》对日常风俗与生活环境的描写，《林海雪原》将对东北独特自然风光与神话传说结合，也是被许多读者和评论者津津乐道的。这是其文学价值的又一重要方面。

（《文艺争鸣》2007 年第 6 期）

① 后世读者虽然对“阶级斗争”思想与那个年代的生活可能感到隔膜，但不至于深恶痛绝。他们有可能拉开距离欣赏，就像我们欣赏金庸的武侠小说。

观念与小说

——关于姚雪垠的五卷本《李自成》

董之林[①]

1999年8月，姚雪垠逝世三个月后，他的长篇历史小说《李自成》第四、五卷终于杀青付梓。自1963年《李自成》第一卷问世，历时三十六年，这部小说的五卷共十二册、约合三百三十万字已全部出版。

当代中国小说史上，没有哪一部作品经历如此漫长的时间。姚雪垠“一九五七年秋天动笔”[②]，1963年7月《李自成》第一卷上、下册出版；1976年12月第二卷上、中、下册出版；1981年8月第三卷上、中、下册出版；80年代中期，作家“完成了四、五卷口述录音书稿，之后经不断修改，部分单元在《小说》上连载”[③]，直到1999年第四、五卷（每卷各上、下两册）同时出版，其间近四十二年。这还不包括据姚雪垠自述，抗战期间，“即四十年代开始时，他就想到要写历史长篇小说”[④]，萌生了“写作《李自成》的念头，并开始为此搜集、研究明末史料”[⑤]。如果把这前前后后都加起来，小说经历了20世纪五十多年的风风雨雨，不仅凝聚作家大半生心血，也从一个侧面，反映中国小说观念在现代社会复杂的变化过程。

---

① 董之林（1952—），中国社会科学院文学研究所《文学评论》编辑部编审。

② 姚雪垠：《我的粗浅经验——给青年同志们的一封信》，《姚雪垠研究专集》，黄河文艺出版社1985年版，第181页。原载于1981年2月17日《浙江日报》。

③ 姚海天：《〈李自成〉第五卷·后记》，《李自成》第五卷下册，中国青年出版社1999年版，第794页。

④ 茅盾：《关于长篇历史小说〈李自成〉》，《姚雪垠研究专集》，黄河文艺出版社1985年版，第517页。原载于《文学评论》1978年第2期。另参见《姚雪垠致茅盾（1974年7月27日）》，《茅盾姚雪垠谈艺书简》人民文学出版社2006年版，第5页。

⑤ 高空蔚：《姚雪垠简介》，《姚雪垠研究专集》，黄河文艺出版社1985年版，第6页。

一

顾名思义，以明末农民起义领袖“李自成”命名历史小说，这是把农民起义作为事变轴心，表现王朝更替、天崩地裂的历史大变局。20世纪有关阶级和阶级斗争理论对小说的影响，由此可见一斑。然而，受观念影响的小说却没被束缚在观念预设的小说框架内，在讲求观念的时代，小说与历史形成一种张力：一方面，小说不可能脱离一定的历史观念及其话语范畴；另一方面，文学想象又不断地开拓并僭越特定观念的边界，就像“新的语言不断加入到旧的语言之中，形成老城区周围的新区”①。在“新”与“旧”中间，我们很难划一条严整的界限，辨明谁新谁旧，或此或彼，但模糊的新、老交融的景象让人不得不承认，“语言”或“城区”的面目已判然有别。

我这里想特别说明，小说的复杂性正植根于现代观念的总体特征。与新中国一批当代小说家经历相似，姚雪垠的文学道路横跨新旧两个时代。20世纪30年代，左翼文化运动方兴未艾，马克思主义、无政府主义、女权主义、唯美主义等各种思潮都十分活跃，伴随革命运动蓬勃发展，马克思主义在芜杂多变的文化思潮中独领风骚。新思想的浪潮也迅速波及姚雪垠正在求学的河南开封。据作家回忆，开封求学是他一生的关键，他的文学准备是在“中国共产党在白区执行左倾路线”的环境中完成的。姚雪垠1929年从家乡河南邓县考入开封的河南大学预科，“因参加中国共产党所领导的政治斗争及学潮被捕”，出狱不久，“又以‘思想错误，言行荒谬’的罪名被学校开除”②。回想那段生活姚雪垠说：“当时我正是一个可塑性很强的小青年，我永远不能忘记进入河大预科后中国共产党的地下活动给我的启蒙教育。倘若没有这一思想教育，我不会走后来几十年的生活和工作道路”③。姚雪垠在《我的道路》一文中写道，左倾路线“使学生运动遭到不必要的损失”，“但政治思想方面的确教育和锻炼了一大批青年”。他参加文学界正在“鼓吹”的“普罗文学运动”，从大量介绍

---

① ［法］让·弗朗索斯·利奥塔：《后现代的条件》，武波译，《是明灯还是幻象》，云南人民出版社2003年版，第16页。

② 高空蔚：《姚雪垠简介》，《姚雪垠研究专集》，黄河文艺出版社1985年版，第3页。

③ 姚雪垠：《向母校师生汇报》，《姚雪垠研究专集》，黄河文艺出版社1985年版，第57页。

苏联的新作品和文艺理论中，“我对文学的使命有了新的认识”，“我读了一些介绍马克思主义的书籍，初步掌握了一些关于历史唯物主义、辩证唯物主义以及政治经济学的理论常识，对我以后的学习起了启蒙和引路作用”①。他40年代的作品《春暖花开的时候》（长篇小说，1940）、《牛全德与红萝卜》（中篇小说，1941）、《差半车麦秸》（短篇小说，1943）和《长夜》（长篇小说，1947）等，与青年时期这些经历有密切的关系。

姚雪垠写“普罗文学”倾向的小说，但对历史学和古文典籍却情有独钟。他读梁启超的《清代学术概论》，“清代朴学家们的治学精神、方法和严肃态度使我受到了很大教育”；同时“很爱好古典文学。我不停留在一般欣赏，而能从古典文学中汲取了有益的营养”；他不仅粗通文言文和骈体文的写作方法，写旧体诗文，“日后读书渐多，这方面的修养也有所增进”②。热衷新文化与热衷古典并重，投身革命同时，对历史和古典文学也有浓厚的兴趣，这种经历当年也许并非姚雪垠所独有。但穿越不同的知识结构，把新观念和“老故事”一起当作欣赏对象，不太强调知识谱系之间明显的分歧与界别，这在姚雪垠经历中是比较值得关注的现象。

初看起来，姚雪垠的选择与新文化运动倡导的人性启蒙是矛盾的。经过马克思主义“理论常识”的“启蒙和引路”，又亲历共产党领导的学生运动，他在学术倾向和艺术趣味上却并不想从旧文学营垒冲杀出来。至少姚雪垠的自述，很少有那一时代青年激烈的、对旧文化毅然决绝的姿态；反倒像要复兴被五四新文化运动声讨的“《选》学妖孽”与“桐城谬种”，倾心于《文学革命论》批判过的“古典文学”“贵族文学”和“山林文学”。从局部看，似乎可以这么说。但问题是我们不能不通过作家广博的知识兴趣，向现代思想史进一步追寻，重温启蒙文化赋予那一代知识分子的使命。

现代启蒙运动对作家和知识分子的意义，特别关于人对“自我觉醒”的认识，并不局限于对个人经验的描摹或个人喜怒哀乐的范围；不局限在对个人爱情、婚姻的想象，尽管这是一般印象中的启蒙文学。但如果这就是启蒙时代的标志，这种现象却非现代文学独有，在古代社会和古典文学也屡屡可见。现代

① 姚雪垠：《我的道路》，《姚雪垠研究专集》，黄河文艺出版社1985年版，第46页。原载于《中国现代作家传略》，四川人民出版社1981年版。

② 姚雪垠：《我的道路》，《姚雪垠研究专集》，黄河文艺出版社1985年版，第46页。

启蒙运动是这样一个历史过程：与以往的经验不同，同样是对生活不满，但人们不再相信有任何所谓万古不变的教条。“我思故我在”，笛卡儿的名言成为新时代的精神主题。它倡导一种无畏的、富于挑战的“反思”意向，鼓励并激发人要“敢于去知”①。对“知”的理解，不是在以往的知识结构内寻寻觅觅，修修补补；反之，它是对亘古以来的生活方式、价值观念、伦理道德，以及由此形成的历史普遍性的大胆质疑与批判，是对传统社会一次全面的、颠覆性的清算。而马克思主义，便是西学东渐潮流为中国知识分子提供的有力的思想武器。接受马克思唯物史观，以新思想重新确定和衡量一切，是现代思想启蒙在中国获得的标志性成果。

据姚雪垠回忆：“当时以历史唯物主义为指导的新史学运动正处在草创阶段，关于中国社会性质和社会史问题的讨论甚为热闹。我对这一运动也很感兴趣。”② 不仅追随时代潮流的青年对“新史学”感兴趣，历史学家也有对新史学运动的回忆可为佐证：“研究历史，和研究任何学问一样，是不允许轻率从事的。掌握正确的科学的历史的观点非常必要，这是先决问题。”③ 历史研究的关键不在于搜集和铺排史料，尽管那是必不可少的，但在这种常识背后，历史显然不是纯粹的客观存在，只等着历史学家原样叙述就可以了。叙述不再听凭正史记载中冠冕堂皇的宏大叙事；或者野史逸闻中零星的、支离破碎的断简残篇。研究历史的“先决问题”在于能否“掌握正确的科学的历史的观点”，如果观念不变，即使汇集了大量材料，也不能形成理想的表述。换句话说，现代启蒙意识赋予人重新讲述历史的权力。当时“一切学问家，不但对于流俗传说，就是对于过去学者的学说也常常要抱有怀疑的态度，常常和书中的学说辩论，常常评判书中的学说，常常修正书中的学说：要这样才能有更新更善的学说产生”④。在这样的时代背景当中，思想文化领域产生了不断自我否定的

---

① 参见福柯：《什么是启蒙?》，《是明灯还是幻想》，汪晖译，云南人民出版社 2003 年版，第 3 页。

② 姚雪垠：《我的道路》，《姚雪垠研究专集》，黄河文艺出版社 1985 年版，第 46 页。

③ 郭沫若：《中国古代社会研究 · 1954 年新版引言》，《中国古代社会研究》，人民出版社 1954 年版。

④ 顾颉刚：《怀疑与学问》，《学问人生》（上），高等教育出版社 2007 年版，第 30 页。其中“编者附注：此文于 1934 年由吴世昌代为草拟，顾颉刚改定。刊于中华书局高中《国文》教本。后收入 1981 年北京师范大学附属实验中学语文组编的教改试用教材初中《语文》第四册。”

倾向：

> 对于古代社会的看法，在学者之间很难取得一致，主要的原因之一也就在这里。就拿我自己来说吧，二十多年来我自己的看法已经改变了好几次，差不多常常是今日之我在和昨日之我作斗争。①

这段话出自郭沫若《中国古代社会研究》的“新版引言”。这本书初版于1930年，50年代作者借重版机会，以“引言”的方式，对二十多年来自己的史学经验加以清理和总结。30年代，姚雪垠曾把郭沫若的《中国古代社会研究》当做“心爱的书”，以郭沫若的“私淑弟子”自诩②。像一种历史的巧合，史学家和小说家的命运如此紧密地连在一起，不惟郭沫若一生走在“今日之我在和昨日之我作斗争”的路上；姚雪垠的《李自成》也体现了不断否定的现代逻辑。1977年，《李自成》第一、二卷出版（其中第一卷为再版，两卷共五册一百三十万五千多字，距离五卷十二册的《李自成》已接近半数），第三卷正在加紧写作，姚雪垠写信对朱光潜说，“我的探索尚在进行，心中不明确的地方还很多”；仍然有“种种问题，横在我的面前，迫使我通过写作实践做些探索，更恰当地说，一面探索一面写作”③。这种“探索”是不是也包含“今日之我在和昨日之我作斗争”呢？答案是肯定的。

现代启蒙运动就像索罗门的瓶子，瓶盖一旦打开，那个背信弃义、僭越一切规范和准则的“魔鬼”就收不回去了。现代反思和批判的矛头不仅指向传统和历史，也包括对于当下、对现代定义中的现行法则。

二

就这一部长篇历史小说而言，不断反思和“斗争”的现代逻辑，不是简单

① 郭沫若：《中国古代社会研究·1954年新版引言》，《中国古代社会研究》，人民出版社1954年版。

② 许建辉：《姚雪垠传》，湖北人民出版社2007年版，第31页。

③ 姚雪垠：《与友人讨论〈李自成〉创作问题的书信四封·致朱光潜》，《姚雪垠研究专集》，黄河文艺出版社1985年版，第340页。

化的否定之否定：作品前后自相矛盾，构不成合乎情理的叙述线索。尽管对不成熟的作家作品有可能出现这种情况，但《李自成》决非如此。

姚雪垠是一位杰出的小说家。关于这一点，首先要说作家对历史小说所下的苦功。姚雪垠把大半生心血都奉献给这部三百多万字的文学巨著：“许多年来我没有假日，没有节日，不分冬夏，每日凌晨三时左右起床，开始工作，每日工作常在十个小时以上”①。1997 年初春，姚雪垠“因写作过于紧张劳累而突发中风倒在书桌旁”，当家人把他抬到病床上，他说：“我要起来写《李自成》，写不完对不起读者”②。小说家几十年如一日地辛勤劳作，最终如愿以偿，他的执着与勤奋固然是一方面；另一方面，他对现代观念与小说艺术关系敏锐的感悟，还有在此基础上卓越的见识与才情，也是不能不说到的。

中国是历史悠久的国家，也是史料如山、史笔如椽的史学大国。这部小说写作之前，已经有比较确定的材料摆在那里。明末农民起义于 1644 年（即甲申崇祯十七年）初推翻明王朝，同年四月多尔衮率清军入关，李自成刚刚建立的大顺朝在与清军交战中一败涂地，军队溃散后一路逃亡，最后他本人死于湖北通山县境内的九宫山。但历史也有不那么确定的一面。比如，史家采取什么角度，怎样讲述，孰详孰略，这中间有许多缝隙和富于弹性的地带，使后来者可以不断地继续发挥。《李自成》以多角度的小说布局，复杂的人物心理刻画和汪洋恣肆的细节描写，形成小说与历史的一种张力。

小说向固有的历史挑战，并不意味着小说家存心要和历史作对。小说毕竟是小说，它似乎在不经意间，对原有的历史观念及其定义形成游离或僭越的倾向。姚雪垠在《李自成》第一卷 1978 年版《前言》中把这种“不经意”所体现的艺术必然性，概括为历史小说家“深入”和“跳出”的关系。他说：“历史小说应该是历史科学和小说艺术的有机结合，而历史小说家在处理两者的关系时必须做到深入历史，跳出历史。不深入历史就不能达到历史科学，不跳出历史就完不成艺术使命。”也就是说，“历史科学”为小说摆脱旧格套提供了新的契机；同时不可忽略的是，“艺术使命”在实践过程中，又使一定的观念或“历史科学”处于松动或解体的状态。需要说明的是，“历史科学”和“艺术使

① 姚雪垠：《〈李自成〉·前言》，《李自成》第一卷上册，中国青年出版社 1978 年版，第 4 页。
② 姚海天：《〈李自成〉·后记》，《李自成》第五卷下册，中国青年出版社 1999 年版，第 795 页。

命”呈现的这种矛盾状态，并不是针锋相对、有意相互颠覆的那种。小说家不可能摆脱他身处的历史环境，就像人无法拔着自己的头发硬要离开地球，小说必然传递不同时代的各种信息，不管后来的人是不是赞同那个时代，或赞同他的意见。这里所发生的“松动或解体”，确切地说，应该是一种修正，原来的概念和定义在艺术转化中被赋予新意。

这一点，历史小说与80年代兴起于美国学术界的新历史主义有相近之处：“人们不愿意把历史叙事看作是语言虚构”，但实际上，“历史的语言虚构形式同文学上的语言虚构有许多相同的地方”。因为“没有任何随意记录下来的历史事件本身可以形成一个故事，对于历史学家来说，历史事件只是故事的因素。事件通过压制和贬低一些因素，以及抬高和重视别的因素，通过个性塑造、主题的重复、声音和观点的变化、可供选择的描写策略，等等——总而言之，通过所有我们一般在小说或戏剧中的情节编织的技巧——才变成了故事”①。海登·怀特讲的是历史而非小说，之所以采取“故事”一词，由于新历史主义认为，历史学家所要形成的历史叙事，其结构和修辞手段可以和文学的“故事”媲美。

有志于写历史小说的作家大概都会贴近这种看法。不是说，作家有意打破原有的观念或历史格局；也不是说，姚雪垠在八九十年代想迎合新历史主义。这是历史与叙述、小说与观念在实践过程中必然经历的一种状态。有关的新历史主义理论，只是把操纵历史写作的“隐秘的手”揭示出来，也为历史小说摆脱庸常之见——所谓恢复历史原貌——提供了一个更好的理由，即从叙事的角度看待历史和小说的关系。既然历史写作需要某种类似文学的修辞手段才能达到“叙事”，何况小说？小说本身是虚构的，它给历史小说家更宽泛的思考空间，以一种极尽情理的表述，连缀文学所认知的历史“实情”。

三

把农民起义和农民战争作为推动中国社会发展的动力，这是用马克思主义

① ［美］海登·怀特：《作为文学虚构的历史文本》，《新历史主义与文学批评》，北京大学出版社1993年版，第161、163页。

唯物史观观察和阐述中国历史得出的重要结论。对历史本质的这种判断和解释，使新中国成立以来的文艺运动，始终把塑造工农兵形象，塑造阶级斗争中“叱咤风云”的无产阶级革命英雄的典型形象当作文艺工作的首要任务。从许多材料看，姚雪垠赞成、拥护这种主张，并以《李自成》参与了这一意识形态的文化建构①。但结构的复杂性在于，历史小说描写的一系列“事件”和“必须符合思维法则地加以认识的行为，两者之间的界限并不是确定的”②。规约在创作中不断实现的过程，实际上也是在撒播与移植中不断变形的过程，正如小说家关于只有“深入历史”和“跳出历史”才能完成“艺术使命”的比喻。因此，无论从小说的整体布局还是具体描写，《李自成》实际上要比意识形态规定的范围丰富、复杂得多。

《李自成》第一卷分上、下两册，所写故事发生在崇祯十一年（1638 年）冬到第二年夏。其时农民战争处于低潮，李自成在潼关附近陷入明军包围，几乎全军覆没，妻女失散。为彻底镇压农民起义，明王朝调集最优势的兵力，像洪承畴、孙传庭、曹变蛟、贺人龙等朝廷重臣都分别率领各路人马，围剿活跃在川陕鄂交界的农民起义。重压之下，起义军败的败，降的降，名噪一时的义军领袖张献忠、罗汝才一时都归顺了朝廷。小说开始就把李自成放在严峻的政治和军事形势下，突出他的胆识，以及作为一位农民出身的政治家和军事家的个人素质：千钧一发之际，不胆怯，不投降，言而有信，又机警果断，这是他比其他义军首领别具人格魅力的地方。后来他在商洛山重整旗鼓，终于与突围到豫西的高夫人会合，并促使张献忠、罗汝才重新起义。

潼关南原大战，是历来评论《李自成》文章特别称赞的。名为“大战”，实际上是李自成几乎全军覆没的一次“突围”。小说描写崇祯九年至十一年，义军领袖高迎祥战败被朝廷杀害后，李自成继任闯王，被朝廷军队堵截在陕西潼关，眼看就要被势力强大的官军消灭，他不得不率领人马“从潼关突围”。

---

① 段景轩、李兴盛：《成功者的足迹——姚雪垠访问漫记》，《姚雪垠研究专集》，黄河文艺出版社 1983 年版，第 36、37 页。原载于《黑龙江青年》1981 年第 4 期。1951 年，姚雪垠离开上海回到河南，后调到武汉。他“准备写三部宏大的长篇历史小说：《李自成》《天京悲剧》《大江流日夜》（写辛亥革命）……就是要为社会主义祖国的文学事业作出贡献；并通过李自成、太平天国和辛亥革命的历史悲剧，来说明一个真理，只有无产阶级和共产党的领导，只有马列主义和社会主义能够救中国”。

② ［英］A. 吉登斯：《论社会学方法新规》，《是明灯还是幻象》，黄平译，韩少功、蒋子丹主编，云南人民出版社 2003 年版，第 42 页。

结局是悲惨的，起义军上千人从潼关突围，最后冲出去的只有十八个人。但小说描写这一过程却极为壮观，全没有凄惨哀怨的情绪，是全书塑造这支农民军队的点睛之笔。比如，写大战前紧张的气氛："张鼐和三、四百名身经百战、犷悍异常的骑兵紧紧地跟着他。举在手中的刀和剑在阳光下闪着寒光"，"马蹄猛烈地踏着山石和坚硬的红色土地，像海潮，又像狂风暴雨"；写大战中起义军将领刘宗敏冒着疾雨似的箭矢，连换三匹坐骑，"稳如砥柱，竭力要看清官军的主将是谁？在什么地方？"写李自成和袁宗第"率一小队骑兵杀开一条路，直冲进官军的方阵中心"，从祖大弼手里夺回张鼐；写高夫人运筹帷幄，带领义军的老幼妇孺趁机突出重围；写孩儿兵在闯王义子双喜带领下，像突然插入敌阵的一把尖刀，打乱了左光先部队的阵脚……这些场面有声有色，扣人心弦。诚如茅盾所言："第一卷写战争不落《三国演义》等书的旧套，是合乎当时客观现实的艺术加工，这是此书的独创特点。以潼关南原之战为例，有时写短兵相接，有时写战局全面的鸟瞰，疏密相间，错落有致。义军分兵两路同时突围而略有先后，写了李自成一面，接写高夫人一面，重点在李自成，而高夫人一面仍然声势不凡。"①

把惨烈的突围描写成起义军所向披靡的"潼关南原大战"，以突显李自成和农民起义军的英雄形象。对此，可以理解为小说家实践其历史观念使然。但另一方面，小说中起义军有那么高的起点，会不会影响李自成最终归于失败的事实呢？60年代，阿英看过《李自成》第一卷就提出这个问题：

> 使人感到有些反历史主义，觉得完全是写游击战争，而不是李闯王时代的农民革命。如当时闯王和部将都是这样，革命早成功了。……历史上的农民革命，从纲领起（按此句记录有误，意思不清楚），有许多缺点，如不写这些缺点，就是替他擦粉，不能在典型环境中写出典型人物。②

---

① 茅盾：《茅盾致姚雪垠（1974年12月23日）》，《茅盾　姚雪垠谈艺书简》，人民文学出版社2006年版，第22页。

② 阿英：《阿英、吴晗、李文治谈〈李自成〉》，《姚雪垠研究专集》，黄河文艺出版社1985年版，第526、527页。该文有注释：阿英的话由姚雪垠的回忆文章中摘出。姚雪垠文中说，"阿英另外有一个重要意见，在同我谈话时他没有说；江晓天同志当时整理的阿英的这个意见摘抄于下"。同上，第526页。

姚雪垠对阿英这个“重要意见”没做解释，70年代再版的《李自成》第一卷对这次战争场面也没做什么修改。姚雪垠的坚持，除了要表现农民起义和农民战争是历史发展的动力说之外，还有一个重要的原因，就是小说家从青年时代即怀有热心新史学运动的历史情结，他曾有志于明史研究，并一直怀有重述历史的雄心。如果仅仅是一部歌颂农民起义的小说，作家尽可以在相对完整的历史观念中构筑一个相对完整的故事；如果承认“擦粉”也是一种虚构方式，那么只写成功，不写失败；只写李自成“过五关斩六将”，不写“败走麦城”也无不可，尽管阿英不赞成这种写法。值得留意的是，姚雪垠在这一点上与阿英没有分歧，他不打算在一种类似新历史主义的虚拟轨道上走得更远，而倾向于以现实主义的结构方式重写明末历史，把向来被忽略、或受到轻视的农民起义作为重要的历史因素之一。唯物史观使姚雪垠增强了重新讲述明史的信心，但他不是按观念亦步亦趋地图解历史的思想的侏儒，而是领时代风气之先、富于艺术个性的历史小说家。他从这里打开缺口，突出农民起义军由弱到强的经历，但笔墨又不局限于此，为的是通过描写明末农民起义、明王朝和清王朝这三股政治势力，展示明末社会的总体政治环境与历史格局。

这三股政治势力在明末历史舞台上既彼此排斥又彼此依存，此消彼长，此长彼消，最终“天下归一”的过程，不仅提供了能够支撑五卷十二册写作的广大空间，而且使历史小说的描写更加五彩斑斓，仪态万方。这种写法有一个重要的前提：向来被历史所忽视的农民和农民起义一定要成为势均力敌的一方，与明、清王朝形成鼎足之势。小说以潼关南原大战先声夺人，对势若星火的农民起义军施以浓墨重彩，便是要从小说结构上，扭转以往历史叙述对农民起义轻视和忽略的倾向。在此意义，小说《李自成》既不是传统的王朝兴衰、帝王将相史；也不是阵脚分明的地主与农民两大阶级对抗史；更不是异族入侵中原、宣扬爱国主义的反侵略斗争史。虽然它们各有表现，却都无法总揽全局。

这还不仅是一种主观推测。《李自成》农民起义军的悲剧结局直到第三卷中、下册“洪水滔滔”和“慧梅之死”才越来越清晰起来。《李自成》第三卷1981年8月出版，阿英已于四年前（1977年6月）逝世，没能看到悲剧全过程。小说家以作品回答读者（文学史家和批评家也是读者）的问题是常有的事。但值得重视的是，姚雪垠并不打算回避阿英的“重要意见”。他说，第一卷“敢于放开手写潼关南原大战”，的确采用了“夸张”的笔法。关于李自成，实际上“将古代别的人物的优秀品质和才干集中到他的身上。虚构了许多动人的情节，好使他的形象丰满而典型化”。关于潼关南原大战，“根据我的研究，根本没有发生过这次战争，但在写小说的时候，我从完成小说的使命着眼，采用了这个传说”①。小说的“使命”与他所说的“不跳出历史就完不成艺术使命”应该是一致的。这一“使命”的目的，是让李自成和农民起义军“在小说一开始就成为崇祯皇帝的主要对手”，所以他要“将李自成在崇祯十三年冬天以前的重要性作些夸张”。也就是说，在第二、三卷描写起义军破洛阳，杀福王，将明末农民战争推进到新的阶段之前，作家已经在整体上有了“三分天下”的历史考虑和小说布局。

四

《李自成》是当代第一部以如此众多篇幅、详细描写古代帝王和宫廷生活的长篇历史小说。不仅对明王朝的朝廷政治决策；对崇祯与周皇后、田妃和袁妃的后宫私人生活，小说也有生动的描写。对清王朝，小说通过“燕辽纪事”“甲申初春”等篇章，重点刻画了皇太极、多尔衮、庄妃和大学士范文程的人物形象，还有对洪承畴受降、多尔衮专权、福临发蒙读书等事件的大段铺陈。李自成做大顺朝皇帝时间很短，登基与逃亡几乎同时。虽然大顺朝一切朝政按牛金星、宋献策等人的建议沿袭明制，但动荡的时局，加上这些来自社会底层的读书人不仅没有朝政经验，为人行事也忒心胸狭隘，目光短浅，或攀龙附凤，或但求自保，使大顺朝与明、清王朝相比，最为荒唐、草率和混乱不堪。

表现明末总体政治格局的小说，却不以王朝史一类的标题命名，这种看似名实不符的矛盾，其实包括另一层巧妙的蕴意，即小说构思上多维互动的艺术格局。实际上，作品无论突出哪一方面，都以一种反衬的方式在突显对方，对其他两方面的描写也是有力的引导和铺垫。小说题目正是这种小说结构的体现，李自成农民起义是明王朝岌岌可危的政治局面的爆发点，明、清朝代易位正是明王朝自身矛盾、自我崩溃的必然结果。深入描写明王朝内部矛盾，不仅

① 姚雪垠：《〈李自成〉第一卷上册·前言》，《李自成》第一卷上册，中国青年出版社 1978 年版，第 8 页。

有利于了解明末农民起义何以剿而不衰、愈演愈烈，而且揭示了农民起义中诞生的新王朝与旧王朝在政权文化上的同构倾向，从而进一步理解大顺朝迅速崩溃的原因。同时小说对新兴的清王朝的关注和描写，它一系列的政治举措，野心勃勃，充满进取的活力，对于成熟到逐渐衰朽的中原文化是一股巨大的冲击力，这又使作品富于文化反思的品格。“李自成”不是孤立的，而是明、清转换之际的历史产儿。换句话说，没有明王朝积重难返的政治危机，就没有李自成农民起义；没有李自成农民起义，就没有明朝的灭亡和清军入主中原；没有大顺朝的覆灭，就没有清王朝的一统天下。促成明末历史大变局的这三者之间，缺一不可。如果说，小说描写李自成、牛金星、李岩、宋献策等人被“逼上梁山”、投身农民起义，与《水浒传》相似；那么由于明、清王朝在小说描写中所占的分量，特别对各方高层人物的着意刻画，使这部看似表现农民革命的“水浒传”，毋宁是一部描写明末历史的“三国演义”。

崇祯是小说描写明末历史的焦点人物。起义军势力的长与消，清军的退与进，都与崇祯息息相关。一方面起义军和清王朝都渴望攫取“大明江山”；另一方面，摇摇欲坠的崇祯王朝仍然占据明末局势的主导地位，崇祯的每一个决策，都势必影响历史舞台上不同政治势力的胜负结局。明王朝投入镇压农民起义的力量多一些，清军势力就自北向南迅速扩张；明王朝全力以赴对付清军，李自成和农民义军的势力随即成星火燎原之势。崇祯由于夹在两股政治势力之间，国力逐渐被削弱，国土逐渐被蚕食，导致最终灭亡。

历史固然由历史的“合力”促成，也绝非个别历史人物的历史。但注重描写的小说艺术，更看重历史生活中的人物和细节，看重历史人物的主动性，因此在小说中，这些人物也决不会是一些“历史必然发展规律”的玩偶。在这里，小说艺术似乎与历史哲学兜了个圈子，小说艺术的向心力在于发掘人物的具体复杂性，而不在于抽象的历史观念，甚至有意地反其道而行之，就像它标新立异的禀赋使然。实际上，任何抽象的历史观念只是对以往历史和历史人物的总结，而无法倒推过去，指导小说家照此结论去演绎人物。恰恰由于小说家注重历史人物的具体可感性，作为一种艺术象征，才使这样的人物故事更令人信服地体现了一种历史的宿命。崇祯的确是“生于末世运偏消”的亡国之君，成王败寇，也是向来比较流行的舆论势力。但姚雪垠是一位对历史深怀悲悯之心的小说家，他没把崇祯写成一个咎由自取、天性顽劣的坏人，而详细地描写崇祯与命运抗争，写他的“励精图治”“宵衣旰食”。尽管结局很失败，偌大的皇室家族，从朝廷到个人互相攻讦，互相拆台，简直就是自取灭亡。对于这些“不配享有好的命运”的人，小说家也沉得住气，描写崇祯如何在做“大明中兴”君主的个人愿望与这种愿望最终不可能实现之间苦苦挣扎，他和他的王朝如何一步一步地走向不可预知的历史黑洞，并最终被这个黑洞吞没。

正如历史选择崇祯来完成明朝覆灭的悲剧；小说家选择这个人物为叙事焦点，对充分实现小说的艺术使命也同样地恰如其分。第五卷上册描写崇祯自缢前痛心地说：“可叹我辛辛苦苦，宵衣旰食，励精图治，梦想中兴，无奈文臣贪赃，武臣怕死，朝廷上只有门户之争，缺少为朕分忧之臣，到头来落一个亡国灭族的惨祸。一朝亡国，人事皆非，山河改色，天理何在！……唉，苍天！我不是亡国之君而偏遭亡国之祸，这是什么道理?”这并非全是皇帝为自己辩解的一面之词。

《李自成》从崇祯十一年写起，离明朝覆灭还有六年时间。在这六年，身为一国之君，唯一一件让崇祯自己做得了主的事，就是选择在煤山自尽。确切地说，那是没有选择的选择。崇祯错过了种种机会：年初李自成军队在山西，朝中有大臣建议朝廷迁往南京，崇祯怕担“偏安”罪名，“讳言南迁”；后来有人建议，改送太子去南京，但“一经言官反对，便不许再有南迁之议，遂使一盘活棋变成死棋”。李自成刚过大同，离居庸关尚远，天津巡抚冯元彪“具密疏”请崇祯乘海船南下，他率一千精兵到通州“迎驾”，果真如此，崇祯也“必不会身殉社稷”，并有可能从天津转道南京。李自成进北京五天前，崇祯还有机会，但“朝廷上下壅塞之祸，从来没人敢说”，冯元彪的密疏终成画饼，崇祯必死无疑。

祖宗家法，皇亲国戚，满朝文武，无一不像绳索紧缚着崇祯。朝廷每道政令都出自崇祯，但每一道又都是这位“真命天子”多方妥协和无奈的结果。小说第一卷开头写崇祯十一年，清军打过通州，矛头直指京师。明朝的军费本来入不敷出，又受到“安内”和“攘外”两面夹击，崇祯打定主意向清廷赔款或割让土地，以求退兵。但他惟恐丢了祖宗的颜面，绕来绕去，就是不直言“议和”两个字。第一卷上册，崇祯面色沉重地说：“崇祯九年初，虏骑入犯，昌平失守，震惊陵寝。凡为臣子，都应卧薪尝胆，誓复国仇。可是刚过两年，虏骑又长驱直入，蹂躏京畿。似此内乱未息，外患日急，如何是好?”与清廷议和的主意已定，崇祯说这番话，其实是在等他的心腹太监高起潜和兵部尚书杨嗣昌像猜谜一样婉转地说出自己的心事。事情挑明后崇祯不放心，反复叮嘱“力求机密，不使外廷知道才好”。崇祯自以为高明，但“议和的消息不但朝廷上文武百官都已经知道，连满城百姓也都在议论纷纷”。高起潜、杨嗣昌、陈新甲等人再精明，也不能不代皇帝担起“议和”的投降恶名，好像皇帝只是被他们所蒙蔽，并非始作俑者。这一来，那些坚持对清廷主战的文臣武将坚信“抵御东虏”就是效忠皇上；而深知内幕的高起潜和杨嗣昌力主议和，“务必为皇上留此一点家当”。但无论坚决主战的卢象升，还是比卢象升颇知底细的高、杨，还有后来的陈新甲的下场都十分不妙。所有人从皇帝那儿得到的都是自相矛盾的旨意：执行哪一种，都是尽忠职守；执行哪一种，也都是大逆不道！因此，小说中文臣武将被崇祯换得像走马灯似的，有战死沙场的，有被疑作谋反砍头的，有为辱君命自杀的，有自觉委屈说出实情而被下狱或斩首的……但官僚毕竟不是韭菜，割了一茬还有一茬，最后崇祯实在找不着可用的人，便从监狱或流放地“赦免”一些人重新启用，直到他们死无葬身之地。那些早死的人，反而免去了这番折腾，真不知自己是幸或不幸。

历史上的王朝建立在血缘基础上。朱姓皇亲国戚不仅是明朝世袭俸禄的贵族，由于与王朝一荣皆荣、一损皆损的命运，他们对这个帝王家族也有比一般人更大的责任和更多的承当。但这只是从道理上说。当内忧外患、王朝危在旦夕，这个家族却是众叛亲离、分崩离析。第三卷中册描写崇祯十三年春天，“半个中国，无处不是灾荒惨重，无处不有‘叛乱’”，在川陕鄂围剿张献忠农民义军的杨嗣昌“迭次飞奏，征剿诸军欠饷严重，军心十分不稳”。朝中大臣相互推诿拿不出办法，崇祯只好求助于“京师诸戚畹、勋旧”，也就是向皇亲国戚、有爵位的世家借钱。他思来想去，选中“隔了两代”的武清侯李国瑞，而闭口不提比李国瑞和其他皇亲国戚“都较殷富”的田妃和周后的娘家。内阁辅臣薛国观对皇帝的决定顺水推舟，以为可以不担责任。但“柿子专拣软的捏”的做法随即在李国瑞那里碰了钉子，李国瑞被崇祯送入大牢。表面看是李国瑞同皇帝作对，实际上所有皇亲国戚都站在李国瑞一边。李国瑞是明万历（神宗朱翊钧）孝定太后的侄孙，孝定太后是崇祯皇帝的曾祖母，从神宗皇帝算起，李国瑞还是崇祯的表叔。孝悌纽带是加在崇祯身上的又一条绳索，并不是崇祯对这位表亲心有不忍，而“戚畹和勋旧多结为亲戚，一家有难，八方牵连。所以那些在京城的公、侯、伯世爵对戚畹都表示同情，暗中支持，希望武清侯府用各种办法硬抗到底”。他们找亲戚向周皇后、田妃行贿，行贿的银子花得如流水一般，就是不借皇帝一文钱。后来李国瑞的家人买通皇五子（崇祯最喜欢的小儿子）的奶妈和宫女，装神弄鬼，把皇子吓死。皇帝见借助戚畹这条路实在走不通，也只好不了了之。

崇祯向命运的每一次抗争，都在王朝内部酿造一次惨祸，加速了王朝灭亡。仅崇祯向戚畹借助这件事，平白无故死去的小太监、小和尚、宫女、都人、奶妈和他们的家人，书中较为详细描写的就有十来个；首辅薛国观被“赐死”，武清侯李国瑞在监狱吞金自尽，田妃从此一病不起，终致身亡。朝廷的言官、大儒有的惨遭廷杖，有的瘐死狱中，有的被遣回原籍……受牵连、遭横祸的人不计其数。

五

一般小说通过刻画人物性格表现人物命运，所谓“性格即命运”；历史小说家在人物性格背后，发掘出更为复杂的历史因素。从这个角度也可以说，历史即性格，历史即命运。

还以崇祯为例。小说描写崇祯性格焦躁，“猜疑多端，刚愎任性”，稍有些头脑的朝臣都明白这一点。但皇帝的性格也不是一贯如此，时时如此，只是随着内忧外患不断加剧而愈演愈烈。“国库如洗，司农（即户部）无计”，崇祯越是对国事缺乏信心，越是刚愎自用、猜忌多疑。其实崇祯的性格也与各位朝臣有关。那些满口阿谀献媚之辞的太监、佞臣自然帮助不了崇祯；那些一心为国分忧的忠臣也实在让崇祯心烦意乱。无论什么场合，他们都能出口成章，起承转合，滔滔不绝。明朝科举不断向朝廷输送一批又一批只会做光鲜文章的人，文章大国，文章治国，文章误国：“诸臣住在京城，全凭意气，徒逞口舌，捕风捉影，议论戎机。他们并未亲历其境，亲历其事，如何能说到实处！”杨嗣昌死后托梦的这番话（第三卷上册），其实就是崇祯心里想的，忠臣们多是历届科举状元，朝廷智囊，但他们“尽是书生之见，知经而不知权”，要么立意高远，云山雾罩；要么远水不解近渴，解决不了任何问题。这些忠臣的“苦口良言”并不“利于病”，反而对情绪已十分焦躁的崇祯如同火上浇油。第二卷中册描写为筹措军费，崇祯与黄道周、叶廷秀和刘宗周发生“廷争”。崇祯责备他们“不顾国家急难，不思君父忧劳，徒事口舌之争以博取敢谏之名”，但这些大儒和他们的门生根本听不进其中的一点道理，只知道一个接一个地挺身而出，崇祯实在耐不住性子，终于棍棒相加，把这些言官、大儒通统赶入大牢了事。

最让人啼笑皆非的，是受这种“徒事口舌之争”、虚伪的朝政影响，皇帝自己也有意做一篇流芳千古的文章。第三卷中册描写崇祯十四年八月，蓟辽总督洪承畴率领明军在辽东战场一败涂地，被清军围困在松山堡，次年二月防守松山南城的明军副将夏承德与清军里应外合，洪承畴全军覆没，本人被俘。还没得到洪承畴是否阵亡的确切消息，京师士民“街谈巷议，都认为洪承畴必死无疑”。“洪府故旧门生都关心朝廷荣典”，洪府的管事家人“便共同给皇帝上了一道奏本，陈述洪承畴确已就义”。无论家人还是同僚，都好像唯恐洪承畴不死，抢先断了他活着回来的生路，人情世态冷酷到极点。于是朝廷决定为洪承畴举办“荣典”，崇祯亲自撰写《祭文》，诵读其中段落“泣不成声”：

> ……古人云：慷慨赴死易，从容就义难。慷慨与从容卿兼而有之矣。又闻卿绝食数日，气息奄奄，并不能兴，鼓卿余力，奋身坐起，南向而跪，连呼“陛下！陛下！”气噎泪流，欲语无声，倒地而死，目犹不瞑。君子成仁，有如是耶？呜呼痛哉！

本来祭文不必崇祯动笔，礼部两天前已经写好，但崇祯非要“亲自拟一祭文”，“传令名于万年”。在大厦将倾、狂澜既倒的危急关头，皇帝以祭文传世的想法已不大吉利；何况洪承畴没死，就在朝廷紧锣密鼓准备荣典的时候，洪承畴已经投降清朝。崇祯遂将《祭文》付之一炬。

正剧变成一出闹剧，悲剧不时流露喜剧的色彩，除了小说家把同情心分别赋予不同的政治势力，也在于他一身兼有二职，既是历史参与者，也是旁观者。小说家“参与”历史，仿佛与历史人物一起歌哭，一时山呼海啸，引得读者“听三国掉泪，替古人担忧”。“旁观者”的身份又使小说对历史有一种洞悉，在值得同情的人物身上看到他们必然覆灭的悲剧下场，比如对崇祯和李自成失败结局的描写；在曾被历史贬抑的人物身上看到希望和前景，比如对清廷入主中原的描写。

小说对清王朝采取两种描写方式，一种为虚写，通过崇祯推行“和议”主张，写清王朝企图入主中原咄咄逼人的气势。一种为实写，比较集中的描写从第三卷中册开始，更确切地说，从对原明朝蓟辽总督洪承畴的劝降开始。洪承畴被俘前有一段清廷描写十分有趣。清朝皇帝皇太极从叶赫（今辽宁开原旧城东北）回到盛京，在清宁宫参加夕祭，看萨玛跳神，祈祷松山战事顺利。小说描写参加这次夕祭的都是清廷贵族中重要人物。

> ……他们在毡上坐下以后，侍卫在每人面前放一盘白肉、一杯酒、一碗白米饭、一碗肉汤。当时关外不产大米，大米是向朝鲜国李氏朝廷勒索来的。个人从自己的腰间取出刀子，割吃盘中猪肉。虽然贵族们将皇帝赐吃肉堪称莫大荣幸，但是又肥又腻的白猪肉毕竟难吃。幸而御前侍卫们悄悄地在每位大人面前放一小纸包的盐末，让他们撒在肉上，自然他们事后得花费不少赏银。

仪式、规则和变通的方法也适用于清廷对国事的处理。清廷自多尔衮入关前一直驻扎关外，朝廷内部懂汉字的人很少，不仅朝政上没有许多繁文缛节，仪式的外表也不奢华，甚至有些粗陋可笑。比如用跳神、皇帝赐白肉，象征神灵、天道和荣誉等庄重的主题。但关键在其中变通的过程，清廷却处理得十分精细，务要切合实际。皇太极继位于努尔哈赤，早有入主中原的野心，他改努尔哈赤国号“后金”为“清”，“清与金音相近，却避免刺伤汉人的民族感情”。为一统天下，皇太极亟需汉族的文化和人才，所以一心想劝洪承畴降清。苦战被俘后的洪承畴本来已体力不支，又绝食三天，生命危在旦夕，皇太极急忙请内廷大学士范文程商议劝降办法，范文程建议皇太极对洪承畴用“美人计”。洪承畴出身名门，二十三岁即中状元，“少年为宦，位至尚书”，花团锦簇，应有尽有。更难的是关外不比北京或江南，到哪去找？找什么样的“美人”才能“引动他欲生之念”？最后皇太极找的“美人”的确不同凡响，不仅姿容秀丽，温文尔雅，而且神情高贵，能言善辩，寥寥数语，使洪承畴喝下参汤，动了“欲生之念”。最重要的是这位清廷的贵族丽人改变了洪承畴对清廷野蛮粗陋的“东虏”印象，使他对异族文化萌生一种体认和好感：“他想着满族女子不缠足，像刚才那位‘丽人’，步态轻盈中带着矫健，不像近世汉族美人每每弱不禁风，于是不觉想起曹子建形容洛神的有名诗句：‘翩若惊鸿，婉若游龙’”。直到受降仪式上观看歌舞节目，洪承畴才发觉那位丽人正是皇太极的宠妃博尔济吉特氏（庄妃），是皇位继承人福临的母亲，也就是后来的圣母皇太后。清廷这样做，自然让降臣感激涕零、肝脑涂地以报答“圣恩”，但洪承畴“多年身居猜疑多端之朝”，随即想到“清主命庄妃做此事必然极其秘密，将来如果泄露，或者他对清廷稍有不忠，他将必死无疑；而且，倘若清主和庄妃日后对此事稍有失悔，他也会有不测之祸。这么一想，他不禁背上冒出冷汗，再也不敢抬头偷望庄妃了”。看萨玛跳神、赐大臣吃白肉的皇太极，在和庄妃商量“美人计”的时候，势必早想到这层。

六

《李自成》第四、五卷是这一段惊心动魄历史的结局篇。第四卷上册结尾描写李自成攻进北京，崇祯自尽。第五卷上册描写多尔衮为清廷摄政王，于甲申年四月开始南征，五月占领北京。清王朝占据中原、统一中国近三百年就从“多尔衮时代”开始。第五卷下册描写李自成在清军追剿中，于顺治二年，也就是1645年初放弃长安、又逃离武昌，军队完全溃散，他最后单枪匹马，在九宫山被当地乡勇杀害。李自成死后不久，另一路农民义军领袖张献忠在四川被清军杀害。十九年后，已经归顺南明王朝的李自成旧部高夫人、李来亨等人被清兵包围在湖北兴山境内的九莲坪、茅芦山一带，战败后高夫人和慧英自焚于茅芦山顶慈庆宫钟楼。之后，又有红娘子和红霞在川陕鄂一带传播白莲教，以至一百五十多年后，这一带爆发了白莲教起义。小说终篇结尾写道：

> 这时正值清朝嘉庆初年，人们只知道起义蔓延数省，震动了全国，却没有想到，一个半世纪前，红娘子和红霞暗暗地传下了白莲教的种子。人们更不晓得，红娘子出家后，上承明朝初年的唐赛儿。嘉庆年间白莲教起义的领袖虽然已是好几代以后的徒弟，但她们都还记得自己的祖师。只是官府抓住她们的时候，不管如何审问，没有一个人吐出实情，为的是怕泄露了王屋山上尼庵的秘密。

卒章显志，白莲教起义像一道谶语，预示反抗压迫和屈辱命运的斗争必将薪火相传。

小说不以成败论英雄，对李自成农民起义怀有无限同情。古代英雄之所以称为英雄，其中悲剧是最具震撼力的原因，英雄的别称应该是一场悲剧。小说对明、清王朝的描写间或还有滑稽的成分和喜剧色彩，对李自成则完全不同。李自成是真正的悲剧人物，不仅因为他最后孤家寡人、身首异处的下场最为凄惨，也不仅由于他个人的种种过失，使他最终丢失了大顺朝皇帝的宝座。关于李自成农民起义失败的原因，小说第五卷后半部分，描写茅芦山上高夫人、尚炯（老神仙）和红霞等人谈话中有片断流露，比如起义军流动性大，在地方没有牢固的社会基础；忽视了清廷对大顺朝的威胁，对吴三桂降清缺乏思想准备；进入北京后，军纪败坏，丧失民心等。这是小说描写高夫人等人在茅芦山壮烈牺牲前的一些心理活动，是从人物的角度，表现他们作为亲历者和知情人对事变经过的追思。故事至此已接近尾声，但小说依旧笔力均衡，从而有力地勾画出人物慨然赴死前从容不迫的样态。然而，这一切都还不能表明小说对李自成悲剧的看法。

把以往被史书写成“乌合之众”或“流寇”的农民起义军，写得有如此气魄，这种艺术开掘及其表现方式的确反映了小说家的立场。姚雪垠始终以深厚的历史同情心关注和表现李自成农民起义的全过程。或者说，他始终站在底层社会受侮辱、受损害的阶级和阶层一边。正因如此，《李自成》与一般史传小说有根本的区别。通过对农民起义军的描写，小说将笔触伸向社会底层，从李自成身上看到他所属的社会阶层悲惨的命运。如果说，明代社会在李自成造反前就已衰朽、崩溃了，那么崇祯王朝完全体会不到，承受这一后果的下层社会简直就是一座人间地狱。出于这种社会环境，李自成的悲剧不是外在的，固然有外部原因，但他的悲剧几乎与生俱来。潼关突围后，李自成曾先去投奔张献忠，张献忠在军师徐以显鼓动下，差一点把李自成一干人全部杀掉。这次逃亡经历带有寓言性，李自成只有联合其他义军才能完成使命，战胜明王朝，但各路起义军首领决不满足于劫富济贫，不论李自成还是张献忠都一定要做皇帝，于是在起义军之间和起义军内部，永无休止的争夺、猜忌随之而来。

争权夺利，猜忌谋杀，这些情节主要出现在外部压力减弱的情况下。面对朝廷重兵围剿，李自成必须扩大自己的军事力量，除了攻下山寨，开仓放赈，吸收老百姓加入义军，最有效的办法是把“杆子”（其他起义队伍）收编为自己的队伍。小说第二卷描写宋家寨寨主宋文富请马三婆串通侄儿马二拴，利用高官厚禄收买义军将领。寨主奶奶担心此计不成，因为她听说义军中人颇讲义气，这时“马三婆撇嘴一笑，‘义气？江湖上的义气也早晚行情不同。目前大军压境，贼兵败将各人性命难保，义气该值几个钱一斤？’”底层社会鱼龙混杂，马三婆为典型一例。但也正因为她出身底层，了解那些人普遍的想法，从她的话里可以看出李自成军队的不稳定性。李自成破了宋家寨，接着平定石门谷“杆子哗变”，第三卷描写“慧梅之死”，李自成把义女慧梅嫁给袁时中，也是企图收编小袁营这支杆子队伍的二三万人马，最后袁时中带部队脱离闯王，被李过杀死在乱军中，已经怀孕数月的慧梅自尽，“她真是能狠下心，一抹脖子就去了两条性命”。李自成始终在收编杆子军队和“杆子哗变”之间煞费苦心，收编的军队要么叛逃，要么由于成分复杂，让李自成很难管理。慧梅的悲剧就是李自成军队扩编付出的代价，连同小说描写起义军围攻开封张存仁一家的惨剧，昔日繁华的开封变成一座死城。李自成向北京每前进一步，都愈加偏离起义军最初的愿景。如果李自成原本就打算“一将功成万骨枯”，是一个心狠手辣、性情歹毒的人，即使失败了也罪有应得，谈不上英雄，遑论悲剧。但小说描写李自成的悲剧在于，他天性仁厚，对下层百姓有强烈的同情心，他越是要解救民众于水深火热，扩充军队，清除异己，推翻明王朝，就越向失败的结局靠近一步，越要背叛他原本善良的天性。这种悲剧性的深刻之处就在于它是无法避免、无以克服的，如果消灭了问题一方，事物本身亦不存在。难道真应了意大利人的那两句话：“凡以人民起家的必沾染污秽”，“未掌权势者，权势会磨灭他”[①]？

这样总结李自成的悲剧，也许并非姚雪垠本意，但作为一部现实主义长篇力作，小说家对明末历史生动的叙述，使人物的悲剧性不局限于某一细节，或某一具体的失误，而是贯穿在他对整个历史生活的描写和诠释当中。一部小说诞生，正像婴儿脱离母腹，虽然保留着他脱胎于那个世界的遗传基因，同时却

---

① 美国电影《教父》第三集，影片的英文原文：“He who build on the people builds on mud.”“Power wears out those who don’t have it.”

又独立于那个世界，成为一个自在的生命个体。这也是姚雪垠长篇历史小说《李自成》给我的启示，其中既有小说所映现的时代语境和社会规约，又有小说艺术和历史叙事的独到之处。归根结底，小说家究竟写了些什么。

（《文学评论》2008 年第 2 期）

农民革命及其叙事
——重读《李自成》

詹　玲①

从1957年秘密写作《李自成》，到1999年四、五卷全部出齐，姚雪垠的这部恢宏之作历经42年，横跨“十七年”“文革”“新时期”及之后四个历史时段。不少人认为，由于《李自成》创作前后跨度太大，时间太长，致使前三卷与后两卷创作无法衔接，因此影响了全书的质量。② 然而，《李自成》“全书五卷的主要故事情节、结构布局、主要人物形象基本上都是在“文化大革命”前的十年中逐步准备成熟的”③ 其创作主体已于20世纪80年代基本完成，因此问题应更多地归结到后续的修改与出版而不是先前的创作构思。从1986年到1999年作者一直苦于修改最终的文字却并未有太大改动，结果迟迟拖至90年代末才将全书出版。个中原因究竟为何？这些创作中复杂、特殊的现象可以说都源于与政治权力话语的过从甚密。时代的变迁文学思潮的涌动曾怎样冲击着作者的创作思想，影响着作品的文字表达，都是今天我们在进行《李自成》研究时必须清楚的问题。

---

① 詹玲（1980—），杭州师范大学人文学院教授。

② 王文：《茅盾文学奖得主谈〈张居正〉：熊召政与〈李自成〉比较很残酷》，《江南时报》，2006年11月25日。茅盾文学奖得主熊召政就把这样大跨度写作带来的缺失作为自己创作长篇的一个警示：“我在写《张居正》的时候，我从一开始就说，我一定不要让我的小说放在三十年之内去完成。我一定要在五年之内完成。这样这五年给予我的文化的心态，我身体的状况是一致的。

③ 姚雪垠：《我的感激与决心——一九七八年五月在中国文联全委会扩大会议上的发言》，南京师范学院中文系编，《中国现当代文学研究资料·姚雪垠专集》南京师范学院中文系1979年版，第107页。

影射时代的“古为今用”

在强调阶级斗争的年代，周扬曾把文艺比作“时代的晴雨表”，“每当阶级斗争形势发生急剧的变化就可以在这个风雨表上看出它的征兆”①，历史剧及历史小说可谓这一晴雨表上最为敏感的地带，历史题材作品的为今所用，实质是为当时的政治路线服务。《李自成》第一卷尽管也戴过“利用明末农民运动煽动农民造反”的帽子，但最终还是能够顺利完成、出版成为百花凋零中的独秀一枝实乃因缘际会，触动了最高领导人的内心情结，不惜余力加以保护的结果。

中国共产党在建国初期需要对其政权合法性与权威性加以认证，文学及历史的书写是其中之一的途径。故此，关于中国农民战争史的研究得到了异乎寻常的关注与重视，据统计，“十七年”间有关农战史的论著出版了一百多种，讨论文章约三千多篇发表。但文学界对农民战争史的书写却相对冷清，仅有1948年3月廖沫沙创作的《陈胜起义》。追溯其原因，大概在于彼时文艺界对“深入生活写现实”的倡导有关。姚雪垠曾回忆，“在五十年代之初，……作家应该无条件地深入生活、改造思想，将现实生活作为文艺创作的源泉。这是毛主席指示的方向道路。……从当时文艺界的具体条件来看，我如果提出来，写一部长篇历史小说，不惟不会获得支持、批准，而且会被看作是故意逃避现实斗争和不愿意为工农兵服务”②。然而创作历史小说并非不可能，关键就在于如何让小说内容与现实生活联系起来，以社会主义现实主义之笔反映时代主题。革命历史小说高扬英雄主义情怀，以重建无产阶级历史的方式深入时代获得了成功；60年代初的短篇历史小说因写个人际遇而无法融入时代的大合唱洪流中遭到批判与摈弃。究竟什么样的传统历史题材才符合时代的需要？1957年，姚雪垠选择了以明末李自成农民起义为题材展开了长篇历史小说的创作。尽管他后来一再声称并没有考虑到与时代是否契合，但事实证明，这个选择顺应了“十七年”的语境。从1948年到1963年《李自成》第一卷正式出版，农

① 周扬：《文艺战线上的一场大辩论》，《人民日报》，1958年2月28日。

② 上海文艺出版社编，《关于长篇历史小说〈李自成〉》，上海文艺出版社1979年版，第303—304页。

民战争历史的小说书写已经停滞了十多年。接续三十年代由茅盾等人开创的以马克思主义历史观书写中国农民战争历史的传统，从文学角度将被封建统治阶级翻过去的历史重新翻转回来，无论对政权领导者还是文学创作者而言，都是一个亟待完成的任务。

《李自成》的创作正是运用了马克思主义理论，回答了以往同类历史小说无法回答的问题，即明末这次大规模的农民战争为什么最终还是失败？30年代初，陕人李宝忠（健侯）著成长篇历史小说《永昌演义》（又名《李自成演义》）。毛泽东读过之后不满作者“赞美李自成个人品德，但贬抑其整个运动”，新中国成立后特意安排李宝忠为陕西省文史馆研究员，以便他重新修改《永昌演义》，挖掘出“李自成将军领导的伟大的农民战争”中蕴涵的“推动历史进步”的意义，用李自成的事迹与教训来教育人民。然而李宝忠未能完成这个任务。直到1963年姚雪垠的《李自成》第一卷出版不仅完成了这一任务，并且开创了以马克思主义历史观书写农民战争史诗的先河，将无产阶级革命谱系向前推进了一步。

与抗战后大批知识分子因国民党倒行逆施而转向共产党一方不同，姚雪垠这类知识分子从来都是以马列主义为方向，紧跟共产党的革命脚步进行思考和创作的，因此，姚雪垠们与政权导向发自内心的自然契合，使他们比其他知识分子少了些改造思想的阻力，也更容易将自己的文学理想付诸实践。然而，依赖共产党政权领导下的文化权力，也就意味着一旦政治方向发生改变，如果不及时做出调整，仍会面临被抛弃或被重新改造的下场，姚雪垠们也不能例外。姚雪垠在《李自成》与《太平天国》两段同样受到毛泽东关注的历史之间选择了《李自成》，也是在对时局进行重新审度后做出的调整。在《学习追求五十年》中，姚雪垠并不讳言自己“关于反映太平天国历史的小说轮廓比反映明末历史的小说轮廓更为清晰”而最终选定先写《李自成》，除了因为不熟悉太平天国活动的南方地理、风土、人情、语言外，还有一个很重要的原因，就是“在五十年代的历史条件下，要深刻地写出近代史上革命领袖的缺点和错误是不可能的”。① 1957年6月政治风云突变。刚刚过去的一年里提出的“双百方针”之“花”还未盛开，“组织力量反击右派分子的猖狂进攻”的党内指示已

① 姚雪垠：《学习追求五十年》，《新文学史料》，1983第1期。

然下达。一批“双百方针”提倡下出现的批判现实、揭露现实阴暗面之作被作为典型毒草批判，大批参与“鸣放”的老作家被打成“右派”，开除党、团籍，下放劳动。姚雪垠也是其中的一员。他的散文《惠泉吃茶记》（1957 年春发表）就引起了毛泽东的注意，并责之有“知识分子的清高”的毛病。这种情况更加决定了姚雪垠着手先写《李自成》。

1961 年夏天，借文艺政策调整的东风，《李自成》第一卷初稿完成，除受到文史学家的称赞外，还得到了中共中央中南局第一书记陶铸等领导的好评。如果说吴晗等学者主要是从史学、文学角度对小说给予高度评价的话，那么，陶铸等中央领导的肯定，应该有一定的政治因素的考虑。在总结“大跃进”的经验教训时，毛泽东对民主集中制原则表示了特别关注，把“实行不实行民主集中制”看作“是关系到巩固无产阶级专政的大问题。……在人民内部不实行民主，无产阶级专政就可能会转化为资产阶级专政，甚至是法西斯专政，社会主义经济建设就不可能正常进行下去”。[①]《李自成》第一卷中对李自成发扬民主集中制原则，积极开展批评与自我批评的描写，恰好符合了这一主题。这位有着将革命进行到底的坚定决心的农民领袖，从来都是有效地运用共产党员的基本工作方法——走群众路线来处理群众关系与军队事务。他从不绝断独行，遇到问题时，总是以开会的形式取得大家的共同意见，并在决策过程中认真听取当地百姓的建议，争取百姓支持和参与与百姓连成一体；在商洛山中，部队军心发生动摇，郝摇旗要把自己的队伍拉走时，他不但不阻止，还送其装备银两，并积极开展自我批评，责怪自己队伍没有带好；他严格执行军队纪律，为了严整军纪甚至杀了自己的亲侄儿；他对将士关怀备至，不管自己有多么疲倦，打过仗后一定要去受伤将士中间慰问，还亲自给他们敷药，这些都与当时“七千人大会”上毛泽东对民主意识的强调刚好合拍。在文艺松动与主题合流的双重机遇下，《李自成》第一卷从整理初稿到出版，几乎都在风平浪静中度过。

---

① 薄一波：《若干重大决策与事件的回顾》（下卷），中共中央党校出版社 1993 年，第 1033 页。

"引李自成为戒"与"两结合"

从1966年到1976年，当"文化大革命"的狂风暴雨将一切优秀作家、作品打落殆尽之时，《李自成》却两次受到毛泽东的保护，从而奇迹般地得以保存，且被允许继续创作。本文推断，其原因主要在于毛泽东对腐蚀党的"糖衣炮弹"的高度警惕。我们先来看看史书及历史演义中对李自成及其军队的描述。除传为李自成族裔的李宝忠所作的《李自成演义》外，几乎所有的史传、演义均对李自成农民军以"盗贼""匪寇"相称，大书其肆意淫掠、杀戮百姓，涂炭生灵的残酷暴行，李自成的形象也多以荒淫、嗜杀为主。若仔细读解这些对李自成及其军队行为的描写，不难发现，书者的贬责之情并非针对其背叛皇权、反抗皇帝的举动，而是对其个人操守的鞭笞与屠戮百姓的怒斥。道德不修、与民为敌是致使李自成最终无法脱离贼寇修成"正果"的原因所在。概言之，也是封建时代统治者失国失政的原因所在。这就触及儒家学说中对"君德"的强调。

学人在谈论毛泽东对《甲申三百年祭》和《永昌演义》的评价时多从胜利时要保持清醒头脑、挖掘、农民战争的进步意义等方面入手，却很少有人注意到，毛泽东在评价中所透露出的对新中国领导人形象的设想。在毛泽东的设想中，新中国领导人应该杜绝腐败作风，不贪图享乐、不贪财好色、不骄傲自满，这些都是与个人道德品质相关的。对比前文中儒家思想对"君德"的强调，我们发现，尽管毛泽东把这些道德作为无产阶级道德的一部分，但就内容而言，与儒家传统对君主执政者修德毅行的规劝有着异曲同工之处。革命早期的李自成生活简朴，不贪财、不好色，和战士们吃一样的野菜稀饭。我们完全可以把这样的李自成形象与《保卫延安》中的彭老总，《刘志丹》中的刘志丹等共产党领导人形象进行对比置换，在精神品质书写上，两者几乎是完全相通的，就连外貌描写也异常相似，都是浓浓的眉毛，炯炯有神的双眼。所不同的只是战争的年代提前了数百年，李自成多了点尊孔思想与天命观、皇权论而已。新的李自成形象，不仅与儒家思想中的贤明君王达成了一致，而且也与毛泽东的构想完全契合。毛泽东读到了一个完全理想的领导人形象。更值得毛泽东重视的是，这个领导人不仅适用于战时，更适用于建国初期的和平建设工作。不管姚雪垠的写作初衷如何，至少在毛泽东的读解中，书中的李自成形象为无产阶级领导干部设立起了一个模板，可以让那些工作作风出问题的领导们“照照镜子”，找找自己的错误。遗憾的是《李自成》计划出五卷，目前毛泽东读到的只有第一卷，所以他很希望作者能继续写下去，不仅写出一个模板式的无产阶级领导干部形象，还要把李自成是如何从保持艰苦奋斗、民主集中制的作风走向胜利，到丢掉了这些优良作风滑入失败深渊的过程写出来，让所有的共产党人看看阶级斗争的残酷性和必要性，让他们明白如果再不进行阶级斗争，打倒资产阶级腐败思想，那么，李自成进京溃败后的命运就将是共产党执政团体的明天。而毛泽东对于“文革”的狂风暴雨后文坛一片惨淡荒芜之景的焦虑，则是他对《李自成》格外关注的另一原因。

早在 1971 年，毛泽东就已经关注到了文艺界百花凋零的景象，深表担心，在以后的多次谈话中屡屡强调要调整文艺政策，扩大文艺节目。在同时期作品中《李自成》所描绘的“浩繁而又精密的画卷”、生动传神的人物形象、波澜起伏的故事情节独出无二，以其高超的艺术成就征服了广大读者，也使得盼优、心切的毛泽东不顾严重的眼病，亲笔写下批示，保护姚雪垠及《李自成》。也正是这样的背景，茅盾与姚雪垠关于《李自成》的通信才得以频繁往来，给予《李自成》的创作、修改不少指导性的意见，许多精彩的评论也在通信中形成。

但由于“四人帮”的压制，除茅盾通信中对《李自成》的评论外，报刊上的公开评论文章仍是一片沉寂，这种状态直到粉碎“四人帮”后才被打破。自 1977 年开始，对《李自成》的评论迅速升温。在 1977 年到 1985 年间《李自成》可以说是最受文学界关注的作品之一。“粉碎”四人帮后的两年中，政治清算体现在文化生活的方方面面，饱受“文革”之苦的人们在解脱之后开始了反击。“两结合”成为《李自成》创作方法的评论焦点。在《在毛泽东思想指引下探索前进》一文中，姚雪垠明确表示，自己在创作《李自成》的过程中努力实践了毛泽东“两结合”创作方法的指示，“并在实践中不断地加深了理解”[①]。在《李自成》一、二卷中，刘宗敏纵马跃江；慧梅替高夫人勇挡毒箭，尚炯为其刮骨疗伤；李自成只身前往石门谷、平息杆子叛乱等，都在现实主义

① 姚雪垠：《在毛泽东思想指引下探索前进》，《光明日报》，1977 年 9 月 24 日。

中夹杂着强烈的浪漫主义成分。“文革”后，以“两结合”为评论对象的文章除从文本本身的艺术角度进行探讨外，更多地是将其作为与“四人帮”“三突出”原则对抗的胜利方，把它作为政治斗争的工具，总结清算“四人帮”的种种恶行。一篇评论文章这样写道，“在‘四人帮’横行的日子里，我们的作家、艺术家大多数能够保持无产阶级的骨气和道德。……这就是现实主义的胜利，是革命现实主义的胜利。小说《李自成》是取得了这样的胜利的。在唯心史观泛滥成灾的时候，作者唾弃儒法斗争为纲的观点，坚持阶级斗争为纲的观点。在‘根本任务’论甚嚣尘上的日子，作者唾弃‘高大完美’的教条，坚持写出李自成的阶级局限性和历史局限性，写出他是在总结经验教训中成熟起来的。在影射史学和阴谋文艺充斥史界、文坛的情况下，作者坚持‘古为今用’的正确途径和方法，不搞影射，而把精力放在总结历史经验和历史规律上。”① 而姚雪垠自己也把“两结合”创作手法作为与“三突出”斗争的工具，“恩格斯关于典型化的理论和毛主席关于‘两革’创作方法的教导，都是历史唯物主义和辩证唯物主义在创作问题上的光辉运用，而江青一伙所宣传的创作法则是植根于唯心论的认识论和形而上学，是对马列主义和毛泽东思想的彻底背叛”。②尽管这种将政治斗争与文学作品优劣结合起来的方式，在动乱刚结束之时给这些历史小说带来了极大的荣誉和极高的地位，但它毕竟遮蔽了文本本身所具有的艺术美使之只能成为那一时代的标记而难以拥有超越时代的永久魅力。

“众声喧哗”中的尴尬与落寞

《李自成》第一卷写于1957年，在文艺调整、松动的大环境下，阶级主题下的人性仍能得以舒张，像崇祯、杨嗣昌、张献忠等人物都因人性化的书写而显得格外真实、可信。然而，在“文革”期间写成的第二卷中，本已带有神化色彩的李自成革命形象，在时代红色教化的强调下进一步提升，其传奇性被推向极致变得似神而非人。这一缺陷早在第二卷出版之初就已经为不少读者所注意到，但由于“受习惯势力的影响”③，这些相反的意见并没有被发表倒是在

① 薛迪之：《试论李自成中“两结合”创作方法的运用》，《西北大学学报》，1978年第3期。
② 姚雪垠《李自成（第一卷）》，中国青年出版社1977年版，第36页。
③ 茅盾：《老兵的希望》，《人民文学》1977年第11期。

1977年冬，由时任中共中央副主席的邓小平向作者提出来了。与毛泽东从政治功用角度来评判《李自成》不同，邓小平对《李自成》的意见是从文学艺术角度出发的，两代领导人对同一部作品的不同关注点，表现出党的文艺工作从政治斗争转向学术讨论的明晰轨迹。邓小平对《李自成》的关心，既反映了急欲改变文坛荒芜局面的共同心理，也从另一侧面肯定了《李自成》在文学艺术方面的显著成就。之后质疑《李自成》现代性的声音逐渐增多，其中以刘再复与姚雪垠之间的论战最受关注。

这场论战本是一场学理之争。不满于刘再复“两种规律”说的姚雪垠先后撰文，以自己创作《李自成》为例，指出人物塑造不能摆脱“错综复杂的历史条件（环境）”和“作家的历史知识、哲学思想、创作态度和创作方法”[①]的制约，批驳刘再复关于中国古代文学消除了人的精神的主体性的看法，“既背离了马克思主义，也缺少严肃的学风”[②]。而在刘再复看来，《李自成》中的人物塑造也是违背文学规律的。李自成、刘宗敏等人的形象过于正面、单一，不符合刘所说的两面都要有、好坏掺杂的创作标准。但在《近十年的中国文学精神和文学道路》与《刘再复谈文学研究与文学论争》两篇文章中，刘再复却将论争转向了政治层面，称《李自成》第一卷是“伪浪漫主义猖獗时代”的产物[③]。姚雪垠关于民族文学传统的观点是“不利于我们民族的生存和发展”的，《李自成》“一卷不如一卷”，是因为“姚先生坚持了‘三突出’、‘高大完美’等文学观念。按这种理论精心设计自己的人物，人物就不能不成为抽象的寓言品和简单的时代精神的号筒，李自成、高夫人这些主要人物，都成了这种号筒。人为地把古人现代化，甚至把古人经典化，就显得不伦不类”。[④]

李自成与高夫人等人形象过于现代化本出自“两结合”的弊病，而“两结合”原是毛泽东的设想，可以看作是毛泽东对社会主义现实主义的别样诠释。指责《李自成》使用“两结合”创作上的不足，政治上没有任何问题，可一旦把“两结合”的毛病转移到“三突出”上后，则变成了对社会主义现实主义创

---

① 姚雪垠：《创作实践和创作理论—与刘再复同志商榷》，《红旗》1986年第21期。

② 姚雪垠：《继承和发扬祖国文学史的光辉传统—再与刘再复同志商榷》，《红旗》1987年第9期。

③ 刘再复：《近十年的中国文学精神和文学道路》，《人民文学》1988年第2期。

④ 刘再复：《刘再复谈文学研究与文学论争》，《文汇月刊》1988年第2期。

作原则的全盘否定，其政治打击性大为增强，不管从政治方面还是从文学层面而言，这都是姚雪垠绝对不能接受的，因此，一场激烈的冲突就在所难免了。刘再复从文学上升到政治层面的行为固不可取，然他在分析国家变革及社会生活发生的变化时，倒是抓住了现象的核心，“我们民族生活的‘中心’已从阶级斗争转到经济建设，我们的经济已从封闭型转向开放型，……我们的文学则从单一的颂歌型转向了多元求索、多元竞赛”。① 而这才是《李自成》最终走向落寞的正解。

1982 年之后，历史小说创作越来越走向多样化，广角式的艺术范式不再是历史叙事的唯一范式，历史观摈弃了单一的阶级斗争学说，走向大人文、大文化、多元复合等多种形式并存，《李自成》不再像七十年代末八十年代初那样被众多作者奉为经典，亦步亦趋地效仿了。正如《大渡魂》的作者顾汶光所说，“人们喜欢《李自成》，但不会长久地容忍历史小说作品都和它一个模式。随着人民文化水准的提高，欣赏兴趣也必然发生变化，忽视了这一点，历史小说会陷入模式化的死胡同里，拾前人的齿牙余慧是不会有出息的”。② 而读者对历史小说的关注也就不是锁系在《李自成》一部作品之上了。1985 年第 1 期的《中国作家》与 1986 年的《小说》上分别发表了《李自成》四、五卷中的精彩片断《巨星陨落》与《崇祯皇帝之死》，相关的评论文章较前三卷已减少许多。

从八十年代中期开始，历史的日常生活个人化叙事逐渐取代了宏大的政治性叙事，成为历史小说的创作主流，作家看取生活的中心转向普通民众的生老病死、喜怒哀乐，与之相反的是宏大叙事的备受冷落。《红旗谱》《一代风流》、“三花”系列这些从“十七年”延续至新时期的鸿篇巨制，作者花费了巨大的心血，换来的却是门可罗雀的寂寞之景，《李自成》的创作也是如此。人们似乎已经厌倦了对民族、国家的想象描绘，或说这一工作已然完成，故而对这些以神化、权威化政治理想为目标的元叙事工程产生了本能的排斥与抗拒。这一现象到九十年代更为明显。1990 年第 2、3 期的《小说》上刊登了《李自成》第五卷中的《李自成进北京》一个单元，评论界反应一片漠然；1999 年 8 月

---

① 刘再复：《刘再复谈文学研究与文学论争》，《文汇月刊》1988 年第 2 期。

② 顾汶光：《驱策千古，以为我用》，《文艺报》1986 年 6 月 21 日。

《李自成》四、五卷出版，也仅有数篇文章进行谈论，这部曾经红极一时的小说已被读者与评论者遗忘了。王彬彬从图书馆《李自成》前三部的“外部景观”里窥见了其失宠的过程，并将原因归结为“人物性格没有发展”“没有处理好人与物的关系”[①]；吴秀明则认为是“包括后两卷在内的全书艺术整体坚硬的阶级论框架”，无法扭转的“按照必然性事理原则进行叙事的逻辑趋势”，造成了《李自成》从“王子变成了弃儿”的悲剧命运。[②] 这些评论都是从《李自成》创作自身来探究其无人问津的原因所在，但我们也应该注意到，除却这些内部因素外，社会大背景的更迭，学界研究兴趣点的转换等外部因素也是使其陷于冷落的重要原因。当评论界忙碌着谈论市场经济与西方后现代主义、新儒学思想的影响，聚焦于历史题材小说与影视大众传媒关系的思考时，《李自成》四、五卷的出版显然相当地不应景。正像吴秀明所指出的，在“一切历史都是当代史”“一切历史皆文本”的新历史小说观念里，在强化了大文化、大人文的诗性历史观里，“姚雪垠所崇尚的”历史主义的典型观“似乎再也找不到自己的位置”。在新作层出不穷创作变生产作品变商品的快速经济时代，除非专门研究历史小说，则很少有人会静下心来将这样一部长达 130 多万字，从那个时代写起的小说认真读完。不是时间不够就是耐心不足，因而，《李自成》在读者与评者的眼里，已然成为过去时代的标志性读物，被烙上的是革命的红色烙印，放在尘封的历史里，想去了解它的多是翻翻文学史类的教科书，仅此而已。这部曾因与主流意识形态的默契而风光无限的历史小说，终因新时代主流的弃置而停下了奔走的脚步。

（《南京师范大学文学院学报》2008 年第 3 期）

---

① 王彬彬：《论作为“人学”的〈李自成〉》，《上海文论》1988 第 1 期。

② 吴秀明、蒋青林：《走向最后的历史主义典型化写作——评〈李自成〉后两卷的艺术成就兼谈历史小说的典型观问题》，《河南大学学报》2006 年第 3 期。

在朴学精神与革命立场之间

——对姚雪垠《李自成》创作的解读

李从云①

姚雪垠的长篇小说《李自成》无疑是当代历史题材小说创作中具有里程碑意义的作品，但自20世纪80年代后期以来，它逐渐淡出了读者的阅读视野。当它的第四、五卷在1999年出版时，几乎没有引起人们多大的注意。近年来，有研究者尖锐地指摘“它是新中国30年文学的那种‘大事件’（题材决定论）、‘英雄颂歌’、尤其是‘三突出’（即在所有人物中突出正面人物，在正面人物中突出英雄人物，在英雄人物中突出主要英雄人物）、‘史诗性’（企图给读者指出什么是社会和历史发展的规律）等特点的典型体现。”② 也有研究者从观念与小说的关系这一角度，在时代观念的历时演进中剖析了它的意义③。不同的批评视角为我们进一步研究姚雪垠其时的创作提供了有益的参照。本文试图从《李自成》是如何在时代、个人与历史三者的合力作用下生成这一角度出发，追溯李自成进入当代人视野的路径，分析姚雪垠创作《李自成》时的思想转换历程，以期对我们重新评价它提供某些启示。

一

当代人对李自成的接受深受毛泽东的影响。毛泽东对李自成农民起义的关注，可追溯到1929年12月的《关于纠正党内的错误思想》一文。在1949年3

---

① 李从云（1972—），男，南通大学文学院副教授。

② 邓经武：《“自恋”与“自贱”的悲剧——论姚雪垠及其〈李自成〉》，《西南民族学院学报·哲学社会科学版》2001年第3期。

③ 董之林：《观念与小说——关于姚雪垠的五卷本〈李自成〉》，《文学评论》2008年第2期。

月中共中央离开西柏坡向北平进发时，毛泽东又一次提到李自成。当时，五大书记豪情满怀，在村口登车。周恩来说："我们的战士一个个喜气洋洋，好像是过去举子进京赶考。"毛泽东笑着说："我们是进京赶考！"刘少奇说："我们可要考好啊，不要名落孙山。"毛泽东挥挥手，信心十足地说："一定要考好，退回来就失败了，我们不当李自成，我们希望考个好成绩。"① 显然，在毛泽东的眼中，李自成起义是中国共产党领导的民族解放运动的前车之鉴。而毛泽东从文学的角度评价李自成，是在1944年阅读了米脂人李宝忠创作的《永昌演义》之后："此书赞美李自成的个人品德，但贬抑其整个运动。实则吾国自秦以来二千余年推动社会向前进步者主要的是农民战争，大顺帝李自成将军所领导的伟大的农民战争，就是二千年来几十次这类战争中的极著名的一次。这个运动起自陕北，实为陕人的光荣，尤为先生及作者健侯先生们的光荣。此书现在如按上述新历史观点加以改造，极有教育人民的作用，未知作者同意否？"② 在毛泽东的期待中，《永昌演义》进入了当代人，尤其是姚雪垠的艺术视野。

《永昌演义》究竟是一部什么样的书呢？如何理解毛泽东的评价？李自成农民起义因其速败而没有来得及书写自己的历史，而流传下来的史书，大多从统治者的立场出发，对农民军进行丑化和诬蔑。李宝忠写《永昌演义》带有为李自成"翻案"的意图。他认为"李自成本一走卒耳，崛起草泽，战必胜，攻必克，十余年间覆明社稷，南面而王天下。虽其运作不长，兴亡转瞬，而其雄才大略，殊可以远继汉、明，以视魏晋六朝之窃弄权柄、要挟国君、狐媚以取天下者，其贤不肖相去为何如哉？况其人不贪财，不好色，光明磊落，有古豪杰风"，是位"不世出之伟人"③。因此他在小说中极力赞美"李自成的个人品德"。如在第二十七回中，作者写李自成杀了以献美女讨好的张国绅，并特意点出："看官要知道，这轻财好义，不喜酒色，原是自成天生特长之处。像这一宗事，漫说常人不能办到，就是贤者也要看那一个了。万不可因他后来未能成事，便把他的好处一概抹煞，才算是我们读书人平心之论了。"尽管李宝忠坚持不以成败论英雄，但仍然视皇权为正宗，以纲常伦理为持论的标准。他在

① 范凌：《解读西柏坡》，《解放军报》2003年6月23日第7版。
② 毛泽东：《致李鼎铭的信》，《毛泽东书信选集》，人民出版社1983年版，第230—231页。
③ 李宝忠：《永昌演义》，新华出版社，1984年版，第1页。

第三十回中说：

> ……这两个人明史上都未能翔实纪载，说时亨是京城陷后随众迎降，学濂是投降后又复愧悔缢死。看来光、魏二君也算不幸之极了，作者既然操觚著书，便负有激浊扬清、褒善贬恶之责，因此不得不代他们二公抱屈，作此不平之鸣也。但是偌大一个京城，尽节而死的岂止这么几个？可惜那些官卑职小的，虽然尽忠死节，却是湮没无闻了。至于那一班忠臣义士的家属抗节而死者，更属笔不胜载，自有青史留名，无待作者赘叙了。[①]

正因为作者抱有激浊扬清、褒善贬恶、阐扬忠义的目的，所以他在小说中除了以李自成的行踪为线索叙述战事外，还用大量篇幅来记录战死的忠臣义士。文中大量的诗歌都是为那些死难的忠魂毅魄而吟。如在第二十回“战汝宁文岳死忠烈败良玉自成入襄阳”中，李自成杀了保定总督杨文岳等四人之后，作者吟诗叹曰：“忠孝由来不顾身，誓将报主净氛尘。汝宁城外捐躯日，留得声名万古新。”但是当李自成进入北京城，当上皇帝后，大顺军的将领们也享有了同样的资格。那些在与清军作战中死难的大顺军将士也都进入了作者的功德簿。因此，李宝忠所阐扬的忠义具有《水浒传》只反贪官不反皇帝的意味，这是他的皇权思想的体现。在第三十回“武英殿自成登大宝昌平州黎庶哭思陵”中，作者设计了这样一个细节：

> 自成同一班文武上得山来，举目一望，但见那浓阴惨绿之中，鸦雀无闻，一个皇帝，一个内臣，荒荒凉凉奄然长逝。自成看见崇祯披发复面，衣襟下字迹显然，随命李岩把那遗诏念了一遍。自成听罢，连声叹息不已。又见他死得这样伤惨，便走上前去，深深下了一拜，不觉双泪直流，抚尸说道：“崇祯、崇祯，孤原无害你之心，你何故寻此短见，叫我今日怎么去对天下臣民也！”此时李岩及左右的文武、兵士，无不心泪下。[②]

---

① 李宝忠：《永昌演义》，新华出版社 1984 年版，第 432 页。

② 李宝忠：《永昌演义》，新华出版社 1984 年版，第 444 页。

这一细节一方面显示了李自成的忠义仁厚，为其“弑君之罪”开脱，另一方面也为大顺军在与清军的对垒中赢得了正义的力量。李自成进入北京城，虽然还没有登基称帝，但在作者心目中，他已经成为政统与道统合一的象征。而李自成代表的“华”与清军代表的“夷”之间的战争又掩盖了农民军的速朽，因为作者统一全书的纽带是忠义，其侧重点不在于分析李自成失败的原因，而是演义“治久则乱，乱久则治”的天下大势。以上所述就是毛泽东说“此书赞美李自成的个人品德，但贬抑其整个运动”的原因之所在。

李宝忠并没有，实际上也不可能按照毛泽东的建议修改《永昌演义》，毛泽东对李宝忠的期待是由姚雪垠来完成的。

二

姚雪垠在创作长篇历史小说《李自成》的过程中，曾带人到米脂抄《永昌演义》。毛泽东对《永昌演义》的评价无疑是他这次访书的路标。他曾说：“毛主席在他的著作中很多地方提到李自成，并对中国的农民起义战争有极其精辟的论述。李自成领导的农民起义时间长，规模大，在封建社会的农民起义中有代表性。”“在《李自成》这部小说中，将通过写李自成这一主线，写出明、清之际的阶级斗争，再现各个阶级和阶层的代表人物，阶层之间的错综关系，各派政治力量、军事力量之间的相互关系；要写出来相当广阔的社会生活，描绘出各种历史画面；要写出来农民战争与民族战争的关联和交织；要通过这些描写，既反映出明末农民战争的特殊规律，也写出我国封建社会阶级斗争和农民战争的一般规律。我的这种创作意图，正如一位历史家兼哲学家的朋友给我来信中所指出的：‘是以这支农民起义军为中心，写出一部中国封建社会的百科全书。’”① 不难看出，毛泽东对李自成起义的评价以及对《永昌演义》作者的期待，已经化作姚雪垠创作《李自成》努力的方向。可以说，毛泽东就是姚雪垠创作《李自成》的潜在读者。然而，姚雪垠这一创作意图的确立，经历了漫长的思想转换过程。

① 杨建业：《访问作家姚雪垠》，《关于长篇历史小说〈李自成〉》，上海文艺出版社 1979 年版，第 369 页。

姚雪垠最初接触明末农民战争的史料是记载李自成三次进攻开封的两本书，但真正着手研究明代历史是在解放战争期间的上海。他的最初成果是论文《明代的锦衣卫》和长篇历史文学传记《崇祯皇帝传》。后者是在研究崇祯及其家族的政治生活的基础上写成的。虽然只完成了第一卷的三章，但它却从两个方面把住了崇祯悲剧的根源。其一，是对明代血腥的皇权传统的分析：

从民族解放的意义上说，我们不抹杀朱元璋的伟大功绩。但从另一方面看，朱元璋和他的子孙们却罪不可恕。他们统治中国有二百七十多年，使君权扩张到疯狂地步。从开国的朱元璋到亡国的朱由检，除掉享国很短的惠帝以外，我们所看到的皇帝不是荒淫，便是爱钱；而独裁，蛮横，残酷，则是他们的传统作风。我们所看见的皇帝都是那样的刚愎，骄傲，差不多失去了理性，也失去了人性；历史上所谓“从谏如流”的开明皇帝，在明朝没有一个。明朝的皇帝不仅把人民当做了奴隶，也把大臣当做了奴隶，随随便便的加以羞辱，给以刑罚。虽然朱元璋靠农民的力量夺得政权，但他的政权却建筑在大地主的利益上面，使皇庄、官庄、豪门占田，以及徭役和赋税制度，剥夺了农民的生存权利。①

这一论断，是姚雪垠对明王朝政治品格的总体定位，这其实就是崇祯政治品格的根源所在。其二，是对崇祯性格悲剧根源的分析。姚雪垠以“立储”“红丸”“移宫”三大公案为中心，勾勒出崇祯在皇宫中的生活环境，进而分析其性格特征：

……他和他的同父异母的哥哥朱由校（天启皇帝）的性格，好像是从他们父亲的性格中分化出的南北两极。朱由校承继了父亲的懦弱的一面，尽情的贪恋着享受，对于政治上的问题丝毫也不感兴趣，不肯负责。至于朱由检，则是承继了小心警惕的一面，养成了神经过敏、猜疑和孤独。血统的遗传是个性形成的一部分原因，生活环境的影响更为重要。由校是皇长孙，在宫中较受宠爱，十五岁便继承皇位，所以容易向堕落的一面发

① 姚雪垠：《崇祯皇帝传》，《姚雪垠书系》第 19 卷，中国青年出版社 2000 年版，第 586 页。

展。由检是皇五孙，在宫中没有地位；他同侍候他的太监和宫女们都得小心谨慎的避免灾祸。既然经常的留心着周围情形，因而他早熟，机警，决不敢马马虎虎。经过十年惊险的皇孙与皇子（作皇子只有四十天）生活，接着是天启的血腥时代，他的性格便完全形成了。①

姚雪垠对崇祯所处的政治环境、生活环境的总体把握，比较客观准确地剖析了崇祯皇帝的悲剧根源。这与他阅读梁启超的《清代学术概论》，受清代朴学家治学精神的影响密切相关："到开封以后，有一本史学著作对我这一生起了重大影响，就是梁启超《清代学术概论》。这本书使我初步知道从顾炎武以来清代学者们的值得我们认真继承的治学态度和治学方法。那种实事求是的严肃态度和勤于收集资料，以众多经过推敲辨析的资料为基础，以老老实实的态度论证问题，然后得出结论，这种治学方法，使我非常佩服。"② 姚雪垠此言不虚，他所做的大量卡片和他对崇祯皇帝这一人物形象的把握，就是明证。但此时，从唯物史观的角度来看，他还只是站在封建王朝内部来看问题，只是深入了历史，还没有跳出历史，也就是说，他还没有学会用阶级分析的方法来解读明王朝的历史。姚雪垠曾经作过这样的自我剖析："我在封建文化和资本主义文化中泡了半辈子，所走的道路是资产阶级的文艺道路。倘若用我原来的思想感情和遵循原来的写作道路去写农民革命战争小说，必然是南辕北辙。要用艺术笔墨拥护什么，歌颂什么，批判什么，揭露什么，必须先在我的思想感情中大破大立。"③ 如果我们读一读姚雪垠写于抗战末期、出版于 1947 年的长篇小说《长夜》，就会明白他所说的并非搪塞之辞。小说"以二十年代军阀混战时豫西山区农村为背景，描写了李水沫这支土匪队伍的传奇式的生活，塑造了一些有血有肉的'强人'形象，真实有力地揭示出许多农民在破产和饥饿的绝境中沦为盗贼的社会根源，同时也表现了他们身上蕴藏着反抗恶势力的巨大潜在力量。"④ 在具有浪漫主义气质的地主少爷的眼中，李水沫、薛正礼、赵狮

---

① 姚雪垠：《崇祯皇帝传》，《姚雪垠书系》第 19 卷，中国青年出版社 2000 年版，第 635—636 页。

② 姚雪垠：《学习追求五十年》，《姚雪垠书系》第 16 卷，中国青年出版社 2000 年版，第 7 页。

③ 姚雪垠：《〈李自成〉第一卷修订本前言》，《李自成》第一卷上册，中国青年出版社 1977 年版，第 2 页。

④ 姚雪垠：《长夜》，《姚雪垠书系》第 12 卷，中国青年出版社 2000 年版，第 313 页。

子等土匪，是那个时代的农民英雄形象，他们身上混合着的英雄气概和温情、善良深深地吸引着他。但“他们活着的时候，中国的农民还没有发现他们应走的道路，至少在北方农村还没有出现像摩西那样的人物。”因此，他们是“两千多年中被尸首堆满的，被鲜血浸红的，为大家熟悉的古旧道路”① 上不幸的一群。地主少爷借助鲁迅的《狂人日记》对中国历史作了一番反思：

> ……随即他仿佛也懂得了全部历史，历史上只是满写着一个“杀”字。这个字是用血写的，用眼泪写的。人们天天在互相杀戮，没有休止，无数的弱者冤枉地做了牺牲！他又想起来关于白狼、黄巢和李闯王的那些传说，思想越发陷于紊乱。过了一会儿，他的思想似乎又整理出一个头绪，觉得白狼、黄巢和李闯王并没有什么奇怪，李水沫也就是这类人物，不过还没有混成罢了。白狼、黄巢、李闯王和李水沫，都是弱者里边的强者。要是没有这类有本事的人物出世，弱者就没有人出来领头，也不会结合成很大的反抗力量。不过自从打过红枪会以后，他对李水沫就不再十分敬佩了。他觉得李水沫只是一个绿林中的野心家，具有做绿林领袖的特殊才能，混成功也不过像马文德那样的人物罢了，口头上说要“打富济贫，替天行道”，实际上对穷人是没有多大帮助的。……②

地主少爷对李水沫的否定，是以俄国革命党把土地都分给穷人和广东也有革命党等道听途说的消息为基础的。他似乎明白了李水沫式的强者并不能从根本上改变穷人的命运。值得注意的是，李自成在这里同李水沫一样，是被否定的对象。因为李水沫、李自成终究不是摩西，他们不能带领穷人走出困境。然而，俄国革命党、广东革命党，毕竟只是抽象的概念，要想从思维方式、思想感情上超越过去，还必须经过一番思想改造。

姚雪垠开始对自己的立场态度进行反省，与毛泽东 1957 年对他的文章的评价不无关系：“前不久，一位名为姚雪垠的作者在《新观察》上发表了一篇散文，题目叫《惠泉吃茶记》，你们看过没有？……我建议您去找来看看。这

---

① 姚雪垠：《〈长夜〉后记》，《姚雪垠书系》第 12 卷，中国青年出版社 2000 年版，第 573 页。
② 姚雪垠：《长夜》，《姚雪垠书系》第 12 卷，中国青年出版社 2000 年版，第 566 页。

篇文章写得很好，很讲求艺术技巧。看来，姚雪垠很会写文章。但他的文章也有毛病，阅后给人一种‘众人皆醉我独醒’的感觉。恐怕作者有知识分子的清高吧!”[①] 姚雪垠在《惠泉吃茶记》中表现出来的“知识分子的清高”在政治家毛泽东眼中，意味着对现实生活冷眼旁观的态度，而那种自我陶醉的感觉，在当时无疑是一种小资产阶级情调。这些都与社会主义文艺的基本要求格格不入。所以，姚雪垠后来说：

> 党所给我的艺术新生命，当然也包括使我开始懂得文艺应该为谁服务和怎样服务的问题。就历史题材说，首先要解决“古为今用”的问题。
>
> 在阶级社会中，历史学从来都是阶级斗争和政治斗争的重要武器，为一定的阶级和政治集团服务。任何阶级都有各自的“古为今用”的原则，通过历史著作和文学、艺术等不同手段反映出来。倘若不是在新中国成立后通过思想改造，不是有马克思列宁主义、毛泽东思想指明方向，而是继续按照我前半生的写作道路走，纵然勉强能够写出一部历史小说，它只能为资产阶级服务，为资产阶级去巩固历史题材这一角阵地。这不是我的自觉目的，而是事实的必然。[②]

这显然是用毛泽东的《在延安文艺座谈会上的讲话》来改造自己的思想，力争把自己的思想感情移到工农兵方面，移到无产阶级方面。这一思想改造为姚雪垠重新理解、叙述明末农民战争提供了新视野。他将汤武革命这一中国传统革命话语转换为现代中国农民革命话语，用现代中国历史运动及其规律的知识，来重构明末历史。

明末历史的大势，我们可以从《明史·流贼传》的描述中窥见一斑：

> 庄烈之继统也，臣僚之党局已成，草野之物力已耗，国家之法令已坏，边疆之抢攘已甚。庄烈虽锐意更始，治核名实，而人才之贤否，议论之是非，政事之得失，军机之成败，未能灼见于中，不摇于外也。且性多

---

① 刘汉民编：《毛泽东谈文说艺实录》，长江文艺出版社 1992 年版，第 223 页。

② 姚雪垠：《〈李自成〉第一卷修订本前言》，《李自成》第一卷上册，中国青年出版社 1977 年第 2 版，第 17 页。

疑而任察，好刚而尚气。任察则苛刻寡恩，尚气则急遽失措。当夫群盗满山，四方鼎沸，而委政柄者非庸即佞，剿抚两端，茫无成算。内外大臣救过不给，人怀规利自全之心。言语戆直，切中事弊者，率皆摧折以去。其所任为阃帅者，事权中制，功过莫偿。败一方即戮一将，隳一城即杀一吏，赏罚太明而至于不能罚，制驭过严而至于不能制。加以天灾流行，饥馑洊臻，政繁赋重，外讧内叛。譬一人之身，元气羸然，疽毒并发，厥症固已甚危，而医则良否错进，剂则寒热互投，病入膏肓，而无可救，不亡何待哉。是故明之亡，亡于流贼，而其致亡之本，不在于流贼也。呜呼！庄烈非亡国之君，而当亡国之运，又乏救亡之术，徒见其焦劳瞀乱，孑立于上十有七年。而帷幄不闻良、平之谋，行间未睹李、郭之将，卒致宗社颠覆，徒以身殉，悲夫！①

这一段文字是从崇祯皇帝的角度来总述明亡的历史原因的，著者对崇祯皇帝的同情溢于言表。在著者看来，明王朝并非必然灭亡，其灭亡的主要原因也不在于“流贼”作乱，而在于皇帝的“任察”“尚气”，剿抚两端，臣工各怀规利自全之心，也即是说，是由于统治者缺乏治世之术，最终导致宗社颠覆。当姚雪垠用现代中国农民革命运动及其规律来解读明末历史时，他首先要做的就是对崇祯王朝作阶级分析。从阶级分析的角度来看，崇祯王朝的基本矛盾是被压迫的农民阶级大规模的武装起义同代表封建大地主的明朝政权的生死斗争。明王朝的最终灭亡是必然的，因为以崇祯为总头子的最反动腐朽的大官僚地主阶层，非常孤立、非常不得人心和非常虚弱。基于“我们对于国民党政权与广大人民的尖锐对立，它的种种不可救药的腐败现象，它的种种不可克服的矛盾，它在军事上的拼命挣扎以及它的瓦解崩溃经过，记忆犹新。”② 姚雪垠在结构小说时，将李自成领导的农民起义作为主线，先后写农民军与崇祯为代表的封建王朝之间的阶级斗争及其与满清之间的民族斗争。这样一来，农民军与崇祯王朝之间的局部冲突就被纳入到崇祯王朝内忧外患的颓局之中，从一开始就在李自成起义军单纯的吊民伐罪之外增加了民族危机意识。其次，他重构了

① （清）张廷玉等撰：《明史》卷309，中华书局1974年版，第7948页。

② 姚雪垠：《〈李自成〉第一卷修订本前言》，《李自成》第一卷上册，中国青年出版社1977年第2版，第31页。

岩更具有革命的彻底性。姚雪垠对李岩、刘宗敏所作的阶级分析证明他已经成功地将自己的立场转移到无产阶级一边。

三

姚雪垠是在1957年被打成“右派”之后开始着手写《李自成》的。政治上的挫折，使他学会了用阶级分析的方法来重新理解、评价李自成领导的农民起义。同时，他在现实生活中被孤立，受到了侮辱性待遇，促使他在逆境中发愤写作：

> 另外，我也从中国古代文化遗产中找精神支持。我时常在心中背诵孟子的一段话：
>
> 故天将降大任于斯人也，必先苦其心志，劳其筋骨，饿其体肤，空乏其身，行拂乱其所为，所以动心忍性，增益其所不能……
>
> 我吸取这一段文字的积极精神，却不曾想着“天将降大任于”我这个人。有时我怀着沉重的感情在心中背诵司马迁的一段话：
>
> 昔西伯拘羑里，演《周易》；孔子厄陈、蔡，作《春秋》；屈原放逐，著《离骚》；左丘失明，厥有《国语》；孙子膑脚，而论兵法；不韦迁蜀，世传《吕览》；韩非囚秦，《说难》《孤愤》；《诗》三百篇，大抵贤圣发愤之所作也。此人皆意有所郁结，不得通其道也，故述往事，思来者。①

正是这种孤愤体验，使他获得了观照李自成农民起义的另一视角，即对人生境遇的思索。“反右派斗争”改变了众多知识分子的命运，使他们从政治生活的参与者，沦为被管制改造的对象。揭发和批斗将他们从群众中隔离开来，肉体和精神都处于紧张和孤立之中。同样，在“天灾流行，饥馑洊臻，政繁赋重，外讧内叛”的乱世，无论皇帝还是农民，生活的连续性被迫中断，不得不应对随时都有可能降临的灾难。就是在这一层面上，姚雪垠的精神世界和李自成、崇祯皇帝钩连在一起了。

---

① 姚雪垠：《学习追求五十年》，《姚雪垠书系》第16卷，中国青年出版社2000年版，第154页。

在《李自成》第二卷中，姚雪垠对人生的困境作了区分：

> 被围困的局面有两种：当崇祯十三年的春天，张献忠曾被包围在川、陕、鄂交界地方，李自成继续被围困在商洛山中，人人都看得清楚，但是崇祯皇帝被层层围困在紫禁城中，却不曾被人们看清楚。他自己只知道拼命挣扎，却对被层层围困的形势并不认识。①

李自成被围困在商洛山中，看上去危如累卵，但他不投降，不消沉，站得高，看得远，以艰苦卓绝的精神，百折不挠的意志，惨淡经营，锐意恢复，终于突入中原，席卷豫、陕，声威大振。然而，李自成在顺境之中，亦被一堵看不见的“墙”围困，姚雪垠设计了王长顺这一人物形象，来见证李自成逐渐被地位、权势所围困的过程。对崇祯皇帝来说，他首先是被内忧外患的政治局势所困。如何平息外扰内叛，挽救明王朝不亡是崇祯王朝的首要问题。尽管崇祯处理“主战”与“主和”问题的思路有蒋介石“先安内而后攘外”这一卖国政策的投影，但姚雪垠并没有将崇祯皇帝简单化为一个反动腐朽的符号。如果说明王朝必亡，那么，任何人，包括崇祯在内，都无法也无力回天。他们的任何挣扎只不过是为历史发展的必然规律提供反面例证而已。从这一角度看，崇祯亡国的悲剧是历史悲剧。但历史悲剧必得由个人来承担。崇祯是皇帝，但也是人，一个“生活着的人”。姚雪垠在小说中准确地把握住了崇祯身上皇帝与常人两种身份的冲突，譬如，他想和谈、南迁，但又要顾及皇帝的尊严，很难在名正言顺与通权达变之间寻找到平衡的支点。在这里，我们不仅看见了作为皇帝的崇祯，还看见了作为丈夫、父亲的崇祯。

综上所述，我们说《李自成》既是以明末农民起义来演绎现代农民革命战争的英雄史诗，是对民族国家合理性的一种想象性认同，同时又是对人生困境的形象化书写。在大写的人（革命英雄）与小写的人（知识分子自我）之间，在郭沫若的《甲申三百年祭》对知识分子在革命中的作用的肯定与姚雪垠的《李自成》对知识分子与革命貌合神离的批评之间，我们不难发现知识分子由王者之师沦为被改造对象的痕迹。但在革命的宏大叙事之中，我们还是可以听

① 姚雪垠：《李自成》第二卷，中国青年出版社1976年第1版，第680页，1978年修订重印。

到知识分子个人话语的声音。《李自成》正是乾嘉学风与革命立场、知识分子自我与革命英雄的奇妙混合，由于后者对前者的改造，姚雪垠实现了对李自成起义的想象性重构，也满足了毛泽东的阅读期待。

（《长江学术》2009 年第 1 期）

《李自成》与《永昌演义》互见录
——写在姚雪垠百年诞辰之际

蒋守谦[①]

《李自成》是著名作家姚雪垠倾毕生精力铸就的一部篇幅浩瀚、内容丰赡而又风格独特的现实主义巨著，是中国现当代小说史上的一座气势恢宏的丰碑。在纪念姚老百年诞辰之际，理所当然地应当谈一谈他的这部代表作。但是研究、评论《李自成》的文章和专著已经很多了，要想说出一点新见，不容易。我在这里扯出《永昌演义》，目的是想找出一个新的角度，来表达自己新近阅读《李自成》全书及一些相关资料所获得的若干心得，缅怀故人。

一、毛泽东的殷切期待：两部描写李自成小说的历史机缘

1966年8月中旬，毛泽东在中共中央政治局常委会（扩大）上对时任“中央文革”副组长、湖北省委第一书记王任重说：“你告诉武汉市委，对姚雪垠要予以保护。他写的《李自成》（指第一部第一册）写得不错，让他继续写下去。”[②] 一时“文革”风暴骤起，“横扫一切牛鬼蛇神”的狂涛席卷全国，文艺界首当其冲。在此“万家墨面没蒿莱”的大动荡时刻，毛泽东为什么偏偏对原属在劫难逃的“摘帽右派”作家姚雪垠，给予如此特别的关照呢？

原因可以找出很多条。其中最值得注意的一点，就是毛泽东对于作家用唯物史观来观察、描写明末农民起义领袖李自成的殷切期待。

众所周知，毛泽东历来十分重视农民起义在中国两千多年封建社会的历史发展过程中所起的推动作用，反复强调学习历史，认真总结和吸取历代农民起义，特别是李自成、洪秀全领导的这类规模巨大、影响深远的起义斗争所留下

---

① 蒋守谦（1936—2018），原中国社会科学院文学研究所学术委员会委员，当代文学研究室主任，研究员。

② 王任重致姚雪垠的信，转引自《姚雪垠传》第213页，湖北人民出版社2007年版。

的历史经验和教训，庶几更好地推动中国共产党所领导的中国革命运动。1944年3月，郭沫若的《甲申三百年祭》在重庆《新华日报》上发表，其时延安正在开会讨论党的历史问题，《甲申三百年祭》就是与会高级干部的学习文件之一。毛泽东高度评价郭文的意义。1944年11月21日，他又致信郭沫若说："你的《甲申三百年祭》，我们把它当作整风文件看待。"又说，"倘能经过大手笔写一篇太平军经验，会是很有益的"。① 这已是广为传诵的佳话。其实，稍前于此，1944年4月29日，毛泽东给陕北著名民主人士李鼎铭写的一封关于《永昌演义》的信②，同样也反映了这期间他关于如何以唯物史观观察、评价李自成起义，并从中吸取经验的思考，与他致郭沫若的信，实为异曲同工。

《永昌演义》是一本取材于李自成生平事迹的章回体小说，共四十回，三十五万字左右。作者李宝忠（字健侯），陕北米脂人，与李自成同乡。他自幼博学广游，倾心文史，蒐集了许多有关李自成起义的历史资料，旁采乡里闾巷传闻，考订推衍，于1926年夏写出《永昌演义》初稿，然后又反复修改，定稿于1930年末。此后此书便以抄本形式流传于陕北民间。在延安强调要研究李自成的时候，李鼎铭把此书推荐给毛泽东。从毛给李的信中我们看到，他对《永昌演义》非常重视，拿到书后不仅"阅读一过"，而且"抄存一部，以为将来之用"。毛泽东很尊重作者的劳动，说他"经营此书，费了大力"，谨向他"致深切之敬意"，并邀他"来延安一游"。据知情者回忆，信发出后不久，毛泽东就在延安热情地接待了李健侯，还以"二百元边币"见赠。新中国成立后，又由毛泽东建议，李健侯被安排到陕西省文史馆做研究员，修改《永昌演义》③。需要指出的是，尽管毛泽东十分尊重李健侯的劳动，但却并不苟同《永昌起义》的基本思想倾向，因而在信中写道："此书赞美李自成个人品德，但却贬抑其整个运动。实则吾国自秦汉以来两千余年推动社会向前进步者主要的是农民战争，大顺帝李自成将军所领导的伟大的农民战争，就是两千年来几十次这类战争中极著名的一次……此书如按上述新历史观点加以改造，极有教育人民的作用，未知能获作者同意否?"李健侯当然同意。只是老天不遂人愿，

① 见《毛泽东书信集》，人民出版社1983年版。

② 见《毛泽东书信集》，人民出版社1983年版。

③ 参见张贻玖：《毛泽东读史》，中国友谊出版公司1991年版，第179—180页。

他于1950（亦说1954）年因病赍志而殁。毛泽东的殷切期待当然也就化为泡影①。

时间到了1963年，姚雪垠的《李自成》第一卷上册由中国青年出版社出版。他怀着一种高山流水觅知音的心情，悄悄地给毛泽东也寄了一本。这无疑会引起毛泽东的兴趣。尽管日理万机，不胜繁忙，他还是把书看了。1966年8月，“文革”之初，他之所以作出要“保护”姚雪垠，“让他写下去”的指示，原因显然在于他从这本“写得不错”的《李自成》里，看到了20年前自己曾经期待于李健侯的那个心愿。后来，姚雪垠的创作因不断受到干扰，难以为继，不得不鼓足勇气给毛泽东写信，请求支持。1975年，病中的毛泽东又做出了“我同意他写小说李自成二卷、三卷至五卷”② 的批示。这与其说是姚雪垠个人的幸运，毋宁说是因为毛泽东敏锐地看到了《李自成》这部小说所呈现出来的、他曾经所殷切期待的“极有教育人民的作用”的“新历史观点”。

经过漫长而坎坷的道路，历时近半个世纪，到1999年8月，《李自成》全书5卷12册凡330万字，由中国青年出版社全部出版。此时距毛泽东逝世已经23年。姚雪垠也于全书出齐前夕，即1999年4月29日驾鹤西去。当下的情景，虽说已经物是人非，但历史并未中断。《李自成》小说前3卷于1981年出版后，反响热烈。然而第四、五两卷直到1999年方才问世。在这长达18年的时光中，世事沧桑，人们的思想观念和审美趣味由单一而转向多元，关心李自成命运结局的读者，除了期待着小说最后两卷的出版外，必然也会关心各种各样有关李自成起义的信息。精明的出版家抓住了这种阅读心理需求，于是在1984年，先有新华出版社将《永昌演义》原稿加以点校出版；同年，光明日报出版社复将此书稿以《李自成演义》为书名，予以出版；2008年，重庆出版社又以《大顺帝李自成》为书名，把这部当年毛泽东希望作者以“新历史观点加以改造”但未能实现的书稿，再次出版。耐人寻味的是，这三本书，都冠有毛泽东1944年4月29日写给李鼎铭先生那封信的手稿。读了《李自成》全

① 据许建辉：《姚雪垠传》第180页介绍：建国初期毛泽东曾把《永昌演义》稿本交胡耀邦处理，胡又把稿本转中国青年出版社，该社印了一百多本，未公开出版；又据刘澜涛为新华出版社出版的《永昌演义》（1984年版）《代前言》介绍，书稿于1951年在西安被发现，他的老友常黎夫曾约请郑伯奇按毛泽东的意见加以修改，未果。

② 许建辉：《姚雪垠传》，湖北人民出版社2007年版，第253页。

书，再读《永昌演义》，两相对照，真让人浮想联翩，不能自已！

二、两种历史观，两种截然不同的写作境界和作品质地

要写一部好的历史小说，作者除了要具备一般文学创作的各种条件之外，还必须有足够的历史知识、历史生活的悟性和能够经得起历史实践检验、有助于社会进步、符合大多数人民根本利益的历史观。一个人的历史观不是孤立的存在，它是同人的世界观、人生观，乃至全部人生经验和文化素养紧密地结合在一起的。正确的历史观对于历史小说创作的重要性，人们早已耳熟能详。姚雪垠在谈及自己的文学道路，特别是在谈到《李自成》的创作实践时，曾一再强调自己在青年时代即已接受了马克思主义哲学的思想启蒙和教育，说他所拥有的史学知识都是“在历史唯物主义思想指导下的史学知识”，舍此，便没有《李自成》。坦率地说，对他的这些肺腑之言，我们常常是当做一般的文学理论常识，甚至是当做作家在论及自己创作经验时不得不然的老生常谈或应景文章来看待的，体会不到其中的深刻含意。现在，我们把《永昌演义》和《李自成》对照起来读一读，就非常具体而深刻地感受到正确的历史观对于历史小说的创作是何等的重要，也体会到毛泽东之所以提出应该以“新历史观”来改造《永昌演义》的真正原因了。

《永昌演义》的作者李健侯在该书的《自序》里谈及其写作动机时说，根据他的感知，崛起于草泽之间、苦战十余年、一举而覆明称帝的李自成，是一位光明磊落，“不贪财，不好色”，以雄才大略取天下的英雄。只是经过历史上长期存在的“成者王侯败者贼”的老旧观念的颠倒，他才被人们称为“流寇”，其“古豪杰风”也就不再为人所知。“窃叹吾乡有此不出世之伟人，而竟听其事迹湮没，莫得搜考而表彰之，时时引以为憾。”这就是说，他下大力气写作此书，目的在于为乡里伟人立传。这样的动机，如果能真正地体现到作品里去，其作品的境界，虽然不会显得多么高远、宏大、深邃，但也可以产生一定的思想教育意义。但是，就像毛泽东所指出的：“此书赞美李自成个人品德，但贬抑其整个运动。”作者的历史观有问题。读此书时，我们几乎时时处处都能感觉到，封建主义的“忠君”思想和唯心主义的历史宿命论，构成了作者历史观的主要内容。作者对历史资料的选择、推衍和为展开故事情节而融入的种种虚构成分，都受制于这种陈旧的历史观，或曰是为宣扬这种陈旧历史观服务的。这与我们在读《李自成》时获得的感受实在是大相径庭。

为了说明这个问题，我想在这里列举两个例子，略加比较。其一是关于李自成失败后的结局。对此，历史上本来有两说。姚雪垠选择的是李自成单枪匹马逃进九宫山深处，为当地一程姓乡勇所误杀之说。他借助当地有关“义马岩”的民间传说，加以浪漫主义的发挥渲染，为李自成的英雄悲剧画上了一个惊叹号。读者在这里看到的，是杀死李自成之后才弄明真相因而悔恨不已的程姓乡勇和当地乡民对李自成的祭奠，是伴随李自成征战半生、无比忠勇的乌龙驹为李自成合拢身首的灵性。人们说，这“义马岩”就是乌龙驹的化身，三百年来，它不时地回望李自成的坟墓，“向着苍天，悲愤地萧萧长嘶”，令人神往。

相比之下，李自成失败后的下落，在《永昌演义》里却大不一样。作者选择了李自成遁迹山林，削发为僧，两度转移，万念皆空，自耕自食，一直活到九十岁的说法。选择此说，决非偶然。因为小说一开始，写李自成降生，作者就用旧小说惯用的荒诞笔法，说李自成是天上的“破军星”“应劫下凡”。待到写李自成失败后的心情时，作者更借助于这种荒诞手法，写李自成于梦幻中接受神的启迪，“洗心涤虑，把从前的事一概置诸度外”，“连天生的勇悍气质都化尽了”。尤其荒唐的是，小说还写了李自成在幻境中与崇祯的阴魂以及遁入空门的清朝顺治皇帝相逢的情景。李自成与崇祯之间那一场你死我活的阶级斗争，在这里通过“仙官”之口，被说成了“全系大数所定，并非人力使然”；李自成与顺治皇帝对弈时，两人都“红尘看破，视天下如敝屣，茫茫浊世，诚不欲再寻烦恼矣”。不仅如此，作者还通过“陈抟老祖”留在壁上的一首诗，让李自成和顺治同时悟出他二人在此一会，是三百年前即已“前定”了的宿缘。很显然，作者是用宿命论观点来看待历史和社会人生的，他在这里否定的，不仅是李自成及其所领导的那一场农民战争，而且是历史和社会人生的现实性。

马克思说：“相当长的时期以来，人们一直用迷信来说明历史，而我们现在是用历史来说明迷信。”① 确实如此，我们在《永昌演义》里看到的，是“用迷信来说明历史”；在《李自成》里，则看到了姚雪垠“用历史来说明迷

---

① 马克思：《论犹太人问题》（1843年秋），《马克思恩格斯全集》第一卷，人民出版社2016年版，第425页。

信”的不倦努力。

其二是关于李自成悲悯和“礼葬”崇祯的描写。

这一重要情节虽然是从同一史料生发出来的，在两书中都占有重要地位，但是，由于作者观点不同，两书描写出来的情境则截然相反。在姚雪垠笔下，攻进北京的李自成，由于他自身思想上的局限和策略上的严重失误，实际上已经登上了陷其于灭顶之灾的快车。此时，他踌躇满志，“天命观”和帝王思想极度膨胀，热衷于称孤道寡，惊叹于紫禁城里的殿宇宫阙和皇家气象，念念不忘登极和选妃，见美色而心旌摇荡。他把明宫的两千多名宫女当作战利品“分赐”“有功将士”，弄得人心浮动，军纪败坏。因为心有旁骛，刘宗敏为追赃索饷，以酷刑拷掠明朝众多贵戚大臣，弄得人心唯危，后果严重，李自成却茫然不察。更重要的是，对于早已在窥伺中原、待机而动的满洲多尔衮政权，还有手握重兵、正犹豫于勤王与降清两可之间的吴三桂对他的致命威胁，他竟也疏于考虑。对崇祯的悲悯和“礼葬”，正是他此时思想上和举措上诸多失误的表现之一。那么，他为什么在攻打北京的战火硝烟还未散尽的情况下，便跑去“看”崇祯尸体，下令妥加保存，予以“礼葬”呢？用他自己的话说，那就是：“崇祯实非一般的亡国之君”，他虽“失了江山，但是这是气数”；所以待之礼，则是因为“孤要效法三代圣主”。在展开这方面情节的时候，姚雪垠保持了他固有的从容不迫、含而不露的文字风格。细加体会，就会发现，李自成说的这些话，其实就是他的“天命观”和帝王思想的翻版。他说话时的神情看上去似乎踌躇满志，然而已不见当年的那种战斗雄风。他要“施尧舜之仁”于崇祯父子，然而恰恰是他策略上的失误，导致大顺军官兵在城里奸淫掳掠，胡作非为，闹得民怨沸腾，以至于出现了希望吴三桂赶快班师勤王的街谈巷议，这是多么耐人寻味的讽刺啊！李自成信奉“天命观”，以尧舜之君自居，从迷信“天”到迷信自己，姚雪垠就是用他置身其间的那一段驳杂纷繁的历史生活画面，“说明”这种“迷信”的荒谬性的。

现在让我们来看看呈现在《永昌演义》里的是一番什么样的景象。李自成一听说崇祯已在煤山自缢身亡，便“吃了一惊”，说是“孤须亲自去瞧一瞧”。见到形态“伤惨”的崇祯尸体，他先是“深深下了一拜”，“不觉双泪直流”，然后“抚尸说道：‘崇祯、崇祯，孤原无害你之心，你何故寻此短见，叫我今日怎么去对天下臣民也。’”他这一哭一诉，让陪同前来的李岩等文武左右也都“无不伤心泪下”。待到崇祯的尸体被搬到昌平明陵“按皇帝、皇后例”安葬时，作者写道，“霎时间陵前数万男女，哀声大震，山谷皆惊”，“陵前排列的文武石人，一对对都形容凄楚，大有伤心下泪之态”。从这些充满了主观色彩的夸张笔墨中，人们已经不难发现作者是用一种什么样的思想感情来看待崇祯“身殉社稷”的了。不止于此。在描写崇祯上吊前与后妃、皇子、公主生离死别的情景时，作者还跳出小说的情境，站出来大发感慨：“漫说身当其事者不知怎么难过，就是作者叙事至此，亦要泪随笔下了。”他的情绪显然出自其根深蒂固的忠君思想。也正是因为如此，他抓住李自成悲悯崇祯并予以“礼葬”这一点历史线索，不管此事是在什么样的背景下发生的，也不管李自成当时的整个思想状态以及后人应该如何正确地加以分析、评价，便添枝加叶，大肆渲染包括李自成和作者本人在内的对“身殉社稷”崇祯皇帝的哀痛之情。这样，小说就不仅否定了李自成起义的伟大意义，颠倒了历史是非，而且也颠倒了李自成个人思想品德上的是非曲直，把他思想感情中的消极成分当成美德来加以称赞了。

忠君思想在历史上是一个极其复杂的问题，不可一概否定也不能简单地加以肯定，对具体问题要做具体分析。具体到明清易代之际的这一段兴衰治乱的历史，涉及李自成、张献忠等农民起义运动的意义，谁要是用封建的忠君报国思想来看事论人，那就一定会把哭泣和眼泪送给“身殉社稷”的崇祯皇帝和一切为保卫崇祯王朝而尽忠死节的人，把仇恨乃至诅咒投向李自成、张献忠及其领导的整个起义运动。《永昌演义》“赞美李自成个人品德，但贬抑其整个运动”，这就势必造成小说主题上难以自圆其说的内在矛盾和史料处理、艺术描写上的种种纰漏。如果姚雪垠在创作《李自成》的复杂漫长过程中，不能时时处处注意划清新旧两种历史观的界限，坚持以唯物史观来统帅史料、指导创作，那么，《李自成》将会被写成为一部什么样的作品？《永昌演义》便是前车之辙。

当然，我们在这里强调历史观对历史小说创作的重要性，并不意味着只是记住了席勒而忘掉莎士比亚，混淆文史界限。“马克思主义只能包括而不能代替文艺创作中的现实主义”①，这也是大家都很熟悉的毛泽东的一句名言。

① 见毛泽东《在延安文艺座谈会上的讲话》。

三、两种不同的审美意识，
两种截然不同的历史叙事和作品体式

《永昌演义》和《李自成》虽然同是取材于明清易代之际的李自成起义运动，但写出来的却是质地和风貌截然不同的作品，究其原因，除作者历史观的差异之外，还有更为深刻、复杂的原因。两位作者在文化和文学素养上、知识结构上、创作才能上、审美意识新旧上的差异，都是不可忽视的方面。限于篇幅，这里只对两位作者审美意识差异，及其在作品中引发的不同结果略加分析。

《永昌演义》动笔于20世纪20年代中期，定稿于1930年年底。此时的中国文学，经过五四新文化运动的战斗洗礼，已经实现了从传统向现代的过渡。小说创作中出现了《阿Q正传》《呐喊》《徨》《蚀》《沉沦》《倪焕之》等这样一批全然不同于旧小说的长、中、短篇作品，堪称现代文学经典。包括小说在内的文学观念、创作方法和作品体式，都已焕然一新。李健侯原本就有宿命论、忠君思想，这时选择古代小说中演义小说这种体式来为李自成立传，不仅反映了他与新的文学思潮、新的小说观念和创作方法之间的隔膜，而且也意味着他难免要在思想观念、思维方式和叙事方法上借助于《三国演义》《说岳全传》之类的演义小说。事实也确是如此。上文我们提到《永昌演义》把李自成说成是天上的“破军星”“应劫下凡”，失败后遁入空门，在冥冥中与崇祯的阴魂相逢，经“仙官”指点，彼此尽释前嫌。这种情境描写，同《三国演义》第七十七回“玉泉山关公显圣”如出一辙。关公死后“一魂不散”，于风清月白之夜游荡到玉泉山老僧普净的幻境中，大呼“还我头来”，并请普净“指点迷途”。普净说：“今将军为吕蒙所害，大呼‘还我头来’，然则颜良、文丑、五关六将等众人之头，又向谁索耶?”“于是关公恍然大悟，稽首皈依而去”。这种人、鬼、神、佛浑然并存的情境描写，源于古人的一种特殊的艺术思维，普遍见于中国古代各类小说之中，尤以志怪、神魔小说为甚。这在古人，是十分自然的事情，在今人就只能另作别论了。

鲁迅在论及中国小说的发展历程时说：“小说起源于神话。”“从神话演进，故事渐近于人性，出现的大抵是‘半神’”①。在论及志怪小说特点时，他又进一步揭示了这种“半神”现象的变异和特点，说那些“张皇鬼神，称道灵异”之书的作者“以为幽明虽殊途，而人鬼乃皆实有，故其叙述异事，记载人间常事，自视固无诚妄之别矣”。究其原因，乃在于“中国本信巫”②。因此我们不妨把古人这种以迷信鬼神，不辨“诚妄”为特质的思维，简称为“巫式思维”。在小说和戏曲创作中，“巫式思维”是作家观察社会人生，编织故事，展开情节，化解种种恩怨情仇的重要契机。对于古代作品中普遍存在的这种“巫式思维”，今人若能以现代思想和新的审美意识加以观照，经过转化，是可以成为浪漫主义、荒诞派、魔幻现实主义创作资源的。不经转化，盲目袭用，写出来的东西，那就只能停留在“张皇鬼神，称道灵异”而又不辨“诚妄”的思想和艺术层面上。

在《永昌演义》里，这种不辨“诚妄”的“巫式思维”，除了表现在对李自成失败后结局的描写之中，此外还有很多。比如把崇祯之死和明朝灭亡归于“前定”，说他自缢前曾走进“洪武年间封闭的”一间宫中“秘室”，从“铁冠道人”留下的“锦匣”和三个画轴上发现，眼前发生的一切，包括他自缢的日子、自缢时“披发赤足”的惨状，早都已经被写在“锦匣”和画在画轴里了，从而引出了他世事皆由“前定”的“长叹”；又比如把军医“老神仙”陈士庆（《李自成》里名为尚炯）妖魔化，说他之所以能够“续筋补骨，起死回生”，是因为从深山“仙翁”那里得到一本“符咒禁方”，“将女人的生殖器割了下来，熬成膏药，治疗一切刀伤、箭伤，应验如神”；再比如，为了否定张献忠，借助一些“八卦”传闻，把张的坟墓写得妖氛森森，说是每值日落“常见一只大虫往来坟上”，“乡人误踏着坟边一草一木，足上定要发生个极大的恶疽”，“凶厉之气，数百年后不能尽”云云，荒诞不经。然而作者却在小说的《自序》里说，他对自己所“检集”的正杂各史和闾里传闻是进行过一番考订工作的，“存其可证之事，弃其不经之谈”。可见真正可证的“人闻常事”和荒诞的“不经之谈”，在这里其实并无区别。这正是作者因袭旧小说里的“巫式思维”造成的结果。所以说，《永昌演义》虽然写成于中国现代文学取得辉煌成就的20

① 鲁迅：《中国小说的历史的变迁》，《鲁迅全集》第8卷，人民文学出版社1959年版，第314—315页。

② 鲁迅：《中国小说史略》，《鲁迅全集》第8卷，人民文学出版社1959年版，第31页。

世纪30年代，但并未进入现代文学史，而只能算作一本产生于现代的“古代小说”。

《李自成》的情况却截然相反。古人的“巫式思维”也是姚雪垠写《李自成》碰到的一个几乎波及全书而又不能回避的重要问题。宋献策那一套谶纬之学和卜卦观星之类的伎俩，在书中常常是作为重要情节或场面来展现的，但它非但没有给人造成“诚妄”无别的感觉，相反，却因有作者新的审美意识的观照而一一转化成了一种从历史真实基础上生发出来的艺术真实，成了作者揭示中国古代农民革命特点和李自成之所以会由弱变强又由兴盛走向败亡的一个重要契机。贸然看来，作者在描写宋献策向李自成献“十八子主神器”的谶语，以及后来写各种重大事件中李自成与宋献策在“巫式思维”上的默契，笔墨都很客观，似乎没有作“诚妄”之辨。其实，就在牛金星、宋献策、李岩相继来到李自成麾下不久，李岩与胞弟李侔私下交流起义后各自的心情，李岩在回答李侔关于宋献策“献的什么谶记”的询问时，即以一语道破天机。李岩说：“陈涉造反，将‘陈胜王’三个字写成帛书塞入鱼腹，然后剖腹取书，又令吴广假装狐鸣，都是借以煽惑大众。刘邦起义，未必真有斩白蛇一事……献策所献谶记，难道不也是鱼腹帛书之类？但我们既自誓效忠闯王，惟恐其不早建大业。如此等谶记，宁可信其有，不可疑其无。”姚雪垠在谈到《李自成》的创作体会时说：“我们决不是照抄历史，而是要在深入历史的基础上跳出历史，这是个辩证关系。”[①] 通过李岩兄弟的一席私下谈话的情节，对存在于李自成、宋献策之间的“巫式思维”，进行“诚妄”之辨，这不正是作者“既深入历史，又跳出历史”的生动一例么？

应该指出的是，姚雪垠在写作《李自成》过程中这种“既深入历史，又跳出历史”的全新审美意识，不止表现在以上所述的“诚妄”之辨上面，而是表现在整个小说宏伟、深邃的艺术境界的追求和创造之中。

何其芳在《论〈红楼梦〉》里谈到伟大的文学家和艺术家的艺术匠心和追求时说：“他们在作品中把生活现象作了大规模的改造，就像把群山粉碎而又重新塑造出来，而且塑造得比原来更雄浑，更和谐，却又几乎看不出人工的痕

---

① 姚雪垠：《关于崇祯形象的塑造》，《中国当代文学研究资料丛书·姚雪垠研究专集》，黄河文艺出版社1985年版，第330页。

迹。”[①] 我觉得姚雪垠在创作《李自成》时所作的也正是这样的努力。他不是从有关李自成起义的史料中提取一个故事来加以“演义”，或者弄一本“英雄传奇”，而是走《红楼梦》《战争与和平》反映生活、创造艺术典型的路子，把李自成农民起义及其兴衰始末，放到明清易代这样一个阶级矛盾和民族矛盾都空前激化的历史洪流中加以展现。李自成义军的两个主要对手，无论是以崇祯皇帝为代表的朱明王朝，还是一举入主中原的多尔衮所代表的清政权，在作者的现实主义宏大叙事中，都是互相构成尖锐、复杂、剧烈的矛盾斗争关系的独立存在，而并不是作为李自成、张献忠等义军活动的背景来描写的。为此，小说突破了以往常见的按时空顺序、单线演进的叙事方式，将明王朝与农民起义军、明王朝与关外清军之间的矛盾斗争作为两条主要线索并列展开，将明王朝、起义军以及清王朝内部的种种矛盾斗争作为副线，穿插其间，交错展开；明朝灭亡后，清兵入关，民族矛盾上升到主要地位，原先的齐头并进的两条线索逐渐转化为一条，即：所向披靡的清军和节节败退直至灭亡的李自成大顺军的斗争。利用这样一种严密完整、宏大繁复的艺术结构，作者以他对历史和文学的赤胆忠心，调动自己全部知识库存、艺术经验和多种语言能力，运用现实主义笔墨，绘出了 17 世纪中叶中国社会的那一幅幅既波澜壮阔而又色彩斑斓、纤毫毕现的历史生活图画。数以百计的栩栩如生、令人难忘的人物形象活跃在这一幅幅历史生活的图画中。其中，李自成和崇祯作为悲剧人物的艺术典型，尤为令人瞩目。究竟应该怎样看待李自成领导的农民起义？怎样看待以“中兴之主”自诩实际上却做了自缢于煤山的“亡国之君”的崇祯皇帝？怎样从整个中华民族的立场来看待满族多尔衮大清政权入主中原这一历史巨变？所有这一切，我们都可以从姚雪垠所描绘的社会历史图画中，在审美的层次上，获得启迪。因而，《李自成》的出现，既填补了现代文学史上没有长篇历史小说的空白，又为当代文学树立了一座无可掩映其光辉的丰碑。

无论在思想还是在艺术上，《李自成》也还存在着一些不尽如人意之处。这一点姚雪垠自己也很清楚。他生前曾在各种场合表示在全书写完之后要再做一次修改、加工。可惜全书未能出齐，斯人已去，成为中国当代文学的一大憾事。但大树已经长成，枝节上的缺陷不会影响它整体的风貌和价值。1977 年

---

① 何其芳：《论〈红楼梦〉》，人民文学出版社 1963 年版。

10 月，在《李自成》第二卷问世后不久，著名作家秦牧就致信姚雪垠，郑重地指出："我个人的看法，它（指《李自成》）不仅为当代读者所热烈欢迎，并且将成为世代流传之作。在若干年之后，它也将和一些古典名著并列，长远传播。我以为这是实事求是的推断，而不是溢美之词。"① 历史已经证明并将继续证明，秦牧的这一"推断"，是实事求是的。

（《文学评论》2010 年第 2 期）

① 秦牧：《致姚雪垠》，姚北桦、贺国璋、俞润生编：《中国当代文学研究资料丛书·姚雪垠研究专集》，黄河文艺出版社 1985 年版，第 504—505 页。

《李自成》的遗憾

许建辉[①]

傅建华先生作《精雕细琢尽善尽美——论〈李自成〉的不足及其弥补》一文，既肯定了“在中国众多的现代历史小说中，写得最好的是《李自成》”，又非常客观地“正视其不足”，提出了十分中肯的批评，其至关重要处，在于指出了“《李自成》第三、四卷之间或缺许多重要内容”的问题。文中写道：

“《李自成》第三卷最后一个单元是‘慧梅之死’，描写李自成消灭叛变的袁时中并了结慧梅的婚姻悲剧。在该单元结束时，通过张鼐之口谈及李自成的下步战略方向是占领襄阳便戛然而止。这是符合该书惯用的一个写作技巧——一个单元行将结束，抛出一点悬念的‘话头’，至下一个单元即承此‘话头’而展开详叙。然而，紧接着发生于崇祯十五年十一月下旬的‘慧梅之死’单元的，却是崇祯十六年十二月中下旬开始的‘甲申之春’单元。在相隔的十三个月的时间中，西营和满洲方面的副线发展且不论，仅主线发展就缺少紧扣主题、有史可考的李自成于崇祯十五年十二月攻入襄阳，于十六年三月樊城杀罗汝才，于五月成立临时中央政府，于十月攻破潼关并进入西安，于十月回米脂祭祖等重要事件。”以此为据，傅建华先生进而批评说：“一部小说，虽然要详略得当，但问题是略之太过。由此不足，使全书给人以虎头豹尾麻秆腰的感觉。”

毋庸讳言，引文所说“或缺”内容，实乃“真缺”，即发生于崇祯十六年中的全部故事，都被《李自成》“略”去了。这是《李自成》的遗憾，更是姚雪垠先生的痛苦。刚强而坚韧的老作家，只要还有一线希望，他就决不会放弃；当明白结局已定无可挽回，则又胸怀坦荡直面相对，惟愿搞一个故事梗

---

① 许建辉（1952—），中国现代文学馆研究馆员，姚雪垠先生工作助手。

概，“锲”在三、四两卷之间，既可联系起前后内容，又可一看即知该部分想写而未及写。这是老作家的嘱托，却终于未能实现，虽然原因是多方面的，但作为他的工作助手，我自觉无论如何也难辞其咎。惟其如此，傅建华先生“略之太过”的批评才让我如坐针毡，“由此不足，使全书给人以虎头豹尾麻秆腰的感觉”一句，更仿佛是我的一种什么罪过：假如当初坚持按照姚老的“既定方针办”了，诸如此类的问题，大概就会被理解且被谅解了吧？

基于这样的愿望与认识，在姚老百年诞辰来临之际，我将当年的工作笔记梳理成文公之于此，权作对《精雕细琢尽善尽美》一文的读后感言，也为匆匆而去的时间留下一点史料，借以寄托对姚老的一份深切怀念。

一

1995 年 1 月，为大型诗词汇编《华夏吟友》索稿事，我随同朋友第一次走进了名人聚居的北京复兴门外 22 号院，拜谒了姚雪垠老人。其后不久，即通过姚老的坚持与努力，先“借”而后“调”到中国作家协会，成为他的工作助手。

当是时，姚老正在写作《李自成》第五卷中的《山海之战》单元。“无止境斋”中，印着“中国青年出版社”字样的稿纸摊开在宽大的写字台上，旁边的花瓷盖碗里飘飞着名贵绿茶的袅袅清香。老人面桌面窗而坐，良久的凝思默想之后，偶尔会有一行勾画了了的蝇头小字落在纸上。每周的一、三、五日，当我按规定前往上班时，进门前心里总是装着一个很大的希望，希望那些蝇头小字在刚过去的一天里繁衍出许多许多……然而，现实却总是打碎这希望让它变成泡影——日复日月复月，那些小字不惟不肯繁衍，甚至连原来已经存在的也常常被“废”掉而不知去向！就这样，老人天天都在努力前行，又天天都在“原地踏步”，只有每日里端然静坐岿然不动的身影，悲壮地述说着他的不屈与无奈。

1996 年 7 月，中央电视台中国电视剧制作中心欲买断《李自成》的改编权，由著名女作家徐小斌出面商洽。徐小斌本来只要《李自成》一至三卷，姚老却主动提出把四、五卷都算上。而四、五两卷并未成书，只能约定先提供稿件。于是在姚老指挥下，我把《李自成》一、二、三卷之后的所有稿子从书柜中翻捡出来，清点数目，开列账单。一个多月后，一大摞稿子被集合起来，分类排列如下：

（一）铅字稿——即已在杂志上正式刊出或已打出清样者，它们是：

《李自成进北京》之一、二、三、四单元；

《多尔衮时代的开始》单元；

《悲风为我从天来》单元之前半部；

《巨星陨落》和《李自成之死》。

（二）录音稿——把录音变成文字后又经过初步整理者，它们是：

《红娘子》2 种，内容大同小异；

《巨星陨落》1 种，与铅字稿大同小异；

《山海之战》数章。这一部分内容最多，最后一章序号为“14”，但显然不是结尾；中间尚有两章缺失。这一批书稿单独装在一个大牛皮纸信袋里，信袋的右上角有红色铅笔所写“作废”二字，毫无疑问是作者本人手迹。

（三）手稿——即重打锣鼓另开张的《山海之战》1 — 6 章，另有部分散稿。

总其所有，对照许多年前写成的《〈李自成〉内容概要》，知道它们应该集体归属第五卷。第四卷呢？问姚老，老人默然，目光盯在那一叠散稿上，忽然拿起用回形针别起的最上面的几页说：“这个不要了！”随手捡出扔在一旁，又沉吟良久，才说：“有多少就先让人家拿走多少吧。”

大约是 9 月 11 日，我把书稿悉数交给了徐小斌；同时交出去的，还有七万多字的《〈李自成〉内容概要》，作为缺失内容的参考。至于被捡出“不要”的几页，我发现那是可以自成起讫的一段故事，题目是《陈圆圆归吴三桂的插曲》，首页标明属于《山海之战》第四章。我觉得高龄老人一笔一画写出几千字不容易，若不变成铅字真是心疼，便建议在天津《今晚报》上发个单篇。姚老素来对《今晚报》青眼相向，自然点头应允。再找《今晚报》的朋友吴裕成，这一段儿故事便于 1996 年 11 月 29 日面世，后来收入了《姚雪垠书系》第 13 卷中。

与中国电视剧制作中心的事情告一段落，寻找第四卷便成当务之急。为此又把“无止境斋”的几个大书柜重新翻个个儿，收获是从书柜底层角落里觅得《三晋云山皆北向》单元录音稿万余字。不过这一叠录音稿与其他录音稿完全不同：笔迹既欠老练，页面也欠规整；错字、别字不少，语句磕磕绊绊，行文之间不时留有空档，估计是听不清录音或者音虽听清了却不知字如何写……总之很稚嫩，很原始。再查“概要”，这份录音稿应置于第五卷开头。而本意要找的第四卷，依然不见踪迹。“姚老，第四卷你到底写了没有?”记不清是第几次这样发问了，终于逼得老人蹙起眉头说话：“这个问题就不要再问了。你去买几盘磁带来，从明天起我开始录音——第四卷。”其时，已是 1996 年的 9 月底。

国庆节过后，录音工作正式开始了。第一次录下的是将要口述的全部内容提要，共分五个单元：①汝南徘徊。几攻开封未下，打乱了既定战略方针，李自成一时不知所之，只好暂驻汝南，养精蓄锐。②襄阳称王。李自成在起义军中鹤立鸡群，骄傲情绪陡涨，迫不及待地建立了新朝，把自己安置于“新顺王”的交椅上。③诛杀曹操。李自成的“称王”加深了各路义军间的貌合神离勾心斗角。他杀了“曹操”，也“杀”掉了他的威望，反明统一战线就此彻底瓦解。④大战潼关。这是大顺军与明朝军队的最后一次大战役，既斗志也斗勇。⑤回乡祭祖。李自成自以为大功告成，志得意满，衣锦还乡，建行宫，修祖坟，劳民伤财。录罢提要，姚老很自信地告诉我：“这些东西都在我肚子里装着呢，咱们抓紧录，争取年底弄完它!”

1997 年 2 月 8 日，时任中国青年出版社总编的陈浩增先生和时任中青社文学编辑室主任李硕儒先生前往姚家拜年。当着他们的面，姚老之子姚海天也像我一样唐突发问：“爸爸，第四卷你到底写了没有?”众目睽睽之下，老人窝在沙发里，抬起眼睛看看他的儿子，又看看家，两片嘴唇抿成了一条坚毅的直线，一言不发。又问：“你还能写完吗?”这个问题实在太敏感也太残酷了，老人的眼里“倏”地浮起两片云翳，随即艰难地站起身来，蹒蹒跚跚向“无止境斋”走去，嘴里含混不清地嘟哝着：“能写完！我能写!”

我知道，老人又要去录音了；可我又知道，那录音是何等艰难！从头年的 10 月到 12 月，从阳历年到阴历年，4 个多月 120 多天里，老人录了采访机用小磁带数盒，其中除去慧梅死后尚炯赶来安排后事之外，余者几乎都是《〈李自成〉内容概要》相关部分的“克隆版”。但我仍然不死心，仍然希望能再从老人嘴里掏出点东西来，因而不知有过多少回打断老人翻来倒去的讲述急煎煎地进言：“姚老，你不要总是炒剩饭了，快往下说呀!”或许是语气中透露了越来越多的不耐烦，终于把老人惹火了：“你就知道催、催、催，脑子里没有东西，说什么？”

第一次听到从坚毅刚强的老人口中说出似乎不该从他口中说出的话，我怔住了。从此再不敢指望录什么音，只把陈旧报纸杂志上有关《李自成》“已经完成”的那些大大小小的文章，当做救命稻草抓住不放，反反复复从字里行间追寻着第四卷的踪影，一心盼望能有“踏破铁鞋无觅处，得来全不费工夫”的奇迹出现。

曾经打电话向南阳市卧龙区档案馆询问。因为该馆对姚老独具一份桑梓深情，早在十几年前就在筹建“姚雪垠文学馆”；而姚老也早就把《李自成》的绝大部分书稿和其他珍贵资料一并送给了他们。档案馆果然十分热心，很快派人送来了《李自成》的录音提纲四本和录音稿一本。录音稿誊写得整整齐齐，内容是“太子案始末”和“李岩之死”，前者正可与《悲风为我从天来》稿合为一璧。但这些内容也隶属第五卷麾下，第四卷仍然杳无消息。它们到底在哪里呢？是还没来得及写？是写了不成又“废”了？抑或忽然改变主意，干脆放弃不写了？不得而知，不得而知！

只知道早在十几年前，报纸、杂志就有关于《李自成》已经完成的报道；知道老作家曾有烧掉《白杨树》二十万字书稿的“前科”；有把《李自成》手稿落在长途列车上，由北京火车站的同志们捡到又送回去的故事。莫非，《李自成》第四卷文稿，也有了如同《白杨树》们的遭罹？

在我的一大堆问号催逼下，姚老困难地咽下一口唾沫也咽下了他想说的话——时间太久了，他已无从记忆矣！

1997年2月24日下午，姚老突发脑血栓，于次日下午住进复兴医院。是夜更深人静之际，老人挣扎着往起爬，想同往常一样伴着荒鸡起舞。然而，肢体不遂，他摔倒在地上。现代医学狙击了他血管中的“栓子”却未能消灭栓塞后遗症，加之无法逆转的功能退行性病变，使老人从此失去了自由，腿不能举步手不能秉笔，思维也在日见迟滞，渐渐连话都懒怠说了。

4月2日午后，在病房走廊里，姚老坐着轮椅，从七层楼上凭窗远望。窗外蓝天白云，红花绿树。旖旎的春光勾起思绪万千，老人忽然忆起了自己的诗句——“一床青简悲司马，半部红楼哭雪芹”，他说这是哭人也是哭己，如今他也是“无可奈何、花、落去”了。叹息声里，两行老泪潸然而下。而后，他指示说："《李自成》，只好、这样子了。你、把它、整理、出来，先、出书，以后、要是、还有机会、再、修改吧……"

此后接连几天，《李自成》后两卷的出版问题成为我与姚老在病房里的惟一话题。大约一个星期后，根据姚老断断续续的表述拟就的整理方案，以如下文字呈送姚老面前：

一、尽力保持作品原貌，一章一段，一言一词，能不动之处决不妄动。

二、宁删百字，不增一语。

三、根据多年以前写就的《〈李自成〉内容概要》，写出第四卷的故事梗概，以《楔子》之名插在前后内容之间。

四、把现有内容一分为二，前者为第四卷，后者为第五卷。

五、出版时搞一个《后记》，把整理工作全程记录下来，给读者一个明确交待。

姚老一一首肯，接连说了几个"好"字。

二

《李自成》第五卷的主要内容，本来在20世纪80年代初就已经写好，并且在《小说》等刊物上分期连载过，譬如《李自成进北京》，譬如《崇祯皇帝之死》等。

然而，姚老对此都不甚满意。"由于第五卷是全书最后的一卷，几条线上的大悲剧至此卷做总的结束，要写出更大的历史思想深度和真正的悲剧艺术。"① "争取第五卷从前三卷达到的中途营地出发，再攀登一座险峰。……第五卷是全书大悲剧的结束部分。全书的思想性和艺术性能达到什么水平，这一卷关系重大。"② 他给当时的助手俞汝捷写信说："回头望去，都如粪土。打算从零开始，向新的高难度进军。"

老作家向往着更新的目标。

他要不断超越自己。

---

① 姚雪垠：《致陈东成》，《姚雪垠书系》第20卷，中国青年出版社2000年版，第543—544页。

② 姚雪垠：《致姜东舒》，《姚雪垠书系》第21卷，中国青年出版社2000年版，第221页。

他一遍又一遍修改着已经写出的内容，于是同样的内容便有了不同的版本——手抄稿、打印稿、剪贴稿、在发表文本上勾勾划划的修改稿……成堆成摞，各具风采。

由于老人对自己的健康一向充满着自信，做梦也没有想到病魔会突如其来，更没有想到病魔这一来便不复离去，不仅残暴地夺去了他的行动自由、语言自由，而且连他平日里御风乘奔的思维自由也夺去了。所以，关于这些稿件如何使用如何取舍，老人事先没有做过任何指示，病后则再无从指示，只说："听、你的，我相信、你。"

怎么办？实在难以取舍，却又必须取舍，只好坐进文稿堆里，翻拣、比较、挑选……内容大同小异的文本，已发表和未发表的比，取发表过的；有改动手迹和没改动的比，取改动过的；先写的和后写的比，取后写的；都未发表又未改动也看不出写作先后的，则以姚老多年以前写就的《〈李自成〉内容概要》为依据，以我之取舍为取舍。

这一项工作，难点在《李自成进北京》之后的一个大单元，姚老说起这个单元时或称"山海之战"，或称"决定命运之战""生死存亡之战"。这个单元原有录音记录稿十四章，除其中第一章缺失外，余者皆被装入了牛皮纸资料袋中，资料袋右上角有姚老用红铅笔亲手写的"作废"二字。此外另有姚老完整手稿一至六章和正在写作的后续章节，这六章前部分写吴三桂同李自成的劝降使者张若麒与唐通二人在酒席宴上的周旋，后半部分主要写大顺军领导集团内部关于是战是走的争论。

平心而论，同已出版的《李自成》相比，这一部分手稿只能算是毛坯件，从人物到情节，从结构到语言，都有待于进一步推敲。而且它只是《山海之战》这不大单元的一个开头，其主体部分尚幽藏于姚老的肚腹之中未及出世。因为姚老曾经不止一次说过：《山海之战》是李自成与清军的第一次交战，却是他一生中的最后一次大战；是决定大顺朝命运的一次关键战斗，也是皇皇巨著《李自成》全书中的最后一次大战，所以绝不能等闲视之，"一定要用写《潼关南原大战》的笔力去写，要写得比《潼关南原大战》更有声有色"。由此可推测，在这六章后面，或许还该有第十二章、十八章、二十四章？不管还有多少吧，反正仅有已完成的这一部分内容是远远不够的。

这种情况下，放弃正在写作的手稿，用早写成却已"作废"的十四章来取而代之，应该说是最智的办法，因为无论如何，那十四章毕竟构成了一个首尾完全的整体。然而权衡再三，最后还是把后写的手稿用上了。倒不仅仅是因为姚老的亲笔批语在，更重要的在于姚老之所以重写这个单元，其根本原因是嫌当初的十四章录音稿在吴三桂的形象塑造方面力度不够，没有完全写出他心中的吴三桂来。

姚老康健时，同我曾不止一次说起过吴梅村和吴三桂，言谈话语中丝毫也不掩饰对吴三桂其人其事的惋惜与同情，对吴梅村的《圆圆曲》所造成的历史影响则持颇为激烈的批判态度。他认为吴三桂是中国封建社会中标准的戎马世家出身的武将，有着根深蒂固的封建意识和传统思想。豪爽、侠义，君君臣臣父父子子，所以他决不会轻易就背弃君恩卖国求荣，更不会为了一个妓女出身的女人就“怒发冲冠”。姚老说，按照封建社会的传统习惯，“妾”等同于玩物，是可以作为礼品送人的。如果为了一个“妾”就什么都不顾了，这既不符合吴三桂的性格，也不符合历史唯物主义。而在重新写成的手稿中，吴三桂的开关受降已是天、地、人等多种因素综合作用的结果，是不得已而为之。简而言之，另写的“这一个”吴三桂比“作废”的那一个应该说更接近历史的真实因而也更能体现作者的创作意图，所以得以保留。

再说《红娘子》。两份录音稿的异同是显而易见的：一份专写红娘子——从其背着儿子带着红霞从乡勇的追杀中逃出，路遇猎户搭救，被荐往王屋山白云庵落草，到答应日后继承白莲教衣钵，又随住持老尼圆照下山寻找李岩兄弟尸骨未果的过程，都做了概略的叙述。另一份则主要写以“高太后”为首的“大顺”残余人马在茅庐山的活动情况，红娘子和红霞只在其中发挥穿针引线的作用。两相比较，前者出场人物很多，却与“最后的李自成”关系不甚密切，而这一单元既以《李自成》的尾声赘于全书结尾，自然以写大顺朝的结局为好。所以孰取孰舍，一目了然。

现有的文本择定后，继续寻找第四卷内容又成了首要任务。南阳档案馆的配合与支持，让我充满了感激，也充满了希望，于是特意于 1998 年初春冒着凛冽的寒风南下中原一趟，却因为种种原因，乘兴而去，败兴而归。

再问姚老的第一任助手——湖北省社科院文学所研究员俞汝捷先生，得到的答复是：八十年代后期，姚老曾写信给他，说打算略去第四卷的《春雨江南》单元；后来又准备把第五卷的部分内容调进第四卷里去，看来那时候姚老就有了压缩第四卷的意图，说明他对第四卷已经进行过缜密的构思。至于是否形成了文字，“反正我在的时候姚老没有写，后来他写了没有我不知道”。

又问姚老的第二任助手——河南大学中文系教授刘文田先生，刘先生回答：“姚老给我的任务是整理论文，他没让我接触《李自成》。第四卷只听姚老自己说写了，而且不止一次说起来，但我是从来没有看见过。”

无望之际，偶从三联书店（香港）有限公司和人民文学出版社联合编辑出版的《中国现代作家选集丛书·姚雪垠》的附录资料部分中见有署名“汝捷”的《姚雪垠生平与著作年表》中有“加紧赶写《李自成》第四卷”“修改、完成《李自成》第四卷最后一单元”字样，初时一喜，继之又疑：“汝捷”，不就是俞汝捷吗？他这不是明明知道第四卷写完了吗？为什么却又说他不知道？为什么？嘀嘀咕咕之中，居然对从未谋面的俞先生有了一份莫名的芥蒂。

1998 年 8 月，为《姚雪垠文学创作七十年》画册的出版事宜，我到古城开封小住数日。在河南大学的招待所里，与南阳档案馆的吕琦女士同处一室，余暇中谈起《李自成》，她非常肯定地告诉我：“第四卷肯定写了！我记得很清楚，1990 年 10 月华中师大为姚老召开文学创作六十周年纪念会，我也去了。有一天晚饭后和姚老出去散步，刚走出一截截路他就急着往回走，要回去写稿子。问他写什么，说是《李自成》第五卷，还说第四卷刚写完不长时间。”“你见过书稿吗?”“没有。”

依然是希望之后的失望，心里的芥蒂便在这失望中又长大了几分。一直到 1999 年的春夏之交，俞先生为送别姚老来到北京，一朝相见，竟如故知，对方儒雅、渊博、谨严、谦逊的学者风度，使我自觉心里那点儿疙疙瘩瘩实在是太没来由也太不“君子”了。秉烛长谈中又提起来那份“年表”，俞先生听说后一脸惊奇：“真的？有这回事？你不说我还不知道呢!”然后，他告诉我，那套《中国现代作家选集丛书·姚雪垠》是早就编成的，附录的资料部分也早就整好了。书稿全部交给出版社之后，因为某些客观原因迟迟未能出版。时间一长，他就再没有过问。“关于《李自成》第四卷已经写完的事情，是后来姚老自己添进‘年表’去的，我不知道。”

闻听此言，我起身从书架上抽出这本书递给他，他翻开附录资料部分看罢再递给我。果然，“年表”的最后一节赫然写道：“一九九四年　八十四岁　继续创作《李自成》第五卷。九月，为香港三联书店即将出版的《中国现代作家选集·姚雪垠》一书补写《年表续稿》，提供一九八三至一九九三年的文学创作和活动资料。”

也就是说，事情转过一圈之后又回到了原地，找第四卷，还得找老作家本人。可是彼时彼地，姚老早已驾鹤远行，天上人间，云路迢迢难寻觅——当然，这是后话。

三

择定的文本交由姚老之子姚海天请人输入电脑，按照《李自成》前三卷的版式打印出来，然后分卷并对个别章节做部分结构调整。

关于分卷。因为原定第四卷内容空缺，只能把本属于第五卷的九十余万字一分为二，前边算第四卷，后边归第五卷。第四卷专写李自成走上坡路：义旗高举，所向披靡。太原、大同、居庸关……铁骑所至，无有能拒者，正所谓“海宇归一，传檄而定”。北京徒具城高池深，不战自降。崇祯走投无路，自缢煤山；李自成前呼后拥，进驻皇城。他的事业已到极致，再往后就要走向反面了。第五卷就写李自成的败亡。山海之战是一个关键。从李自成决定打这一仗起，就注定了他的覆没下场。血染石河，兵败山海，然后一路败逃，最后成单枪独骑，在深山密林里躲避清军的追捕，最后死于乡勇程九百之手。再加上一个一了百了的《尾声》，把《李自成》这一个大悲剧推向高潮，数百万言的皇皇巨著就结束在这个悲剧高潮中。

按照这样的思路分割，《三晋云山皆北向》与《李自成进北京》之一、二、三、四属于第四卷；《多尔衮时代的开始》《成败存亡关头》《悲风为我从天来》《巨星陨落》《红娘子》归第五卷。再经过章节结构的微调，就变成了如下模样：

第四卷：

《甲申之春》——该单元共五章。系原第五卷第一单元的录音稿《三晋云山皆北向》与原《多尔衮时代的开始》之前两章的合成。原《三晋云山皆北向》前两章主要写高夫人及身边亲兵的宫廷生活，祭灶、拜年、慧英慧琼结婚、邓太妙讲经等，充满了人情味和浓厚的生活气息。第三章写李自成率军北上，渡黄河，进山西，占领太原。之后不空和尚出场，一番谈话，如同谶语，大顺朝的未来已昭然在目。只是内容过繁，而致节奏嫌快，读之有走马观花之感。而原《多》单元的前两章文字以平铺真叙为主，若置之于五卷开头，难免繁冗拖沓。恰好这两个单元写的都是甲申年春天的事情，便以《甲申之春》将其统一在一起，让它们快慢相济，长短互补。

《围城时刻》《崇祯皇帝之死》《李自成在武英殿》和《决计东征》等单元，是原来的《李自成进北京》之一、之二、之三、之四，都是姚老重新改写后的定稿，昔日劲风犹在，整理等于校对。当初为对付“四人帮”打棍子扣帽子，老作家不得不在小说中时常添上一些议论文字以备防身自救。这些议论如同“赘疣”，早为老作家所深恶痛疾，整理时便随手割去。

插在《李自成在武英殿》与《决计东征》两个单元之间的《招降失败》，由《山海之战》单元的第一、二两章与废弃稿第三章中部分内容混合而成。表现吴三桂从奉命进京“勤王”、中途按兵观望，到下决心与大顺为敌，“虚与委蛇”其招降使者的全部经过，既为吴三桂后来以“借兵”始以“纳降”终的结局做了铺垫，也在结构上遵循了姚老一贯追求的“笔墨变化”原则。

第五卷：

《多尔衮时代的开始》单元原有四章。将其前两章调入第四卷《甲申之年》单元后，剩下后两章作为第五卷开头，使第五卷开篇就是多尔衮得到崇祯缢死的消息，而后是清廷内部斗争，紧接着是吴三桂借兵；继之以多尔衮趁火打劫，指挥大军直趋山海卫，对吴三桂先威逼利诱再收降。整个单元环环相扣，步步进推；故事节奏舒徐相间，张弛有致。

《兵败山海关》单元共计六章。前面的三分之二取自姚老最后的手稿《山海之战》，另三分之一则是从多年前被判“作废”的录音整理稿中拉来，两相嫁接，略作连缀，算是为该单元画上了一个不太圆满的句号。

《悲风为我从天来》单元原为四章，到李自成对着李岩的背影发出冷笑为止。后来从南阳档案馆送回的稿子中取出一章添进去，李岩之死则由悬念变成了现实。在这一单元里，败逃回京的李自成草草举行了登基典礼，然后匆匆忙忙别窦妃，弃皇城，杀李岩……的的确确是悲风阵阵从天而降。

《太子案始末》单元以南阳档案馆送回的录音整理稿作蓝本，原以李岩被杀为其首章。据此分析，这一部分内容应归于《悲风》单元之中。为单元的大小均衡计，整理时把“李岩之死”前调，余者自成起讫。整个单元以“明太子案”为主线，穿插进顺治登基多尔衮摄政等内容，塑造了钱凤览、刘子政、“画网巾先生”等人物形象。除审问明太子的过程有失繁冗外，其他内容不乏精彩。尤其是不空和尚与洪承畴的晤面，通过不空和尚非要把洪承畴当做“鬼”而拒不相认的细节，羞辱、鞭挞了变节之人，既批判了投降主义，又不伤害民族感情，同时还写出了洪承畴内心的痛苦，使一个封建士大夫的典型性格更趋完善。

《巨星陨落》单元原为四章。第一、二、三章即今本第十八、十九、二十章曾以同名刊于《中国作家》1985 年第 1 期，第四章即今本第二十五章以《李自成之死》为题发表在《小说》1985 年第 3 期上。大顺军在这一单元里树倒猢狲散。饥寒交迫的大顺皇帝李自成一个人躲藏在深山老林里，在单枪匹马的悲凉中咀嚼着众叛亲离的滋味。感人至深的是李自成死后乌龙驹不忘旧主，每日里在落霞中萧萧悲鸣的细节，完全散文化的笔法充满了浪漫韵味，极强的抒情性中淌溢着大手笔描绘的悲剧美。

《尾声》共两章，正面写高夫人及其大顺朝的最后结局，插叙红娘子和红霞。蓝本虽非定稿，文字尚欠推敲，但仰赖老作家的功力，这一单元也无须苛求。尚神仙和王长顺两位老人最后把《大顺朝纪略》的一摞书稿和李自成的一对马镜藏在山洞里留待后人，然后携手登上山门抗击清军；最后一批女兵集结在高夫人身边，在慈庆宫的冲天烈焰中化作了火中凤凰……这些既悲且壮的情节，感人至深，催人泪下。最后由红娘子和红霞祭奠亡灵，又提到百年后的白莲教起义，颇像《药》中瑜儿坟上的花环，不仅给作品增加了一道亮色，而且余音袅袅，留下一丝意犹未尽的深远况味。

上述工作——即对《李自成》四、五两卷书稿的第一遍梳理，完成于 1998 年 3 月上旬。我为此写出一份报告，题为《关于〈李自成〉第四卷、五卷整理工作的说明》，全文五千多字，谈了整理工作的基本原则和实施操作等问题。4 月 17 日上午，由姚海天把中国青年出版社总编陈浩增延至家中，在客厅里正式召开了《李自成》第四、五两卷的第一次编辑会议——说是“正式”，是因为 1997 年 9 月 24 日已经研究过一次，但那次没有声明是“会议”，故属于“非正式”性质。由于原指定责编李硕儒已赴美定居，与会责编换成了李向晨。会上，我把“说明”从头至尾读了一遍，再穿插进一些必要的解释，大大小小十几个问题，足足用去半天时间。

会议进行中，姚老一直窝在宽大的深紫红皮沙发里，腿上裹着毛毯，一边打着哈欠，一边强挣起精神听着。脑栓塞后遗症加上此前不久的一次高烧，使他的精力、体力、脑力都已无法与一年前相比。当我汇报完毕，大家异口同声“请姚老指教”时，老人的评价只有一个字的重复：“好、好、好……”我很清楚，他的这个“好”字，与其说是对“整理说明”的肯定，不如说是对在座诸人的信任和嘱托。因为实事求是地讲，以老人此时的记忆力，当我们谈“B”时，他未必还能记得“A”是什么；当我们说“C”时，他肯定早已把“B”扔到脑后了。但是不管怎样，只要有他在场，而且点了头，我们的工作就有了依据，心里就踏实。况且，老人并不只是给了一个空洞评价，他同时还贡献了一个思想——他弯起一个指头点着我说：“你、要、写、一个、后记，把、刚才、说的、问题、都、向读者、说、清楚……”

陈浩增总编辑立刻明白了，他顺着老人的心思指示我：“对，你一定要搞个厚重一点的后记，把整理过程向读者做个明白交待。”我郑重地接受了任务，知道这项工作义不容辞，也更知道此时此刻姚老内心的痛苦——一向视文学创作为其生命的老作家，《李自成》就是他的一切！不是万不得已，老人是不会将自己的“一切”交给别人的！记得数月前的一个晚上，姚海天把来自南方的一个信息带进复兴医院病房，说是有一位朋友自愿续写《李自成》第四卷。老人当时没答腔，姚海天走后他却很激动地告诉我：“我、写的、是、我的，别人、写的、是、别人的，他们、不懂，读者、可是、骗、不了的。《李自成》、千万、不要、乱动……”正是因为怕我会“乱动”，所以他要求我把工作全程记录下来，他要用最后的这种“说清楚”来敲打我的敬畏之心，他要用这种办法来履践他终生不渝的追求——对读者负责，对历史负责。

会议之后，初步整理过的书稿连同其“说明”复印稿一并送诸责编初审，我则利用书稿初审的一段时间，再一次认真阅读了《〈李自成〉内容概要》，对李自成的汝南徘徊、襄阳称王、诛杀曹操、大战潼关、米脂祭祖等活动有了进一步了解，进而写出了三万余字的故事梗概，准备“楔”在三、四两卷之间，以为李自成从攻开封到进北京之间的过渡。

四

初审完毕后，第二次编辑会议于 1998 年 6 月 29 日在中国青年出版社召开。路上堵车，我迟到了，上楼后又找不到具体房间。正向人打听，陈主编闻声出迎，紧紧握手热情问候，其谦逊真诚的态度，着实令人感动。这次会议不仅讨论了《李自成》，而且对“姚雪垠书系”的编辑工作也做了具体部署。会议全部内容都与姚老息息相关，而此时的姚老却躺在医院中，再也无法亲临会议。坐在家中客厅里听我汇报《关于〈李自成〉第四卷、五卷整理工作的说明》的那一次，已经成为老作家一生所莅无数会议中的最后一次了。

书稿初审结果，责编李向晨先生认为“两卷的章节布局基本合乎情理，也比较顺畅。例如把原《多尔衮时代的开始》单元的前半部分纳入第四卷第一单元《甲申之春》、后半部分留作第五卷的开头单元的调配处理等，均比较熨帖自然，也符合姚老一贯主张的‘笔墨变化’的艺术特色”①。另一位责编吴晓梅女士也“基本同意目前各个章节的安排”②。姚老前助手俞汝捷先生则在“读稿印象和建议”中写道：“现在的章节安排是大致合理的，可以不再变动。”

两位责编在充分肯定“书稿的大部分内容和基本笔法体现了姚雪垠先生独到的创作意蕴及艺术风格”③，“两卷不乏许多精彩之处”④ 的同时，也一一指出了书稿中“未定”部分存在的粗疏现象，譬如“有些章节语言粗糙的问题比较突出……人名、地名、文告等留有空白的地方需要查补；有些人物的称呼、官职、名衔混乱，还有时间、日期等前后不一致或矛盾，需要统一处理；有些描述性文字磕磕绊绊、阅读不畅，也需要作进一步的梳理才好”⑤。譬如“有些情节、情景描写比较重复、拖沓，而且在表现手法上也有重复单一的地方……如李自成决策是否东征吴三桂、决定招降吴三桂、多尔衮对福临之母圣母皇太后的暗自揣想等类似的问题”⑥。

---

① 引自李向晨《〈李自成〉第四、五卷审读意见》。
② 引自吴晓梅《〈李自成〉第四、五卷审读报告》。
③ 引自吴晓梅《〈李自成〉第四、五卷审读报告》。
④ 引自吴晓梅《〈李自成〉第四、五卷审读报告》。
⑤ 引自吴晓梅《〈李自成〉第四、五卷审读报告》。
⑥ 引自吴晓梅《〈李自成〉第四、五卷审读报告》。

需要说明的是，两位责编提出来的上述问题，基本上都发生在原《三晋云山皆北向》单元录音稿中。如上文所言，这是一份不知出自何人之手的录音记录，水平“很稚嫩，很原始”，所以责编要求必须对其“下决心作必要的取舍”①，“加快叙述的节奏，紧凑内容”②。至于其他单元，则主要是对个别情节做善后处理。例如多尔衮“致西据明地诸帅书”一事，经过范文成写、洪承畴改、多尔衮审核等一系列运作，“书子”发出后却如泥牛入海，再无下文。李自成收到信后的诸多戏剧情节，除了姚老，他人一无所知，只好酌情删减，而后于本章结尾处添加一些文字，说明这封信最后被多尔衮压下来没有发出去。再如李自成派人招降吴三桂一事，几次写到“遣使”都只“遣”了唐通一人，到了山海卫却变成了两个，而且后添的一个张若麒似乎更重要一些，删去是不行的。于是便在初议、商定、召见、再召见劝降使者等几处地方添了一些东西，主要是人物对话，其次是必要的叙述交代等内容，以使前后内容衔接起来。诸如此类吧，总之工作进行到这一步，当初拟定的“宁删百字不增一语”原则已无法恪守。为慎重起见，我把《甲申之春》第一至五章的整理笔记打印出来送交两位责编，时在 1998 年 7 月 11 日。十六天后，吴晓梅女士的信来了：“第一至五章我和李向晨都看了，均以为这样改可以……”

得到责任编辑的肯定后，经过二次审读的书稿连同《楔子》一起送到了远在武汉的俞汝捷先生手上。俞先生很快再次写来了《读稿意见》。他说：“四卷读毕，总的感觉是删除了重复、矛盾之处，较前稿洗炼了。一些句、词的改动也是合理的。但也有漏改、存疑、欠妥之处，我一般都在稿上作了处理……”第五卷校样读毕，总的印象也不错，删改都较合理，又保持了原稿的风格……也有一些不妥或尚可推敲之处，有些我已在稿上作了修改，有些则未动，留待下一步斟酌……”

关于“楔子”，他说：“本来，由于在第三卷租原定的第五卷之间，缺少诸多内容，采用楔子的形式来加以交代，进行连接，不失为一种方法；但这里存在着一个无法解决的文体上的矛盾……”因此，他对《楔子》投了反对票。

关于单元标题，他说：“姚老认为，散文化标题乃与‘五四’以后的新文

---

① 引自吴晓梅《〈李自成〉第四、五卷审读报告》。

② 引自吴晓梅《〈李自成〉第四、五卷审读报告》。

体相联系。他可以在小说中穿插骈文、诗词，让知识分子用浅近的文言对话，以求真实地再现时代风貌，却不愿采用旧式的标题，更不愿在字数上削足适履。”“所以我想，现在为姚老整理书稿，应了解和尊重他在文体风格上的追求，包括采用看似随意的散文化标题。”

关于小说中的人物何腾蛟，他说：“南明史上何腾蛟是个重要人物，在‘招抚’义军抗清的过程中起过关键作用。前文所述他拒绝与左良玉同行，开放督署以保护士民，以及企图投江自尽等情节，皆于史有据。事实上他投江后漂流十余里即被渔舟救起……所以这里不妨略费笔墨对上述经历作一交代，而不要随便省略其名姓，更不要用‘宠臣’这种不准确的称呼来取代。”

关于我在工作笔记中提出的问题，他说：“‘致西据明地诸帅书’是一封极重要的信，它充分显示了清方的深谋远虑和主动性，从而与大顺的闭塞、短视形成鲜明的对比……我的看法是，信是一定送出去了的，至于是否送到了李自成手中，尚须考证，即使送到了，也肯定不会引起大顺方面应有的重视——总之，对于这一情节，可以再查查资料，将信压下不送的方法可能不妥。”

对于俞先生的意见，除了“致西据明地诸帅书”问题因解决起来难度较大我未敢轻举妄动之外，余者能落实的都落实了。然而，无论怎样地努力，整理工作也“仍属于消极修辞的范围，不可能把未定稿提高到已定稿的水平”①，所以俞汝捷先生建议“出版时最好采用两种字体，以示区分。另外可加一简短的出版说明，以求得读者的理解”②。

经过第三次处理后的《李自成》四、五卷书稿，由姚海天请人重新排、校之后印出数份清样，除两位责编之外，又分送江晓天③、胡德培④、王维玲⑤、周勃⑥等专家人手一份。时间不长，专家们的意见则反馈回来：除了周勃先生坚决主张拿掉《楔子》、胡德培先生提出的几条细致建议之外，专家们对两卷

---

① 引自俞汝捷《关于〈李自成〉第五卷的读稿意见》。

② 引自俞汝捷《关于〈李自成〉第五卷的读稿意见》。

③ 江晓天，当代著名编辑家，《李自成》第一卷责任编辑。20世纪五、六十年代任职中国青年出版社文学编辑室主任期间，发现并扶持了《红岩》《红日》《风雷》等文学名著的创作与出版。

④ 胡德培，人民文学出版社原当代文学编辑室主任，《新文学史料》副主编，《当代》杂志副主编。著有《〈李自成〉艺术谈》和《〈李自成〉人物谈》。

⑤ 王维玲，中国青年出版社原副社长，《李自成》第二、三卷责任编辑。

⑥ 周勃，湖北大学中文系教授，文学理论家。

书稿的宏观评价基本上是乐观的。特别是王维玲先生的看法，更是别有见地，他说：内容缺一点儿不要紧，事实上《李自成》已经完成了，因为人物形象都已经鲜明地站起来了，整个大悲剧也全部结束了。剩下一点儿无关紧要的内容，写不写都无所谓。

王维玲先生的话语辟开了另一条思路，似乎是理所当然地得到了相关人员的认同。我虽然不敢随声附和，却也借机走出了第四卷遍寻不见的阴影，从而有时间有心情去品读第五卷，细细体味姚老先将其写出的决策之英明。惨淡的人生，淋漓的鲜血，是构成第五卷的基本内容。崇祯死了，周后死了，公主死了，太子死了；忠臣死了，奸臣也死了；李自成死了，刘宗敏死了，罗虎死了，双喜死了，李岩死了，李侔死了……明朝完了，大顺完了，张献忠的大西朝也完了……都完了，都死了，真个是“白茫茫一片大地真干净”。写出了这个结局，就完成了一个大悲剧，一个由许许多多小悲剧叠套而成的大悲剧；完成了这个大悲剧，就客观地揭示了一条历史规律：农民起义和农民战争，只能是封建社会改朝换代的工具，而不可能成为推动历史前进的动力。因为生产力只有在社会环境相对安定的情况下才能发展，而农民战争必定造成生产力的极大破坏。至于李自成建立的政权性质以及他突然失败的原因等，则为后来人提出了颇具深意的问题，可供研究，可资借鉴。

专家们审定书稿后，我觉得任务已经完成，就准备着手写《后记》。姚海天知道后，说我前一阵子太紧张，当务之急是抓紧休息。“《后记》好写”，他说，“到最后你要没时间我来写都行。或者你写个初稿，我再过过目，有个两三千字就行，写多了也没人爱看。”他的夫人也说：“你就让海天写吧。他写方便，你不好说的话，由他说出来会更合适些。你看你这一阵明显瘦了，赶快去医院好好检查一下吧。”我想不出我会有什么“不好说的话”，但我感谢这种诚心诚意的关心。而且我当时已经确诊为“甲亢”，正需要静养，便赶紧就着情势交卸了任务。那是 1999 年的 2 月 16 日上午，姚老就一直坐在我身边的沙发里，腿上搭着一床毛毯，脸上自始至终挂着恬静的微笑，样子一直像在倾听，但我相信他已经听不明白我们正在谈论的是什么。然而我却怎么也没想到，短短两个半月之后，老人便与世长辞了。

1999 年 5 月初，第三次编辑会议召开，《李自成》四、五两卷的整理出版工作进入最后阶段。俞汝捷先生特意从武汉来到北京，住在中国青年出版社的招待所里，一方面编纂《姚雪垠书系》，一方面最后一遍审读“最后的”《李自成》。我则躲在自己家中，被俞先生遥控着，从 4 月初到 5 月底，把《李自成》录音提纲中的一部分内容整理出来，作为第五卷的第二十一章、二十二章、二十三章、二十四章插入《巨星陨落》单元中；对个别没来得及写出的情节，如何腾蛟的跳河自杀未遂、李自成诛杀罗汝才等都做了内容提要式的交代；又根据俞先生提供的柳义南著《李自成纪年附考》——中华书局 1983 年初版本中有关张献忠的资料，写了张献忠之死一段，作为第五卷的第二十六章妄附骥尾。

至此，《李自成》四、五卷的整理工作算是画上了句号。

光阴荏苒，白驹过隙。上文所记，已是十多年前的事情了。十多年来，随着对姚老及其《李自成》的认识不断加深，我越来越为自己那时的不知天高地厚而惶恐莫名。“无知者无畏”，真真是也！每念及此，总会想到《李自成》的伯乐江晓天先生几年前大病初愈后的一次瞠目裂眦怒发冲冠：“《李自成》那是经典著作，任何人都不能随便动的，这是起码的规矩！怎么能连这个都不懂！”虽然惹他发火的原因并不在我，但我仍然羞愧难当无地自容！前几天又读到河北大学文学院教授阎浩岗的两万字长文，那关于《李自成》是“当代长篇小说艺术高峰”的滔滔雄辩更如空谷足音，振聋发聩之同时也让人惊心动魄！不知道曾经的“无知无畏”给《李自成》四、五卷造成了多少伤害，只知道单是整理录音提纲一类简单工作，也留下了如今看来十分明显而当时竟毫不知晓的问题。譬如既然有关左良玉部分的录音提纲能收进第五卷，那么《襄江奔流》和《梦江南》两个单元的录音提纲为何就不能也收进书中呢？再譬如清方曾致信李自成一事，姚老 1961 年的读书笔记中就有《清顺治帝致西据明地诸帅书稿》一节，其中有史料，有分析，有判断，而整理四、五卷之时对此竟全然不知！诸如此类缺憾，不堪回首更不敢回首，能聊以自慰的只有自己的真挚与热情。的的确确，我是一心一意想把事情做好而且勉力做了。如今按照姚老的嘱托写出这一份“交待材料”，惟愿傅建华先生们理解并谅解，如果《李自成》四、五卷中还有其他一些低级错误存在，请千万别再把账错记到姚老头上了。

1999 年 7 月 28 日于北太平庄寓中写毕

2010 年 5 月 31 日于樱花园新居再审定

（《新文学史料》2010 年第 3 期）

《李自成》在当代历史小说中的地位

张 炯[1]

姚雪垠先生的长篇历史小说《李自成》是长达五卷近400万字的巨著。它是姚老创作的高峰，前后从构思到全部写成，历数十年之久。应该说，它不仅是姚老一生最重要的作品，也是新中国长篇历史小说最重要的收获，在我国当代文学史上占有崇高的地位。

历史长篇小说的创作，在我国有悠久的传统。《三国演义》就是古典历史长篇小说中最著名的一部。后来更出现了从《东周列国志》到《民国演义》等大量的历史演义。但新中国成立后，长篇历史小说的创作却为数很少。许多作家都在写革命历史小说。如孙犁的《风云初记》、杜鹏程的《保卫延安》、杨沫的《青春之歌》、梁斌的《红旗谱》、吴强的《红日》、曲波的《林海雪原》等。因为革命历史比较近，许多作家又有亲历的生活，主要歌颂中国共产党领导下的革命英雄人物，写起来比较好掌握，也容易发挥自己的长处。1960年前后，处于国家的三年困难时期，现实生活不好写。邓小平同志号召写几千年的历史题材。一些作家才尝试去写历史。如陈翔鹤的《陶渊明写挽歌》和《广陵散》、冯至的《白发生黑丝》、黄秋耘的《杜子美还家》等，都是短篇小说。历史话剧方面有郭沫若的《蔡文姬》、田汉的《文成公主》、曹禺的《胆剑篇》，戏曲方面有吴晗的《海瑞罢官》等。很快，《海瑞罢官》就以影射现实之罪受到批判。“文化大革命”中，吴晗甚至被迫害而死。此后，历史题材便成了禁区，没有人再敢写。所以，前30年的新中国文学中，历史长篇小说很不发达。因为不好掌握，动辄得祸。而姚老的《李自成》正写于这个动辄得祸的年代。

---

① 张炯（1933—），中国社会科学院文学研究所原所长、中国作家协会名誉副主席、中国当代文学研究会原会长。研究员。

1963年出版了第一卷。书出版后，评论家何其芳、唐弢等都极口称赞写得好，却不敢公开写评论。可见，当时姚老的勇气。他第一个敢于在那个动辄得祸的年代来写历史长篇小说，就很了不起。

关于李自成，新中国成立前有陕北米脂人李宝忠写过《永昌演义》，是章回体，共40回，曾以手抄本流行。当然，他的文学水平与姚老不能相比。毛泽东读过这部书，称赞作者“费了大力”。阅后，他还抄了一本留用。但他也指出这本书的最大缺陷是没有历史唯物主义的观点，他批评说，此书赞美李自成个人品德，但却贬抑其整个运动。实则吾国自秦汉以来两千余年推动社会向前进步者主要的是农民战争，大顺帝李自成将军所领导的伟大的农民战争，就是几千年来这类战争中极著名的一次。姚老的新著《李自成》不仅篇幅之大远远超过《永昌演义》，其本质性的超越就在于姚老完全运用了马克思主义的历史唯物主义观点来分析历史、认识历史。他相信历史是人民创造的，完全站在人民的立场去写农民起义战争，而且运用阶级分析和阶级斗争的观点去认识当时社会的各种矛盾，包括统治阶级与被统治阶级的矛盾、统治阶级内部不同利益集团的矛盾，还有民族之间的矛盾等。所以，新著《李自成》不仅赞美李自成的品德，而且赞美整个农民起义的合理性，赞美许多农民起义英雄。它不但写出农民起义的合理性，还写出农民起义的局限性，写出李自成起义军最后失败的历史必然性。在历史长篇小说创作中第一次运用历史唯物主义观点去认识和处理历史题材，这也是很了不起的。

在当代中国历史长篇小说写作中，《李自成》自觉地运用源于现实又高于现实的艺术美学原则，采用革命现实主义和革命浪漫主义相结合的创作方法，去塑造自己的人物形象。批评界曾有人指责《李自成》中的人物塑造：“高夫人太高”“红娘子太红”“李自成则像无产阶级革命家”。其实，这种批评有夸张的成分，但这些人物形象确比实际的现实人物高。对正面人物形象的塑造可不可以高于现实，高于现实到底好不好？这就要看作家服膺什么样的美学原则和创作方法。在自然主义和现实主义作家看来，再现现实是最重要的原则，要求按现实的本来样子来描写现实。而从浪漫主义作家来看，作家所创造的人物形象完全可以理想化，可以比现实高，甚至可以虚构现实中不存在的理想人物。文学史上，许多大作家则往往把现实主义和浪漫主义结合起来，创作既源于现实又高于现实的人物形象，如《三国演义》中的关羽、张飞、诸葛亮等形象就是如此。俄罗斯的革命民主主义批评家车尔尼雪夫斯基的艺术美学原则是再现现实，他甚至认为比起现实，艺术创造的形象总是苍白的。毛泽东第一次以明确的理论语言概括了艺术可以也应该高于现实的美学观点。他在《在延安文艺座谈会上的讲话》中说，现实生活和文学艺术“虽然两者都是美，但是文艺作品中反映出来的生活却可以而且应该比普通的实际生活更高，更强烈，更有集中性，更典型，更理想，因此就更带普遍性。革命的文艺，应当根据实际生活创造出各种各样的人物来，帮助群众推动历史的前进”。这是积极的能动的艺术美学原则。作家作为创作主体，他具有能动性，完全可以也应该使自己创造的人物形象高于现实，更加理想化，这样才能更加鼓舞人，激励人们去学习。《李自成》不仅写出许多人物的命运浮沉，写出崇祯皇帝和李自成的悲剧，而且写朝廷内部的勾心斗角、庙堂庭争，还写战场的金戈铁马、攻取杀伐。仅以写李自成潼关兵败、退走商洛、襄阳会张献忠，北出攻洛阳城，大战开封，攻陷北京，登基称帝，到吴三桂引清兵入关，义军兵败如山倒，终至溃亡的曲折历程，其间战役无数，写来各个不同，还穿插了忠良与奸佞、友谊与背叛、夫妻之爱、男女之情等纠葛的故事情节，全都写得有声有色，波澜壮阔，斑斓夺目，引人入胜，这就非常不易。姚老用他那清新、流畅、典雅而又简洁的语言，把几十年间发生于神州大地的形形色色的人物和故事，栩栩如生地描绘给我们，人各有声口，人各有始终，使我们仿佛再睹那悲壮、复杂的历史本身。其艺术魅力，实在令人惊叹！如果没有丰富的知识积累和生活积累，没有惊人的感受力和想象力，没有坚定的决心和百折不挠的毅力，这样一部数百万言的巨著是决计完不成的。《李自成》的创作，姚老正是自觉地遵循了这样的艺术美学原则，也是继承了文学史上人物塑造的优秀传统。他自觉地把现实主义和浪漫主义相结合。当时有一种意见认为，历史小说完全可以虚构。姚老坚决反对这种见解。他在一次学术研讨会上发表了长篇讲话，坚持他的观点。他认为，历史小说所描写的主要历史事件和历史人物，必须符合历史真实，于史有据，但在次要人物及表现其性格的情节和细节上，则容许有一定的虚构。应该说，《李自成》是实践革命现实主义和革命浪漫主义相结合的成功作品。

《李自成》所表现的历史内容既宏伟又深厚，在新中国的长篇历史小说中也是罕见的。像这样的历史小说，自然，前有《三国演义》，写了从汉末到三国被晋朝统一的前后 90 年的历史，人物数百个。这个历史时空的规模很难超过。但《李自成》虽然只写崇祯即位后李自成起义到最后起义失败的二三十年历史，写的人物也不下数百个，不但上自皇帝、王公大臣，下到三教九流、贩夫走卒，而且写了关内外的不同民族，这种写法却是《三国演义》所未曾有的。在当代长篇历史小说中，徐兴业的《金瓯缺》写了宋辽金西夏的复杂斗争，规模也很大，但人物毕竟没有《李自成》写得多。《三国演义》主要写统治阶层的矛盾与斗争，《金瓯缺》也大体是。《李自成》却写了大量的下层人物，包括写了农民起义军中的种种人物的矛盾，如李自成与张献忠、罗汝才的矛盾，李自成义军内部刘宗敏与宋献策、牛金星、李岩等的矛盾。许多人物都写得很深刻，如崇祯皇帝尽管十分勤政，到了宵衣旰食的地步，却还是挽救不了一个腐朽王朝的灭亡；洪承畴以阁臣出征，信誓旦旦，愿以身尽忠殉国，可最后过不了美人关，投降了清军。李自成尽管有很好的个人品德，可是作为农民，他只能有当皇帝的理想，毕竟不可能有无产阶级革命家的思想水平，也不可能克服自己的历史局限性和义军内部的矛盾，终于溃亡。这都是写得很深刻的。对人物内心世界、感情世界的挖掘非常深。

《李自成》第一卷、第二卷相继出版后，对我国长篇历史小说创作的推动，起了很大的作用。近 30 年来，先后出版了凌力的《星星草》《少年天子》《倾国倾城》，吴因易的《唐宫八部》、刘斯奋的《白门柳》、二月河的《康熙大帝》《雍正皇帝》《乾隆皇帝》、唐浩明的《曾国藩》《张之洞》《杨度》等许多新的历史长篇小说。这些也都是写得比较优秀的历史长篇小说，有的还荣获国内最高的长篇小说奖——茅盾文学奖。但我敢说，还没有一部在思想性和艺术性相统一的水平上，超过《李自成》的。在新中国文学史上，正是《李自成》开创了一个长篇历史小说空前繁荣的时代。它成为一个标高点，吸引许多作家为攀登高峰去做不懈的努力。

正是从以上的几个特点，我们不难看到《李自成》这部巨著在我国长篇历史小说中的非常重要的地位。

（《文艺报》2010 年 10 月 27 日）

长篇历史小说《李自成》的艺术贡献

严家炎[①]

在五十至七十年代的长篇历史小说中，写得最为厚重、扎实，艺术成就也最为杰出的，当推姚雪垠的多卷本历史小说《李自成》。这部大河小说在历史科学与小说艺术的结合上，悲剧艺术的运用上，长篇小说结构美学的探索上，都做出了贡献。七十年代末小说前两卷出版时，就曾引发过“《李自成》热”，各省市争相印刷，发行量达到240万套以上。当时已有作家赞誉《李自成》“可以和托尔斯泰的《战争与和平》媲美”[②]。

五卷本《李自成》共约320万字，是姚雪垠历经近半个世纪辛勤劳作的成果。其中第一卷（上、下）出版于1963年，第二卷（上、中、下）出版于1976年，第三卷（上、中、下）出版于1981年，第四、五卷[③]出版于作者逝世的1999年。到2008年，还出版了由其助手俞汝捷按姚雪垠生前意愿作了简缩又作了增补的精补本《李自成》四大册。

《李自成》反映的是明崇祯十一年（1638）至清顺治二年（1645）农民起义的悲剧历程，同时也在广阔的背景上“全景”式地再现了明末社会各阶层的生活场景与精神风貌。全书结构宏伟，情节大起大伏，塑造人物众多（仅前两卷提到的有名姓者已达二百九十三个，认真刻画的近六十人）。从崇祯皇帝到文武大臣，从皇后嫔妃到太监宫女，从地方官吏到商贾游侠，从义军将领到军师策士，从随军马夫到中原百姓，从和尚巫婆到妓女乞丐，几乎无所不包，而

① 严家炎（1933—），北京大学资深（终身）教授。北京大学中文系原主任、中国现代文学研究会会长。

② 此为香港著名作家刘以鬯对《李自成》的评语，见杜渐《姚雪垠先生谈历史小说〈李自成〉的创作》，原载香港《开卷》杂志1979年1月号，收入上海文艺出版社《关于长篇历史小说〈李自成〉》一书，1979年9月出版。

③ 其中第四卷作家未能按《〈李自成〉内容概要》的原计划全部完成。

且各有性格，栩栩如生。这些人物仿佛都带着明代历史的原生态，在作品里出现。《李自成》之所以能做到这一点，就因为作家姚雪垠对晚明的社会历史状况乃至官场礼俗、典章制度、风土人情等等都相当熟悉，并且采取了真正严格的写实主义态度来写作的缘故。他非常注意处理好历史科学与小说艺术的关系，主张在认真研究历史的基础上以史实为骨架进行艺术虚构，使小说人物血肉丰满，故事色彩斑斓，合情合理。大到政治、军事的一些重大事件，小到明代北京城戒严由哪个衙门出布告，崇祯年间北京何时发生过地震，明末银价和制钱的比价变化，作者对这些问题都认真做了查考。姚雪垠不但熟读《明史》，而且阅读了明末清初许多文人写的野史笔记，还读了大量地方志，他做的卡片摘记就有近两万张，光是卡片所记的史料就有一二百万字。早在1948年，姚雪垠就发表过研究明末东厂和锦衣卫两个特务机构的学术文章，因而他能在《李自成》里写到卢象升这个兵部尚书兼各路勤王军总督身边居然就有皇帝派的特务在日夜监视——这种情况确实体现了明代的“绝对君权”真到了无孔不入的程度，也说明了明朝君臣关系已到了多么可怕的地步！明朝处于中国封建社会的晚期，封建专制主义发展到了极端，大权完全集中在皇帝一人手里，大臣被视为君主的奴仆。明朝统治的办法主要依靠厂、卫特务机关来监视和处置臣民，刑部、大理院、都察院等专政机构反而不为皇帝所重视。到天启皇帝长期不理朝政，大权终于旁落到太监手里。崇祯十七岁“登基”，初入宫时不敢吃太监送来的食物，只吃周后为他烙制的饼充饥；为了从魏忠贤手里夺回权力，便依靠一些人果断地诛杀了“阉党”，此事史称“刚毅有为”，但从此也增强了崇祯专断自信和猜测多疑的变态心理。他在位十七年中，更换了五十个宰相（内阁大学士），处死了两个首相（首辅）、七个总督、十三个巡抚。小说中的黄道周，因弹劾杨嗣昌而违背崇祯心意，就遭庭杖。崇祯并且给锦衣卫头目下达“即予毕命，只云病故”的密旨。仅此一节，就入木三分地显示了这位以“仁德”自我标榜的“英主”的真面目。崇祯确实不是那种荒淫无度的末代皇帝，他“宵衣旰食，事必躬亲”，真想励精图治，但他越认真危机却越严重。大臣们动辄得咎，见了他腿就打颤，当然更不敢同他讲真心话，这反过来又使他在内外交迫、极端困难的局面中感到无比孤独、焦躁和空虚，重新走上依靠宦官的道路。正是这样的具体历史条件，既形成了崇祯专断猜忌、迷信自我，又形成了他懦弱寡断、易变易怒。直到临死，他还把明朝亡国的责任推给大臣，说是“皆诸臣误朕”。小说作者对历史上的崇祯有精到的研究，对他的思想性格及其形成的历史条件有深刻的了解，因而得心应手地塑造了这个极成功的典型形象，深刻揭示了他性格的复杂方面，连下棋这类生活上的细小情节，也成为作者从政治思想上揭示崇祯内心的有力手段。尽管崇祯棋艺低劣，同他对弈的袁、田二妃却不敢赢他的棋，连从旁指点插半句嘴都不敢。因为“崇祯下棋正如他处理军国大事一样”，“最忌别人提出与他不同的高见”。妃子们让他赢了棋，不但不能丝毫流露出自己故意让棋的真情，还必须对崇祯恭维说：“陛下是中兴圣主”，“胸富韬略，谋虑深远，步步有法，臣妾望尘莫及”。这不是对崇祯性格与“绝对君权”所作的绝妙讽刺吗！小说不仅写到明代藩王“庄田侵夺民业”的严重状况，更写到了崇祯自十二年起决定全国除正赋之外，还征收额外的“练饷”，连同原有的“辽饷”“剿饷”，三项总计每年竟达 1670 万两白银之多，用书中人物黄道周的话来说，“今日百姓负担之重为祖宗列朝的数倍”！崇祯这个蛮横无比、完全不顾百姓死活的决定，无异于给农民起义火上浇油，也正是让许多地方都出现“赤地千里，炊烟断绝”，百姓“易子而食”惨状的根由。小说通过直接间接方式所作的这些描述，为明末农民大起义勾画出了真实而广阔的历史背景。作家这种深入研究历史，充分尊重历史，而不是仅仅借史“写意”，更不是“戏说”的态度，应该说正是现实主义在历史小说创作中的胜利！

《李自成》中悲剧艺术的出色运用，也是作品具有鲜明独创性的显著标志。

《李自成》一书写了许许多多悲剧，它们大小不同，性质类型也极为多样。“大人物”演着悲剧，“小人物”也演着悲剧。农民英雄的起义失败固然是悲剧，抗清将领兵权被削、血洒沙场更是悲剧。真实的历史人物在演出悲剧，虚构的人物也同样扮演了有声有色、深沉悲壮的悲剧角色。作者从明末的社会现实出发，忠实于历史的本来面目，为读者描绘出一幅幅色彩斑斓的历史大悲剧的壮丽图画。不但主人公李自成扮演着大悲剧的主要角色，连他手下的一些人物，像世家子弟、颇有战略眼光的李信（李岩）、李侔兄弟，起着重要作用的军师宋献策，平时以忠厚长者著称的田见秀等，实际上也都演着悲剧，他们的最后结局都有着很深的悲剧意味。至于女英雄慧梅，她在第三卷中则已经完成了一出义薄云天、感人肺腑的动人悲剧。此外，开封城内以张存仁全家为代表的普通百姓，他们的遭遇更是明末战乱中令人心碎的悲剧——甚至是一幕幕惨剧。确实可以这样说：整部《李自成》，就是由大大小小许多历史悲剧组成的。这部小说之所以具有深刻丰富的社会内容和震撼人心的感染力量，主要原因也在这里。

小说中的李自成是个悲剧人物，是个大悲剧中的英雄。作者无意于把李自成单纯作为英雄人物来歌颂。适应于作品的这一主题需要，小说以李自成及其起义部队由困厄转到兴盛、复由胜利走向失败这一悲剧过程作为全书情节的主干。作者透过历史表象，通过农民军中众多人物形象的成功塑造，深刻地揭示了李自成及其起义部队何以有此悲剧性发展的内在原因。有点历史知识的人都会知道：李自成是明末农民大起义中一个少有的杰出人物。《明史》和野史几乎一致记载，李自成具备一般人难以具备的了不起的品性。专记崇祯年间农民起义史料的《怀陵流寇始终录》，曾这样介绍“闯王”李自成的为人：

> 闯……性淡泊，不好酒色，鄙曹、献（按，“曹”指外号“曹操”的罗汝才，“献”指张献忠——引者）多欲，谓非丈夫。粗粝与众共之。妻妾各一，皆老丑。不蓄奴仆（原书批注：此三十三字士大夫不及）。暇则令儒生讲经史。
>
> ——第十六卷

可见他是一个胸怀大志、政治上富有朝气的人物。在当时的农民军领导人中，李自成是最成熟、最受群众拥戴的一位；在众多起义队伍中，李自成所领导的队伍纪律最为严明，影响最为深远。小说写了李自成和他的队伍即使在潼关南原大战那样受官军重重包围的险恶情势下，他们也上下一心，奋力苦战，杀出重围，决不投降。在商洛山中，更通过李自成不带军队单骑平定石门谷杆子叛乱和义“送”郝摇旗离队等几个典型情节，精彩地写出了李自成的凛然正气、沉着应变和严于责己、知人善任的品性才能。自崇祯十三年冬进入河南后，李自成及时提出“随闯王，不纳粮”和“三年免征”等口号，赢得了广大农民和饥民的热烈欢迎，起义军队一个月内迅速发展到十多万人，不久攻下洛阳，声威大振。以后两年又攻占开封、长安等地，十七年三月进入北京，取得推翻明王朝的历史性胜利。

与此同时，小说也写出李自成的思想局限及其悲剧性后果。首先，他既然允许农民“不纳粮”“三年免征”，又怎能解决越来越庞大的起义军饷呢？作者姚雪垠对此作了十分中肯的论析：李自成“军饷来源全靠向各地豪绅大户强迫征发并攻破富裕山寨，镇压豪绅恶霸和大地主，抄没他们的财产。到北京后向明臣严刑追赃，是这一政策的继续。这一政策既为财政来源所依靠，也体现了农民革命的矛头所指和阶级斗争的大方向。……长久依靠这一政策去解决财政来源，必然会疏忽积极地建立稳固的地方政权，恢复生产，以便迅速建立军事活动的经济基础，将财政来源的重点有计划、有步骤转向比较合理的田赋征收。”① 明末清初史家和文人都称李自成、张献忠为“流寇”，正是指的这种种状况。小说所写李信、李侔兄弟在投奔李自成途中，就以书信提出“据宛、洛以扫荡中原，据中原以夺取天下”的主张，实际上就是要纠正闯王单纯“打富豪、吃大户”的政策。但闯王农民阶级的局限以及部下大量是陕西流民、边民的状况，却束缚、限制他去接受这一正确主张。其结果，正像小说中李侔所说：“万一将来受挫，便要退无所据。”这就不可避免地最终要带来悲剧。其次一个悲剧因素，是李自成随着军事形势的发展和个人威望的提高，逐渐发生着某种不易察觉的变化：开始习惯于听奉承话，头脑变得不那么清醒，有时对某些重大隐患麻痹大意，丧失警觉。史载李自成进北京之后，明朝大臣梁兆阳、杨观光之流肉麻地称颂他为“圣主”，说他“比尧舜而多武功，迈汤武而无惭德”，李自成听得飘飘然，将一个封为兵政府侍郎，另一个封为礼政府侍郎（《平寇志》卷九）。这种情况当然不是入京后才有的，而是在此之前就慢慢出现了。小说写道：“……自从牛、宋等人来到身边，宋献策献了那个谶记②，他又正式称为‘奉天昌义文武大元帅’后，随着军事形势的发展和义军队伍的壮大，那些‘天命所归’‘救世之主’一类的颂扬话渐渐地听得多了，认为理所当然。”（三卷第807—808页）投而复叛的袁时中，正是钻了李自成这个空子。应该说，这个作伪到了家、显得非常“真诚”的人物，实在是小说中的一个出色创造。他第一次见面，就以非常得体的吹捧博得李自成的好感，使李自成“颇为满意”（三卷第808页）。就在他决定率众叛逃前，还把李自成大大歌颂了一番。正因为李自成本身的这种弱点，才会幻想将对方收为心腹，拆散了

---

① 姚雪垠：《〈李自成〉第一卷修订本前言》，《姚雪垠书系》第19卷，中国青年出版社2000年版，第22—23页。

② 即“十八子，主神器”这一说法。

慧梅与张鼐的姻缘，强制慧梅嫁给袁时中，以致造成慧梅的终身遗憾，最后被逼得自尽，并给李自成本身带来“赔了义女又折兵”尴尬局面。可以预计，到农民军进入北京前后，李自成身上更会滋长“天命所归”、唯我独尊、听不得不同意见的骄傲自满情绪和麻痹轻敌思想。再加上对清军的强劲力量和入关所构成的巨大威胁严重低估，这就铸成他致命的大错，终于使江山得而复失！小说第五卷正是用了相当集中的篇幅，写出李自成这些局限与缺陷所导致的严重后果：入京后向明朝勋戚、官员们的严刑追赃，虽然使大顺军获得七千万两银子充实长安的“国库”，政治上却造成了无法弥补的破坏性影响；吴三桂拒绝李自成的劝降，转而向清政府“借兵”与大顺军对抗；大顺军进城后纪律迅速败坏，抢劫、强奸案不断发生，城内民心浮动，除王长顺外却无人敢向李自成禀报；李自成山海关兵败后匆忙退往陕西，沿途又连连败绩，原已投诚的明朝武将纷纷降清；李自成变得褊狭多疑，错杀李信兄弟……至此，整个大悲剧明朗显现。小说《李自成》悲剧艺术的突出成就，正在于它不是依靠外在的涂抹渲染，也不是着眼于人物的个别际遇，而是从社会条件与人物性格的深处解释悲剧产生的内在根据，因而使《李自成》这出历史大悲剧具有了相当厚重的涵量。

《李自成》在长篇小说结构艺术的探索上，同样很有贡献。

这部“全景”式小说涉及的生活是如此广阔，内容是如此复杂，线索是如此繁多，无疑会给作品的艺术结构带来很大困难。但实际上，作者姚雪垠却将这部书的结构问题解决得很好，很有创造性。它的一个显著特点，是在多线索的复式发展中做到主次分明，虚实得体，统筹兼顾，繁而不乱。作者抓住李自成起义军和明王朝的矛盾为主线，而将其他各种矛盾（包括明与清的民族矛盾，明王朝统治集团的内部矛盾，张献忠起义军与明王朝的矛盾，李、张两支农民起义军的矛盾，以及李自成起义军的内部矛盾，等等）作为副线，使之处于服从、配合、衬托主线的地位。到第五卷里，随着崇祯自缢，主线转为李自成的大顺军与清朝的矛盾，这时其他线索又处于服从新主线的地位。这样，《李自成》一书在结构上以李自成农民军与当时大地主阶级的阶级矛盾作为纲，各条线索纵横交错，相互制约，螺旋式地向前推进，从而波澜迭起而又层次井然地展开全书的情节，做到了有主有次，各得其所，既能放手展开广阔的生活画面的描写，又能使全书始终以李自成为中心，保持明确的角度和集中的焦点。

《李自成》结构艺术上另一个重要特色是，作者采取了一种很灵巧方便的“单元组合”的方法：即不仅全书分成许多章，而且将若干章捆扎在一起组成一个单元，每一卷都能构成大大小小的若干单元。以第二卷（初版）为例，共有五十四章，就分成了大小十个单元。第一章到第十五章，是《商洛壮歌》。第十六章到十八章，是《宋献策开封救金星》。第十九章到二十二章，是《杨嗣昌出京督师》。第二十三和二十四章，是《玛瑙山之役》。二十五章到二十八章，是《李自成突围到鄂西》。二十九章到三十三章，是《紫禁城内外》。三十四章到三十六章，是《闯王星驰入河南》。三十七章到四十二章，是《李岩起义》。四十三章到四十八章，是《伏牛冬日》。四十九章到五十四章，是《河洛风云》。这些单元，大小不一，伸展和收缩起来颇为灵活方便，又都同作品的主线保持一定的关系，因而显得毫不松散。作者通过这些具有相对独立性的单元，就等于调度指挥一支支集团军进行灵活机动的作战，使作品的结构既不是那种孤军深入式的单线发展，又不致因部队众多、缺少统一部署而造成军容散乱、布不成阵。每一章，每个单元，虽然人物很多，但各有重心，以一个或几个人物为重点，围绕人物来展开。这种结构方式既有继承，又有创新，而且是兼学中外，不拘一格，确实称得上是一种创造。这种具体的结构方式，也就带来了《李自成》艺术结构上的另一个重要特色：大开大合，有张有弛，舒卷自如，活泼多姿，极尽波谲云诡之妙。

这部小说不但情节发展大起大落，而且常常出现横云断峰的布局。譬如单元的转换，往往出人意料，变化莫测。第一卷写潼关南原大战中李自成与高夫人①分两路突围，在高夫人下落不明的情况下，作者却笔锋一转，写李自成、张献忠的谷城之会，使读者更加放心不下。第二卷《商洛壮歌》之后，接着不是写《李自成突围到鄂西》，却让宋献策与李信出场，描绘起开封相国寺的风光来；到鄂西之后，不接写李自成奔驰人河南，却另起波澜，笔墨又转到明王朝的内外交困上。这种盘旋而上、峰回路转的安排，正是多线条复式发展所要

① 高夫人是李自成的发妻，在李自成死后长达十八年时间中，她始终率领大顺军余部与南明联合抗击清军。南明大臣见了她要下跪，称她“太后”。可见，高夫人是封建社会中少有的一位杰出女性。姚雪垠在小说中将她放在重要位置上书写，确有必要。那种认为“高夫人太高”之类的批评，实在是不了解历史的轻率之论。

求的，它构成了一张一弛的节奏，使文戏与武戏交错，显得变化多端。读者看了前一单元，很难料想后一单元的发展。

同一单元之内，也常常有张有弛，富于变化。《商洛壮歌》在一系列紧张万分的战斗场面中，插写了马三婆下神、张鼐探视慧梅的伤势等“闲笔”。《突围入鄂西》这一单元中，在汉水恶战前夕，插入老马夫王长顺讲故事。《河洛风云》在攻打洛阳的战斗准备就绪之后，又用相当轻松的笔调，写了闯王和李信、宋献策同游龙门。真是金戈铁马之中，忽闻凤管鹍弦。特别在张献忠要借设宴之机加害李自成，王吉元拼死奔回闯营报信的极端紧张的时刻，作者竟悠闲地写闯王带领众将于赴宴途中赏山景，游古庙，勘断碑，探石洞，说突围以来“难得像今日心情安闲”，甚至让他们讨论起田见秀“日后出家的事”。极紧张时刻写这极闲的一笔，这就叫“文似看山不喜平”。笔墨虽然轻松了，读者的心可并未因此轻松，反而由于李自成等处于安闲无准备的状态而更加悬心(可以说，作者正是很好参透了这种进与退、张与弛的艺术心理学)。即使如《紫禁城内外》这样的单元，也是弛中有张，既有祝寿、开宴、赏花、听琴等闲适的场面，又有李国瑞入狱、黄道周受笞、薛国观赐死等比较紧张的情节错杂其间。“方看惊涛奔急峡，忽随流水绕芳坡”——用作者这两句诗来形容《李自成》布局和艺术描写上的富于变化，正是十分贴切的。

《李自成》艺术结构上的又一特色，是浓淡相间，疏密映衬，首尾照应，均衡对称，有建筑艺术的美。作品的大起大落，与布局的细针密线得到了很好的结合。全书和各卷的设计都注意了首尾呼应，前后匀称。整部小说从崇祯十一年冬清兵入侵写起，以明亡后李自成及其余部对清抗战作为结束，始终贯穿着与阶级矛盾主线错综地联系在一起的民族矛盾。第一卷修订本增写了最后一章，表现崇祯在张献忠重新起义、李自成重树大旗之后的震恐心理，使小说环境从北京开始又回到北京，与本卷开头紧相呼应，反映出李自成起义军经过一年艰苦奋斗得来的变化，布局上显得十分严整。第二卷意味深长地从《商洛壮歌》起头，而以《河洛风云》作结，写出了李自成起义军从采取守势转到发动攻势的重大战略变化。所有这些，在艺术结构上都给人以均衡对称的美感，显示了作者的艺术匠心。

《李自成》一书在结构艺术方面的这些成就和经验，很值得后人总结和研究。它对于提高我们长篇小说结构艺术的水平，使作品的艺术形式更好地适应于表现广阔生活内容的需要，定能提供有益的启示。

应该说，《李自成》并非没有留下特定时代的印记。这部小说开写于“左”倾思潮占统治地位的年代，当时作者头上戴着一顶“右派分子”的帽子，第一卷在“文革”中还被当作“毒草”受到批判。为提防“左”的棍子打击，作者在坚持独立思考的同时，写作过程中自不免要时常花些笔墨来预设防线，这使作品的某些行文留下稍嫌拖沓的毛病。此外，小说的某些文字也留有轻微现代化的痕迹。这些遗憾在精补本《李自成》中，方始得到消除。

（《平顶山学院学报》2010 年第 4 期）

《李自成》：被曲解遮蔽的当代长篇小说杰作

阎浩岗

曾被茅盾、朱光潜、秦牧、刘以鬯等名家予以高度评价、广受读者欢迎的长篇历史小说《李自成》，近20年来的接受和评价却接近冰点：为数不多的有关《李自成》及其作者姚雪垠的文章，除却亲友故旧的访谈回忆以及偶尔一见的普及性简介，研究论文多是将其作为反面材料，按“现实的就是合理的”之逻辑论述其“没落”的必然性，或按进化论逻辑论述当下历史小说超越或高于《李自成》之处。故旧亲友的文章之外，给《李自成》较高评价的论著屈指可数。近十多年出版的较有影响的中国当代文学史著作，或对之漠视、无视，或只作为一种“现象”几笔带过；列了专节的，在简单肯定其艺术成就之外，更突出它怎样“参与了对现代历史本质的揭示”。① 对之作较充分肯定的，似乎只有王庆生主编的《中国当代文学史》。②

笔者认为，现在《李自成》受到的这种冷遇，并非其实际文学成就的真实反映。之所以会出现这种状况，除了读者兴趣转移这种常见和自然的原因，大学文学教学、文学史著作以及批评家对大学生、研究生和其他普通读者的导向，在其中起了相当重要的作用。而有些专家学者对《李自成》的评价中，非文学因素又起很大甚至主要作用。此外，对作品本身还存在某些多种原因造成的误解、曲解。这大大影响了对这部巨著总体艺术成就、文学价值的评估。要客观公正地评价《李自成》的文学价值和文学史地位，就要排除那些非文学因素的干扰，将被误解、曲解的方面还其本相。

一、对创作动机的曲解

文学以外因素影响对作品文学价值的判断，这在其他当代小说的评价中也

---

① 洪子诚：《中国当代文学史》，北京大学出版社1999年版，第121页。

② 王庆生主编：《中国当代文学史》，高等教育出版社2003年版。

存在，而在对《李自成》的评价中表现得尤为突出。首先就是对作品创作意图的歪曲：说姚雪垠创作《李自成》是为政治投机，并由此出发贬低《李自成》的文学价值。先是台湾的陈纪滢，八年后，又有大陆学者重复这一观点。陈纪滢远在海峡对岸，与姚雪垠隔绝多年，其推断属于"想当然"自不必说；大陆学者除了同样想当然地推论，也并未提供可靠论据。而曾为姚雪垠故交的姜弘，也为此一观点提供了缺乏旁证、亦属推论的"佐证"。① 对此，姚雪垠生前两任秘书俞汝捷和许建辉分别撰文，以自己掌握的一手资料以及对姚雪垠为人的切身了解，逐一进行了辩驳，指出：《李自成》的创作动念始于三四十年代，与毛泽东毫无关系；作者 1957 年开始写《李自成》时，完全没有指望生前能看到书出版，他想到的是"藏之名山，传之其人"。② 笔者在此再补充一证。1983 年，在一次长篇小说座谈会上，姚雪垠就说过：

> 当时也没有想到生前还能出版这部书。……也正因为不准备出版，所以我敢于把崇祯、把宫廷生活写得那样细，否则发表出来还得了？③

若认真查阅相关资料，依据事实按事理推断，真相本不难判别。在不同历史时期，姚雪垠曾一再表示，他是要写一部描绘明清之际广阔社会生活画卷、足以留传后世的空前史诗，绝不迎合时俗。他也确实是这么做的。将自己的文学创作当作政治投机手段的人，怎会用 42 年时间去写一部书？姚雪垠选择写《李自成》，自己感兴趣、有强烈的创作欲望是主要的，他是找到了"想写"和"能写"之间的最佳契合点。

二、作者性格及特殊历史机缘导致的误解

除了创作动机被曲解，影响对《李自成》评价的非文学因素还有人际关系问题。姚雪垠在春风得意时狂傲自负、不知收敛的性格弱点，也是影响人们对《李自成》价值判断的因素之一。谦虚谨慎、中正平和是一般国人所推崇的行

---

① 姜弘：《姚雪垠与毛泽东》，《黄河》2000 年第 4 期。

② 见俞汝捷：《为姚雪垠辩诬》，《长江文艺》2000 年第 5 期；许建辉《"回忆"岂可失真?》，陈浩增主编：《雪垠世界》，中国青年出版社 2001 年版。

③ 姚雪垠：《对长篇小说创作的一点粗浅看法——在长篇小说座谈会上的发言》，《姚雪垠书系》第 18 卷，中国青年出版社 2000 年版，第 113 页。

为准则，最会做人的人，常常是功劳成就让别人说，即使自己认同这种赞誉，也要故意自贬几句。而姚雪垠却全不顾这些，文字或言谈中，每每毫不掩饰对自己倾注半生心血的《李自成》所取得成就的自信、自负。这种做法，在《李自成》正红火的时候，虽也有人不以为然，还不至影响多数读者的接受心理，但20世纪80年代中期以后，社会心理和时代审美风尚发生明显变化的情况下，就显得特别刺目刺耳、不合时宜了。而恰在此时，他却被动卷入了一场带有政治色彩的文学论争，闹得满城风雨，使自己成为众矢之的。[1] 一般读者（包括大学中文系学生）在整个时代潮流作用下，也对《李自成》罕有问津：既是不合时宜的“老左”所作，学界权威又将其判为体现“三突出”原则、塑造“高大全”人物的“文革”文学，说得一文不值，追新逐异的读者不能不受强烈影响。虽然作品价值应由作品本身决定，可《李自成》是一部超长篇幅巨作，其内容难以一目了然，第一卷第二版卷首的《前言》，里面又确有一些引用领袖言论的黑体字，以及“阶级”“革命”之类的字眼，“70后”以后的普通读者自然就望而却步了。许多批评《李自成》者并未看完全部5卷12册，即使是年纪大一些的“60后”及其以前的读者，也有许多连第三卷亦不曾认真读过。许多轻率的否定观点就是在这种情况下产生的。

三、狭隘“启蒙”批评视角的盲点

影响对《李自成》文学价值与文学史地位进行公正评价的因素，还有批判者的狭隘“启蒙”批评视角造成的误读误解。

1985年以后文艺界的主流是追逐新潮，文化思想界的大趋势是以“五四”启蒙话语质疑和颠覆以往的阶级与革命话语，史学界和文学界都以“现代性”标准对农民起义乃至整个农耕文化持否定态度。这直接影响到《李自成》的评价。二月河“清帝系列”与唐浩明《曾国藩》等问世之后，历史题材长篇小说在题材选择与价值取向上来了个陈忠实所谓的“翻鏊子”，帝王将相重新成为被同情、被歌颂的对象。然而，当代长篇小说中，最早同情皇帝和封建大臣的，不是二月河与唐浩明的小说，而是姚雪垠的《李自成》。后者在全书的第一、二卷即已对崇祯皇帝及其大臣卢象升、杨嗣昌甚至洪承畴表现出程度不同的同情，第四卷更是把崇祯当作几乎和李自成同样重要的悲剧主人公来写，第

① 事件缘起与经过参见许建辉《姚雪垠传》，湖北人民出版社2007年版，第329—338页。

三卷以后对清朝方面的君臣也表现出欣赏的态度；但是，由于作品的主线或主体毕竟是农民起义，作者又确是把农民起义的领袖当作英雄来写，在新的潜在的“题材决定论”观念下，它还是显得不合时宜，或难以被时评所容。

其实，写农民起义、同情农民起义，并不意味着作者认为农民起义是推动历史进步的力量。否定《李自成》的学者说《李自成》等作品“建立起了农民起义进步性的神话”，① 基本肯定这部作品的，也认为姚雪垠与其他写农民起义的作家一样，“对农民起义根本性质及其在中国历史上的作用是缺乏反思的：往往只看到它的正义性、进步性，而没有看到它的狭隘性、落后性以及给社会带来的破坏性，没有看到它毕竟只是一种没有实际力量的悲剧革命形式”。② 因为姚雪垠同情和歌颂了李自成，把李自成写成英雄，就认为他看不到农民起义的局限性、狭隘性、落后性，那是“想当然耳”。对此，姚雪垠本人在不同时期不止一次作过明确阐述。

他认为李自成并不反封建：

> 李自成……他是封建社会的革命英雄，革命的结果必然重新建立一个封建朝代，而他是新朝皇帝。有些人不讲历史唯物主义，不读历史文献，硬说他没有皇权思想，没有天命观，要建立的是所谓“农民政权”，未免太不实事求是了。③

古代的农民革命，包括李自成领导的革命在内，都是封建社会内部的革命运动，革命者并没有进步到要从根本上推翻封建制度和打倒封建的伦理道德。④

农民起义，只反皇帝，并不反对中国传统的封建伦理道德，如果把农民起

① 丁帆、许志英主编：《中国新时期小说主潮》，人民文学出版社2002年版，第1037页。

② 吴秀明：《中国当代长篇历史小说的文化阐释》，文化艺术出版社2007年版，第32页。

③ 姚雪垠：《李自成为什么失败》，《姚雪垠书系》第19卷，中国青年出版社2000年版，第91页。本文原载香港《文汇报·文艺副刊》1979年10月21日—12月16日。

④ 姚雪垠：《〈李自成〉人物谈·序——关于李自成等人物形象的塑造问题》，《当代文学》1982年第2期。

义写得很理想，就违背了历史真实。①

他指出李自成后期并不代表贫苦农民利益，失去民心，导致最终失败：

> 李自成过于着眼和满足于军事斗争的步步胜利，而忽略了切实地“解民倒悬”，这是他的悲剧主因。现代史学界常有人喜欢称道李自成的均田口号，我认为是一偏向。……他也从来没有实行，没有在任何地方试行。……李自成后来遇到的对手是清朝政权，同他的作法恰恰相反。②
>
> 有些史学工作者就是不肯从事实出发，而一口咬定李自成始终代表农民利益，凡是反对李自成的地方零星武装都叫做封建地主武装。其实，李自成并不代表反封建革命，他做的事情触犯了农民和一般地主利益的时候必然遭到反抗。③
>
> 由于“左”的思潮在史学领域的影响，过去多少年中，大家讳言李自成后期的失去人心，讳言由于传统的封建正统观念，北京城中和四郊人民对李自成的敌视态度。好像李自成是农民革命领袖，广大人民当然拥护。其实不然。……李自成此时已经不代表贫苦农民。④

他知道李自成及其农民军不代表先进生产力：

> 在李自成身上，连当时在长江下游的江南地方已经出现的市民思想也没有，而只有封建思想和流寇思想。到了武装斗争的后期，他只能建立封建政权，不可能走另一条道路。⑤

---

① 姚雪垠：《文学创作问题答问（根据1990年10月24日录音整理）》，《姚雪垠书系》第18卷，中国青年出版社2000年版，第468—469页。

② 姚雪垠：《李自成为什么失败》，《姚雪垠书系》第19卷，中国青年出版社2000年版，第99—100页。

③ 姚雪垠：《论历史小说的新道路》，《姚雪垠书系》第19卷，中国青年出版社2000年版，第215页。

④ 姚雪垠：《创作体会漫笔——〈李自成〉第五卷创作情况汇报》，《文艺理论与批评》1990年第2期。

⑤ 姚雪垠：《创作体会漫笔——〈李自成〉第五卷创作情况汇报》，《文艺理论与批评》1990年第2期。

这些多是公开发表的观点。在改革开放之前，姚雪垠的公开表述中，不可能明确说农民起义破坏生产力（在当时的中国大陆绝大部分人都做不到），所以《李自成》第一卷1977年第二版的《前言》在充分论述了李自成的帝王思想、天命观等历史局限性以后，还是捎带了一句“在一定程度上推进了社会生产力的发展”。而后来在私下与助手的谈话中，他却明确指出：

> 当《李自成》第一、二卷投入创作的时候，正是“在中国……只有农民的阶级斗争、农民的起义和农民的战争才是推动历史发展的真正动力”的论点在历史界占统治地位的时候。而《李自成》的主题却是：历史上的大规模农民起义，只能破坏旧的政权和一部分旧制度，而不可能推动历史前进。社会的发展一般情况下只能出现在阶级斗争比较缓和、政治比较清明、社会比较安定的时代，如文景之治、贞观之治等。黄巢起义的规模倒是很大，时间也长，但其结果不仅对当时的社会经济造成极大破坏，而且随后导致了唐末的军阀割据。太平天国运动也没有推动中国社会经济的发展。从这种历史观出发，李自成将被写成一个只能适应“人心思乱”而不能适应“人心思治”的人物，并且最终的归宿只能是悲剧。①

四、不该写农民英雄、阶级斗争？

质疑《李自成》的“现代性”并因而贬低其价值的论者，除了说它过高评价农民起义的历史作用，还有一种理由就是认为它不该写英雄，更不该写农民造反英雄：

> 作者是以《战争与和平》和《红楼梦》为榜样的，……你能从那两部名著中找到英雄人物吗？而《李自成》全书就是写英雄的，而且是农民造反英雄。文学史上的英雄时代早已经过去，特别是，中国历史上这种专制与愚昧相结合，欲做奴隶而不得和暂时坐稳了奴隶的一治一乱的改朝换

---

① 许建辉：《与雪垠老谈毛泽东》，陈浩增主编：《雪垠世界》，中国青年出版社2001年版，第9页。

代，也已经被鲁迅先生用“阿Q式的革命”做了判决，为什么还要把他们当作英雄来写呢？[①]

这里的逻辑有些荒唐可笑：

大前提——《战争与和平》和《红楼梦》是名著。

小前提——名著《战争与和平》和《红楼梦》没有写英雄，而《李自成》写了英雄。

结论——《李自成》不可能成为名著。

事实上，文学史上的名著中，写了英雄的不也不胜枚举吗？比如荷马史诗、《悲惨世界》和《静静的顿河》。即使当下的文艺作品，写英雄且给人留下深刻印象、得到首肯的，也并不鲜见。以“现代性”标准，“农民”成了“愚昧落后”的代名词。但是，不代表新的生产力不等于成不了英雄。谁规定的只有知识分子或皇帝、贵族才能成为英雄？“英雄”和阶级出身有必然联系吗？当农民“欲做奴隶而不得”时，不该为求得起码的生存权而奋起反抗？斯巴达克斯是奴隶，在西班牙名著中不也是被写成了英雄？最“现代”的美国不是也将斯巴达克斯的故事拍成了同名电影？

若真按职业特征，其实李自成也并非最典型的“农民”。他三十几年的生涯中大部分时间在军旅中度过，可以说是个军人——早期是“体制内”的军人，后来成了“体制外”的军人（朝廷的“叛军”）。如果说农民不能做英雄，那么李自成可以以“军人”身份做，他当了皇帝（虽然极短暂）后还可以贵族地主身份做。

还有人否定《李自成》的价值，认为它“过时”，是因它重点写了阶级斗争。笔者认为，既然历史上确曾存在阶级斗争，现实中经济地位、财富多寡、社会地位不同的人，确实存在利益与价值观念上的差异和矛盾冲突，文学作品就有必要表现。我们不应从过去的唯阶级论走向另一极端，变为讳言阶级和阶级斗争。判定《李自成》因其“坚硬的”阶级斗争框架而“过时”，这是对作品的误解：姚雪垠多次表示，虽然小说名为《李自成》，但他的创作意图并非单纯为李自成树碑立传，或揭示“哪里有压迫，哪里就有反抗”的简单主题。

---

① 姜弘：《姚雪垠与毛泽东》，《黄河》2000年第4期。

在与日本作家松本清张的对话中，姚雪垠表示："我决不是写农民受压迫而起义的主题，因为这个主题很一般。我力求写出一些历史的规律"，① "要在一部小说中写出明清之际封建社会的各种矛盾和比较广阔的生活画面"②。实际上，这部小说除了写农民阶级与地主阶级的阶级斗争，还将明朝（以及大顺）与清朝之间的民族矛盾作为极重要线索，全书的开端与结尾都是写民族矛盾，在第五卷中民族矛盾甚至成为主要矛盾。除此之外，小说还以不少篇幅写了农民军内部、地主阶级内部各种错综复杂的矛盾，到最后还写到了由于李自成已不代表贫苦农民利益，失去人心，以及一些百姓的正统思想，农民军与底层农民的矛盾！

了解历史、正视现实的人，谁也不该否认阶级和阶级斗争的存在。至于僵化的阶级论，其错误在于把一切矛盾看作阶级矛盾，对人们的立场观点简单地按照阶级出身一刀切地定性，而看不到社会关系的复杂多元性。僵化阶级论者的偏颇，与当下某些僵化的性别文化论及僵化女性批评视角一样。但我们不能因有"性别矛盾扩大化"的偏向就否认性别歧视、性别矛盾的客观存在，以及性别观念分析的必要性、有效性；同样，也不能因为曾有机械阶级论与"阶级斗争扩大化"现象，而否认阶级和阶级斗争的客观存在，否认阶级分析的必要性和有效性。古人不会使用"阶级"的概念术语，但可以有朴素的、不自觉的、非系统的阶级意识，后来的作家在写到古人的生活时，也可用阶级观点来解释其思想与行为方式，只要不是简单机械地将人物按阶级出身作"好"与"坏""正面"与"反面"的划分即可。这本不应成为问题，但现在的一些文学批评中，谁要运用了"阶级"之类术语或运用了阶级分析观点，谁就被认为机械僵化、守旧过时。有趣而奇怪的是，阶级区分"过时"，性别区分却一直"时髦"，虽然两者把握不好都可能走向机械、偏颇或僵化、僵硬。事实上，总体说来，《李自成》的阶级观点并不机械和"僵硬"。作品固然在许多地方体现了作者的阶级分析观点，但它与当时及后来一些作品不同的是，没有把每个阶级和阶层写成铁板一块。作者固然同情李自成，但同样也同情崇祯皇帝，③ 把

---

① 姚雪垠：《漫谈历史小说创作——与松本清张对话录》，《当代文艺思潮》1984 年第 3 期。

② 姚雪垠：《〈李自成〉创作余墨》，《红旗》1978 年第 1 期。

③ 这在《李自成》前三卷初版的年代里作者不可能公开承认，就像茅盾不可能公开承认自己同情吴荪甫、蒋光慈不可能公开承认自己同情丽莎一样。

崇祯、杨嗣昌也写成了悲剧人物,[①] 甚至对清朝统治者的描写还透出作者某种欣赏赞美的态度。

五、不应试图揭示历史规律?

《李自成》要揭示历史发展的本质和某些规律,也是它被认为“过时”或“没落”的原因之一。西方现代哲学反对历史决定论和各种本质论,如今国内批评界似乎一看到“必然”“本质”“规律”就觉得不合时宜。事实上,认为历史发展单由于“偶然”与认为其单由于“必然”一样,都不合乎实际。在姚雪垠的历史观中“偶然”也占有一席之地,特别是在明朝灭亡问题上,他多次指出并在小说中交代,当时崇祯除了亡国自杀,还有多次逃出北京,在南方另立朝廷的机会;李自成除了急于进北京,还有许多更好的选择;吴三桂的降清也不是“必然”。虽然姚雪垠不同意“冲冠一怒为红颜”之说,但他认为吴的降清是因他看出大顺政权不能长久。虽然现在很少有人相信先于“存在”的宿命般“本质”,但在历史与现实泡沫般的表象后面,还有某种深层的东西在起作用,这即使在今天也是具有理性思维能力的人不会否认的。如果不把“规律”看作宿命般的“必然”而只理解为某种现象的周期性出现,那么揭示某种“规律”就仍有必要。气象观测及一切自然科学、社会科学研究,就是建立在对于这种“规律”和“本质”承认的基础之上。

那些“题材决定论”式的指责,也与《李自成》本身的文学价值无关。

六、历史题材的“现代化”

自《李自成》诞生迄今,谈及其缺点,批评者说得最多的,就是其在艺术描写方面的“现代化”和人物塑造方面的“理想化”问题。即使在该作被交口称誉的年代里,这种声音也一直存在。而对《李自成》的这一判断,又与前述对作者创作动机的误判互为因果。因而,若评价这部长篇的艺术成就和文学价值,这两个问题首当其冲,不能回避。两个问题互相联系,又有所区别。这里先说所谓“现代化”。

许多读者和论者可能不知,姚雪垠本人最不能接受也最戒备的,就是历史题材的非历史化。他一再强调写历史小说要“深入历史”,就是为还原和再现特定的历史环境。他多次明确表示反对历史题材创作中借古喻今、影射现实的

---

① 美学上,只有正面人物才能成为悲剧主角,因为“悲剧是将人生有价值的东西毁灭给人看”。

做法：

> 有些人写历史小说或剧本，临时找一些材料进行创作，目的在借古喻今，不讲求如何忠实地反映历史生活，反映历史事变的本质和规律。《李自成》这部小说的写法，走的是另一条新的道路，就是先深入研究历史。到底有多深入？这是相对的，但要尽我的力量，力求它忠实于历史。……过去有些写历史题材的作品，虽然名字是历史的，但是穿的衣服未必经过研究，说的话是现代的，思想感情也不一定是古人的，这叫做“借他人杯酒，浇自己块垒”。这类作品缺乏历史生活感，就是这个道理。……假如我对于中国历史生活没有认识，所写的是明朝末年的历史生活，但看来和我们现代的生活差不多，人物差不多，这样，艺术效果就失去了。①

谈到 20 世纪二三十年代出现的历史剧本或诗剧时，姚雪垠不满于“剧中人物发挥着现代人的思想感情，对话是现代人的说话口吻。作家并没有考虑如何表现古人，仅是急于表现自己”。②

他也承认《李自成》在再现历史时个别细节有反历史或疏漏之处，但这有些是因特定环境下不得已而为之，有些是因篇幅太长、赶进度，未及仔细检查、推敲、修改，还有的是校对疏忽，或干脆是编辑硬加上去的。对于环境的压力，姚雪垠是尽力顶住，“在大的地方不让步，但在小的地方作了些让步”。③“文革”结束以后，创作条件改善，他对此更加注意。所以，《李自成》的创作中决不可能出现作者为政治投机而搞影射的有意“现代化”倾向。

批评者关于李自成形象存在“现代化”倾向的判断，除了认为他过于高大（这属于下文将讨论的“理想化”问题），主要依据是“作者赋予他不少现代无产阶级军事家和政治家的素质（如‘一分为二’的辩证法观点、阶级分析等）。为了表现李自成高于其他义军领袖，作者着力强调他‘路子’对头，这显然是

---

① 姚雪垠：《与杜渐谈历史小说〈李自成〉的创作》，香港《开卷》1979 年第 3 期。

② 姚雪垠：《论历史小说的新道路》，《姚雪垠书系》第 19 卷，中国青年出版社 2000 年版，第 186 页。

③ 姚雪垠：《与杜渐谈历史小说〈李自成〉的创作》，香港《开卷》1979 年第 3 期。

受了‘四人帮’把一切都说成‘路线问题’的形而上学观点的影响”。[①] 若仔细阅读作品便可发现，上述批评的依据其实经不起推敲：了解一点中国哲学史的人都知道，辩证法思想并非在现代社会里凭空产生，中国古代早就有朴素的辩证法思想；阶级的存在如果是客观事实而非思想家的杜撰，那么不同出身造成的思想与行为方式的差异，即使是古人也不会感觉不到；至于“路子”，做任何事都有“路子”对头不对头的问题，此事并不分古今。比如解一道数学题，比如种庄稼，比如治军。只是“辩证法”“阶级”和“路线”这些术语是近现代才出现的，只要不让古人口里出现这些专门术语，就不算“现代化”。对于有人开玩笑说李自成爱护百姓、懂辩证法，像共产党员，姚雪垠自己的解释是：

> 我们中国历史上并不是光八路军纪律好，我们历史上有不少这样的例子。比如岳飞的部队即是如此，据史书记载，岳飞的部队每到一处，在开拔前总要把场院打扫干净才出发。后来，冯玉祥也以这一套来带兵。这说明，并非纪律好的军队，就都是八路军。那么，李自成是否懂辩证法呢？实际上，辩证法的观念从《易经》就有了，老子、庄子也都充满了辩证法思想。从经验而不是从理论方面懂得辩证法，是自古就有的，汉刘邦用陈平就是一个典型的例子。[②]

真是很有意思，很“吊诡”，包括许多以质疑和颠覆以往权威的意识形态话语为己任的启蒙者在内的嘲讽《李自成》“现代化”倾向的人，居然认为在漫长的中国历史上，只有共产党、八路军的纪律好，纪律好的军队都是八路军！以治思想史的方法研究文学作品的学者中，居然有人认为古人不可能产生朴素的辩证法思想和阶级观点！

有趣的是，当年姚雪垠出版《长夜》后，左翼批评界对该作的指责却是“没有把农民形象提高”，姚说：“我何尝不愿意将农民形象提高，写他们有阶

---

① 郭志刚等主编：《中国当代文学史初稿》，人民文学出版社 1980 年版，第 892 页。张钟等著《当代文学概观》以及后来的一些当代文学史著作也持类似观点。

② 姚雪垠：《文学创作问题答问（根据 1990 年 10 月 24 日录音整理）》，《姚雪垠书系》第 18 卷，中国青年出版社 2000 年版，第 464 页。

级觉悟，有进步思想呢？但我以历史观点写人物，决不能将人物拔高，现在看来，我这么做是正确的。”①

七、人物形象的“理想化”

对《李自成》指责最多的，除了上面所说的“现代化”，就是这个与“现代化”相关的“拔高”，即人物塑造的“理想化”。有一种流行的说法，叫“高夫人太高，红娘子太红，老神仙太神，李自成太成熟，老八队像老八路”，说的就是《李自成》人物塑造中的“拔高”和“理想化”问题。

姚雪垠在《李自成》中确是有意塑造英雄人物的，他曾明确表示：“我的创作意图是要塑造一个封建社会后期农民革命的杰出的英雄人物，而不是一般的英雄人物”，“我将高夫人这一小说人物作一位‘巾帼英雄’的形象塑造，而不是作平平常常‘女流之辈’写，当然要将她写高。不然，我何必写她？”②但是，姚雪垠一直注意在特定历史条件许可的范围内、在不违反可能性的前提下塑造人物。他认为自己塑造的李自成“他的光辉行事都没有超出封建社会所提供的历史舞台（或历史基础），许多故事细节都是古人曾经有的，我不过移用到李自成身上并在使用时加以改造罢了”。③ 他写李自成的优秀品质都有历史依据。留传至今的正史野史，没有一种是参与或同情起义的人士所修，都是在农民战争中利益受到损害、对起义深恶痛绝的封建文人所撰，它们不可能把李自成当作正面英雄来写，不可能故意突出其优秀品质；可即使如此，我们还是不难从中发现关于李自成优秀品质的只言片语。例如，关于李自成的俭朴自持，《明史》记载：“自成不好酒色，脱粟粗粝，与其下共甘苦。”④ 而被一些《李自成》的否定者嘲讽的李自成的“民主集中制”作风，其实史书中也有明确记载：

> 每有谋画，集众计之，自成不言可否，阴用其长者，人多不测也。⑤

---

① 姚雪垠：《文学创作问题答问（根据1990年10月24日录音整理）》，《姚雪垠书系》第18卷，中国青年出版社2000年版，第467页。

② 姚雪垠：《〈李自成〉人物谈·序》，《当代文学》1982年第2期。

③ 姚雪垠：《〈李自成〉人物谈·序》，《当代文学》1982年第2期。

④ 《明史》第26册，中华书局1974年版，第7960页。

⑤ （清）谷应泰：《明史纪事本末》第4册，中华书局1977年版，第1355页。

批评者大概没读过这段史书，以为《李自成》中姚雪垠对李自成主持会议情景的描写是“现代化”，是“拔高”。

至于高夫人，史书中记载极少，但写到了李自成死后她成为大顺军残部的精神领袖，以太后身份在决策上起了很大作用。姚雪垠根据这些，以及当时明朝湖南巡抚堵胤锡去见她时行跪拜大礼、隆武帝封其为“贞淑夫人”之事，把她塑造成巾帼英雄的形象。可以推断，如果是一个平庸女性，又非皇室贵胄，在丈夫死后，怎还能享有如此地位？

《李自成》第一、二卷中有一些表现李自成出众胆略见识的情节，比如义送摇旗、谷城会献、石门谷平叛，既曾成为脍炙人口的故事被传诵改编，又成为后来被否定者指为“拔高”的标靶。笔者认为，这些情节并无不合情理之处。

“石门谷平叛”和“谷城会献”都有很强的冒险性，但这两件事或是不得已而为之，或是战略上必走的一步。其实，古代和现代都有许多这类孤胆英雄的故事。姚雪垠自己说，前者是受唐代《郭子仪免胄图》、李秀成苏州平叛和西班牙伊丽莎白女王平叛救子故事的启发。大家熟知的“关云长单刀赴会”也属此类。张钟等所著《当代文学概观》（以下简称“张著”）认为“谷城会献”一段中李自成对张献忠说“有朝一日打了天下，只要你张敬轩对百姓存仁义……我李自成愿意解甲归田，做一个尧舜之民，决不会有非分之想”，就把李自成的帝王思想掩盖了，不符合人物的思想状况。[①] 张著误把姚雪垠对李自成的语言描写当成了心理描写。其实，不是姚雪垠把李自成的帝王思想掩盖了，而是姚雪垠在写李自成把自己的帝王思想掩盖了。这是李的一种话语策略。小说交代，李自成说过这番话后张献忠根本不信，李自成也知道他不信。但李自成此时的想法是“不管你多么诡诈，只要你肯暂时同我合作，肯听我的话在谷城起义就成”。小说从第一卷起就写李自成的帝王思想，而在第三卷中又写李自成几乎杀掉前来投靠他的张献忠，谁看了李自成这段表白会认为这是真心话呢？在处于弱势时李自成避开张献忠的锋芒，“以大局为重”，并非是“把李自成写得过高，过分成熟了”，[②] 这是李自成了自保的不得已选择，这样

① 张钟、洪子诚等：《当代文学概观》，北京大学出版社 1980 年版，第 461 页。
② 张钟、洪子诚等：《当代文学概观》，北京大学出版社 1980 年版，第 461 页。

写没有什么不真实。

关于“义送摇旗”的情节，对于李自成没有杀掉因受不了苦而欲带兵出走、前来辞行的郝摇旗，反而赠其军资马匹，并告之以后倘遇困难就来联系，“我好立刻帮助你”云云，近年也有学者认为“不可思议”，理由是“历史上的李自成也绝无这样的思想境界”，并举出他与张献忠、罗汝才互相猜忌乃至残杀之事为证。对《李自成》这一段描写的指责，其谬误如同前面张著对“谷城会献”时李自成的表白的指责一样，是把小说所写李自成口头说的与他实际心里想的混为了一谈。读者稍微留意一下就会发现，作品明确交代，李自成得知郝摇旗出走的消息时，第一反应也是杀掉他。而李自成稍微冷静下来以后，想到杀掉摇旗会使其他义军将士寒心，放走他倒可以使其牵制一部分官兵，以后还会“重新拢家”，为己所用，遂决定不杀。本来这写得合情合理，可批评者带了有色眼镜后，硬是将其解释为对李自成的“拔高”和“纯化”，把小说对李自成真正动机的明确交代，解说为是批评者自己“窥见”的。倘若平心而论，姚雪垠能让读者“窥见”这些，并且感到李自成“很深的个人用意”，感到他这些言行“多少有些虚伪”，① 正说明作者这些描写是现实主义的。

“英雄”并不等于“理想人物”，虽然有些作品中的英雄（包括武力英雄、智慧英雄和道德英雄）同时也是理想人物，比如《三国演义》中的诸葛亮，《红岩》中的许云峰、江雪琴等。而从《李自成》全书来看，姚雪垠虽然把李自成当作英雄来写，但并没有把他塑造成一个完美的理想人物，尽管在前两卷中他的优秀品质写得更突出，有点接近理想人物。其实，李自成一出场作者就写了他一个重大失误：错误判断形势，坚持向潼关进军，陷入官兵重围，导致几乎全军覆没。第三卷以后，随着由逆境逐步转入顺境，事业走向顶峰，李自成的弱点和失误越来越多。在围攻开封时，李自成暴露了草莽英雄残忍的一面：捉住那些被迫给开封送粮的五百名老百姓以后，竟将其每人砍去一只手。而这些描写，在认定姚雪垠“拔高”李自成的论者看来，竟也成了他“拔高”的论据：

一旦对地主老财、敌对阶级进行了命名，找出了历史的罪人，实际上

① 吴秀明：《中国当代长篇历史小说的文化阐释》，文化艺术出版社 2007 年版，第 189 页。

便已对这些历史罪人进行了非人化处理，使之物化成了草、萝卜和白薯。甚至于被迫给开封送粮的五百老百姓，一旦落入“救民水火”的李闯王手中，不杀头也得砍去一只手。历史的残酷一旦被历史的进步神话所笼罩，一切对流血的反思和残酷的规避，都可能视为对革命的凶残和敌人的怜悯。①

这段情节见于五卷本《李自成》第三卷下册第五十一章。笔者重新细读，觉得它恰恰是有意揭示李自成弱点的重要一笔：本来李自成同意按郝摇旗的办法杀掉这些百姓。田见秀劝阻，说“老百姓并没有罪，他们是被迫给开封送粮”，劝闯王慈悲为怀，牛金星和李岩也为百姓说情，李自成这才将“杀头”改为“砍手”。小说前面已明明白白交代，这些百姓是普通的“青壮农民”，运粮是在官军“逼迫之下”的无辜之举。他们并非“地主老财”“敌对阶级”，并没被作者写成“历史罪人”，进行“非人化处理”！李自成和郝摇旗把这些百姓“物化成了草、萝卜和白薯”，并不等于小说《李自成》及其作者姚雪垠将他们“物化成了草、萝卜和白薯”！这一情节倒是让人联想到现代京剧《杜鹃山》中柯湘劝阻雷刚不要伤害为地主干活的田大江一段。不过，这里的李自成不是“柯湘”，而是“雷刚”。有的论者在谈及《李自成》一书的缺点时曾指出“在李自成身上写出些草莽气，可能增加这一形象的可信程度”，② 而这段恰是李自成“草莽气”的表现！全书中表现李自成“草莽气”的笔墨还不止这一处，即使在前两卷中也有，比如李自成发怒时打人，石门谷平叛时在丁国宝住处一脚将被丁掳来的民女踢翻等等。

前两卷确实主要写了李自成的优点，因为那是李自成事业处于低潮、从逆境向顺境上升的时期，如果那时不写他超出一般草莽英雄的杰出之处，就无法令人信服地说明他何以有后来的辉煌。批评“李自成”人物塑造的“拔高”或“理想化”的人，主要是针对前两卷，许多人并未认真读完其后的三卷。关于李自成起义的宗旨，虽然前两卷曾不只一次让他本人说过“救民水火”，但又写他心里想的更多的是推翻旧王朝，自己做新皇上。小说写他越到后来越将

---

① 丁帆、许志英主编：《中国新时期小说主潮》，人民文学出版社 2002 年版，第 1037—1038 页。

② 张钟、洪子诚等：《当代文学概观》，北京大学出版社 1980 年版，第 461 页。

"救民水火"几乎忘得一干二净，失去民心，导致最终失败被杀。由此，读罢全书的读者有理由认为，所谓"救民水火"，与其说是他起兵的根本宗旨，毋宁说是与"剿兵安民""不纳粮"一样的宣传策略。作者同情李自成，把他当英雄来写，却并未放弃现实主义原则，这使得"救民水火"之说也具有了某种反讽意味。所以"砍手"一段不但不是"拔高"李自成，反应看作作者有意进行的现实主义描写；不但不是败笔，反而体现了作者的匠心。

还有一些论者认为第三卷"洪水滔滔"单元对张成仁、香兰一家悲剧的大段描写脱离主题，过于冗长，属于"累赘"。笔者却以为，这些描写的意义在于揭示战争的破坏性和悲剧性，在于反思战争（不论是农民军发起的还是官军发起的）给普通百姓带来的深重灾难，体现出强烈的人道主义精神，具有强烈的艺术震撼力。之所以有人认为它"脱离主题"，是因他们先入为主地认定《李自成》的主题是单一地歌颂农民起义，反映农民战争的"进步性"。

现在的语境中，似乎一提到"理想人物"，就意味着"拔高"和"虚假"；评论文学作品时，常见批评者说作者倾力描写的一号主人公不及那些"落后人物"或"反面人物"。这反映出塑造文学作品理想人物的难度：果戈理《死魂灵》第一部写现实的地主很成功，当他试图在第二部中塑造理想地主形象时却失败了。评价柳青的《创业史》时，许多人认为梁生宝写得不及梁三老汉。同样，评价《李自成》时，许多论者也说李自成写得不及张献忠、郝摇旗、崇祯皇帝成功。事实上，中外文学名著中也不乏给人留下深刻印象的理想人物形象，例如《三国演义》中的诸葛亮，《悲惨世界》中的米里哀、冉阿让，金庸《天龙八部》中的乔峰（萧峰）等。如果不带意识形态偏见的话，还应包括《红岩》里的许云峰、江雪琴，《钢铁是怎样炼成的》里的保尔·柯察金。这些理想人物给古今中外大量读者带来精神鼓舞、被当作行为楷模的社会作用，是难以否认的。《李自成》第一、二卷也曾激励鼓舞过众多读者。

文学作品里的理想人物产生社会作用有一个前提，就是读者有相应的精神需要，首先是相信理想人物的存在。在 20 世纪 80 年代中期之前，普通读者还是欢迎作品里的英雄或理想人物形象的，甚至《李自成》第三卷部分章节在刊物上发表时，还有工人读者不满于作品写李自成的封建思想，希望这一形象更完美些。① 直至20世纪90年代央视版电视剧《水浒传》播出时，一些观众还因李雪健塑造的宋江形象不够高大、英雄气不足而感到不满。电视剧《还珠格格》里的紫薇也是个理想人物。青春偶像剧里的主人公也都是理想人物。不过，如今“后现代”文化语境中的读者和观众比较容易接受的是能力英雄（武力的和智力的）或能力方面的理想人物，道德方面的理想人物越来越被认为虚假，没人相信。“神圣”纷纷被拉下“神坛”，请出“圣殿”。社会价值尺度多元化固然是时代进步的标志，但一个时代也需要全社会公信的道德楷模、精神标杆，否则这一社会就失去了整合力、凝聚力。只以“成功”与财富衡量人的价值，而没有道德理想、道德底线的社会，是一个病态和野蛮的社会。

所以，塑造理想人物不应是作品受到诟病的理由。“理想的”永远是彼岸的、非现实的，那只是人试图达到的目标，是促人前行的动力源。《李自成》前两卷中比较理想的李自成形象之所以越来越被质疑，除了由于前述阶级斗争、农民起义的历史作用被否定，还因“农民”形象本身如今被妖魔化：它从“真正的英雄”一下子沦为落后、狭隘、肮脏、野蛮的代名词。其实，作为社会群体的“农民”，“英雄”的一面和“落后”的一面、“干净”的一面与“肮脏”的一面都是客观存在。阿Q、闰土形象的真实性，不应成为否定朱老忠、梁生宝、李自成形象真实性的理由。更何况，李自成并非真正地道的“农民”呢。

八、走出“跨元批评”的怪圈

《李自成》篇幅有5卷320万言之多，从第一卷到最后两卷出版历时36年，特别是第三卷和第四、五卷的出版间隔18年，其间跨越了不同历史时期。这使得包括专业研究者在内的许多读者并未看完全部5卷，一些人甚至连第三卷都未看过。大部分人谈及《李自成》时其实头脑中的印象主要是第一、二卷。说李自成形象过于高大完美、性格没有发展的人，没有看到第三卷中李自成缺点的开始暴露，第四、五卷中他与下属的逐渐隔膜、与穷苦百姓的离心离德。而全书出齐后，一些专业研究者在没有读完整部作品或没有以平常心认真读完作品的情况下，仍按以往印象作评论、下断语，并且以此影响了众多青年学生和普通读者的观点和阅读选择，这是治学态度和方法上的问题，不能不说

① 姚雪垠：《〈李自成〉人物谈·序》，《当代文学》1982年第2期。

是令人十分遗憾的事情。

在对《李自成》的评价中，还暴露出我们当代文学批评和当代文学史研究中存在的另一偏向，就是以对作家的评价、对文学生产机制的阐释代替对作品本身的具体分析。评论文学作品当然需要“知人论世”，但熟悉文学批评史的人知道，“文”与“人”不尽一致的现象并不鲜见，不应完全以“人”论“文”，亦不宜完全凭“文”推“人”。说到底，文学批评的核心还应是对作品文学价值、艺术魅力本身的审美分析。对作家经历与思想的研究、对作品产生年代的了解、对作品反映内容历史本相的了解和揭示有助于我们解读作品中含蓄隐蔽的内涵或费解之处，但也有另外一种情况，就是我们对作者为人了解不多、不深、不具体，作品完全凭其本身的文学魅力征服读者：事实上，我们被《窦娥冤》《西厢记》《三国演义》《水浒传》的艺术魅力所征服，并非因为我们对关汉卿、王实甫、罗贯中、施耐庵的生平与为人了解很多；不去研究“曹学”、考证《红楼梦》的“本事”，也并不会对非专业研究者的读者欣赏这部作品造成根本障碍。近年常见有研究者“爆料”某著名作品生产的“内幕”如何如何并因此断定该作品毫无价值，说《李自成》的创作动机是迎合毛泽东，也属这种情况。有些不曾读过《李自成》全书的读者，有可能就因此而随着贬斥该作。

严家炎在《走出百慕大三角区——谈二十世纪文艺批评的一点教训》一文中，曾指出了 20 世纪中国文学批评中存在的“异元批评”或“跨元批评”误区：

> 就是在不同质、不同“元”的文学作品之间，硬要用某“元”做固定不变的标准去评判，从而否定一批可能相当出色的作品的存在价值。譬如说，用现实主义标准去衡量现代主义作品或浪漫主义作品，用现代主义标准去衡量现实主义作品或浪漫主义作品，用浪漫主义标准去衡量现实主义作品或现代主义作品，如此等等。①

他认为这种“跨元批评”现象在 20 世纪中国文学史上普遍存在。笔者在

---

① 严家炎：《中国现代小说流派史・附录》，人民文学出版社 1989 年版，第 329 页。

论及学界对叶绍钧小说的评价时，也认为以“革命现实主义”标准衡量叶绍钧小说犹如以斤两论短长，导致了不良后果。① 在对《李自成》的评价中，这种“跨元批评”的现象同样存在，而且表现得相当严重，直接导致了某些中国当代文学史著作对《李自成》的误解、贬抑、无视或遮蔽。比如，有学者在只读了前三卷（而且估计第三卷读得也不细）的情况下说《李自成》“人物性格没有发展”，这属于前面所说的治学态度和方法上的问题；而指责它没有写出人物“灵魂的搏战”，则是用胡风“七月派”的创作方法要求与之艺术观点不合的姚雪垠；断言《李自成》对李自成杀李鸿恩、慧梅大义灭亲时心理矛盾的描写“只是层次较浅的内心冲突而已”，属于用现代主义标准衡量现实主义小说；指责《李自成》“没留一点‘神秘的余数’去让人养家糊口”，② 那是按《红楼梦》甚至《尤利西斯》的尺度评判另外一种风格的作品。文学史上的名著中确有能让研究者不断阐释、供其“养家糊口”的类型，但小说的首要功能是供普通读者阅读，而非供专业研究者“养家糊口”，那些故意留下“神秘的余数”以使专业研究者不断解读分析的作品只是文学大家族中的一支，托尔斯泰、契诃夫、莫泊桑的小说就不属这一类型，“所以研究托尔斯泰、契诃夫、莫泊桑的学者寥若晨星”。③

若不带偏见成见、不以“跨元”标准衡量《李自成》，就不会无视这部小说所取得的巨大成就：它追求历史科学与小说艺术的结合，实现了塑造人物性格与描述历史事件、展现历史风貌、揭示历史规律的有机统一；实现了全景展示时代风云与细腻描写日常生活情景的有机统一；在长篇小说的结构艺术上，它“横云断岭”的单元联合体式网状复线结构独具一格，与其巨大容量和超长篇幅相适应，达到了中国长篇小说的艺术高峰，在世界小说史上也独树一帜；艺术描写上，作者追求“笔墨变化，丰富多彩”，人物语言充分体现出其阶级身份、文化修养、职业习惯与地域特色，战争描写打破了《三国演义》以来的模式，更具真实感与现场感，气势恢弘，多而不乱，互不重复，视角变换方面借鉴了《战争与和平》而又有所超越。《李自成》还创下中国20世纪文学史的

① 见拙作《重新认识叶绍钧小说的文学史地位》，《文学评论》2003年第4期。

② 以上引文均见王彬彬《论作为“人学”的〈李自成〉》，《上海文论》1988年第1期。

③ 以萨克·辛格语。转引自崔道怡等编：《“冰山”理论：对话与潜对话》（上册），工人出版社1987年版，第126页。

诸多“之最”：它不仅是第一部现代白话长篇历史小说，第一部正面反映大规模农民战争的长篇历史小说，也是当代第一部以如此多篇幅详细描写古代帝王和宫廷生活的小说，第一部把封建皇帝及其文臣武将作为悲剧人物予以正面表现的当代小说。它不仅同情最终失败了的李自成，也同情地写崇祯，赞美地写皇太极、多尔衮和庄妃等满清人物，因而又是第一部不以成败、不按阶级或民族界限论英雄的当代小说。它的史诗规模与恢弘气魄、它的一系列悲剧人物和悲剧故事构成的总体悲剧氛围具有强烈的艺术震撼力。对于取得如此成就的当代长篇小说杰作，文学史是不应该忽视和遮蔽的。

（《中国现代文学研究丛刊》2011 年第 2 期）

《李自成》对我的创作启迪

唐浩明[①]

20世纪70年代初，我还在衡阳做水利技术员，一个偶然的机会，读到长篇历史小说《李自成》，立刻就被这部书所吸引，不仅仅因为那是“文革”书荒的特殊年代，的确是《李自成》不同凡响。我在一段很长的时间里，几乎是入迷地置身于姚老所构筑的历史星空中，甚至引发出对晚明历史的喜爱。我那时有一种强烈的冲动，要写一篇大文章来说一说这部书。但终因文学理论修养的欠缺和晚明史学问的疏浅而不能实现。

过两年，我到武汉去看望多年失去联系的兄长，兴致勃勃地跟他谈起《李自成》。他对这部书的喜爱程度一点也不逊于我。令我意外的是，他竟然与姚老是忘年交。他说：“姚老现在搬到北京去住了，不然我可以带你去见见他。”拜见姚老，当然是我所期待的。不过，当时即使姚老住在武汉，我也可能会有所犹豫，因为姚老在我心目中太崇高了，我会有点怯意。正是这方面的原因，加之我生性拘谨，后来尽管很多次地去过北京，却没有敢见姚老的念头，遂造成终生的遗憾。兄长说罢，还拿出近期写给姚老的四首诗给我看。这四首诗写得很好，至今没有公开发表过。我愿借此机会，将它介绍给各位朋友。诗是这样写的——

寄姚雪垠先生四首

其一：

风霜雨雪漫言之，又见艳阳普照时。

① 唐浩明（1946—），湖南作家协会原主席，历史小说家，著有长篇历史小说《曾国藩》《杨度》《张之洞》等。

天欲假之鸣厥盛，凤凰飞上最高枝。

其二：

古今中外恣翱翔，撷取精英织伟章。

未负平生辛苦意，《红楼》今看家家藏。

其三：

浩荡风云出渭南，倩谁巨笔作奇传。

而今四海喜无憾，史诗长留天地间。

其四：

两载睽违意念频，春风犹记语谆谆。

龙门此刻远千里，何日风涛过孟津？

再过两年，我告别水利技术员生涯，一心一意专攻文史。我很想多读一些当代文学作品，但遗憾的是，从那以后，很少能看到与《李自成》比肩的长篇小说，至于阅读时那种喜不自禁的情感，似乎再没有发生过。

80年代中期，我开始着手创作长篇历史小说《曾国藩》。其准备工作中的一项重要内容，便是再次阅读《李自成》的前三卷。我想让自己的身心进入一种弥漫四周、可触可摸的历史氛围中去，在这样的氛围里来感悟历史的本色、历史的丰富，以及历史的启示等。在写作过程中，我也会常常挑选其中的个别章节来阅读，借以活络心灵、滋润枯窘。对我的历史小说创作而言，在当代文学作品中，《李自成》应是启迪最大的一部书。

首先是姚老对历史小说写作的严肃态度和他自觉的社会担当意识对我的启迪。姚老对他笔下那段历史的涉猎之广、研究之深，令我叹为观止。他在给茅盾的信中写道："我在写这部历史小说中，对历史研究看得较重，认为是创作的基础，也下过笨功夫，所以现在弄清了许多糊涂的历史问题，翻案只是弄清糊涂问题的一部分。历史小说是历史科学和小说艺术的统一。首先要对历史深入研究和理解，然后才有艺术构思。"《李自成》就是坚持走历史科学与小说艺术统一的这条路。我在阅读的过程中，时时感受到这部巨制沉甸甸的历史分量。它绝对是在对历史怀着敬畏之心下的产物。

历史小说创作所面临的最大难题，便是如何处置真实与虚构之间的关系：哪些必须真实，那些可以虚构，虚构到什么程度，其间的分寸如何把握等。作为一个对明末农民起义有一定了解，但对晚明史没有研究的读者来说，读《李自成》，我在感觉上是一切都顺理成章，一切都真实可信。当然，我知道这是小说，必定有不少虚构，但觉察不出来，发现不了明显的破绽。我在没有任何障碍的状态中，被不知不觉地引入作者所创造的文学世界，而不是像读有的历史小说那样，因为看出是在做假，便拒不入门，或者虽进门，但终因不能忍受而中途退出。《李自成》能做到这一点，便是它的最大艺术成就。我后来读到姚老写给茅盾的信，知道他在这方面有自己独到认识。他说："写《李自成》与写现实题材的长篇小说不同，全书故事进程，主要人物的出现和消失，重要事件发生的时间和地点，都需要符合历史的真实。其中的虚构部分，也要纳入特定历史时间和地点的框框之内。"姚老说得明白：主要人物、重要事件要真实。他又说："先研究历史，做到处处心中有数，然后去组织小说细节，烘托人物，表现主题思想。这是历史真实与艺术虚构的关系，也就是既要深入研究，也要跳出历史。"所有以历史为观察对象的人，都应该像姚老所说的既要"深入历史"，更要"跳出历史"。历史学家的"跳出"，为的是更好地把握历史的宏观态势与历史发展的客观规律。作家的"跳出"，则是为了更好地组织细节，烘托人物。姚老说这就是虚构。因为有"深入"作为基础，这样的虚构则有可能达到"于史无证，于理必有"（茅盾对《李自成》的赞语）的艺术效果。

情节的设置，最能见一个作家才华的高低。历史小说的情节设置，因为面对的是早已消失得无影无踪难以稽查的往昔，故而除开才华外，还关乎作者的学养，即对史料，对典章制度，对风土人情的掌握程度。姚老在这方面的本事，堪称海内一绝。《李自成》中的许多情节设置都非常高超，都可以拿出来做历史小说写作的范本。我常常在文章和讲课中引用《李自成》第二卷上册里，写闯王为营救牛金星而派刘体纯赴开封寻找宋献策一节。宋献策其实也在为救牛金星而奔波。这一节从宋献策过开封州桥写起。他在州桥上遇到皋台府的鲁老爷，抓住鲁请他为儿子批八字的机会，与之套近乎。接下来，写他仗义救外乡人，引出陕西口音，挑明他去大相国寺的目的。然后写大相国寺，又偶遇李信，点出他急切想利用李信的能力救牛金星的愿望。又写尾随两位游客之后，透露出牛案的严重性，最后在练武卖药人中与刘体纯接上了头。本可以就此向读者做一番露底的交待了，却又穿插一段见鼠斗为酒店掌柜卜妻妾争吵的趣事。宋刘相会的这个故事，通过这一连串的情节展开着，真个是人性世相，纷至沓来，写得如同春日杨柳摇曳多姿，又如风过碧池水波荡漾，仿佛有时光倒流，随着宋献策游览了一趟汴梁古都的市井街巷之感。非大手笔决不能至此！我常对这个情节与《三国演义》中刘备三顾茅庐对照，觉得他们完全可以并驾齐驱，都是历史小说中难得的精彩之笔。

对我的历史小说创作启迪很大的，还有《李自成》的语言。书中那些只有在深厚文史修养熏陶下才可能具有的文字，令我十分珍爱。我从《李自成》一书中悟到，历史小说与其他题材的文学作品相比，在语言表述上应有不同。历史小说的语言应该文白相杂、雅俗兼备，才较为得体。写上层，写士人，宜用较为文雅的语言。这符合作品中人物的身份，也可以营造出很好的历史氛围。

当然《李自成》的最大成就应是成功地塑造出一批文学人物，如李自成、李岩、红娘子、张献忠、宋献策、牛金星、崇祯帝、杨嗣昌、吴三桂、洪承畴等。这些人物的文学形象的成功塑造，是姚老的心血与才华凝聚的结果，对我创作上的启发主要有两点。一是尽量还原人物的本来面目，决不简单化、脸谱化，力求将人物置于历史时空与文化长河中去，这样写出来的人物才会饱满、复杂、立体、真实。如崇祯帝这个亡国之君，在《李自成》中是一个浓墨重彩描写的人物。这个人物的成功塑造，具有重大的文学意义。在以往的文学作品中，很少见到像崇祯那样走出纸面的活生生的皇帝形象。即便如汤夫人这样一个着墨不多的人，在姚老的笔下也栩栩如生，令读者印象深刻。她以李府女主人的姿态，打开大门接待红娘子，将丈夫托付给这个即将随同丈夫造反的江湖女子的那一节，真是写得太好了。还有一点是，姚老特别注意场景的渲染和人物内心世界的描写。这些方面一向为中国古典小说所忽视，而为西方小说之檀长。既充分吸取中国古典小说的长处把故事写好，又将西方文学的这些长处学习过来细腻地摹绘场景和人物，长篇小说便可以既好读又耐读，人物形象也便能更坚实地站立起来。《李自成》在这点上成就特别突出，故而这部书又好读又耐读，不少章节可以反复诵读而不会使人厌倦。

我在读《李自成》的时候，常常会在心里想：历史小说应该这样写才是，这种写法就是历史小说的正宗。我在写作《曾国藩》《张之洞》等历史长篇的时候，也很自然地沿着姚老的路子走着。《曾国藩》和《张之洞》有幸能连获第一届、第二届姚雪垠长篇历史小说奖，正是评委们对我遵循由姚老所开创的历史小说正宗写法的认可。今年是姚老诞辰一百周年的纪念日子，我要借此对这位开启新时代历史小说先河的前辈表达由衷的敬意，也要借此感谢姚老对我的两次厚爱。愿姚老的事业后继者不断，愿姚老的子孙余庆绵绵。

（《文艺报》2012 年 04 月 18 日）

穿透历史的人性光芒：姚雪垠和他的《李自成》

詹 玲

历史的车轮走过二十余载，再回过头来读《李自成》，我们依然能为其中的人物命运沉浮而心怀激荡，为人物情感波折而感怀万千。是什么如此牵动着我们的思绪，感动着我们的心？陈思和在对《雷雨》的解读中谈到评价文学作品好坏的标准，非常重要的一条就是人性刻画的深度和人性所展示的丰富性。在《李自成》的评价历史里，革命阶级斗争话语是评价《李自成》的主线，由阶级二元对立建立的刻板印象，让《李自成》也往往成了人性简单化的批判品。然而，当我们抛开笼罩其上的阶级外布，深入文本内里，便会发现这部作品中内蕴着如此丰富复杂的人性书写。

1929 年 9 月，《河南日报》副刊上刊登了一篇题为《两个孤坟》的短篇小说，这是姚雪垠的处女作。小说讲述了姚营寨寨主欺压、虐待手下两个长工致死的故事，反映了 20 年代中原地区地主对农民残酷剥削、压迫的社会现实。在创作之初，姚雪垠就显示了强烈的人性关怀，从《强儿》《碉堡风波》《野祭》等到《李自成》，这种人性关怀一直贯彻他的创作始终，成为最打动读者的地方。

从 1966 年到 1976 年，当“文化大革命”的狂风暴雨将一切优秀作家、作品打落殆尽之时，《李自成》却两次受到毛泽东的保护，从而奇迹般地得以保存，且被允许继续创作，原因不仅有政治因素的考虑，更是作品本身的魅力使然。早在 1971 年，毛泽东就已经关注到了文艺界百花凋零的景象，并对此深表担心。1975 年 7 月 14 日，毛泽东专门就文艺问题发表谈话，要求“党的文艺政策应该调整一下，一年、两年、三年，逐步扩大文艺节目。缺少诗歌，缺少小说，缺少散文，缺少文艺评论”。尽管《李自成》第一卷的出版并没有任何宣传与评论，但仍然在读者中引起了强烈的反响，印数多达百万部。在同时期作品中，《李自成》所描绘的“浩繁而又精密的画卷”、生动传神的人物形象、波澜起伏的故事情节都是独出无二的，它以其高超的艺术成就征服了广大读者。尤其是对人性的深刻剖析，更是小说从 1977 到 1985 年“人的解放”思潮高扬下依旧保持了文学界最受人关注作品的重要原因。

走进《李自成》，它到底有哪些人性的书写吸引了我们呢？我们不妨以崇祯和李自成这两位小说中最主要的人物为对象来看看。

首先我们要谈的，是崇祯这个人物。作为抵抗李自成农民大军的封建皇帝，崇祯在新中国历史研究中显然是一个与革命政权对立的反面人物典型。但是，姚雪垠并没有从阶级对立的角度简单地把崇祯作为极端恶的形象处理，而是细致全面地写出了他作为一个人的喜怒哀乐、悲欢忧戚。姚雪垠注意到，崇祯在明代后期的几位皇帝中，还算是有为的，那么，到底是什么让他最终无法剿杀农民军，反遭覆灭呢？他自己的性格占了很重要的原因。通过一幕幕历史细节的还原，姚雪垠让我们看到了一个刚愎自用、多疑易怒的崇祯：仅凭大学士刘宇亮一纸“激昂慷慨”的奏疏，他就头脑发热，立刻决定派刘宇亮代替具有丰富戍边作战经验的卢象升总督天下勤王兵马，丝毫不管刘宇亮只是个能与家僮击剑比武为乐的文臣；内阁进呈的除授升迁名单，他不经考察，随意改动次序或在《缙绅》上任意找个比较顺眼的名字添加在名单上，“认为这样办就可以对臣工‘示以不测’”，以至于把早已病故的人都加以升任，造成一大笑话。陕西巡抚孙传庭指挥潼关南原大战，追剿得李自成仅余十八骑逃至商洛山中，崇祯却仅以继任巡抚误报的李自成在崤函山的消息，就不分是非，不问真假，对孙大加斥责。而当孙以自己的作战经验力辩李自成不会在崤函山时，崇祯竟大怒，责骂孙“当面欺哄君父”，并令侍卫将其拿下。孙传庭有功反受责，忧郁惊恐之下导致耳聋，此时崇祯却疑心他是欺骗。在派出的保定巡抚核实孙确实耳聋后，崇祯不但不相信，反疑其二人“朋比为奸”，一并问罪入狱。该疑不疑，不该疑时胡乱猜疑，其刚愎自用与刻薄寡恩可见一斑。正是这样的个性人格，导致了崇祯王朝覆灭的悲剧命运。

一方面，姚雪垠从崇祯的性格出发，告诉我们崇祯政权为什么没能延续的原因，另一方面，在刻画崇祯这个人物时，他还注重从普通人的内心情感出发来揣摩崇祯的心理。与其为人君的刻薄寡情相比，他为人父、为人夫的情感就要深厚、诚挚得多。到承乾宫，与活泼、可爱的五皇子与美丽多才的田妃在一起，他尽情地享受了一番人伦之乐。当看到五皇子跌了一跤还咯咯地笑时，他哈哈大笑，把五皇子“抱在膝上，亲了一下他的红喷喷的胖脸颊”。一个疼爱孩子的父亲形象寥寥几笔，便呼之欲出了。城破之际，崇祯决定身殉社稷。在将太子与永、定二王送出宫之前，他突然发现三个儿子穿的王袍与王帽，立即叫人予以更换，体现了为父者的细心与周到。他嫌宫女们更换衣服的速度太慢，亲自“用颤抖的双手替太子系衣带，一边系一边哽咽地嘱咐”太子，教他们要隐姓埋名，碰到什么年纪的人该怎样称呼，提醒他们出宫后要如何保住自己的性命，此时的崇祯，已经不是君临天下的皇帝，而是一个普普通通的父亲，言语之间流露出的父爱，对儿子们的怜惜与生死别离之情真挚可感，催人泪下。同样，在与周后、田妃等妻妾相处时，崇祯为人夫的温和一面也时有体现。看到田妃所使用的镜子上的一首七绝铭文，他觉得不十分吉利，指出后又怕田妃因此事而不快，笑着许诺“永远不会使卿自叹‘闲身’‘孤影’”，将与她“白发偕老”。尽管很快就因李国瑞的事而使崇祯忘掉了这一诺言，但在说出此话之时，崇祯是发自内心的，这既是皇帝对臣妃的许诺，更是丈夫对妻子，男人对女人的承诺。田妃死后，他“常常不思饮食，精神恍惚，在宫中对空自语，或者默默垂泪”，“每到静夜，他坐在御案前省阅文书，实在困倦，不免打盹，迷迷糊糊，仿佛看见田妃就在面前，走动时仍然像平日体态轻盈，似乎还听见她环佩丁冬。他猛然睁开眼睛，伤心四顾，只看见御案上烛影摇晃，盘龙柱子边宫灯昏黄，香炉中青烟袅袅，却不见田妃的影子消失何处”。情犹在，人已逝，只有梦里相会，牵手相拥，醒来却是空空荡荡、冷冷清清。思念无可寄托的苦痛与怅惘，即便是贵为君王，刚毅过人，也是免不了的。正是这些柔性色彩的加入，使对崇祯刚硬的君王形象变得温和，在他的宝座与威严背后，是普通人性的温情流露。崇祯的形象也因此而变得丰满、生动起来。

除了崇祯形象外，还值得大题一笔的，当然是《李自成》中的最主要人物李自成了。新时期初期，不少人对《李自成》第一、二卷中的李自成形象有所诟病，称太现代化了，李自成太高大全了。其实，他们并没有真正了解姚雪垠的创作意图。姚雪垠解释过，他在第一、二卷中把李自成写得高是因为“李自成在最艰苦环境条件下进行斗争，他必须惨淡经营，百折不挠，爱惜百姓，谦躬下士，发挥各种优点，才能自存；能够自存，才能徐图发展。在这个阶段里，他的性格也有阴暗面，也有弱点，但被克制下去。如果他在艰难困苦时就暴露许多品质上的弱点，便不是李自成，便不是历史上杰出的农民革命英雄，而他的事业就不会发展那么快”。但是不够耐心的读者，没等到他后面的文本出来，就从当时的人性论出发，随意妄加批评。

从第三卷起，姚雪垠开始写队伍壮大后，李自成与下级士兵、老百姓的关系日渐疏远，骄傲、虚浮的思想有所滋生。例如，打下洛阳后，李自成第一次改变了进城方式，“要使洛阳人民看看‘奉天倡义’的‘王者’气概和他的军容”；在人马迅速扩展到几十万后，李自成正式称号“奉天倡义文武大元帅”，下级军士与百姓想见他一面变得越来越困难，老兵王长顺为抢修黄河堤坝一事求见了他几回，都被挡在帐外，只好横下心冲进帐中向闯王陈述；李岩、宋献策等人的劝告也开始听不进去，变得有些独断；而到了四、五卷，这种独断发展为狭隘猜疑，终致最后失败的时候，一人向隅独行，被杀于九宫山。姚雪垠非常细致、耐心地刻画出了当一个胸怀大志的英雄逐步走向权力巅峰时人性复杂内里的渐次显露。像计败左良玉一节就写得非常精彩：一方面，为了安稳住左良玉之女左明珠的心，李自成保证打过与左良玉等人的那一仗，就送她回左身边，并把跟左家人马打仗说成是迫不得已之举，实非他的心意；另一方面，在离间之计成功，左良玉败逃之时，先后设下几道埋伏，要求刘宗敏能捉到左良玉就捉到，“不能捉就把他阵上杀死，总之这一次不能放他轻易逃走”。而左最终逃脱后，他又告诉左明珠是自己一再嘱咐众将不可伤害左良玉本人，才让他得以走脱，并动情地说，“杀散官军是我同朱家朝廷势不两立，保全左帅性命是我同左帅素无冤仇，对他颇为敬重，留下日后见面之情，与左帅同享富贵”。一席话感动得左小姐“热泪夺眶而出”，对“闯王干爸”感恩戴德，永不敢忘。这种以骗取左小姐信任来达到剿灭其父左良玉的行为，无论如何也不能说光明磊落。然而，这种并不正大的行为不但不会影响李自成英雄一面的表达，反而最真实地体现了人性的复杂面，让李自成的形象更为立体、生动而可信。

对李岩的猜忌与诛杀是表现李自成权欲之心的重要情节。从攻开封开始，李岩就屡次向李自成进谏设官理地，养民生息，但与罗汝才的权力争夺，使李自成始终未采纳其意见。在大军一片欢腾地进军北京之时，李岩与众人不同的担忧与焦虑，却被李自成怀疑为有意与其争夺天下的情绪流露。成功进京后，忙着举行登基大典的李自成把李岩重视东虏、不要拷打明臣等建议视为对他皇帝之位的觊觎，对李岩深感不满。这种猜忌与不满在李自成山海关兵败后，李岩主动要求回河南重整军马时发展到极致，在溃败的打击与权欲的笼罩下丧失了判断力的李自成，认为李岩是以重整军马为借口脱离他的军队，与他争夺权力，甚至担心“李继朱”的“李”指的是李岩而非他李自成，下令将李岩诛杀。错杀李岩让李自成军中不少文臣将领感到寒心，离心离德，其结果是更加速了李自成的败亡。李自成在克勤克俭几十年后打下了江山，又很快失去了江山，权力私欲的膨胀形成的猜忌、多疑性格可以说是失败的重要原因。对皇位的渴求使他再也无暇顾及百姓生死，进京前在白云观停留时，零星下了些细雨，李自成心里十分高兴，方丈以为他是在为麦苗得雨，百姓生计有望而高兴，殊不知他盘算的却是宋献策推算的有微雨之时即可破城，夺取皇位一事，帝王之权对于李自成而言，已经大大超过了百姓在他心目中的分量，此后的失败，也是必然。

除权欲的描写外，后两卷中对李自成情感生活的加入，也更丰富了李自成的性格内容。进宫之后，在举止优雅、面容端庄的宫女们的侍奉下，李自成竭力克制住自己的情欲，但与承乾宫“管家婆”王瑞芬的接触，仍使他“心旌摇荡，几乎不能自持”，看到费珍娥的美貌，更是“感到意外，甚至吃惊”，以至夜间躺在御塌上久久不能入睡。食色为人性之本然，李自成也不可能避免。作为一名男性，面对美丽而多才的女性，会动心动情也是理所当然。但李自成毕竟不同于普通男性，因此姚雪垠又让他一再地提醒自己，要做一位贤明的君主，不可贪恋美色，用理智压制住常人的情欲。在询问过牛金星召幸妃嫔有无程序后，李自成方才处理了选妃之事，“召幸”了窦美仪。而窦美仪出众的才貌，赢得了李自成狂热的喜爱，使他再也难以压制普通人的男女之情，“几乎使他改变了多年来黎明即起的习惯”。对李自成的个人情爱描写，让读者感到这就是一个活生生的人，不是一张挂着“英雄”脸谱的皮。

其实，不止崇祯和李自成，《李自成》中的许多人物，都是立体而丰满的，如满清皇族里足智多谋又阴狠有加的多尔衮，多情聪明、美丽端庄的小博尔济吉特氏，以及他们之间笼罩着权力与人伦阴影的情爱故事，农民军中直爽豪情却不乏残忍的张献忠、猴精一样狡猾的罗汝才，还有后宫里聪慧恃宠的田妃、温和敦厚的袁妃、端方稳重的周后等，每一个人物都有自己的特色。这使我们看《李自成》，就会有明末清初战争动乱年代的生活图景真实、生动地再现于眼前的感觉。作为一部贯穿了姚雪垠生命四十年的史诗性巨著，可以说，《李自成》已经与姚雪垠物我交融。在创作过程中，他数度写到痛哭流涕，情难自禁，正是生命完全浸透其中的体现啊！一个始终对人，对生命有着强烈人文关怀意识的作家，他笔下的人和事，必定也是充满人情人性的，这正是《李自成》跨越整个复杂多变的当代中国历史，依然能在当下光芒不减的原因。细数《李自成》之后的长篇历史小说，哪一部没有吸收过《李自成》的营养？哪一位作家没有受过姚雪垠的影响？能够在政治风云万变的时代守住文学最宝贵的东西，在意识形态的重压下细致入微地把握人性这一复杂的幽微世界，姚雪垠和他的《李自成》，其价值可想而知。

（《文艺报》2012 年 4 月 18 日）

《李自成》的主题与姚雪垠的立场

阎浩岗

笔者曾撰文指出，由于创作周期过长、篇幅过于浩大，认真读完全部五卷者稀，姚雪垠的《李自成》是一部被许多人误读曲解了的长篇小说。①

要理解这部巨作，首先需要弄清：作品的主题究竟是什么？它表达了怎样的思想内容？在作品重点表现的当时几种主要政治势力——明朝、清朝、李自成大顺军以及普通百姓之间，姚雪垠究竟站在哪一方的立场？作者通过作品表现了什么样的价值观和历史观？

在相当一部分读者和评论家看来，这似乎不成问题：《李自成》不是歌颂农民起义的吗？作者当然是站在李自成大顺军一方了！李自成是作者全力歌颂的理想人物。作者为的是以小说的形式证明毛泽东关于“农民起义是推动历史前进的动力”的论断。

若只看前两卷，这样说似乎很有道理。但若接着细读第三卷和第四卷、五卷，读者的感受和认识必会变化。尽管小说在第三卷以后仍是以同情态度写李自成和他的事业，但也逐步揭示了他的缺点和严重局限性：除了战略的重大失误——流寇主义、忽略清朝势力（不智），还写到其残酷一面——让人砍断为开封城中运粮的无辜百姓的右手、后来征战中还曾下令屠城（不仁），袭杀友军首领罗汝才（不义）。写到直接导致李自成大顺军覆灭的清朝方面人物，作者用的竟是赞美的笔调！而李自成的死敌——崇祯皇帝之死的描写，充满浓重的悲剧气氛，全无所谓“地主阶级头子”被消灭时大快人心的欢乐氛围。姚雪垠曾明言：崇祯是全书两大悲剧主角之一。悲剧是“将人生有价值的东西毁灭给人看”，悲剧的主角不会是反面人物。

---

① 参见本书上册《〈李自成〉：被曲解遮蔽的当代长篇小说杰作》一文。

要理解《李自成》的主题，需先明确两点：一是认识到这部创作历程达四十二年、纵贯不同历史时代的多卷本长篇，作者动笔之前已有总体艺术构思，但其主题又有一个不断完善深化的过程；二是要将作者的理性表述与作品艺术描写实际透射出来的内涵区分开来。写前两卷时因作者心境与时代环境的缘故，作品“励志”色彩较浓；写后三卷时经历过社会巨变，作者对时代和历史有了新的认识，总结历史经验教训的意图更突出些。此外，姚雪垠在新时期以前的理论表述受时代意识形态“规约”严重，我们要区分它与他本人内心真正认识的差异：时代意识形态对写作的“规约”有时通过编辑对原稿的修改体现出来，比如第一卷本来有一段写高夫人以常言“女子无才便是德”教女儿，编辑未经作者同意将高的训词改为“我们是革命的人”。作者实际艺术描写中对某些表述也有修正。在长篇小说的创作过程中，作者对主题不断修正和深化的例子，在中外文学史上比比皆是；而判断作品主题，除了参考作者本人的意图表述，更要看作品艺术描写本身所透露出来的实际信息。这也是文学批评、文学研究界的共识。

由于姚雪垠事先有总体艺术构思，所以尽管《李自成》全五卷创作年代不一，却不影响它是一个结构严密、内涵统一的艺术整体。研究该书的思想内涵时，我们既要看到各卷的分主题或副主题，更要理出全书的总主题。如前所述，迄今为止，相当一部分解读者认为《李自成》的主题是歌颂农民起义，表现毛泽东关于“农民的阶级斗争、农民的起义和农民的战争，才是历史发展的真正动力”的历史观。这是对作品实际内涵和作者本意的严重曲解。姚雪垠在《漫谈历史小说创作——与松本清张对话录》一文中表示：“我决不是写农民受压迫而起义的主题，因为这个主题很一般。我力求写出一些历史的规律。”他还说：“《李自成》的总主题就是要挖掘和表现这种既是具体的、特殊的成败经验，也是具有普遍意义的规律。”（见姚雪垠《李自成为什么失败——兼论〈李自成〉的主题思想》）这些规律当然包括农民起义的经验教训，但细读文本并参阅作者自述，笔者认为它又决不是只站在农民起义军的立场上为之总结经验教训，而是站在最广大的底层普通百姓立场上看历史上的成败得失，表现的是“得民心者昌，失民心者亡”的主题。站在百姓立场与站在李自成农民军立场，并不是一回事！关于历史兴亡成败，姚雪垠的看法是：

决定的因素是这个运动是否始终符合于客观规律，如果它违背了客观规律就要失败。所谓客观规律，是在当时经济基础所允许的条件下，人民在这个经济基础上所产生的合理的愿望。你不符合这个愿望，不满足人民的现实利益，人民就逐渐离开你，那你就埋下了无可避免的失败因素的种子，这样就产生了悲剧。（《与杜渐谈历史小说〈李自成〉的创作》）

有人说，由于小说前两卷里李自成的形象过于高大，后三卷的转变显得突兀，笔者对此不敢苟同。细读前两卷，笔者发现，作者其实已经为后来李自成的转变埋下了伏笔，只是这种埋伏比较隐蔽：这前二卷在突出表现李自成及其队伍的“得民心”、符合百姓愿望的一面的同时，也显示出李收买民心是一种策略，是为其“得天下”的总目标服务。从第三卷开始，这种“目的”与“手段”的区分愈益明显。所以，后来一旦处于顺境，“天下”唾手可得时，他便忘了“民心”，忘了百姓最迫切的愿望。第三卷对开封的围困充分揭示了李自成与百姓关系的变化及其微妙之处：他不惜一切代价要攻下开封，是为在这里建立政权；为了这个目的他仍有收买民心之举，如允许饥饿的妇女老人出城采青。但他又命人剁去为城中运粮的百姓的手。围困的直接结果是全城百姓大批饿死，而水淹开封导致全城百姓罕有幸存的罪魁是谁虽是历史悬案，终极原因则是闯军的围困。第四、五卷则更多写到了李自成军队的逐渐民心尽失：他们没有兑现宣传口号中提出的让百姓休养生息、安居乐业的承诺，进北京后甚至没有进行开仓放赈，大部分军队军纪大坏，成了百姓的祸害，最终导致百姓对他们的仇视。姚雪垠明确认识到：后期的李自成并不代表百姓利益：

有些史学工作者就是不肯从事实出发，而一口咬定李自成始终代表农民利益，凡是反对李自成的地方零星武装都叫做封建地主武装。其实，李自成并不代表反封建革命，他做的事情触犯了农民和一般地主利益的时候必然遭到反抗。（《论历史小说的新道路》）

第二卷“李自成星驰入豫”时之所以由十几骑很快发展为几十万人，是因他们的做法符合了处于生死线上的河南百姓的基本愿望；兵败山海关后他再也没能像潼关南原大战之后那样东山再起，除了清军远比明军强大，就是因大顺军失去了过去曾拥有的百姓的支持。而与之形成对比的是清军入关以后的做法：他们一方面恢复新占地的政权，镇压反抗，一方面又下令免除过去明朝所增加的全部赋税，所以政权得以逐步巩固。用姚雪垠的话说就是“在广大老百姓看来还是肚子重要，有安定生活重要。这是起码的唯物主义。”最后两卷写出了百姓心理的复杂性：怀念前明、民族意识强烈者有之，希望安居乐业者亦有之。

如有些论者已经提及的那样，在历史观方面，《李自成》还表现出了民族意识的开放性和政治伦理观念的宽容性。它一方面同情于反抗清军的大顺军余部，歌颂他们不屈不挠的英雄主义，另一方面又没有将决定投降而不失风度的宋献策等人丑化为“汉奸”，写高夫人最后时刻允许手下愿降者出降。这些都与此前乃至其后的同题材作品不同。

这样，读完全书后，读者能感到，很难说作者的同情单在顺、明、清中的任何一方。这也许可以用“现实主义的胜利”来解释，即，像恩格斯所称赞的巴尔扎克那样，现实主义的创作方法使作者克服了自己本来的主观倾向。但也可以说，姚雪垠真正的同情在普通百姓一边，真正的立场在普通百姓一边：谁代表百姓利益，作者就倾向于谁！姚雪垠写农民起义、同情农民起义，也正因为他认为在生死边缘上的底层人民奋起反抗具有道义上的合理性。而这却并不意味着作者认为农民起义是推动历史进步的力量。读者在读完《李自成》后，会得出李自成起义推动了历史前进的结论么？作者明确指出过，李自成推翻崇祯后，他会是又一个朱元璋式的封建皇上（他短暂的帝王生涯也已经证明这一点），虽然王朝初期会有一段清明，但后来还会重蹈覆辙。历史会再来谈一次循环。作品倒是写到了清朝方面的蓬勃气象，但我们能因此而说异族入侵（或换一个说法“入主中原”）是推动历史向前进的动力么？显然作者也并无此意。《李自成》虽然揭示了农民起义的必然性，但全书的主题并非写农民起义的进步性，作品对于农民战争的破坏性没有避讳（如写到屠城、焚烧故宫以及被攻下的其他宫殿和村寨等）。但这也并不妨碍他歌颂起义将士的英雄主义精神。像司马迁一样，姚雪垠不以成败论英雄，也不单以历史进步性论英雄。他曾说古人和今人撰写的史书都夸大了纣王的罪状，原因是殷民族是战败民族，纣王本人已死，“没有人能够为纣王进行申辩，时间愈久，纣王的罪款愈被夸大”。（《论历史小说的新道路》）

此外，姚雪垠在写出历史某种必然性的同时，并未忽视“偶然”在其中所起作用，比如吴三桂的降清不降闯，并非像《圆圆曲》所写“冲冠一怒为红颜”，实因见大顺朝不能长久；崇祯本也有机会逃亡江南，使明朝不至迅速覆灭。《李自成》重点表现了阶级斗争，但它涉及的矛盾并非仅仅是阶级矛盾，除了满汉民族矛盾这一贯穿始终的副线，它还突出表现了不同系统的农民军之间的矛盾、明宫廷和清宫廷内部的矛盾，特别需要指出的，还有李自成与以农民为主体的普通百姓之间的矛盾。这些都说明，作者对历史的把握并不受“坚硬的阶级斗争框架”局限。作者虽也重视写日常生活与民风民俗，但叙事的主体确实是政治斗争和军事斗争。政治史、军事史不是历史的全部，但在历史剧变时期，它们确是历史生活的主导部分，重点表现它们并不是作品的缺点。我们不能因现在出现了重点叙述“民间”历史的作品，就反过来否定或贬斥正面表现历史风云人物的政治军事斗争的历史小说，不能用刘震云的《故乡相处流传》作标尺去否定《三国演义》。

《李自成》在高扬英雄主义主旋律的同时，还表现出明显的人道主义精神，而这一点被许多论者所忽略。有人认为第三卷“洪水滔滔”单元对张成仁①和香兰一家生活和命运的描写过于冗长，与主题游离，那是因他们对作品主题内涵的复杂性以及作者的匠心缺乏了解：作者若只为写“阶级斗争”或歌颂农民起义，这段确实与主题无关，不单有些冗赘，还存在解构或颠覆主题的可能。但作者写这段其实正在于显示，李自成军的行为与普通百姓的利益距离正在拉开。这个由 13 章组成的大单元突出表现了作者人道主义的悲悯意识。在改革开放之前和开放初期，作者谈到小说中的人物时，曾说田见秀是大顺军中的“右翼”，在当时的语境中似有贬义。但细读全书我们可以发现，正是田见秀和李岩、高夫人、宋献策以及王长顺、尚炯等人代表了大顺军中的理性和良心。当读到李岩、田见秀与李自成意见相左的情节时，笔者感到似乎作者的价值立场与感情倾向更在岩、田而不在自成，或者他们各自有其合理性。例如李岩屡次提出在河南建立巩固的根据地，不同意悬军东征，却终不被采纳；田见秀谏阻自成杀害为开封运粮的百姓、怜惜他们被剁手，又不忍见长安百姓被饿死，在退出时没有遵旨烧粮而导致以粮资敌。

① 1999 年以后的版本将“张成仁”改为“张德厚”。

作品各卷的分主题也自有其独特之处，例如第一卷表现当人生面临困境、事业处于谷底时不屈服、不气馁、不放弃的“忍”与“撑”的精神，就曾给许多面临绝境的人以精神的资源。据作者讲，他曾收到好几封类似的信，发信者告诉他，“文革”期间曾有过绝望甚至想自杀的念头，看了《李自成》第一卷后改变想法，增强了活下去的勇气。

《李自成》表达的总主题和分主题至今仍未失去其现实意义，今后还有其价值：它以李自成为例告诉我们，曾经代表百姓利益，并不意味着永远代表百姓利益；不论何种政治势力，要想长盛不衰，必须一直把最广大人民的愿望和要求放在心上。这样的总主题在此前的中国长篇小说中似不曾见，以如此引人入胜、震撼人心的方式突出表达这一内涵的作品，其后似也未曾见。

（《文艺报》2012年4月18日）

阶级叙事的建立及其变调

——以《金光大道》和《李自成》为中心

张　霖[①]

“文革”十年是中国当代文学的变异时期。在持续不断的政治清洗和极度敏感的文学批评的监控之下，曾经在“十七年”百花齐放的文坛到了“文革”时期就只剩下“鲁迅走在金光大道上”。事实上，“文革”期间文学创作并没有停止。据统计，仅在1969年到1977年9月间，我国就出版了187部长篇小说。[②] 无论是把中外文学遗产统统打成毒草，还是以牙还牙，拒绝在“新文学大系”中给配合文化激进派政策的作品“上户口”，这样的行为都无法改变这些作品存在的事实。那么，痛定思痛，如何科学地评价这些作品，如何认识它们所体现的文艺观，则成为文学史研究中必须面对的问题。

一、阶级叙事的初创：“样板小说”的出笼

“文革”时期公开出版的小说作品从整体上看，不是文学实践的天然产物，而是政治意图的构造物。配合政治宣传，既是它生产的主要动机，又是它存在的根本目的。因此，作为一种被构造出来的文学形态，“文革”小说的理论发展大大先于创作实践，甚至在“文革”正式爆发之前，一整套如何建立“社会主义的革命新文艺”的具体主张就已经出笼了。

1966年2月，江青在部队文艺工作座谈会上所做的发言中系统地提出对“社会主义革命新文艺”的基本构想，她的发言以《林彪同志委托江青同志召开的部队文艺工作座谈会纪要》（以下简称《纪要》）为题。《纪要》的提出，一方面，试图割断“文革”文学与中外文学遗产的继承关系，为确立“样板

① 张霖（1976—），北京外国语大学中文学院副教授。

② 熊德彪，刘成友：《“文革”主流文学论纲》，《湖北大学学报》2000年第1期，第55页。

戏”开拓文艺“新纪元”的历史地位扫清道路；另一方面，以“黑八论”为创作禁区，进一步强化政治对文学的控制，推进文学“一体化”进程。《纪要》在布下严密的创作雷区之后，并没有忘记为即将诞生的“社会主义的革命新文艺”指出一条狭窄的航道，就创作原则、创作方法，到选择题材、提炼主题等多个方面都做出了细致的规定。但是，如何真正做到“标无产阶级之新，立无产阶级之异”，将这套激进的文艺主张落实到具体的创作中去，并非简单之事。直到 1968 年 5 月 23 日，于会泳应《文汇报》之约发表文章，第一次公开提出样板戏的金科玉律——“三突出”原则，并于 1969 年 11 月在《红旗》杂志发表文章，主张“在所有人物中突出正面人物；在正面人物中突出英雄人物；在英雄人物中突出主要英雄人物。”① 这个创作上的理论问题才得到解决，使所谓的“社会主义的革命新文艺”观念具有真正的可操作性。

“三突出”原则提出后，“样板戏”的成功经验开始向整个文艺领域推广，1971 年，“样板小说”的出笼由理论筹备阶段转入了创作实践阶段。然而，大量涌现的工农兵作者的作品在艺术上还十分粗糙，很难满足文化激进派的需求。于是，他们重新推行 1958 年文艺“大跃进”时期发明的“三结合”集体创作方法，以“领导出思想，群众出生活，作家出技巧”的方式，生产他们所需要的“样板小说”。1972 年，文化激进派迫不及待地隆重推出了两部由“三结合”创作组集体写作的长篇小说：《虹南作战史》和《牛田洋》。前者是“文革”中创作出版的第一部长篇小说，被上海市委写作组率先树立为小说“样板”，在 1972 年 2 月到 11 月的九个月里就被重复印刷了 5 次，发行量高达 75 万册。

在当时，《虹南作战史》的最大成功，在于发明了“两条路线斗争”的叙事模式来认识生活、编排故事，即“从路线斗争的高度来认识农业合作化运动，……从路线斗争的高度来指导文艺创作，塑造英雄形象”②。有研究者对《虹南作战史》的构思过程做了具体的描述：

---

① 上海京剧团《智取威虎山》剧组：《努力塑造无产阶级英雄人物的光辉形象》，《红旗》1969 年第 11 期，第 68 页。

② 方泽生：《还要努力作战——评〈虹南作战史〉中的洪雷生形象》，《二十世纪中国小说理论资料（第五卷）》，北京大学出版社 1997 年版，第 564 页。

> 创作的第一步，全体创作者坐下来学习无产阶级专政下继续革命的理论，以及毛泽东关于社会主义时期农村阶级斗争和路线斗争的论述。……作者们认识到，“贫农领导人同富裕中农领导人中间存在着尖锐的斗争”，因而小说的主要矛盾，也就是主题思想，应该是表现“依靠不依靠贫下中农，树立不树立贫下中农在合作社领导机关的优势问题。”创作的第二步，作者为小说设置了一个表现这一主题的背景，即50年代上海郊区虹南乡的合作化运动，并设置了两组尖锐对立的人物：代表“正确路线”的洪雷生、安克明、丁四海等；代表“错误路线”的浦春华、副区长，以及在他们庇护下的富裕中农、逃亡地主等。小说开头，花费大量笔墨分析全国和虹南乡的路线斗争形势，揭露一部分富裕中农以及富农、地主在解放后的必然表现，指出了“党”“领袖”和“贫下中农”的伟大力量……①

作品中充满了黑体字和议论性的文字，其篇幅占去作品的八分之一。这样一份图解政治语录的阶级斗争工作报告虽然极其“正确”，但也很难起到粉饰太平的作用。因此，文化激进派不得不继续苦苦寻求其小说方面的代言人。

二、阶级叙事的成熟：《金光大道》的文学表演

浩然是“文革”中唯一走红的成名于“十七年”的专业作家。他在“文革”中被选中并非完全偶然。浩然同时具备优越的政治身份和出色的专业水平这两方面的条件，因此，文化激进派自然会把他看作创作小说“样板”的头号种子选手。

凭借思想上的共鸣，浩然不负文化激进派所望，将“样板戏”创作经验成功地移植到小说创作中。然而，从观念出发的小说很难在创作中避免“概念化”“公式化”的弊病，但是，当时的主流批评家却一再要求作者克服样板作品存在的雷同问题。在这种情况下，我们又不能不对浩然的创作困境表示同情。他不得不在《虹南作战史》所发明的“两条路线斗争”的叙事模式中，为文学的个性化要求寻找出口。然而，令人惊讶的是，在小说《金光大道》中，作家居然在严格限定的故事情节里部分地保存了鲜活的北方农村的生活气息。浩然做到这一点的秘诀在于，他发现“小说的故事情节可以编排，细节必须从

---

① 杨鼎川：《1967：狂乱的文学年代》，山东教育出版社1998年版，第87页。

生活中直接汲取，一点假也掺不了。”① 作者只有在局部把握住丰富的“细节”，才能在阅读中减轻体制内小说整体上的雷同感。以《金光大道》中英雄人物朱铁汉的出场为例，浩然仅仅通过人物的步态和穿衣两个细节，就将这个满腔革命热情的农民“积极分子”形象刻画得呼之欲出。不仅正面人物可以写得如此生动，反面人物同样可以刻画得入木三分。浩然以“选位子”的细节将中农“小算盘”秦富的自私心理写得惟妙惟肖。

毕竟，与“土记者”相比，浩然是个优秀的专业作家，他的专业素养使他不能无视体制内小说公式化、概念化的弊病；与知识分子作家相比，他又有极其丰富的农村生活经验，有助于使他有效地减少生编硬造的痕迹。凭借细节的丰富、生动，浩然的《金光大道》绕过了体制内小说创作成规的层层限制，成为“样板”小说中唯一的一部有生活气息的作品。

虽然《金光大道》保留了某些文学的“个人性”，但实际上，浩然既没有跳出，也不想跳出“三突出”的创作原则，只不过他比其他作家运用得更加灵活而已。也正因其灵活，作品对这一创作原则的使用也就更加自觉和普遍。在《金光大道》中，体现“三突出”原则的描写随处可见。其中，最典型的是“忆苦思甜”情节。一般说来，“忆苦思甜”情节有如下特征：一是以回忆的方式将文本的叙述空间分为“过去”与“现在”两个部分；二是运用对比修辞对“过去”和“现在”进行对照，做出价值判断。在小说“火热的心”一节中，写到高大泉和地主冯歪嘴子见面的场景。作家就是采取“忆苦思甜”的叙述方式，将“新中国成立前”与“新中国成立后”，新、旧两个时代的两次相见同时呈现在读者面前。

在这个场景中，作者设置了多组相互对立的细节，时间上分为“十六年前”和“十六年后”；空间上分为“高台阶上”“高台阶下”；身份上分为地主和雇农、主人和罪人；语言方式上则表现为歪嘴子责骂高大泉、高大泉审问歪嘴子。其中，空间的对立无疑是最富于象征意义的一个细节。浩然通过人物“上”和“下”“高”与“低”的空间位置改变，揭示出贫农高大泉与地主歪嘴子的阶级对立关系，并且形象地说明了二者在新、旧社会中政治地位的变化。

---

① 浩然：《〈春歌集〉编辑琐忆（节录）》，《浩然研究专集》，百花文艺出版社 1994 年版，第 106 页。

而张金发与大黄狗分别并列于地主歪嘴子左、右，这一位置关系，暗示了张金发甘当地主阶级走狗的真实嘴脸，表明他替地主阶级说话的错误立场。通过一连串对比修辞的叠加，小说戏剧性地强化了阶级矛盾，有效地突出了阶级斗争主题。

1974 年，《金光大道》第二部出版，标志着浩然的小说叙事模式——即“阶级叙事”模式已经基本成熟。这一模式通常由一个二元对立的叙述空间构成。时间上分为“新中国成立前”“新中国成立后”两个时段，空间上分为“旧社会”与“新中国”，且多见于涉及历史题材的作品。人物则根据不同的阶级和路线属性，分为“敌”与“我”两个阵营，取消了“中间人物”的存在。但为了表现斗争的复杂性，还会有落后分子，然而，他们不会游离在两个阵营之外，经过双方拉锯战的争夺，最终会归入其中的一派。不仅人物的身份被二分，人物的行为也被分为压迫（破坏）和斗争两种方式，并且相互作用，成为推动小说向前发展的主要动力。小说的叙述基调也分为“黑暗”和“光明”两类，在党领导下的时代、社会、路线、人物就表现其“光明”面，相反，则只写其“黑暗”面。因此，归根结底，无论情节上如何安排，都逃不开唯一的叙述的逻辑，即只有在中国共产党领导下，劳苦大众才能得解放，因此，我们应该感谢党、歌颂党、服从党。

三、阶级叙事的变调：《李自成》中的历史障眼法

《李自成》第一卷初版于 1963 年，其后四卷在 1977 年“文革”结束后，由中国青年出版社陆续出齐。虽然《李自成》不是在“文革”中公开发表的作品，但是，它仍然应当纳入“文革”文学的框架内来讨论。这主要是因为作者姚雪垠是“文革”时期为数不多的能够公开进行写作的专业作家之一；并且，《李自成》的第二卷是在“文革”时期完成的；更重要的是，小说处理的是历史题材，它在写作动机、创作方法、主题等方面有意疏离“文革”小说阶级叙事方式。

《李自成》是一部以明末农民战争为主要内容的历史小说，相对于文化激进派所青睐的现实题材而言，这种天然的时间距离是作家疏离政治的最好的挡箭牌。在历史外衣的遮掩下，作者可以避开现实斗争中各种敏感的政治话题，可以不必担负过重的政治压力和风险，可以限制政治对文学的干扰，在一定程度上保证文学的“个人性”。姚雪垠很清楚这一点，在 1977 年版的《李自成》

第一卷的《前言》中，他终于有机会为自己的作品辩诬。在关于李自成的讨论中，他就李自成的帝王思想、天命观、尊孔三个问题，以及如何处理崇祯皇帝等反面人物的问题做出了非常必要的辩驳。为了维护他的作品，姚雪垠抬出了“历史唯物主义”“革命现实主义”两顶保护伞，站在马克思主义和毛泽东文艺思想的高度，说明英雄人物李自成的缺点是人物的历史局限性的表现，而反面人物崇祯皇帝的优点也是历史客观事实。虽然在今天看来这些解释多此一举，但在当时，这样的做法却是保护创作自由的必要手段。而历史题材在时间上与现实的疏离，是作家抵抗“阶级叙事”极权化倾向的唯一出路。

尽管《李自成》凭借历史的挡箭牌保住了些许文学的“个人性”，但是，与革命战争题材的历史小说不同，《李自成》原本无法躲过被打为“毒草”的厄运。这主要是由于李自成起义的失败是无法更改的历史事实，在这种封闭的历史时间下，农民革命必然胜利的阶级叙事逻辑根本无法成立。而文化激进派绝对不会容许这种作品存在，因此，当毛泽东要保护姚雪垠继续创作《李自成》的时候，戚本禹仍然坚持认为：“姚写的《李自成》第一册还可以，但写到闯王进京时一定是反动的。”① 可见，无论作家在主观上怎样谨慎，一旦作品在客观上——而不是主观上——与“阶级叙事”的逻辑不相符，无法用来证明现实政治的合理性，那么作品存在的合法性就必须被取消。

然而，在《李自成》被打为“毒草”后，姚雪垠竟然能侥幸躲过残酷的政治运动，将他的文学舞台一直延续到“文革”结束。这个奇迹发生的最主要原因就在于作家得到了有力的政治庇护。当1963年《李自成》第一部出版之时，姚雪垠就立刻寄了一部给毛泽东审阅。而毛泽东对明末农民起义的经验教训的重视是众所周知的。早在1944年，他就对完成于20世纪30年代的另一部写李自成起义的历史小说——李宝忠的《永昌演义》——表现出了非常的关注。同年，郭沫若的《甲申三百年祭》在重庆《新华日报》发表，并由延安《解放日报》转载，各解放区发行单行本，且被作为延安整风运动中的学习文件之一下发全党。② 所以，在新中国成立后姚雪垠同样凭借他才华横溢的小说《李自成》（第一卷）引起了主席的注意。当然，当时他并没有想到，日后他和这部

---

① 姚雪垠：《我的感激与决心：一九七八年五月在中国文联全委会扩大会议上的发言》，《中国当代文学研究资料：姚雪垠专集》，南京师范学院中文系编，1979年，第111页。

② 何景春：《毛泽东与历史小说〈李自成〉》，《江汉论坛》1996年第1期。

小说的安危就全系于此。作为作家，姚雪垠无法决定自己的命运，他和他作品的成败，基本系于高层的授意，而这种特殊保护虽然与他的文学成就有关系，但这决不是决定性因素，更主要的原因在于他的作品在相当程度上满足了高层的政治需要。姚雪垠当然很清楚《李自成》的政治意义，因此，他会在1975年再次写信给毛泽东，主动寻求政治庇护。幸运的是，他再次得到了主席的关心和支持，姚雪垠和《李自成》的文学生命终于都得以保全。

这种寻求庇护的心理，不仅表现在姚雪垠的现实生活中，同样也表现在他的叙事策略上。作家不想成为完全丧失自主性的文学傀儡，他总是想尽办法来限制叙述人的权力。为了让《李自成》顺利出版，姚雪垠巧妙地利用叙述人的高音掩护自己作品的“个人性”。他总是积极主动地跳出来为自己人物的行为做出符合政治要求的解释，但作家从没有为这些议论牺牲精致生动的文学描写，相反，它们只是文学描写的保护膜，以防止作品之外的监听者——大棒批评家对作品中的细节进行任意的歪曲。这样的做法，在“文革”时期的文学创作中，其实是公开的游戏规则，作者和读者都心照不宣。

姚雪垠在1977年版的《李自成》前言中借工人之口将这个障眼法点破。他说：“第二卷和第一卷修订稿都加了一些作者的分析议论。当第二卷清样请工人同志们开座谈会讨论时，‘四人帮’刚刚被打倒，工人同志们笑着指出：‘你用作者身份的那些议论，是害怕‘四人帮’打棍子啊，现在就不必要了。’是的，确实是害怕我的写作意图被‘四人帮’一伙随心曲解，不明不白地挨了棍子。好在我在增加分析议论时尽可能不破坏细节的艺术完整，更不以议论代替艺术。”①

然而，在公开创作和出版的作品中，即使是三百多年前的古人也无法摆脱“阶级叙事”的基本模式。在小说中，李自成和现代革命英雄人物高大泉一样，会苦口婆心地对立场不那么坚定的张献忠进行“忆苦思甜”的革命教育。在第一卷李自成策反张献忠这个情节里，张献忠担心日后李自成会和自己争天下。为了消除张的顾虑，李自成作为“帮助者”对张献忠进行了必要而及时的劝说：“近来我常常想着我们这些人为什么逼得造反，越想越不能半途而废。我小时候替人家放过羊，挨过鞭子……拿你说吧，常听说你小时候同张老伯赶着

① 姚雪垠：《李自成》，中国青年出版社1977年版，第6页。

毛驴儿进川做小生意。……有一天你们把毛驴儿拴在一家绅粮大门外，绅粮出来看见地上的驴屎蛋儿，逼着叫老伯捧起来吃下肚去。……从此老伯得了病，从四川回来不久就死了。敬轩，别说咱们起义是为了救民水火，就说咱们的私仇……"①

很明显，安排这个"忆苦思甜"的情节的目的是要说明李、张二人有共同的阶级背景，共同的阶级仇人，激发共同的阶级感情。但是，姚雪垠毕竟顾及到了人物性格的差异和历史局限性。虽然张献忠也是义军领袖，但没有把他造反的动机提到阶级仇恨的高度，而只限制在不共戴天的私仇层面上。当然，这个差异存在的主要原因可能是因为张献忠曾经投降过朝廷，这使得作者不宜把他的阶级觉悟提得过高。

当然，最容易实现"阶级叙事"模式的"忆苦思甜"情节在小说中的比重并不特别突出。那么，姚雪垠又将如何在不破坏作品历史感的同时兼顾到阶级主题呢？换言之，姚雪垠将如何在李自成起义失败的这个历史框架下讲述农民革命在现代中国必然胜利？

在《李自成》第一、二卷中，有一个反复出现的情节，就是经常借不同人物之口来确认李自成及其领导的义军比其他军队（官军和非李自成领导的义军）更具革命性。特别是在起义军阵营内部，这种"身份意识"更明显。在处理义军头领张献忠和郝摇旗时，姚雪垠一点也不回避他们好利重义、自由散漫、啸聚山林的土匪气质。但是，在处理李自成和他的军队时，则往往强调闯王军队与其他义军的区别，特别是要竭力抹去闯王和他的军队身上的"匪气"。为了塑造闯王的光辉形象，姚雪垠在神医尚炯劝举人牛金星投闯王造反一节中，指明闯王不是流贼草寇，而是英雄豪杰，彻底推翻封建正史中对李自成的评价，将他从"贼"上升为"农民英雄"。而后，在牛金星见到闯王一节中，作者又借牛金星之眼，看到闯王俭朴随和的生活作风，以及不问天下，只问黎民的无私胸襟，进一步将李自成在牛金星的心目中的"贤明君主"形象向时代要求的"无产阶级革命家"形象靠拢。在写到闯王军队的时候，小说中也多次提到闯王军队不说黑话，不迷信，纪律严明，亲如一家。这与革命战争时期共产党军队所树立的"人民子弟兵"形象之相似是毋庸置疑的。甚至，姚雪垠还

① 姚雪垠：《李自成》，中国青年出版社 1977 年版，第 426 页。

必须在小说中隐晦地模仿现实政治斗争中的成分划分方式，借高夫人之口，在闯王自己的军队内部再做更加细致的“身份辨识”，确立“老八队”最可靠、“孩儿兵”最勇敢的形象。

事实上，有研究者看到《李自成》中历史和现实的刻意的对应性，并且把这种对应性解释为作者迫于政治压力，配合政治需要的表现。① 但是，他们却没有注意到，作品中反复出现的这种“身份辨识”情节，反而在无意中流露出作家在创作时无法回避的“身份焦虑”。由于姚雪垠主动地将李自成起义与共产党的革命战争相联系，那么他就必须在小说中对李自成的身份做出一个既合乎现实政治要求，又不违反历史事实的评价，即在李自成的“土匪”——“农民英雄”——“封建帝王”——“无产阶级革命家”之间找到一个平衡点。在他所设计的这个“古为今用”的文本中，读者既可以看到李自成的“农民英雄”和“无产阶级革命家”的正面形象，又可以看到他无法摆脱的“土匪”出身和“帝王”结局的负面形象。尽管作者竭力切断负面形象与现实之间更具深意的内在相似性，但是，这种刻意地遮蔽反而在不经意间暴露出“阶级叙事”内部一直存在着隐晦的“身份焦虑”，即文化激进派在确立其革命合法性时的深刻的意识危机。

结 语

时过境迁，无论是红极一时的《金光大道》，还是大部头的多卷本长篇小说《李自成》，都已然淡出当代读者视野，前者甚至被扫进了历史的垃圾堆。然而，这两部作品仍然值得作为那个特殊时代的最珍贵的文学记忆单独提出来讨论，主要是因为这类作品是中国当代文学“一体化”进程的最直观的文学标本，从生产、传播、评论，到风格及创作方法等诸多方面都具有明显的时代特征。而且，这些作品以活生生的方式向我们展现了在严厉的意识形态控制下，作家为了保留或表现文学的“个人性”所做出种种叙事策略上的尝试和周旋，因此，对这些作品的细致研读，可以让我们对“文革”时期公开进行的文学活动的复杂性理解得更为全面。在某种程度上，只有这些掩藏在合法的政治外衣

① 邓经武：《姚雪垠与郭沫若比较论》，《郭沫若学刊》2001年第1期，第65页。

下的审美努力，才是那个时代文学与政治复杂互动关系的最真实写照。

（《西南民族大学学报（人文社会科学版）》2012 年第 11 期）

姚雪垠思想历程与《李自成》的时代印记

余新华[①]

《李自成》五卷共十二册，约合 330 万字，是当代文学中风靡一时的历史长篇。它从一个侧面反映了中国小说观念在现代社会中的复杂变化过程，突显了李自成农民起义爆发的必然性，展现了李自成的威武形象及其与生俱来的悲剧性，从而实现了小说三维互动的艺术格局。

一、《李自成》的创作历程

与新中国一批当代小说家经历相似，姚雪垠的文学道路横跨新旧两个时代。1938 年春，姚雪垠最初创作的短篇小说《差半车麦秸》，在茅盾主编的香港《文艺阵地》杂志发表。1957 年深秋之季，姚老开始动手写作《李自成》，至 1963 年《李自成》第一卷问世，历时 7 年。1999 年 8 月，《李自成》第四、五卷终于杀青付梓，历时 42 年。那宏伟磅礴的气势，绚丽多彩的画面，浓郁的历史时代氛围，跃然纸上；栩栩如生的人物形象，引人入胜。毋庸讳言，作为当代第一部描写农民战争的历史长篇小说，《李自成》与政权领导者曾经的异常亲密的接触，其沿袭于“长河”小说的史诗特性，多重穿插、交错式的悲剧组合，诸种因素掺杂在一起，构成了一个复杂的《李自成》现象。在这里，我们想说明的是：小说的复杂性正植根于现代观念的总体特征。在当代中国小说史上，没有哪一部作品经历如此漫长的时间。抗战期间，“即四十年代初期，他就想到要写历史长篇小说”，萌生了“写作《李自成》的念头，并开始为此搜集、研究明末史料”。如果把这前前后后都加起来，小说经历了 20 世纪 50 多年的风风雨雨，不仅凝聚作家大半生心血，也从一个侧面反映了中国小说观念在现代社会复杂的变化过程。

---

① 余新华（1956—），湖南郴州职业技术学院副教授。

二、姚雪垠个人的思想历程

（一）思想收获

《差半车麦秸》是姚雪垠早期的代表作，写于1938年4月，同年5月发表在茅盾主编的《文艺阵地》第1卷第3期。作品以鲜活的群众语言，鲜明的人物形象，成功的人物性格塑造，在当时即引起读者和文艺界的瞩目。国外文艺刊物亦予以翻译介绍。研读《差半车麦秸》这篇小说，强烈地感受到它独特的艺术魅力。通篇没有一个完整的贯穿始终的情节，几处典型的精妙的细节描写却将主人翁的性格浮雕般地凸现在读者的眼前。《差半车麦秸》是一篇抗日题材的小说，却没有正面描写战斗场面，不见战火硝烟，没有完整的线索，作者以淡化的情节、精妙的细节把人物塑造得有血有肉，栩栩如生，性格鲜明突出。其对小人物性格特征的鲜明刻画和对宏大战争场面的描写以及丰富的人物内心世界的刻画无人能出其右。从其生活经历看，姚雪垠在旧中国有写“普罗文学”倾向的小说，但对历史学和古文典籍却情有独钟。他读梁启超的《清代学术概论》，“清代朴学家们的治学精神、方法和严肃态度使我受到了很大教育”；同时“很爱好古典文学。我不停留在一般欣赏，而能从古典文学中汲取了有益的营养”；他不仅粗通文言文和骈体文的写作方法，写旧体诗文，“日后读书渐多，这方面的修养也有所增进”。热衷新文化与热衷古典并重，在投身革命同时，对历史和古典文学也有浓厚的兴趣，这种经历当年也许并非姚雪垠所独有。但穿越不同的知识结构，把新观念和“老故事”一起当作欣赏对象，不太强调知识谱系之间明显的分歧与界别，这在姚雪垠经历中是比较值得关注的现象。初看起来，姚雪垠的选择与新文化运动倡导的人性启蒙是矛盾的。经过马克思主义“理论常识”的“启蒙和引路”，又亲历共产党领导的学生运动，他在学术倾向和艺术趣味上却并不想从旧文学营垒冲杀出来。至少姚雪垠的自述很少有那一时代青年激烈的、对旧文化毅然决绝的姿态。据姚雪垠回忆：“当时以历史唯物主义为指导的新史学运动正处在草创阶段，关于中国社会性质和社会史问题的讨论甚为热闹。我对这一运动也很感兴趣。”不仅追随时代潮流的青年对“新史学”感兴趣，历史学家也有对新史学运动的回忆可为佐证：“研究历史，和研究任何学问一样，是不允许轻率从事的。掌握正确的科学的历史的观点非常必要，这是先决问题。”历史研究的关键不在于搜集和铺排史料，尽管那是必不可少的，但在这种常识背后，历史显然不是纯粹的客观存在，只等着历史学家原样叙述就可以了。叙述不再听凭正史记载中冠冕堂皇的宏大叙事，或者野史逸闻中零星的、支离破碎的断简残篇。研究历史的“先决问题”在于能否“掌握正确的科学的历史的观点”，如果观念不变，即使汇集了大量材料，也不能形成理想的表述。换句话说，现代启蒙意识赋予人重新讲述历史的权力。同时现代启蒙运动对作家和知识分子的意义，特别是关于人对“自我觉醒”的认识，并不局限于对个人经验的描摹或个人喜怒哀乐的范围；不局限在对个人爱情、婚姻的想象，尽管这是一般印象中的启蒙文学。但如果这就是启蒙时代的标志，这种现象却非现代文学独有，在古代社会和古典文学也屡屡可见。与以往的经验不同，同样是对生活不满，但人们不再相信有任何所谓万古不变的教条。“我思故我在”，笛卡儿的名言成为新时代的精神主题。它倡导一种无畏的、富于挑战的“反思”意向，鼓励并激发人要“敢于去知”。

（二）思想缺失

新中国成立后，为摆脱困境，姚雪垠向现代求援，以期求得政治上的庇护。他们在达到目的的同时，也付出了沉重的代价，如笔下形象的超时代性。加之担任文艺界领导职务，[①] 工作繁忙，《李自成》的创作便一拖再拖。1957年，姚雪垠因口无遮拦被划为右派，一时间，他从文艺界的负责人变成“反党反社会主义”的敌人。被批斗的高潮过去之后，他感到空前的痛苦和寂寞。恰在此时，一种长期埋在心底的创作冲动渐渐浮了起来，他在极为困难的环境中，草成了《李自成》第一卷，并意外地得到了中央领导人的认可，得以顺利出版。在当时“左”倾思潮猖獗、作家动辄得咎的情况下，《李自成》之所以独得青睐，除了因为作家压抑多年的创作激情的喷发，使得作品生动感人以外，更重要的是缘于《李自成》创作上的现代化取向。《李自成》名曰历史小说，实际上充满了现代战争情结。这种情结，不是对战争的反思和人在战争中的内心体验，而是表现一种对战斗生活的向往与获得胜利的喜悦。至于战争的细腻的感情体验、战争给人带来的肉体和精神的痛苦、战争对人性的扭曲与异化、对战争性质的思考等，作品却没有或很少涉及。这主要是由于我国现当代史是一部充满战争的历史。武装斗争成为现代中国寻求出路的主要内容和主要

---

① 姚雪垠当时并未担任文艺界领导职务——本书编者注

表现形式。加之斗争的长期性、曲折性与残酷性，使斗争过程蒙上了一层神圣性与传奇性的面纱。为了确保这种战争、战斗的胜利，需要渲染我军的正义，证明敌人的邪恶等。这一切在新中国成立后一些描写战争题材的作品中表现得尤为充分。而令人疑惑的是《李自成》作为一部描写农民起义的历史小说，竟然与描写现代战争的作品出奇的相似。难怪《李自成》一出版，便有学者指出这部作品在描写与陈述上的现代化问题。诸如李自成犹如共产党的高级指挥员，高夫人太高，红娘子太红，老八队犹如老八路等。

三、《李自成》人物的得失与时代印记

《李自成》表现出的现代战争情结，是与共和国成立之后舆论一律以及文艺上的唱赞歌相一致的，也与当时的政治环境以及作者个人的处境相关。尽管这部小说是作者压抑多年的创作激情喷涌的产物，体现出作者的创作才能，取得了一定的艺术成就，但迫于当时政治形势的压力，出于一种自我保护意识，作者又不得不违背历史和艺术的规律作出妥协和让步，以迎合某种政治的需要。这当然给《李自成》造成了巨大的损失。因而，与其说《李自成》是一部反映明清之际农民起义、农民战争的历史小说，毋宁说是一部借历史题材之躯壳，抒发歌咏现代人民战争之情调、情趣的隐喻之作。在深层的意义上，李自成的形象和当代文学史上的彭德怀、杨子荣等是相通的。作品是借明代农民起义领袖，抒发当代军人之情怀。这一方面使《李自成》在当时产生了一定的社会效应，另一方面又注定了姚雪垠创作的难以为继。一部分固然在于拔高李自成、高夫人的情节和对红娘子、邵时信等的“忆苦”段落以及当年为防“棍子”而外加的说明性、议论性文字。还在于未来得及删除修改原著中千余处叙述自相矛盾或失去照应、史料及历史常识问题、诗词格律的失误以及语病等。是的，“高大全”的影响不可低估，拔高、失真，常常使被歌颂的英雄人物失去其可亲、可信，这有悖于塑造人物的宗旨。但与300多万字的正篇来比，诚然瑕不掩瑜。这使我们想起了当年刘再复与姚雪垠的那场笔墨官司。刘再复指出《李自成》的创作呈退势——创作的灵气日益减退，这个意见是符合事实的。但刘再复并没有指出问题的症结所在。《李自成》之所以呈退势，并非是姚雪垠年龄渐长，体力不济，也并非“江郎才尽”，而是因为《李自成》咏当代军人之情怀的创作基调与历史上农民起义题材之间存在着无法排解的矛盾。抒正义之师胜利豪情的内在情致与农民起义军的必然失败的结局有着不可调和的冲突。尽管在以后的创作中，作家设计了诸如农民起义军的内讧和没有巩固的革命根据地以及没有相应的税收政策作后盾等情节，仍然无法从根本上解决这个矛盾。因此，我们说《李自成》的根本症结在于名曰历史小说实则表现了现代战争情结。它的创作上的功利性和政治上的策略性，局限了这部小说的历史意义和艺术价值，使得姚雪垠给自己规定的强大的历史感和历史悲剧性，全方位地反映那个时代的社会内容等创作目标未能充分实现。看来《李自成》没能进入史诗性作品的行列，不是作家才能的不足，而是政治的挟持与时代的局限。当然，这里还应强调指出的是《李自成》创作的现代化取向，并不是用强大的现代意识去观照明清之交的历史事件，而是屈从于"左"倾思潮的淫威，在创作中以现代化战争情结的叙述与描写来迎合"左倾"政治的需要，或者说以躲避"左"倾思潮的迫害。在个人经历上来看，姚雪垠是在1957年被打成"右派"之后开始着手写《李自成》的。政治上的挫折，使他学会了用阶级分析的方法来重新理解《李自成》中人物形象的得与失。同时，他在现实生活中被孤立，受到了侮辱性待遇，促使他在逆境中发愤写作。正是这种孤愤体验，使他获得了观照李自成农民起义的另一视角，即对人生境遇的思索。"反右派斗争"改变了众多知识分子的命运，使他们从政治生活的参与者沦为被管制改造的对象，揭发和批斗将他们从群众中隔离开来，肉体和精神都处于紧张和孤立之中。同样，在"天灾流行，饥馑洊臻，政繁赋重，外讧内叛"的乱世，无论皇帝还是农民，生活的连续性被迫中断，不得不应对随时都有可能降临的灾难。就是在这一层面上，姚雪垠的精神世界和李自成、崇祯皇帝是钩连在一起的了。

在《李自成》第二卷中，姚雪垠对人生的困境作了区分，被围困的局面有两种：当崇祯十三年的春天，张献忠曾被包围在川、陕、鄂交界之地，李自成继续被围困在商洛山中，人人都看得清楚，但是崇祯皇帝被层层围困在紫禁城中，却不曾被人们看清楚。他自己只知道拼命挣扎，却对被层层围困的形势并不清楚。李自成那艰苦卓绝的精神，百折不挠的意志，惨淡经营，锐意恢复，终于突入中原，席卷豫、陕，声威大振。然而，李自成在顺境之中，亦被一堵看不见的"墙"围困，姚雪垠设计了王长顺这一人物形象，来见证李自成逐渐被地位、权势所围困的过程。对崇祯皇帝来说，他首先是被内忧外患的政治局势所困。如何平息外忧内患，挽救明王朝不亡是崇祯王朝的首要问题。尽管崇祯处理“主战”与“主和”问题的思路上有蒋介石“先安内而后攘外”这一卖国政策的投影，但姚雪垠并没有将崇祯皇帝简单化为一个反动腐朽的符号。如果说明王朝必亡，那么，任何人包括崇祯在内，都无法也无力回天。他们的任何挣扎只不过是为历史发展的必然规律提供反面例证而已。从这一角度看，崇祯亡国的悲剧是历史悲剧。但历史悲剧必得由个人来承担。崇祯是皇帝，但也是人，一个“生活着的人”。姚雪垠在小说中准确地把握住了崇祯身上皇帝与常人两种身份的冲突，譬如，他想和谈、南迁，但又要顾及皇帝的尊严，很难在名正言顺与通权达变之间寻找到平衡的支点。在这里，我们不仅看见了作为皇帝的崇祯，还看见了作为丈夫、父亲的崇祯。这样总结《李自成》中人物的悲剧，也许并非姚雪垠本意，但作为一部现实主义长篇力作，小说家对明末历史生动的叙述，使人物的得与失不局限于某一细节，或某一具体的失误，而是贯穿在他对整个历史生活的描写和诠释当中。一部小说诞生，正像婴儿脱离母腹，虽然保留着他脱胎于那个世界的遗传基因，同时却又独立于那个世界，成为一个自在的生命个体。这也是姚雪垠长篇历史小说《李自成》给我们的启示，其中既有小说所映现的时代语境和社会规约，又有小说艺术和历史叙事的独到之处。

综上所述，我们说《李自成》既是以明末农民起义来演绎现代农民革命战争的英雄史诗，是对民族国家合理性的一种想象性认同，同时又是对人生困境的形象化书写，是对人生得与失的综合评价。其所反映历史的深度与广度、文学的精妙与境界、思想的深刻与见解的独特是无可比拟的。《李自成》正是乾嘉学风与革命立场、知识分子自我与革命英雄的奇妙混合，由于后者对前者的改造，姚雪垠实现了对李自成起义的想象性重构，也满足了新中国的阅读期待。

（《学术论坛》2010 年第 7 期）

论《李自成》对古典文学传统的继承

徐亚东[①]

《李自成》是著名作家姚雪垠1957年动笔写作，耗时42年，倾其大半生心血创作的五卷十二册约合320万字的长篇历史小说。它以深广的社会历史内涵、宏大的艺术架构和深刻的现实主义精神品格为中国当代小说史树起一座气势恢弘的丰碑。自这一巨型文本问世以来，一大批研究者或从宏观层面或从微观角度进行阐释和评论，出现了一批不乏理论见地的研究成果。本文试图从《李自成》与古典文学关系这一新的角度入手，探讨《李自成》艺术表现方面的成就。

一

与同时代作家相比较，在对历史小说创作内在规律的认识上，姚雪垠应当是最具理论见地的作家之一。他认为："历史小说应该是历史科学和小说艺术的有机结合，而历史小说家在处理两者的关系时必须做到深入历史，跳出历史。不深入历史就不能达到历史科学，不跳出历史就完不成艺术使命。"[②] 为了保证小说《李自成》能够抵达历史哲学的高度，姚雪垠在深入历史方面作足了功课。他不仅广泛地收集有关明清的历史资料，仅"书架边的两个卡片柜"就分门别类地装着"有一两万之多"的卡片[③]；同时，他又以唯物主义史学观

---

① 徐亚东（1966—），南阳师范学院文学院教授。

② 姚雪垠：《〈李自成〉第一卷前言》，《姚雪垠研究专集》，黄河文艺出版社1985年版，第290页。

③ 徐民和：《是党给我的艺术新生命——访作家姚雪垠》，《姚雪垠研究专集》，黄河文艺出版社1985年版，第14页。

为指导，对拥有的史料进行分析、考辨。正是几十年如一日沉潜在明清史料海洋里的研究辨析，为姚雪垠《李自成》的创作抵达历史科学的高度提供了充分的保证。姚雪垠又跳出历史，在尊重历史事实的前提下进行艺术虚构以实现小说的艺术使命。如何在历史小说中进行虚构？姚雪垠认为："一切得自正史、野史、文集、方志等的各种文献资料，须经过历史小说家的认真研究，消化，取舍，向深处挖掘，然后经过集中，概括，组织，剪裁，形成粗糙的故事情节或艺术细节，然后在已经达到的真实性基础上再进一步加以丰富，提高，想象和夸张，也更多地倾注了作家的激情，才能够产生感人的小说情节和细节。"① 在《李自成》创作中，姚雪垠主要运用此种方法虚构情节，刻画形象。例如历来为《李自成》研究者特别称赞的潼关南原大战，尽管历史文献对这次战争也有记载，但据姚雪垠研究，根本没有发生过此战，然而，为完成小说的艺术使命，他虚构了这一主要情节，"以便使李自成和他周围的英雄人物在小说一出场就处于武装斗争的狂风暴雨，惊涛骇浪之中，通过一次全军覆没的严酷考验刻画他们的英雄形象"②。与此同时，姚雪垠还化用、改造了古典小说《三国演义》和《红楼梦》中的情节来刻画人物。在李自成形象塑造上，作家化用《三国演义》中诸葛亮"挥泪斩马谡"的情节模式，虚构"忍痛斩鸿恩"这一情节，表现李自成严于律己、大义灭亲、一切以革命大业为重的品质。姚雪垠还借用古典小说的艺术细节描写来塑造人物。比如刘宗敏出场的细节描写就是为人称道的一个例子。在刘宗敏出场前，姚雪垠写道："随即一个人的脚步声从大门口一路咚咚地响着近来，地皮被踏得震动。"接着写道："一个粗狂的声音像打雷似的在院里回答说，随即是一阵爽朗的大笑。""随着笑声，一位约三十岁年纪，身材魁梧……腰挂双刀的将领走了进来。"刘宗敏出场这一细节描写，显然是对《红楼梦》中王熙凤"粉面含春威不露，丹唇未启笑先闻"出场细节的借用和模仿。这一细节描写为刻画刘宗敏豪爽、勇敢的性格特征起到了很好的艺术铺垫作用。

除了继承古典小说的情节和细节刻画人物形象外，姚雪垠还继承了古典小

① 姚雪垠：《论历史小说的新道路》，《姚雪垠书系》第19卷，中国青年出版社2000年版，第238页。

② 姚雪垠：《〈李自成〉第一卷前言》，《姚雪垠研究专集》，黄河文艺出版社1985年版，第291—292页。

说常用的以诗、词和文章塑造人物形象的艺术传统，在继承的同时又加以创造性的运用。古典小说在运用这种方法塑造形象时，大都存在这样的不足——诗词和人物性格的表现往往不能有机的融合，常常用“有诗为证”的套话形式来外在地补充、说明人物的性格特征，从而形成了一种模式化套路。在《李自成》的创作中，姚雪垠克服了这一传统艺术手法的弊端，不仅根据人物的身份和文化教养恰如其分地采用诗、词、文、对联等文学形式刻画人物，而且在艺术描写中融入诗词、文章来阐释人物难以言表的心理以进一步烘托和透视其性格特征。这种艺术手法最为鲜明地体现在牛金星、李信、崇祯等形象的塑造上。在此仅以李信形象的塑造加以说明。李信本是世家公子，自幼饱读子书经传，深受儒家传统文化熏染，素有忧国怀民、兼济苍生之志。面对明王朝的危局，他既担心王朝覆灭，又希望有英雄能够挺身而出拯救时局，并愿意尽辅佐之力。对李信的这种复杂心理，姚雪垠通过他所写的一阕《沁园春》予以透视。在这首词中李信首先描写了王朝腐朽统治所造成的社会破败景象：“叹平林尽处，烟村寥落，田畴如赫，零乱哀鸿。”由此引发“常怕天从西北倾”的忧虑，同时希望有英雄出来“积芦灰炼石，克奏神功”，并言明自己愿尽辅佐之力，解民于水火的愿望：“幸年华方壮，气犹吞牛。”“应有知己，弯弓跃马，拦辔中原慷慨同。”李信因遭仇家陷害而被下狱，被红娘子解救后投奔李自成起义军。当他向李自成提出“据宛、洛以控中原，据中原以取天下”的建议未被接受时，他遂生隐退之意。对此，姚雪垠用李信在他书房写下“永忆江湖归白发，欲回天地入扁舟”的对联表现其退隐之意。在李信形象塑造上，这些诗句、对联不仅与人物特定的经历和品格相吻合，含蓄地表达了他不便直言的心声，起到了一般人物语言起不到的作用，而且也极大地丰富了形象塑造的艺术手段，彰显出姚雪垠深厚的古典文学素养。

二

《李自成》对古典文学传统的继承还体现在它二对古典文学传统美学思想的继承上。姚雪垠在谈到《李自成》小说创作的美学追求时曾言：“从《李自成》第一卷动笔写作，我在长篇小说的情节进行上就拟定了自己的美学追求。这一追求就是：壮美与优美交互变化，而以壮美为主调。我又简化为两句话：

‘笔墨变化，丰富多彩。’”① 这一美学追求，不仅表现在《李自成》艺术结构单元与单元之间的张弛变化上，而且在每一个艺术单元内也表现出这种有张有弛、富于变化的特征。在《李自成》第一卷中，姚雪垠紧锣密鼓地描写了金戈铁马、刀光剑影的南原潼关大战这一单元之后，接着在义送摇旗这一单元，描写了李自成蛰居商洛山中练兵、垦荒、打粮等日常生活。这是单元与单元之间张弛转换的一个例证。而在第二卷商洛壮歌单元中，姚雪垠在一系列激烈的战斗场面和平定杆子哗变的紧张描写中，还穿插了如马三婆劝降王元吉、张鼐探访慧梅等一些看似”闲笔“的细节描写。茅盾对此单元的美学特点曾作如下概括：“整个单元十五章，大起大落，波澜壮阔，波谲云诡之妙，而节奏变化，时而金戈铁马，雷霆震击，时而凤管鹍弦，光风霁月；紧张杀伐之际，又常插入抒情短曲，虽着墨甚少而摇曳多姿。”② 对《李自成》整部小说艺术表现的张弛变化特征，著名美学家朱光潜用富有“节奏感”予以简练高度的概括。“中国的文学、艺术历来都是讲究笔墨变化的。从楚辞起，就呈现出丰富瑰丽的色彩。姚雪垠早就喜欢《离骚》，抗战期间还专门发表论屈原的文学遗产的学术论文，他特别欣赏《离骚》的繁复多变。”③ 而代表中国古典小说艺术高峰的《水浒传》《三国演义》《红楼梦》《金瓶梅》更是注重艺术表现的曲折多变。金圣叹在《第六才子书三之三》中曾言：“文章之妙，无过曲折。”张竹坡在《金瓶梅读法》中就肯定小说善于运用“每于极忙时，偏夹叙他事入内”的“闲笔”艺术特征。毛宗岗对《三国演义》第七回的战争叙事和第八回转而叙述貂蝉的故事曾如此批道：“前卷方叙龙争虎斗，此卷忽写燕语莺声，温柔旖旎。真如铙吹之后，忽听玉箫；疾雷之余，忽观好月。”（第八回回首总评）这种追求壮美与优美的衔接转换和相互渗透的美学思想是构成中国古典小说艺术传统的一个重要内容。由此观之，《李自成》丰富多变的美学特征不仅是姚雪垠继承诗、词、曲、赋美学传统的结果，更是他自觉地继承中国古典小说传统美学思想并加以艺术实践的最终结果。

在《李自成》创作中，为了实现他所追求的壮美与优美相互变化的艺术目

---

① 姚雪垠：《论历史小说的新道路》，《姚雪垠书系》第 19 卷，中国青年出版社 2000 年版，第 250 页。

② 茅盾：《关于长篇历史小说〈李自成〉》，《文学评论》1978 年第 2 期。

③ 严家炎：《漫谈〈李自成〉的民族化风格》，《河南大学学报》1986 年第 2 期。

标，姚雪垠常常“将诗中优美的意境吸收过来，经过自己的消化，不着痕迹地融入小说的艺术画面中”①。这种艺术追求在他 20 世纪三四十年代的小说创作中就有所表现。例如在 1947 年出版的《长夜》中，开头两段有关中原农村因军阀混战和匪祸而造成的萧条破败景象描写，就是化用汉乐府《十五从军行》中“兔从狗窦入，雉从梁上飞，中庭生旅谷，井上生旅葵”的意境。在《李自成》创作中，这种化用诗词意境的例子不胜枚举。严家炎先生曾指出：“第一卷第二十一章写：‘闯字大旗竖在黄河岸边，在西风中卷着夕阳。高夫人望望大旗，仿佛能够听见大旗在呼啦啦地响。对着雄伟的自然风光，玉花骢昂首扬尾，萧萧长嘶’，这幅画面分明有杜甫‘落日照大旗，马鸣风萧萧，（《后出塞》）的意境。”② 中国古典诗词常常运用动静相衬、声色相映的艺术方法来营造意境，姚雪垠在《李自成》的艺术描写上继承了这些传统艺术方法。例如，在李自成与高夫人一同去健妇营的路上，有这样一段景物描绘：

> 较近的山顶上有几块白云，随着若有若无的清新晨风，慢慢地向西飘游。有的白云在晨曦中略带红色，有的呈鱼鳞形状，有的薄得象一缕轻纱，边沿处化入蓝天。就从那白云飘去的地方，传来布谷鸟的鸣声。

在这段景物描写中，黛绿色的山顶、白云和蓝天等多样的色彩构成了一幅具有绘画美的静谧画面，而在这静谧的画面中作家又融入了布谷鸟的鸣叫声。静与动、声与色的互相映衬使景物描写呈现出浓郁的诗意和盎然的生机，从而营造出“空山不见人，但闻人语响”的优美意境。

此外，在语言的运用上，姚雪垠吸收古典诗词、戏曲和白话小说真切自然、朴素生动的语言特质，而形成《李自成》语言的口语化特征。为篇幅所限，在此就不再详细论析。

三

姚雪垠是带着中国古典文学和五四新文学传统的双重文化馈赠，于 20 世

---

① 汝捷：《〈李自成〉散论二题》，《姚雪垠研究专集》，黄河文艺出版社 1985 年版，第 585 页。

② 严家炎：《漫谈〈李自成〉的民族化风格》，《河南大学学报》1986 年第 2 期。

纪30年代开始走向文学创作之路。虽然他深受新文学传统的熏染，同时又接受了左翼文学的影响，然而“他在学术倾向和艺术趣味上却并不想从旧文学的营垒中冲杀出来。至少姚雪垠的自述，很少有那一时代青年激烈的、对旧文化毅然决绝的姿态”[①]。不仅如此，他“在拥护新文学运动的同时，也很爱好古典文学”，在少年时代还“学了些文言文的写作方法，包括不很严格的骈体文。日后读书渐多，这方面的修养也有所增进”。对于古典文学，姚雪垠“不停留在一般欣赏，而能从古典文学中汲取了有益的营养”[②]。吸收古典文学的艺术营养，一个基本的前提是作家必须具备丰厚的古典文学知识。只有这样，才能够在小说创作时做到随手拈来，点石成金。就姚雪垠的古典文学知识积淀来说，他不仅少年时期接受过私塾教育，而且在青年时期也大量地阅读了屈原、杜甫、白居易、陶渊明等诗人的作品和《三国演义》《红楼梦》等古典小说以及古典戏剧作品。他自称“从十九岁到二十七岁，我读书很多”，“我深深感到青年时期的读书多，涉猎多，对我很有好处，它丰富了我对中国历史和中国古典文学的常识”[③]。在阅读古典文学的同时，他还进行一些研究，比如在20世纪40年代曾写过研究屈原《离骚》和《略论辞赋的发展道路》的论文。这些阅读和研究不仅夯实了姚雪垠古典文学知识的基础，而且也丰富、提升了他的古典文学艺术修养。

姚雪垠钟情古典文学传统，并在小说创作中汲取古典文学营养，主要有以下两个方面的原因：

一是从古典文学传统与新文学关系角度，认识古典文学传统的价值。“文学是民族文化的最有生命力的组成部分，优秀的文学传统必然是民族的骄傲，也是发展新文学的基础。”[④] 对五四新文学运动以来的新文学，姚雪垠一方面肯定其在反封建和提倡民主、推动现代历史进步等方面所显示的巨大成就，另一方面，又非常清醒地看到了它的不足：“五四时期的先进知识分子锐意引进西洋的民主和科学思想，没有觉悟到应该使新文学建立在本民族的土壤上，开

① 董之林：《观念与小说——关于姚雪垠的五卷本〈李自成〉》，《文学评论》2008年第2期。

② 姚雪垠：《我的道路》，《姚雪垠研究专集》，黄河文艺出版社1985年版，第48页。

③ 姚雪垠：《我的道路》，《姚雪垠研究专集》，黄河文艺出版社1985年版，第46页。

④ 姚雪垠：《谈小说的中国气派与中国风格》，《姚雪垠书系》第18卷，中国青年出版社2000年版，第411页。

放具有本民族特色的花香。到二十年代末，中国左翼文艺界又引进了苏联极左的流派‘拉普’的文艺思想，更加不会想到如何继承和发扬优秀的文化传统了。”① 在姚雪垠看来，“五四时期，虽然有个别诗人从民歌学习表现形式，虽然有较多的在文学语言上注意到中国传统的白话文学，但是都没有认识到如何应该有意识地继承民族传统，建立自己民族的文学风格，即所谓‘民族形式’或‘民族气派’”②。

二是两次讨论带给姚雪垠追求小说创作民族化风格的启示。针对五四新文学运动以来的忽视民族文化传统的倾向，20 世纪 30 年代和 40 年代文艺界曾展开“大众语文学”和“民族形式”的讨论。虽然姚雪垠没有直接参加讨论，但他从每次讨论中都得到了重要启示：“关于‘大众语’的问题，我马上就能够理解它的全部意义，形成我自己的文学语言道路和风格。但是关于‘民族形式’问题，其内容要复杂得多，我不能在短期内完全理解。我是经过多年之后才慢慢理解的，并通过我的创作实践逐步提高了我的认识，在《李自成》的写作中体现了我的关于民族风格或民族气派的成熟了的认识。”③ 受“大众语文学”讨论的启示，姚雪垠在《差半车麦秸》《牛全德与胡萝卜》等创作中，主要吸收古典文学语言的营养，探索小说语言的口语化风格。由于对“民族形式”问题短期内不能完全理解，所以在 20 世纪 40 年代创作《长夜》时，他在承续前一时期语言风格探索的基础上，较为有限地吸收古典文学的艺术营养，如化用古典诗词的意境进行景物描写，整体上还缺乏植根民族传统文学的深厚土壤来追求小说的民族风格或民族气派。然而，在《李自成》的创作中，姚雪垠则更加自觉地追求小说的民族风格。“在《李自成》动笔之前，我对于《李自成》要表现的风格问题，质言之，也就是它应该带有民族气派的问题，我已向自己提出了要求，作了初步的全面考虑。”④ 为了实现这一审美目标，他把

① 姚雪垠：《谈小说的中国气派与中国风格》，《姚雪垠书系》第 18 卷，中国青年出版社 2000 年版，第 414 页。

② 姚雪垠：《谈小说的中国气派与中国风格》，《姚雪垠书系》第 18 卷，中国青年出版社 2000 年版，第 415 页。

③ 姚雪垠：《谈小说的中国气派与中国风格》，《姚雪垠书系》第 18 卷，中国青年出版社 2000 年版，第 419 页。

④ 姚雪垠：《谈小说的中国气派与中国风格》，《姚雪垠书系》第 18 卷，中国青年出版社 2000 年版，第 421 页。

笔触伸向深厚的民族传统文学土壤里，汲取艺术的营养，成功地实现了《李自成》民族化风格的审美追求，最终使《李自成》成为当代小说史上一部不可多得的具有民族风格的鸿篇巨制，尽管在艺术表现上它还有一些不尽如人意之处。

（《中州学刊》2010 年第 5 期）

承续与深化

——从《长夜》到《李自成》

徐亚东

深入剖析40年代的《长夜》是研究《李自成》，“打开《李自成》的创作问题的钥匙之一”。[①] 同时，从《长夜》到《李自成》我们也可以窥见姚雪垠历史小说创作执着的艺术探索精神。

一

姚雪垠少年时期曾有过被土匪李水沫部绑票并与其生活一百余天的生活经历。[②] 亲历土匪生活使姚雪垠能够近距离地体认土匪们绑票勒索、杀人越货、奸淫妇女等破坏行为加速农村崩溃的社会现实情景，认识到土匪只是缺乏自觉政治目标的“低级形态的武装叛乱”[③]。而且也看到，“一支人数较多的土匪武装，其阶级成分是复杂的：有真正的失业农民，有农村中的二流子，有离开军队的兵油子，有破落地主家庭出身的人；还有曾经受过招安成了军官，因打败仗或不得意而重新下水的军官”[④]。他还真切地感到杆子队伍中，“确实有许多败类，人类的渣滓，但是杆子中也有好人”，“像我的义父和他手下的叔叔们，

① 姚雪垠：《为重印〈长夜〉致读者的一封信》，《姚雪垠研究专集》，黄河文艺出版社1985年版，第256页。

② 姚雪垠被土匪李水沫部绑票，并在杆子中生活100多天，参见姚雪垠《我的道路》第45页。《姚雪垠研究专集》，黄河文艺出版社1985年版，第46页。

③ 姚雪垠：《为重印〈长夜〉致读者的一封信》，《姚雪垠研究专集》，黄河文艺出版社1985年版，第262页。

④ 姚雪垠：《为重印〈长夜〉致读者的一封信》，《姚雪垠研究专集》，黄河文艺出版社1985年版，第262页。

绝大多数本质上都是好的，被生活所迫，走投无路，才拉杆子”[①]。20 世纪 20 年代，姚雪垠的家乡“闭塞而落后”，“土匪是这地方的有名特产”[②]。故乡的社会历史现实丰富着他对土匪生活的认知。姚雪垠从这段土匪生活和对家乡记忆中，固然取得关于土匪的直观、丰富的感性认识，为《长夜》的创作提供了基础，但如何开掘与表现，不仅决定《长夜》艺术成就的高下，也将折射出姚雪垠历史小说创作的独特艺术个性和审美追求。

在中国现代小说史上，书写和表现中国农民革命斗争的小说最早应当追溯到左翼文学。一批左翼作家接受马克思主义的阶级分析和阶级斗争的理论，并以此观照古代农民革命斗争这一历史题材，先后出现了孟超的《陈涉吴广》、廖沫沙的《陈胜起义》、张天翼的《梦》等作品，其中以茅盾的《豹子头林冲》《石碣》《大泽乡》最具代表性。在茅盾的这几部作品里，他“纯熟地运用阶级斗争观点分析和描绘历史人物和事件，不仅将作品中的人物分成对立的两个阶级，二者的斗争构成了作品的情节主线，而且着意强调人物的阶级出身和阶级属性，以此凸现农民起义的历史必然性和合理性”[③]。用阶级分析的方法表现农民起义超越了古代此类题材创作的藩篱，表现出一种全新的主题内涵，并赋予此类小说以充沛的现实战斗力，但这样一些作品，却也明显地存在着主题表现的概念化和艺术表现的简单化、公式化等问题。姚雪垠在青年时代就接受了马克思主义理论，并在文学创作的初始阶段就深受“普罗文学”的影响，创作了一些不乏“普罗文学”倾向的小说，如《援兵》《生死路》等。但在《长夜》的创作中，姚雪垠并没有沿袭左翼文学的路径、教条主义地套用阶级分析和阶级斗争理论、按图索骥、图解活生生的社会历史现实，而是“首先重视生活，其次才重视倾向”[④]，忠实于他经历体验过的生活，通过对土匪日常生活的描写，实现“反映 20 年代河南农村生活的重要侧面和生活在那样历史条件下的

① 姚雪垠：《论历史小说的新道路》，《姚雪垠书系》第 19 卷，中国青年出版社 2000 年版，第 50 页。

② 姚雪垠：《〈长夜〉后记》，引自《姚雪垠研究专集》，黄河文艺出版社 1985 年版，第 261 页。

③ 权绘锦：《转型与嬗变——中国现代历史小说研究》，光明日报出版社 2007 年版，第 75 页。

④ 姚雪垠：《小说是怎样写成的》，《姚雪垠书系》第 17 卷，中国青年出版社 2000 年版，第 301 页。

人物的精神面貌”的艺术目标①。

土匪队伍的主体成分其实就是破产农民。如果教条地从阶级对立的理论出发，姚雪垠的《长夜》势必主要描写土匪与地主阶级的对立冲突。然而，《长夜》中杆子们同地主阶级之间不仅没有呈现出水火不容的阶级对立，相反却表现出相互利用的关系。闲居在家的地主薛七少，不仅怂恿青年农民们下水做汤将，而且还拉拢杆子，做了许多令他们感激难忘的事情。而土匪们愿意帮助薛七少的行为则是深植在乡间的知恩图报观念作用的必然结果。这样的叙事其中固然有阶级分析，但因姚雪垠谙熟乡村社会生活，并有对土匪生活的亲身体验，他从深藏于乡间底层的乡村伦理观念出发，土匪与地主阶级才会出现这般“剪不断理还乱”的关系。

土匪滋生、匪祸成灾是20世纪20年代中原农村普遍存在的社会现象，其原因何在？在《长夜》中，姚雪垠通过兵匪关系的叙事予以阐释。姚雪垠正是通过原本土匪出身的李水沫先受招安，后被指派重新为匪，到再被招安不成的叙事，呈现出土匪李水沫部与地方小军阀之间的既相互利用又相互对立的复杂关系。这样的你中有我、我中有你的兵匪关系，真实地揭示出兵匪一家是匪祸滋生的重要社会历史原因。兵匪勾结、匪祸成灾，既加快了农村社会的破败，反过来它又迫使走投无路的农民纷纷下水为匪，由此形成了一种恶性循环。

注重从生活出发、使观念服从生活的艺术追求，还鲜明地体现在土匪形象的塑造上。关于形象塑造，姚雪垠认为，“形象是具体的，决不能从抽象的理论产生；只有活生生的具体现实经验，才能产生出文学形象”②。基于这样的认识，在《长夜》的土匪形象塑造上，姚雪垠没有从固有的阶级理论出发、对土匪简单地作农民阶级还是地主阶级、好人或坏人的区分，而是坚持从活生生的生活出发，从土匪们各自不同的人生遭遇中撷取一两个生活片段，勾勒其性格特质。例如对薛正礼形象的塑造，姚雪垠不让这个人物充当演绎故事和思想观念的工具，而是从生活出发，塑造了一个活生生土匪小头目形象。内心矛盾和行为无不是他身上固有的质朴、忠厚等农民性特质作用的结果。这样的描

① 姚雪垠：《为重印〈长夜〉致读者的一封信》，《姚雪垠研究专集》，黄河文艺出版社1985年版，第260页。

② 姚雪垠：《小说是怎样写成的》，《姚雪垠书系》第17卷，中国青年出版社2000年版，第301页。

写，既增加了形象的真实性，又使这一形象承载了更为深广的社会历史文化蕴涵。

与《长夜》所表现的农民低级形态武装叛乱不同，《李自成》所描写的声势宏大、具有自觉政治目标的明末李自成农民起义，无论是在反映社会生活的深广度还是表现阶级、阶层关系的复杂度等方面都远远超过《长夜》。如何艺术地描写和表现这场波澜壮阔的农民运动？对此，姚雪垠摇动宏阔的历史大镜头，从明末社会的政治、经济、军事乃至文化的矛盾冲突等层面揭示农民起义的历史必然性，表现李自成农民起义军走向失败和明王朝覆灭以及清王朝何以入主中原建立268年统治基业的历史必然结局。这也是从西方历史研究的所谓“大传统”立场出发对李自成农民起义进行文学书写。

与此同时，在《李自成》这部反映宏大历史的叙事中，姚雪垠还承续了《长夜》的艺术追求，即注重从社会底层生活出发，也就是从“小传统”立场出发，透过底层生活和底层人物命运的描写予以透视与表现。社会底层生活的描写不仅映射出风云激荡的大时代折光，也使历史走出观念的局限而生动丰富、气象万千。以李自成农民起义历史必然性描写为例，姚雪垠一方面描写腐朽的明末封建王朝统治阶级的土地兼并和横征暴敛的沉重赋税，导致尖锐的阶级对立和冲突。在“李自成星夜驰河南”一章中，姚雪垠以洛阳福王为例，说明了土地高度集中给农民所造成的沉重灾难。对于沉重的赋税在“紫禁城内外”一章中，姚雪垠通过黄道周“冒死直谏”的情节予以充分表现。在向外戚筹借款额，甚至把李国瑞下狱而无法借到的情况下，崇祯决定采纳增加“练饷”的建议，加上此前的“辽饷”和“剿饷”使“今日百姓负担之重为祖宗列朝的数倍”。另一方面，又借底层小人物的命运书写来回应大时代，表现明末阶级统治的残暴，也折射出明末从农村到城市、从农民到市民、从工匠到艺人，都遭受阶级压迫的悲惨命运和生存危机，由此揭示出明末阶级压迫的特征及其普遍性。

二

历史观是影响、制约历史小说创作的一个核心要素。它不仅直接影响历史小说家对历史事件、历史人物等历史内容的认知和价值评判，也由此影响历史小说的艺术结构和人物塑造等方面内容。如果从历史观的理论视阈出发，考量《长夜》和《李自成》创作，那么，从《长夜》到《李自成》，唯物史观对创作的影响，因对题材选择的差异而表现出逐步深化的特征。关于唯物史观，据姚雪垠回忆，早在青年时代他就接受了马克思主义的理论的熏陶。在追忆 1929 年到开封求学的生活时，他曾谈到："在短短的两年中，我读了一些介绍马克思主义的书籍，初步掌握了一些关于历史唯物主义、辩证唯物主义以及政治经济学的理论常识，对我以后的学习起了启蒙和引路作用"①。同时，他创作起步于 20 世纪 30 年代，而此时"也是马克思主义唯物史观对现代作家发生普遍影响的时代"②。在这样的时代背景下，姚雪垠的创作受唯物史观的影响是很自然的。尽管乍看上去，在《长夜》的创作中，姚雪垠对唯物史观的应用并不十分自觉（例如在有关《长夜》的创作谈中，我们找不到自觉选择的证据），但这并不意味着唯物史观影响的缺席。忠实于历史的历史唯物主义叙事立场，使《长夜》不追求惊险离奇的故事情节而注重写社会小传统的底层生活，由此使人物不局限于一种传奇故事而具有比较深刻的历史内容。此外，杆子与地主阶级关系叙事，以及杆子内部"有人有枪，放出一部分给别人背，坐地分赃；有人背别人的枪；有人当'甩手子'地位很低"③ 的叙事也彰显出作家的阶级意识。然而，由于缺乏从整体上用唯物史观统摄题材，所以《长夜》对历史生活开掘的广度和深度受到了影响。究其原因，诚如姚雪垠所言，由于他"当时的思想水平较低"，"还不能很好地利用这一题材，将社会现实描写得宽阔一点，主题思想提高一点，加上为着拿稿子换钱吃饭，没条件再展开故事，精雕细刻"④。其实，题材本身的因素，40 年代国统区严格的书报检查制度，作家的非党员文化身份也是值得考量的因素。

在《李自成》创作之初，姚雪垠就为自己拟订了两条创作原则，其中就有

---

① 姚雪垠：《我的道路》，转引自《姚雪垠研究专集》，黄河文艺出版社 1985 年版，第 46 页。

② 董之林：《热风时节——当代中国"十七年"小说史论稿（1949—1966）》（下），上海书店出版社 2008 年版，第 32 页。

③ 姚雪垠：《为重印〈长夜〉致读者的一封信》，原载《中国现代文学研究丛刊》1981 年第 1 辑，转引自《姚雪垠研究专集》，黄河文艺出版社 1985 年版，第 261 页。

④ 姚雪垠：《论历史小说的新道路》，《姚雪垠书系》第 19 卷，中国青年出版社 2000 年版，第 51 页。

"坚持哲学上的历史唯物主义与唯物主义反映论"①。在《李自成》的创作谈中，姚雪垠也多次谈到唯物史观对创作的指导作用。茅盾对《李自成》也做出这样的评价，"用历史唯物主义和辩证唯物主义来解剖这个封建社会，并再现其复杂变幻的矛盾的本相，'五四'以后也没有人尝试过，作者是填补空白的第一人"②。由此可见，《李自成》的创作对唯物史观的自觉接受程度。唯物史观的指导作用，与五六十年代主流意识形态强调用唯物史观阐释中国历史不无关联，而新文学历史叙事向"观念的历史"转换的传统，对姚雪垠的影响也是不可忽视的。如果说上述因素是姚雪垠接受唯物史观的外在原因，那么内在原因就在于，用唯物史观分析社会历史所体现出的客观性和科学性是既往历史理论无法比拟的。列宁对此曾做出如下概述："以往的历史理论，至多考察了人们历史活动的思想动机，而没有考究产生这些动机的原因，没有摸到社会关系体系发展的客观性规律，没有看出物质生产发展程度是这种关系的根源"；"只有历史唯物主义""才第一次使我们能以自然史的精确性去考察群众生活的社会条件以及这些条件的变更"，"一切人类社会中所有这些冲突的总和怎样，造成人们全部历史活动基础的客观物质生活条件究竟怎样，这些条件的发展规律又是怎样——马克思对这一切注意到了，并指出以科学的态度研究历史的途径，即把历史当作一个十分复杂并充满矛盾但毕竟是有规律的统一过程来研究的途径"③。

长篇多卷本《李自成》是"以李自成所领导的农民战争为主线，写出明清变动之际阶级、阶层、政治集团和军事集团的各种社会力量的复杂关系和动态，同时写出各种力量的代表人物"④，并以李自成农民起义的悲剧性叙事探讨李自成农民起义成功和失败的规律，总结中国历史上许多农民起义的共同规律。舍此，便无法艺术地处理这样庞大驳杂的历史题材、实现其既定的艺术目标。

---

① 姚雪垠：《论历史小说的新道路》，《姚雪垠书系》第19卷，中国青年出版社2000年版，第247页。

② 茅盾：《关于长篇小说〈李自成〉》，《文学评论》1978年第2期。

③ 列宁：《卡尔·马克思（传略和马克思主义论述）》，《马克思恩格斯选集》第1卷，人民出版社1974年版，第11页。

④ 姚雪垠：《论历史小说的新道路》，《姚雪垠书系》第19卷，中国青年出版社2000年版，第58页。

《李自成》的创作，无论是对纷繁复杂的明清历史史料的考证，对诸多重大的历史事变规律的分析，还是对两大对立阶级的代表人物李自成和崇祯的悲剧因素的透视，抑或在明清民族问题的认知等方面，都贯穿着历史唯物主义立场，体现出唯物史观的指导作用。吴三桂降清是关乎李自成悲剧命运的重大历史事件。关于此问题，清初诗人吴梅村《圆圆曲》的"冲冠一怒为红颜"的说法影响深远。钮秀、陆次云的《圆圆传》采纳了此说，《明史》《清史稿》也采信此说，乃至郭沫若在《甲申三百年祭》中也沿袭此说。而姚雪垠在考证大量的史料后，摒弃了这一流行的说法。他从政治、经济、军事和吴三桂个人的思想动机等方面揭示出事件的历史必然性。吴三桂出身"关外武将世家"，与关外有着复杂的社会关系，他本人的忠君伦理思想和政治投机心理，吴三桂对农民起义军进入北京所暴露的"流寇"作风的痛恨和鄙视，吴三桂、清廷和农民起义军三者之间军事力量的强弱对比，尤其是清政权实现皇太极既定的入主中原的遗愿，诸种因素的综合，构成了不可逆转的历史合力，导致吴三桂降清。这正是姚雪垠坚持运用把"历史当作一个十分复杂并充满矛盾但毕竟是有规律的统一过程来研究"的历史唯物主义方法得出的一个令人信服的历史结论。

以唯物史观为指导"深入历史"，为《李自成》创作的历史真实奠定了坚实的基础。但小说想象和虚构的本质特性又使姚雪垠"跳出历史"，一方面在尊重历史真实的前提下虚构故事情节，并以具体生动的细节描写使观念和艺术表现之间形成一个充满历史复杂性的弹性地带。对此一问题，有研究者有着全面深刻的论析。① 另一方面，在《李自成》第一、二卷起义军的生活和内部的矛盾斗争上，姚雪垠又挪用、改造《长夜》的一些情节。潼关南原大战之后，李自成因扩充实力而收编杆子武装，并为解决部队给养而攻打地主富豪的山寨。对这些生活，姚雪垠都有着切身体验。挪用《长夜》中的情节自然会增强农民起义军生活描写的真实感。但李自成农民起义军毕竟与土匪武装有本质的差别，因此改造《长夜》的情节也是一种艺术的必然。《李自成》中"义送摇旗"就是一个典型的例子。《长夜》中，李水沫被招安后，崔连长和手下因不能忍受"穷得活不下去的生活"和李水沫"相当约束部下"，准备重新下水。当他把队伍拉到村外并向李水沫告别时，李水沫责备说"该早点告诉我一声"，

---

① 参见董之林《观念与小说——关于姚雪垠的五卷本〈李自成〉》，《文学评论》2008年第2期。

并命令军需官“找二十支好枪给二蛋”，“再把团部的轻机枪给他一挺”，然后说，“去吧二蛋！出去痛痛快快玩几个月，遇着挨打的时候快派人来报个信”。崔二蛋非常感动，哭着说宁肯困死在这里也不能离开团长。而“义送摇旗”的情节则是，潼关南原大战之后，李自成蛰居商洛山中，郝摇旗因手下“过不了这样的苦日子，也讨厌军纪太严”，决定脱离李自成。郝摇旗在陈家湾村外集合队伍后向李自成辞行，李自成让任继荣“挑选二十匹战马，三十副盔甲，三十把大刀，派人送往陈家湾”，又吩咐李强“取四百两银子出来！”尔后告诉郝摇旗说，“你出去如果不得意，随时可以回来”。郝摇旗跪倒在地，哭诉说坚决不离开。就情节的原因、经过和主要内容来说，两者是何等的吻合。但是在借用《长夜》的情节时，姚雪垠又加以改造和扩充。在《长夜》中，作者笼统地用“有人”直接告诉李水沫哗变事件，而在《李自成》中则增添了农民陈德娃告诉张鼐和双喜。陈德娃的加入，直接阐明了李自成起义军与农民的关系。在得知哗变到辞行之间，《长夜》的文本是一片空白，而《李自成》则增添了如下内容：李自成得知消息后，先是“不禁火冒三丈”，要杀掉郝摇旗和他的左右亲兵“以肃军纪”，继而又反省自责是否是自己脾气粗暴，不能容人。之后又想到，“杀了郝摇旗不是气量太小了么？”一旦杀了他，会让很多起义的人心寒，如若置之不理，又怕其他人以郝摇旗作榜样，最终又拿定了主意，冷静下来。在灯下看书，“连看两遍，却好像没看进去”。上述这些内容，既体现出李自成作为一个农民领袖着眼长远的大局意识，也揭示出他处变不惊、沉稳从容的性格特征。郝摇旗辞行时，李自成已经知道内情，但还是问道：“这么晚了，有什么事？”当他细述原因后，李自成仅说道“摇旗，你也够糊涂了！”责怪郝摇旗糊涂并不是因为他的离去，而是担心他去河南路上的安危。李自成处理问题的艺术、谋略和他善良、质朴、宽厚以及包容的性格特征因这些内容而得到很好的表现。改造、扩充后的情节超越了《长夜》情节单一的“义气”内涵，突出了李自成性格的丰富内涵，并从一个侧面对李自成农民起义之所以发展壮大的历史必然性给予一定的艺术铺垫。

在唯物史观与《李自成》创作的关系上，辨析阶级阶级斗争理论与《李自成》创作的关系，有助于进一步说明唯物史观对《李自成》创作的影响。唯物主义历史观是关于社会历史的极其完整而严密的科学理论体系，它的核心就在于它以现实的个人作为历史前提，研究生产力和生产关系的辩证运动规律，揭示社会历史的客观规律。“按照马克思的观点，解决生产力和生产关系之间的矛盾，关键在于变革不合理的生产关系，而变革生产关系，在阶级社会里必然表现为激烈的阶级斗争”①。在马克思主义的中国化进程中，由于五六十年代国际和国内的严峻社会现实，阶级和阶级斗争理论被主流意识形态置于突出的地位。受时代的制约，《李自成》的创作无可避免地会受到阶级和阶级斗争理论的影响。但正如姚雪垠所言，在运用唯物史观时，他“既反对在处理重大历史问题时抛开历史唯物主义，也反对将历史唯物主义变成形形色色的教条主义、公式主义以及用‘阶级分析’的死框框去解释生动复杂的历史现象，为历史人物贴阶级标签，实际上是将马克思主义的哲学变成了形而上学”②。正是没有教条主义地用历史唯物主义阶级分析的死框框去观照生动复杂的历史生活，《李自成》的人物没有贴上阶级的标签。不仅如此，唯物史观使姚雪垠能够高屋建瓴地建构出农民起义军与明王朝矛盾斗争、明王朝统治阶级内部矛盾和明王朝与清王朝冲突的历史总体格局，最终使“小说《李自成》既不是传统的王朝兴衰、帝王将相史；也不是阵脚分明的地主与农民两大阶级对抗史；更不是异族入侵中原、宣扬爱国主义的反侵略斗争史。尽管它们各有表现，却都无法统揽全局”③。

三

语言是文学的第一要素，而语言风格是考量作家艺术个性和艺术成就的一个重要指标。在《长夜》的创作中，姚雪垠以现代白话文为基础，汲取、提炼中原群众的口语和方言，由此形成生动自然、素朴流畅的口语化语言特征。追求文学口语化风格，一是姚雪垠自觉克服小说创作初始阶段受欧化影响而出现的欧化文风弊端；二是肇始于30年代的大众语问题讨论和新文字运动的对他的启悟和影响。30年代日益逼近的民族危机需要用文学唤醒大众，然而，历史现实景况却是，新文学运动的重大成果之一——白话文并没有走向大众，因

---

① 陈先达：《马克思主义早期思想研究》，中国人民大学出版社2006年版，第289页。

② 姚雪垠：《论历史小说的新道路》《姚雪垠书系》第19卷，中国青年出版社2000年版，第205页。

③ 参见董之林《观念与小说——关于姚雪垠的五卷本〈李自成〉》，《文学评论》2008年第2期。

此，需要一种能够为大众所理解和使用的新语言——大众语。在大众语的倡导者看来，“大众语者，即大众所能了解的言语，也就是他们自己的言语，最适宜表现大众自己的生活和思想的言语，它的特质灵活、单纯和明确”①。而且他们还主张“用词应尽量采用大众所使用的活语，在可能范围内尽量吸收方言”②。姚雪垠没有参加这次讨论，但却对他产生了影响。“自从三十年代中期发生了大众语问题讨论和新文字运动以来，我就有意识、有目的地重新学习和收集河南的群众口语”，并从“汉语拼音的提倡感悟出了一个改造我文风的道理，也可以说是我的新探索”③。1934 年夏天，姚雪垠因生病回到家乡，开始搜集记录故乡的口语，并“按编辞典的方法把搜集的语汇编写在笔记本上，题名为《南阳语汇》”，他虽然没有完成这项工作，却“从此真正认识到口语的文学美”④。受大众语讨论的启示，他从陶诗和宋、元以来的白话小说，以及《红楼梦》中重新领悟到古典文学语言的朴素、自然、生动的语言美传统。从《差半车麦秸》开始，姚雪垠自觉开始了小说语言的口语化探索，此后，姚雪垠又沿此路径创作了《牛全德与红萝卜》和《春暖花开》。姚雪垠把此一时期创作称之为探索的第一阶段，“写《长夜》算是第二阶段，写《李自成》算是第三阶段”⑤。

《长夜》的口语化风格探索，比之前一阶段，其口语、方言的运用和表现更为多样。与表现“杆子”生活的题材相吻合，《长夜》出现大量的土匪黑话。例如，把道路称之为“条子”，河和桥叫做“带子”“孔子”，以及其他诸多这样的黑话。黑话的大量应用，充分地揭示出土匪——一个边缘性群体的忌讳的文化心理，营造出一种人物生活的真实历史氛围。除却黑话的运用，在人物对话中，作家往往以口语化句式为基础，再吸收一些方言、俚语和歇后语来刻画人物。例如，在菊生和“瓤子九”之间有这样一段对话：“‘瓤子九’接着说，他昨儿派人来给管家的送个片子，要管家的把你兄弟俩放出去”，“妈的打开窗

---

① 陈颉：《对于文言·白话·大众语应有的认识》，《中华日报·大众语专刊》1937 年 7 月 7 日。

② 夏丏尊：《先使白话文成话》，《申报·自由谈》1934 年 6 月 27 日。

③ 姚雪垠：《关于〈春暖花开的时候〉》，《姚雪垠研究专集》，黄河文艺出版社 1985 年版，第 244 页。

④ 姚雪垠：《我怎样学习文学语言》，《姚雪垠研究专集》，黄河文艺出版社 1985 年版，第 72 页。

⑤ 姚雪垠：《关于〈春暖花开的时候〉》，《姚雪垠研究专集》，黄河文艺出版社 1985 年版，第 245 页。

子说亮话，靠面子你兄弟俩别想出去，沤的天数多啦对你们没有好处”，“对啦，该流的脓终究得流出来，晚流不如早流”，“我瓤子九对你兄弟俩没当外人待，巴不得你们能早点回家。我要不想帮你们忙我是杂种”。口语化句式中加入“昨儿”“沤的”“巴不得”等方言口语，尤其是不乏表现力的俚语和歇后语的运用，使生性快活、直率、讲义气的“瓤子九”形象跃然纸上。

《李自成》的创作承续了《长夜》的口语化风格特征，但又有所拓展和深化。“读过《李自成》再读《长夜》，可以看出来我在运用河南大众语方面一脉相承，也可以看出来在语言的美学追求上的一脉相承”①。《李自成》第一、二卷中有诸多《长夜》中杆子们的“黑话”。这是因为李自成农民起义军在发展壮大中，吸收了不少杆子武装。某种程度上，黑话的应用有效地说明了起义军队伍的复杂状况，对还原历史真实起到了不可或缺的作用。在人物对话中，《李自成》同样体现出对《长夜》语言风格的承续。例如，在第一卷中马三婆与侄儿马二栓有这样一段对话：“你妈年轻轻就守寡，为你苦了一辈子。你媳妇儿嫁你这几年，穿没穿的，戴没戴的，吃这顿，没那顿，一年四季不展眉，天天怕饿死，一朵鲜花给穷日子糟蹋得黄皮刮瘦，不成人形。娃呀，你歪好弄个印把子到手里，一则洗刷了贼名儿，二则也叫他们过几天火色日子”。“年轻轻”是标准的口语，而“黄皮刮瘦”“歪好”“火色”在中原方言里是瘦弱、随便和幸福的形象表述。马三婆是在社会底层混了十七八年的农村妇女。她的口语句式里搀杂着方言的话语方式，十分符合她的身份。

《李自成》的语言，“除以朴素的大众口语为基础外，还有士大夫的语言，江湖语言、诗、词、古文、骈文等等”②。《李自成》反映生活的深广度远远大于《长夜》，人物形象数量也远远超过《长夜》。根据不同的生活和人物，选取不同的语言予以描写与表现，是小说语言艺术质的规定性，具有丰富小说创作经验的姚雪垠是深谙此道的。例如皇帝的诏书、大臣的奏章，就必须要用骈文体的语言。如果说《李自成》多样的语言是对《长夜》语言的拓展，那么，深化则体现在，注重锤炼语言，使自然生动、晓白流畅的口语化语言又流淌出精

---

① 姚雪垠：《为重印〈长夜〉致读者的一封信》，《姚雪垠研究专集》，黄河文艺出版社 1985 年版，第 274 页。

② 姚雪垠：《为重印〈长夜〉致读者的一封信》，《姚雪垠研究专集》，黄河文艺出版社 1985 年版，第 274 页。

练、典雅的艺术韵味。这在作家的叙述语言和人物语言上都有鲜明的表现，我们仅以李俟和宋献策有关江南时局的对话加以说明。“家兄因今早汤夫人偶感不适，前去问候，马上即回。与老兄一别三载，家兄与小弟时在念中，却不知芳踪何处，有时听说兄遨游江南，有时又听说买卜京师。老兄以四海为家，无牵无挂，忽南忽北，真可谓‘逍遥游’了”，“江南情形如何”，“江南如一座大厦，根基梁柱已朽，外观仍是金碧辉煌，形绘绚丽，没有意外变故也不会支持多少年；倘遇一场狂风暴雨，必会顷刻倒塌，不可收拾”。这段对话，不乏口语化的语汇，如“今早”“老兄”“不适”“收拾”等，也不乏“金碧辉煌”“四海为家”“芳踪”“顷刻”等成语和古典词语，还有经过锤炼的带有古意的如“偶感”“倘遇”等词汇。正是在口语句式中有机融入这些语汇，使《李自成》的语言更具艺术表现力。

无论从反映历史生活的深广度、还是塑造形象的典型化程度等层面考量《李自成》的创作，它都不失为当代历史小说的翘楚之作。它的成功固然有许多因素，但姚雪垠承续《长夜》尊重历史真实的艺术探索个性，并深化为一种美学原则——历史科学与小说艺术有机结合——的艺术探索精神，当属主要的要素。这也许是姚雪垠把《长夜》作为打开《李自成》创作问题钥匙之一的含义之所在。

（《文学评论》2011 年第 1 期）

重读《李自成》的意义与方法

董之林

引　言

我们曾经讨论过当代小说的传统，关于赵树理和张爱玲小说的两重文化向度。今天要谈谈姚雪垠和他的五卷本长篇历史小说《李自成》，这是当代小说史上又一个争议颇多的问题。

《李自成》小说第一卷上、下两册于1963年由中国青年出版社出版，虽然在读者中有一时“洛阳纸贵”的现象，但由于作家被错划为右派身份，不要说《人民日报》《光明日报》等重要的主流媒体上没有宣传报道，就连《文艺报》《人民文学》，还有地方重要的文学杂志上也几乎没有任何评论文章。这种奇怪的情况，或者说是以政治斗争为中心、政治主导一切的社会趋势，到了20世纪八九十年代之交，又一次造成姚雪垠及其《李自成》在当代文学研究领域十分尴尬的情形。有所不同的只是换了个说法，姚雪垠从“极右”一下子变成“极左”代表。

以前我曾经讲过赵树理从20世纪40年代到80年代两次被否定的情况，那么出生于1910年河南邓县、对明末历史有浓厚兴趣的姚雪垠，他的文学经历自然与赵树理十分不同，但从政治角度概括和评价作家作品的价值观念，把政治倾向作为确定其文学史地位的决定因素，在这一点上他们受到的“礼遇”又是非常相近的。比如，一个时期有许多这样的说法，说《李自成》把“老八队”写成“老八路”“红娘子太红”；还有说姚雪垠写《李自成》是为配合60年代“重提阶级斗争”的革命传统教育；等等。于是，把姚雪垠及其最著名的历史小说《李自成》完全绑在了政治的战车上。在这样的时代背景下，于是引发一个值得关注的问题：在一些当代文学史中，不提或很少提这部实际上非常重要的作品，而且很多从事当代文学学习和研究的硕士生、博士生并没真正读过这部小说。

描写封建王朝的作品，是否就必然秉承了封建时代文人的“奴性”？由此联系到的另一个问题是，当代小说是否是对“五四”时代精神的“断裂”？是否完全抛弃了“五四”时代文学中人与人性解放的命题，成为一个时代激进政治的“传声筒”？如果我们顺着“断裂”的思路，得出上述结论是必然的，而且也很容易。但如果我们仔细考察“新”“旧”社会，原本就维系在同一个人身上，维系在许多剪不断、理还乱的历史相关性上，那么问题恐怕就不那么简单了。因为一个人不可能昨天还是“旧人”，今天像变戏法似的，一转眼就成了“新人”，变成完全不同的两个人。变化肯定是有的，但变化的过程不能“一言以蔽之”，不是那么简单和公式化的。我想，每一个具体的人都是复杂的，文学和小说的历史也应该如此。

另外，我还有一点看法需要特别说明，虽然我不同意以往“断裂”的说法，连同对赵树理、姚雪垠作品的否定和批判，但这绝非是说，80 年代的“重写”对于我们今天的研究是没有意义的。其中最重要的一点，就在于提醒我们必须改变过去叙述和评价历史的思维方式。按照一种政治斗争的二元对立、非此即彼的思路去阐释文学史上的人和作品，这种方式之所以走不通，就在于它将我们导向一种文化虚无主义。摆脱这种思路，寻找和发现“历史终结”（即一种绝对化的历史发展观）背后的那些相关性与连接点，将使我们的研究真正变为“在中国发现历史”，呈现出非常丰富并具有启示意义的文学空间。

今天主要讲两个问题，一是追溯《李自成》小说产生的历史渊源；二是关于《李自成》小说“三分天下”的历史格局。因为第一个问题涉及对历史相关性的考察，所以讲详细一些；第二个问题可少讲一点，因为有发表过的文章可供大家参考。

一、追溯《李自成》小说产生的历史渊源

1. 关于《茅盾　姚雪垠谈艺书简》

2006 年，姚海天编《茅盾　姚雪垠谈艺书简》（简称《谈艺书简》）由人民文学出版社出版。该书搜集、整理了茅盾和姚雪垠从 1974 年 7 月至 1980 年

2月间的八十余封通信，江晓天为《谈艺书简》作序，评价这部大约12万字的通信集出版意义非凡：它是"'五四'以来第一、二两代老作家，就一部长篇历史小说所涉及的一些理论思想、创作艺术技巧等进行深入细致探讨的一部独具特色、颇有学术价值的大书"①。江晓天是《李自成》第一卷上、下两册的编辑，他对作品的熟悉程度，一般人很难达到。实际上，他在这里揭示了"五四"时代与姚雪垠和《李自成》的精神联系。共同的现代文学志向，使"'五四'以来第一、二两代老作家"惺惺相惜，即使新文化运动已过去了半个多世纪，《谈艺书简》依然体现出他们之间一种特有的相知、相契和相互支持。或者说，出于一位资深编辑对小说的了解，江晓天对通信集的评价是对《李自成》与"五四"时代关系的诠释。

《谈艺书简》从表面上看是两位作家5年多的通信，但所涉及作品的时间跨度在17年以上。《李自成》第一卷上、下两册出版于1963年，第二卷上、中、下三册出版于1976年，第三卷上、中、下三册出版于1981年，也就是通信集截止期的第二年。回想这段历史，不仅有1962年"重提阶级斗争"后风云多变的政治形势，也包括"文化大革命"这样严峻的历史时期。但这一漫长的经过表明，"五四"时代对中国当代文坛的影响，在"十七年"和"文化大革命"虽然都遭遇曲折，但也都未曾被拦腰斩断，而且这一思想流脉对现代社会的探索，一直断断续续地进行着。茅盾的《李自成》研究即是其中一例。值得注意的是，在茅盾和姚雪垠于八九十年代相继去世，《李自成》研究经过80年代中后期相对沉寂之后，至21世纪初又有活跃的迹象。2009年，为"纪念改革开放三十年"，文艺报社编选的《茅盾文学奖（第1—7届）获奖作品评论集》由作家出版社出版，关于第一届获奖小说《李自成》，编选者收入茅盾发表于《文学评论》1978年第2期的文章《关于长篇小说〈李自成〉》。事隔30年后，茅盾的文章再度引人注目。姑且不论这意味着《李自成》研究今天仍有待深入，是否也意味着对"五四"时代文学话题、精神指向的研究还远未完成，又延续到21世纪呢？答案是肯定的。

"茅盾文学奖"于1981年10月正式启动，是根据茅盾的遗愿，将他毕生积蓄的25万元全部捐献而设立的长篇小说文学奖，其中寄托了茅盾对当代中

① 见姚海天编《茅盾　姚雪垠谈艺书简》，人民文学出版社2006年版，第1页。

国长篇小说的厚望。这一奖项的第一届颁发给《李自成》，与茅盾对姚雪垠创作的长期支持分不开。从姚雪垠“1938 年发表短篇小说《差半车麦秸》起”，直到长篇小说《李自成》，茅盾都有积极的评价和鼓励，“彼此结下了四十年之久的师生之谊”①。同为“五四”文化人，他们为推进中国文化的现代进程而不遗余力，由此可见一斑。新时期伊始，茅盾在这篇文章中说：

> 三百年前的史料既丰富而又庞杂。那些史料的作者又都是封建思想极浓重的人。他们所记载的史实，无论是关于李自成及农民军的，或是关于明王朝的掌权者——崇祯及其亲信的文臣武将的，都是透过他们的封建思想的棱镜而被歪曲被颠倒了的。其次，这些史料，大部分并非身当其事者的奖录，而是辗转传闻的记载。因此，如果作者是认真地以十分负责的态度去写一部历史小说而不是浮光掠影，抉取若干史料就主观地构想，特别是主观地塑造人物的话，那么，甄别这些史料，分辨其何者是真，何者是伪，何者是真伪相杂，又是必要第一步的准备工作。②

2. 姚雪垠与新史学运动

茅盾这番话，为认识“五四”时代与姚雪垠长篇历史小说《李自成》的关系，提供了一把钥匙。如果从历史小说家甄别史料、分辨真伪人手，研究《李自成》写作“第一步的准备工作”，那么追根溯源，小说家真正的思想准备既非始自于 1957 年被错划为“右”派，愤而著书；也不能归因为 1944 年郭沫若的《甲申三百年祭》促发其灵感；更不是为配合 1962 年“重提阶级斗争”政治形势下的“革命传统教育”，尽管作为小说写作的时代背景，它们都曾给作家以影响。但正如茅盾所说，“三百年前的史料既丰富而又庞杂”，如何分辨和叙述历史？这个问题必然要追述到 20 世纪二三十年代发生的新史学运动，追述到这个运动在一代人文知识分子中掀起的思想波澜。当时关于史学观念和方法问题的讨论，直到 20 世纪末姚雪垠回想起来还那么印象深刻，记忆犹新。他说：“一九三〇年前后（即姚雪垠在河南大学读预科期间，作者注）是我国

---

① 见姚海天编《茅盾　姚雪垠谈艺书简》，人民文学出版社 2006 年版，第 2 页。

② 茅盾：《关于长篇小说〈李自成〉》，《文学评论》1978 年第 2 期。

史学界思想十分活跃的时期，而当时的史学界情况对我这个小青年的成长发生过强烈的影响，在相当程度上决定我以后的文学创作道路。尤其是我在四十七岁时，即一九五七年被迫突然转上创作历史小说的道路，而且在历史小说方面做出了我自己的独特贡献，这与当时我在河大时所受的影响有密切关系。”① 也就是说，姚雪垠的长篇历史小说《李自成》的思想准备阶段应该在20世纪二三十年代新史学运动期间。尽管当时他并没有写这部小说的明确打算，但如果没有那种时代氛围，姚雪垠没有积极投入史学界的变革，那么，即便根本就没有《李自成》这样一部历史小说，即便有，也不是我们今天看到的《李自成》。

据姚雪垠回忆，当时中国史学界大体分为三派：一是传统史学家，继承清代学者严谨的学风，受进化论思想“或深或浅的影响”，但反对标新立异、哗众取宠，“没有接受历史唯物主义对史学思想的影响”；二是古史辨派，在“五四”反封建、反孔教的新文化思潮鼓动下，致力于怀疑和否定儒家典籍所记载和宣传的上古历史，新文化倡导者钱玄同甚至改姓“疑古”，可见时代潮流的强劲有力；三是新史学派，即采取马克思主义唯物史观研究中国古代社会起源，所涉及的根本问题是对中国社会性质的认识，比如中国社会自有史以来是否存在阶级？马克思主义是不是适合中国国情？当时正积极投入中共地下党领导的学潮运动和左翼文化运动的姚雪垠，虽然对第一、二两派在研究方法上有所肯定，但基本上倾向第三派意见。从当年他对郭沫若《中国古代社会研究》的欣赏态度，便可得出上述结论。姚雪垠回忆说：

> 一九二七年大革命失败之后，郭沫若侨居日本，受了恩格斯的《家庭、私有制和国家的起源》、摩根的《古代社会》两书思想的启发，利用几十年中国学者们对甲骨文和金文研究的成果，加上他对先秦古籍的丰富知识，写出了《中国古代社会研究》一书，成为马克思新史学派研究中国奴隶社会的开山之作。但当时和其后参加古代史讨论的许多年轻学者的功底比郭沫若差得很远，他们既不懂金文，也不懂甲骨文，对先秦古籍也读不大懂，更谈不上熟悉，所以常常受到正统派史学家们的讥笑，认为是海

① 姚雪垠：《姚雪垠回忆录》，中国工人出版社2010年版，第44页。

> 派学风。然而当时正是马克思主义新史学派“筚路蓝缕，以启山林”的时代，许多幼稚毛病，很难避免。经过十几年的努力，有些学者逐渐成熟，如今新史学派早已成为中国史学的主流了。①

姚雪垠读了《中国古代社会研究》，曾“在封面上工工整整地写了这样几个字：‘我所心爱的一本书’”，把自己看做是郭沫若的“私淑弟子”。

3. 姚雪垠与郭沫若的争论

但处在传统变革年代的学者是不特别看重师承关系这一种人情故交的，“吾爱吾师吾更爱真理”，对新观念心向往之，以新史学观念重新阐释中国传统社会，并随时准备质疑前人或权威的结论，被视为重要的人生准则。从这个角度看《李自成》，不仅作品本身是新史学观念催生的产物，而且其创作过程一直有挑战前人、挑战权威的时代印记，这也是姚雪垠后来与郭沫若发生分歧的主要原因。

又恰恰在这一点上，姚雪垠无愧于郭沫若的“私淑弟子”。郭沫若回顾新史学运动对后来知识分子治学的影响时说，当时对历史，“在学者之间很难取得一致”，“就拿我自己来说吧，二十多年来我自己的看法已经改变了好几次，差不多是今日之我在和旧日之我作斗争”。这话来自郭沫若1954年为《中国古代社会研究》所作“新版引言”。《中国古代社会研究》最初完稿于1929年，50年代重新出版，作者修改了以前的一些结论，比如殷代不属于原始社会末期，而已进入奴隶社会；把奴隶制的下限定在春秋与战国之交，而非只有西周才是奴隶社会，等等②。现代启蒙运动打破了以往学者固守的历史结论，他们不仅批判别人，也不断检讨自己，检讨自己实际上是对既定结论发起新一轮攻势。这种否定之否定的学术氛围，对姚雪垠青年时期的性格影响至深。一个人的性格当然与特殊的生理、地理环境有关，有来自遗传、童年经验等诸种个别因素，但姚雪垠对以往学术权威论点的质疑，对既定规范的僭越，还有被一般人视为桀骜不驯的性格，却与他这一时期的经历有重要关系。一代人有一代人的使命，这种说法不错，但从相反的角度来看，这种使命感也形成了一代人某

---

① 姚雪垠：《姚雪垠回忆录》，中国工人出版社2010年版，第46页。

② 参见郭沫若《中国古代社会研究》中“一九五四年新版引言”，人民出版社1964年第2版。

种潜在的集体无意识和潜在的文化性格。在一个抗拒传统、大胆质疑、事事敢为天下先的时代，姚雪垠从新史学运动中不仅汲取重述历史、重述明史的立场、观点和方法，更难得的是，他对历史与小说关系的探索，为当代历史小说发展奠定了基础。

具体到《李自成》，把农民起义和农民战争作为历史变革不可忽视的重要一翼，这是姚雪垠通过历史小说重述明史的宗旨所在。这种写法打破了帝王将相史的传统格局，把明末农民起义，把那些历来被逼无奈、揭竿而起，却又衣衫褴褛、面目模糊的乌合之众正面地写入历史，写他们的内心活动、他们的个人命运，写起义军从兴起到壮大、衰落直至失败，也就是现实主义叙事所要求的起承转合全过程。这种切人历史的角度，使姚雪垠对明末历史的观点与其他人见出分野，同时也使他对其中分歧有特殊的敏感。因此，当郭沫若《甲申三百年祭》① 在40年代受到毛泽东重视，并被列为整风“参考文件”时，姚雪垠却对这篇鸿文有不同看法。分歧主要针对李岩这个人物。郭沫若认为：“李岩终究被逼上了梁山。有了他的入伙，明末的农民革命运动才走上了正轨。这儿是有历史的必然性。因为既有大批饥饿农民参加了，作风自然不能不改变，但也有点所谓云龙风虎的作用在里面，是不能否认的。”在总结起义失败教训时，郭沫若更把李岩提到重要位置：“李自成自然是一位悲剧的主人，而从李岩方面来看，悲剧的意义尤其深刻。假使初进北京时，自成听了李岩的话，使士卒不要懈怠而败了军纪，对于吴三桂等及早采取了拉拢政策，清人断不至于那样快的便入了关。又假使李岩收复河南之议得到实现，以李岩的深得人心，必能独当一面，把农民解放的战斗转化而为种族之间的战争。假使形成了那样的局势，清兵在第二年绝不敢轻易冒险去攻潼关，而在潼关失守之后也绝不敢那样劳师穷追，使自成陷于绝地。假使免掉了这些错误，在种族方面岂不也就可以免掉了二百六十年间为清朝所宰治的命运了吗？就这样，个人的悲剧扩大而成了种族的悲剧，这意义不能说是不够深刻的。”郭沫若进一步追究错杀的责任：“假使李岩真有背叛的举动，或拟投南明，或拟投清廷，那杀之也无可惜，但就是谗害他的牛金星也不过说他不愿久居人下而已，实在是杀得没有道理。但这责任与其让李自成来负，毋宁是应该让卖友的丞相牛金星来负。”（见

① 郭沫若：《甲申三百年祭》，1944年3月19日起重庆《新华日报》连载。

郭沫若《甲申三百年祭》，1944 年）但无论谁来负责，无论李自成还是牛金星，李岩这个人物都从这一叙述角度被推向历史的关键位置，他的死也成为大顺朝失败、起义军失败、甚至“种族失败”的根本原因。

1962 年 6 月，《李自成》第一卷修改稿送交中国青年出版社后，姚雪垠曾应邀拜访明史专家吴晗，征求他对《李自成》的意见。交谈中，姚雪垠说不想采纳《甲申三百年祭》的方式写李岩和红娘子，并引述他查阅史料得来的六点结论，证明历史上根本没有李信（即李岩）这个人。“《绥寇纪略》和《明史·流贼传》中关于李信和红娘子的事情全是捕风捉影之谈。后来郭老写了《甲申三百年祭》，因其崇高声望，加上被作为‘整风’参考文件，一个本来不为河南人所谈论的‘李公子’变成了家喻户晓的历史人物。”鉴于姚雪垠对史料调查、把握得很周详，吴晗肯定了姚雪垠的分析，还说“看来论明初你不如我，论晚明我不如你”①。明史专家的肯定和称赞使姚雪垠“大受鼓舞”，不过，姚雪垠却没顺着这样的思路去结构小说，经他考证纯属子虚乌有的李岩和红娘子，还是作为小说中人物陆续出现在《李自成》第二卷到第五卷中。这是姚雪垠对历史与小说关系独具一格的处理方式。不是说姚雪垠不尊重历史，或者采取了一种“戏说”方式；而是作家试图用虚构的艺术手段来达到一种更高层次上的历史真实，即传统文人在农民起义军中的地位和作用实际上是非常有限的。

这种处理方式集中体现了作家对传统文人人格缺陷的认识，但其意义又不仅如此。它使这部表现农民起义的小说，通过对起义军构成的复杂性揭示，将笔触扩展到传统的社会结构、文化模式以及运行趋势，使小说达到一种百科全书式的对明末社会的全景观照。对此，姚雪垠写《李自成》第二卷“内容概要”时有明确交代：

> 李岩在本卷登场，作为一个重点人物来写。他是否是杞县人，是否是李精白的儿子，从历史科学说，都尚有问题。至于红娘子破杞县救他出狱，则可以肯定说并无其事。但是在小说中，我仍用流行的说法，并把他

① 高连英：《史学家与小说家的心灵碰撞——吴晗与姚雪垠一席谈》，见陈浩增主编《雪垠世界》，中国青年出版社 2001 年版。

> 作为杞县南乡围镇旁边李家寨的人。我暂时将历史科学的悬案放在一边，努力去塑造李岩和红娘子两个小说人物。但是我不采纳流行的说法，把宦门公子李岩在闯王军中的作用夸大过火，而撇开农民革命运动的本身规律。事实上，李岩之所以投李自成，是因为李自成具有相当大的号召力，仁义之名远播，不然他也不会往投，誓忠于自成。他后来也没有被李自成十分重用，所以尽管他有经济学问，参加李自成军较早，后来建立大顺国，他却没担任六部尚书或侍郎，仅仅是一位制将军。大顺的武将很多人封侯封伯，而李岩却没有封爵。李岩出身于宦门，被迫起义，虽然对农民军起过积极作用，却在精神深处同农民军有距离。他一投闯王便改名李岩（小说中写了改名字的细致心理和过程），表明有功成身退，隐于岩穴的决心。这种思想，其好的一面是不同于牛金星功名利禄的欲望熏心，其不好的一面是既参加农民起义大军而又只愿将来做一个"岩穴之士"，这就使他在精神上同革命队伍不能够化除距离，水乳交融。李岩大概受命主持对饥民的放赈工作，曾经出现了一种情况，即地方上很多人只知道有个李公子，而不知道有李自成，或以为李闯王就是李公子。这种事情不管出于什么原因，在政治上都是不能容许的。当李自成正在事业草创的时候，他可以包容过去；当内部困难发生猜疑之日，这件事就会触动新的猜疑，也可以成为旁人进谗言的资料。我将这件事在破洛阳以后以侧笔写出，为李岩兄弟在三年后的被杀埋下个伏线。①

李岩是农民起义军中仕宦出身、有科举功名的文人，但他的命运揭示了农民起义有着与封建王朝一致的悲剧内在性。这种悲剧内在性与人物的秉性气质有关，但主要来自各方在文化上的同构特征。《李自成》从明王朝和李自成建立的大顺朝两个方面，揭示儒学或儒道释三教合一、三教互补所形成的传统文人赖以安身立命的基础，其介入现实时则很无力。在崇祯看来，科举制度推举上来的文臣武将，若论个人能力，是一些"知经而不知权"、百无一用的书生；若论个人品性则更为不堪，或"不顾国家急难，不思君父忧劳，徒事口舌之争

---

① 姚雪垠：《〈李自成〉内容概要》，《姚雪垠书系》第 22 卷，中国青年出版社 2000 年版，第 27—28 页。

以博取敢谏之名”，或唯唯诺诺，四处钻营，左顾右盼，平步青云，皆为朝廷蠹虫①。书中描写大顺朝建立时间短促，李自成还来不及做崇祯那样的总结，就被清军驱赶，命丧九宫山。但小说中，李自成不重用李岩也不是没有道理的。李岩在起义军中的作用没那么重要，在于他本身与李自成这支农民起义军精神上的一种游离状态。他有见识，却容易动摇，与其他将领相比，他总要为自己留一条后路，若不能青史留名，那么至少也要在历史上留下一个较为清高的文人形象。因此，在起义军与朝廷兵戎互见、无任何调和余地的情况下，无论作为起义军的谋士或崇祯王朝的对手，他都不能竭尽全力，也就无法获得举足轻重的位置。也就是说，姚雪垠出于对封建时代文人本质的认识，使他一方面通过李岩等人物的加入，表现起义军的复杂性，即其构成并不全是贫苦农民；另一方面，揭示李岩这个人物的性格特点，在刻画这支队伍成分复杂的同时，并没有消解或模糊对其中坚力量的认识。这种写法得出的结论与郭沫若不同：即使李自成没有错杀李岩，起义军和大顺朝也难逃脱黯淡与失败的结局。李岩与牛金星都是有科举功名的人，他们虽不像黄道周、叶廷秀和刘宗周是朝廷重臣、明代大儒，但对这些人却心向往之，只因时运不济，不得已落草为寇，而那不过是改换门庭，以求一逞。这些文人的政治与文化理想其实并无天壤之别。李岩的清高也不是嵇康式的，带有很大的随机性。小说中，李岩完全不同于牛金星的利欲熏心，不同于宋献策江湖术士的形象；与陈新甲、吴嗣昌更是风马牛不相及。但在文化同构性这一点上，那些不同是表面的，其精神指向和道德归宿则难分伯仲。

然而同为“五四”时代人，尽管姚雪垠不同意郭沫若《甲申三百年祭》中对李信的看法，但郭沫若这篇文章对传统文人，对同一文化结构形成的文人性格的分析，依然入木三分。据《甲申三百年祭》，大顺初建，牛金星等大考举人，而宋献策、李岩两人却反对制科。郭沫若引述《小史》中一段宋、李两人品评明政和佛教的话，认为这些话“极有意思，足以考见他们两人的思想”。郭沫若考证这些议论“是不是稗官小说的作者所假托的，不得而知，但即使作为假托，而作者托之于献策与李岩，至少在两人的行事和主张上应该多少有些

---

① 详见《李自成》第三卷上册崇祯与黄道周、叶廷秀、刘宗周发生“廷争”一节，以及第三卷中册崇祯向戚畹借助部分。《李自成》第三卷，中国青年出版社 1981 年版。

根据”。郭沫若写道：

> 今从《小史》摘录：“伪军师宋矮子同制将军李岩私步长安门外，见先帝柩前有二僧人在旁诵经，我明旧臣选伪职者皆锦衣跨马，呵道经过。岩谓宋曰：‘何以纱帽反不如和尚？’宋曰：‘彼等纱帽原是陋品，非和尚之品能超于若辈也。’岩曰：‘明朝选士，由乡试而会试，由会试而廷试，然后观政候选，可谓严格之至矣。何以国家有事，报效之人不能多见也？’宋曰：‘明朝国政，误在重制科，循资格。是以国破君亡，鲜见忠义。满朝公卿谁不享朝廷高爵厚禄？一旦君父有难，皆各思自保。其新进者盖曰：我功名实非容易，二十年灯窗辛苦，才博得一纱帽上头。一事未成，焉即死之理？此制科之不得人也。其旧任老臣又曰：我官居极品，亦非容易。二十年仕途小心，方得到这地位，大臣非止一人，我即独死无益。此资格之不得人也。二者皆谓功名是自家挣来的，所以全无感戴朝廷之意，无怪其弃旧事新，而漫不相关也。可见如此用人，原不显朝廷待士之恩，乃欲责其报效，不亦愚哉！其间更有权势之家，循情而进者，养成骄慢，一味贪痴，不知孝弟，焉能忠烈？又有富豪之族，从夤缘而进者，既费白镪，思权子母，未习文章，焉知忠义？此途来取士之大弊也。当事者若能矫其弊而反其政，则朝无幸位，而野无遗贤矣。’岩曰：‘适见僧人敬礼旧主，足见其良心不泯，然则释教亦所当崇钦？’宋曰：‘释氏本夷狄之裔，异端之教，邪说诬民，充塞仁义。不惟愚夫俗子惑于其术，乃至学士大夫亦皆尊其教而趋习之。偶有愤激，则甘披剃而避是非；忽值患难，则入空门而忘君父。丛林宝刹之区，悉为藏奸纳叛之薮。’”

崇祯对满朝文武的指责，李自成对李岩不重用的“怠慢”，都可以从这里找到一些答案。传统文化结构对现实政治的制约与销蚀，是崇祯王朝和李自成大顺朝内在悲剧性的重要原因。李自成攻入北京和清军入关是明朝及大顺灭亡的直接原因，但由于内在的政治结构和文化结构早已经腐朽，才导致偌大的王朝和军事力量如此不堪一击。正如《甲申三百年祭》开头所言：“限于明室来说吧，事实上它久已失掉民心，不等到甲申年，早就是仅存形式的了。”对大顺亦可作如是观。尽管大顺承袭明制，却连那个“仅存形式”还来不及完成。

在这当中，即使个别有识之士看到问题所在，如《小史》“假托”之言，也没有能力扭转王朝颓势，更何况他们自身寄生于此，与这种政治和文化结构一荣皆荣，一损俱损，是命运相关的。

郭沫若、茅盾、吴晗、姚雪垠都是江晓天所说的“‘五四’以来第一、二两代老作家”。在此意义上，《李自成》研究所体现的，不仅是这两代作家对明末历史、对当代长篇历史小说的关注；小说与伴随小说所发生的这一过程，更体现了“五四”时代赋予历史小说和历史研究者特有的视角和方法。不同的历史观念可以形成迥然相异的历史复述，因此，追溯一种历史观念产生的背景，并从这里再看历史，我们所得到的，除了明末的历史画卷，除了李自成领导的农民起义，还有当时西学东渐潮流影响下“五四”知识分子的思想愿景，即对于现代中国社会前景的追求与探索；封建王朝即使卷土重来，其结局也必然是覆灭的下场。以此类推，今天的社会与20世纪二三十年代相比已经发生了巨大变化，但对历史的纪念，以及对历史事件的重提，不仅意味着对姚雪垠和《李自成》所讲述历史的兴趣，更意味着现代历史观念中一种人文内涵的复现，或者说，那是“五四”时代精神的又一次复苏。

二、关于《李自成》小说“三分天下”的历史格局

第一，从潼关突围和阿英的意见说起。

《李自成》第一卷分上、下两册，所写故事发生在崇祯十一年（1638）冬到第二年夏。其时，农民战争处于低潮，李自成在潼关附近陷入明军包围，几乎全军覆没，妻女失散。为彻底镇压农民起义，明王朝调集最优势的兵力，像洪承畴、孙传庭、曹变蛟、贺人龙等朝廷重臣都分别率领各路人马，对活跃在川陕鄂交界的农民起义军围追堵截。重压之下，起义军败的败，降的降，名噪一时的义军领袖张献忠、罗汝才（外号“曹操”）一时都归顺了朝廷。小说一开始就把李自成放在严峻的政治和军事形势下，突出他的胆识以及作为一位农民出身的政治家和军事家的个人素质千钧一发之际，不胆怯，不投降，言而有信，又机警果断。这是他比其他义军首领别具人格魅力的地方。后来他在商洛山重整旗鼓，终于与突围到豫西的高夫人会合，并促使张献忠、罗汝才重新起义。

潼关南原大战，是历来评论《李自成》的文章特别称赞的。名为“大战”，实际上是李自成几乎全军覆没的一次“突围”。小说描写崇祯九年至十一年，义军领袖高迎祥战败被朝廷杀害后，李自成继任闯王，被朝廷军队堵截在陕西潼关，眼看就要被势力强大的官军消灭，他不得不率领人马“从潼关突围”。结局是悲惨的，起义军上千人从潼关突围，最后冲出去的只有十八个人。但小说描写这一过程却极为悲壮，全没有凄惨哀怨的情绪，是全书塑造这支农民军队的点睛之笔。比如，写大战前紧张的气氛，“张鼐和三四百名身经百战、犷悍异常的骑兵紧紧地跟着他。举在手中的刀和剑在阳光下闪着寒光”，“马蹄猛烈地踏着山石和坚硬的红色土地，像海潮，又像狂风暴雨”；写大战中起义军将领刘宗敏擒贼先擒王，冒着疾雨似的箭矢，连换三匹坐骑，“稳如砥柱，竭力要看清官军的主将是谁？在什么地方”；写李自成身先士卒，英勇过人，和袁宗第“率一小队骑兵杀开一条路，直冲进官军的方阵中心”，从祖大弼手里夺回张鼐；写高夫人胆大心细，运筹帷幄，带领义军的老幼妇孺趁机突出重围；写孩儿兵在闯王义子双喜带领下，像突然插入敌阵的一把尖刀，打乱了左光先部队的阵脚。其中既有敌对双方斗智斗勇，布阵周旋；也有贺国英（贺人龙之侄，外号“万人敌”）与郝大勇（即郝摇旗）捉对厮杀……这些场面有声有色，扣人心弦。诚如茅盾所言：“第一卷写战争不落《三国演义》等书的旧套，是合乎当时客观现实的艺术加工，这是此书的独创特点。以潼关南原之战为例，有时写短兵相接，有时写战局全面的鸟瞰，疏密相间，错落有致。义军分兵两路同时突围而略有先后，写了李自成一面，接写高夫人一面，重点在李自成，而高夫人一面仍然声势不凡。”①

把惨烈的突围描写成起义军所向披靡的“潼关南原大战”，以突显李自成和农民起义军的英雄形象。对此，可以理解为小说家实践其历史观念使然。但另一方面，小说中起义军有那么高的起点，会不会影响李自成最终归于失败的事实呢？20世纪60年代，阿英看过《李自成》第一卷就提出这个问题：

> 使人感到有些反历史主义，觉得完全是写游击战争，而不是李闯王时代的农民革命。如当时闯王和部将都是这样，革命早成功了。……历史上的农民革命，从纲领起（按此句记录有误，意思不清楚），有许多缺点，

① 茅盾：《茅盾致姚雪垠（1974年12月23日）》，《茅盾　姚雪垠谈艺节简》，人民文学出版社2006年版，第22页。

如不写这些缺点，就是替他擦粉，不能在典型环境中写出典型人物。①

姚雪垠对阿英这个“重要意见”没做解释，70 年代再版的《李自成》第一卷对这次战争场面也没做什么修改。姚雪垠的坚持，除了要表现农民起义和农民战争是历史发展的动力说之外，还有一个重要的原因，就是小说家从青年时代即热心新史学运动的历史情结，他曾有志于明史研究，并一直怀有重述历史的雄心。如果仅仅是一部歌颂农民起义的小说，作家尽可以在相对完整的历史观念中构筑一个相对完整的故事；如果承认“擦粉”也是一种虚构方式，那么只写成功不写失败，只写李自成“过五关斩六将”不写“败走麦城”，也无不可，尽管阿英不赞成这种写法。值得留意的是，姚雪垠在这一点上与阿英没有分歧，他不打算在一种类似新历史主义的虚拟轨道上走得更远，而倾向于以现实主义的结构方式重写明末历史，把向来被忽略或受到轻视的农民起义作为重要的历史因素之一。唯物史观使姚雪垠增强了重新讲述明史的信心，但他不是按观念亦步亦趋地图解历史的思想的侏儒，而是领时代风气之先、富于艺术个性的历史小说家。他从这里打开缺口，突出农民起义军由弱到强的经历，但笔墨又不局限于此，为的是通过描写明末农民起义、明王朝和清王朝三股政治势力，展示明末社会的总体政治环境与历史格局。

这三股政治势力在明末历史舞台上既彼此排斥又彼此依存，此消彼长，此长彼消，最终“天下归一”的过程，不仅提供了能够支撑五卷十二册写作的广大空间，而且使历史小说的描写更加五彩斑斓，仪态万方。这种写法有一个重要的前提：向来被历史所忽视的农民和农民起义一定要成为势均力敌的一方，与明、清王朝形成鼎足之势。小说以潼关南原大战先声夺人，对势若星火的农民起义军施以浓墨重彩，便是要从小说结构上，扭转以往历史叙述对农民起义轻视和忽略的倾向。在此意义上，小说《李自成》既不是传统的王朝兴衰、帝王将相史；也不是阵脚分明的地主与农民两大阶级对抗史；更不是异族入侵中原、宣扬爱国主义的反侵略斗争史。虽然它们各有表现，却都无法总揽全局。

---

① 阿英：《阿英、吴晗、李文治谈〈李自成〉》，《姚雪垠研究专集》，黄河文艺出版社 1985 年版，第 526、527 页。该文有注释：阿英的话由姚雪垠的回忆文章中摘出。姚雪垠文中说：“阿英另外有一个重要意见，在同我谈话时他没有说；江晓天同志当时整理的阿英的这个意见摘抄于下。”同上，第 526 页。

这还不仅是一种主观推测。《李自成》农民起义军的悲剧结局直到第三卷中、下册“洪水滔滔”和“慧梅之死”才越来越清晰起来。《李自成》第三卷1981年8月出版，阿英已于四年前（1977年6月）逝世，没能看到悲剧的全过程。小说家以作品回答读者（文学史家和批评家也是读者）的问题是常有的事。但值得重视的是，姚雪垠并不打算回避阿英的“重要意见”。他说，第一卷“敢于放开手写潼关南原大战”，的确采用了“夸张”的笔法。关于李自成，实际上“将古代别的人物的优秀品质和才干集中到他的身上。虚构了许多动人的情节，好使他的形象丰满而典型化”。关于潼关南原大战，“根据我的研究，根本没有发生过这次战争，但在写小说的时候，我从完成小说的使命着眼，采用了这个传说”①。小说的“使命”与他所说的“不跳出历史就完不成艺术使命”应该是一致的。这一“使命”的目的，是让李自成和农民起义军“在小说一开始就成为崇祯皇帝的主要对手”，所以他要“将李自成在崇祯十三年冬天以前的重要性作些夸张”。也就是说，在第二、三卷描写起义军破洛阳，杀福王，将明末农民战争推进到新的阶段之前，作家已经在整体上有了“三分天下”的历史考虑和小说布局。

第二，关于小说对崇祯王朝的描写。

《李自成》是当代第一部以如此众多的篇幅详细描写古代帝王和宫廷生活的长篇历史小说。不仅对明王朝的朝廷政治决策，而且对崇祯与周皇后、田妃和袁妃的后宫私人生活，小说也有生动的描写。对清王朝，小说通过“燕辽纪事”“甲申初春”等篇章，重点刻画了皇太极、多尔衮、庄妃和大学士范文程的人物形象，还有对洪承畴受降、多尔衮专权、福临发蒙读书等事件的大段铺陈。李自成做大顺朝皇帝时间很短，登基与逃亡几乎是同时。虽然大顺朝一切朝政按牛金星、宋献策等人的建议沿袭明制，但动荡的时局，加上这些来自社会底层的读书人不仅没有朝政经验，为人行事也忒心胸狭隘，目光短浅，或攀龙附凤，或但求自保，使大顺朝与明、清王朝相比，最为荒唐、草率和混乱不堪。

表现明末总体政治格局的小说，却不以王朝史一类的标题命名，这种看似

---

① 姚雪垠：《〈李自成〉第一卷上册·前言》，《李自成》第一卷上册，中国青年出版社1978年版，第8页。

名实不符的矛盾，其实包括另一层巧妙的蕴意，即小说构思上多维互动的艺术格局。实际上，作品无论突出哪一方面，都以一种反衬的方式在突显对方，对其他两方面的描写也是有力的引导和铺垫。小说题目正是这种小说结构的体现，李自成农民起义是明王朝岌岌可危的政治局面的爆发点，明、清朝代易位正是明王朝自身矛盾、自我崩溃的必然结果。深入描写明王朝内部矛盾，不仅有利于了解明末农民起义何以剿而不衰、愈演愈烈，而且揭示了农民起义中诞生的新王朝与旧王朝在政权文化上的同构倾向，从而进一步理解大顺朝迅速崩溃的原因。同时，小说对新兴的清王朝的关注和描写，其一系列政治举措，野心勃勃、充满进取的活力，对于成熟到逐渐衰朽的中原文化是一股巨大的冲击力，这又使作品富于文化反思的品格。“李自成”不是孤立的，而是明、清朝代转换之际的历史产儿。换句话说，没有明王朝积重难返的政治危机，就没有李自成农民起义；没有李自成农民起义，就没有明朝的灭亡和清军入主中原；没有大顺朝的覆灭，就没有清王朝的一统天下。促成明末历史大变局的这三者之间，缺一不可。如果说，小说描写李自成、牛金星、李岩、宋献策等人被“逼上梁山”、投身农民起义，与《水浒传》相似；那么由于明、清王朝在小说描写中所占的分量，特别对各方高层人物的着意刻画，使这部看似表现农民革命的“水浒传”，毋宁是一部描写明末历史的“三国演义”。

崇祯是小说描写明末历史的焦点人物。起义军势力的长与消、清军的退与进，都与崇祯息息相关。一方面，起义军和清王朝都渴望攫取“大明江山”；另一方面，摇摇欲坠的崇祯王朝仍然占据明末局势的主导地位，崇祯的每一个决策都势必影响历史舞台上不同政治势力的胜负结局。明王朝投入镇压农民起义的力量多一些，清军势力就自北向南迅速扩张；明王朝全力以赴对付清军，李自成和农民义军的势力随即成星火燎原之势。崇祯由于夹在两股政治势力之间，国力逐渐被削弱，国土逐渐被蚕食，导致最终灭亡。

历史固然由历史的“合力”促成，也绝非个别历史人物的历史。但注重描写的小说艺术，更看重历史生活中的人物和细节，看重历史人物的主动性，因此在小说中，这些人物也绝不会是一些“历史必然发展规律”的玩偶。在这里，小说艺术似乎与历史哲学兜了个圈子，小说艺术的向心力在于发掘人物的具体复杂性，而不在于抽象的历史观念，甚至有意地反其道而行之，就像它标新立异的禀赋使然。实际上，任何抽象的历史观念只是对以往历史和历史人物的总结，而无法倒推过去，指导小说家照此结论去演绎人物。恰恰由于小说家注重历史人物的具体可感性，作为一种艺术象征，才使这样的人物故事更令人信服地体现了一种历史的宿命。因此，崇祯的确是“生于末世运偏消”的亡国之君，成王败寇也是向来比较流行的舆论势力。但姚雪垠是一位对历史深怀悲悯之心的小说家，他没把崇祯写成一个咎由自取、天性顽劣的坏人，而是详细地描写崇祯与命运抗争，写他的“励精图治”“宵衣旰食”。尽管结局很失败，偌大的皇室家族，从朝廷到个人均互相攻讦，互相拆台，简直就是自取灭亡。对于这些“不配享有好的命运”的人，小说家也沉得住气，描写崇祯如何在做“大明中兴”君主的个人愿望与这种愿望最终不可能实现之间苦苦挣扎，他和他的王朝如何一步一步地走向不可预知的历史黑洞，并最终被这个黑洞吞没。

正如历史选择崇祯来完成明朝覆灭的悲剧；小说家选择这个人物为叙事焦点，对充分实现小说的艺术使命也同样恰如其分。第五卷上册描写崇祯自缢前痛心地说：“可叹我辛辛苦苦，宵衣旰食，励精图治，梦想中兴，无奈文臣贪赃，武臣怕死，朝廷上只有门户之争，缺少为朕分忧之臣，到头来落一个亡国灭族的惨祸。一朝亡国，人事皆非，山河改色，天理何在！……唉，苍天！我不是亡国之君而偏遭亡国之祸，这是什么道理?”这并非全是皇帝为自己辩解的一面之词。崇祯不是历史上骄奢淫逸的昏君，他“梦想中兴”却适得其反，这种矛盾现象构成了生动的符号象征。就像明朝那座庞大的、已经运转失灵了的国家机器，崇祯十一年后，他在国事和个人生活中的表现也是时而亢奋，时而沮丧；时而深藏不露，时而捶胸顿足；时而儿女情长，时而满腹杀机，其性格处于永无排解的自相矛盾中。

《李自成》从崇祯十一年写起，离明朝覆灭还有六年时间。在这六年中，身为一国之君，唯一让崇祯自己做得了主的事，就是选择在煤山自尽。确切地说，那是没有选择的选择。崇祯错过了种种机会。年初，李自成军队在山西，朝中大臣有人建议朝廷迁往南京，崇祯怕担“偏安”罪名，“讳言南迁”；后来有人建议，改送太子去南京，但“一经言官反对，便不许再有南迁之议，遂使一盘活棋变成死棋”。李自成刚过大同，离居庸关尚远，天津巡抚冯元彪“具密疏”请崇祯乘海船南下，他率一千精兵到通州“迎驾”，果真如此，崇祯也“必不会身殉社稷”，并有可能从天津转道南京。李自成进北京五天前，崇祯还有机会，但“朝廷上下壅塞之祸，从来没人敢说”，冯元彪的密疏终成画饼，崇祯必死无疑。

祖宗家法，皇亲国戚，满朝文武，无一不像绳索紧缚着崇祯。朝廷每道政令都出自崇祯，但每一道又都是这位“真命天子”多方妥协和无奈的结果。小说第一卷开头写崇祯十一年，清军打过通州，矛头直指京师。明朝的军费本来入不敷出，又受到“安内”和“攘外”两面夹击，崇祯打定主意向清廷赔款或割让土地，以求退兵，但他唯恐丢了祖宗的颜面，绕来绕去，就是不直言“议和”两个字。第一卷上册，崇祯面色沉重地说：“崇祯九年初，虏骑入犯，昌平失守，震惊陵寝。凡为臣子，都应卧薪尝胆，誓复国仇。可是刚过两年，虏骑又长驱直入，蹂躏京畿。似此内乱未息，外患日急，如何是好？”与清廷议和的主意已定，崇祯说这番话，其实是在等他的心腹太监高起潜和兵部尚书杨嗣昌像猜谜一样婉转地说出自己的心事。事情挑明后，崇祯不放心，反复叮嘱“力求机密，不使外廷知道才好”。崇祯自以为高明，但“议和的消息不但朝廷上文武百官都已经知道，连满城百姓也都在议论纷纷”。高起潜、杨嗣昌、陈新甲等人再精明，也不能不代皇帝担起“议和”的投降恶名，好像皇帝只是被他们所蒙蔽，并非始作俑者。这样一来，那些坚持对清廷主战的文臣武将坚信“抵御东虏”就是效忠皇上；而深知内幕的高起潜和杨嗣昌力主议和，“务必为皇上留此一点家当”。但无论坚决主战的卢象升，还是比卢象升更知底细的高、杨，还有后来的陈新甲的下场都十分不妙。所有人从皇帝那儿得到的都是自相矛盾的旨意：执行哪一种，都是尽忠职守；执行哪一种，也都是大逆不道！因此，小说中文臣武将被崇祯换得像走马灯似的，有战死沙场的，有被疑作谋反砍头的，有为辱君命自杀的，有自觉委屈说出实情而被下狱或斩首的……但官僚毕竟不是韭菜，割了一茬还有一茬，最后崇祯实在找不着可用的人，便从监狱或流放地“赦免”一些人重新启用，直到他们死无葬身之地。那些早死的人，反而免去了这番折腾，真不知是幸或不幸。

历史上的王朝都是建立在血缘基础上。朱姓皇亲国戚不仅是明朝世袭俸禄的贵族，由于与王朝一荣皆荣、一损皆损的命运，他们对这个帝王家族也有比一般人更大的责任和更多的承当。但这只是从道理上说。当内忧外患、王朝危在旦夕时，这个家族却众叛亲离、分崩离析。第三卷中册描写崇祯十三年春天，“半个中国，无处不是灾荒惨重，无处不有‘叛乱’”，在川陕鄂围剿张献忠农民义军的杨嗣昌“迭次飞奏，征剿诸军欠饷严重，军心十分不稳”。朝中大臣相互推诿，拿不出办法，崇祯只好求助于“京师诸戚畹、勋旧”，也就是向皇亲国戚、有爵位的世家借钱。他思来想去，选中“隔了两代”的武清侯李国瑞，而闭口不提比李国瑞和其他皇亲国戚“都较殷富”的田妃和周后的娘家。内阁辅臣薛国观对皇帝的决定顺水推舟，以为可以不担责任。但“柿子专拣软的捏”的做法随即在李国瑞那里碰了钉子，李国瑞被崇祯送入大牢。表面看是李国瑞同皇帝作对，实际上所有皇亲国戚都站在李国瑞一边。李国瑞是明万历（神宗朱翊钧）孝定太后的侄孙，孝定太后是崇祯皇帝的曾祖母，从神宗皇帝算起，李国瑞还是崇祯的表叔。孝悌纽带是加在崇祯身上的又一条绳索，并不是崇祯对这位表亲心有不忍，而“戚畹和勋旧多结为亲戚，一家有难，八方牵连。所以那些在京城的公、侯、伯世爵对戚畹都表示同情，暗中支持，希望武清侯府用各种办法硬抗到底”。他们找亲戚向周皇后、田妃行贿，行贿的银子花得如流水一般，就是不借皇帝一文钱。后来李国瑞的家人买通皇五子（田妃所生，崇祯最喜欢的小儿子）的奶妈和宫女，装神弄鬼，把皇子吓死。皇帝见借助戚畹这条路实在走不通，也只好不了了之。

崇祯向命运的每一次抗争，都在王朝内部酿造一次惨祸，加速了王朝的灭亡。仅崇祯向戚畹借助这一件事，平白无故死去的小太监、小和尚、宫女、都人、奶妈和他们的家人，书中较为详细描写的就有十来个。再看高层，首辅薛国观被“赐死”，武清侯李国瑞在监狱吞金自尽，田妃从此一病不起，终致身亡。朝廷的言官、大儒有的惨遭廷杖，有的瘐死狱中，有的被遣回原籍……受牵连、遭横祸的人不计其数。

再谈一点小说对崇祯性格的刻画。一般小说均通过刻画人物性格表现人物命运，所谓“性格即命运”；历史小说家在人物性格背后，发掘出更为复杂的历史因素。从这个角度也可以说，历史即性格，历史即命运。

小说描写崇祯性格焦躁，“猜疑多端，刚愎任性”，稍有些头脑的朝臣都明白这一点。但皇帝的性格也不是一贯如此，时时如此，只是随着内忧外患不断加剧而愈演愈烈。“国库如洗，司农（即户部）无计”，崇祯越是对国事缺乏信心，越是刚愎自用、猜忌多疑。其实，崇祯的性格也与各位朝臣有关。那些满口阿谀献媚之辞的太监、佞臣自然帮助不了崇祯；那些一心为国分忧的忠臣也实在让崇祯心烦意乱。无论什么场合，他们都能出口成章，起承转合，滔滔不绝，如果稍加整理，就是一篇天庭饱满、地脚方圆的鸿文。明朝科举不断向朝廷输送一批又一批只会做光鲜文章的人，文章大国，文章治国，文章误国。“诸臣住在京城，全凭意气，徒逞口舌，捕风捉影，议论戎机。他们并未亲历其境，亲历其事，如何能说到实处！”杨嗣昌死后托梦的这番话（第三卷上册）其实就是崇祯心里所想的，忠臣们多是历届科举状元，朝廷智囊，但他们“尽是书生之见，知经而不知权”，要么立意高远，云山雾罩；要么远水不及近渴，解决不了任何问题。崇祯不是三国时代“舌战群儒”的诸葛亮，这些忠臣的“苦口良言”并不“利于病”，反而对情绪已十分焦躁的崇祯如同火上浇油。第二卷中册描写为筹措军费，崇祯与黄道周、叶廷秀、刘宗周发生“廷争”。崇祯责备他们“不顾国家急难，不思君父忧劳，徒事口舌之争以博取敢谏之名”，但这些大儒和他们的门生根本听不进其中的一点道理，只知道一个接一个地挺身而出，好像当代媒体组织的辩论大赛。但这场发生在错误的时间和地点的“辩论大赛”实在让崇祯耐不住性子，终于棍棒相加，把这些言官、大儒通统赶入大牢了事。

最让人啼笑皆非的，是受这种“徒事口舌之争”、虚伪的朝政影响，皇帝自己也有意做一篇流芳千古的文章。第三卷中册描写崇祯十四年八月，蓟辽总督洪承畴率领明军在辽东战场一败涂地，被清军围困在松山堡。次年二月，防守松山南城的明军副将夏承德与清军里应外合，洪承畴全军覆没，本人被俘。还没得到洪承畴是否阵亡的确切消息，京师士民“街谈巷议，都认为洪承畴必死无疑”，“洪府故旧门生都关心朝廷荣典”，洪府的管事家人“便共同给皇帝上了一道奏本，陈述洪承畴确已就义”。无论家人还是同僚，都好像唯恐洪承畴不死，抢先断了他活着回来的生路，人情世态冷酷到极点。于是朝廷决定为洪承畴举办“荣典事项，包括赐谥忠烈，赠太子太保，赐极九坛，在京城和洪的福建家乡建立祠堂”，“敕封协天大帝”。崇祯亲自撰写《祭文》，诵读其中段落“泣不成声”：

> ……古人云：慷慨赴死易，从容就义难。慷慨与从容卿兼而有之矣。又闻卿绝食数日，气息奄奄，并不能兴，鼓卿余力，奋身坐起，南向而跪，连呼“陛下！陛下！”气噎泪流，欲语无声，倒地而死，目犹不瞑。君子成仁，有如是耶？呜呼痛哉！

本来祭文不必崇祯动笔，礼部两天前已经写好，“用四言韵语，务求典雅，辞采亦美”，但崇祯不用，他放着国事不理，非要“亲自拟一祭文”，“传令名于万年”。在大厦将倾、狂澜即倒的危急关头，皇帝以祭文传世的想法已不大吉利；何况洪承畴没死，就在朝廷紧锣密鼓准备荣典的时候，洪承畴已经投降清朝。崇祯遂将《祭文》付之一炬。

第三，小说对清王朝的描写。

小说对清王朝采取两种描写方式。一种为虚写，通过崇祯推行“和议”主张，写清王朝企图入主中原的咄咄逼人之势。小说第一卷开始写崇祯十一年秋季，“清兵已经过了通州的运河西岸”，东直门和朝阳门方面“特别吃紧”。另外还交代崇祯登基十一年里，清兵已经四次人关，有三次“直逼北京城下”。一种为实写，比较集中地描写从第三卷中册开始，更确切地说，从对原明朝蓟辽总督洪承畴的劝降开始。

洪承畴被俘前有一段清廷描写十分有趣。清朝皇帝皇太极从叶赫（今辽宁开原旧城东北）回到盛京，在清宁宫参加夕祭，看萨玛跳神，祈祷松山战事顺利。小说描写参加这次夕祭的都是清廷贵族中的重要人物。

> ……他们在毡上坐下以后，侍卫在每人面前放一盘白肉、一杯酒、一碗白米饭、一碗肉汤。当时关外不产大米，大米是向朝鲜国李氏朝廷勒索来的。个人从自己的腰间取出刀子，割吃盘中猪肉。虽然贵族们将皇帝赐吃肉堪称莫大荣幸，但是又肥又腻的白猪肉毕竟难吃。幸而御前侍卫们悄悄地在每位大人面前放一小纸包的盐末，让他们撒在肉上，自然他们事后得花费不少赏银。

仪式、规则和变通的方法也适用于清廷对国事的处理。清廷自多尔衮入关前一直驻扎关外，朝廷内部懂汉字的人很少，不仅朝政上没有许多繁文缛节，仪式的外表也不奢华，甚至有些粗陋可笑。比如用跳神、皇帝赐白肉来象征神灵、天道和荣誉等庄重的主题。但关键在其中变通的过程，清廷却处理得十分精细，务要切合实际。皇太极继位于努尔哈赤，早有入主中原的野心，他改努尔哈赤国号“后金”为“清”，“清与金音相近，却避免刺伤汉人的民族感情”。为一统天下，皇太极急需汉族的文化和人才，所以一心想劝洪承畴降清。苦战被俘后的洪承畴本来已体力不支，又绝食三天，生命危在旦夕，皇太极急忙请内廷大学士范文程商议劝降办法，范文程建议皇太极对洪承畴用“美人计”。洪承畴出身名门，二十三岁即中状元，“少年为宦，位至尚书”，花团锦簇，应有尽有。更难的是关外不比北京或江南，到哪儿去找？找什么样的“美人”才能“引动他欲生之念”？最后皇太极找的“美人”的确不同凡响，不仅姿容秀丽，温文尔雅，而且神情高贵，能言善辩，寥寥数语，使洪承畴喝下参汤，动了“欲生之念”。最重要的是这位清廷的贵族丽人改变了洪承畴对清廷野蛮粗陋的“东虏”印象，使他对异族文化萌生出一种体认和好感：“他想着满族女子不缠足，像刚才那位‘丽人’，步态轻盈中带着矫健，不像近世汉族美人每每弱不禁风，于是不觉想起曹子建形容洛神的有名诗句：‘翩若惊鸿，宛若游龙’”。直到受降仪式上观看歌舞节目，洪承畴才发觉那位丽人正是皇太极的宠妃博尔济吉特氏（庄妃），是皇位继承人福临的母亲，也就是后来的圣母皇太后。清廷这样做，自然让降臣感激涕零、肝脑涂地以报答“圣恩”，但洪承畴“多年身居猜疑多端之朝”，随即想到“清主命庄妃做此事必然极其秘密，将来如果泄露，或者他对清廷稍有不忠，他将必死无疑；而且，倘若清主和庄妃日后对此事稍有失悔，他也会有不测之祸。这么一想，他不禁背上冒出冷汗，再也不敢抬头偷望庄妃了”。看萨玛跳神、赐大臣吃白肉的皇太极，在和庄妃商量“美人计”的时候，势必早想到这层。

第四，小说的悲剧意义与现实主义的叙事规则。

对于一个历史人物而言，其成功或失败都不仅仅出自个人原因，即使有，历史人物的个人愿望与这愿望难于实现的历史局限性之间的冲突，才是最被作家看中的原因。在现实主义的叙事观念中，生活经验与文学写作形成一种新的一致性。传统的经典叙事规范或套路，不仅不再是现代小说首选的方式，而且受到前所未有的挑战。正如鲁迅当年评价《红楼梦》所言，“叙好人未必都好，坏人也未必都坏”，“正因写实，转成新鲜”。

把以往被史书写成“乌合之众”或“流寇”的农民起义军，写得如此有气魄，这种艺术开掘及其表现方式的确反映了小说家的立场。姚雪垠始终以深厚的历史同情心关注和表现李自成农民起义的全过程。或者说，他始终站在底层社会受侮辱、受损害的阶级和阶层一边。正因如此，《李自成》与一般史传小说有着根本的区别。通过对农民起义军的描写，小说将笔触伸向社会底层，从李自成身上看到他所属的社会阶层的悲惨命运。如果说，明代社会在李自成造反前就已衰朽、崩溃了，那么崇祯王朝完全体会不到，承受这一后果的下层社会简直就是一座人间地狱。问题的关键也就在这里，出于这种社会环境，李自成的悲剧不是外在的，固然也有外部原因，但他的悲剧是与生俱来的。潼关突围后，李自成曾先去投奔张献忠，张献忠在军师徐以显鼓动下，差一点把李自成一干人全部杀掉。这次逃亡经历带有象征性，李自成只有联合其他义军才能完成使命，战胜明王朝，但各路起义军首领绝不满足于劫富济贫，不论李自成还是张献忠都一定要做皇帝，于是在起义军之间和起义军内部，永无休止的争夺、猜忌随之而来。

争权夺利、猜忌谋杀，这些情节主要出现在外部压力减弱的情况下。面对朝廷的重兵围剿，李自成必须扩大自己的军事力量，除了攻下山寨，开仓放赈，吸收老百姓加入义军，最有效的办法是把“杆子”（其他起义队伍）收编为自己的队伍。小说第二卷描写宋家寨寨主宋文富请马三婆串通侄儿马二拴，用高官厚禄收买义军将领。寨主奶奶担心此计不成，因为她听说义军中人颇讲义气，这时“马三婆即撇嘴一笑，‘义气？江湖上的义气也早晚行情不同。目前大军压境，贼兵败将各人性命难保，义气该值几个钱一斤？’”底层社会鱼龙混杂，马三婆即为典型一例。但也正因为她出身底层，了解那些人的普遍想法。从她的话里可以看出李自成军队的不稳定性。李自成破了宋家寨，接着平定石门谷“杆子哗变”，第三卷描写“慧梅之死”，李自成把义女慧梅嫁给袁时中，也是企图收编小袁营这支“杆子”队伍的二三万人马，最后袁时中带部队脱离闯王，被李过杀死在乱军中，已经怀孕数月的慧梅自尽，“她真是能狠下心，一抹脖子就去了两条性命”。李自成始终在收编“杆子”军队和“杆子哗变”之间煞费苦心，收编的军队要么叛逃，要么由于成分复杂，让李自成很难管理。慧梅的悲剧就是李自成军队扩编付出的代价。随着小说描写起义军围攻开封张存仁一家的惨剧，昔日繁华的开封变成一座死城。李自成向北京每前进一步，都愈加偏离起义军最初的愿景。如果李自成原本就打算“一将功成万骨枯”，是一个心狠手辣、性情歹毒的人，即使失败了也罪有应得，谈不上英雄，遑论悲剧。但小说描写李自成的悲剧在于，他天性仁厚，对下层百姓有强烈的同情心，他越是要解救民众于水深火热，扩充军队，清除异己，推翻明王朝，就越向失败的结局靠近一步，越要背叛他原本善良的天性。这种悲剧性的深刻之处就在于它是无法避免、无法克服的，如果消灭了问题一方，事物本身亦不存在。难道真应了意大利人的那两句话："凡以人民起家的必沾染污秽"；"未掌权势者，权势会磨灭他"?①

这样总结李自成的悲剧，也许并非姚雪垠的本意，但作为一部现实主义长篇力作，小说家对明末历史的生动叙述，使人物的悲剧性不局限于某一细节或某一具体的失误，而是贯穿在他对整个历史生活的描写和诠释当中。一部小说诞生，正像婴儿脱离母腹，虽然保留着他脱胎于那个世界的遗传基因，同时却又独立于那个世界，成为一个自在的生命个体。这也是姚雪垠长篇历史小说《李自成》给我的启示，其中既有小说所映现的时代语境和社会规约，又有小说艺术和历史叙事的独到之处。归根结底，要看小说家究竟写了些什么。

今天就讲到这里。

（《现代中国文化与文学》2011 年第 1 期）

---

① 美国电影《教父》第三集，影片的英文原文："He who build on the people builds on mud." "Power wears out those who don't have it."

论《李自成》与中国传统文化的表现问题

高有鹏[①]

对于任何一个民族而言，传统的意义都是非常重要的，这不仅是因为在传统中积聚着民族的的历史与文化的认同与选择，体现着民族的思想、智慧与精神，而且还标志着一个民族的尊严。我国是一个历史文化资源极其丰富的国家；所谓“欲灭其国，先毁其史”，人们总是把历史与民族记忆、民族认同联系在一起。这与“忘记过去就意味着背叛”所表达的是同一种道理。中国传统文化与历史文学的发展具有千丝万缕的联系，关于传统的记忆与表达，形成我们的文化传统。今天，我们自觉接受了文化多元理论，但在文化生活中却出现越来越多甚至愈演愈烈的历史游戏主义与新历史虚无主义，或者歪曲历史的真实，故作惊人之语，或者忘乎所以，一味追求利用历史文化进行自我宣泄，浮躁文风与急功近利充斥文坛。重读姚雪垠的长篇历史小说《李自成》（五卷本）[②]，我们会倍加珍重其追求真理、关注民生、大气磅礴这些不同寻常的思想文化品格。尤其是姚雪垠花费四十余年的心血精雕细刻，凭借对中国传统文化的熟稔，及其在《李自成》中淋漓尽致的表现与运用，使作品不愧为表现历史文化生活的史诗。亦如作者所言，其坚持“走一条比较艰难的道路”即“历史现实主义”，“艺术上强调中国的民族传统”，“通过小说艺术写出历史事变的基本真相，它的运动规律，它所包含的错综复杂的因果关系，以及它向后人提供的历史知识和值得重视的经验教训”[③]。在历史文化生活表现的深刻与生动

---

① 高有鹏（1965—），上海交通大学媒体与传播学院教授。

② 姚雪垠《李自成》目前有中国青年出版社版、人民文学出版社版、长江文艺出版社版。前两个版本都是全本，但章节排列方式不同，后一个版本是经过删写的。这里选择中国青年出版社版，内文引述只注明第几章节，不再另注。

③ 姚雪垠：《从历史研究到历史小说创作——从〈李自成〉第五卷的序曲谈起》，《文学评论》1992年第4期。

真实的意义上，作者所达到的高度成为一个时代的标志，而且对同时代历史文学的发展产生了重要影响。诚如有学者所称，对于“五四”以来的长篇历史小说创作而言，姚雪垠的《李自成》是“一大创举”，“它不仅在本题材领域具有开创性的功绩，而且为当代历史小说的繁荣和发展提供了可资借鉴的成功经验”。①

传统文化是被历史文化认同而形成的。在相当长的一个时期，我们仅仅把历史文献视作传统文化，有意或无意地排除了文化发展中风俗生活作为传统的存在意义。应该说，文化作为传统的形式，既有文献的一面，而且有生活的一面，而千百万民众所传承和使用的风俗生活包括民间信仰、口头文学创作等内容，作为民族传统的文化标志，是传统文化更重要的方面。对于一个作家而言，是否能够很好地使用传统文化，应该是可遇而不可求。姚雪垠出身河南邓县的农家，青少年时代曾生活在土匪中，后来在开封读书，接触到新史学与新文化，尤其是他对历史文化所表现的热情，和他献身民族独立、自由、解放事业的理想与实践，都为他创作表现明末农民起义的长篇巨制《李自成》无形中形成漫长而艰辛的准备。

一、姚雪垠表现中国传统文化的思想基础主要在于其深入的民间文学研究

传统文化是在历史进程中形成和确立的。事实上，我国古典小说对传统文化的表现从来都不缺乏浓墨重彩，诸如《水浒传》中的“燕青打擂”《三国演义》中的诸葛亮作法，但这些作品的表现方式与表现内容都受到自己时代的限制。姚雪垠《李自成》的超越也就在学者们一再赞扬的历史唯物主义创作态度与创作成就②，集中体现为对待民众与历史发展的基本态度，即民众的立场。姚雪垠把历史上长期被诬为“闯贼”的农民起义领袖李自成作为英雄描写，而且表现出栩栩如生的悲剧英雄性格及其命运，这与他的人生追求与人生经历息息相关。

1929年秋天考入河南大学，至1931年暑假，姚雪垠被河南大学以“思想

---

① 吴秀明：《中国当代文学史写真》(上)，北京大学出版社2010年版，第275页。

② 茅盾：《关于长篇历史小说〈李自成〉》，《文学评论1978年第2期；茅盾：《给姚雪垠的信》，《关于长篇历史小说〈李自成〉》，上海文艺出版社1979年版，第3页；严家炎：《〈李自成〉初探》，《北京大学学报》1978年第4期；王维玲：《从〈李自成〉的出版谈起》，《文艺理论与批评》1991年第1期。

错误，言行荒谬”为名开除；其间，他不仅受到学业上的基本训练，更重要的是他受到思想与精神的洗礼，如他参加反帝大同盟，积极从事反抗黑暗统治的串联、张贴传单等文化宣传活动①。姚雪垠自己也承认，“在河大预科的两年，决定了我这一生的道路”；其最重要的是“知”与“行”，所谓“知”，就是包括梁启超《清代学术概论》和“古史辨学派”在内的史学训练，所谓“行”，就是“中共开封地下党”领导的“地下政治活动”，被他称为“决定了我一生的政治立场和世界观”。他说，“一九三零年前后是我国史学界思想十分活跃的时期，而当时的史学界情况对我这个小青年的成长发生过强烈影响，在相当程度上决定我以后的文学创作道路”。② 此时的河南大学聚集了一批具有新思想的学者，如民俗学家江绍原、社会学家胡石青、历史学家徐旭升、青年戏剧改革家樊粹庭等人，他们与姚雪垠的交往形成姚雪垠对传统文化中民间文学的浓郁学术兴趣。新史学强调关注下层民众的生存方式，包括民俗学、社会学重视民间风俗在社会文化中的重要作用，影响到姚雪垠文化立场的形成。如江绍原这一时期在河南大学开设了民俗学研究和平民文学的研究等课程，并延揽神话学家高亨、俗文学研究学者姜亮夫等人在文学院开设关于歌谣研究、神话研究、敦煌的俗文学研究；胡石青等学者推动河南乡村教育运动，鼓动青年学生走进乡村走进民众，以开封教育实验区的名义做出《开封相国寺民众娱乐调查丛刊》等出版物；姚雪垠尽管是在法学预科读书，但是他对文学产生了特殊的热情，他发表了短篇小说《两个孤坟》③ 等文学作品，同时，他与樊粹庭他们一起走进开封的大街小巷与周围的乡村，调查这里的民间戏曲、民间风俗和历史文化，为他日后的民间文学研究与文学创作做出积极准备。这一时期，他接触到包括唯物史观在内的新史学思想的影响，对他后来关注下层民众苦难命运的文化立场应该说具有直接的影响。如，他读到《古史辨》和郭沫若的《中国

① 笔者根据 1983 年 7 月 26 日访问现代诗人、河南大学教师周启祥等人讲述的材料。周与姚雪垠是 30 年代的诗友，来往甚多，曾经在开封一起从事反抗黑暗统治的文化斗争。周启祥介绍了姚雪垠与樊粹庭、陈雨门等人一起考察民间戏曲与民俗的活动。周启祥先生编著有《三十年代中原诗抄》（重庆出版社 1993 年出版）、《三十年代中原诗抄新编》《中原新文学史料钩沉》（皆为自印）。姚雪垠后来在《学习追求五十年》中也记述了这些，虽没有更详细地讲述这些内容，但多次承认自己“对新文学和新史学发生了特别浓厚的兴趣”，这一时期“历史运动”对他的“启蒙教育和熏陶”（《姚雪垠回忆录》，中国工人出版社 2010 年版，第 65 页）。

② 姚雪垠：《姚雪垠回忆录》，中国工人出版社 2010 年版，第 44 页。

③ 《河南民报》“民报副刊”，1929 年 9 月 9 日。

古代社会研究》，他说，“前一书对我这一生都有帮助”，而对后者，他特意在书的扉页上写着“这是我心爱的一本书”①。

民间文学与新文学的发展有着非常特殊的密切联系。无论是在“五四”歌谣学运动时期，还是在后来的民俗学运动和乡村教育运动中，都体现出新文学作家对民间语言与民间文学思想内容的特别关注；这种现象是我国文学发展史上学习民间、走进民间即“礼失求诸野”文化规律的体现②。姚雪垠发表民间文学研究的理论文章最早是从民间戏曲开始入手的，可数《土戏中的滑稽趣味》③、《唠子腔》④、《小喜子赶嫁妆》⑤、《女子变物的故事》⑥ 等，这是他从北平回到河南之后，在河南淇县豫北中学教书时研究中国文学史的重要收获。

开封是中原地区的文化中心，也是我国北方的戏曲文化中心。1927 年，冯玉祥主政时，曾经在这里进行戏曲改良的工作，有力促进戏曲文化的发展和繁荣。姚雪垠正是在这一背景下结识提倡戏剧改革的樊粹庭等学者，曾经出入相国寺等民众娱乐场所，耳濡目染，熟悉了所谓的“土戏”等民间戏曲艺术。如其中的“唠子腔”，或称“捞子腔”，原名落子腔，也称安阳腔，是流行于豫北地区的民间戏曲艺术。《河南新志》（1927 年）称其“简单猥鄙，每数人为台，演于太行山之荒村”，“若思神、迷信、男女淫污之剧、以花鼓、猕猴戏，二架弦，安阳腔、锣锣戏及各都市之男女合演者为最”。姚雪垠注意到开封和邓县家乡的“土戏”，也注意到豫北淇县即卫辉府一带的“唠子腔”。落子腔与民间曲艺莲花落联系密切，传说由宋代路歧人和露台弟子创制的一种说唱艺术，一般为七言顺口溜，也常常作为故事的引擎被用来歌唱；元代，这种戏曲艺术发展为一种长调。清代“唠子腔”演化成为一旦一丑登台演唱故事的形式。地方艺人介绍，清嘉庆末年到光绪年间，落腔从唱景、说事，被不断丰富，演变成为彩扮莲花落，分角色扮演人物演唱故事，表演形式演变为多人多角、分别上场、多场曲目的戏剧演出方式。地方民间艺人将民间小曲与“莲花

---

① 姚雪垠：《姚雪垠回忆录》，中国工人出版社 2010 年版，第 46 页。

② 参见拙作《中国现代民间文学史论》第一章《中国现代民间文学理论体系的建立》，河南大学出版社 2004 年版。

③ 《河南民国日报》“民众乐园副刊”，1932 年 2 月 20 日。

④ 《河南民国日报》“民众乐园副刊”，1932 年 3 月 3 日。

⑤ 《河南民国日报》“民众乐园副刊”，1932 年 3 月 5 日。

⑥ 《河南民国日报》“民众乐园副刊”，1932 年 3 月 14 日。

落”相结合，使曲调板式固定下来，逢年过节时化妆上台演出包括《小喜子赶嫁妆》之类的短剧，受到地方民众的喜爱①。发现民间戏曲的文化价值，其实就是发现民众最真实的思想与情感；在民间文化世界中，民间戏曲是许多民间艺术与民间文学的重要题材与形式来源。姚雪垠认真考察了这些内容，以“唠子腔”《小喜子赶嫁妆》等作品为例，分析所谓“土戏”的教化与娱乐等文化功能，总结并指出其流行的原因。《女子变物的故事》的核心是“变物”，是关于著名民间故事《神女》《田螺姑娘》等民间故事类型进行文化分析的文章，姚雪垠考察了这一故事在历史文化中的流传，指出其对民众渴望婚姻与自由的幻想。民间故事常常成为小说艺术的原型，那么，《李自成》中的妇女形象作为文化群体的出现，我们就不难理解其中的隐喻内容了。

1937年之前，姚雪垠基本上形成了系统的民间文学理论思想，这对他后来的文学创作尤其是长篇历史小说《李自成》浓厚而动人的传统文化表现，应该说具有割不断的联系。1933年年初，姚雪垠回到开封，主编《河南民报》副刊，至编辑《今日》杂志而遭追捕，家人回到家乡河南邓县，他只身逃往北平，后到河南杞县大同中学教书、养病，颠沛流离；1935年冬，回到邓县，编辑《中原语汇》；直到1937年，他返回开封，与范文澜等人一起创办《风雨周刊》，宣传抗日，投入民族独立自由与解放的伟大事业。1937年之后，姚雪垠更多地关注现实，投身于抗战，曾深入前线采访；值得注意的是他发表了关于战争的文章，如《文人眼中看军纪》②、《论南洋风云——对于太平洋大战的预测》③。当然，值得重视的还有他在抗战胜利之后写作的《崇祯皇帝传》④、《明初的锦衣卫》⑤，这应该是他创作《李自成》最直接的准备。他自觉将自己的追求、向往与民族命运联系在一起，将自己的人生融入民族解放事业，从而形成其文化史诗《李自成》的早期思想准备与文化准备。

这期间，姚雪垠从事的民间文学理论研究主要包括民间戏曲与神话传说。他关注历史文化的价值意义，此前发表了《东西文化之搀和》⑥，论及东西方

① 参见刘景亮等《河南曲艺史》，河南人民出版社2007年版。

② 《阵中日报》1940年2月25日。

③ 《阵中日报》1940年8月1日。

④ 《幸福月刊》1948年第23期至第26期。

⑤ 《中国建设》1948年第7卷第6期。

⑥ 《河南民国日报》“民众乐园副刊”，1932年2月21日。

文化的差别与融合问题；此时他发表了《词以后清歌文学底解放》①、《大诗人曹子建》②、《草虫章——〈诗经〉今译》③、《文人与装鳖》④、《大众的话和文学》⑤ 等理论文章，特别是他在抗战中主编《风雨周刊》，发表《文字宣传到乡间》⑥、《通俗文艺论》⑦、《论大众文学的风格》⑧ 等，在许多地方涉及对新文学与民间文学的关系这一问题的思索。民间文学的本质特征在于其口头性与集体性，与书面形式的文学作品保持着紧密联系，而且民间文学从来不是孤立存在的。他十分清醒地注意到这些内容，强调作家尊重民众情感、关注民众命运、启迪民众聪明智慧的文化使命与责任。

民间艺术范畴内戏曲文化的实质不仅仅体现为其作为某一地方综合性的艺术，而且还表现为其直接的人民性与批判性；对善良与正义的讴歌，对邪恶势力尤其是对强权的鞭挞，常常成为民间戏曲的重要主题。姚雪垠关注“土戏”，其实正表明他对民间艺术、民间文化的深切关注。他继续从事的民间戏曲研究是否与其早年所受到新史学关注下层民众文化思想的影响，应该引起我们的思索。如其《元剧录》⑨、《论元剧底扮演》⑩、《土戏中之滑稽趣味》⑪。他并不是简单地研究戏曲艺术的发展，而是将元杂剧等同于民间戏曲，关注到下层文人的文化命运与戏剧艺术之间的有机联系。矛盾冲突是戏剧灵魂；其中，我们可以从他在戏剧人物角色与戏剧冲突上来的理解，他把角色的世俗化看做艺术发展的关键，或许可以感受到《李自成》中此起彼伏、环环相扣的戏剧性结构的意蕴所在。后来，作者在回忆自己对元曲的研究时一再说，“元曲中有一派作品以生动质朴的语言表现所谓市井生活，十分可贵，很值得我们学习”⑫。

---

① 《河南民国日报》“新圃周刊”，1933 年 4 月至 1933 年 5 月。
② 《河南民报》“艺术周刊”，1933 年 4 月至 1933 年 5 月。
③ 《河南民报》“平野副刊”，1934 年 5 月 20 月。
④ 《论语》1934 年 9 月第 52 期。
⑤ 《河南民国日报》1936 年 3 月 6 日。
⑥ 《河南民国日报》1937 年 2 月 2 日。
⑦ 《风雨》1937 年 9 月 19 日第 2 期。
⑧ 《风雨》1937 年 11 月 21 日第 11 期。
⑨ 《河南民报》“艺术周刊”，1933 年 2 月至 1933 年 3 月。
⑩ 《河南民报》“茉莉副刊”，1933 年 3 月 25 日。
⑪ 《河南民报》“茉莉副刊”，1933 年 3 月 16 日。
⑫ 姚雪垠：《姚雪垠回忆录》，中国工人出版社 2010 年版，第 81 页。

在文学发展史上，神话传说具有极其独特的地位。神话传说在任何一个民族文化传统的构成中，都是最深刻的记忆，因为许多民族的神话传说的流传与保存在事实上形成了其坚固的信仰；神话传说的流传并不是一个简单的文本存在，而是不同历史时期社会认同与文化选择的结果。姚雪垠从上世纪20年代至30年代中国神话学发展中受到启示，他曾经认真研究《古史辨》，他并不是像茅盾他们那样以西方进化论为思想基础进行人类学的理论研究，更不是像顾颉刚他们那样提倡研究“层累构成的历史”，而是注意到神话传说中所蕴含的历史文化内容，看到社会发展与历史文化之间的内容在神话传说中的生动表现。其神话传说如《羿射十日》①《天地开辟毁灭及重建》②《中国产日月的女神》③《嫦娥补考》④ 等，不同程度地体现出这种态度。《羿射十日》考察了射日神话中羿与后羿、弟子逢蒙、妻子嫦娥之间的文化联系，阐述了射日的理由与悲剧结果；《天地开辟毁灭及重建》是姚雪垠最长的一篇论文，主要讲述的是开辟神话、洪水神话与人类再造世界，涉及人类命运选择等问题；《中国产日月的女神》考察了日神、月神作为神性角色的问题；《嫦娥补考》是对《羿射十日》神话研究的补充，质疑奔月与情感背叛等问题。其系列神话研究文章的发表，固然与30年代中国神话研究热潮相关，而从中我们可以看到姚雪垠对相关问题的思索可能生成的文化表现情结，或者会与后来创作长篇历史小说《李自成》所表现的情感倾向形成时空上的联系：诸如射日神话中所蕴含的反抗天庭、挑战神权即王权，这与李自成向明王朝的挑战即造反有无联系呢？因为日即天，是苍天的标志，皇帝为天之子，意味着神权与王权的统一；那么，反抗的主题是否在射日神话中蕴含，这就形成人们理解这一问题的基础。在《天地开辟毁灭及重建》中也具有同样的道理，天地毁灭是否意味着在明末农民起义烈火燃烧中明王朝的大崩溃呢？重建是否意味着李自成为代表的起义军通过反抗斗争获得自由，为天下百姓的幸福而重建新的政权呢？固然，我们不能把一切都纳入索隐派的方法去做牵强附会的考据，但我们又该如何看待这些

---

① 《河南民报》“平野副刊”，1934年3月24日第五卷第6期、4月8日第六卷第1期、4月11日第六卷第2期。

② 《河南民报》“平野副刊”，1934年8月3日、8月10日、9月3日、9月9日；《华北日报》1935年4月15日、4月16日、4月7日。此两年连载完。

③ 《申报》1935年7月12日。

④ 《申报》1935年7月25日。

内容与《李自成》中随处可见的传统与文化表现之间的联系呢?

二、《李自成》中不同人物与传统文化的联系表现为丰富多彩的风俗生活

姚雪垠创作长篇历史小说《李自成》本身就具有史诗的意义，如他自己在《学习追求五十年》中所说，一方面比照西伯利亚的流放者“保存手稿”，一方面“从中国古代文化遗产中找精神支持”，而他“时常在心中背诵的”，一是“天降大任于斯人”和“昔西伯拘羑里演周易，孔子厄陈蔡作春秋”，以希“述往事，思来者”①。他说自己“就是要写他如何由挫折和失败中走向胜利，又从胜利走向失败，以悲剧告终”②。后来，他对此总结道:“写一个人遭受严重挫败之后，不颓丧，不动摇，不放弃革命原则，继续从事艰苦卓绝的奋斗，这一主题思想含有较普遍的积极意义，远远超出了作家个人的遭遇和个人的情感。”③

对于中国传统文化的表现，形成了作者自觉的认识。如其后来在《八十愧言》中所说，“我从青年时代起，逐步地明白，要成为一个中国有出息的作家，我必须将根子扎在中国的土壤上，研究和理解中国的历史和传统文化，特别是要多吸收中国三千多年文学史光辉遗产，同时要随时了解中国社会”④。作为传统文化重要内容的风俗生活的表现，姚雪垠赋予其现代的意义，一方面形成了《李自成》历史生活“细节的真实”，一方面形成其深厚的“民族化”。关于这一点，有学者已经关注到，如其所述，“它的民族化是和现代化相联系、相渗透的，不带有任何守旧的意味，而是充满前进、创新的精神的”，“是深入到民族生活和民族文化的精髓里去的，是渗透在字里行间而且渗透得相当深的”，“有力地写出了民族的历史生活，深刻地体现出民族的审美心理、民族的文化心理，因而具有深沉的鲜明的民族风格”⑤。作者曾明确表示，“古典文学、五四白话和河南群众口语，是我形成自己的文学语言风格的三种来源”，“故乡的群众语言是一座开采不尽的宝藏”⑥。

《李自成》堪称明代末年的风俗志，可以对照于当世的《帝京景物略》等

---

① 姚雪垠:《姚雪垠回忆录》，中国工人出版社 2010 年版，第 167 页。

② 姚雪垠:《姚雪垠回忆录》，中国工人出版社 2010 年版，第 173 页。

③ 姚雪垠:《姚雪垠回忆录》，中国工人出版社 2010 年版，第 175 页。

④ 姚雪垠:《姚雪垠回忆录》，中国工人出版社 2010 年版，第 203 页。

⑤ 严家炎:《漫谈〈李自成〉的民族风格》，《河南大学学报》1986 年第 2 期。

⑥ 姚雪垠:《姚雪垠回忆录》，中国工人出版社 2010 年版，第 79 页。

民俗典籍。但是，我们又不得不承认，《李自成》中有许多风俗生活的表现，尤其是那些不同人物绘声绘色的个性语言，几乎全都带有《中原语汇》所显示的河南“味儿”。这并不影响小说的感人魅力，而是使得作品更清新，人物性格更动人。作者保持着诚实的品格，如他对自己为何在作品的第一卷、第二卷中“没有用笔墨写满洲生活”所说，是因为自己“对于满洲人入关前的历史情况，风俗习惯，政治制度，以及重要人物，都没有研究，没有能力在小说中表现，所以只用虚写”①。在全书的五卷中，第一、二、三卷，尤其是第一卷中，风俗生活的描写其意味更为浓郁，而在第四、五两卷中则相对淡了一些。

风俗生活即风俗习惯是中国传统文化最深刻最普遍的内容。

应该指出的是，我们习惯于将民俗完全等同于风俗，并将其简单规定为与上层社会制度文明相对立；在传统文化构成意义上，其实应该注意到风俗的社会共享，如传统节日年节，民间百姓欢天喜地，而皇家同样庆贺。当王朝随着自己的法律等制度文明结束时，而传统则仍然保持着相对稳定不变的内容。所以，社会发展中，不同阶层的人物共同拥有传统的内容。但是，风俗的地域性与时代性在不同人群中表现出差异，不同社会群体表现出不同的风俗生活；在文学作品中，风俗或民俗既是人物活动的文化环境，也是表现人物性格的生活细节——不同的传统以风俗等形式出现时，其形成传统文化的内容及其价值意义也就自然彰显出来了。如《李自成》第一卷，开题写京城戒严中“灯笼”“破铜锣”“梆子”与歌舞时不用锣鼓、丝竹“只让歌伎用紫檀或象牙板轻轻地点着板眼，婉转低唱”，勾画成风俗景象，借以突出一种表现崇祯皇帝与高起潜、杨嗣昌、卢象升之间或战或和的微妙关系，铺垫出“清兵已过了通州的运河西岸”这一神秘、静穆的氛围；继而，作者在第二章写卢象升的出场，一步步把“卢象升之死”推向高潮。作家以卢象升“曾经连上十疏，哀恳皇上准许他请假奔丧，在家乡守孝三年”为题眼，书写“他希望将父亲埋葬之后，就在父亲的坟墓旁盖三间草房，住在里边，谢绝交游，借着庐墓的机会安心的读三年书，然后再出来为皇帝效犬马之劳”，再借崇祯的心里话述说“儒臣们在父母死后都喜欢拿庐墓三年的话妄自标榜，实际上没有看见一个做大臣的那样做过”，“倘在平常时候，他会立刻批准卢象升回籍奔丧，在家守孝，过一段时候

① 姚雪垠：《姚雪垠回忆录》，中国工人出版社2010年版，第173页。

如果需要他出来做事，就下诏叫他夺情起复，重新做官”，“然而目前国事艰难，军情紧急”，崇祯“不但没有准许他请假奔丧，反而根据杨嗣昌的推荐，调他做兵部尚书，加重了他的责任”，即“清兵入塞，廷臣交章推荐，皇帝派人赐卢象升一把尚方宝剑，叫他星夜来京，总督天下援军”。这里面表现了几种风俗生活事项，即“请假奔丧”“庐墓三年”“夺情起复”与“儒臣们”的“喜欢拿庐墓三年的话妄自标榜”，“实际上没有看见一个做大臣的那样做过”。其中，“庐墓三年”即在家守孝，是明代社会普遍流行的礼教风俗，既是民俗，也是官俗“；请假奔丧”是官场生活制度，也是官场风俗“；儒臣们”的“妄自标榜”，则形成一种讽刺效果；“夺情起复”就成了克服风俗的政治制度，作家对此解释为“为国家夺取了孝亲之情”。这是一种悲情的营造与表达，既是对国难、家难悲苦情绪感染力的增强，其实也是一种伏笔，是为表现卢象升的悲剧而做的安排，包含作家的苦心与隐喻。

征兆是中国传统文化中一个特殊的词汇，对征兆的信仰固然与天人合一的思想有密切联系，有许多学者强调其唯心的虚妄，而在历史文化的传统认同中，至今仍未完全消失。应该说，无论是心理暗示还是自我安慰，征兆信仰的意义尤为复杂。在第一卷第二章中，作者写了崇祯皇帝赐卢象升酒饭，卢象升“噙着热泪，向北叩头，山呼万岁”，以为皇帝“又倾向主战”，接着又写“崇祯又派秉笔太监王承恩出来，问他此刻日旁抱珥，下有云气一股，其曲如弓，弓背朝上，是什么征兆”，卢象升“除精通兵法之外，也留心占候之学，而且迷信”，“他抬头看了一阵，记不清是汉人《星经》还是唐人《望气经》上说过，这种现象主奸臣当道，蒙蔽主上，不觉心中叹息”，但是，他口上却说“此克敌之兆也”。这种描写方式形成两种效果，一是点破杨嗣昌、高起潜“奸臣当道”的背景，一是以“征兆”显示卢象升的“迷信”与矛盾，进一步增强了悲剧氛围。征兆的诠释与表述背后，体现的是信仰，是中国传统文化的重要内容。《李自成》中与此相类的还有许多，如第一卷第十一章写到陕西巡抚孙传庭围剿李自成农民军，夜晚读塘报，因为小亲兵太困倦，不小心烛火烧了他的鬓发，他要斩杀小亲兵，一位幕僚用“大火流金”的古语解释劝阻，其解释为“按五行，火能克金。金者兵象，又指西方。今晚烛火烧了大人鬓发，正应在经此一战，大功告成，兵气消尽，朝廷从此无西顾之忧，与拙诗中君王从此不忧秦之句不期相合。此是大大的吉兆，老公祖何必动怒”。应该说，这与卢象升的“占候”信仰是一致的，其表达的效果已经超出了“迷信”的范畴。在第一卷的第三十二章，表现“五月下旬，又是崇祯的一个不眠之夜”，写崇祯“仰视天象”，“他先找到紫微垣十五星，随后找到代表帝座的紫微星”，“他觉得紫微星有些发暗，而天一星的芒角很大，闪闪动摇。据那些关于占星术的书上说，这是天下兵乱的征兆”，“看过星星，他的心头更加沉重，深深地叹一口气”。信仰影响心理，影响思维方式；崇祯也曾经想做一个“中兴之主”，也曾经反对天人相应的征兆说，虽然对怪异有过“畏惧”，“却不像近几年这样害怕”，“近两三年来，他对于佛道鬼神越来越迷信了”；“二月初五，清兵正在山东时候，北京城发生了一次地震”，“崇祯认为北京是大明帝国的首都，就在皇帝的脚下，从他登基至今就发生了两次较大的地震，可不预兆他的江山不稳么”，“他愈是觉得人事努力很难指望，愈是想靠神灵保护国运”，终于形成他带着皇后和两个妃子“去南宫烧香祈祷”的设想；当他在奏疏中看到雨血、地震等灾异时，他联想到“元旦日蚀”，联想到“西汉哀帝时发生日蚀和地震”，“果然不久西汉就亡了”，所以，“他根据皇历选择了一个宜于斋戒祈禳的日子和时刻，亲至南城烧香”，“他吩咐司礼监替他准备青词表文，并事先传谕在南城的佛道们知道”；在经棚中，崇祯“在释迦前上了香，焚了黄表，拜了四拜，跪在黄缎拜垫上默默祈祷，求佛祖大发慈悲，帮助他消灭各地流贼，降罚满洲，并且不要再降水旱蝗疫诸灾，保佑他的国运昌隆”，又增加“求佛祖感化张献忠等洗心革面，实心投诚”和“使官军将漏网的李自成早日擒获，除掉朝廷后患”的内容，“禁不住喉咙梗塞，热泪满眶”。接着，崇祯又走进道坛，“叩拜了玉皇大帝，焚了青词，照例默祷一阵”。其中的凄凉、悲苦与无奈，跃然纸上。

其实，相信征兆的不仅仅是这些上层人物，底层百姓在日常生活中对征兆的信仰甚至会更强烈。李自成是农民军的领袖，他与崇祯皇帝一样相信征兆：如第一卷第十三章描写李自成兵败之后回到杜家寨，高夫人他们一直没有消息，他心里一直问自己“难道就这样完了吗”，作者描写道：“在极度无聊中，他从口袋里摸出来一个天启钱，在石头上卜卦，结果是两吉一凶。他的心中感到欣慰，但又奇怪：既然是吉兆，为什么还有一个凶卦？跟着他又卜卦桂英母女的生死下落，却得了三个凶卦。他的心头猛一沉重，抓起铜钱用力一扔，扔进山谷。他心绪烦乱地在树林中信步走着。”与崇祯他们不同的是李自成并没有完全气馁，而是自己鼓励自己“胜败兵家常事”，“跌倒了爬起来”，“自古打天下都不是一帆风顺的”。这虽然显现出李自成的英雄性格，但从另外一个方面也为揭示李自成浓郁的帝王思想起到神来之笔的作用。“打天下”其实并不是完全、纯粹的拯救天下；这是形成悲剧真实的重要伏笔。第五卷第二十五章，写李自成单马独骑，在山中遇见老君庙，看见占卜用的“杯珓”，“李自成便下马来向骑水牛的神仙拱手施礼，然后拿起杯珓向塑像的石板上掷了下去”，“只见一个仰着，一个俯着，这倒是一个好卦!”，便有了“他心中一喜，想着大概可以平安逃出了”，而此时，正是他被乡勇杀死的前奏。第一卷第二十六章用大量篇幅描写了北京的灯市生活中的牛金星听了尚神仙述说李自成之后的心理，写到牛金星“相信《易经》的卜卦，自己会文王课，也会邵康节的梅花数，每逢遇到重大问题时，他往往自己起个卦，以决疑难或预卜吉凶”，“现在夜静无事，他洗洗手，坐在桌边，用三个铜钱占了一课，得飞龙在天利见大人之卦，心中一喜”。第一卷第二十八章，牛金星关于日蚀的议论，其意相同。第一卷第三十章写“用花瓣卜了一卦，高夫人偶然抬头，看见了墙上的压蝎符”，用以表现“她天天盼望着闯王派人来叫她去商洛山中”，其用意并不仅仅是“用花瓣卜卦消磨时间”。应该说，卜卦就是等待，代表着期盼和希望，也包含着对世间扑朔迷离中神秘性内容的独特把握方式。诸如李自成“难道就这样完了吗”的发问，在第五卷第十二章中，被重复为山海关战败之后李自成退到平定州所发出的“难道我大顺江山就要完了吗”，这不仅是首尾相互呼应，而是说明民俗生活所表现的民心向背是非常重要的内容，更进一步增强了李自成骄傲自满、刚愎自用、丢失民心形成大悲剧的表现意义。

这些内容告诉我们，风俗不是简单的环境，也不是简单的文化，它在事实上形成历史人物不可缺少的文化生活；风俗在地域与群体中体现的内容不同，风俗生活所体现的意义也不尽相同；风俗不仅仅使作品的环境与人物形象更加真实，而且使风俗中形成的人物性格与心理表现具有更特殊的意义。

三、风俗表现为更纯粹的民俗，成为作品中中国传统文化更富有特色的内容

民俗是民间百姓所传承和使用的风俗；在我国漫长的历史时期，民俗的重要载体就是千百万农民。首先是他们的行为与语言体现出他们不同的性格，其次是在李自成为代表的农民军群体中，其行为与语言中更具体、更生动表现出中国传统文化在底层民众中的存在。

一定的行为与语言集中体现出一定的信仰内容与一定的思维方式，包括一定的价值观与审美观。农民军与土匪有许多共同的地方，也有许多不同的地方。在风俗生活中，他们是一致的。如李自成、张献忠、郝摇旗、尚神仙、牛金星、宋献策、李岩、李过、张鼐和高桂英、慧英、慧梅、红娘子他们，与黑虎星他们一样，都是反抗官府的造反者；叛逆，是他们共同的文化性格。如第一卷第十三章描写李过为了团结黑虎星，成为结义兄弟，“用红纸写了刘关张的神位”，“用黄表纸写了一道表文”，“点烛，焚香”，相互磕头。共同的仪式，形成共同的认同。但是，他们中每一个人的行为与语言又都属于不同的“这一个”；也就是在这些不同中，人物形象才能以圆形的形式更真实而生动地表现出来。如李自成的严以律己、高屋建瓴，张献忠豪气冲天，诡异善变，爱说脏话，郝摇旗直率任性，崇尚义气，牛金星和宋献策、李岩虽然都是读书人，心胸与品格也千差万别。我们或许可以把这些内容概括为“语言群体”，而不是通常意义上的“群体语言”，因为这里的语言已经不仅仅属于生活的表现，而是作为传统文化的生活类型的表达。作为个体，与作为群体，行为与语言在作品中被赋予更丰富的寓意，其价值也就不仅仅限于人文科学的意义，而更多的有益于以社会事实为研究对象的社会科学。这也正是这部长篇历史小说被誉之为史诗的意义所在。如第一卷的第七章，作品描写驼背向导与农民军的对话，围绕“忌讳”展开的表述。农民军问“往河南的路熟不熟”，驼背向导“有点吃惊”，他“笑着问：兄弟，你说话不忌讳吗”，当农民军回答“俺们不在乎”时，他纠正了“路”为“条子”，声称“还是忌讳一点好”。作者在这里解释道：“弟兄们忍不住笑了起来，不仅笑他是好人，回答得好，也笑他那么爱说黑话。原来本地杆子和各地农民队伍中都有许多词汇是犯忌讳的，用另外创造的词汇代替，一代代流传下来，叫做黑话。例如路和败露的露字同音，说成条子，带路的向导叫做带条子的。”正因为“李自成的农民军早已正规化，不大讲究这种忌讳；尤其是李自成和他的左右将领更少忌讳”，所以驼背向导在心里说“人家闯王的人马跟杆子不同啊”。为了显示李自成的“跟杆子不同”，姚雪垠常常通过不同的话语形式表现这些内容。如第一卷的第十四章，通过王长顺对李自成“能打下江山吗”的回答，先是说“大明气数已尽，四下起火，八下冒烟，崇祯的龙椅早就坐不稳了”，然后说“你李闯王替天行道，打富济贫，剿兵安民，做事都是为百姓着想，真是有仁有义”，“十三家七十二营的头领哪个赶得上你”，最后说“命该你得江山，处处有神灵保佑”。这与第一卷第十七章借张献忠的军师徐以显口称李自成“不贪财，不近女色与士卒同甘共苦”，以及第一卷第五章借大天王高见讲述李自成“牛皮箭囊，朱漆描金，上画一金色小龙”，讲述“花马洞”与“花马剑”的传说，实质是一致的。这无形之中使得作品获取更加厚重的社会史意义、生活史意义和文化史意义。

作品集中体现底层民众信仰与追求的内容可数第一卷第二十五章，描写李自成农民军攻破张家寨，军民一起过年的风俗，其中有许多内容形成推动情节发展，包括在作品第五卷结尾部分被暗示和寓意的重要伏笔。如其表现“人们相互拜年”，“差不多家家户户都贴了春联，有的挂了桃符；村村落落在大年初一五更接神时还放了鞭炮”，描述“初一五更，李自成的老营将士按照着米脂县的古老风俗，把石炭烧红，用醋浇在上边，遍熏屋内，据说可以去一年的瘟疫，名叫打醋碳”；最后写到“破五”即大年初五饱吃一顿面条“填五穷”、把穷鬼送走的“送穷”的民俗生活。这里用风俗生活告诉人，除瘟疫、送穷鬼，与农民军劫富济贫、拯救天下的理想是一致的。同时，作品还加进来田见秀读佛经和刘伯温诗歌碑被挖出的情节，前一部分与第五卷第二十八章红霞、红娘子寄身尼姑庵，后来隐身世俗传播白莲教的结局相呼应；后一部分述说了反抗黑暗现实的民间文学发生的规律，“类似这样用歌谣体编的预言”，或者“说是刘伯温的诗”，或者“说是玉皇大帝或吕洞宾降坛时写出来的”，“这分明是一些不满朝廷、同情造反的农村知识分子编造出来的，故意染上神秘色彩”，而农民军“更喜爱听，也更相信”，“从这些带有神秘色彩的预言中得到鼓舞，增加推翻明朝政权、夺取江山的勇气和决心”①。在作品借用的“家家哭皇天”和“达官贵人不如狗，干戈扰攘入幽燕”的显示意义上，我们能够更清晰地理解李岩通过儿童唱歌谣宣传农民军思想。第二卷第四十四章牛金星说“闯王崛起西北，已应十八孩儿兑上坐之谶”；第二卷第四十八章李岩兄弟议论宋献策“献出十八子当主神器的《谶记》，证明闯王是奉天承运，必得天下”，“有此《谶记》，不仅使全军上下更衷心拥戴闯王，即对其他群雄来说亦可以借天命为之号召”，李岩总结为“陈涉造反，将陈胜王三个字写成帛书塞入鱼腹，然后

① 刘伯温诗歌碑被发现这一部分内容在中国青年出版社本和人民文学出版社本中都得到保留，而长江文艺出版社本却删除掉，不能不说是一种遗憾。

剖鱼出书，又令吴广假装狐鸣，都是借以煽惑大众。刘邦起义，未必真有斩白蛇一事。韩山童想造反，使其党羽埋一独眼石人于黄河岸上，借以煽动修河饥民起事”。这些内容显示出强烈的对比效果，农民军的前期受到穷苦农民的欢迎和拥戴，而后期却出现众叛亲离，如第五卷第十三章中李自成的感慨，“他没有想到如今的百姓竟然那样反对他，夜间烧毁自己的房屋，在旷野里呐喊，骚扰他的部队；又把路边的水井都填了，使他的人马都渴得要死”。最令人深思的是李自成被乡民程九百杀死，农民军领袖被农民结束生命，与第一卷第二十四章描写李自成遇到穷苦老太太，讲父亲华山神庙拴娃娃“华来儿”故事相比，其悲剧结局更震撼人心。

第五卷有许多章节写到梦幻，这也是传统文化的重要表现方式。如第九章描写“李自成很快地沉沉入睡”，“他做了许多凶梦：梦见崇祯十三年入豫以前的流窜生活；梦见慧梅跪在面前哭泣；梦见王长顺进宫见他，劝他快走”，正是通过王长顺和慧梅的“实话”，揭示了李自成失去民心的悲剧成因。王长顺说“皇上，你听我说，局面不同了。以前老百姓盼着你救他们，可是自从你当了文武大元帅，老百姓没有享过一天安生的日子”，“老百姓原来盼望的好日子都落了空”，可谓一针见血。第二十四章写到“李自成又梦见了刘宗敏”，“李自成又梦见慧梅”，与他藏进山洞，因为“蛛网未破”而躲过清兵搜索，他“认为冥冥之中有鬼神相救”，“想到梦见慧梅的事，更认为慧梅的鬼魂在洞外救他”，所以在心中发出“原来是天不亡我”的感叹。这更显悲凉。第二十五章，描述“五月初二日”即李自成九宫山遇难，写到“李自成仍然在沉睡，并且做着一个梦”，他梦见了红娘子“含着泪”向他诉说李岩兄弟“尚蒙不白之冤”，梦见皇后、李过、高一功，忽然，“所有的人马全没有了，跟在他身后的将士也同时消失了”。这与第二十四章所写吕二婶说的“人到病中的时候常常会想到一些死去的亲人”，解释“公主（兰芝）刚才在梦中叫她的慧梅姐”与“兰芝不肯说出她的凶梦”，表现出相同的悲剧意蕴。在《三国演义》和《水浒传》中都曾经写到恶梦、凶梦，如刘备梦到关羽、宋江梦到死去的水浒兄弟，形成特殊的悲剧表达效果。《李自成》也是这样，更是在借用传统文化中关于梦幻的表现方法，起到催人泪下的艺术感染力。

对于历史题材的文学创作而言，中国历史文化资源的无比丰富，形成中国思想中说不尽的历史话题，也形成如何认识历史、如何表现历史等命题。姚雪垠显示出文化巨人的品格，他对中国传统文化的理解与表达是有选择的，不仅提出了历史文化研究中的农民问题，而且提出了农耕文明与民族精神品格等问题，以此体现出其匠心独具；这不仅使得其作品增添许多感人的思想魅力与艺术魅力，开创长篇历史小说正视历史的先河，而且深深影响到当代长篇历史小说的价值取向与文化精神，使中国历史文学以特有的文化风度屹立于世界。

（《文学评论》2011 年第 2 期）

由历史小说看“五四”时代的延续

——论《李自成》研究再度兴起①

董之林

2006年，姚海天编《茅盾　姚雪垠谈艺书简》（简称《谈艺书简》）由人民文学出版社出版。该书收集整理茅盾和姚雪垠从1974年7月至1980年2月间八十余封通信，江晓天为《谈艺书简》作序，评价这部大约十二万字的通信集出版意义非凡：“它是‘五四’以来第一、二两代老作家，就一部长篇历史小说所涉及的一些理论思想、创作艺术技巧等进行深入细致探讨的一部独具特色、颇有学术价值的大书”②。江晓天是《李自成》第一卷上下两册的编辑，他对作品熟悉的程度，一般人很难达到。实际上，他在这里揭示了“五四”时代与姚雪垠和《李自成》的精神联系。共同的现代文学志向，使“五四”以来第一、二两代老作家惺惺相惜，即使新文化运动已过了半个多世纪，《谈艺书简》依然体现他们之间一种特有的相知、相契和相互支持。或者说，出于一位资深编辑对小说的了解，江晓天对通信集的评价是对《李自成》与“五四”时代关系意义深刻的诠释。

《谈艺书简》从表面看是两位作家五年多的通信，但所涉及作品的时间跨度在十七年以上。《李自成》第一卷上下两册出版于1963年，第二卷上中下三册出版于1976年，第三卷上中下三册出版于1981年，也就是通信集截止期的第二年。回想这段历史，不仅有1962年“重提阶级斗争”后风云多变的政治形势，也包括“文革”这样严峻的历史时期。但这一漫长的经过表明，“五四”

---

① 姚雪垠1910年生于河南邓县。仅2010年8、9、10月期间，中国新文学学会、湖北省文联、邓州市委、市人民政府、中国作家协会和中国现代文学馆陆续召开研讨会、座谈会，纪念姚雪垠诞辰一百周年。

② 姚海天编：《茅盾　姚雪垠谈艺书简》，人民文学出版社2006年版，第1页。

时代对中国当代文坛的影响，在“十七年”和“文革”虽然都遭遇曲折，但也都未曾被拦腰斩断，而且这一思想流脉对现代社会的探索，一直断断续续地进行着。茅盾的《李自成》研究即是其中一例。值得注意的是，在茅盾和姚雪垠于八九十年代相继去世，《李自成》研究经过80年代中后期相对沉寂之后，至21世纪初又有活跃的迹象。2009年，为“纪念改革开放三十年”，文艺报社编选《茅盾文学奖（第1—7届）获奖作品评论集》由作家出版社出版，关于第一届获奖小说《李自成》，编选者收入茅盾发表于《文学评论》1978年第2期的文章《关于长篇小说〈李自成〉》。时隔三十年后，茅盾的文章再度豁人眼目。姑且不论这意味着《李自成》研究今天仍有待深入，是否也意味着对“五四”时代文学话题、精神指向的研究还远未完成，又延续到21世纪呢？答案是肯定的。

“茅盾文学奖”于1981年10月正式启动，是根据茅盾遗愿将他毕生积蓄的25万元全部捐献而设立的长篇小说文学奖，其中寄托茅盾对当代中国长篇小说的厚望。这一奖项第一届颁发给《李自成》，与茅盾对姚雪垠创作的长期支持分不开。从姚雪垠“1938年发表短篇小说《差半车麦秸》起”，直到长篇小说《李自成》，茅盾都有积极的评价和鼓励，“彼此结下了四十年之久的师生之谊”①。同为“五四”文化人，他们为推进中国文化现代进程的不遗余力，由此可见一斑。新时期伊始，茅盾在这篇文章说：

> 三百年前的史料既丰富而又庞杂。那些史料的作者又都是封建思想极浓重的人。他们所记载的史实，无论是关于李自成及农民军的，或是关于明王朝的掌权者——崇祯及其亲信的文臣武将的，都是透过他们的封建思想的棱镜而被歪曲被颠倒了的。其次，这些史料，大部分并非身当其事者的实录，而是辗转传闻的记载。因此，如果作者是认真地以十分负责的态度去写一部历史小说而不是浮光掠影，抉取若干史料就主观地构想，特别是主观地塑造人物的话，那么，甄别这些史料，分辨其何者是真，何者是伪，何者是真伪相杂，又是必要第一步的准备工作。②

① 姚海天编：《茅盾　姚雪垠谈艺书简》，人民文学出版社2006年版，第2页。

② 茅盾：《关于长篇小说〈李自成〉》，《文学评论》1978年第2期。

茅盾这番话，为认识“五四”时代与姚雪垠长篇历史小说《李自成》的关系，提供了一把钥匙。如果从历史小说家甄别史料、分辨真伪入手，研究《李自成》写作“第一步的准备工作”，那么追根溯源，小说家真正的思想准备既非始自于1957年被错划为右派，愤而著书；也不能归因为1944年郭沫若的《甲申三百年祭》，促发其灵感；更不是为配合1962年“重提阶级斗争”政治形势下的“革命传统教育”，尽管作为小说写作的时代背景，它们都曾给作家以影响。但茅盾所说的“三百年前的史料既丰富而又庞杂”，如何分辨和叙述历史？这个问题必然要追述到20世纪二三十年代发生的新史学运动，追述到这个运动在一代人文知识分子中掀起的思想波澜。当时关于史学观念和方法问题的讨论，直到上世纪末姚雪垠回想起来还那么印象深刻，记忆犹新。他说：“1930年前后（即姚雪垠在河南大学读预科期间——笔者注）是我国史学界思想十分活跃的时期，而当时的史学界情况对我这个小青年的成长发生过强烈的影响，在相当程度上决定我以后的文学创作道路。尤其是我在四十七岁时，即一九五七年被迫突然转上创作历史小说的道路，而且在历史小说方面做出了我自己的独特贡献，这与当时我在河大时所受的影响有密切关系。”① 也就是说，姚雪垠的长篇历史小说《李自成》的思想准备阶段应该在20世纪二三十年代新史学运动期间。尽管当时他并没有写这部小说的明确打算，但如果没有那种时代氛围，姚雪垠没有积极投入史学界的变革，那么，或者根本就没有《李自成》这样一部历史小说，或者有，也不是我们今天看到的《李自成》。

据姚雪垠回忆，当时中国史学界大体分为三派：一是传统史学家，继承清代学者严谨的学风，受进化论思想“或深或浅的影响”，但反对标新立异、哗众取宠，“没有接受历史唯物主义对史学思想的影响”。二是古史辨派，在“五四”反封建、反孔教的新文化思潮鼓动下，致力于怀疑和否定儒家典籍所记载和宣传的上古历史，新文化倡导者钱玄同甚至改姓“疑古”，可见时代潮流的强劲有力。三是新史学派，即采取马克思主义唯物史观研究中国古代社会起源，所涉及的根本问题是对中国社会性质的认识，比如中国社会自有史以来是否存在阶级？马克思主义是不是适合中国国情？当时正积极投入中共地下党领导的学潮运动和左翼文化运动的姚雪垠，虽然对第一、二两派在研究方法上有

① 姚雪垠：《姚雪垠回忆录》，中国工人出版社2010年版，第44页。

所肯定，但基本倾向第三派意见。从当年他对郭沫若《中国古代社会研究》的欣赏态度，便可得出上述结论。姚雪垠回忆说：

> 一九二七年大革命失败之后，郭沫若侨居日本，受了恩格斯的《家庭、私有制和国家的起源》、摩根的《古代社会》两书思想的启发，利用几十年中国学者们对甲骨文和金文研究的成果，加上他对先秦古籍的丰富知识，写出了《中国古代社会研究》一书，成为马克思新史学派研究中国奴隶社会的开山之作。但当时和其后参加古代史讨论的许多年轻学者的功底比郭沫若差得很远，他们既不懂金文，也不懂甲骨文，对先秦古籍也读不大懂，更谈不上熟悉，所以常常受到正统派史学家们的讥笑，认为是海派学风。然而当时正是马克思主义新史学派"筚路蓝缕，以启山林"的时代，许多幼稚毛病，很难避免。经过十几年的努力，有些学者逐渐成熟，如今新史学派早已成为中国史学的主流了。①

姚雪垠读了《中国古代社会研究》，曾"在封面上工工整整地写了这样几个字：'我所心爱的一本书'"，把自己看作是郭沫若的"私淑弟子"。

但处在传统变革年代的学者是不特别看重师承关系这一种人情故交的，"吾爱吾师吾更爱真理"，对新观念心向往之，以新史学观念重新阐释中国传统社会，并随时准备质疑前人或权威的结论，被视为重要的人生准则。从这个角度看《李自成》，不仅作品本身是新史学派观念催生的产物，而且其创作过程一直有挑战前人、挑战权威的时代印记，这也是他后来与郭沫若发生分歧的主要原因。

又恰恰在这一点上，姚雪垠无愧郭沫若的"私淑弟子"。郭沫若回顾新史学运动对后来知识分子治学的影响时说，当时对历史，"在学者之间很难取得一致"，"就拿我自己来说吧，二十多年来我自己的看法已经改变了好几次，差不多是今日之我在和昨日之我作斗争"。这话来自郭沫若1954年为《中国古代社会研究》所作《新版引言》。《中国古代社会研究》最初完稿于1929年，50年代重新出版，作者修改了以前一些结论，比如殷代不属于原始社会末期，而

① 姚雪垠：《姚雪垠回忆录》，中国工人出版社2010年版，第46页。

已进入奴隶社会；把奴隶制的下限定在春秋与战国之交，而非只有西周才是奴隶社会，等等[①]。现代启蒙运动打破了以往学者固守的历史结论，他们不仅批判别人，也不断检讨自己，检讨自己实际上是对既定结论发起新一轮攻势。这种否定之否定的学术氛围，对姚雪垠青年时期性格影响至深。一个人的性格当然与特殊的生理、地理环境有关，有来自遗传、童年经验等诸种个别因素，但姚雪垠对以往学术权威论点的质疑，对既定规范的僭越，还有被一般人视为桀骜不驯的性格，却与他这一时期的经历有重要关系。一代人有一代人的使命，这种说法不错，但从相反的角度来看，这种使命感也形成一代人某种潜在的集体无意识和潜在的文化性格。在一个抗拒传统、大胆质疑、事事敢为天下先的时代，姚雪垠从新史学运动中不仅汲取重述历史、重述明史的立场、观点和方法，更难得的是他对历史与小说关系的探索，为当代历史小说发展奠定了基础。

具体到《李自成》，把农民起义和农民战争作为历史变革不可忽视的重要一翼，这是姚雪垠通过历史小说重述明史的宗旨所在。这种写法打破了帝王将相史的传统格局，把明末农民起义，把那些历来被逼无奈、揭竿而起，却又衣衫褴褛、面目模糊的乌合之众正面写入历史，写他们的内心活动，他们的个人命运，写起义军兴起到壮大、衰落直至失败，也就是现实主义叙事所要求的起承转合全过程。这种切入历史的角度，使姚雪垠对明末历史与其他人观点见出分野，同时也使他对其中分歧有特殊的敏感。因此，当郭沫若《甲申三百年祭》40年代受到毛泽东重视，并被列为整风“参考文件”[②]，姚雪垠却对这篇鸿文有不同看法。分歧主要针对李岩这个人物。郭沫若认为：“李岩终究被逼上了梁山。有了他的入伙，明末的农民革命运动才走上了正轨。这儿是有历史的必然性。因为既有大批饥饿农民参加了，作风自然不能不改变，但也有点所谓云龙风虎的作用在里面，是不能否认的。”在总结起义失败教训时，郭沫若更把李岩提到重要位置：“李自成自然是一位悲剧的主人，而从李岩方面来看，悲剧的意义尤其深刻。假使初进北京时，自成听了李岩的话，使士卒不要懈怠而败了军纪，对于吴三桂等及早采取了拉拢政策，清人断不至于那样快的便入了关。又假使李岩收复河南之议得到实现，以李岩的深得人心，必能独当一

---

① 参见郭沫若：《中国古代社会研究》中《一九五四年新版引言》，人民出版社1964年版。

② 郭沫若：《甲申三百年祭》，重庆《新华日报》1944年3月19日至22日连载。

面，把农民解放的战斗转化而为种族之间的战争。假使形成了那样的局势，清兵在第二年决不敢轻易冒险去攻潼关，而在潼关失守之后也决不敢那样劳师穷追，使自成陷于绝地。假使免掉了这些错误，在种族方面岂不也就可以免掉了二百六十年间为清朝所宰制的命运了吗？就这样，个人的悲剧扩大而成了种族的悲剧，这意义不能说是不够深刻的。”郭沫若进一步追究错杀的责任：“假使李岩真有背叛的举动，或拟投南明，或拟投清廷，那杀之也无可惜，但就是谗害他的牛金星也不过说他不愿久居人下而已，实在是杀得没有道理。但这责任与其让李自成来负，毋宁是应该让卖友的丞相牛金星来负。”① 但无论谁来负责，无论李自成还是牛金星，李岩这个人物都从这一叙述角度被推向历史的关键位置，他的死也成为大顺朝失败、起义军失败，甚至“种族失败”的根本原因。

1962 年 6 月《李自成》第一卷修改稿送交中国青年出版社后，姚雪垠曾应邀拜访明史专家吴晗，征求他对《李自成》的意见。交谈中，姚雪垠说不想采纳《甲申三百年祭》的方式写李岩和红娘子，并引述他查阅史料得来的六点结论，证明历史上根本没有李信（即李岩）这个人。“《绥寇纪略》和《明史·流贼传》中关于李信和红娘子的事情全是捕风捉影之谈。后来郭老写了《甲申三百年祭》，因其崇高声望，加上被作为‘整风’参考文件，一个本来不为河南人所谈论的‘李公子’变成了家喻户晓的历史人物”。鉴于姚雪垠对史料调查把握的周详，吴晗肯定了姚雪垠的分析，还说：“看来论明初你不如我，论晚明我不如你。”② 明史专家的肯定和称赞使姚雪垠“大受鼓舞”，不过，姚雪垠却没顺着这样的思路去结构小说，经他考证纯属子虚乌有的李岩和红娘子，还是作为小说中人物陆续出现在《李自成》第二卷到第五卷中。这是姚雪垠对历史与小说关系独具一格的处理方式。不是说姚雪垠不尊重历史，或者采取了一种“戏说”方式；而是作家试图用虚构的艺术手段来达到一种更高层次上的历史真实，即传统文人在农民起义军中的地位和作用实际上是非常有限的。

这种处理方式集中体现了作家对传统文人人格缺陷的认识，但其意义又不仅如此。它使这部表现农民起义的小说，通过对起义军构成的复杂性揭示，将笔触扩展到传统的社会结构、文化模式，以及运行趋势，使小说达到一种百科

---

① 郭沫若：《甲申三百年祭》，人民出版社 1972 年版，第 29—30 页。

② 高连英：《史学家与小说家的心灵碰撞——吴晗与姚雪垠一席谈》，见陈浩增主编《雪垠世界》，中国青年出版社，2001 年版。

全书式的对明末社会的全景观照。对此，姚雪垠写《李自成》第二卷“内容概要”时有明确交待：

> 李岩在本卷登场，作为一个重点人物来写。他是否是杞县人，是否是李精白的儿子，从历史科学说，都尚有问题。至于红娘子破杞县救他出狱，则可以肯定说并无其事。但是在小说中，我仍用流行的说法，并把他作为杞县南乡围镇旁边李家寨的人。我暂时将历史科学的悬案放在一边，努力去塑造李岩和红娘子两个小说人物。但是我不采纳流行的说法，把宦门公子李岩在闯王军中的作用夸大过火，而撇开农民革命运动的本身规律。事实上，李岩之所以投李自成，是因为李自成具有相当大的号召力，仁义之名远播，不然他也不会往投，誓忠于自成。他后来也没有被李自成十分重用，所以尽管他有经济学问，参加李自成军较早，后来建立大顺国，他却没担任六部尚书或侍郎，仅仅是一位制将军。大顺的武将很多人封侯封伯，而李岩却没有封爵。李岩出身于宦门，被迫起义，虽然对农民军起过积极作用，却在精神深处同农民军有距离。他一投闯王便改名李岩（小说中写了改名字的细致心理和过程），表明有功成身退，隐于岩穴的决心。这种思想，其好的一面是不同于牛金星功名利禄的欲望熏心，其不好的一面是既参加农民起义大军而又只愿将来做一个“岩穴之士”，这就使他在精神上同革命队伍不能够化除距离，水乳交融。李岩大概受命主持对饥民的放赈工作，曾经出现了一种情况，即地方上很多人只知道有个李公子，而不知道有李自成，或以为李闯王就是李公子。这种事情不管出于什么原因，在政治上都是不能容许的。当李自成正在事业草创的时候，他可以包容过去；当内部困难发生猜疑之日，这件事就会触动新的猜疑，也可以成为旁人进谗言的资料。我将这件事在破洛阳以后以侧笔写出，为李岩兄弟在三年后的被杀埋下个伏线。①

李岩是农民起义军中仕宦出身、有科举功名的文人，但他的命运揭示了农

---

① 姚雪垠：《〈李自成〉内容概要》，《姚雪垠文集》，人民文学出版社 2011 年版。该文复印件由姚海天先生 2010 年 8 月提供。

民起义有与封建王朝一致的悲剧内在性。这种悲剧内在性与人物的秉性气质有关，但主要来自各方在文化上的同构特征。《李自成》从明王朝和李自成建立的大顺朝两个方面，揭示儒学、或儒道释三教合一、三教互补所形成传统文人赖以安身立命的基础，其介入现实的无力与无效。在崇祯看来，科举制度推举上来的文臣武将，若论个人能力，是一些“知经而不知权”、百无一用的书生；若论个人品性则更为不堪，或“不顾国家急难，不思君父忧劳，徒事口舌之争以博取敢谏之名”，或唯唯诺诺，四处钻营，左顾右盼，平步青云，皆为朝廷蠹虫。[①] 书中描写大顺朝建立时间短促，李自成还来不及做崇祯那样的总结，就被清军驱赶，命丧九宫山。但小说中，李自成不重用李岩也不是没有道理的。李岩在起义军的作用没那么重要，在于他本身与李自成这支农民起义军精神上的一种游离状态。他有见识，却容易动摇，与其他将领相比，他总要为自己留一条后路，若不能青史留名，那么至少也要在历史上留下一个较为清高的文人形象。因此，在起义军与朝廷兵戎互见、无任何调和余地的情况下，无论作为起义军的谋士或崇祯王朝的对手，他都不能竭尽全力，也就无法获得举足轻重的位置。也就是说，姚雪垠出于对封建时代文人本质的认识，使他一方面通过描写李岩等人物的加入，表现起义军的复杂性，其构成并不全是贫苦农民；另一方面，揭示李岩这个人物的性格特点，在刻画这支队伍成分复杂同时，并没有消解或模糊对其中坚力量的认识。这种写法得出的结论与郭沫若不同：即使李自成没有错杀李岩，起义军和大顺朝也难逃脱黯淡与失败的结局。李岩与牛金星都是有科举功名的人，他们虽不像黄道周、叶廷秀和刘宗周是朝廷重臣、明代大儒，但对这些人却心向往之，只因时运不济，不得已落草为寇，而那不过是改换门庭，以求一逞。这些文人的政治与文化理想其实并无天壤之别。李岩的清高也不是嵇康式的，带有很大随机性。小说中，李岩完全不同于牛金星利欲熏心、宋献策江湖术士的形象；与陈新甲、吴嗣昌更是风马牛不相及。但在文化同构性这一点上，那些不同是表面的，其精神指向和道德归宿难分伯仲。

然而同为“五四”时代人，尽管姚雪垠不同意郭沫若《甲申三百年祭》中

---

① 详见《李自成》第3卷上册崇祯与黄道周、叶廷秀和刘宗周发生“廷争”一节，以及第3卷中册崇祯向戚畹借助部分。《李自成》第3卷，中国青年出版社1981年版。

对李岩的看法，但郭沫若这篇文章对传统文人，对同一文化结构形成的文人性格的分析，依然入木三分。据《甲申三百年祭》，大顺初建，牛金星等大考举人，而宋献策、李岩两人却在反对制科。郭沫若引述《小史》一段宋、李两人品评明政和佛教的话，认为这些话“极有意思，足以考见他们两人的思想”。郭沫若考证这些议论“是不是稗官小说的作者所假托的，不得而知，但即使作为假托，而作者托之于献策与李岩，至少在两人的行事和主张上应该多少有些根据”。郭沫若写道：

今从《小史》摘录：伪军师宋矮子同制将军李岩私步长安门外，见先帝枢前有二僧人在旁诵经，我明旧臣选伪职者皆锦衣跨马，呵马经过。

岩谓宋曰：“何以纱帽反不如和尚？”宋曰：“彼等纱帽原是下品，非和尚之品能超于若辈也。”岩曰：“明朝选士，由乡试而会试，会试而廷试，然后亲政候选，可谓严格之至矣。何以国家有事，报效之人不多见也？”宋曰：“明朝国政，误在重制科，循资格。是以国破君亡，鲜见忠义。满朝公卿谁不享朝廷高爵厚禄？一旦君父有难，皆各思自保。其新进者盖曰：‘我功名实非容易，二十年灯窗辛苦，才博得一纱帽上顶。一事未成，焉即死之理？’此制科之不得人也。而旧任老臣又曰：‘我官居极品，亦非容易。二十年仕途小心，方得到这地位，大臣非止一人，我即独死无益。’此资格之不得人也。二者皆谓功名是自家挣来的，所以全无感戴朝廷之意，无怪其弃旧事新，漫不相关也。可见如此用人，原不显朝廷待士之恩，乃欲责其报效，不亦愚哉！更有权势之家，循情而进者，养成骄慢，一味贪痴，不知孝弟，焉能忠烈？又有富豪之族，从夤缘而进者，既费白镪，思权子母，未习文章，焉知忠义？此途来取士之大弊也。当事者若能矫其弊而革其政，则朝无幸位，而野无遗贤矣。”岩曰：“适见僧人敬礼旧主，足见其良心不泯，然则释教亦所当崇欤？”宋曰：“释氏本夷狄之裔，异端之教，邪说诬民，充塞仁义。不惟愚夫俗子惑于其术，乃至学士大夫亦皆尊其教而趋习之。偶有愤激，则甘披剃而避是非；忽值患难，则入空门而忘君父。丛林宝刹之区，悉为藏奸纳叛之薮。”①

① 郭沫若：《甲申三百年祭》，人民出版社 1972 年版，第 25—26 页。

崇祯对满朝文武的指责，李自成对李岩不重用的“怠慢”，都可以从这里找到一些答案。传统文化结构对现实政治的制约与销蚀，是崇祯王朝和李自成大顺朝内在悲剧性的重要原因。李自成攻入北京和清军入关是明朝及大顺灭亡的直接原因，但由于内在的政治结构和文化结构早已经腐朽，才导致偌大的王朝和军事力量如此不堪一击。正如《甲申三百年祭》开头所言：“限于明室来说吧，事实上它久已失掉民心，不等到甲申年，早就是仅存形式的了。”[①] 对大顺亦可作如是观。尽管大顺承袭明制，却连那个“仅存形式”还来不及完成。在这当中，即使个别有识之士看到问题所在，如《小史》“假托”之言，也没有能力扭转王朝颓势，更何况他们自身寄生于此，与这种政治和文化结构一荣皆荣，一损俱损，是命运相关的。

郭沫若、茅盾、吴晗、姚雪垠都是江晓天所说的“‘五四’以来第一、二两代老作家”。在此意义上，《李自成》研究所体现的，不仅是这两代作家对明末历史、对当代长篇历史小说的关注；小说与伴随小说所发生的这一过程，更体现了“五四”时代赋予历史小说和历史研究者特有的视角和方法。不同的历史观念可以形成迥然相异的历史复述，因此追溯一种历史观念产生的背景，并从这里再看历史，我们所得到的，除了明末的历史画卷，除了李自成领导的农民起义，还有当时西学东渐潮流影响下“五四”知识分子的思想愿景，即对于现代中国社会前景的追求与探索；封建王朝即使卷土重来，其结局也必然是覆灭的下场。以此类推，今天社会与20世纪二三十年代相比已经发生巨大变化，但对历史的纪念，以及对历史事件的重提，不仅意味着对姚雪垠和《李自成》所讲述历史的兴趣，更意味着现代历史观念中一种人文内涵的复现，或者说，那是“五四”时代精神的又一次复苏。

2010年10月2日完稿，2010年11月13日晨改毕。

（《现代中文学刊》2011年第2期）

① 郭沫若：《甲申三百年祭》，人民出版社1972年版，第1页。

时间·经验·意义

——重读《李自成》

李从云

历史小说家以“历史上著名的事件和人物为骨子”①，用艺术的方式再现历史生活，其目的是试图发掘潜藏于其中的精神与价值，为读者提供历史的鉴戒与审美的愉悦。于是，历史与现实的价值关联成为历史小说家与文学批判家阐释历史小说文本意义的重要参照系②。但由于历史小说家在创作过程中所经验到的时间并非就是抽象的历史与现实，而是一种区别于自然时间和制度性时间的内在时间。它以现实生活为基点，熔过去、现在与未来于一炉，烙上了个人的经验性印记。历史小说家在创作过程中往往会自觉或不自觉地将著名的历史事件以及相关人物在特定情境中的言行纳入过去、现在与未来的时间进程之中，对他所经验到的时间作合乎情理的虚构与想象。因此，历史小说家在创作过程中所涉及的时间维度就不能笼统地以历史与现实的关系来表述，时间的未来指向尤其值得我们关注。它一方面为历史小说家的虚构提供了超越现实的可能性，另一方面，当“现在的未来”得以实现，由此而形成的新的时间未来指向的不确定性又不断挑战历史小说家在特定历史时段即“现在”基础之上形成的历史意识，从而赋予历史小说家的历史叙述以历史性。基于此，我们可以说，历史小说的局限性因其无法超越的时间性因素而具有普遍性。所以，在谈论历史小说的意义时，除了关注它在特定历史时段中所蕴含的历史与现实的价值关联之外，我们更应该重视时间的未来指向在历史小说家的虚构与想象中的

---

① 郁达夫：《历史小说论》，《郁达夫文集（国内版）·第五卷：文论》，花城出版社 1982 年版，第 238 页。

② 吴秀明：《论历史文学古为今用原理及其两极不同的价值取向》，《青海社会科学》1994 年第 4 期。

赋义功能。从这一角度来重新解读姚雪垠历时四十二年完成的长篇历史小说《李自成》，不难发现他一直在努力调整自己的艺术视野，追求历史叙述的超越价值。

姚雪垠对李自成农民起义的关注与研究由来已久，但最初动念创作明末农民战争的长篇小说却是在1941年皖南事变之后。解放战争期间，他开始为写明末历史题材的小说着手准备。由于对蒋介石手下的军统和中统特务恨之入骨，姚雪垠于1948年发表了历史论文《明代的锦衣卫》，“为着借古喻今，起一点战斗作用”①。姚雪垠最终决定写“明末的历史悲剧”是在1956年下半年，而促使他真正下决心动笔写作《李自成》这部历史小说的，却是1957年的反右斗争。皖南事变（抗日战争时期）、解放战争期间以及反右斗争（新中国建立以后），是姚雪垠追述《李自成》这部小说选题时的三个时段。前两个时段即国民党统治时期所关涉的国、共及日本侵略者三方势力的角逐与崇祯王朝所面临的内忧外患的局面十分相似，这种相似为姚雪垠从总体上把握明末历史与现代中国历史的关系提供了依据。但这种历史的相似性只有依托于第三个时段即新中国建立以后的社会实践才有可能获得新的意义，而此时的姚雪垠并没有完全理解新的时代生活对知识分子提出的要求，毛泽东从他的杂文《惠泉吃茶记》中读出了“知识分子的清高”可以为证②。经历了在“伟大祖国的解放”中诞生的“新的时代”对从旧社会来的知识分子的思想改造之后，与绝大多数同时代的知识分子一样，姚雪垠接受了意识形态的询唤，“开始懂得文艺应该为谁服务和怎样服务的问题”，“在阶级社会中，历史学从来都是阶级斗争和政治斗争的重要武器，为一定的阶级和政治集团服务。”③ 因此，他将如何处理历史生活与现实生活的关系归结为“古为今用”的问题：

> 据我的想法，历史小说为达到古为今用的目的，有三个重要方面：第一是作家在作品中深刻地反映了历史事变的运动规律和经验教训，供今人作为借鉴；写出历史上的阶级斗争面貌，教育今人。第二是作家从当代无

---

① 姚雪垠：《学习追求五十年》，中国青年出版社2000年版，第156页。

② 刘汉民编：《毛泽东谈文说艺实录》，长江文艺出版社1992年版，第223页。

③ 姚雪垠：《〈李自成〉第一卷上册·前言》，《李自成》第一卷上册，中国青年出版社1978年版，第3页。

> 产阶级的立场观点出发，对历史人物爱憎分明，有褒有贬，能使读者从小说中懂得爱什么，憎什么，并从古代英雄人物身上得到鼓舞、启发和感染，加强献身革命事业的激情、勇气和决心，同时也因为吸取古人的经验而增长智慧。第三，历史小说可以增强读者对于丑恶事物的憎恨，也是古为今用的一个重要方面。但是更重要的是正面英雄的教育和鼓舞作用。①

在姚雪垠看来，用历史唯物主义的世界观与方法论研究历史，以当代无产阶级的立场、观点、思想、感情和革命的激情为出发点，用社会主义革命的时代精神“照亮历史题材”②，并运用革命现实主义与革命浪漫主义相结合的方法将历史题材写成社会主义现实主义的作品，这样就能实现历史小说为“新的时代服务”的目的。这一无产阶级的革命功利主义态度决定了姚雪垠必然对明末历史人物作阶级分析，他在青年时代接受的清代乾嘉学派的朴学精神与现代古史辨派的辨伪精神此时也不得不服膺于新时代所要求于人的阶级意识与革命立场③。明末历史与现代历史之间的相似性在旧社会与新时代的转换之中获得了重新阐释的可能性。

但明末历史、现代历史与新时代的关系并不能笼统地说成是历史与现实的关系。姚雪垠在“新的时代”观照明末历史生活的中介，是他所经验的现代中国历史运动，具体地说，就是国民党统治时期的工农革命运动。而新中国的建立作为一个历史新纪元的开端，相对于国民党统治时期则是一个未来时间概念，于是，在过去、现在与未来这一时间链条上，上述三个时段可以对应为：

过去	→	现在	→	未来	→	
明末历史	→	国民党统治时期	→	新中国建立以后	→	

这样，所谓的“古为今用”其实就是利用过去与现在的相似性为未来服务，即利用明末历史与国民党统治时期的相似性为新中国建立以后的社会实践服务。由于新民主主义与社会主义在政治、经济、文化上的连续性，此时的姚

---

① 姚雪垠：《〈李自成〉第一卷上册·前言》，《李自成》第一卷上册，中国青年出版社 1978 年版，第 36 页。

② 姚雪垠：《〈李自成〉创作余墨》，《姚雪垠书系》第 19 卷，中国青年出版社 2000 年版，第 74 页。

③ 参见拙文《在朴学精神与革命立场之间》，《长江学术》2009 年第 1 期。

雪垠尽管“跳出”了明末历史，但他立足于其中的新中国的社会实践与其作为创作中介的现在的未来指向具有同构性，因此，他并未能跳出现代中国历史。于是，毛泽东在中国工农革命运动的不同历史阶段对李自成农民起义的权威评价，如作为“历史发展的真正动力”① 的革命性及其流寇主义②、“胜利时骄傲的错误”③ 便成为姚雪垠解读明末历史悲剧的潜在视野。但这里所说的同构性不同于明末历史与现代中国历史之间的相似性。后者是作为被否定的对象进入姚雪垠的创作视野的，而作为现在的未来指向，新中国建立之后的社会实践却正在探索之中，它需要通过文艺作品讲述自己的革命历史，以寻求人民群众对革命的正义性和新的民族国家的合法性的认同。在这样的现实情境中，姚雪垠处理历史上的农民战争题材时难免会有浓厚的阶级意识和现代化倾向④。然而，这种意识和倾向不仅体现在有争议的英雄人物李自成身上，而且也烙在了受到一致好评的崇祯皇帝这一形象上。如果我们参阅相关的史料记载和史学研究成果，不难发现，攘外与安内是摆在崇祯王朝面前的两难选择。面对“剿兵难撤，敌虏生心，边饷欠多，蠲留未已，民贫既甚，正供犹难，侵剥旁出，如火益热”⑤ 的局面，崇祯皇帝采纳的杨嗣昌借宋人张齐贤之口提出的“先本后末，安内养外”⑥ 的主张，实在是当时惟一可取的权宜之计。姚雪垠将崇祯王朝“对清的主战与主和，以及上层统治阶级对内镇压和对外妥协的态度”上升为一种历史规律，认为“典型的史例如北宋末年，清朝末年和蒋介石政权，都对外国侵略者甘心屈辱投降，对内镇压。蒋介石将这一卖国公式用一句话表述出来：‘先安内而后攘外’。小说从第一卷到第三卷通过崇祯的对满政策，写出这一历史规律，而到第三卷中将崇祯的对清屈辱活动作了全面的深刻揭露。”⑦

---

① 毛泽东：《中国革命和中国共产党（一九三九年十二月）》，《毛泽东选集》第二卷，人民出版社 1991 年 6 月第二版，第 625 页。

② 毛泽东：《关于纠正党内的错误思想（一九二九年十二月）》，《毛泽东选集》第一卷，人民出版社 1991 年 6 月第二版，第 94 页。

③ 毛泽东：《学习和时局（一九四四年四月十二日）》，《毛泽东选集》第三卷，人民出版社 1991 年 6 月第二版，第 948 页。

④ 参阅张钟等著《当代文学概观》，北京大学出版社 1980 年版，第 557—458 页。吴秀明、蒋青林《走向最后的历史主义典型化写作》，《河南大学学报（社会科学版）》2006 年第 3 期。

⑤ 孙承泽：《春明梦余录》卷 24《内阁·御试阁员》，（台北）大立出版社 1980 年版，第 269 页。

⑥ （明）谈迁《国榷》卷 96，思宗崇祯十一年五月己酉，中华书局 1958 年版，第 5809 页。

⑦ 姚雪垠：《〈李自成〉第一卷上册·前言》，《李自成》第一卷上册，中国青年出版社 1978 年版，第 33 页。

这样的处理，虽然契合了中国现代历史图景和新的时代精神，但是在一定程度上却遮蔽了崇祯皇帝在具体的历史情境中权衡与处理内忧外患困局时的复杂心态和事实真相。在剿抚问题上，他曾有“寇亦我赤子，宜抚之。”① “饥民煽从，由地方官失于抚戢”② 的指示，正是崇祯这种对待寇与民的复杂态度，才有剿与抚之间的摇摆不定③。在内忧与外患的关系上，崇祯皇帝也一直处于矛盾之中，但外患始终比内忧更令其焦虑不安。因此，在洪承畴、孙传庭初定陕西，清兵退去之时，他即命洪承畴经略辽东。在援救锦州时，崇祯皇帝起初同意洪承畴“持重以待”的用兵方略，但兵部尚书陈新甲坚决主张分四道夹攻，加上亲临前线的兵部职方郎张若麒狂躁不知兵事，“见诸军稍有斩获，谓围可立解，密奏上闻。新甲复贻书趣承畴。承畴激新甲言，又奉密敕，遂不敢主前议。若麒益趣诸将进兵。”④ 可见，陈新甲、张若麒的内外合谋在促使崇祯皇帝改变初衷，催促洪承畴进兵解锦州之围，导致“辽海崩溃”的历史悲剧方面负有重要责任。如果没有类似的历史事实为依据，崇祯皇帝所谓“君非亡国之君，臣皆亡国之臣”只能是自欺欺人的自我安慰，其才智抱负也因此被他的阶级身份与性格弱点淹没，沦为空怀中兴之志，庸碌无能的亡国之君。如此一来，就正如毛泽东所说，“崇祯皇帝是个好皇帝”，可面对那样一个烂摊子，只好“哭天抹泪地去了”⑤。即便如此，姚雪垠在处理与崇祯皇帝相关的史料时的“遮蔽”并没有影响他成功地塑造崇祯皇帝“这一个”文学典型，由此反观李自成，有助于我们辩证地评价这一形象长期受人诟病的瑕疵。

“文革”的结束预示着另一个“新的时代”的到来，真理标准问题的大讨论揭开了新时代的序幕。“新时期”作为新中国的未来在人们的想象中出场，它意味着“文革”及新中国建立之后的“十七年”成为过去。但“新时期”同时又是“摸着石头过河”的现在，对未来的想象、对历史的反思以及对现在的探索同时演绎着一个民族的复兴神话。在这样一个众声喧哗的时代，历史小说

---

① 谈迁《国榷》卷 91，思宗崇祯四年正月庚子，中华书局 1958 年版，第 5554 页。

② （清）汪楫：《崇祯长编》卷 37，崇祯三年八月乙卯，http://www.foryouwant.com/bbs/thread-23206-1-1.html

③ 参阅樊树志《晚明史（1573—1644）》第十二章，复旦大学出版社 2005 年版。

④ （清）张廷玉等撰：《明史》卷二百五十七《列传一百四十五・陈新甲》，中华书局 1974 年版，第 6638 页。

⑤ 《毛泽东对刘青山、张子善一案毫不容情》，http://news.qq.com/a/20090812/002445_2.htm

家姚雪垠又当如何接续他对“明末的历史悲剧”的叙述？尽管“新时期”是以否定与批判“文革”为前提的，但它同时又以回归“十七年”为始基。作为一名深受五四新文学与普罗文学双重影响的老作家，在经历了新中国建立之初对知识分子的思想改造之后，在“拨乱反正”的历史时刻，姚雪垠面临着如何处理启蒙话语与革命话语的关系问题。应该说，启蒙也是革命，它对“人”的重新发现从思想上、精神上扫荡着封建专制主义的阴霾，在这一层面上姚雪垠是认同启蒙的，但他同时又坚守自己在五十年代建立的以阶级意识为核心的革命立场，认为制造刘宗敏拷掠吴襄、索取陈圆圆、逼反吴三桂的谣言，其“动机既是鞭挞吴三桂，同时也诬蔑刘宗敏。诬蔑刘宗敏也就是诬蔑大顺军。”[①] 而“李信投入李自成军中，可以在某个方面起一定的推动作用，但是绝不可能成为决定性作用。只有参加农民革命的人民群众创造农民革命战争的历史，决定历史运动的进程。”[②] 由此可见，“文革记忆”并没有动摇他的阶级意识和革命立场，他试图调和革命话语与启蒙话语之间的矛盾，在坚守革命立场的同时，回应着启蒙话语所表征的时代精神。因此，在《李自成》第三卷中我们看到，第一单元“高夫人东征小记”看似无关紧要的闲笔，其实大有深义。它一方面通过讲述健妇营的姑娘们的血泪故事，延续“官逼民反”的话题，一方面又强调闯王是姑娘们的“救命恩人，重生父母”，为慧梅的出嫁作铺垫。同时，还通过东征途中所见，如被烧掠一空的村庄，路旁倒毙的饥民，大路沟中纵横着的人的白骨，杀女婴、烹食人尸等凄惨景象传达出作者对战争中的人的生存处境的关注。尽管在第三卷中战争仍然是叙事的主要推动力，但战争中的人受到前所未有的重视。它淡化了战争的正义与非正义的性质，转而强调李、朱争天下给老百姓造成的深重灾难。小说一方面通过李自成允许开封城内的饥民出城采青彰显其仁义的一面，同时又写他下令剁掉被迫替守城官军运粮的五百农民的右手，暴露其残忍的一面，这正反两面的叙述，表明姚雪垠在表达对战争正义性的诉求的同时，也从义军方面凸显战争给老百姓造成的灾难性后果。这种转变显然与新时期初的思想文化转型息息相关，它使充斥小说前两卷的有关

① 姚雪垠：《论〈圆圆曲〉》，《姚雪垠书系》第19卷，中国青年出版社2000年版，第382—383页。

② 姚雪垠：《〈李自成〉第一卷上册·前言》，《李自成》第一卷上册，中国青年出版社1978年版，第25页。

“解民倒悬”的抽象议论和“放粮赈饥”的笼统描述有了历史的具体可感的生活气息。倍受读者青睐的慧梅的悲剧也只有放在这一语境中，才可能从其伦理的、政治的必然悲剧中体悟到慧梅作为女性所经受的情感和精神的煎熬以及在生死抉择面前对生命尊严的捍卫，也才能跳出对李自成起义失败的悲剧反思，直面慧梅的爱情、婚姻悲剧本身。正是透过慧梅的爱情悲剧与秀才张存仁在乱世中求生存而不能，最终妻离子散、家破人亡的悲剧，折射出历史兴亡给个人造成的无法愈合的创伤。从这一角度看来，姚雪垠在第三卷中正努力突破阶级论的框架，从关注战争胜负对时局走向的影响，转向对战争与人的关系的思索。

正是基于这样的思索，姚雪垠在第三卷中对满洲的描写明显不同于前两卷。满洲作为入关掳掠人财的外患，在第一、二卷中只是呈现崇祯“攘外必先安内”反动决策的背景。崇祯在第一卷开篇与高起潜、杨嗣昌密谋与清军议和以求得全力镇压农民起义军的反动决策，就是迫于清兵的强大压力，无力两面作战而作出的。它激起的是人们对崇祯王朝的邪恶无能和清兵入关肆虐骚扰的义愤之情。第三卷则通过李自成三次攻打开封，尤其是第三次开封战役，暴露出崇祯王朝以左良玉为代表的援军毫无战斗力，最终因将骄兵惰，各怀心思，不战而溃。而李自成则先后拒绝了李岩“三阳开泰”和“分兵略地”之计，对开封采取“围而不攻”的策略，最后因为开封守军在绝望之中决黄河水淹义军的下策而草草退兵，李自成据开封以为都城的计划终成泡影。而此时的崇祯，在“安内”与“攘外”之间最终倒向“攘外”。他抽调在陕西镇压起义军的精锐之师驰援锦州，其直接后果是使李自成乘虚突入中原，破洛阳，杀福王，迅速发展壮大，成为推翻明王朝的决定力量。另一个后果就是松锦之战洪承畴统帅的十三万明军的溃散，经此一战，明王朝再也无力与满洲对抗。李自成横扫宛叶以及朱仙镇大捷，与清兵在松锦会战中的全面胜利，已经决定了崇祯王朝覆亡的命运。与此同时，满洲在战争中表现出强大的组织动员能力，多尔衮的机警善断，敢于任事，也使清军如虎添翼。皇太极的雄才大略与崇祯皇帝的调度不当、李自成的错误决策，形成鲜明对比。至此，清兵已不再是地处僻壤、入关扰民的破坏力量，不再是崇祯可以蔑视的“东虏”，它已然成为十七世纪中叶改变历史进程的合力中的一股重要力量①。这样的描写自然打破了小说前两卷所设定的“攘外必先安内”的格局，不能不说是对阶级论框架的另一种扬弃。

姚雪垠计划在20世纪80年代中期完成《李自成》的创作，然后接着写《天京悲剧》。尽管早在20世纪80年代中期他就完成了小说后两卷的口述录音书稿，之后不断修改，但直到1999年作者去世后才由中国青年出版社出版。为何没有按时完成《李自成》后两卷的创作，除了“太认真”“太苛求自己”以及身体状况外②，我们不应忽略姚雪垠被拽入与刘再复关于文学主体性问题的论争有关。无论这场论争在当代文学理论史上的意义如何，一个不容争辩的事实是，文学主体性成为20世纪80年代中期以来文学研究中的核心话语。对姚雪垠个人来说，“这场不了了之的论争本无胜负之分，然而事实上姚雪垠却真是败得一塌糊涂。”“从此以后，‘姚雪垠’三个字越来越鲜为文学研究界所提起——起码迄今为止是这样。”③ 这样的处境，必然促使以马拉松精神激励自己的姚雪垠进一步思考晚明历史与现实的关系问题。如果说，在新时期之初，姚雪垠试图调和革命话语与启蒙话语之间的矛盾，在坚守革命立场的同时，回应启蒙话语所表征的时代精神，那么，随着改革开放的不断深入，尤其是20世纪80年代中期方法论热、文化热传导的在“新一代作家文人”中普遍存在的社会意识形态焦虑，意示着社会生活方式、文化价值观念正在发生深层变化。这一变化在一定程度上逸出了社会主义革命时期人们对新中国未来的预期，如何解读这一变化，对姚雪垠无疑是一个新的挑战。此时，姚雪垠反思“明末的历史悲剧”的中介已经不再是国民党统治时期的工农革命运动，也不再是“文革”及其之前的“十七年”。在过去、现在与未来的时间链条上，“现在”似乎又一次以一种否定的方式呈现在他面前。多元化的价值取向造成了他对现实的某种疏离，从而产生了对“现在”的未来时间导向的忧虑，因此，《李自成》四、五卷的叙述回到了历史事件本身。“隐退”使其探究历史真相的

① 参阅董之林《观念与小说——关于姚雪垠的五卷本〈李自成〉》，《文学评论》2008年第2期。《热风时节——当代中国“十七年”小说史论（1949—1966）（下）》，上海书店出版社2008年12月版，第201页。

② 参阅姚海天《〈李自成〉后记》，《李自成》第五卷下册，中国青年出版社1999年版。

③ 许建辉：《姚雪垠传》，湖北人民出版社2007年版，第337—338页。

兴趣成为可能，他在青年时代接受的清代乾嘉学派的朴学精神与现代古史辨派的辨伪精神开始回归。尽管1644年仍然只是改朝换代的政治事件，但姚雪垠解读这一政治事件的视野再次得到调整。崇祯在南迁、太子监军、调吴三桂入关勤王等关键问题上的举棋不定，从而使自己身陷危城，坐以待毙。而李自成则在满洲问题上犯下了大错，从无视其存在到轻视其实力和野心，导致山海关一战失利，满盘皆输。与崇祯王朝的暮气沉沉、大顺军从锐气变成惰气不同，关外的“大清国在当时好像是中国的东北大地上一轮初升的太阳，充满朝气，充满活力。”分别用暮气、惰气和朝气来概括明末争夺天下的三股势力的运势，已经完全祛除了意识形态的魅惑，至此，作者才在对历史与现实的双重反思中真正地跳出历史，从文化气象上透视了“成败存亡关头”的历史大势。如果说在第三卷中，作者对战争的正义性诉求开始让位于对战争破坏性的反思，但仍然以战争为关注焦点的话，那么，战争本身不再是《李自成》四、五卷关注的中心，如正面描写作为历史转折点的山海关之战的就只有两个场景，这与潼关南原大战、商洛壮歌、朱仙镇大捷等相比，对战争本身的描写似乎逊色多了。原因就在于，作者在此思考的焦点是决定战争胜负、历史大势的诸多人事因素。尽管明清易代所产生的文化心理上的持续振荡并没有进入姚雪垠的创作视野，但与政权更迭相关的人情物理却被叙述得绘声绘色，引人入胜。比如透过李岩、宋献策对君臣之义的剖析，对李自成进北京之后短暂的宫廷生活的描写，对崇祯殉国前暴戾、变态的性情的把握，对吴三桂降清前后复杂心理的揣度，以及对多尔衮与小博尔济特氏关系的处理、对太子案的演绎等，都体现了姚雪垠犀利的史家眼光和非凡的创作才华。由此观之，姚雪垠在创作之初所追求的总结明末农民战争这一“历史事变的运动规律和经验教训”的意图并非只是“起义军从小到大、由弱到强的原因，军队与百姓之间的‘鱼水关系’，政治路线的正确和组织上的巩固对军队发展的重要”①，他在小说的后两卷中超越了前两卷对革命历史所作的合法性论证，回到对“盛衰之理，虽曰天命，岂非人事”这一历史哲理的探究之中。

其实，在姚雪垠有关“古为今用”的论述中本来就包含有“吸取古人的经

① 洪子诚：《中国当代文学史》，北京大学出版社1999年8月版，第122页。作出这样的判断，可能与作者未能阅读同年出版的《李自成》第四、五卷有关。

验而增长智慧”的艺术追求，只不过这一追求在前两卷中为鲜明的意识形态诉求所笼罩。姚雪垠对盛衰之理的思考主要集中在民心得失和君臣关系这两个维度。就民心得失来看，崇祯皇帝迫于内外交讧的压力，不顾兵连祸结、水旱荐臻，在辽饷、剿饷之外又加征练饷，绝小民生机，不啻为渊驱鱼，为丛驱雀。李自成起义军则先后提出“剿兵安民”“随闯王不纳粮”“义军所至，三年免征”等口号，深得民心，声威大振。但他惯于流动作战，疏于设官理民，几十万大军“打到哪里，吃到哪里，像一群蝗虫一样”，导致百姓流离失所，民心渐失。而满洲的八旗制度则兵农合一，寓兵于农。臣民出征打仗时是兵，不出征就务农。几十年来出兵南下都在秋末冬初，不误春耕，视农业生产为立国之本。在争天下与固邦本的较量中，满洲无疑占得先机。就君臣关系来看，崇祯皇帝多疑善变，厂卫横行；暴躁狠毒，对大臣轻则廷杖，重则杀戮。诚如刘宗周冒死直言，“陛下天威莫测，使耿介者缄口不言，怕事者唯唯诺诺，而小人则阿谀奉承，皇上左右之人，动不动就称颂陛下天纵英明，明察秋毫，而实在背后各自为私，遇事蒙混，将陛下孤立于上。”“大臣畏罪饰非，不肯尽职；一二敢言之臣，辄蒙重谴；故朝廷之上，正气不申，皇上孤立。”而崇祯皇帝则痛恨朝廷上都是庸庸碌碌之臣，竟没有一个有识有胆、肯为国家担当是非的人。在李自成围城之时，他在奉先殿伏地痛哭，“用武将则将骄兵惰，不能实心剿贼，徒会扰害百姓，驱民为乱。用文臣则几乎无官不贪，在朝中各树门户，互相攻讦，却没有一个人能够为朝廷实心做事，敢在国家困难时担当重任。”上下睽违，君臣都没有担当是非的勇气，以至于围城时刻，居然没有大臣上朝理事，亲信太监高启潜、王德化，反对调吴三桂勤王的首辅陈演，反对南迁的光时亨等竟然先后投降大顺、满清，崇祯皇帝几成孤家寡人。李自成出身草莽，而锋芒不露，谦和之光照人，于是有牛金星、宋献策、李信等文人策士来归；在襄阳称王后，又有明朝官员顾君恩等人归顺；定都长安后，来降的文臣更是络绎不绝，从此李自成便被一帮歌功颂德的从龙之臣围困，再也难得听进忠言直谏。牛金星以开国宰相自居，恪守“调和鼎鼐”“燮理阴阳”的为相之道，对一般事情尚且保持沉默，更莫说与皇上争执，犯颜直谏了。文武大臣中惟有田见秀、宋献策与李岩还能保持清醒的头脑，但田见秀留守长安，而宋献策则深知“历代开国帝王，方其创业之初，艰难困苦备尝，惟恐大业不成，故能谦躬下士，虚怀纳谏，一到大业告成，便讲究帝王尊严，同臣下只讲君臣之别，君为臣纲，不再讲患难之交与袍泽之亲，很少能够再虚怀若谷，从谏如流，反而猜疑多端，甚至诛戮功臣，也是常事。”因此，他可谏则谏，不可谏则止，以避免多言获罪。而李岩则不脱书生本性，虽知忠臣立身事君之道，但心怀殷忧，不忍不言。所以，李岩在满朝文武的一片胜利的欢呼声中，屡屡犯颜直谏。如提醒李自成警惕伺机南犯的满洲人，劝李自成捐弃拷掠追赃的政策和北京城破后三军入城驻扎与民同乐的成命，引起李自成的不快与猜疑，终于在请兵回河南打开局面时招来杀身之祸。在李自成逃亡途中，佐命之臣牛金星、从龙之臣顾君恩等先后离开李自成，大顺朝一派树倒猢狲散的凄凉景象。崇祯皇帝想成就一番中兴伟业，李自成想君临天下，但均以失败收场。推究其成败得失，失民心与君臣暌违是互为表里的两个关键因素。姚雪垠对“明末的历史悲剧”的阐释，突破了显在的意识形态诉求，在对君臣之道及其背后的人性弱点的悲剧性开掘方面取得了新进展。大明与大顺没能做到的，大清做到了，因为它有雄才大略、善用人才的皇太极，有善用时机，善用中国民心，善用兵力的亲王多尔衮。皇太极对范文程的重用、对洪承畴的收买，多尔衮对洪承畴、吴三桂的利用，显示了君王驾驭臣子的政治智慧。同样是君为臣纲，崇祯皇帝与李自成只为历史增添了高处不胜寒的悲剧案例，而皇太极、多尔衮则能利用臣子的悲剧，如豪格作为潜在的威胁遭多尔衮打击，洪承畴降清、吴三桂引狼入室成为千古罪人，为大清的百年辉煌奠定了基础。其中况味，耐人寻思。

历史小说家在对他所意识到的历史内容作合乎情理的想象性重构，发掘其中蕴含的精神及价值时，无疑会受特定时代的精神状况、风俗习惯的影响。但历史小说家的创作毕竟不同于历史研究，在他讲述的历史故事中，个人在特定历史情境中的情绪、情感体验也参与了历史意义的生成。历史因个人的情感体验和心灵实践而得以创造性的转化，从而在对历史本质与规律的把握之中灌注了生命气息。姚雪垠曾经这样叙述他开始创作《李自成》时的境遇：

第一卷开始写作是在一九五七年秋天。当时我被错误地作为反党、反社会主义和反人民的右派分子进行批斗。反右派斗争时候，我受的精神打击和政治打击很大，十分痛苦，经常痛哭流涕，夜不成寐。就在这样令人完全绝望的境遇中，我开始悄悄地写《李自成》第一卷，往往边写边哭。①

正是这种政治上、精神上的打击促使姚雪垠“献身”于《李自成》的创作，而且，他不从李自成出身写起，不从他开始起义某一关键时候写起，而是从李自成全军覆没写起，写李自成受挫折后的态度和精神状态，就体现了上述个人命运对小说艺术构思的影响。由于李自成在绝境中不屈不挠，积蓄力量以图再起的精神，引起许多读者的共鸣，我们不妨说，“潼关南原大战”以及商洛山被困，不仅是纯军事斗争的写照，而且还是一种人生境遇的象征。李自成率领起义军不断突破朝廷的军事围困，并最终将崇祯围困在北京城内，取得决定性胜利，但他在走向胜利的途中，又因地位变化而替自己打一堵高墙“把自己悬在空中”，这表现为对王长顺等下层士兵的疏远，对李岩、田见秀等有远见、怀殷忧的忠臣的猜疑，以及对顾君恩等从龙之臣的阿谀之辞的陶醉。李自成没能意识到围困在自己身边的这堵高墙，导致对局势的错误判断，从而踏上逃亡之路。更可悲的是，李自成最终因为白旺不是延安府一带的人而拒绝接受他所率人马的保护，在九宫山遇害。根深蒂固的乡土观念，既成就了李自成，譬如他以老八队为核心改造部队，增强了战斗力；同时也束缚了李自成，从定都长安到对李岩、白旺的怀疑，都说明他无法挣脱狭隘的乡土观念这张无形大网的束缚。姚雪垠通过李自成从农民到皇帝，最后又在逃亡途中遇害的人生历程，警示人们，思想观念上的局限才是人生最难逾越的障碍。与李自成相比，崇祯皇帝始终在为克服军事、财政经济、政治诸方面的危机而苦苦挣扎，但每每以失败告终。“敬天法祖”就像一柄达摩克利斯之剑，使他不能在通权达变与名正言顺之间找到平衡的支点。与清议和、南迁之议、太子抚军南京、诏吴三桂勤王皆因受到言官和一班文臣的攻讦、阻挠先后破产，因此，在崇祯皇帝的亡国之痛中，尚有对因循守旧，惟尚空谈，知经不知权的书生意气的反思。

如果说姚雪垠在绝境中著书的孤愤精神被投射到李自成、崇祯皇帝身上，那么，他晚年在“鲜为文学研究界所提起”的处境中依然坚持著书求索的精神

---

① 姚雪垠：《李自成为什么失败——兼论〈李自成〉的主题思想》，《姚雪垠书系》第19卷，中国青年出版社2000年版，第78页。

则转化为老神仙尚炯的执着：

> ……当年在临汾一带投军的时候，他还只四十出头的年纪。那时他是那样精神饱满，虽是医生，对骑马射箭竟也不外行。如今过了差不多三十年的时光，他的疏疏朗朗的白胡须垂在胸前，眉毛也全白了，又粗又长，脸色像古铜镜一样。虽然脸上有很深的皱纹，还有老年人长的黑斑，手臂上青筋暴起，上面也有黑班，可是他的牙齿还没有落，精神也很健旺。看起来如果不是战争打到了面前，他会活到八十岁，九十岁，甚至上百岁。如今他所有的心思都用在替大顺朝留下一部信史，对生死并不挂在心上。……

清朝康熙三年，李自成死后的第十九个年头，大顺朝的是非成败已成往事，而接受南明册封的忠贞营被清军围困在茅庐山，在除了战死，别无选择的绝境中，仍然坚持作最后的抗争，它所凭借的是不怕死的血性，一股正气和为中国人守土的大义。因此，高夫人与老神仙将生死置之度外地对大顺朝往事的回忆，老神仙念念不忘地想为大顺朝编写一部信史，除了总结大顺朝兴衰变化的道理外，更是想要传承这一脉血性、正气与大义。正是凭着它，李自成在各路起义军纷纷受招安的革命低潮中，仅率尚炯等几十名亲兵赴谷城智激张献忠重树义旗；在石门谷杆子哗变的危急时刻，李自成又一次只率尚炯等几十名亲兵前去抚定哗变；在明白山海关的不利形势后，不愿临危先走，坚持亲临战场鼓舞战士；高夫人更是视从暗道逃生为不义。姚雪垠在这部历史长卷的尾声，追忆大顺朝兴衰史的目的，一方面是为了激活掩映在历史迷雾之中的这一脉血性、正气与大义，从而实现对“明末的历史悲剧”的再审视；活跃在晚明历史舞台上的风云人物的言行、命运也因此得以穿透社会政治的是非成败，获得了超越一个时代的集体记忆的可能性。另一方面，追忆表明姚雪垠晚年仍然坚守着自己的革命信念，但这是在“究天人之际，通古今之变”的历史自觉中“原始察终，见盛观衰”式的坚守。姚雪垠在小说最后叙述红娘子和红霞在明朝初年的唐赛儿与清朝嘉庆初年的白莲教起义之间的承传关联，既是对明清易代的历史事实的正视，又是对既定秩序的审视，其时间的未来指向已不再是终末论式的线性进化论，而是进化之中有循环，是一种辩证的进化论。这种时间经验的获取与姚雪垠一贯重视在现实生活中思考历史问题的精神密不可分。“只要我发挥主观能动性，经常关心现实，关心政治斗争，阶级斗争，继续读书，研究历史，我的认识就会逐步向前，继续发展。”“如果我不关心现实，我的思想就会僵化，感情就会干枯，就写不好《李自成》，更因为我能够不断认识现实，不断认识历史，所以，我对明末清初许多问题才不断有新的理解。”① 姚雪垠在长期的艺术创作中所表现出来的对历史叙述的历史性的清醒意识，在他的晚年转化为具有超越意义的时间经验，因此可以说，多卷本长篇历史小说《李自成》在姚雪垠对晚明历史的理性思考中实现了更深层次的统一。

（《长江学术》2011 年第 3 期）

① 姚雪垠：《李自成为什么失败——兼论〈李自成〉的主题思想》，《姚雪垠书系》第 19 卷，中国青年出版社 2000 年版，第 83—84 页。

《李自成》中的悖论

姚　伦①

茅盾与姚雪垠同为“五四”以来第一、二两代的老作家。自 1938 年姚雪垠的短篇小说《差半车麦秸》发表在茅盾主编的《文艺阵地》起，两人即结下了长达 40 年之久的师生之谊。姚雪垠在贺茅公 81 岁生日的诗中有这样两句：“少作虚邀贺监赏，暮琴幸获子期心。”“少作”是指姚雪垠青年时创作的《差半车麦秸》，“暮琴”则是指他老年时写的《李自成》。从短篇小说《差半车麦秸》到历史长篇小说《李自成》，茅盾都给予了积极的评价和鼓励，不难看出，姚老对于茅公的赏识与推崇十分感激。茅盾对长篇小说的创作一直十分关注，生前特将自己毕生积蓄的 25 万元，全部捐献出来设立茅盾长篇小说文学奖。而第一届“茅盾文学奖”颁发给《李自成》(第二卷)，则与茅盾对姚雪垠创作的长期关心与支持是分不开的。茅盾曾给予《李自成》高度的评价：“用历史唯物主义和辩证唯物主义来解剖这个封建社会，并再现其复杂变幻的矛盾的本相，‘五四’以后也没有人尝试过，作者是填补空白的第一人。”② 然而 20 世纪 80 年代中期以来，《李自成》的研究日渐沉寂下去，当下，谈论《李自成》的声音更是稀薄。当年用阶级斗争历史观去解读农民起义，为《李自成》赢得鲜花与掌声，如今，阶级斗争历史观的运用又成了它的“罪状”。从 1963 年《李自成》第一卷问世，到 1999 年小说四、五卷最后付梓，《李自成》创作历时 36 年，在时代风云的不断变幻中，作家的观念也产生了复杂的变化。阶级斗争历史观并不能囊括《李自成》的整个创作过程，将五卷本《李自成》纳入研究视野，对其全部文本集中梳理，从整体上把握《李自成》的创作流变，对

---

① 姚伦（1985—），发表本文时为华中师范大学文学院中国现当代文学 2009 级硕士研究生。

② 茅盾：《关于长篇历史小说〈李自成〉》，《文学评论》1978 年第 2 期。

于给予这部作品公正、客观的评价，很有必要。

一、作者小说观念的悖论

1.“现实主义”对“革命现实主义”的消解

姚雪垠在20世纪30年代就接受了马克思主义，与许多作家被动地“思想改造”所带来的痛苦和创作才能衰竭相比，姚雪垠则积极主动得多，可以说他终其一生都是马克思主义的忠实信徒。他在多篇创作回忆录中谈到《李自成》运用的是“历史唯物主义”的创作原则，详细说来，就是哲学上的历史唯物主义与文学创作方法上的革命现实主义相结合。为了说明农民战争是推动历史发展的巨大动力，姚雪垠“努力在《李自成》中把每一个人物都放在一定的阶级地位，阶级关系中去处理”①，在泾渭分明的阶级话语下，《李自成》全书围绕崇祯和李自成这两个对立阶级的典型代表之间的殊死搏斗来展开，在他们背后，分别是以统治阶级和被统治阶级为基准划分的官军及农民军两大阵营。在阶级斗争理论的观照下，革命与反革命的话语色彩十分浓厚，对于明末李自成领导的农民军，作家显然更为偏爱。农民军从大将到普通士卒，上下一心，为创造一个“清明的太平世界”而努力，官军打仗要么是被逼无奈，要么是贪图功名利禄，如同一盘散沙，一击即溃。义军将士被官军杀害谓之“牺牲”，他们杀了官军则称为“消灭”。四川名将张令、秦良玉，本为抗清做出了卓越的贡献，而在阶级话语的宰制下，明朝官员不论是谁，在历史上起过什么样的作用，地位如何，只要他们曾参与镇压农民军，就会被贴上反动阶级的标签。

姚雪垠是一位悲天悯人、对下层劳苦大众饱含同情的作家，他始终站在受侮辱、受损害的底层人民的立场下去书写历史。在小说开始，李自成部队打着“救民于水火”的旗号，攻州掠府，解民倒悬，老百姓十分拥戴他。但从小说第三卷开始，农民军和老百姓的“鱼水”关系悄然地发生了变化，尽管此时阶级斗争的视点仍然顽强地存在着，但作者已不再一味歌颂农民战争了。开封攻城战中，作者在写出战场残酷景象的同时，将目光对准了城内居民，重点描写了张存仁一家在恶劣战争条件下的生存状态。作者花费大量笔墨去写城内张存仁一家的不幸，透过一个小家庭的遭遇，折射出战火纷飞、民不聊生的大环境下的众生相。姚雪垠在第三卷中将叙述目光更多地投向了战争状态下的普通老

---

① 姚雪垠：《谈〈李自成〉的若干创作思想》（下），《文艺理论研究》1984年第2期。

百姓，表现了他创作观念的转向。如果在小说《李自成》第一、二卷中，作者还有意回避农民军的负面影响和对社会生产的破坏，那么在第三卷中，农民军的破坏性被铺陈开来写，最初农民军那种进步的正面形象逐渐遭到瓦解。因此不难理解那么拥戴李自成的老百姓，此刻会发出这样的声音："人家姓李的和姓朱的争天下，把咱们百姓也拖在里头，叫咱们怎么活?"[①] 姚雪垠一反革命现实主义的创作成规，直面农民军的种种弱点和错误，虽然意在总结农民战争的经验教训，却不免使农民军在前两卷中被用心塑造起来的高大形象瞬间崩塌。现实主义对革命现实主义的消解，使得农民军一开始表现出的"正义性""进步性"受到挑战。

不论是作家观念更迭，还是时代环境使然，小说《李自成》表现出既存在图解历史，也追求历史真实性的矛盾状况。两方面共时性地存在于同一文本中。一方面，姚雪垠用饱蘸"同情之泪"的如椽大笔书写那支在巨大失败中不绝望、不气馁的农民起义军，塑造出形形色色的英雄群像，完成他对革命现实主义的理解；另一方面忠实于现实的艺术追求也使得他在理想与现实的夹缝中无处遁逃。

2. 多元复合历史观的冲突

作家姚雪垠把向来被忽略、或受到轻视的农民起义作为重要的历史因素，在明末清初的社会大动荡中，将它推向历史大舞台的风口浪尖。为了体现"农民战争是推动历史前进的真正动力"[②]，在史料较少的情况下，姚雪垠虚构了许多动人的情节，对李自成农民军在崇祯十三年前的作用"做了某些程度的夸张"，赋予农民起义领袖李自成及其部下艰苦朴素、英勇作战、疾恶如仇、关心下层人民等众多高贵的品质。但不可避免的是，农民战争在他的笔下无论多么波澜壮阔、振奋人心，最终也难逃失败的命运。如果对照李自成在北京登极后，农民军迅速败亡这一事实来看前两卷，很容易产生这样一个疑问，起初富有朝气、人心归附的农民军，为何在几个礼拜的安逸生活里就会立马腐朽变质，导致最终垮掉呢?

作为一部创作时间跨度如此之大的小说，《李自成》在文本间的过渡并不

---

① 姚雪垠:《李自成》第三卷（下），中国青年出版社 1981 年版，第 1258 页。

② 毛泽东:《毛泽东选集》第二卷，人民出版社 1991 年第 2 版，第 625 页。

平滑，产生的诸多“裂缝”，留下给我们许多思考的空间。在《李自成》这部多卷本历史长篇小说中出现风格不统一的情况，一方面，作家要借助唯物史观考察明末的这支农民军，为说明农民军巨大的历史作用，有意采取“仰视”的角度来刻画这支军队；另一方面，治学严谨的作家在史学和文学两方面都不愿“流俗”，不得不忠实于历史，写出历史进程中的多重合力。如何在文本中弥合两者间的缝隙，小说作者煞费苦心，他采取的切入点是毛泽东的“在先进的阶级出现以前，农民不能独自取得革命的胜利”① 的著名论断。因此，无论大顺军的起点有多高，总免不了失败的命运。

问题在于把阶级斗争视为历史发展的唯一动力，势必忽视其他社会力量对历史发展所起的作用，以阶级斗争代替一切，容易忽视社会结构和社会生活的多样性和复杂性。姚雪垠写《李自成》的目的并不仅仅是反映农民战争的成败规律那么简单，他的雄心壮志还包括要“围绕这一历史事件，广泛描写明清之际社会变动中各阶级、阶层、政治集团、军事集团、各种社会力量的复杂关系”，写出“封建社会的百科全书”。自小说第三卷始，越来越丰富的历史内容已经无法完全用阶级斗争理论统一起来。随着小说主题的开掘，历史上的一些重要人物被浓墨重彩地推向历史舞台，特别是关外皇太极、多尔衮等人，他们左右时局的作用被突显，成为作家肯定的对象。在民族政策上，他们重用汉族官僚，在文化上，采取兼容并包的态度，积极利用汉族文化为己所用。作家对清朝年轻且充满活力的文化极为赞扬。多元的历史观在这里产生了冲突。姚雪垠站在民族融合的角度，对满洲部落这一政治力量给予了特别的关注。如果按照阶级斗争理论来看，满洲的上层人物同崇祯一样，是“吸民脂民膏”统治阶级，关外铁骑经常骚扰畿辅，造成边境地区饿殍遍野、民不聊生，他们不仅杀人放火，每次进关还会劫掠普通百姓，破坏性极大。立足于开阔的民族观，作家没有将满洲方面纳入阶级斗争史，反而倾心于他们的生机与活力。

“历史不再只是由农民起义和农民战争推动的，而是由人民群众和圣君贤相共同创造的，后者的作用甚至被认为更显著。”② 有评论家指出，20 世纪 80 年代以后，农民英雄不再成为历史小说的主角，在《少年天子》《曾国藩》《张

---

① 毛泽东：《毛泽东选集》第二卷，人民出版社 1991 年第 2 版，第 625 页。

② 雷达：《关于历史小说中的历史观》，《文艺报》2003 年 10 月 21 日。

居正》《康熙大帝》等历史小说中，圣君贤臣在历史进程中展示出强大的推动力，《李自成》中体现的历史观念受时势的影响不得不说是十分明显的。同样是皇帝，对比内外交困的崇祯，皇太极更显出开国明君的雄才大略。“他不断招降和重用汉人协助他创建国家的工作，积极吸收高度发达的汉族封建文化为他所用”①，汉族官员在满洲贵族定鼎中原的过程起到了不可忽视的作用。作家在谈到洪承畴这个人物时说：“我考虑到洪承畴这个历史人物从 24 岁中进士，开始步入仕途，虽然前半生已经做了大官，但对中国历史并没有起重要作用，到降清后进入后半生，在中国历史上起了重要的作用。这个人在处理政治和军事问题上，表现得才华横溢，思路敏捷。”② 从历史进步性来看，洪承畴做过明朝的大臣，多次打败农民军，是镇压农民起义的主要军事统帅。从这一点上看，他确实“没有起重要作用”，而在洪承畴的后半生，他凭借真才实学，促进清朝一统中国，从这个意义上讲，他在中国历史上却“起了重要的作用”。观念支配着作家笔下的人物，作家站在民族融合的角度，对皇太极、洪承畴等“圣君贤臣”的处理并没有失之简单化，而对其作出了中肯的价值判断，正体现了作家的深刻之处。在《李自成》后两卷中，姚雪垠很少作简单的阶级定性，道德的观念也更为开放，小说的艺术魅力也因此得以绽放。

二、人物形象塑造中的悖论

1. 创作意图与艺术效果之间的背反

“历史小说应该深刻揭示主要人物性格的阶级本质”③，秉承这样的写作观念，在阶级的分野下，作者钟爱笔下的李自成和高夫人，在刻画人物形象时，掺杂了过多的个人感情。正是因为带有感情倾向，姚雪垠才会认为，“郝摇旗、张献忠这样的人物好写，李自成、高夫人、刘宗敏等人物难写”④。作为“反动阶级”的杨嗣昌、卢象升、洪承畴因为作家的着力刻画，人物形象反而不显单薄，给人的印象更为深刻。正如王先霈所说：“在中心人物形象塑造中，作者被固有的历史观控制太严，而在稍稍次要的人物那里，审美创造的直觉得以

---

① 姚雪垠：《李自成》第三卷（上），中国青年出版社 1981 年版，第 413 页。

② 姚雪垠：《从历史研究到历史小说创作——从〈李自成〉第五卷的序曲谈起》，《文学评论》1992 年第 4 期。

③ 姚雪垠：《谈〈李自成〉的若干创作思想》（上），《文艺理论研究》1984 年第 2 期。

④ 姚雪垠：《谈〈李自成〉的若干创作思想》（上），《文艺理论研究》1984 年第 2 期。

脱颖而出。”① 在小说后两卷中，姚雪垠很少对人物作简单的阶级定性，许多人物因为性格向纵深发展，反而给人耳目一新的感觉。个人情感的渗入和消退，产生的结果就是创作实践和创作理论的矛盾。

受时代因素以及作家观念的制约，80 年代以后，小说《李自成》的四、五卷的书写虽然没有完全脱离姚雪垠自三四十年代形成的革命现实主义创作观念的精神制约，但是在具体人物的塑造上呈现出转向的趋势。如作家着力塑造的封建帝王形象——崇祯，在漫长的岁月的淘洗中，逐渐流露出本色：封建帝王人性的一面得到舒张。再譬如封建知识分子的典型代表——李岩，由于主体意识的渗入，对知识分子的忧患意识和漂泊的命运的书写使人物形象增色不少。本应是遭到贬斥的对象却赢得了作者的同情，在开篇受到极力颂扬的农民军最后却在作家冷峻之笔的审视下如一盘散沙，迅速溃败。由于创作意图与艺术效果之间的背反，小说《李自成》在人物形象的塑造方面，超越了作者的期待，却表现出更为丰富的意蕴。

2. 李自成——从“农民英雄”到“孤家寡人”

众所周知，李自成领导的农民军取得了伟大胜利，推翻了明王朝的腐朽统治，但他的大顺朝仅存四十二天，登基不到两天，就匆匆逃离北京。曾经大军过处闻者望风披靡、战功赫赫的他最后竟孤零零地惨死于乡勇之手。如此巨大的人生落差本可以为挖掘人性的深度提供多种可能，但是在《李自成》中，由于作者回避了李自成及其领导的农民军对正常的生产生活秩序的破坏，以及过分强调农民战争的历史正义性和合理性，尤其是过于突出了阶级性，导致人物形象缺乏历史文化心理深度，农民战争的复杂面并没有揭示出来。而且遗憾的是，作为农民英雄，李自成的形象塑造和性格挖掘并没有向纵深发展，虽然在第四、五卷中，李自成被添加了一些个人化的描写，但已经无法整体挽回他整个人物形象支离破碎的局面。正如一位评论家所言：“作家只注意将前三卷中李自成的性格翻转过来，将他性格中的负面因素放置到突出的地位并进行量上的积累与强化。”② 但是不能简单地认为这种描写是革命意志的动摇，其深层次的原因是作家观念的变化。

① 王先霈：《历史小说作家的历史观》，《文艺报》2002 年 9 月 10 日。

② 范奇志：《对李自成四、五卷创作新变的探讨》，《文艺理论与批评》2001 年第 2 期。

小说第三卷是一个转捩点，开封攻城战中，李自成已逐渐有脱离群众的表现。农民军占领北京后，李自成开始对手下大小将领论功行赏，加官晋爵，并积极筹备登基大典的诸项事宜。实际上，自 1643 年李自成在襄阳称新顺王后，他已经由农民军领袖过渡为封建统治阶级，完成了阶级转化。“封建帝王的成型”使得李自成率领的那支充满朝气和活力的农民军一度消失在读者视野中，农民军种种弊端浮出水面。当披在李自成身上“神性”的外衣被作家撕去后，被典型化了的人物和支配周围一切的“个人英雄”不见了，取而代之的是一个有七情六欲的普通人。进驻皇城后的第一晚，李自成的“革命魂灵”就被富丽堂皇的宫殿和貌美贤淑的宫廷仕女所摄，新纳的宠妃窦氏让他十分满意，几乎改变了他多年早起的习惯。登上权力的顶峰，过于轻易到手的胜果让他不禁飘飘然，选妃纳妾、封赏功臣、拷掠追赃，这些都是不急之务，却被当成进入京城后的头等大事来处理，反而是赈济灾民、减免赋税这样有关人心背向的大事被大顺朝文武百官置若罔闻。山海关一战之后，进京前所向披靡的李自成终于尝到失败的滋味。在李自成生命的末期，军事上的接连失利，股肱大臣的背离，使得李自成的行事主张更加独断专行，最后众叛亲离的他孤零零地惨死于乡勇之手。小说最后两卷中，作者对于农民军的态度几乎来了一个大逆转，历史的态度取代了英雄主义，由于英雄主义的退隐，前两卷对李自成理想化、现代化的描写被置换成对其弱点和缺陷毫无保留的剖析。

一部文学作品，尤其是长篇小说，艺术上和思想上的成就，往往体现在它对主要人物形象的成功塑造上。毋庸讳言，由于阶级本质的转化，姚雪垠笔下的李自成形象在性格逻辑发展中存在着断裂之处。虽然作家可以从丰富的历史典籍中撷取材料为小说所用，但是与各种史料的堆砌不同，小说的内容不能孤立地存在，它得遵循一定的叙述逻辑和思维线索。从总体看，李自成的形象从“农民英雄”到“封建帝王”的性格发展断裂，前面显得单薄，且与后面的异化形象反差过大。

3. 崇祯——从“封建帝王”到“悲剧英雄”

如果说，李自成的悲剧带给人们更多的是理性的思考，那么，崇祯的悲剧则深深地打动人心。在《李自成》的前三卷中，姚雪垠将崇祯置于不同阶级、阶层的相互关系中来刻画，细致地写出了宫廷中的勾心斗角，宫廷与皇亲的矛盾斗争，朝廷上的矛盾斗争。姚雪垠并不愿对崇祯进行公式化、概念化的描写，崇祯不仅是一位封建帝王，更是一位极具悲剧色彩的典型人物。姚雪垠认为，“所谓悲剧，就是英雄人物，通过他的努力奋斗，不能扭转客观历史条件给他提供的形势。正如恩格斯说的：‘历史的必然的要求与这个要求实际上不可能实现’”①。身为帝王，崇祯不是不渴望清平盛世，对于明朝的覆灭，崇祯显得并不甘心，即位十七年来，他一直在与命运不断地进行抗争，直到生命的最后一刻，他都不忘做垂死挣扎，一会幻想着吴三桂的救兵会突然赶到，一会又想率军亲征，直至最后落得国破家亡的下场。即位十七载，他无时无刻不承受着巨大的压力，长期累积在心头的愧疚心情使他常常失声痛哭，他越是想有所作为，现实却与期待相去甚远。明代在崇祯一朝已经陷入无可挽回的境地，即使没有“内忧外患”，也是强弩之末，并不会撑太久。历史“选择”了崇祯作为亡国之君，这是不可逆转的。崇祯的主观行为动机与行为所产生的结果完全背反，因此，他只能走向悲剧的灭亡。

在小说中，崇祯的死不是农民阶级对封建统治阶级的大胜利，反而透露出一股悲凉的气息。临自尽前，崇祯还在为满城百姓可能遭到“流贼”的烧杀抢掠感到忧心，他在衣服上写道“贼来，宁碎朕尸，勿伤百姓一人”。李自成以及大顺的一帮文臣牛、宋、李岩等对这句话，不能不受到触动。这个情节本是为了刻画崇祯的虚伪，反而让人感到崇祯作为一国之君身上所具有的道义品质。李自成退出北京时，纵火焚烧宫殿与崇祯拒绝焚烧乾清宫和三大殿形成强烈的对比，反讽的是，一度被“丑化”的封建帝王到死前行事反而比农民军更受人尊敬。

尽管崇祯作为落后反动的历史人物避免不了最终被历史淘汰的悲剧命运，但是姚雪垠并不愿将他作漫画式的处理，他曾谈到，如果李自成不那么快地打到北京去，明朝的历史也许会延续几年。在小说的后半部，姚雪垠对崇祯的刻画不再从阶级立场出发，塑造出一个有血有肉的悲剧角色是他刻画崇祯的落脚点。姚雪垠说：“对崇祯的悲剧不能简单化。他当时可以避免亡国，而他竟然走上了亡国之路，身殉社稷，正显出他的悲剧性特别深刻。另外，崇祯‘御极’17年，不是因荒淫昏庸而亡国，在他亡国时必然有许多人从死，为他殉

---

① 姚雪垠：《李自成为什么失败？——兼论〈李自成〉的主题思想》，《湖北大学学报》1979年第1期。

节，也是为朝廷殉节，所以不能将他的死写得冷冷清清。”① 从艺术的角度来看，崇祯励精图治，最终仍不免失败的一生，本身就极具悲剧色彩。当政治环境相对宽松的时候，姚雪垠笔下的崇祯就挣脱了阶级立场的束缚，人物形象绽放出悲剧色彩。因此，不难想象作为反动腐朽的封建君主与作为帝王的我们从小说中来看。李岩在投入闯军之初，即带去了一封十分重要的长信。这封信详细论述了他的战略思想，大体内容是建议闯王立足河南，用心经营，待到民心稳固，生产恢复，再图谋定天下。普通人的崇祯是如何同时出现在作家笔下的。

4. 李岩——知识分子的“是”与“非”

李岩这个人物形象，据作家姚雪垠考证，在历史上是“绝无其人”的。姚雪垠谈到，他写李岩，是“根据传说塑造另一种封建时代的典型人物”，不仅写他“淡于功名”，“也写出他和农民军并未水乳交融”②，证明如李岩这类知识分子在农民战争中起的作用并不大。但李岩的作用如何呢？我们从小说中来看。李岩在投入闯军之初，即带去了一封十分重要的长信。这封信详细论述了他的战略思想，大体内容是建议闯王立足河南，用心经营，待到民心稳固，生产恢复，再图谋定天下。这本是十分得民心的建议，宋献策和牛金星也十分赞同，可李自成并未采纳，他认为攻克开封才是当务之急。在农民军攻破商丘、睢州后，李自成准备弃城而去，望着坚固的城墙被大军拆毁，李岩觉得十分可惜，他又再次向闯王建议对这些重要城市分兵驻守，设官理民。李自成虽然觉得这意见十分重要，但是由于罗汝才从旁掣肘，这项建议又未被采纳。在闯军即将跨进紫禁城的前夜，又是李岩大胆犯颜直谏，他凭着一片忠心，力劝李自成取消对明朝勋戚拷掠追赃的成命，同时勿许将士驻扎内城，以免扰害百姓。令人扼腕的是，驻军城内和对大臣拷掠追赃都是刘宗敏和陕西将领同李自成早已商量好的，李自成根本不会采纳他的意见。而后的事实惊人地证明，这两项举措正是李自成和他的农民军在北京迅速失去民心的直接原因。小说中李岩最后一次对闯王提出建议是在农民军兵败山海关之后，他向闯王请求带兵两万回

① 姚雪垠：《创作体会漫谈——〈李自成〉第五卷创作情况汇报》，《文艺理论与批评》1990年第1期。

② 姚雪垠：《谈〈李自成〉的若干创作思想》（上），《文艺理论研究》1984年第1期。

河南，经营中原，为农民军收拾残局，重拾人心，为岌岌可危的形势作最后一搏。可是新近尝过大败的李自成对李岩有了猜忌，他怀疑李岩的要求不是出自真心，最后以“莫须有”的罪名将他杀害。

直到李岩悲剧的一生结束，他始终是扮演一个“众人皆醉我独醒”的角色。他对李自成的一片忠心，他尽其所学为大顺朝出谋划策，可是他的大多数意见闯王并不采纳。李岩的悲剧在于，他虽然明白李自成同其他陕西籍将领的思想一样，更愿意定都西安，以关中为根本，不愿在河南立足，但他却有一种“骨鲠性格”，敢于直言进谏，尽管他有深谋远虑的见解，但因为不善揣摩李自成的想法，和陕西籍将领的心思也常常背道而驰，所以逐渐受到李自成的冷落。正因为李岩“独怀殷忧”，当大家都在热烈地讨论进兵北京时，他常常是一言不发，还面带心事。正是李岩这种“忧戚者”的身份，使得他区别于农民军的其他人物形象。姚雪垠所谓的李岩与农民军“精神上有距离”，实际表现出是他对“革命”前途始终保持一份冷静的认识。李岩作为封建知识分子的典型代表，有他书生气的一面，他一直念念不忘的是“食君之禄，忠君之事”，在大顺军盲目乐观的情绪下，李岩考虑得更多的是“革命”可能会遇到的挫折，与大顺朝中一味歌颂的声音相比，他的意见很不协调。他竭尽全力地纠偏农民军的运行轨迹，他所缺乏的“革命狂热情绪”，可能正是所谓的他与农民军“离心”的地方。

我们看到，李岩这个人物形象实际包含的意蕴已经偏离了姚雪垠最初塑造这个人物时的设想。姚雪垠实际上是在借用李岩这个人物来看大顺军的种种失策。姚雪垠在李岩这个“虚构人物”的使用上，观念在不断发生变化，从一开始批评李岩清高的士大夫气质，到后来对李岩的死充满同情，姚雪垠不自觉地将知识分子改造的现代主题融入对封建士大夫的批判中，作家主体精神的介入赋予李岩这个人物形象更深层次的悲剧内涵。本来是为批驳《甲申三百年祭》中对李岩作用的夸大而对该人物进行重写，对李岩这位官宦子弟出身，封建士大夫阶层的典型人物进行批判，结果却演变成对其怀才不遇反遭杀害的嗟叹，姚雪垠要表达的何尝不是对知识分子命运的悲叹！

三、小说结构中的悖论

1. 喜剧结构与悲剧结构之间的冲突

《李自成》中存在喜剧结构和悲剧结构的冲突。喜剧结构表现之一是小说中充盈着浪漫主义色彩和乐观主义精神。喜剧冲突的解决一般比较轻快，往往以代表进步力量的主人公获得胜利或如愿以偿为结局。

小说前二卷为了突出农民起义英雄们“百折不挠的斗争精神、无所畏惧的英雄本色以及坚信胜利的乐观主义”，对农民阶级这一阶层进行了一定程度的“拔高”。小说《李自成》在农民军这一群体的刻画中，不免出现同质化的趋向。在阶级史观的视野里，农民阶级“天然”地具有进步性，在精神气质、思想境界等方面都超越当时的其他阶层，这不仅仅是内在的设定，而且具体表现在文本中，农民军具有一往无前的英雄气概和军民一心的政治坚定性。喜剧结构中的人物，即便处于人生低谷，也绝不气馁。在商洛山中瘟疫流行、粮食困难的情况下，农民军也不忘赈济灾民。农民军奔袭开封的失败，反而使全军越挫越勇，产生了意想不到的鼓舞作用。小说中的李自成并不像某些史书中记载的那样，因为革命陷入低潮，而沮丧得要自杀，他不仅没有丧失革命斗志，反而鼓舞士气，坚定斗争的信念。在喜剧结构中，农民军面对强敌，也不会有丝毫胆怯的心理。朱仙镇大捷，是农民军对官军取得的一次重大胜利。从此之后，明朝再也无力集结如此众多的部队。这在书中是农民军和官军的首次大规模作战，集中体现了李自成的战略思想和军事才华。农民军对官军设下了数道埋伏，意图将官军的有生力量消灭干净。在农民军离间计的成功运作下，面对大溃败的十七万官军，“将士们恨不得自己比别人多生两条腿，或多长出一对翅膀”①，去消灭更多的敌人，作者调侃式的笔调表达了对官军的蔑视。农民军与官军的战斗力有着天壤之别，义军作战格外英勇，官兵则像一盘散沙，一击即溃。至于刘宗敏在大战将至前的酣睡、飞马跃崖的惊心动魄，李自成在平叛完石门谷的作乱后于马上小憩的情节则于紧张的征战杀伐间，凸显出革命英雄的沉着勇敢，极富传奇色彩。“英雄史诗”的叙述视角使得战争变得更为浪漫，而忽视其中的残酷性。这种叙事结构，产生的阅读效应是读者不自知地把自己摆在农民军的立场上，很难对整个农民战争做出客观的评价。

农民军越失败，小说越显示出喜剧的效果，后来节节胜利，小说反而孕育着失败的因素。处于逆境中的起义军，反而洋溢着开朗乐观的积极情绪，在势如破竹的军事行动中，悲剧气氛却愈演愈烈。从小说第三卷开始，姚雪垠对农

① 姚雪垠：《李自成》第三卷（下），中国青年出版社 1981 年版，第 1160 页。

民军部队的破坏性有了更多的挖掘。崇祯十三年后，李自成率领农民军部队驰骋中原，在“迎闯王不纳粮”和“三年免征”的口号下，大量饥民响应，纷纷投军，这时农民军的问题也渐渐暴露，如只知攻城略地，不懂恢复生产，固守城池。在小说四、五卷中，悲剧的气氛达到最高潮。不仅崇祯的死是作为大悲剧来处理的，就连农民军攻入北京也是带有强烈的悲剧意蕴。唯一例外的是满洲贵族势力，吴三桂打错了如意算盘，多尔衮率领清军不费一兵一卒就轻取山海关，进而挺进中原，消灭农民军的过程也十分顺利。农民军的大溃败同样是作为悲剧来处理，由于作家叙事立场的转变，农民军的转变显得过于陡直，缺乏内在的逻辑发展过程进行深入揭示。

我们看到，从第一卷开始直到全书结束，农民军从巨大失败到苦心经营，军事上达到巅峰状态到最后无可挽救的大溃败，这一循环下来，农民军内部种种弊端和大失人心的地方触目惊心，令人扼腕。显然，明末大顺农民起义与其他历朝历代的农民起义相比，并没有多少进步的地方。这才是真正的历史悲喜剧！

2. 从“双峰对峙”到“三足鼎立”

《李自成》经历了“十七年”文学、“文革文学”、新时期文学等几个时代特征鲜明的时期，创作跨度如此之长，这部历史长篇巨制的时代印记也特别明显。从整体上看，《李自成》大致可分为三部分。第一部分，即创作于“文革”之前的一、二卷，姚雪垠想要把李自成塑造成一个农民战争的英雄形象，于是从革命低潮开始写起，集中书写李自成及其部队坚忍不拔、英勇乐观的革命精神。第二部分即小说第三卷，创作于 20 世纪 70 年代末。在时代精神和文艺政策松动的双重境遇下，作者表现得比先前更为重视史料和史实，小说的主题明显转入对农民战争经验教训的总结。第三部分即为小说的最后两卷，如前文所述，作者对李自成的态度产生了一个大逆转，英雄主义的立场被彻底摒弃，而转为历史的态度。作者客观而无情地揭露农民军的弱点和致命错误，并让大顺军中对局势清醒的人物站出来说话，分析农民军在节节胜利之下一举攻破北京后迅速溃败的根本原因。

阶级矛盾和民族矛盾作为小说中并存的两个不同主题，共同撑起了小说的叙述结构。从粗略划分的三部分来看，小说两个主题之间的联系被人为地割裂开来，突出阶级斗争时，民族矛盾并未入场，而描写满汉民族矛盾时，阶级斗争观业已退场。“从第一卷至第五卷的前半部，主线是汉民族内部农民和地主两个阶级的斗争，即以李自成为首的农民起义军和以崇祯皇帝为代表的明朝统治集团在政治、军事上的生死搏斗”，李自成和崇祯争夺天下是小说的主线情节，随着革命形势的深入，关外的清朝势力对时局的影响加深。到了第五卷，农民军占领北京后，大顺军陶醉于胜利的狂热情绪中，但是吴三桂的拒降和清军的蠢蠢欲动使得形势急转直下，大顺朝从进京的喜悦中冷静下来，但由于大顺军军纪的败坏和士气低落，“伟大的胜利”被蒙上了失败的阴影。随着吴三桂降清，农民军兵败山海关，清朝入主中原，小说也就进入了尾声。尽管在《李自成》前三卷中对清王朝的描写基本上采取的是虚写，但是从整体上看，姚雪垠对新兴的清文化是持肯定态度的。在山海关战役之初，姚雪垠就预言：“李自成的主力军在十几天后就要全师覆灭，他本人将走上无可挽救的大悲剧道路。在中国历史上满族的青年英雄爱新觉罗·多尔衮的时代在炮声中开始了。”①

写作《李自成》的过程，也是姚雪垠思想不断调整的历程。“《李自成》全书虽未写完，但已经提出的值得探讨的问题不少，我自己也尚在摸索途中。有些我可能已经摸索出一些道理，有些我可能走错了路或收获与失败兼有。”②小说第三卷 1981 年就已出版，小说却直到 1999 年才最终出版完成。四、五卷尽管篇幅不长，却耗费了作家 18 年的时间和精力，可见作者思想转变的痛苦。在文学与历史之间，作者背负的东西太多，始终无法收放自如。如果说姚雪垠一开始就想要谋划明末“三分天下”的格局，那我们看到，从阶级矛盾到民族矛盾的转变，衔接处缺乏一以贯之的线索。如果要写出农民战争的历史进步性，承认“擦粉”也是一种虚构的话，那么只写农民战争的成功，不写失败，也未尝不可。但是姚雪垠写到后面，视野越来越开阔，已经不满足写阶级斗争。他固有的历史雄心，写出丰富的历史内容的内在要求使得小说向着大历史观的方向展开，前三卷中被虚化处理的满洲贵族在小说第四卷中以大踏步地姿

① 姚雪垠：《兵败山海关》《姚雪垠书系》第 9 卷，中国青年出版社 2000 年版，第 281 页。
② 姚雪垠：《绿窗书简（上）》《姚雪垠书系》第 20 卷，中国青年出版社 2000 年版，第 527 页。

态走向历史舞台，成为主导历史走向的主要势力①。由于历史观念的转变，《李自成》这部历史长篇巨作在结构上出现了明显的断层，单独来看，作家在每卷都做出了力求顺应时代要求的努力，可是整体来看，滞后于时代要求的缺陷对于这部小说而言，不能不说是一个遗憾。

（《新文学评论》2012 年第 2 期）

① 在清兵人关，打败和消灭李自成的战争中，矛盾的主导力量（历史运动的主人）是清朝的摄政王多尔衮，而不是大顺国王李自成。姚雪垠：《从历史研究到历史小说创作——从〈李自成〉第五卷的序曲谈起》，《文学评论》1992 年第 4 期。

《李自成》研究的现象及其反思

徐亚东

在当代小说研究史上，还没有哪部作品像《李自成》这样，其研究出现了由冷遇到热潮再到相对沉寂和再度兴起的现象。总结和反思这一现象不仅对推进《李自成》研究大有裨益，而且对历史小说批评也不乏启示和借鉴。

一

1963年《李自成》第一卷出版，旋即在读者中形成一股“阅读热”，并引起最高领导人的关注，然而在评论界却受到了冷遇。从1963年至“文革”开始前，研究界没有发表一篇研究文章。“文革”十年中，《李自成》第一卷的研究更是无人问津。但是，从1974年到1980年，姚雪垠与茅盾先生以总计80余封书信交流探讨《李自成》的创作问题。① 截至“文革”结束，两人共有40余封往来书信，这是特殊年代一种特有的《李自成》研究方式。《李自成》第二卷（上、中、下三册）和第三卷（上、中、下三册）分别于1976年、1981年出版（第一卷修订本1977年出版），至此《李自成》这一宏大工程已完成2/3的工作。随着“文革”的结束，从1977年至1982年，短短的几年间，有关《李自成》前三卷研究的专著就有6部之多，数量众多的研究文章更是散见于各种报刊杂志，“甚至还举办过几次大型研讨会，成立了一个专门研究会，一时掀起了一股颇具规模的‘李自成热’”②，并延续至20世纪80年代中期。自此以后，一直到90年代，《李自成》研究又进入一个相对的沉寂时期。1985

---

① 姚海天编：《茅盾　姚雪垠谈艺书简》，人民文学出版社2006年版。

② 吴秀明：《长篇历史小说的文化阐释》，文化艺术出版社2007年版，第183页。

年《中国作家》第1期和1986年《小说》第1期，分别发表了《李自成》第四、第五卷中的精彩片断《巨星陨落》与《崇祯皇帝之死》，1990年第2、3期的《小说》上刊登了《李自成》第五卷中的《李自成进北京》一个单元，评论界一片漠然。1999年，在姚雪垠逝世三个月后，《李自成》第四、第五卷出版，又出人意料地受到冷遇，更没有出现像样的研究成果。然而，从新世纪开始，《李自成》研究又出现了再度兴起的迹象。姑且不论新世纪十余年间，一些著名的当代文学研究专家发表高水平的研究文章，仅2010年，中国新文学学会、湖北省文联、邓州市委、市政府、中国作家协会和中国现代文学馆陆续召开研讨会、座谈会，纪念姚雪垠诞辰一百周年。在一定程度上，它们表征着《李自成》研究的再度兴起。

《李自成》第一卷从出版到"文革"前几年间研究的空缺有其特殊原因，有研究者指出："据说是上边有指示，他是'摘帽右派'对他的《李自成》不要评介。"① 从20世纪50年代文学批评的政治化倾向在"1962年'重提阶级斗争'后多变的政治形势"② 下被强化的现实语境来看，这一说法具有一定的合理性。"文革"十年，以"文艺黑线专政论"为代表的文艺极左路线全盘否定"十七年"乃至左翼文学以来的文学成就，在这种背景下，研究界根本不可能开展对《李自成》第一卷的研究工作。如果说这一时期《李自成》研究的空白是时代政治规约的必然结果，那么，新时期头几年里《李自成》研究迅速升温，时代政治因素同样是主要的推动力。这种推动作用鲜明地体现在，《李自成》研究者几乎无一例外地以《李自成》的创作成就为例，批判极左文艺理论观点，并以此投身文艺界以正本清源、拨乱反正为目标清算极左路线罪恶的理论批判中。有研究者曾指出，《李自成》是作者"遵循历史唯物主义和辩证唯物主义观点认识生活的结晶，是按照革命现实主义和革命浪漫主义相结合的创作方法指导创作所取得的成果。今天我们阅读这部作品，认真探讨一下作者在运用历史唯物主义观点表现历史英雄人物方面所提供的宝贵经验，这对彻底批判'四人帮'所宣扬的以'三突出'为核心的一整套反马克思主义的创作谬

① 吴秀明：《长篇历史小说的文化阐释》，文化艺术出版社2007年版，第183页。

② 董之林：《由历史小说看五四时代的延续——论〈李自成〉研究再度兴起》，《现代中文学刊》2011年第2期。

论，进一步繁荣社会主义文艺创作，是很有现实意义的”①。

从20世纪80年代中期开始，中国社会由政治/文化型向市场/经济型转变的步伐加快，“我们民族生活的‘中心’已从阶级斗争转到经济建设，我们的经济已从封闭型转向开放型……我们的文学则从单一的颂歌型转向了多元求索、多元竞赛”②。社会转型为文学观念多元并存的格局提供了一定的空间，由此也为文学回归文学自身提供了可能性。文学观念嬗变中文学“自律性”的强化，在一定程度上逼仄了文学批评政治批判功能的空间。因此，《李自成》研究不可能再像前一阶段那样，因学术研究的政治批判倾向而形成热潮。但是，政治推力的缺失并不是使《李自成》淡出研究者视野的根本原因。对于《李自成》被读者和评论者遗忘的历史命运，有研究者将其归结为“人物性格没有发展”，“没有处理好人与物的关系”③。另有研究者则认为，《李自成》的历史主义典型观因为大文化或大人文的文化史观和新历史主义主导历史小说创作而落伍。“从《李自成》四、五卷发表的90年代迄今，姚雪垠所崇尚的典型观受到冷落已是不争的事实。”④ 此外，还有研究者认为：“由于作家的年龄增大和精力的衰退，后两卷更多依靠录音整理来完成，更多停留在史实的叙述和对结局的交代上，缺乏主题的提炼、情节的剪裁、人物性格的刻画和结构布局的匠心。”⑤ 长篇小说由于艺术结构的宏大，艺术表现上不可避免会出现一些问题，更何况多卷本《李自成》，就此意义而言，它们也应该不是造成《李自成》研究沉寂的根本原因。在笔者看来，《李自成》研究“遇冷”的最大问题出在评论界自身。

新时期以来，文学批评逐渐摆脱了过去政治意识形态传声筒和留声机的附庸地位，获得了批评本身的相对独立性，尤其到20世纪90年代中期，“一批从学院走出，拥有较高学历和较深学术功底、少谈学术而多谈‘思想’的中青年学者成了批评阵容中的重要力量”⑥。不可否认，正是他们的努力，提升了

---

① 陈美兰：《光辉的形象　成功的创造——试谈〈李自成〉一、二卷李自成形象的塑造》，《〈李自成〉评论集》，湖北人民出版社1978年版，第30页。

② 刘再复：《刘再复谈文学研究与文学论争》，《文汇月刊》1988年第2期。

③ 王彬彬：《论作为“人学”的李自成》，《上海文论》1988年第1期。

④ 吴秀明：《长篇历史小说的文化阐释》，文化艺术出版社2007年版，第194页。

⑤ 权绘锦：《转型于嬗变——中国现代历史小说研究》，光明日报出版社2007年版，第381页。

⑥ 贺桂梅：《批评的增长与危机》，山西教育出版社1999年版，第43页。

文学批评的规范化与学理化水平。但是，20 世纪 90 年代的文学批评也丧失了它本身的一些功能和使命。“文学批评不对文学作品说话；文学批评失去锐气；文学批评没有文学性。”① “批评就是批评本身，就是创造……最缺的是文本批评。”② 与此同时，批评理论的“西化”倾向盛行于批评界。一位作家对理论界“西化”这样形象描绘：“看看如下名单的运行：精神分析、存在主义、俄国形式主义、新批评、符号学、阐释学、后现代主义、后殖民话语。只是一份多重的周边签证。它暗含着‘此地是他乡’‘生活在别处’这样诗意的循环法则。”③ 客观地说，诸多西方理论激活了我们“在‘他者’参照下的‘自我意识’，为中国文学批评的发展提供了新的理论动力和构成因素”④。然而，在批评的具体运作上，出现了被一些批评家称为贴标签——“理论对文学作品的‘强权’”⑤ 的批评方式，有作家愤怒地指责这种方式为“媚洋的文学批评”，是“贴洋标签”⑥。这里固然有批评家因代际差异而形成的对西方理论认识的差异，甚至还有一种民族的情感掺杂其中，但无法否认，他们非常犀利地指出此种批评方法的痼疾——批评不再需要花力气细读文本，只需要以西方理论为依托，按图索骥，尔后，再转身阐释西方理论，为其寻找中国注脚。在 20 世纪 90 年代文本批评缺失、西方理论处于主宰地位的批评语境中，《李自成》被批评界遗弃是不可避免的。这一时期，凌力、二月河、杨书案等作家的历史小说也曾遭受和《李自成》一样的命运。历史小说普遍被遗忘的命运，乃因为批评界无法对其“贴标签”。

《李自成》研究在新世纪再度兴起，有其新的学术研究背景。20 世纪 90 年代，当代文学研究出现了重新认识“十七年”文学以及“重返八十年代”的学术思潮，并一直延续至新世纪。它的出现不仅是面对日趋紧张的全球化/本土化冲突，学术界采取回归本土文化以对抗全球化策略的必然结果，而且是现当代文学学科自身学术研究内在发展的需要。而回归这两个时期的文学研究，

---

① 谢冕：《批评的退化》，《北京文学》1997 年第 5 期。

② 金元浦：《闲话批评》，《中华读书报》1998 年 5 月 27 日。

③ 孙甘露：《虚构》，文汇出版社 1997 年版，第 102 页。

④ 贺桂梅：《批评的增长与危机》，山西教育出版社 1999 年版，第 30 页。

⑤ 贺桂梅：《批评的增长与危机》，山西教育出版社 1999 年版，第 27 页。

⑥ 从维熙：《漫话“剃头挑子——关于新潮文学批评与刘心武、冯骥才的对话》，《随笔》1995 年第 5 期。

《李自成》自然是无法避开的。不仅如此，《李自成》对古典文学和“五四”新文学传统的继承和发展以及对其后历史小说创作的影响还有待深入研究。正是这些综合因素，共同推动了《李自成》研究的再度活跃。

二

充分肯定《李自成》的思想和艺术价值，是《李自成》研究热和再度兴起中的一个共同特征。如果加以辨析，共同之中也存在着一定的差异，这种差异折射出时代变迁和由此导致的文学观念嬗变等因素对《李自成》研究的影响。在《李自成》研究热最初两三年中，一些研究者不约而同地以“两结合”和现实主义为理论支撑，肯定《李自成》（一、二卷）在思想和人物形象塑造上所取得的成就。“两结合”创作方法对《李自成》思想成就的作用和意义在于，它一方面表现在作者“坚持历史唯物主义的观点，准确地抓住明末社会的主要矛盾”，“充分揭示了农民革命战争的必然性、正义性和历史主动性”，另一方面又“不拘泥于农民起义失败这一历史事实，而是在忠于这一历史事实的前提下，在历史条件提供的舞台上，让农民英雄充分地发扬他们摧毁旧王朝的英勇无比的奋斗精神，扮演出一幕幕能够扭转乾坤的威武雄壮的戏剧来”①。而运用“两结合”创作方法塑造人物形象的成功实践，有研究者认为高夫人最具代表性，并指出作家以高桂英在潼关南原大战和潜伏崤函山中的情节和细节描写，“把高桂英宽广的革命胸怀，昂扬的革命斗志，乐观的情绪和胜利的信心，生动形象地表现出来。革命的现实和革命的远大理想在高桂英身上总是交织在一起。这里，作者正是把革命浪漫主义手法，融合在革命现实主义手法之中，使人物的色彩更加强烈，更加感动人心，也更能启发读者的想象”②。对《李自成》的现实主义成就，研究者大都以作品人物形象，尤其是李自成和崇祯形象的成功塑造作为明证。例如，在论述《李自成》人物形象塑造的一篇长文中，研究者以“典型环境中典型人物”的经典理论为旨归，结合作品具体的艺

① 杉沐：《丹青细写悲壮史——评〈李自成〉运用“两结合”的艺术特征》，《湖北文艺》1978年第3期。

② 李悔吾：《一位光彩照人的巾帼英雄——试论〈李自成〉第一、二卷中高夫人形象的塑造》，《湖北师范学院学报》1978年第1期。

术描写，从典型人物性格的丰富性、鲜明性、深刻性以及性格不是静止的，而是发展变化的层面上分析李自成、崇祯等人物形象①，以论证《李自成》在现实主义方面取得的巨大成功。无论是运用上述两种理论中的哪一种来总结、分析《李自成》在思想和形象塑造上取得的成就，研究者的最终理论指向都落脚于批判“三突出”等“极左”文艺观点以繁荣新时期文学艺术这一目标上。例如，有研究者在分析崇祯形象的文章中曾指出：“《李自成》作者的创作实践，包括崇祯形象塑造的巨大成就，有力地驳斥了‘四人帮’的谬论，证明了人与人的关系是阶级关系，而不是什么‘突出’‘陪衬’‘铺垫’之类的关系，从而宣告了‘三突出’创作公式的彻底破产。”② 这样的批评虽然不乏精彩的文本分析，但它并没有完全脱掉既往文学批评的政治化痕迹。这恰恰说明了新时期之初文学批评的过渡性特征。因为彼时清算极左文艺理论，肃清其流毒的主导社会思潮仍然需要文学批评发挥其政治批判功能，更何况批评者自身批评思维方式的惯性作用。

在《李自成》研究热中，还有一批研究者对作品本身从历史真实与艺术真实、民族风格和民族艺术传统以及艺术表现和结构等方面进行深入的研究。如前所述，文坛巨匠茅盾先生不仅以书信的方式探讨、指导《李自成》的创作，而且还专门撰写研究文章，并从史料的考辨、潼关南原大战和商洛壮歌的艺术描写、宫廷内部斗争和崇祯形象塑造几个方面，论述了《李自成》达到历史小说创作所要求的历史真实和艺术真实有机统一的高度，并由此肯定其文学史上的地位。③ 而张国光、李悔吾则以李自成形象的塑造为例来说明此问题。他们在翔实的史料和严谨的考证基础上，从八个方面论析了作家“夸张”李自成在崇祯十三年以前的重要性是符合艺术真实原则的，同时又从五个方面论析了李自成的英雄形象既符合历史真实又基本上符合历史上李自成的原型，由此不仅充分肯定李自成形象塑造的历史真实和艺术真实的高度统一，也回应了一些研究者认为李自成形象存在现代化倾向的质疑。对于《李自成》的民族风格问题，严家炎先生从民族化与现代化的关系、民族文化心理和审美心理、传统艺术手法运用和吸收传统美学思想几个方面，系统地论述了《李自成》的民族化

① 孙子威：《论〈李自成〉的人物塑造》，《〈李自成〉评论集》，湖北人民出版社 1978 年版。
② 王毅：《深刻的方面典型　成功的艺术创造》，《武汉师范学院学报》1978 年第 2、3 期。
③ 茅盾：《关于长篇历史小说〈李自成〉》，《文学评论》1978 年第 2 期。

特色。[1] 1982年，吴功正出版《精湛的史诗艺术》一书，从形象塑造艺术、情节结构艺术、艺术形式美、艺术辩证法和悲剧艺术成就等方面，较为全面系统地总结、分析《李自成》在艺术方面的成就和特征。上述这些研究更多是针对作品本身，从审美的层面总结、分析其艺术方面的特征，并由此拓展到历史小说创作的一些重要美学原则问题，因此研究的学理性特征得到充分的体现。上述这两类研究都存在着这样一个问题：在充分肯定其成就的同时，几乎很少论及其艺术表现上的不足。不仅如此，在理论方法运用上，除了“两结合”创作方法和现实主义之外，缺乏更为多样和更为宏观的研究。其中，时代因素和研究者自身的理论观念是造成这些不足的主要原因。正是这些成就和不足为后继的研究提供了启示和借鉴。

较之此前的研究，新世纪的《李自成》研究因学术研究环境和研究者自身理论等因素的影响而表现出走向深化的特征。这首先体现在研究者能够以更加学理性的眼光，客观、公允地分析、评价《李自成》的成就和不足。例如，有研究者一方面充分肯定《李自成》对开创新中国历史文学史诗范式的积极作用，另一方面也指出：“《李自成》的前半部有很多跌宕精彩、令人回味的篇章，具有较强的文学魅力，李自成这个主要人物形象，特点鲜明，富有智慧和昂扬的革命乐观主义精神；后半部则味同嚼蜡，没有什么亮点，第四、第五两卷的篇幅本来就少，而又大量花在这样图解和分析历史的地方，使得小说文学性越来越低。”[2] 其次，体现在研究视野的开阔和理论多样上。董之林先生2008年发表《观念与小说——关于姚雪垠的五卷本〈李自成〉》一文。她在翔实的资料基础上论述新史学运动中唯物史观和清代朴学家治学精神对姚雪垠历史观念的影响，以及姚雪垠深厚的古典文学修养和接受现代启蒙运动洗礼而形成的质疑精神。同时，又以扎实细腻的文本分析，从观念与小说创作的角度宏阔地论析了《李自成》的思想和艺术成就。[3] 这篇长文不仅是针对一些研究者认为《李自成》无法摆脱时代制约是阶级史观规约的产物而做出学术的回应，而且也因其谱系学的化用而体现出理论方法上的创新。蒋守谦先生则活用

---

① 严家炎：《漫谈〈李自成〉的民族化风格》，《河南大学学报》1986年第2期。

② 邓菡彬：《长篇巨作〈李自成〉的成功与失误》，《阅读与写作》2003年第9期。

③ 董之林：《观念与小说——关于姚雪垠的五卷本〈李自成〉》，《文学评论》2008年第5期。

互文性理论，通过《李自成》与《永昌演义》的比较，论述了唯物史观对《李自成》创作的指导意义及其艺术成就。[①] 此外，还有一些研究从悲剧性、史诗性等视角，分析《李自成》的思想和艺术成就，兹不赘述。

在《李自成》研究的历史进程中，学术界也曾出现过否定《李自成》的声音。1988 年 2 月，刘再复在《文汇月刊》和《人民文学》上发表两篇文章。在涉及《李自成》时，他指出，《李自成》第一卷是“伪浪漫主义猖獗时代”[②]的产物，《李自成》“一卷不如一卷”，是由于“姚先生坚持了‘三突出’‘高大完美’等文学观念。按这种理论精心设计自己的人物，人物就不能不成为抽象的寓言品和简单的时代精神的号筒，李自成、高夫人这些主要人物，都成了这种号筒。人为地把古人现代化，甚至把古人经典化，就显得不伦不类”[③]。这两篇文章都不是《李自成》研究的专论文章，其中一篇是为一本新时期中国文学作品的外文译本写的序言，而另一篇则是他与刘绪源的谈话。但文中针对此前姚雪垠与之商榷文章中的批评，他进行反批评而提出上述看法。1986 年、1987 年，姚雪垠在《红旗》杂志上撰文，对刘再复的“两种规律”说表示不同看法，并以《李自成》创作为例，强调人物塑造不能摆脱“错综复杂的历史条件（环境）”的制约，“作家的历史知识、哲学思想、创作态度和创作方法”[④] 对人物塑造具有指导作用，由此指出刘再复关于中国古代文学消除了人的主体性的观点，“既背离了马克思主义，也缺少严肃的学风”[⑤]。本来，针对不同的理论观点开展学术争鸣和批评，是文艺发展中的正常现象，也是推动理论建设不可缺少的重要条件。但是，刘再复在论争中却把《李自成》与“极左”文艺的“三突出”原则联系起来而予以否定。这种直接从政治角度立论的做法使原本属于学术争鸣的问题政治化了，就此意义而言，这种批评方法是不可取的。

姚雪垠和刘再复之间的这场论争已成为文坛上的历史往事，但也留给我们进一步反思的空间。新时期之初，《李自成》被作为与“三突出”原则斗争的

① 蒋守谦：《〈李自成〉与〈永昌演义〉互见录》，《文学评论》2009 年第 2 期。

② 刘再复：《近十年的中国文学精神和文学道路》，《人民文学》1988 年第 2 期。

③ 姚雪垠：《创作实践和创作理论——与刘再复同志商榷》，《红旗》1986 年第 21 期。

④ 姚雪垠：《继承和发扬祖国文学史的光辉传统——再与刘再复同志商榷》，《红旗》1987 年第 9 期。

⑤ 戚方：《评刘再复对姚雪垠及〈李自成〉的新价》，《文艺理论与批评》1988 年第 4 期。

胜利方而受到肯定，但事隔10多年之后，富有戏剧性的是，《李自成》又因以“三突出”原则为指导塑造人物而被否定。何以形成如此巨大的反差？如果说前者是时代政治影响的结果，那么，后者除去否定者的意气用事因素之外，恐怕文学观念的分歧是最为根本的因素。

如上所述，《李自成》研究所出现的这一现象，折射着不同时代政治因素的强弱和研究者文学观念的分野对文学批评的影响。更为重要的是，这一现象也涉及历史小说研究的根本问题之一，即研究者在意识形态和自身文学观念的影响下，如何返回历史现场，回到文本本身，以历史和审美的眼光进行批评，以实现批评的学理性目标，保证历史小说批评的独立性品格。这正是《李自成》研究现象带给历史小说研究的启示和借鉴。

（《中州学刊》2012年第4期）

论历史小说《李自成》的“唯物史观”与“人学”思想

肖向东　孙周年[①]

在“十七年”历史小说的创作中，姚雪垠先生的长篇巨制《李自成》无疑是一个引人瞩目的高峰，这不仅在于这部皇皇巨著的卷帙浩繁、内容丰赡、气势恢宏，更因为在这样的涉及广阔丰富的历史镜像与错综复杂的明末社会面貌的描画中，姚雪垠先生以自己独特的历史观与审美意识对曾经活跃在这一历史中以李自成、张献忠、刘宗敏、李岩等为代表的农民起义人物，以及以崇祯、杨嗣昌、洪承畴等为代表的亡国君臣形象，进行了极为传神而符合历史真实的艺术描写与成功塑造，既填补了当时中国当代文学史上没有长篇历史小说的空白，又以这种全新的历史小说的写作范式，开创了当代历史小说的新路径，自然也为新时期历史小说创作的大兴局面起了重要的引领作用。

一、全新的“唯物史观”与当代性的“历史叙事”

对于历史小说的写作，历来众说纷纭，主张“还原”者有之，提倡“创造”者亦有之，其他，又如：“改写”“填补”“生发”“升华”等。事实上，历史既无法“还原”，也不能随意“虚构”，正如英国著名文化学者阿诺德·汤因比（AmoldToynbee）所说：“就历史这个词的客观含义而言，历史不是一连串的事实，历史著述也不是对这些事实的叙述。历史学家与其他的人类世界的观察家一样，必须做到让人能够理解事实。这要求他们不断地对什么是真的、什么是有意义的，做出判断。”[②] 以此观察长篇历史小说《李自成》的写作，不难发现，姚雪垠先生正是以这样的不凡的历史创作，与汤因比的理论相印

---

① 肖向东（1958—），江南大学人文学院教授。孙周年（1958—），江南大学人文学院教授。

② ［英］阿诺德·汤因比著，刘北成等译：《历史研究（修订插图本）》，上海人民出版社 2000 年版，第 421 页。

证，通过《李自成》这一辉煌巨制，向我们展示了明末历史那生动的一幕。

《李自成》开篇就表现了不同凡响的笔力。作者以悲壮的笔调将李自成所率领的农民起义军置于生死垂危的“潼关南原大战”的场景之下，在历史的波澜之中，刻画了以李自成为代表的农民军以及众多起义将领在危难关头的英雄表现。众所周知，就题材而论，《李自成》第一卷的中心题材“潼关南原大战”在历史上并不存在。此在姚雪垠先生的创作自述与著名学者严家炎先生的研究中均有明确说明。早在1977年版的《李自成·前言》中，姚雪垠先生就曾谈道：“关于跳出历史而利用传说，可以举第一卷中所写的潼关南原大战为例。……根据我的研究，根本没有发生过这次战争。”① 但姚雪垠却在唯物史观指导下，依据小说虚构的原则，将这场大战写得惊天动地，波澜壮阔。在这一特定的战争场景中，既表现了“历史叙事”的真实性，又体现了历史小说的艺术追求，刻画了一系列符合历史要求、具有历史本质意义的鲜活的农民起义英雄形象，如胸怀大志、百折不挠的李自成，骁勇善战的刘宗敏，豪爽鲁莽的郝摇旗、有胆有识的高夫人……对此，姚雪垠先生曾有极其精辟的观点：“历史小说应该是历史科学和小说艺术的有机结合，而历史小说家在处理两者的关系时必须做到深入历史，跳出历史。不深入历史就不能达到历史科学，不跳出历史就完不成艺术使命。”② 事实上，文学家对历史的书写是一个十分复杂的问题。完全忠实于历史，那是历史学家的事情。以“改写”的方式去表现历史，又有篡改历史的危险，过分地“升华”历史，难以让人认同其历史感。“还原”历史的写法，只能是一种理想的愿望。真正意义的文学家面对历史，既要表现对历史的尊重，又要依据自己对历史的理解与体悟，对历史本质的准确把握，按照历史的逻辑与规律，在文学的语境中对历史故事与历史人物有可能产生的思想与行为进行必要的“填补”与“生发”，甚至是具有思想性与历史本原意义的再创造。正因为如此，柯林伍德（R. G. Collingwood）认为：“一切历史都是思想史”。《李自成》第一卷所描写的“潼关南原大战”，据相关历史记载，多为传说且“颇为流行”。③ 此在吴伟业的《绥寇纪略》中即有记述，后又为冯苏的《见闻随笔》承袭，戴笠的《怀陵流寇始终录》卷十一亦采此说，而

---

① 姚雪垠：《李自成·前言》，中国青年出版社1977年版，第8页。
② 姚雪垠：《李自成·前言》，中国青年出版社1977年版，第7页。
③ 姚雪垠：《李自成·前言》，中国青年出版社1977年版，第8页。

《明史》所述则采入《曹变蛟传》中。可见，无论“正史”或“轶闻”，均认同这一“历史事件”，然而姚雪垠先生并不人云亦云，而是以自己精深的历史研究与独到的识见，一方面指出历史的“讹误”，另一方面，又根据历史传说，按照历史的“能指”，以小说允许的“虚构”，将这一可能性的历史事件写得栩栩如生、活灵活现。于是，我们看到，《明史》里仅有的点滴记载：“十一年春（1638年——笔者注），官军败贼梓潼，自成奔白水，食尽。承畴、传庭合击于潼关原，大破之。自成尽亡其卒，独与刘宗敏、田见秀等十八骑溃围，窜伏商、洛山中。”① 正史里的简单描述，在《李自成》第一卷中被演义成了惊天动地的历史性书写，姚雪垠先生以其全新的“唯物史观”与一种当代性的“历史叙事”，不仅以如椽之笔“再现”了当年可能发生的一段生动的历史，而且以“创造”的笔墨，丰富了这段历史的情节与细节，其故事，其人物，在一种新的历史语境中突显了历史的某种本相和历史人物在重大事件面前必然显现的特有的精神品质。

相类似的历史叙述，同样表现在《李自成》的其他情节中，如第一卷（下册）李自成在南原大战失败之后为再举义旗，以超人的“胆略”与非凡的“见识”，只身前往谷城，策动张献忠起义。这段情节在史上亦多为传说，《明史·李自成传》记载：“十二年夏，献忠反谷城。自成大喜，出收众，众复大集。”《明史·张献忠传》则曰：“夏五月，献忠叛，杀知县阮之钿，隳谷城，陷房县。”均未有关于李自成与张献忠见面的任何记述，但在《李自成》里姚雪垠先生却以“双雄会”的场景，写得惊心动魄，历历在目，尤其是精勾细描了李自成与张献忠关于日后夺取明朝江山之后两家义军如何论功、如何坐天下的“对话”，可谓唇枪舌剑，剑拔弩张，但彼此之间又极为坦诚，大度豪爽。最终，两家义军握手言欢，同仇敌忾，重新统一了斗争目标，在消解内部矛盾的基础上将斗争的锋芒再次指向明王朝。这样的历史叙述，从历史学意义上讲，也许填补了历史留下的空白，因为历史记述往往重“史实”而忽略“细节”，而文学则偏重于对历史的一种审美性的描述与创造性的再现。

对于这样的写法，洪子诚先生在其所著《中国当代文学史》关于“历史小

---

① 《明史·李自成传》，选自《二十五史精选文白对照与导读：下》，中国书籍出版社1995年版，第1396页。

说《李自成》”中这样论道：“《李自成》或许也可以称为‘革命历史小说’，但表现的并不属于上述的‘既定’的‘革命历史’。不过，其写作观念和叙事方式，与上面论及的革命历史小说又有某些相似之处。在姚雪垠写作《李自成》的时期，古代的农民起义是被作为20世纪现代革命的‘历史资源’看待的。”① 就《李自成》整体的写作观念而言，身处“十七年”写作语境的姚先生自然难免陷于洪子诚先生所指陈的写作境况，这是那个以写“革命生活”为主流的时代的所有作家无法规避而必须有所回应的写作策略，但当代历史题材的写作，如果不能表现当代“思想”，即如柯林伍德所谓的“一切历史都是思想史”，是体现当代人对于历史的一种新的解读与认知，似乎又失去了当代写作的意义。这犹如我们今天以特异的眼光观看《戏说乾隆》《宰相刘罗锅》《康熙微服私访记》或《铁齿铜牙纪晓岚》等清朝题材的历史剧，其实，谁也没有把这些东西当作真正的历史去看，但却又都认可了作者深蕴其中的当代性的“观念”与“思想”。而这些“观念”与“思想”不也都是20世纪或21世纪某种社会生活的“历史资源”吗？以此来看，我以为，历史题材写作的关键，不在于作家思想观念的当代性，而是其写作是否尊重历史，即按照历史“能指”的面貌，以一种当代人认可的“唯物史观”与符合历史逻辑的“历史叙事”来展开历史，揭示历史可能存在的某种面貌。诚如卡西尔在其伟大的著述《人论》中所说：“把历史的真实定义为‘与事实相一致’——使事物与理智相一致——这无论如何不是对问题的令人满意的解答。……历史的事实是什么呢？一切事实的真实都包含着理论的真实。当我们说到事实时我们并不只是指我们直接的感觉材料，我们是在思考着经验的也就是说客观的事实。这种客观性不是被给予的，而总是包含着一种活动和一种复杂的判断过程。因此，如果我们想要认识各种科学的事实——物理学的事实、生物学的事实、历史的事实——之间的区别，我们就必须以对判断力的分析开始。我们必须研究这些事实赖以被理解的诸知识形态。”② 基于这一观点，卡西尔认为，历史的事实属于过去，而过去是一去不复返的，我们不可能重建它，不可能在客观的意义上使它再生，我们所能做的一切就是“回忆”它！而这种回忆只能是“当代性”的回

---

① 洪子诚：《中国当代文学史》，北京大学出版社1999年版，第121页。

② ［德］恩斯特·卡西尔：《人论》，甘阳译，上海译文出版社1985年版，第220—221页。

忆。即“给它一种新的理想的存在。”①《李自成》的写作观念和叙事方式，显然不在于单纯追求历史的复现，而是融入了作者对于历史的研究以及通过历史烛照今天，进而表现为“一种复杂的判断”。这种基于唯物史观的历史叙事，在“十七年”特殊的文学语境中，其实，既是一种文学式的自我保护与写作策略，又不失为一种新的艺术创新。

二、鲜明的“人学”思想与明末历史人物的“创造”

作为历史小说，《李自成》写作的主要指向，是再现明末清初的那段复杂的历史与波澜壮阔的农民革命起义，因而小说的主要情节骨架与活动于那一历史并给予那段历史以重大影响的历史人物必须符合历史的真实。

从小说情节上看，全五卷本所写：南原大战、潜伏商洛、三围开封、定都西安、北进北京、山海关大战、败逃退湖广、九宫山殉难等重要写作单元，几与历史吻合，清晰地反映了李自成几度沉浮、艰难曲折的斗争历史以及逐步走向悲剧的历史逻辑。人物描写上，曾经叱咤于那一历史的农民起义英雄李自成、高夫人、张献忠、罗汝才、刘宗敏、郝摇旗、李过、高一功，以及明朝的君臣崇祯、卢象升、杨嗣昌、洪承畴、吴三桂，满清王朝的摄政王多尔衮等，无一不是当时真实的历史人物，但历史小说的主旨不是传承与讲演历史，而是在一种历史的语境与氛围中，以鲜活的艺术形象再现历史人物的面貌，揭示其身上所蕴涵的历史文化元素，正如卡西尔所说：“我们可能会对历史有一个一般的框架和轮廓，但我们不会懂得它的真正生命力”，“在历史中，我们把人的一切工作、一切业绩都看成是他的生命力的沉淀，并且想要把它们重组成这种原初的状态——我们想要理解和感受产生它们的那种生命力。”② 作为历史小说，《李自成》写作的最大成功，就是以作者对历史的研究和对历史的一种穿透力，努力“理解和感受”小说所描写的那些历史人物特有的“生命力”，这种“生命力”的创造，来自于作家对“历史”与“人”的认知与把握，尤其是小说中的每个人对于所处历史环境与现实关系的理解，“人”的自我追求与自我斗争。例如：李自成在南原大战失败之后的反思与总结；崇祯作为末代皇帝的“励精图治”“宵衣旰食”、苦撑苦熬；指挥南原大战的明军主帅洪承畴的老

---

① ［德］恩斯特·卡西尔：《人论》，甘阳译，上海译文出版社 1985 年版，第 221—222 页。

② ［德］恩斯特·卡西尔：《人论》，甘阳译，上海译文出版社 1985 年版，第 233 页。

谋深算、藏而不露；第二卷中杨嗣昌督师所表现的精明练达，以及投身农民起义部队之后的牛金星、宋献策等文人策士个人心理的描写等，均体现了作家姚雪垠对“文学即人学”的深刻理解与内在把握，对于这一问题，胡风曾说过：“创作的对象是人，即感性的活动”，因为，“人的本质是社会关系的总体”，人的存在在于他是“活的人，活人的心理状态，活人的精神斗争”。[①] 因此，小说在描写这些不同身份、不同心理、不同性格的人物时，既忠实于历史，又紧紧扣住这些历史人物作为“人”的本质特点，既深入历史，又跳出历史，在“人”的精神层面完成其历史性的创造。

我们可以以小说的中心人物“闯王”李自成为个案来窥测这样的写法。历史上凡涉及“闯王”的相关记载，均一致认为李是明末农民大起义中一个少有的杰出人物，《明史》和野史皆写其具备一般人难以具备的品性，《怀陵流寇始终录》曰：“闯……性淡泊，不好酒色，鄙曹、献多欲，谓非丈夫。粗粝与众共一。妻妾各一，皆老丑。不蓄奴仆，暇则令儒生讲经史”。如果依这样的历史记载，小说完全可以不费精神的将李自成写成一个胸怀大志、品行坚毅、体恤部众、好学进取而又无私无欲的非凡的历史英雄，然而，在姚雪垠先生的笔下，其一方面以文学之笔精彩地放大了李自成身上特有的这一优良品行，另一方面，又力求还原历史人物也是“人”的正常作为与精神情感。这在第一卷二十七章“闯王挥泪斩鸿恩”的情节中被表现得淋漓尽致。嫡亲堂弟李鸿恩是李自成寡婶膝下独子，自幼随闯王征战，屡立战功，但亦沾染流寇习气，集众强奸民女。面对这一事件，李自成极为矛盾与痛苦，从治军角度，违纪者必杀。从人情角度，也可网开一面。但李自成最终决断，大义灭亲！小说在设计这一情节时，将李自成置于复杂的矛盾关系之中，使故事波澜起伏，曲折顿挫，描写也极为细致真切：其先是听说发生违反军纪之事感到“不愉快”，促使闯王决心治军，严办“整顿”，但同时又发生了原为张献忠部下的王吉元赌博输掉银子军饷的事件，之后得知企图强奸民女的是堂弟李鸿恩，顾及与张献忠的关系，李自成从轻发落，饶了王吉元的死罪，但涉及嫡亲的李鸿恩，李自成几经斗争，为树立军纪，纵有众将与老神仙尚炯求情以及亲情的纠结，也不论李鸿恩曾经立了多少战功以及多么骁勇能战，最终还是忍痛决断，不因私废法，但

---

① 胡风：《胡风全集》第3卷，湖北人民出版社1999年版，第533页。

真杀了李鸿恩，李自成顿时陷入极度的心理痛苦，为之“热泪泉涌”。透过这样的情节，作家一方面让我们看到了志存高远的李自成作为农民起义领袖治军严明、品行坚毅的一面，在历史的层面上完成了一次将李自成作为杰出农民英雄的“创造”——为了事业，铁心治军！另一方面，则又把李自成还原为有血有肉有情感的“人”，把他在杀李鸿恩的过程中极度矛盾、反复思忖、犹豫不决，甚至“把一线希望寄托在以宽厚著称的”审案将领田见秀的身上等等复杂的心理活动如丝如缕地揭示出来，使我们看到了一个情感真实、性格复杂的李自成，感受到在其身上汹涌奔突的人情练达、世事洞明的英雄情结与儿女情长、心细如发的真切情感。

同样精彩的一笔，是第三卷关于“慧梅之死”的写作单元。慧梅是高夫人身边成长起来的优秀女性，与慧英、慧琼、慧剑随高夫人南征北战，情同母女。尤其是慧梅自小在军营里与小将张鼐青梅竹马，暗生情愫，被大家称为金童玉女、天造地设的一对。但李自成扩大了自身的军事力量，当投靠过来有着数万人马的袁时中提出与闯王结为亲家时，李自成听从宋献策与牛金星的主意，背着高夫人，自作主张将“义女”慧梅嫁与袁时中，以为“和亲”之举。慧梅遵李自成之命出嫁袁时中，实际上已经充当了一个牺牲品，但为了“君父”闯王打江山的大业，还是在经过痛苦抉择之后，忍痛割爱，随袁时中而去并很快怀上了袁时中的孩子。但袁时中很快又“反水”背叛闯王，此使慧梅再次陷于痛苦与矛盾之中。一边是情同“君父”与“慈母”的李闯王和高夫人，一边是结发的夫君袁时中。无论失去那一边，都是慧梅所不愿看到的。但慧梅毕竟深明大义，面对袁时中的叛逆，她一方面极力劝转，以自身的柔情争取袁时中迷途知返；另一方面当袁时中一意孤行，闯王发兵征讨时，又当机立断，大义灭亲，配合闯王部队剿杀了袁时中，怀孕数月的慧梅亦自尽而死。慧梅和慧英、慧琼、慧剑以及李自成军中许许多多“小字辈”将领与小说中的重要人物刘宗敏、郝摇旗、李过、高一功等不同，刘宗敏等是历史上本有的人物，慧梅等“小字辈”一方面是小说中处于成长中的青年将领，另一方面，作为虚构的形象，其本身的描写具有一种缺乏历史依据的“不确定性”，然而，作家恰正利用了这种“不确定性”所给予的“能指”，在塑造与描写她们的形象与命运时，制造与发挥出极大的写作空间，使之成为小说有机的组成部分，为小说情节的发展与主题的揭示起到了重要的作用。在许多评论者看来，“慧梅之死”

事实上已经显露了《李自成》悲剧结局的端倪。义军队伍的不纯洁，将领们各自的追求，相互猜忌争夺，李自成领导意识上的个人意志等内部问题，均埋下了日后失败的种子因素。本文这里无意讨论这一问题，着意从“人学”角度观察“慧梅之死”所表现出的深层的文化底蕴。作为“义女”，慧梅与高夫人和李自成情深意笃，高、李亦视慧梅如同己出，故以慧梅许配袁时中，以此表现李自成对袁时中部的看重。但慧梅自出嫁袁时中，就开始带有悲剧的因素，这不仅在于她与张鼐的分离，更因为违背了慧梅作为一个深爱自己的意中人的情感与意愿，然而李自成作为“君父”的存在，却使慧梅无法挣脱文化的“阴影”，遵“君旨”，从“父命”，构成了慧梅性格的第一层矛盾心理；慧梅嫁与袁时中，就注定了作为中国传统妇女的悲剧命运。出嫁从夫，从一而终，这是慧梅后来与袁时中难分难舍的深层文化原因。但袁时中一意孤行，与闯王离心离德，形成对立，又使慧梅深陷两难境地，此又构成了慧梅的第二层矛盾心理；当闯王发兵征讨袁时中，“君父”与“夫君”发生了冲突，慧梅的内心再次陷于矛盾，经过激烈的斗争与抉择，慧梅终于大义凛然，舍弃“夫君”而义从“君父”，在经历了第三层矛盾的心理斗争之后，完成了舍生取义的壮举。这里，作家把“慧梅之死”写得深切感人，荡气回肠。亲情的纠结，人性的搏斗，义气的激发，文化的冲突，构成了“慧梅之死”的情节内核，将一个深明大义、聪明慧智、柔肠侠骨而又深受中国封建文化影响的悲剧人物深刻的心理矛盾与复杂的性格内涵表现得淋漓尽致而又发人深省。慧梅这一人物的“创造”虽为虚构，但由于作家成功地把握了文学是“人学”的要旨，在情节的设置与人物关系的描写以及人物内在的心理世界的揭示上，始终将之作为活生生的有血有肉的“人”来写，进而纳入审美的层面，因此成为全书十分精彩的一个故事单元。

三、有“缺点”的英雄范型与“反面人物”的赞笔

作为长篇历史巨制，五卷本的《李自成》所涉历史事件纷繁、场景宏大、人物众多。其中既成功塑造了呼啸叱咤于那一历史的农民起义英雄谱系：李自成、高夫人、张献忠、罗汝才、刘宗敏、郝摇旗、李过、高一功以及小将李双喜、张鼐、慧英、慧梅、罗虎、李来亨等，又颇见力度地描画了明朝的君臣崇祯、卢象升、杨嗣昌、洪承畴、吴三桂等一系列“反面人物”，同时也写到率领清兵多次入关的多尔衮等。从文学创作和文学史的意义上观察，《李自成》

（第一卷）在“十七年文学”这一阶段取得突破并值得我们特别关注的是对李自成等正面人物性格中弱点与缺点的刻画与对以崇祯为代表的明朝政权统治者客观真实的“勤政”“躬业”行为的描画。此种描写，明显摈弃了“十七年文学”与后来的“文革文学”常见的正面人物“纯净化”、反面人物“脸谱化”的概念化倾向。

众所周知，关于五卷本《李自成》的写作，作家本人曾受到毛泽东、邓小平、王任重等中央领导人的关注与保护，其写作的时间跨度也长达半个世纪，经历了“十七年”“文革”以及“新时期”等中国当代社会三个复杂的阶段，尤其是“十七年”与“文革”时期，偏狭的政治观念与文学观念的限制，以江青为首的“左倾文艺”思想的干扰，荒诞的塑造以“工农兵”为代表的完美的“无产阶级英雄”为“根本任务”的所谓理论要求，不能说对《李自成》的创作没有形成负面影响，但当作家沉浸于历史的氛围，严格按照现实主义的创作原则以及“文学即人学”思想的指导进入到创作状态，出现在小说中的历史人物便摆脱了现实生活所强加给他们的概念化、思想化的束缚，而力求回到历史的语境与环境中去，按照历史赋予他们的性格与思想去行动。

如关于“李自成”这一全书中心人物的塑造以及他所领导的明末农民起义，早在延安时期，毛泽东在读到由李自成的后世同乡作家李建侯所写旧体四十回本《永昌演义》后，即明确表明自己的意见，希望原作者能以“新历史观点加以改造”，将此书写成“自秦汉以来两千余年推动社会向前进步”之“伟大的农民战争”。[①] 六十年代上期，当姚雪垠先生的《李自成》（第一卷）问世并为毛泽东关注后，作为新时代的作家，姚雪垠对毛泽东的殷切期望应该是心知肚明的。然而，历史小说毕竟要尊重历史，《李自成》不仅要以生动之笔再现明末那场“伟大的农民战争”，其丰富的主题也内涵了要穿透历史的烟云，探讨这场伟大的农民起义背后更深层的历史悲剧，以及这一悲剧之下的悲剧人物的内在原素。于是，在五卷本的《李自成》中，我们不仅看到了李自成前期的不成熟和斗争的悲壮曲折，看到了志向远大的李自成怎样百折不挠，怎样虚怀若谷，怎样体恤下属，怎样从严治军，怎样礼贤下士，从而使义军由小到大、由弱到强，成为推翻明朝江山的决定性力量。但也从人物的“不成熟”与

① 蒋守谦：《〈李自成〉与〈永昌演义〉互见录》，《文学评论》2010 年第 2 期。

潜在的性格弱点中看到了李自成在后来的发展中必然要显现的缺点与错误。尤其是第三卷“慧梅之死”以后，李自成的缺点终于开始逐渐暴露出来：骄傲自负、刚愎自用，个人意志，猜疑狭隘，进入北京之后放纵军纪，拒绝不同意见，特别是对待李岩的狭隘心理以及后来诛杀李岩的错误之举，对那些立下战功的将领乱民行为的姑息迁就，造成民心向背，均使李自成一步步走向困境与不归之路，致使几十年的斗争、努力付诸东流。作品耐人寻味之处，就在于作家力求还原历史的本相，将李自成这一历史人物置于当时特定的历史语境之下，既视之为惊天地、泣鬼神的英雄，又从具体的个性化的“人”出发，将其身上潜藏的个人化的“缺点”一一揭示出来，使我们看到一个真实而鲜活的历史人物是怎样崛起于历史的大地，又怎样沉浮于历史的大海。这种从正、反两面“观照”与“刻画”英雄的写法，尽管涉及的是历史题材与历史人物，但作家姚雪垠这种突破“革命文学”的框架，大胆描写有“缺点”的英雄的识见，无疑为当代“英雄”的书写提供了一种新的写作范型。

对于“反面人物”，《李自成》的写法也同样有其独到之处。崇祯是明朝的末代帝君，是《李自成》第一卷就出场的重型人物，自其即位以来，这个不幸的皇帝就始终处于内忧外患的形势之中。在“紫禁城内外”这一单元，小说通过崇祯的自我反思事实上即高度概括了其所面对的危机与心态：“自朕登基以来，内外交讧，兵连祸结，水旱洊臻，灾异迭见。朕夙夜自思：皆朕不才，不能感发诸臣公忠为国之心；不智，不能明辨是非邪正，忠奸贤愚；不武，不能早日削平叛乱，登吾民于衽席。此皆朕之德薄能寡，处事不明，上负神明，下愧百姓，故‘皇天现异以戒朕躬’”。① 崇祯的反思，可谓忧国为民，感时伤怀，联系其后来的悲剧结局，这段话似乎是“亡国之君”的哀叹，但设身处地地分析，崇祯还算是一个“明君”。尽管他性格多疑、杀戮无常，然而对时事、对处境、对国情、对朝统、对百姓、对自己，崇祯明显地有着超出一般皇帝的自知之明与强烈的天下意识和国家责任。因此，面对明朝江山的摇摇欲坠、大厦将倾，身为皇帝的崇祯没有及时行乐，更不是浑浑噩噩，而是以超常的方式，表现出“励精图治”“宵衣旰食”、苦撑苦熬的“救世主”的形态。历史上改朝换代，末世帝君要么如秦二世般残暴昏暗、要么如汉献帝之软弱无能，或

① 姚雪垠：《紫禁城内外》，《李自成》第三卷，人民文学出版社 2005 年版，第 333 页。

者如刘禅浑浑噩噩，以及南唐后主李煜般柔媚无骨。崇祯显然是一个踌躇满志的“干才”，他希望能够成为明朝江山“中兴”的明君贤主，力挽狂澜于既倒。在塑造这一形象时（包括创作于“文革”期间的第二卷）姚雪垠先生显然没有采取“十七年”以及“文革”文学的写法，把崇祯“脸谱化”或“简单化”，而是运用一种“立体透视”的方法，既写出崇祯作为至高无上的“帝君”的骄矜，又写出了他身为末世帝王的软弱无力，既写到他性格内面的精明强悍、争强好胜，又写了他外强中干、虚荣卑怯的个人品性。艺术笔调上，作家采用了赞笔、曲笔、隐笔、直笔、讽笔、趣笔等种种笔法，将一个末代帝君丰富复杂的性格十分逼真、生动而有力度的描画出来。这样的写法，在“十七年”“文革”那样的语境与创作环境中，不能不说是一种具有艺术胆识的笔墨。尽管小说属于历史题材，与现实性很强的当代生活题材有一定的差异与距离，不至于被指责成为反面人物涂脂抹彩，但指斥历史题材隐喻现实、含沙射影的批判之声在当时事实上是不绝于耳的，小说里以崇祯为代表的统治集团，包括指挥潼关南原大战的明军主帅洪承畴、与清军作战的明军总督卢象升，剿杀李自成起义军的督师杨嗣昌等，毕竟是农民革命的对立面，是当然的反面人物，如何表现与刻画，对作家的确是一个严峻的考验。可在姚雪垠的笔下，他都没有以那个时代的惯性思维或否定方式去作简单化的处理，而是将崇祯等一个个历史人物置放在特定的历史与具体的环境之中，按照历史的必然与可能去作一种力现真实的描述，或“中性”笔墨，或“赞许”笔调，或“揭露”笔致，或美、或刺、或褒、或贬，既让我们感受到一种历史的逼真，又获得一种审美的生动。

总之，长篇历史小说《李自成》从总体的写作看，确如学者董之林所言：“既有小说所映现的时代语境和社会规约，又有小说艺术和历史叙事的独到之处。”① 在处理历史与现实关系上，作家既深入历史，又跳出历史，以文学的方式力现了明末清初那段复杂的政治历史与波澜壮阔的农民革命，同时，也以“人学”思想深刻地透视了那一历史语境之下各社会层面、政治层面人物的历史生活与鲜明个性，为我们演绎了一起色彩纷呈、斑斓多姿的明末历史的大戏。当然，由于小说篇幅巨大，创作的时间跨度长达半个世纪，“十七年”“文革”“新时期”三个不同历史阶段的文学观念均存在重大差异，这些因素皆造

① 董之林：《观念与小说——关于姚雪垠的五卷本〈李自成〉》，《文学评论》2008年第2期。

成了作家写作的系统性的难度，尤其是人物塑造存在着那个时期的作家共有的较明显的“时代性”痕迹，但从总体上衡量，作为长篇历史小说，《李自成》无疑是一个高峰，其在写作上的探索，尤其是将“人学”思想引入历史小说的创举，给了后世作家以珍贵的启示，为启兴当代新时期历史小说的写作大潮起了重要的开基和引领作用。

（《江南大学学报（人文社会科学版）》2012 年第 4 期）

《李自成》与中国当代现实主义小说的嬗变

陈娇华[①]

《李自成》从创作酝酿到最终完成，历时大半个世纪。全书五卷12册，共320多万字，是真正的鸿篇巨制。严家炎曾赞评："在长篇小说中，像《李自成》规模这样宏大，反映的生活内容这样波澜壮阔，确乎还没有第二部。即使在世界文学的范围内，一部小说达到三百万字以上的规模，恐怕也属罕见。"[②]茅盾称誉作者是"五四"后，"用历史唯物主义和辩证唯物主义"解剖封建社会，"再现其复杂变幻的矛盾的本相"的"第一人"。[③]但这些好评、赞誉主要发生在新时期初，到20世纪90年代末第四五卷出版时，评论界则异常冷寂。以至于2006年有论者慨叹：《李自成》经过曲折坎坷18年，终于全部面世，"遗憾的是，后两卷至今未有评论，这似乎有失公允"[④]。评论界反应前后反差如此鲜明，原因不尽在作品自身。1957年《李自成》第一卷在出版运作时，中国青年出版社编辑江晓天就惊喜地叹服："打开《李自成》第一卷稿子一看……真可谓'别开生面'。它那宏伟磅礴的气势，绚丽多彩的画面，浓郁的历史时代气氛，跃然纸上！栩栩如生的人物形象，引人入胜的生动情节，一下把我抓住了!"[⑤]如果说江晓天的审美趣味和眼光不免带有"十七年"印痕；那么新世纪初雷达的回忆性赞评或许更能说明作品所达到的思想和艺术高度，

---

① 陈娇华（1969— ），苏州科技大学文学院教授。

② 严家炎：《〈李自成〉初探》，《关于长篇历史小说〈李自成〉》，上海文艺出版社1979年版，第165、166页。

③ 茅盾：《关于长篇历史小说〈李自成〉》，《关于长篇历史小说〈李自成〉》，上海文艺出版社1979年版，第164页。

④ 吴秀明：《走向最后的历史主义典型化写作——评〈李自成〉后两卷的艺术成就兼谈历史小说的典型观问题》，《河南大学学报》2006年第3期。

⑤ 姚雪垠：《姚雪垠回忆录》，中国工人出版社2010年版。

他说："《李自成》第一卷写得真好，就是把人置于那么一种情境之中……自己真正能够回到历史里面去，深入到历史里面去。"① 这些赞评至少说明：其一，《李自成》确实具有基于文学本身的气氛、情节、形象、情境等方面的艺术魅力；其二，它遭到先热后冷待遇的原因不尽在作品自身，也决不仅是个个案遭遇，而是折射了一度成为规范的《李自成》式历史现实主义被确立、承传及叛离的命运遭际，折射了中国当代历史小说创作发展和嬗变的历史轨迹。

一、规范的确立

现代汉语词典中"规范"一词指"约定俗成或明文规定的标准"②。一种创作方法或者观念能够成为影响几个时期或者一种文类创作的"规范"，肯定不仅仅是承载该观念的创作本身取得了重大成就，其中必然包含一些文学之外的文艺政策、政治权威及社会风尚等方面因素。《李自成》式历史现实主义规范的确立即属此种情形。

《李自成》式历史现实主义指在《李自成》创作过程中所形成的比较完整的关于现实主义历史小说创作的美学体系。用姚雪垠的话来说，"历史小说应该是历史科学和小说艺术的有机结合，而历史小说家在处理两者的关系时必须做到深入历史，跳出历史。不深入历史就不能达到历史科学，不跳出历史就完不成艺术使命"。③ 结合姚雪垠有关创作的多次言论④，我们可以把历史现实主义美学体系概括为以下方面：历史观念上，遵循历史唯物主义，强调深入研究历史，再现历史真实及透过历史事像揭示历史发展的本质规律和必然性。哲学观念上，坚持唯物主义反映论，强调经济基础决定上层建筑及透过现象抓本质，以理性统揽史料。作家始终没有忘记用历史唯物主义来处理历史题材并指导现实主义创作方法。他说："历史唯物主义和辩证唯物主义像明灯一样照亮了我的眼睛，照亮了我所掌握的历史资料，让我经过若干年的学习和思考，探

---

① 舒乙，傅光明：《在文学馆听讲座》，中国社会科学出版社 2002 年版。

② 《现代汉语词典》第 5 版，商务印书馆 2005 年版，第 513 页。

③ 姚雪垠：《〈李自成〉第一卷前言》，《关于长篇历史小说〈李自成〉》，上海文艺出版社 1979 年版，第 268 页。

④ 参见姚雪垠的《谈〈李自成〉的若干创作思想》《关于历史小说创作的若干问题——给李悔吾同志》《关于〈李自成〉的书简》及《创作体会漫笔——〈李自成〉第五卷创作情况汇报》等相关文章。

索与研究，对李自成失败的原因，逐渐有了清醒的认识。”[①] 文学观念上，强调现实主义创作方法，虽然重视虚构和想象，但认为这些并非纯粹主观臆造，而是在历史可能性或者历史真实基础上的合理想象与虚构，即被纳入理性认知范畴。另外，重视历史小说的认知和教育作用，认为历史小说应向读者传授历史知识，“应该在历史唯物主义思想指导下，通过错综复杂的历史现象，认识历史现象的本质和真正意义，认识历史运动（事件和事变的发展变化）的深刻的内在规律”。[②] 总之，将革命现实主义创作方法同哲学上的唯物主义相结合，构成了现实主义创作方法的根本原则，也是“历史现实主义创作方法”的思想基础。[③] 而《李自成》艺术上的巨大成功及出版后产生的广泛社会效应，促成了历史现实主义作为影响当时乃至此后相当长时期内历史小说创作的一种艺术规范。

首先，《李自成》艺术上取得了多方面突破和重大成就。姚雪垠多方面吸收、借鉴古今中外长篇小说的艺术成就，形成自己独特的艺术追求。学习《红楼梦》的生活化叙事，注重描写多领域、多层面的历史生活；学习《三国演义》的战争描写，注重从不同角度、不同方面描写战争，深化战争描写艺术；学习《战争与和平》气派大、善于描写战争场面，形成“大部头的长篇小说”的艺术追求等。因此《李自成》在长篇小说艺术探索方面取得了重大成就。结构艺术上，多条线索复式发展，主次分明，虚实得体，首尾照应，繁而不乱；同时采用单元板块结构，成为继《子夜》之后，中国长篇小说艺术最为杰出的代表作之一。形象塑造上，运用典型化手法，重视艺术自身规律，突破一个阶级一个典型限制，塑造了崇祯、卢象升、杨嗣昌等艺术形象。艺术描写上，将广阔社会生活的全景式再现与工笔细腻的日常生活情景描写有机结合，形成“百科全书”式的艺术景观。对此评论界谈得太多，这里不再赘述。《李自成》第一卷在1963年出版后产生巨大社会反响，虽然当时全国报刊按照政治原则不予宣传和评介，但初版几十万册一个多月便销售一空。“在全国范围内各行各业的读者中，受到极为广泛的、热烈的欢迎。不到一年时间，仅编辑部就收到二

---

① 王维玲：《怀姚雪垠　说〈李自成〉》，《文艺理论与批评》2000年第2期。

② 姚雪垠：《创作体会漫笔——〈李自成〉第五卷创作情况汇报》，《文艺理论与批评》1990年第2期。

③ 姚雪垠：《姚雪垠回忆录》，中国工人出版社2010年版，第203页。

百封左右的读者来信”；然后再版，“数量更大，好像在百万册以上……”[①]。

其次，《李自成》是作家创造激情、理性思考与现实需要、文艺政策等相契合的产物。姚雪垠是一位充满创造激情和理想追求的作家。青年时代就形成了积极的人生观，认为应做“推动历史前进的参与者而不是消极的旁观者”。因此“平生屡经挫折，在自己的专业上仍能不断地努力，不停地追求”。[②] 20世纪40年代受到批评时，他以埋头创作《长夜》《记卢镕轩》来显示自己的文学才华和创造激情；20世纪50年代在被打为“右派”的暗淡岁月里，他开始创作《李自成》以证明自己的能力和价值。他从中国古代文化遗产中寻找精神支撑，以孟子“天将降大任于斯人也，必先苦其心志，劳其筋骨”激励自己；以李自成于困厄挫败中重整旗鼓，立志做一番事业来激扬自己的生命意志；并在灵魂深处与历史人物产生共鸣，生命激情和创造冲动得以尽情倾泻。姚雪垠在给茅盾的信中，坦言《李自成》是“想写出明、清之际各个阶级、阶层的相互关系、动态，通过再现历史的广阔生活场景和各种代表人物描绘出复杂多彩的历史画卷”。[③] 而“决不是写农民受压迫而起义的主题，因为这个主题很一般”。他立志要“写出这一次长达十七年的农民革命战争的胜利和失败的原因、规律、经验教训”，以“深刻地反映历史，教育今人”。[④] 这个主题产生、形成于他对历史的认真研究和理性思考之后。姚雪垠强调，“只有经过对历史作了比较广泛和比较深入的分析研究，才能理解历史问题的全貌、内容和本质，以及历史运动的规律，从而能够比较正确地反映历史事变，写出来历史的经验教训，塑造好历史人物”。[⑤]

而《李自成》题材本身的重大政治性又契合当时的文艺政策和现实需要。1949年第一次全国文代会明确了新中国成立后当代文艺的总方针是以《讲话》精神为主旨，强调文艺服务于政治，服务于工农兵，强调作家的首要任务是写光明和正面人物等。20世纪50年代初文艺界开展的系列批判运动，正是为了

---

① 许建辉：《姚雪垠传》，湖北人民出版社2007年版，第195页。

② 姚雪垠：《姚雪垠回忆录》，中国工人出版社2010年版，第194页。

③ 姚海天编：《茅盾　姚雪垠谈艺书简》，人民文学出版社2006年版，第109页。

④ 姚雪垠：《谈〈李自成〉的若干创作思想（下）》，《文艺理论研究》1984年第2期。

⑤ 姚雪垠：《〈李自成〉第一卷前言》，《关于长篇历史小说〈李自成〉》，上海文艺出版社1979年版，第263页。

整肃文艺创作队伍，确保文艺方针的顺利执行。同时，新中国成立初刚刚取得革命胜利的中国共产党意识到革命历史经验的弥足珍贵，急需用文艺形式将革命历史经典化，出现叙述革命历史故事的“红色经典”创作热潮。《李自成》虽然属于古代农民革命历史题材，但农民革命战争历来是中共领导层高度重视的宝贵经验。毛泽东指出：农民革命战争是封建社会发展的真正动力。李自成领导的明末农民起义时间长，规模大，其由困厄到兴盛，再到失败的经历，概括了中国封建社会无数农民起义的共同命运，具有代表性。20 世纪中国共产党领导的民主革命非常注重总结这次起义的经验教训，警惕悲剧重演。毛泽东曾把进京比作“赶考”，说“我们决不当李自成，我们都希望考个好成绩”![1]并且先后两次支持和保护《李自成》写作。加之，《李自成》前三卷叙述的正是李自成起义军由挫败、困厄走向胜利的顶峰时期，属于整个完整故事的前半段，用张清华的话来说，尚属于“热烈和昂扬的青春‘壮剧’”阶段[2]，洋溢着革命的理想主义和乐观主义激情，也吻合“十七年”的社会心理情绪和文化风尚。这些机缘和巧合都促成了《李自成》的巨大成功和社会效应及其历史现实主义作为规范的确立。

二、规范的承传

“文革”后，文化界、思想界开始了拨乱反正和思想解放。1979 年 10 月邓小平在第四次全国文代会《祝辞》中，重申“双百方针”，强调文艺创作不再从属于临时具体的政治任务，文艺题材和表现手法应当丰富多彩，现代人生活和古代人生活都应在文艺中得到反映。破除了极左年代文艺创作的种种限制与禁忌，给中国当代历史小说创作带来了新的发展生机与希望。《李自成》前两卷于 70 年代末出版（第一卷属重版），再次引发“《李自成》热”，各省市争相印刷，发行量达到 240 万套以上。而且“评价之高，评论之多，是新中国成立以来出版的长篇小说中少见的”。[3] 特别是，《李自成》第二卷于 1982 年获得首届茅盾文学奖，“《李自成》的春天”真正到来了！《李自成》的再获成功与荣耀坚实了历史现实主义规范在当代历史小说创作发展中的影响作用，迎来

---

① 徐志奇：《毛泽东的“李自成情结”》，《党史纵横》2010 年第 11 期。

② 张清华：《存在之镜与智慧之灯——中国当代小说叙事及美学研究》，福建教育出版社 2010 年版，第 10 页。

③ 许建辉：《姚雪垠传》，湖北人民出版社 2007 年版，第 277 页。

了当代历史小说创作繁荣活跃的春天，涌现出许多优秀长篇历史小说，凌力《星星草》、杨书案《九月菊》、蒋和森《风萧萧》、顾汶光《天国恨》、鲍昌《庚子风云》、徐兴业《金瓯缺》、任光椿《戊戌喋血记》等。不论是农民起义题材、维新变法题材，还是抗击侵略题材等，都深受《李自成》式历史现实主义的影响。

历史现实主义给当代历史小说创作发展带来了根本性变化：其一，严格遵循现实主义原则，尊重历史真实，而不是“故事新编”式“影射”或者“翻案”历史写作。姚雪垠在1977年致茅盾的信中谈到：历史题材如何运用现实主义创作方法，几十年来走了不少弯路。“不少作者不肯深入历史，而着眼于借题发挥，以古喻今，所以严格说来，不是现实主义的创作道路。”① 《李自成》的创作建立在扎实的历史研究基础上，姚雪垠广泛查阅明末清初正史、野史、文集及笔记等，勾稽辨证史料，做了几万字卡片，使历史小说创作重新回到深入历史、研究历史和尊重历史道路上，为当代历史小说创作发展打下了坚实基础。其二，开创了利用历史唯物主义解释历史事件的长篇历史小说创作模式。李自成起义题材历史小说此前已有《永昌演义》，但由于历史观念陈旧导致思想和艺术上出现某些遗憾。以历史唯物主义解释历史事件的历史小说创作最早是20世纪20—30年代茅盾《大泽乡》等农民起义题材小说，但都是一些短篇，难以全面、深刻地阐释历史现象。《李自成》则“运用历史唯物主义和辩证唯物主义的思想、观点、方法来分析李自成失败的原因，就其论述之全面、深刻、细致来说，姚雪垠还是第一人!”。②

新时期初历史小说创作深受历史现实主义影响，在历史真实、创作意图、主题构设、艺术表现及价值取向等方面与《李自成》如出一辙，具有鲜明的承传发展关系。在历史真实上，强调深入历史，尊重历史，情节构架基本依循史实。许多历史小说作家如徐兴业、蒋和森、凌力、顾汶光等都是资深历史学者，对相关历史深有研究，为追求历史真实，付出了艰辛努力。凌力为了创作《星星草》，沿着捻军活动路线考察，足迹遍及近10个省；顾汶光为了创作《天国恨》，先后三次到太平天国当年战斗活动过的地方进行实地调查等。正是

① 熊召政：《寻找文化的大气象》，《小说评论》2003年第5期。
② 王维玲：《怀姚雪垠　说〈李自成〉》，《文艺理论与批评》2000年第2期。

这种扎实的研究精神，使得历史小说具有厚实丰盈的生活气息和历史感。凌力强调："历史小说反映历史生活，应当基本上符合当时的历史事实，并且反映出当时历史发展的必然趋向。"①《星星草》就是基本依据历史事实，按照历史发展顺序写成的。任光椿也指出：历史小说"必须忠于历史"，所写的人、生活和事件等都"要严格按照历史的真实写，不能随意编造"，"在此前提下，有些情节、细节、次要人物等应当允许虚构"。② 总之，这个时期的历史小说创作严格遵守历史现实主义原则，重视文学形象与历史原型之间的同构关系，忠实地反映历史真实，揭示历史本质规律，被誉为"历史的形象教科书"。在创作意图上，作家们大多抱着反映历史真实，总结历史经验教训，进行历史教育等意图，将创造激情、现实诉求与历史事实揉为一体。艺术表现上，追求史诗性艺术构架，往往多条线索交织一起，既有广阔壮观的重大历史事件再现，又有丰富细腻的日常生活描写，甚至作品开头都类似《李自成》，往往起笔非凡，从整体局势写起，高屋建瓴，使主要人物置身于危局中，从其于危难中崛起写起。主题构设和价值取向也大多趋向单一，呼应"阶级斗争和人民群众是推动历史前进的唯一动力"的经典话语，倾向于道德政治一体化，很少涉及非阶级性的人性内涵等。可以说，正是这种影响导致了历史小说创作过于侧重外在历史事像映现，疏于对个体内在心理的开掘，思想价值单一政治化，艺术审美拘囿于平板写实，缺乏诗性飞扬。

20 世纪 80 年代中后期以来至新世纪初涌现许多优秀长篇历史小说（包括传统历史小说和新革命历史小说③），如刘斯奋《白门柳》、唐浩明《曾国藩》、熊召政《张居正》、凌力《少年天子》、王火《战争和人》、李尔重《新战争与和平》、都粱《亮剑》、徐贵祥《历史的天空》等，在承续发展《李自成》式历史现实主义同时，开始了思想观念和艺术追求等方面的偏离与嬗变。

许多作家自觉或不自觉地接受了《李自成》式历史现实主义影响。熊召政明确谈到，他的历史小说创作接受了姚雪垠的治学方式和创作态度的影响④。

---

① 凌力：《〈星星草〉写作断想》，《读书》1981 年第 4 期。

② 任光椿：《从〈戊戌喋血记〉谈历史小说（座谈记录）》，《读书》1981 年第 1 期。

③ 新革命历史小说指 20 世纪 80 年代中后期以来涌现的革命历史题材小说，在表意策略、写作模式上与"十七年"革命历史小说有很大差异，主要是借对个体生命史的感性与激情书写来完成现实秩序合法化叙述。

④ 熊召政：《寻找文化的大气象》，《小说评论》2003 年第 5 期。

王火也说："我力求按照历史唯物主义观点，如实再现那段多棱多角的历史；按照辩证唯物主义精神，真实地从生活出发，塑造各式各样情况复杂、性格迥异的人物。"① 更多情形则是，作家没有明确说出这种影响，但从其创作思想和作品实际情形来看，影响比较明显，体现在：其一，强调深入历史，研究历史，尊重历史，再现历史真实。凌力一再强调创作前要深入研究历史②。刘斯奋也说"倾心于现实主义的创作模式……始终遵循严格的考证，大至主要的历史事件，小至人物性格言行，都力求书必有据"。③ 因此，他们的创作都建立在深厚扎实的历史研究基础上，力求再现历史真实，具有厚重的历史感和真实性，在读者之间一般是作为"正史"和"信史"来接受和传播的。其二，追求史诗性艺术建构。这些历史小说大多时空跨度大，规模宏大壮阔，反映的社会生活广阔丰富，线索繁多交杂，情节发展有条不紊，严谨完整。如《曾国藩》《张之洞》《少年天子》《白门柳》《战争和人》等，选择平镇太平天国运动、创办洋务事业、清初汉化改革、明清改朝换代及抗日战争等重大历史事件，来建构作品的情节框架，组织纷繁的矛盾线索，再现广阔的历史生活面貌。特别是作品开头及主人公出场都是高屋建瓴，起笔非凡，把人物置于矛盾激化的历史旋涡中，从其崛起于危难中写起。其三，注重对历史的生活化描写。作家们充分调动多方面的历史知识，不仅写出历史人物的生活环境和生活细节，还尽可能地再现风俗民情、礼仪制度、建筑服饰等，努力绘制出一幅幅"清明上河图"式历史风情画卷。此外，在战争描写、人物塑造、历史教育与认知及语言艺术等方面也多有借鉴和发展。

然而，社会文化语境毕竟发生了变化。20 世纪 80 年代中后期以来中国社会处于政治、经济、文化等综合转型时期，作家们的文学观、历史观与世界观等经历着巨大裂变。一方面，文学主体性和"向内转"得到倡导，先锋文学观念开始出现，文学真实观发生松动，以往的事件真实和本质真实转向了个体真实和精神真实。加之，"文化寻根"热潮和国学热的兴起，文学创作在返归本体同时，其人性和文化内涵也得到深掘拓展。另一方面，存在主义、生命哲学

① 王火：《再版序言》，《战争和人》第 1 部，人民文学出版社 1993 年版。

② 凌力：《从〈星星草〉到〈少年天子〉的创作反思》，《少年天子》，人民文学出版社 2005 年版，第 616 页。

③ 刘斯奋：《一孔之见》，《文学评论》1995 年第 6 期。

及精神分析等现代西方哲学思潮，特别是解构主义、后现代主义思潮等纷纷涌入国门，一体化的思想意识和价值观念分崩离析，大一统的历史叙述开始瓦解。这些都给历史现实主义规范以强劲冲击。正如熊召政所言：“我不愿意我的小说生活在他（指姚雪垠）的小说的阴影之中。在选取人物的方式上，他是他那个时代的选择，以阶级斗争为纲，因此他选取农民起义的领袖李自成。而我处在以经济建设为中心的时代，我选择了一个治理国家的首辅。所以，我们在人物选择上，各自打上了时代的烙印。”① 于是，历史小说在题材选择、艺术视角、形象塑造、思想意蕴和价值观念等方面都渐趋多元化。不再是政治化历史书写一统文坛，而是开始出现文化化历史书写、心灵化历史书写及通俗化历史书写等②；不再是单一的政治化视角，而是集审美、人性与文化等多元视角于一体；不再拘囿再现外在社会历史事像，而是深入拓展到个体内在的灵魂世界等；思想意蕴和价值观念逐渐走向驳杂深邃和丰富多彩。如对曾国藩、钱谦益、福临、童霜威、梁大牙等极富人性深度的复杂历史人物形象的塑造与评价；《白门柳》对明清之际代表历史发展进步趋向的主潮的看法，认为既不是功败垂成的农民起义，也不是帝王将相，而是具有早期民主主义思想的传统知识分子；《历史的天空》以梁大牙、陈墨涵等人各自阴错阳差地加入八路军或国民党军队，发掘历史进程中的偶然和不确定性因素等。事实上，这种变化在《李自成》第四、五卷中也开始出现。如对悲剧意识的发掘，历史反思意识的加深，特别是对起义败因及李自成等起义领袖身上落后、狭隘的乡土文化心理的发掘等，都有可能使创作由政治化历史书写转向文化化历史书写；但由于整体创作观念的历史现实主义拘囿及两军对阵思维模式的限制，《李自成》总体上还是属于单一的政治化历史书写。

特别是新世纪初，传统历史小说和新革命历史小说对历史现实主义规范出现偏离（有别于新历史小说的“剥离”策略，后面有分析）现象，创作开始发生嬗变。其一，以国族主义或者欲望话语偏离以往的阶级政治与党派纷争。或者像二月河、熊召政、唐浩明、孙皓晖等那样，以对大国崛起和盛世情结的铺排渲染疏离以往的阶级争斗和民族冲突，导致历史小说出现美化封建帝王将相

① 熊召政：《寻找文化的大气象》，《小说评论》2003年第5期。

② 刘醒龙、汪政：《恢复“现实主义”的尊严——汪政、刘醒龙对话〈圣天门口〉》，《南京师范大学文学院学报》2008年第2期。

现象，缺乏应有的理性批判；或者像都梁、徐贵祥、邓一光等人以宏大的国族观念调和以往的阶级政治和党派纷争，导致原本具有阶级属性和政治信仰的人物沦为普遍性的人性符号或者生命强力代码，创作缺失对于历史的辩证认识和社会批判意识等认知和教育作用。其二，以对人格魅力、现实诉求的发掘偏离以往的宏大政治信仰与阶级斗争话语，如唐浩明、凌力、都梁、徐贵祥、邓一光等，彰显历史人物身上的复杂人性及人格力量，从中发掘现实所需要的某种精神品质和人格魅力，以示作家们对那段历史和历史人物的赞赏与认同情感。其三，以张扬感性生命的激情主义偏离以往献身崇高理想和信仰的英雄主义。这点尤其体现在新革命历史小说对英雄形象的塑造上。作家们着意通过对英雄身体、生命、力量的感性呈现，传达“英雄气”和“男子气”。此外，还有以日常生活叙事疏离以往的社会宏大叙事，以生存历史、生命历史疏离以往的社会本质历史等。不可否认，这些偏离使得历史小说创作逐渐走向多元化，思想意蕴趋向博大深厚，但也导致创作启蒙立场的消退，超越性信念的流失，以及由于审美驳杂和碎片化导致史诗性艺术弱化等。

三、规范的叛离

1986 年至 1988 年间发生的“姚雪根、刘再复之争”一定程度地反映了新时期文坛那股急欲冲破革命现实主义束缚，以主体性、现代性和本体论文学观取代以往反映论、本质论及真实论文学观的冲劲与趋势。历史小说创作对历史现实主义规范的真正叛离发生在 20 世纪 80 年代中后期的新历史小说中。新历史小说作家没有明确谈到对历史现实主义的反叛与颠覆，但在他们反叛与颠覆的创作冲动与实践中，历史现实主义规范包括现实主义创作观念、历史真实性原则及史诗性艺术建构等，始终是作为潜在的艺术对照存在，某种意义上，这是他们反叛、颠覆的基点和动力。新历史小说发轫之作——《红高粱》的创作意图就是要突破以往战争文学追求再现战争过程的革命现实主义规范。莫言认为战争无非是写作时借用的一个环境，于是战争被背景化，突出的是战争对人的心理方面影响，诸如恐惧、仇恨等。表现重点的不经意更换，实现了由反映论向主体论文学观的悄然转换，文学手法和技巧的革新变幻自然得心应手。与此同时，乔良《灵旗》、格非《迷舟》、苏童《一九三四年的逃亡》、叶兆言《枣树的故事》等大批新历史小说以激进形式探索冲决现实主义规范，不仅以对生命、存在、人性等的探索，消解历史现实主义对历史真实性的价值诉求，还从不同方面消解史诗性艺术建构：任意虚构和想象历史的创作观念颠覆了以往的历史真实性；叙述形式的跳跃、叠合打破了史诗“须构成一个本身完满的有机整体”① 要求；叙述方式的主观化和个人化消解了史诗要求的“创作主体的因素应完全退到后台”，使“作品仿佛是自歌唱，自出现”的“客观性”②；特别是叙述者对待历史的嘲讽、调侃和戏谑态度颠覆了史诗应有的严肃和庄重色彩等。如果说上述短篇新历史小说难以概括长篇新历史小说对历史现实主义规范的消解与颠覆状况；那么格非《敌人》、苏童《我的帝王生涯》、刘震云《故乡天下黄花》等长篇新历史小说，不仅家族史、村落史或欲望史改写了以往的阶级政治史，偶然性的主观化碎片历史消解了过去的必然性客观整体历史，而且情节的片断连缀、人物性格的极化片面及叙述的跳跃叠合等，对历史现实主义观念的瓦解与颠覆更加显然。至于被誉为“象征着深度化的、史诗式的文本的归来”的《白鹿原》也只能成为历史现实主义遭到消解与颠覆的力证。不仅性爱话语过多渗入消解了史诗性艺术应有的整体性和庄重感；情节的循环性（“死亡”的循环、白鹿两家命运的反复及国共势力“翻鏊子”的角逐等）和偶然性（鹿兆海和白灵以掷铜元决定各自政治归宿）也消解了强调客观必然性和本质规律的整体历史观念。《白鹿原》最终成为“一个断裂处挣扎的文化产品”，表面现实主义追求背后呈现的“却是极度的碎片化的零散的段落的连缀”。③ 可见，新历史小说以激进形式探索冲击了现实主义写实规范，以恣意的想象和虚构肢解了历史真实观，以片断化情节、情景消解了史诗艺术建构，“历史”已然成为一种“形式策略”或“特殊的生存策略”。

如果说新历史小说的激进反叛与消解还隐含着作家们对历史现实主义难以挣脱的内在压抑与焦虑心理，即历史现实主义依然是一个笼罩他们心中的庞大阴影；那么到20世纪90年代末至新世纪初的各类历史小说中，这种压抑和焦虑则已然淡化、消失。对于新世纪某些历史小说作家来说，历史现实主义早已被他们冷落、弃置一旁，再也构不成问题了。那些以“流行文学的描写手法和表现方式”，使历史好看、读来轻松的历史写作，像《明朝那些事儿》等，依循流行文化时尚，率性、自由地讲述历史故事，虽然“绝大部分的历史事件和

---

① ［德］黑格尔：《美学》第3卷（下），朱光潜译，商务印书馆1981年版，第108页。

② ［德］黑格尔：《美学》第3卷（下），朱光潜译，商务印书馆1981年版，第113页。

③ 孟繁华：《〈白鹿原〉：隐秘岁月的消闲之旅》，《文艺争鸣》1993年第6期。

人物，甚至人物的对话都是有史料来源的”①，作品也基本以年代和具体人物为主线组织史料。但读者很难把它们与历史现实主义联系一起。那四处散落的“遇到恨透一个人，想要拿刀去砍人的时候，用张定边的事迹勉励一下自己，不要生气，修身养性，活得比他长就是了”“张士诚……有钱了，有房子了，拿着馒头，想蘸白糖蘸白糖，想蘸红糖蘸红糖”等诙谐、调侃的段落；那随处可见的人物心理分析及“我相信……”“我认为……”式叙述口吻，都昭示着再正经去追问历史真实或者史诗性艺术无异于堂吉诃德决战风车。而在那些所谓穿越历史小说、架空历史小说中，如《梦回大清》《新宋》《回到明朝当王爷》等，对历史的架空、篡改和调侃更是比比皆是，“历史”已然成为一种消费符号，一抹缥缈的过眼烟云。在搀杂着真实历史人物的虚拟“历史”时空中，上演着的则是现代人的各式欲望白日梦。历史的内涵被抽空、稀释，以往突现智慧、勇敢和力量较量的战争描写被偶然宿命、神秘因素的渲染所取代，历史生活的厚实充盈描写也变成了随心所欲的肆意涂抹。总之，反中心主义、反本质主义的后现代主义历史叙事终于登场，它“对普遍叙事和宏观理论嗤之以鼻，认为黑格尔的宏大叙事或‘元叙事’已经不再可能……科学和理性使人类逐步迈向美好生活的信仰是不可靠的，大同的观念也是应该摒弃的。没有真理，只有繁杂的解释；没有客观的真实，只有各种各样的不同看法”。② 历史现实主义身影被轻轻地抹去了。

论述至此可以发现，如果说在历史现实主义小说中，形式与内容之间几乎一体，没有什么间隔，因为“历史现实主义试图沟通或者掩盖其形式与主题之间的裂缝——以便通过其形式给人现实的幻觉”。换句话说，“作为文本形式，历史现实主义包含并预设了自己的一组原则和构想，它们同……那些一般历史实践的基础平行，或者是它们的补充”。其背后的哲学基础是传统的认识论和本体论哲学，它“预设了一种对于经验方法和本体论现实的乐观主义信心”。③因此，历史现实主义实则就是革命现实主义的代名词，其蕴涵的真实观、发展

① 当年明月：《明朝那些事儿：朱元璋卷·引子》，中国友谊出版公司 2006 年版，第 1 页。

② Robert F. Berkhofer, Jr：《超越伟大故事：作为文本历史和话语的历史》，邢立军译，北京师范大学出版社 2008 年版，第 13 页。

③ 贺绍俊：《〈笨花〉叙述的革命性意义——重读〈笨花〉及其评论》，《解放军艺术学院学报》2008 年第 1 期。

观和本质观昭然若揭。那么20世纪90年代末至新世纪初的各式另类历史小说中，后现代主义的消费及解构元素则成为潜在因子，撕裂着任何真实的历史人物或者历史事件企图缝合历史叙述、使之趋向整体历史的愿望，而整体主义崩溃的文化现实也强劲地渗透历史叙事中，于是，碎片化的个人叙事无可置疑地取代了整体化的历史叙事。至此，历史现实主义必然地和真正地成了明日黄花。

四、叛离后的回眸与蜕变

20世纪90年代末至新世纪初历史小说创作还出现了另一种倾向——回归现实主义、回归传统（主要指新历史小说），呈现出与同时期的传统历史小说和新革命历史小说创作相融合趋向。这是本阶段历史叙事的主导倾向。如周大新《第二十幕》、莫言《檀香刑》《生死疲劳》、格非《人面桃花》《山河入梦》、铁凝《笨花》、刘醒龙《圣天门口》、李锐《银城故事》及李洱《花腔》等。其一，对历史的态度由嘲讽、解构转向了尊重和慎重。不再肆意调侃或消解历史，而是比较重视史料的查阅和对历史真实的求索。周大新《第二十幕》的创作构思便来自真实历史、原初想象和创作冲动，写作时阅读了《南阳志》《南阳方志》等史料。铁凝为创作《笨花》，也寻找了大量有关书籍，“包括各种版本的近代史和北洋军阀史”，还到“一些地方去寻找历史的踪迹，如主人公曾做过上海吴淞口的司令，她就特意去过吴淞口”。① 具有高度的历史理性。即便因叙述的激进先锋导致本质意义上的历史真实土崩瓦解的《花腔》，也以叙述者口吻说道：虽然“真实”是一个虚幻的概念，但“至少人们对真实的渴望还是真实的吧”？正是出于这种渴望，叙述者着手整理三份自述，试图澄清历史真相，再现历史真实。其二，作品规模恢宏壮阔，时空跨度大，内容丰富驳杂，具有史诗性艺术特征。莫言指出：“重建宏大叙事确实是每个作家内心深处的情结，所有的作家都梦想写一部史诗性的皇皇巨著。”② 刘醒龙也说：“对史诗的写作历来都是每个作家的梦想，在当下，更是成为像我这种年纪的作家

---

① 贺绍俊：《〈笨花〉叙述的革命性意义——重读〈笨花〉及其评论》，《解放军艺术学院学报》2008年第1期.

② 莫言、李敬泽：《向中国古典小说致敬》，《当代作家评论》2006年第2期。

的责任。”[①] 这些作品都是时空跨度大，内容丰富驳杂，人物众多，注重对具有人格魅力的“准英雄”形象的塑造，如向喜、尚达志及傅朗西等。其三，坚持历史叙事的写实风格，基本依循事件发展自然时序叙述一个相对连贯、完整的故事，追求确定性价值意义的呈现。《圣天门口》以雪家和杭家两大家族之间的恩怨纠葛为主线，展现20世纪初到“文革”时期广阔的社会生活面貌，交织着大革命时期国共相争与合作、肃反、解放战争、镇压反革命、“大跃进”“三年困难”及“文革”等重大历史事件，成功地确立了人性和人道主义的精神价值观念。作者曾说：《圣天门口》主要“是想恢复文学中的‘现实主义’尊严”。[②] 格非也谈到：“作家醉心于现实主义并非坏事。……对一个写作者来说，最重要的是写什么，而不是怎么写。”[③] 此外，在语言、结构、叙述及意象等方面的民族化探索上，也开始重视本土经验和自身传统等。

然而，回归后的现实主义决非以往历史现实主义的简单复制。如前所述，历史现实主义涵蕴着真实观、本质观和发展观，充满一种乐观主义的启蒙信念。“历史在某种程度上被视为外在于历史主体，即人类的客在真实，它的线性时间结构被一种合目的性的进化论历史观指涉为因果规律发展的必然结果。在这种历史叙事强有力的影响下，中国当代文学，尤以十七年文学为甚，在很大程度上成为屈服于历史神话之下的对于历史的文本阐释。尽管文学本身秉有‘虚构’的性质，但在这种历史叙事的压制下，‘虚构’往往在文学价值系统中滞后于‘反映真实’的文学观念。”[④] 相比这种启蒙理性历史观念和文学观念，回归后的现实主义历史叙事显然已远离历史唯物主义，虽然在技术手段上大量保留了传统现实主义的技巧和规则，但在思想价值和艺术观念上则实施了大量的剥离手术。

首先，是对必然性本质历史观念的剥离。回归后的现实主义历史小说虽然遵循写实风格，基本按照事件发展的自然时序叙述历史故事，然而叙述视角的

---

① 术术、刘醒龙：《写作史诗是我的梦想》，2011年5月4日中国文学网，http://www.literature.org.cn/Article.aspx? id=9255.

② 刘醒龙、汪政：《恢复“现实主义”的尊严——汪政、刘醒龙对话〈圣天门口〉》，南京师范大学文学院学报2008年第2期。

③ 格非、静矣：《真实的写作》，《黄河》2000年第2期。

④ 叶立文：《启蒙视野中的先锋小说》，湖北人民出版社2007年版，第118页。

变幻、叠合，消解了以往全知叙述的整体性、权威性和客观性，不仅使历史叙事显得个人化，也使整体性客观历史被割裂为碎片化主观历史。而建基于整体历史之上的客观本质历史观念，也随之土崩瓦解。再也难以寻觅到历史内的本质规律和必然性，散落于作品各处的是打上历史个体体验的生存史、生命史或者是由片断化的生活事像连缀而成的情境化历史。历史的多面性、驳杂性取代了历史发展的必然性和本质规律。《生死疲劳》《笨花》就是以民间自在的生命史和生存史剥离以往的阶级政治史。其次，对启蒙理性价值观的剥离。或者在回归传统，认同本土文化价值观念的同时，失却了理性批判精神。如《笨花》虽然以传统文化剥离了阶级政治，但在认同传统观念、本土文化的同时，不自觉地把一些陈腐的传统观念、男权意识及道德政治一体化思想等一并吸纳认同，这只要比较对小袄子与时令关系的处理与对小臭子与国关系的处理就可以发现。或者由于神秘主义、宿命论及偶然性因素的泛滥，导致启蒙理性价值观念流失。《第二十幕》中那个贯穿始终的神秘符号及怪异天象等，不断肢解情节故事所重建的传统儒家文化精神。《生死疲劳》中的宿命轮回观念更是对作品的重审和反思历史精神构成强劲的消解作用。再次，是对审美拯救的剥离。中国20世纪现实主义长篇历史叙事，从《子夜》开始就形成了参与现代历史建构和启蒙民众进化的创作模式，具有强烈的启蒙拯救冲动。“十七年”革命历史叙事就参与了将革命历史经典化和建构国人在新秩序中的主体意识作用。而几乎与历史同构的平实叙事风格，正好印证着文学对于历史、社会及国族的审美拯救使命。然而，新世纪初由于社会文化语境的变化，浪漫主义、魔幻现实主义、现代主义，乃至后现代主义等美学因素纷纷渗入现实主义中，对其内在的必然性逻辑进行革命、篡改或修正，形成一种驳杂多元的混合型现实主义，即“交叉文化蒙太奇”式现实主义。加上，多重叙述视角的不断穿插、变幻、叠合，打碎了完整、平实的现实主义风格，肢解了整体性的历史叙事，凸显的是片断化的个体生存经验和生命体验碎片。因为“声音和视角的表现越多样化，传统的作为话语建构的历史表现就越支离破碎”。[①] 如《花腔》《生死疲劳》等，导致启蒙主义的审美拯救消退。

---

① Robert F. Berkhofer，Jr：《超越伟大故事：作为文本历史和话语的历史》，邢立军译，北京师范大学出版社2008年版，第9页。

综上所述，在当下历史题材小说创作中，历史现实主义无可挽回地蜕变和消退了。由于现实主义隐含一种乐观信念，相信历史、社会和人类是可以认识的，而且认为历史现实主义小说就是对历史真实的无限逼近；然而现代主义及后现代主义的兴起却无不表明，“这种乐观已经消失殆尽。支离破碎的历史图像中，从典型、现实主义理论到总体论的所有环节都在脱落，肢解，或者遭受怀疑”。[①] 因此《李自成》式的历史现实主义规范在中国当代历史小说创作发展中必然会发生消退和蜕变的命运，这是中国当代文学历史发展的必然趋势，而它的确立——嬗变——叛离的命运轨迹也折射了中国当代历史小说创作发展、嬗变的历史轨迹。

（《平顶山学院学报》2012 年第 4 期）

① 南帆：《五种形象》，复旦大学出版社 2007 年版，第 17 页。

《李自成》：用生命铸成的史诗

王庆生①

为了纪念姚雪垠创作的长篇历史小说《李自成》出版五十年，中国青年出版社编辑出版了《文学“马拉松”——〈李自成〉出版五十年研究文选》② 一书，这本汇集了《李自成》研究五十年成果的权威选本，较为全面地涵盖了《李自成》出版五十年来的整体研究，从宏观与微观结合的角度，多层次地论述了《李自成》在中国当代文学史上的重要地位和价值，既充分肯定了这部小说所取得的具有里程碑意义的成就，也指出了作品中存在的不足和局限，提出了一些需要讨论和争鸣的问题。可以说，这是一本客观、理性的，既有珍贵史料价值，又有较高学术价值的著作。它对广大读者阅读鉴赏作品，对进一步深化《李自成》研究、推动当代历史小说创作，提供了有益的借鉴。

姚老是中国现当代文学的著名作家，也是我们敬重的老师。20 世纪 50 年代中期，姚老就在华中师范学院（现为华中师范大学）中文系为我们讲授“中国新文学史”，他那炯炯有神的目光、胸有成竹的潇洒风度，我们至今难忘。此后由于政治运动的影响，接触姚老的机会不多，直到 70 年代后期，姚老担任中国当代文学学会（现为中国新文学学会）会长，我和张永健教授作为他的副手，与他有了较多接触。姚老在同我们谈话以及在学会年会的多次讲话中，都谈到他对中国文学传统、中国现当代文学的看法，谈到学会工作和当代文学研究的取向，谈到创作《李自成》的情况，这些都使我们深切感到：姚老不仅是一位著作等身的作家，也是一位生性耿直、具有高尚品格的导师。

---

① 王庆生（1934—），华中师范大学原校长、中国新文学学会原会长。华中师范大学文学院教授、博士生导师。

② 《文学“马拉松”——〈李自成〉出版五十年研究文选》系姚雪垠研究会为纪念《李自成》出版五十年而编辑的一部学术文集，姚海天策划，刘起林主编，中国青年出版社 2013 年出版。

姚老一生历经磨难，命途多舛。而为当代长篇历史小说奠基的《李自成》，是在姚老被划为“右派分子”之后开始创作的。当时他的处境十分困难，意想不到的无情打击，使他陷入痛苦的深渊。面对灭顶之灾，姚老没有沮丧，没有放弃，而是直面现实，重新燃起创作的火焰。如他在《咏怀七律》中所说“曲折征途志不违，艰难长夜化朝晖。争鸣误信春风暖，摧折真知霜雪威。”“三百年前悲壮史，豪情和泪著新篇。”经过多年的艰苦努力，终于在 20 世纪六七十年代出版了《李自成》第一、二、三卷。《李自成》的出版，开当代长篇历史小说之先河，引起了强烈反响，尽管报刊不发评论《李自成》的文章，发行要“控制印数”，但两卷本的总发行量达到 410 万套，如按三卷共计 8 本计算，总印数为 3200 万册。如此巨大的发行量，在当代历史小说中是空前的。有许多读者看后不忍释手，读了多遍。中南局第一书记陶铸看了第一卷后对作家夏衍说：“这本书写得很好，十分吸引人，我简直是一口气读完的，建议你也看一看。”夏衍看后说：“《李自成》不仅是新中国成立以来第一部长篇历史小说，其重要的意义在于用历史唯物主义的观点，画出了一个灿烂的历史画卷。”作家秦牧说：“读《李自成》是一顿精神的盛宴，有一种艺术享受上的巨大的快感。它真是波澜壮阔，鞭辟入里，荡气回肠。”从这些反映中使我想到：为什么一部历史小说产生这么强烈的效应，在读者中掀起这么大的情感波澜《李自成》创作的成功，给我们提供了哪些启示呢？在我看来，一部作品的成功，固然有多方面的因素，但作家的创作理念、创作准备、创作心态对作品的成败都是至关重要的。

从创作理念看，姚老深知“写长篇历史小说，在我国新文学运动史上是开辟新领域、新途径的工作”，他在《李自成》创作伊始，就把开创性作为追求的目标。自始至终，坚持不懈。

作家是文学的创造者，也是社会责任的担当者。创造是作家的神圣使命，也是“区别天才和单纯的才能或才赋的界线”。古今作家都强调创造在文学中的意义，要求作家“脱窠臼，重创造”“须教自我胸中出，切忌随人脚后行”。在写作《李自成》的过程中，姚老始终把创造作为自己的执着追求。他说：“《李自成》的开创性的贡献，主要体现在三个方面：一是用历史唯物主义观察历史，并通过艺术来反映历史；二是把长篇小说作为一部百科全书来写，写出社会各个阶层的生活；三是将作者的美学思想充分体现在小说里。”应当说，姚老提出的这些要求都在《李自成》中得到实现。茅盾读了《李自成》后，对小说取得的开创性成就给予高度评价，认为“这是‘五四’以来第一部长篇历史小说”“用历史唯物主义和辩证唯物主义来解剖这个封建社会，并再现其复杂变幻的矛盾的本相‘五四’以后也没有人尝试过，作者是填补空白的第一人”。美学家朱光潜说，作者“把西洋小说的手法和中国小说的手法，很巧妙地颖合在一起，创造出了一种新的《李自成》写作的独特手法”。学者严家炎认为“《李自成》的一个重要贡献，是对传统悲剧观念的突破，把悲剧人物的性格更深一层地推进。另一重要成就，是保持了全书结构艺术的很高美学水准。”这些都说明《李自成》体现了作者的创作理念和美学思想，为当代历史小说开创了一条新路，而这也是《李自成》具有感人魅力的原因所在。

从创作准备看，姚老创作《李自成》，长期做了充分准备。他在会见香港《快报》记者杜渐时说：“写《李自成》，同我年轻时写书不同，要打有准备的仗。全书五卷，重要历史事件，我都作过独自的研究；在艺术上，各卷的重要情节，包括第五卷的尾声，都作了反复构想……在写作过程中，我对历史的研究并未停止，我对历史的理解还在继续深入，对人物也在继续塑造，因而情节也在继续丰富、修改。”为了写好《李自成》，姚老下苦功，一点一滴积累，切切实实地去做。查历史、找资料，煞费苦心，不遗余力。他用蝇头小楷写的卡片，就有二万多张，卡片上引用的文献就有《七修类稿》《入海记》《廿二史札记》《甲申记事》《明史》《明通鉴》《明清内阁大库史史料》等正史、野史、杂记、史钞、地方志、家谱等资料300多种。长期的积累，使《李自成》中的人物活在姚老心中，写起来，自然得心应手，游刃有余，出手不凡。可以说《李自成》正是姚老长期准备、厚积薄发的结果。美国芝加哥大学艾恺教授在给姚老的信中说：“巨著《李自成》一读再读难以释卷。先生写作收集资料之多，考据之精，描写之细，着实令人叹为观止。先生求真务实的精神实为治史者之鉴。”由此，使我想到当下文坛出现的一些景象：有的作者创作，其速度之快、产量之高令人咋舌。据说有的一年写出三部长篇小说，这不禁令人怀疑，这些作品是怎样写出来的。而有的报刊也推波助澜，宣传什么“30天写小说”“一年通往作家路”“12个月的写作之旅，带你通往成为作家的大门，很多人的作品在修改后获得出版并登上排行榜”。这些说法不仅无视作家长期的生活积累和创作的艰辛，而且违背了文学创作的规律。这样写出的作品，只不过是一堆平庸的垃圾而已。

从创作心态看，姚老是在外部环境险恶、内部受压的情况下创作《李自成》的。被划为“极右分子”后，姚老坚持在委曲、痛苦和孤独的日子里秘密写作。在下放东西湖劳动的日子里，他在睡梦中说：“潼关大战是逼出来的，我并不想打。杀呀，杀呵，冲啊！狭路相逢勇者胜。”“张献忠很难写、难写呀……”俗话说：日有所思，夜有所梦。在逆境中姚老的最大愿望就是写作《李自成》。为了实现这一夙愿，姚老以平和淡定的心态开始了“艰难长征”。他说：“要耐得寂寞，勤学苦练。不骛虚名，不计一时荣辱，不要看一时谁的名在前，谁的名在后。耐得寂寞才能不寂寞；耐不得寂寞偏偏寂寞。”正是因为耐得寂寞，姚老勤学苦练，严谨治学。“日日案头挥汗雨，笔端虎啸带雷鸣。经多实践思方壮，勘破浮名意自平。”他没有节假日，每天凌晨三四点钟起床开始创作，几十年如一日。夏日，汗流浃背；寒冬，手脚冻僵，都全然不顾。即使在患了急性关节炎、疼痛无比的情况下，也是“拼命地写呀，写呀，忘记了吃饭，忘记了睡觉，在十多天的时间内，就写出了数万字的作品”。如诗中所述：“征路崎岖载宿愿，艰难摸索苦经营”，“膏腴大地生花笔，三百万字写史诗”。姚老正是用坚强的毅力“艰难摸索苦经营”，终于完成了多卷本《李自成》。姚老说：“《李自成》不仅是我一生修养的结晶，也是生命的结晶。”是的，姚老这部百科全书式的史诗，不仅融汇了他的渊博学识、人文素养，更是他用自己一生的心血、用生命所铸成。这不仅在中国新文学史上树起了一座丰碑，更为我们留下了一笔宝贵的精神财富。

评论是创作的重要一翼。《李自成》出版后，有关《李自成》的研究和评论随之开展，一些专家、学者写出了一批有价值的研究论文，有的大学还成立了“姚雪垠研究室”，重点研究《李自成》。1978 年 4 月，在武汉举行了全国首届《李自成》学术讨论会，接着湖北人民出版社出版了《〈李自成〉评论集》，汇集了这一时期的研究成果。1982 年春《李自成》被全国中学生评为“我所喜爱的十本书之一”。以后由于各种因素的影响《李自成》研究比较沉寂、冷落，直到 90 年代初期，又掀起了一个研究《李自成》的热潮。1990 年 10 月，由湖北省文学艺术界联合会、湖北省作家协会和武汉大学、华中师范大学、湖北大学等单位联合发起的“姚雪垠文学创作六十周年学术研讨会”在华中师范大学召开，来自全国各地的作家、教授、学者聚集一堂，回顾总结了姚老60年的文学创作生涯，重点研讨了《李自成》，就《李自成》取得的成就和不足进行了坦诚而热烈的研讨，取得了一批研究成果。此后随着《李自成》第四、五卷出版《李自成》研究跨入了一个新的阶段。就《李自成》研究五十年而言，经历了一个由浅入深，从局部到整体、从一体化到多元化、从政治视角到审美视角的演进过程，研究视野不断被开拓，研究领域不断被扩展，研究水平不断被提高。作为一部长篇历史小说，研究者总是从多个角度、多个层面对作品进行探讨：或从宏观上整体把握作者的创作思想和作品的脉络，全面论述《李自成》的成就；或从微观上解读作品，从人物、结构、艺术风格、表现手法、细节描写、语言等方面解剖小说的某个层面，深入分析作品的意蕴。在研究方法上，或从政治历史角度分析小说的历史真实和艺术真实，对小说的主题内涵、情节和人物的真实和虚构问题作认真而独到的分析，对作者“深入历史”和“跳出历史”的创作理念给予肯定；或从审美的视角分析作品，指出作者创造的许多人物具有不同的性格、不同的个性，结构上采取“断云横峰，大起大落”的分单元组合方式以及小说描绘的摇曳多姿的风俗画，具有独特的韵味。总的说来《李自成》研究五十年来成果丰硕，成绩可喜。这本《文学“马拉松”——〈李自成〉出版五十年研究文选》正是半个世纪以来《李自成》研究成果的荟萃。

说到这本文选，我以为它有这样几个特点：

一是学术性。这本书的编选不计作者名气、社会影响的大小，职位高低，也不考虑照顾种种复杂的关系，而以学术性为准绳，以论文的学术含量和信息含量为基准，这是难能可贵的。回望社会上的种种文学评奖，为什么会引起社会各方的诟病，就在于有些申报者热衷于找关系、走后门、跑评委、送红包，这就从根本上颠覆了评价的客观性、公正性，玷污了学术的尊严。作为研究论文，当以学术性作为衡量论文水平高低的标尺。学术贵在创新，创新当以发现新材料，提出新观点、解决新问题、建立新范型为目标，这样才能在前人的基础上守正出新，有所发现，有所突破，而步他人之后尘，拾他人之牙慧，就难于在学术上提出新见解，开拓新领域，难以有大的作为。强调学术性正是着眼于学术水平的提高，着眼于学术的创新。而这也并非否认那些为大众需要所撰写的普及性文章的重要价值。

二是层次性。《李自成》研究五十年来，论文不少，作者甚多，如何选萃？

编选者在时间的顺序上，既选有 20 世纪 70 年代后期发表的多篇论文，也有 80 年代、90 年代的论文，还有 21 世纪以来发表的论文，这就涵盖了《李自成》研究五十年来有代表性的研究成果。就年龄层次来看，老中青学者的研究论文都有。尽管中老年学者的论文占据主导地位，但几位后起之秀的年轻学者的论文，也以充盈的活力、清新的姿态进入《李自成》研究领域，令人耳目一新。

三是争鸣性。这本文选收入了有关《李自成》争鸣的多篇文章，这是一个好的开端。争鸣是中国文学的优良传统，一部作品问世后，难免会有不同的反映，不同的看法，不同的评价，这是一件很正常的事。仁者见仁，智者见智，不必强求一律《三国演义》《红楼梦》诞生至今已有几个世纪，但对这些经典名著的评价仍有不同的观点和看法，争鸣仍在继续之中。从文学发展的历史来看，建立一个良性的、有利于学术生长的生态环境，就需要允许不同意见、不同观点的发表，倡导百家争鸣。评价文学作品，一棍子打死固然不对，一味地唱赞歌也有害，文学评论和研究的最大禁忌是一言堂。只有坚持文学批评的科学标准，倡导言之成理、持之有故的学风，真理才会在争鸣中越辩越明，文学研究才会在争鸣中开辟更为广阔的生长和发展空间。

写到这里，我不禁想起姚老提出的第三条座右铭："生前马拉松，死后马拉松。"姚老对来访的记者解释说："作为一个作家不要一看到别人出书了，得奖了，就着急，甚至眼红。因为人生就像马拉松赛跑一样，未死之前，不能决定谁是冠亚军；即使人死了，他的作品还在，甚至由于各种因素，在若干年内，他的作品仍被捧得很高，但是随着时间的流逝，历史的检验，那些华而不实的东西，终会黯然失色。对一部作品、一个作家总会作出实事求是的、正确的评价，这就叫死后马拉松。一个作家在死后马拉松运动中能否获胜，这完全取决于他在生前对作品所投入的劳动，思想深度和艺术高度。因此，大家一定不能只看眼前，而要想到长远。"姚老这段睿智而又富于哲理的话告诉我们：评价一个作家、一部作品不能只看一时一事，不能为某些耀眼的光环所迷惑。在岁月的长河中，历史总是检验作品的最好标准。经过半个世纪的检验《李自成》已经获得首届茅盾文学奖等多种奖项，已经进入高等学校和研究机构编著出版的"中国当代文学史""20 世纪中国文学史"等方面的教科书之中，进入大学中文系的课堂和中学语文课本，进入广大读者的阅读视野，时间已为这部长篇巨著作了历史定位。1981 年，曹禺在张炯主持的“中国当代文学讲习班”演讲时说：“现在研究《红楼梦》称为‘红学’，我相信将来会有研究《李自成》的‘李学’。”经过五十年的努力，《李自成》研究有了较大进展，但总的来看，有深度、有水平的研究成果还不多。如何深入研究？姚老写给我和张永健的信中说：“任何人都不能离开社会，不能超越历史。把一个作家放在具体的社会和历史的背景下，分析和研究他所赖以成功的综合条件（优势），是深入评论和研究作家的科学途径。”当今，我们需要在现有的基础上进一步深入研究《李自成》。深入研究不仅需要认真地阅读文本，研究与文本有关的史实，而且需要研究社会史、思想史、文化史，这样才有可能高瞻远瞩，将《李自成》置于特定的社会和历史境遇中审视，从而产生更多有深度、有突破的研究成果。

（《新文学评论》2014 年第 1 期）

《李自成》在中国现当代文学史上的贡献

王维玲

今年[①]是《李自成》出版五十年，从1963年出版第一卷，1976年出版第二卷，1981年出版第三卷，1999年出版四、五两卷，五卷本出齐。从第一卷出版至今整整五十年，对一部作品来说，五十年的社会检验，可以“论定”了。一部成功的历史小说，不仅应该给读者提供丰富的艺术享受，而且应该给读者提供丰富的历史知识，同时通过小说中塑造的人物形象，历史事件的发展进程，各种成败的经验教训，使读者能从中得到启发，受到启示，这是读者在一般历史专著中得不到的。

五十年来，《李自成》这部著作在国内受到广大读者的热烈欢迎，来信之多，在中国青年出版社出版的长篇小说中是少见的，五卷的读者来信可以概括为四句话：开眼界、长知识、受教益、有收获。读者对李自成起义过程中的失败、受挫、壮大、胜利、又失败等重大历史事件的经验和教训，反映是强烈的。他们说，李自成和他的将士们坚韧不拔、万死不屈的精神和气概，具有很大的震撼力，很鼓舞人。他们失败的教训，也很有借鉴意义。还有不少读者给姚老写来贺信、贺诗，抒发他们对《李自成》这部著作的感受和热爱。有一位读者用毛笔工工整整地给中国社会科学院写信建议“授予姚雪垠先生特殊荣誉，并给予相当优厚的奖励”。相当多的读者来信都提到“这是继我国的《三国演义》《水浒传》《西游记》《红楼梦》等小说以后的一部历史性的好小说，也是近年来最好的小说，是人类文学宝库中一颗璀璨的珍珠”。而建议改编电影、电视连续剧的读者来信就更多了。

同样《李自成》出版以后，在国内有影响的知名人士和专家学者中的反映

① 指2013年。

也是相当热烈的，其层次之高，受重视程度之深，可以说也是新中国成立以来出版的长篇小说中少见的。特别让我感动的是茅老，当时他已八十高龄，身体又不好，双目患老年性白内障，左目视力 0.3 至 0.4，右目患老年性黄斑盘病，一尺外不见五指。可是茅老怀着极大的兴趣和热情，不仅看了《李自成》第一卷，而且将《李自成》第二卷初稿（八十万字）看了两遍。茅姚二人往来信件共 58 封，其中包括茅盾读《李自成》第二卷《商洛壮歌》到《河洛风云》的十个单元的详细审读意见。姚老说："茅公对《李自成》二卷的关怀和热忱，使我十分感激。""他有丰富的创作经验……善于从小说艺术的特点评论小说作品。""许多意见精辟入微，探出作者匠心。"在姚老逝世后，他的儿子姚海天先生把茅盾和姚雪垠从 1974 年到 1980 年的七十多封无比珍贵的信件，以《茅盾　姚雪垠谈艺书简》为题，出了一本专集，详细记录下了不为外人所知的两位老人在《李自成》出版前后对《李自成》和《李自成》创作中的许多重大问题的分析和探讨，这是一本关于《李自成》创作的十分珍贵的记录。讲到《李自成》的成就时，是茅老最早提出："用历史唯物主义和辩证唯物主义来解剖这个封建社会，并再现其复杂变幻的矛盾本相'五四'以后也没有人尝试过，作者（指姚雪垠）是填补空白的第一人。""作者在《李自成》中，打算为中国封建社会生活（包括它的各阶层间的相互关系），描绘一幅绚丽多彩的画卷。"这以后，夏衍、林默涵、秦牧也都提到这一点。而胡绳就更加明确指出：姚雪垠"不只是单纯地反映明末农民起义这一历史事件的过程，而是以这支农民起义军为中心，写出一部中国封建社会的'百科全书'"。到了 1990 年 10 月祝贺姚雪垠八十寿诞暨从事文学创作六十周年的时候，对于姚老运用历史唯物主义和辩证唯物主义的原理解剖中国封建社会，揭示当时复杂的社会矛盾，展示社会风貌，大家的议论就更多更详尽了。

1993 年春节我去给姚老拜年时，讲起《李自成》四、五两卷虽然还没有出版，但从一、二、三卷出版三十年来的反映，书界人士公认姚老是现当代文学史上一位有突出成就、重要贡献的老作家。取得这样的声誉和成就，不是吹出来、捧出来的，是摆在那里的实实在在的事实，而这些成果不是从天上掉下来的，它们是姚老几十年的苦读与笔耕的硕果。是他几十年不息的奋斗，最终使自己拥有了牢固的基础和独有的优势，成为大家公认的一位学识渊博、知识深厚、具有较高艺术造诣和理论修养的学者型作家。这就是为什么在 20 世纪

30年代出现的大批作家中，姚雪根当时就比较突出和有名；为什么这以后他能够跨越几十年光阴，到了老年仍能够在创作上充满实力和创造力，创作活力始终不衰，而且取得辉煌成绩；又为什么至今他已80岁，仍笔耕不辍，努力奋进，并对自己的创作潜力和创作前景充满信心。就因为他具有雄厚的实力所形成的属于自己的综合优势！当时姚老对我讲的“综合优势”四个字很感兴趣，于是这天我们就围绕姚老具有哪些“综合优势”展开交谈，后来我把这次交谈概括为五个方面。

第一，姚老虽然不是专门研究马克思主义哲学的，但是在20世纪30年代初马克思主义思潮在中国大发展的浪潮中，他对马克思主义，对辩证唯物主义和历史唯物主义的哲学思想就产生了浓厚兴趣。在以后的几十年中，他对马克思主义的信仰矢志不渝，无论是在写作中，还是在教学中，他都坚持学习和运用马克思主义，而且贯彻在《李自成》的酝酿、构思、写作的整个过程之中。对此，茅老、胡绳等都给予了充分的肯定和很高的评价。正因为姚老比较早地就在自己的创作实践中运用马克思主义的哲学思想分析问题，认识问题，所以他对史学界和文学界出现的问题都有自己独特的见解，从不为一般潮流所左右。比如，在50年代，极左思潮流行，片面强调阶级立场，阶级对立，破坏了现实主义的文学创作手法。如是现实题材，对蒋介石必得尽量丑化，加以贬词；如是历史题材，对帝王将相不能正面去写，要写也必须加以丑化。姚老写《李自成》从一开始就打破了这个禁锢，他写崇祯皇帝，是将他作为全书中一个悲剧典型来塑造，与李自成合成旗鼓相当、双峰对峙的艺术典型来安排设计的。他说，在阶级社会中，单有一个阶级不能构成社会，必须有两个主要阶级，加上其他阶层，各种社会力量互相矛盾斗争，也互相依存。写农民起义当然是写农民阶级和地主阶级两方面领导力量的生死搏斗，不写李自成的对立面能行么？既然要写崇祯皇帝这个典型人物，不写他的宫廷生活、朝政活动，不写他周围的皇妃、宫女、太监、文臣、武将等人物，就构不成他的典型环境。姚老说，这一起码的历史唯物主义态度，使我敢于用大量笔墨塑造崇祯“这个”帝王的真实可信的形象。就是对李自成的塑造，姚老也认为，决不能违背历史唯物主义，李自成生在封建社会，存在决定意识，他和他的义军反对的是朱明王朝的统治，他们并不反孔，也没有想从根本上推翻封建制度。姚老坚持历史唯物主义的态度，加上丰富的历史知识，使他在写《李自成》的整个过程中，对遇到的许多难题，都能够保持清醒的头脑，既看得清楚，又敢于坚持原则，还能一一化解，写得更加深刻。

第二，姚老在中国史学方面有较深的修养，他自青年时代起，就开始收集和研究晚明史，阅读了大量史学方面的专著，包括正史、野史，连明史专家吴晗都说“论晚明史研究，我不如你”。白寿彝教授则誉他为“学者型的作家”。史学修养对历史小说家来说是极其重要的条件，姚老在《李自成》前三卷中已经表现出了他在史学修养方面的优势，到了后两卷，特别是写明朝灭亡和崇祯自缢殉国，写清朝廷的活动和清兵入关，更显出他丰富厚实的修养。

第三，姚老在中国古典文学研究上有较高的修养，这一点已为众人所公认。在《李自成》的创作中，首先一条就是在小说人物的对话中不能说出现代词语，如出现这种现象，就破坏了小说的历史气氛。其次，在写历史人物中的士大夫阶层的对话时，一定要写出这个阶层的特点，不如此就失去了历史的真实面貌。姚老为小说中的人物写出的诗、词和不同风格的古典散文很多，不仅没有失真，而且都达到了很高的水平。可以说在老一辈的专家学者中，具有这一套本领的人还不少，但在写历史小说的作家中，恐怕已是绝唱。在《李自成》中，上层士大夫的语言特色最为突出，包括诗、词和古典散文。

第四，姚老以历史唯物主义为指导，最早为中国当代历史小说创作开创出一条新的道路。这条创作道路的基本原则有二：一是主张历史小说是历史科学与小说艺术的有机结合，而深入历史科学是前提，是基础；而后还要以历史唯物主义和辩证唯物主义为指导，运用小说创作的艺术规律，跳出历史，这样才能出新、创新。所以，要学习、钻研掌握小说艺术技巧。不掌握高超的小说技巧，就很难使历史小说成为激动人、感染人的文学作品，而不激动人、不感染人的文学作品，就没有达到历史小说的创作目的。

第五，《李自成》打破了“五四”以来中国长篇历史小说在内容上单线发展的程式和传统，开辟了百科全书式的创作规模。姚老在小说结构的方法上，在美学思想的运用和实践上，对长篇历史小说的创作，提供了丰富的经验。恐怕就因为这样，读过《李自成》之后，常常让我们既认识了封建社会里错综复杂的历史现象，又认识了各种历史事件的真正意义。《李自成》丰富而深刻的内容和多彩的艺术魅力，是姚雪垠创作个性中最突出、最活跃的特征，也是他不衰的艺术生命的源泉。在我们交谈中，有一个共同认识，这就是姚老在六十年的文学生涯中，把他在其他作品中做过的成功探索和经验，都吸收到《李自成》这部小说中来了，而《李自成》中的许多成功的探索和创造，却是他以往的作品中所没有的。所以在《李自成》出版五十年的时候，我们研究探讨《李自成》的创作，可以总结出许多宝贵的经验，提出许多题目，诸如美学思想与创作方法、悲剧思想与悲剧艺术、民族气魄与民族风格、传统手法与创作个性、文学语言与文学大众化、历史科学与小说艺术等，但所有这些都离不开对《李自成》的整体认识，离不开姚雪垠对历史小说创作的开创性贡献。这五十年《李自成》的出版影响和催生了一大批历史小说和作者，促成了历史小说的繁荣和发展，给我们文学的百花园生辉增色。研究和探讨《李自成》与中国当代历史小说的兴起和繁荣，研究这一社会文学现象，是很有意义、很有价值的。

总之，姚老的创作成就，是开创性的。是他第一个填补了“五四”以来中国当代长篇历史小说的空白，这是值得我们思考和重视的。姚老的创作经验，绝不仅仅是他个人的财富，而是我们中华民族的财富，是我们整个文学界、出版界、史学界的财富。他的经验和成就，将影响几代人，事实上中国历史小说的作者们就在学习，就在实践，而这些实践结出了累累的硕果。

如果我们从文学理论、文学实践、文学史的角度，进行评论和研究，总结姚老为社会主义文学创作，特别是历史小说的创作提供的宝贵经验，会有助于文学创作，特别是历史小说的开拓和繁荣。事实上，我们对《李自成》的研究，已经大大地扩展开来了，那就是从研究《李自成》的内容形式、风格手法、开拓创新等，扩展到了研究和探讨整个历史小说的发展和成就。形成这样一种局面，这不能不说是姚雪垠的贡献，这贡献远远超过了《李自成》的自身价值，从这点来说，在纪念《李自成》出版五十年的时候，进一步开展对姚雪垠和《李自成》的研究是一件很有价值和意义的事。

（《新文学评论》2014 年第 1 期）

在“农民战争史诗”和“社会百科全书”之间

——《李自成》历史评价中的“农民战争主题说”质疑

刘起林[①]

一

作为中国当代历史文学中具有里程碑意义的代表作，《李自成》在社会文化层面的声誉，大致经历了20世纪70年代末到80年代前期众星捧月的荣耀期、80年代中后期“一落千丈”的贬损期和90年代以来风光难再的落寞期这样三个历史阶段。

虽然《李自成》第一卷在1963年就已出版，但作品的影响和对作品认识的真正有力的展现，实际上是在70年代末80年代初。因为《李自成》第一卷“有一个相对独立的主题，即革命运动的领袖人物在遭到严重挫折后应该抱什么态度”[②]，也就是着重表现了李自成在斗争失败的情况下“对革命胜利的坚强信心和百折不挠的精神”[③]；也因为毛泽东、邓小平等政治高层人物，从阶级意识形态的高度对这部作品给予了特别的关注和重视；于是，社会各界就基本奠定了《李自成》作为一部“农民起义和农民战争史诗”的总体审美印象。学术界主流看法，也是根据第一、二卷的基本状况，认为《李自成》是“波澜

① 刘起林（1963—），河北大学文学院教授。

② 姚雪垠：《〈李自成〉创作余墨》，《姚雪垠文集》第18卷，人民文学出版社2010年版，第53页。

③ 姚雪垠：《〈李自成〉第一卷修订本前言》，《姚雪垠文集》第18卷，人民文学出版社2010年版，第7页。

壮阔的农民革命战争历史画卷”[1]“气壮山河的农民战争的史诗”[2]“描绘农民革命战争的壮丽史诗”[3]。80年代初期，中国文坛又出现了一个“农民起义”题材的长篇历史小说创作热，恰好是《李自成》第二、三卷出版、第一卷再版，创作成绩从量到质皆成为一时之翘楚，第二卷还获得了首届“茅盾文学奖”。于是，人们就顺理成章地把《李自成》当作农民起义题材创作热的代表之作，关于这部作品属于“农民起义叙事”“农民战争主题”的普遍印象也就变得更加稳固。

20世纪80年代中后期，中国社会文化呈现出价值多元化的发展态势，《李自成》的成就与地位也受到了空前的质疑和挑战。一是在姚雪垠与刘再复就“文学主体性”理论的争论中[4]，《李自成》并未被深入探讨，却遭遇了“殃及池鱼”之灾。刘再复在一个回复性质的访谈中，以《李自成》在“十七年”和“文革”时期“走红”为依据，将这部作品与“帮派文艺”的代表作“样板戏”和“三突出”的代表作《金光大道》联系在一起，指责其不过是一个“描写古代阶级斗争”[5]“表现高大完美的农民英雄”[6]的文本，而且“第一卷印象较好，但遗憾的是，后来一卷不如一卷，一卷比一卷粗糙，愈写愈差”[7]。二是章培恒通过比较《李自成》和金庸武侠小说认为，《李自成》虽然“热情地歌颂了古代的农民起义”，但并未对“人生问题”作出能给读者以新启示的独特思考，而且“对以李自成为首的这支农民军作了过分的美化，因而基本上是违反历史的真实，也即违反生活的真实的”，所以属于“真中见假”之

---

① 古平：《波澜壮阔的农民革命战争历史画卷——读历史小说〈李自成〉一、二卷》，《武汉师院》1977年第1—2期。

② 严家炎：《〈李自成〉初探》，《北京大学学报》（哲学社会科学版）1978年第3期。

③ 胡德培：《描绘农民革命战争的壮丽史诗——谈长篇历史小说〈李自成〉的成就》，《齐鲁学刊》1980年第2期。

④ 姚雪垠相继发表了《创作实践与创作理论——与刘再复同志商》（《红旗》1986年第21期）、《继承和发扬祖国文学史的光辉传统——再与刘再复同志商榷》（《红旗》1987年第8、9期）参与讨论。

⑤ 刘再复：《刘再复谈文学研究与文学论争——兼答姚雪垠先生》，作家出版社1988年版，第414页。

⑥ 刘再复：《近十年的中国文学精神和文学道路——为即将在法国出版的〈中国当代作家作品选〉所作的序言》，作家出版社1988年版，第286页。

⑦ 刘再复：《刘再复谈文学研究与文学论争——兼答姚雪垠先生》，作家出版社1988年版，第414、417—418页。

作[①]。这一南一北的两次贬低都影响巨大、背景广阔，而且学术渊源深厚。虽然二者立论和判断的价值基点有所不同，但在将《李自成》的审美意义和创作意图定位于用“阶级斗争理论”解释“农民起义和农民战争”方面，却显得高度一致。这就从一个相反的方向，更“坐实”了《李自成》不过是表现“农民战争”、歌颂“农民英雄”的公众阅读印象。在当时中国文学与文化亟盼走向多元化的时代语境中，建构“意识形态话语”的审美道路受到了相当激烈的非议与贬低，《李自成》既然被定性为历史文学领域“意识形态话语”的代表作，声誉自然就一落千丈，而且处于一种似乎被“一招制敌”就无力“还手”的境地。

随后时移世易，《李自成》在社会文化层面进入了漫长的“落寞期”，相关研究一直处于停滞状态。世纪之交，《李自成》全书出齐，画上了“五百万人都在期待的一个心理上的句号”[②]，也获得了第八届中宣部“五个一工程”奖、第十二届中国图书奖、“向建国五十周年献礼十部长篇小说”等各种接踵而来的体制性荣誉。但广大读者的阅读激情并未被真正唤起，作品在学术界被冷落、漠视的状况也没有出现较大的改变。究其原因，除了可供阅读的作品已极为丰富和广泛、分散了每一部作品的阅读量之外，根本原因还在于这部小说本身。一方面，不少人先入为主地估计作家“年事已高”、而且用口述录音的方式写作，所以必定是“创造力衰竭”，第四、五卷也必然是“每况愈下”；另一方面，对这部小说是“农民战争主题”“意识形态话语”之类的80年代既成印象，也对小说的“备受冷落”起到了重要的作用。直到新世纪后，随着2000年“姚雪垠书系”由中国青年出版社出版、2003年“姚雪垠长篇历史小说奖”设立、2010年“纪念姚雪垠百年诞辰”系列学术研讨活动召开，众多学者纷纷发表论文对作品进行重新探讨，《李自成》才转入作为历史性文本进行“学院探讨”的阶段，相关研究也呈现出一种多视角多侧面、冷静而客观地剖析的新面貌，但在这一时期，关于作品主题本身的正面探讨反而相对地显得颇为

① 章培恒：《金庸武侠小说与姚雪垠的〈李自成〉》，《书林》1988年第11期。

② 关正文：《500万人的一个心理句号》，《小说选刊·长篇小说增刊》1999年第1期。

欠缺。①

所以，虽然“农民战争主题说”主要是研究者在政治中心的时代环境中解读小说前两卷、然后顺延到第三卷的一种理解与判断，但长期以来，这种判断与评价既是《李自成》在20世纪80年代前期蒙宠获誉的“金字招牌”，也是它在后来的几十年里遭遇冷落的外在“标签”。因为可以说“农民战争主题说”与《李自成》之间的关系实可谓“成也萧何，败也萧何”。

二

但是，“农民战争主题说”实际上难以充分合理地解释《李自成》创作意图与意蕴建构的一些重要事实。

从全书各卷内容布局的角度看。“农民战争主题说”往往着意强调《李自成》审美内涵中“以阶级斗争眼光”谱写“农民起义和农民战争颂歌”的方面，并以之为对于作品意蕴建构的整体判断。但实际上，小说第一卷的某些情节内容与结构布局就存在被研究者忽略之处，第二卷中也有大量游离或平行于这一主线的情节，第三卷不符合该主题逻辑的内容就更多了。研究者们对这些意蕴则只从“增添了作品内容的丰富和广阔性”之类的角度加以阐述，甚至认为“第一卷完美无缺，第二卷有一定的局限”②，第三卷出现了严重的“臃肿”“枝蔓”现象。

姚雪垠对全书各卷的布局，只有第一卷紧贴李自成及其农民起义军，“第二卷开始展开，第三卷继续展开，而到第四卷停止向广阔展开，到第五卷逐步收缩，最后收到大顺军同清朝（满洲统治阶级的联合力量）的武装斗争”③。所以，众多从“农民战争主题说”的角度看属于“局限”“臃肿”“枝蔓”之处，并不是由于作者“搜集了大量资料，经过了刻苦的分析整理……难免有若

① 本文发表前一年多，即2012年4月18日，阎浩岗在《文艺报》发表《〈李自成〉的主题与姚雪垠的立场》一文，对“歌颂农民起义”说提出质疑，并对《李自成》主题作出新的解释。参见本书上册第187—192页。——本书编者注

② 茅盾、姚雪垠：《茅盾　姚雪垠谈艺书简》，人民文学出版社2006年版，第113—114页。

③ 茅盾、姚雪垠：《茅盾　姚雪垠谈艺书简》，人民文学出版社2006年版，第113—114页。

干可以精简而还未能割爱"[①]，实际上同样是作品意蕴建构的有机组成部分，是作者精心布局的结果。具体说来，全书开局的情节单元"北京在戒严中"从明朝角度展开整个时代的政治格局，而且将叙述重心落在如何对待"东虏"而非"流寇"方面；崇祯皇帝及其明王朝朝野与李自成起义军不相干的历史内容也占据了巨大的篇幅，从而使崇祯形象显示出超越官军和义军对阵格局的艺术内涵与审美意义；卢象升牺牲、洪承畴投降等与农民军命运无关的内容被详细呈现，而他们与农民军对阵等本来客观存在的事实却未曾得到充分的正面描写；"慧梅出嫁"和"慧梅之死""洪水滔滔"等处于农民战争边缘位置和带有批判性立场的情节内容，也被作者特意虚构出来并浓墨重彩地加以描绘；第四卷中，有关崇祯皇帝的内容包括"梦江南""围城时刻""崇祯皇帝之死"三个情节单元，而有关李自成的却只有"李自成在英武殿"一个单元；第五卷中，与农民战争进程似乎完全无关的"太子案始末"竟然也成为一个情节单元……这种种历史生活内容，按照"农民战争主题说"都应该居于从属地位，却是既篇幅浩大又感人至深，在作品中"展开"到了喧宾夺主的程度，这就不能不说别有深刻的艺术用心存焉。

正因为如此，如果研究者仅凭第一、二卷的主要内容，就将这部作品判定为"农民起义叙事""意识形态话语"，而将大量在第一、二卷已露出端倪，其后则广泛而深刻地展开了的其他方面的意蕴，都仅仅作为"在艺术上追求丰富多彩""以各种内容来展现广阔的社会历史生活"[②] 来泛泛理解，甚至给以"枝蔓""臃肿"的审美判断，审美判断对于文本意蕴建构的视野涵盖度与思想透彻性都必然将有所欠缺。如果面对五卷出齐之后的《李自成》全书，"农民战争主题说"立论的全面性、贯穿性及由此形成的论断的可靠性，就显得更为可疑了。

从小说作者创作意图的角度看。姚雪垠确实曾不断地表示"写李自成革命

---

① 夏衍：《给姚雪垠同志》，上海文艺出版社编《关于长篇历史小说〈李自成〉》，上海文艺出版社 1979 年版，第 21 页。

② 姚雪垠：《关于崇被皇帝的塑造》，《姚雪垠文集》第 18 卷，人民文学出版社 2010 年版，第 135 页。

的经验教训和农民战争的基本规律是全书的总主题”①，“虽然这部估计三百万字以上的历史长篇小说包含一些副主题，但上述一大问题是一个中心问题，是总的主题思想所在，一切支流都归宗于它，如同俗话所说的‘百川归海’”。②同时，他还不断强调《李自成》的创作遵循着历史唯物主义的观点，受到了毛泽东思想的指引和毛主席的具体关怀。结果，社会各方面的印象就更为鲜明，认为《李自成》的创作意图就是歌颂“农民革命和农民战争”，整部作品则是作家理性意图“不走样”的审美传达。

但实际上，姚雪垠在“文革”后期与茅盾的通信中，就曾经这样说过：“我写此书，原想写出明、清之际各个阶级、阶层的相互关系，动态，通过再现历史的广阔生活场景和各种代表人物描绘出复杂多彩的历史画卷。”③ 所谓“原想”表明，在作者最初的、本来的创作意图中，作品所描绘的应该是“明、清之际……复杂多彩的历史画卷”的全局，李自成只是“各种代表人物”之一，李闯王大起义也只是“各个阶级、阶层的相互关系，动态”的重要组成部分而已，并不是作品唯一的内容，甚至不是最主要的内容。但由于某种原因，当时“这种写作意图只同极少数朋友流露过”④。在 1977 年 4 月 12 日制定的《今后三年半工作规划和说明》中，姚雪垠通过对比表示“倘若《李自成》只是追求写出来曲折动人的农民战争故事，再继续写一百七十万字不算困难”，但是，“从动手写第一卷之初，我就决定要在这部规模庞大的长篇小说中用语言艺术的手段再现三百多年前的历史生活”⑤，从而印证了“文革”期间与茅盾通信中的说法。在 1977 年 6 月与武汉师范学院教师的谈话中，姚雪垠更系统地阐述了自己的创作意图。他指出《李自成》是“企图通过明末农民大起义这条主线，写出一个历史时代的风貌，反映当时各个阶级、各个阶层、各种不

① 姚雪垠：《〈李自成〉创作余墨》，《姚雪垠文集》第 18 卷，人民文学出版社 2010 年版，第 53 页。

② 姚雪垠：《〈李自成〉内容概要》，《姚雪垠文集》第 20 卷，人民文学出版社 2010 年版，第 3 页。

③ 茅盾、姚雪垠：《茅盾　姚雪垠谈艺书简》，人民文学出版社 2006 年版，第 113 页。

④ 茅盾、姚雪垠：《茅盾　姚雪垠谈艺书简》，人民文学出版社 2006 年版，第 113 页。

⑤ 姚雪垠：《今后三年半工作规划和说明》，《姚雪垠文集》第 16 卷，人民文学出版社 2010 年版，第 303 页。

同地位和不同行业的人们的社会生活，使之成为中国封建社会后期的‘百科全书’”[①]。这也就是说，“农民大起义”确实是《李自成》情节和内容的“主线”，因为它是“小说要表现的客观历史运动的主要矛盾，一个时代的根本问题”[②]，但这并不是作品审美意蕴的全部和根本点；“成为中国封建社会后期的‘百科全书’”，才是作者创作这部小说最终和最高的审美追求。

事实还不止于此。在20世纪80年代初公开发表的创作谈中，姚雪垠面对当时一片“农民战争主题说”的声音，又曾极具针对性地说过：“《李自成》这部小说，书名取‘李自成’，是为叫着方便，避免过长过大，但内容绝不只写李自成”，“不仅仅是沿着一条线来单写李自成这个人。”[③]“我要写明末以李自成为主要英雄的农民战争，这只是我为自己选定的写作课题，是属于某种题材，而不是指小说的主题思想。”[④] 那么，姚雪垠在创作中为什么会出现将某方面的写作意图秘而不宣、创作意图表述在两方面游移、不同创作意图之间显得互相矛盾的现象呢？对此他本人的具体解释是：“创作第一卷时，我就有这个追求，但当时不敢讲，怕别人会说是吹牛，也怕自己写不出来。”[⑤] 出现这种情况自然是人之常情，何况他实际上也“同极少数朋友流露过”。按照这种种言论所形成的逻辑来看，也许“成为中国封建社会后期的‘百科全书’”才是作品意蕴建构的根本着眼点，而“农民大起义”之所以成为作品的情节“主线”，乃因为它是“小说要表现的客观历史运动的主要矛盾，一个时代的根本问题”[⑥]。如果真相确实如此，“农民战争主题说”就成了一种对创作者审美意图缺乏深入考察和细致分辨的艺术武断。

---

① 姚雪垠：《谈〈李自成〉的若干创作思想——与武汉师范学院王毅等人谈话录》，《文艺理论研究》1984年第1、2期。

② 姚雪垠：《〈李自成〉创作余墨》，《姚雪垠文集》第18卷，人民文学出版社2010年版，第50页。

③ 姚雪垠：《关于崇祯皇帝的塑造》，《姚雪垠文集》第18卷，人民文学出版社2010年版，第134页。

④ 姚雪垠：《李自成为什么失败》，《姚雪垠文集》第18卷，人民文学出版社2010年版，第69页。

⑤ 姚雪垠：《谈〈李自成〉的若干创作思想——与武汉师范学院王毅等人谈话录》，《文艺理论研究》1984年第1、2期。

⑥ 姚雪垠：《〈李自成〉创作余墨》，《姚雪垠文集》第18卷，人民文学出版社2010年版，第50页。

三

有关《李自成》的“农民战争主题说”，也难以有力地面对作品审美接受史上的一些重要事实。

从小说声誉鼎盛期的非主流阅读理解方面来看：

虽然“农民战争主题说”是学术界对《李自成》的流行看法，但“社会百科全书”的审美判断并非不存在。这种看法主要存在于姚雪垠与一些“泰斗”级文化名人的私人交流之中。茅盾早在1974年就指出，“来函谓全书有五卷之多，逾百万言，想见笔锋所及，将不仅为闯王作传，抑且为明、清之际社会变革绘一长卷，作一总结”①，准确地预测到了《李自成》的两大创作追求，而且用递进关系的语句，显示出对于“为明、清之际的社会变革绘一长卷，作一总结”的创作追求更为看重的价值态度。秦牧读完《李自成》第一、二卷后也认为：“这部长篇小说的价值，不仅在于为历史上伟大的农民英雄树立丰碑，而且也在于揭示了封建社会的面貌，提供了历史上阶级斗争的经验”，因此“具有批判地反映封建社会的百科全书雏形的性质”②。

《李自成》第二、三卷出版后获得广泛关注，但和第一卷相比较，这两卷不再“紧贴”李自成及其起义军，而是“第二卷开始展开，第三卷继续展开”③。这种情节结构方式，导致有些“习惯于看单线发展的长篇小说”④，也就是关注“明末农民大起义这条主线”⑤的读者产生不满，以至“第一卷完美无缺，第二卷有一定的局限”成了一种“有一定的代表性”⑥的意见。对此，大作家茅盾觉得不可理解，直言“真怪!”⑦李尔重明确表示，第二卷“写得

---

① 茅盾、姚雪垠：《茅盾　姚雪垠谈艺书简》，人民文学出版社2006年版，第4页。

② 秦牧：《给姚雪垠同志》，上海文艺出版社编《关于长篇历史小说〈李自成〉》，上海文艺出版社1979年版，第32、34页。

③ 茅盾、姚雪垠：《茅盾　姚雪垠谈艺书简》，人民文学出版社2006年版，第113—114页。

④ 茅盾、姚雪垠：《茅盾　姚雪垠谈艺书简》，人民文学出版社2006年版，第110页。

⑤ 姚雪垠：《谈〈李自成〉的若干创作思想》，《文艺理论研究》1984年第4期。

⑥ 茅盾、姚雪垠：《茅盾　姚雪垠谈艺书简》，人民文学出版社2006年版，第109页。

⑦ 茅盾、姚雪垠：《茅盾　姚雪垠谈艺书简》，人民文学出版社2006年版，第113页。

更好，比第一卷更有吸引力”①。胡绳也认为，“我对这第二卷读后的满意程度大大超过第一卷”，因为“你并不只是单纯地反映明末农民起义这一历史事件的过程，而是以这支农民起义军为中心写出一部封建社会的‘百科全书’”②。他进一步强调：“我希望你放开手来写出封建社会的各个场景，深入地写出各个阶级、阶层的人物来。”③ 诸多事实说明，这些文化名人都认为《李自成》存在“为闯王作传”和“写‘百科全书’”这样双重创作意图，而且都明确表示，对作者“百科全书”性质的审美追求“满意程度大大超过”了“为闯王作传”的追求。

从《李自成》文学影响的层面来看：

在文坛全局影响方面，与《李自成》前三卷出版的同一时期，中国文坛产生了大批农民起义题材的长篇小说，但随着中国改革开放、文化多元化的历史进程和《少年天子》《曾国藩》《雍正皇帝》《白门柳》《张居正》《大秦帝国》等思路全新的巨制力作不断出现，这类作品大都已湮没无闻。《李自成》却在新世纪的学术界仍然能够成为研究热点，据笔者在“中国知网”上统计，排除硕士、博士学位论文和研究姚雪垠这个作家或者其他对象而涉及的，直接研究《李自成》的学术论文，在2001年至2012年间就有55篇之多，即使与众多名家新发表的力作相比，这一研究成果的数量也是令人刮目相看的。甚至设立一个“姚雪垠长篇历史小说奖”，众多后来的佼佼者和社会各界似乎也无异议。

在对于具体创作的影响方面，《曾国藩》《张居正》等历史文学领域的优秀之作虽然思路全新，作家唐浩明却表示，对于他的创作，“在当代文学作品中，《李自成》应是启迪最大的一部书”④，熊召政也屡屡称姚雪垠为“恩师”，借以表达对所受鼓励与启迪的感激之情。而在中国现代历史题材领域，“革命历史小说”在“政治一体化”时代曾经声誉隆盛，但“新历史小说”和“百年反

① 李尔重：《给姚雪垠同志》，上海文艺出版社编《关于长篇历史小说〈李自成〉》，上海文艺出版社1979年版，第39页。

② 胡绳：《给姚雪垠同志》，上海文艺出版社编《关于长篇历史小说〈李自成〉〉》，上海文艺出版社1979年版，第28页。

③ 胡绳：《给姚雪垠同志》，上海文艺出版社编《关于长篇历史小说〈李自成〉》，上海文艺出版社1979年版，第28页。

④ 唐浩明：《〈李自成〉对我的创作启迪》，姚雪垠研究会编《百年雪垠》，中国青年出版社2010年版，第63页。

思”小说的创作思路形成之后，其精神影响就迅速趋于式微。两相比较我们不能不说，《李自成》应当是确实具备超越意识形态“一体化”语境的价值营养。试想，如果《李自成》仅仅是一种阶级意识形态框架的审美话语，仅凭卷帙浩繁、创作时间漫长，真能享有这种跨越不同时代文化环境的文学地位与创作影响吗？答案当然是否定的。

四

文本内外的种种事实说明《李自成》并没有以“农民战争史诗”为小说的全部创作意图。这种流行性的思想主题判断实际上并不是对《李自成》的准确把握。而这种判断之所以能够长期流行，根本原因则在于研究者们既未能对作家的创作意图进行深入考察和细致分辨，也未能对众多“泰斗”级专家的阅读感受表达给予高度重视，仅仅根据小说第一卷的内容和书名就对全书轻率地给出了判断，随后又对小说的后几卷缺乏真正深入的、以不断深化和调整自我审美判断的跟踪性研究。正因为这样首先以偏概全、“削足适履”，然后“人浮于事”（文本）、人云亦云，才在长时间内造成了对《李自成》根本审美诉求和整体意蕴建构的严重误读。

那么《李自成》的根本创作意图到底是什么呢？笔者认为，在“农民战争史诗”和“社会百科全书”之间，后者才是《李自成》更为重要的创作意图和审美诉求。对于由这种“社会百科全书”视野所形成的艺术建构，姚雪垠做过不少条分缕析的介绍：“在《李自成》这部小说中，将通过写李自成这一主线，写出明、清之际的阶级斗争，再现各个阶级和阶层的代表人物，阶层之间的错综关系，各派政治力量、军事力量之间的相互关系；要写出来相当广阔的社会生活，描绘出各种历史画面；要写出来农民战争与民族战争的关联和交织；要通过这些描写，既反映出明末农民战争的特殊规律，也写出我国封建社会阶级斗争和农民战争的一般规律。我的这种创作意图，正如一位历史学家兼哲学家的朋友给我的来信中所指出的：‘是以这支农民起义军为中心，写出一部中国封建社会的百科全书。'"[①] 换句话说，《李自成》是以明末农民战争为主线，将“农民战争”和“民族战争”等集体性政治、军事行为的内容贯穿始终，第一卷“特别表现革命英雄在极其不利的条件下，在失败之后应该抱什么态度”，第二卷“要表现的中心问题（主旨、相对独立的主题）是李自成在艰难斗争中受考验，达到成熟”[②]，而将属于“生活画面”，也就是“当时各个阶级、各个阶层、各种不同地位和不同行业的人们的社会生活”[③] 等方面的审美意蕴，更主要地放在第二到第四卷“广阔展开”时来表现，小说的全部内容线索和整体审美建构实际上到第三卷才真正全盘展开。只有这样理解作者的创作意图和文本的审美建构，我们才能有效地疏通小说中似乎不断“旁逸斜出”的各种情节线索，从而全面、准确地把握《李自成》的全部审美内涵及由此生成的根本审美意义。

细读文本我们可以发现，《李自成》从这样的审美格局出发，实际上已经采用单元式的情节结构方式，建构起了一种多层面、甚至多向度的艺术意蕴系统。其中既有以李自成起义军为情节内容、革命文化为理论基础的农民起义叙事，又有以崇祯明王朝和多尔衮清王朝的王朝兴衰进程为关注中心的改朝换代叙述，还有以女将慧梅和开封城张秀才一家两个悲剧故事为代表的批判封建意识、反思战乱灾祸的人文话语内涵。而且笔者认为，通过这诸多层面的审美内容，《李自成》广阔地表现了那特定时代环境中“不同阶级的代表人物和生活画面，以及各阶级、各集团之间的错综复杂的矛盾关系”[④]，已经成功超越了任何单一价值层面的思想界域，达成了从战争文化角度对于明清之际易代悲剧的全方位发掘与呈现，简言之，《李自成》的内在主题和价值底蕴，实际上是一种“易代悲剧的战争文化解读”。作者姚雪垠关于《李自成》的“社会百科全书”创作意图，客观显示出来的正是这样一种审美境界和历史文化话语。

正因为《李自成》并没有以“农民战争史诗”为全部创作意图，而是以此为中心拓展到了建构“社会百科全书”的审美诉求境界，而且这种“社会百科

① 杨建业：《访问作家姚雪垠》，上海文艺出版社编《关于长篇历史小说〈李自成〉》，上海文艺出版社1979年版，第369页。

② 姚雪垠：《李自成为什么会失败》，《姚雪垠文集》第18卷，人民文学出版社2010年版，第66、68页。

③ 姚雪垠：《谈〈李自成〉的若干创作思想》，《文艺理论研究》1984年第4期。

④ 茅盾、姚雪垠：《茅盾 姚雪垠谈艺书简》，人民文学出版社2006年版，第113—114页。

全书”审美追求所形成的审美境界，也没有停留于广泛描述各种风俗民情、生活习性、方言俚语、地域和阶层差异之类“知识性”内涵的浅显层面，而是深化到了“写出一个历史时代的风貌”、体现“中国封建社会后期”的特征与规律的历史文化层面，《李自成》才既有植根于当代政治意识形态的艺术蕴涵，又存在许多非“意识形态话语”所能涵盖、却为创作主体所充分“意识到的历史内容”，作品由此显示出“较大的思想深度”①，获得了对“政治一体化”语境和革命文化立场的相当程度的审美超越。

（《新文学评论》2014 年第 1 期）

① ［德］恩格斯：《致斐·拉萨尔的信》，《马克思恩格斯选集》第 4 卷，人民出版社 1972 年版，第 343 页。

“两个姚雪垠”：政治时代的艺术创作

——重读创作于十七年中的《李自成》第一卷

姜玉琴[①]

与中国现代小说相比，中国当代小说命运多舛，离奇得有些令人不可思议。当年那么多一面世就风靡全国，尽显洛阳纸贵的作品，在时过境迁之后，变成了一段又一段不愿被人触及的往事。不是走到这里绕过去，就是在某种时候因为某种需要而被“揪”出来奚落、清算一番。同一部作品的前后落差使人唏嘘、感慨不已。《李自成》就是这样一部经由大富大贵、无限风光之后，逐步退向了边缘的小说。

一、历史小说中的史实与虚构

毋庸置疑，在当下的批评家中依然有人对《李自成》这部小说充满钦佩之情，称其为“鸿篇巨制”，“五四以来长篇历史小说的扛鼎之作”等[②]。不过，相比于这种声音，反对、批判的声音来的更为激烈与尖锐。早在 20 世纪 80 年代，就有研究者把《李自成》视为是“被讴歌的英雄要绝对的高大完美，被暴露的坏蛋要绝对的丑恶”的文学样板，“中国当代文学就走到了山穷水尽的末路。一个占人类五分之一人口的大国的文学变成了只剩两种东西的荒原，这就是八个样板戏和两部小说（一部是表现高大完美的农民英雄的历史小说《李自成》第一卷，一部是表现当代农村阶级斗争的小说《金光大道》）。”[③] 进入到 2000 年以后，又有研究者旧话重提，说《李自成》是“‘三突出’创作模式的典型体现”，是姚雪垠为了“迎合极左政治思潮”而“任意地篡改历史”的结果。其最后结论是：该小说的创作模式是一种“反历史主义的创作模式，应该

---

① 姜玉琴（1965—），上海外国语大学文学研究院教授。

② 参见吴秀明：《中国当代长篇历史小说的文化阐释》，文化艺术出版社 2007 年版，第 198 页。

③ 刘再复：《近十年的中国文学精神和文学道路》，《人民文学》1988 年第 2 期。

得到彻底地清算”①。

应该说，从今天的立场，给那些创作于 20 世纪“十七年”的文学作品鉴定出这样、那样的政治性倾向是易如反掌的。鉴定不出来，反倒奇怪了。问题是，这种把复杂问题简单化或纯粹政治化的研究方法是不利于“十七年”的文学研究的，先入为主的政治成见会影响研究者的判断能力，即对生活在这个时代作家的复杂心绪，以及这种心绪给作品的结构或潜在结构所带来的影响重视不足。在许多研究者的笔下，这个时代的作家都是“应声虫”式的作家，而没有注意到“应声虫”背后的东西。其实在从事文学批评活动时，过于反对、鞭挞政治与依附、歌颂政治是一样的，即都是用“政治”这个主体取代了对艺术作品的分析与研究。《李自成》这部小说中的确包含有诸多政治性因素，但这种“因素”的表现形式是什么，即作家是有意识的还是无意识的，是不得不的还是努力配合的，是策略性的还是坚决执行的，这些通常不被研究者所考虑的细微之处，恰恰决定了作品的潜在结构线路。

如果对这些细微的差异不做鉴别与梳理，就用“政治”这个标签来应对一切的话，就会出现与作品、作家的实际状况对不上茬的地方。如前所言，有批评者认为《李自成》是一种反历史主义的创作模式，即对历史不能采取真实、客观的态度。举出小说中的“反历史主义”事例有：回避了历史原型中李自成与张献忠等农民起义军相互残杀的事实；把汉奸洪承畴塑造成了一个大英雄；拔高了李自成，使其成为一个懂得用“阶级分析的方法”和“民主集中制的原则”来处理问题的“三突出”典型等②。显然，这些问题针对的都是历史的本原问题，即历史上的真实事件、真实人物是什么样的问题。历史小说到底该如何摘取、发挥历史史实的确是一个值得探讨的课题，但可以肯定的一点是，不能由于作者回避了某些事件或增加了某些枝蔓，就给贴上一个“反历史主义”的标签。因为何谓“历史”，即历史的本真面貌是说不清楚的，真实的历史与文本的历史、传说的历史从来都不是一回事。

新历史主义的观点暂且不论，就是按照传统的历史主义观点，历史小说中

---

① 邓经武：《“自恋”与“自贱”的悲剧——论姚雪垠及其〈李自成〉》，《西南民族学院学报》2001 年第 3 期。

② 以上参见邓经武：《“自恋”与“自贱”的悲剧——论姚雪垠及其〈李自成〉》，《西南民族学院学报》2001 年第 3 期。

的史实与真实的历史也不是能完全等同的。姚雪垠也从未把写历史与写小说混为一谈，他曾反复指出：“历史小说是历史科学与小说艺术的有机结合，所努力追求的不是历史著作，而是艺术成果，即历史小说。”① 无疑，在姚雪垠的价值范式中，历史小说的价值主要还不是表现在对历史事件、历史人物的真实还原上，而是艺术的创造上，正如他说：“没有虚构就没有小说”，“历史小说之不同于历史著作，在于历史著作只能记载和论述历史上确实产生过的人物和事件，而历史小说可以形象地写出历史上曾经产生的和可能产生的人物和事件。”②“虚构”是历史小说创作中最重要的一个环节。从这个意义上说，批评者可以批评《李自成》这部小说创作得如何失败，却不能说它是“反历史主义”的，因为作者原本的创作意图就不是要“照相”式的还原历史。

实事求是地说，批评者抓住“历史主义”不放也是有一定道理的。姚雪垠尽管强调历史小说离不开“虚构”，但他也一再表示“反对违背历史的面貌写历史题材”③，强调历史小说家要大量地占有、研究资料，其创作不但要从“亲自收集史料和研究历史着手”④，而且还“应该比一般史学家有更丰富的杂学知识。……作家不仅应该广泛了解他所写的那个时代的社会的、政治的、经济的、哲学思想的等重要方面的基本情况，而且还必须理解各种典章制度、风土民俗、服饰器物、礼仪规范、文武建制、书简与各种公文程式和习惯用语、琴棋书画常识，可能旁及天文星象、宗教迷信以及医药卜筮……”⑤。事实上，姚雪垠也是以这个标准来要求自己的。为了写作《李自成》，他前后花费了数十年的时间来研究明史和明清之际的这段社会历史，光卡片就记录了数万张。在此期间他还撰写了《明代的特务历史》《明初的锦衣卫》和《崇祯皇帝传》等考证性文章。

显然，姚雪垠还是相当注重历史的真实性问题的，即他认为一部好的历史

---

① 姚雪垠：《论历史小说的新道路》，《姚雪垠书系》第19卷，中国青年出版社2000年版，第191—192页。

② 姚雪垠：《论历史小说的新道路》，《姚雪垠书系》第19卷，中国青年出版社2000年版，第237页。

③ 姚雪垠：《〈李自成〉创作余墨》，《姚雪垠书系》第19卷，国青年出版社2000年版，第65页。

④ 姚雪垠：《论历史小说的新道路》，《姚雪垠书系》第19卷，中国青年出版社2000年版，第236页。

⑤ 姚雪垠：《论历史小说的新道路》，《姚雪垠书系》第19卷，中国青年出版社2000年版，第198页。

小说既应该是真实的，又应该是虚构的。从理论上看，这种说法非常稳妥，怎么理解都对。但具体到实践中，则又能从中看出一些端倪。譬如他所说的“真实”在《李自成》中主要体现在哪些方面？他所说的“虚构”在《李自成》中又是通过何种方式得以实现的？换句话说，姚雪垠为何对李自成故事中的一些重要情节，如农民军内部相互残杀、吞并之事进行了省略；与此同时，为何他又要对一些无关紧要的细节进行详细地描写，尽显其“真实”本质？如喝茶，原本是一个极简单的日常琐事，多数的历史小说家可能都认为这是不值得一写的。可姚雪垠不这么看，他力争把这个细节描写的真实、准确：崇祯皇帝把“画册交还田妃，从旁边一张用钿螺、玛瑙、翡翠和汉玉镶嵌成一幅鱼戏采莲图的紫檀木茶几上端起一只碧玉杯，喝了一口热茶，轻轻地嘘口闷气”①。这段文字不长，但描写却很细腻、逼真。“茶几”的用料是“紫檀木”的；镶嵌在“茶几”上的“鱼戏采莲图”，是用“钿螺”“玛瑙”“翡翠”和“汉玉”拼贴而成的；而喝茶的杯子是用“碧玉”制成的。

应该说，不具体交代“器物”的材质构成，采用笼统地虚拟描写，也可以把城池宫殿的荣华富贵、崇祯皇帝的雍容气派以及郁闷心情反映出来。但是姚雪垠不肯含混带过，他力求通过笔墨把皇宫中“器物”的历史面貌原封不动地或尽可能真实地再现、还原出来。再如，姚雪垠在小说中曾几度提到过，李自成所佩戴的“朱漆描金，上画一金色小龙”的“牛皮箭囊”。反复渲染这个“箭囊”，一方面是为了突出李自成抗争朝廷的决心——按照明朝的规约，“朱漆描金”只有在皇家的器物上才可出现，违规使用者是要被处死的；另一方面也表达了姚雪垠对细节的真实有着一种本能的热爱。用他的话说哪怕是“很小的细节，都必须讲求艺术的真实性”②。对“真实性”的要求真可谓是登峰造极了。

从姚雪垠主张“真实”以及对“细节”的不厌其烦描写来看，他是绝对不会赞同新历史主义的历史就是虚构之观点的。可是既然如此，他为何又要反复说“虚构”的重要性，而且《李自成》中的“虚构”都是一些重大事项方面的

---

① 姚雪垠：《李自成》第一卷，人民文学出版社 2005 年版，第 4 页。以下有关小说内容的引文均出自该版本，只注明页码。

② 姚雪垠：《〈李自成〉创作余墨》，《姚雪垠书系》第 19 卷，中国青年出版社 2000 年版，第 66 页。

虚构，如李自成这个人物的塑造，就带有很多虚构的成分，“史料上对李自成的生活和性格记载不多，也很抽象，我只得虚构了很多动人的情节”①。对待这样一个历史人物，“虚构”是不可避免的。问题是，姚雪垠为何“虚构”出了史料上没有的“许多动人的情节”，而对史料上原有记载的他与张献忠等农民军相互残杀的细节则过滤掉了——在这里就又不讲究真实了？

细读《李自成》会发现，姚雪垠所强调的“真实”多半都是表现在不关大局的细节描写，如服饰器物、礼仪规范等方面以及对反面人物的描写上，而牵涉到正面人物和农民军时一般都采用“虚构”的策略。在同一部小说中为何会出现这样两种不同的真实观，姚雪垠有什么样的难言之隐？这种“难言之隐”下的文学结构是一种怎样的结构？

《李自成》这部小说的复杂性远远超过了我们的估计，仅用“反历史主义”来诠释是不够的，还需要作一些学理上的解析。目前，几乎所有的研究者都是把《李自成》的五卷本置于同一个框架中来加以阐释与评价的，这样笼统不加区分的研究方法，我认为不利于《李自成》的细化研究。毕竟“卷”与“卷”之间创作、出版的时间相隔较长，而这期间作家本人的生活、心境也几经改变。特别从“第三卷”开始，采用的是先由作者口述，助手整理成稿，再交由作者修改、补充的方式完成的。这势必会在某种程度上影响作品纹理脉络的贯通。更为重要的是，为姚雪垠带来巨大声誉的还是《李自成》第一卷，这实际意味着最能真实、完整地体现出姚雪垠艺术思想的文本是《李自成》第一卷。如果要评价《李自成》这部小说的文学史地位，自然要从“五卷本”着眼，但如果要分析姚雪垠真实、全面的美学思想，则必须把《李自成》第一卷作为细读的范本。

二、有底线的文学“宣传”观

《李自成》第一卷出版于1963年。从时间上说是“文革”发生之前，因此把该小说与“文革”文学的样板——八个样板戏、《金光大道》等相提并论是欠妥的。毕竟这还是两种不同性质的创作。

不过时至今日，也大可不必讳言“政治”给这部小说所带来的影响。如小

① 姚雪垠：《〈李自成〉第一卷修订本前言》，《姚雪垠书系》第19卷，中国青年出版社2000年版，第7页。

说的主体框架是按照马克思的历史唯物主义搭建起来的，“阶级论”在小说中表现得非常明显：李自成、高桂英都是出身于贫苦的农民家庭，就连李自成的义子——双喜也是一个家人都死于官兵和天灾的孤儿；小说中的反面或有缺陷的人物也都与其“阶级”有着密切的关联，以崇祯皇帝为代表的统治阶级内部自不必说，就是农民军内部人员的好坏也与“出身”有直接的联系，如喜欢玩弄狡诈伎俩的张献忠没有“摆脱流氓无产阶级的思想烙印”；李自成手下的将领——周山之所以投降了朝廷，与其“破落地主出身”有关；作战异常勇猛，但纪律涣散，经常干一些奸淫、抢劫等坏事的郝摇旗不是李自成的嫡系将领，而是高迎祥的旧部等。

小说的草稿毕竟是完成于 1957 到 1958 年间。生活在这一历史时空的作家尽管在精神和肉体上还没有遭受极端的高压控制，但他们也并非拥有创作自由。姚海天先生在回忆父亲为了心无旁骛地创作历史小说，而从上海迁居回老家河南时曾说过这样的一番话：“回到河南，一切并不如父亲想象的那么简单。当时的作家写什么、怎么写，都是要由组织决定的，像父亲这样从旧社会走过来的作家，想随心所欲写自己心仪的题材，谈何容易?”① 这段话指的是解放初期的文坛，可作家的创作必须要受制于“组织”的情况一直都没有得到改观。相反，随着时间的推移还愈演愈烈。特别是该卷的写作时间恰逢又是姚雪垠在政治上处于低谷的时期。

1957 年，作者被错误地打成了右派，且还是性质更严重的“极右派”。一场场的批判接踵而来，这对一贯自信、傲气的姚雪垠是一次致命的打击，诚如他说：“反右派斗争的时候，我受的精神打击和政治打击很大，十分痛苦，经常痛哭流涕，夜不成寐。就在这样令人几乎绝望的境遇中，我开始悄悄地写《李自成》第一卷，往往边写边哭。”“痛哭流涕”可能主要还不是因为害怕和恐惧，而是由于被自己一贯所忠诚、信仰的“党”所误解，自己又不能申辩或申辩不清而产生的委屈。这也是他为何选择了在最不适宜动笔的时候，选择了写作《李自成》的原因，即试图以此来表明自己的心迹。这种强烈的目的性，就决定了《李自成》的写作是一次向“党”敞开心扉的写作——这是一部写给“真正的党”的作品。对此，姚雪垠本人是不回避的，他说：“我当时没有想到

---

① 刘守华：《姚雪垠：勘破浮名意自平——访姚雪垠之子姚海天》，《中国档案》2009 年第 5 期。

此书能在我生前出版，我是想着，在我死后，形势变了，我的后人倘若将稿子拿出来交给党，必会得到肯定，就是我为党、为祖国、为人民做出的一点贡献。”[①]“党”虽然委屈了他，但他坚信这一切只是暂时的，“真正的党”总有一天还会理解、接受他的。以上两方面的原因决定了姚雪垠不可能完全按照自己最真实的美学设想来处理《李自成》，只能选择戴着镣铐跳舞。这样说并不意味着姚雪垠是有意识地用《李自成》来迎合“党”。从本质上说，姚雪垠原本就是一位党性意识很强的作家。而且，这种意识还要追踪到他的青年时代。

1929年，19岁的姚雪垠在《河南民报》上发表了其处女作《两个孤坟》。毫无疑问，此时的姚雪垠只是个在创作路途上刚刚起步的文学青年。不料想，在处女作见报的十余天后，他竟然给该报的副刊主编写了一封信，发表了一通对报纸副刊舆论导向的意见：他认为从中国副刊的报纸上是根本看不到“现实社会一般的真相”的，所以建议《河南民报》不要发表那些只有少数知识分子才能看得懂的“高深文学”，而要从“大多数的河南民众”的阅读需求出发，担当起“大众的留声机”这样一个重任。无疑，在文坛上刚崭露头角的姚雪垠是把文学的社会功用性放到首位的。这能否说明姚雪垠的审美趣味，从一开始就是一种偏向于社会性的审美趣味？并非如此，因为同一封信中还有这样一段话：“您这几天又载了不少的性欲苦闷的文字。这类的文字，我是十二分地爱读，因为在这里才有真情的存在。”这段话揭示出姚雪垠对文学的双重态度：就他真实的美学口味而言，能反映“真情”的作品才是他喜欢阅读的作品。但是在“国家方难”“民沉苦海之秋”的时候，谈这些“高深”的东西太过奢侈了。用他的话说并非是“它没有价值，不过是看来并不急需”而已[②]。

社会“急需”的是“留声机”文学，所以对“纯文学”要展开抵制。这时的姚雪垠是把文学视为改造社会的工具的。从这个意义上说，姚雪垠与当时的“左翼”作家似乎没有更本质的区别。其实不然，对姚雪垠而言，文学的“留声机”功能只是一时的权宜之计，绝非是文学所必须或唯一的功能。不要小看了这种细微的差别，这意味着在姚雪垠的内心深处始终藏着一个可以“暂且缓

① 以上参见姚雪垠：《李自成为什么失败——兼论〈李自成〉的主题思想》，《姚雪垠书系》第19卷，中国青年出版社2000年版，第78页。

② 以上参见姚雪垠：《通讯——致灵涛信》，《姚雪垠书系》第17卷，中国青年出版社2000年版，第1—2页。

行”，但绝不能没有的“艺术性”要求。

20 世纪 40 年代是文学大众化思潮的高涨时期，但是姚雪垠在《文艺与宣传》一文中，仍然坚持一种有限度的“宣传”。在该文中，他首先对辛克莱所提出的“一切文艺都是宣传”的命题持谨慎、保留的态度，认为作者只是“部分的道出了文艺的社会价值”；其次，他指出由于辛克莱把文艺彻底地当成了“宣传工具”，因而其小说“都类似报告文学，缺乏一般小说的完整形式”；再次，他说文学可以参与“宣传”，但这种“宣传并不能违反真理、歪曲真相，不顾正义和良心”①。综观以上三方面，可以看出姚雪垠不反对文学参与“宣传”，可这种“宣传”必须是以保持尊严和不损害“小说的完整形式”为基础的。

姚雪垠是一位有社会责任感，可又绝非是政治为上的作家，他的文学宣传观是有底线的。这一点即便在 50 年代也依然没有改变。1957 年 1 月，也就是在动笔写作《李自成》的前八、九个月，他在《文汇报》上发表长文对“写英雄人物不能写个性特点，写反派人物简单化，千篇一律”② 的创作风气提出了质疑和批评。另外，他对被文坛所排斥、批判的自然主义也进行了辩护：“有些同志听说自然主义是不好的，而实际对于自然主义一词的概念并不清楚。如果一个作家确有自然主义倾向，当然应该帮助他进行纠正；可惜这些同志们是只喜欢粗线条的文学风格，只喜欢简单的描写，遇见文笔细腻的写法就称之为自然主义，表示反感。且不说描写细腻和自然主义是两回事，即让对待真正的自然主义也未必应该一笔抹杀。左拉是众所周知的自然主义作家，我看我们今天的作家还没有一个人写出像《萌芽》《娜娜》《小酒店》等那样感动人心的作品，在我们的作品中所反映的现实生活的深度也远不能和左拉的深度相比。”③虽然他口中说的是应该帮助“纠正”，可字里行间透漏出的却是无比欣赏。特别是他认为“今天的作家”没有一个人能写出像左拉那样的作品；“我们的作品”在反映现实生活的深度上也远远逊色于左拉。这种表述在当时其实是很越

---

① 以上参见姚雪垠：《文艺与宣传》，《姚雪垠书系》第 17 卷，中国青年出版社 2000 年版，第 149、152 页。

② 姚雪垠：《关于崇祯形象的塑造》，《姚雪垠书系》第 19 卷，中国青年出版社 2000 年版，第 161 页。

③ 姚雪垠：《创作问题杂谈》，《姚雪垠书系》第 17 卷，中国青年出版社 2000 年版，第 482 页。

位的，实际是暗示了现实主义还不如自然主义有表现力。

姚雪垠这种既注重文学的功用性，但又不能损害艺术性的文学观念在《李自成》一书中表现得非常明显。或许可以说，《李自成》一书的写作就是这两种观念的碰撞与统一，该书所显示出的长处与局限都与此有关。

三、压抑的正面人物与释放的反面人物

一般说来，作家的创作实践与其真实的美学思想、艺术追求是相一致的，即作家一般都是沿着自己的内在审美需求来进行创作的。但是，如果是恰逢特殊时期，如政治、社会风气等明确要求作家必须要按照某一轨迹进行创作的时候，作家就必须要全部或在某种程度上做出妥协。在这种情况下，坚持艺术性的作家就会形成一种分裂：时而呈现的是真实的自己；时而呈现的是带着“面具”的自己。姚雪垠在创作该卷小说时就经受着这种“分裂”的折磨。

《李自成》是一部先有主题，后进行创作的小说。姚雪垠对其创作目的有过交代：“我企图通过《李自成》全书五卷的人物塑造和故事发展去揭示这一次大规模农民战争的成败经验、历史运动的深刻规律。”① 这部小说的关键内容是“农民战争”，即小说的重心是应该偏移在“农民”这一边的。当然，这种偏移并非是指篇幅和字数的分配。

从《李自成》第一卷的实际情况来看，目的与结果似乎颠倒了个：作者写得最吸引人的章节是对那个摇摇欲坠、外强中干的明王朝内部机制的描写；写得最有光彩的人物并非是重墨浓彩的李自成，而是在全书中出现次数不多，只能算是引领故事配角的崇祯皇帝；写得最令人回味、咀嚼的并不是那一幕幕惨烈、雄壮的战争场面，而是皇帝与大臣，大臣与大臣间的互相试探与揣摩的微妙心理；写得最隽美、精致的画面并不是作者要极力表现的主题类东西，而是那些看似无心写来的闲笔。如在高起潜参观卢象升骏马的一节，作者把一匹匹战马写得灵动俊俏、神采飞扬，如“玉顶赤”是“浑身是胭脂色，只有头顶上一块玉白色”。“五明骥”是“全身深紫，鬃毛黑色，却有四只蹄子白如霜雪，肩上也有一片白毛像一轮皓月”。“千里雪”跑起来像“一匹神驹在腾云驾雾”。令人禁不住赞叹作者笔法之细腻。原本要极力突出、彰显的，却都表现得平

---

① 姚雪垠：《〈李自成〉创作手记》，《姚雪垠书系》第22卷，中国青年出版社2000年版，第2页。

平；而原本应该是陪衬的，却显出了耀眼的光彩。

该突出的没有突出，不该突出的反而突出了，这说明了什么？是姚雪垠在小说的布局、驾驭方面出现了问题？非也。这是作者在创作过程中迂回地坚持艺术性的结果。正如前文所言，姚雪垠创作《李自成》的时候，正是反右的时候，创作上存在着种种的禁区。姚雪垠在回忆这段历史时说："写工人农民也有许多禁忌，动不动就受到'严正的'批评，说是歪曲了工农形象，甚至还要追寻作者的不良企图。"① 作者的笔稍有不慎，就有可能被戴上"不良企图"的帽子。特别是，李自成这个历史人物不是一般的历史人物，而是深受毛泽东青睐的历史人物，自40年代起毛泽东就屡次用李自成所领导的农民起义来喻指自己的队伍。因此说，在当时的历史条件下，姚雪垠对李自成这个人物的塑造是没有什么太大的创造空间的：除了把李自成设置成"一个封建社会后期农民革命的杰出的英雄人物，而不是一般的英雄人物"② 外，没有什么更佳地选择了。

可姚雪垠本性上又是一位喜欢深度，特别是探究人性深度的作家。他一向认为"作家的重要工作不是去替人物照相，而是去创造人物"③。"照相"是平面的，"创造"是立体的，塑造人物就是要把人物的立体感充分地揭示出来。已盖棺定论的"英雄人物"是万万不敢拿来冒险的，一马平川式的人物又不符合他的审美口味。怎么办？他只能选择了剑走偏锋，即在保证"路线"正确以及正面人物没有闪失的情况下，把深度的艺术性探求留给小说中的反面人物和无涉于"政治"的细节描写。

明白了姚雪垠的这一复杂心结，也就明白了他为何要在崇祯皇帝这个并非主角的人物身上投入了那么缜密的心思："在追求塑造典型的目标下，我要努力将崇祯写成一个生活着的人，而且是他这个人，并不是别的人，不是一般的人，也不是一般的亡国之君。"④ 这段话有值得思考之处：作者在此强调的是

---

① 姚雪垠：《创作问题杂谈》，《姚雪垠书系》第17卷，中国青年出版社2000年版，第483—484页。

② 姚雪垠：《李自成为什么失败》，《姚雪垠书系》第19卷，中国青年出版社2000年版，第86页。

③ 姚雪垠：《怎样写人物个性》，《姚雪垠书系》第17卷，中国青年出版社2000年版，第146页。

④ 姚雪垠：《〈李自成〉第一卷修订本前言》，《姚雪垠书系》第19卷，中国青年出版社2000年版，第28页。

“这个人”和“一般的人”的区别。前者是指独一无二的“人”，后者则是指称“一类人”。崇祯皇帝既然是属于前者，那么小说中的人物还有不是“生活着的”“这个人”？姚雪垠对这个问题曾作过一个间接的说明。他在《关于创作〈李自成〉的艺术追求和探索》一文中说：“到底农民英雄怎样生活，我们很难了解，但有一点是明确的，古代做一个武将跟今天的不一样，今天的越是文明越靠机器，靠电子计算机指挥作战。做一个农民英雄则要靠武艺和力气，这非常重要。武艺不好可以当统帅，当指挥家，但当冲锋陷阵的将领就不行。可李自成、刘宗敏、张献忠，他们要冲锋陷阵，一定是气概非凡，武艺高强，跟现代的不一样。我们加以夸张，他们就成了英雄传奇的类型。”① 古代“农民英雄”的生活已经不可考了，唯一可考的是他们的武艺必须要高强。在“农民英雄”的生活不可乱加想象、发挥的时候，作者也就只能在其“武艺”方面做文章了。

“武艺”有强弱之分，但要纯粹靠“武艺”来塑造、区分人物的性格是远远不够的。深谙创作规律的姚雪垠知道仅凭这一特征就把“农民英雄”塑造成“这个人”是不可能的。于是，他就选择收紧了笔，按照“类型”——“英雄传奇的类型”来塑造小说中的这些正面人物。这种“类型”式的人物模式，好处是不必在政治上冒风险，弊端是严重影响了对人物性格、命运的揭示。如李自成是小说中当之无愧的主角，且有妻子与女儿缠绕身边，妻子高桂英还是作为主要人物出现的。按讲这个家庭的出现能给残酷的战争场面带来一缕温馨的气息，然而在整部小说中他们除了谈工作还是谈工作，看不出夫妻两人的亲昵关系。与其说他们是伴侣，不如说他们是战友。然而，当镜头一旦从“英雄人物”转向“问题人物”时，姚雪垠被压抑的创作才能也就随之迸发了出来。郝摇旗是“农民英雄”系列中比较例外的一个，他武艺高强，作战凶猛，可觉悟性不强，经常干出一些违法乱纪的事。他在小说中的出场不算多，但给人留下的印象却非常地深刻、独特。他与妻子、孩子在小说中仅有一次是同时出场的，这场戏被作者描写得感人至深、催人泪下：郝摇旗为了减轻队伍突围的负担，也免得老婆落到敌人手里惨遭侮辱，他决定在“大战”来临前，先把后顾

① 姚雪垠：《关于创作〈李自成〉的艺术追求和探索》，《姚雪垠书系》第19卷，中国青年出版社2000年版，第117页。

之忧解决掉——杀死妻子与两个孩子。

不愿意这样死去的妻子，一手抱着个大包袱，一手拽着两个孩子拼命地奔跑，郝摇旗拿着剑在后面撒着丫子追赶。跑着、跑着，郝摇旗的妻子突然停了下来，跪在地上，哭着说："摇旗，你杀吧，你快杀了俺母子吧。杀了俺们你就无牵挂，一心一意保闯王杀出重围。你日后保闯王得了天下，请你念起咱们是结发夫妻，念起我这几年随着你吃了千辛万苦，逢到清明，到野地里给我烧化几张纸钱。你快杀吧！快杀吧！"就在郝摇旗举起剑往下砍的时候，被赶来的高夫人呵斥住了。高夫人的一番肺腑之言令郝摇旗羞愧交加，扭头就走了。作者这时是这样描写郝摇旗的妻子的："摇旗走出几丈远，他的女人突然跳起来，追上去，把一件斗篷披在他的身上，扯断针线。摇旗没有回头，走下山去。"寥寥几笔就把一位女性对丈夫无怨无悔的爱表达了出来。她怀里抱的原来是给丈夫缝补的斗篷，丈夫即便来追杀她，她也舍不得丢掉。丈夫走了，她还要从地上跳起来，追上去给他披在肩上。女性的人性之善、男性对闯王的赤胆忠心都被作者揭示得淋漓尽致，令人感慨万分。

这也充分说明姚雪垠不是不擅长描写情感和人性，而只是不敢把矛盾冲突设置到正面人物，特别是"领导人物"的身上。不求有功，只求无过，这是姚雪垠在处理李自成等"英雄人物"时所遵循的一条准则：以李自成为代表的正面人物要尽可能地符合当时的历史观与对农民领袖评价的准则，姚雪垠在政治方面是不敢有任何闪失的。思想上的拘谨自然也就影响了艺术上的发挥。这也是崇祯皇帝、洪承畴、杨嗣昌、高起潜等反面形象，为何比"正面人物"李自成、刘宗敏、高夫人、刘方亮等都塑造得都更为有血有肉的原因。即便都是农民军，投靠了或者说假投靠了朝廷的张献忠也比李自成风趣、活跃，原因就是作者在塑造张献忠时没有怕触犯"路线"错误的心理压力。

综上所述，《李自成》这部小说是作者对当时的创作意识形态进行妥协与抗争的结果。其妥协性使这部小说在60年代就能得以出版，今天研究界对其的诟病当然也是与此有关的。可是，我们把《李自成》抗争性的一面给忽略了。姚雪垠曾有一个自我表扬："关于长篇小说的各种美学问题，都从五七年的灾难日子里开始摸索，摆脱了当时流行的条条框框，走我自己的艺术道路。”[①] 这个自我评价并非是夸大之词，在不论是“正面人物”还是“反面人物”都一律“脸谱化”的时代，姚雪垠能在“反面人物”上突破樊篱，使之大放异彩，或许就是一种走自己艺术道路的表现吧。这部小说之所以在有关部门做出“不予宣传评介，控制印数”[②] 的规定之下，仍能迅速地红遍中国的大江南北，甚至连排印工人都争先恐后地先睹为快，我想可能与作品的这一艺术魅力有关。总之，《李自成》这部小说在“正面人物”上虽表现平平，但对“反面人物”的塑造以及细节等方面的描写都对当时的创作观念有所突破。

《李自成》从第一卷出版，到 1999 年第四、五卷的艰难面世，中间整整横跨了 36 年。而今距 1999 年，又过去了 15 年。在前后加起来的 51 年间，中国社会的政治、经济和文化都发生了巨大的变革，所以说在某个问题的认识上出现分歧是必然的。我认为对待“十七年”作家的创作应该持宽容的态度，用一种更理性、更客观的方法来分析这段特殊历史时期中的作品：不要光盯着“政治性”一面来看，还要发掘出“政治性”的背后是什么，即既承认受到了“政治”的影响，又不用“政治”来掩盖、取代小说所应有的价值。姚雪垠的创作命运——有着宏大的文学抱负，却不得不受制于时代的局限是一代人的命运。与笼统地否定、批判相比，我们更应该关注的是这代作家在“枷锁”中坚守了什么和如何坚守的。这对中国文学的健康发展可能更为有利。

（《江苏社会科学》2015 年第 1 期）

---

① 姚雪垠：《学习追求五十年》，《姚雪垠书系》第 16 卷，中国青年出版社 2000 年版，第 103 页。

② 刘守华：《姚雪垠：勘破浮名意自平——访姚雪垠之子姚海天》，《中国档案》2009 年第 5 期。

茅盾与姚雪垠的《李自成》

阎开振①

《李自成》是姚雪垠于抗战时期"动念"、1957年开始秘密写作、1963年出版第一卷、1999年全部完成出版的五卷本长篇历史小说。由于这部小说的创作时间长，并且还是贯穿了政治动荡的"十七年"以及整个的"文革"时期，其历史小说的创作主张、思想主题上的"儒法斗争"、结构形式上的"章节回目"以及围绕小说写作、出版而"上书主席"等，一直到今天都有不少的传言、争议与误会。其实，要弄清楚这些事情也并不困难，它们已如实地写在了茅盾与姚雪垠的书信集——《谈艺书简》之中。

说到姚雪垠的历史小说创作主张，姚雪垠的儿子姚海天在《谈艺书简·编后记》中曾经指出，自1974年至1980年的7年时间里，姚雪垠与茅盾共通信88封，其中，收入《谈艺书简》的73封大都"是围绕《李自成》谈长篇历史小说创作或其他重要文艺理论问题"。很显然，姚海天所说的"谈长篇历史小说创作或其他重要文艺理论问题"无疑就包括"历史小说的创作主张"。读《谈艺书简》可知，关于历史小说的创作主张，是姚雪垠与茅盾谈得最早，也是最多的一个问题。归纳起来，他的主张大致有如下四点：一，"历史小说是历史科学与小说艺术的统一"；二，历史研究是历史小说创作的基础，作家"首先要对历史深入研究和理解，然后才有艺术的构思"，也即"先研究历史，做到处处心中有数，然后去组织小说细节，烘托人物，表现主题思想"；三，"写历史小说毕竟不等于历史"，它"既要深入历史，也要跳出历史"，并且允许"虚构"和"翻案"。四，长篇历史小说还有一个创作上的"美学问题"，它"包括如何追求语言的丰富多彩，写人物和场景如何将现实主义手法与浪漫主

---

① 阎开振（1966—），岭南师范学院文学与传媒学院教授。

义手法并用，细节描写应如何穿插变化，铺垫和埋伏，有虚有实，各种人物应如何搭配，各单元应如何大开大阖，大起大落，有张有弛，忽断忽续，波诡云谲……”。对于姚雪垠的这些创作主张，茅盾在回信中虽然没有像姚雪那样作大段的理论阐述，但他都结合具体作品分析一一作了回应。如他说《李自成》“毕竟是小说，不是历史”，“全书翻旧案者必多”，“第一卷中写战争不落《三国演义》等书的旧套，是合乎客观现实的艺术加工”等，都表达了与姚雪垠几乎相同的观点。其中，特别是 1975 年 6 月 18 日至 21 日的回信，他详细写下了对于《李自成》第二卷各章节的读后看法和修改意见，更可说是与姚雪垠的“艺术追求”和创作“美学”“恰相吻合”。

当然，两人观点“恰相吻合”的还有《李自成》思想主题上的“儒法斗争”。所谓“儒法斗争”，它有广义与狭义之分。广义的“儒法斗争”也即“儒法之争”，它是中国先秦时期儒家与法家之间的学术思想论争。狭义的“儒法斗争”又称“评法批儒运动”，在这场运动中，《红旗》杂志、《人民日报》等权威报刊相继转载上海市委写作组以“石仑”为笔名发表在《学习与批判》创刊号上的《论尊儒反法》一文，大力宣扬“儒法斗争”的观念。文章认为，“儒家是维护没落的奴隶主贵族统治的反动学派，法家是代表新兴的地主阶级利益的进步学派”，儒家提倡“礼治”，法家提倡“法治”，儒家主张守旧，法家主张革新，儒家与法家的斗争不是学术主张之争，而是两种思想、两条道路的斗争，“是奴隶主阶级和地主阶级之间在思想政治战线上一场剧烈的阶级斗争”。儒法斗争不仅在春秋战国时期存在，而且在秦始皇统一中国后还在“新的历史条件下继续进行着”，并且一直持续到现在。一时间，这种观点广泛传播，并很快占据主流。正是在这种背景下，茅盾以商量的口气在 1974 年 12 月 23 日的信中向姚雪垠“贡献鄙见”：

> 现在展开历史上儒法斗争的研究，凡分析农民起义全都着重突出其反儒反孔；您此书写李自成之所以能号召广大农民，实质上有其反儒反孔的一面，似乎还可以正面点出，重笔写几个插曲（似乎可以虚构），则更妥善。第一卷您本来还要修改，似乎在第一章中就可以突出李自成反儒反孔之措施，以后逐章加浓。李自成内部矛盾之尖锐化与深化，似乎也可拉扯上儒法斗争。尊见以为何如？

接到茅盾的书信不到一周，姚雪垠便写了回信。他在 12 月 29 日的信中主要从儒法斗争的角度谈了《李自成》中几个人物的塑造：

> 李自成是我国历史上农民革命的杰出英雄，但他有历史的局限性，其局限性也表现在他受了儒家思想的腐蚀。……我在第一卷中即埋伏了李自成失败的一个原因："问道于孔孟，求救于牛金星。"
>
> ……
>
> 牛金星这一个有"经世致用"之学的孔孟之徒，只想做一个"佐命元勋"，开国功臣。他对李自成的事业有过帮助，但也起了较大的腐蚀作用。
>
> ……
>
> 在我原来的设计中，李岩这个人在思想上受了管仲、贾谊、诸葛亮等人的影响，所以在第二卷中强调写他向李自成建议据宛洛为根本，抚辑流亡，恢复生产，……经过一年来的评法批儒学习，我想应该将他所受的法家思想加重一点，但是，也要有个分寸。据我看，在当时历史条件下，不可能有纯粹的法家，也没人自觉地要做法家，无宁说常常是外儒内法。

针对此信，茅盾在 1975 年 1 月 6 日的信中首先肯定了姚雪垠"李自成是我国历史上农民革命的杰出英雄，但他有历史的局限性"的观点"至为精审"，接着又说：

> 你将修改第一卷，鄙意以为李尔重同志从前评第一卷已将李自成改的一个原因："问道于孔孟，求救于牛金星"，此语一针见血。
>
> 这根伏线仍当保存，因为李自成不可能像刘邦那样自觉地轻儒重法也。……历史人物的性格是复杂的。其发展过程也是复杂而曲折的，因而我以为第一卷中虽写了"问道于孔孟，求教于牛金星"，仍然可以写李自成有其反孔、儒的法家思想及其措施。历史上农民起义领袖之所以能号召广大农民，就在于反孔、反儒，……您想把李岩主要写成外儒内法，这是对的。而同时他也有历史的局限性，不可能是一个彻底、坚决的法家。

1975年3月7日，姚雪垠又给茅盾写信，“略微详细地”谈了他对于“李自成与‘批孔’问题”的四点意见：

> （一）在《李自成》全书中要努力写好历史上的阶级斗争，至于“批孔”，需要重视这个问题，但不能强拉硬凑。……（二）李自成和朱元璋都是领导农民战争的杰出领袖，都生活在封建社会后期，……他们都受了儒家思想很深的毒，都按照儒家的政治思想去建立封建王朝……（三）根据现存的、经得住推敲和复查的文献资料，李自成没有过反孔政策和措施，倒是相反的资料不少。这正是他的弱点，他的局限性。……李自成的积极的一面远远超过两汉以来的任何法家，也远远超过他自己的消极的一面，所以他是历史上的杰出的农民英雄。……（四）历史运动的现象（包括一个时代的具体人物）是很复杂的，不出于总的阶级斗争轨道，但不一定都在“儒法斗争”的范畴之内，李自成领导的大规模农民战争是对明末北方封建统治阶级的致命打击，其历史意义和作用的深度与广度大大超过了地主阶级内部的“儒法斗争”。能够努力写好这一点，《李自成》这部小说就基本上完成了任务。

此后，茅盾又在6月8日和7月1日的信中相继谈到李自成与批孔的问题，并以“我基本上赞同”“我赞同”“这很对”来表达对他姚雪垠观点的肯定。这样，我们就看到，两位作家依然保持了他们密切关注社会政治的一贯风格，他们一方面想紧跟上当时的社会时代潮流，一方面又保持了一定的独立思考精神。这就正像茅盾在粉碎“四人帮”后给姚雪垠的信中所说：“二年前儒法斗争史研究，给‘四人帮’别有用心地搅乱了，一些问题，不容有不同意见，实行棍子政策。您就李自成之例辨明农民起义领袖之非必反孔，也打到了一个公式。”不过，值得注意的是，与两人在上述两个问题上的“恰相吻合”不同，茅盾与姚雪垠在《李自成》的章节回目问题上则出现了一些分歧。关于《李自成》的章节回目问题，最早是由姚雪垠提出并请茅盾帮忙“考虑裁定”的。在1975年3月7日的信中，姚雪垠这样说道：

> 每个单元有一个暂时标的题目，只是为着自己查阅和朋友们看稿子方

便。但是从第一卷出版之后，读者提出了一个问题，我也常在思考。读者对这部书常常不是只读一边，许多人是读两遍或者两遍以上。即隔些时间，又想重读。也有些人特别喜欢某些章节，只找那些章节重读。因为每章没有题目，翻阅感到不便，就有人建议我每章加个题目。我的尚不成熟的想法是不必每章有题目，但不妨每单元有题目，便于抽阅，每卷前边加一“目次”，列出单元题目，下注自某章至某章，以及页码起止。关于这个问题，希望您得暇时帮我考虑裁定。

茅盾接到姚雪垠的帮忙信后，他先是在 6 月 7 日提出了自己的“建议”：

关于本单元题名：《商洛壮歌》不是概括内容，且犯下边的《商洛风云》。我以为不如用章回体小说每回目是一对联的办法，索性写为：

弄巧成拙，郑制台棋输全局；

制敌机先，李闯王险渡难关。

再者：兄曾说第一卷要修改后再重印，那么，我建议：把原来的章改为卷，每卷包含数章，(其在旧章回体则改为每卷数回)，每章各起一副对联作名。

后又在 6 月 12 日提出了“新的意见”：

一、原来全书五卷的格局可以抛弃，将你新拟的单元格局也拆散，全书只有“章”，分册出版。

二、每章拟一个对联作为每章内容的提要，此即章目，仿旧章回体之回目……

三、如果采取这个办法，则《商洛壮歌》可分为四章或六章，章各有目，那就更加便于读者翻检。

四、用对联作章目，在别人或许为难，而在你正可大展其长。……

对于茅盾提出的这些“采用传统回目格式”的“建议”和“意见”，姚雪垠认为“这是一个较大的问题”。于是，他在 7 月 13 日的信中专门而又详细地谈了自己的“想法”：

在开始写第一卷的时候，如何写历史长篇小说在我的面前是一个全新的课题，各种问题都在探索。曾经试拟了一批回目，对仗也相当工稳，但没有使用，随即烧掉了。第一卷出版之后，也接到过读者来信，建议使用回目。我不用回目那种格式，是考虑到章回体小说的两句回目，讲究对仗，是从律诗、律赋的造句法演化出来的，是一个完全旧的传统。《李自成》虽然融化了一部分章回体小说的手法，但目的是在创新，倘若使用回目，就会首先给读者一个陈旧的印象，好像作者是在走回头路，而且它和此书所追求的艺术目标很难谐和，反而受了章回体那种回目形式的局限和破坏。……所以我考虑只能为单元立题目，或者于每卷后附一“本卷大事索引”，便于读者查阅。

茅盾在了解了姚雪垠曾经的做法和现在的想法之后，尽管他表示理解，但也仍然不忘表达自己的“鄙见”。在 8 月 14 日的信中，他这样说道：

十四日大涵谈到回目问题，我这才知道您写第一卷时就打算用回目并拟写了一批回目，后又烧掉，则是想摆脱旧传统。但鄙见以为，旧传统不妨以“古为今用”的方法而化为神奇，回目的造句格式是旧传统，属于形式方面的；但回目的内容，可出奇制胜，不落窠臼。

之后，尽管姚雪垠还多次表示他对“使用回目问题”“十分重视”，但他最终还是坚持自己的观点而没有采用茅盾所建议的章回体形式。

同样，在是“上书主席”的问题上，两位作家也存在着不同的看法。据 1975 年 10 月 7 日姚雪垠给茅盾的信交代，最早提出给毛主席写信的建议者是中国青年出版社文学编辑室的负责人江晓天，直接的原因则是中国青年出版社的“复业”与《李自成》的出版都遇到了问题。在这封信中，姚雪垠先是摘抄了江晓天 10 月 6 日的来信：

作为一个编辑，从党的文学事业着想，也应竭力支持把《李自成》尽快尽好出版，而况主席又说过话呢？……最近有个想法供你参考：可以给主席写封信，报告《李》稿的写作情况和你的愿望。所传主席对一卷说的话，虽尚待了解确切，但看来是有这回事，说明伟大领袖对《李自成》一书是关心的。

接着他又谈到了毛主席看过《李自成》第一卷后所作的“指示”以及这个“指示”给他带来的好处：

关于主席看过第一卷，是一九六六年八月上旬王任重给武汉市委第一书记宋侃夫同志（现为湖北省委书记）打电话说。当时王任重为中南局代第一书记兼中央文革小组副组长，从北京打长途电话给宋侃夫，告他说毛主席看过了《李自成》第一卷，传达主席的指示大意：虽然有些问题，但应该让作者继续写下去，将全书写完。详细的话，我不清楚。另外只知道市委领导接到王任重的长途电话后就秘密通知工作队设法对我采取保护，所以经过六六年八九月间的“扫四旧”，到处烧书，以及六七、六八年的“大乱”，我的藏书、文稿、多年积累的读书卡片和笔记未受丝毫损失。我也不像文艺界多数知名人士所受的冲击猛烈，从七二年夏天开始我能够坐在家里重理旧业，也就是市委有关领导同意我专心致志地写《李自成》，与王任重所传达的话颇有关系。这都使我不能不终生感激毛主席，感激党。

最后，姚雪垠还表达了他对江晓天“建议”的“慎重”态度以及期盼得到茅盾“关心”、关怀的强烈愿望：

关于江晓天同志的建议，我正在慎重考虑。有无必要，何时写信，如何能到达主席手中，如何措辞，都要仔细斟酌，务求妥当。……以上所考虑的问题，都不打算使别人知道，因为我将您作老师看待，又深知您对这部书特别关心，所以我愿意让您随时多知道一些关于此书的情况。

知道了姚雪垠报告的这一“重大问题”及其“慎重”的态度之后，茅盾当然也不敢怠慢，他在10月23日的信中就直接表达了自己的“意见”：

> 来信说江晓天同志建议你写个报告给主席，我以为此事不宜贸然为之，将来你全稿写成（即使是初稿）而没有出版社接受的时候，那时再诉诸主席，情况就不同了。鄙见如此，是否有当，请你斟酌。

姚雪垠“反复诵读”茅盾的这封来信，他既感到“感动”，也感到矛盾。一方面，他很想尽快出书以“满足读者的愿望”，另一方面，他又十分担心自己的创作受到“干扰”。所以，为了《李自成》第二卷早日出版，也为了给自己今后的写作“提供比较顺利的条件”，他经过“慎重考虑”与反复“斟酌”，最终还是决定给毛主席写信。这样，到11月7日，他就及时地向茅盾“奉告”了一个“极好的消息”，也即“今日上午接北京电话，我不久前给伟大领袖毛主席的信经主席看后批了两句话：‘将全书写完，提供方便条件’”。12月13日，姚雪垠又十分兴奋地告诉茅盾，不但“中青提前复业和由谁家出版《李自成》的问题一并解决”，而且他还即将进京，并“准备较长时间住在北京”来“更快更好地完成”《李自成》写作的这一“重大的政治任务”。

上述可知，无论是意见一致的创作主张和“儒法斗争”，还是存在分歧的“章节回目”与“上书主席”，两位作家都能够互相尊重，坦诚相见。作为晚辈，姚雪垠既虚心向茅盾请教和求助，同时又能够坚持自己的想法和做法；而作为前辈，茅盾不但及时地回答了姚雪垠的各种问题，而且还总是以商量的口气提出观点、表达意见。因此可以说，作为那个特殊时代的特殊产物，茅盾与姚雪垠的《谈艺书简》不仅谈出了有关《李自成》创作的许多问题，而且还显示出了一种文学大家的坦然风度。正是从种意义上，它被江晓天称之为《歌德谈话录》《柏拉图——文艺对话集》式的“弥足珍贵的遗产”。

（《博览群书》2019年第1期）

孤本《李自成》

——《李自成》第一、二卷作者修改手迹释读

许建辉

“孤本《李自成》”所以称“孤本”，因为其中留存着作者的大量修改手迹。

这套“孤本”包括《李自成》第一至三卷共8册。第一卷（上、下册）为“中国青年出版社1977年7月北京第2版，1977年10月第6次印刷”本。第二卷（上、中、下册）为“中国青年出版社1976年12月北京第1版，1976年12月北京第一次印刷”本。第三卷（上、中、下册）为“中国青年出版社1981年8月北京第1版，1981年8月北京第一次印刷”本。

第一卷上册扉页上，有“送给建辉文友　姚雪垠　九六年五月五日”字样，后钤朱红阳文“姚雪垠印”篆章；封2上有“自存本”并加重点号。下册封2上有“校订本”并加重点号。第二卷上册扉页上，同样有“送给建辉文友　姚雪垠　九六年五月五日”字样，同样钤朱红阳文“姚雪垠印”篆章；封2上也有“校订本”并加重点号。第三卷上册扉页上，签名、钤章与一、二两卷完全相同；中册扉页上有“校订本”三个字。

作者留在“孤本”中的修改手迹，主要集中于第一、二两卷中。第三卷只有一处，在中册第758页第一行，即把“知府、同知等官员偕同大兴知县”中的“知府”改成了“府尹”。对第一、二两卷的修改，则主要集中在以下三个方面：

一、重新厘定第二、三两卷的分野

《李自成》第二卷中册第679页正文之后，有作者手迹：“第二卷至此结束，以下为第三卷。李自成至此结束了困难的岁月。”《李自成》第二卷中册第680页页眉处，又有作者手迹：“第二卷拟在此处分开，以下作为第三卷。”

两处手迹，皆为毛笔所留，分别置于同一纸张的正、背两面，字体均为姚雪垠先生常用行楷，黄豆粒大小，墨色深浅一致，可知为同时写成。两处手迹内容一致而表述不同，后者其实是对前者的“硬化”和“固化”，充分说明这种修改是作者深思熟虑的结果而非心血来潮的产物。

姚雪垠先生说过：“《李自成》分五卷，早就划分好了。因为这段历史清楚，阶级比较分明，因此根据历史进程将全书分为五卷。但这不是绝对的。等全书写完之后，可能对分卷再作调整，已有些初步设想。”①

《李自成》要写的是中国封建社会后期的百科全书，场面宏阔，人物众多，事件繁富，矛盾丛生，多种人物同时登场，多种矛盾同时展开。以李自成为代表的农民革命力量为一方，以崇祯皇帝为代表的封建大地主反动力量为一方，他们之间的生死斗争是小说中的矛盾主线。明清战争是一条重要的副线，到第五卷后半部，这条副线上升为主线，而李自成与明朝残余力量的斗争则降居副线。张献忠的活动是小说中的第二条副线，也是伴随主线贯穿始终。除此之外，李自成义军内部的矛盾、李自成与张献忠等其他义军的矛盾、各支义军之间及其各自内部的矛盾……形形色色纷纷攘攘，此消彼长此盈彼缩，其中主要矛盾是纲，其他都是目。纲举才能目张，所以小说如何分卷，必须由小说中的主要矛盾来决定——《李自成》的分为五卷，就是其矛盾主线发展历程中的五个阶段在小说中的反映，这是基本原则。矛盾在发展在变化，作家对矛盾的认识也在提高在深化，反映到艺术实践中，就是作家对作品的重新修订——包括卷别的重新划分。

按照原来计划，“第二卷要表现的中心问题（主旨、相对独立的主题）是李自成继续在艰难斗争中经受考验，达到成熟。写他在商洛山中，全军将士十之七八害病，外有官兵压境，内有杆子哗变，还有地主武装进攻，在这样的情况下，不仅需要应付战争的极大勇气和才能，也需要政治方面相当成熟，以及能获得贫苦百姓的真心拥护，方能克服困难，战胜敌人。这是个严重考验。到了鄂西，因欲联合张献忠失败，回顾了过去十年的奋斗历史，总结了经验教训，然后决定了今后怎么办。进入河南以后，提出了适应人民需要的新的政策口号，群众到处响应，事业得到发展。这是历史上农民起义从受挫折到发展壮

① 姚雪垠：《谈〈李自成〉的若干创作思想》，《文艺理论研究》1984年第1期。

大的规律。就在这发展中逐渐孕育着可能导致失败的因素，这也是运动的客观规律。”①

与上述主旨相应和，原《李自成》第二卷共有 54 章内容。为着自己查阅和朋友们看稿子翻检方便，作者在付印之前曾将其分为 10 个单元，并给每个单元都起了一个“暂时性题目”。第 1—15 章为第一单元《商洛壮歌》；第 16—18 章为第二单元《汴梁秋色》（又名《宋献策开封救金星》）；第 19—22 章为第三单元《杨嗣昌出京督师》；第 23、24 两章为第四单元《张献忠与左良玉》（又名《离间左良玉》）；第 25—28 章为第五单元《从商洛到鄂西》（又名《李自成突围到鄂西》）；第 29—33 章为第六单元《紫禁城内外》；第 34—36 章为第七单元《李自成星驰入豫》；第 37—42 章为第八单元《李岩起义》；第 43—49 章为第九单元《伏牛冬日》；第 50—54 章为第十单元《河洛风云》。

《李自成》第二、三两卷的重新厘定，分界处被放在了《从商洛到鄂西》与《紫禁城内外》两个单元之间，即第 28 章之后、第 29 章之前——差不多正是原第二卷中册的中分线；而原属第二卷的《紫禁城内外》《李自成星驰入豫》《李岩起义》《伏牛冬日》《河洛风云》等 5 个单元被析出，成为新划分的第三卷中的内容。

从重新划分的结果看，应该说新厘定的第二卷内容比之原来更单纯更明确，即更集中地表现了李自成继续在艰苦斗争中锻炼成长并逐渐成熟，直到“结束了困难的岁月”。新第三卷则因为以《紫禁城内外》为卷首，所以开篇就是一场接一场的重头戏：首辅薛国观的被“赐死”、田贵妃的遭罚入冷宫、大臣黄道周的受廷杖，左都御史刘宗周的被削籍还乡……真所谓生死相搏高潮迭起，刀光剑影扑面而来，崇祯的内外交困走投无路与李自成的蒸蒸日上生机勃勃恰成鲜明对照。随后的《李自成星驰入豫》，表现了起义事业的进一步发展并走向高潮，而《李岩起义》却以一封书信为写李自成的最终失败埋下了伏笔。

二、为一、二两卷各章都添加了题目

《李自成》“孤本”底本，第一卷正文内容共有 32 章，以“1—15 章”和

---

① 姚雪垠：《李自成为什么失败》，《姚雪垠书系》第 19 卷，中国青年出版社 2000 年版，第 81 页。

“16—32 章”分开成上、下两册。第二卷正文内容共有 54 章，以“1—18 章”“19—36 章”“37—54 章”分开为上、中、下三册。各章均以另页起首，开首均有“第一章”“第二章”“第三章”……样标示。作者为各章添加的题目，均以黄豆般大小的毛笔行书写出，端庄儒雅的字迹，分别置于每章起首的“第 N 章”行列之上。它们是：

第一卷上册

第一章——北京戒严；第二章——卢象升勤王来京；第三章——昌平行辕；第四章——李自成夜宿杜家寨；第五章——洪承畴与孙传庭；第六章——大战的前夜；第七章——冲向潼关；第八章——大战的第一天；第九章——大战的第二天；第十章——李闯王残兵陷绝地；第十一章——孙巡抚稳操胜算；第十二章——分兵突围之夜；第十三章——重经杜家寨；第十四章——暂住商洛苦练兵；第十五章——郝摇旗辞行

第一卷下册

第十六章——张献忠屯兵谷城；第十七章——徐以显力劝除掉李自成；第十八章——惊心动魄的小楼之夜；第十九章——一片杀机送行色；第二十章——高夫人突围到崤函山中；第二十一章——红娘子初遇高夫人；第二十二章——“卢象升太负朕意”；第二十三章——卢象升为国捐躯；第二十四章——商洛山设计打粮；第二十五章——破张家寨；第二十六章——北京的元宵灯市；第二十七章——练兵与整军；第二十八章——牛金星初会李闯王；第二十九章——张献忠谷城重起义；第三十章——熊耳山的初夏；第三十一章——李自成夫妻会师；第三十二章——崇祯的震怒和震惊。

第二卷上册

第一章——大战又快开始了；第二章——宋家寨；第三章——李自成带病出寨；第四章——四面起火　八方冒烟；第五章——局势突变；第六章——闯王奔赴石门谷；第七章——刘宗敏镇守老营；第八章——李自成进入石门寨；第九章——铲平王丁国宝；第十章——计杀坐山虎；第十一章——从石门寨奔救老营；第十二章——刘宗敏智破凶敌；第十三章——高夫人与女兵慧梅；第十四章——神医尚炯；第十五章——商洛山转危为

安；第十六章——江湖人相国寺寻找江湖人；第十七章——宋献策夜思《推背图》；第十八章——《沁园春》抒怀。

第二卷中册

第十九章——西苑秋色；第二十章——杨嗣昌受命督师；第二十一章——襄阳第一夜；第二十二章——贺人龙谒见杨嗣昌；第二十三章——左良玉破袭玛瑙山寨；第二十四章——张献忠的碧玉如意；第二十五章——袁宗第孤奋虎威；第二十六章——刘宗敏跃马渡汉水；第二十七章——张献忠亲邀李自成；第二十八章——虎吼雷鸣马啸啸；第二十九章——崇祯皇帝在围困中；第三十章　——田贵妃罚入冷宫；第三十一章——皇后千秋节；第三十二章——黄道周与刘宗周；第三十三章——周后设法救田妃；第三十四章——李自成乘虚入河南第三十五章——重要决策；第三十六章——宋献策献谶记。

第二卷下册

第三十七章——红娘子破城救李信；第三十八章——李信勉强做主帅；第三十九章——红娘子与汤夫人；第四十章——决策投闯；第四十一章——伏牛西望路茫茫；第四十二章——神垕镇夜警与李信修书献方略；第四十三章——得胜寨风云初会；第四十四章——听控诉纵论时弊；第四十五章——红娘子的身世；第四十六章——得胜寨的景象与气氛；第四十七章——英雄韬略与儿女衷肠；第四十八章——为红娘子、李岩议婚；第四十九章——起用郝摇旗；第五十章——新年中的北京、开封与洛阳；第五十一章——驻军关陵；第五十二章——第一个亲王问斩；第五十三章——春风喜气满洛阳；第五十四章——舍洛阳奔袭开封。

读罢54个题目，所得感觉，一是形式上的简洁生动、新颖活泼；二是内容上的提纲挈领、以简驭繁；而且，其风格大体上也与小说本身的风格基本一致——这也是作者所着力追求的一个重要方面。

为什么要给每章加上题目，而且一定要加上“这样”的题目？这个问题虽是“说来话长”，却在姚雪垠与茅盾的通信中留有原汁原味的记录。择其要点作一摘录性介绍，即可见其从动意到实施的整个过程：

姚：……每个单元有一个暂时标的题目，只是为着自己查阅和朋友们看稿子翻检方便。但是从第一卷出版之后，读者提出了一个问题，我也常在思考。读者对这部书常常不是只读一遍，许多人是读两遍和两遍以上。即隔些时间，又想重读。也有些人特别喜欢某些章节，只找那些章节重读。因为每章没有题目，翻阅感到不便，就有人建议我每章加个题目。我的尚不成熟的想法是不必每章有题目，但不妨每单元有题目，便于抽阅，每卷前边加一“目次”，列出单元题目，下注自某章至某章，以及页码起止。关于这个问题，希望您得暇时帮我考虑裁定。当然，如要单元题目，就得用一番心思推敲，不能马虎从事，既要简练，也要新颖，还要大体和小说的风格统一。①

茅：……六、关于本单元题名：《商洛壮歌》不是概括内容，且犯下边的《商洛风云》。我以为不如用章回体小说每回目是一对联的办法，索性写为：

弄巧成拙，郑制台棋输全局；制敌机先，李闯王险渡难关。

再者：兄曾说第一卷要修改后再重印，那么，我建议：把原来的章（单元）改为卷，每卷包含数章，（其在旧章回体则改为每卷数回），每章各起一副对联作名。每卷可长可短，例如《商洛壮歌》这个单元，是一卷，而《宋献策开封救牛金星》《杨嗣昌襄阳督师》两个单元可合为一卷，直题曰：宋献策开封救友，杨嗣昌襄阳督师。②

茅：我对于分卷分章又有新的意见：

一、原来全书五卷的格局可以抛弃，将你新拟的单元格局也拆散，全书只有

“章”，共若干章，分册出版。

二、每章拟一个对联作为每章内容的提要，此即章目，仿旧章回体之回目。举例：宋献策开封救友为一章，拟目为：“相国寺刘体纯卖解　禹王台李伯言填词”。杨嗣昌这个单元也为一章，也拟一副对联，赅括其内容。

---

① 茅盾、姚雪垠：《茅盾　姚雪垠谈艺书简》，人民文学出版社 2006 年版，第 33 页。

② 茅盾、姚雪垠：《茅盾　姚雪垠谈艺书简》，人民文学出版社 2006 年版，第 46 页。

三、如果采取这个办法，则《商洛壮歌》可分为四章或六章，章各有目，那就更加便于读者翻检。

四、用对联作章目，在别人或许为难，而在你正可大展其长。对联可长可短，每联格式可以变化多端，例如，配合内容如果联语要庄严，可用四字句两句为一联，共八句为一对。如果要跌宕，可用三、三、七的格式。①

姚：在开始写第一卷的时候……曾经试拟了一批回目，对仗也相当工稳，但没有使用，随即烧掉了。第一卷出版之后，也接到过读者来信，建议使用回目。我不用回目那种格式，是考虑到章回体小说的两句回目，讲究对仗，是从律诗、律赋的造句法演化出来的，是一个完全旧的传统。《李自成》虽然融化了一部分章回体小说的手法，但目的是在创新。倘若使用回目，就会首先给读者一个陈旧的印象，好像作者是在走回头路，而且它和此书所追求的艺术目标很难谐和，反而受了章回体那种回目形式的局限和破坏。另外，……全书写成将有两百多章，不要说用双句对仗回目，即令用几个字或一句话做题目，也够烦琐了。所以我考虑只能为单元立题目，或者于每卷后附一“本卷大事索引”，以便利读者查阅。②

茅：……鄙见以为，旧传统不妨以“古为今用”的方法而化为神奇，回目的造句格式是旧传统，属于形式方面的；但回目的内容，可出奇制胜，不落窠臼，例如鲁迅杂文集《伪自由书》《准风月谈》，就形式而言是旧传统，但读来新鲜有味，《补天》《出关》《理水》等篇名也如此。③

姚：您来信中再次谈到使用回目问题，我十分重视……将来如决定用回目，可以作点新变化，比如像一联诗句那样，既可以对仗工整，也可以不用对仗，其特点是文学的味道较厚。它本身就是诗句，与小说正文大体上浑然一体，而打破旧回目传统在句法上常犯的形式主义。④

从以上摘录中可以看出：作者在修改第一、二两卷时，之所以要给“每

① 茅盾、姚雪垠：《茅盾　姚雪垠谈艺书简》，人民文学出版社2006年版，第46—47页。
② 茅盾、姚雪垠：《茅盾　姚雪垠谈艺书简》，人民文学出版社2006年版，第64页。
③ 茅盾、姚雪垠：《茅盾　姚雪垠谈艺书简》，人民文学出版社2006年版，第65页。
④ 茅盾、姚雪垠：《茅盾　姚雪垠谈艺书简》，人民文学出版社2006年版，第66—67页。

章”都加上题目，是因为茅盾先生曾经建议他为“‘每章’各起一副对联作名字”；之所以一定要加上“这样”的（而不是“那样”的）题目，是因为回目“是一个完全旧的传统”，与他的“创新”追求不和。而修改的结果，既采纳了茅盾先生的合理化建议，又坚持了自己的既定方针，在达到“方便读者翻检”目的之同时，还践行了茅公的主张，以实际行动展示了真正的学术交流中所应该具有的“和而不同”风范。

三、几处较大的文字改动

第一处改动，在《李自成》第二卷中册第455页第一自然段。原文是：

> 女道士和穿着鹤氅的宫女们都跪在大门外边接驾，山呼万岁。周后偕袁妃缓步走进山门，在庙院中小立片刻，欣赏着高大的松柏和左右两座十分精巧玲珑的、宫中俗称为九梁十八柱的琉璃亭，又看看左右钟鼓楼和东西配殿。在坤宁宫闷久了，来到这庙院中竟然也使她感到新鲜。等接驾的女道士和学道的宫女们回到正殿跪下以后，她才同袁妃继续走，踏上白玉台阶，进入正殿，依次在三清（道教的三个神，即所谓元始天尊、太上道君、太上老君——原文注）像前烧香，祝祷国泰民安，皇上万寿无疆。正院背后另有一进院落，正中间是五间雷坛殿，东西各有一座配殿。再往后又是一院，神殿是两层楼，上圆下方，象征古人想象中的“天圆地方”。上层圆殿悬一匾，题“乾元阁”；下层方殿悬一匾，题“坤贞宇”。圆殿中供有玉皇塑像，为皇帝和皇后祈雨之处。周后常听说河南、陕西、山东和畿辅连年大旱，但灾情严重到什么情形，她不清楚，只知道这事情很可怕，往古有许多朝代的末梢年都是天灾与人祸交至，最后土崩瓦解，不可收拾。现在她特意同袁妃来到这最后一进院落，扶着宫人登上乾元阁，向玉帝祈祷甘霖。

所作改动是：

（一）“圆殿中供有玉皇塑像”一句，删去“供有玉皇塑像”六个字，换上以下内容：“有一圆形高台，上有朱漆神龛，中坐玉皇大帝塑像，长须垂胸，庄严肃穆。此”，与上下文合成为“圆殿中有……此为皇帝和皇后祈雨之处”一段话。

（二）“扶着宫人登上乾元阁”一句，删去“扶着宫人登上”六个字，换上以下内容：“在方殿中拜过后土之神，又要登上圆殿。虽然太监和宫女们认为楼梯又窄又高，劝她不必上去，但皇后怀为为国祈福的赤诚，一定要上去礼拜玉皇。从方殿后边登上圆殿，梯道里没有一个窗户，十分黑暗。宫女们在前后打着羊角宫灯，周后和袁妃扶着事先揩得干干净净的红漆扶手，又有宫女前后搀扶，随着楼梯转了半圈，微喘着登上”，与上下文合成为如下内容：“现在她（指周后）特意同袁妃来到这最后一进院落，在方殿中拜过后土之神……微喘着登上乾元阁”，其后紧接着新添写的几句：“在钟磬声中向玉帝点燃香焚表，跪下叩头，祈祷甘霖。礼毕，走出圆殿，凭着栏杆，默默地伫立片刻，不知道自己的诚心能不能感动上苍。”

添加的两段文字，目的似只一个：更细致地描写雷坛殿一层圆殿中的布置，和周后携袁妃礼拜玉皇祈降甘霖的过程，以比原文更加具体生动的画面，传播相关历史知识。

在我国的历史小说创作中，姚雪垠先生是第一个把笔触伸向宫廷生活的。而他对前朝与后宫生活的全方位多角度的描写一向多用工笔，其所涉历史知识的广度与深度，构成了《李自成》的一大特色。几笔细致入微的绘制，在外行人看来可能增之不多去之不少，但对姚雪垠先生来说乃功夫驱动风格使然。

第二处改动，在《李自成》第二卷第 905 页。

这一处，严格说是准备改而尚未及改，只是在为“第三十六章”新添加的题目《宋献策献谶记》的右上角页眉处记下了修改计划：“宋献策献谶记的事，原来本想写得丰富一点，写出李自成和老营的迷信、狂喜，但可惜‘从略’了。将来的定稿本，要补进去应有描写，写出当时必然的精神面貌。”

那么，当初为什么要“从略”？

姚雪垠的回答是：“按照‘四人帮’的理论，对英雄人物只能写他们绝对的纯洁、先进、正确、光辉，不能写出任何缺点。依照这一清规戒律，只能写李自成如何革命，不能写他有帝王思想、天命观和其他迷信思想，有孔孟思想，等等。……然而我不能放弃我的责任和违背我的良心。我的责任是坚持历史唯物主义原则，用长篇小说的独特艺术形式再现历史生活，达到古为今用的目的；我的革命良心（也就是是非感）不允许我用我的作品为‘四人帮’所提倡的‘创作方法’作宣传。”①

那么，在特定的历史条件下，作者又是如何坚持用他的“历史现实主义方法”来写他的小说主人公呢？

其他姑且不谈，只说李自成是否有天命观的问题。姚雪垠先生说：

> 在封建社会中，各种各样的迷信思想、宿命论思想，笼罩着各个方面，而天命观是其一……在激烈的阶级斗争中，旧政权利用天命观欺骗和束缚人民思想，镇压革命，而革命人民也利用天命观鼓动革命。革命的和反革命的，都要做“真命天子”，都利用“王权天授”的迷信，代代如此，概莫能外……李自成进入河南后相信宋献策献的谶记；破洛阳后定的正式称号是“奉天倡义文武大元帅”，破襄阳后称为新顺王次年定国号为“大顺”（“顺”字的意思是“顺天应人”），又定大顺朝为“水德王”（是遵奉五行生克的天命观解释朝代更换）。将首相称为“天佑阁大学士”。从西安向北京进军时发布了一通诏书（又称檄文），第一句就是“上帝鉴观”；刚到北京就向新投降的明朝文臣询问关于“郊天”的问题，退出北京前一日匆匆在武英殿举行登基大典而命牛金星代行郊天礼，如此等等，都是历史事实。说他没有天命观，读者倘若问我对这些问题如何解释，我将无言以对。我只能在小说中不故意宣扬李自成的迷信方面，却不能写他是一个超越历史局限的人。②

综上所述，简而言之：为了不说假话，凡有真话该说而不能说的时候，便只好缄口不言——“从略”，大概就是这样来的。

那么，为什么非要等“将来的定稿本”，才“要补进去应有描写，写出当时必然的精神面貌”呢？愚以为答案有二：一是说本次修改还不是最后定稿，以后还有“补进去应有描写”的机会；二是可以想见“要补进去”的内容很多，一时半会儿补不上，只好先提出问题做出标记，留待全书完成后再统一

---

① 姚雪垠：《〈李自成〉第一卷修订本前言》，《姚雪垠书系》第19卷，中国青年出版社2000年版，第35页。

② 姚雪垠：《〈李自成〉第一卷修订本前言》，《姚雪垠书系》第19卷，中国青年出版社2000年版，第13—14页。

修改。

第三处改动，在《李自成》第二卷第1049页最后一个自然段。原文是：

> 虽然李信写这封书信几乎是手不停笔，一气呵成，但是信中的意见都是近几天在马上思考成熟的，可说是已经有了腹稿。可惜由于各种原因，李自成不曾采用，使后人读到这封书信时，总要为之不胜惋惜。

改动办法是“先删后补”：删除“可惜由于”至“不胜惋惜”几句，补进以下文字：

> 他认为这是他初次向李闯王献的重要方略，只要采纳他的方略去做，夺取天下就有指望。他想着李闯王见了他的书子必会十分高兴，而牛金星和宋献策必会很赞同他所献的根本方略，劝闯王采纳。书子写完之后，他自己重看一遍，添上两个漏字，改正一处笔误，胸中充满了信心和兴奋。

李信是姚雪垠先生利用历史传闻塑造的一个明清之际的士大夫文人形象。他出身宦门，中过举，文武双全，因为劝赈惹大户嫉恨，下到狱中，被逼无奈，扯旗造反，后更名“李岩”。上述“重要方略”，就是他在投奔李自成的路途中写给李自成的一封信。

在《李自成》1—5卷中，姚雪垠为不同身份的小说人物代拟诗词曲赋题铭楹联五十余件，此外还代作骈体长文两篇，此述“方略”则是二者之一，其主要内容是建议李自成进入河南之后，应先谋设官理民，恢复农桑，改善人民生活，获取百姓归心。待兵精粮足，中原安定，然后再渡河北伐，剑指朝廷，“则孤悬坐困之京师可不烦巨战而得”矣。

修改文字一删一添，目的十分明显：突出“重要方略”之“重要”，强调李自成实该“采纳”而终未采纳，从而为写其战略错误及其最后失败打下了埋伏，提供了依据。诚如作者自谓：“我在第四十二章虚拟了一封李岩给李自成的书信，是为李自成后来的战略错误作一伏笔。”① 只可惜不唯李自成忽略了这最不该忽略的一点，广大读者甚至专家学者似乎也都忽略了——在对《李自成》的所有评论中，迄今为止尚未见有谁人撰文对此“方略”深入探讨过。

姚雪垠先生生前不止一次公开申明，等《李自成》五卷全部竣工后，要再做一次统一修改——决心是铁定的，且已有蓝图在胸，却只恨天不假年，致使多年夙愿竟成遗憾。惟其如此，老人留在“孤本《李自成》”中的修改手迹才弥足珍贵。认真阅读窥斑见豹，可知作者在作者的计划中，对《李自成》全书要做的“统一修改”，内容将是全方位的：结构、情节、语言诸方面都会涉及。只可惜宏图未竟便匆匆离去，惜哉！

附记：

写罢以上文字，如释重负，“幸亏如何如何”的后怕与欣喜，交织心头。

大概没人会想到也没人会相信，姚老惠赠的“孤本”《李自成》，竟然差一点就“弃我而去”！

犹记那日下午，工间小憩时，姚老笑吟吟地坐在桌前，仰脸指挥我从书柜深处取出一套《李自成》，他接过去翻了翻看了看，再逐卷题上签钤好印；又指挥我攀上椅子，从柜顶上取下卷成卷的大张牛皮纸铺在桌上，他亲自动手把一套书包装成一个见棱见角的立体块，又看着我用红色的尼龙绳像打背包一样横三道竖三道地捆扎结实，最后让保姆帮忙找了一个大而结实的塑料袋子装起来。待我提上回家时，又跟在后面一遍又一遍地叮咛：“千万收好!”“不要弄丢!”

从此，这个大塑料袋子就原封不动地跟定了我，从翠微山下到温榆河边一路由西向东，我搬到哪里带它到哪里，印象中到哪里它都是危坐于我家的制高点——先是大衣柜后是书柜顶上，一直那么居高临下地关注着我的生活。可是不知从什么时候起，大袋子竟逃离了我的视野，任凭我一遍遍寻找一次次失望直至绝望而放弃不再找寻……

然而，怎么也没想到，本已山穷水尽时，竟有柳暗花明处——就在 2019

① 姚雪垠：《李自成为什么失败》，《姚雪垠书系》第 19 卷，中国青年出版社 2000 年版，第 81 页。

年的4月29日下午，傍晚时分，我躺在床上，鬼使神差般，突觉眼前一亮，脑洞顿时大开：床下，床榻下还有一只多年没有打开过的近乎文物的人造革衣箱！那是个被遗忘的角落，没准它们就藏在那里！像漂泊在大海上的落难人看到了近前的一根稻草，立刻翻身下床，掀起床屉……果然，它们就在那里，与我夫君转业前发的最后一套军衣军帽领章帽徽放在一起！

啊！4月29日，刻骨铭心的日子。20年前的这一天，姚老仙逝；整整20年后，姚老惠赠于我的大作又失而复得！而且，书中还夹带着那么多的内容——绝无仅有的《李自成》孤本啊！好了，不说了，不想了，其他一切都可以忽略不计了！欣幸无似之时，仿佛又听到了那一口熟悉而亲切的河南土语，仿佛又看到了那一头如雪似银的白发，和那一张和善而慈祥的笑脸……

2020年8月20日

（《新文学评论》2021年第3期）

《李自成》的经典化、去经典化与再经典化

阎浩岗

《李自成》自问世迄今，其文学史地位的评估经历了初次经典化（1977—1987）、去经典化（1988—2007）和再经典化（2008—现在）三个阶段。其中，第三个阶段即再经典化尚在进行中，并未取得学界广泛共识，它关涉前两个阶段，有些问题需要进行学理的分析和实际操作层面的探讨。

一、《李自成》的初次经典化

童庆炳先生将文学经典的建构概括为六个要素：（1）文学作品的艺术价值；（2）文学作品的可阐释的空间；（3）意识形态和文化权力的变动；（4）文学理论和批评的价值取向；（5）特定时期读者的期待视野；（6）发现人（又可称为'赞助人'）。"[①] 以这六要素观《李自成》的经典化、去经典化与再经典化问题，将会有新的发现。

论作品本身的艺术价值，第一卷和第二卷出版之后不仅普通读者被深深吸引，表示叹服和痴迷，国内文学、美学和史学界众多顶级名家也是交口称赞，成为共识或公论。

《李自成》第一卷初版 1963 年 7 月面世后，虽然印数较大（不到一年时间印了 19 万 3 千册），"在北京的读书界和全国的读者中引起了强烈的反响"，但由于作者"摘帽右派"的特殊政治身份及各种人际因素，1962 年 6 月 12 日作协武汉分会给中国青年出版社的公函中，要求控制印数，并且评论文章要"掌握分寸"，所以，评论界几乎没有任何反响，[②] 与《红岩》《红旗谱》等初版后

---

① 童庆炳：《文学经典建构诸因素及其关系》，《文学经典的建构、解构和重构》，北京大学出版社 2007 年版，第 80 页。

② 只有阎纲（署名"严立"）在《一九六三年的中篇、长篇小说》一文中用一段文字予以介绍（见《文艺报》1964 年第 1 期）。不曾有专篇论文发表。

顿时轰动的情况迥然不同。所以，直到 1976 年，它仍未被经典化；而此时同为中青社出版的“三红一创”早已声名鹊起，评论如潮。《李自成》经典化的最初发起，应该从 1966 年毛泽东对湖北省委第一书记王任重发指示支持姚雪垠创作算起。可以说，毛泽东是编辑之外的第一个“发现人”或“赞助人”。国家最高领导人以读者身份肯定一部作品，直接为作品的写作开绿灯，从而在特殊情况下为作者的写作减少了干扰、提供了方便，大概在中国现当代文学史上仅此一例。但这并不能保证马上使作品居于经典之列。《李自成》经典化的标志，除了读者众多、发行量巨大①，更重要的是得到专业批评家和文学研究者的肯定和高度评价，直至被写入文学史，给予突出位置。这一过程完成于 1977 至 1982 年：1976 年 12 月第二卷出版、1977 年 7 月第一卷修订版出版之后，邓小平在讲话中专门提到姚雪垠和《李自成》，并派时任中宣部部长张平化去姚雪垠家中看望。邓小平说“第二卷不如第一卷”，这评价是否符合实际姑且不论，起码说明他把两卷都看了。邓小平日理万机，他并非毛泽东那种手不释卷的人，据笔者所知，能让他喜欢乃至迷恋的文学作品，就是姚雪垠《李自成》和金庸武侠小说。而此时由于姚雪垠政治上已被“彻底解放”，评论《李自成》不再受限制，于是各种研究评论文章纷至沓来。这些评论基本都是赞誉，有些评价用的是最高等级。其形式，有的是正式论文，有的是谈话或通信、笔记。1978 年 4 月，武汉举行全国首届《李自成》学术研讨会，其后，北京、上海、江苏、四川、湖北和宁夏等地分别出版了评论《李自成》的书籍。1980 年，《李自成》先后被最早的两种中国当代文学史著作——北大张钟等的《当代文学概观》和北师大郭志刚等的《中国当代文学史初稿》专章或专节介绍。1982 年，《李自成》第二卷获得首届茅盾文学奖，该作声誉达到巅峰。许多名家认为这部长篇类似于中国古典名著《三国演义》《水浒传》和《红楼梦》，艺术水平甚至超过这些文学史上公认的经典。

对《李自成》的肯定，特别是名家的肯定，大多着眼于小说艺术与美学方面。茅盾与姚雪垠的谈艺通信众所周知，此外，夏衍、林默涵、胡绳、朱光潜、曹禺、秦牧对其均赞誉有加。史学界的吴晗在“文革”前就从历史真实方面认为姚雪垠对明末历史的研究超过了自己，1977 年史学家白寿彝也说姚雪

① 到 1993 年为止，三卷 8 本已发行 3200 万册。

垠“搜集史料，比我们搞史学还要用功”①。除了名家肯定，作者还收到全国各地读者热情洋溢的来信。

《李自成》第一次的经典化，可以说符合了童庆炳先生关于经典构建六要素中的所有六项：其本身的艺术价值获得从专家到普通读者的广泛承认、极高评价；作品本身内容丰富，有较多的阐释空间；它与新时期初期的意识形态吻合；文学理论批评界重视作品艺术性、审美感染力成为共同价值取向；它满足了那一时期读者的期待视野，其广泛程度，甚至后来否定《李自成》的刘再复先生也“赶时髦”阅读了第一卷或第二卷；它的“发现人”级别最高，其他当代作家难以相比。

这一阶段《李自成》的传播和改编也是铺天盖地：中央人民广播电台用了几年时间从头至尾播完第一至第三卷全部，这段时间内，通过收音机收听《李自成》，成为许多中国人的日常生活享受。它还被改编成广播剧、电影和电视剧，据以改编的连环画就有上海、天津、辽宁版等许多种，通过连环画它普及到了少年儿童。那个时候，说它雅俗共赏、老少咸宜，并不为过。

二、《李自成》的去经典化

进入20世纪80年代中期以后，《李自成》热逐渐降温，这本是正常现象：这一是因进入历史新时期以后，文学作品数量和类型越来越多，读者有了更多阅读选择，很难让所有人集中于一部作品。当时有人将这表述为文学失去轰动效应，就是说，这不仅是《李自成》一部作品面临的境况，而是整个严肃文学的共同命运。再就是《李自成》第三卷于1981年出版之后，第四、第五卷迟迟不见上市，这也或多或少中断了读者的阅读连续性。例如，第三卷结尾留下一个悬念：“老神仙”尚炯到来之后，自杀的慧梅能否得救？等这一悬念答案的读者一等就是18年，而18年后的1999年，社会氛围与文化环境发生了巨变，而第四卷开始并不衔接第三卷，而是一下跳过好多。

上述这些还不足以对《李自成》的文学史地位构成威胁，因为任何作品都不会永远像成功初期那样热。使《李自成》文学史地位动摇、经典价值被解构的决定性因素，主要来自文学批评界，来自专家学者。

《上海文论》1988年第1期发表王彬彬《论作为“人学”的〈李自

① 王维玲：《四十二年磨一剑——姚雪垠与〈李自成〉》，中国青年出版社2010年版，第179页。

成〉——对真的史诗的呼唤》，他说《李自成》“几乎被读者遗忘，遭评论界冷漠”，认为主要原因，一是作者过于重视写史，而没有“在作品中全副精力写人”，人物性格没有发展、没有深度，“缺乏对人物心灵的洞察和灵魂的开掘”，没有“写出人物内心的无限丰富性、复杂性”；二是“人物只为演绎史料服务”，造成“全书结构的支离破碎”；三是作品中的叙述者观点过于鲜明，“把自己的身份暴露得一清二楚”，“作者在作品里把什么都说了，没留一点‘神秘的余数’去让人养家糊口”，“不给人思考、咀嚼的机会”。不过，这篇论文也并未全盘否定《李自成》的艺术价值，尚且称它“也决不是朽木粪土”；承认作品“一些贯穿始终的人物还是富于艺术光彩的”，也认同当时已有几本专著对作品艺术成就的分析评价。此外，王彬彬当时尚未批评王蒙，名气尚且不大，因而此文对《李自成》的去经典化未起太大作用。真正给《李自成》文学史地位致命一击的，是《文汇月刊》1988 年第 2 期刘再复与刘绪源的谈话《刘再复谈文学研究与文学论争》。刘再复当时是中国社会科学院文学研究所所长，是当代文学研究的领军人物，刚刚发表过《论人物性格的二重组合原理》《论文学的主体性》等轰动全国的文章。在这篇谈话中，刘再复将《李自成》与浩然的《金光大道》并列，有意将其定性为“文革”文学，说姚雪垠“坚持了‘三突出’‘高大完美’等文学观念”，“人物就不能不成为抽象的寓言品和简单的时代精神的号筒”。这等于将作品的思想艺术价值全盘否定了。这篇谈话发表之后，一时成为文坛新闻事件，使本来认为《李自成》中主人公太完美、有现代化倾向的某些读者，更加重了对作品艺术性的这种认识。这年年末，古代文学研究界的章培恒也出来发言，他在《金庸武侠小说与姚雪垠的〈李自成〉》[①] 一文中，将《李自成》与金庸武侠小说作对比，认为它在反封建道德方面尚不及金庸小说思想前卫，因为它是从既定理念出发，是用文学形象演绎毛泽东思想，其创作宗旨是为政治服务；另外，其对李自成的描写违反了历史真实和生活真实，把农民军和农民领袖过分美化也违反了马克思主义基本原理，即使茅盾、朱光潜肯定，也不足为据，因为茅盾和朱光潜也会看走眼。他认为这部小说只有消遣娱乐作用，但在消遣娱乐价值方面，又不及金庸小说，因为金庸小说具有“想象奇特、结构紧凑、富于幽默感等优点，而且还

① 章培恒：《金庸武侠小说与姚雪垠的〈李自成〉》，《书林》1988 年第 11 期。

能于消遣之中给人以某种有益的启示”，而这些优点《李自成》不具备。

关于李自成、高夫人形象太高大、太完美的看法，早在作品声誉高峰期就有：周修强发表于《文学评论》1979 年第 3 期的《关于〈李自成〉的几个主要人物及其他》一文中就认为作品某些虚构“把李自成写得太高大而失真”，只是这篇文章尚未全方位否认小说的艺术成就，并且说“对一部只出了二卷的、还没写完的长篇历史小说要作全面的评价为时尚早”。北大教师的《当代文学概观》在充分肯定、高度评价作品“深刻的思想、宏大的规模、鲜明的形象、独创的构思、丰富的表现手法”之后，又指出“它在成功地再现明末社会风貌的同时，也存在现代化的倾向”，“作者在塑造李自成时，似乎没有完全摆脱写完人的倾向。这一点在刻画高夫人时尤为明显”①。初版于同一年稍晚些时候的郭志刚等《中国当代文学史初稿》也是在充分肯定作品思想艺术成就后又指出“李自成形象有些‘现代化’和‘理想化’，作者赋予他不少现代无产阶级军事家和政治家的素质（如‘一分为二’的辩证法观点、阶级分析等）”②。可以说，对作品优点和缺点的上述看法，当时代表了文学批评界相当一部分人的观点。有些普通读者也表达过类似感受，只是目前尚无法验证这些读者究竟是直观感受，还是因受了专家导引。

以文学史书写的方式将《李自成》去经典化，大概始自洪子诚先生的《中国当代文学史》③。洪先生参加过 1980 年《当代文学概观》的编写，但那本书有关《李自成》部分的执笔者不是洪子诚。19 年后当他独立撰著时，或许是他的观点发生了变化，也可能当年他就不完全同意《当代文学概观》相关论断。这次，在这本个人独著中，他虽未无视《李自成》的存在（因为他要分析当年的文学生产机制），并未明确指出其优点和缺点，但从其比较含蓄曲折的表述，还是能判断出其价值立场：他肯定了《李自成》“在处理复杂线索上，做到分别主副，又密切配合、虚实相间、彼此照应，取得层次井然、浑然一体的效果”，但认为这部作品的政治意图非常明显，就是参与“对现代历史本质

① 张钟、洪子诚、佘树森、赵祖谟、汪景寿：《当代文学概观》，北京大学出版社 1980 年版，第 460—461 页。

② 郭志刚、董健、曲本陆、陈美兰主编：《中国当代文学史初稿》，人民文学出版社 1980 年版，第 892 页。

③ 洪子诚：《中国当代文学史》，北京大学出版社 1999 年版。

的揭示”，其艺术描写“明显地是以20世纪以井冈山为根据地的农民武装斗争作为参照”，“都来自于对20世纪工农红军的经验教训的总结”。这其实是变相地批评作品对古人描写的现代化，而且对其政治意图的断语说得更为直接、更为绝对。这本文学史既是个人专著，又被当做教材。而且据笔者所知，这应该是目前全国高校中文专业采用最广的中国当代文学史教材。加之洪门弟子众多，从那时迄今，这本文学史对《李自成》的判断可以说代表了当代文学史研究的主流观点。在1999年出版的另两部当代文学史教材——朱栋霖等主编的《中国现代文学史1917—1997》和陈思和主编的《中国当代文学史教程》里，《李自成》则踪迹皆无，从文学史上完全消失。虽然四年后（2003年）王庆生先生主编的《中国当代文学史》仍然专章评介，但已是空谷足音。在其后一年——2004年出版的孟繁华、程光炜《中国当代文学发展史》和黄修己主编《20世纪中国文学史》，仍然只字不提《李自成》。孟、程本文学史2011年新版时加上了“姚雪垠的《李自成》”一节，但下最后结论时，原文引用了洪子诚本文学史，并非常肯定地说：“这一具有历史眼光的独到考察，在揭示了未被言说的秘密的同时，可能也为我们重新理解和评价《李自成》提供了一个新的视角和起点。”① 2005年董健、丁帆、王彬彬主编的《中国当代文学史新稿》没有忽略《李自成》，它在“‘农民起义’的宏大叙事”一节，将姚雪垠与徐兴业和凌力放在一起介绍，在简介了作者创作经历与作品主要内容之后，用更多篇幅批评作品思想和艺术上的“致命伤”和“严重的缺陷”②。北京大学、中国人民大学、南京大学、复旦大学、苏州大学、中山大学等著名学府的著名学者的断语，一时间成为“定论”，将《李自成》文学史地位打入谷底，使得一般教师和文科大学生很少再去关注《李自成》，更不会有耐心去读这部超长作品。

三、去经典化发生的个人因素和社会背景

如今当代文学研究界、大学的当代文学史教学中，对《李自成》的评价基本仍然沿用1999年以来的主流观点。

《李自成》的去经典化，看上去与个人因素直接相关。我们可以设想，假

---

① 孟繁华、程光炜：《中国当代文学发展史》（修订版），北京大学出版社2011年版，第168页。
② 董健、丁帆、王彬彬主编：《中国当代文学史新稿》，人民文学出版社2005年版，第478页。

如1987年姚雪垠不参与那场论战，不惹恼当时被看作思想解放旗帜的刘再复先生、被看作艺术探索先锋的魏明伦先生，这二人就不会集中向姚雪垠开火，更不会说出那些明显情绪化的语词。激烈贬抑《李自成》的几篇文章或谈话都发表于1988年，绝非巧合。如果没有这些，虽然《李自成》可能不像20世纪80年代初期那样火，但也不至于一落千丈。除了这一因素，当初《李自成》声誉那么高，高过所有当代作品，许多名家给了可媲美甚至超过中国古典名著的称誉，而且姚雪垠没有谦虚客套，而是直率地接受了这些称誉，还不断提起，这在中国定会产生某种大众心理效应。于是，许多人很容易地就接受了刘再复等人的观点，不再细究。

其实，否认《李自成》文学价值和文学史地位的那些代表性人物，大多没有读过全部五卷作品，甚至作品出版日期也搞不准，持论漏洞百出，很不严谨。一旦进入正常语境、进入学理范畴，那些否定性观点不难驳倒。

列举否定者的知识错误不难。有些错误与事实的距离之大，令人惊讶。例如，刘再复、林岗发表于《华文文学》2015年第6期的长篇论文《中国现代广义革命文学的终结》，其第6节专门论及《李自成》，开头便说“1963年出版第一卷，整个写作跨越20余年的长篇小说《李自成》”，后面又说“按照已发表的故事推测，牛金星、宋献策等人很可能是‘革命队伍’的蛀虫”，从这两句即可看出，事情过去27年后，论者还是没有读过《李自成》后两卷，他们的相关知识或印象还停留在20世纪80年代初期。他们甚至不知道16年前即1999年时，《李自成》第四、五卷已经出版；而在最后两卷中，牛金星虽然最后脱逃，却并非“蛀虫”，宋献策则自始至终被作者带着肯定或同情的笔调来写，包括他的最后下山投降。不只刘再复等犯了这一错误，2011年出版的孟繁华、程光炜《中国当代文学发展史》甚至明确表述：“小说原计划写五卷，后来完成了三卷”①，可见其所有立论均只依据前三卷，准确说是前两卷。这种情况还不仅限于这几位专家。许多前沿专家尚且不了解全书真貌，被专家教育或“培训”出来的一般学者及普通读者，就可想而知。

单是个人因素，尚不足以决定全局走势。《李自成》的去经典化，也有特定时期的社会原因。在童庆炳先生所列经典六要素中，20世纪80年代后期正

① 孟繁华、程光炜：《中国当代文学发展史》（修订版），北京大学出版社2011年版，第166页。

是“意识形态和文化权力”“文学理论和批评的价值取向”及“特定时期读者的期待视野”三项发生转移之时。这些不能不影响到《李自成》的评价。

发生于20世纪70年代末的“思想解放”运动，其主题是以人道主义反思革命，直至发展成鼓吹“告别革命”；以“现代性”标准批判“前现代”文化及其价值体系。这一潮流如今在知识界仍有影响。它的发生有其历史和现实的原因，有其合理性，即此前极左路线给知识分子留下的惨痛教训和痛苦记忆，由此反思历史悲剧根源，并构想中国思想文化的现代化之路。《李自成》歌颂造反、歌颂革命特别是农民革命，正与此大潮相悖。笔者认为，这一潮流虽有其合理性和必然性，但具体到人，也曾发生偏颇，就是对革命的发生缺乏同情的理解，进而对一切造反者、革命者，对一切革命行为质疑解构，乃至污名化。在现代中国，革命年代农民被看作人民的主体、历史前进的动力，“后革命”年代农民的落后性被凸显，为批判和否定农民的正价值，持人道主义观点的学者、作家、批评家有时竟也借来他们本以为“过时”的历史唯物主义，以农民不代表先进生产力为由，怀疑和否定一切将农民塑造成英雄或理想人物的作品。由此观点看，朱老忠、梁生宝、萧长春、高大泉形象都是不真实的，因为他们太高大，没有了小生产者自私自利、保守狭隘、目光短浅的特征。因此，比这些人更高大、更有能量的李自成，就是更不真实的，只有阿Q、闰土或陈奂生是真实的。如今，就连历史和现实中实有其人的刘胡兰、黄继光和雷锋等，也成了被解构的对象。说到底，比较普遍的社会心理是：大家对任何完美人物、理想人物，都选择怀疑、选择不信。从1979年迄今的40余年中，李自成受到的诟病，其实只有一点，就是将李自成和高夫人形象塑造得太高大、太完美了。有人由此联想到作者是在搞以古喻今、谄媚权力，例如推测塑造高夫人的高大形象是为讨好江青。台湾陈纪滢更是将故友姚雪垠的这部倾力之作贬为毛泽东的“影子传记”。对此笔者8年前曾撰文辩诬①，在此不再展开。我们且从学理角度辨析。

姚雪垠确实是将李自成作为英雄人物来塑造的，对此他毫不讳言。问题是，造反者、绿林人士可不可以被塑造成英雄？欣赏《水浒传》《西游记》和

---

① 阎浩岗：《〈李自成〉：被曲解遮蔽的当代长篇小说杰作》，《中国现代文学研究丛刊》2011年第2期。

《隋唐演义》的人，不会认为这是个问题。而如果以马克思和恩格斯评论拉萨尔《济金根》的标准，以姚雪垠歌颂了并不代表先进生产力的农民阶级代表为由否定将李自成塑造成英雄形象，似也不妥，因为在中国现代语境中，农民阶级毕竟不同于中世纪的骑士阶层，而且马克思在批评《济金根》时，还曾肯定当时的农民和城市革命分子“应当构成十分重要的积极的背景”。即使主人公执行了错误路线，也不是不可以被塑造成英雄：古代的失败了的项羽自不必说，梁斌《红旗谱》塑造的朱老忠，他所参加的高蠡暴动被认为是执行了王明“左”倾盲动主义路线，仍并不妨碍梁斌歌颂其不屈斗志和反抗精神。质疑者可能更看重将李自成和高夫人写得过于完美。

其实，将正面主人公理想化，这来自中国古典文学的传统，西方也不乏其例。《三国演义》里的诸葛亮和赵云，就是近乎完美的理想人物，刘备也被写成爱民如子的贤君，诸葛亮在智慧方面甚至被神化了，所以鲁迅称其“欲显刘备之长厚而似伪，状诸葛之多智而近妖”①。张炯先生认为这说明现实主义与浪漫主义结合创作方法古已有之，今天也并不过时。维克多·雨果《悲惨世界》里的米里哀和冉阿让、《海上劳工》里的吉利亚特都是理想化人物。对此，一般读者是能接受的，并不觉得这是真中见假。即使在21世纪，二月河小说塑造的康熙和雍正也都属于有瑕不掩瑜的缺点而总体理想化的人物。看来，不能接受《李自成》对主人公理想化的批评者，只是不能接受将来自下层的人物理想化、将以下犯上的造反者、绿林人或“贼寇”理想化。这一观念其实又退回到以前，与封建时代历史观念一致了。指斥姚雪垠歌颂农民起义是迎合权力、是出于政治动机，其实指斥者的观念，才是从政治出发、从“新主流意识形态”出发，为了意识形态目的而不顾作品实际；指斥者指责姚雪垠是从理念出发、主题先行，其实指斥者恰恰是从理念出发，是先有判断和结论，再从作品里面摘取于己有用的东西，不细读文本、不计作品全貌，不给予作者“同情的理解”，是因为政治而否定艺术。

《李自成》的创作跨越不同历史时期，作为多卷本巨著，虽然有贯穿全书的总主题，但每卷又有自己的分主题。第一、第二卷从构思、写作到出版，正值文网森严时期。当时的环境是，如果写农民起义领袖缺点，受过规训的普通

① 鲁迅：《中国小说史略》，《鲁迅全集》第9卷，人民文学出版社1981年版，第129页。

读者也会出来指责，遑论批评家。因此，姚写李自成的帝王思想和天命观就受到非议。为了能逃过文网顺利出版，他还不得不在书中加上一些表白倾向性的议论。即使如此，姚雪垠也注意尽量不使硬加进去的议论破坏情节与人物塑造的完整性。因此，后来俞汝捷“精补本”删去这些议论才能不露痕迹。对这些，了解当年环境的人本不难理解，但有些人抓住这点，著文时凸显这些议论，并据此做出判断、得出结论，就不妥当了。第一、第二卷其实主题是表现人如何在逆境中不消沉、如何忍辱负重卧薪尝胆以图东山再起。李自成这一阶段的处境恰与作者姚雪垠写作时的处境类似，姚雪垠是将自己的生命体验和人生理想熔铸进去的。这种愈挫愈奋的精神不仅是作者的创作动力，也激励着读者，而且具有超越历史、超越文本的意义和价值。有读者就曾给姚雪垠来信，说自己在读了第一卷后如何在困境中摆脱了绝望，走出低谷。《李自成》的总主题是“人心向背是决定政治成败的关键”，或曰“得民心者昌，失民心者亡”。第一、第二卷突出写李自成过人之处，写他如何得民心，是因为不如此就无法解释他如何能于全军覆没之后在短时间内号召起几十万人跟从，而且从不被注意的次要角色而发展成声望和实力盖过其他所有起义领袖的首领。第三卷是过渡卷，表现李自成的缺点逐渐暴露而优点仍占主导。后两卷写他渐失民心，进北京后令官民皆大失所望，东征山海关时百姓对他的部队坚壁清野。于是，他的一败涂地、不可收拾也顺理成章。第一卷出版后，许多人包括专家学者担心姚雪垠收不住，担心将李自成写得太高大了，如何再写他的失败。其实，姚雪垠对此早有研究。“李自成为什么失败”一直是他思考的重要问题。明朝覆亡是因失去人心、气数已尽，李自成失败也是因为失去人心，这顺理成章，一点也不矛盾、不突兀、不牵强。而对上升期的清朝统治者，作者写出了他们的雄才大略和昂扬朝气，也以民心逐渐归顺解释了其如何能稳定局面、巩固胜果。那些指责《李自成》“三突出”的人，似乎看不到作者给崇祯皇帝那么多篇幅，也看不到作者将崇祯之死写得悲剧气氛浓郁，而非“人民胜利”的盛大节日；更看不到作者并未将导致李自成毁灭的敌人写成反面人物。当然，直到最后，作者一直对李自成寄予同情，对他的失败表示惋惜，这是“不以成败论英雄”。姚雪垠对“三国演义”中的李、明、清的主要人物都寄予同情，这大概是那些没有看完全书的人想不到的，或不愿承认的。

即使是在特殊写作环境中，姚雪垠在李自成塑造方面仍然有一些不太被人注意的微言大义之笔。这里要强调指出的是，姚雪垠在第一卷中就已将李自成的争取人心处理成策略，而非目的。批评姚雪垠把李自成拔高成舍己为人的人，忽略了表现李自成无私的地方都是他与别人的对话，而不是心理活动。这些别有含义的细节描写，还需要以后的研究者予以注意、专门研究。

四、《李自成》的再经典化

虽然经历了二三十年的去经典化，但笔者认为，姚雪垠先生这部巨著的再经典化，也是势所必然。我持此论的依据，一是姚雪垠先生从一开始就有创作经典的雄心，也有创作经典的实力；二是作品本身所取得的艺术成就是客观存在，即使去经典化的倡导者也不得不或多或少承认《李自成》在小说艺术方面某些过人之处；三是经过长时间沉淀之后，历史大河终将淘去泡沫，留下真正精品；四是在新的历史语境中持有客观公正研究态度的相关研究者的推动，会有利于再经典化的早日实现。

不论从哪个角度说，《李自成》毕竟是整个20世纪文学史上独特的存在，对之不应无视，不能忽略不提：像黄修己《20世纪中国文学史》那样只提自己承认受过姚雪垠历史小说影响的凌力和唐浩明，却只字不提“影响源”，不是文学史的正常写法。虽然文学史书写中《李自成》已被去经典化，但在1999年至2007年这段时间内，《李自成》仍在以不同版本出版发行，报刊上仍能零星见到关于《李自成》的研究论文，说明读者和研究者并未真的彻底忘记这部作品，它也并未彻底从读书界消失。报刊上发表的论文中，包括历史小说研究专家吴秀明及其博士生詹玲的文章，也包括笔者发表于《文艺争鸣》2007年第6期、后又被人大复印资料全文转载的《“史诗性”与“红色经典”的价值评估》一文。但这些尚不足以启动对《李自成》的再经典化。笔者之所以将《李自成》再经典化的时间确定为2008年，是因这年国家顶级文学研究刊物《文学评论》第2期发表了董之林的长篇论文《观念与小说——关于姚雪垠的五卷本〈李自成〉》，这篇论文以《李自成》全书五卷作为整体予以观照，指出：这部小说虽然受时代观念的影响，却没有被束缚在观念预设的框架内，它表现了明末三分天下的历史情境。小说凸显了李自成农民起义爆发的必然性，也深刻地展现了李自成形象与生俱来的悲剧性，从而实现小说三维互动的艺术格局，使农民起义与明、清王朝形成政治与文化上的对比与参照。董之林是中国社科院研究人员，在中国当代小说特别是“十七年”小说研究方面自成一家，而她作为《文学评论》编审的位置，又使得她的言论和观点所引起的重视程度非一般学者可比。自此，不论承认与否，其他中国当代文学研究者和文学史书写者，在对《李自成》的文学价值评估与文学史地位确定方面，不能不再认真考虑。而真正最后完成《李自成》再经典化的，是严家炎先生主编的三卷本《二十世纪中国文学史》，以及张炯先生在不同场合、不同文章中对《李自成》的高度评价，因为严、张二位先生在如今现当代文学研究界的成就、资历、威望和权威性少有人能比。据我所知，严先生在主编这套文学史时，还有一段小插曲：原先分工负责《李自成》一节的著名学者所写初稿，严先生不满意，严先生最后自己执笔重写了第 24 章第 6 节“姚雪垠的多卷本历史小说《李自成》”。

《李自成》从第一卷出版到今天已过去 56 年，全部五卷出齐也已整整 20 年。如今，这部作品虽然不火，虽然大多数文学史提及时关于其缺点或局限的文字常常很多，有时超过正面评价，但毕竟文学史没有对其无视——无视的是极少数，而且还有的自我纠正了。这说明，它作为文学史名作或文学史经典，应该已获公认。当代文学史上长篇小说浩如烟海，能被提上几句的是极少数，能被设专节的就更少而又少，这部作品今天能有如此位置，正是它再经典化的前提和保证。

文学史经典或动态的经典与文学经典、永恒经典的区别，在于前者只被承认在文学史上曾经发挥过作用，而时过境迁已很少被研究者之外的普通读者阅读；而后者超越了时间和空间的限制，还能被读者作为文学欣赏对象进行阅读，并在评论其他作家作品时被作为参照物而提到、被后世研究者解读阐释。

那么，《李自成》是否还有人阅读呢？从它一直被以不同版本重印的事实，可以说明 56 年以后的今天它仍然有读者，而当下最红最火的某些长篇，谁也不敢保证 56 年之后还能被提及和阅读。当然，估计它的发行量不会太大，有些版本出版后可能多是被图书馆收藏；读者阅读，能将五卷 12 册全部读完的估计也不会太多。在如今普通人看手机多于看书、习惯于浅阅读的年代，沉下心读完大部头不容易，况且不断有时髦作品问世，可供选择。但是我想说的是，在论及经典“不断被读者阅读”时，论者常常有一个误区，就是将所有经典都囊括在内。实际上，世界文学史上公认的传世经典中，难道《伊利亚特》《神曲》《尤利西斯》《芬内根的觉醒》《追忆逝水年华》是被经常阅读的吗？能够读完全书的读者又有多少？即使是“经典中的经典”莎士比亚，熟悉他《哈姆雷特》《罗密欧与朱丽叶》的很多，但熟悉他《维洛那二绅士》的又有多少？

王彬彬当年认为《李自成》终将被忘却、成不了真正经典，理由是“作者在作品里把什么都说了，没留一点‘神秘的余数’去让人养家糊口”①。童庆炳先生所列经典六要素中，也有“可阐释的空间”一条。笔者认为，文学经典可以供专家研究，供其养家糊口，但它首先是供读者阅读欣赏的。读者在阅读欣赏时获得审美享受，也获得知识，受到启发。二者之中，读者的欣赏应该是更重要的条件。文学史上固然有说不完的莎士比亚、阐释不尽的《红楼梦》，还有专为研究者阐释而写作的《尤利西斯》，但也有内涵比较单纯明朗的经典。《三国演义》和《水浒传》就不像《红楼梦》那样丰富，《巴黎圣母院》和《悲惨世界》也不像《尤利西斯》那样复杂，要论复杂性，《李自成》不会低于《三国演义》《水浒传》《悲惨世界》《九三年》等。这些并不复杂的经典却值得后世读者阅读，能给他们以审美愉悦和精神启迪。搞中国古代文学史出身的章培恒先生不承认《李自成》能给人以启示，认为它只是“告诉读者农民起义在历史上起过进步作用”，而这些毛泽东在《中国革命和中国共产党》一文中早已阐明。首先他这一论断不符合姚雪垠思想和《李自成》作品实际，因为姚雪垠并不是想表达农民起义是推动历史前进的动力的主题，相反，他认识到农民并不代表新的生产力，李自成建立的政权不会是什么农民政权，而只能是封建王朝，为此他还曾对持相关观点的历史研究专家进行批评。另外，退一步讲，即使姚雪垠与毛泽东表达的是类似的观点，也并不意味着《李自成》就不能给读者以启示，因为艺术的表达与政论的表达效果是不一样的。过去我们学文学概论课，常将鲁迅《阿Q正传》与孙中山、毛泽东的文章放在一起，说明文学家和政治家有时是以不同方式表达同样的思想，现在看这种观点虽不全对，但起码说明我们并不因为孙中山和毛泽东以论文总结过辛亥革命失败的教训，就否认鲁迅相关作品的启示意义。按照章先生的逻辑，我们还可以说《三国演义》也没什么新鲜思想、并不能给人以启示，因为它所宣传的“忠义”“仁政”等观念，儒家先贤早就讲过了。

说到底，《李自成》的再经典化需要去蔽，就是排除偏见带来的曲解、误

---

① 王彬彬：《论作为“人学”的〈李自成〉》，《上海文论》1988年第1期。

读，让专家学者真正潜下心来通读、细读全书，以反思启蒙现代性的眼光重新审视这部巨著。影响巨大的前沿专家能客观公正对待了，普通读者特别是大学文科学生就会对这部作品另眼相看。一般读者心理：读不进去《尤利西斯》，怀疑自己没文化；读不进去《李自成》，则认为是作品过时了。其实，读作者倾力创作的大部头特别是超长篇幅作品，是需要静下心来的。

（《新文学评论》2021 年第 3 期）

灾荒的革命寓言

——论《李自成》的灾荒书写

魏 瑞 李继凯[1]

姚雪垠的长篇小说《李自成》以五卷本、约330万字的浩大篇幅再现了广阔复杂的社会历史画卷，展现明末以李自成为代表的农民起义战争的过程。作为一部马克思主义唯物史观指导下的长篇小说，《李自成》所要表现的是"深刻地反映了历史事变的运动规律和经验教训，供今人作为借鉴；写出历史上的阶级斗争面貌，教育今人"[2]。从历史事件到文学文本，诸多事物经由郑重的选择与编码服务于这一主题，并反映在小说的形象、情节、结构等中。小说中出现的多次详实的灾荒、灾难书写，同样可以置于这一视域下进行观照。作为贯穿于全书的重要意象，灾荒、灾害不仅是作者用以解释这场革命何以成功与失败的重要线索，其触目惊心、沉重悲怆的文字形式本身，也使小说笼罩在深重的历史悲剧感中，在加强小说文本艺术魅力的同时，也给读者带来了持久的有关社会、历史及人生命运等方面的有益启示。

一

姚雪垠对灾荒书写并不陌生，其早年所作《差半车麦秸》《长夜》都不乏对民国年间农村灾荒的披露，以此表现中原地区天灾频繁、社会动荡给平民百姓带来的疾苦。尤其在《长夜》中，姚雪垠以自身经历为原型，细致描绘了军

---

① 魏瑞（1996—），陕西师范大学文学院中国现当代文学专业硕士研究生。李继凯（1957—），陕西师范大学文学院教授，博士生导师，主要研究方向为中国现当代文学。

② 姚雪垠：《〈李自成〉第一卷修订本前言》，《姚雪垠书系》第19卷，中国青年出版社2000年版，第36页。

阀混战下农村民生凋敝、农民被逼为匪的黑暗现实。显然，这里的灾荒首先是中国农村社会现实的反映，作者不仅亲身经历过，对其有刻骨铭心的体验，也对灾荒下的农民抱有深深的同情。另一方面，作者对灾荒的认识并不归于生态意义上的天灾，而是纳入当时中国“因军阀混战频繁、帝国主义加紧经济侵略，加上其他各种人祸天灾，进入大崩溃的黑暗时期”[①] 这一社会革命视野，灾荒作为对小农自给自足经济的直接破坏，农民原有的生活方式被打破，而不得不艰难探寻新的出路，其中青壮年农民往往参军或当匪。然而，由于一开始就并无明确的政治目的，这种兵匪身份时常相互转化。在缺乏无产阶级领导的时期，农村“还处在漫漫长夜的黑暗时代”[②]。从《长夜》到《李自成》，两者都以革命历史视野表现出对农民革命的关注。如果说前者因时间跨度与现实的接近，其发展逐渐被主流的无产阶级革命所统归，而《李自成》则将背景放置于明末清初，以历史事件为蓝本，描绘这一时期声势浩大的农民起义历程，在这里，农民是作为自觉探索的主角存在的，其成功与失败的经验不再以无产阶级革命史为潜在对照而纳入整体社会历史发展规律中。由此，《李自成》的灾荒书写和之前所述相比，在对农民革命的解释中自然发生着变化。

义军领袖高迎祥战败后被朝廷杀害，李自成继任闯王名号，率农民军在潼关南原与洪承畴、孙传庭军大战，不敌而被迫退入贫瘠的商洛山区。这让李自成一开始就面临极其严峻的形势：一边是战场上的失利，让本就弱势的起义军队雪上加霜；而另一边，军队驻扎休养又面临灾荒的威胁：

> 摆在自成眼前的困难很多，最紧急的难题是粮食。商洛山中本来就是个人烟稀疏、地瘠民贫的地方，加上连年的大灾和战乱，老百姓逃的逃，死的死，留下来的稀稀拉拉，无衣无食，苟延时日。他用各种办法搜罗粮食，不仅要养活自己的部队度过严冬和荒春，也要赈济这一带的山乡百姓，使大家不要饿死，也不要再向外逃。[③]

---

① 姚雪垠：《为重印〈长夜〉致读者的一封信》，《姚雪垠书系》第 12 卷，中国青年出版社 2000 年版，第 304 页。

② 姚雪垠：《为重印〈长夜〉致读者的一封信》，《姚雪垠书系》第 12 卷，中国青年出版社 2000 年版，第 305 页。

③ 姚雪垠：《李自成》第 1 卷，中国青年出版社 1976 年版，第 12 页。

从这里看，显然更让李自成在意的是如何处理灾荒的问题。虽然经历战败，但几个堪称左膀右臂的重要将领还在，李自成的闯王地位也仍旧稳定，关于战败的细节作者也并无追究。虽从革命低潮讲起，但留有很大余地。这种处理不由得让我们联想到经典革命历史小说的写法，“这些都不是前世的报应或天定的劫数，……从根本意义上说，更是革命的起点、历史的起点”①。这意味着农民革命的关键不在于强大的军事能力，战场上的失败意味着农民革命是在其他事物作用下走向胜利的。在实际描写中，这场战败也使得这位农民领袖从战场上暂时脱身，而有条件处理更长远的问题。灾荒即在这一背景中出现，对灾荒的处理意义不只是农民军作战之外生活的反映，也是李自成等人革命如何继续的思考的结果。

在这种意图中，灾荒由此获得全新的阐释空间。如果说之前那些书写李自成农民起义的中国传统史传及以历史为蓝本的小说传奇等艺术载体中，灾荒叙事在于表现社会动荡，解释农民缘何揭竿而起，所谓“天降奇荒，所以资（李）自成也”。② 以封建政治史观认识灾荒，视其为对王朝统治的威胁与撼动。到了姚雪垠这部长篇历史小说中，由于作者的“阶级和阶级斗争学说观照中国历史，表现中国历史”③ 历史观，农民被视为历史发展的重要动力，灾荒的发生除了对下层生活的破坏，也被纳入线性发展的历史进化内，作为革命道路的多重考验之一。“第一卷就是要写出革命领袖人物当全军覆没之后，不应该动摇、妥协、投降，无所作为，灰心丧气，而应该坚贞不屈，百折不挠，奋发图强，将革命运动推向新的高潮。”④ 在克服灾荒，“人定胜天”的过程中，革命得以合法化，历史小说的教化功能由此彰显。

对李自成作为历史存在的人物形象的任何叙述都要建立在客观历史基础上，姚雪垠对此深有体会：“我首先对于每个重要的历史问题都本着实事求是的态度进行科学研究，做到深入历史，心中有数，然后在写作小说时跳出历

---

① 黄子平：《“灰阑”中的叙述》，上海文艺出版社 2001 年版，第 25 页。

② 李晶：《论崇祯年间的自然灾害及影响》，《河北青年管理干部学院学报》2004 年第 2 期，第 43—45 页。

③ 王富仁、柳鸣九：《中国现代历史小说论（一）》，《鲁迅研究月刊》1998 年第 3 期。

④ 姚雪垠：《李自成为什么失败——兼论〈李自成〉的主题思想》，《姚雪垠书系》第 19 卷，第 78 页。

史，努力争取正确地处理历史科学和小说艺术的关系。”① 这表明虽然其同样置于马克思主义唯物史观中，却得出与郭沫若的《甲申三百年祭》不一样的结论。后者尽管也提及李自成部队起义以来，在一众农民军势力中以严明军纪与放赈救济的义举等受到贫苦农民的拥护与追随，但在解释李自成的最终失败时又不免归之于缺乏远见乃至吴三桂兵变等偶然性因素②，仅在具体层面作出评价。姚雪垠则认为，李自成由攻破北京的军事“大胜利”忽然变为大失败、大悲剧，“主要决定于内部的各种消极因素，互相交织，造成一种总的失败形势”③。“写史学著作必须重视历史的确实性，而历史小说所重视的则是历史的可能性。”④ 正是在这种认识下，小说《李自成》的内在逻辑才得以展开。灾荒书写也就不再作为反抗的现代革命话语的单纯演绎，而是作者对这场历史上的农民革命何以胜利与失败的思考与注解。

二

在李自成如何对抗商洛山灾荒这一情节的表述上，姚雪垠本着唯物史观的指导，在这一部分使用较多历史揣摩与艺术虚构。而这种虚构建立在现实经验，尤其是革命经验的基础上。姚雪垠自称“是党给我的新生命”，对于灾荒的理解与处理，自然也结合共产党处理灾荒的经验。1931 年湖南发生全国瞩目的特大水灾，时任中共中央宣传部部长张闻天代表中央在《红旗周报》上撰文指出帝国主义和国民党是灾荒制造者，其赈灾活动亦不过是对灾民的欺骗，认为“只有推翻帝国主义国民党的统治，建立苏维埃政权，这一灾荒问题才能得到根本的解决”。张闻天明确指出了斗争策略：“组织各地灾民自救团，抗租抗税团，分粮或抢粮团，吃大户团等，使这些组织，变成农民委员会，或游击队的组织，一直引导他们到革命。对于已经有的各种自发的灾民的与农民的组

---

① 姚雪垠：《〈李自成〉第一卷修订本前言》，《姚雪垠书系》第 19 卷，第 7 页。

② 郭沫若：《甲申三百年祭》，《新华日报》1944 年 3 月 19 日。

③ 姚雪垠：《从历史研究到历史小说创作——从〈李自成〉第五卷的序曲谈起》，《姚雪垠书系》第 19 卷，第 290 页。

④ 姚雪垠：《从历史研究到历史小说创作——从〈李自成〉第五卷的序曲谈起》，《姚雪垠书系》第 19 卷，第 279 页。

织，党必须加入，取得斗争的领导权。党必须要有步骤的，要依据灾民等斗争的经验，提高他们的斗争。”① 在这种现代革命视野里，灾荒的根源在于分配的不公，只有发动农民掀起革命，彻底推翻帝国主义、国民党的统治，灾荒问题才能根本解决。灾荒是作为唤起农民革命心理，激发对社会不公的反抗情绪而认识的。而在李自成时代农民的经验里，灾荒首先是情感记忆里对惨淡收成的忧虑与恐惧，而官府朝廷等与其只有征收税收多寡的联系，与“只有发动农民掀起革命，彻底推翻帝国主义、国民党的统治，灾荒问题才能根本解决”的直接比附显然不适配，姚雪垠需要换一种表述方式，结合小说依存的历史背景作出改写，即“新的语言不断加入到旧的语言之中，形成老城区周围的新区”②。

李自成面临商洛山灾荒的首要问题还是粮食紧缺，而当时一般的搜罗粮食方式包括到外地买粮、向附近山寨中富户“借粮”。李自成一面派出老马夫王长顺假装小贩去城池与县份收粮，另一面则派几小队人马到一二百里以外的县份打粮，由于前者收效甚微，很快李自成部队就将打粮作为主要手段。打粮不同于借粮，一方面是为了安全考虑，避免暴露行踪，另一方面则有意强调与土匪们单纯掠夺的差异，不仅派人送信，鸣铳点火明确告知对方这一要求，还在信中写着“因尔为富不仁，万人痛恨，故索银索粮”，否则就攻进寨子、杀人烧屋。具体实施上，作者也特地补充，“很少奸淫妇女的事，对穷苦老百姓更不骚扰”。这些皆表明相对而言这支队伍打粮的动机是合乎情理的。

不过，仅仅如此还是不能真正将灾荒解决，这种打粮只能勉强满足军队的需求，而李自成还下令要求分一部分粮食出来赈济百姓，这自然就导致粮食问题更加严峻。军队一部分士兵因为忍受不了这种艰苦纷纷开小差逃走，甚至李自成身边的郝摇旗都动摇奔到了河南。老百姓的日子更是艰难，不少家开始吃草根树皮。李自成每天骑马出去还常常看见一些枯瘦如柴的男女饥民出外逃荒。到了年底，这个充分牵动传统中国农民心理的时节，李自成却面临如此困境：一方面考虑到军队将士同样饱受饥饿，需要分配充足粮食安定军心；另一

① 杨慧：《灾荒中的艰难“向左转”——再论丁玲的〈水〉》，《吉林大学社会科学学报》2011 年第 3 期，第 81—87 页。

② ［法］让·弗朗索斯·利奥塔：《后现代的条件》，武波译，《是明灯还是幻象》，云南人民出版社 2003 年版，第 16 页。

方面他还希望腊月底再放一次赈，让老百姓能够过年。“俗话说，兵没粮草自散。难道能让弟兄们饿着肚子散伙么？可是如果不放赈，难道能眼巴巴地看着附近的百姓饿死和逃光么？”①

看起来，前者似乎更加重要。李自成的几个亲信大将就提出不要继续停留在商洛山中，希望去河南重新树起大旗大干一番。这无疑是一般军队的逻辑，为了保持军队的战斗力、获得士兵认同，就不能过多在意农民百姓。罗汝才、张献忠等其他农民军势力皆如此。农民军本身是自发组织，不单没有补给保障，军队规模扩充、势力壮大也依赖那些承受不住饥饿与压迫的农村青壮的投奔，故通过攻占与掠夺获取资源无可厚非，一方面是补充粮食与军备增强实力，另一方面对财货女人等的分配也有助于笼络己方势力。因此，尽管李自成部队一直以来秉承坚决战斗，不扰害百姓的宗旨，使这支农民军声名远扬，但在如此艰难的情况下，自保似乎才是应有之义，现在还要分散资源给贫苦百姓，执行起来必然阻力重重。

李自成的选择无疑对农民军之后走向有深远影响，他最终力排众议选择向百姓赈济，支撑起这一决定也存在更深层的缘由。田野里听到农妇呼唤孩子勾起了李自成昔日的贫苦回忆，眼前的农妇不仅在声音，以及虚弱的形貌上让他想起了自己死去的父亲，尽管其父母都是勤劳忠厚的百姓，想方设法改善生活，而最终还是在饥寒中死去。灾荒暴露了农民军的属性，他猛然醒悟这里的村童“华来儿”未必不是另一个“黄来儿”（李自成乳名），和朝廷军队勇猛交锋的农民军曾经都是农民的儿子。之前所困扰的为保持农民军战斗力而撤离商洛山的含义也受到重新解读，农民军一路上惩治不仁贪官，一面打击朝廷势力，另一方面则是表现对迫害农民行为的不满。然而，仅仅依靠掀起战争是不够的，脱离了与农民的关联，义军也难以摆脱令人恐惧与不齿的匪寇的名号，无法进一步发展。即便作者反复以“老八队”暗示其与共产党当年的八路军的关联，然而在这一时期李自成毕竟不能以阶级眼光将农民军与一般农民等而视之。田野见闻使李自成体会到农民军与农民的内在一致，农民军来自农民，也应该为了农民。从现在起，在李自成有勇有谋、镇定自信的义军首领形象保留的同时，那个出身穷苦，深知农民苦难的农民之子的影像浮出地表。于是我们

① 姚雪垠：《李自成》第1卷（上），中国青年出版社1977年版，第12页。

看到“只有发动农民掀起革命，彻底推翻帝国主义国民党的统治，灾荒问题才能根本解决”这样的命题在这里进行了置换，从主体是潜在的革命者转换为农民自身，或者可以这样说，“只有掀起革命的农民军认识到自己来源于农民，为农民作战，灾荒问题才能根本解决”。主题的确立使得困境在李自成面前明朗起来——军心不稳，他义正词严：“兵要练，军纪要整饬，老百姓也要救济，至于屯垦，等过罢年，看情形再说。几个月内，决计留在此地练兵，哪儿也不去!”对于赈济百姓的质疑，又慷慨陈词：“咱们立志灭亡无道明朝，救民水火，就是按照这个宗旨做事。”[①] 关注农民生活与指挥军队作战融为一体，将两者以因果与目的手段的方式联系，这不仅是和罗汝才、张献忠等其他农民军势力的截然差异，也是对之前只刻画李自成的农民军与官军战场较量的突破。

灾荒在这一更新的视野下消散。李自成安排一小部分军队剿匪，其余的组织起来攻寨。这两个行为的意义不言而喻，剿匪不是图谋土匪劫掠的粮食资源，而是替农民百姓扫除威胁。攻寨行动充分体现了李自成的智慧与魄力，不仅以这场大胜重振军队的斗志，也再次树立了自身的威望。“事情好像是偶然的，却具有重要意义”[②]。这种偶然即是李自成，更或者说是姚雪垠，发现了农民革命的一种经验，而由此解释出何以这支早期寂寂无闻的农民军却最终能取得胜利。

三

“他望望那一条浩浩荡荡、曲折前进的火龙，心思如潮，仿佛看见沿途无数的老百姓站在村边张望，因为不许他们加入而怀着嫉妒和抱怨。一个念头闪过他的心头，他仿佛看见了再过几个月，当他重新大举以后，从陕西到河南，到处都是这样：成千上万的饥民跟随他，攻城破寨，开仓放赈。不，那时候将不是这样的规模。那时候的规模会比如今的大许多倍，许多倍!”[③]

李自成的农民军从商洛成功突围后，吸引了大量农民投军，他们除倾慕李自成人品与其军队仁义名声外，也有自保之意。不仅匪盗肆虐，借剿匪名义来

---

① 姚雪垠：《李自成》第1卷（上），中国青年出版社1977年版，第12页。
② 姚雪垠：《李自成》第1卷（上），中国青年出版社1977年版，第12页。
③ 姚雪垠：《李自成》第1卷（上），中国青年出版社1977年版，第12页。

的官军也对农民欺凌抢掠，甚至屠杀农民假冒军功。这些农民素闻李自成的队伍军纪严明，善待百姓，声讨不公，自然就纷纷来投。而李自成也正有积蓄力量、在中原腹地施展大业的意图，他意识到灾荒与暴政下百姓无可为生而殷切期望改善生活。如能把握好这股力量，一定可以击垮朝廷。故李自成按捺攻城想法，避免与官军冲突，一心攻打富裕山寨开仓放赈，从而沿路吸收农民入伍，同时让军队后勤与训练上得到保障。待到李自成率军进入河南，又推广传播两个新口号“随闯王，不纳粮”和“义军所至，三年免征”，相比一般赈济更契合农民心意，故河南各地百姓皆怀着极高期望迎接李自成部队，李自成的农民军规模也由之前的小队伍逐渐扩张为浩浩荡荡的大军了。

这自然助长了行军打仗的优势，尤其是洛阳大捷，不单破城之后缴获大量物资，还极大提升了军队威望，赢得豫西百姓的追随支持。然而另一方面，规模的扩大也意味着粮食消耗的剧增，尤其考虑到灾荒暴政下一些青壮农民不再务农，纷纷投军，而李自成大军行军沿途放赈，这样一来，所有资源只能依靠攻城夺寨缴获。如果说在商洛山中仅靠几个富裕山寨就能满足军队与当地百姓的需求，那么此时在军队与受济百姓都增加不止一倍的情况下，攻城缴获必不是长久之计。因此，到了四月上旬青黄不接的时候，即使先前攻占了各大城池，粮食困难的情况依旧出现。灾荒的威胁也再次袭来，“附近几县老百姓已经将地里的豌豆荚吃光了，稍嫩的豌豆秧也吃了……李自成本来就不断地拿出粮食赈济得胜寨周围二十里以内的饥民，如今不得不拿出更多的粮食了”①。然而这一次，李自成却没有着重应对。接二连三的胜利及宋献策所献李氏将取代明朝的谶言使李自成日趋自信，逐渐将目光投向更长远的地方。他坚信只要再次攻下富裕的开封，粮食问题自然迎刃而解。

李自成对待百姓的态度渐渐发生了变化，商洛山上农民之子的觉悟已被大军元帅乃至新任皇帝的事业愿景所冲击。尽管李自成本人仍秉持善待农民百姓的想法，但如今为了考虑军队能打胜仗，在民生上不免也有些懈怠与力不从心，至于一些军民问题就更无暇处理。双喜代表百姓求见，李自成如此回复：“咳，你这孩子！你看这里有多少大事等着我处理。那些百姓求见，也不过是要我替他们申冤报仇，或劝我去攻哪座城池。你就替我做主回话吧，不要再打

① 姚雪垠：《李自成》第1卷（上），中国青年出版社1977年版，第12页。

搅我啦。”[①] 也许李自成足够信任双喜，或是为领导大军作战而避免事务缠身，但之前野地聆听农妇呼唤儿童的那类特定体验也因此渐渐消失。这也反映出李自成对灾荒的理解与处理逐渐从改善贫苦民生转换为鼓动更多人加入革命，而对其为何革命则渐渐无视，灾荒的潜在话语不再是农民身份认同，而变为一种负担。李自成自身的困苦记忆在一次次战斗与大胜中消解，战场的捷报与制订的条例使他默认推翻了明朝一切都会改善，而殊不知自己军队一些举动同样使百姓有苦难言。农民军随着规模扩大与作战的增加，作为军队的属性俨然盖过了农民的过往身份，一些行为在战争背景下被默许，很少再会调动曾经的农民体验去认识解决。不是每一个农民军都有李自成善待农民的想法，在他们看来，改善生活的方式不是受军队关照回到安稳的务农状态，而恰恰是投军本身。军队的扩张以及天命加身的信仰使得李自成逐渐远离了与士兵们同吃同穿，甚至号称能叫得上所有部队士卒的姓名的状态，因而对军队基层情况也陌生了，至于其余将领也随时听从调遣出兵打仗，无暇考虑百姓。到了豫东地区，除了常与农民百姓打交道的老马夫王长顺能够注意到该地农民的忧虑与难处，如农民军流动作战在农民百姓印象中与匪寇无异，对农民军缺乏认同，在战争局势下，军营人马所过之境给农村田地极大损害等，并无其他将士关注到这一情况，这无疑显示出军队与百姓的疏远。

所以我们看到，贯穿于第三卷的开封之战打得格外胶着，哪怕在全书五卷本的浩大篇幅中都显得有些延宕。左良玉大军来袭时，李自成为避免前后受敌，尽管现在仍处于灾荒时期、粮草紧张，但为了增加军队胜算而不惜让军队弃置粮草。如今攻城对于资源的获取已经远小于占领城池本身的意义了，农民军费尽心思动用大量主力攻打，结果反而刺激城内住户官兵恐慌，拼命参与抵抗。李自成军攻打得越是急切，城内的守势越是顽强。对天命加身的信奉、对守城军民的恼怒以及对罗汝才消极攻城的怨恨多种情绪集中一起，导致李自成指挥作战愈发浮躁，很难再平复情绪考虑百姓感受。攻守僵持下，身处夹缝中的平民就成了战争的最大受害者，尤以秀才张成仁一家为代表，体现战争对普通百姓生活的摧残。开封城内百姓不单受灾荒影响，家家无余粮，战乱又加剧了百姓的贫苦，对农民军心生怨恨。“香兰半天不说一句话，后来，忽然愤愤

---

① 姚雪垠：《李自成》第1卷（上），中国青年出版社1977年版，第12页。

地冒出一句：‘人家姓李的和姓朱的争天下，把咱们百姓也拖在里头，叫咱们怎么活?’……香兰不敢分辩，心里总觉得这个‘忠’字十分渺茫，不能当饭吃。可是她自从结婚以来，没有违背过丈夫的意思，所以尽管心里有许多疑问，也不敢说出口来。”① 在农民军的层层围困下，守城官兵也被逼出下策——到黄河朱家寨河口掘堤，导致开封城内外无数的无辜百姓被洪水牵连，惨象迭出不穷。而李自成也又一次忽视了老河工的警告，使得军队元气大伤，之后一系列计划也被迫中止。

然而，这场伤亡巨大的战役不久就被之后的胜仗遮蔽，李自成率军陆续战胜朝廷派来的陕西部队，除掉袁时中、罗汝才，并攻破西安，建立了大顺政权。到这个时候，农民军诸将士以为大业将成，骄气渐露，新降众多文臣又歌功颂德，李自成也更加坚信自己天命所归，农民军也摇身一变成了官军，与百姓的距离更加遥远。为一举统一称帝，李自成拒绝李岩等人的持重建议，率军势如破竹攻入北京。战场上轻而易举的胜利蒙蔽了李自成的双眼，他愈发骄纵，俨然以皇帝自居，开始享受皇帝待遇，对手下行为也就无心留意了，放任手下军队在北京烧杀抢掠，为害一方。刘宗敏等重要将领也为报复或满足私欲，频繁闯入归降大臣府邸查抄家产。北京城人心惶惶，百姓苦不堪言，视李自成军与匪寇无异，但李自成浑然不知，只是当年呼唤他拯救苍生的百姓却不再有任何期待了。

梳理李自成及农民军与灾荒的关联，我们发现农民军之胜利得益于对灾荒的适当处理，其失败在较大意义上也可以归之于对灾荒的漠视。灾荒由此也从实体转化为象征和寓言，意味着在乱世之中尤其需要对最底层平民百姓给予更多的重视与关怀。崇祯与朝廷大臣虽在态度上表示对黎民的同情，但缺乏在具体管理事务上的调整改革，而仅仅从稳定统治的层面安抚，放宽征收练饷，甚至天真地要求百姓与其共渡难关，丝毫没有意识到“冰冻三尺，非一日之寒”。李自成及农民军一开始对灾荒的处理顺应民意，使起义具有了某种历史的合法性。然而，当他们将矛头对准朝廷，满心以为建立新朝，这个世界就会焕然一新、就会从各种祸乱中摆脱出来，但其对民意的忽视、对民众的脱离也宣告了这种幻觉的破灭。灾荒的魅影仍无时无刻不笼盖在这片灾难深重的土地上，如

① 姚雪垠：《李自成》第1卷（上），中国青年出版社1977年版，第12页。

果在探索的过程中忽视了这个背景，甚至一意孤行，最终只能在绝望倒地之时承认这种无物之阵。姚雪垠以明末农民起义对唯物史观下革命根由的偏离使其只能“逆之者亡”，但另一方面，这种预设也增加了小说的漏洞与裂隙。尽管如此，小说从革命低潮写起，又从革命最终失败作结，灾荒、灾害描写贯穿其中，构成了一种耐人寻味的灾荒的革命寓言，值得特别关注和深研细究。笔者曾指出，“关于灾害书写或灾难描写研究可以有广阔的探索空间”①，并提倡进行“对具体灾害类型与重点作家作品的个案研究”。本文即是一个尝试，不妥之处敬请方家批评指正。

（《汉语言文学研究》2022 年第 4 期）

① 李继凯、张瑶：《研究回顾、拓宽路径与价值重申——关于中国现当代文学灾害书写研究的若干思考》，《湘潭大学社会科学学报》2021 年第 1 期。

《李自成》内含的多重叙事话语

惠雁冰[1]

在20世纪中国文学史上，可能还没有一部小说如《李自成》[2] 一样经历如此漫长的创作过程，也没有一部小说如《李自成》一样饱受毁誉交错的评价冲突，更没有一部小说如《李自成》一样经年来不断面临着读者选择性阅读的接受困境。一部长篇小说，从1957年动笔，到1999年5卷12册出齐，姚雪垠耗时42年，几乎占去他生命中的一半周长，可谓殚精竭虑，终生相依。这部长篇小说以330万字的宏伟篇幅，以明清交替之际诸雄蜂起的历史大势为依托，艺术地再现了李自成从商洛蛰伏到败亡湖北的悲剧命运，寄托着作者为领袖献言、为草莽英雄树传、为无产阶级政权立鉴的创作初衷，凝聚着作者深描历史事件、錾刻历史个体、映画历史风物的强烈史官意识。客观而言，《李自成》不仅是一部卷帙浩繁的长篇历史小说，也是一部用民族美学彩绘过的明末局部社会文化史，正如有研究者所言："整部著作如全面浩瀚的明史报告，涉及民俗风情、典章制度、农民起义、华夷矛盾、君臣关系等，足以引作领袖安邦治国及探索中国现代路径的知识参照与前车之鉴。"[3] 对于这部皓首穷经之作，晚年依然沉浸在口述与修改中的姚雪垠甚为自得，他不止一次地强调这部作品在"五四"以来中国现当代文学史上的重要贡献，即"开创了历史小说的新道路"和"我一直坚持革命现实主义创作方法"，而且，他还专门就第一个贡献作了更为细致的阐述，即他所坚守的创作原则"是历史小说要跟历史科学

---

① 惠雁冰（1969—），延安大学文学与新闻传播学院教授。

② 本文选用的《李自成》系《姚雪垠书系》第1—10卷，中国青年出版社1999年版。该"书系"本的内容与分卷本（5卷12册）无异。

③ 李丹梦：《最后的"史官"——姚雪垠论》，《中国现代文学研究丛刊》2018年第6期。

和小说艺术有机结合”，创作方法是“深入历史，跳出历史”①。姚雪垠之所以如此强调这两个贡献，且以作者的口吻来亲谈《李自成》的成功之处，看起来实在有点越俎代庖，真实原因在于《李自成》诸卷渐次出版后，评论界的阐释或许未必扣准姚雪垠的所感所得，这才迫使他掀幕而出，自作说明，其中多少隐含着作者与评论家之间到底谁来言说、如何言说、言说什么的内在焦虑。

事实上，《李自成》的评价史一直呈现出三种对立性的姿态，扭结着不同历史时期文本阐释在价值认定方面的多重矛盾，这种矛盾贯穿了20世纪80年代到21世纪初叶，直到最近几年才有将《李自成》再次经典化的趋势。其中，肯定论者集中在作者本人及出版社责任编辑，如姚雪垠自称：“《李自成》的趣味很丰富，都是有历史来源的。它相当于一部百科全书，这在中国还是首创。‘五四’以来，小说都是单线发展，复线发展的很少……”② 另如责任编辑王维玲认为“以悲剧人物来说，姚老就冲破了多年来的传统说法”，“对《三国演义》以来的战斗程式进行革命”，在长篇小说结构设计方面更有明显的“突破和创造”③。而有限度肯定论者集中在20世纪80年代初期的茅盾、吴晗、阿英等老一代学人，一方面他们认为姚雪垠的创作在依据历史史实的前提下进行了合理虚构，“用历史唯物主义和辩证唯物主义来解剖这个封建社会，并再现其复杂变幻的矛盾的本相，‘五四’以后也没有人尝试过，作者是填补空白的第一人”④，“质量不在《水浒》之下，甚至比它高”⑤。另一方面，他们又对小说中某些比附现实政治的写法有所提醒，如阿英所言第一卷“使人感到有些反历史主义，觉得完全是写游击战争，而不是写李闯王时代的农民革命。如当时闯王和部将都是这样，革命早成功了”，又如李文治所言“在这部小说里，只看到李自成的革命坚定性，看不出他的落后面，即使在革命遭受严重损失之后，他对革命前途丝毫不悲观失望。这样处理，对一个农民革命领导人而言，

---

① 姚雪垠、曾芸、吴芬庭：《我的文学创作道路及〈李自成〉第四卷创作计划（1984）》，《新文学评论》2021年第3期。

② 《姚雪垠希望身后发表的谈话》，李复威、杨鹏整理，《文艺报》2000年4月15日。

③ 王维玲：《四十二年磨一剑：姚雪垠与〈李自成〉》，中国青年出版社2010年版，第193页、第198页、第203页。

④ 茅盾：《关于长篇小说〈李自成〉》，《中国当代文学资料·姚雪垠研究专集》，黄河文艺出版社1985年版，第524页。

⑤ 《阿英、吴晗、李文治谈〈李自成〉》，《中国当代文学资料·姚雪垠研究专集》，第527页。

估计高了一些”①。至于否定论者则以邓经武为代表，他认为“‘五四’以来的长篇历史小说绝非如姚雪垠所说的是‘空白’”，《李自成》纯粹“是‘三突出’创作模式的典型体现”②。21世纪初，部分研究者开始对这部小说进行更为理性的透视。有人认为《李自成》并未被预设观念完全束缚，“无论从小说的整体布局还是具体描写”，《李自成》的表现都要“丰富、复杂得多”③。有研究者认为“姚雪垠在《李自成》中是实现了他个体限度内对‘历史公正’表达的极致的，这也是他跟历代史官最贴合以致心心相印的地方”，至于“把《李自成》讽为‘三突出’‘高大全’的‘帮文艺’，是武断浅薄的风凉话”④。有人则细致梳理了《李自成》从经典化、去经典化到再经典化的历史评价过程，主张“以反思启蒙现代性的眼光重新审视这部巨著”⑤。

那么，如何看待60年来针对一部作品所形成的评价差异？一般认为，造成这种评价差异的主要原因在于以下方面：一是历史叙事与文学叙事的边界不清所导致的评价尺度不一，二是对“古为今用”的创作宗旨其效用、限度的认知标准不一，三是因创作周期过长所引发的文学审美观念不一，四是多数批评者未能一睹作品全貌便简单定性的阅读内容不一。这样一来，历史学者专注于文中史实是否确凿，古典文学学者执着于民族叙事模式的复活，深受社会主义现实主义创作手法影响的评论家热衷建构其中的典型形象，仅阅过前两卷者认为李自成看似转换了面容的红军战士，读完全书者又觉得《李自成》是被文学史严重忽略的经典。值得注意的是，这种分析是把时代动态化，而把文本静态化，且文本是被动地承受时代的影响。其实，文本对时代的呼应与时代对文本的塑造同时在场，时代的演进过程不但是文本的生产过程，更是文本意义不断叠加与增值的过程。尤其对于《李自成》这样一部秉承着“革命的政治内容与

---

① 《阿英、吴晗、李文治谈〈李自成〉》，《中国当代文学资料·姚雪垠研究专集》，第526—527页、第528页。

② 邓经武：《“自恋”与“自贱”的悲剧——论姚雪垠及其〈李自成〉》，《西南民族学院学报》2001年第3期。

③ 董之林：《观念与小说——关于姚雪垠的五卷本〈李自成〉》，《文学评论》2008年第2期。

④ 李丹梦：《最后的“史官”——姚雪垠论》，《中国现代文学研究丛刊》2018年第6期。

⑤ 阎浩岗：《〈李自成〉的经典化、去经典化与再经典化》，《新文学评论》2021年第3期。

尽可能完美的艺术形式的统一”① 的创作纲领，高扬着政治激进时期的英雄主义精神，又适当借鉴了人文主义观念的历史题材文学作品而言，作者对民族文学传统的自觉继承，对政治意识形态的积极阐发，对悄然变化着的文学观念的适时回应，一直是这部作品与多个历史时段保持深刻联系的鲜明表征。这种动感十足的创作过程，以及其间杂糅的多种文学叙事话语，才是这部作品 60 年来引发评价冲突的主要原因。从这个角度讲，正是《李自成》漫长的创作周期所导致的文本新旧话语的斑驳重叠，才最终造成了文本阐释的差异性。

1984 年，面对评论界的众语喧哗，姚雪垠曾言：“但是严格来说，到今天为止《李自成》的关键问题没有人说到。”② 那么，这个关键问题是什么？显然不仅是历史的“深入”与“跳出”，也不仅是长篇小说的结构营制与唯物史观的透视原理，更不止于崇祯皇帝的塑造等。在笔者看来，姚雪垠如鲠在喉般的提醒或许还隐藏着另一种意味，即对文本中“常”与“变”“旧”与“新”等复杂元素一再被轻视、错估、漏读的遗憾。为此，辨析《李自成》内含的多重叙事话语，就成为重评文本继而试图解答姚雪垠之问的一种可能性的视角。

一、传统叙事话语的“复现”

中国古典小说经唐传奇、宋元话本的发展之后，在明清时期出现高峰样态，不但促成了胭粉、灵怪、朴棒、公案等小说基本类型的生成，而且形成了深具民族特性的人物范型、情节结构和审美方式。其中，人物范型以传奇英雄为主，情节结构“皆是写极骇人之事，却尽用极近人之笔”③，艺术表现上以文势错综与张弛有度为上，由此建构了中国古典小说的叙事传统。既然是叙事传统，就必然体现为不断重复的情节母题与较为稳定的编码方式，类似“一种‘形式和主题的历史语法’或‘文化语法’”④，一旦涉及某种规定性的情境，创作者的叙事逻辑便与叙事传统之间自然达成一种内在的呼应关系。尽管一些母题或许已经失去了现实生活的依托，但经过移植和改写的母题，仿佛“环绕

---

① 毛泽东：《在延安文艺座谈会上的讲话》，《毛泽东选集》第 3 卷，人民出版社 1991 年版，第 869—870 页。

② 姚雪垠、曾芸、吴芬庭：《我的文学创作道路及〈李自成〉第四卷创作计划（1984）》，《新文学评论》2021 年第 3 期。

③ 马成生：《明清作家论小说艺术》，团结出版社 1989 年版，第 147 页。

④ 佛克马、蚁布思：《文学研究与文化参与》，俞国强译，北京大学出版社 1997 年版，第 62 页。

着古老传说的拱门的常春藤的嫩枝翠叶”① 一样，拂开枝叶，母题依然醒目可见。正因为此，俄国文艺理论家维谢洛夫斯基曾言：“日常经验足以证明：没有一部中篇或长篇小说，其中的一些情境不使我们联想起我们在别的情况下曾遇到过的类似情境……这些场面万变不离其宗地伴随着我们从神话故事到短篇小说和传说，直到现代长篇小说。”② 作为一部历史题材长篇小说，草莽出身的李自成本具有英雄传奇的内质，从延安时期一直延续到社会主义文学的民族化追求，又不断确认着作家从古典文学中寻求经验支持的创作路径。至于姚雪垠更是对古典文学名著甚为推崇，在谈及自己的创作道路时，他明确指出“我是有意识地从中国的古典小说、元曲、诗词、散文里面来体会到中国的一些美学遗产和民族的审美习惯，用到小说的创作里面去”③。正是在种种因素的合力之下，这部小说整体充溢着浓郁的传统色彩。

其一，对英雄演义幻奇图景的因袭。唐传奇以来，中国小说的浪漫主义气韵甚盛，明清小说虽以不奇为奇，但在部分历史演义和神魔志怪小说中幻奇成分依然浓厚。袁于令在《西游记题辞》中云：“文不幻不文，幻不极不幻。”④《李自成》中就有不少幻奇图景，情节结构也与英雄演义小说如出一辙。

如李自成“两军对垒，直取上将之快”这一图景，堪比《三国演义》第二十五回“救白马曹操解重围”片段。洪承畴率部逼近潼关，急欲突出重围的李自成迎战左光先侄子左世雄。大战在即，左世雄自恃勇力，“不料李自成……马疾手快，犹如闪电，但见寒光一晃，他还没有来得及招架，已被刺落马下”⑤。再看《三国演义》中的相关片段，“颜良正在麾盖下，见关公冲来，方欲问时，关公赤兔马快，早已跑到面前；颜良措手不及，被云长手起一刀，刺于马下”⑥。不难看出，两个情节单元都竭力突出“张狂”“未料”“马快”“被

---

① ［俄］维谢洛夫斯基：《历史诗学》，刘宁译，人民文学出版社 2019 年版，第 11 页。

② ［维］维谢洛夫斯基：《历史诗学》，刘宁译，人民文学出版社 2019 年版，第 11 页。

③ 姚雪垠、曾芸、吴芬庭：《我的文学创作道路及〈李自成〉第四卷创作计划（1984）》，《新文学评论》2021 年第 3 期。

④ 《中国古典小说名著资料丛刊〈西游记〉资料汇编》，朱一玄、刘毓忱编，南开大学出版社 2012 年版，第 223 页。

⑤ 姚雪垠：《〈李自成〉·潼关南原大战》，《姚雪垠书系》第 1 卷，中国青年出版社 1999 年版，第 167 页。

⑥ （明）罗贯中：《三国演义〈评注本〉》，郭皓政、陈文新评注，崇文书局 2015 年版，第 132 页。

刺落马”四个要素，回应的是读者“不出情理之外……恰在人人意愿之中”①的审美诉求。

如刘宗敏“遇河受阻，一跃而起之奇”这一图景，无疑与《三国演义》第三十四回“刘皇叔跃马过檀溪”片段有着明显的因袭关系。先看《三国演义》中的描摹，“玄德到溪边，见不可渡，勒马再回……言毕，那马忽从水边涌身而起，一跃三丈，飞上西岸。玄德如从云雾中起”②。接着，越溪而过的刘备策马而行，天色将暮，见一牧童横笛而来。这一图景有一个基本叙事前提“英雄遇河受阻”，有一个基本叙事线索“追兵甚急，河深难渡，主人公忧心不已”，有一个基本叙事结果“战马越河而过，英雄化险为夷”，还有一个温馨的审美间隙“怡人景色”。再看《李自成》中刘宗敏跃马跳崖这一片段。李自成出武关，突围中道路被官兵截断，刘宗敏面对重重包围，只身“奔到悬崖，猛抽一鞭。只见那匹雪白的战马像闪电一样从悬崖上腾空而起，纵入蓝天，在两丈外向下落去，沉入江底，溅起来的水花闪着银光”③。与刘备越溪相比，叙事前提一致，追兵、无路、大河、跃马等主要叙事线索齐备，叙事结果也等同，唯一迥异之处可能就在于姚雪垠化刘备越溪为刘宗敏跳崖。至于表现技法更是趋同，姚雪垠在此也特意安排了一个“山摇地撼”之后“柳丝花朵”的片段，“江上仍然很静。水中映着蓝天、白云。浪花似银，在灿烂的日光下闪动明灭。白马喷喷鼻子，昂着头，划开绿波，冲着浪花，在激流中向下游的南岸洑去”④，可谓深得明清小说“浪后波纹、雨后霡霂之妙”⑤。

又如左良玉“波波相续，劫后余生之恐”这一图景，暗合《三国演义》第五十回“关云长义释曹操”片段。赤壁之战中曹操溃逃，一路追兵时来，几无舒缓之机，“心方定……两边鼓声震响……正说间，前军后军一起发喊……言

① （清）冯镇峦：《读〈聊斋〉杂说》，转引自马成生《明清作家论小说艺术》，团结出版社1989年版，第203页。

② （明）罗贯中：《三国演义〈评注本〉》，郭皓政、陈文新评注，崇文书局2015年版，第180页。

③ 姚雪垠：《〈李自成〉之三紫禁城内外》，《姚雪垠书系》第3卷，第232页。

④ 姚雪垠：《〈李自成〉之三紫禁城内外》，《姚雪垠书系》第3卷，第232页。

⑤ 金圣叹评《水浒》语，转引自叶朗《中国小说美学》，北京大学出版社1982年版，第147页。

未毕，一声炮响……回顾所随军兵，止有二十七骑”①。朱仙镇大战中，左良玉被李自成义军截杀，败走之际，先是田见秀阻道，再是李自成突至，接着“猛听得另外一边鼓声大作，喊杀声大起”②，原来是李过前来，随后是刘宗敏横刀阵前。左良玉狼狈不堪，数万人马幸存之余仅五百余骑。由此可见《三国演义》等古典小说对姚雪垠影响之深。

再如李自成与罗汝明“同榻而眠，各有思忖之疑”这一图景，显然与《三国演义》第四十五回“群英会蒋干中计”片段相映成趣。李自成攻打开封受挫之后，罗汝才派兄弟罗汝明前来攀叙，目的是探查闯王心思。李自成相时而动，也想借此拆散张罗联盟。故而，他特约罗汝明同榻而卧，罗汝明应允，然各有思忖，疑心潮起，“忽然觉察到客人转动身子……继而觉察到客人已经从被中小心坐起……继而觉察到客人下床……继而看见客人将落下的一半被子放在床上，向书房外走去”③。如对比“蒋干中计”这一场景，“瑜曰：‘久不与子翼同塌，今宵抵足而眠’。于是佯做大醉之状……蒋干如何睡得着……乃起床偷视之……床上周瑜翻身，干急灭灯就寝……及干问之，瑜又睡着”④，可以发现不速之客造访—主客同榻而卧—主客各怀心思—客人半夜起床—主人佯睡暗观—各自安寝，是两个文本在这一情节单元的固定模式，唯一不同的是将叙事前提由周瑜请君入瓮置换为李自成提防客人行刺而已。

另外，《李自成》的部分情节片段对《水浒传》也有师法之处。如张献忠进入襄阳之后，其部下遇杨嗣昌遣来信使，便顺势夺了兵符，换了号衣旗帜，并伪造公文。这一叙事方式与《水浒传》之第五十回“宋公明三打祝家庄”中孙立一行入庄一节有类似之处。难怪姚雪垠曾言“对于中国古典名著，我是推崇的……我继承古典的东西比较多”⑤。

其二，对史传人物形塑模式的鉴仿。鉴于一种“其文直，其事核，不虚

---

① （明）罗贯中：《三国演义〈评注本〉》，郭皓政、陈文新评注，崇文书局2015年版，第255—257页。

② 姚雪垠：《〈李自成〉之七洪水滔滔》，《姚雪垠书系》第7卷，第120页。

③ 姚雪垠：《〈李自成〉之五三雄聚会》，《姚雪垠书系》第5卷，第217页。

④ （明）罗贯中：《三国演义〈评注本〉》，郭皓政、陈文新评注，崇文书局2015年版，第234—235页。

⑤ 姚雪垠：《向母校师生汇报》，见《中国当代文学资料·姚雪垠研究专集》，姚北桦编，第64页。

美，不隐恶”① 的书写原则，史传对中国小说艺术的生成与发展影响深远。这种影响不惟体现在中国古典小说的尚奇倾向之中，同样也映现在中国现当代小说对史传叙事母题的借鉴之中。它推动了中国纪实性叙事的独立，培育了中国文学重实轻虚的惯习，尤其形成了以行动摹画人物性格、以性格彰显道德善恶的叙事特征。在当代小说中，我们依然可以看到冯骥才、阿城、蒋子龙等创作中闪烁的部分史传叙事的元素。作为“有它独特的民族气派的美学”② 的《李自成》，其中不少片段就与史传人物的形塑方式遥相呼应。正如有研究者所言“真正的有思想和艺术价值的文学是既关注现实，又包含着传统的力量和历史的智慧积累的文学”③。

如李自成“引弓穿石之神力”片段，显然源于《史记》之《李将军列传》。《史记》原文为“广出猎，见草中石，以为虎而射之，中石没镞。视之，石也，因复更射之，终不能复入石矣”④。李自成被困商洛山中，面对官兵围捕与叛将周山诱降的严峻现实，晨练时他张弓怒射，“那箭又射到路旁的岩石上……有巴掌大的一块石片飞落两尺以外”⑤。有意味的是，李广穿石是误石为虎，李自成穿石是以石为石，一中石没镞，一削片而过，同为神力，力道悬殊，可见姚雪垠塑造李自成还是以现实中人来视之。另外，李广再射不能复入，颇有近人之笔，而李自成虽尽显革命英雄之风采，笔法多少有点浪漫不实。李广之先虚后实，李自成之明实暗虚，同一母题，两种笔法，耐人寻味。

如李自成“不忍复杀之仁心”片段，无疑出自《三国志》之“明帝纪第三”。原文云：“《魏末传》曰：帝尝从文帝猎，见子母鹿。文帝射杀鹿母，使帝射鹿子，帝不从，曰：‘陛下已杀其母，臣不忍复杀其子’。因涕泣。文帝即放弓箭，以此深奇之，而树立之意定”⑥。而李自成则是在备战当中，“忽然看

---

① （汉）班固：《汉书》卷六十二《司马迁传》，见《中国史学思想会通·秦汉史学思想卷》，汪高鑫编，福建人民出版社2018年版，第209页。

② 姚雪垠、曾芸、吴芬庭：《我的文学创作道路及〈李自成〉第四卷创作计划（1984）》，《新文学评论》2021年第3期。

③ 刘亚丁：《我钟爱中国民间故事——俄罗斯汉学家李福清通讯院士访谈录》（下），《文艺研究》2006年第8期。

④ （汉）司马迁：《史记》，甘宏伟等注，崇文书局2009年版，第625页。

⑤ 姚雪垠：《〈李自成〉·紫禁城内外》，《姚雪垠书系》第3卷，第201页。

⑥ （晋）陈寿：《三国志》，裴松之注，崇文书局2009年版，第42页。

清楚是一只母獐和一只不足月的小獐，心中一动，不忍发矢”①。两相比较，前者尽写曹睿之仁，后者突出李自成之慈，一鹿一獐稍改，子母偕行未变，姚雪垠无非借曹丕之意传达李自成有帝王之博爱而已。

又如张献忠“屡示无应之错失”片段，也深受《史记·项羽本纪》中鸿门宴一节的影响。谷城会晤之后，李自成向张献忠辞行。张献忠近臣吉珪、徐以显认为李自成素有大志，当早图之。临行前，吉珪向张献忠示意，张献忠百般犹疑。送行中，徐以显再示意，张献忠慢捋长须不言。旁边张献忠义子张可旺急不可耐，但张献忠手抚须髯，“既没有往下猛一捋，也不松开”②。后李自成纵马远去，吉珪等人怨愤不已。再看鸿门宴的叙事，“范增数目项王，举所佩玉玦以示之者三，项王默然不应”③。其中，“设局—示意—犹疑—落空”是两个情节单元所共有的叙事线索，最后的叙事结果都是强者不忍下手，弱者乘势远遁，智者扼腕长叹。略有差异的是，范增以玉玦为令，吉珪等以张献忠捋髯之手势为准。而错失良机的原因，则一因项羽妇人之仁，一因张献忠另有所图而已。

再如“大战对弈之安然”片段，与《晋书·谢安传》中围棋一节甚为相近。原文云“坚后率众，号百万，次于淮、肥……玄入问计，安夷然无惧色……方与玄围棋赌别墅……玄等既破坚，有驿书至，安方对客围棋，看书既竟，便摄放床上，了无喜色，棋如故”④。这一片段以谢玄的视角切入，大战之前、之中、之后三个时间段中谢安无惧、无忧、无喜的形色如在目前，可谓处变不惊。再来对照《李自成》中李过迎战傅宗龙片段，军情急迫，可李过神色宁静，“这时他又命亲兵将象棋取出……‘官军到了孟家庄了’……又走了几步棋……‘官军分散得更开了’……继续下棋……‘现在各个村子里到处都有官军出入’”⑤，直至最后时分，李过这才收拾棋盘，下令迎敌。与谢安相比，尽管李过大战前的对弈叙事层次单一，但还是可以清晰地看到两个情节单

---

① 姚雪垠：《〈李自成〉·商洛壮歌》，《姚雪垠书系》第2卷，第278页。

② 姚雪垠：《〈李自成〉·潼关南原大战》，《姚雪垠书系》第1卷，中国青年出版社1999年版，第411页。

③ （汉）司马迁：《史记》，甘宏伟等注，崇文书局2009年版，第59页。

④ 《谢安传》，见《晋书》，转引自安徽师范大学编写组《历史人物传记选注》（下册），安徽人民出版社1976年版，第105页。

⑤ 姚雪垠：《〈李自成〉·三雄聚会》，《姚雪垠书系》第5卷，第441—442页。

元的互文关系。

二、革命叙事话语的“皴染”

海登·怀特曾这样界分“历史”和“小说”的区别，“史学家‘发现’故事，而小说家‘创造’故事”①。既然是“创造”，就要对所表述的历史事件、历史人物进行一种灌注了创作者自我认知与体验的情节化的解释，继而通过这种主观性的解释，将历史事件和历史人物以故事的形式串联起来，并赋予其特定的美学风格。按海登·怀特的话来讲，即“如果史学家赋予它一种悲剧的情节结构，他就在按悲剧方式‘解释’故事；如果将故事建构成喜剧，他也就按另一种方式‘解释’故事了。情节化是一种方式，通过它，形成故事的事件序列逐渐展现为某一特定类型的故事”②。尽管海登·怀特过于突出了历史叙事的主观性，且在阐述小说家的情节化解释模式时多有机械类比的特征，但并不影响他对历史情节化、风格化生成问题的独特思考。更重要的是，他把我们素来对历史叙事中真实性等核心问题的关注，巧妙地移至谁来讲述、讲述什么及怎样讲述的叙事层面之上。那么，对于一部以农民起义英雄李自成为叙事中心的长篇历史题材小说，对姚雪垠讲述时间、讲述理路与讲述方法的探究就颇有必要。

《李自成》起笔于1957年，第一卷出版于1963年，第二卷出版于1978年，随后荣获第一届茅盾文学奖，多数评论文章对小说的认知基本都是围绕这两部展开。而这个时期在文学史上统称为当代文学前二十七年，正是社会主义现实主义创作方法高度影响文学创作的时期，典型论、浪漫主义色彩以及为现实政治服务的理念深入人心。展开于这一特殊历史场景的《李自成》不能不受到当时主流意识形态的深刻规约。因为，“任何文化背景下的故事叙述都有自己的文化规则”③，作为历史叙事的《李自成》自然不能超越借古喻今这一意义编码的文化规则。为此，姚雪垠强调“我认为通过历史真实地、深刻地再现，写出历史问题的本质，写出历史运动的规律，写出历史生活的经验教训，

---

① ［美］海登·怀特：《元史学：19世纪欧洲的历史想象》，陈新译，译林出版社2013年版，第12页。

② ［美］海登·怀特：《元史学：19世纪欧洲的历史想象》，陈新译，译林出版社2013年版，第13页。

③ ［美］海登·怀特：《叙事的虚构性——有关历史、文学和理论的论文（1957—2007）》，马丽莉等译，南京大学出版社2019年版，第175页。

这是最重要的为现实服务”①，具体落实到《李自成》的创作中，就是在历史唯物史观的指导下，“真正使无产阶级从历史事变总结出经验教训”②。正是基于这样的创作理念，农民起义与历史进步力量、起义领袖与革命领导人、义军与无产阶级战士、乡民与拥军百姓、帅旗与党旗之间，就历史性地产生了一种认同性的置换。这种置换在将历史叙事与政治叙事无缝衔接的同时，也引发了评论家的诸多质疑，“李自成形象有些‘现代化’和‘理想化’，作者赋予他不少现代无产阶级军事家和政治家的素质（如‘一分为二’的辩证法观点、阶级分析等）”③。尽管姚雪垠的创作理念在《李自成》后几卷中有所丰富，但作为思想内核的唯物史观与作为审美主调的革命叙事一直在显隐不一地延续。这也是始终秉承着革命现实主义精神的姚雪垠之创作底色所在，他认为“作家应该具备无产阶级的世界观，应该是一个共产主义的思想战士”④。

需要思考的是，姚雪垠将以何种方式来旧曲新唱，即以何种方式将历史个体转化为斗志昂扬的革命英雄，又以何种方式将农民起义和封建朝廷的矛盾转化为地主阶级与无产阶级的矛盾？二者之间的直接置换显然不可，但在遵循历史线索的基本前提下，对生成历史个体的图案进行一种微妙的彩绘，或聚焦一些象征性的意象，或添加一些具有指向性的印记，倒不失为一种可行性的修辞策略。问题是，这种表征革命内涵的印记和意象又该从何而来？法国符号学家茱莉亚·克里斯特娃认为“任何一篇文本的写成都如同一幅语录彩图的拼成，任何一篇文本都吸收和转换了别的文本”⑤。按照姚雪垠的创作理路及农民起义的主题内容，与《李自成》的革命英雄叙事最有可能形成互文关系者，莫过于在 20 世纪 20 年代的革命文学中萌发，经延安时期人民文艺的洗礼，到 50 年代中后期达到繁盛且形成成熟写作经验的红色文艺。这类重在表现党领导下无产阶级革命历程和壮阔风采的文本群，成为《李自成》创作的重要参照。也

① 姚雪垠、曾芸、吴芬庭：《我的文学创作道路及〈李自成〉第四卷创作计划（1984）》，《新文学评论》2021 年第 3 期。

② 姚雪垠：《向母校师生汇报》，见《中国当代文学资料·姚雪垠研究专集》，第 61 页。

③ 郭志刚、董健等编：《中国当代文学史初稿》，人民文学出版社 1980 年版，第 892 页。

④ 姚雪垠：《关于革命现实主义的若干问题》，见《中国当代文学资料·姚雪垠研究专集》，第 202 页。

⑤ ［法］茱莉亚·克里斯特娃：《符号学，语意分析研究》，转引自蒂费纳·萨莫瓦约《互文性研究》，邵炜译，天津人民出版社 2003 年版，第 4 页。

正是在这个意义上，红色文艺中的部分叙事场景在《李自成》中不时摇曳点缀，如绘画中细密的皴笔一样，为李自成的奋斗史涂染上一层不难辨识的特殊色彩。

其一，对红色文艺部分叙事模式的移用。这里所言的“移用”，指的是姚雪垠在塑造李自成形象及叙写某些特定场景时，常常将红色文艺叙事中惯用的革命领导人的言行做派加诸李自成身上，以彰显其人格风范；或者将土改叙事中农民斗争豪绅地主的一些现代话语转接在义军、民众身上，营造出一种政治现实感极强、但又发生于明末的特殊氛围，难免使人产生不知其为何夕的审美错觉。

小说前几部中大量涌现着李自成坚持“群众路线”的画面。不管是找到老百姓之欣喜，还是访贫问苦之细致；不管是官兵之间之平等，还是不拿一针一线之号令，时时应证着从群众中来到群众中去的政治方针。如困守商洛山中时，见一驼背老农秋冬时分仍着单衣，李自成即取棉衣送给老农，老农双目含泪，感激不已，“他几乎是不知所措地穿着棉袍，指头在扣扣子时颤抖得十分厉害，两行热泪扑簌簌地滚到又黄又瘦、带着很深的皱纹的脸颊上，又滚进像乱草一般的花白胡子里”①。如高夫人欲将部分伤员转移到村民家中，对李自成言：“到处穷人总是同咱们心连心。”② 这样的话语让人不由联想起八路军与堡垒户的鱼水关系。又如义军攻破山寨后，久受欺凌的村民纷纷向义军拜年，其情融融。至于作战间隙慧梅为亲兵们缝衣做鞋等场景，也使人恍若置身于抗日民主根据地。即使在李自成败离西安时，“一个老婆婆两鬓斑白……因为想偷偷看他一眼……李自成的心头猛然一惊……他自己突然从马上跳下”③，欲搀起老妪。

“斗争诉苦”是红色文艺中的经典叙事模式，从新歌剧《白毛女》到小说《暴风骤雨》，直至芭蕾舞剧《红色娘子军》，常有这样的情节单元，被压迫者苦熬岁月，急盼报仇雪恨。有意味的是，《李自成》中也不乏这样的叙事片段。

---

① 姚雪垠：《〈李自成〉·潼关南原大战》，《姚雪垠书系》第1卷，中国青年出版社1999年版，第122页。

② 姚雪垠：《〈李自成〉·潼关南原大战》，《姚雪垠书系》第1卷，中国青年出版社1999年版，第132页。

③ 姚雪垠：《〈李自成〉·巨星陨落》，《姚雪垠书系》第10卷，第245页。

如洛阳百姓求李自成早日攻城救民，邵时信向李自成哭诉三代血仇：从小流浪街头，奶奶受风寒而亡，爷爷冤死狱中。接着，爹爹告状被暴打，直至上吊而亡。邵时信上门讲理被豪绅恶狗扑出，惨遭吊打等。又如攻破洛阳后，刘宗敏怒审吕维祺，民众云集响应，声讨声不绝于耳。这样的场景显然与土改斗争会无异，就连民众操持的语言也是那样熟稔。试看刘宗敏对吕维祺的训诫，“你有几百家佃户……出的牛马力，吃的猪狗食……小斗出，大斗入……驴子打滚……阎王债”①。再听洛阳百姓的哭诉，登台的同样是深受压迫的老妇，开言即是满腹苦水，出身佃户，儿子淹死，父亲生了闷气又死。另外，红娘子的身世、慧梅的经历等也都与红色文艺中的诉苦模式有内在的呼应。

“耳光效应”，是红色文艺塑造叛徒形象时的固定模式。为了体现叛徒的罪恶本质，在其前来劝降时，革命者在慷慨陈词之后往往以一记耳光回应，《红岩》中江雪琴之于甫志高，《敌后武工队》中汪霞之于马鸣，《野火春风斗古城》中银环之于高自萍等，概莫能外。《李自成》中也有这样的细节。洪承畴重兵围击，李自成陷入困境，面对前来劝降的叛徒大天王高见，李自成先是庄严宣明态度，“我李自成宁为玉碎，不为瓦全”，接着“突然大喝一声：‘住口’……啪地打了他一个耳光”②。

其二，对红色文艺部分叙事场景的比附。之所以用“比附”这个语词，意在强调《李自成》的部分情节存在着与红色文艺叙事场景可类比的问题。当然姚雪垠的本意或许出于一种真诚的类比，但实际造成的阅读效果可能并未完全实现其审美期待。这种跨类而比的叙事方式与中国传统文化轻种属关系、轻逻辑演绎的思维特点有关，也与 20 世纪现代革命文化的强大规定性有关，延安时期平剧改革中就曾有这样的先例。那么，对于深受红色文化影响、着力表现李自成的伟岸人格、一心为领袖献策的姚雪垠而言，在历史叙事中掺杂一些忽略历史真实的比附性场景，似乎又在情理之中。

如李自成看望伤兵片段，对应的是红色文艺中“老班长饮水”场景。红色电影中素有这样的情节，战争严酷，水源紧张，伤兵唇干舌焦，老班长将水壶举起仅湿润一下嘴唇，然后把水壶留给伤兵。这个场景也可以有一个变体，即

---

① 姚雪垠：《〈李自成〉·李信与红娘子》，《姚雪垠书系》第 4 卷，第 430 页。

② 姚雪垠：《〈李自成〉·潼关南原大战》，《姚雪垠书系》第 1 卷，中国青年出版社 1999 年版，第 223 页、第 224 页。

老班长将火柴、鱼钩、粮食等革命的火种留给年轻战士，最后在时断时续的叮嘱后壮烈牺牲。再来反观《李自成》第一卷，大战之后，李自成看望伤兵，把仅余的水留给义军兄弟。姚雪垠这样写道："他的心中一动，想了一下，只再喝一小口润润嘴唇……'快拿去吧，让那些渴得特别厉害的弟兄们都喝一口。'"①

又如高夫人绣闯王旗片段，对应的是"江姐狱中绣红旗"场景。高夫人与李自成分兵后突围至崤函山中，晚上一有余暇便刺绣闯王大旗，"有时她停下针线，抬头凝思，眉头紧皱……但也常常在一阵凝思之后，从她的大眼中露出来坚定与希望的神采"。当大旗终于绣完之后，"仿佛她又听见咚咚战鼓，又看见闯王的大旗在全军万马前迎风飘扬，骑枪尖和旗鬃在阳光下闪着白光"②。试想一下高夫人绣闯王旗时的心理活动，又与《红岩》中江姐绣红旗时坚贞不屈的神态，以及抚摸红旗时那种激越而幸福的畅想颇为相似。

再如李自成处理石门谷杆子哗变片段，对应的是红色文艺中"党代表回来了"的场景。在革命现代京剧中常有这样的片段，由于路线不明或奸细怂恿，生产（游击）队长盲目出击，致使革命斗争受到挫折。正当群情沮丧之际，儿童团员一声疾呼"党代表回来了"，于是众人的目光一齐向霞光辉映处射去。只见党代表从远处健步走来，穿过满含着热泪的人群，然后跳上一块巨石，声音响亮地说"同志们"。《李自成》中也有类似的情境，虽不完全重合，但也有迹可循。此时正值官军对义军大举进剿，商洛山中的富户蠢蠢欲动，偏偏石门谷杆子座山虎率部哗变。闻讯后，李自成带少数亲兵勇闯虎穴，清风垭的弟兄们如逢甘霖，"大家简直欢喜得像要发狂一般，连带病的也扶杖奔来"③。面对座山虎及手下，他成竹在胸，全无惧色。在消除座山虎的戒备之后，李自成先劝服丁国宝，后设计震慑一杆旗，最终砍杀座山虎，成功将哗变队伍拉了回来。随后，李自成跳上石龟，义正辞严地说："座山虎虽然有罪被斩，他的孩子尚幼，老婆并不知情，不许任何人伤害他们一根汗毛……倘若你们留下之后

① 姚雪垠：《〈李自成〉·潼关南原大战》，《姚雪垠书系》第1卷，中国青年出版社1999年版，第200页。

② 姚雪垠：《〈李自成〉·潼关南原大战》，《姚雪垠书系》第1卷，中国青年出版社1999年版，第438页、第440页。

③ 姚雪垠：《〈李自成〉·商洛壮歌》，《姚雪垠书系》第2卷，第319—320页。

还贼心不死……我要加倍治罪，休想饶命!”① 有打有拉，有柔有钢，似有革命者风范。

三、人文叙事话语的“渗入”

阅读过整部《李自成》的读者可能都有这样的体会，从小说后 5 卷开始，即李自成星驰入豫、义军实力大增之后，姚雪垠的创作发生了一些微妙的变化，这种变化不仅体现在李自成形象塑造方面一些弹性空间的扩大，慧梅情感世界的深掘，也体现在崇祯皇帝及其身旁大臣、太监、侍女生活意识的不断增强等。尽管姚雪垠对此不置一词，仅把“写生活，大量地写生活”② 作为自己的创作经验不断重申，但后 5 卷“生活”的内涵显然不同于前 5 卷。换句话说，始终处于狐疑、忧郁、焦躁等单一性格中的崇祯皇帝何以开始流露出温情脉脉的一面，始终对自己刻薄至极、以政务为唯一生活常态的崇祯皇帝又何以把目光开始转向身旁的那些近侍，且有普通人性的流露。李自成同样也是如此，不管是商洛潜伏、还是挥师鄂西，姚雪垠对李自成的刻画集中在其朴素、亲民、胆略、英勇、智慧等方面，但攻入洛阳、三围开封之后，李自成身上所洋溢的革命领导人的风采见弱，人性的弱点及私人情感不时流露。而慧梅的心理变化也出人意料，前期她和张鼐的爱情越不出红色文艺常见的“目光的对接”“同志式握手”等叙写模式，充其量只是类乎一种战友情谊。但在她与袁时中联姻后，其生活的厚度与情感的浓度与前期迥然有异。创作中所发生的变化，恐非以“大量写生活”一句能轻易概括。如果说这种变化是姚雪垠的创作意图所致，那么，小说前 5 卷理应在叙事过程中隐伏一些助其变化的线索，但实际在阅读中难觅这样中介性的因素。于是，人物心理变化的轨迹自然就因叙事链条的断裂而出现了不该有的停顿与陡转。既然这种叙事的停顿和陡转不是源自作家预先设定的意图，那么，可能导致叙事变化的原因只能是外在环境影响下自我创作观念的适时调整。而《李自成》如此漫长的创作史，以及第三卷（1981）、第四卷第五卷（1999）的出版时间节点，也预示了文学环境的变化、文学观念的变迁与这种“陡转”“停顿”之间的内在关联。对此，研究者曾委

① 姚雪垠：《〈李自成〉·商洛壮歌》，《姚雪垠书系》第 2 卷，第 439 页。

② 姚雪垠：《谈小说创作的中国风格和中国气派问题》，《中国当代文学资料·姚雪垠研究专集》，第 172 页。

婉提及“小说家不可能摆脱他身处的历史环境……小说必然传递不同时代的各种信息……确切地说，应该是一种修正，原来的概念和定义在艺术转化中被赋予新意”①。《李自成》中历史叙事的变化正可以视为姚雪垠对原有文学观念的一种“修正”，而促发其“修正”的动力无疑来自20世纪80年代以来重新复归的人文主义思潮，以悲悯的视线叙写普通民众的生命状态，关注世俗个体的生活情感，成为一种新的文学观念和文学传统影响至今。而《李自成》中的叙事变化无疑正是呼应此，“表现在以往的人物形象中倾注了更多的人性动机，具有更能为我们所理解的心理，更现代的内心反省”②。

其一，对20世纪80年代以来文学创作所体现的悲剧意识的接续。当时无论是伤痕文学、反思文学，还是融汇其中的知青文学，叙事格调不乏悲剧意识，这也与以人为中心的新的文学观念的建构有关。作为在这一时期依然在继续推进的长篇小说《李自成》而言，不能不受其影响。值得注意的是，《李自成》的历史叙事本就含蕴着悲剧因素，他大开大阖的一生是历史叙事的基本史实，尽管“马克思在世界历史上对无产阶级的角色的描述，已经赋予这个社会阶层一个‘英雄’的（尽管是一个集体的）所有属性”③，姚雪垠也是以英雄壮剧的形式来反映这段波澜壮阔的历史，但他不可能改变历史的流向与历史个体的命运轨迹。所以，依据海登·怀特对历史解释模式的考察，《李自成》的历史叙事只能体现为一种悲剧性的解释模式。那么，当时文学的悲剧意识又在何种程度上影响了《李自成》的创作？有研究者认为，“姚老就冲破了多年来的传统说法，即：悲剧人物只能由那些代表历史前进方向的、正义善良的劳动人民充当主角”④。姚雪垠在作品中对挺立在时代潮头的重要人物都给予了深切的凝视。一部《李自成》可谓凸显了各类历史个体与历史大势对抗的矛盾史与悲怆史：李自成志在必得却黯然退场，高夫人不忘遗志却壮烈焚身，慧梅心有所属却自断情丝，李岩赤诚可鉴却遭屠戮。更有崇祯一心收拾山河而自挂煤山，周皇后大厦将倾而自作了断，魏清慧、吴婉容等不堪受辱而投河身亡，费

---

① 董之林：《观念与小说——关于姚雪垠的五卷本〈李自成〉》，《文学评论》2008年第2期。

② ［俄］维谢洛夫斯基：《历史诗学》，刘宁译，人民文学出版社2019年版，第10页。

③ ［美］海登·怀特：《叙事的虚构性——有关历史、文学和理论的论文（1957—2007）》，马丽莉等译，南京大学出版社2019年版，第360页。

④ 王维玲：《四十二年磨一剑：姚雪垠与〈李自成〉》，中国青年出版社2010年版，第193页。

珍娥一心复仇而悲痛殉国，杨嗣昌难挽败局而服毒自尽。这种写作观念，表层看来是对个体意志无法圆满的历史感慨，内在却是对激活了普通生命的历史在场感的理性现实主义这一当时文学整体精神线索的呼应，从而使《李自成》的历史书写别具一种温度与生气，对其后的历史小说与历史题材影视剧的创作产生了重大影响。

其二，对20世纪80年代以来人的文学的呼应。当时，随着社会历史的转型，阶级人性观之后，一种更显多元与拓展趋势的共同人性观开始出现，即马克思在《资本论》中所言的“一般本性”。马克思说：“首先要研究人的一般本性，然后要研究在每个时代历史地发生了变化的人的本性。”① 表现在当时文学中，就是对朴素人性、人情的高度重视。姚雪垠在《李自成》后期创作中，就显现出对这一观念的适时呼应。如对崇祯皇帝形象的修正。小说的前5卷，姚雪垠对崇祯皇帝的性格刻画基本维持在“不迩声色，忧勤惕厉……举措失当，制置乖方”② 的层面。尽管比之前同类作品中的反派人物塑造得生动，但表现其个体情感方面着墨较少。后5卷显然加重了这一点，尤其加重了其忧心忡忡中儿女情长的一面。无论是见到魏清慧的内心暗动，还是情感之流陡然被理性约束的自我提醒③，都较为真实地还原了这位志在中兴的封建帝王复杂的心理世界。特别是义军攻入外城后，他慌乱中与皇后的话别及感慨，以及为儿子换上旧衣的悲切叮嘱，其情之哀，其心之细，令人动容。直至在衣带上留言“贼来，宁毁朕尸，勿伤百姓”④ 后忧愤而亡，从而为这位“乏救亡之术，徒见其焦劳瞀乱”⑤ 的帝王抹上一层柔性的色彩。

又如对李自成形象的补笔。从第6卷起，姚雪垠明显加快了对于李自成转变的叙事节奏。这种转变一是体现在李自成地位的变化之上，尽管都是通过宋献策、李岩、王长顺等旁观者的感受而来，但还是在其谦抑随和、思虑深沉的基础上增添了阴狠褊狭的一面，在一定程度上呈现出一个变化中的李自成形象。二是体现在他对情爱的冲动与渴望方面。尤其是后者，与前期李自成的叙

---

① ［德］马克思：《资本论》，《马克思恩格斯全集》第23卷，人民出版社1972年版，第669页。

② 《明史》卷二十四《庄烈帝本纪二》，中华书局1974年版，第335页。

③ 姚雪垠：《〈李自成〉·洪水滔滔》，《姚雪垠书系》第7卷，第280页。

④ 姚雪垠：《〈李自成〉·崇祯皇帝之死》，《姚雪垠书系》第8卷，第354页。

⑤ （清）张廷玉：《明史·流贼传序》，见《二十五史精华》第四卷，线装书局2011年版，第1481页。

事侧重大为迥异。如进驻武英殿之后，他对随侍王瑞芬、费珍娥、窦美仪等人的内心反应①。如他几次召见费珍娥的忐忑不安，以及将其许配罗虎后的情感激荡。特别是选妃窦美仪之后，他沉醉于床榻之欢②。这种补笔，无疑丰富了李自成形象的单一面向，也使这个历史个体与世俗生活的触面有了进一步伸延的可能。需要指出的是，在整部小说中李自成“节俭”的品格一直未变，从秦巴、汉水到鄂西、豫中，每餐尽是“糊涂汤”与“包谷面窝窝头”。即使入主北京之后，他也不忘提醒御膳房，“只备几样菜就够了，外加辣椒汁儿一小碟”③。这变化中的“不变”，自然与《明史》“自成不好酒色，脱粟粗粝，与其下共甘苦”④ 的记载有关，但也从另一方面透视出姚雪垠在呼应当时文学观念时的谨慎态度。

一部《李自成》能同时融汇了传统叙事话语、红色文艺叙事话语及 20 世纪 80 年代以来的人文叙事话语，这在 20 世纪中国文学史的幅面上极为少见。可解的一个理由是三种叙事资源可视为两种不同的叙事传统，即作为静态的民族叙事传统，作为动态演进的红色文艺叙事传统与人文叙事传统。三种叙事话语本有重叠的空间，但都作为一种内置性与外置性的视角渗透在小说创作当中。其中，内置视角的稳定性赋予小说民族性的底色，外置视角的适时性与变化性又赋予小说感应时代的现代意识。那么，三种叙事话语共处一室会不会引发叙事冲突？笔者的理解是传统意识与现代意识并非对立的两极，完全可以将传统意识所葆有的部分合理元素置于现代意识的延长线上来看待。至于姚雪垠对历史事件和历史人物的处理态度，在一定程度上也可视为对历史生活和现代意识如何交融问题上的阶段性认知。因为对于历史题材文学叙事而言，作家的职责就是在历史事件和事件意义中间进行有“意识形态立场”的“调停”⑤。需要说明的是，三种叙事话语的一体性存在或许又有一个基本的前提，即只有

---

① 姚雪垠：《〈李自成〉·崇祯皇帝之死》，《姚雪垠书系》第 8 卷，第 456 页、第 463 页、第 487 页。

② 姚雪垠：《〈李自成〉·崇祯皇帝之死》，《姚雪垠书系》第 8 卷，第 496 页。

③ 姚雪垠：《〈李自成〉·崇祯皇帝之死》，《姚雪垠书系》第 8 卷，第 412 页。

④（清）张廷玉：《明史·流贼传》，转引自宋衍申《中国历史要籍介绍及选读》，东北师范大学出版社 1999 年版，第 447 页。

⑤［美］海登·怀特：《叙事的虚构性——有关历史、文学和理论的论文（1957—2007）》，马丽莉等译，南京大学出版社 2019 年版，第 242 页。

历史题材叙事文本，且这种文本的创作过程经历了时代的剧烈震荡后，才有可能在一个文本中整体性地出现。这样说来，多种叙事话语的交集在单个文本中共存只具有有限度的可能性。

那么，历史叙事中多重叙事话语共存的内在困境又在哪里？依笔者来看，主要表现在以下方面。其一，“古为今用”的限度问题。以历史史实来反观现实，本无问题。但这种反观与烛照只能依照历史自身运行的逻辑来展开，尽量避免以主观介入的态度对历史材料硬性整合。《李自成》中唯物史观的预设，在反观与烛照历史的同时，也使不少历史线索隐匿不显。这往往成为“古为今用”这条实践原则中自含的局限。其二，“深入”与“跳出”的矛盾。历史科学注重严谨、可靠，事必有据。小说艺术讲究话语方式，对历史事件与历史人物的不同修辞，往往隐含着作者的价值判断。因而，大事不虚小事虚是一种写法，守持历史精神但虚拟历史事件也是一种写法，完全虚拟历史又是一种写法。而“深入历史”的侧重自然在于“谨严”二字，即不能忽略历史主流与历史精神，在这一点上姚雪垠的创作态度值得肯定。至于“跳出历史”，则需注意的是“跳得多高”的问题。如果弹性过大，对历史个体的现代性改造过急过满，就很有可能把深入历史的态度简化为一种对历史细纹的刻绘，从而模糊了历史人物的整体面容。《李自成》中的部分细节就在历史的“限高”问题上处理不善，时下出现的好多历史题材影视剧也正在这一方面遭到了多次质疑。其实，在有关“深入”和“跳出”的问题上，传统戏曲舞台上“自由谨严”的表演原则差可比拟，即“张飞胯下之骓可虚，而手中之矛不可虚；孙玉姣绣花时穿针引线可虚，而拾玉镯的玉镯不可虚”①。其三，统合性叙事的难度问题。学者米勒曾言：“对生活的某种再现，就是在已经织好的生活画布上，选择某一线路，用一根交织的新线一个针孔一个针孔地往前绣，绣出一个图案、一朵花。”② 如果援用其比喻，《李自成》最终呈现出来的艺术图景，是用历史的织线织就、用现代意识纹饰的传统图案。先说历史织线，叙事的针脚从何入手，朝哪里运动，线条如何串联，决定了讲故事的方式，寄托着讲故事者的情感。对于《李自成》而言，如以史传话语讲，流寇叙事显然不行。如以红色文艺话

---

① 阿甲：《关于戏曲舞台艺术的一些探索》，《戏曲表演论集》，上海文艺出版社 1962 年版，第 8 页。

② ［美］希利斯·米勒：《解读叙事》，申丹译，北京大学出版社 2003 年版，第 90 页。

语讲，革命叙事似乎不妥。如以人文主义话语来讲，奋斗者叙事也有问题。可三种彼此交叉但有相对独立性的话语系统就在《李自成》这部作品中糅合在一起了。姚雪垠从流寇叙事中征用的是历史大势和李自成的基本人生轨迹，从革命叙事中强化的是李自成起义的正义性与必然性，从奋斗者叙事中彰显的是群雄逐鹿的历史大背景下个体人物无法力挽狂澜的悲怆。尽管多元性的叙事话语增强了历史的弹性，丰富了人性的内涵，回应了现实政治的诉求，但难免造成了小说这一文本叙事中叙事针脚的大小、叙事线条的粗细、叙事色彩的明暗、叙事线路的曲直有所不同。再看传统图案，鉴于小说表现的是明清之际的历史生活，那么，古代战争叙事母题及延展而来的情节结构完全可以采用。问题是《李自成》在这一传统图案中又掺杂了不少现代革命元素和 20 世纪 80 年代以来的人文元素，致使小说所编织的图案光晕不纯，花朵色泽不一。从李自成前期对私人情感的极为克制到后期人性的灿然萌发，从崇祯皇帝前期的暴躁焦灼到后期的温婉悲情，这一系列缺乏铺垫的突转，都能说明这一问题。

整体来看，《李自成》最值得称道的还是民族底色。长期以来，研究者往往把民族化与地方化混为一谈，对民情、方言、风物的呈现，似乎成为文本具有民族化特征的一种鲜明标识。但在笔者看来，民族化显然不能这么狭隘地理解。《李自成》的地域性并不明显，姚雪垠恰恰是通过一些已有稳定接受基础的传统母题、情节结构与描摹技法（如穿插闪回、花开两朵、闲笔荡漾、横云断岭）等，唤醒了民族的文化记忆，并以一定的现代意识对这种带有历史沉积特征的文化记忆进行了新的表达。从这个角度言，《李自成》的确具有姚雪垠引以自豪的“民族气派”，而他对“民族气派”的理解与书写，对于当代文学的民族化发展路向具有深刻的启示意义。

（《文学评论》2022 年第 6 期）

严家炎《李自成》研究的学术史意义

汪静茹[①]

严家炎是中国现代文学学科第二代学人中当之无愧的“领军人物”，不唯其有开疆拓土、守正创新之功，亦在其严谨求实、开放宽容的治学态度影响了一代又一代的后起之秀。2021 年 8 月，《严家炎全集》十卷本由新星出版社出版，堪称学术界一大盛事。全集收录了严家炎具有代表性的文章或书籍，可以说是其一生学术思想精华的汇总。在开卷代序中，严家炎将自己治学一甲子以来的重要成果概括如下：

> 本《全集》所挑选的文章，不仅与我的教学相关，也与文学史研究和文学批评的热门话题相互辉映，比如关于五四文学革命的性质；比如由长篇小说《创业史》引发的如何写好‘中间人物’的论辩；比如‘文革’后拨乱反正，重上文学研究正轨的诸多问题；发掘和梳理现代文学史上各流派的贡献；还有对鲁迅复调小说的发现和评论；对姚雪垠长篇历史小说《李自成》的评价；对以金庸为代表的武侠小说的肯定和研究；以及对文学史分期的思考和讨论；等等。[②]

严家炎以看似漫谈的方式勾勒了自己一生的学术地图，但每一笔的背后都饱含着他数年甚至数十年的心血。综观学界对严家炎治学成就的关注与热议，与其个人自述的几个方面大体相称，而唯一显得寂寞失衡的是严家炎关于《李自成》的研究，应者寥寥，点到为止。对此，陈平原就曾表露过惋惜之情：

---

① 汪静茹（1991—），毕业于中国人民大学文学院，中国现代文学馆，助理研究员。

② 严家炎：《中国文化的精神出路——代序》，《严家炎全集》第 1 卷，新星出版社 2021 年版，第 3 页。

“虽下了很大功夫，严家炎关于《李自成》的系列文章，不被学界看好，其影响远不及论柳青、说金庸。”[①] 即便在《李自成》研究领域，严家炎的系列文章通常也只是被简单地视为文学评论中的一种，是历史文献中的“泯然众人”，很少有学者关注到其文章的时代意义和开拓价值。严家炎有关《李自成》研究的学术史意义更未得到充分挖掘。尽管有学者曾提出严家炎主编的《二十世纪中国文学史》最终推动了《李自成》再经典化的进程[②]，但更多看重的是彼时严家炎的“成就、资历、威望和权威性”，未能将此问题纳入历史语境中做细致考察。

翻阅严、姚著述及往来信件，可以发现当事人之间的惺惺相惜。从严家炎一方来看，他本人非常看重《李自成》研究，在其大大小小的回忆与访谈录中，他都或多或少地谈及自己枯坐钻研《李自成》的往事，并高度评价《李自成》的文学成就，言谈间不乏激动喜悦之情。从“挑剔”的姚雪垠一方来看，既出的评论文章很少有令他满意的，而严家炎是个例外。姚雪垠不止一次直接或间接地称赞过严家炎在《李自成》研究上的深度。[③] 严家炎何以对《李自成》念念不忘？姚雪垠何以格外欣赏严家炎的文章？本文将围绕《李自成》的接受史，梳理严家炎在《李自成》研究领域所做的努力及其学术史意义，试图揭开严家炎学术贡献中被遮蔽的一面。

一、与《李自成》的缘起

1963 年，《李自成》第一卷面世。虽然小说在民间旋即引起一股阅读热，但碍于姚雪垠“摘帽右派”的身份[④]，评论界寂寥无声。《李自成》能够顺利出版，姚雪垠已是万分庆幸，他在个人自传中谓之“天时地利人和”：“得天时”在于《李自成》的初稿整理完成于局势略微舒缓的时候；“得地利”在于小说被寄到了颇有胆识的首都北京而非地方省市的出版社；“得人和”在于

---

① 陈平原：《教材编写与严谨求实的一代——关于〈中国现代小说流派史〉及其他》，《文艺争鸣》2020 年第 10 期。

② 阎浩岗：《〈李自成〉的经典化、去经典化与再经典化》，《新文学评论》2021 年第 3 期。

③ 姚雪垠：《给严家炎》《给吴永平》，《姚雪垠文集》第 19 卷，人民文学出版社 2010 年版，第 255—258 页，第 282 页。

④ “虽然由于我是‘摘帽右派’，原则上不予评价，可艺术它本身有‘腿’，它在群众之间走得很热闹，引起很大轰动”。姚雪垠、曾芸、吴芬庭：《我的文学创作道路及〈李自成〉第四卷创作计划（1984）》，《新文学评论》2021 年第 3 期。

《李自成》遇到了当时在中国青年出版社（以下简称“中青社”）工作的编辑江晓天，社风的积极作为和编辑的热情执着都促成了小说第一卷的及时出版。① 20世纪60年代初的文坛波谲云诡，中青社做出同意出版《李自成》的决定在1961年10月，而转眼重新紧张起来的政治气氛很大程度上限制了《李自成》的出版与发行。尽管如此，《李自成》仍然在民间“走俏”。严家炎曾自述：“我对姚雪垠长篇历史小说《李自成》，也是从‘文革’前就很有兴趣。”②一个是解放前就已成名但被打成右派的老作家，一个是初出茅庐但有一定创作与革命经验的青年学者，二人当时尚无私交。严家炎的这番兴趣缘何而来？

首先，严家炎一直热切关注农民问题，尤其是文学中的农民革命形象问题。早在高中时，他就在当地《淞声报》上发表过两篇小说。题材都取自身边的农村生活，真实反映了农民的现实困境。另有未刊稿《青青草》直指农村抓壮丁问题，因敏感尖锐而被老师拦下。③ 那时他就体会到了创作有禁忌，但这并没有挫伤他关注农民问题的积极性。1958年，严家炎在群众性科研运动中还参与编辑了《中国历代农民问题文学资料》，整理历代与农民问题有关的诗歌民谣。其中“李自成张献忠农民起义诗”就有九首，不少反映了人民群众对李自成衷心的爱戴。该书认为明末“最杰出的革命领袖是李自成”。④ 这些或许为严家炎日后研究《李自成》做了前情铺垫。一年后，严家炎发表了《30年代的革命农民形象——读〈潘虎〉》。⑤ 小说中塑造的“潘虎”是一位活跃于20世纪30年代的从自发到自觉的革命农民形象。他既有革命的积极性，又有农民的盲目性和散漫性，在党的教导下逐渐成长为自觉的无产阶级战士。而早在潘虎之前，姚雪垠20世纪30年代的成名作《差半车麦秸》就已经塑造了

---

① 姚雪垠：《姚雪垠文集》第16卷，人民文学出版社2010年版，第162—168页。

② 严家炎：《一个痴情者的学术回眸》，《严家炎全集》第7卷，新星出版社2021年版，第8页。

③ 严家炎、汪静茹：《“严”上加“严”求学问，赤子痴心待文学——严家炎访谈录》，《新文学评论》2020年第4期。

④ 北京大学中文系文学研究生资料组编：《中国历代农民问题文学资料》，中华书局1959年版，第416页。

⑤ 该文收于《严家炎全集》第2卷，据《严家炎年表》，1959年严家炎独立撰写的评论文章开始陆续见刊，《读潘虎》是他在研究农民形象问题上最早发表的当代小说评论。《潘虎》是作者邓洪根据自己亲身经历写出的短篇小说，被收于革命回忆录《星火燎原》，严家炎当时研读的版本应是人民文学出版社1958年版的《星火燎原》第1集。详见朱冬生：《记忆中的星火燎原》，江苏人民出版社2017年版，第3页。

一个由旧变新而为革命献身的“差半车麦秸”，那是现代文学史上一个不可多得的农民革命形象。但与之不同的是，严家炎注意到潘虎不是一个人在战斗，他还带着一支革命游击队：“但是有了工人阶级的领导，能把他们的革命积极性和革命纪律性逐步提高到接近于革命无产阶级的水平，那么，这种农民游击队就不会像历史上许多农民起义武装那样最终归于失败。”① 从历史上的起义农民，到20世纪30年代的“差半车麦秸”和潘虎，严家炎一直关切文学中的农民革命形象问题。沿着这条线索探问，姚雪垠笔下的农民领袖李自成会是怎样的形象？小说会怎么写李自成的失败？也许正是这些问题构成了严家炎对《李自成》感兴趣的内生动力之一。

其次，历史真实与艺术真实的关系正是严家炎执着思考的话题。1959年，郭沫若历史剧《蔡文姬》引发了激烈的学术讨论，分歧主要集中在替曹操翻案的方法和效果上。其中以张艾丁②为代表的诸多学者认为，“文姬归汉”没有达到替曹操翻案的根本目的，曹操也写得不够真实。这一讨论最终涉及的是文学艺术与历史科学的关系问题，或者说历史真实与艺术真实的关系问题。针对张艾丁的否定，严家炎的看法是郭沫若将“文姬归汉”处理成喜剧体现了“古为今用”的时代精神，达到了为曹操翻案的目的，符合马克思主义的历史唯物观。他还提出文学作品与历史科学论文本就服务于艺术和科学两套不同的规律，科学论文有必要指出历史人物的主要功业，但文学作品则“有必要选择一些适当的有较多文学意味的事件，不能只以事件本身的历史重要性来定其取舍”。③“文姬归汉”固然不是曹操的主要功业，但很能反映曹操复杂的性格，因此颇有文学意味。历史小说《李自成》也不可能机械地按照历史重要事件一一展开，它同样面临历史真实与艺术真实的关系问题。姚雪垠具体会怎么处理这个难题？这或许构成严家炎“兴趣”的另一推动力。

再者，严家炎曾集中阅读过姚雪垠新中国成立前的作品，对其“活的语言”印象深刻。为编写《中国现代文学史》，20世纪60年代初主编唐弢给青

---

① 严家炎：《30年代的革命农民形象——读〈潘虎〉》，《严家炎全集》第2卷，新星出版社2021年版，第44页。

② 张艾丁：《谈〈蔡文姬〉》，《北京文艺》1959年第12期。

③ 严家炎：《也谈〈蔡文姬〉》，《严家炎全集》第2卷，新星出版社2021年版，第38页。

年研究者们开列了一个书单，其中姚雪垠新中国成立前写的四本小说都在此目。① 此外，唐弢还规定要“尽量吸收学术界已有的研究成果”。② 阅读这些小说自然是严家炎当时的“入门”必修课，同时兼及阅读的还有不少学术界的评论文章。以《差半车麦秸》为例，李广田在20世纪40年代曾对该小说的语言有过评价，谓之“这是真正的最好的‘活的语言’”。③ “活的语言”四个字给严家炎留下深刻印象，他后来提及姚雪垠的语言时，就曾直接引述过李广田的原话。④ 尽管这些文章都发表在“文革”以后，但结合编写文学史的工作要求，严家炎对姚雪垠小说语言的这份悉察应始于“文革”前。如此而言，严家炎对姚雪垠在语言成熟期创作的《李自成》自然更多了一份期待。

这些“文革”前就有的“兴趣”因受时代条件的限制，无法在当时得以充分展开，但联系严家炎在《李自成》第二卷出版后的迅速“出击”，可以推测他的《李自成》研究也许早已成竹在胸。他当年的“兴趣”比如对农民问题的关切、对历史真实与艺术真实的思考、对“活的语言”的偏爱等，在他关于《李自成》研究的系列长文中都有过重点论述。

二、发现与重评

1976年10月，“十年浩劫”终结。对于姚雪垠来说，干扰他创作的最大障碍终于被清除，他从“评法批儒”运动中解脱⑤，可以放手去写《李自成》。原先被阻滞的第二卷出版事宜⑥也得到快速疏通。此外，推动《李自成》第二

---

① 严家炎：《附录：唐弢先生为中国现代文学青年研究者开列的刊物与作品目录》，其中涉姚雪垠书目为《差半车麦秸》《牛全德与红萝卜》《春暖花开的时候》《长夜》，参见《严家炎全集》第7卷，新星出版社2021年版，第172页。

② 严家炎、洪子诚、贺桂梅：《从“春华”到“求实”——严家炎先生访谈录》，《严家炎全集》第10卷，新星出版社2021年版，第134页。

③ 李广田：《活的语言》，《国文月刊》1942年第15期。

④ 严家炎在《抗战与40年代小说艺术的多样开拓》《姚雪垠的生平与创作》等文章中都曾引用过，分别参见《严家炎全集·考辨集》第1卷，《严家炎全集》第2卷，新星出版社2021年版。

⑤ 1974年，领导要求姚雪垠在小说中加入李自成“反孔”情节，但姚雪垠宁可书不出版，也不写有违史实的内容。他借写信给端木蕻良来公开表态（原信发表题目是《写历史小说必须认真研究历史——给端木蕻良同志》），《李自成》绝不会因“时”而变。参见《姚雪垠文集》第19卷，人民文学出版社2010年版，第601—604页。

⑥ 在1976年“四五”运动中，中国青年出版社编辑出于谨慎，怕担“借古讽今”“含沙射影”之责，要求对早已定稿清样的《李自成》第2卷再作修改。姚雪垠赶工修改后，出版社仍有异议，要求删去其中有关帝王将相过多溢美之辞。这一次姚雪垠没有同意，他相信自己的艺术感觉，僵持之下出版事宜再次搁浅。参见许建辉：《姚雪垠传》，湖北人民出版社2007年版，第262—267页。

卷的尽早面世还有一个现实原因。我们从姚雪垠写给茅盾的信中，对第二卷紧张的用纸情况可窥见一二：

> 第二卷第一分册的大开本已经印出，但插图尚未印，不能装订……明年春天，《毛选》五卷本上马，全国印两亿册，纸张更加困难。第二卷印卅万部，一般读者将不易买到。外省租纸型印刷出版，也须等纸张困难的关过去以后才能着手。(1976 年 12 月 26 日)①
>
> 目前的问题不是读者尚不重视，而是纸张十分缺乏，印数远远不能满足读者需要。这一供求之间的矛盾，恐怕要到一两年后才能解决。纸张稍一缓和，人民文学出版社和各省市人民出版社就可借用中国青年出版社的《李自成》纸型印刷出书。(1977 年 3 月 11 日)②

中青社势必也受此影响，具体如何协调不得而知。从结果来看，他们赶在了当年 12 月将《李自成》的手稿变成铅字。在百花凋零的时候，《李自成》第二卷却一枝独秀，对于读者和作者来说，都不啻为“久旱逢甘霖”。对于中青社来说，这场被迫的“饥饿营销”反倒赢得了“一本万利”。对于《李自成》的忠实读者来说，除了此前的禁书时期，恐怕没有哪个时段会比此时更难熬了。加之《李自成》第一卷早已深入人心，第二卷不论写得如何，等候了十几年的读者朋友都意欲先睹为快。

严家炎同样在与时间赛跑，1977 年 9 月至 12 月，他就于北大开设了“《李自成》研究”专题课。③ 为一部还在不断修改、还未写完、尚无定评的畅销书④开设专题课，这在全国高校中恐怕仅此一例，就是改革开放后也很少有人能做这样的“急先锋”，这着实是严家炎性格中“狂放”的一面，也体现了他的开放包容和远见卓识。学校（堂）是梁启超所言的“传播文明三利器”之

---

① 姚雪垠：《给茅盾》，《姚雪垠文集》第 19 卷，人民文学出版社 2010 年版，第 415 页。

② 姚雪垠：《给茅盾》，《姚雪垠文集》第 19 卷，人民文学出版社 2010 年版，第 427 页。

③ 严家炎：《严家炎年表》，《严家炎全集》第 10 卷，新星出版社 2021 年版，第 205 页。严家炎曾在“当代长篇小说专题研究”课上，先后讲过《创业史》研究、《李自成》研究等，参见北京大学中文系官网 https://chinese.pku.edu.cn/rwfc/1224556.htm? ivk_sa=1024320u.

④ “初版三十万部很快就被抢购一空。再版两百万部在许多地方复已脱销”。严家炎：《〈李自成〉初探》，《北京大学学报（哲学社会科学版）》1978 年第 3 期。

一，而教育常常具有自上而下的强制性和普及性，能够推动知识的快速生产和传播。严家炎在大学课堂上讲《李自成》，并不只是将其作为一个普通的“话题”，而是与公认的经典小说《创业史》一道作为专题课来讨论。这种专题研究的形式推动了《李自成》的知识化与历史化，正如当年朱自清、苏雪林们在新文学课堂上的讲授一样，严家炎在北大课堂上的专题授课有助于将《李自成》在流行中的飘忽不定转变为一种稳定形态。同时，小说《李自成》被种在了学生们的记忆深处，这种“生长潜质”也将推动《李自成》乃至相关题材的文学研究。事实上确有不少硕博学位论文选择以《李自成》为研究对象，尽管他们未必直接受教于严家炎，但也从侧面说明了小说《李自成》存在较大的研究空间。从《李自成》第二卷出版到在北大开课，加上“一书难求”的现实情况，严家炎的准备时间可能不足九个月。而素以“严上加严”闻名的严家炎当然不会打无准备之仗，他的成竹在胸显然源于前期积累，这更凸显了前文所论“兴趣”之强烈。加之勤奋钻研的精神，严家炎在小说第二卷出版后即投入较多时间进行研究：“我不仅反复钻研作品，阅览《明史》相关部分，还在一位明清史专家指导下，读了明末清初的《绥寇纪略》《怀陵流寇始终录》《甲申传信录》《平寇志》《明季实录》《明季南略》《明季北略》等十几种野史，终于在1977年年末、1978年年初写成《李自成初探》这篇近四万字的论文。”① 所以，不论开课还是撰文，严家炎都不是为了“趋新”，而是源于他十几年前就产生的悸动。

三十年后再回读《〈李自成〉初探》（以下简称《初探》），严家炎认为：“某些文字虽不免带有特定的历史印记，但论文总体上仍保持着原有的厚重感和新鲜感。原因在于，论文一方面紧扣着小说《李自成》杰出的艺术创造深入开展评述，另一方面又力图将这些评述建筑在接近或符合历史实际的基础上。”② 在笔者看来，“厚重与新鲜”正体现了严家炎的特点——作为文学史家的评论家。将《初探》置于1978年前后的时间坐标系中进行考量，当时很多

---

① 严家炎：《一个痴情者的学术回眸》，《严家炎全集》第7卷，新星出版社2021年版，第8—9页。

② 严家炎：《一个痴情者的学术回眸》，《严家炎全集》第7卷，新星出版社2021年版，第9页。

文章都只谈及《李自成》的一个方面。[①] 严文却能从六个方面较为全面地分析《李自成》的成就，分别是历史真实性、艺术虚构、正面和反面的人物形象、结构布局和民族风格，体现出一种史家眼光。“挑剔”的姚雪垠时常感慨“知音难觅”：“‘文革’结束以后，我见到评论《李自成》的论文和小册子不少，都不能使我满意。甚至差为满意的也少。”但他对严家炎青睐有加，认为“在评介《李自成》的成就上，较有深度”。[②]

从现有资料来看，刊载于1977年第5期《湖北文艺》的《波澜壮阔的农民战争历史画卷——读历史小说〈李自成〉一、二卷》[③]（以下简称《波澜》），是“文革”后最早全面评述《李自成》的文章，但文章掺杂了浓厚的政治斗争色彩，总体上多口号概念而少艺术分析，具有鲜明的过渡时代特点。同期出现的文学评论也大都存在较为严重的公式化写作问题，常用的“标签”如“遵循历史唯物主义和辩证唯物主义观点”“革命现实主义和革命浪漫主义相结合的创作方法”等，几乎成为当时评价《李自成》艺术成就的“批评范式”。严家炎并非不熟悉上述的理论概念，早在写《初探》之前，1977年8月他就撰写了《关于现实与理想的统一——对革命现实主义和革命浪漫主义相结合的一些理解》[④]，旨在肃清“文革”以来“四人帮”对文艺界造成的严重破坏，回到《在延安文艺座谈会上的讲话》上来为“两结合”理论正名。作为文艺理论专业出身的评论家，他似乎更有理由去发挥专业所长。但不论是《初探》还是当初关于《创业史》的评析，严家炎都没有从理论出发，他尤其警惕政治话语的束缚。这背后体现的正是严家炎一以贯之的文学批评态度，即“文

---

① 笔者根据研究资料梳理得出。详见武汉师范学院中文系《长江文艺》编辑部编：《〈李自成〉评论集》，湖北人民出版社1978年版。禹权恒主编：《姚雪垠研究资料索引》，《姚雪垠研究》，河南大学出版社2017年版，第319—343页。

② 姚雪垠：《给吴永平》，原信底稿题目是《漫谈攻读“姚雪垠研究”博士学位》，《姚雪垠文集》第19卷，人民文学出版社2010年版，第282页。吴永平于1984年完成硕士论文《姚雪垠抗战时期小说创作研究》，后赴法国第七大学师从保尔·巴迪教授攻读博士学位，课题为“姚雪垠研究”。姚雪垠期待吴永平能多做一些《李自成》研究。

③ 署名“古平”，是武汉师范学院（今湖北大学）中文系中国古典文学评论组的笔名，其成员有李悔吾、张国光、王毅等。

④ 文章发表于上海《文艺论丛》第2辑，1978年1月号。与之同期发表的还有郑伯农的《唯心论先验论的文艺创作路线——评“四人帮”的文艺观》，杨汉池、钱中文的《必须坚持马克思主义关于批判继承文艺遗产的正确原则——批判“四人帮”在文艺遗产问题上的歪曲、破坏》等，看得出来是文艺理论领域对过去的一场清算。

学之所以为文学，就赖于它是艺术。思想只能渗透于艺术之中，不能游离在艺术之外”。[①] 在笔者看来，这也正是严文“持久保鲜”的原因所在。

从体量上看，长文《初探》的篇幅是《波澜》的两倍。从内容上看，《初探》着眼于艺术本身，很见文本细读的功力。严家炎捕捉到的几个小说细节对再现历史很有说服力，比如从皇帝安排在卢象升身边的贴身仆人看到明朝真实的君臣关系，对于理解明朝政治的黑暗、恐怖和腐败可谓“管中窥豹”；从马夫头目王长顺和李自成谈话中称谓的变化看到李自成的思想转变及正在发生的阶级分化，对于理解李自成失败的内外因很有启发。此外，严家炎阅读了大量明清史料，并结合作家生平阅历，使文章言之有物论从史出，处处可见史家功夫。前文提到严家炎对《李自成》的兴趣之一是“对历史真实与艺术真实的思考”，体现在《初探》中正是前两节，约占总篇幅的五分之二。后两节在对正反面人物的分析中，也不乏讨论真实与虚构的余音。

从某种程度来说，《初探》以其“厚重与新鲜”超越了同时代诸多的评论文章。这篇四万字的长文颇具文学史的意味，奠定了往后严家炎将《李自成》写入文学史的基本框架。该文于 1978 年、1979 年在《北京大学学报（哲学社会科学版）》上分两期连载，而彼时严家炎的身份颇值得关注。1978 年 9 月，《中国现代文学史》写作组恢复活动，唐弢因身体原因委托严家炎代其负责全面工作。同时，全国恢复高考，北大中国现代文学专业由导师王瑶、严家炎具名招收硕士研究生。不论在学术界还是在高教界，严家炎所处的位置都异常耀眼，其观点和言论所引起的重视程度都非一般学者可比。

《李自成》不是横空出世的作品，姚雪垠也不是“文坛上的暴发户”[②]，重新评价老作家的前史是“文革”后文艺界正本清源的必然要求，也是《李自成》进入文学史书写谱系过程中不可忽视的重要一环。严家炎在助力文艺界拨乱反正方面有开疆拓土之功。正如杨联芬所言，严家炎“重评”萧军、丁玲，

---

① 严家炎：《一个痴情者的学术回眸》，《严家炎全集》第 7 卷，新星出版社 2021 年版，第 7 页。

② “由于我的许多发表和出版于三十——四十年代的作品在解放后没有重印，而且总在受批评，所以当《李自成》震撼着广大读者心弦的时候，许多年轻读者由于没有读过我解放以前的作品，误以为我是文坛上的暴发户，好像《李自成》是我的唯一作品”。姚雪垠：《我的前半生》，《姚雪垠文集》第 16 卷，人民文学出版社 2010 年版，第 268—269 页。

意义大于个案平反，而具重构文学史、重建文学价值体系的建设性意义。① 那么“重评”个案姚雪垠，其意义亦复如是。

1980 年 1 月 29 日，姚雪垠在给周勃的信中这样写道：

> 你来信提到对从前作品辨诬事，这事很有必要。过去条件不成熟，今天该到解决的时候了。最近唐弢主编的《中国现代文学史》第三册将定稿，将对我的昔年作品恢复名誉。解放后出版的现代文学史，我因有抵触情绪，一本也没看过。王瑶根本没有读过《春暖花开的时候》，将胡风派批判我的文章引了几段，仍称《春暖》有色情描写，此书的真正意义未提。刘绶松编写的现代文学史，对《春暖》既不想照抄王著，又无胆气说句实事求是的话，以不提此书了事。新编的现代文学史第三册，关于我的部分由华师某同志起稿，仍接受王著旧说。稿子到了严家炎同志手中，他发现了这个问题，只好改写，为我的往日作品“平反”，重新作出评价。家炎曾将我的诸作品细心读过，有不同版本就对照读，是一种很值得称赞的治学态度。②

这封信梳理了《春暖花开的时候》（以下简称《春暖》）在新中国成立后出版的文学史中一再被“误读”的情况，姚雪垠认为严家炎的“重评”将会迎来一个转机。20 世纪 30 年代末至 50 年代初，胡风和姚雪垠之间的明争暗斗长达数十年。抗战后期，在胡风发起的“整肃”运动中，姚雪垠被斥为“客观主义”“市侩主义”者及“色情作家”，新中国成立前夕甚至被诬为国民党文化特务，他因此被第一次文代会拒之门外。③ 祸哉，福哉？对此，姚雪垠忍辱负重不作任何申辩，一门心思专注于文学创作，继《春暖》之后又写出了《牛全德与红萝卜》《长夜》乃至《李自成》这部皇皇巨著。

① 杨联芬：《拨乱反正，开疆拓土——严家炎对现代文学史研究的贡献》，《中国现代文学研究丛刊》2022 年第 1 期。

② 姚雪垠：《给周勃》，《姚雪垠文集》第 19 卷，人民文学出版社 2010 年版，第 460—461 页。周勃曾与姚雪垠在下放点东西湖农场共事，二人私交甚厚。参见周勃：《姚雪垠下放东西湖琐忆》，河南大学出版社 2010 年版。

③ 俞汝捷：《序》，参见吴永平：《隔膜与猜忌：胡风与姚雪垠的世纪纷争》，河南大学出版社 2006 年版，第 1—2 页。

但是，姚雪垠的历史问题一直没有得到解决。“四十年代某一派人对《春暖》的所谓‘批判’，一直影响到新中国成立以后许多年”①，甚至直接影响了现代文学史对姚雪垠的评价。信中姚雪垠自述对新中国成立后出版的现代文学史“一本也没看过”，这显然是句气话。实际上，姚雪垠不仅阅读了自王瑶以来几本颇有影响力的现代文学史，对其中每一处与己相关的部分都了然于心，而且还追溯了评价的具体出处，揣测文学史家的写作心态，可见姚雪垠一直都非常在意历史给出的评价。严家炎能从材料出发，尊重作品本身的治学态度让姚雪垠大为欣赏。姚雪垠说：“直到进入八十年代，才有现代文学史的研究者本着实事求是的精神，在他们写出的论文或新编著的中国现代文学史中，为《春暖》平反，说它不但不是色情文学，而且连挑逗性的字句也没有。”② 因此，关于《春暖》被诬为“色情文学”、姚雪垠被诬为“色情作家”的问题，到唐弢版文学史算是画上了休止符。

严家炎对姚雪垠前史的“重评”，还在一定程度上调动了当事人参与历史讨论的积极性。“过去条件不成熟，今天该到解决的时候了”，姚雪垠忍辱数十载，这句话不啻为他审时度势后将要打破沉默的行动宣言。此后，姚雪垠一再“挪用”本该放在《李自成》上的创作时间，将之用于文坛上的“争鸣与表率”、编纂“大文学史”、写作反映社会风貌的个人自传乃至整理出版《姚雪垠文集》——他不仅是在剖露个人心史，而且也在试图担起清理文坛弊病、“重写文学史”的历史责任。而这些又恰是姚雪垠与严家炎二人在新时期之初不约而同的历史使命。

一方面，严家炎不仅以专题研究的形式将《李自成》引入北大课堂，推动阅读普及与研究热潮，而且以文学史家的眼光较为全面地评价了《李自成》的艺术成就，基本奠定了《李自成》在《二十世纪中国文学史》中的叙述框架；另一方面，严家炎的“重评”不仅为姚雪垠昔年的作品恢复了名誉，同时也为重新理解作家姚雪垠提供了更多的面向，为正确理解和深入研究《李自成》打开丰富的空间。

三、建标与入史

姚雪垠是一位生长型的跨代作家。严家炎在完成了现代文学史上的“重评

---

① 姚雪垠：《姚雪垠文集》第16卷，人民文学出版社2010年版，第270页。

② 姚雪垠：《姚雪垠文集》第16卷，人民文学出版社2010年版，第270页。

姚雪垠”之后，继之而来的问题是如何书写当代文学史上的“姚雪垠”、如何寻找《李自成》在当代文学史中的位置。

20世纪70年代末，茅盾对《李自成》取得的开创性成就给予高度评价，认为“这是‘五四’以来第一部长篇历史小说”“作者是填补空白的第一人”。① 茅盾在文艺界身居高位，他的话无疑极有分量，“填补空白”之说也几乎成为评价《李自成》历史地位的不刊之论，被往后的文学史频繁引用。但姚雪垠对评论界有更高的期待，他认为“这部小说如有独特成就的话，其意义决不在于填补了‘五四新文学运动以来历史小说的空白’，研究重点应放在如何具体探讨它在小说艺术方面的开创性贡献和小说美学方面提出的丰富问题。”②

严家炎正是从艺术美学角度出发，有意借助茅盾的影响力来确立《李自成》的文学地位。1985年，严家炎在《中国大百科全书·中国文学卷》中首次将《李自成》与《子夜》相联系：“《李自成》的出现，继《子夜》之后又一次大大提高了长篇小说结构艺术的水平。”③ 新世纪后，严家炎又重申当年的判断：“如果说现代长篇小说里结构最成功的是《子夜》的话，那么当代长篇小说就是《李自成》。而且它比《子夜》更有所发展。”④《李自成》的“发展”体现在“所营造的极复杂宏大、又严谨匀称、单元式组合的结构艺术”⑤ 令人叹为观止。茅盾的《子夜》是现代长篇小说中公认的高峰，以《子夜》为《李自成》的参照系，无疑意味着《李自成》是当代长篇小说中结构艺术的高峰。

结构艺术之外，严家炎又有意借助赵树理来映衬《李自成》在语言方面的艺术成就。前文已论及严家炎对姚雪垠抗战时期的小说语言印象深刻，他后来在梳理“五四”以来新体白话的过程中将赵树理和姚雪垠并置而观，认为20世纪30年代以来真正实现“言文”沟通的作家只有这两位。他们都将口语提炼萃取后创造了出色的文学语言，体现了真正的“民间性”。⑥ 从关注“活的

① 茅盾：《关于长篇历史小说〈李自成〉》，《文学评论》1978年第2期。

② 姚雪垠：《给刘增杰》，《姚雪垠文集》第19卷，人民文学出版社2010年版，第226页。

③ 严家炎：《姚雪垠的生平和创作》，《严家炎全集》第2卷，新星出版社2021年版，第185页。

④ 严家炎、洪子诚、贺桂梅：《从“春华”到“求实”——严家炎先生访谈录》，《严家炎全集》第10卷，新星出版社2021年版，第144页。

⑤ 严家炎：《一个痴情者的学术回眸》，《严家炎全集》第7卷，新星出版社2021年版，第9页。

⑥ 严家炎：《新体白话的起源、特征及其评价》，《中国现代文学研究丛刊》2006年第1期。在2004年前后，严家炎就已经将姚雪垠的语言与赵树理相提并论，如《“五四”小说中的雅俗关系》《抗战与40年代小说艺术的多样开拓》，参见《严家炎全集》第1卷，新星出版社2021年版。

语言”开始，到有意将代表着“当代文学方向”的赵树理作为姚雪垠的参照系，无疑从当代的开端就提升了姚雪垠在文学史中的地位。姚雪垠不仅能写出新鲜的大众俗语，还能活用古典文学语言，这一点显然在赵树理之上。“赵树理的贡献众所共知。姚雪垠则由于他在学习南阳大众语的同时又刻苦钻研、吸取古典文学语言的精华，创作上更是攀登一个高峰”。[①]《李自成》是姚雪垠写作成熟期的作品，其语言更是后出转精：“它活泼洗练，形象生动，讲究音节美，因而朗朗上口。其中的人物语言，大多注意了时代条件、人物经历、阶级烙印、文化教养以及个性特点，做到了相当准确贴切。对话不用清一色的白话，而是有文有白，因人而异，符合写历史人物的要求。”[②]

再者，严家炎格外推重《李自成》的民族风格，并于1985年撰写了《漫谈〈李自成〉的民族风格》[③]（以下简称《漫谈》）。在20世纪80年代中期讨论《李自成》的民族风格以及民族化方面的成就和经验，恰好回应了文学界稍早的现代化问题和当时热议的“寻根”问题。严家炎对这两个问题的看法是：“这两股思潮，一个要的是文学的现代化，一个要的是文学的民族化，两者各有一定的道理和根据，我们对它们都不要全盘否定或全盘肯定。”从基本方向上看，后者更标志着文学界一种新的觉醒：“文学上的寻‘根’运动，目的是为了增进作品的民族风格、民族特色。”正是在这样的背景下，可以说《李自成》构成了文学“寻根”运动中的另一种声音，即既要文学的现代化，也要文学的民族化。《李自成》有别于传统历史小说，其创作思想上的历史唯物主义、结构上的复线交织和创作方法上的现实主义以及现代的悲剧观念，都证明了小说的现代化。《李自成》的民族化则不仅表现在文学语言和艺术手法上，更表现在深层次的民族文化心理和审美心理上。小说中大量风俗画的描绘，诗词文章的恰切运用和古典意境的化用等，都因深植民族土壤而让我们读来倍感亲切和熟悉，拉近了读者与作者之间的距离。由此而言，《李自成》是“民族化与现代化结合的产物”。

---

① 严家炎：《新体白话的起源、特征及其评价》，《中国现代文学研究丛刊》2006年第1期。

② 严家炎：《〈李自成〉初探（续）》，《北京大学学报（哲学社会科学版）》1979年第1期。

③ 原文发表于《河南大学学报（社会科学版）》1986年第2期，是严家炎1985年9月在河南大学参加《李自成》研讨会上的发言稿，但该文在《严家炎全集》第7卷中被删去了对时代回应的内容，本文采用原文。

严家炎为《李自成》“建标”并不单纯为了提高其艺术地位，从历史角度看还出于对其身份合法性的认定。首先，选择《子夜》为参照系自有其文学史意义，即《李自成》接续了以《子夜》为代表的 20 世纪 30 年代以来新文学的血脉。姚雪垠就曾自称是“五四”精神的直接继承人，是新文学运动的第二代。[①] 严家炎其实在 20 世纪 80 年代就注意过社会剖析派对姚雪垠及其《李自成》的影响。[②] 社会剖析派那种立足生活本身、用马克思主义观点剖析社会肌理、全景式地展现社会生活丰富性的写法，在《李自成》中都得到不同程度的继承，某些方面还有新的发展。其次，选择当代文学的方向性人物赵树理为参照系，是为了突出《李自成》在当代文学谱系中的合法性身份。在语言方面，《李自成》和赵树理小说一样具有诸多民间的大众的元素，都是人们喜闻乐见的文学作品。从深层原因看，当时的评论文章一致认可《李自成》充分体现了“两结合”原则的运用，因而姚雪垠与赵树理都是“延安讲话”精神的自觉践行者。除此以外，《李自成》还回应了“寻根”的时代之问，在民族化与现代化方面做出了表率。严家炎以文学史家的整体性眼光，将《李自成》纳入“五四”新文学的叙述图景，又试图将它放进当代文学的主流叙述中，并在新时期发现了《李自成》在文学现代化与民族化结合方面的可贵价值。正如李丹梦所言：“由于《李自成》的存在，中国当代文学史上的‘30 年代’以至‘新时期’连成了一体。”[③] 那么让《李自成》入史实在合情合理。

最早将《李自成》载入中国当代文学史的是 1980 年北大张钟等编写的《当代文学概观》[④]。该书按文学体裁划分，“历史小说《李自成》”位于第五编“长篇小说创作”第十四节，具体由张钟、赵祖谟执笔。他们在充分肯定、高度评价作品“深刻的思想、宏大的规模、鲜明的形象、独创的构思、丰富的表现手法”之后，又指出“它在成功地再现明末社会风貌的同时，也存在现代化的倾向”，“作者在塑造李自成时，似乎没有完全摆脱写完人的倾向。这一点在刻画高夫人时尤为明显”。1981 年北师大郭志刚等编写的《中国当代文学史

---

① 姚雪垠：《感激与惭愧》，《姚雪垠文集》第 16 卷，人民文学出版社 2010 年版，第 333 页。

② 严家炎：《中国现代小说流派史・绪论》“第四节复杂化的性格，悲剧性的命运”，参见《严家炎全集》第 4 卷；《我对“五四”以后小说流派的理解》，参见《严家炎全集》第 7 卷，新星出版社 2021 年版。

③ 李丹梦：《最后的“史官”——姚雪垠论》，《中国现代文学研究丛刊》2018 年第 6 期。

④ 张钟、洪子诚等：《当代文学概观》，北京大学出版社 1980 年版，第 449—461 页。

初稿》[1] 以时间为主线，将“姚雪垠及其《李自成》（第一、二卷）”归入“‘文化大革命’十年的文学创作”一章。编写组在充分肯定作品思想艺术成就后又指出“李自成形象的塑造有些地方离开了历史的真实性”，主要在一方面没有写出阶级差别，另一方面拔高了人物形象而显得有些现代化和理想化。此后各地方院校集体编写的当代文学史教材在有关《李自成》叙述方面基本沿袭了上述两本文学史的观点。[2]

但是，洪子诚1999年版的《中国当代文学史》[3]“取缔”了《李自成》在目录中的位置——它出现在第八章“对历史的叙述”的结尾，“无名无分”地被悄悄安排在了《青春之歌》之后。从形式上看，这样的安排显得颇为别扭，但正好“区格”了勉强作为“革命历史小说”的《李自成》，恐怕这也正是洪子诚的用意所在。与其说洪子诚为《李自成》找到了“归宿”，不如说是有意“排挤”了《李自成》，此时的《李自成》显然已不是当初头戴“主角光环”的历史小说，其地位一落千丈。洪子诚对《李自成》最大的肯定在于小说坚持了历史唯物主义观点，这也是它能够被归入“革命历史小说”的根本原因。但反过来看，这一点正是《李自成》最大的败笔，几乎从根本上否定了小说。因为“小说的构思和描写过于‘现代化’”“明显地是以20世纪以井冈山为根据地的农民武装斗争作为参照”“都来自于对20世纪工农红军的经验教训的总结”。洪子诚其实是在批评姚雪垠以现代的政治意图去建构历史小说，这比此前那些单纯批评小说存在现代化倾向的言辞要更为苛刻。此后出版的多部当代文学史都对《李自成》只字不提，或者用更多的篇幅去讨论小说的缺陷。[4]

臧否不一的文学史评价在一定程度上导致《李自成》接受史上的一波三折。但是，严家炎对《李自成》的态度不曾改变。2002年，严家炎办了退休手续离开大学讲台，进入人生的一个新驿站。“鲁阳时晚戈犹奋，弃杖邓林亦

---

① 郭志刚、董健等：《中国当代文学史初稿》（下册），人民文学出版社1981年版，第295—305页。

② 如1984年吉林省五院校编写的《中国当代文学史》（吉林人民出版社出版）在内容上基本照抄了北大版文学史，1984年二十二院校编写组编写的《中国当代文学史》（福建人民出版社出版）则简化了对《李自成》的评述，但其基本观点无出其右。

③ 洪子诚：《中国当代文学史》（修订版），北京大学出版社1999年版，第108—110页。

④ 以上对中国当代文学史编纂史的梳理，参考阎浩岗：《〈李自成〉的经典化、去经典化与再经典化》“二、《李自成》的去经典化”，《新文学评论》2021年第3期。

壮哉”[①]，他借姚诗以明志：“告别讲台是告别人生舞台的第一步，但我总想在举行这一告别仪式之前，仍继续在学术上尽力爬坡，把早就开始做的几件事情进行下去，直到做完为止。”[②] 2010 年，严家炎将逐渐退出大众视野的《李自成》再次引入文学史，在其主编的《二十世纪中国文学史》中为《李自成》专设一节，与“三红一创、保林青山”一道，按照或“现实”或“历史”的题材分属两章。据阎浩岗所知，严家炎对《李自成》一节的初稿并不满意，他自己执笔重写了一稿。[③] 从体量上看，《姚雪垠的多卷本历史小说〈李自成〉》是第二十四章“历史题材小说”中占比最大的一节，前后八页的篇幅几乎占去“半壁江山”。从内容上看，严文一开始就给了《李自成》极高的历史评价，言辞毫不含糊：“在五十年代至七十年代的长篇历史小说中，写得最为厚重、扎实，艺术成就也最为杰出的，当推姚雪垠的多卷本历史小说《李自成》。”[④] 该文从历史科学与小说艺术的结合、悲剧艺术的运用和长篇小说结构美学的探索三个方面分述《李自成》的艺术成就。其中第一个方面讨论的正是《初探》中所涉及的历史真实性、艺术虚构和反面人物三节内容，但同中有异——严文此处紧紧围绕着历史科学与小说艺术结合的规律，并巧妙地将反面人物崇祯化为例证。第二个方面探讨的是悲剧艺术在塑造主人公李自成形象上的出色运用。不同于《初探》中限于小说第一、二卷有关李自成光辉形象的分析，严文此处从已完成的五卷本出发，着眼于对小说整体艺术的把握。悲剧是李自成的宿命，悲剧也是《李自成》的艺术主题，对悲剧人物李自成的讨论成为这一部分的重点。[⑤] 第三个方面谈小说的结构艺术更体现了整体构思，讨论的内容基本不出《初探》中已有的评论，由此再次回应了严家炎 20 世纪 70 年代末写《初

---

① 诗句出自姚雪垠 1974 年 6 月 30 日赠王亚平的《抒怀（赠老友）》，后又附于姚雪垠 1975 年 10 月 19 日写给毛泽东的“求救信”中，可见姚雪垠继续写作《李自成》的决心。参见《姚雪垠文集·无止境斋诗抄》第 15 卷，第 39 页和《姚雪垠文集》第 19 卷，第 147 页、第 490 页，人民文学出版社 2010 年版。

② 严家炎：《〈人生的驿站〉自序》，《严家炎全集》第 7 卷，新星出版社 2021 年版，第 144 页。

③ 阎浩岗：《〈李自成〉的经典化、去经典化与再经典化》，《新文学评论》2021 年第 3 期。据《二十世纪中国文学史》的《后记》，第二十四章的执笔者是孟繁华。

④ 严家炎主编：《二十世纪中国文学史》（下册），高等教育出版社 2010 年版，第 91 页。

⑤ 1984 年，严家炎与胡德培就对悲剧艺术有过分析，文章中最出彩的部分正是对悲剧人物李自成的分析。参见严家炎、胡德培：《气壮山河的历史大悲剧——〈李自成〉一、二、三卷悲剧艺术管窥之一》，《辽宁大学学报（哲学社会科学版）》1984 年第 2 期。

探》时的史家眼光。

《二十世纪中国文学史》没有使用严家炎自己建立的参照系，而是借用了香港著名作家刘以鬯的评语，认为《李自成》可“媲美《战争与和平》”。[①]在笔者看来，这充分体现了严家炎严谨的治学态度。严家炎最初跟随唐弢编写文学史，唐弢就“主张教材最好是不要只突出自己的某种独特见解”，“尽量吸收学术界已有的研究成果；个人见解即使精辟，没有得到公众承认之前，暂时不写入书内”。[②] 几十年过去，严家炎仍谨遵唐弢的教诲。他作为统稿人虽然重写了这一节，但使用的观点正是几十年来为大部分学者公认的评价。他个人有关《李自成》两个参照系的观点虽然精辟，但也仅作一家之言。“于公于私”，严家炎进退有度。

与其说严家炎与《李自成》的“相遇”缘起于他当初浓厚的兴趣，不如说是文学史家的那份历史责任感推动着他自觉地参与了姚雪垠的“重评”与《李自成》的“入史”。不可否认，严家炎在《李自成》研究中做出了诸多努力，但从“应者寥寥”的结果来看，不论是小说《李自成》还是《李自成》研究，都并不被持续看好。有学者曾对《李自成》研究起伏不定的现象做过分析[③]，结论是时代政治等诸多外部因素导致了小说被充分肯定又被彻底否定的命运，这显然忽略了内因的重要性。严家炎《李自成》研究的可贵正在于立足文本自身，从文学性角度分析小说的审美价值，并以文学史家的眼光为其找到历史位置。但为何严家炎的《李自成》研究依旧被隐入了历史深处？在笔者看来，恐怕首先这不是严家炎凭一己之力能够挽住的“狂澜”。其次，也许更应该从《李自成》内部找寻原因，而关于这方面严家炎并未多谈。最后，作为文学史家的严家炎一直致力于将《李自成》研究规整为一种文学史的规范性叙述，反而在某种程度上影响了《李自成》研究在文学性上的多元化阐发。

（《首都师范大学学报》（社会科学版）2022 年第 5 期）

---

① 严家炎主编：《二十世纪中国文学史》（下册），高等教育出版社 2010 年版，第 91 页。

② 严家炎、洪子诚、贺桂梅：《从“春华”到“求实”——严家炎先生访谈录》，《严家炎全集》第 10 卷，新星出版社 2021 年版，第 134 页。

③ 徐亚东：《〈李自成〉研究的现象及其反思》，《中州学刊》2012 年第 4 期。

读者声音

我的《李自成》阅读史

傅建华[①]

我是姚雪垠长篇历史小说《李自成》的忠实读者，《李自成》从第一卷出版迄今已整整六十年，我的《李自成》阅读史也将近六十年。

1964年，我14岁，就读于江西省南昌市第七中学，该校以强悍的学生足球队和丰富的图书馆藏书而拔尖于全市各个中学。那年上半年我念初一下学期，已有一定的阅读能力。我所在的这个班有比较浓厚的课外阅读氛围。班上有位叫HCR的哥们，既是班上足球队的主力，又是校图书馆的常客。我和他的关系铁到如果有日记都可互换着看。他有个与众不同的特点，阅读之余勤于动笔，有专门的笔记本记载着一些课外阅读的资料。有一次我翻阅HCR同学的那本“宝贝”，最新的笔迹上记有“《李自成》人物表”字样，写有“田见秀，义军将领，为人宽厚”“卢象升，明朝抗清将领，战死沙场”等。他也极力向我推荐这套书。当即我跑到校图书馆把《李自成》第一卷借来，书中那宏伟磅礴的气势，绚丽多彩的画面，浓郁的历史时代氛围，跃然纸上；栩栩如生的人物形象，引人入胜的生动情节，使人体验到了艺术欣赏的愉悦。课余时间我手不释卷，如饥似渴地把该书读完。

我刚开始看正文前的内容提要时还觉得，全书五卷，需要这么大的文字容量吗？及至第一卷看完——时间跨度仅为崇祯十一年十月到次年夏天，一年不到，而闯王进京还在崇祯十七年三月呢——才觉得没有五卷的构架根本完不成。后来我才获悉，这一卷中被人交口称赞的潼关南原大战竟出自作者虚构。联想起小说《三国演义》中的“空城计”“赤壁大战”等脍炙人口的内容也出自虚构，说七实三虚都客气了，最多也是虚实对半吧！真佩服文学大师们的生

① 傅建华（1950—），原江西南昌发电厂党委副书记，高级工程师。

花妙笔。

桃李不言，下自成蹊。由此开始，我成了小说《李自成》的忠实读者，始终如一。

据我所敬重的姚老的忘年交、有“军中儒将”美称的田永清同志介绍，毛泽东不看（或很少看）中国当代小说，姚雪垠著《李自成》是个例外。湖南人民出版社《毛泽东五十次回湖南》一书也披露，1966 年 6 月毛主席在韶山滴水洞看完的第一卷上册，由此也才有同年 7 月，在北京一次会间他对时任湖北省主官的王任重的那番关于对在武汉的小说作者加以保护的叮嘱。衡情度理，第一卷下册在此之后毛主席也应该看过，九年后的 1975 年 11 月老人家对作者的书面批示源自有之。毛泽东无疑是一代伟人，而我是凡夫俗子一个。但伟人和凡人的喜好也会有相通之处。如果我有机会去北京中南海伟人藏书的菊香书屋参观，我最想看的就是那套作者赠给他的、也经他过眼的《李自成》第一卷，当年第一版有大、小 32 开两种规格，前者为彩色插图，后者为黑白插图，毛主席收藏的应该是大 32 开本吧!

补上一个与之相关的段子：目前品相好的《李自成》第一卷一版一印存世很少，民间极难找到。1990 年 10 月，我特意找到江西省图书馆方军副馆长(革命先烈方志敏之孙)，很想到手一套。他破例从馆藏室中调出一套该馆仅存的品相为九品以上的大 32 开本供我当场观阅，想外借？没门，遑论其他了——馆方坦言这是铁规则。感恩时代的进步，通过网购我也拥有了这套第一卷，只是品相稍次。

1977 年我在北京清华大学就读，《李自成》第二卷上、中、下册相继出版，随后又出版了第一卷上、下册修订版。它们的出版，与许多文革前十七年的优秀文艺作品重版复演一道，构成了无比亮丽的文艺繁荣复兴的风景线。我当时是从离清华园最近的五道口新华书店买到这两卷书阅读的。第二卷中册作者继续对张献忠有出色的描写，人物性格更加立体化了。书中写到闯、献两军会师，李自成手下的大将都尊称表字敬轩的张献忠为敬帅。当时我班上有位叫 CM 的男生，智商情商都高，品学兼优，块头又很大，一口听起来令人舒坦的带儿化音的京腔，还是红二代，很受包括我在内的同学们的青睐。1976 年非洲的乌干达有个叫阿明的总统，闹出很大的动静，世人瞩目，CM 也被班上一些同学称之为阿明，我不以为然，阿明总统人品、形象过于不堪。那时班上有不少同学都看了《李自成》第二卷，我也就现买现卖尊称 CM 为 M 帅，没想到传开了，流行了很长一段时间，至少弃用了阿明这个臭名。我没有叫错，也没有看走眼，CM 同学走上工作岗位后也确实体现了他帅才的潜质。

阅读第二卷我已近而立之年，随着阅历的增加，阅读兴趣也不再局限于金戈铁马式的冲冲杀杀，对其中的“紫禁城内外”单元也能饶有兴趣地看下去，感觉这一单元在全卷中最出彩，在全书五卷中也不失为一个亮点。对《李自成》前两卷，有评论者调侃说是“高夫人太高，老神仙太神，红娘子太红”，似有失公允。中国古代历史上不仅有号称神医的扁鹊、华佗，也不乏明初农民起义领袖唐赛儿、清末鉴湖女侠秋瑾等不让须眉的巾帼，第二卷措写的这三位人物都有所本。而“崇祯帝太真”却是一位不争的典型。

第一卷修订版的一大亮点，是对过场性的历史真实人物在小说中谢幕时加一简短注释，向读者明确交代其最后结局。如将第一版中出场的明朝官员喻上猷改换为杨庭麟，并在下册杨庭麟被朝廷贬到江西处加一注释，交代这位过场人物在顺治三年抗清至死的结局，既使小说减少不必要的枝蔓，又向读者普及了必要的历史知识。这在历史小说中是个有益的尝试。可惜的是，这种成功的例子除在第三卷用于惠王朱常润外，未能推而广之地用到其他诸如高起潜、贺人龙、丁启睿、张可旺、张定国等历史真实人物身上。

1981 年第三卷出版之前，很多章节如“张献忠破襄阳”已在《解放军文艺》等报刊上先行登载。1980 年代，我在江西省的南昌下正街发电厂从事生产技术管理工作。发电企业的特点是炉机电一体化运行，电力行业特点是产供销一次完成，生产一线工作不轻松。尽管如此，我买到散发出油墨香的《李自成》第三卷后，还是见缝插针、津津有味地将上、中、下三册看完。

第三卷中除了一、二卷已有的主线和副线外，清方这条副线开始正式展开，主要人物陆续登场。作者对皇太极的一大段历史定位令人耳目一新，对三百多年前盛京的风士人情和饮食起居描写得也令人信服。据历史学家周谷城回忆，建国后毛主席有次到上海和周相聚谈及明清史，周谷城先生提到有人说洪承畴之投降清朝具有善意，目的是减少汉人大遭屠杀，毛主席的答复是：“有此一说，不可不信，也不可全信，事情不甚简单，恐怕还得作些研究。”作为对明末清初史烂熟于胸的《李自成》作者，写作第三卷时未必知晓毛周二位史学大家的沪上对，唯对洪承畴降清的复杂心理在“燕辽纪事”单元中有着入木三分的刻画，为书中未写到的洪承畴坐镇南京的安抚举措，奠定了思想基础。“扬州十日”“嘉定三屠”都发生在洪承畴经略东南之前。

走笔至此，想起作者第一卷至第二卷、第二卷至第三卷、第三卷至第四第五卷的出版分别相隔了13年、5年、18年。这固然对小说的连贯性和流畅性带来弊端，而经历中共三代领导集体，语境也不可能不发生巨变。但利好也有，亲历时代变迁，能使作者见地更为成熟。以评《李秀成自述》著名的戚本禹，爱好史学，1966年7月风头正健的他对同在中央工作的王任重说，姚雪垠《李自成》第一卷写得还可以，写到闯王进京必然走向反动。福兮祸所倚，祸兮福所伏，如果不是时间跨度这么长，作者对皇太极还有多尔衮等清方领袖人物能否写成我们目前看到的这种高度和深度，得打个问号。

1981年春，即《李自成》第三卷出版在望之际，时任中央书记处书记兼中宣部长的王任重委托女儿和在《当代》杂志连载小说《疯狂的节日》的青年作家胡月伟去北京复兴门外大街的部长楼探望姚雪垠的生活和写作。当时姚老精神蛮好，组织上为姚老配了一位秘书，一位打字员。姚老晚年的写作主要靠口述、录音，根据录音打字，秘书校对后由姚老审核定稿。多年后胡月伟先生告诉笔者，这种方式延长了姚老的写作生涯，但肯定会影响小说最后几卷的文采。

1999年4月作者仙逝，但令作者九泉之下也深感欣慰的是，《李自成》全书的最后两卷在新中国成立五十年的喜庆日子隆重推出。那时我在工作单位已由行政转岗为党务，时间相对宽裕，遂在恭读完四、五卷后，静心坐下来，提笔给小说的出版单位中国青年出版写了一封四千余字的长信，对全书中难以避免的失误和写作上的不足，归纳整理了18类109条意见和建议。中青社将信转给姚老之子、该社编辑海天先生，他看后很受感动，并认为意见和建议很多值得采纳。为表谢意，海天先生于2000年10月赠我一套《姚雪垠书系》。嗣后，我们结为书友乃至挚友，经常就有关学术问题互通信息，坦诚地交换看法并进行探讨。

上述通读或精读都在我五十岁之前。嗣后，随着年龄增长，视力逐渐不济，实行的就是选读或粗读了。进入新世纪后二十余年，《李自成》原著的各种版本精彩纷呈，仅我个人收藏的，除传统的中青社五卷十二册一版一印本、中青社“书系”版和人文社“文集”版外，还有五大本的典藏版（即大字本）、俞汝捷的四卷精补版、漓江版、由原著切割而成的《崇桢皇帝》(华艺版和华文版)、中州古籍版《李自成第一卷手稿》。此外,还有根据原著派生出的石景阳著《李自成前传》(宝文堂版)。该书作者在书中自述,太喜欢《李自成》了,所以要给这部书添个头。

据悉,《姚雪垠全集》正在紧锣密鼓地编辑之中。慢工出细活,希望宁可慢些,但要好些,迈小步,不停步。期待着在2023年《李自成》出版60周年或2025年毛泽东批示《李自成》50周年之际,以《全集》为载体,推出更完善、更完美的《李自成》!那时我的目力也许更不济了,但即使借助放大镜我也要再通读一遍。

忆当年演播《李自成》

曹　灿[1]

1980年,中央人民广播电台邀我演播姚雪垠先生的大作《李自成》第一卷。接到任务后,我把第一卷通读了一遍,一下被书中那恢宏的气势震撼了!书中的情节,时而让我热血沸腾,时而让我泪如雨下!那老练的笔触,深厚的文学功底,对明清史料的精确把握,让人叹为观止!我在想:这位让毛主席称赞并点名要保护的作家,到底是个什么样的人呢?为了能把握好演播这部书的基调,1979年的一个下午,我和一位搞摄影的朋友来到了朝阳区幸福一村中国青年出版社宿舍楼里,见到了姚雪垠老先生。只见他一身褪了色的中山装,满头白发,但精神矍铄,态度和蔼。这是他在北京的临时居所,除了书房比较整齐,其他条件都非常简陋。他向我们谈起了《李自成》的写作过程,并且建议用老人讲古的风格来处理播音,临走前姚老和我们照了几张合影。

这次拜访之后,我就开始了准备录音的工作。在备稿时,我又一次沉浸在

---

① 曹灿(1932—2020),话剧表演艺术家,国家一级演员,长篇历史小说《李自成》前三卷演播者(中央人民广播电台“小说连续广播”)。

姚老所描绘的那个惊天地泣鬼神的农民起义的大潮之中。在我眼前也同时展现了明朝那个末代皇帝——崇祯，在风雨飘摇的动荡局势中苦撑局面的情景。

经过两个多月的录制，中央人民广播电台小说连播节目在每天中午十二点半开始向全国听众播送长篇小说《李自成》第一卷。小说播出以后，马上在全国引起轰动效应。书里那些栩栩如生的人物、精彩动人的故事情节，优美的诗词、如画的美景，一下吸引了全国的听众。不少书店里《李自成》一下销售一空。每到节目播出时间，特别是晚上六点半那个时段，许多人都等在收音机旁收听；在街上行走的人，听到这个节目播出的声音时，都驻足聆听，当时真有万人空巷的感觉。我有时走在街巷里，几乎家家户户的窗户里都传出播讲《李自成》的声音。我一方面为自己的演播能受到人们的欢迎而高兴，同时也为姚老的书写得如此精彩如此吸引人而折服！

直到今天，岁月已经过了二三十年，一些四五十岁的中年人见到我还说："曹老师，我们当年听您播讲《李自成》都入迷了，《李自成》写得真好，您讲得真好。"可见《李自成》在读者、听众中的影响多么大，多么深远！

第一卷播出后，我又接连播讲了第二、三卷，我也成了姚老家里的常客了。此时，姚老已经从朝阳区工体附近的幸福一村搬到复兴门外大街的高干楼里了，他的邻居有曹禺、丁玲、萧三、曹靖华、侯宝林等文化界名人。我们青年艺术剧院原院长吴雪也住在这幢大楼里。

每次到姚老家都能有所收获，姚老的文学知识、历史知识非常丰厚，这和他治学的严谨分不开。他书架上的藏书很多，更难得的是他每读完一本书，都要把书中内容、精彩段落、精辟论述以及他的心得用蝇头小楷工整地写在卡片上，他抄录的卡片有好几抽屉，上万张！在和我们聊天时，随便提到一个历史典故，都能侃侃道来，不仅告诉你年代、出处，而且有他自己独到的见解。尤其使我敬佩的是姚老的为人。为了专心写作，除了必要的会议外，他从不参加社会上的各种应酬，一些沽名钓誉的无谓的"会议"，他更是拒之千里。他最看不起有些著名的学者、专家，为了维护自己的一点私利，趋炎附势、见风使舵，如墙头草一般。他还敢于对某些治学不严谨的"大家"进行批评，敢摸老虎屁股！在我心目中，他就是一个刚直不阿，"蒸不烂、煮不熟、捶不扁、炒不爆、响当当一粒铜豌豆"（关汉卿曲词）。

姚老并不是"两耳不闻窗外事"的人，我每次到他家，他都要我讲些社会上的趣闻，有段时间，讽刺社会现象的顺口溜很多，我便转述给他听，他听了也哈哈大笑。

姚老写得一手好字，清秀端庄，一如他的为人，毫不虚张声势，不像当今的一些书家，净写些别人看不懂的文字，哗众取宠。我有幸求得一幅："常思翠柳啭清音，露湿风凉怯相侵。会有艳阳天气好，舒喉振羽上高岑。一九六一年夏将《李自成》第一卷初稿整理完毕，起七绝若干首抒怀，此其一首，八二年元月二日书赠曹灿同志纪念并祈指正。姚雪垠于无止境斋"他说他不是书法家，在他出国访问期间，他为外国友人题了不少字。他说：我为外国人写字是为了宣传我们国家博大精深的文化。他对我国传统文化的深爱，溢于言表。

《李自成》第一、二、三卷播出以后，受到社会各界人士的关注，在一片赞扬声中，也有人提出：李自成一个农民，哪有书中写的那么高大？简直跟共产党、八路军一样。这是作者强加在他头上的光环！不可否认，姚老在写第二、三卷时对李自成的形象有些理想化的倾向，但姚老也有他的解释，他说：一个农民，能聚起千军万马，手下有那么多仁人志士以及英勇善战的将领都能听从他的指挥，居然能把一个封建王朝推翻！没有过人的胆识，没有宽广的胸怀、礼贤下士的态度，严明的纪律和行之有效、顺应民心的政策，如"迎闯王、不纳粮"等口号，是不可能在中国历史上占有一席地位并留给人许多思考的。

他还谈到，我们中国历史上并不是当八路军纪律好，据史书记载，岳飞的部队纪律也很好，部队每到一处，在开拔前总要把场院打扫干净才出发，冯玉祥的部队也是如此。

姚老虽已作古，但《李自成》这部书给我们留下了丰富的历史资料和知识，书里面大量绚丽的文学语言、诗词是文学宝库里珍贵的财富，尤其是对崇祯皇帝亡国和李自成农民起义失败的描述，从蛛丝马迹开始到最后祸及政权的丧失，其根源之一在于明王朝的腐化和义军胜利后的骄傲。这，无疑是给后人留下的深刻告诫！

在即将到来的姚老百年诞辰①之际，谨以此短文作为对姚老的缅怀和纪念。

---

① 本文写于 2010 年——本书编者注

因喜爱《李自成》而结识姚老

田永清[①]

早在20世纪六七十年代，姚老的大作《李自成》第一、二卷一面世，我就和众多读者一样，争相购买，爱不释手，昼夜阅读。从中得到了莫大的读书乐趣，汲取了丰富的历史文化知识，也常常陷入对于明末清初那段风云变幻历史的沉思之中。因对《李自成》的喜爱，对其作者自然也十分敬仰。

我永远不会忘记，1987年8月1日，恰逢我军诞生60周年那一天，在友人冯天瑜教授的引见下，我有幸结识了仰慕已久的姚老。

我初次见到姚老的那一幕，也永远定格在我的脑海中：他面容清俊、慈祥，总是带着微笑；头发和眉毛浓密，洁白如雪；他那双大而雪亮的眼睛，炯炯有神；他说话声音洪亮，风趣幽默，一口地道的河南方言。总之，我对姚老的第一印象是八个大字：人如其名，名如其人。

记得姚老那天和天瑜交谈了很长时间，主要内容都是关于历史和文学方面的。告别时，我试探着向姚老提出一个请求，让他给我写几个字作为留念。

姚老风趣地说："人们称我是文学家、历史学家，这两顶'帽子'我勉强可以承认。也有人称我是书法家，这顶'帽子'我可就不敢戴了。一则是因为我没有专门练习过书法，二则我也实在应付不了众多的求字者。前些时候，我为上海的一家报纸写了'读书乐'三个字，结果招来了一摞信件，都让我写这三个字。现在我只好每半月二十天抽出半天时间来给人家写字、回信，算是'还账'吧!"

姚老接着又问："你要什么字呀?"我说："我是一个军人，没有什么别的嗜好，就是喜欢读书，您就给我写'读书'两个大字吧!"姚老二话没说，当即展纸挥毫，为我写了"读书"两个大字。姚老谦称自己不是书法家，其实，

---

① 田永清（1940—），原中国人民解放军总参谋部军训和兵种部政委，少将。

他的字写得很好，书卷气很浓。我把姚老题赠我的条幅装裱加框，悬挂在我的书房里。

从那时至今，已经过去了 23 年，每当我晚上读书感到疲倦时，抬头看到姚老当年送给我的这两个大字，精神头顿时又上来了。

从那次以后，我就经常拜访姚老，向他请教。我们两人，一个是享誉文坛的大作家，一个是职业军人，而且他长我 30 余岁，但我们却慢慢成了经常往来、无话不谈的忘年交。姚老是我的良师益友，我从他那里受到的教育和启迪，是多方面的，是极为深刻的。

不仅如此，因为我去姚老家的次数多了，慢慢地与和他一起长住的小儿子姚海天、小儿媳王琪也成了好朋友。说起他们夫妇俩来，虽然带个“小”字，但他俩才是我的同龄人。我生于 1940 年，属大龙，海天生于 1941 年，属小龙，而且我们的生日只差一天。所以，我与海天称兄道弟、亲如一家，的确是名副其实的。姚老逝世已经 11 年了，我和爱人与他们夫妇的交往不但没有中断，而且日益密切了。

在与姚老的交往中，有几件事情令我刻骨铭心，至今念念不忘。

有一次我去拜访姚老，随身带着一张报纸。那张报纸上刊登的一篇文章称，姚老身体状况很好，他准备一直写到 90 岁。当我把这篇文章递给姚老看时，没想到他竟这样说：“太小看我了，怎么只写到 90 岁呢？在我的心目中，还有一个庞大的创作计划，写完《李自成》以后，接着写洪秀全，书名定为‘天京悲剧’。写完这部书以后，还要写戊戌变法、辛亥革命。对于我来说，现在还是画‘逗号’的时候，离画‘句号’还远着呢！”

因为姚老对我说过上述一番，所以，当姚老于 1999 年 4 月 29 日驾鹤西去时，我感到极为悲痛。我心想，姚老的去世，是我国文学界的一大损失，随着他的去世，他的那个庞大的创作计划也随之而去了！另外，正如人们经常说的“山中常见千年树，世上难觅百岁人”，年龄的确不饶人啊！

我与海天谈起这些想法时，他说，父亲的性格中，一个突出的优点就是自信，与此相伴，其缺点是有时过于自信，包括对自己的年龄和身体也是这样。

也是在那一次拜访姚老时，他还给我讲了一件他亲身经历的事情。有一次，他去北岳恒山一带游览，当地领导接待很热情。登悬空寺时，宣传部长和文化局长，左边一个，右边一个，要搀着他往上攀登。当时他已经 80 岁了，硬是不让人家搀扶，一口气登上了悬空寺，令人赞叹不已。到了悬空寺，那里已经备好文房四宝，请他题词留念。他写了八个苍劲有力的大字：寺惊悬空，事贵落实。

有些偶然发生的事情，使我相信了人世间的确存在着“缘分”二字。

记得是1988年秋天，我和另两位同志一起游览武当山。下山以后，我们乘坐的一辆车因事故“趴坡”了，只好停留在湖北省谷城县县城附近的公路边上。前不着村，后不着店，天又快黑了，这可怎么办？无奈之下，只得向谷城县的领导同志求援。县领导听说我们是从北京来的，而且在军队总部机关工作，便来人来车把我们接到了县委招待所。县人大主任、县委宣传部长很快赶来，热情接待我们。在吃饭的时候，他们得知我与姚老是忘年交，关系又好像一下子拉近了许多。他们很快找来一本《谷城县志》，请我回京后转交姚老。

我们当即一起翻阅这本多年前编撰的县志，发现上面记载着当年李自成从陕西商洛山来湖北谷城县与张献忠会见的内容，只有短短几行字。姚老就是凭着这段史实，写出了惊心动魄的“双雄会”故事。记得我当年阅读这些篇章时，既为两位风云叱咤的农民领袖的会见而欢欣鼓舞，又为李自成的安危而惊心动魄，从中也深深体会到，姚老的文学功力的确出手不凡。

回到北京后，我把这本《谷城县志》交到了姚老手中，他很高兴。为了表达谢意，姚老分别给谷城县人大主任和县委宣传部长写了条幅，让我代为寄去。这两位同志都给我回了信，信中称他们只是做了一件应该做的小事，想不到姚老这样的大作家还为他们亲笔题赠墨宝，皆表示要妥为收藏、倍加珍惜。

还有一件事情说来也真是凑巧。有一次我出差到河南郑州，抽空儿到一家旧书店买书。有一本发黄的书引起了我的注意，我一看，记得书名是“右派反动言论集”。更巧的是，书中作为“罪证”，登载了姚老当年发表的几篇“谬论”。我当即把这本书买了下来，回京后就交到了姚老手上。姚老如获至宝，感慨地说：“我当年‘鸣放’时的一些言论，自己都记不清楚了，想不到还出书替我记录了下来，他们真是做了一件大好事！”

我仔细阅读姚老当年的这些言论，感到很正确、很精辟，但就是凭着这些，就把他打成了“极右派”，真是匪夷所思！

后来，随着对姚老的了解不断加深，我更深刻地感受到，他具有极其鲜明的个性特征：从不人云亦云、趋炎附势，更不随波逐流。坚持独立判断和选择，坚持独立思考和写作。这既是他极为令人羡慕的优秀禀赋和能力，也是他坚定明朗的立场和信念。正因为如此，他才为那个特殊的年代所不容，并被打成“极右派”。

在我与姚老的交往中，我感受最深、颇受教益的是他的三个座右铭：第一，加强责任感，打破条件论。下苦功，抓今天。耐得寂寞，勤学苦练。第二，耐得寂寞，才能不寂寞；耐不得寂寞，偏偏寂寞。第三，生前马拉松，死后马拉松。

姚老在“生前马拉松”赛跑中，是一位勤奋者；我们完全可以确信，姚老在“死后马拉松”赛跑中，也必定是一位胜利者。

相见恨晚
——我读《李自成》

聂晶晶[①]

虽然早就听说过这部小说，但我实际阅读《李自成》，却是很晚的事。“听说”它，是在读大一的时候，听老师在课堂上简单地提到过；翻看《中国当代文学史》，对它的论述看起来也显得平平无奇，在考研的时候翻看其他版本的教材似乎还暗示它是借古讽今、为现实政治服务的作品。课业既然那么多，剩下的自由阅读时间，当然首选那些正热门的作品啦，如陈忠实的《白鹿原》，贾平凹的《废都》《秦腔》，刘震云的《一句顶一万句》《故乡天下黄花》等，读硕士时情况也是大致如此。

2022 年我考取了河北大学中国现当代文学专业的博士研究生。在此之前，我就知道导师是研究“十七年”小说的专家，而我因职业的关系，对《红旗谱》等早有接触，备考时准备的也是“三红一创”，却不曾读过《李自成》——看到图书馆里一长列十本一套的《李自成》，心里就有些生畏。

① 聂晶晶（1988—），河北大学文学院在读博士研究生，保定学院文学院讲师。

想不到，入学后，导师首先就要求我读《李自成》！更想不到，拿起《李自成》第一卷来读的时候，就放不下了！后来看有关资料得知，作者姚雪垠先生追求的目标之一，就是让读者“拿起放不下”。

一开始是读从图书馆借来的五卷十二册版《李自成》。为了细读方便做笔记，我毫不犹豫地花了400多元买了一套七卷精装典藏本《李自成》。

在读《李自成》之前，先入为主地认为其演绎的农民革命是毛泽东思想的再现；其创作宗旨是为时代和政治服务；对李自成和高夫人的描写违反了历史真实和生活真实，有过分美化的嫌疑。而如今细读《李自成》之后，再回看当代文学史寥寥数语的尴尬定位，不禁唏嘘其被曲解、被遮蔽、被低估，也感慨当时在学习方法上犯了严重的错误。只是读了一种教材，听了一家或几家之言，尚未读作品便对其不屑一顾甚至是全盘否定，这无异于“疑邻盗斧”，对一个求学者而言是何等的忌讳！

一口气读完小说第一卷之后，深感小说艺术成就之巨大。无论在叙事结构的安排、人物形象的塑造还是语言艺术的运用上，《李自成》都呈现出具有探索性和创新性的文学新像；它超越了革命历史的宏大叙述，强化了艺术审美和人文精神的表达，实现了于革命历史叙事中融入对个体生命和生存价值的关注，在“红色经典”中堪称翘楚。

小说以崇祯十一年“北京在戒严中”说起，一开始就将崇祯皇帝的大明江山置于岌岌可危的境况，引出了李自成在潼关南原被洪承畴伏击和清军入关的内外矛盾。第二卷讲述了在潼关南原大败之后，李自成率领残军驻扎商洛山，励精图治，练兵屯粮，虽染瘟疫，但仍然战胜了数倍于己的官军。姚雪垠擅长设置矛盾、悬念或者反转，例如在未知高夫人生死的情况下，崤函山的军队是怎么回事？在计谋生擒宋家兄弟的过程中，刘宗敏坠马口吐鲜血的危机如何化解？石门平叛中李自成为何出其不意要去感化铲平王丁国宝？这些出乎意料，却又情理之中的情节设计使小说的故事更具有张力，也引起读者的期待。再如李自成再次投奔张献忠遭设计，王吉元舍身报信，李自成拔营再入郧阳山的故事情节和之前李自成只身前往谷城相呼应，但作者的写法完全不同。谷城之行是李自成预料危险在先，平安行事在后，二次投奔是筹划共同抵抗朝廷在先，不期分道扬镳在后。作者一反“十七年文学”创作概念化、模式化的创作局限，利用巧妙的构思完成生动曲折的叙事，使读者不禁感叹人性的多变以及不同时期同一人物的心理发展变化。

作者巧妙地围绕以李自成为首的农民军、以崇祯为首的大明、以多尔衮为首的大清三条线索进行叙事，在交错中讲述了以李自成为主的众多历史人物命运。除了李自成外，更为值得一提的是崇祯皇帝的形象。早在作品发表之初，崇祯的形象因为塑造过于正面就引起过争议。作为李自成的主要对手之一，崇祯帝的描写几乎贯穿了全书的始末。作者以白描式的手法，将崇祯帝后宫生活和前朝施政举措描写开来，为人物形象的塑造埋下了伏笔。一方面表现出他励精图治、宵衣旰食、事必亲躬的勤政君王形象；另一方面又写出他受人蒙蔽，性格猜忌多疑，对大臣动辄怒斥、问罪，其残忍和冷酷程度令人不寒而栗。作为大明帝国的末代皇帝，作者道出了崇祯皇帝身上郁积着的自身之苦和国运之恨，让读者感受到他欲为“中兴之主”而不得的无奈与悲凉以及身而为人其本身的犹疑与彷徨。小说中宫廷环境的奢华，所用器物的精致，礼仪程序的繁复让人不禁联想到《红楼梦》的细节描写，可见作者笔力之深厚。除此之外小说中洪承畴奸诈阴险伪善，孙传庭骄傲自满、刚愎自用，杨嗣昌、高起潜、卢象升等官员将领们也是性格分明，各有特色，突破了同类人物形象的扁平化和同质化。

阅读《李自成》发现姚雪垠极为关注中国传统伦理道德，并对传统伦理道德中的家国情怀做出了理性的辨别。小人物刘国能原是义军叛徒，投降朝廷后担负起防守叶县的任务。面对乡绅的质疑，为保全官绅百姓免遭屠城之祸，不得不放弃以忠义固守城池的做法，但又不能违背为朝廷尽忠之道，不得已带其子面见李自成只求一死。作者试图通过这个“叛徒”人物表现出对于中国传统伦理道德的态度，呈现出作家对革命历史的深沉思考。爱国还是爱民？忠君还是尚义？父子还是君臣？将人物置于种种矛盾中，表现出家、国、忠、孝的文化悖论。与之类似的是慧梅之死，在父权和夫权的夹缝中，赴死成为人物必然的选择。姚雪垠写出了中国传统伦理道德影响下各个阶层的价值观念和行为方式，在现实主义创作笔法的驱动之下，使先验的宏大主题与具体细节呈现出一定程度的裂隙，通过作家独特的个体思考试图还原历史真实。

在谈及《李自成》的写作时，姚雪垠多次强调写历史小说时对待历史的“深入”和“跳出”原则，其实文学研究亦然。文学研究要基于事实，而不是在罔顾事实和逻辑的情况下随意定论，不仅要避免“先入为主”的灌输，还要避免对流行价值理念的盲从。具体到阅读过程中要充分调动自己的生命经验和情感体验与作者对话，与既有“定论”或世俗理念对话；具备批判性的眼光，对论证的过程进行推敲，通过不断的提问来寻找问题发生的根源，真正做到以史料为基础，以问题为抓手。

可以说，一个人的阅读史就是他的成长史。回顾我个人的阅读史，感慨阅读《李自成》于我而言是一件多么遗憾又是一件多么幸运的事情啊！遗憾的是，经历多年盲目的否定，姚雪垠先生的《李自成》才终于得以走入我的阅读视野之中。幸运的是，在求学之路上《李自成》终于影响了我，不仅增加了我的阅读量，提升了文学素养，更重要的是使我曾经有失偏颇文学观念和学习方法得以纠正。而这样的迟到使我更加坚信：《李自成》富含永久的魅力，作为一部未被恰当评价的文学经典仍待深入挖掘。

绿茶（六安瓜片）干茶、汤色及叶底

白茶（白牡丹）干茶、汤色及叶底

黄茶（蒙顶黄芽）干茶、汤色及叶底

红茶（祁红）干茶、汤色及叶底

六大茶类的干茶外形及汤色

青茶（铁观音）干茶、汤色及叶底

青茶（白毫乌龙）干茶、汤色及叶底

黑茶（普洱生茶）干茶、汤色及叶底

黑茶（普洱熟茶）干茶、汤色及叶底